壹

神遊大唐

《酉阳杂俎》里的奇异世界

〔唐〕段成式 / 著

虫离先生 / 译注

上海社会科学院出版社

图书在版编目(CIP)数据

神游大唐：《酉阳杂俎》里的奇异世界 /（唐）段成式著；虫离先生译注．—上海：上海社会科学院出版社，2023
 ISBN 978 - 7 - 5520 - 3980 - 1

Ⅰ.①神… Ⅱ.①段… ②虫… Ⅲ.①笔记小说—中国—唐代 Ⅳ.①I242.1

中国版本图书馆 CIP 数据核字(2022)第 193883 号

神游大唐:《酉阳杂俎》里的奇异世界

著　　者：〔唐〕段成式
译 注 者：虫离先生
责任编辑：袁钰超
书籍设计：黄婧昉
出版发行：上海社会科学院出版社
　　　　　上海顺昌路 622 号　邮编 200025
　　　　　电话总机 021 - 63315947　销售热线 021 - 53063735
　　　　　http：//www.sassp.cn　E-mail：sassp@sassp.cn
排　　版：南京展望文化发展有限公司
印　　刷：上海雅昌艺术印刷有限公司
开　　本：787 毫米×1092 毫米　1/16
印　　张：65.5
字　　数：1276 千
版　　次：2023 年 4 月第 1 版　2023 年 4 月第 1 次印刷

ISBN 978 - 7 - 5520 - 3980 - 1/I·470　　定价：258.00 元（全三册）

版权所有　翻印必究

弁言

《酉阳杂俎》是什么

少年耽读金庸，读到每部书的结尾，总是怅然若失，不忍掩卷。于是后记部分，就成了对小说最后的缅怀。读《侠客行》时，意外发现除跋文外，书尾尚缀着若干古拙的剑客盗侠故事，短小精悍，篇篇惊艳。其中四则，正是源出《酉阳杂俎》，从此对这部大唐奇书念念不忘。

重庆酉阳县，有大酉山、小酉山。小酉山下石窟，荟萃古书千卷，秦末战乱，有人在此避祸读书。后世遂借"酉阳逸典"谓藏书多而奇。《酉阳杂俎》所记，同样繁夥而奇崛，仿佛是遍阅神秘的酉山藏书后所做的笔录，这就是"酉阳杂俎"的由来。

《酉阳杂俎》纂集了大量隐秘离奇的传说，以及名物、辨订、故书章句、道里风俗，这些逸事琐言，在当时被笼统地称为"小说"——指丛残小语、琐屑之谈。而在古人概念的小说中，《酉阳》之奇之博，表表千载，鲜有可相埒者。胡应麟《少室山房集》："志怪之书（汉魏以降）……独唐段氏酉阳杂俎最为迥出……驰骋于六合九幽之外。"《四库全书总目提要》评价此书："自唐以来，推为小说之翘楚。"李慈铭《越缦堂读书记》更誉之为"小说之渊薮"。鲁迅的《中国小说史略》称之"古艳颖异"，归入"杂俎"，也就是杂录一类，言其题材多样，奥博丰富。

正因为不拘题材与体裁，《酉阳杂俎》内容兼收并蓄，囊括天地，万花筒般映射着大唐江山表里。从威肃的朝堂到熙攘的市井，从沙场铁血到深闺温柔，仙佛妖魔，剑侠刺客，风土民俗，毛羽介鳞，它收尽人间风流，又时时超脱风流的人间，涉入幽邈奇幻的异界宇宙。在娱乐内容匮乏的年代，这样一部森罗万象的奇书，成全了多少人对于世界的想象。

关于作者

段成式，字柯古，祖籍淄州邹平（今山东省邹平市），一般认为出生在成都。

段成式门第显赫。祖上是在凌烟阁二十四功臣位列第十的初唐虎臣段志玄；父亲段文昌，在穆宗、文宗朝官至宰相；姥爷则是唐宪宗朝铁腕宰相武元衡。

出乎将相之胄，袭乎珪组之荣，段成式并不热衷猎取权力，也没兴趣利用背景敛财，年轻时终日飞鹰走犬，驰马畋猎，一派纨绔子弟作风，令老爹头痛不已；后来醉心读书，锐意搜罗天下奇闻。他交厚的挚友，也多半不是什么达官显贵，纯粹才情相投、志趣相合而已。比如温庭筠、李商隐、李群玉，后世以为文坛宗主，当时人眼里，却是一个浪荡无行，一个首鼠两端，一个连考取功名的兴趣都没有。所以，即使有宰相老爹铺路，他的仕途生涯最高成就，也不过正四品的太常寺少卿。

段成式早年一直跟随父亲宦辙，往来于剑南、长安、荆州多地，专心读书。

唐宪宗元和二年（公元807年），父亲段文昌得到时任宰相李吉甫擢拔，五岁的段成式随父离川入京。因为这层关系，段成式与李吉甫的儿子李德裕关系不俗，多年后李德裕失势，段成式也受到牵连。

唐穆宗长庆元年（821年），段文昌辞去相位，出为西川节度使，十九岁的段成式又跟着父亲回到了出生地四川。

三年后，段文昌回朝出任刑部尚书，段成式也跟着再次来到京城。

又三年后，也就是唐文宗太和元年（827年），段文昌出为淮南节度使。此时二十五岁的段成式似乎打起了一点精神，下决心离开老爹，投奔在镇江的世兄李德裕，闯闯世界。然而不知是否因为第一次独立生活不习惯，在镇江待了不久，又回到了父亲身边。

又四年，段文昌移镇荆南，段成式当然还是跟着。

两年后，太和六年，段文昌第二次受命任西川节度使，于是段成式又回到四川。

太和九年，段文昌逝世，三十三岁的段成式携家回归长安。

大约在一两年后，段成式得到了第一份正式工作，秘书省校书郎。品秩低微，却正对他胃口。他在整个帝国藏书最为宏富的秘书省和集贤院，接触到大量前所未见之籍，精研苦学，披阅皆遍。四十五岁时，他出任地方长官，历吉州、处州、江州（今江西、浙江境内）刺史，颇能做到体恤民瘼，卓有正声。他在处州时，当地闹水怪，段成式什么妖怪没见过，哪个不开眼的妖怪敢在他辖境放肆？到任不久，水怪就遁迹潜逃，《新唐书·地理志》郑重收录了此事，认为是段成式"善政"之功。晚年寓居襄阳，读书谈禅，与温庭筠等好友携酒看花，联诗自娱。

段成式一生，并无彪炳政绩，按照今人标准，他那闲放自适的生活态度或许也不够积极进取，唯独读书务博，钩玄猎秘之热忱，炽烈地燃烧着血液。他说"君子耻一物而不知"，视求知若雪耻，为此博采周咨，不特旁收于书，抑且采听于人。他的采访对象遍及亲戚朋友、同僚前辈、和尚道士、奴仆佣人，无人不可谈，无事不可记，甚至连走马章台，狎邪青楼的风言俏语亦付诸兔简，本书《语资》章：

"成式曾一夕堂中会，时妓女玉壶忌鱼炙，见之色动。因访诸妓所恶者，有蓬山忌鼠，金子忌虱尤甚。坐客乃竞征虱拏鼠事，多至百余条。予戏撮其事，作《破虱录》。"

将狎客调戏之语编次成书，其痴如此。而天资异禀，"每披阅文字，虽千万言，一览略无遗漏"，由是记览该博，冠于一时。那些随览随录的札记，有的停落纸上，成了《酉阳杂俎》的素材，有的飞往空中，汇成了这个绚烂的世界。

《酉阳杂俎》全书三十卷，最早完整刊刻于南宋嘉定十六年（1223年），当时《酉阳》存世数量已罕，且因年代久远，内容脱落漫漶，幸得那次校订整理，才完好保存下全书。

今天能见到的最早版本是明代刻本，其中以万历年间藏书家赵琦美整理缮写的"赵本"最佳。1981年，中华书局的方南生先生以此为蓝本，出版了《方南生点校本》，堪称目前最权威的本子。

本书的解注和译述，依《方南生点校本》为底本，主要参考《四库全书》本、明末《津逮秘书》本以及《太平广记》的引文。

其实大言注解，不过是搜括些信息，牵强解释而已，不为、亦不敢妄谈学术，纯粹是一位爱好者出于热爱和景仰，想要为古卷的传承和发扬，略尽微薄之力。是以本书体例并未严格遵循通例，随意发挥之处甚多。为方便阅读，在原书的卷章条目之后增饰以小标题，部分内容，略加阐发，衍误鱼亥，稍事删订。

古文艰涩，段氏笔法本已冷僻，素称难读，尤其引录文献时时掐头去尾，越发迷离，造成了今天的阅读鸿沟。然而事在人为，不能因为"艰涩"就隔绝古今，任由经典封印埋没。事情总需有人做的，是故不自量力，穿凿附会，但盼做一个跋涉荒野的行者，在幽涩的文字间开辟一条易于行走的道路，迎请读者匹马红尘，一同游历银宫金阙，碧海三山，神游于那飞走了许久而流风依旧的奇异大唐。

关于版本

目录

1
弁　言

前集卷
1

忠志
皇家秘史

弓马天下/箭神李世民/太宗劝渔/铁勒骏马/白鹊巢/高宗弄笔/牝鸡司晨/檄文/猎手李显/节日福利/金乌坠地/黄金蜗牛/混血公主/犹似梦里人/安禄山的生辰礼/消失的女娲墓/镇国奇宝

27

礼异
大道不器

宰相殊荣/灵位/符节/北齐迎宾/梁国朝礼/曲水流觞/梁帝的赏赐/北朝婚俗/婚闹/唐人婚俗/彩礼/节日礼/称呼

天咫
天人接触

43

吴刚伐桂/摘星手/邪僧/金背蛤蟆/白衣客

玉格
道法天地

53

三界诸天/天纲地轴/天地之脐/鬼都罗酆/重思稻/鬼官/地狱/酷刑/神阶/老子化胡/方诸山/庄周/行善/神仙根骨/三尸神/仙药/草药别名/仙籍/老子传/太阴炼形/尸解仙/五灵芝/尸解剑/试炼/欲望石柜/时光洞穴/时间折叠/鸣石擒仙/飞仙/误入仙女宫/许天师江东斩蛇/药王伏龙/武都雄黄/人血救鹤/魂游上清/巨桃

壶史
大唐法师阵列

93

武氏皇侄/隐身术/神算子/玄宗密诏/天师字谜/灰袋道人/神仆/隐士/邀月老人/僵尸药

贝编
古刹高僧

109

前言/鬘持天/迦留天/箜篌天/阿修罗王/天人之死/离垢布施/失坏虫/北俱芦洲/东胜神洲/阿修罗/阿修罗植物/阿修罗道/龙族/轮回/等活地狱/黑绳地狱/号叫地狱/阿鼻地狱/八寒地狱/众神之界/二十八宿/星命/彗星/白马寺/佛祖脚印/佛骨舍利/犍陀罗佛塔/金刚座/白象树/袈裟/林中伽蓝/宁王/袈裟表/佛仪外交/同泰寺/榆钱/宝志/半月石/玄奘遗迹/团圆神仙/嫁祸/泥龙/斗法/巨蛇/扬子江心镜/狂僧/烧佛/玉像

境异 绝国殊俗	149	
	五方之人/复活/美丑/子泽性妒/突厥先祖/缂织/坚昆/西屠/木耳族/木饮州/食人族/可萨人/孝亿国/仍建国/婆弥烂国/东非/昆吾国/龟兹国/焉耆国/拔汗那/夜叉城/南征遗民/刺北斗/雁翅湖/悬渡国/盐田/飞头獠/餐具岛	
喜兆 大吉大利	169	
	蛤蟆/蜘蛛/战场奇遇	
祸兆 血光物怪	173	
	佛前坟冢/绝色枯骸/落雷	
物革 物之奇变	177	
	海影翻/怪石/鱼片/冰花/柳叶鱼/蔓菁	
诡习 奇技淫巧	183	
	天津桥乞儿/虫师/西蜀高手/河北突骑将/养獭捕鱼	
怪术 术士江湖	189	
	醉画师/幻僧/驱灵秀才/神行使/杀鸡法师/昝老活尸/张七政治伤/雾师妖贼/缮生之术/兔肉面/瓦龟/展竹/压胜术/恶梦防御咒/逢赌必赢咒/驭龙天师/天师一行/戏卦	
艺绝 巧匠神技	211	
	制笔/造像/画水/藏钩	
器奇 失落的神兵	217	
	青龙钩/伏魔剑/旱藕藏剑/百合镜/辟尘巾	

乐
箫韶九成
227

秦宫古器/箜篌/战歌/琵琶弦/共鸣/梦曲/相琴

酒食
饮食魏晋
235

红酒/荷叶酒/青田酒/喝汤/樽俎折冲/蛤蜊/鳝鱼说/伊尹说汤/三材五味/食材/烹调/烹调/衣冠名食/神厨

医
神医和神药
253

扁鹊冢/高句丽医者/天竺术士/解毒/骨相

黥
文身简史
259

刺青恶少/文身知义/天王护身/画中有诗/乐天拥趸/天王赐力/蛇臂/白袍客/骷髅药/血战邛崃关/孽子与妒妇/三王子/材料/文身师/伤痕之妆/青面/起源/黥刑/印瘢/日南/结语

雷
雷雨夜灵异
281

风雷师/斗雷/霹雳车/雷雨夜的人头/造雷车/雷公的面目/元稹之死/云中怪物

梦
幻里无常
289

位及三公/梦偷羊/侯君集/代天巡山/欠薪/树中童子/古法占梦/梦的形成/实化梦境/失蹄/洗马/臼中无釜/梦松枣

事感
天人感应
303

石钟乳/功曹涧/祝河

盗侠
剑影侠踪

309

凌云台/盗跖冢/轻功少年/玉精碗/京西店老人/兰陵老人/汝州僧/卢生/黑道暗号

物异
诡物档案

327

秦皇照骨镜/声风木/蟠龙青玉灯/烽火珊瑚/无尽之炭/石壁上的蝌蚪文/洗衣泉/萤火芝/灵异石像/密眼冬瓜/西汉航母/铜驼生毛/万匠簇/石龟成精/月光盐/五德终始/水龙泉/石脂水/五色虫/玉龙/树中文字/沸井木简/赤木/字迹入石术/照妖镜/凶石诅咒/汉时铁锥/夷道釜石/石中鱼/化铜池/河伯吞木/流血之山/双色井/自热石/星动石鸣/阴阳湖/伞子盐/不竭之泉/巨茯苓/上古大锅/君王盐/不祥的笏板/逐鼠丸/木偶判案/苏秦遗产/报德之梨/甑上生花/官铸黄金/双龙吐金/祥瑞芝草/刺史献龟/贞元黑雪/陈留雨木/金轮王齿/阿育王石柱/自鸣檀香鼓/刹利寺佛迹/石中蹄印/舍利子/蚁镌佛像/疫苗米/佛靴/石驼溺/人头树/解语马/东海石人/火神庙/万毒沙海/通灵石鳄/神厨/毒槊/锁子甲/蛤蟆屎/鬼屎/珊瑚/鬼墙/黑石/巨型桃核/山中人腿/茶杯起泡/独显铁镜/袖珍虎皮/燋侥人腊/牛黄/上清珠/高祖斩蛇剑/地底血玉/井中宝光/前古凶兵

广知
奇闻冷语

373

五月人蜕/炼金/炼铜/灶下之豚/钩注上脸/刺客之貌/水土育人/体内神明/叩齿召唤术/玉女标志/山神封山日/解梦/

忌北/日占/天帝哭泣/根除白发/忌讳与偏方/毒物/宝石/鬼书/百体书/官方字体/西域文字/金陵王气/缄口石人/绕圈子/荀勖尺/死神星/星相之凶/刺虎/风羽箭/九影/影子的避忌/金刚之相/龙血琥珀/鬼巢/画里佛光/钓技/暗器僧/蛇医祈雨

语资
晋唐野史

405

麒麟函/张冠李戴/樽俎暗斗/劝酒/离别/狗熊与美少女/速成棋王/龙凤棋枰/肉凳子/奇丽园林/神枪寒骨白/天马忽雷驳/浴火不死/爆裂鼓手/魏收颂齐/唇枪舌剑/王勃的腹稿/天书碑颂/李白名播四海/游侠儿/无为之僧/马燧的异志/相面择婿/泰山大人/座中戏妓

冥迹
幽冥裂缝

437

亡夫抢婚/无归之约/幽冥判官/荒村旅伴/重生灵童

尸岁
盗墓奇谭

445

入殓/漆棺/铭旌/禁忌/明器/陪葬/傩舞/忌狗见尸/魂衣/葬丧渊源/吊丧/怪物罔象/弗述食脑/女仪/铁墓顶/毒墓/崔涵复生/密葬/官阶/冥界徭役/神机墓/火坑墓/沉没棺中奇物/催尸曲/沙岸颅骨/墓中刘备

诺皋记上
众神的真相

467

序/昆仑/帝江/祭天神阙/太一神/天帝的真身/北斗神/东王公、西王母/灶王爷/河伯/守护神/百鬼夜行/海神公主/

龟兹王降龙/郁金手印/缚山锁链/河伯救女/泉底鲜血/祈雨石/钱河/虎窟山/暗河封印/辟水刀/妒妇津/驱除大将军/幽灵夺邸/长须国/消失的军团/无脸人/夺命庄园/寻粮/古鹿/失踪的少女/检簿取筋/古屏妇人/降魔法师/防盗树/山中怪蛛

诺皋记下
妖鬼之渊

513

食鲙怪事/蛇酒/槐中藏妇/水怪白特/八角井/诡驿/灯影婆婆/枯树夺人/井中人/红叶化龙/五色龟/太岁头上动土/山魈/伍相奴/狐变/天狐/风狸的法宝/地下世界/怪婴/作怪小人/卖油翁/巨手/卖驴/乳母/荒冢如厕/人面疮/旋风

广动植之一
鸟兽

543
并　序

555
羽　篇

凤/孔雀/鹳/乌鸦/鹊巢/燕子/雀/鸽/鹦鹉/杜鹃的诅咒/八哥/鹅/铜环鸟/鸡鹊/鸥/异鸟食虫/武功大鸟/王母使者/吐绶鸟/堕落射手/鹨雕/蒏节鸟/食烟鸟/柴蒿/兜兜鸟/护田鸟/姑获鸟/鬼车/细鸟/嗷金鸟/背明鸟/岢岚鸟/鹈鹕/鹬鸟/屁鸣鸟/伯劳

576
毛　篇

狮子/狮子粪/象的记忆/象牙/象虎/马/牛/宁公牛/牛粪/鹿/合浦鹿/犀/骆驼/天铁熊/狼/貊泽/风生兽/黄腰/香

狸/双头鹿/魄/猨国/狒狒/海和尚/大尾羊

595
鳞介篇

龙/鲸/秦皇鱼/鲤/黄鱼/乌贼/接生鱼/鲭鱼/鲨/马头鱼/鲫鱼/石斑鱼/娃娃鱼/鲎/飞鱼/温泉鱼/羊头鱼/鱓鱼/玳瑁/螺蚌/蟹/百足蟹/糖蟹/蛸蜅/懒妇鱼/系臂/蛤蜊/拥剑/寄居蟹/牡蛎/玉珧/数丸/千人捏

611
虫　篇

蝉/蝶/蚁/蜘蛛/蜈蚣/蜾蠃/螳螂/蝇/壁鱼/蛞蝓树/天牛/异虫/冷蛇/切叶蜂/白色蜂巢/毒蜂/竹蜜蜂/水蛆/噬船虫/抱枪/负子蟠/变色龙/食胶虫/青蚨/灶马/谢豹/碎车虫/度古/雷蜞/矛/蓝蛇/蚺蛇/蝎/虿/蝗虫/野狐鼻涕

广动植之二
鱼虫

广动植之三
万木千章

631
松/竹/菌堕竹/棘竹/筋竹/百叶竹/竹类/慈竹/异木/木像/异树/异果/柑橘/樟木/石榴/柿/汉帝杏/脂衣柰/仙人枣/楷木/栀子/仙桃/娑罗树/赤白柽/仙树/木五香/花椒/构树/黄杨木/葡萄/葡萄谷/凌霄花/松桢/侯骚/蠡荠/酒杯藤/白柰/比间/菩提树/贝多/龙脑香树/安息香树/无石子/紫矿/阿魏/婆那娑树/波斯枣/巴旦木/槃砮穑树/齐暾树/胡椒/白豆蔻/荜拨/香齐/腊肠树/没药/阿勃参/水仙/素馨花/无花果

广动植之四
百草群芳

665

灵芝/紫芝/芝类/凤脑芝/莲/苔/瓦松/瓜/芰/菱角/菟丝子/天名精/牡丹/兰若牡丹/金灯/天麻/蜀葵/茄子/异菌/异芝/舞草/护门草/仙人绦/睡莲/蔓金苔/异蒿/蜜草/老鸦爪篱/鸭舌草/钩吻/铜匙草/水耐冬/天芋/水韭/地钱/蚍蜉酒草/牵牛/蔓胡桃/油点草/三白草/落回/魔芋/鬼皂荚/通脱木/毗尸沙花/左行草/青草槐/竹肉/石耳/野狐丝/金钱花/荷/梦草/乌蓬/雀芋/望舒草/红草/神草/三蔬/掌中芥/水网藻/地日草/挟剑豆/牧靡

肉攫部
驯鹰

701

续集卷

支诺皋上

719

如意锥/山寺怪客/叶限的故事/唐人的克苏鲁/星芒/蓬头小鬼/薰陆香/请客/降维术士/狂人/梦榜/石守宫/雷雨怪石/骡石/死期/冥帅/乞儿

支诺皋中

747

众蚓之歌/花灵/附身/怪异的儿媳/梦中的陌客/豪侠伏妖/勾魂使者/搐气袋/可亲的虱子/雷穴/白发羽客/自生石/怪梦/书吏暴卒/灯中手/蜂人/蜀山仙踪/怪婴/白衣少年/火精灵/画马/太岁头上动土/黑鱼谷/长安疯妇/淮西军将/脉望/坠车/蜀地老妇/萤光姑娘/白石盆/钟乳凝仙/滕王图

支诺皋下		779

换体/还阳/风雨枕/芳魂/有足蚓/蚓齿/鱼梦/尼庵的头骨/妻子的骊歌/青鸟之鸣/风雷异虫/相府诡事/鼾歌/心诚则灵/兰若藏妓/消失的女童/地下蚁城/青城枯骨/关羽的木材/成都乞儿/缝纫妇人/悟空遇道人/瓶中婴/警示石/村人念咒/连体婴/名门风流/春夜女郎

贬　误		813

蘑融/灵芝无根/别字/知易行难/闻声断案/急智/应声虫/借书/种胡子/阴刀鬼/喽啰/绰号/雨后小珠/今日饮酒醉/优孟衣冠/鲁班/误杀/贵门寒婿/卦辞/怪诞隐语/阳羡书生/烈士池/阿赖耶/露筋驿/浑子/射侯/枭镜/箭术/拈蝇/罘罳/燕子/三足乌/挽歌/藏钩/弹棋/朝笏/貌寝/扁鹊/博戏/旧制/侍中/婚礼/丧杖

寺塔记上		863

序/大兴善寺/题大兴善寺/大象/大安国寺/光明寺/红楼连句/释门僻事/赵景公寺/题吴道子画/禅师佳语/题约公院/灵华寺/灵华寺连句/宝应寺/佳人连句/玄法寺/禽兽之典/菩提寺/书事连句

寺塔记下		893

奉慈寺/僧衣/光宅寺/中禅师影堂连句/保寿寺/颂先天菩萨图/高力士轶事/静域寺/颂高祖神箭/招福寺/赠诸上人连句/谜语和隽语/崇济寺/宣律和尚袈裟绝句/永寿寺/闲中好/资圣寺/题资圣寺

诸画/楚国寺/地狱/慈恩寺

金刚经鸠异   919

序/金刚怒目/护身/冥游/过午不食/复生/金铤/杀牛/惟恭/替死/溺水/驱蛊/法正/道荫/攻城/死期/番狗/震裂/牛诉/买羊四口/战俘/偷马贼

支动   945

支植上   977

支植下   1001

忠　志

皇家秘史

本篇记唐初诸帝佚事，因题"忠志"。

武德九年六月，太白经天。

大唐臣民在明晃晃的白昼，在太阳之侧，目睹了金星穿天而过。这种天象，就是"太白经天"。太白星主杀伐，传说昼见太白，必有灾异。

站在帝国最顶端的四个人，却没有心情留意天象异常，皇族夺嫡战已进入白热化阶段。秦王李世民功高震主。高祖李渊倒向太子建成和齐王元吉的态度日益昭然，在他的支持下，李世民阵营连遭重创：程知节外调（程抗旨未往），房玄龄和杜如晦被斥逐出京，尉迟敬德遇刺。多年后，李世民忆起当时的局面，对房玄龄说："武德六年以后，太上皇有废立之心，我当此日，不为兄弟所容，实有功高不赏之惧。"尽管李世民全力斡旋，化解了一时之危，但更棘手的问题接踵而来。

时突厥南下，李渊放着几乎未尝败绩的李世民不用，以李元吉为帅。元吉乘机讨要尉迟敬德、段志玄、程知节、秦叔宝。可以想见，这四人若随元吉出征，必定有死无生，李世民心腹班底天策府的战力将随之瓦解殆尽。危亡之际，李世民终于决定出手，精心布下了葬送兄弟的杀局。

李建成的东宫长林兵超过两千人，倘使与齐王府兵联合，李世民蓄养的"八百勇士"根本无力正面颉颃，因此，李世民需要制造一个机会，削弱二人的随从武装。放眼天下，能做到这件事的只有一人——李渊。于是李世民面见父皇，检举建成、元吉通奸皇妃。宫闱秽事，从来不乏流言蜚语，李渊也隐有耳闻，加以李世民言之凿凿，仿佛确有其事，李渊不由动疑，饬令太子、齐王次日一早进宫解释。

谕旨出自李渊，建成和元吉未疑有它，入宫面圣，自然不需携带大量扈从。而进宫出宫，玄武门是必经之路，这样一来，猎物的行踪路线也尽入算中。只是由玄武门引出另一个难题：戍守玄武门的北衙禁军直属天子，漫说要在他们眼皮底下伏杀皇子，即使李世民率领甲胄现身，也会立刻触发禁卫警戒，所以李世民集团需要首先拿下玄武门。武力强取自然不智，上策莫如笼络收买。据李义府所撰《常何墓志铭》提供的信息显示，早在政变两年前，李世民就曾重金贿赂玄武门禁军中郎将常何（赐金刀子一枚、黄金三十挺）。可以推测常何与李世民阵营的关系，非同泛泛，三年前的伏笔，此时终于派上用场，足见李世民的深谋远虑。

六月初四，玄武门正是常何当值，在他的关照下，李世民亲率秦王府精锐顺利进入玄武门设伏。稍后，李建成、李元吉与少许随从出现在玄武门前。由于秦王力量日益式微，入宫诏令也是直接来自李渊，二人并没有多少提防。及入宫门，至临湖殿（李渊打算审讯二人之处）前才发觉"有变"，二人惶骇，拨马狂奔，希望逃回府邸。李世民一声大喝，秦王虎贲齐发。李元吉认得二哥声音，回首张弓欲射，却接连三次没能拉开弓弦，眼见四周俱是秦王府将士，更有自己的头号克星尉迟敬德这尊瘟神，哪里还顾得上杀人，舍了李世民专心逃命。

此时，两个仓皇逃窜的手足兄弟，在李世民眼睛里，只是两个必杀之人，事已至此，绝无退路。他望着同胞兄长的背影，引弦，箭发。

半生戎马，自十八岁擐甲挥戈，至此已历十年。曾经那些强大的对手，宋老生、薛氏父子、宋金刚、窦建德、刘黑闼……一个个在他锋镝呼啸间轰然倒塌，他记不清沙场上曾射出过多少支箭，但直到生命终结，也绝不会忘记今天这支。

这支箭，穿透了大哥的生命，也贯穿了他李世民的一生。

李建成应弦而死。李元吉中流矢坠马，徒步逃入树林躲避骑兵。李世民策马紧追，却被树枝钩下马来，一时不能站起。李元吉反应很快，知道若世民起身放箭，自己难以幸免，于是返身厮打。李元吉极负勇力，而世民被树枝缠住转动不灵。元吉夺下长弓，以弓弦紧勒世民咽喉，眼看李世民即将窒息，尉迟敬德跃马而至，一箭射死李元吉。

另一边，薛万彻等率东宫和齐王府两千精兵闻讯驰援玄武门，若被这支人数占绝对优势的大队人马突入宫中，李世民和属下必然凶多吉少。好在秦王府高手如云，这边尉迟敬德不能分身，尚有张公瑾勇力绝伦，以一己之力掩合玄武门，将两千人拒之门外。部分秦府兵同玄武门禁卫联合守关，勉力死战，伤亡惨重。薛万彻眼见疾攻不克，想出围魏救赵之计，鼓噪要攻打倾巢而出守备空虚的秦府。彼时李世民和诸将家眷都在府中，闻言大惧。间不容发之际，又是尉迟敬德神兵天降，手持李建成、李元吉头颅，高呼逆贼已死。太子齐王下属抬头看见主子的首级，登时大乱，各自溃散。这场宫廷喋血战，终于在险象环生中，以李世民全胜告终。

李世民射杀兄长的，是他杀伐生涯普通的一箭，也是他生命中乃至整个中国历史上至关重要的一箭。秦王手下不乏猛将，李世民仍然亲自动手，一者，弑杀太子，非人臣敢为，必须由他这个主事者承担；再者，李世民对自己的射术有绝对信心，单以箭术论，秦王府高手虽众，未必有出其右者。

关于世民善射，史书不乏记载。

玄武门之变五年前，李唐已取得关中，北方劲敌，只剩洛阳王世充、河北窦建德可堪争锋。王世充在唐军全面打击下，势力日蹙，乃全线退防，婴洛阳城固守。武德四年二月，李世民兵临洛阳城下，四面攻打，昼夜不息。但东都洛阳壁垒森严，城上架设巨弩，箭如车辐、镞如斧钺，射程五百步。唐军久攻不下，将士疲惫，李世民不得不暂缓攻势，改变策略，死围其城。

值得一提的是，洛阳之战，《酉阳杂俎》作者段成式的高祖，骠骑将军段志玄险些被俘。当时李世民移师青城宫，防御工事尚未完成，王世充孤注一掷，率两万人掩杀而来。李世民开启作死模式，仗着有无敌的主角光环，只带几十骑突入敌阵，直透敌背。这样以身犯险，只为了试探敌军的厚度和防御力。李世民后来自己解释这种疯狂行为时说："朕自兴兵，每执金鼓，必自指挥，习观其阵，即知强弱。常以吾弱对其强，以吾强对其弱。敌犯吾弱，追奔不逾百数十步；吾击其弱，必突过其阵，自背返击之，无不溃，多用此而制胜。"可见李世民对敌之时经常这样冒死冲锋，杀透敌阵，再反杀回来，往来冲击数次，敌军溃矣。段志玄就没有这样的好运气，他深入敌军腹地，马被砍死了，两个郑军骑兵抓着他头发，就要把他拖回本阵。拖到洛水之畔，因为要蹚水过河，马匹行速放缓，两个骑兵不得不分心御马，段志玄觑准时机，踊身一跃，反将二人拖入河水，夺马狂逃。郑军数百骑呼啸来追，但都忌惮段志玄的赫赫威名，谁也不敢过分逼近，装模作样追出一程，目送段志玄与己军会合。

王世充心胸狭隘，用人不当，使上下离心，秦叔宝、程知节、李君羡、罗士信等一早即弃郑归唐。眼见唐军不断蚕食自己领地，洛阳孤城难支，不得已求救于窦建德，约定两面夹攻唐军。

窦建德谋士刘彬认为北方的局势，唐、郑（王世充）、夏（窦建德）三足鼎立，一旦郑破，李唐独大，对窦建德将极其不利。联郑击唐，唐军败退，则可趁势讨取洛阳。若得郑地复与唐争锋，问鼎天下将机会大增。窦建德深以为然，当即亲率十万大军来救王世充。

唐军高层闻讯震动，纷纷主张退兵，以免腹背受敌。李世民力排众议，他指出，王世充强弩之末，旦夕可破；窦建德倾巢远征，机会难得，正好一举灭之。只要抢占虎牢关，足以阻敌于关下，决不能使王、窦联兵，否则前功尽弃。

当时力主退兵暂避的将领们一定觉得李世民疯了，窦建德汹涌而来，能保全身就是上上大吉，居然说什么"一举灭之"。只是李世民用兵如神，在以往战事中多次力挽狂澜，堪称逆转之王，军中威望无双。众将没有选择，只能跟着这位年轻的皇子一条道走到黑。

李世民留下唐军主力，由李元吉主持继续围困洛阳。自己只带三千五百人急行军，在内应的协助下，抢先进占虎牢关。窦建德晚到一步，被唐军拒于关下，不得寸进，两军进入相持。

一日，李世民决定自己玩一把斥候，去瞧瞧窦建德的布防。他出关二十里，令李世勣、程知节、秦叔宝率五百人沿途埋伏，自己只同尉迟敬德等四骑径直前往窦建德军营。众将无不冷汗淋漓，都劝秦王切勿犯险，李世民望着一脸狐疑的尉迟敬德，笑道："吾执弓矢，公执槊相随，虽百万众若我何！"又说："窦建德若是见了我，就该拔营退避，才是上策。"众将若非熟识世民，定然以为此人心智残疾，人家十万大军见到你秦王带着三个人过来，吓得撒腿就跑，亏你想得出来。

抵达离窦军营三里处，遇到外围警戒的哨兵，哨兵们以为来者是寻常唐军探马，不以为意。突然间，李世民大喊："我是秦王李世民！"尉迟敬德吓了一跳，李世民继续挥手高呼："这里这里！看这里！我是李世民！"随手一箭，射死了前来探看的一员敌将。窦建德闻报大喜，火速点起五六千骑兵，要擒杀这位唐军统帅。四人见尘头大起，乌压压一片席卷而来，世民又道："你俩先撤，我与敬德殿后。"于是按辔徐行，追骑将至，引弓而射，箭无虚发，当者立毙。追兵惧而止，止而复来，如是再三，一旦逼近，必被射杀。李世民用的是"四羽大笴"，较普通箭矢射程远甚，以之射杀追兵，如同游戏，而追兵箭不及彼，徒自送命而已。世民前后射杀数人，敬德杀十许人，边杀边撤，一直将敌军引入伏击圈，李世勣等群起而出，夏军大乱，死者三百，锐气挫杀殆尽。

窦建德滞留虎牢关下一个月，粮道屡遭唐军袭击，士沮气丧。唐军粮草供应也并非万全，窦建德侦知此事，决定一旦唐军马匹饲料用尽，就总攻虎牢。不想窦建德这番计划，也被李世民探知。李世民将计就计，放马黄河边，表示"我们草料已尽，要让马匹出来找草吃"。窦建德果然信以为真，拔营挺进，但夏军纪律涣散，见唐军只在虎牢关上，并不出来，都以为唐军的战马吃不饱，骑兵无法出击，所以放松警惕，有的找水喝，有的下马休息，乱七八糟散满平野。蓦地里一片骚动，关门开处，李世民亲率玄甲铁骑，利箭般长驱直入，杀透夏军，在背后竖起唐军旗帜。夏军见自己后方出现唐军旗号，以为被围，迅速溃散。乱战中，窦建德受伤被俘，械送洛阳城下。可怜王世充还日日在城头望眼欲穿，盼来的却是身陷桎梏的窦建德，军心溃裂，开城投降。

李世民箭法精湛如斯，即位为帝后，还曾挽弓被甲，亲自训练禁卫射术，《资治通鉴·唐纪八》："上引诸卫将卒习射于显德殿庭……日引数百人教射于殿庭，上亲临试，中多者赏以弓、刀、帛，其将帅亦加上考……数年之间，悉为精锐。"

玄武门之变虽成就了千古一帝，但太宗对于玄武门防守的薄弱，常自耿耿，认为禁军宿卫的作战能力急需强化，于是不惜手把手在朝会正殿教习弓矢。臣工们极力反对，劝谏说："按国朝法律，持兵刃近御前，当处绞刑。今陛下亲临险境，万一有居心叵测的狂徒向陛下施放冷箭，则社稷危矣！"太宗不听，说："王者视四海如一家，封域之内，皆朕赤子，朕推心置腹，如何能对战士妄加猜忌！"士卒们闻言无不感动，人人奋勇苦练，数年之内，悉为精锐。

《酉阳杂俎》正文第二段，就写太宗挽弓事：

"太宗虬须，尝戏张弓挂矢。好用四羽大笴，长常箭一肤，射洞门阖。"

时间过得好快，白马玄甲的年轻秦王，一晃变成了满脸大胡子的唐太宗。李唐宗室有胡人血统，毛发卷曲。唐太宗这副大胡子，并不像关羽的那般笔直，而是"虬须"——自然卷儿，太宗射箭时就把箭挂在胡子上，方便取用。

太宗喜欢用的"四羽大笴"，比常箭长出四寸；常箭两羽，此箭四羽。四羽箭飞行稳定性较两羽箭为优，但风阻也更大，所以四羽大笴增加了长度（重量），来提升箭速，保障杀伤力。由此可见，太宗不仅精于"术"，在选"器"方面同样专业。有一次他跟萧瑀聊起制弓，说："朕年轻时就喜欢弓矢，一次得了几十把良弓，觉得这批弓质量之优无以复加。后来拿给弓匠看，匠人道'这批弓都不咋地啊皇上'。朕问其故，匠人说：'木心不直，则脉理斜，即使弓强有力，但所发之箭准度不高。'朕这才明白，从前自以为知弓，其实差得远了。朕以弓矢定四方，犹未能尽通识弓之道，何况天下之务，焉能遍知乎！"

李世民善射、好弓，可能是自幼受父亲李渊影响的缘故。《酉阳杂俎》首卷开篇就写道："高祖少神勇。隋末，尝以十二人破草贼号无端儿数万。又龙门战，尽一房箭，中八十人。"

此事两唐书亦载："十一年，拜山西河东慰抚大使，击龙门贼母端儿，射七十发皆中，贼败去，而敛其尸以筑京观，尽得其箭于其尸。"

隋炀帝大业十一年，李渊奉诏前往山西、河东讨捕贼寇，龙门城下，贼首母端儿数万人（《旧唐书》作"数千人"）来犯。李渊只率十余骑迎战，上来连射七十发，全部中的，敌军大乱，据说母端儿本人也在此战丧生。战后，李渊聚敌尸成冢，以期震慑之效。而他所发之箭，如数在敌尸身上找到，也就是说，每一支箭都命中了目标。

李渊以弓马取天下，亦以箭术赢美人。北周上柱国、大司马窦毅生有一女，出生时长发及颈，幼而敏慧。曾劝谏周武帝亲近前来和亲的突厥公主，明达事理，深受周武帝疼爱。

窦毅得知此事，大为诧异，回家跟夫人商议，这样才貌双全的女儿，可不能随随便便指给了哪个门阀子弟，将来选婿，定要加意考量。两口子琢磨出个办法，赶制了一批孔雀屏风，凡是门第相当的公子俊杰来求婚，一律发给两支箭，令射屏上孔雀，两箭都能射中孔雀眼睛的，带走我家女儿。

接下来的剧情就比较俗套了，求婚者不绝，却无一中选。李渊姗姗来迟，两箭全部中鹄，赢得美人归。

这位窦姑娘，就是后来的太穆皇后，建成、世民、元吉的生母。

李世民父母因箭结缘，不过世事莫测，当李渊第一次亲手指导年幼的世民拉弓习箭时，言笑晏晏的慈父焉能预料，这支箭将飞过时间，飞过江山，穿透长子建成的心脏，射落他的冠冕。

◎ 弓马天下

高祖李渊年轻时神勇无敌。隋末，曾以十二骑大破无端儿为首的数万草寇。龙门一战，射尽一囊箭，击毙八十人。

> 高祖少神勇。隋末，尝以十二人破草贼号无端儿①数万。又龙门②战，尽一房箭③，中八十人。

---

① 无端儿：隋末义军领袖。《资治通鉴》作"毋端儿"，《新唐书》作"母端儿"，本书则言无端儿，未详孰是。
② 龙门：今山西运城河津市。
③ 一房箭：一壶箭。房，箭囊。

◎ 箭神李世民

太宗胡须卷曲，有一次兴起，张弓射箭的时候将箭矢挂在胡子上。好用四羽长箭，比寻常箭长出四寸，能射穿门板。

> 太宗虬须①，尝戏张弓挂矢。好用四羽大笴②，长常箭一扶③，射洞门阖④。

---

① 虬须：卷曲的胡须。北宋《清异录》说唐太宗有"髭圣"之誉，看来胡须颇为

美观。

② 笴 [gǎn]：箭杆。

③ 一扶：古长度单位，一指宽为寸，四指宽为扶，一扶约等于四寸。

④ 门阖：门板。

◎ 太宗劝渔

太宗有一次在西宫观看捕鱼，见鱼儿不断跃出水面，问是什么原因，渔夫禀道："时下正是鱼类产卵期。"太宗于是下令，撤网罢捕。

唐太宗宅心仁厚，从生活细节可见一斑。

上尝观渔于西宫①，见鱼跃焉。问其故，渔者曰："此当乳②也。"于是中网而止③。

---

① 西宫：即宏义宫，李世民登极前的潜邸，位于宫城西北角。李世民初居承乾殿，在此出生的长子因取名叫"李承乾"。承乾殿与李元吉的武德殿一西一东，分据太极宫两侧，比邻权力中枢。武德五年（622年），李世民剪灭窦建德、收服王世充，功高震主，李渊担心若不加制衡，天下将只知秦王、不知太子，甚至担心李世民会威胁自己的皇权。于是"以秦王有克定天下功，特降殊礼，别建此宫（宏义宫）以居之"。令李世民搬离承乾殿，迁往宏义宫。宏义宫偏陬冷僻，与秦王身份殊不相匹。另赐府邸名为嘉奖，实际上李渊是用一种近于折辱的方式将李世民逐离权力核心，同时相当于提醒亲近李世民的臣工："莫忘了大唐之主是谁！"宏义宫配套设施简陋，李世民在此蜷居四年，也算卧薪尝胆。玄武门事件后，李渊逊位为太上皇，被迫把宫城让给李世民，而风水轮流转，李渊则迁入了宏义宫。史书说："高祖以宏义宫有山林胜景，雅好之。至贞观三年四月，乃徙居之。改为太安宫。"据此说法，李渊搬进宏义宫是因为喜欢那里的山林胜景，事实恐怕并非如此。李渊迁居不久，监察御史马周就上疏太宗，指出该宫简陋破旧，不适合太上皇颐养，请求太宗修缮扩建。所以，李渊迁入宏义宫，很可能是出自李世民的刻意安排。让父皇住进自己受辱的旧居，很难说李世民没有报复之意。

② 当乳：正值繁殖期。

③ 中网而止：半途收网。

◎ 铁勒骏马

骨利干国觐献百匹良马,其中十匹尤为神骏。有一匹马,皇上赐名"决波输",此马后蹄长有骨突,能连跨三门而无妨,尤为皇上钟爱。旧隋宫廷府库遗留下一只玉雕的猿猴配饰,猿猴两臂相连成环状,反背在身后,侍臣取了挂在马辔头上作为装饰。一次,皇上乘此马与侍臣出游,瞥见这个形似囚犯的玉猿,一阵厌恶,挥鞭将其击碎。

骨利干国①献马百疋②,十疋尤骏,上为制名。决波输③者,近后足有距④,走历门三限不踬⑤,上尤惜之。隋内库有交臂⑥玉猿,二臂相贯如连环。将表其辔。上后尝骑与侍臣游,恶其饰,以鞭击碎之(一曰文皇御制十骏名)。

---

① 骨利干国:铁勒诸部之一,聚居于今贝加尔湖一带,所产良马,头似骆驼,筋骨壮大,日行数百里。骨利干可能是铁勒诸部最北的一支,其地昼长夜短,当地人吃晚饭,煮羊骨汤,日落开始煮,等煮好时,东方已明。
② 疋:通"匹"。
③ 决波输:骨利干献马一事,亦见两唐书,据载,这十匹骏马各有名号,其他九匹分别名曰"腾霜白""皎雪骢""凝霜骢""悬光骢""飞霞骠""发电赤""流金䯄""翔麟紫""奔虹赤"。
④ 距:鸟类跗跖骨后方突出的骨棍,外面包覆皮肤衍生的角质鞘,普遍见于鸡形目,尤以雄鸟发达,结构和功能类似牛、羊的洞角,是雄鸟繁殖期争夺配偶的武器。此处指马蹄后侧有突起之骨。
⑤ 走历门三限不踬:限,门槛;踬,绊倒。连跨三个门槛不会踢到(门槛)。
⑥ 交臂:反背着手。

距

距(译注者绘制)

◎ 白鹊巢

贞观年间，有白鹊在寝殿前槐树上筑巢，相连如腰鼓状，群臣跳起欢快的舞蹈，齐声称贺："皇上大喜！"太宗道："瞧你们那点记性，我先前曾笑隋炀帝喜欢听祥瑞之辞，都忘了？朝廷求贤得贤，那叫祥瑞，一个鸟窝有什么祥瑞可贺！"命拆毁鸟巢，白鹊放归野外。

贞观中，忽有白鹊构巢于寝殿①前槐树上。其巢合欢②如腰鼓，左右拜舞③称贺。上曰："我尝笑隋炀帝好祥瑞。瑞在得贤，此何足贺？"乃命毁其巢，鹊放于野外。

---

① 寝殿：陵寝。中国人视死如生，帝王陵墓的地面建筑部分有仿照起居宫殿的前朝和后寝，有守灵人每日供奉衣食。所以"为先帝守灵"绝不是到陵墓旁住下就可以睡懒觉、晒太阳、混吃等死了，职责甚重，不容渎渎。
② 合欢：相合、相连。
③ 拜舞：一种朝拜仪节，用舞蹈的方式表现对皇帝恩惠的欢喜。一群苍髯驼背的老头子在皇帝面前翩然起舞，有点刺眼。

◎ 高宗弄笔

贞观二年，玄武门之变后第三个年头，太宗第九个儿子李治出生了。

新添龙子，太宗心情大好，得空就往丽正殿跑。这天一进门，正看见小李治在扶床学步，伸着手咿咿呀呀乱抓，憨态可掬。唐代民间已经出现抓周这样的仪式了，李治有没有抓过周不大清楚，但做父皇的，总是希望儿子文韬武略，于是塞了支笔给李治。侍从们忙铺好纸张，陪同皇上煞有介事地瞧着李治一通乱画。太宗笑吟吟道："来，给朕看看吾儿的大作。"侍臣呈上涂鸦，太宗看着看着，笑容突然凝住了。

纸上分明写了个"敕"字。

太宗急令焚毁，不许对外声张。

高宗初扶床①，将戏弄笔。左右试置纸于前，乃乱画满纸。角边画处成草书"敕"②字,太宗遽令焚之,不许传外。

---

① 扶床:小儿学步。
② 敕:《新唐书·百官志》:"凡上之逮下,其制有六:一曰制,二曰敕,三曰册,天子用之;四曰令,皇太子用之。"普天之下,能用"敕"之一字的,唯有天子一人。李治初生时,东宫之主是太子李承乾,在他之上,还有七位兄长,储君之位远远轮不到他。太宗深受夺嫡之苦,最不希望看见自己的儿子步武他当年后尘,阋墙残杀,因此"遽令焚之,不许传外"。然则世事每每出人意料。贞观十七年,太子李承乾因四皇子魏王李泰日渐得宠,担心太宗易储,打算效法当年玄武门故事,谋反逼宫,事败,贬为庶人。太子被废,按照顺位,本该优先考虑李治的七个哥哥,但二皇子楚王李宽早薨;李承乾的主要对手,四皇子魏王李泰因"谋储"贬为顺阳王;五皇子齐王李佑在同年谋反,赐死;老六蜀王李愔昏暴无道,太宗骂他"禽兽不如";老七蒋王李恽,出身低微;八皇子越王李贞固然不错,在太宗心里却没什么存在感。只剩三皇子吴王李恪,世人多以为贤,堪为李治劲敌。但李治生母长孙氏为正宫皇后,舅舅长孙无忌为凌烟阁首席;李恪这边,最有名的亲戚,是姥爷隋炀帝,高下之分一目了然。在长孙无忌力保下,九皇子李治最终一步登天,入主东宫。

◎ 牝鸡司晨

武则天出生时,母鸡报晓。武则天右手中指有根黑毛,逆时针卷曲成一个黑点,一拉尺余长。

> 则天初诞之夕,雌雉皆雊①。右手中指有黑毫,左旋如黑子,引之尺馀。

---

① 雊[gòu]:鸡鸣。

◎ 檄文

初唐四杰有三人不得善终：王勃落水惊悸而死；卢照邻吃丹药吃得手足残废，不堪折磨，投水自尽；骆宾王随徐敬业反武则天，兵败失踪。

中国孩童学习古诗，骆宾王是他们最早接触的诗人之一。骆宾王的名字取自《易经》观卦："观国之光，利用宾于王。"意思是，观察国势，以辅佐君王。后来，他果然用生命诠释了"宾王"二字。

今人认识骆宾王，多缘于启蒙诗《咏鹅》。其实他最得意之作，乃是一篇檄文——《为徐敬业讨武曌檄》，写得声光奕奕，字字如刀，历来将之与王勃《滕王阁序》相提并论，气势之雄壮，连声讨的对象武则天本人见了，亦激赏不已。

《酉阳杂俎》记录道：

骆宾王为徐敬业作檄文，极言武周之罪。武则天阅看此文，读至"蛾眉不肯让人，狐媚偏能惑主"一句，微微一笑，不以为意。当读到"一抔之土未干，六尺之孤安在"，怫然申斥宰相："你怎能错失这样的人才！"

此事亦见《新唐书》。武则天度量着实不凡，面对通篇痛骂自己的文章，首先想到的不是"不将这狂徒碎尸万段，难解朕心头之恨！"而是"如此人才不为我所用，真是可惜！"

> 骆宾王为徐敬业作檄，极疏大周过恶。则天览及"蛾眉不肯让人①，狐媚偏能惑主②"，微笑而已。至"一抔之土未干，六尺之孤安在③"，不悦曰："宰相何得失如此人！"

---

① 蛾眉不肯让人：原文是"入门见嫉，蛾眉不肯让人"，指武则天残害王皇后和萧淑妃事。武媚娘与李治有旧，彼时高宗正宫王皇后无子，萧淑妃得宠，王皇后遂引武则天入宫，以分宠萧妃。武则天入宫后，尽心侍奉皇后，颇得皇后欢心，晋封昭仪。不久，武则天诞下一女，闷死后嫁祸给皇后。李治勃然大怒，就此有了废后之意，对武则天则不免歉疚，恩宠日隆。皇后忧心废立，又斗不过武则天，只好求助于巫术，不料又被皇上得知。王皇后和萧淑妃因此俱被贬为庶人，囚入别院，武则天得偿所愿，母仪天下。但李治心软，忍不住到冷宫探望，见昔日后、妃因身于暗无天日的斗室之中，不禁恻然，打算救二人出来。立时便有人密报武则天，武氏令人拖出废后、萧妃，脊杖一百，打个半死，接着效法西汉吕后的"人彘"之刑，砍掉二人四肢投入酒瓮，厉声道："令此二妪骨

醉!"二人挣扎数日而死。
② 狐媚偏能惑主：原文是"掩袖工谗，狐媚偏能惑主"，借古事讽喻武则天后宫争宠不择手段。典出《韩非子·内储说下》：楚怀王新得了位魏国美人，宠爱有加。王妃郑袖见大王如此钟爱这位美人，爱屋及乌，也对美人照料入微。楚王非常满意，美人也无比感激，视郑袖如亲人，无话不谈。一天，二人私语之际，郑袖突然道："妹妹，你我二人情同骨肉，有件事我必须提醒你。大王虽爱极了你，可你却有一样，令大王不喜。"美人慌忙请教，郑袖道："大王曾对我说，你哪里都好，就是鼻子不好看。以后妹妹面见大王，只要掩着鼻子，必能保宠幸不衰。"从此以后，美人每见楚王，必举袖掩鼻。楚王很奇怪，问郑袖："为何近来美人见我，总是掩着鼻子？"郑袖推托不知，楚王一再盘诘，郑袖才小声道："臣妾曾听美人说，大王身上恶臭不堪闻。"楚王大怒，命人割了美人的鼻子。
③ 一抔之土未干，六尺之孤安在：徐敬业起兵时，高宗刚刚下葬不到两个月，是为"一抔之土未干"；中宗李显初即位，旋被武则天废为庐陵王，是为"六尺之孤安在"。

◎ 猎手李显

唐中宗景龙年间，皇上带着学士们狩猎，队列呈"吐陪"阵型，前方后圆。空中正有两头大雕盘旋，李显动动嘴巴，似乎想说："取朕弓箭！看朕射雕！"但毕竟没这个本事，不敢说出口。一旁扈猎的五坊随从惯会察言观色，请缨道："微臣请求捕拿此雕献给陛下。"李显准了，随从将死鼠连同网子系在风筝上，乘风放上天，名曰"钓雕"。两头大雕瞧见老鼠居然飞到天上来了，虽然发懵，毕竟没有放过送上门美食的道理，振翅扑击，一头扎入罗网。李显见了这捕雕的法子，大感有趣，忍不住跃跃欲试。突然，有野兔窜到御马之前，李显手疾眼快，一挝将兔子打死。一生都活在母亲武则天的阴影里，李显从来只有扮演猎物的份儿，此时，武则天已经离世，他终于得以解脱，尝到了做猎手的味道。这番击毙一只兔子，李显不由得顾盼自豪起来，问左右："朕的身手怎样？"群臣高呼："万岁！皇上一击就打死了小白兔，真是英明神武！"

中宗景龙①中，召学士②赐猎，作吐陪③行，前方后圆也。有二大雕，上仰望之。有放挫啼④曰："臣能取之。"乃悬死鼠于鸢⑤足，联其目，放而钓焉。二雕果击于鸢盘。狡兔起前，上举挝⑥击毙之。帝称那庚⑦，从臣皆呼万岁。

---

① 景龙：唐中宗年号，707—710 年。
② 学士：文学侍从之臣，掌典礼、编纂、撰述、修史之事。唐中宗景龙二年，于修文馆置大学士、学士、直学士，由官员中选文人学者兼任，以宰相兼领大学士，五品以上官为学士，六品以下为直学士。玄宗开元以后又置翰林学士，掌内廷制诏。
③ 吐陪：结合后文，"吐陪"可能是一种队列阵型。
④ 放挫唏：养鹰人。
⑤ 鸢：风筝。
⑥ 挝：一种奇形兵器，柄端为一人手，成爪形，或成拳形而骈伸两指，拳中握有一笔。《残唐五代史演义》第一高手李存孝，所使就是一条"毕燕挝"。
⑦ 那庚：唐朝长安方言，意思是"怎么样""如何"。

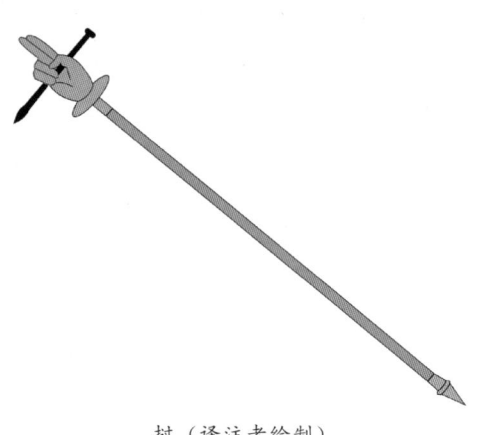

挝（译注者绘制）

◎ 节日福利

以皇帝的标准来看，唐中宗李显可谓命运多蹇，他生命中大半时光是在母亲阴影下战战兢兢度过的。他忘不了在他十岁那年，大哥李弘不明不白地死在东宫，更忘不了才华横溢的二哥李贤被褫夺一切，贬为庶民，惨死西蜀。安全感极度匮乏的李显一经即位，就迫不及待地培植势力，妄图对抗强大的母亲，于是，仅仅五十五天后，他就被母亲踢下龙椅，逐离长安，开始了长达十四年的软禁生涯。十四年间，李显每天提心吊胆，无时无刻不在担心步上兄长后尘，《旧唐书》说："每闻敕使至，辄惶恐欲自杀。"无期刑徒尚可企盼减刑，李显则完全看不到希望，他活着便是煎熬。

长期恐惧、抑郁，对李显影响很大。公元 705 年，神龙政变，李显重见天日，从死囚一跃而为皇帝，终于可以为所欲为了。但小心翼翼、小家子气的作风已然深深植入骨髓，在给朝臣发放节日福利这件小事上，李显的行事就相当莫名其妙，《酉阳杂俎》载道：

三月初三，上巳节，皇帝给每个大臣发了一个柳树枝圈圈，说带着能避毒虫。

寒食节，皇帝又给大臣们发了个用草和彩色布条塞成的蹴鞠。补考《景龙文馆记》，发现寒食节的福利其实不止蹴鞠，另有糖粥、雕花的鸡蛋，等等。

立春，一度被视为一年中最重要的节日。在这天朝廷的福利是叫作"彩花树"的东西。

腊八节，北门学士们能得到碧玉镂雕小瓶盛装的唇膏，以及美白保湿滋润精油一套，保护他们的皮肤不虞在长安凛冽的寒风中皲裂，相当贴心，北门学士的特殊待遇让其他官员羡慕不已。

> 三月三日①，赐侍臣细柳圈，言带之免虿②毒。
> 寒食日，赐侍臣帖彩球，绣草宣台③。
> 立春日，赐侍臣彩花树④。
> 腊日⑤，赐北门学士⑥口脂、蜡脂⑦，盛以碧镂牙筒。

---

① 三月三日：上巳节，传说是黄帝生日，官民皆至水边举行祭礼、沐浴、曲水流觞，谓之"祓禊"[fú xì]。
② 虿毒：虿，蝎子，此处泛指毒虫。
③ 帖彩球，绣草宣台：帖彩球即蹴鞠，绣草宣台指蹴鞠的材料。唐《初学记》："刘向《别录》：蹴鞠，黄帝所造，本兵势也。或云起于战国。案，鞠与毬同，古人蹋蹴以为戏也。"
④ 彩花树：北宋高承《事物纪原》："唐中宗景龙中，立春日出剪彩花。"彩花即剪纸花，下图为敦煌莫高窟出土的唐五代剪纸花。
⑤ 腊日：腊八。
⑥ 北门学士：武则天尤其重视削弱门阀、加强皇权，从高宗在位的乾封年间（666—668年）起，着手召集一批出身寒微的人才，入翰林院修史、撰著，并秘密参决政事，以分宰相之权。按照唐朝皇城建筑布局，三省六部等内阁中枢位置普遍在皇城、宫城南部，称"南衙"；这批特招学士们办公之所在宫城北部。退朝后，一般朝臣向南行，学士则向北，由北门入，故称"北门学士"。北门学士由武则天一手擢拔，也成为她后来临朝称制的政治班底。
⑦ 口脂、蜡脂：孙思邈《千金方》记有当时唇膏的做法：二两熟朱砂、半斤紫草末、二两丁香、二两麝香，同甲煎香（甲香、沉香、麝香、花瓣等配制的复合香料）和匀，收贮匣内即可，制作讲究。据《新唐书·百官志》，宫廷尚药局设有"合口脂匠"一职，专为皇室供应唇膏。

◎ 金乌坠地

李显梦到几十头蝙蝠追杀金乌鸟,金乌不支坠地而死,猛然惊醒,急诏万回法师,万回奏道:"陛下,您这是快归天了。"次日,唐中宗李显离世。

> 上尝梦日(一作白)乌①飞,蝙蝠数十逐而堕地。惊觉,召万回僧②曰:"大家③即是上天时。"翌日而崩。

---

① 日乌:三足乌,也叫"金乌",传说中的神鸟,是日之精,住在太阳上。《楚辞》王逸注:"羿仰射十日,中其九日,日中九乌比皆死,随其羽翼。"羿射落九日,九只三足乌随之而死。一说是西王母豢养的取食神鸟,与青鸟相似,《史记·司马相如列传》:"戴胜而穴处兮,亦幸有三足乌为之使。"
② 万回僧:万回,俗姓张,虢州(今河南灵宝)人。据说其兄久戍安西,父母忧思,万回朝往探视,暮持兄书返家,倏忽万里,乡人异之,因号万回。高宗时,得度为僧。武后诏入内道场,赐锦衣,号"法云公"。玄宗在藩,曾私谒万回,万回拊其背道:"五十年太平天子。"中宗晏驾次年(711年)坐化,世寿八十。
③ 大家:指皇上。

◎ 黄金蜗牛

唐睿宗李旦在皇家内库找到过一条四尺长的金鞭,形似盘龙,有多处虫咬之痕,柄部挂牌题名"象耳皮"。有识得此鞭者,说是隋宫旧物。早些年,睿宗还是冀王的时候,他的寝室墙上,被蜗牛爬出一个"天"字样黏液痕迹,清晰可见。那时,父皇高宗李治饱受风疾折磨,太子李弘监国,权柄已渐由武后掌握,李旦只是八皇子,无论如何也轮不到他觊觎大位。少年李旦惶遽失措,奋力擦抹。擦掉没几天,痕迹又出现了。很多年后,命运像弹球机一样,把李旦撞进了原本遥不可及的皇位。想起前尘旧事,为感谢蜗牛示迹之恩,他命人雕铸了数百只金玉蜗牛,安放在佛道神像之前。

武则天育有四个儿子,长子李弘英年猝死,次子"章怀太子"李贤客死巴州,李旦是幼子。与草包三哥李显不同,李旦性子更接近父皇高宗李治,虽偏柔弱,但知好歹、明事理。史书说他"谦恭孝友,好学,工草隶,尤爱文字训诂之书"。只是李旦谦恭过了头,一生两即帝位,三禅天下,似乎做皇帝是很为难的事情,每次有更合适人选，就忙不迭退让出来。他前后被母亲、嫂子、妹妹所制，父亲、母亲、兄长、侄子（唐殇帝）、儿子（唐玄宗）轮番登上御座。权力倾轧，亲情破碎，帝王之位于他，可能更像大梦一场。连绵的噩梦里，妻子杀丈夫，母亲杀骨肉，手足相残，姑侄互戕。他就在无休止的争斗中被各方势力利用，被亲人利用，扶上皇位，又逼他退位，天下人在背后鄙薄嘲笑。然而，他却活到了最后，从至亲的尸骸堆中站了起来，踏着满地血肉，用他文弱的肩膀，扛起一个盛世大唐。

睿宗尝阅内库，见一鞭，金色，长四尺，数节有虫啮处，状如盘龙，靶①上悬牙牌②，题"象耳皮"，或言隋宫库旧物也。上为冀王时③，寝斋壁上蜗迹成"天"字，上惧，遽扫之。经数日如初。及即位，雕玉铸黄金为蜗形，分置于释道像前。

---

① 靶：靶通"把"，手柄。
② 牙牌：象牙或骨角所制记事签牌。
③ 上为冀王时：总章二年（669 年），八岁的李旦由豫王徙封冀王，十四岁封相王。

◎ 混血公主

唐玄宗在宫中曾自称"阿瞒"，又自称"鸦"。他与胡女曹野那姬育有一女，封寿安公主。曹野那姬怀胎九月临盆，而"九月"犯了玄宗忌讳，公主遂不为父皇所喜，长大成人了，也迟迟不理会她的婚配问题。到了适婚年龄，反而令公主披上道服，打理宗庙香火。公主乳名叫"虫娘"，玄宗只叫她道姑。直到安史之乱，垂垂老矣的玄宗失去了往昔一切尊荣，大约才有所反思，意识到亲情可贵。一次，太子李俶（即后来的唐代宗李豫）向皇爷爷请安问好，玄宗指着陪侍一旁的寿安公主，对太子道："你在东宫，甚有德名，这位虫娘是我女儿，你姑姑，至今未嫁，今后需你替她费心，给她个名号。"太子领命。后来太子以天下兵马大元帅，随唐肃宗在灵武领导平叛，记起皇爷爷的嘱咐，将公主指配给苏澄，食邑寿安。

玄宗，禁中尝称阿瞒，亦称鸦。寿安公主①，曹野那姬②所生也。以其九月而诞，遂不出降③。常令衣道服，主香火。小字虫娘，上呼为师娘④。为太上皇时，代宗起居，上曰："汝在东宫，甚有令名。"因指寿安,"虫娘为鸦女,汝后与一名号"。及代宗在灵武,遂令苏澄⑤尚之,封寿安焉。

---

① 寿安公主:唐玄宗之女,曹野那姬怀胎九个月的早产儿,九月古称"玄月",犯玄宗之讳,因此不为玄宗所喜。寿安公主可能是位混血儿,生母曹野那姬名字奇特,当非华夏族人。葛承雍《曹野那姬考》指出,曹野那姬出自"昭武九姓"的曹国,在粟特语中,曹野那姬意为"最喜欢的人"。盛唐市井十洲人,大批外国使臣、学生、商旅、奴隶长留中国,曹野那姬可能正是作为藩国贡物,从遥远的中亚进献入宫的。那么多精挑细选的妖媚胡姬,玄宗偏偏看上了这一位,可见其超凡魅力。而曹野那姬于各种史料、故事里默默无闻,说明不甚得宠。也许只是某次夜宴,兴致不错的玄宗临幸了她。但语言不通,不谙中华礼节,终究难以立足波诡云谲的后宫。
② 出降:公主下嫁。
③ 小字:小名。
④ 师娘:女冠,女巫。
⑤ 苏澄:《新唐书》《唐语林》等作"苏发"。本书后文提到一位"医官苏澄",事迹正在玄宗执政期间,不知是否是这位混血公主的驸马爷。

◎ 犹似梦里人

天宝年间,越南贡入奇香"瑞龙脑",形如蝉蛹,据波斯人说,此香仅产于古龙脑树的枝节之处。尚方珍物,不可多得,因此后宫三千佳丽,玄宗只赐了杨贵妃十枚而已,其异香萦体,透彻十步之遥。

一个闲适的夏日,玄宗同大哥宁王对弈,贵妃抱着一只西域品种的小狗立在枰边观局,乐师贺怀智弹琵琶于侧。皇上棋力不支,眼看这局要输,贵妃怀里的小狗儿突然蹿上棋枰,满盘皆乱,皇上大笑。风吹起贵妃领巾,搭在了乐师贺怀智幞头上,良久方落。席散,乐师贺怀智回到家里,觉得身上有股不寻常的香气,乃珍而重之,将幞头藏入锦囊。

安史之乱,唐玄宗弃京奔蜀。待长安复克,回到宫中,名声、权力、爱情,已灰飞烟灭,物是人非。垂垂老矣的太上皇独居兴庆宫,望着离离秋草,满阶落叶,追思贵妃不已。老臣贺怀智见得此状,献上所藏锦囊,具奏当日情形。玄宗颤颤巍巍打开,瞬间老泪纵横:"这……这是瑞龙脑的香气啊!"

天宝末,交趾①贡龙脑,如蝉蚕形。波斯言老龙脑②树节方有,禁中呼为瑞龙脑。上唯赐贵妃十枚,香气彻十余步。上夏日尝与亲王③棋,令贺怀智④独弹琵琶,贵妃立于局前观之。上数子将输,贵妃放康国猧子⑤于坐侧,猧子乃上局,局子乱,上大悦。时风吹贵妃领巾于贺怀智巾⑥上,良久,回身方落。贺怀智归,觉满身香气非常,乃卸幞头贮于锦囊中。及二皇复宫阙,追思贵妃不已,怀智乃进所贮幞头,具奏它日事。上皇发囊,泣曰:"此瑞龙脑香也。"

---

① 交趾:汉武帝元鼎六年(公元前111年),汉灭南越国,在其地设交趾郡。唐时,交趾隶属安南都护府,治所在今越南河内。
② 龙脑:即冰片,又叫瑞脑、龙脑香、婆律膏香,是龙脑香树的树脂,可入药。
③ 亲王:指宁王李宪,本是唐睿宗李旦长子,因唐隆政变,李隆基有拥立之功,故主动让储,后极得玄宗礼遇,死后追谥"让皇帝"。
④ 贺怀智:玄宗朝宫廷乐师。
⑤ 康国猧[wō]子:康国,汉代称"康居",昭武九姓之一,故地位于今乌兹别克斯坦撒马尔罕以北。猧子,某种小型宠物狗。
⑥ 巾:幞头,包头软巾。在幞头之前,中华男子只用一块幅巾包着头。北周武帝觉得大家头上戴的东西乱七八糟没规矩,定制出统一样式,裁幅巾出四脚,两脚垂脑后,两脚反系头上,称"折上巾",唐代流行。后来加入了帽身骨架,使帽顶高耸而坚硬;又加入展角,使帽翅平展,变成乌纱帽。

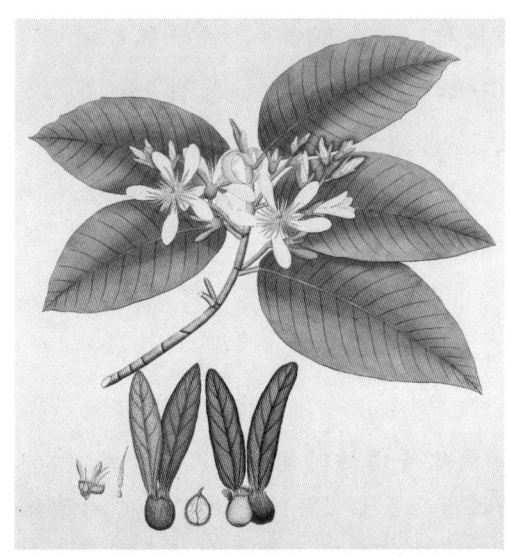

龙脑香属植物的叶、花及翅果(原图载英国植物学家威廉·罗克斯堡《科罗曼德海岸植物图谱》)

戴软脚幞头的唐高祖李渊

◎ 安禄山的生辰礼

安禄山恩宠莫比，天宝十载生辰之日，玄宗、杨贵妃大加赏赐，为他贺寿。所赐之物，包括食品、服饰、家具、餐具，等等，镶金嵌银，极尽奢华：

桑落酒、大尾巴羊肉干、马奶酪、两支乐队、野猪肉寿司、鲫鱼、鱼片刀具、滤后的清酒、大幅织锦、苏州织绣辟邪御魔符车篷的马车、余甘子药剂、辽东野鸡、五术汤、金石凌汤、药童、蒸梨；

平脱法嵌黄金的犀牛角餐匙和筷子、带隔断的金银平脱馄饨盘、金花狮子瓶、底足用平脱法镶花纹的盘子、熟丝织的绫罗靴、平脱法嵌黄金的大玛瑙盘子；

银平脱破方八角花鸟屏风、镂银铁锁、贴花的檀香木床、绿白平细靠垫、黄金饰紫色绸缎床帐、披金色鸾鸟纹紫色绯色罗绮的仪仗马队、锦鸡纹长袍、龙须草席；

银质镀金八斗容量酒瓮、银平脱五斗容量淘米勺、银线织锦筐、银笊篱、银平脱餐桌、极品漆器食盒。

另外贵妃还单独赏赐了金平脱玉质收纳盒、金平脱铁面碗。

> 安禄山恩宠莫比①，锡赉②无数。其所赐品目有：桑落酒③、阔尾羊窟利④、马酪、音声人两部⑤、野猪鲊⑥、鲫鱼并鲙手刀子⑦、清酒⑧、大锦、苏造真符宝舆⑨、余甘煎⑩、辽泽野鸡、五术汤⑪、金石凌汤一剂及药童昔贤子就宅煎⑫、蒸梨、金平脱犀头匙箸⑬、金银平脱隔馄饨盘、金花狮子瓶、平脱著足叠子⑭、熟线绫接靴、金大脑盘⑮、银平脱破觚八角花鸟屏风⑯、银凿镂铁锁、帖白（一曰花）檀香床⑰、绿白平细背席⑱、绣鹅毛毡兼令瑶令光就宅张设⑲、金鸾紫罗绯罗立马⑳、宝鸡袍、龙须夹帖㉑、八斗金渡银酒瓮、银瓶平脱掏魁织锦筐㉒、银笊篱、银平脱食台盘、油画食藏㉓，又贵妃赐禄山金平脱装具玉合、金平脱铁面碗。

---

① 安禄山恩宠莫比：据别史《安禄山事迹》，这次赏赐的时间是在天宝十载（751年）正月初一，安禄山生日前后，且赏赐之物远多于《酉阳杂俎》所举。《资治通鉴》记载，赏赐除了上文罗列之器物外，玄宗特命有司在亲仁坊为安禄山新建豪宅，要求"但穷壮丽，不限财力"，只要建得好，花多少钱都无所谓，足见"恩宠莫比"。

② 锡赉：赏赐。
③ 桑落酒：北魏人刘白堕于桑树落叶之季（十月）酿造之酒，又名"鹤觞"，饮之即醉，经月不醒，酒劲极强。江湖流传一句话"不畏张弓拔刀，唯畏白堕春醪"，豪侠之辈刀头舔血不眨一下眼皮，然而提起喝桑落酒，大家就都敬谢不敏了。《洛阳伽蓝记》有个故事，说北魏青州刺史毛鸿宾，有一次出门碰上剪径强盗，盗匪们嚣狂之极，谅这官儿不敢妄动，径去搜他的行装，发现了好些桑落酒，"哟，还带着好酒呢。"强盗不识这酒，共饮一尽，顷刻间全部烂醉如泥，被一鼓成擒。
④ 阔尾羊窟利：窟利，一种肉干，属于胡食；阔尾羊窟利，就是大尾巴羊肉干。《朝野佥载》记，武则天有一次用膳，发现牛窟利上伏着条筷子长的蚰蜒，大为恶心，召尚食奉御（尚食局首座）张思恭问话。张思恭叩首请死，武则天道："死罪就算了，你带上你手下的厨子，明儿收拾收拾去岭南吧，不用回来了。"
⑤ 音声人两部：两支乐队。
⑥ 野猪鲊：鲊指用盐或曲腌制的鱼类肉类，切碎，拌米粉、面粉而食。
⑦ 鲙手刀子：切鱼片的专用刀具。
⑧ 清酒：经过滤的酒。唐代尚未有蒸馏酒，日常所饮乃是酿造酒，有酒渣，需过滤而后饮。与清酒相对，未经过滤的，即是浊酒。
⑨ 苏造真符宝舆：苏州织绣辟邪御魔符车篷的马车。
⑩ 余甘煎：余甘子煎的药剂。
⑪ 五术汤：不详，或是"玉术汤"。
⑫ 金石凌汤一剂及药童昔贤子就宅煎：金石凌汤是处方药，成分含有黄金。皇上赐这道药，还顺便赠了药童。"昔贤子"，不详。就宅煎：到府上煎药。
⑬ 金平脱犀头匙箸："平脱"是一种器物表面装饰工艺，金银薄片镂成花草、鸟兽、人物等图样，用胶粘在器物上，反复上漆，直至漆层掩盖金银，待漆干后，精细打磨，使金银色从漆面中脱露出来，而器物表面仍然平滑，叫做平脱。该工艺流行于唐代，五代后渐趋没落。"金平脱犀头匙箸"就是用平脱法嵌黄金的犀牛角餐匙和筷子。
⑭ 平脱著足叠子：底足用平脱法镶花纹的盘子。
⑮ 金大脑盘：据《安禄山事迹》，应是"金平脱大玛瑙盘"。
⑯ 银平脱破觚八角花鸟屏风：据《安禄山事迹》应为"银平脱破方八角花鸟屏风"，长一丈，阔七尺。
⑰ 帖白（一曰花）檀香床：贴花的檀香木床。
⑱ 背席：靠垫。
⑲ 绣鹅毛毡兼令瑶令光就宅张设：《安禄山事迹》作"紫绸床帐兼黄金瑶光等并全两内帐设"。
⑳ 金鸾紫罗绯罗立马：立马即立仗马，也叫仪仗马，唐代曾用马作仪仗，排列于宫门外。李林甫当道时，讽谏官杜琎上书言事，被李罢黜，李警告其他官员：

"今陛下圣明，咱们做臣子的，凡事顺着圣意就是了，乱提什么意见，非要给自己找麻烦？岂不见宫门外那些个立仗之马，只要终日一声不嘶，就能饱食刍豆；但凡叫唤一声，立即淘汰永不起用。马儿后悔啊，以后再也不乱叫了，还能让我回去吗？哈哈，怎么可能！所以你们管好自己的嘴巴，别没事瞎叫唤，否则，杜琎就是榜样！"从此言路塞绝。后世遂用"立仗之马"，比喻瞻前顾后而无所作为的官员。

㉑ 龙须夹帖：《安禄山事迹》作"龙须夹帖席"，龙须草编织的或龙须草纹样的席子。

㉒ 银瓶平脱掏魁织锦筐：《安禄山事迹》作"银平脱五斗淘饭魁""银线织锦筐"。魁，长柄勺子。连淘米的勺子都要用平脱法镶银。

㉓ 油画食藏：光可鉴人的漆器食盒。

◎ 消失的女娲墓

天宝十五载六月，安史叛军突破潼关，逼近长安，唐玄宗带着皇子皇孙、妃嫔公主，仓皇出走剑南。行至马嵬驿，六军哗变，斫碎杨国忠，逼玄宗缢杀杨贵妃。有观点分析，认为马嵬驿之变的幕后主使，正是跟随父皇一同出逃的太子李亨。皇室亲情，不可以常理度之，玄宗父子不和，已非一日。尤其当玄宗日益衰老，对于羽翼渐丰的太子，猜忌日深，为此屡下重手，将李亨的心腹，包括陇右节度使皇甫惟明、名将王忠嗣、御史中丞韦坚，或杀或贬，大事裁抑，甚至勒令李亨废掉太子妃，送结发妻子出家为尼。李亨受尽打压，眼看着自己的人一个个倒下，他只能堪堪自保，根本无力抗争，对父皇的"制衡之术"怎能不寒心。

安史之乱，是社稷浩劫，对于李亨却是翻盘良机。有史家推测，逃亡队伍行至马嵬驿时，李亨密会禁军统领陈玄礼，煽动禁军制造兵变，打算借禁军之怒，弑玄宗而自立。但玄宗杀掉杨贵妃后，禁军怒气平息，表示继续效忠玄宗，李亨弑父之计未遂。

如果此时李亨继续追随玄宗入蜀，则自己的处境不会有所改善，威望、功业，一切无从谈起，甚至在父皇制约下，储君之位也随时有倾覆之虞。他必须作出选择，南下偷生，还是回到战火连天的北方，接收权力。按照正史的记载，玄宗入蜀决心已定，百姓只好遮道请求太子留下，李亨无法前行，心腹们也苦苦规劝，他才勉为其难离开父皇。这份记载很可能出自史官曲笔粉饰，倘若马嵬驿之变果由李亨筹划，那么他一定早已谋断：若弑君成功，则顺理成章即位称帝。即使未能掀翻父皇，玄宗入蜀避祸，等于抛弃了天下人，民心、军心也必将为留下抗战的自己所得。后来他称帝灵武，遥奉玄宗为太上皇，玄宗收到消息，果然无可奈何，只有默许。从父子分道扬镳的那一刻起，权位之争的形势，已彻底逆转。

李亨曾遥领朔方大节度使，其地尚有些根基，于是向朔方进发。途中遭遇潼关败兵，双方不明就里，一场恶战，折损极多。又遇渭水桥断，骑兵只能选浅处涉水渡河，步兵无法横渡，惨遭抛弃。行军路线距叛军一度不足百里，风声鹤唳，器械委弃，军卒离散，狼狈之极。

《酉阳杂俎》所录之事，就发生在这趟行程中：

太子李亨抵达灵武前，驻军于驿站。黄昏时分，有个身形高大的女人，拿着两条鲤鱼出现在军营门前，高声叫嚷："皇帝在哪里！"军士都以为是个疯婆子，禀报李亨。李亨悄悄观察这女人举止，见她嚷嚷完了，就站在大树下，令军士上前盘问，军士赫然发现女人两臂长满了鳞片。俄而天色转黑，女人隐没于树影里，不知所踪。

几天后，李亨抵达灵武，即皇帝位，是为唐肃宗，就此接管帝国极权，领导平叛。次年九月底，肃宗引回纥兵为助收复长安。一日，虢州刺史王奇光奏禀："天宝十三载某日，虢州大雨，发生黑昼，境内女娲墓离奇消失。本月初一，黄河沿岸居民于睡梦中被巨大的风雷声惊醒，破晓时分，目睹女娲墓从地下破土涌出，墓丘上新长出两株大柳树，树下有巨石。"奏本另附一张女娲墓的临摹。肃宗遣祭祀官赴其地祭祀，祭祀官抵达，又一次见到了胳膊上长着鳞片的女人。时人传说，这女人就是女娲化身。

　　肃宗将至灵武①一驿，黄昏，有妇人长大，携双鲤②咤于营门曰："皇帝何在？"众谓风狂③，遽白上，潜视举止。妇人言已，止大树下。军人有逼视，见其臂上有鳞。俄天黑，失所在。及上即位，归京阙，虢州④刺史王奇光奏女娲坟云："天宝十三载，大雨，晦冥忽沉。今月一日夜，河上有人觉风雷声，晓见其坟涌出，上生双柳树，高丈余，下有巨石。"兼画图进。上初克复，使祝史⑤就其所祭之。至是而见，众疑向妇人其神也。

---

① 灵武：今宁夏银川灵武市。
② 双鲤：喻指玄宗和肃宗二帝。
③ 风狂：疯狂。
④ 虢州：今河南灵宝一带。关于女娲墓的位置，历来存在争议，陕西骊山、山西风陵渡、河南灵宝等处均有女娲墓。这也难怪，且不说世上究竟是否有过女

娲，就算是有，神灵不死不灭，焉得坟茔？

⑤ 祝史：掌祭祀之官。

◎ 镇国奇宝

唐代宗即位当日，祥云升腾，天子之气环日。几天前，楚州进献十二件定国宝物，肃宗诏令太子李豫监国。诏书写道："天降奇宝，楚州进献，神明昭示兴旺之兆，宝玉并陈定妖灾之气。"

不久以前，楚州有个法号真如的尼姑，被接往天界。天帝言下界有灾，因授十二件宝以镇之。楚州刺史崔侁具表奏闻。这十二件宝物，第一件"玄黄"，形如朝笏，长八寸，有孔，能消解人间战乱瘟疫；第二件"玉鸡"，质如白玉，羽毛纹理清晰可见，天子以孝道治理天下，将自行出现；第三件"谷璧"，质如白玉，璧上有谷粒状突起，毫无人工雕琢痕迹，天子得之，五谷丰稔；第四件"西王母白玉环"，王者得此，万国归附；第六件"如意珠"，有鸡蛋大小；第七件"红靺鞨"，大如栗子；第八件"琅玕珠"，两枚，稍大于寻常珠子，其中之一直径超过一寸三分；第九件"玉玦"，形如玉环，而有四分之一的开口；第十件"玉印"，大如半掌，印深处可见鹿形纹理；第十一件"皇后采桑钩"，细如筷子，末梢弯曲成钩；第十二件"雷公石"，状如斧头，没有孔。诸宝置于日下，白气连天。

代宗即位日，庆云①见，黄气②抱日。初，楚州③献定国宝一十二④，乃诏上监国。诏曰："上天降宝，献自楚州。神明生历数⑤之符，合璧定妖灾之气。"初，楚州有尼真如，忽有人接去天上。天帝言下方有灾，令此宝镇之，其数十二。楚州刺史崔侁表献焉。一曰玄黄，形如笏⑥，长八寸，有孔。辟人间兵疫。二曰玉鸡，毛白玉也⑦。王者以孝理天下则见。三曰穀璧，白玉也。如粟粒，无雕镌之迹。王者得之，五穀丰熟。四曰西王母白环⑧，二枚。所在处，外国归服。五曰（阙名）⑨。六曰如意宝珠，大如鸡卵。七曰红靺鞨，大如巨栗。八曰琅玕珠，二枚，逾常珠，有逾径一寸三分。九曰玉玦，形如玉环，四分缺一。十曰玉印，大如半手，理如鹿形，啗入印中。十一曰皇后采桑钩，细如箸，屈其末。十二曰雷公石，斧形，无孔。诸宝置之日中，皆白气连天。

① 庆云：太平祥瑞之云。
② 黄气：黄色云气，古以为天子之气。
③ 楚州：今江苏淮安。
④ 定国宝一十二：两唐书、《杜阳杂编》等皆记为十三件宝物，其中有一件名称遗失，可能是《酉阳杂俎》"十二"之数的由来。
⑤ 历数：帝王代天理民之顺序，也指帝王、气数更迭次序。
⑥ 笏：大臣上朝所执的手板，多为玉、象牙或竹片制成，可以记事备忘。
⑦ 毛白玉也：有脱文，《太平广记》引《杜阳杂编》作"毛文悉备，白玉也"，指白玉鸡毛羽、纹理毕肖。
⑧ 西王母白环：《尚书大传》《大戴礼记》《竹书纪年》等有"舜时，西王母来献白玉环玉玦"的记载。《尔雅·释地》："觚竹，北户、西王母、日下，谓之四荒。"郭璞注："觚竹在北，北户在南，西王母在西，日下在东，皆四方昏荒之国，次四极者。"西王母是为上古西方部族，后世演为神灵。
⑨ 五曰（阙名）：据《唐书》，这件宝物应名为"碧色宝"。

礼 异

大道不器

世殊事异，礼节也非一成不变。本章记唐代礼仪及与古礼之别。

◎ 宰相殊荣

西汉时，皇帝见了丞相，礼仪官会唱赞："皇帝为丞相起身！"御史大夫觐见，礼官要替皇上喊："谨谢。"

本条节取自《汉官旧仪》。汉初皇帝仪轨繁琐，见了丞相，礼官一赞，皇上就要站起来，太常在旁边替宰相高声鸣赞："谢皇上行礼！"

王侯参见，侍中又嚷嚷了："站起来吧皇上！为了诸侯王！"皇上又满脸不情愿地站起来。太常又在旁边替诸侯喊："谢皇上行礼！"

没完没了，能不能让人安安静静坐一会儿？皇上不打算在宫殿里待着了，于是出外兜风。车舆很稳当，阳光暖和，皇上通体舒泰，耳根终于清静。迷迷糊糊，远远望见对面来了一人，那是谁？只听礼官扯足了嗓子，一声高喊："丞相来了！皇上请为丞相下车！"皇上流着泪爬下车："丞……丞相，你又找朕干什么？"

"宰相"本是君王（部族首领）的家臣，宗庙祭祀时负责屠宰牲口，因为熟悉祭祀规则流程，兼掌礼书，周天子谓之"冢宰"，掌管王室财务、内务，诸如膳食、衣服之类，相当于大祭司、大管家和厨师长。国之大事，唯祀与戎，而内政之要，莫过于祭典和王室内务，所以冢宰一职，非才具过人、经验老到者不可为。后来化家为国，宰相职权扩大，由处理家务，转为处理朝政。

行宰相之职的官名，历代不同，先秦的太宰、秦汉的丞相、唐朝的同中书门下平章事，均可称相，"宰相"是制，"丞相"是职，这是二者之别。

《汉书》颜师古注提到，西汉初，丞相权位隆显至极，天子见丞相需起立相迎，路上碰见要下车，丞相不适天子要亲往探视，丞相薨逝则车驾吊唁。汉武帝无法容忍这些屈尊的礼节，又是"慌忙滚鞍下车"，又是站起来喊"丞相好"，仿佛丞相才是领导，皇帝反而成了下属。于是重用公孙弘，打破相位的贵族垄断，开儒生拜相先例，又以大司马、侍中、散骑等组成"中朝"辅政，制衡作为"外朝"首领的丞相，相权始分，不复昔日尊荣。

西汉，帝见丞相，谒者①赞曰："皇帝为丞相起。"御史大夫②见，皇帝称谨谢。

---

① 谒者：官职，据说始设于尧舜，"宾于四门"，属于外交官。春秋战国时期为国君、卿大夫的侍从官员，接待宾客，亦奉命出使。西汉定员七十人，选仪容雄伟、声音洪亮者担任，侍从皇帝，担任宾礼司仪，宿卫宫廷，亦常奉命出使，巡视地方。唐代不再称谒者，其职并入通事舍人。
② 御史大夫：秦设，汉代为副丞相，银印青绶，丞相位缺，常以其递补。权重秩尊，职掌监察百官，肃正朝廷。西汉末及东汉，御史大夫与司空互易或合并，同丞相（司徒）、太尉（司马）合称"三公"。东汉末职能转变，不再主管御史台，监察之权移交御史中丞。两晋南北朝不置。唐代御史大夫重掌御史台，唐初从三品，武宗朝升正三品，专司按察纠劾百官，但地位不比秦汉副丞相，亦不复为"三公"，中晚唐，多为外官所带宪衔，正职常缺。明太祖时，废御史台为都察院，御史大夫被都御史取代，后不复置。

◎ 灵位

本则节录自《汉旧仪》，撮述灵位祭礼，以汉高祖死后三日的小敛之仪为例，脱文较多，今据刘昭注《续汉书》引《汉旧仪》原文补正：

高祖死后第三天，在室内窗下行小敛之仪。用栗木灵位，长八寸，前方后圆，周长一尺，向外摆放在窗户里。窗子用棉絮封堵起来。手指粗、三尺长的皓木四枚，缠以皓皮，分别摆放在灵位四周。第七天大敛，尸体入棺，将大黄米饭和羊舌置于窗上祭灵。下葬后，灵位收纳入木匣中，藏于宗庙中央之室西墙上的壁龛，木匣子朝里放，不能露出壁龛。室堂上，以五时衣、冠履、几杖、竹笼制成无头假人，呈坐姿，如生前模样。

汉木主①，缠以皓木皮，置牖②中，张绵絮以障外。不出时，玄堂之上。以笼为俑人，无头，坐起如生时。

① 木主：死者的灵位、牌位。
② 牖：窗子。古人常以死于牖下为寿终正寝，《诗·召南·采苹》："于以奠之？宗室牖下。"郑玄笺："牖下，户牖间之前。"《左传·哀公二年》："毕万，匹夫也。七战皆获，有马百乘，死於牖下。"杜预注："死於牖下，言得寿终。"

◎ 符节

周王朝的符节制度：在诸侯国境内办事，使用玉节；公卿大夫可以在自己的食邑内颁用犀角质的符节。使者去往山地邦国，因山地多虎，佩虎形节；去往平原邦国，因其地人口稠密，佩人形节；去往多湖泽的邦国，因水中有龙，持龙形节。行旅出入关隘，把守城门的司门、关卡上的司关会配发符节，行人持此节方可合法通行。商人需佩司市官颁发的玺节，也就是后世的印章，作为采买销售的许可凭证。在乡遂内往来，大夫赐以旌节。

古时诸侯向天子报平安，要献玉璧；天子有事，赐诸侯玉圭，事毕呈递玉璋表示办妥。戍边者持玉珩，动用玉璲表示有战争发生，城池被围用玉环求援，灾乱发生用璜祭天禳祸，大旱以珑求雨，国丧以琮随葬。

以上取自《周礼》和《吕氏春秋》。

符节是信物、凭证，用以核准来者身份。持节者不但可以自由出入关口，有时还能得到免费食宿等优待。

早期的节按质地，大抵可分三类：一类玉质，如镇圭、牙璋；一类铜质（号称金质），如龙节、虎节；一类竹质，如旌节、符节。玉节和角节应用时代很早，成本高昂，后多被铜节、竹节取代。

> 凡节①，守国②用玉节，守都鄙③用角节，使山邦用虎节，土邦用人节，泽邦用龙节，门关用符节，货贿④用玺节，道路⑤用旌节⑥。古者安平用璧⑦，与事用圭⑧，成功用璋⑨，边戍用珩⑩，战斗用璲⑪，城围用环，灾乱用璜⑫，大旱用龙，龙节也⑬，大丧用琮⑭。

① 节：符节，古代官方颁发的信物。
② 守国：诸侯国。

③ 都鄙：周王朝公卿、大夫、王族子弟的采邑（食邑）。

④ 货贿：此处指管理商贸的官员。

⑤ 道路：指乡大夫、遂大夫。周王朝施行乡遂制，天子的王城和诸侯国国都周边百里之内的区域为"乡"，居民称为"国人"，设乡师、乡大夫管理政务；百里到二百里间的区域为"遂"，居民称"野人"或"氓"，设遂师、遂大夫管理政务。乡的构成为，五家一比，五比一闾，五闾一族，五族一党，五党一州，五州一乡；遂的构成为，五家一邻、五邻一里、四里一赞，五赞一鄙，五鄙一县，五县一遂。

⑥ 旌节："旌"即旗子，古时多羽毛、兽尾制。旌节由乡大夫、遂大夫授予，按期归还。后世演变为使臣所持信符，如西汉苏武陷于匈奴十九年而不失其节，即指旌节而言。

⑦ 璧：有孔的玉器。相传"璧"能连通鬼神祖先，故也用来祭祀。

⑧ 圭：长形玉器，一头圆或尖，另一头呈方形。

⑨ 璋：《说文》："半圭为璋"，形状像半个圭。

⑩ 珩 [héng]：佩玉上的横玉。

⑪ 璩 [qú]：玉环。

⑫ 雋 [juàn]：即"璲"[suì]，一种玉器，样式不详。

⑬ 大旱用龙，龙节也：应是"大旱用珑"，珑是刻龙纹的祈雨玉器，《说文》："珑，祷旱玉也。""龙节也"三字，《绀珠集》引本文作"龙即节也"，或系后人批注阑入。

⑭ 琮 [cóng]：方柱形玉器，中央有孔。诸侯向天子献玉璧，向天子夫人献玉琮。

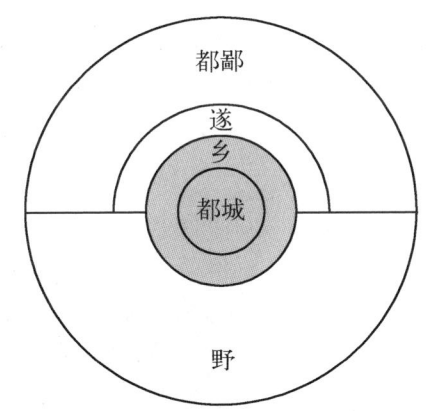

《周礼》所记区域关系示意图（译注者绘制）

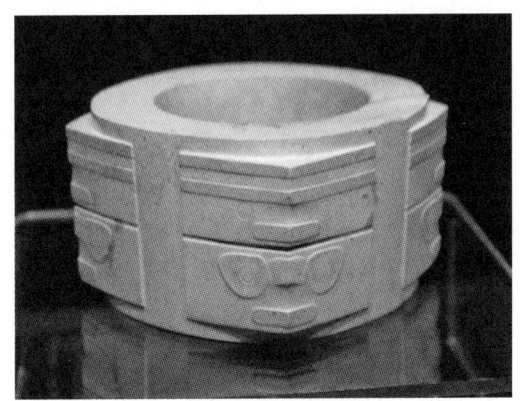

良渚文化玉琮

◎ 北齐迎宾

北齐欢迎南朝使臣之礼：太学博士、中书监、中书舍人负责迎迓。迎宾队伍中，两名传诏使骑马持符节在前,两人提刀乘羊车跟在后面。中书监或中书舍人之一、典客令一人,头戴进贤冠,又在羊车之后。十几个太学生着朱红衣,骑马擎罩伞。一人穿深红色衣衫,在使臣随行工作人员车驾前导引。又六人穿深红衣、戴平巾帻,骑马护持主副使臣的车驾,车后跟着备用马。另有五百铁甲卫士。百余人的仪仗队,皆佩纸帛裁剪成的彩带,持白羽装饰的槊,红袍披发;或戴五色帽、着黑袍,持木质的槊、刀、戟,高举绘有蛤蟆的旗帜。

> 北齐迎南使,太学博士①监舍②迎使。传诏③二人骑马荷信在前,羊车二人捉刀在传诏后。监舍一人,典客令④一人,并进贤冠⑤。生朱衣骑马,罩伞十余。绛衫一人,引从使车前。又绛衫骑马平巾帻⑥六人,使主副各乘车,但马⑦在车后。铁甲者百余人。仪仗百余人,剪彩如衣带,白羽间为稍⑧,髻发⑨绛袍,帽凡五色,袍随髻色,以木为稍、刃、戟,画绛为虾蟆幡。

① 太学博士:太学之名,始见于先秦,为王公贵族子弟学府,西汉置为国家最高学府。隋代以后,国子学取代太学成为最高官学,太学居次。博士为学府最高学官。北齐太学博士定员十人,从七品。
② 监舍:中书监和中书舍人,掌起草诏告、外交文书、外交接待。
③ 传诏:传诏使,负责传达诏命,隶中书舍人管辖。
④ 典客令:也叫"主客",为鸿胪寺典客署长官,负责接待番邦朝见。
⑤ 进贤冠:原是儒生冠帽,后纳入官方首服体系,形制前高后低,高高翘起,有五梁、三梁、二梁、一梁者,品阶越高,冠梁越多。《晋书·舆服志》:"人主……冠五梁进贤。三公及封郡公、县公、郡侯、县侯、乡亭侯,则冠三梁。卿、大夫、八座尚书,关中内侯、二千石及千石以上,则冠两梁。中书郎、秘书丞郎、著作郎、尚书丞郎、太子洗马舍人、六百石以下至于令史、门郎、小史,并冠一梁。"
⑥ 平巾帻[zé]:最初,布衣百姓不得戴冠,只能戴帻。帻的作用,在于扎束头发,不使下垂。汉元帝额头上多长出一撮头发,戴冠塞不进去,乃戴帻,开上流社会戴帻先河。王莽秃顶,为帻加了个凸起的硬顶,变成后世流行的样式。帻之系统,大体分介帻和平上帻两类,文官先戴介帻作为衬物,再戴远游冠、进贤冠等;武官先戴平上帻,再戴武弁。有观点认为平巾帻

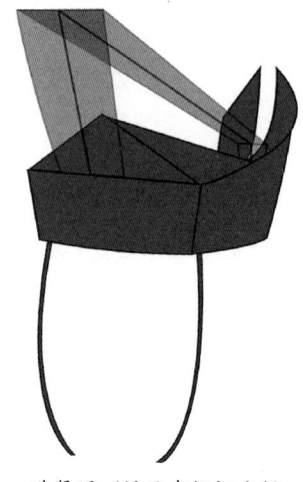

进贤冠(译注者据河北望都汉墓壁画等资料绘制)

属于平上帻，较平上帻前低后高，也有说法认为两者实为同物异名。
⑦ 但马：仪仗队未加鞍鞯的备用马。
⑧ 矟［shuò］：即槊，骑兵配备的长兵器。长度超过丈八者为槊，不足丈八者为矛。
⑨ 髶［èr］发：披着头发。

◎ 梁国朝礼

正月初一，北朝使团受邀抵达梁国宫城，乘车至宫阙，入正门。门上题名"朱明观"，下一道门题名"应门"，门下有一面彩绘大鼓。再下一道门，叫"太阳门"，门左高楼矗立，上悬大钟；门右为议政之所，殿门大开。太阳门左右也各陈一面彩绘大鼓。北朝使者入得此门，钟磬敲响，使者们沿马道向北，至悬钟的内道，立在西北方向。有接引者引宣城王等数人进入，也敲响磬，宣城王等人在内道东侧向北站定。悬钟处以南，有东西厢，侍臣肃立。马道之南，沿道东侧站着柔然、昆仑国外宾；道西侧站着高句丽、百济来客，以及群臣约三千人之众。各就各位后，梁帝从东堂中出，据说他起居在外，所以不从上阁来。这时敲鼓鸣钟，梁王乘车舆，由侍从簇拥着登上东面石阶，在帷幄里，凭黑漆曲几，南面而坐。这帷幄绿顶黑边，极高，拴在四根柱上。梁王坐好后，梁国群臣从西门趋跄而入，都穿着朝服、头戴博山远游冠，冠缨末梢饰以翠羽、珍珠，各佩剑，穿黑色厚木底鞋。进来时，由二人在前导引，后面跟着二人并行，后面又一人举着牙箱，一人抱着班剑箱，以及二十个穿公服的，还有百十号随从。这列队伍来到宣城王跟前几步处，地上已经铺设好了跪拜的席子，诸人拜过梁帝，次第而出。王侯公卿则还要登阶，向梁帝献玉，梁帝只坐着，并不起身。

梁正旦①，使北使乘车至阙下，入端门②。其门上层题曰朱明观，次曰应门，门下有一大画鼓。次曰太阳门，左有高楼，悬一大钟，门右有朝堂，门辟，左右亦有二大画鼓。北使入门，击钟磬，至马道③北悬钟内道西北立。引其宣城王④等数人后入，击磬，道东北面立。其钟悬外东西厢，皆有陛臣。马道南，近道东，有茹昆仑客⑤。道西近道有高句丽、百济客，及其升殿之官三千许人。位定，梁主从东堂中出，云斋在外宿，故不由上阁来，击钟鼓，乘舆警跸⑥，侍从升东阶，南面幄内坐。幄是绿油天皂裙，甚高，用绳系著四柱，凭黑漆曲几。坐定，梁诸臣从西门入，著具服⑦、博山远游冠⑧，缨末以翠羽、真珠为饰，双双佩带剑，黑舄⑨。初入，二人在前导引，次二人并行，次一人擎牙箱、班剑⑩箱，别二十人具省服⑪，从者百余人。至宣城王前数步，北面有重席为位，再拜，便次出，引王公登，献玉，梁主不为兴。

---

① 正旦：正月初一。是日行大朝会，天子临御正殿，接受群臣朝贺。
② 端门：梁国首都建康（今江苏南京）宫城正门。
③ 马道：骑马上城的通道，建于城台内侧的漫坡道，一般为左右对称，便于马匹车辆上下。
④ 宣城王：萧大器（523—551年），字仁宗，梁简文帝萧纲嫡长子，封宣城郡王，死于侯景之乱。
⑤ 茹昆仑客：疑为"茹茹、昆仑客"。茹茹，即北方少数民族政权柔然。昆仑所指何处，历来争议较大，一般指东南亚、南亚一带，亦有指为非洲者。
⑥ 警跸[bì]：帝王出入时清道止行。
⑦ 具服：朝服，朝祭服章。据《隋书·礼仪志》所云，七品以上官员的具服应包括：冠、帻、绛纱单衣、白纱中单、皂领袖、皂襈、革带、曲领方心、蔽膝、白笔袜、两条绶带、剑佩、簪导、钩鲽。
⑧ 博山远游冠：太子、诸王的日常首服。
⑨ 黑舄[xì]：单底为"履"，复底、再加木底为"舄"。
⑩ 班剑：亦作"斑剑"，一般是木剑，饰以纹，用于仪仗。

《洛神赋图》北宋摹本（部分，北京故宫博物院藏），图中当先男子曹植所戴即远游冠

⑪ 省服：即公服，较最严肃的朝服省略了许多繁琐佩饰，故名，亦称"从省服"。

◎ 曲水流觞

东魏派出李同轨、陆操出使梁国，二人至梁，被邀入乐游苑西门内的青油幕之中。梁王在仪仗衙卫下，乘车舆从南门而来，向北驶入林光殿。魏使面东参拜，由人导引，也入林光殿。梁王在黑幕帐中朝南坐定，宾客群臣俱都坐定，中书舍人殷灵宣旨慰劳，群臣各有答辞。殿上奏乐起舞，杂技纷陈，曲水流觞。梁王所用酒杯，带有"御杯"记号，其余群臣用杯各书姓名，随水漂到面前伸手取饮。又效仿古法，使酒杯随水漂流循环不止，自上座到末席，首尾不绝。

> 魏使李同轨、陆操聘梁①，入乐游苑②西门内青油幕下。梁主备三仗③，乘舆从南门入，操等东面再拜，梁主北入林光殿。未几，引台使④入。梁主坐皂帐，南面。诸宾及群官俱坐定，遣书舍人殷灵宣旨慰劳，具有辞答。其中庭设钟悬⑤及百戏，殿上流杯池中行酒⑥。具进梁主者题曰御杯，自余各题官姓之杯，至前者即饮。又图象⑦旧事，令随流而转，始至讫于坐罢，首尾不绝也。

---

① 魏使李同轨、陆操聘梁：《魏书》载有二人分别出使梁国的记录，但未见二人同时出访。李同轨（499—546年），魏中书侍郎、兼通直散骑常侍，博学，精通佛理，当时梁武帝萧衍痴迷佛法，东魏遣李同轨使梁，可谓量才器使。李同轨至梁后，梁武帝在爱敬寺、同泰寺广集名僧讲议《涅盘大品经》，引同轨预席，遣朝臣并共观听，李同轨高谈阔论，道俗咸以为善。陆操，字仲志，东魏孝静帝元象元年以散骑常侍，出使梁国，官至度支尚书，入北齐，任殿中尚书。
② 乐游苑：在南京，原为晋"芍药园"，刘宋时扩建，题名乐游苑，焚毁于侯景之乱，陈天嘉六年修葺，陈亡而荒芜。
③ 三仗：勋仗。《新唐书·仪卫志》："唐天子衙卫分为五仗……三曰勋仗，以勋卫为之。"
④ 台使：朝廷使者。
⑤ 钟悬：编钟奏乐。
⑥ 流杯池中行酒：即"曲水流觞"。三月初三上巳节，祓禊仪式后，凭溪流宴饮，酒杯顺流而下，随饮随取。除娱乐外，亦具有消灾禳祸的象征。
⑦ 图象：效仿。

◎ 梁帝的赏赐

梁武帝经常在大年初一派出传诏童，赐给群臣岁旦酒、辟恶散、却鬼丸。

> 梁主①常遣传诏童赐群臣岁旦酒②、辟恶散③、却鬼丸④三种。

① 梁主：指梁武帝萧衍，南北朝萧梁建立者，在位四十八年。晚年佞佛，饿死于侯景之乱。
② 岁旦酒：本则可能出自梁人宗懔的《荆楚岁时记》。岁旦酒也叫"椒柏酒"——花椒和柏叶所酿，饮之辟邪。
③ 辟恶散：《荆楚岁时记》作"敷于散"，传为葛洪炼化，用柏子仁、麻仁、细辛、干姜、附子等研磨成末，井水冲服。
④ 却鬼丸：传说以武都雄黄为主要材料炮制的辟邪药丸。南朝梁时，江夏郡的刘次卿，生具阴阳眼，能白日视鬼。这年正月初一，刘次卿早早起来赶集，集市上像往常一样，人鬼相杂，鬼既不扰人，普通人也懵然不知。忽然，一阵异动，有个书生迎面走来，他所到之处，群鬼波浪翻滚，纷纷避向两侧。刘次卿生平头一回遇见这样的情形，惊奇不已，上前同书生搭话，问他用了什么法术令群鬼辟易？书生慢吞吞道："我没有什么法术，就是今早出门前，家师交给我一副药，让我绑在胳膊上辟邪。"刘次卿提出借来看看，书生解下一只绛囊，刘次卿拿着四处转了一遭，果然群鬼趋避，灵验神奇，这就是却鬼丸。

◎ 北朝婚俗

北朝婚礼，室外搭起青布帐篷，叫作"青庐"，新人在此行交拜礼。迎新娘时，男方根据自家财力募集十几到上百人不等的迎亲队，拥着婚车来到女家门前，高呼"新娘出来！"直喊到新娘出门登车为止。

女婿首次到岳家拜见长辈亲戚，叫做拜阁。这一天，岳家设下回门宴，遍邀亲友。然而宴无好宴，北朝的拜阁，堪称女婿噩梦。照北人风俗，当天赴宴的女方亲友人手发一根大棒，用来殴打女婿。什么东床快婿，进了门先打一顿再说。假如岳丈瞧这小子不顺眼，大可指使亲友们下手狠些，以至于有的新郎被打得伤重不起。

暴打姑爷的初衷，可能是为彰示岳家实力，小惩大诫，在新郎心中种下一点畏惧的种子。男权社会，夫妻地位极不对等，万一将来夫妻不睦，丈夫回忆起当年惨遭围殴之痛，也好有些顾忌，不敢过分欺凌妻子。看似粗野的习俗背后，实在是女方家长的舐犊深情。

北朝婚礼，青布幔①为屋，在门内外，谓之青庐，于此交拜。迎妇，夫家领百余人，或十数人，随其奢俭，挟车俱呼新妇子，催出来，至新妇登车乃止。婿拜阁②日，妇家亲宾妇女毕集，各以杖打婿为戏乐，至有大委顿者。

---

① 幔：帷幕、帐幕。
② 拜阁：也叫拜门，新郎婚后首次回拜岳家。对新娘而言，则称回门、归宁。

◎ 婚闹

有一则律法判例如下：在甲的婚礼上，乙丙二人捉弄甲，将其塞进柜子，笑称是关押囚犯，柜子盖得严严实实，甲因此窒息而死。科决乙丙二人鬼薪之刑。

婚闹，古称"谑亲"，大约发源于汉代，东汉仲长统《昌言》写道："今嫁娶之会，捶杖以督之戏谑，酒醴以趋之情欲，宣淫佚于广众之中，显阴私于亲族之间，污风诡俗，生淫长奸，莫此之甚，不可不断者也。"可见东汉人就开始以"热闹"之名绑架婚礼，殴打新人，谓之活跃气氛；劝酒灌醉，谓之促进情欲；剥光新人衣服，当众裸露。仲长统直言画风太污，浇弊伤化，必须叫停。当然，他多半想象不到，陋俗之积重顽固，竟历近两千年仍不能彻底革除。

古时常见"盲婚哑嫁"，结缡之前，夫妇从未谋面，因此亲朋希望以谑戏的方式，一半玩笑，一半强迫地催化夫妻感情，顺便开展性教育工作。只是谑而近虐，加以旁观者推波助澜，谑戏的分寸便很难把握，有时突破道德底限，适可而止的玩笑演变成满足宾客私欲的发泄，男方阵营调戏新娘，女方亲友折磨新郎，最终皆大欢喜，唯独本该享受良辰的新人苦不堪言。

葛洪《抱朴子》叙写晋人婚礼鄙俗说："俗间有戏妇之法，於稠众之中，亲属之前，问以丑言，责以慢对，其为鄙黩，不可忍论。或蹙以楚挞，或系脚倒悬。酒客酗醟（[yòng]发酒疯），不知限齐，至使有伤於流血，口止委折支体者，可叹者也。"

当时的婚礼，刁难新娘是固定节目，刁难的方式，首先是在大庭广众之下盘问隐私，下流不堪入耳，务必剥掉人性最后一丝羞耻。新娘回答稍有不称，便出言斥责。彼时嫁娶，新娘多是豆蔻梢头，懵懵懂懂的小姑娘，如此赤裸裸地逼问，不啻精神割礼。至于等而下之，动手殴打，绑脚倒吊，蹂躏之法，更是花样百出。对于醉醺醺的起哄者，婚礼似乎是法定施虐日，在这一天，可以游离于道德法律之外，将心底那些腐臭的积怨、性冲动和施虐的欲望，肆意发泄在新婚夫妇身上。

亢奋的人群下手不知轻重，新人血流遍地，断手断脚，乃至被活活打死。东汉应劭的《风俗通义》载有一例:"汝南张妙会杜士,士家娶妇,酒后相戏,张妙缚杜士捶二十,又悬足指,士遂致死。"某人参加朋友婚礼,喝多了开玩笑,绑起新郎官打了二十棍,吊着脚趾倒悬起来,可怜新郎还未享得一日鱼水之欢,就生生被折磨死了。

令人诧异的是,当时的律法,对于婚闹致人死伤的凶手,处分宽缓。譬如《酉阳杂俎》本则所记的案例,两个闷死新郎的猪队友只判了"鬼薪"之刑,此刑名字唬人,其实只是为宗庙砍三年柴而已。杀人无需抵命,砍几年柴了事,量刑可谓极轻,更助长了恶俗之风。

南北朝,婚闹在北方得到社会广泛认可,皇帝纳妃亦无可免俗。《北史》记载,北齐重臣段韶的妹妹,被文宣帝高洋纳为昭仪。婚礼上,段韶的老婆不知搭错了哪根筋,把民间折腾新郎的一套搬用在了皇帝身上。且不论九五至尊,万乘之身,礼制上至贵至重;单说高洋是何等样人,有个故事可见一斑,《独异志》载:"北齐高洋凶暴,贵嫔薛氏有小过,遽杀支解之,抱其股为琵琶弹之,复叹曰:'佳人难再得。'"嫔妃稍有小过,被他杀而肢解,骨殖制成琵琶,边弹边叹息:"佳人难再得。"这样一个杀人无算的残暴之君,岂容戏侮?婚礼上不好发作,高洋默默承受了,婚礼一结束,立即叫来段韶,破口大骂:"我非杀了你老婆不可(我会杀尔妇)!"

皇帝尚且如此,可想而知,民间必更不堪,且愈演愈烈。旧弊未除,新弊又兴,如"障车"(拦截娶亲队伍强索喜钱)、"听房"(洞房之夜伏窗偷听),以及新郎回避,任由其他男子猥亵新娘,或针刺,或脱鞋量脚,时人形容新娘犹如"倚门之娼"。因为破财伤人,败坏世风,历朝政府也曾下令禁断,但始终收效甚微。其实俗弊不难矫革,真正难以对付的,是那些黑暗的欲望。

> 律有甲娶,乙丙共戏甲。旁有柜,比之为狱,举置柜中,复之。甲因气绝,论当鬼薪①。

---

① 鬼薪:徒刑的一种,为宗庙砍柴三年,作祭祀鬼神之用。鬼薪多用于男性犯人,女性适用"白粲",即挑选精米,刑期同为三年。鬼薪、白粲均属轻刑,类似于后世的劳动改造。

◎ 唐人婚俗

近代(唐代)婚礼,迎新娘时,夫家要在舂米的石臼里填入三升粟米,井口覆席,窗子塞三斤麻线,门上放三支箭,新郎骑马绕车三圈。新娘嫁过来第二天,夫家要做黄米肉羹。新娘上婚车前,先以蔽膝蒙脸。新娘进门后,公婆辈分以下的亲友,都要从侧门出去,再从正门进来,这个名目叫"重蹈新娘足迹"。新娘进了夫家,先拜拴养猪的木橛子和厨灶。此外,还有夫妇并肩下拜,共同执绳穿过镜钮,绾合作结,以示永结同心之礼。夫家还要组织闹婚。腊月娶进门的媳妇儿,结婚当天婆婆需回避不见。

近代婚礼,当迎妇,以粟三升填臼,席一枚以覆井,枲①三斤以塞窗,箭三只置户上。妇上车,婿骑而环车三匝。女嫁之明日,其家作黍臛②。女将上车,以蔽膝③覆面。妇入门,舅姑④以下悉从便门出,更从门入,言当蹰⑤新妇迹。又妇入门,先拜猪橛⑥及灶。娶妇,夫妇并拜,或共结镜钮⑦。又娶妇之家,弄新妇,腊月娶妇,不见姑。

---

① 枲〔xǐ〕:麻类植物纤维。
② 黍臛:糜子肉羹。
③ 蔽膝:遮蔽大腿至膝盖的下装,类似裙摆,但不围于腰,而是系在革带上,垂于身前,属于上古时期遮羞衣裳如"芾"等之遗制,后来演变成装饰。本文说用蔽膝遮脸,作用应与盖头相似,《通典》云:"自东汉魏晋以来,时或艰虞,岁遇良吉,急于嫁娶,乃以纱縠蒙女首,而夫氏发之。"东汉已经出现新郎为新娘揭开蒙头纱巾的仪式。
④ 舅姑:公婆。
⑤ 蹰:踩踏。
⑥ 猪橛〔zhí〕:拴猪的木桩。
⑦ 镜钮:铜镜背面用来穿绳系挂的凸起部分,有孔。

◎ 彩礼

结婚礼物。纳采之礼包括合欢铃、多穗稻、阿胶、九子墨、蒲苇、双石、棉絮、长命缕、漆。九种礼物都有讲究:阿胶、干漆,取其坚固之意,如胶似漆;棉絮取其和顺之意;蒲苇作枕芯,谓之可屈可伸;嘉禾象征福分;双石,意示情感稳固、互不辜负。

古代成婚经六道程序,纳采、问名、纳吉、纳征、请期、迎亲,合称六礼。纳采是婚事的开端，男家委托媒妁至女家送礼提亲，得到应允后，再请媒妁正式向女家致以"采择之礼"，早期纳采礼通常用大雁，所以也叫"委禽"。后来礼单拓展，加入了合欢、嘉禾、阿胶，以及羊、酒、黍、稷、稻、米、面之类，不一而足。

> 婚礼，纳采有合欢①、嘉禾②、阿胶、九子蒲③、朱苇、双石、绵絮、长命缕④、干漆。九事皆有词：胶漆取其固；绵絮取其调柔⑤；蒲苇为心，可屈可伸也；嘉禾，分福也；双石，义在两固也。

---

① 合欢：合欢铃，取其音声和谐，象征夫妇和睦。
② 嘉禾：饱满茁壮，异苗同穗或一茎多穗的水稻。
③ 九子蒲：结合后文，并考《通典·礼十八》，或是"九子墨、蒲苇"。蒲众多性柔，苇柔韧之久，九子墨寓意长生子孙。唐代九子墨形制失考，今见明清九子墨是雕有龙生九子的墨锭。
④ 长命缕：也叫"续命缕""避兵缯"，古人视五月为"恶月"，自汉以来，流行有五月初五在手腕缠五彩丝线之俗，谓保平安、辟灾祸，即是长命缕，唐《艺文类聚》引《风俗通》："五月五日，以五彩丝系臂者，辟兵及鬼，令人不病温。"该习俗子遗至今可见。
⑤ 调柔：和顺。

◎ 节日礼

北朝人妻，按俗会在冬至日送公婆鞋袜、靴子；正月送畚箕和扫帚、山麻；立春之日送春书，春书写在青色丝线织成的旗幡上，一端剪裁成龙或蛤蟆形，张嘴叼着旗幡；五月初五送五时图、五时花，装点帷帐，当天还会送长命缕、宛转绳，结成人形佩戴；夏至日送扇子和盛有脂粉的香囊。呈送礼物时，各有相匹的吉祥话。

> 北朝妇人，常以冬至日进履袜及靴；正月进箕帚、长生花①，立春进春书②，以青缯为帜，刻龙像衔之，或为虾蟆；五月进五时图③、五时花，施帐之上。是日又进长命缕、宛转绳，皆结为人像带之；夏至日进扇及粉脂囊，皆有辞。

① 长生花：山麻。
② 春书：立春日和除夕书写在纸或彩帛上的祓除之词，贴于门窗，唐人张子容《除日》："腊月今知晦，流年此夕除。拾樵供岁火，帖牖作春书。"起初只书"宜春"二字，所以也叫"春胜"，李商隐《骄儿诗》："请爷书春胜，春胜宜春日。"后来内容解放，凡吉祥祈祝之语无不可书，到宋代嬗变为以诗词为主的春帖子。
③ 五时图：一说为立春、立夏、大暑、立秋、立冬五时之图；一说因五月是恶月，画蛇、蝎、蟾蜍、蜈蚣、壁虎，以毒克毒。

◎ 称呼

自秦汉以来，称呼天子为"陛下"，称呼皇太子为"殿下"，称呼武将为"麾下"，称呼使臣"节下""毂下"，称呼俸禄两千石的官员"阁下"，提到父母称"膝下"，平辈论交互称"足下"。

> 秦汉以来，于天子言陛下①，于皇太子言殿下，将言麾下②，使者言节下、毂下③，二千石长史④言阁下，父母言膝下，通类相言于足下。

① 陛下："陛"是宫殿台阶，蔡邕《独断》："谓之陛下者，群臣与天子言，不敢指斥天子，故呼在陛下者而告之，因卑达尊之意也。"群臣有事禀天子，不能直接与之交谈，要通过天子之侧侍奉侍臣传达，侍臣就是"陛下"。后来形成习惯，称天子为"陛下"表示不敢僭越。
② 麾下："麾"指军旗，故以麾下尊称将领。
③ 节下、毂下："节"指旌节，"毂"指轮毂，使节乘车，故称。
④ 二千石长史：汉二千石有"中二千石""真二千石""二千石"和"比二千石"。官秩达到中二千石的官员，如中央的九卿（太常、光禄勋、卫尉、太仆、廷尉、大鸿胪、宗正、大司农、少府等高级行政机构长官），地方上的京兆尹、左冯翊、右扶风等（实际年薪约 2160 石），以及郡守（实际年薪 1440 石左右）。唐赵璘《因话录》："古者三公开阁，郡守比古之侯伯，亦有阁，所以世之书题有'阁下'之称。"谓公卿及郡牧太守等中高层官员为阁下。

天 咫
天人接触

《国语·楚语上》："是知天咫。"韦昭注："咫，言少也，此言少知天道耳。"稍微知道些天上的事情。古制八寸为咫，"天咫"亦谓天遥咫尺，触手可及。本章多记天人两界密切接触事件。

◎ 吴刚伐桂

旧言月球上有桂树，有蟾蜍。一部古老的奇书记载，月上耸立着一棵高达五百丈的巨大桂树，桂树下，一人挥动大斧斫砍不停。但他每砍一斧，树上创口便随之而愈——砍得越快，愈合越快，于是他永远无法将那斧痕加深分毫。此人姓吴名刚，西河人，因修仙时犯下过错，才被流放到月球上伐树。

佛经说须弥山南有棵高入云天的树王，叫作阎扶树，月亮从树旁经过，树影映入月中，形成了月球表面的斑影。也有人说，月上蟾蜍形、桂树形阴影其实是大地的影子，光亮处是海洋湖泊等水面的倒影。段成式认为，这种说法稍微可靠些。

中西方神话各有一个被罚永远从事无效劳动的可怜人：在古希腊，西西弗斯需要推一块巨石上山顶，每当行将成功，巨石总会滚落，他只好重新推起；中国的吴刚，则奋力砍伐着拥有自动愈合能力的桂树。两人被困在永恒而徒劳的劳顿中，周而复始，无止无休。

《酉阳杂俎》是吴刚伐桂传说现今可查的最早出处，不过段成式自承，这故事是他采于"异书"，可见另有源流，惜乎这部异书的名目、作者已无从稽考。

吴刚被罚的缘由，《酉阳杂俎》语焉不详，只说他"学仙有过"，同时提到吴刚籍贯西河，是一介修仙未果的凡人。至于他犯的是什么过错，又是被何人处罚，一概未知。

于是后世有人将《山海经·海内经》的一段记载附会了进来："炎帝之孙伯陵。伯陵同吴权之妻阿女缘妇，缘妇孕三年，是生鼓、延、殳。"

此事同吴刚伐桂原本风马牛不相及，后人想象丰富，将吴权和吴刚合为一人，恰好吴权的故事没有交代结局，吴刚伐桂则缺少起因，两相榫合，凑成一个首尾毕具的新故事，如此燕驾越毂，居然也有模有样：

吴刚离家修仙，多年不归，一次下山探妻，发现妻子早已移情别恋，改嫁入皇炎帝的嫡孙伯陵，还有了三个孩子。盛怒的吴刚杀了伯陵，因此得罪炎帝，被囚月图，罚砍不死神树，至死方休。

除了吴刚，传说月上还有只蟾蜍，它的来历更加奇特，按照最古老的传说记载，蟾蜍的真身，其实就是嫦娥。

出土于湖北江陵王家台的秦简《归藏》，是迄今为止所发现的记载嫦娥奔月传说的最早文献："昔者恒我（姮娥）窃毋死之药于西王母，服之以（奔）月……恒我遂托身于月，是为蟾蠩（蟾蜍）。"嫦娥偷了西王母的不死药，奔月而化为蟾蜍。东汉天文大家张衡的《灵宪》亦持此说，直接击碎了世俗小儿女关于广寒仙子的幻想。

这就不难解释为何浪漫的古人不肯为吴刚和嫦娥编造绯闻了，漫说两人所属的传说没有交集，就算把两人置于同一神话宇宙，苦大仇深的吴刚又焉能对一只蟾蜍动心？

> 旧言月中有桂①，有蟾蜍，故异书言月桂高五百丈，下有一人常斫之，树创随合。人姓吴名刚，西河②人，学仙有过，谪令伐树。释氏书言须弥山③南面有阎扶树④，月过，树影入月中。或言月中蟾桂地影也，空处水影也，此语差近。

---

① 旧言月中有桂：月上有桂树之说，上可溯至汉代，《太平御览》引《淮南子》："月中有桂树。"
② 西河：唐代西河县，在今山西汾阳。唐前之西河，或指今山西、陕西间南北流向的黄河流域；或指春秋卫国西境黄河沿岸地区；又或指战国魏地，今河南安阳一带。吴刚所处年代不确，不知此西河所指。
③ 须弥山：佛家所说矗立于世界中心的天柱之山，日月绕山沉浮，欲界六天依山而立，周围是四大部洲，山顶坐落着帝释天的善见城。
④ 阎扶树：佛经所言生长在须弥山以南南瞻部洲的树王，树围七由旬，高百由旬（超过1000千米），树冠笼罩五十由旬。《长阿含经》："复以何缘月有黑影？以阎浮树影在于月中，故月有影。"

◎ 摘星手

僧一行博学，瞻星揆地，究极幽微，无所不知，尤精历象、阴阳、五行之术，胸中堂奥，深不可测。他俗姓张，名遂，是唐初名将张公瑾之后，兰锜之门，传到父辈一代已见中落。一行幼时，家境窘困，好在邻家有位王姥姥，怜他忠良之后，又爱他聪敏上进，时时周济，前后馈赠不下数十万钱。

开元年间，一行得皇上礼遇迎请入宫，但有所言，皇上无不允从，由是饮水思源，时常思量着报答姥姥。不久，姥姥儿子杀人被捕，她趁着尚未结案，找到一行求救。一行为难道："姥姥若要金银财帛，一行愿十倍相赠。可是当今圣天子在位，法政清朗，上下归心，实在难以请求徇私。"姥姥勃然变色，戟指怒骂："当初供你饮食读书，从未指望回报，如今我儿命在旦夕，你却有力不使！我有眼无珠，识得你这忘恩负义的和尚！"拂袖而去，一行紧追在后道歉赔罪，姥姥始终不理，径自去了。

一行闷闷不乐良久，忽而心中一动，闪过一个极其大胆的想法，当下令浑天寺工役腾出一室，抬了口大瓮进来。又秘密挑了两个得力的工人，交给二人一只布囊，吩咐道："城中某民坊角落有处废园，你二人中午进去躲起来，入夜之前，必有七只动物成群入园，到时全部捉住，不可放走一只，倘若疏漏，杖刑严惩！"二人领命前往，直等到太阳将落，果然见七头小猪哼哧哼哧奔进园子，那二人早设下机关，一举擒回。一行得猪大喜，全部投进瓮中，覆以木盖，用六一泥封死瓮口，外题朱字梵文镇压。徒从们瞧得莫名其妙，不知道上师这样郑重其事地捉几头猪崽做什么。

次日天尚未亮，一行住处大门给拍得震天响。原来是宫里来人，说皇上急召。一行相随入宫，进了便殿，玄宗劈头就问："太史昨夜奏称天象有异，群星各在其位，唯独北斗七星好端端的消失了！上师学究天人，可知这是何兆，有何禳解之法？"一行道："后魏之世，天宫曾不见了火星。北斗七星全部消失，臣也闻所未闻。臣以为，这是大警之象，古往今来，但凡黎民流离、社稷不稳，必定陨霜赤旱，非天子盛德不能感化天心。佛经言'瞋心坏一切善，慈心降一切魔'，以臣曲见，禳解之法，莫如大赦天下。"玄宗从之，即日颁诏大赦，王姥姥家的儿子，也被纳入了赦免之列。当晚，太史回报，说北斗位置出现了一颗星。七天后，七星全数复原。

成式认为此事颇怪，但众口纷传，不得不收录于此。

僧一行博览无不知，尤善于数，钩深藏往，当时学者莫能测。幼时家贫，邻有王姥，前后济之数十万。及一行开元中承上敬遇，言无不可，常思报之。寻王姥儿犯杀人罪，狱未具①。姥访一行求救，一行曰："姥要金帛，当十倍酬也。明君执法，难以请（一曰情）求，如何？"王姥戟手大骂曰："何用识此僧！"一行从而谢之，终不顾。一行心计浑天寺中工役数百，乃命空其室内，徙大瓮于中。又密选常住奴二人，授以布囊，谓曰："某坊某角有废园，汝向中潜伺，从午至昏，当有物入来。其数七，可尽掩之。失一则杖汝。"奴如言而往。至酉②后，果有群豕至，奴悉获而归。一行大喜，令置瓮中，覆以木盖，封于六一泥③，朱题梵字数寸，其徒莫测。诘朝④，中使叩门急召。至便殿，玄宗迎问曰："太史奏昨夜北斗不见，是何祥也，师有以禳之乎？"一行曰："后魏时，失荧惑⑤，至今帝车⑥不见，古所无者，天将大警于陛下也。夫匹妇匹夫不得其所，则陨霜赤旱，盛德所感，乃能退舍。感之切者，其在葬枯出系乎？释门瞋以心坏一切善，慈心降一切魔。如臣曲见，莫若大赦天下。"玄宗从之。又其夕，太史奏北斗一星见，凡七日而复。

成式以此事颇怪，然大传众口，不得不著之。

---

① 狱未具：尚未结案。
② 酉：下午五点到七点。
③ 六一泥：炼丹时用以封炉，防丹精外泄的封泥，取七物合成，意为"天一生水，地六成之"，天数一，地数六，故名。
④ 诘朝：次日早晨。
⑤ 荧惑：二十八宿之火，东方苍龙七宿的心宿二，也指火星。
⑥ 帝车：北斗七星。《史记·天官书》："斗为帝车，运于中央，临制四乡。"

◎ 邪僧

唐朝通都大邑的布局，采取的是"坊市制度"，居民区为坊，商业区为市。城市管理施行宵禁，夜晚不许商业经营，也不许居民外出，市民购物采买都集中在白天，市场格外热闹。像长安这样的超级城市，更是商旅殷繁，做同类生意的店肆扎堆聚集，形成"行"，卖鱼的鱼行、做布匹的绢布行、贩茶叶的茶行，长安东市就有二百二十行之多，当真连云栉比，就中隐有无数富比陶朱的大商巨贾。

这则故事，就发生在一户富商家里。

长安东市的生意人王布，不但家财万贯，而且知书达礼，为人慷慨，无论顾客百姓，或者商人同行，都愿同他结交，在长安城人缘极佳。

王布有个女儿，生得明丽聪颖。唐顺宗永贞元年，小姑娘十四五岁时，两鼻孔各长出一条息肉，根如麻线，长一寸左右，像两枚皂荚般垂出鼻孔，轻轻一触，痛入心髓。王布花费数百万延请良医求治，毫无效果。眼见花一样的女孩，整日给折磨得寝食不安，渐渐憔悴，做父亲的心焦不已。

长安城"市井十洲人"，来华经商、传教的胡人夷客遍布街衢。这天，有梵僧上门化缘，问王布："听闻施主爱女患有怪病，可否容贫僧一见，或有疗方。"当时关于天竺僧人神通的传说不少，早在开元年间，善无畏、不空和金刚智三位梵僧来华创下密宗，显示过不少奇迹，极得天子礼遇。天竺医术比之中土，亦另擅其长，王布久有耳闻，大喜称谢，立时召女出见。

梵僧瞧见王姑娘，微露喜色，道："此症虽怪，除之不难。"取出一副白色药粉，向姑娘鼻脸间一吹，两枚红肿的息肉随即枯萎干瘪，连根脱落，只出了些黄水，而王姑娘兀自发怔，竟毫无痛感。

这一来，王布全家将那梵僧奉作了仙佛，又是命人准备金银厚仪答谢，又是张罗筵席，梵僧道："施主勿要烦劳，方外之人，不贪厚币布施，贫僧只想请施主见赐这两枚息肉，其他一概不要。"王布大奇，这种东西，要来何用？但想此辈高人奇士，不可以常理相度。梵僧珍而重之收好息肉，告辞离开，王布送出门时，梵僧背影已在百步之外，其行如飞，须臾不见。

梵僧去了半响，又有人叩门求见，却是个美如冠玉的少年，骑一匹通体雪白的骏马，探问道："借问一声，适才可曾有个外邦僧人来过？"王布以为是那神僧的朋友，急忙延入道："确实有位法师来过，服饰不类中土比丘。"少年急问："那僧人可是治好了令爱的鼻疾，索了两枚息肉而去？"王布大奇，心想此事刚刚发生，只有家人知道，此人怎会得知？当下将梵僧前来化缘，治愈女儿怪病等事一一具告。少年听完，面如死灰，恨恨道："都怪马伤了蹄子，竟然被这恶僧抢先！"王布听他语气不善，忙问端的，少年叹道："天帝身前两名乐神偷下凡间，最近探知藏在令爱鼻中。天庭命我下界捉拿，没想到恶僧下手如此之快，这下我定难逃失职之罪！"

王布张口结舌，不能言语，只好一揖到地，再抬起头来，少年已踪影不见。

若按神怪路子推演这件事，梵僧胆敢得罪天界将乐神取走，多半是个道行高深的魔头，神魔之间恐怕还将有多场斗法。只是他们行迹隐秘，与人间俗世的交集只此匆匆一晤，是以其中恩怨纠葛，以及两位乐神最终命运，是被梵僧炼化服食，还是得美少年救回天界，俱都无从猜测了。

这也是六朝及唐人志怪的一样特色，不似后世狐鬼故事因果悉备、结局完整，有时戛然而止，留下永远无法确知的悬疑。

永贞①年，东市百姓王布，知书，藏镪②千万，商旅多宾之。有女年十四五，艳丽聪晤，鼻两孔各垂息肉，如皂荚子，其根如麻线，长寸许，触之痛入心髓。其父破钱数百万治之，不差。忽一日，有梵僧乞食，因问布："知君女有异疾，可一见，吾能止之。"布被问大喜，即见其女。僧乃取药，色正白，吹其鼻中。少顷，摘去之，出少黄水，都无所苦。布赏之白金，梵僧曰："吾修道之人，不受厚施，唯乞此息肉。"遂珍重而去，行疾如飞，布亦意其贤圣也。计僧去五六坊，复有一少年，美如冠玉，骑白马，遂扣门曰："适有胡僧到无？"布遽延入，具述胡僧事。其人吁嗟不悦，曰："马小踠足③，竟后此僧。"布惊异，诘其故，曰："上帝失乐神二人，近知藏于君女鼻中。我天人也，奉帝命来取，不意此僧先取之，吾当获谴矣。"布方作礼，举首而失。

---

① 永贞：唐顺宗李诵年号，公元805年。这年正月，唐顺宗即位，改元永贞，在位仅八个月，就因健康状况不佳禅位给太子李纯。次年，宪宗李纯改年号为"元和"。
② 镪[qiǎng]：通"繦"，穿钱的绳子，引申为成串的铜钱，泛指钱币。
③ 踠足：足部扭伤。

◎ 金背蛤蟆

长庆年间，八月十五之夜，有人在外赏月，见月光如瀑，注入林中，有如一匹白练，循光往探，见光束之下，伏着一只金背蛤蟆，怀疑这就是月亮上的那只蟾蜍。工部员外郎张周封曾说起此事，但忘了当事人姓名。

长庆①中，有人玩八月十五夜，月光属于林中如疋布。其人寻视之，见一金背虾蟆，疑是月中者。工部员外郎②张周封③尝说此事，忘人姓名。

---

① 长庆：唐穆宗李恒年号，821—824年。
② 工部员外郎：唐尚书省六部，每部各辖四司，员外郎为诸司副官，从六品上。

张周封所处的年代,员外郎月俸约四万钱,算得上秩清禄美。工部四司为:工部、屯田、虞部、水部,张周封就是工部的工部司副司长,掌兴造众务,诸如城池修浚、土木缮葺、公廨屋宇等。

③ 张周封:字子望,曾为西川节度使李德裕从事(幕僚),入朝为补阙,迁工部员外郎。此人是段郎好友,与段志趣相投,本书出场共计八次之多,每次都有稀奇古怪之事奉上。

◎ 白衣客

唐文宗大和年间,郑仁本的表弟——忘记叫啥了,跟一个姓王的秀才同游嵩山。二人攀藤越涧,入山太深,迷失了回去的路。天色将晚,仍不知身在何处,焦躁逡巡之间,忽听树丛中有打鼾声,拨开枝杈灌木,借着融融月色,只见山石上卧着个白衣男子,头下枕着个包袱样子的东西,正在山风中呼呼酣睡。二人上前叫醒,问道:"我等偶然来此,迷失归路,足下可知官道的方向?"那人抬头看了看两人,一声不吭,又翻身睡倒。二人无奈,再三告罪呼唤,那人相当不情愿地起身道:"好了好了,要找官道是吧,跟我来。"二人紧随其后,问他从哪里来,何以睡在山上。那人笑道:"你们可知月亮是七宝合成的吗?你看那月亮扁扁的样子,其实月亮的形状乃是球体,而非饼状。月球表面有阴暗部分,是因为其本身凹凸不平,反射了太阳光的缘故。月球上有八万两千户维修工,我就是其中之一。"说着打开适才所枕的包裹,里面整整齐齐地收纳着斧子、凿子一类工具。他取出两包玉屑饭分授两人道:"你们分着吃了吧。虽不足以长生不死,也能保一生无疾。"扶着二人,指着一条小路道:"顺着这条路走,自能走到官道。"二人顺着方向看去,再一回头,白衣人已消失无踪。

这就是"玉斧修月"事件,白衣客短短的一句话,透露了令人惊奇的超前认识,特别是"其影,日烁其凸处也"一句,指出月球表面凹凸不平造成太阳光反射强弱不均,是月亮看上去明暗斑驳的原因,在望远镜问世 700 多年前,这一观点委实不可思议。又说"月乃七宝合成",似乎在暗指"月亮是人工以合金制成"。其他如"月亮是球体"等也远超当时寻常百姓,以及大多数知识分子的认知。此人身份大是可疑,他自称"月球修理工",倘当真是驻扎月球基地的天外来客技术人员,有此见识,倒也不奇了。

大和①中,郑仁本表弟,不记姓名,常与一王秀才②游嵩山,扪萝③

越涧,境极幽后,遂迷归路。将暮,不知所之。徙倚④间,忽觉丛中鼾睡声,披榛窥之,见一人布衣,甚洁白,枕一幞物⑤,方眠熟。即呼之,曰:"某偶入此径,迷路,君知向官道否?"其人举首略视,不应,复寝。又再三呼之,乃起坐,顾曰:"来此。"二人因就之,且问其所自。其人笑(一曰言)曰:"君知月乃七宝合成乎?月势如丸,其影,日烁其凸处也。常有八万二千户修之,予即一数。"因开幞,有斤凿数事,玉屑饭两裹,授与二人曰:"分食此。虽不足长生,可一生无疾耳。"乃起二人,指一支径:"但由此,自合官道矣。"言已不见。

---

① 大和:一作"太和",唐文宗李昂年号,827—835年。
② 秀才:唐代科举科目,有进士、明经、秀才、明法(法律)、算(数学)、书(书法)等常科,秀才科为诸科翘楚,录取最难。唐初地方上贡举士人,多有报名秀才科者,但由于此科门槛太高,每年中式的只得一二人而已。唐太宗即位后,为了杜绝州郡营私舞弊,胡乱贡举权贵子弟报考秀才科,规定"举而不第者,坐其州长",考不中的,地方长官承担责任。由是各地禁止举子报考秀才科,此科式微,终于废绝。"秀才"一词却保留下来,成为后世恭维读书人的美称。
③ 扪萝:攀援藤蔓。
④ 徙倚:徘徊逡巡,此处形容焦躁无计的样子。
⑤ 幞物:像包袱的东西。

玉 格
道法天地

传说东海仙府青华宫有金房玉格，陈列宝经三百卷、玉诀九千篇。"玉格"即存放道书的玉制书架，段氏以此代指道家典藏。本章多记道家太虚灵境及神仙法术。

◎ 三界诸天

道家所说三界诸天，数量与佛家之说相同，都是二十八天，只是名称有别而已。道教三界之外的空间，叫作四人境，包括常融天、玉隆天、梵度天、覆奕天。四人境外，就是三清，三清之中各有一天，分别是大赤天、禹余天、清微天。三清之上，是诸天最高的大罗天。又有"波犁答恕天"等九天的说法。

道家诸天之说，约发轫于魏晋，诸天结构和划分，大抵与佛经的三界诸天相仿，比如佛教有欲界、色界、无色界。道教也有欲界、色界、无色界。佛教三界有六道（地狱道、饿鬼道、畜生道、阿修罗道、人道、天道）、二十八天（欲界六天、色界十八天、无色界四天），道家也有二十八天。为示不同，道家二十八天之上，又增以四人境、三清天以及大罗天，此三者，皆已跳出三界，不受劫数制约。

道教原本没有"三清"的概念，起初张道陵创立的天师道奉太上老君；魏华存、陶弘景的上清派奉元始天尊；葛洪的灵宝派奉元始天尊和太上大道君（灵宝天尊）。三家各行其是，民间信徒则莫衷一是。到南北朝末期，三清始而合流，一并崇拜。"三"之数，也符合《道德经》"道生一，一生二，二生三，三生万物"的哲学。三清确定下来，三清所处的三清境随即出现，就是清微天的"玉清境"、禹余天的"上清境"、大赤天的"太清境"。不过三清还不是至高之处，三清之上，包罗一切、弥盖宇宙的大罗天，才是诸天终极所在。俗话常说"大罗金仙也救不了"，意思便是最高天神也无能为力。

> 道列三界诸天，数与释氏同，但名别耳。三界外曰四人境①，谓常融、玉隆、梵度、覆奕四天也。四人天外曰三清，大赤、禹余、清微也。三清上曰大罗，又有九天波利②等九名。

① 四人境：原称四民天，唐人讳李世民之"民"字改。
② 九天波利：道经《灵宝洞玄自然九天生神章经》载，三清分别化玄、元、始三气，三气再化为三，生九天。九天之名，各道藏记载不同，《酉阳杂俎》当与《洞真太上太霄琅书》一致，分别为：郁单无量天、上上禅善无量天、梵监天（一名须延天）、兜率天（寂然天）、不骄乐天（波罗尼蜜天）、化应声天（他化自在天）、梵宝天（波罗邪拔致天）、梵摩迦夷天（梵众天）、波犁答恕天（大梵天）。

◎ 天纲地轴

天有十二纲，北斗九星绕天关运行，三百六十转为一周，运行满三千六百周，天之气阳激而勃。地机以十二时纪，推四方汇集之水，三百三十转为一度，三千三百度则阳气亏尽。天地相距四十万九千里，四方相距一亿九千里。

这一段摘自东晋道书《上清三天正法经》，记载了道家关于末世浩劫的预言。经文认为，宇宙有天、地、大、小四种劫数，天地小劫相交，则万帝易位，九气改度，日月缩运，凶秽灭种；大劫相交则天地翻覆，河海涌决，山沦地没，金玉化消，六合冥一。劫数周期都是天文数字，大劫之交被称为"终劫"，近乎终极。

> 天圆十二纲，运关①三百六十转为一周，天运三千六百周为阳孛。地纪推机②三百三十转为一度，地转三千三百度为阳蚀。天地相去四十万九千里，四方相去万万九千里。

① 天纲运关：天关指北极星，天纲指绕北极星运动的北斗九星（北斗七星和两颗辅星）。
② 地纪推机：道经所说的地轴运行周期，传说地轴位于九泉之下，由水流推动运行。《云笈七签》："地机在东南之分，九泉之下……以十二时纪推四会之水……九千三百度为大劫之终，阴运之极。当此之时，九泉涌于洪波，水母鼓于龙门，山海冥一，六合坦然。"

◎ 天地之脐

神仙传记《仙鉴》记载,张道陵张天师成道之日,太上老君亲自到场升座,重演正一盟威。张天师召四镇太岁、五岳神祇,万神来宗。天师宣老君敕令,众神崇奉正道、佐国安民,有犯科者则诛之。又定三十六靖庐、七十二福地、三百六十名山,各遣一正神镇守。

故曰天下有三百六十座名山,七十二处福地。名山之中,昆仑山是天地的丹田,上通璇玑元气,普引九天之澳,灌溉万仙宗根。

另外,九地、四十六、八酒仙宫,据说都是冥界放逐阴魂之地。

> 名山三百六十,福地七十二,昆仑为天地之齐①。又九地、四十六土②、八酒仙宫,言冥谪阴者之所。

---

① 天地之齐:应是"天地之脐",传说昆仑山是地球的肚脐,位于神州西北五千里处。山顶有阆风台、昆仑宫、天墉城,西王母居其中。
② 九地、四十六土:九垒三十六地,传说中冥界的一种分层方式,共分三十六层,每层有一位"土皇"分治。

◎ 鬼都罗酆

赫赫有名的鬼都"泉曲之府,北都罗酆"是东晋时期道教的原创冥界。道藏描述,酆都位于极北之地,《酉阳杂俎》引陶弘景《真诰》"罗酆山,在北方癸地",也就是距中土万里之遥的北溟海。罗酆山上参碧落,下际风泉,山势险峻,绵延极广,正当绝阴之地,酷寒而黑暗。从来宇宙间的清气轻灵,升而为天,而一切重浊之气,则在北极凝聚,不知经过多少亿万岁月,盘结形成此山,是为死气之根,终年黑气磅礴。

酆都之主,号"北帝大魔王",也叫"北酆鬼王""北太帝君",是北极紫薇大帝的前身(或说化身),职守三千年一替,手下八十一万鬼兵。传说上届鬼王,由阪泉之战败北的炎帝担任。鬼都下辖十二宫,合用六名,分别是:

纣绝阴天宫,北帝大魔王亲自主理;

泰煞谅事宫,西明王(周文王)坐镇,主暴死亡魂;

明辰耐犯宫，南明王（召公）主管，主圣贤亡灵；

怙照罪气宫，北斗真君主司，判定祸福吉凶、应生应死、续命减寿等；

宗灵七非宫，东明公（夏启），主道教信徒亡灵；

敢司连宛宫，北明公（季札），主犯戒的道教信徒亡灵。

除此之外，还有天、地、水三元鬼宫，其中中元地宫下辖九垒三十六土皇，主陆地生灵包括神仙生死；下元水宫主水神及蛟龙鲸鲵等水族万灵的生死灵魂。《酉阳杂俎》载道：

罗酆山，位于极北之地，方圆三万里，高两千六百里。山上有洞天六宫，六天鬼神居于其中：其一纣绝阴天宫，其二泰煞谅事宫，其三明辰耐犯宫，其四怙照罪气宫，其五宗灵七非宫，其六敢司连苑宫。人死皆会至此。常念六天宫之名，则鬼祟不侵。洞天所在的境界，由三阴统治。其中，明辰耐犯宫主生，纣绝阴天宫主死。臧否祸福、增夷命数，则由怙照罪气宫之主北斗君司理。

项梁城有一篇《酆都宫颂》写道："纣绝标帝晨，谅事构重阿。炎如霄汉烟，勃如景耀华。武阳带神锋，怙照吞清河。开阖临丹井，云门郁嵯峨。七非通奇灵，连苑亦敷魔。六天横北道，此是鬼神家。"全文洋洋洒洒，共有两万余字，这里只是摘录了天宫之名。夜间轻声诵读，可使鬼魅远辟。

有罗酆山，在北方癸地①，周回三万里，高二千六百里。洞天六宫，周一万里，高二千六百里。洞天六宫，是为六天鬼神之宫。六天，一曰纣绝阴天宫，二曰泰煞谅事宫，三曰明辰耐犯宫，四曰怙照罪气宫，五曰宗灵七非宫，六曰敢司连苑（一曰究）宫。人死皆至其中，人欲常念六天宫名。空洞之小天，三阴所治也。又耐犯宫主生，纣绝天主死。祸福续命，由怙照第四天鬼官北斗君所治，即七辰北斗之考官也。项梁城《酆都宫颂》曰："纣绝标帝晨，谅事构重阿。炎如霄汉烟，勃如景耀华。武阳带神锋，怙照吞清河。开阖临丹井，云门郁嵯峨。七非通奇灵，连苑亦敷魔。六天横北道，此是鬼神家。"凡有二万言，此唯天宫名耳。夜中微读之，辟鬼魅。

---

① 北方癸地：癸者，归也。于时为冬，方位在北，五行属水，指极北方主水之地，也就是北溟。

◎ 重思稻

酆都出产一种名叫"重思"的水稻,米粒如石榴籽,较人间稻米颗粒稍大,味似菱角。杜琼作《重思赋》曰:"霏霏春暮,翠矣重思。云气交被,嘉穀应时。"

> 酆都稻名重思,其米如石榴子,粒稍大,味如菱。杜琼作《重思赋》曰:"霏霏春暮,翠矣重思。云气交被,嘉穀应时。"

◎ 鬼官

东明公由夏启出任,西明公是周文王,南明公是召公,北明公是季札,四明公分领四方鬼。

至忠至孝之人,死后可为鬼官,一百四十年后得下仙之位,得授大道。人间顶级的圣贤,死后获授三官手书,封鬼官,一千年后,入天地水三元九宫、五帝手下任职,再经一千四百年,有机会游太清境,迁转九宫中仙之位。又有"善爽鬼""三官清鬼"等,都是前世积过阴德之人,死后将编入三元九宫为鬼官,接着发入来世再加修炼。经过七世累修,阴德如生根发叶,终将成就正果。这种人死时会有一只脚的脚骨归入三元宫,男左脚、女右脚,其余骨骼照常,册封鬼官二百八十年后,便可得证地仙位业了。

> 夏启为东明公,文王为西明公,邵公①为南明公,季札②为北明公,四时主四方鬼。至忠至孝之人,命终皆为地下主者,一百四十年乃授下仙之教,授以大道。有上圣之德,命终受三官书③,为地下主者,一千年乃转三官之五帝,复一千四百年方得游行太清,为九宫之中仙。又有为善爽鬼者,三官清鬼者,或先世有功,在三官流。逮后嗣易世练化,改世更生。此七世阴德,根叶相及也。命终当道遗脚一骨,以归三官,余骨随身而迁。男左女右④,皆受书为地下主者,二百八十年,乃得进处地仙⑤之道矣。

---

① 邵公:姬奭[shì],周初贤臣,西周宗室。周代商后,姬奭封地燕国,但他本人仍留镐京,连续辅佐周武王、周成王、周康王,与周公旦分陕协理天下。

② 季札：吴王阖闾的叔叔。
③ 三官书：三官即天、地、人三元，酆都的上元天官、中元地官、下元水官各领三宫，掌管天、地、水中万物生灵，包括神仙的生死亡灵。所谓三官书，指三元九宫颁下的旨意。
④ 男左女右：语自《真诰》，是描述道家"尸解"，也就是死后成仙者的尸体状态："此七世阴德，根叶相及也，既终当遗脚一骨，以归三官，余骨随身而迁也。男留左骨，女留右骨，皆受书为地下主者。二百八十年乃得进受地仙之道矣。"
⑤ 地仙：传说仙人有等级之分，神灵而无形，是鬼仙；处世无疾病烦恼而高寿，是人仙，比如彭祖之类；御空飞行、寒暑不侵、长生不死，是地仙；神形俱妙、与道合真、变化无穷、隐现莫测，散则成气、聚则成形，是天仙。

◎ 地狱

炎帝任北太帝君，主管天下鬼神。所谓三元品式、明真科、九幽章等，都是幽冥的规章戒律；连苑、曲泉、泰煞、九幽、云夜、九都、三灵、万掠、四极、九科等，都是阴司。

三十六地狱中，有流沙赤等名称。溟涬地狱位于北岳恒山之下。又有二十四地狱，如九平、元正、女青、河北等。凡人犯满恶行五千，打入五狱为鬼；恶行六千，打入二十八地狱；犯满万恶，堕入薜荔地狱。

> 炎帝甲①为北太帝君，主天下鬼神。三元品式②、明真科③、九幽章，皆律也。连苑、曲泉、泰煞、九幽、云夜、九都、三灵、万掠、四极、九科，皆治所也。三十六狱，流沙赤等号溟涬狱，北岳狱也。又二十四狱④，有九平、元正、女青、河北等号。人犯五千恶⑤为五狱鬼，六千恶为二十八狱狱囚，万恶乃堕薜荔也。

---

① 炎帝甲：特指阪泉之战败给黄帝的一任炎帝，而非更古老的神农炎帝。
② 三元品式：应是《三元品戒》，全称《太上洞玄灵宝三元品戒功德轻重经》，主要记罗酆山三元宫督察三界神仙的种种规章戒律。
③ 明真科：《九真明科》，其中有戒罪、赎罪等篇，记修道者的九种罪过。
④ 二十四狱：罗酆山有二十四狱，分别是天、地、水诸般犯禁亡灵幽困之所，由两千四百巨天力士把守，捶考死魂，以治其罪。
⑤ 五千恶：道家警恶之说，《云笈七签》："凡人有一千恶者，后代祆逆。二千恶者

为奴厮。三千恶者六疾孤穷。四千恶者恶病流徒。五千恶者为五狱鬼。六千恶者二十八狱囚。七千恶者为诸方地狱徒。八千恶者堕寒冰狱。九千恶者入无边地狱，一万恶者堕薜荔地狱。堕薜荔地狱者，永无原期，渺渺终天，无由济拔。"

◎ 酷刑

生灵犯下的罪状，由冥界记录在黑录白簿、赤丹编简之上，量罪施刑。酷刑包括搬运蒙山石填积夜河、开凿泰山以填塞黄河之源、西津水洞和东海海眼，以及在利刃组成的风暴中饱受千刀万剐、雷轰电击。

> 罪簿有黑绿白簿①，赤丹编简。刑有搪蒙山石、副太山、搪夜山石、塞河源②及西津水、置东海、风刀、电（一曰雷）风③、积夜河。

---

① 黑绿白簿：《上清后圣道君列纪》："太阴注死生，有黑录白簿，赤丹编简。朱砂、朱漆为阳性，黑墨呈阴性，故以丹简墨录主生死。"
② 塞河源：将受刑者塞入黄河源头，跟神魔小说"命黄巾力士拿了填海眼"是一样的，永受浸灌、水压之苦。
③ 电风：置于雷电饱和的狂风中。

◎ 神阶

略。

> 鬼官有七十五品。仙位有九太帝，二十七天君，一千二百仙官，二万四千灵司，三十二司命，三品①、九品②、七城（一曰域，一曰地）。九阶二十七位，七十二万之次第也。

---

① 三品：诸神的三种境界，由低到高为：仙、真、圣。
② 九品：三品又分九等，从低到高分别是：上（比如上仙、上真、上圣，以此类推）、高、大、神、玄、真、天、灵、至。

◎ 老子化胡

传说老子李耳出生于西周初,《史记·老子韩非列传》记载,到东周中叶,老子见周王室衰微,乃骑青牛西出函谷关而去,不知所终。据《列仙传》《神仙传》言,老子过函谷关前,先有紫气东来,关令尹喜擅长望气,看出将有高人经过此地,恭敬洒扫四十里迎接。老子早算得尹喜命中该当得道,行次函谷关,便在此住下。

这天,尹喜接到一份诉状,被告人正是老子。原来老子有个仆人叫徐甲,自从跟了老子以来,从未发过工资。本来老子答应他,工钱按每天一百钱算,至今已欠了七百余万钱。徐甲见老子要出关西行离开华夏,不由着急,心想趁着还在国内,赶紧告他一状。

状子到了尹喜手里,尹喜却不敢隐瞒,直接呈给老子。老子怒斥徐甲道:"我原先家里没什么钱,才雇了你做仆人,答应你到了安息国就用黄金还你,这两百年都熬过来了,怎么现在却等不及了?把'太玄清生符'吐出来吧!"徐甲身不由己,嘴巴张开,吐出一道木片,上面朱漆宛然若新,徐甲血肉枯槁,转眼坍塌成了一堆白骨。

尹喜哪里见过这等惨象?忙跪地叩头求老子饶了这人,并承诺替老子还钱,老子将符箓掷回枯骨堆里,徐甲当即复活。尹喜取了两百万付给徐甲,打发他走人。老子便收尹喜为徒,授以道法而去。尹喜整理其言,得五千条,是为《道德经》。

魏晋之世,佛道大起辩论,道家举《史记》记载,提出"老子化胡"论,说老子出关,是化身为佛陀,到胡人境地传法去了。宗教之争,由此演生出许多偏论。《酉阳杂俎》也摘录了一段唐前老子化胡的传说:

老子西行,越过沙漠,足迹遍布八十一国,在乌弋、印度等地化身佛陀,教化三千国,衍生出九万多种戒律经文,汉代时从大月氏传入中土的《复位经》即是其一。

孔子是"元宫上仙",佛陀是三十三天的"延宾宫主",其布道处在天竺。有一位古先生,能以道法入无为之境界。

《魏书·释老志》亦载佛始于西域。陶弘景著作里说,神仙之国小方诸的居民多信奉佛教,长生不死,服用五星精华,读《夏归藏》,学书中法术飞行。《夏归藏》是一部菩萨戒经。

　　老君西越流沙,历八十一国。乌弋①、身毒②为浮屠③,化被三千国,有九万品戒经,汉所获大月支《复位经》是也。孔子为元宫仙④,

佛为三十三天仙，延宾宫主，所为道在竺乾⑤，有古先生⑥，善入无为。《释老志》⑦亦曰佛于西域得道。陶胜力⑧言，小方诸国⑨多奉佛，不死，服五笙精⑩，读《夏归藏》⑪，用之以飞行也。藏经，菩萨戒也。

---

① 乌弋：乌弋山离，中亚古国名，在今阿富汗南部。
② 身毒：印度。
③ 浮屠：佛陀。
④ 孔子为元宫仙：道家神仙系统极其庞大，吸收了大量古代名人，孔子也被位列仙班，至于处何职司，言人人殊。除了《酉阳杂俎》提到的"元宫仙"外，一说孔子降生之前，有麒麟对乡大夫口吐玉简，那乡大夫拿过来一看，上面写着"水精子，继衰周而为素王"，则孔子为水精子下界；二说为太极上真公，治九嶷山。按照道家神仙三品九阶的分法，所有二十七品诸神中，"上真"只排第十八品，地位可谓不高；三说为广桑山真君，广桑山浮于东海，是"海五岳"之一、青帝居所，相当于只是个山神，地位也不高，此说出自《神仙感遇传》；四说为光净童子。
⑤ 竺乾：天竺。
⑥ 古先生：老子。《道藏·洞神部》言"老君西升，开道竺乾，号古先生"。
⑦ 《释老志》：指《魏书·释老志》，是正史中首次出现的宗教专章。
⑧ 陶胜力：陶弘景（456—536年），南北朝时人，道教上清派代表人物，丹道宗师，隐居茅山，梁武帝每有大事，飞诏与之参诀，时人谓"山中宰相"。
⑨ 小方诸国：方诸是东海仙山，有大方诸、小方诸，位于会稽东南七万里，一说是东王公居所，一说则属青帝。方诸山四四方方，故名。其地灵兽栖息，生有不死草。居民有奉佛、奉道者，食不死草、服五星精、读《夏归藏经》，长生不死，而且可以御空飞行。
⑩ 五笙精：应作"五星精"，金、木、水、火、土五星之精华。
⑪ 夏归藏：此处《归藏》，不是《连山》《归藏》者，指一部佛经。

◎ 方诸山

方诸山在东方。

方诸山在乙地①。

① 乙地：东方一个方位，区别于"甲地"的"汤谷"（日出之地）。

◎ 庄周

太极真仙之中，庄子任闹编郎。

> 太极真仙中，庄周为闹编郎①。

① 闹编郎：韦编，用绳子编连书简。韦编郎大概相当于人间的校书郎、修撰之类搞文字、修史工作的低阶文官。看看二圣的另一位老子李耳位极三清，乃是天上地下首屈一指的大神，相形之下，庄周这待遇未免太差了。

◎ 行善

守八十一戒，立一千二百善事，入神仙洞天修行；守二百三十戒，立两千善事，升为山上仙官；行善过万，升玉清境为上仙。

> 八十一戒，千二百善①，入洞天。二百三十戒，二千善，登山上灵官。万善，升玉清。

① 千二百善：《抱朴子》称，立三百善可证地仙位业，一千二百善可证天仙位业，然若有一恶，则前功尽弃。

◎ 神仙根骨

肚皮上长着白痣、眼球布满绿色血管、下体生有隐骨、漏斗胸、视野开阔能见上下左右四方、掌纹盘曲螺旋的人，是天生仙骨，可以不必修习，直接成道，得上仙位业。其次者，鼻子、肚皮上长着黑痣，也是仙人之相。但若口气不洁、不讲卫生，则不论什么神骨仙相，一笔勾销。

> 白志见腹，名在琼简①者；目有绿筋，名在金赤书②者；阴有伏骨，名在琳札③青书者；胸有偃骨，名在星书者；眼四规，名在方诸者；掌理回菌④，名在绿籍者。有前相，皆上仙也，可不学，其道自至。其次鼻有玄山，腹有玄丘⑤，亦仙相也。或口气不洁，性耐秽，则坏玄丘之相矣。

---

① 琼简：仙籍，神仙的人口登记簿。
② 金赤书：青金赤书，是道家仙籍。此书上登记的都是，"丹心紫孔、黄华绕骨，口齿间有玉液琼浆"，生具异象、天生仙根仙骨之人。青金赤书上有隐文，能识者立即飞升云宫，腾景上清。
③ 琳札：道士斋醮所写的表章，此处指仙籍。
④ 回菌：盘曲螺旋貌。
⑤ 玄山、玄丘：黑痣。

◎ 三尸神

人体五脏、九宫、十二宫、四肢、五体、三焦、九窍、关节、骨骼之中，总共寄居着三万六千神灵。人之魂，以精为根本；魄以眼睛为门户，魂魄是可以拘制的。

寄居在人体魂魄的三个鬼神，会在庚申日这天三次向司命大神打小报告，汇报宿主的日常过恶，司命神则根据三尸的汇报材料，扣除宿主的寿命。三尸各有姓名，《抱朴子》说上尸叫彭琚，也叫青姑，损人眼目，使人贪吃；中尸叫彭质，也叫白姑，损人五脏，使人财迷；下尸叫彭矫，也叫血姑，损人肠胃，使人好色。三尸也叫玄灵，又有说法，说其中之一宿于人脑，其色黑，令人贪财；一者居人腹，色青，令人贪吃，性易怒；一者居人脚，令人贪色，性欢快。因此修道者通常会练习驱除三尸之法，把天神派下来的探子灭了，就是修仙第一步。克制和消灭三尸的办法，《酉阳杂俎》说，连续三个庚申日熬夜不睡觉，三尸将无暇上天打小报告；连续七个庚申日不睡，可以灭掉三尸。

五藏①、九宫②、十二室、四支、五体③、三焦④、九窍⑤、百八十机关⑥、三百六十骨节、三万六千神⑦随其所而居之。魂以精为根，魄以目为户。三魂⑧可拘，七魄可制。庚申日，伏尸⑨言人过。本命日，天曹计人行。三尸一日三朝，上尸青姑伐人眼，中尸白姑伐人五藏，下尸血姑伐人胃。命，亦曰玄灵⑩。又曰一居人头中，令人多思欲，好车马，其色黑；一居人腹，令人好食饮，恚怒，其色青；一居人足，令人好色，喜煞。七守庚申三尸灭，三守庚申三尸伏。

---

① 五藏：五脏，心、肝、肺、肾、脾。
② 九宫：人体可按九宫八卦划分，古今分法林林总总，五花八门，不一一具述。
③ 五体：筋、脉、肌肉、皮毛、骨。
④ 三焦：上焦、中焦和下焦。将躯干分为三个部分，横膈以上内脏器官为上焦，包括心、肺；横膈以下至脐内脏器官为中焦，包括脾、胃、肝、胆等；脐以下为下焦，包括肾、大肠、小肠、膀胱。
⑤ 九窍：眼、耳、鼻、口七窍以及前后阴。
⑥ 百八十机关：《无上秘要》："人身有一百二十关节"，或指此。
⑦ 三万六千神：据说人体内有三万六千神灵，会将寄主所有善恶举动报知天、地、水三官。
⑧ 三魂：三魂分别是"爽灵""胎光""幽精"，传说常常诵念三魂的名字，有安魂之效。
⑨ 伏尸：三尸。
⑩ 玄灵：疑有脱文，玄灵也是三尸、穷神之类打小报告致人折寿的东西。

◎ 仙药

本则大略摘自《汉武内传》，是西王母披露的仙药。译述从略。

　　仙药：钟山白胶①、阆风石脑②、黑河珊瑚、太微紫麻③、太极井泉、夜津日草、青津碧荻、圆丘紫柰④、白水灵蛤、八天赤薤⑤、高丘余粮、沧浪青钱、三十六芝、龙胎醴⑥、九鼎鱼、火枣交梨、凤林鸣醋、中央紫蜜、崩岳电柳、玄都绮葱、夜牛伏骨、神吾黄藻、炎山夜日、玄霜绛雪、环刚树子、赤树白子、徊水玉精、白琅霜、紫酱、（一曰浆）月醴、虹丹、鸿丹。

---

① 钟山白胶：钟山应指《山海经·海外经》之钟山，衔烛之龙所居。白胶，就是枫香脂，枫香树的树脂，可入药。
② 阆风石脑：阆风指"阆风台"，在昆仑山顶，西王母所居。石脑，也叫"太一余粮"，为氢氧化物类矿物褐铁矿，主含碱式氧化铁［$FeO(OH)$］，古代医家认为，入药具有收敛止血之效。
③ 太微紫麻：太微指太微垣，三垣二十八宿之一。紫麻是一种仙草，东晋王嘉《拾遗记》载，服食能见鬼魅。
④ 柰：中国原产的一种小苹果。
⑤ 八天赤薤：薤即薤白，一种茎可食用的植物，其亚种之一就是藠头。《汉武内传》记载，八天赤薤万年才能长成，一般这么长时间才能吃的东西，按照中国神话的逻辑，差不多都是仙草灵药。
⑥ 龙胎醴：龙胎盘泡的药酒。

◎ 草药别名

植物和矿物取的仙气异名。译述从略。

  药草异号：丹山魂——雄黄①、青要女——空青②、灵华汍脲——薰陆香③、北帝玄珠——消石④、东华童子——青木香、五精金——阳起石⑤、流丹白膏——胡粉⑥、亭灵独生——鸡舌香⑦、倒行神骨——戎盐⑧、白虎脱齿——金牙石、灵黄——石硫黄、陆虎遗生——龙骨⑨、章阳羽玄——白附子、绿伏石、母慈石⑩、绛晨伏胎——茯苓、伏龙李——苏牙树、七白灵、蔬薙——白华，一名守宅，一名家芝。凡二十四名。

---

① 雄黄：四硫化四砷（As_4S_4），加热可被氧化为砒霜（As_2O_3）。古人常在金矿附近发现雄黄矿藏，故称之"金苗"，在炼金术中，雄黄被用来辅助炼化黄金。所谓"丹山魂"，恐亦指此。
② 空青：青琅玕，碳酸盐类矿物蓝铜矿的矿石，也叫"石青"，是古代绘画青色颜料的主要来源之一。炼金术士认为空青具有化金属为黄金之效。

③ 薰陆香：洋乳香，漆树科植物乳香黄连木的树脂。
④ 消石：芒硝，也叫化金石，顾名可知在炼金术中的作用。主要成分是硝酸钾（KNO_3）。
⑤ 阳起石：硅酸盐类矿物，是闪石系列的一员，晶体为长柱状、针状或毛发样。中医入药。
⑥ 胡粉：粉锡，主要成分是碱式碳酸铅，分子式为 $(PbCO_3)_2 \cdot Pb(OH)_2$，有毒。
⑦ 鸡舌香：即丁香，而李时珍说"雄为丁香，雌为鸡舌"，指出与丁香略异。唐代鸡舌香大多来自印度尼西亚。据说汉代官员面圣奏对时，通常先在舌底含一枚鸡舌香，以清口气，相当于口香糖。还有说法认为，饮酒时嚼鸡舌香，酒量能暂时性提高。
⑧ 戎盐：大青盐，产自甘肃、青海等地，是盐湖的沉淀物。
⑨ 龙骨：上古象、犀等骨趾化石。
⑩ 母慈石：磁石，炼丹常用。

◎ 仙籍

略。

图籍有符图七千章：雌一玉捡、四规明镜、五柱中经、飞龟秩、飞黄子经、鹿卢蹻乔经、含景图、卧引图、园芝图、木芝图、大隗新芝图、牵牛经、玉案记、玉珍记、腊成记、丹台经（一曰记）、日月厨食经、金楼经、三十六水经、中黄丈人经、协龙子鹿台经、玉胎经、官氏经、凤纲经、六阴玉女经、白虎七变经、九仙经、十上化经、滕中有首摄提经、三纲六纪经、白子变化经、隐首经、入军经、泉枢经、赤甲经、金刚八叠录（一曰经）。

◎ 老子传

传说老子的母亲叫玄妙玉女，太阳之精滴落地球，化为五色流星，势如弹丸，飞入玄妙玉女口中，她吞而有妊。这次怀孕，一孕就是三千七百年，到了赤明劫的甲子之年，才终于在扶力盖天西那玉国，郁察山浮罗之岳、丹玄之阿生下了老子。

另一种说法，孕期大大缩短，说玄妙玉女怀了八十一年。八十一年也实在够久了，想想看大约同一时代的陈塘关总兵李家夫人，一胎怀了三年六个月，生下来便是上天入地、闹海屠龙的哪吒三太子，三年半的已经如此厉害，玄妙玉女这胎怀了八十一年，那么将是何等神圣，简直难以想象。孩子迟迟生不下来，或许还有一个原因，玄妙玉女这一胎胎位不正，胎儿怀在了心脏附近，当然难以生产。后来玄妙玉女来到一株李子树下，拿刀剖开左腋，用腋窝把孩子生下出了。孩子一出世，就是满头白发，所以号称"老子"，落地之后行走七步，指着那李子树道："此乃吾姓！"于是就姓了李。

又有一种说法，说青帝遭劫，元气变化，托胎于洪氏，生为老子。

又有一种说法，老子的母亲本是元君，太阳之精入口，吞而怀孕。妊娠期间，身周有三色真气环绕，有五行化身的神兽扈从，一孕七十二年，在陈国苦县赖乡的涡水之阳、九井之西的李树下生下老子。

老子会三十六种变化，具七十二个化身。也有人说他有九个化身，还有人说他的化身多达一千两百个。

老子称号很多，诸如九大上皇洞真第一君、大千法王、九灵老子、太上真人、天老、玄中法师、上清太极真人、上景君，等等。

老子身高九尺，也有说他高两丈九尺。耳朵三个耳洞，也有人说他耳朵上长着相连的环，又有种说法，说他没有耳廓。眉毛形如北斗，绿色，生有五寸长的紫毛。瞳孔方形，布满绿色血管，目射紫光。他有两根鼻梁，嘴巴也是方形，有四十八颗牙。下巴长得像方形的土丘，腮如天坻，脸如龙，金光隐隐。额头三道纹，肚皮上三颗痣，脚踏阴阳五行，手上十道祥纹，全身绿毛，血液白色，头顶紫气氤氲。

老君母曰玄妙玉女。天降玄黄，气如弹丸，入口而孕。凝神琼胎宫三千七百年，赤明①开运，岁在甲子，诞于扶刀②，盖天西那王国，郁寮山丹玄之阿。又曰老君有胎八十一年，剖左掖而生，生而白首。又曰青帝③劫末，元气改运，托形于洪氏之胞。又曰李母本元君也，日精入口，吞而有孕。三色气绕身，五行兽卫形，如此七十二年，而生陈国苦县赖乡涡水之阳、九井西李下。

具三十六号，七十二名④。又有九名，又千二百。老君又曰九大上皇洞真第一君、大千法王、九灵老子、太上真人、天老、玄中法师、上清太极真人、上景君等号。

形长九尺，或曰二丈九尺。耳三门，又耳附连环，又耳无轮郭。眉如北斗，色绿，中有紫毛，长五寸。目方瞳，绿筋贯之，有紫光。鼻双柱，口方，齿数六八。颐若方丘，颊如横垅，龙颜金容。额三理，腹三志，顶三约把，十蹈五身⑤，绿毛白血，顶有紫气。

---

① 赤明：道家宇宙"五劫"之一，名虽为劫，其实并非劫难，而是宇宙形成发展的五个阶段，分别为"龙汉""延康""赤明""开皇""上皇"。《洞玄灵书经》载，龙汉时期开天辟地；龙汉之后的延康劫，天地破坏，宇宙重回混沌状态；赤明开光，天地复位，元始天尊出世；开皇阶段，老子降生，及长，元始天尊下降，授以大道。
② 扶刀：原文有脱漏和讹字，据《云笈七签》，应是："扶力盖天西那玉国郁察山浮罗之岳丹玄之阿侧。"
③ 青帝：远古神祇，五天帝之一，主东方，司春，掌万物生发。
④ 三十六号，七十二名：指道家赋予李耳的名号和化身，《太平广记》引《神仙传》胪列了一小部分老子分身，包括上三皇时的玄中法师，下三皇时的金阙帝君，伏羲时的郁华子，神农时的九灵老子，祝融时的广寿子，黄帝时的广成子，颛顼时的赤精子，帝喾时的禄图子，尧时的务成子，舜时的尹寿子，夏禹时的真行子，殷汤时的锡则子，西周的文邑先生，春秋战国的范蠡、鸱夷子、陶朱公。
⑤ 顶三约把，十蹈五身：据《神仙传》，应是"足蹈二五，手把十文"。"二五"指阴阳五行；"十文"或谓某种纹理。

◎ 太阴炼形

故老相传，修道之人登仙，往往元神和肉身一道脱骸解形而遁走，这叫作尸解。为了不致惊世骇俗，有些修士会制造死亡假象，留下随身之物，幻化成自己的尸身，是为"蜕"。凡人不能辨识，就把一具装着假尸的棺椁下葬了。过段时间打开棺木，那件替代尸体的物品法力失效，变回原貌，就有了棺内无尸，唯见衣物、刀剑、拐杖的怪事发生。

尸解有征可寻，凡修道之人死后面容如生，脚上皮肤不变青紫、不起皱褶，瞳孔聚而不散，头发尽数脱落，这些状态，意味着死者已尸解而去了。白天死的，是"上解"；过了子时死的是"下解"；破晓、傍晚时死的，则成"地下主"。

修仙之道同归而殊途，就中最神秘的修行法门，非"太阴炼形"莫属。关于此术，清朝名士袁枚的玄怪巨著《子不语》录有一个故事：

那是在乾隆二十七年，杭州有个姓叶的富商买进一所废弃的园子，打算修整一番作为别居。园子荒芜已久，圮坏不堪，需要下大力气改造，富商对此格外上心，时常亲临现场督工。这天正在凿一方池塘，工人们忽然喧嚷起来，原来是从地下挖出一样奇怪的东西。

那是两口合扣在一起的大水缸，两缸接合之处不知用了什么材料密封，粘得结结实实。富商知道，从前每逢战乱，有些富贵人家外出避祸，往往会将金银珠宝之类不易携带、又不易腐坏的贵重物事封存地下，留待日后回来再行起出。而藏宝人倘若死在了外面，或因为种种原因不能返乡，所藏财宝终为他人掘得的事情也常有听闻。

富商大感兴奋，想不到无意之间得了一笔横财？忙叫人打开一看，目瞪口呆，内中一个铜钱都没有，却盘膝端坐着一个人，羽衣星冠，模样似是个道士，皮肤红润，全无腐烂迹象，好像尚有生命。

在场众人无不大惊，这是什么人？为什么封在缸中？这园子荒废多年，土地久未翻动，显然不是最近才埋进去的，但若是积年之物，如何尸体竟未腐烂？

突然有人大叫一声："指甲！快看他的指甲！"众人定睛一看，无不倒吸一口凉气，那道人双手抱臂，十指指甲循着圆形的缸壁无限生长，一圈一圈绕在身周，恐怕不下数丈之长，像铁箍、又像蚕茧似的把他裹在其中。

人只要不死，指甲头发总会持续生长，道人指甲如此之长，不知道是有几十年、几百年未曾修剪了？可是，若被埋在地下几十年，人又怎能不死？

这个诡异的逻辑矛盾令众人不寒而栗，忽然间，那道人双眼睁开，目光莹然，冲着众人微微一笑。众人大叫一声，有的撒腿就跑，大喊"僵尸"。富商还算镇定，闪开几步，战栗着问道："你是人是鬼！"

道人仍然只是微笑，再无其他动作。众人离那水缸远远的，戒备半天，见他既不出声，也不出来，像瘫痪了似的，除眨眼微笑，连脖颈都无法转动。

富商左看右看，觉得道人不像什么凶恶的"异物"，他心地颇善，惧意一去，就想着救人，那道人却连连转动眼珠，神情甚急，好像不想出来。富商又倒来茶水，道人喝了，仍不能言语；富商继而疑心，难道这人患有重病？当时民间信服人参有"起死回生"之能，哪怕人只剩最后一口气，用人参也能吊住。富商家中有钱，浑不在乎区区一支人参，当下使人煎了碗参汤喂道人服下，道人微笑致意，依然不语不动。

这可奇怪了，富商彻底捉摸不出道人的来路。当天晚上，留下一个叫喜儿的小仆守着道人，自己备了几色水礼，去看一个朋友。

这位朋友学通四海，腹笥极宽，古往今来奇闻掌故装了一肚皮。见富商来访，也很高兴，当即留他在家吃饭。酒过三巡，富商谈起道人的事情，朋友闻言惊道："那必是修习'太阴炼形'的高人，功行尚未圆满，才不能言动，你最好照旧将他原地掩埋，比较妥当。"

富商听他说得郑重，忙问究竟，朋友"咕"地喝下杯酒，娓娓说出一番话来。

原来，人在出生后，先天资质就已固定，体质难以更改，想要修习成仙，必须易筋炼骨。相传道家有一门奇功，唤作太阴炼形，顾名思义，所谓"炼形"者，易经洗髓，炼化神形，换一副上乘根骨，借以羽化登仙。而所谓"太阴"，则是此术的代价，修习者需要"往阴世走一趟"，也就是先死一次，令血肉耗散，重新生长，才有炼成的希望。

早在两晋南北朝的时候，就有人尝试修炼此术。道教上清派祖师魏华存，本是西晋重臣魏舒之女，自幼好道。晋成帝咸和九年（334年）蒙神仙授药，服用七日后，抚剑化形而去，升仙为紫虚元君，管制南岳衡山，民间便称她南岳夫人。

魏华存有个徒弟，道号赵成子，从南岳夫人处得到一部道书，日夜用功苦修。一日若有所悟，来到幽州玄丘山，止于石洞之中，气绝身死。

大约五六年后，有个游人进山迷路，无意发现了石洞，入内一看，见一具奇怪的尸体盘膝端坐。尸体皮肉朽败殆尽，五脏六腑却新鲜完好，心脏居然还在微微跳动，经络血管也一应俱全，而指甲已数寸之长，显然是死后还在继续生长。游人从未见过这样诡异的尸体，以为撞见了僵尸妖魔一类，转身欲逃。昏暗之中，却见那尸体脏腑间光芒一闪。所谓利令智昏，游人当时止住脚步，慢慢冷静下来，看着那尸体寻思："素来听说得道之人，尸骸中能炼出宝物，佛教舍利、道家内丹，都是至宝。这具尸体半生半死，必然是有宝物滋养的缘故。"大着胆子伸手掏摸尸体内脏，摸出五粒白色石子，华彩莹然，知道是异宝，急忙奔出洞去，觅路回家。

游人回到家时，天色已晚，五粒石子发出的光芒，竟比灯烛还亮，他心下既喜，又有些惴惴，害怕那僵尸追踪而至。转念又安慰自己："世上哪有什么僵尸，这几颗石子，多半是那尸体生前服下的灵丹，想要借此修道，结果道行不够，虽得灵丹之助，终究还是死了，内脏不腐、指甲生长，也必是这灵丹之效。"想通这一节，便不再那么害怕，左右细瞧白石，越看越喜欢，也不管究竟有害无害，便和水吞服。

此后五年，不见有什么异样，一切相安无事。一日，游人忽觉腹中翻江倒海，张口大呕，五枚白石子从嘴巴里次第射出，发出似蝉振动翅膀的"嗡嗡"声，飞走不见。游人想起那具山洞怪尸，各种恐怖的念头纷至沓来。整日胡思乱想，精神日渐恍惚，生了一场大病，他越发猜疑是那尸体"诅咒"之故，于是挣扎着起身，一步一步挨回石洞，要看个究竟。

好不容易来到石洞之前，哪还有什么尸体，一个面如冠玉的道人，立于岩岫之间吞吐罡气，啸声如龙吟大泽，震得山谷鸣响，正是死去多年的赵成子。

游人受那啸声激动，站立不住匍匐在地，赵成子奇道："你是何人？"忽然空中出现五个老叟，戟指游人道："先生的五脏宝石，当初正是给这癞面人偷走的！"游人想要辩解，却张口结石不能言语，继而脸上剧痛，遍生恶疮。这一惊非同小可，连连叩头，一抬眼间，赵成子和那五个老头都不见了。游人大骇，匆匆回家，疮已长满全身，倒地而死。

赵成子所修习的，就是太阴炼形。最上乘的太阴炼形，修炼之际，有太一神守护尸体，三魂萦绕骨骼，七魄护卫躯壳，胎灵存储生气，肌肤虽然无存，骨骼宛然如生，内有血液流动，外则经脉包络，元神暂且龟息，三年至三十年后，可随意从秽土复活。因为是在阴世修炼，故名太阴炼形。

后世修此术者，多半没学会赵成子驱太一神守尸的神通，这就要寻觅个安全僻静所在寄放肉身，免遭风雨人兽破坏。元神在太阴修炼的这段时间，留在阳间的尸体会像普通尸骸一样肌肉灰烂、血沉脉散，但五脏不死，白骨如玉，指甲头发正常生长。如此，快则三年五载，缓则二三十年，功行圆满，元神回归，瞬间收血育肉，生津成液，不仅恢复如初，而且根骨焕然一新，比之从前的肉体凡胎，不可同日而语。

但是修炼期间，肉体极其脆弱，万万受不得外力伤害，否则躯壳一坏，元神无法返回，那假死就成了真死，肉身将彻底化作尘埃。元神无处可依，也终究不免被罡风吹灭。所以此术相当凶险，历来使用者，多半是些高龄濒死的术士，他们肉身已经衰朽不堪，无法对抗自然规律，终究不免一死。而有了太阴炼形，死后真灵不昧，进入阴间重新炼化躯壳，一旦大成，不仅能从秽土重生，回复年轻状态，并且有望进窥神仙境界。

废园中挖出的道人，多半即将功成，是以身体不见腐烂之相，只差最后一口气，肉身尚未炼活，故而僵不能动。

这番话把富商听得惊嗟不置，同时也放下了心来，心想只要那道人不是怪物就好办，明天把他埋回去就是了。心怀一畅，便撇开此事，引觞满酌，同朋友海阔天空的纵饮漫谈。

却说富商的小仆喜儿独自守着那道人，闷极无聊，他想起几个平时总在一起厮混的玩伴，不知这时又跑到哪里看戏赌钱去了，那是何等热闹，偏偏他运气不好，要守着这个连话都不会说的活死人。他走来走去，灯光照在道人长长的指甲上闪闪发亮，喜儿心中一动，暗忖这般长的指甲倒是奇特，我何不剪下一片，明天见了伙伴也好吹嘘一番？他取来一把剪刀，探下身子去抄道人的手。道人眼珠乱动，好似十分焦虑，苦于发不出半点声音。

道人身体僵硬，而指甲层层叠叠，像个蚕茧似的包着身子，喜儿理了半天，没理出一条易剪易取的指甲，情急之下，手腕一抖，那道人的手已被刺伤，鲜血急涌。喜儿"哎哟"一声，退开几步，却见道人眼中流下泪来，随即身体崩解，化成了一堆枯骸。

> 人死形如生，足皮不青恶，目光不毁，头发尽脱，皆尸解也。白日去曰上解，夜半去曰下解，向晓、向暮谓之地下主①者。太一守尸，三魂营骨，七魄卫肉，胎灵②录气，所谓太阴练形也。赵成子后五六年，肉朽骨在，液血于内，紫色发外。又曰若人暂死，适太阴权过三官③，血沉脉散，而五藏自生，白骨如玉，三光惟息，太神内闭，或三年至三十年。

---

① 地下主：可视作"储备仙人"，指有机会晋升地仙的亡灵，一般是生前至忠至孝之人。
② 胎灵：先天带有的某种元力。
③ 三官：即冥界酆都的天、地、水三宫。

◎ 尸解仙

略。

> 又曰白日尸解自是仙，非尸解也。鹿皮公①吞玉华而流虫出尸，王西城②漱龙胎而死诀，饮琼精而扣棺。仇季子③咽金液而臭彻百里，季主④服霜散以潜升，而头足异处。黑狄⑤咽虹丹而投水，宁生⑥服石脑而赴火，柏成⑦纳气而胃肠三腐。

---

① 鹿皮公：《列仙传》有传，淄川人，木匠出身。登岑山引神泉水下山，自留山巅茅舍逾七十年，饮神泉、食芝草，好着鹿皮衣。百余年后，下山卖药于市。
② 王西城：西城总真真人，王远，字方平，东汉人。南岳夫人、茅山派祖师茅盈的师尊。官至中散大夫，学贯天地，能知盛衰凶吉。后弃官入山修道，汉恒帝

征辟，不就，恒帝派人强召到京城，以国运相问，王远不答，却在宫门上泼墨挥毫，写下四百余字谶言，飘然而去。汉恒帝使人解读，发现预言所指恶劣不堪，深感厌恶，命人铲掉，那字迹却似透入木里，越铲越清晰。关于王远最著名的典故，当属"沧海桑田"，据说他和另一位神仙麻姑闲聊，内容都是他们亲眼见证的千百年来山海陵谷的剧变。

③ 仇季子：道教七十二福地之一金精山的守护神。

④ 季主：司马季主，汉代占卜大师，《史记·日者列传》通篇只录一人，就是此人。

⑤ 黑狄：墨翟，即墨子。传说墨子后来改姓黑，隐居于狄山。

⑥ 宁生：宁封子，黄帝的陶正（陶器师），蒙仙人传授火术，能出五色烟，身随烟气上下飘浮。后来有人说他随烟升天成仙，但灰烬里找到了遗骨，所以可能是烧制陶器时不慎把自己烧死了。

⑦ 柏成：柏成子高，尧时期的高士。

◎ 五灵芝

向句曲山山石之间扔两枚金环，勿要刻意惦记，即可得五种灵芝。第一种叫龙仙芝，服食立登太极真仙；第二种叫参成芝，服下将封太极大夫；第三种叫燕胎芝，服下得正一郎中仙位；第四种叫夜光洞草，服食后飞升太清左御史；第五种叫玉芝，服下封三官真御史。

> 句曲山①五芝，求之者投金环二双于石间，勿顾念，必得矣。第一芝名龙仙②，食之为太极仙。第二芝名参成③，食之为太极太夫。第三芝名燕胎④，食之为正一郎中。第四芝名夜光洞草⑤，食之为太清左御史。第五芝名料玉⑥，食之为三官真御史。

① 句曲山：茅山，位于今江苏句容与金坛交界处，道教名山，上清派发源地，葛洪曾在此炼丹，陶弘景亦曾隐居于此。

② 龙仙：本段亦见《茅君内传》。龙仙芝，形似双龙相交，故名。据《抱朴子》，服一枚得寿千岁。

③ 参成：赤色有光，扣之枝叶，如金石之音。

④ 燕胎：色紫，叶似葵，上有燕子形斑纹。

⑤ 夜光洞草：夜洞芝，生于名山之阴、大谷源泉之中、金石之间，上有浮云。夜

视其实，如月光洞照一室。
⑥ 料玉：应为"玉芝"。

◎ 尸解剑

这一段讲解尸解选剑之道：用剑尸解，叫做剑解，乃是上品蝉化登仙之道。锻造尸解所用的宝剑，需选定在七月庚申日，或八月辛酉日。铸剑者也必选用温良之辈，铸剑前沐浴斋戒，着新衣，不得食酒肉，不得身有污垢。剑长控制在三尺九寸，阔一寸四分，厚三分半，剑锋长九寸。此剑名唤子干，字良非。

子干、良非也是尸解时的咒语开头。尸解者抱剑入棺念咒，然后死去，旋见太一神驾车来接，回顾可见自己所抱之剑化为尸体。但凡人不知，将剑当成人而下葬，直到若干年后开棺，往往棺中骸骨无踪，只有残衣单剑。

> 真人用宝剑以尸解者，蝉化之上品也。锻用七月庚申、八月辛酉日，长三尺九寸，广一寸四分，厚三分半，杪①九寸，名子干，字良非。

---

① 杪：末端。

◎ 试炼

青乌公隐居华山，享寿四百七十一岁，期间上仙考核十二道题目，有三道未能通过。后来虽服食金汋升仙，却因三次试炼未能通过，只得止于仙人境界，无法修至更高一层的真人。

又有一位传先生，入焦山学道七年，太上老君赐予木钻，让他凿一块厚达五尺的磐石。老君嘱道："石头凿穿之日，便是你得道之时。"传先生苦凿四十七年，石头洞穿，内嵌一枚神丹。

> 青乌公①入华山，四百七十一岁，十二试②三不过。后服金汋③而升太极，以为试三不过，但仙人而已，不得真人④位。

有传先生入焦山⑤七年,老君与之木钻,使穿一盘石,石厚五尺,曰:"此石穴,当得道。"积四十七年,石穿,得神丹。

---

① 青乌公:传说是黄帝时人,彭祖弟子之一。实际应是西汉人,堪舆风水学鼻祖,有《葬经》传世,是故后世称堪舆术为"青乌术"。
② 十二试:据《紫阳真人内传》,凡人成仙后还需经过试炼,共有十二道试题,由太极真人主考,成绩上等者,为上仙,中等者为地仙,下等者"白日尸解",十二题皆不过者,谪入冥司为地下主(鬼神),不再享仙人分位。
③ 金汋:一种仙丹炼化的液体。
④ 真人:神仙三品仙、真、圣之第二品。
⑤ 焦山:在江苏镇江,以东汉隐士焦光隐居在此得名。

◎ 欲望石柜

本则摘自《真诰》,《酉阳杂俎》誊录时有删减。

汉初占卜大师司马季主道法通神,他在浙江常山辟府修行,收了个徒弟,道号范零子。

一日,司马季主将远游访友,吩咐范零子看守洞府,郑重叮嘱,不可擅自打开洞中的石柜。

师父走后,范零子长舒一口气。洞中岁月清苦,师父又督率功课极严,平时整日价隔绝在山里,不知外面世界变化如何,家人近况怎样?胡思乱想着,便不想用功了,踱来踱去,眼睛瞄到那口石柜。

师尊一再严令不准打开,不知内中究竟有什么玄机?他瞧着石柜,心痒难搔,反正师父不在,打开看看谅也无妨。壮着胆子打开一看,目瞪口呆,只见自己的家就在柜子里放着,一砖一瓦、一草一木皆如真似幻,父母兄弟出出入入,形貌举止如常,只是一切都缩小了。他心中怦怦直跳,不知这是什么法术,不敢再看,思乡之情更切。

几天后,司马季主回山,一见面便斥责范零子不守师命,私启石柜。范零子苦苦认错,司马季主只是叹气,不再多言。过得数年,司马季主又一次出远门,仍像上次一样叮嘱。范零子保证谨遵规矩,绝不犯戒。师父去后,第一天相安无事。次日,范零子又焦躁起来,眼前满是家人的模样。到得第三天,终于忍耐不住,刚刚打开石柜,一道白光匹练也似从天而降,司马季主怒目横眉,喝道:"孽障!"范零子吓得脸也白了，慌忙叩头认错，司马季主叹道："道心不坚，根本不净，还修什么道，早日回家吧。"

范零子被逐出师门，终究未能得道。

  范零子随司马季主①入常山石室。石室东北角有石匮，季主戒勿开。零子思归，发之，见其家父母大小，近而不远，乃悲思，季主遂逐之。经数载，复令守一铜匮②，又违戒，所见如前，竟不得道。

---

① 司马季主：司马迁在《史记》之中为多种职业的佼佼者，游侠、刺客、商贾诸如立传，开史书之先河，其中《日者列传》通篇实为一个人的专场，此人就是司马季主。司马季主是楚人，活跃于西汉文帝时期，早年在长安卖卜，替人占卜时日禁忌。据《云笈七签》，他后来师从委羽山大有宫西灵子都，得道后，常读《玉经》，服明丹之华，把扶晨之辉，颜如少女。
② 匮：柜子。

◎ 时光洞穴

卫国县西南方有个"瓜洞"，不论冬夏，流水如常，波光粼粼，一眼望去如同白绢，时时有瓜叶顺水漂出。相传前秦时，修道者李班只身探洞，深入三百步，豁然开朗，一座宫殿矗立眼前，殿内有床，床上堆着经书。两个须发皤然的老翁，相对坐在床上。李班下拜，其中一人瞧了他一眼，说道："你回去吧，此地不可久留。"李班不敢逗留，原路返回，到了洞口，打算摘几枚瓜，手指一碰，那瓜竟变成了石头。李班匆匆出洞，回到家时，家里人说："你这一去一返，已经四十年了。"

  卫国县①西南有瓜穴，冬夏常出水，望之如练，时有瓜叶出焉。相传苻秦时有李班者，颇好道术，入穴中行可②三百步，廓然有宫宇，床榻上有经书。见二人对坐，须发皓白。班前拜于床下，一人顾曰："卿可还，无宜久住。"班辞出。至穴口，有瓜数个，欲取，乃化为石。寻故道，得还。至家，家人云："班去来已经四十年矣。"

① 卫国县：今山东章丘一带。
② 可：刚好。

◎ 时间折叠

山东长白山，相传是古时所称的肃然山。山中某峰南麓常闻钟声飘扬。燕国有个法名惠霄的僧人，从广固城至此，听般若钟声随风入耳，知道山上必有兰若。循声一路觅去，果见一佛寺，门庭轩朗，栋宇雄丽，惠霄上前叩门，良久，山门咿呀敞开一隙，钻出个小沙弥，合十问讯。惠霄道："贫僧是广固僧侣，路经宝刹，有劳师兄布施些斋饭吃。"小沙弥道："师兄稍候。"摘了一颗桃子递给惠霄，惠霄拿着桃子发呆，这算一顿饭还是怎么？吃了桃子，隔不片刻，小沙弥又递给他一枚桃子。释惠霄大皱眉头，瞧这寺庙规模不小，怎么做事如此小气，连餐正儿八经的斋饭也不肯招待？谁知小沙弥道："师兄在此逗留够久了，请自便吧。"说完回转进庙，关上了大门。

惠霄一脸诧异，在山风中站立良久，下山而去，临去回头一看，山石峥嵘，蔓草寒烟，哪还有什么寺庙？

回到广固，见到弟子们，都说他离开已有两年了。释惠霄方始了悟，原来两枚桃子，就是两年时光。

> 长白山①，相传古肃然山也。岘②南有钟鸣，燕世桑门释惠霄者，自广固③至此岘听钟声。稍前，忽见一寺，门宇炳焕，遂求中食④。见一沙弥，乃摘一桃与霄。须臾，又与一桃，语霄曰："至此已淹留⑤，可去矣。"霄出，回头顾，失寺。至广固，见弟子，言失和尚已二年矣。霄始知二桃兆二年矣。

① 长白山：指山东长白山，在今山东滨州、淄博一带，距段成式故里不远。是隋末"知世郎"王薄啸聚起义之地。
② 岘 [xiàn]：小而高的山。
③ 广固：建成于西晋永嘉五年，南燕首都，故址在今山东青州。
④ 中食：午饭。僧人过中不食，午饭即是一天中最后一餐。

⑤ 淹留：滞留、久留。

◎ 鸣石擒仙

高唐县鸣石山间有块岩石，高达七十多丈，以物敲击，声甚清越。西晋太康年间，隐士田宣在此隐居，叶风霜月之夕，常敲石赏音以自娱。每次敲打，总能看见一人，身着白衫，在那高高的岩顶步月徘徊，直到次日昧爽时分方才离去。后来田宣爬到岩顶藏起身形，命人在岩下敲击。少顷，那白衣人果然腾空而至，田宣猛地扑出，一把抓住他的衣袖，问他是谁。白衣人说，他姓王，字中伦，卫地人氏，一千年前周宣王之世，入河南少室山学道，而今常赴方壶仙山，途经此地，因喜欢听这鸣石之音，每每驻足听赏。田宣浑不料捉到了神仙，哪里还肯放手，忙求问养生之术，白衣人送给他一颗雀蛋大的石头，便告辞离去，凌空而行百余步，渐渐隐入山岚雾霭之中。田宣得此石，含在口里，百日不饮不食亦不觉饥饿。

高唐县①鸣石山，岩高百余仞，人以物扣岩，声甚清越。晋太康②中，逸士田宣隐于岩下，叶风霜月，常拊③石自娱。每见一人，着白单衣，徘徊岩上，及晓方去。宣于后令人击石，乃于岩上潜伺，俄然果来，因遽执袂诘之。自言姓王，字中伦，卫人。周宣王④时，入少室山学道，此频适方壶⑤，去来经此，爱此石响，故辄留听。宣乃求其养生，唯留一石如雀卵。初则凌空百余步犹见，渐渐烟雾障之。宣得石，含辄百日不饥。

---

① 高唐县：在今山东聊城。
② 太康：西晋武帝司马炎年号，280—289年。
③ 拊：拍。
④ 周宣王：姬静，周厉王之子，周幽王之父，西周倒数第二任天子。周室衰微，到周宣王在位时，一度有中兴之相，终衰落。
⑤ 方壶：东海仙山。传说东海上原有五座仙山，岱舆、员峤、方壶、瀛洲、蓬莱。五山浮于海上，没有山根，天帝担心仙山乱漂，找了十五只巨鳌，分作三班，六万年一替，轮流顶在头上。五座山都在一个叫作"归墟"的地方，那是一条无底之壑，在东海极东之地，九野之水、天汉之流，普天下的水系最终全部归于此处，如同黑洞一般，是大海的海眼。忽有一天，一个巨人从遥远的巨人国

度龙伯国来到附近钓鳌,把巨鳌都钓了去,五座仙山失去依凭,其中岱舆、员峤二山流落北极沉没。从此世上只剩方壶、瀛洲、蓬莱三座仙山。

◎ 飞仙

韶州利水河上,两座巨石夹河对峙,名叫韶石。东晋永和年间,有仙人飞来,衣冠如雪,各栖一石之上,十日方去,目击者极多。

> 荆州利水①间,有二石若阙②,名曰韶石。晋永和③中,有飞仙衣冠如雪,各憩一石,旬日④而去。人咸见之。

---

① 利水:荆州疑应作"韶州",相当于今广东韶关一带,其州名正是取自这两座韶石。利水河,即今广东韶关曲江区及仁化县境内的锦江,为珠江水系北江的支流。《水经注》:"东江又西,与利水合,出(曲江)县之韶石北山。"
② 阙:古代宫廷等大型建筑门口竖立的双柱,如宫阙、墓阙,这里指二石夹河对峙。
③ 永和:东晋穆帝司马聃年号,345—356年。
④ 旬日:十天。

◎ 误入仙女宫

贝丘以西有座玉女山。相传西晋大始年间,北海人蓬球,字伯坚,进山伐木,忽闻异香。他迎风寻找,来到玉女山上,但见峰峦环抱之中,居然建有一座宏丽之极的宫殿,层台累榭,美轮美奂。这样的宫殿,就算在通都大邑之中,蓬球也不曾见过,想不到在这崇山峻岭里,竟有此等宏构。他悄悄蹩进宫门,迎面矗立着五棵玉雕的大树。再往前行,有四名女子,容华绝世,正自堂上弹棋,看见蓬球,俱都吃了一惊,起身问道:"蓬先生是怎么进来的?"蓬球道:"闻着香味就来了。"四女便不再搭理他,继续游戏。有顷,四女中年龄最小的一个似乎玩输了,赌气独自到楼上弹琴,另外三人道:"无晖,不要走呀,再玩一局。"蓬球站在玉树之下,尴尬又无聊,腹中微微饥饿,于是伸长了舌头舔叶子上的露水。一瞥眼间,见一女郎驾鹤而来,怒道:"玉华!你们这里怎么会有俗世之人!王母娘娘令王方平巡视各处仙宫，转眼便到！"蓬球听了害怕，退出宫门，一回头，琼楼玉宇，悉数不见。回到家方知，现下已是建平年间，距自己入山的时候，过去了六十多年，旧日家室荡然无存，只有满目萧条，一片荒冢废墟。

贝丘①西有玉女山，传云晋大始②中，北海③蓬球，字伯坚，入山伐木，忽觉异香，遂溯风寻之。至此山，廓然宫殿盘郁④，楼台博敞。球入门窥之，见五株玉树。复稍前，有四妇人，端妙绝世，自弹棋⑤于堂上，见球俱惊起，谓球曰："蓬君何故得来？"球曰："寻香而至。"遂复还戏。一小者便上楼弹琴，留戏者呼之曰："无晖，何谓独升楼？"球树下立，觉少饥，乃以舌舐叶上垂露。俄然有一女乘鹤而至，逆恚曰："玉华，汝等何故有此俗人！王母即令王方平行诸仙室。"球惧而出门，回顾，忽然不见。至家，乃是建平⑥中，其旧居闾舍皆为墟墓矣。

---

① 贝丘：今山东滨州博兴县一带。
② 大始：西晋武帝司马炎年号，即泰始，265—274年。
③ 北海：北海郡，辖境在今山东潍坊昌乐县一带。
④ 盘郁：蜿蜒盘旋貌。
⑤ 弹棋：类似于后世弹玻璃珠、台球的古代博戏，最早出现在西汉宫廷，详细玩法早已失传，大抵是弹击己方棋子，打掉对手的棋子争胜。
⑥ 建平：后赵石勒年号，330—333年。

◎ 许天师江东斩蛇

西晋永嘉末年，江东蛇患。一条十余丈长的巨蟒盘踞官道，遇上的行旅无一幸免，前后吃了几百人，道路为之废。那巨蟒鳞甲坚硬，能凌空吸人，官兵也奈何它不得。吴猛听说了，当仁不让，带着门下弟子前往斩杀。

吴门兴旺，徒弟众多，一行人浩浩荡荡，不日来到高安，投驿馆落脚。安顿停当，吴猛差人买来上百斤木炭置在厅上，当晚，忽有大群妖冶女子来到驿馆，到处勾勾搭搭，众弟子把持不住，同女子们缠绵整宿。次日一早，吴猛挨个踹开房门，只见弟子们人人沾了一身炭灰，唯独一个叫许逊的身上干干净净。原来那些女子皆是吴猛施术，以木炭变化而成，用来试探弟子的道心，结果让他大失所望，当下斥退徒众，只带许逊一人渡江屠蟒。

到了地头，果然见巨蟒占道，此蟒年久有灵，力大甲厚，寻常法术无效。吴猛年迈，身法气力迥非盛年时可比，眼看不敌，许逊忽然冲到蟒后，踏着尾巴窜上蟒头。巨蟒发了性的想要抖他下来，许逊脚下生根，牢牢钉在蟒身七寸处，手起剑落，一剑斩下蟒头。从此名声大噪，传承吴猛衣钵，终成一代宗师，开创"净明道"，与天师道张道陵、全阳子萨守坚、左慈弟子葛玄并称"四大天师"。

> 晋许旌阳①，吴猛弟子也。当时江东多蛇祸，猛将除之，选徒百余人。至高安，令具炭百斤，乃度尺而断之，置诸坛上。一夕，悉化为玉女，惑其徒。至晓，吴猛悉命弟子，无不涅②其衣者，唯许君独无，乃与许至辽江③。及遇巨蛇，吴年衰，力不能制，许遂禹步④敕剑登其首，斩之。

---

① 许旌阳：许逊（239—374年），东晋人，字敬之，年二十从吴猛学道，尽得其秘传。做过旌阳（今湖北枝江）县令，故称。
② 涅：染黑。
③ 辽江：今江西境内的潦河。
④ 禹步：《尸子》记载，大禹疏河决江，十年不归，因生"偏枯"之病，也就是跛脚，人称"禹步"。后世道士拟之配合施法，据信可以召役神灵，驱邪迎真，是万术之根源，玄机之要旨。

◎ 药王伏龙

有唐一代，药王孙思邈在民间享有盛誉，除了医术高绝，他隐逸山林，拒不为官，推掉过隋文帝、唐太宗、高宗多个皇帝邀请，备受世人钦仰。加上他所学极博，医道之外，还涉奇门五行，唐朝人益发将他视作神仙一般，关于他的神奇事迹流传甚多。

孙思邈长期隐居终南山，钻研医术，与佛教南山律宗的创始者道宣大师为邻，两人常相往来，结成林下之交。

这年，关中赤旱，皇上下旨召集术士，筑坛祈雨。敕令下达不久，就有胡僧请命，愿在长安城外昆明池行法求雨。

昆明池开凿于汉武帝朝，池围四十里，广计三百顷。当年汉武强盛，通使四夷，有一路汉使被派往印度，走到中途，为昆明国所阻，不许通过。汉武帝闻报大怒，计议起兵讨伐。他听说昆明国邻近滇池，于是引秦岭雨水，仿照滇池，在长安城外开凿成昆明池操练水师。杜工部有诗赞曰："昆明池水汉时功，武帝旌旗在眼中。织女机丝虚夜月，石鲸鳞甲动秋风。"

数百年来，昆明池几经修浚，到唐代仍然烟波浩渺。那胡僧来到昆明池畔，布灯结坛，做起法来。七天的工夫，昆明池水位大减，臣民们都很高兴，均想，原来这胡僧是要取池水化作澍雨。

终南山位于长安以南，相去不远。一天夜里，有个老人登门造访道宣，一见面便拜倒在地，满脸惶恐道："请大师救命！"道宣好不吃惊，急忙扶起道："老人家何故如此？"老人苦着脸道："不敢隐瞒大师，弟子乃是昆明池中之龙，近日天干地燥，数月不雨，实在是另有原因，不是弟子作祟。然而皇上听信胡僧妖言，赐他在昆明池求雨，那胡僧哪里是在求什么雨，他是要用妖法汲干池水，杀了弟子攫取龙脑合药！弟子命在旦夕，乞大师慈悲为怀，搭救弟子一命！"言罢复又拜倒。

道宣菩萨心肠，却无罗汉之力，实在爱莫能助，温言道："惭愧！贫僧是戒律宗，没有法力。老人家莫慌，此去五里山路，便是孙先生别居，此人实有通天彻地之能，或可解老先生危难。"

老龙得了道宣指点，再三道谢，径来求孙思邈。孙思邈听罢老龙之言，沉吟道："救你不难，据我所知，你昆明池龙宫之中，藏有神仙药方三千首，你借我一观，我便替你解了此厄，如何？"老龙涔涔汗下，脸色为难之极，道："这……这可使不得，天帝颁有严令，上界仙方不得妄传，怎能泄入俗世？"孙思邈笑而不语。老龙彷徨无计，咬咬牙道："也罢！池水被胡僧汲干，仙方也必然被他得去，不如献予先生便了。"须臾捧来药方。孙思邈道："你只管回去，不必怕那胡僧，我自有计较。"

第二天，濒临干涸的昆明池水突然猛涨，胡僧又惊又惧，不知是什么缘故，连连催动法术，毫无效果。一连多天，水涨不停，终于漫池溢出，胡僧急怒攻心，将法力催到极限，油尽灯枯而死。

孙思邈寿终后，后人整理遗物，发现一部手稿，名曰《千金方》，共三千卷，每卷一方，那便是龙王所献之物了。

> 孙思邈尝隐终南山，与宣律和尚①相接，每来往互参宗旨。时大旱，西域僧请于昆明池结坛祈雨，诏有司备香灯，凡七日，缩水数尺。忽有老人夜诣宣律和尚求救，曰："弟子昆明池龙也。无雨久，匪由弟子。胡僧利弟子脑，将为药，欺天子言祈雨。命在旦夕，乞和尚法力加

护。"宣公辞曰:"贫道持律②而已,可求孙先生。"老人因至思邈石室求救。孙谓曰:"我知昆明龙宫有仙方三千首,尔传与予,予将救汝。"老人曰:"此方上帝不许妄传,今急矣,固无所吝。"有顷,捧方而至。孙曰:"尔第还,无虑胡僧也。"自是池水忽涨,数日溢岸,胡僧羞恚而死。孙复著《千金方》三千卷,每卷入一方,人不得晓。及卒后,时有人见之。

---

① 宣律和尚:释道宣(596—667年),唐代高僧,南山律宗创始人。
② 持律:持戒,明确并坚守戒律。

◎ 武都雄黄

安史之乱,唐玄宗奔蜀,梦见孙思邈求赐武都雄黄,便命中使携带十斤送往峨眉山顶。中使未至山腰,见一人头戴单巾,身穿短衣,须发皓白,左右站着两个青衣丸子头的小童,正是孙思邈。中使上前见礼,孙思邈手指一块形状凹陷的大盘石道:"雄黄放在这里,石头上有表章上奏以谢陛下。"中使凝目看去,石上题着朱字百余,他取出纸笔抄录,石上字迹随写随灭,等他抄完,刚好完全消失。须臾,孙思邈脚下腾起白气,三人忽然不见了。

玄宗幸蜀,梦思邈乞武都雄黄①,乃命中使②赍十斤,送于峨眉顶上。中使上山未半,见一人幅巾被褐③,须鬓皓白,二童青衣丸髻,夹侍立屏风侧,手指大盘石曰:"可致药于此。上有青录上皇帝。"使视石上朱书百余字,遂录之。随写随灭,写毕,上无复字矣。须臾,白气漫起,因忽不见。

---

① 武都雄黄:雄黄,即四硫化四砷,也叫鸡冠石,可入药。《抱朴子》说,雄黄以武都山所产最好,纯而无杂,赤如鸡冠。《礼异》部分提到的辟鬼丸,主材料也是武都雄黄。
② 中使:宫中派出的使者,多为宦官。
③ 幅巾被褐:普通百姓装束。幅巾,指不加冠帻,只戴幅巾;被褐,穿短衣。

◎ 人血救鹤

同州司马裴沆讲过一件事情。他的再从伯从洛阳前往郑州，赶了几天路，一天傍晚道中下马歇息，听见路旁有人一声一声地呻吟，他撩开灌木，荆棘丛下，一头大鹤垂翅俯首，委顿于地。仔细一看，鹤的翅膀关节处生了好大一个烂疮，周遭羽毛都烂尽了。那鹤见得人来，有气无力地抬了抬眼，又发出一声似人般的呻吟。他正不知该如何处置，忽见一个白衣老者，倒拖着拐杖疾行而来，说道："郎君这样年轻，也知道怜悯此鹤吗？若得人血涂抹，鹤便可痊愈，重上青霄。"再从伯性情高逸，颇知道家法理，慨然应道："此事不难，请刺我的手臂取血便是。"老者道："郎君慷慨豪迈，令人佩服。但需三世为人的血才合用，郎君前生不是人，只有洛阳葫芦生三世为人。郎君此行若无急事，可否回洛阳一趟，去求访葫芦生？"再从伯当仁不让，跨马便走。

不到两天，回到洛阳，访到葫芦生具言其事，请求赐血。葫芦生毫不为难，打开包袱，取出一口两指粗的石匣，引针刺臂，流血满匣，交给再从伯道："无需多言。"再从伯趱程疾驰，赶返病鹤所在，老者喜道："郎君真乃信人！"让他将匣中血液尽数涂抹在鹤翅烂疮上。老者道："此去寒舍不远，若蒙郎君不弃，且去歇歇脚。"再从伯隐隐觉得这老者不是普通人，便以"丈人"相称，欣然随往。

行不数里，来到一所庄院，竹篱草轩，廊屋纵横。再从伯一路奔走得口渴，讨茶水吃，老者指着一具泥土神龛道："此中有些浆水，郎君自行取饮便了。"再从伯见那土龛之中搁着一扇斗笠大的杏核，盛满了白浆，他奋力举起，一饮而尽，只觉味如杏仁酪，饮罢饥渴全消。他知道老者必是世外高人，下拜请求追随，愿为奴为仆。老者道："郎君命中注定，在尘世尚有些官运，强行留下，也难成道。令叔已然悟道，我跟他是多年的交情，郎君多半不知。此处有件物事，请务必转交令叔。"说着取出个碗大的包袱，告诫他切不可擅启。又引他去看那鹤，翅膀烂疮处已经开始生长羽毛了。老者说道："郎君方才饮下杏浆，今后只要控制酒色，寿命将长过你九族之中任何一人。"

再从伯回洛阳途中，试图打开包袱，刚刚动手，包袱四个角各钻出一个殷红如血的蛇头，吓得他急忙缩手。他看叔叔打开，里面是一坨像干的大麦饭似的东西，足有一升。后来他叔叔出游王屋山，就此不知所踪。再从伯本人，则一直活到九十七岁。

同州①司马②裴沆常说，再从伯③自洛中将往郑州，在路数日，晚程偶下马，觉道左有人呻吟声，因披蒿莱寻之。荆丛下见一病鹤，垂翼俛咮④，翅关上疮坏无毛，且异其声。忽有老人，白衣曳杖，数十步而至，谓曰："郎君年少，岂解哀此鹤耶？若得人血一涂，则能飞矣。"裴颇知道，性甚高逸，遽曰："某请刺此臂血不难。"老人曰："君此志甚劲（一曰佳），然须三世是人，其血方中。郎君前生非人，唯洛中葫芦生三世是人矣。郎君此行非有急切，可能欲至洛中干葫芦生乎？"裴欣然而返。未信宿⑤至洛，乃访葫芦生，具陈其事，且拜祈之。胡芦生初无⑥难色，开幞取一石合，大若两指，援针刺臂，滴血下满其合，授裴曰："无多言也。"及至鹤处，老人已至，喜曰："固是信士。"乃令尽其血涂鹤，言与之结缘。复邀裴曰："我所居去此不远，可少留也。"裴觉非常人，以丈人呼之，因随行。才数里，至一庄，竹落草舍，庭庑狼藉。裴渴甚求茗，老人一指一土龛："此中有少浆，可就取。"裴视龛中有一杏核，一扇如笠，满中有浆，浆色正白，乃力举饮之，不复饥渴。浆味如杏酪。裴知隐者，拜请为奴仆。老人曰："君有世间微禄，纵住亦不终其志。贤叔真有所得，吾久与之游，君自不知。今有一信⑦，凭君必达。"因裹一襆物，大如羹碗，戒无窃开。复引裴视鹤，鹤所损处毛已生矣。又谓裴曰："君向饮杏浆，当哭九族亲情⑧，且以酒色为诫也。"裴还洛，中路阅其附信，将发之，襆四角各有赤蛇出头，裴乃止。其叔得信即开之，有物如干大麦饭升余。其叔后因游王屋⑨，不知其终。裴寿至九十七矣。

---

① 同州：今陕西渭南市大荔县。
② 司马：州、郡三或四把手。唐制，上州设司马一人，从五品下；中州正六品下；下州从六品上。中晚唐的司马常被用来安置受处分的京官，往往没有实权。
③ 再从伯：父亲的堂兄。
④ 俛咮 [fǔ zhòu]：垂着嘴巴。俛通"俯"，咮指鸟喙。
⑤ 信宿：过两宿。
⑥ 初无：完全没有，毫无。
⑦ 信：此处指物品、礼物。
⑧ 亲情：亲戚。
⑨ 王屋：王屋山，道家十大洞天之首，在今河南济源。

◎ 魂游上清

唐德宗贞元年间，明经出身的赵业，被委任为巴州清化县令。赵业自谓不得志，郁郁成疾，病中畏光，不饮不食四十多天。一日忽觉室内雷鸣暴起，俄而有赤色烟雾，其状如鼓，车轮般腾至床上空旋转不休，悬停在正对心脏的位置。

赵业开始觉得精神游散，如同做梦一般。一人身着红衣，头戴平巾帻引他直向东行。出一山口，一条大河横亘东西，四下一看，周围全是人，都定定地看着河水，像是一具具雕像，诡异之极。继续向东，跨过一座雕金饰玉的桥，转而向北入城，径直奔赴衙门，人吏来来往往。只见妹夫贾奕，正和一个跟自己长得一模一样的人为杀牛的事情争执。赵业觉得自己大概是进了冥司，急躲进墙缝，那墙通体漆黑，如黑石垒砌，高数丈。忽听一声呵斥，红衣人把他揪了出来，带进个大院，有吏报道："司命罚罪！"一会儿，妹夫贾奕也被带到，一见到他便大声嚷嚷，口口声声说某头牛是赵业杀的。赵业一片迷茫：什么杀牛，你胡说些什么？正闹得不可开交，空中升起一面镜子，长宽一丈许，镜子中显出影像，清清楚楚，正是贾奕磨刀霍霍欲杀牛，而赵业靠着门，脸带不忍之色，贾奕这才认罪。

红衣人又带着赵业来到"司人院"，一人披褐帔、戴紫霞冠，看上去宛如道观里的天尊塑像，申斥赵业道："为何偷了人家两条幅巾？另外在滑州集市上，你偷了三升橡子。"赵业认罪，一再叩拜。红衣人带他出了司人院，道："能否随我去上清界一游？"不由分说，拉他登上一山，山下波涛汹涌，无数人在水中随波逐流，不知不觉间，赵业发现自己也到了水里。漂流许久，被冲上一块花纹青白的大石，平坦而一尘不染。红衣人化为两人，一在前，一在后，也爬上大石，又拉他起来走，行出数里，路旁遍生着红蓝花似的异草，茎叶更密，无刺，花朵漫天飘舞。又有一种植物，像莴苣，贴地生长，初生时如马勃菌，破开后变成一朵橙色的大花，微风过处，花瓣飞扬。

行过此间，但见烈火如山，横亘天地之间，待火灭后继续向前，来到好大一座城池，城墙上雉堞连绵，街道两侧遍植果树，仙女成群，轮番唱歌鼓乐，姿容绝世。

过三重门，眼前金碧辉煌，地板和墙壁光亮如镜，可鉴人影。举首不见天日，似有一层淡淡的绛色笼罩上空。三重正殿，全部塑有神像。遇到一个道士，好似昔日旧识，赵业想拜人家为师，那道士不收他。

诸般乐器中，有一种像琴，长四尺，九弦，靠近琴头一尺处才变宽，琴身两根弦轴，用来调音。又有一种乐器，如酒壶，三弦，长三尺，正面上宽下窄，背面鼓起。

不一会儿，又要检阅簿录。在红衣人带领下，来到宫阙之南的庭院，一人戴红冠披紫霞帔，命赵业与二红衣人就座候审，先查戊申年档案。这种档案与人间法律文书相似，起首注明人的生辰，依次记姓名、年龄、出生年月日，另有一个表格以天干地支纪，人一生功过都详详细细记录在每天的表格下，若这天无功无过，则记"无事"。赵业看见自己那份档案，姓名、生辰日月一字不差。这种档案数以亿兆，简直不可胜数。红衣人说，每六十年将检查天下人的档案一次，以增减寿算。

红衣人带着他出了北门，指点他回去的路，执手告别道："你现在是游魂状态，沿这条路走，不要回头，便可回家。"赵业依言而返，走得稍微快了些，不慎跌了一跤，如梦中惊醒，才知道自己已死了七天。

赵业著有《魂游上清记》，叙述此事甚详。

明经①赵业贞元②中选授巴州清化县③令，失志成疾，恶明，不饮食四十余日。忽觉室中雷鸣，顷有赤气如鼓，轮转至床腾上，当心而住。初觉精神游散如梦中，有朱衣平帻④者引之东行。出山断处，有水东西流，人甚众，久立视之。又东行，一桥饰以金碧。过桥北入一城，至曹司中，人吏甚众。见妹婿贾奕，与己争杀牛事，疑是冥司，遽逃避至一壁间，墙如黑石，高数丈，听有呵喝声。朱衣者遂领入大院，吏通曰："司命过人。"复见贾奕，因与辩对。奕固执之，无以自明。忽有巨镜径丈，虚悬空中，仰视之，宛见贾奕鼓刀⑤，赵负门有不忍之色，奕始伏罪。朱衣人又引至司人院，一人被褐帔紫霞冠，状如尊像，责曰："何故窃拨幞头二事？在滑州⑥市，隐橡子三升。"因拜之无数。朱衣者复引出，谓曰："能游上清⑦乎？"乃共登一山，下临流水，其水悬注腾沫，人随流而入者千万，不觉身亦随流。良久，住大石上，有青白晕道。朱衣者变成两人，一道之，一促之，乃升石崖上立，坦然无尘。行数里，旁有草如红蓝⑧，茎叶密，无刺，其花拂佛然飞散空中。又有草如苴，附地，亦飞花，初出如马勃⑨，破大如叠，赤黄色。过此，见火如山横亘天，候焰绝乃前。至大城，城上重谯⑩，街列果树，仙子为伍，迭谣⑪鼓乐，仙姿绝世。凡历三重门，丹臒⑫交焕，其地及壁，澄光可鉴。上不见天，若有绛晕都覆之。正殿三重，悉列尊像⑬。见道士一人，如旧相识，赵求为弟子，不许。诸乐中如琴者，长四尺，九弦，近头尺余方广，中有两道横，以变声。又如一酒榼，三弦，长三尺，腹面上广下狭，背丰隆。顷有过录⑭，乃引出阙南一院，中有绛冠紫霞陂，命与二朱衣人坐厅事⑮，乃命先过戌申录。录如人间词状，首冠人生辰，次言姓名、年纪，下注生月日，别行横布六旬甲子，所有功过日下具之，如无即书无事。赵自窥其录，姓名、生辰日月一无差错也。过录者数盈亿兆。朱衣人言，每六十年天下人一过录，以考校善恶，增损其算也。朱衣者引出北门，至向路，执手别，曰："游此是子之魂也。可寻此行，勿返顾，当达家矣。"依其言，行稍急，蹶倒。如梦觉，死已七日矣。赵著《魂游上清记》，叙事甚详悉。

① 明经：明经科，唐代科举考试常科之一。唐代，明经科与进士科是报考者最多、产出人才最多的两科。明经科主要考查学生对于经，也就是《礼记》《左传》《毛诗》《周礼》《礼仪》《周易》《尚书》《公羊传》《谷梁传》的掌握。考试先考填空，再考口试，末考时务策。明经录取难度低于进士科，录取率更高，约为10%—20%，进士科则只有可怜的1%—2%，因此时人说"三十老明经，五十少进士"，三十岁考中明经，已算年龄不小，而五十岁考中进士，却尚属年轻，可见进士之难考。唯其如此，明经出身为官者，地位往往及不上进士。进士们瞧不起明经，为一时之风。大才子元稹明经及第，去见前辈"诗鬼"李贺，遭李贺嘲讽"区区一介明经，找我作甚？"当然，明经也不乏位极人臣者，除元稹外，比如：狄仁杰、杜景俭、贾耽、唐休璟、杜暹、李逢吉、王彦威等，均是明经出身的当朝宰辅。
② 贞元：唐德宗李适年号，785—805 年。
③ 清化县：今四川巴中。
④ 平帻：平巾帻。
⑤ 鼓刀：宰杀牲畜时敲击刀具使其发声。
⑥ 滑州：今河南滑县一带。
⑦ 上清：据文中描述，应指司命神署。
⑧ 红蓝：红蓝花，即红花，也叫刺红花、黄蓝花。菊科。古时常用入药，以及加工为染料。
⑨ 马勃：一类担子菌门的真菌通称，多呈球形，古时入药。
⑩ 譙：城墙上的望楼。
⑪ 迭谣：轮番唱歌。
⑫ 丹臒 [huò]：红色涂料。
⑬ 尊像：神像。
⑭ 过录：检阅簿录。

马勃

⑮ 厅事：亦作"听事"，官署视事问案的厅堂。

◎ 巨桃

史论在齐州为官时，一次出门游猎，走得乏了，遇见间小庙，便闯进去歇脚。正在客舍坐着，嗅到一股浓烈异常的桃子香气，他推开和尚云房，那和尚慌手慌脚，来不及遮藏，只好老实交代，说最近有人施舍了两个桃子。说着从书案下取出一个献给史论，那桃似海碗大小。史论肚子正饿，全给吃了，见只一枚桃核便大如鸡蛋，什么香客竟肯施舍这种异果？史论不信，那和尚抵赖不过，陪着小心道："方才是乱说的，实在是此去十几里外有片桃林，道路危险，贫僧游方时偶然遇见，因为觉得稀罕，摘了几个。"史论道："我不带随从，你引我瞧瞧去。"

和尚满心不愿，却不敢违拗，引着史论出寺向北。一路蔓草荒芜，走出五里地，一条大河拦在路上，和尚道："只怕大人过不得这条河，咱们不如回去罢。"史论打定主意，非去不可，他照着和尚之法，脱下衣服浮于水上，游至对岸。又折向西北，蹚过两条小溪，登山越涧地走了好几里地，来到一个所在，但见山泉飞漱，怪石嶙峋，不似人间境界。数百株桃树上结满了瓜一般大的巨桃，坠得枝叶扫地，空气里浓香破鼻。两人各吃了一颗，肚子就饱了。史论脱下衣服，打算尽量多打包些，和尚劝道："此地或是灵境，不可多取。贫僧曾听住持说，从前有人在此摘了五六枚桃子，便迷路无法走出。"史论也觉得这地方古怪，不敢造次，只摘了两枚回去。和尚谆谆请求，请史论不要泄露桃林秘密。等到史论返回齐州公廨，命人召和尚前来，和尚已不知去向了。

史论在齐州①时，出猎，至一县界，憩兰若中。觉桃香异常，访其僧。僧不及隐，言近有人施二桃，因从经案下取出献论，大如饭碗。时饥，尽食之。核大如鸡卵，论因诘其所自，僧笑："向实谬言之。此桃去此十余里，道路危险，贫道②偶行脚③见之，觉异，因掇数枚。"论曰："今去骑从，与和尚偕往。"僧不得已，导论北去荒榛中。经五里许，抵一水，僧曰："恐中丞④不能渡此。"论志决往，乃依僧解衣戴之而浮。登岸，又经西北，涉二小水。上山越涧数里，至一处，奇泉怪石，非人境也。有桃数百株，枝干扫地，高二三尺，其香破鼻。论与僧各食一蒂，腹果然矣。论解衣将尽力苞之，僧曰："此或灵境，不可多取。贫道尝听长老说，昔日有人亦尝至此，怀五六枚，迷不得出。"论亦疑僧非常，取两个而返。僧切戒论不得言。论至州，使招僧，僧已逝矣。

---

① 齐州：今山东济南。
② 贫道：唐前僧人的自称，大约晚唐起才逐渐改称"贫僧"。
③ 行脚：僧人为寻师求法而游方。
④ 中丞：汉代为御史大夫之副，掌管兰台秘书，受公卿奏事，弹劾百官。东汉御史大夫转为大司空，中丞晋升而执掌御史台。唐代也设御史中丞，同样为御史大夫副职，正五品上，有会同大理寺、刑部共同审案，以及弹举官邪的权力。此处应非实指，而是类似"大人"一样对官员的尊称。

壶 史

大唐法师阵列

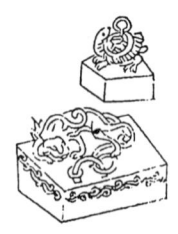

壶，在道家有着特殊隐喻，壶字古通"瓠"，就是葫芦。葫芦口小、腹大、中空，道家想象葫芦中存在一个微观宇宙，类似佛家的"须弥芥子"，所谓"壶中天地"是也。因此后世神魔小说常常出现内存极大的葫芦，似乎可以收纳一切，诸如《西游记》的紫金葫芦、济公和铁拐李的葫芦。葫芦的形状，又与大篆"玄"字一模一样，仿佛冥冥之中，葫芦正是玄一之道化身。本章名为"壶史"，以壶指道，记载道家隐秘之事。

篆书"玄"字

◎ 武氏皇侄

武攸绪，武则天之侄，自少好道术，十四岁那年，偷偷跑到长安市场摆摊算命，每隔五六天就换个地方。后来隐居嵩山，服食赤箭、茯苓之类，不动人间烟火。王公贵族所赠的鹿皮大衣、藤编器物，随手丢到一旁，任凭积灰长草。到晚年，肌肉渐消尽，双目开阖之间，紫光迸射，能白日洞见星月，听辨数里之外人声微语，功力深不可测。安乐公主出嫁，皇亲国戚毕集，唐中宗知道他这位表兄超逸绝俗，生怕请不动，用玉玺发了一道正式诏书，诏书上说得非常客气，说是请他勉为其难奉一次皇命，屈尊下山参加婚礼。武攸绪回到京城，亲贵盈门，争相来谒，武攸绪见了，只淡淡的略道寒暄，此外不发一言。敕封国公爵位，回山之时，皇帝令学士们赋诗送别。

> 武攸绪①，天后从子②。年十四，潜于长安市中卖卜，一处不过五六日。因徙升中岳，遂隐居，服赤箭③、伏苓。贵人王公所遗鹿裘、藤器，上积尘萝，弃而不用。晚年肌肉始尽，目有紫光，昼见星月，又能辨数里外语。安乐公主④出降⑤，上遣玺书召，令勉受国命，暂屈高

标⑥。至京，亲贵候谒，寒温之外，不交一言。封国公。及还山，敕学士赋诗送之。

---

① 武攸绪：655—723年，武则天的侄子，封安平郡王。武攸绪生在极贵之家，但对朝政毫无兴趣，从小一心修道，后来隐居嵩山，几乎与家族撇清了关系，因此未被李氏视为敌人，唐中宗李显、睿宗李旦、玄宗李隆基对武攸绪均持尊重态度。后来李隆基发动唐隆政变，武氏一族遭到清算，武攸绪因完全置身事外，不但毫发无损，而且睿宗特意下令"州县数加存问，不令外人侵扰"，礼遇有加，是武则天侄子中为数不多善终者之一。
② 从子：侄子。
③ 赤箭：兰科天麻属植物天麻，俗称鬼督邮、定风草，号称有风不动，无风自摇。其根状茎可入药，有毒。
④ 安乐公主：李裹儿（约684—710年），唐中宗李显与韦皇后之女。大唐著名败家女，恃宠骄纵，侵涉皇权，假借父亲唐中宗的名义卖官鬻爵，至屠贩亦可纳资买官。又大兴工役，多营第宅，曾向父皇强索昆明池未遂，自凿定昆池数里。自请立为皇太女，逼死兄长太子。景云元年，与母亲韦后合谋毒死中宗，谋夺帝位，被李隆基所杀。
⑤ 出降：公主出嫁。
⑥ 高标：清高脱俗的风范。

天麻花序

◎ 隐身术

唐玄宗跟罗公远学隐身术，学来学去总是学不成，有时衣带隐不掉，有时头巾束带隐不掉。玄宗怪罪，罗公远直言谏道："陛下万乘之尊，却把道术当作游戏，若尽得臣术，难免偷偷摸摸潜入民间，届时恐遇白龙鱼服之危。"玄宗大怒，指着罗公远大骂。罗公远走进大殿的石柱子里，极言玄宗种种过失。玄宗更加恼怒，下令将那柱子拆下来砸碎。罗公远缩身一蹲，又藏进柱下石础，玄宗令拆下石础。石础晶莹，只见罗公远变成了一寸来高的小人儿站在其中。侍卫们把石础砸碎成十几块，每一块碎石里，都出现了一个罗公远。玄宗这才害怕，连连道歉，那十几个罗公远忽地不见。后来宫中使臣在四川碰见一人,远远大笑道:"替我回禀陛下,罗公远谢过当年之罪!"

玄宗学隐形于罗公远,或衣带、或巾脚不能隐。上诘之,公远极言曰:"陛下未能脱屣①天下,而以道为戏,若尽臣术,必怀玺入人家,将困于鱼服②也。"玄宗怒,慢骂之。公远遂走入殿柱中,极疏上失。上愈怒,令易柱破之。复大言于石碣中,乃易碣③观之。碣明莹,见公远形在其中,长寸馀,因碎为十数段,悉有公远形。上惧,谢焉,忽不复见。后中使于蜀道见之,公远笑曰:"为我谢陛下。"

---

① 屣:鞋子。脱屣,比喻看得很轻,无所顾恋。
② 鱼服:即白龙鱼服。春秋时吴王想微服私访去民间喝酒,伍子胥力劝不可,并讲了一个故事。他说,从前有白龙化身为鱼,潜入清冷之渊,被宋国渔民射瞎了眼睛。白龙上天庭告状,天帝问明缘由,说道:"谁叫你好端端的变成鱼,渔民射鱼,何罪之有?"
③ 碣[xī]:柱下石,即"础"。

◎ 神算子

邢和璞参透黄老秘要,占算通神。他写过一本书,题为《颖阳书疏》,有人得到了这部书,参研透彻,立即飞升,也有人说还存有稿子,段成式不曾见过。

段成式听隐士郑昉说,有个姓崔的司马,寄居荆州,是邢和璞故交。崔司马抱病数年将死,仗着跟邢和璞的关系,心中存了一点活命的希望。

一天,崔司马听见卧室北墙有凿墙之声,命人查看,全无异常。他卧室的隔壁,原是家人卧室,绝不可能有外人跑进来凿墙的。但崔司马一直能听到这种声音,他心想:完了,据说人死前会有幻视幻听,看来我马上要死了。七日后,墙面洞穿了一个小孔,阳光投射进来,明晃晃的。他问家人,家人都说没见到什么。那孔洞不断扩大,一天之后,已有盘子大小。崔司马向洞外看去,墙外竟然成了郊野,几人拎着铁锨、镐头守在洞前。崔司马问:"为何在我家墙上挖洞?"几人道:"我等是奉了邢真人法旨。大人的灾劫太厚,挖这么个洞,着实花了我们哥几个不少功夫。"

不移时,只听马蹄历乱,六名骑士纵马驰来,都是头戴平巾帻,穿一身大红,当先开路，口中大喊："邢真人到！"只见邢和璞乘车舆，戴一顶白色便帽，绶带飘飘，随从高高擎着仪仗扇，左右数十侍卫，来到洞前几步之外，探头对崔司马说道："崔公啊，你寿算已尽，贫道托请关系，再三关节，为你争取了十二年阳寿，你那病马上就能好了。"言讫，墙面忽然闭合，十天之后，崔司马的病果然好了。

又相传邢和璞曾住终南山，许多好道者在附近结庐，随他学道。诗人崔曙年轻时也在其列，当时终南山上，砍柴的、打水的都是各界名流。

这天，邢和璞召集众弟子道："三五天内将有贵客来访，你们每人准备道菜，我要陪客人喝酒。"数日之间，珍馐备具，在亭子中摆开一席盛筵，却不准弟子们随侍，连偷看也不许。众弟子都躲进房间，不敢稍稍出声。

邢和璞亲自下山迎接，那客人高才五尺，却有三尺之宽，脑袋奇大，占了身高的一半，穿一件宽大的绯色袍子，打横拿着象牙笏板，睫毛长且稀疏，面色如瓜，吹着大胡子直发笑，笑起来时嘴巴咧到耳根。同邢和璞高谈阔论，言谈内容多半不是人间之事。

崔曙在房间憋得难受，大着胆子横穿庭院。那怪客倏地住口不语，盯着崔曙，问邢和璞道："这不是泰山老父吗？"邢和璞道："正是。"客人道："转世转得也太差劲了，资质跟他前世相比，真是天差地远，可惜。"

傍晚，客人离去。邢和璞唤来崔曙道："日间来的客人，是天帝的弄臣。他说你前生是泰山老父，此言不假，前世的事情，你还有记忆么？"崔曙流泪道："小时候也常听老人们说我是泰山老父的转世，但是前生的事情，我什么都记不起来了。"

宰相房琯也曾请邢和璞算过寿限，邢和璞说："未来有朝一日，大人从东南方启程，前往西北，那便是大人捐馆之时。驾鹤之处，不是驿馆也不是寺庙，不在路上也不在官署。大人仙去，跟晚餐吃鱼有关，死后将长伴龟兹棺木。"房琯听得一惊一乍的，心想这厮真是口无遮拦，这都胡扯了些啥，我最后一顿饭吃什么你都能知道，简直危言耸听。

后来房琯由江西宜春改任四川广汉，卸任后，路过阆中，住在一所道观。道观正雇了工匠做木工活，房琯瞧着那木材纹理奇特，便问道士，道士说："几个月前，有做生意的香客布施了些龟兹木板，现在打算做成木屏风。"房琯猛然想起邢和璞的批言。过了一会儿，当地刺史备下鱼脍，遣人来请房琯赴宴。房琯叹道："邢君真神人也！"将邢和璞的预言告知刺史，并拜托他，请用龟兹木板为自己制棺。当晚，房琯吃了鱼脍，染病而亡。

> 邢和璞偏得黄老之道，善心算，作《颍阳书疏①》，有叩奇②旋入空，或言有草，初未尝睹。

成式见山人③郑昉说，崔司马者，寄居荆州，与邢有旧。崔病积年且死，心常恃于邢。崔一日觉卧室北墙有人钃④声，命左右视之，都无所见。卧室之北，家人所居也。如此七日，钃不已，墙忽透明，如一粟。问左右，复不见。经一日，穴大如盘，崔窥之，墙外乃野外耳，有数人荷锹钁⑤立于穴前（一曰侧）。崔问之，皆云："邢真人处分⑥开此，司马厄重，倍费功力。"有顷，导骑五六，悉平帻朱衣，辟曰："真人至。"见邢舆中白帢⑦垂绥，执五明扇⑧，侍卫数十，去穴数步而止，谓崔曰："公算尽，仆为公再论，得延一纪⑨，自此无苦也。"言毕，壁如旧。旬日，病愈。

又曾居终南，好道者多卜筑依之。崔曙⑩年少，亦随焉。伐薪汲泉，皆是名士。邢尝谓其徒曰："三五日有一异客，君等可为予办一味也。"数日备诸水陆，遂张筵于一亭，戒无妄窥。众皆闭户，不敢謦欬⑪。邢下山延一客，长五尺，阔三尺，首居其半，绯衣宽博，横执象笏，其睫疏挥，色若削瓜，鼓髯大笑，吻角侵耳。与邢剧谈，多非人间事故也。崔曙不耐，因走而过庭。客熟视，顾邢曰："此非泰山老师⑫乎？"邢应曰："是。"客复曰："更一转，则失之千里，可惜。"及暮而去。邢命崔曙，谓曰："向客，上帝戏臣也。言太山老君师，颇记无？"崔垂泣言："某实太山老师后身，不复忆，幼常听先人言之。"

房琯⑬太尉祈邢算终身之事，邢言："若来由东南，止西北，禄命卒矣。降魄⑭之处，非馆非寺，非途非署。病起于鱼飧，休于龟兹⑮板。"后房自袁州⑯除汉州⑰，及罢归，至阆州⑱，舍紫极宫⑲。适雇工治木，房怪其木理成形，问之，道士称："数月前，有贾客施数段龟兹板，今治为屠苏⑳也。"房始忆邢之言。有顷，刺史具鲙邀，房叹曰："邢君神人也。"乃具白于刺史，且以龟兹板为托。其夕，病鲙而终。

---

① 颍阳书疏：颍阳，今河南登封，《新唐书》记载，邢和璞曾在颍阳石堂山著书。
② 叩奇：钻研透彻。
③ 山人：隐士。
④ 钃 [zhú]：挖掘。
⑤ 钁 [jué]：钁头，一种刨土用的农具。
⑥ 处分：嘱咐。
⑦ 白帢：即白帢，古代白身者（未出仕）常戴的帽子。张华《博物志》言为曹操

发明。

⑧ 五明扇：仪仗中的一种长柄扇，汉代公卿大夫均可用，魏晋时规制提高，变成皇帝专享。

⑨ 一纪：十二年。

⑩ 崔曙：宋州宋城县（今河南商丘）人，一生命运极苦，自幼父母双亡，苦读多年，开元二十六年进士科拔得头筹，玄宗钦点为状元，不料次年即患病而死。

⑪ 謦欬〔qǐng kài〕：咳嗽。

阎立本《历代帝王图》中头戴白恰的陈废帝（左）与陈文帝（右）

⑫ 泰山老师：即"泰山老父"，汉代散仙，事迹见载《神仙传》：汉武帝东巡，见一老翁锄地道左，头上白光升腾，吞吐数尺之高。汉武帝大奇，这人怎么会发光，人形自走灯？召老翁上前问话，老翁看上去其实也不甚老，约摸五十来岁，灰发童颜，皮肤嫩滑，十分诡异。汉武帝问道："你是人是妖？"老翁道："草民自然是人，身怀道术尔。"武帝问有何术，老翁道："草民八十五岁那年，发白齿落，衰老垂死。路遇高人，得蒙传授辟谷之术，此后不再吃饭，只吃枣子、喝水。又赐一枚枕头，中有三十二种材料，其中二十四种正应二十四节气；八种毒物，克制八方邪风。草民用了，便自返老还少，黑发始生，牙齿复出。草民今年已一百八十岁。"汉武帝询问了枕头的材料配方，赐下玉帛财物。老翁后来入泰山隐居，每隔十年五年回乡一次，往还三百多年，此后再也没人见过他。

⑬ 房琯：唐宰相。安史之乱前任刑部侍郎，潼关失守，玄宗弃下百官奔蜀，房琯展现出过人的运动天赋，在多数同僚已经放弃的情况下，千里竞走，一路狂追，追上了唐玄宗。玄宗大为感动，升他为吏部尚书、同中书门下平章事（宰相）。这时太子李亨自行登基，玄宗逊为太上皇，派房琯去见李亨，表示承认新皇。李亨很高兴，跟房琯说："老房啊，你就别回四川了，留在朕身边，跟着朕收复江山吧！"房琯当即慷慨陈词，请命领兵收复两京。肃宗授他招讨西京兼防御蒲潼两关兵马节度，兵分三路出击，但他其实丝毫不懂军事。陈涛斜一战，临战翻看古兵书，效仿春秋时期车战之法，用牛组了两千乘战车大阵，向敌冲锋。叛军鼓噪一起，群牛受惊失控，反冲向唐军。叛军乘势纵火掩杀，唐军大败，死伤四万余。从此恩宠不再，多次被下放地方为官，七年后病逝于改任途中。

⑭ 降魄：死亡。古人认为，人有三魂七魄，死后魂升天，魄入地，因谓落魄。

⑮ 龟兹〔qiū cí〕：西域古国，在今新疆库车、轮台一带。唐时为唐军攻破，成为唐帝国安西四镇之一。

⑯ 袁州：今江西宜春。

⑰ 汉州：今四川广汉。

⑱ 阆州：今四川阆中。

⑲ 紫极宫：指道观。从玄宗朝始，凡奉老子的道观，统称紫极宫。

⑳ 屠苏：此处指门前屏风。通常屠苏也指一种药酒。至晚自南北朝起，民间流行在大年初一这天，全家喝屠苏药酒，排湿气、防感冒。喝屠苏酒的规矩，是年幼者先喝，年纪越大，越要靠后排。古人常拿喝屠苏酒的排序吐槽，感慨自己排位越来越靠后。苏轼就曾感叹"年年最后饮屠苏，不觉年来七十余"，一碗屠苏酒，映出时光颜色。据唐人笔记解释，喝屠苏酒的习俗来自一个住在草舍里的医生，医者仁心，每到过年时，他总会打包大量草药送人。在当时，人们习惯称茅草屋为"屠苏"，一到年底，大家就奔走相告，去屠苏医生那儿领草药。久而久之，屠苏成了这种方剂的代称，及至方剂化为酒，并流行开来，大家反而渐渐忘记了屠苏这个词的原本意思。本文的屠苏指一种屏风，也叫"罘罳"[fú sī]，属于"茅屋"的衍生义。王安石《元日》："爆竹声中一岁除，春风送暖入屠苏。"此中的屠苏，按照前后诗文理解，似乎应与本文的屠苏同义，解释成"门前屏风"。

◎ 玄宗密诏

王皎先生精通数术，但从不轻易预言。天宝年间一天夜里，王皎同几个朋友坐在室外，指着天上星月道："天下将有大乱！"这番言论被邻居听了去，到处宣扬。当时皇上年事已高，颇多忌讳，有人上奏此言，皇上听了厌恶，传下密诏，令人杀之。用刑者手持镬头，对着王皎的脑袋猛砸数十下才把他砸死，剖开头颅一看，颅骨居然厚达一寸八分。王皎生前同达奚珣常有来往，安史之乱平定后，王皎忽然挂杖葛履来到达家，大家才知道这家伙不是凡人。

> 王皎（一曰�）先生善他术，于数未尝言。天宝中，偶与客夜中露坐，指星月曰："时将乱矣。"为邻人所传。时上春秋高①，颇拘忌。其语为人所奏，上令密诏杀之。刑者镬其头数十方死，因破其脑视之，脑骨厚一寸八分。皎先与达奚侍郎②还往，及安、史平，皎忽杖屦③至达奚家，方知异人也。

---

① 春秋高：年纪大了。
② 达奚侍郎：达奚珣，先后任礼部侍郎、吏部侍郎、河南尹。安史之乱初期组织抵抗，很快兵败被俘，降安禄山，受伪职为丞相，两京克复，被朝廷处斩。
③ 屦：葛类、麻类编的鞋子。

◎ 天师字谜

翟乾祐翟天师，重庆人。身高六尺，手长30多公分。每次作揖，手都要超出胸前。睡觉不用枕头，脑袋悬挺在空中，晚年常预言未来。曾入奉节街市，大声嚷道："今晚会有八个人经过此间，要好好对付。"没人知道什么意思。当晚火灾焚毁数百房舍，方知"八个人"就是"火"字。

翟乾祐每次上山，必得虎群相随。曾在江岸与几十个徒弟赏月，有人问："月亮上有什么？"翟笑道："我指给你们看。"两名弟子随翟乾祐手指看去，见巨大的圆月忽然布满半幅天宇，月中楼台殿阁、金门玉阙鳞次栉比。只看了一会儿，恢复如常，一切不见。

> 翟天师名乾祐，峡中①人。长六尺②。手大尺余，每揖人，手过胸前。卧常虚枕。晚年往往言将来事。常入夔州③市，大言曰："今夕当有八人过此，可善待之。"人不之悟。其夜火焚数百家，八人乃火字也。每入山，虎群随之。曾于江岸与弟子数十玩月，或曰："此中竟何有？"翟笑曰："可随吾指观。"弟子中两人见月规④半天，楼殿金阙满焉。数息间，不复见。

---

① 峡中：通常指巫峡一带。据《仙传拾遗》，翟乾祐故里在今重庆云阳。
② 六尺：唐尺有大尺、小尺之分，小尺一般用在冕服、音乐、天文等专有领域，生活生产日用以大尺较普遍。今天出土的大尺长度在28—31厘米间，日本奈良市正仓院藏有唐尺和仿唐尺，长度在29.4—31.2厘米之间。以一尺30厘米计，则翟乾祐身高180厘米左右，而手掌长度超过了30厘米。30厘米的脚需穿46码的鞋子，可以类比想象。
③ 夔州：今重庆奉节。
④ 规：圆形。

◎ 灰袋道人

蜀地有个装疯的道士，俗号灰袋，是翟天师晚年收的弟子。天师常常告诫其他徒弟说："别欺负灰袋，此子之能，吾所不及。"

一次大雪，灰袋穿一件单衣直上青城山。向晚，来到所寺庙投宿。庙里的和尚说："贫僧只有一件僧袍而已，没有多余的铺盖，天气这样冷，恐怕你会有性命之忧。"灰袋道："无妨，但得一张床就够，强似睡在雪地上。"夜半时分，北风越刮越紧，大雪不停，和尚担心灰袋，起床去瞧。只见灰袋那张床，如同蒸笼般白气升腾，灰袋赤裸着身子，浑身大汗，兀自酣睡。和尚这才知道遇上了异人。次日天不亮，灰袋便不告而别。

灰袋浪迹江湖，多在村落借宿，每到一处住不过两晚。有一次口腔生了恶疮，数月不能进食，奄奄待死。大家素来以神仙之流视之，为他设下道场作法。仪式结束后，灰袋忽然起身，对众人道："现在看看我嘴巴里，还有没有溃疡了？"大嘴裂开，如同张开了一扇簸箕，脏腑历历可见。同门相顾惊骇，问他这是怎么回事？灰袋只说"太讨厌了，太讨厌了"便即离去，从此不知所终。

这些事情是段郎从成都道长郭采真处听来的。

蜀有道士阳狂①，俗号为灰袋，翟天师晚年弟子也。翟每戒其徒："勿欺此人。吾所不及之。"常大雪中，衣布褐②入青城山，暮投兰若，求僧寄宿，僧曰："贫僧一衲而已，天寒如此，恐不能相活。"但言容一床足矣。至夜半，雪深风起，僧虑道者已死，就视之。去床数尺，气蒸如炊，流汗袒③寝，僧知其异人。未明，不辞而去。多住村落，每住不逾信宿。曾病口疮，不食数月，状若将死。人素神之，因为设道场。斋散，忽起，就谓众人曰："试窥吾口中有何物也。"乃张口如箕，五脏悉露，同类惊异作礼，问之，唯曰："此足恶，此足恶。"后不知所终。成式见蜀郡郭采真尊师说也。

---

① 阳狂：亦作"佯狂"，装疯。
② 褐：粗布衣服，形容衣装单薄简陋。
③ 袒：裸露。

◎ 神仆

秀才权同休的一个秀才朋友，元和年间科考落榜，买舟南下，到苏湖一带漫游散心。客中染病，盘缠告竭，身边只有个一年前在当地雇来做仆役的闲人。

秀才病中想喝甘豆汤，命这仆人寻甘草。仆人久久不去，只是生火烧水，秀才刚要骂仆人懒散轻慢，忽见他折了一把树枝，在灶火之前揉搓再三，树枝悉数变成了甘草。秀才大奇，才知此人身怀异术。仆人又抓起把沙子在掌中一搓，旋即变成了豆子。这道甘豆汤做出来，与真正的甘豆汤一般无异，秀才的病也渐渐好转，不日康复。病虽好了，无奈身无长物，寸步难行，于是脱下一身脏衣交给仆人道："拿去换些酒肉，我要请村中长老们吃饭，求些路费。"

仆人笑道："这哪够啊，我来想办法吧。"他砍倒一棵枯死的桑树，削成木片，装了好几筐，堆在盘子里，一口水喷去，木片尽皆化为熟牛肉，又打了几瓶水，少顷酒香四溢。秀才拿来请客，村中老者吃得赞不绝口，送了秀才三十束绢。

送走客人，秀才一脸羞惭，拜谢仆人："在下傲慢幼稚，不识高人，今后愿做牛做马，报答恩公。"仆人道："我确实不是凡人，因有小过，谪落风尘。做你的仆人乃是服刑赎罪，倘若为你服役的时间不够，我还要为其他人服役，所以不必过意不去，请一切照常，帮我完成刑期。"秀才听他这样说，只好勉强答应，但每次指使，都会面有难色，局促不安。仆人叹道："你这样客气，只会坏了我的事。"辞别而去。临走前告诉秀才一些寿命长短、命运贫富的规律，又说世间万物没有不能用药物炼化的，只有淤泥中的朱漆筷子和人的头发除外。说完离开，不知去了何处。

秀才权同休友人，元和①中落第，旅游苏湖②间。遇疾贫窘，走使③者本村野人，雇已一年矣。疾中思甘豆汤，令其取甘草，雇者久而不去，但具火汤水，秀才且意其怠于祗承④。复见折树枝盈握，仍再三搓之，微近火上，忽成甘草。秀才心大异之，且意必有道者。良久，取粗沙数掊授挼⑤，已成豆矣。及汤成，与甘豆无异，疾亦渐差⑥。秀才谓曰："余贫迫若此，无以寸步。"因褫垢衣授之："可以此办少酒肉，予将会村老，丐少道路资也。"雇者微笑："此固不足办，某当营之。"乃斫一枯桑树，成数筐札，聚于盘上。噀之悉成牛肉。复汲数瓶水，顷之乃旨酒也。村老皆醉饱，获束缣⑦三千。秀才惭谢雇者曰："某本骄稚，不识道者，今返请为仆。"雇者曰："予固异人，有少失，谪于下贱，合役于秀才。若限未足，复须力于它人。请秀才勿变常，庶⑧卒某事也。"秀才虽诺之，每呼指，色上面，戚戚不安。雇者乃辞曰："秀才若此，果妨某事也。"因说秀才修短穷达之数，且言万物无不可化者，唯淤泥中朱漆筋⑨及发，药力不能化。因去，不知所之也。

① 元和：唐宪宗李纯年号，806—820年。
② 苏湖：苏州湖州。
③ 走使：使唤、差遣。
④ 祗承：奉命、听命。
⑤ 挼捘[ruó zùn]：揉搓。
⑥ 差：通"瘥"，痊愈。
⑦ 束缣：成束的丝织品，唐时用作货币。
⑧ 庶：希望、但愿。
⑨ 筯：筷子。

◎ 隐士

唐敬宗宝历年间，荆州有个姓卢的隐士，整天贩运些木材石灰之类，到白洑南面的集市上卖，不时露几手奇术，令人莫测高深。赵元卿是个好奇心很强的生意人，一心想跟卢隐士交往，便总到他那儿买东西，还备下水果香茗，说是切磋经商之道，请他一叙。卢隐士看出他另有所图，问道："足下盛情款待，恐怕不是为了聊生意吧？"赵元卿道："什么都瞒不过前辈，前辈洞晓阴阳，赵某仰慕已久，祈请赐教片言。"

卢隐士笑道："眼下正巧有件事情可资验证。今日午时，足下的房东将遇到一桩不寻常的祸事，若依我之言，便可化解。足下可以告诉他，临近午时，会有个背着口袋的做饼师傅到他家去，那口袋中有两千钱。做饼师傅到了，必定找茬，届时请紧闭门户，别放他进来，同时嘱咐家人不要轻易应答。午时许，做饼师傅会破口大骂，你们房东务必全家避往河边。如此，最终只破费三千四百钱，可以免一场大祸。"

赵元卿当时租着一户张姓人家的房子，房东也素来崇敬卢隐士，听了赵元卿的转述，立即紧闭大门。临近午时，果然来了个如卢隐士描述般装扮的人，叩门要求买米。敲门半晌，没人应门，这人大怒，恶狠狠踹起门来。房东拿大竹棍撑着门板，那人自然踹不开。这样一闹，门前不一会儿聚集了几百人，房东看看午时已到，带着妻小，从侧门离家走避。那做饼师傅闹了半天，愤愤而去，走出百步，忽然仆地而死。他老婆闻讯赶来，围观众人详述了死者所为，那妇人不顾，在张家号啕大哭，硬说是张家害死了丈夫。官府接到报案，走访调查，听了目击证人们叙述的张家闭门、躲避之状，也迟迟不能决断。有熟谙律讼的内行人提醒房东说："人虽不是被你害死的，但你不妨替他料理料理后事，作为调解。"房东欣然听从，死者老婆对这样的处理也挺满意。等到房东买齐丧葬用具帮死者下了葬，一算总价，刚好花了三千四百钱。

因为这件事，卢隐士名声大噪，谒者如市，他不胜其烦，偷偷溜掉了。

他沿水路来到湖北复州地界，泊舟在一个名叫陆奇的读书人庄上。有人告诉陆奇，说卢隐士不是普通人，陆奇备了名刺，主动登舟拜访。

当时陆奇打算上京投靠一个知己，见到卢隐士后，请教这次行止凶吉，卢隐士道："今年不要出门，否则旦夕有祸。还有件事，足下房舍后面埋着一罐钱，但不该为足下所有，这笔钱的主人今年只有三岁。足下就算挖到了钱罐，也不绝不可花用分文，否则必致奇祸。"

陆奇满心惊疑，辞谢而出。他望着卢隐士的小船离岸而去，水波尚未平静，便笑对妻子道："倘若卢先生所言确凿，咱家里埋着一大罐子钱，我还去京城做什么。"命家僮挖地，挖不数尺，果然挖出一口巨瓮，盛满了散钱。陆奇大喜，他妻子就搬来大捆草绳穿起钱来。

堪堪穿了一万钱，陆家一双儿女忽然头痛欲裂，无法忍受。陆奇惊道："难道卢先生所言应验了？"纵马疾奔，呼停卢隐士的小舟，请罪说自己不听告诫，致儿女遭了报应，苦求解救。卢隐士怒道："妄用有主之财，当然会祸及骨肉！骨肉与钱财孰轻孰重，你自己掂量着罢！"棹舟不顾而去。陆奇又上马飞驰回家，向诸天神灵祝祷告罪，将钱埋回地里，儿女霍然而愈。

卢隐士进了复州城，一次与几位同伴并行，迎面走来六七个人，都盛装华服，酒气熏人。卢隐士冷不丁怒叱道："尔等若仍怙恶不悛，死期不远！"那几个人吃他一声暴喝，扑通扑通跪了一地，哀声道："不敢了！不敢了！"卢隐士的同伴们一脸惊讶，卢隐士道："此辈都是江上的水盗。"

关于卢隐士的事迹，大抵都是这样奇异的，赵元卿还说，卢隐士的模样，有时看上去很老，有时又很年轻，没怎么见过他喝水吃东西。他曾跟赵元卿谈论世上高人，说："这世上有许多精通隐形术的刺客。若是修道者掌握了隐形术能克制不用，二十年后，便可随意化身为万物，这种境界叫作'脱离'；再修二十年，即可跻身地仙名籍了。"又说："身怀隐形术的刺客死后，尸体会消失，为凡人所不能见。"其玄言怪论甚多，当真是神仙一流的人物。

> 宝历①中，荆州有卢山人，常贩桡朴②石灰，往来于白洑③南草市，时时微露奇迹，人不之测。贾人赵元卿好事，将从之游，乃频市其所货，设果茗，诈访其息利之术。卢觉，竟谓曰："观子意，似不在所市，

意有何也？"赵乃言："窃知长者埋形隐德，洞过蓍龟④，愿垂一言。"卢笑曰："今且验，君主人午时有非常之祸也，若是吾言当免。君可告之，将午，当有匠饼者负囊而至。囊中有钱二千余，而必非意相干⑤也。可闭关，戒妻孥勿轻应对。及午，必极骂，须尽家临水避之。若尔，徒费三千四百钱也。"时赵停于百姓张家，即遽归语之。张亦素神卢生，乃闭门伺也。欲午，果有人状如卢所言，叩门求籴⑥，怒其不应，因足其户，张重簧⑦捍之。顷聚人数百，张乃自从门率妻孥回避之。差午，其人乃去，行数百步，忽蹶倒而死。其妻至，众人具告其所为。妻痛切，乃号诣张所，诬其夫死有因。官不能评，众具言张闭户逃避之状。识者谓张曰："汝固无罪，可为办其死。"张欣然从断，其妻亦喜。及市槥⑧就舆，正当三千四百文。因是，人赴之如市。卢不耐，竟潜逝。

至复州⑨界，维舟于陆奇秀才庄门。或语陆："卢山人，非常人也。"陆乃谒。陆时将入京投相知，因请决疑，卢曰："君今年不可动，忧旦夕祸作。君所居堂后有钱一甀⑩，覆以板，非君有也。钱主今始三岁，君慎勿用一钱，用必成祸。能从吾戒乎？"陆矍然⑪谢之。及卢生去，水波未定，陆笑谓妻子曰："卢生言如是，吾更何求乎。"乃命家童锹其地，未数尺，果遇板，彻之，有巨瓮，散钱满焉。陆喜。其妻以裙运纫草⑫贯之，将及一万，儿女忽暴头痛，不可忍。陆曰："岂卢生言将征乎？"因奔马追及，且谢违戒。卢生怒曰："君用之必祸骨肉，骨肉与利轻重，君自度也。"棹舟去之不顾。陆驰归，瘗⑬而塞焉，儿女豁愈矣。

卢生到复州，又常与数人闲行，途遇六七人，盛服俱带，酒气逆鼻。卢生忽叱之曰："汝等所为不悛，性命无几！"其人悉罗拜尘中，曰："不敢，不敢。"其侣讶之，卢曰："此辈尽劫江贼也。"其异如此。赵元卿言，卢生状貌，老少不常，亦不常见其饮食。尝语赵生曰："世间刺客隐形者不少，道者得隐形术，能不试，二十年可易形，名曰脱离。后二十年，名籍于地仙矣。"又言："刺客之死，尸亦不见。"所论多奇怪，盖神仙之流也。

---

① 宝历：唐敬宗李湛年号，825—827年。
② 桡朴：桡，船桨；朴，未经加工的木材。

③ 白洑：在今湖北潜江市西北。据北宋《太平寰宇记》，唐宣宗大中十一年（857年）在此置征科巡院。北宋乾德三年（965年）改置潜江县。
④ 蓍龟：蓍草龟甲，占卜用具。
⑤ 非意相干：无故寻衅。
⑥ 籴[dí]：买米。
⑦ 簀：竹编的席子，这里应该指竹棍，或卷成筒状的竹席，否则强度不足以"捍门"。
⑧ 槥：小号的棺材。
⑨ 复州：今湖北仙桃、天门一带。
⑩ 甒[wǔ]：盛酒的瓦罐。
⑪ 矍然：吃惊的样子。
⑫ 绹草：穿钱的草绳。
⑬ 醮：祈祷祭祀。

◎ 邀月老人

唐穆宗长庆初年，杨隐之在湖南郴州一带隐居山林，时常寻访有道之士。听说此间有位姓唐的居士，年逾百岁，杨隐之慕名往谒，唐居士便留客过夜。

至夜，唐居士喊女儿道："取一片下弦月来。"女儿拿一片月亮贴在墙上，看上去像是张剪纸。唐居士起身咒道："今晚有客，请赐光明！"一语甫落，光华大盛，满室通亮。

> 长庆初，山人杨隐之在郴州，常寻访道者。有唐居士，土人谓百岁人。杨谒之，因留杨止宿。及夜，呼其女曰："可将一下弦月子来。"其女遂帖月于壁上，如片纸耳。唐即起，祝之曰："今夕有客，可赐光明。"言讫，一室朗若张烛。

◎ 僵尸药

岭南有百姓路遇风雨，与一老翁同避于大树之下，这人把最好的位置让给了老翁。雨停后，老翁送给他三粒丸药，说倘有救命急事，可立即服下。过了一年，这人妻子暴病而死。隔了好多天，他才想起老翁赠药之事，砸开妻子牙齿，灌入丸药，妻子尸体渐渐有了暖意，容色也恢复了生气。

至段郎听到这件事的时候，那人的妻子已经死去四年了，状如醉眠，指甲也在不断生长。那人无论去哪，都会用车子载着亡妻。即使妻子一直不醒，也绝不肯放弃。

告诉段郎此事的人，曾在浙江宁波亲眼见过那具如生的女尸。

> 南中^①有百姓行路遇风雨，与一老人同庇树阴，其人偏坐敬让之。雨止，老人遗其丹三丸，言有急事即服。岁余，妻暴病卒。数日，方忆老人丹事，乃毁齿灌之，微有暖气，颜色如生。今死已四年矣，状如沉醉，爪甲亦长。其人至今舆以相随，说者于四明^②见之矣。

---

① 南中：三国时以云贵一带为南中，唐代南中地区南诏国崛起，习惯上不再称为南中。唐人所谓南中，或泛指南方，或指岭南地区。

② 四明：今浙江宁波。境内有四明山，故名。

贝编

古刹高僧

在南亚，包括中国西南，一直可见用贝叶棕的叶子书写佛经的习惯。贝叶棕，佛家称"贝多""多罗"，是棕榈树的一种，植株高达 25 米，叶片厚实。每年秋冬季节，当地人采摘贝叶，用酸角、柠檬同煮，使叶片软化，经打磨、晾晒、压平、风干后，墨线弹界，刀刻为文，浸以墨汁，墨色渗入刻痕，便形成了文字，这样的书籍，就是"贝编"。贝叶经防腐防蛀，保存期极长，但制作不易，取材亦难，故未流行于中原。本章前半部分主要是段成式抄录的佛经，尤其是《正法念处经》片段，后半部分则记名刹神僧。

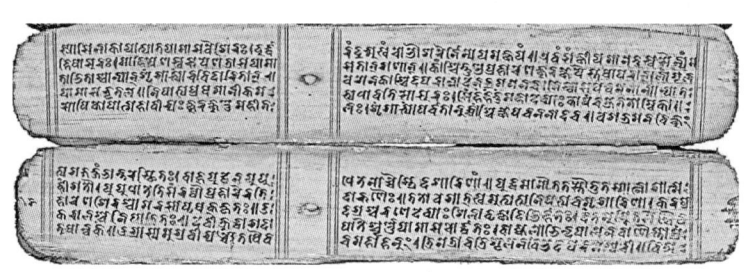

贝叶经

◎ 前言

佛家的三界二十八天、四大部洲、华藏世界、八寒八热地狱等，佛法中的三身、五位、四果、七支以及十八界、三十七道品等，凡向佛者大概都能侃侃而谈。所以本章就不再复述了，只撮取佛经中特别奇异的内容。

释门三界二十八天①、四洲②至华藏世界③、八寒八热地狱④等，法自三身⑤、五位⑥、四果⑦、七支⑧至十八界⑨、三十七道品⑩等，入释者率能言之。今不复具，录其事尤异者。

① 三界二十八天：欲界六天、色界四禅天（共十八天）、无色界四天。
② 四洲：四大部洲，环绕须弥山的四个世界：东胜神洲、西牛贺洲、南瞻部洲、北俱芦洲。
③ 华藏世界：莲华藏世界，佛门关于宇宙的统称，相当于最广义的宇宙。莲华世界包括了世人居住的娑婆世界，世人所知的宇宙只是娑婆世界众多宇宙之一。
④ 八寒八热地狱：佛经所说的十六种残酷地狱，八寒地狱温度极低，分别是：具疱地狱、疱裂地狱、紧牙地狱、阿吒吒地狱、嚯嚯地狱、青莲花地狱、红莲花地狱、大红莲花地狱。八热地狱温度极高，分别是：等活地狱、黑绳地狱、众合地狱、号叫地狱、大号叫地狱、焦热地狱、极热地狱、阿鼻地狱。
⑤ 三身：佛有三种"身"，法身、报身、化身。
⑥ 五位：常见于小乘佛教的概念。宇宙万法有两种，一种起于因缘，有生有灭，叫"有为法"；一种无关因缘，不生不灭，叫"无为法"。有为法又有四法：色法，即物质；心法，即精神；心有所法，指想象；心不相应法，除上述三法之外有生灭之法。此四法，与无为法合称"五位"。"一切有为法，如梦幻泡影，如露亦如电，当作如是观"，说的便是四种"有为法"。
⑦ 四果：沙门四果，小乘佛教所说的四种"果位"，包括：须陀洹果，入门级别，证此果位者，死后不再堕入三恶道（地狱、恶鬼、畜生道），但仍需在人间道、阿修罗道或天人道投生七次；斯陀含果，死后只需在天、人道往返一次，便可脱离欲界；阿那含果，也称"不还果"，不再生于欲界，而且寂灭一瞬间涅槃，达到罗汉境界；阿罗汉果，小乘佛教最高果位，不生不灭，超脱三界六道。
⑧ 七支：十恶业中的七种恶业，杀生、偷盗、邪淫、妄语、绮语、恶口、两舌。
⑨ 十八界：佛家以人的认识、感官为中心，对世界一切现象所作以十八种分类，包括能发生认识功能的六根（眼界、耳界、鼻界、舌界、身界、意界），作为认识对象的六境（色界、声界、香界、味界、触界、法界）和由此而生的六识（眼识界、耳识界、鼻识界、舌识界、身识界、意识界）。
⑩ 三十七道品：指追求智慧、进入涅槃境界之三十七种修行法门。

◎ 鬘持天

欲界六天最低层的四天王天依附在须弥山上，分为五大区：鬘持天、迦留天、恣意天、箜篌天、行天。前四区又各分十个住处。鬘持天的十住处，分别叫作：白摩尼、峻崖、果命、白功德行、常欢喜、行道、爱欲、爱境、意动、游戏林。下界最伟大的帝王之乐，也不及鬘持天众生之乐的十六分之一。鬘持天有四种乐，包括无怨、随念能行，以及天女不念余天等。此处众生，身体香气绵延百由旬。鬘持天的一天，相当于人间五十年，此处高级生命体平均能存活五百年，折算成人间时间，即 900 万年。

> 鬘持天十住处。十六分中，轮王①乐不及其一。四种乐②，一无怨，二随念，及天女不念余天等。身香百由旬③。

---

① 轮王：转轮圣王，四大部洲统治者，人间的圣贤帝王。转轮圣王有四个级别，铁轮王具有统治一洲之力，铜轮王两洲，银轮王三洲，金轮王统治四大部洲。
② 四种乐：指鬘持天第五住处"常欢喜"处的四种乐：无怨、随念能行、余天不能胜其威德、天女不念余天。天女，和下文常出现的"天人"，都指"天龙八部"中的"天"，是六道指中最上等"天道"的高级生命体。相对人畜，他们享有更长的寿命和极乐，但未脱离六道轮回，生命也有尽时。
③ 由旬：长度单位，说法很多，有十六里、三十里、四十里、八十里等说法。文中说"身香百由旬"，按照最低的 1 由旬＝8 公里计，香气弥漫半径，也达到 800 公里，相当于甲在上海，乙在武汉，两人能相互闻到体香。

◎ 迦留天

迦留波陀天也叫象迹天，有十住处。

> 迦留波陀天①，此言象迹②，有十地也。

---

① 迦留波陀天：即迦留天，四天王天的五大区之一，与鬘持天地位平行。
② 象迹：大象足迹在佛家别有意义，是大、沉稳、安全之象征。"此言象迹"四字，是《正法念处经》的注疏文字，原文作："观迦留波陀天（注：此言象迹天）。"大概段成式抄经时把注也抄进来了。

◎ 箜篌天

以下多是段郎摘抄自《正法念处经》等经书的散碎概念，译述从略。

目不瞬①，众蜂出妙音②。六天香风，皆入此天。四天王③，十地彩地④、质多罗地⑤、八林⑥。箜篌天十地，金流河⑦、无影山。有影游⑧，鸟随，其行处，地同其色。众鸟说偈。白身天⑨，身色如拘牟头花⑩。无足⑪。柔耎⑫，随足上下。乐游戏天⑬，乘鹅殿⑭，宝树枝叶如殿⑮。三十三天，九十九那由他⑯天女。忆念树⑰，物随意而出，十花池⑱、千柱殿⑲。六时林，一日具六时。

---

① 瞬：眨眼。此处疑有脱文，《正法念处经》原文是说，迦留波陀天的高级生灵不需要眨眼。

② 众蜂出妙音：迦留波陀天第二住处，名叫"蜂喜"，此处的蜂类能发出妙音。

③ 四天王：四大天王，东方持国天王、南方增长天王、西方广目天王、北方多闻天王，分居四天王天。

④ 彩地：同鬘持天、迦留天同属四天王天的恣意天也有十住处，彩地是其第四处。

⑤ 质多罗地：恣意天第五处。

⑥ 八林：恣意天第九处叫"清凉池"，中有八片树林。

⑦ 金流河：箜篌天也有十住处，第一处叫"乾陀罗"，六条大河穿流而过，分别是：宝流河、波流河、金流河、酒流河、美流河、流沫笑河。

⑧ 影游：原文为"复有众鸟，名曰影游，随行其处，地则同色"，意思是说，在箜篌天第三住处，有许多名叫影游的鸟，跟着这种鸟来到它们栖息处，地的颜色与鸟相同。

⑨ 白身天：箜篌天第五住处。

⑩ 拘牟头花：一种睡莲，按照《正法念处经》的说法，应是白色睡莲。

⑪ 无足：此处说的是一种名叫"醉味虫"的小虫，没有脚，寄生在人类舌头上，能影响人类味觉。人吃到美食，这种虫子便会迷醉，使人也生出美好的感觉；入口难吃的东西，虫子委顿，人便对该食物产生厌恶。

⑫ 柔耎：柔软。有一处叫"柔软地天"的地方，地上覆满轻薄柔顺的"天缯"。在此处走路，天缯会随着脚的起落而起伏，就是后文的"随足上下"。

⑬ 游戏天：箜篌天第六处。

⑭ 鹅殿：有翅膀的宫殿。

⑮ 宝树枝叶如殿：树的枝叶像宫殿一样。

⑯ 那由他：千亿或万亿级的计数单位。此处说若世人肯持戒勤修佛法，有机会往生三十三天，得到数量为"九十九那由他"，也就是几十万亿个天女作眷属。

⑰ 忆念树：在须弥山善见城（帝释天居所）西南，有一处"善法堂"，此处生长着叫作"意念树"的植物，能随天女意念，长出首饰、衣服之类。

⑱ 十花池：同样位于善法堂的十处莲花池。

⑲ 千柱殿：毗琉璃山之巅，有一座极其宏伟瑰丽巨殿，为纯净琉璃之宝成就，赤莲花宝为栏杆，黄金为地。迦叶如来（释迦牟尼之前的佛）亲自以大法力化成，迦叶如来曾在此说法，如今留存迦叶光影，帝释天等诸天众每至此辄见，见则恭敬礼佛，合掌听经。

◎ 阿修罗王

略。

千辐轮殿①，天妃舍支（一曰女）所坐也。衣无经纬。将死者尘着身②。马殿千鹅驾③。金刚綎④带。行林⑤随天所至。众鸟金臆⑥。大象百头⑦，头有十牙，牙端有百浴池。顶有山，名曰界庄严⑧。鼻有河，如阎牟那河⑨，水散落世界为雾。胁有二园，一名喜林，二名乐林。象名伊罗婆那。光明林⑩，四维有意树，帝释将与修罗⑪战，入此林四树间，自见胜败之相。甲胄林⑫，甲胄从树而生，不可破坏。

---

① 千辐轮殿：千辐轮七宝之殿，带轮子的宫殿（大型豪车），是天后舍支（帝释天配偶）专乘。
② 将死者尘着身：此谓生于善见城的天人将死之象，身上会沾满灰尘。
③ 马殿千鹅驾：千百阎浮檀金鹅拉着的奔行疾速的宫殿。
④ 金刚綎：金刚线。天人诞生后，一切服饰随同而生，头顶有"大青宝王"，七宝为冠，珠宝璎珞，光耀千里，以金刚线为绶带，彩虹为腰带，蹑雷电而蹈虚空。
⑤ 行林：三十三天第六处，名曰"俱咤"，此处有七宝天树成林，叫作行林，天人可以用意念使行林生出金树，这就是"随天所至"。
⑥ 金臆：三十三天第七处，有众鸟金胸银翅。臆，胸。
⑦ 大象百头：帝释天与阿修罗王开战前，遣侍者到如意莲花池请出巨大无匹的神兽"伊罗婆那"白象王，以意念使白象生出百头，每头皆有十牙，牙端有"十花池"，池中有千莲花，每朵莲花中有无数玉女。帝释天便乘此象出战。
⑧ 界庄严：白象王变化后的体型几乎堪比须弥山，象背上化出七宝大城，瑰丽万端，帝释天与众天女在其中。同时象头顶还会长出一座大山，叫"界庄严"。
⑨ 阎牟那河：即亚穆纳河，恒河主要支流，全长1 376千米。
⑩ 光明林：位于三十三天第九处，此处名曰"光明"，有无边森林，故称光明林。阿修罗王来犯，帝释天率众天人进入光明林召开战前会议，光明林生长着"如

意树"，能预见未来战争详情。
⑪ 修罗：即阿修罗。阿修罗道是六道之一，介于人间道、天道之间，在须弥山下的海底。阿修罗道每每与帝释天率领的天道开战，打得天翻地覆，战场惨不忍睹，是故俗称惨酷之地为"修罗场"。阿修罗的事迹众多，按段郎所抄写的《正法念处经》说法，阿修罗又有两大种族，一族近于鬼道，一族近于畜生道。鬼道者，魔身恶鬼，有大神通。畜生道一族，又有四大阿修罗王，比较著名的是罗睺阿修罗王。这位王想瞧瞧忉利天上的天女，并试图让天女们崇拜自己，于是化身超巨大形态，高出须弥山，全身无量宝珠大放光芒。因为太阳光影响他观看天女，伸手遮住了太阳，造成日食。
⑫ 甲胄林：从光明林出来后，天人进入甲胄林，甲胄林的树木能长出金刚不坏甲胄，着此甲胄，无可为敌。就算这样，与阿修罗道的作战仍然极其惨烈，可见阿修罗实力。

◎ 天人之死

略。

> 莲出，摩偷①美饮也，修一千二百善业者生此天。上妙之触，如触迦旃邻提鸟②，此鸟轮王出世方见。开合林③，开目常见光明。夜摩天④住虚空，阎婆风所持也。积崖山⑤，高三百由旬，有七楞七厢。始生天者五相⑥，一光覆身而无衣，二见物生希有心，三弱颜，四疑，五怖。又五相⑦，一近莲池花不开（一无"不"字），二近林蜂（一曰绛）离树，三听天女歌而出獣离，四近树花萎，五殿不行空。又见身光衣触如金刚⑧，及照毗琉璃镜，不见其头。天女九退相⑨，一皮缓，二头花散落，三赤花在头变为黄，四风吹无缕衣如人依触，五飞行意倦，六触水而浊，七取树花高不可及，八见天子无媚，九发散粗涩。又唇动不止⑩，璎珞⑪花鬘皆重。

---

① 摩偷：忉利天之上，是欲界六天的第三层——夜摩天。夜摩天已脱离须弥山，悬于虚空，该天生有一种汁液甜美的树，即摩偷。
② 迦旃邻提鸟：一种海鸟，抚摸可获得极大快感，似乎与俗世抚摸猫的原理相仿。相传只有转轮圣王出世，此鸟才会出现。

③ 开合林：三十三天第三十二处，叫作"威德焰轮"，此处有开合林，睁眼闭眼，可见无量光明。

④ 夜摩天：欲界六天第三重，在忉利天之上，已经脱离了须弥山，是第一重位于虚空的天（四王天在须弥山腰，忉利天在须弥山顶）。夜摩天这个世界的下方，由"阎婆风"承托，如同"地根"承托着大地一样。

⑤ 积崖山：聚积崖山，位于夜摩天。

⑥ 始生天者五相：新诞生的天人有五种常见状态：因为刚刚诞生，没有衣服，所以会放出金光护体，这是初相；从没见过天上诸般奇景，所以好奇，是第二相；见到满天的天女而害羞，是第三相；对其他天人有所怀疑，是第四相；害怕新世界，所以通常飞得很高，或者躲藏起来，是第五相。

⑦ 又五相：此天人濒死之相，初相靠近莲池，莲花不开；次相入林蜂离；三相厌恶天女音乐；四相靠近林花，花皆枯萎；五相失去飞行能力。

⑧ 身光衣触如金刚：仍然是天人临死之征，包括金光、衣物重如金刚，照镜子时，镜中的自己没有头。

⑨ 天女九退相：天女的九种死前征兆，包括：皮肤松弛老皱；头上花堕；头戴红花，变色为黄；无缝天衣，出现衣缕；无力飞行；汗水污浊；无力取树上花果；容颜变丑，男性天人失去交合欲望；头发粗涩。

⑩ 唇动不止：虽然不打算说话，但嘴唇不受控制地开合。

⑪ 璎珞：珠宝饰物，多用为颈饰。璎珞原为古代印度佛像颈间的一种装饰，后来随着佛教一起传入我国，唐代时，经模仿和改进，变成了女子项饰。

◎ 离垢布施

十二种不清净的布施行为：布施不均、布施时出于私欲倾斜异性、谄媚的布施（贿赂）、向外道布施、盲目跟从布施、被恳求才布施、以交换为目的的布施、以离间为目的的布施、彩礼、以营利为目的的布施、为求名而布施、喂养妻儿。夜摩天上有一处毗琉璃宝庄严之山，山上尽是鹅鸭鸳鸯，一片苍翠，覆盖万由旬。

十二种离垢布施。生此天，群鸟青影，覆万由旬。

◎ 失坏

略。

摩尼珠①中有金字偈。四天王天有十二失坏②，常与修罗战斗等。三十三天八种失坏，有劣天不为帝释所识等。夜摩天六失坏，食劣生渐等。兜率陀天四失坏，不乐鹅王说法声等。化乐天四失坏，天业将尽，其足无影等。他化自在天四失坏，宝翅蜂舍去等。

---

① 摩尼珠：佛教异宝，出海底龙宫，有大神通，光华普照四大部洲。在《正法念处经》里，有金字偈语的珠子不是摩尼珠，而是"大毗琉璃宝珠"，由兜率天王携至夜摩天。此珠放出光华时，整个夜摩天其余诸光，皆悉不见。
② 失坏：失坏，大致可看作毁坏、业尽，指天人死亡。这些失坏的情况半数与阿修罗有关，比如被阿修罗潜入、被击穿甲胄、击落头盔、在大战中目睹罗睺罗（超巨型阿修罗王）恐惧而死。其余诸天天人均有失坏征兆，繁琐不具。

◎ 虫

从欲界六天之上的色界向下扔一块石头，十万八千三百八十三年后才能落地。

阎浮提洲的人有三肘到四肘半那么高，体内四十五块脊骨，十三条经脉。躯干的虫有毛灯虫、瞋血虫等。禅都摩罗虫寄生于血液中。善色虫寄生在粪便里，能令人安乐。起根虫喝饱了便欢喜。欢喜虫能制造梦境。又有能引起皮肤病的虫。

色界天下石，经十万八千三百八十三年方至地。阎浮提①人生三肘半至四肘②，骨③四（一曰五）十五，脉十三。身虫④有毛灯、瞋血。禅都摩虫⑤流行血中。善色虫处粪中，令人安乐。起根虫⑥饱则喜。欢喜虫⑦能见众梦，又有癞疥⑧等。

---

① 阎浮提：即南瞻部洲，人间世界。
② 肘：长度单位。佛经的长度单位通常比较模糊，关于一肘的长度，有一尺四寸、一尺八寸等说法，即40—80厘米左右。本文说的阎浮提人，也就是当时的天竺人，身高三肘半到四肘，则一肘不应超过50厘米。
③ 骨：据《正法念处经》，当为"脊骨四十五"。
④ 身虫：天眼通开启后，可以看到躯干有十种虫，这些虫若侵入脏腑，可致疾病。十种虫分别是：食毛虫、孔穴行虫、禅都摩罗虫、赤虫、食汁虫、毛灯虫、瞋

血虫、食血虫、瘤虫、酢虫。佛经认为，人体诸多部位各有不同的虫，头上、粪便、脂肪骨髓等，基本上都以十种为度。
⑤ 禅都摩虫：这种虫子能引起口臭。
⑥ 起根虫：生于膀胱，膀胱储尿越多，该虫越兴奋。
⑦ 欢喜虫：使人做梦的虫。
⑧ 癣痂：癣，皮肤病。

◎ 北俱芦洲

赊婆罗人会穿透自己的嘴唇。

独脚族境内的狮子生有双翼，女人长着狗脸。

吱多迦林附近住着罗刹，能瞬间移动千百由旬。

北俱芦洲有鸡多迦等七十条天河。北俱芦洲人自在无畏，活得不比四天王天人差。地名如鸭音林、麒麟陀树、迦吱多那等，鸭音林中栖息着二十五种鹿。有一座山，盛产牛头旃檀，天人与阿修罗战后，伤者常来此采药，涂抹伤口。北俱芦洲的提罗迦树花，见阳光即盛放；拘尼陀树花，见月光绽放；无忧树，得女子碰触才会开花；尸利沙树，踩一脚就会蹭蹭的长高。又有畏日、龙舌、鹅旋、鼻境界等花。

赊婆罗人①穿唇。驼面目有诸人②。二足③，师子有翼，女人狗面。有林名吱多迦，罗刹④所住，眴目间行百千由旬。洲有赤地黑玉铜康白等。

郁单越⑤，鸡多迦等天河七十。自在无畏⑥四天王否。如鸭音林、麒麟陀树、迦吱多那等⑦，二十五鹿名⑧。有山多牛头旃檀⑨，天人与阿修罗斗，伤者于此涂香。提罗迦树花，见日光即开。拘尼陀树花，见月光即开。无忧树，女人触之，花方开。尸利沙树，足蹈即长。又畏日、龙舌、鹅旋、鼻境界等花。

---

① 赊婆罗人：可能是根据某些外域风物志虚构的部族，该族人有穿破嘴唇，以珠装饰的传统。
② 驼面目有诸人：应作"骆驼面人"，一个长得像骆驼种族。
③ 二足：应作"一足人"。该族人都是独脚，不栖房屋，住在树下，女人脸长得像狗。可怕的是，当地的狮子都生有两翼，一条腿本来就跑不快，而狮子居然会

飞，更难以为抗了。
④ 罗刹：印度传统神话的恶魔，飞行神速，一念之间能飞行两千由旬，嗜人血肉，罗刹国境内常年血肉糜地，骸骨刺天，恶臭无比。雌性罗刹相貌极美，《西游记》借樵夫之口介绍铁扇公主时，便说她"又名罗刹女"，可见手段毒辣，但容貌妩媚。本文提到的"吱多迦"并不在罗刹境内，需经过罗刹国所在洲，再过一个大洲，到达"饶山"上方可见。
⑤ 郁单越：北俱芦洲。
⑥ 自在无畏：北俱芦洲的高级生命不仅寿命为四大洲最长，享寿一千岁，而且其欢愉快乐不输四天王天之天人，区别在于，天人无骨无肉无汗无垢，北俱芦洲人则无畏。
⑦ 鸭音林、麒麟陀树、迦吱多那：皆北俱芦洲地名。
⑧ 二十五鹿名：鸭音林有二十五种宝鹿。
⑨ 牛头旃檀：北俱芦洲一座山上盛产的檀香。旃檀，即檀香。

◎ 东胜神洲

略。

瞿陀尼①女人三乳，有十亿聚落，一万二千城，大国多伽多支，五大河月力②等。

弗婆提③，三大林、峪髻④等。三（一作王）大城，大者三亿五十万三千五百五十六聚落。

南洲耳发庄严，北洲眼庄严，西洲顶腹庄严，东洲肩髀庄严。生赡部者，见白氎。生郁林越，见赤氎，见母如鹅。生瞿陀夷，生黄屋，见母如牛。生弗婆提，见青氎，见母如马。

---

① 瞿陀尼：西牛贺洲。
② 月力：大河名。
③ 弗婆提：东胜神洲。
④ 峪髻：东胜神洲的一座山。

◎ 阿修罗

见前文阿修罗王条，从略。

阿修罗以鬼摄魔，及鬼有神通者，二畜摄，在海地下八万四千有由旬。

◎ 阿修罗植物

阿修罗领域生长着酒树。又有一种树，群蜂流蜜，其色如金。婆罗婆树的果实大如水瓮。

酒树。又有树，群蜂流蜜，其色如金。婆罗婆树，其实如瓮。

◎ 阿修罗道

略。

四彩女①如影等，各有十二亿那由他侍女，寿五千岁②。地名月鬘③、不见顶山。十三处④：鹿迷、蜂旋、赤目鱼、正走、水行、住空、住山窟、爱池、鱼口等。黄鬘林，鉻毗罗城。

---

① 四彩女：阿修罗王以意念生成的四女，分别为如影、诸香、妙林、胜德，又有无数侍女围绕取乐。
② 寿五千岁：堕入阿修罗道的，寿命达到5 000岁，阿修罗道一日，相当于人间500年。
③ 月鬘：另一位阿修罗王——花鬘阿修罗王所在。
④ 十三处：阿修罗领域的十三个分区。

◎ 龙族

天人在作战时，手足折断将立即重生，但身体和头被砍断会死。

鬼怪聚居于南赡部洲之下五百由旬处，有三十六种饿鬼，其中魔罗食鬘鬼，就是人间说的九子魔。遮叱迦鸟只能吃雨水，是针口饿鬼转世。畜生道有三十四亿种畜生。

南赡部洲的龙族之众多达五十七亿。西牛贺洲人饮浊水则死，所以龙王眷顾，在西牛贺洲不降浊水。北俱芦洲人怕冷，是故此洲之龙不兴冷风。东胜神洲人害怕打雷，听见打雷就生病，此洲的龙不发雷声，不起雷光。龙之雷声，在兜率天听起来像歌咏，在南赡部洲听起来像海潮。龙之雨，在兜率天下摩尼珠，在护世城下美食，在海中雨不停歇有如连轮，在阿修罗地下刀子，在南赡部洲下清净水。

> 战时手足断而更生，半身及头即死①。鬼怪②，阎浮提下五百由旬，有三十六种③，魔罗④食鬘鬼，此言九子魔。遮叱迦鸟⑤，唯得食雨，苏支目佉饿鬼受此身。畜生有三十四（一曰六）亿种。
>
> 龙住阎浮提者，五十七亿。龙于瞿陀尼不降浊水，西洲人食浊水则夭。郁单越人恶冷风，龙不发冷。弗婆提洲不作雷声，不起雷光，东洲恶也。其雷声，兜率天作歌咏音，阎浮提作海潮音。其雨，兜率天上雨摩尼，护世城雨美膳，海中注雨不绝如连轮，阿修罗中雨兵仗，阎浮提中雨清净水。

---

① 半身及头即死：天人被阿修罗斩断手足，随断随生，但若被腰斩砍头则立死。阿修罗与人类一样，没有断肢再生能力。
② 鬼怪：谓六道之饿鬼道。
③ 三十六种：三十六种饿鬼，诸如针口饿鬼（口如针，腹如山，永远无法吃饱）、食吐饿鬼、食粪饿鬼、食唾鬼、食小儿鬼等，有些饿鬼具有神通。
④ 魔罗：即"魔"。魔罗食鬘鬼，是一种以供奉佛的"花鬘"为食的饿鬼，有神通，被外道供奉，在人间有时也被称作"九子魔"。
⑤ 遮叱迦鸟：畜生道的一种鸟，只能以雨水为食，所以常年饥渴。针口饿鬼业报满后，转投畜生道，化为此鸟。

◎ 轮回

略。

地狱一百三十六。三角生死^①，善、无记也。团生死^②诸天也，青生死^③地狱，黄生死^④饿鬼。赤业^⑤畜生。

---

① 三角生死：三种投胎去处，人若行善，投生天道；行杂业（有善有恶）投生人道；行恶业投生地狱道。
② 团生死：在本道轮回。比如，人死后仍然转世为人、四天王天人死后仍然转生在四天王天。
③ 青生死：地狱道轮回，仍然生于地狱道。
④ 黄生死：饿鬼道轮回，仍然生于饿鬼道。
⑤ 赤业：一种血色业力，受该业力影响，生灵生于畜生道，以血为食，故名。

◎ 等活地狱

略。

活地狱^①十六别处，下天^②五十年，此狱一昼夜。金刚虫^③、瓮热^④、黄蓝花、心弥泥鱼^⑤、排筒^⑥。

---

① 活地狱：一说即八热地狱之一的"等活地狱"，共十六处：屎泥、刀轮、瓮热、多苦、暗冥、不喜、极苦、众病、两铁、恶杖、黑色鼠狼、异异回转、苦逼、钵头摩鬘、陂池、空中受苦。
② 下天：即四天王天，四天王天五十年时间，在活地狱只相当于一天，谓此中生灵受无边苦楚。
③ 金刚虫：生长于屎泥地狱的虫，嘴如金刚，坚硬无比。
④ 瓮热：瓮热地狱。
⑤ 心弥泥鱼：地狱有条鞞多罗尼河，河里没有水，只有业力。心弥泥鱼生于其中，

有时跃出河面，有时沉入河底。这种现象，被视作六道轮回的象征，跃出河面，象征入天人道，沉入河底，象征堕地狱道。
⑥ 排箪：多苦地狱的刑罚。排箪是类似于鼓风机的装置，可胀裂受刑者。

◎ 黑绳地狱

略。

> 黑绳地狱①，旃荼处②，畏鹫。处合地狱③，上中下苦。铜汁④，河中身洋如苏⑤。鹫腹火人⑥。割刳处⑦，坚鞕（一曰靳）。炎口野干⑧。朱诛处⑨。铁蚁⑩。泪火处⑪，以佉陀罗⑫灰致眼中。锡池鼋⑬。

---

① 黑绳地狱：八热地狱之一。
② 旃荼处：黑绳地狱的分区之一，堕入此间，挖眼拔舌断肢，被类似鹫的恶鸟啄食。后文"畏鹫"二字，疑抄写有误，当作"若鹫"或"炎嘴铁鹫"，地狱怪鸟。
③ 处合地狱：众合地狱，八热地狱之一。
④ 铜汁：地狱常见刑罚，强行灌入铜水（铜熔点1083.4摄氏度）。
⑤ 河中身洋如苏：众合地狱有条河，河里无水，尽是炽热的铜汁，罪恶生灵被抛入其中，凝缩成油脂，就是"身洋如酥"。
⑥ 鹫腹火人：众合地狱有座"鹫遍山"，山上全是炎嘴铁鹫。堕入地狱想要逃走的生灵撞进山里，被铁鹫凿颅吸脑，啄瞎眼睛，以无脑无眼状继续号哭奔走。巨型铁鹫也会囫囵吃人，吃下去的人立即燃烧，是为火人。
⑦ 割刳处：众合地狱分区之一。
⑧ 炎口野干：一种怪物。犯罪的生灵被炎嘴鸟在空中撕咬成分子状态，坠落时受业力影响而复活，坠地后，被炎口野干吃掉。
⑨ 朱诛处：众合地狱分区之一。
⑩ 铁蚁：地狱中炽热的虫子，吃人肉。"铁"字谓之坚硬，人类徒手无法消灭。
⑪ 泪火处：众合地狱分区之一，因其中人流泪为火得名。
⑫ 佉陀罗：一种木材。
⑬ 锡池鼋：地狱中有锡池，注满锡水，水中有大鼋，会把其中的生灵拖入锡池深处。

◎ 号叫地狱

略。

号叫地狱①，发流火处②，火末虫处③，四百四病，火厚二百肘④。大号叫地狱⑤，阔广三居睒，口生碓虫，火鬘处⑥，金舒迦色赤树，肉泥色也。鱼腹苦⑦。

---

① 号叫地狱：八热地狱之一。
② 发流火处：号叫地狱分区之一。
③ 火末虫处：号叫地狱第四分区，其中有四百零四种恶性病，每一种病，皆可灭绝一大部洲之生灵，而此处有四百多种，堕入此间，受诸般病痛轮番折磨。
④ 火厚二百肘：号叫地狱第十五分区，叫"云火雾地狱"，此处火焰高二百肘，也就是百米左右。
⑤ 大号叫地狱：八热地狱之一。
⑥ 火鬘处：大号叫地狱第十四分区，罪人受刑之相，如同"金舒迦炎色赤树"。
⑦ 鱼腹苦：堕入大号叫地狱第十六分区"受无边苦"区，会遭一种名为摩竭鱼的怪物吞食。

◎ 阿鼻地狱

略。

燋热地狱①，十二炎处，火生十方及饥渴火也。针风。生龙口中②，弥泥鱼③。锅量五十由旬④，沸沫高半由旬。吹下三十六亿由旬，鬘块乌处，地盆虫⑤，置之鼓中⑥，鼓出恶声。千头龙⑦。阿鼻⑧十六别处，衣裳健破，浣而速垢⑨，将生阿鼻之相。死时见身如八岁儿⑩，面在下。空中风吹三千年⑪受苦，胜如阿迦尼吒天乐⑫。狱中臭气能坏欲界六天，有出没之二山⑬遮之。乌口处⑭，黑肚处，一角二角处。

① 燋热地狱：焦热地狱，也叫热地狱，八热地狱第六层。
② 针风生龙口中：焦热地狱第三分区，叫作"龙旋地狱"，此处极多毒火巨龙。生灵堕入无量毒龙之间，一出现即被磋磨成齑粉，有生于龙口的，被咀嚼糜烂，旋死旋生，无有尽头。
③ 弥泥鱼：焦热地狱第四区，全名"赤铜弥泥鱼旋"。
④ 锅量五十由旬：焦热地狱第五区，叫"铁锅地狱"，有六口巨锅，生灵于此中，受沸水煎熬，循环往复，永无休止。
⑤ 地盆虫：大焦热地狱（八热地狱第七层）的一种虫子，啃咬金刚石，如咬水泡，毫不费力。
⑥ 置之鼓中：生灵在大焦热地狱被扔进鼓里，鼓自动发声，脏腑震破。
⑦ 千头龙：大焦热地狱的恶龙，生有上千颗头，龙眼中魔火高燃，永远在吞食。
⑧ 阿鼻：阿鼻地狱，也叫无间地狱，为八热地狱最底层，位于欲界之底，是终极地狱，堕此间者，几乎没有脱离可能，服刑期间之长，超出了人类能够计算的范畴。
⑨ 衣裳健破，浣而速垢：将要堕入阿鼻的征兆。
⑩ 死时见身如八岁儿：堕入地狱时，能看到自己形如孩童。
⑪ 空中风吹三千年：堕入阿鼻地狱的过程长达两千年（文中三千年疑抄误），期间一直遭受狂风吹袭。
⑫ 阿迦尼吒天：色界十八层天最顶层的天。这句话意思是说，堕入阿鼻地狱受到的苦楚无以复加，如同阿迦尼吒天的无穷之乐一样。
⑬ 出没之二山：出山、没山，这两座山是地狱屏障，隔绝了地狱臭气。《正法念处经》言，若地狱臭气放出，欲界六天，也就是上文所说的四天王天、忉利天等，会全部消亡。
⑭ 乌口处：与后文的黑肚处等，皆是阿鼻地狱分区。

◎ 八寒地狱

略。

八寒地狱，多与常说同。凡生地狱有三种形，罪轻作人形，其次畜形，极苦无形，如肉轩①、肉屏等。今佛寺中画地狱变②，唯隔子狱③稍如经说，其苦具悉，图人间者曾无一据。旧说地狱中阴④，牛头阿傍⑤，无情业所感现。人渐死时，足后最冷，出地狱之相也。器世⑥将坏，无生地狱者。

① 肉轩：人生于地狱，倘若罪业轻，尚能保持人形，重罪者变成畜生形态，罪行最重的没有固定形状，即文中所说的"极苦无形"，如肉轩、肉屏。
② 地狱变：《地狱变相图》，画地狱景貌，尤其强调种种酷刑惨象，多见于寺庙壁画。寺庙壁画在唐代十分流行，吴道子一人就在两京画出过四百多幅。寺观壁画在空间内营造的环绕式视觉观感，能对僧俗信徒产生强大心理冲击。名家壁画问世，马上会引起轰动，上至王侯公卿，下到庶民百姓，成群结队专程赴寺观摩，不啻今日的大型展览。吴道子在常乐坊的赵景公寺完成过一幅《地狱变相图》，堪称史上同题材翘楚。由于这幅画过于逼真恐怖，观者毛发悚立，吓得京中屠猎之辈，尽弃其业，不敢再杀生，一时间长安城买不到猪肉。
③ 隔子狱：也就是之前说的各大地狱的"分区"，八热地狱，每个地狱又有十六分区，如同隔间一样，故名。
④ 中阴：生灵死后虽然紧接着转生，但中间存在一刹那真空时间，类似于服务器接受指令和反馈的间隙，叫作中阴，此时的生灵以纯意识形态存在，该形态叫作"识身"。
⑤ 牛头阿傍：即牛头马面之牛头，地狱魔卒，牛头人手，力能排山。
⑥ 器世：以世界为容器，容纳众生，但世界可以因"劫"变坏。佛家一些理论认为，世界有四大劫——成、住、坏、空。四劫并非都是灾难，而指世界从形成到毁灭的四个阶段。成劫，世界、包括六道形成；住劫，世界维持；坏劫，世界开始坍塌毁灭，此时，地狱道不再接收新人，业报满后，不会再生于地狱，就是原文说的"无生地狱者"；空劫，世界完全毁灭，色界四禅天以下，全部归于虚空，地狱也被消灭。

◎ 众神之界

略。

阿修罗有一切观见池①，战之胜败，悉见池中。蔓持天，镜林中，天人自见善恶因缘。正行天②，颇梨树，见人行法与非法。毗留博叉③，常于此观之。忉利天及人中七生事④，见于殿壁中，无法第八生。波利邪多天⑤，有波利邪多树，见阎浮提人善不善相，行善则照百由旬，行不善则凋枯，半行善则半荣。微细行天⑥，宝树枝叶悉见天人影像，上中下业亦见其中。阎摩那婆罗天⑦，娑罗树⑧中见果报。其殿净如镜，悉见天人所作之善果报。又第二树⑨中有千柱殿，有业网，诸地狱十六隔剧，悉见其中。夜摩天，抚垢镜地，地中见自身，额上所见⑩过，见业果。又阎浮那施塔影中，见欲界罪福及三恶趣⑪。言天象异者，若有将食肥腻沉水，鸟下飞，日将蚀，诸方赤。

---

① 一切观见池：该池为"花鬘阿修罗王"所有，可以看见同帝释天的战争胜败结局。可以想见，阿修罗王几乎每次凭池占卜，所见的结局都是败北，但仍然坚持开战，诚悍不畏死。
② 正行天：瑩篋天分区之一，其中有片颇梨林，遍生颇梨树，结颇梨（水晶）果。能在此林中看见下界人间一切善恶之举。
③ 毗留博叉：西方广目天王。
④ 七生事：帝释天入善法殿，见殿壁光明，现出前任诸天王相，以及自身前生，在天道轮回七次、人道轮回七次，但没有第八次。帝释天心生惊怪，为什么都是七次，没有第八次？苦思冥想，想起曾经听佛说法，凡证初果的修行者，轮回转世七次后，可入"无余涅槃"境界，成就正果。往返天人两道受生七次，佛家称为"极七返有"。
⑤ 波利邪多天：三十三天第十处。此处有波利邪多树，能对人间善恶作出反应，世人向善，则大放光明，世人以恶居多，则黯淡凋零。
⑥ 微细行天：三十三天第二十处。此处有一种树，能对天人的色相和"业"生出反应。
⑦ 阎摩那婆罗天：阎摩娑罗天，三十三天第二十四处。
⑧ 娑罗树：娑罗树常见于南亚、东南亚热带雨林，可高达三十米以上。释迦牟尼在拘尸那揭罗涅槃之际，身边四周各有一双娑罗树，一枯一荣，东方枯荣双树象征"常与无常"，西方双树象征"我与无我"，北方为"净与不净"，南方则是"乐与不乐"。娑罗树因之为佛家视作圣树。本文的娑罗树，在阎摩娑罗天上，树巅有莲花池，注满八功德水，莲花盛放。帝释天手持金刚击打此树，豁然洞开，其中别有一世界，大河群山、层楼重殿。
⑨ 第二树：此处第二株娑罗树，乃是迦叶佛为耽湎于欲望而不勤修佛法的诸天人化成的业力之网（业网如同"执迷"，使人陷于六道轮回），树中同样具有独立世界，有千柱殿，殿中可见如来说法影像。又有大殿，殿壁可见八热地狱一切隔子狱惨状。
⑩ 额上所见过：这句是说夜摩天有处所在，地如镜面，可映天人影像。天人从镜子里看见自己额头上出现业果生死，以及来世轮回的预示。
⑪ 三恶趣：即畜生道、饿鬼道、地狱道三恶道。

◎ 二十八宿

本段又见《法苑珠林》《大方等大集经》等，内容关于在释家角度划分二十八宿，以及介绍各自对应祭品的法术，这种占星术叫作"直日术"，其术繁杂，译述从略。

二十八宿：昴为首，一夜行三十六时，形如剃刀，姓鞞耶尼，祭用乳，属火。

毕形如笠，又属木，祭用鹿肉，祭颇罗堕。

觜属日（一无"日"字），月之子，姓毗梨佉耶尼，形如鹿头，祭用果。

参属日，夭，姓婆斯缔，形如妇人靥，祭用醍醐。

井属日，姓同参，形如足迹，祭用粳米和蜜。

鬼属木，姓炮波罗毗，形如佛胸，祭同井。

柳属蛇，姓祭与参同，形如蛇。

星属火，形如河岸，姓宾伽耶尼，祭用乌麻。

张属福德天，姓瞿云弥，形、祭如井。

翼属林天，姓憍陈如，祭用黑豆，形同上。

轸属毗沙梨帝，形如人手，姓迦遮延，祭用蒡䅟。

角属喜乐天，姓质多罗，形如上，祭用花。

亢姓迦旃延，祭用绿豆。

氐姓多罗尼，以花祭。

房属慈天，姓阿蓝婆，形如璎珞，祭用酒肉。

心属忉利天，姓迦罗延，形如大麦，祭用粳米。

尾属腊师天，姓遮耶尼，形如蝎尾，祭用果根。

箕属清净天，姓持义迦，形如牛角。

斗姓莫迦逻，形如人拓石，祭如井。

牛属梵天，姓梵岚摩，形如牛头，祭如参。

女属毗纽天，姓帝利迦遮耶尼，形如心，祭以乌肉。

虚姓同翼，形如鸟，祭用乌豆汁。

危姓单罗尼，形如参（一曰心），祭以粳米。

室属蛇头天，蝎天之子，姓阎浮都迦，祭用血。
璧姓陀难闍。奎姓阿瑟吒，祭用酪。
娄属乾闼婆天，姓阿含婆，形如马头，祭用大麦。
胃姓跋伽毗，形如鼎足。

◎ 星命

略。

亢、虚、参、胃四星，不得入阵①。轸宿生人②，七步无蛇。角宿生人，好嘲戏③。女宿生人，亢、参、危三宿日作事不成④。虚、觜胜。

---

① 不得入阵：二十八宿不仅是空间的分野，也可以用作时间分割。这里的意思是，亢、虚、参、胃这四宿日，征伐不宜深入敌阵。
② 轸宿生人：按照一些佛经的说法，轸宿值日当天出生的人，多富贵、善用兵器、能持械杀人，七步之内，蛇不敢近身。
③ 好嘲戏：有表演天赋。
④ 三宿日作事不成：女宿这天出生的人，逢亢、参、危三宿日，做事失败概率增加；值虚、觜二宿日，做事成功概率增加。

◎ 彗星

刹那、伽罗、模呼律多，均为时间单位。1 600刹那＝1伽罗，60伽罗＝1模呼律多，30模呼律多＝1天。那么可以得出，1刹那＝0.03秒，1伽罗＝48秒，1模呼律多＝48分钟。

彗星的本体，其实是口吐烟光的飞天夜叉。龙王夜间飞行，身上光华四射，佛经称为"忧流迦"，也就是天狗。

一千六百刹那为一迦罗，倍六十名模呼律多，倍三十日为一日夜。
夜叉①口烟为彗。龙王身光曰忧流迦②，此言天狗。

① 夜叉：此处的夜叉指"天龙八部"，八种护法鬼神的夜叉部众，有地行夜叉、虚空夜叉。当地行夜叉探听到人间的恶龙、阿修罗等企图毁坏佛法、为祸世间，便向虚空夜叉报信，虚空夜叉每次听说这种消息，都要气得七窍生烟，立即飞向四天王天汇报情况。它们口吐烟火，划破夜空，世人不明真相，称之为彗星。
② 忧流迦：大流星，释家一些观点认为是龙王身上发出的光芒。

◎ 白马寺

魏明帝建造了白马寺。寺院所挂旗幡的影子投射到了皇宫，明帝很奇怪，问侍臣："佛究竟有什么神通，让世人如此崇奉？"

> 魏明帝①始造白马寺。寺中悬幡，影入内，帝怪，问左右曰："佛有何神，人敬事之？"

① 魏明帝：曹叡，曹魏第二任皇帝，曹丕长子。

◎ 佛祖脚印

乌仗那国有佛祖脚印，根据每个人福寿不同，测量所得的长短不同。

《大唐西域记》记载了乌仗那国的多处"佛迹"。第一处"忍辱仙遗迹"：释迦成佛之前，与弟子居山林修"忍辱行"，这个阶段的佛祖叫"忍辱仙"。印度歌利王受女色蛊惑，杀进山谷，斩断仙人四肢、耳鼻，仙人一一忍受，并发愿说，将来成佛后，要化去歌利王的贪、嗔、痴三毒，歌利王幡然悔悟，弃刀皈依。

第二处"龙泉佛迹"：乌仗那国境内有一处"阿波逻罗龙泉"，是该国主要水系之源，泉眼为龙王盘踞，此龙精通咒术，禁御恶龙，保障境内风调雨顺。人民感恩，家家户户自觉奉献余粮敬祀神龙。然而时间一久，人民渐渐懈怠，供奉龙王的粮食日趋减少，龙王恨国民忘恩，自咒愿化身毒龙，兴雹兴雨，摧毁田稼。直到巨大的释迦如来亲身降临，持大金刚杵击捣山崖，龙王震惧，像小虫子似的现身听法。谈判半天，龙王答应不再妄兴天灾，但要求每隔十二年出来收一次粮食，如来答应了。

于是当地每隔十二年爆发一次洪水。此泉向南三十里，一块巨石上，留有如来脚印，正是佛祖伏龙离去之迹，这脚印奇妙，不同的人去测量，量得的长度不一。又有一块石头，据说是如来晒衣之地，石头上袈裟纹理清晰可辨，有如刀镂。

> 乌仗那国^①有佛迹，随人身福寿，量有长短。

---

① 乌仗那国：在今巴基斯坦西北斯瓦特县一带，时国人普遍信佛，好巫术。藏密宗师莲花生大士即出身该国，于750年前后入藏传法，是藏传佛教奠基人之一。

◎ 佛骨舍利

位于该国首都东南三十里的醯［xī］罗城供奉着释迦牟尼一片颅骨，从东晋时第一位履足天竺的中国僧人法显，到北魏时陪伴惠生大师游走西域求法的宋云，再到玄奘，都曾踏入过这座七宝佛塔，瞻拜佛骨。玄奘近距离仔细观察了这片头骨，他描述道："骨周一尺二寸，发孔分明，其色黄白。"传说信徒欲察看自身善恶，用水掺入香灰和制成泥，拿顶骨盖印一下，则善恶之迹立时彰明较著。印度和西域许多国家保藏着佛骨，释迦牟尼入灭后，八王分舍利，百年后，孔雀王朝的阿育王又分发了一次。王玄策横扫印度，班师回朝时甚至把供养在迦毕试国的佛顶骨带回了大唐，举国轰动，可惜后来居然弄丢了。此外，醯罗城还收藏有佛祖一片髑髅骨，一只眼睛，以及佛祖当年用的锡杖。玄奘看到的佛眼"睛大如柰，光明清彻，曒映中外，又以七宝函缄封而置"，这枚眼球像小苹果一样大，历经千年，仍然清亮晶莹。

> 那揭罗曷国^①城东塔中有佛顶骨，周二尺。欲知善恶者，以香涂印骨，其迹焕然，善恶相悉见。

---

① 那揭罗曷国：在今阿富汗东北部喀布尔河流域，役属迦毕试国。

◎ 犍陀罗佛塔

天竺以北健陀罗国有大佛塔，佛祖曾预言，此佛塔若经七次焚毁、七次重建，佛法将会消亡。玄奘说，他来到此地时，佛塔已烧毁了三年。

按，《大唐西域记》原文应为："此窣堵波者，如来悬记，七烧七立，佛法方尽。先贤记曰：成坏已三。初至此国，适遭火灾，当见营构，尚未成功。"意思是，玄奘抵达健陀罗，看到佛塔时，佛塔刚刚经受火灾，正在修缮，尚未完工，而在此之前，佛塔已遭三次焚毁，三次重修。

> 北天健驮罗国①有大窣堵波②，佛悬记③，七烧七立。佛方尽，玄奘言城坏已三年。

犍陀罗佛像（藏于东京国立博物馆）

① 北天健驮罗国："北天"指北天竺或天竺之北。健驮罗，也作犍陀罗，曾拥有璀璨文化的中亚、南亚古国。健驮罗人以雕刻、绘画、建筑著称于世，他们一手缔造了佛像雕塑艺术。早在孔雀王朝阿育王时期（约公元前3世纪），佛教已传入健陀罗地区。早期佛教思想认为，佛陀具有超人化品格，不能具体表现其相貌，因此，不立佛像，提倡僧侣瞻拜菩提树及各种佛陀遗迹。而健驮罗人充分吸收了古希腊雕塑技术，开始在宗教领域大胆发挥自己的艺术天赋，大量带有明显希腊风格的佛像问世了。同时，健驮罗艺术极大影响了中国古代绘画和雕塑，直到今天，佛像雕塑依然未脱健驮罗奠定的根柢。约465年前后，随着嚈哒［yàn dā］人（白匈奴）野蛮入侵，健驮罗文明遭彻底摧毁。7世纪，玄奘法师踏足健驮罗时，眼见伽蓝荒废，外道流行，才发出"七烧七立，佛法方尽"的感叹。似乎看到了佛法走向末路的光景。

② 窣堵波：音译自梵文，塔式建筑的一种形式，意译为"塔"。作为佛冢，窣堵波最初被专门用来盛放佛祖舍利，在不允许建造佛像的时代，窣堵波是信徒最重要的膜拜对象。印度窣堵波建筑形式多呈"覆钵式"，外观像一只倒扣的碗。现在一般认为，窣堵波是中国塔式建筑的滥觞。窣堵波传入中国后，中国塔式建筑一直以窣堵波、"浮屠"为号，直到隋唐，才开始用"塔"作为统一名称。中国有史可

查最早的塔，是《魏书·释老志》记载的白马寺佛塔。
③ 悬记：佛的预言。

最古老的窣堵波，印度桑奇大塔

◎ 金刚座

佛祖金刚座道场的界标是两尊铜铸观音菩萨像。该国传说，当菩萨像没入地底，佛法将会灭亡。隋代末年，菩萨像已经沉降到了胸部。

《大唐西域记》原文作"佛涅槃后，诸国君王传闻佛说金刚座量，遂以两躯观自在菩萨像南北标界，东面而坐。闻诸耆旧曰：'此菩萨像身没不见，佛法当尽。'今南隅菩萨没过胸臆矣"。这是玄奘来到摩揭陀国的见闻，如来涅槃后，金刚座便沉入地下，各国国王根据推测到的金刚座原址，立了两尊菩萨像作标记。玄奘大师见到沉没的菩萨像，想起沿途所见佛法凋零，潸然泪下。

> 西域佛金刚座①有标界——铜观自在像②两躯。国人相传菩萨身没，佛法亦尽。隋末已没过胸臆矣。

---

① 金刚座：佛祖成道时的座位，坚固不坏，有如金刚，贤劫初成时，佛坐此座入金刚定，故名。
② 观自在像：观音菩萨像。

◎ 白象树

健驮罗国河岸有棵系白象的树，此树花叶如同枣树，腊月结果。故老相传，此树枯死之时，便是佛法灭亡之世。

乾陀国①头河岸有系白象树，花叶似枣，季冬方熟。相传此树灭，佛法亦灭。

---

① 乾陀国：即犍陀罗。后一"头"字疑为衍文。本段出自《洛阳伽蓝记》和《宋云行纪》，写健驮罗境内一座名叫"佛沙伏"的城市，有白象宫，寺前之树，常系白象。

◎ 袈裟

北朝时，徐州角成县以北，和尚、尼姑多穿白色法衣，也有穿青布袈裟的。

北朝时，徐州角成县①之北，僧尼着白布法服，时有青布袈裟②者。

---

① 角成县：在今江苏淮阴以南。
② 青布袈裟："袈裟"本意是"不正之色"，不应使用青、黄、赤、白、黑五种正色，应该用杂色染成若青、若黑、若木兰色（赤黑色），所以无论穿白还是穿正青，原则上都不合规矩。

◎ 林中伽蓝

波斯附属国阿夅荼国，城北大林中有座寺庙，当年佛祖曾在此静聆众比丘穿鞋之声。

波斯属国有阿夅荼国①，城北大林中有伽蓝，昔佛于此听比丘著函、缚屣。函、缚，此言靴也。

---

① 阿夅[fàn]荼国：在今巴基斯坦。

◎ 宁王

宁王李宪，原名李成器，唐睿宗李旦的长子，唐玄宗长兄。李隆基策动唐隆政变斩杀韦后、安乐公主、上官婉儿，唐睿宗李旦二度为帝，在立储问题上踌躇不定：李隆基有讨平韦氏之功，但长子李宪素无过失。这时，李宪主动退出储君竞选，要求立三弟李隆基为储。及玄宗即位，李宪为避不虞之隙，远离朝堂，更得玄宗敬重，死后追封"让皇帝"。

李宪和李隆基兄弟和睦的轶事，遍见唐人说部。宁王李宪病重不能起身，玄宗遣去送药的宦官排满了一路。一个叫崇一的僧人为宁王治病，病情有所缓和，玄宗大悦，特赐崇一绯袍、鱼袋。

据说玄宗经常亲临宁王府吃饭，本来王府上下要先对皇帝礼敬，再敬宁王。玄宗却说："你们不必管我，此间大哥是主人，阿瞒只是客人。"一次哥俩对食，宁王打了个喷嚏，喷了皇上一脸饭渣，皇上也不生气，只淡定地问："宁哥何故错喉？"

> 宁王宪寝疾，上命中使送医药，相望于道。僧崇一疗宪稍瘳①，上悦，特赐崇一绯袍、鱼袋②。

---

① 瘳[chōu]：原指痊愈，此处指缓解。
② 绯袍、鱼袋：唐代三品以上着紫色官服，五品以上绯色官服。五品以上者授鱼袋，内有鱼符，类似于兵符，出入宫廷时出示，以表明身份。三品以上者用金饰鱼袋，五品以上银饰鱼袋。

◎ 袈裟表

略。

> 梁简文帝①有《谢赐郁泥纳袈裟表》。

---

① 简文帝：萧纲，梁武帝萧衍第三个儿子，侯景之乱，萧衍被活活饿死后，萧纲

即位，不到三年，为侯景废死。梁武帝晚年佞佛，儿子受影响，写出《谢赐郁泥纳袈裟表》这种东西也算家风传承。

◎ 佛仪外交

东魏使臣陆操访问梁国，梁武帝坐在小车上，陆操行再拜礼，梁武帝遣中书舍人殷炅宣旨，慰问使臣劳苦。来到重云殿，导引陆操上殿，梁武帝身披袈裟，向北而立，自太子以下群臣皆穿袈裟，按佛门队列拱卫着梁武帝。陆操面朝西站在下首，其他人皆站在西侧面东而立。一个僧人出来宣唱经文，经文共计三卷。其中第三卷是为了魏国皇帝、魏国的高相国及南北二国士女撰写宣唱。礼佛仪式完成后，内侍与群臣行再拜礼。

按，本段内容与《礼异》部分第五、六则关联。

魏使陆操①至梁，梁王②坐小舆，使再拜③，遣中书舍人殷炅宣旨劳问。至重云殿，引升殿。梁主着菩萨衣④，北面，太子已下皆菩萨衣，侍卫如法。操西向以次立，其人悉西厢东面。一道人⑤赞礼，佛词凡有三卷。其赞第三卷中，称为魏主⑥、魏相高并南北二境士女。礼佛讫，台使⑦与其群臣俱再拜矣。

---

① 魏使陆操：东魏使节这次访梁，是在公元538年，即东魏元象元年，萧梁大同四年冬季。《北史》："（元象元年）冬十月，梁人来聘。十二月庚寅，遣陆操聘于梁。"陆操，山西大同人，仕东魏，以兼散骑常侍出使南朝，官至御史中丞、殿中尚书。

② 梁王：梁武帝萧衍。

③ 再拜：连续行两次拜礼，以示隆重。古人书信也常写"某某再拜"，表示尊敬、恭谨。

④ 菩萨衣：袈裟。

⑤ 道人：指僧人。

⑥ 魏主：东魏之主元善见，魏相指权倾朝野的高欢。

⑦ 台使：宦官。

◎ 同泰寺

在主客官王克、中书舍人贺季及三位僧人的迎接陪同下，东魏使臣李骞、崔劼参观了梁国同泰寺。在佛塔中，见佛像旁边一尊持文书、执笔的雕像，僧人向李骞介绍说："这是尸头神，负责记录人的罪行。"李骞说："那就是佛门的董狐。"进了二堂，佛像身前铜钵中灯火荧荧，崔劼道："可以说是日月当空，微火犹自不熄了。"

> 魏李骞、崔劼①至梁同泰寺②，主客王克③、舍人贺季④及三僧迎门引接。至浮图中，佛旁有执板笔者，僧谓骞曰："此是尸头⑤，专记人罪。"骞曰："便是僧之董狐⑥。"复入二堂，佛前有铜钵，中燃灯。劼曰："可谓日月出矣，爝火不息⑦。"

---

① 魏李骞、崔劼：541年，即东魏兴和三年、萧梁大同七年，八月，魏使聘梁。李骞，河北邢台人，官至镇南将军、尚书左丞。崔劼，山东聊城人，历仕北魏、东魏、北齐三朝，在北齐，官至开府仪同三司、中书令（宰相）。
② 同泰寺：梁武帝修建的国寺，在皇宫后方。梁武帝为方便出入，凿开宫墙，多置一门，从此无日不游，至于亲自升座讲《般若经》《涅槃经》。梁武帝晚年迷信佛教到了无法自拔的地步，频繁到同泰寺出家，每次都要大臣们斥巨资赎回，以致国家僧尼泛滥，欺民霸田。陈灭梁后，同泰寺被夷为平地。
③ 主客王克：主客，尚书省负责接待外宾的官员。王克，山东临沂人，美男子，先后仕萧梁、侯景、陈，官至尚书仆射、侍中。
④ 贺季：历官尚书祠部郎，兼中书通事舍人，累迁步兵校尉、中书黄门郎。
⑤ 尸头：佛身旁记人罪过的神。
⑥ 董狐：春秋时晋国史官，直书不讳，载"赵盾弑其君"，孔子誉之为"良史"。
⑦ 日月出矣：典出《庄子·逍遥游》，尧试图让位给名士许由，说："日月出矣，而爝火不息；其于光也，不亦难乎？"把许由恭维作日月，自比为火炬。

◎ 榆钱

卢县以东有座金榆山，当年朗法师命弟子在此采了榆钱，拿着去瑕丘买东西，都化成了金钱。

> 卢县①东有金榆山，昔朗法师②令弟子至此采榆荚，诣瑕丘③市易，皆化为金钱。

---

① 卢县：今山东济南长清区一带。
② 朗法师：即竺僧朗，晋代高僧，师从佛图澄，与道安同门，精通望气、谶纬术。
③ 瑕丘：古县名，在今山东兖州东北。

◎ 宝志

"河阴之变"前，胡太后有一次问起宝志法师世事的结局怎样，宝志抓一把米给鸡，嘴里发出"朱朱"的唤鸡声，当时人们都不解其意。到了建义元年（公元528年），胡太后死在尔朱荣手里，才验证了"朱朱"所指。

还有个洛阳人叫赵法和，请宝志占卜什么时候能获爵位，宝志说："大竹箭，不用羽，东厢屋，急手作。"起先谁也不懂什么意思。过了一个多月，赵法和的父亲亡故，原来所谓"大竹箭"者，是指服父丧所用的丧杖，"东厢屋"者，指中门东侧搭制守丧的倚庐。

> 后魏①胡后尝问沙门（一曰法师）宝志②国祚③，旦言把枣与鸡唤朱朱，盖尔朱也。有赵法和请占，志公曰："大箭不须羽。东箱屋，急手作。"法和寻丧父。

---

① 后魏：北魏，鲜卑人拓跋珪建立的南北朝时北朝第一个政权。
② 宝志：（417—514年）江苏句容人，俗姓朱，少年时在建康道林寺出家，生平多在南朝齐、梁活动，往来都邑，每作预言，四方士民争问福祸，齐武帝以其惑众，投之于狱，然日日见宝志游行于市里，若往狱中检视，却见他犹在狱中，神通莫测如此，时与达摩齐名。
③ 国祚：国运，王朝的寿命。

◎ 半月石

山东济南光政寺陈置着一方磬石,形如半月,光滑润泽似液体,轻轻敲击,声传百里。北齐时,被运到邺城安放,着人敲击,其声哑喑,全无奇异。复还光政寺,再敲击,则声音清扬激越,一如往昔。有读书人作歌曰:"磬石神圣,留恋光政。"

历城县光政寺有磬石,形如半月,腻光若滴。扣之,声及百里。北齐时移于都内①,使人击之,其声杳绝②。却令归本寺,扣之,声如故。士人语曰:"磬神圣,恋光政。"

---

① 都内:指北齐国都邺城,在今河北临漳、河南安阳一带。
② 杳绝:消失。

◎ 玄奘遗迹

唐初,僧人玄奘前往五印度取经,得到西域各国礼敬。成式认识的一个倭国僧人金刚三昧说,他曾去过中天竺,当地寺庙时时可见供奉有玄奘着麻鞋、持餐具、乘彩云的画,此为西域诸国所无。每到斋日,僧众便向玄奘画像顶礼膜拜。金刚三昧还说,那烂陀寺的僧人食堂,每值暑热,辄集有数以万计巨蝇,然而一到用餐时间,僧人入堂,群蝇全部自行飞走。

国初,僧玄奘往五印取经,西域敬之。成式见倭国僧金刚三昧,言尝至中天①,寺中多画玄奘麻屩②及匙箸,以彩云乘之,盖西域所无者。每至斋日,辄膜拜焉。又言那兰陀寺③僧食堂中,热际有巨蝇数万。至僧上堂时,悉自飞集于庭树。

---

① 中天:中天竺。
② 麻屩[juē]:麻鞋。
③ 那兰陀寺:那烂陀寺,位于今印度比哈尔邦中部都会巴特那东南90公里附近,

最早是供养佛祖大弟子舍利弗真身舍利的佛塔，后来扩建为大型寺院。作为曾经的中印度佛教最高学府和学术中心，那烂陀寺宏伟壮丽，"宝台星列，琼楼岳峙，观竦烟中，殿飞霞上"，常驻僧侣超过万人，先后被唯识学派和大乘密教视作圣地。这里不仅讲传佛法，同时是当时印度天文学、数学、医学渊薮。玄奘西行，那烂陀寺正是他的终点站。12世纪末，穆斯林大军席卷印度，那烂陀寺被夷为平地。

◎ 团圆神仙

僧人万回小时候很笨，八九岁才学会说话。万回的哥哥在安西都护府戍边，天隔地远，一去多年杳无音信，父母日日想念流泪。万回跪问："爹娘痛苦，可是因为担忧兄长？"父母哭道："是啊，也不知你哥哥生死。"万回道："爹娘有什么需要带给哥哥的，请准备一下，明天我送了去。"中原距离西疆上千里之遥，一个儿童怎么可能找得到？可是父母思念长子过甚，虽然不信，还是稀里糊涂的整理了包裹交给万回。万回次日一早出门，傍晚时分，倏忽而回，说道："爹娘请安心，兄长在彼一切平安，还有书信带回。"父母一看，果然是长子手迹。此事惊动乡里，大家对这个智障孩子大为改观，因其来去如飞，倏忽万里，遂名"万回"。后来玄奘路过虢州，以其有缘，收为弟子。皈依佛门后，又显过好些神迹。后来，万回千里寻兄的故事在民间流传开来，世人认为，供奉万回可以保佑离家的亲人，所以万回变成了"团圆神仙"。旧时路途遥远，书信不便，奉祀万回就成了留守孤寡的唯一盼头。多少离别情、相思泪、虔诚祝祷、倚门倚闾，只希望这则传说成真，在某个夕阳衔山的傍晚，心心念念的亲人爱人平安回来，一家团圆。

> 僧万回年二十余，貌痴不语。其兄戍辽阳，久绝音问，或传其死，其家为作斋。万回忽卷饼䭔，大言曰："兄在，我将馈之。"出门如飞，马驰不及。及暮而还，得其兄书，缄封犹湿。计往返，一日万里，因号焉。

◎ 嫁祸

武则天任用酷吏随意罗织罪名，地位稍加显赫者，每日上朝如赴死，出门前都要告别妻子子女。后来封博陵郡王的崔玄暐位望俱极，崔母很为他担心，说："要不请万回来一趟吧，这僧人是像宝志那样的神僧，观举止，便能知祸福。"万回来到崔府，崔母哀哭行礼，万回忽然走出客厅，将崔母所赠的一对银餐具掷上了屋顶，拂袖而去。崔家人吓坏了，以为是不祥之兆。这天，命下人爬上屋顶去捡那餐具，在餐具之下屋瓦中，发现了一卷谶纬书，家人连忙烧掉。几天后，有司忽然闯进崔府，说奉命搜检反书，上下搜查，遍寻不获，崔玄暐逃过一劫。原来，当时酷吏们常动用飞贼趁夜在大臣家埋藏巫蛊道具和谶书之类，过段时间再带着人来找，以此诬陷良臣。若不是万回，崔玄暐恐怕难逃灭族之祸。

  天后任酷吏罗织，位稍隆者日别妻子。博陵王崔玄暐①位望俱极，其母忧之，曰："汝可一迎万回，此僧宝志之流，可以观其举止祸福也。"及至，母垂泣作礼，兼施银匙箸一双。万回忽下阶，掷其匙箸于堂屋上，掉臂而去。一家谓为不祥。一日，令上屋取之，匙箸下得书一卷。观之，乃谶讳②书也，遽令焚之。数日，有司忽即其家，大索图谶不获，得雪。时酷吏多令盗夜埋蛊，遗谶于人家，经月乃密籍之，博陵微万回则灭族矣。

---

① 崔玄暐［wěi］：博陵崔氏子弟，明经出身。武则天朝官至凤台侍郎（中书侍郎）、同平章事（宰相），"神龙政变"主要策划人和参与者。中宗即位后，打压功臣，褫夺包括崔玄暐、张柬之等宰执之权，封博陵郡公，旋晋封博陵郡王，其实是明升实贬。第二年，崔玄暐即遭到武三思及韦后等人构陷，流放岭南，抑郁而死。同年，当日一起谋划逼宫，掀翻武则天、迎立新皇的张柬之、桓彦范等"五王"或被杀，或病故，全部身亡。
② 谶讳：谶纬，预示吉凶的隐语、政治预言。

◎ 泥龙

  天竺僧人不空金刚，精通经、义、咒、忍之术，能驱役百神，为玄宗钦重。某年大旱，玄宗令术士法师们祈雨，不空道："过了某日再行法，当有暴雨。"于是玄宗令不空的师父金刚智设坛求雨，连日暴雨不止，街上有人被淹死。玄宗急召不空说，法师快快收了神通！不空用泥巴捏了几条龙，以屋檐的滴水一淋，用外语大骂，骂完了自顾自大笑一阵，雨就停了。

> 梵僧不空①，得总持门②，能役百神。玄宗敬之。岁常旱，上令祈雨，不空言："可。过某日令祈之，必暴雨。"上乃令金刚三藏③设坛请雨，连日暴雨不止，坊市有漂溺者。遽召不空，令止之。不空遂于寺庭中捏泥龙五六，当溜水④，作胡言骂之。良久，复置之，乃大笑。有顷，雨霁。

---

① 不空：不空金刚，狮子国（斯里兰卡）人，师从金刚智，开元三大士之一。为玄宗、肃宗、代宗三朝帝师，封赐优厚，有僧徒万众，被玄宗尊为灌顶国师。
② 总持门：总持，总一切法，持一切义。总持门即这种能力的法门。有四种总持门：经、义、咒、忍。咒指咒术，经是指通晓经文，义指贯彻义理，忍指在红尘中的处世修行。
③ 金刚三藏：金刚智，开元三大士之一，不空的师父，少年时在那烂陀寺受具足戒，后半生驻锡慈恩寺，终老于中国。
④ 溜水：屋檐滴水。

◎ 斗法

罗公远和不空曾在御前斗法，胜负之数，佛道两家各执不同版本。《酉阳杂俎》写道：玄宗召术士罗公远与不空一同祈雨，互较功力。雨毕，玄宗问两人结果，不空说："臣昨日祈雨，烧的是白檀香龙。"玄宗命人掬来庭中雨水一嗅，果然有檀香气。还有一次，不空和罗公远同在偏殿，罗公远反手挠背，不空道："我这有柄如意，借给尊者挠痒吧。"将如意一抛，打碎了殿上花石。罗公远去捡那柄如意，却怎么也捡不起来。玄宗好奇，也想去捡，不空道："三郎勿要起身，那是幻影。"举手一扬，如意仍在手中。

> 玄宗又尝召术士罗公远与不空同祈雨，互挍功力。上俱召问之，不空曰："臣昨焚白檀香龙。"上令左右掬庭水嗅之，果有檀香气。又与罗公远同在便殿，罗时反手搔背，不空曰："借尊师如意。"殿上花石莹滑，遂激（一曰击）窣至其前，罗再三取之不得。上欲取之，不空曰：

"三郎①勿起,此影耳。"因举手示罗如意。

---

① 三郎:唐玄宗排行老三,他本人也常以此自称。玄宗外号似乎很多,《忠志》部分已经提到,他有时自称"阿瞒",有时自称"鸦"。唐玄宗脾气好起来时十分随和,《教坊记》记载,开元十一年,唐玄宗生日之前,宫里为准备寿宴庆典排练乐舞,宜春院的舞蹈一日就练好了,乐队却迟迟找不到节奏,玄宗亲自莅临为大伙儿加油,跟乐队和舞姬们说:"好好作,莫辱三郎。"

◎ 巨蛇

有樵夫在邙山目击巨蛇,蛇头大如丘陵,入夜吸取露水之气。不空遇见此蛇,蛇作人语说:"弟子的恶业,大师可有度化之法?弟子常压抑不住欲望,只想鼓动黄河之水淹没洛阳城,似乎只有如此,才能称心如意。"不空为它讲经训戒,解说世间种种相,又道:"你因嗔心之故堕入畜生道,空自愤恨济得什么事,我也无力让你解脱。若能想清楚我适才讲的道理,就当舍却此身,以求轮回。"十来天后,樵夫在山涧之内发现巨蛇尸骸,臭气弥漫数十里。

不空每次祈雨,也没有什么特异的仪式,只是摆几个花蒲团,手里摩挲着木雕神像,念咒一掷,那神像便自行立在蒲团上,待到神像嘴里生出牙齿,开始眨眼,甘霖即降。

> 又邙山①有大蛇,樵者常见,头若丘陵,夜常承露气。见不空,人语曰:"弟子恶报,和尚何以见度?常欲翻河水陷洛阳城,以快所居也。"不空为受戒,说苦空②,且曰:"汝以瞋心受此苦,复念恨,吾力何及。当思吾言,此身自舍昔而来。"后旬月,樵者见蛇死于涧中,臭达数十里。
>
> 不空每祈雨,无他轨则,但设数绣座,手擞旋数寸木神,念咒掷之,自立于座上,伺水神吻角牙出,目瞚③则雨至。

---

① 邙山:在洛阳以北。
② 苦空:苦、空、无我、无常,合称"有漏果报四行相"。

③ 目瞚：眨眼。

◎ 扬子江心镜

唐玄宗朝，扬州吕家的铸镜之术，天下无双，但成品绝少，大部分贡奉皇室。天宝三载五月初一，一位白袍老人，自称姓龙名护，造访吕家，说愿协助铸镜。老人身边跟着个黑衣小童，老人呼为"玄冥"。

吕氏见老人神采不凡，延入一谈，深为倾倒，老人自称能为铜镜附真龙，令吕氏邀得帝王恩宠。于是请入铸镜房，老人带着小童封闭门户，嘱咐所有人等不得入内，连续三天三夜不出。第四天，房门轰然洞开，老少二人无影无踪，只在镜炉前留下一纸素书，书曰："镜龙长三尺四寸五分，法三才。象四气，禀五行也。纵横九寸，类九州分野。镜鼻如明月珠焉。开元皇帝圣通神灵，吾遂降祉。斯镜可以辟邪，鉴万物。秦始皇之镜，无以加焉。"

这天是五月初五，蕤宾日，古人以此日阳气上极，丙午火正，视作冶炼铸造吉日。吕氏知道老人必非凡流，特意算准了时间助他成事，于是移炉船上，行至扬子江心，以时为火性，江为水性，船为木性，铜为金性，炉为土性，五行相合，阴阳平衡，开炉铸镜。开工的一刹那，江上巨浪陡起，如雪山浮江，又闻一声悠长龙吟，达于数十里。扬子江畔，本在赛龙船的上万人群举首仰观，但见层云之中，搅动起巨大的气旋，似有龙影蜿蜒。镜炉华光迸放，灼人眼目，吕氏只听助手大叫道："成了！"定睛看时，一枚青莹莹的铜镜，纵横九寸，端然炉中，镜面如水，冷意砭肤，镜背盘龙长三尺四寸五分，势如生动。轻轻一扬，一蓬青影打上天际，云为之散。

这枚镜子贡入大内，唐玄宗毫没在意，随意丢进了库房。直到天宝七载，关中大旱，玄宗令一行法师祈雨。一行说："需得一真龙之器。"玄宗由他自去府库寻找，找了几天，无一件合用。忽有一天，一道青芒入眼，一行大喜："此宝有真龙！"持入凝阴殿，铜镜背面的盘龙鼻中喷出两道白气，须臾充满殿庭，遍散城内，甘雨沛降，下足七日方止，是岁秦中大熟。

这就是江心镜的故事。唐玄宗朝宰相张说亲历此事，详加笔录，写成《镜龙图记》，后陆续为《异闻录》《酉阳杂俎》递相转述。

悠悠千载，叶落花开，随着那个强盛无比王朝的轰然坍塌，无数秘密，一同沉入了时间的坟冢，掩埋进废墟之下。

1998年，一家德国文物打捞公司，在印度尼西亚苏门答腊海域勿里洞岛附近，发现了一艘古阿拉伯沉船,因附近矗立着一块巨大的黑色礁石,德国人将其命名为"黑石号"。

这是一艘远洋商船,一千两百年前,远道而来的胡商在中国购置了大批货物,试图经由海上丝绸之路,运往西亚、北非乃至欧洲贸易,不幸偏离航道,在东南亚海域触礁沉没。

打捞工作持续近一年,总计超过6万件文物浮出水面,在保藏完好的各种瓷器、金银器之中,赫然便有一枚"扬子江心镜"!恍惚间,昔日江上龙吟,仿佛再度回响,那泛黄书页上的江心镜,原来真的存在。

2005年,在祖籍中国福建的新加坡富商捐助下,黑石号文物,包括那枚扬子江心镜最终以3 200万美元的价格为新加坡收购,藏入新加坡亚洲文明博物馆。

> 僧一行穷数,有异术。开元①中,尝旱,玄宗令祈雨。一行言:"当得一器,上有龙状者,方可致雨。"上令于内库中遍视之,皆言不类。数日后,指一古镜,鼻盘龙,喜曰:"此有真龙矣。"乃持入道场,一夕而雨。或云是扬州所进;初范模②时,有异人至,请闭户入室,数日开户,模成,其人已失,有图并传于世。此镜五月五日,于扬子江心铸之。

---

① 开元:江心镜的传说,始见于玄宗朝张说的《镜龙图记》,另外《唐国史补》《异闻录》也有叙述,但多记祈雨时间在天宝年间,不知孰是孰非。
② 范模:铸造模具。

◎ 狂僧

唐德宗贞元初,荆州有个疯和尚喜欢唱《河满子》,一次喝得大醉,遇上了街卒。那街卒有意侮辱他,让他唱一曲,和尚放声高唱,歌词全是街卒干过的不法勾当,街卒惊悔不迭。

> 荆州贞元初,有狂僧善歌《河满子①》,尝遇醉,伍百②途辱之,令歌。僧即发声,其词皆伍百从前非愿也,伍百惊而自悔。

① 河满子：也作《何满子》，唐舞曲名。据白居易说，是天宝年间沧州一个死刑犯所作。死刑犯在临刑前创作出来，放声高唱，词调悲戚断肠，希望能打动官老爷，争取法外开恩，但还是执行了死刑。
② 伍百：古作"伍伯"，汉代时为官员出行时导引、开道者，此处指巡逻的街卒。

◎ 烧佛

唐德宗贞元年间，苏州有个法号义师的和尚，样子痴狂。有百姓辛辛苦苦盖了十几间店铺，义师忽然跑过来猛砍，人拉都拉不住。这店主一向知道义师神通广大，哀求道："弟子全指着这几间屋子讨生活，神僧手下留情啊。"义师回身道："舍不得吗？"扔下斧子而去。当晚大火，只有义师砍坏的几间房屋幸免于难。义师住在破庙里，不分冬夏的烧火，庙里所有木质佛像、降魔幡都给他砸碎扯坏烧了火。他还喜欢吃活烤鲤鱼，不等到烤熟就吃。脸脏了也不洗，他一洗脸就下雨，吴中的百姓甚至以他洗不洗脸作为天气预报。临死前，他喝下数斗草灰汁，跌坐念佛，不再饮食，远近百姓都赶来围观。如此跌坐七日而死，死时正值盛夏，尸体色不变，肉不烂。

安国寺一个和尚，也常常烧木佛，与人交谈，颇含禅机，同寺僧人莫测其高深。

> 苏州贞元中有义师，状如风狂。有百姓起店十余间，义师忽运斤坏其檐，禁之不止。其人素知其神，礼曰："弟子活计赖此。"顾曰："尔惜乎？"乃掷斤于地而去。其夜市火，唯义师所坏檐屋数间存焉。常止于废寺殿中，无冬夏常积火，坏幡木象悉火之。好活烧鲤鱼，不待熟而食。垢面不洗，洗之辄雨，吴中以为雨候。将死，饮灰汁数斛，乃念佛而坐，不复饮食，百姓日观之，坐七日而死。时盛暑，色不变，支不摧。
>
> 安国寺①僧熟地，常烧木佛，往往与人语，颇知宗要②，寺僧亦不之测。

① 安国寺：皇家寺院，唐代长安、洛阳皆建有安国寺，段成式曾为驻锡长安安国寺的高僧寂照墓碑撰文，因此本文所指安国寺，极有可能指长安安国寺。长安安国寺始建于唐中宗神龙二年，原名崇恩寺，睿宗景云元年改称安国寺。长安

古刹今已不复存在，洛阳安国寺据说尚有残存建筑。
② 宗要：禅理要义。

◎ 玉像

唐睿宗刚出生在含凉殿时，则天天后于宫殿造佛像，有一尊是玉像。待到睿宗渐渐年长，一次闲得无聊盯着玉像看，玉像忽然开口说道："你未来能做天子。"

> 睿宗初生含凉殿①，则天乃于殿内造佛氏，有玉像焉。及长，闲观其侧，玉像忽言："尔后当为天子。"

---

① 含凉殿：长安大明宫一组宫殿建筑，一说位于太液池以北，一说位于以南。《唐会要》亦载睿宗出生在含凉殿，应属实。

境　异

绝国殊俗

本章掇拾异域奇俗，其中关于非洲风物的记载描述，为同时代官方正史所不及，史学价值较突出。

◎ 五方之人

东方人鼻子大,孔窍与眼睛相通。五体之中,筋是东方属性。南方人嘴巴大,孔窍与耳朵相通;西方人脸大,诸窍与鼻子相通;北方人脖子短,他们的孔窍连通下阴;中原人的孔窍与嘴巴相通。

本则摘自《淮南子·地形训》,段成式的抄录大幅删减了原文,《淮南子》原文是对东、南、西、北、中五方之人以及地理、物候的描述。古人主张万物有性,性皆相通,因将五方、五窍、五体、五色、五脏这几组概念做以匹配总结,形成了:东方—目—筋—苍色—肝,南方—耳—脉—赤色—心,西方—鼻—皮—白色—肺,北方—阴—骨—黑色—肾,中央—口—肉—黄色—胃的对应关系。医家也有五体与五脏对应的理论:肝合筋,心合脉,肺合皮,脾合肉,肾合骨。《黄帝内经》说:"东方生风,风生木,木生酸,酸生肝,肝生筋,肝主目。东方青色,入通于肝,开窍于目,藏精于肝。"认为东方主生发,肝亦主生发,肝脏不好,筋络可察,于目可见。文中"筋力属焉"大抵就是"筋对应东方"这类意思。

> 东方之人鼻大,窍①通于目,筋力②属焉。南方之人口大,窍通于耳。西方之人面大,窍通于鼻。北方之人窍通于阴,短颈。中央之人窍通于口。

---

① 窍:人体的孔窍,即眼、耳、口、鼻之七窍。
② 筋力:《淮南子》作"筋气",指筋络。

◎ 复活

无启国人住在洞里，靠吃土为生，死后心脏不腐，将心脏掩埋起来，孵化百年，又会变成人。录民，死后膝盖不烂，埋起来，一百二十年后变成人。细民，死后肝不腐朽，埋起来，八年就变成人了。

本则最早见郭璞《山海经》注，《博物志》亦有相似记载。《山海经》提到了一个长股国，人人大长腿，过了长股国往东走，就来到了无启国——应作"无啓国"，啓就是腓肠肌，也就是小腿肚子。这个国家的人不长小腿肚子，住在洞里。幽暗的洞窟中，一群奇怪原始的穴居人蹲在地上吃土，他们不能生育，但死后心脏不腐，埋在土里，百年后，会再度复活。

> 无启民，居穴食土。其人死，其心不朽，埋之，百年化为人。录民①，膝不朽，埋之，百二十年化为人。细民②，肝不朽，埋之，八年化为人。

---

① 录民：《博物志》："䃶民，其肺不朽，百年复生。"《酉阳杂俎》的"膝不朽"疑误抄。
② 细民：见汉代《括地图》："细民肝不朽，死八年复生，穴处，衣皮。"

◎ 美丑

沃衍之地的人长得好看，贫瘠地区的人丑。

> 息土人美，耗土人丑。

◎ 子泽性妒

帝的女儿子泽，天性好妒，将陪嫁侍女逐往四方山野。侍女们颠沛流离，有的向东走，委身狐狸，子孙就是后来的㚻人；有的向南走，与猴子交合，子孙就是溪人；有的向北，同巨猿婚配，子嗣被称为伧人。

> 帝①女子泽，性妒，有从婢散逐四川，无所依托。东偶狐狸，生子曰殃。南交猴，有子曰溪②。北通玃猳③，所育为伧④。

---

① 帝：疑指传说中的上古君王高辛氏，即帝喾。
② 溪：溪族，古少数民族，大略分布在今湖南、湖北、重庆、江西、两广地区。民风剽悍，拳捷善斗，最擅制弓弩。《战国策》："天下之强弓劲弩，皆自韩出。溪子、少府、时力、距来，皆射六百步外。"《淮南子》："乌号之弓，溪子之弩，不能无弦而射"，高诱注："或曰：溪，蛮夷也。以柘桑为弩，因曰溪子之弩也。"史籍多认为该族是盘瓠，也就是狗神的后裔之一。不过按照《史记》"沐猴而冠"的记载，当知秦汉之际已经存在"荆襄人是猴子"的蔑称，似乎正是"南交猴，有子曰溪"的注脚。
③ 玃猳〔jué jiā〕：大猿猴。《抱朴子》："猕猴寿八百岁变为猿，猿寿五百岁变为玃，玃寿千岁。"玃似猿猴，色作苍黑，体型巨大，大到什么程度呢？"能攫持人"，一只手就能把人攥住。广西、重庆、湖北、贵州都发现过"巨猿"化石，这种直立高度可达3米的巨型猿类的生活时代和区域，与早期人类存在交集。
④ 伧〔cāng〕：东晋《晋阳秋》："吴人谓中国人为伧人，又总谓江淮间杂楚为伧。"魏晋六朝的江右土著、南朝士卿鄙夷北方人和楚人，骂他们是"伧"，意思是"不知礼节的粗人"。吴人的优越感，从三国时就存在了，以东吴陆氏为代表，自矜江南文字风流，云水秀丽，饭菜精致，不像北人连鱼都没得吃，天天吃粟米麦饭，有如山野猿猴。有吴人北上京洛，吃饭时上了一碟奶酪，吴人不识此为何物，吃起来一股子膻味，吃完吐得天昏地暗，还以为中毒了，跟他儿子说："以后来北方要小心被投毒啊。"彼时江表豪族谁都看不起，看不起江北人，看不起荆襄人，也看不起本地寒门，以北人粗、寒门鄙，将这粗鄙之人合称"寒伧"，就是今天"寒碜"一词的由来。后来北方人奋起反击，反过来骂吴人和楚人为"伧楚"，自是南北互相詈骂不休，但都没忘了把楚人带上一块骂。楚人相顾愕然。

◎ 突厥先祖

突厥人先祖首领名叫射摩，与阿史德窟以西舍利海的女神比邻。射摩非比寻常，得女神垂青，每天日暮时分，女神遣白鹿接射摩入海过夜，次日一早送还，如此十余年。有一次部落大型狩猎，当夜，女神告诉射摩道："明日狩猎，将有金角白鹿从你父辈诞生的洞窟奔出,你若能射中此鹿,便可化成神形,与我长相厮守。若射不中,你我缘尽。"第二天,射摩进了围猎场,果然见他出生的洞穴中纵出一头金角白鹿,射摩号令部属猎手紧固包围圈,好供他射杀,然而白鹿灵异,围困不住,眼看那鹿要跃出重围,射摩部属一个名为呵咤部落的首领抢先一箭把鹿杀了。射摩大怒,反手斩了那首领头颅,盛怒犹自未平,接着定下规矩:"从今天起,突厥将用人牲祭天!"把那首领的子孙尽数杀了祭天。直到撰写本文的时代,突厥人祭军旗需要人牲,惯例上还是会选用呵咤部落的人。却说射摩斩了呵咤首领,当夜又去见女神,女神冷冰冰道:"你杀了人,手上沾了血腥气,我们缘分已尽。"

境异 绝国殊俗

　　突厥①之先曰射摩,舍利海神,在阿史德窟西。射摩②有神异,又海神女每日暮,以白鹿迎射摩入海,至明送出。经数十年。后部落将大猎,至夜中,海神谓射摩曰:"明日猎时,尔上代所生之窟当有金角白鹿出,尔若射中此鹿,毕形与吾来往。或射不中,即缘绝矣。"至明入围,果所生窟中有金角白鹿起,射摩遣其左右固其围。将跳出围,遂杀之。射摩怒,遂手斩呵咤③首领,仍誓之曰:"自杀此之后,须人祭天。"即取呵咤部落子孙斩之以祭也。至今突厥以人祭纛④,常取呵咤部落用之。射摩既斩呵咤,至暮还,海神女报射摩曰:"尔手斩人,血气腥秽,因缘绝矣。"

---

① 突厥:一般认为,突厥有匈奴血统。中国几部正史则指突厥是匈奴的一支,原本是个小部落,为邻部屠灭,只剩一个十岁的男孩,敌兵见他年幼,不忍遽杀,便断其双脚扔在野外。小孩奄奄待死,一头母狼常常衔了肉来喂他,长大后与母狼交合,母狼有孕。后宿敌部落首领得到了孤儿未死的消息,铁蹄再临,男孩惨遭毒手,母狼一口气逃进高昌以北绵延数百里的群山中,生下十胞胎,其中之一,姓"阿史那",推为部落首领。十兄弟各自娶妻生子,渐渐形成部落,出山定居在了金山(阿尔泰山)之南。金山轮廓形似战盔,按照他们的语言,战盔发音类似"突厥",定为族名。突厥出山后,先臣服于北方大族柔然,给他们做铁匠,地位低下,被柔然人以"锻奴"呼喝。柔然长年同铁勒、中原政权争锋,国力渐弱,突厥一族趁机崛起,先破铁勒,求婚于柔然公主,柔然不许,遂遭突厥覆灭。在隋唐两朝分化打击下,突厥人建立的突厥汗国东西分裂,先后归附隋唐,8世纪中叶为回纥所灭。

② 射摩:《酉阳杂俎》这段记录的是另一个关于突厥起源的神话,在该神话中,突厥先祖叫射摩。

③ 呵咥 [shì]：一作"呵嘀"，或以为即嚈哒国，嚈哒被突厥征服后，境遇极惨，世代充为突厥人祭。

④ 纛 [dào]：军队仪仗大旗。

◎ 缂织

唐代的突厥人大多过着游牧生活，居无定所，因此他们奉祀袄教神祇，不立祠堂庙宇，而是在毛毡上缂出神灵画像，装在皮袋里。行止之际，随时随地拿出来涂抹油膏香料祭拜。有的画像系在竿子上，终年祭祀。毡是用动物皮毛制作的垫子，可以坐可以睡，连缀起来，可做地毯，可以做帐篷、车篷挡风御寒，是游牧民族必需之物。对于时常迁徙的游牧民族，形象逼真且易保存、易携带的纺织神灵画像，无疑是最经济实用的选择。

> 突厥事袄①神，无祠庙，刻毡②为形，盛于皮袋。行动之处，以脂苏③涂之。或系之竿上，四时祀之。

---

① 袄 [xiān]：袄教，即琐罗亚斯德教，公元3—7世纪萨珊王朝时期波斯帝国国教，也称拜火教。约南北朝时传入中国，唐代时一度兴盛，宋以后式微不闻。琐罗亚斯德教并非"明教"，后者的本体，是受琐罗亚斯德教、佛教、基督教影响产生的"摩尼教"。

② 刻毡：用缂毛工艺加工毡毯。缂毛是较早出现的缂织技术，早于后世中原著名的缂丝（刻丝）。缂织的特点，讲究"通经断纬"，就是纺织物上，经线连贯，纬线并不贯穿全幅，只在需要处与经线交织。经线提前铺设好，相当于画布，用纬线为织物着色，做出纹样，保证了色彩可以独立使用。缂织技术的色彩运用更灵活，打破了传统织物色彩必须连贯的限制。

17世纪制作于比利时的缂织挂毯，描绘了莎士比亚戏剧《安东尼与克莉奥佩特拉》中，古罗马统帅安东尼向其情人克莉奥佩特拉七世（即埃及艳后）献上俘房——大亚美尼亚国王阿尔塔瓦兹德二世的场景。芝加哥美术馆藏

③ 脂苏：油脂、乳等制作的油膏、香料之类。

◎ 坚昆

坚昆部落并非狼的子嗣，该族先祖出生的洞窟位于曲漫山以北，先祖自称是神和母牛交配所生。坚昆人黄头发、碧眼、红胡子。也有黑胡子的，那是西汉大将李陵及其汉人部属的后代。

> 坚昆①部落非狼种，其先所生之窟在曲漫山②北。自谓上代有神与牸牛③交于此窟。其人发黄、目绿、赤髭髯。其髭髯俱黑者，汉将李陵④及其兵众之胤也。

---

① 坚昆：铁勒一支，汉人谓之"黠戛斯"，贞观二十二年归附大唐，长安方面在其境置坚昆都督府羁縻，故治在今俄罗斯叶尼塞河上游一带。他们中的一部分后来向西南移动，成为柯尔克孜人，也就是吉尔吉斯斯坦人的祖先。
② 曲漫山：应指西萨彦岭，位于今俄罗斯西伯利亚南部，曾经是清王朝与沙俄国境分界线。
③ 牸[zì]牛：母牛。
④ 李陵：西汉、匈奴将领，飞将军李广长孙，汉武帝天汉二年，以五千步卒远征匈奴，身陷重围，降。娶单于公主为妻，余生未返汉廷，死于匈奴。

◎ 西屠

西屠族人习惯故意把牙染黑。牂牁一带的獠族，女人妊娠期只有七个月，人死后站在棺材里，棺材竖着下葬。

> 西屠①俗，染齿令黑。獠②在牂牁③，其妇人七月生子④，死则竖棺埋之。

---

① 西屠：古部族，位于越南、老挝一带。《梁书》："林邑国，本汉日南郡象林县……其南界，水步道二百余里，有西图夷（西屠夷）。"东汉马援征服交趾后，在今越南南部立马援铜柱表功，就与西屠国分治南疆。染黑牙齿的习俗在

中国西南、越南、柬埔寨等地多见，据说是常年咀嚼槟榔和贝壳粉之故。

② 獠：古汉人对西南部分少数民族的蔑称，汉地史籍通常描述他们形同禽兽，巢居、渔猎，亲情观淡薄，即使老爹被人杀了，只要凶手赔一条狗，就可以豁免，孩子丢了，家长哭一场，转眼就忘了。

③ 牂柯［zāng kē］：原夜郎古国属邑，汉武帝元鼎六年（前111年），平东越、南越，夜郎国请降，设牂柯郡，治所在今贵州凯里市一带。

④ 七月生子：怀孕七个月就生产。《博物志》说，当地孕妇在水边临盆，生下孩子放在水里，浮得起来便留养，若浮不起来，干脆就不要了。

◎ 木耳族

木耳族，分布在秦汉时代的哀牢古国以西，好用鹿角做器具，人死后蜷曲起来火化，残骨掩埋。某块骨头像人形，黑如漆。天气稍微冷些，木耳族人会把自己埋在沙子里取暖，只露出脸孔。

> 木耳夷①，旧牢②西，以鹿角为器。其死则屈而烧之，埋其骨。后小骨类人，黑如漆，小寒则掊沙自处，但出其面。

---

① 木耳夷：一般认为，木耳夷是古"昆明族"的别称，以云南曲靖为中心，散居南盘江沿岸，因喜戴特大木质耳环得名。类似的首饰在今天当地一些少数民族，比如彝族身上仍然可见，只是耳环质地已由木质演化成了金属。

② 旧牢：哀牢古国，约存在于公元前3世纪左右至公元76年，鼎盛时疆域南至西双版纳，西至怒江，北至横断山脉，东至洱海。汉人关于哀牢国起源的神话描述说，上古时代，哀牢山有个姑娘在河里捕鱼，摸到一块木头就怀孕了，生下个男婴，那块木头则化龙出水，锲入男婴脊背。此后哀牢国人皆花绣纹身，背负龙形，致敬先祖。汉武帝时为打通西南，哀牢国遭到重创，东汉章帝建初元年（76年），哀牢王试图反出汉帝国，被灭。

◎ 木饮州

木饮州，是海南岛的一个州，境内没有泉水，居民也不打井，全靠喝树汁过活。

木饮州①，珠崖②一州，其地无泉，民不作井，皆仰树汁为用。

---

① 木饮州：唐代的琼州，治所在今海口市琼山区。
② 珠崖：汉武帝时于海南置珠崖郡，唐代改郡为州，武德五年，设五州二十二县辖制海南岛，即崖州、儋州、振州、万安州、琼州。此处系海南地区的泛指。

◎ 食人族

木仆，指濮族的一支"尾濮"。据杜佑《通典》，尾濮人聚居在兴古郡西南一千五百里外，大约相当于今西双版纳，或越南、老挝境内。这些人长着像乌龟一样三四寸长的短小尾巴，但似乎不大灵活，相当碍事，比如坐下之前，要先在地上掘个坑，好把尾巴搁里面，否则容易戳折，一旦折断，其人立死。《通典》记载，该部族流行着食人风俗，多吃老人，宾客临门，辄杀老人待客。凡遇婚娶、来宾、庆典，需大置宴席，老人们纷纷哭泣。

木仆，尾若龟，长数寸，居木上，食人。

◎ 可萨人

可萨人曾向波斯、罗马称臣。这个部族会酿造一种奇特的肉酒，猎到猎物后切下肉，层层叠置，以大石压榨汁液，用来浸泡米和草籽，数日即发酵成酒，饮之可醉。

阿萨部①多猎虫鹿，剖其肉，重叠之，以石压沥汁。税波斯、拂林②等国，米及草子酿于肉汁之中，经数日即变成酒，饮之可醉。

---

① 阿萨部：可萨人，突厥的一支，活跃于东欧平原至北高加索一带，与波斯/阿拉伯、东罗马接壤，是两大国争取拉拢的对象。可萨人强极一时，公元7—10世纪建立起可萨汗国，1030年左右被东罗马和基辅罗斯夹击覆亡。
② 拂林：东罗马帝国。

◎ 孝亿国

孝亿国国境线长三千余里，地处平原，用木栅扎成墙垣，每个聚落占地十余里，栅内百姓两千家，类似的聚落共计超过五百个。其地常年温暖，冬季植被亦不凋零。多羊、马，没有骆驼和牛。居民质朴直率，好客，身材高大，掀鼻黄发，绿眼赤髯，不束头发，脸红如血。武器单一，只有槊这一种。农业发达，商业落后，多金铁矿。穿麻布衣，举国信奉琐罗亚斯德教，不知佛教存在。其国有琐罗亚斯德神祠三百余所。有骑兵、步兵一万。自称孝亿人，男女衣皆有带。一天做的饭能吃一个月，天天吃剩饭。

孝亿国①界周三千余里。在平川中，以木为栅，周十余里，栅内百姓二千余家。周国大栅五百余所。气候常暖，冬不凋落。宜羊马，无驼牛②。俗性质直，好客侣。躯貌长大，褰鼻黄发，绿眼赤髭，被发，面如血色。战具唯槊一色。宜五谷，出金铁。衣麻布。举俗事祆，不识佛法。有祆祠三百（一曰千）余所，马步甲兵一万。不尚商贩，自称孝亿人。丈夫、妇人佩带。每一日造食，一月食之，常吃宿食。

---

① 孝亿国：艾斯尤特，今埃及中部艾斯尤特省首府。
② 驼牛：《续博物志》记非洲风物，亦有"驼牛"条，按描述应指长颈鹿；但本文既与"羊马"相对，应指骆驼和牛。

◎ 仍建国

仍建国没有水井河流，农业灌溉全靠下雨。国人取紫胶搅拌泥土筑坑，承蓄雨水。井水像海水一样咸涩，不能饮用。当地人常在海边挖池子，待退潮后，捞池里的鱼吃。

仍建国①，无井及河涧，所有种植，待雨而生。以紫矿②泥地，承雨水用之。穿井即若海水，又咸。土俗潮落之后，平地为池，取鱼以作食。

① 仍建国：据《中外文化交流史》等现代研究资料，以仍建国为今突尼斯可能性较大。
② 紫矿：一种树，刺桐亚族物种植物，是紫胶虫主要寄主。紫胶虫雌虫分泌生产的紫胶，质地优良，可作为航空制造业的黏合剂。云南南部的西双版纳、西南部的耿马，广西西南部的宁明（夏石）有栽培。印度、斯里兰卡、越南至缅甸也有分布。

◎ 婆弥烂国

婆弥烂国，离长安两万五千五百五十里。这个国家西境有山，峰岩巉刻，峻极于天，山上多栖大猿。一年暴雨，二三十万头猿猴下山骚扰，开春后，国家集中军队与猿猴交战，虽每年能杀数以万计，但始终无法荡平巢穴斩尽杀绝。

婆弥烂国①，去京师二万五千五百五十里。此国西有山，巉岩峻险。上多猿，猿形绝长大。常暴雨年，有二三十万。国中起春以后，屯集甲兵，与猿战。虽岁杀数万，不能尽其巢穴。

① 婆弥烂国：不详，或说在今帕米尔，或说为今文莱。

◎ 东非

拨拔力国位于西南大洋中，国人不吃五谷，只吃肉。平时刺伤牲畜取血，混入生奶饮用。不穿衣服，只在腰以下围块羊皮。女性肤白貌美，经常被男人绑了卖给外国商人，价格高昂。其地贫瘠，所出产者，唯象牙和龙涎香而已。曾有数千波斯商人携带棉布来此贸易，被迫刺血立誓，才被准允开市交易。该国历史上一贯独立，不附庸他国。作战时，用象阵冲锋，士兵皆执野牛角槊、穿铠甲负弓矢。有步兵二十万，大食国常来犯。

拨拔力国①，在西南海中，不食五谷，食肉而已。常针牛畜脉，取血和乳生食。无衣服，唯腰下用羊皮掩之。其妇人洁白端正，国人自掠卖与外国商人，其价数倍。土地唯有象牙及阿末香②。波斯商人欲入此国，围集数千，人赍缌布③，没老幼共刺血立誓，乃市其物。自古不属外国。战用象排、野牛角为槊，衣甲弓矢之器。步兵二十万。大食频讨袭之。

---

① 拨拔力国：或说指索马里北部亚丁湾的港口城市柏培拉。
② 阿末香：龙涎香。古人认为是龙的口水，其实是抹香鲸的肠石。"龙涎，大食西海多龙，枕石一睡，涎沫浮水，继而能坚，鲛人采之以为至宝"，把粪说成名贵香料，而且在宋代上升为极其珍贵的奢侈品，阿拉伯人不愧营销大师。《纲目拾遗》说，这东西能"生口中津液，津流盈颊"，嚼得满口生津。

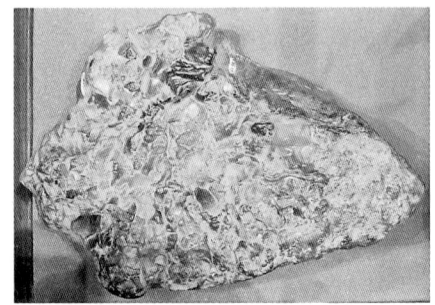

龙涎香（阿拉斯加史凯威博物馆藏）

③ 缌布：木棉布。

◎ 昆吾国

昆吾国人用砖砌成坟冢，其状如塔，分三层，干尸停在上层，湿尸放在下层，以就近安葬为至孝。人死后，亲属聚在大毡房里，毡房正中挂着衣服、彩色绢帛，大家哭成一团。

昆吾国①，累墼②为丘，象浮屠，有三层，尸乾居上，尸湿居下，以近葬为至孝。集大毡居，中悬衣服彩缯，哭祀之。

---

① 昆吾国：今新疆哈密，唐代为伊州。
② 墼〔jī〕：砖坯。

◎ 龟兹国

龟兹国，正月初一斗牛斗马斗骆驼，大闹七天，以胜负之数预测新的一年牲畜损耗、繁衍情况。婆罗遮大会上，人人戴着狗、猴子面具狂欢歌舞，不分昼夜。八月十五则有佛像游行和高空走绳之类的表演。

> 龟兹国，元日斗牛马驼，为戏七日，观胜负，以占一年羊马减耗繁息也。婆罗遮①，并服狗头猴面，男女无昼夜歌舞。八月十五日，行像②及透索③为戏。

---

① 婆罗遮：大型群舞，类似狂欢节，也叫苏幕遮、"泼寒胡戏"，参与者裸体，戴假面，用泥水泼人，或持绳索搭钩捉人为乐。源自波斯，北周时传入中原，初唐盛于两京，大受欢迎。唐玄宗开元元年，因不合礼教，群臣抵制情绪强烈，敕令禁绝。
② 行像：将佛像安放在花车上游行，供人膜拜，期间伴有舞蹈、杂戏等演出。
③ 透索：杂技，即走索，高空走绳。

◎ 焉耆国

焉耆国，正月初一、二月初八举办婆罗遮狂欢，野外祭祀三天。四月十五游林。五月初五弥勒佛生辰。七月初七祭祀祖先。九月初九床撒。十月初十国王行驱邪仪式。国王同大祭司互换身份，当天一日一夜，大祭司代行王事。从十月十四开始日日歌舞，直到年终。

> 焉耆国，元日、二月八日婆摩遮，三日野祀。四月十五日游林。五月五日弥勒下生。七月七日祀先祖。九月九日床撒。十月十日王为厌法①。王出首领家，首领骑王马，一日一夜处分王事。十月十四日作乐至岁穷。

---

① 厌法：镇压和驱禳灾异。

◎ 拔汗那

拔汗那国风俗，每年十二月十九举办一场特殊比赛，国王和诸部首领分作两队，各出一人，身披甲胄。两队其他人抄起破瓦碎石，或持棍棒猛砸对方的披甲人，直到其中一方的披甲人被打死为止，用这种方式卜测次年农事丰歉。

> 拔汗那①，十二月十九日，王及首领分为两朋，各出一人着甲，众人执瓦石东西捧杖，东西互击。甲人先死即止，以占当年丰俭。

---

① 拔汗那：即汉代的大宛，在今乌兹别克斯坦费尔干纳盆地一带，首都贵山城，今乌兹别克斯坦纳曼干州北卡桑赛。自汉至唐，该国定期来朝，贡献汗血马。玄宗初，为大食侵占，分裂为两部，西部臣服大食，东部继续效忠唐王朝，戍卫大唐边疆，与唐和亲，改称"宁远国"。

◎ 夜叉城

东曹国有座夜叉城，城里原来栖有夜叉，夜叉洞至今尚在。洞窟附近住了五百多户人家，在洞口搭起祠舍，立关落扃，每年两祭。若过分靠近洞口，洞中涌出烟气，触之则死，尸体就被抛入洞口。没人知道这洞窟到底有多深。

> 苏都识匿国①有夜叉城，城旧有野叉②，其窟见在。人近窟住者五百余家，窟口作舍，设关钥，一年再祭。人有逼窟口，烟气出，先触者死，因以尸掷窟口。其窟不知深浅。

---

① 苏都识匿国：昭武九姓之一的曹国，在唐代分化为东曹、中曹、西曹，苏都识匿国即是东曹国，在汉朝贰师城（今塔吉克斯坦杜尚别北乌腊提尤别）一带。
② 野叉：即夜叉，原是佛教天龙八部众之一，有大法力，后演变成恶鬼形象，此处当作"迅疾恶鬼"解。

◎ 南征遗民

东汉建武十七年（41年），伏波将军马援南击交趾，平定越南北部征氏姐妹领导的叛乱，在国境线上竖立两座铜柱，以标示大汉领土。南征结束后，有十几个中国军人没有随队返回，留在了寿泠县，娶妻生子，繁衍至两百多户，因客居异乡，被称为"马留"，衣食习惯皆与汉人无异。后来时移世易，沧海桑田，当年马援立下的铜柱湮没不见，只能以这些汉人遗民作为当年铜柱所在的标识，亦称为马留。

> 马伏波有余兵十家不返，居寿泠县①，自相婚姻，有二百户，以其流寓，号马留。衣食与华同。山川移易，铜柱入海，以此民为识耳，亦曰马留。

---

① 寿泠县：应作寿泠县，三国吴始置，属九德郡，治所在今越南广治省广治市一带。

◎ 刺北斗

唐朝时，长江中游仍保有夷风。武陵蛮喜欢头戴名为芐绥的芒箕草帽，依水稻生长阶段纪月。人死出殡，各执竹竿指天，谓之刺北斗。据说这一习俗源自上古犬神盘瓠时代，从前盘瓠神死在了树上，子孙们拿着竹竿把尸体挑了下来，于是后人相承，因袭成俗。

> 峡中俗，夷风不改。武宁蛮①好着芒心接篱②，名曰芐绥。尝以稻记年月。葬时以笄向天，谓之刺北斗。相传盘瓠③初死，置于树，以笄刺其下，其后为象。

---

① 武宁蛮：武宁在今江西九江，此处疑为"武陵蛮"，即"五溪蛮"，东汉至宋时对分布于今湘西及黔、渝、鄂三省市交界地沅水上游若干部族的称呼，相传是

盘瓠后人。

② 芒心接离：芒箕编的帽子。芒箕，也叫芒箕骨，蕨类植物，分布较广，中国西南尤多。

③ 盘瓠[hù]：犬神，一些少数民族奉为祖先。按照《风俗通义》《后汉书·南蛮传》《搜神记》的说法，上古五帝之一的帝喾时代，卢戎（一说犬戎）进犯，中原部落不能抵挡。帝喾募集天下勇士，定下赏格：有能取敌帅首级者，赏黄金千镒，封邑万户，并以小女儿许配。忽一日，一条狗衔着颗人头来到帝喾面前，帝喾一看，正是敌帅首级。这条狗来历也颇奇特，很多年前，王宫里有个老妇人（或说王后）害耳病，医生从她耳朵里挖出一条长长的金色虫子，放在瓠（葫芦）里，用盘子盖着，那虫子就变成了狗，因取名叫"盘瓠"，被帝喾养在身边。于是帝喾的宠物狗娶了小女儿，隐居南山，繁衍的后代自相婚配，不与中原人来往，他们的后代形成独立种群，被称为"蛮夷"。

◎ 雁翅湖

林邑国有个雁翅湖，湖边不生树木。每到春夏，当地人就在湖上撒网捉鸟，取其翅羽抵御暑热。

> 临邑县①有雁翅泊，泊旁无树木。土人至春夏，常于此泽罗雁鸟，取其翅以御暑。

---

① 临邑县：临邑在今山东德州市，显然与本章内容格格不入。疑应作"林邑"，越南中部古国，东汉末年摆脱了汉王朝统治独立，国号林邑。唐中期，改称"环王"，中原人有时也称之"占婆国"。

◎ 悬渡国

乌耗以西的悬渡国，险峰纵横，无路互通，进出该国，只能循山崖间的悬绳攀援而渡，那古老的绳索相连达二十余里。当地人在山石上耕耘稼穑，用石头垒砌房屋，用手捧水喝，号称猿饮。

乌耗①西有悬渡国，山溪不通，引绳而渡，朽索相引二十里。其土人佃于石间，垒石为室，接手而饮，所谓猿饮也。

---

① 乌耗：在今克什米尔洪札河流域、阿富汗与巴基斯坦接壤处。

◎ 盐田

鄯鄯以东，龙城西南，方圆十几里，全是盐田。行人、牛马都要在毡布上通行、休息。

鄯鄯①之东，龙城②之西南，地广十里，皆为盐田。行人所经，牛马皆布毡卧焉。

---

① 鄯鄯：楼兰国。
② 龙城：此处龙城指"姜赖之墟"，即传说位于罗布泊之旁古羌人的居住区。古人把罗布泊的雅丹地貌"魔鬼城"视作上古大城遗址，《水经注》："龙城，故姜赖之墟，胡之大国也。蒲海溢，汤覆其国，城基尚存而至大，晨发西门，暮至东门。"而中国文学作品，尤其诗词常说的龙城，则一般指匈奴单于祭天处，即匈奴政治中心，与此龙城不同。

◎ 飞头獠

三国时期，江左东吴大将朱桓府上，某天夜里，一个妇人掌灯起夜。昏暗的灯光下，隐约觉得同房一个婢女睡姿似乎不对劲，凑近一看，那婢女的头居然不见了，只剩身子躺在床上，而胸口还在一起一伏徐徐呼吸，好似睡眠正酣。妇人大骇，下意识拉起被子，把那无头婢女的身子蒙了个严严实实。

第二天早上，有人听见"咚、咚"的声音在敲打地板，只见那婢女的人头正在榻前一跳一跳的，呼救道："请把被子掀开，我的头回不去了！"那人掀开被子，人头冉冉飞起，装在腔子上，皮肉合榫，须臾睁开眼睛。

这件事很快在府上传开,朱桓闻报,既惊且异,以为婢女是妖人,立即打发了她离开。后来朱桓跟同僚们说起此事,才发现原来东吴许多朝臣家都蓄有类似的怪人,据说是南征百越带回来的奴婢。

南地群山万壑之间,散落着无数古老神秘的原始部落,其中有个"落头"族,他们奉祀的神叫"虫落",所以自称落民。落民深居蛮荒,其地多瘴气、毒草、沙虱、蝮蛇,外人绝难进入,族人也极少外出。相传这一族落,秦汉之际就已形成,作风纯朴野蛮,族中女多男少,婚嫁之时,女子出资求男,贫家女子往往抢不到夫郎嫁不出去,只好给人做婢。

落头族世代流传着一种怪病:大多数族人脖颈上,常年可见一圈淡红的细痕,仿佛刚刚被细绳勒过。细痕颜色时深时浅,当颜色转深,这人便周身难受,如患恶疾。到得夜里,渐渐昏睡过去,突然"嘣"的一声,脖子沿细痕处断裂,脑袋猛地弹起,穿窗飞去。这颗头颅飞到外面,倒也并不为恶,只在河岸泥里寻些虾蟹、蚯蚓吃,破晓之前原路飞回,其人睁开眼睛,浑如一梦,而腹中已经饱了。

朱桓的一位同僚做过一个残忍的实验,故意拿铜盘堵在飞头人腔子上,头颅飞回,无法与身体相合,不久便脱力而死。可见这些人的头虽然可以暂离身体,却不能长久,风险极高。但落头族人对此无可奈何,他们无法控制和抑制飞头,这种古怪的能力,对于他们更像遗传的诅咒。

落头族的传说,在古代正式史料中亦频繁可见,《新唐书》明确了唐代落头族的栖息范围,大约在巴渝一带,当时称为"南平獠"。"獠"是汉人对南部一些化外之民的蔑称,于是在汉地,落头族又被称作"飞头獠"。后来,这个称呼随同传说传入日本,演化成了百鬼夜行的"飞头蛮"形象。

翻看古籍,还可以找到几种类似飞头獠的异域怪人。段成式听天竺僧人菩萨胜说:爪哇岛的一群飞头者,有目无瞳,飞头复还时,需有人帮忙拿着装在腔子上。

东晋《拾遗记》记载,汉武帝时期,西域之北的"因墀国"来朝,贡献千缗玉钱和一头五足兽。汉武帝从来没见过长了五条腿的动物,大感兴味,左看右看,越看这奇兽越像什么常见的东西,可到底像什么,就是说不上来。因墀国使臣道:"陛下且看,这五足兽像不像一只人手?"武帝恍然大悟:是像人手,居然有长得像人手的动物,奇也怪哉。那使臣道:"敝国东方,分布着一族'解形之民',这些人能自裂身体,使头飞于南海,左手飞于东山,右手飞于西泽,只剩肚脐以下部分,靠两只脚站着。到了晚上,头顺利飞回,两手却往往为大风所阻,飘落海外玄洲,化成五足兽,五根手指,便是此兽的五条腿。"

岭南溪洞中往往有飞头者,故有飞头獠子之号。头将飞一日前,颈有痕匝,项如红缕,妻子遂看守之。其人及夜状如病,头忽生翼,脱身而去,乃于岸泥寻蟹蚓之类食,将晓飞还,如梦觉,其腹实矣。

梵僧菩萨胜又言:阇婆国①中有飞头者,其人目无瞳子,聚落时有一人据。《于氏志怪②》:南方落民,其头能飞。其俗所祠,名曰虫落,因号落民。

晋朱桓③有一婢,其头夜飞。

《王子年拾遗④》言:汉武时,因墀国⑤使南方,有解形之民,能先使头飞南海,左手飞东海,右手飞西泽。至暮,头还肩上。两手遇疾风,飘于海水外。

---

① 阇[shé]婆国:今印尼爪哇岛。
② 于氏志怪:应是"干氏志怪",即干宝的《搜神记》。
③ 朱桓:(177—238年)三国东吴武将,字休穆,魏文帝曹丕黄初四年濡须口之战成功防御曹仁,阵斩魏将常雕,生擒王双。魏明帝曹叡太和二年参与石亭之战,协同陆逊、全琮大破魏大司马曹休。为人轻财贵义,卒时家无余财。官至前将军,领青州牧,封嘉兴侯。
④ 王子年拾遗:东晋王嘉志怪集《拾遗记》。
⑤ 因墀国:应是虚构的国家,据《拾遗记》,该国在西域之北,距洛阳十六万里。

◎ 餐具岛

近年有海客在去新罗途中,遇风漂流到海岛,只见满山都是黑漆筷子、勺子。岛上多大树,海客仰观那些餐具,原来是树的花和枝藤,他采了几百副回家。但尺寸太大,并不合用,后来偶然用来搅茶,搅着搅着化没了。

近有海客往新罗①,吹至一岛上,满山悉是黑漆匙箸。其处多大木。客仰窥匙箸,乃木之花与须也,因拾百余双还。用之,肥不能使,后偶取搅茶,随搅而消焉。

---

① 新罗:朝鲜半岛,时朝鲜半岛已被新罗统一。元代《异域志》也有相似记载,但改新罗为"暹罗",即今泰国。

喜 兆
大吉大利

本章凡三则,记载离奇的祥瑞之兆。

◎ 蛤蟆

据集贤殿学士张希复说，宰相李揆拜相前一个月的某天傍晚，回到卧室，见一头像床一样大的蛤蟆塞在门前，旋即消失无踪。又说，李揆原在新州任职，拜相前，井水水位离奇地上涨了一尺多高。

此事同见《宣室志》《新唐书》，由于事涉高官而近似妖异，在当时反响不小，属于热点传闻，《宣室志》记录尤详：傍晚，李揆在前轩待客，只听卧房一声巨响，如墙垣坍塌，进去一看，正见一头巨大的蛤蟆挤在室中，拿一双死鱼眼盯着李揆。李吓得要命，客人却说："恭喜啊李大人，人家都说蛤蟆是月宫使者，现在这么大一只月宫使者来到府上，一定有好事发生。"几天后朝廷降旨，拜李揆中书侍郎、平章事，正式任命为宰相。

> 集贤①张希复②学士尝言：李揆③相公将拜相前一月，日将夕，有虾蟆大如床，见于寝堂中，俄失所在。又言：初授新州，将拜相，井忽涨水，深尺余。

---

① 集贤：集贤殿书院，唐代中央书院，全国最大的图书典藏机构，负责书籍收藏、管理，兼具修撰、侍读职能。开元十三年，唐玄宗在集仙殿喝酒，说道："仙者，捕影之流，朕所不取；贤者，济治之具，当务其实。"因改"集仙殿"为"集贤殿"，同时在长安大明宫光顺门外、东都洛阳明福门外各开集贤书院一所，以甲乙丙丁为次，聚经、史、子、集四库图书近十万卷。

② 张希复：唐德宗朝工部侍郎张荐之子，段成式的同僚。他们家族有撰写志怪传

奇的优良传统，曾祖张𬸦［zhuó］的《朝野佥载》《游仙窟》名动古今；父亲张荐也有《灵怪录》传世，家风如此，加上张希复在帝国藏书中心工作，博览群书，所以格外与段郎相投，两人常聊些乱七八糟的怪事。

③ 李揆：（711—784 年）字端卿，陇西成纪人，唐肃宗朝宰相，中书侍郎，集贤殿崇文馆大学士、监修国史。李揆刚拜相时，深得肃宗倚仗，君臣关系牢固，皇上金口赞他"门地、人物、文学皆当世第一"，世称"三绝"。不过李揆在相位时一直焦虑，排挤一切有能力的同僚，连自家哥哥也不予提拔引荐。后被人弹劾，唐肃宗当即将其黜官外放，又惨遭政敌落井下石，一度到了全家要饭的地步，苦不堪言。代宗时返京任礼部尚书，出使吐蕃，死于回国途中。

◎ 蜘蛛

位于昭国坊南门的宰相郑絪府邸，突然遭到不明来历的瓦砾投掷袭击，袭击持续了五六天，郑絪不胜其扰，避入安仁坊西门的别馆，没想到那扔瓦砾的恶作剧也随之跟来，郑絪无可奈何，只好又搬回昭国坊。郑絪信佛，家里有间丈许见方的佛堂，搬回来后，先进佛堂，推门便呆住了，只见满屋子都是蟢子结成的蛛网，悬在离地一两尺处，密密麻麻，不知其数。当夜，瓦砾投掷骤然停止，次日朝旨下达，郑絪拜相。

郑絪①相公宅，在招国坊②南门。忽有物投瓦砾，五六夜不绝。乃移于安仁西门宅避之，瓦砾又随而至。经久复归招国，郑公归心释门，禅室方丈。及归，将入丈室，蟢子③满室悬丝，去地一二尺，不知其数。其夕，瓦砾亦绝。翌日，拜相。

---

① 郑絪［yīn］：（752—829 年）字文明，郑州荥阳人，唐代宗大历间进士，又登博学宏辞科，文才不俗。宪宗朝拜相，居相位四年，性子恬淡，虽无大过，亦鲜有建树，被降职外放。历岭南、河中节度使。文宗时，以太子太傅致仕。
② 招国坊：应是"昭国坊"。
③ 蟢子：一种常见小蜘蛛，也叫蟏蛸、喜子、壁钱，结网形似八卦，古人视为吉祥物。

◎ 战场奇遇

据大理寺丞郑复说，唐宪宗淮西讨伐战那会儿，日后威震边关的大将刘沔还只是个小军官，军中将领排挤他，每遇潜入敌营捉俘虏、侦察敌军部署这种危险任务，必派刘沔参加。刘沔武艺再强，深入虎口也难保全身而退，前后重伤多次，险些丧命。而那些将官还是不肯放过他，一天夜里，月黑风急，又派刘沔去抓俘虏，刘沔满腔怒火，抱了必死之心。他悄悄摸到敌后，走出十几里，正打算睡一会，身上忽然挨了一掌。刘沔大惊，只见身后一人手持一对蜡烛，说道："阁下日后大贵，只要心中能见到这两根蜡烛，便可保无虞。"后来刘沔积功晋升统军将领，陷阵破房，经常抬头便在军旗上看见两支蜡烛的幻影。直到几十年后的某天，蜡烛不再出现，刘沔自知时候到了，上表称疾，解甲归乡。

> 成式见大理丞①郑复说，淮西用兵②时，刘沔③为小将，军头颇易（一曰异）之。每捉生踏伏④，沔必在数，前后重创，将死数四。后因月黑风甚，又令沔捉生。沔愤激深入，意必死。行十余里，因坐将睡，忽有人觉之，授以双烛，曰："君方大贵，但心有此烛在，无忧也。"沔后拜将，常见浊影在双旌上，及不复见烛，乃诈疾归宗。

---

① 大理丞：大理寺丞，大理寺第四级官员，从六品上，定额六人，负责分担大理寺卿、少卿的案件审理工作。

② 淮西用兵：指唐宪宗平定吴元济之乱的淮西讨伐战。

③ 刘沔：（784—848年）字子汪，段郎同时代人，祖籍徐州彭城。簪缨之后，中唐骁将。刘沔父母早亡，靠着朝廷政策和父辈人脉，进入忠武军节度使、名将李光颜帐下，做了侍卫亲兵。淮西讨伐战爆发，李光颜奉命出击，常以刘沔为先锋。淮西有大将董重质，部下骑兵皆骑骡子上阵，凶悍难敌，刘沔每与骡子军接战，必不计生死，身冒锋镝，当先冲入敌阵，斩将擒贼而归，这就是原文说的"每捉生踏伏，沔必在数"。由是忠武一军，皆推刘沔战力第一，即所谓"冠军"者也。淮西讨平后，随李光颜入朝，唐宪宗钦点留京，除神策军将军。尔后屡获提拔，派往西北边陲防御边疆，连破党项、回鹘入寇，屡立奇功，文宗时，累授泾原、振武节度使、单于大都护。武宗即位，授河东节度使，会昌三年大破回鹘，迎太和公主归国。徙义成、忠武节度使，以太子太保致仕。

④ 捉生踏伏：抓俘虏、侦察伏兵，深入敌后执行任务。

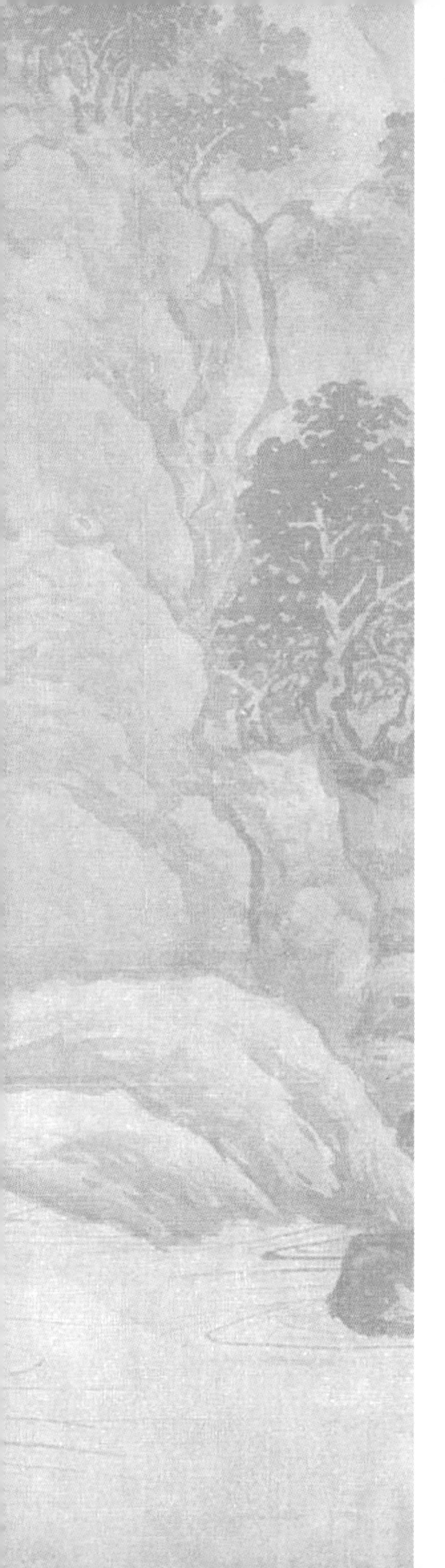

祸　兆

血光物怪

本章亦三则，记三位朝臣死前所遇的诡异事件。

◎ 佛前坟冢

隋炀帝杨广的玄孙杨慎矜,唐玄宗朝官至户部侍郎,兄弟三人皆居显宦,不阿权贵,为李林甫所嫉。三兄弟深知李林甫阴鸷险狠,恐遭暗算,时常焦虑,每天早上必礼拜佛像,祝祷神灵护佑。一天,佛像前的供案上突然出现了三堆尘土,状若坟茔,杨慎矜以为是小孩子的恶作剧,烦心得不行,立刻叫人扫了去。次日一早,复又出现。没过多久,李林甫伪造证据密奏玄宗,称杨家兄弟意图复辟旧朝,玄宗震怒,敕令自杀。兄弟三人拜别奉养多年的姐姐,将院子里喂养的一池鱼放生,从容自缢。

另据两唐书载,杨慎矜罹难之前,所见异象非止一端,杨家墓园扎立的草人,忽然全部身体流血;杨慎矜吃饭时,回首见一个身长丈余的幽灵,穿一身红衣,不言不语,垂在门后:"初,慎矜至温汤,正食,忽见一鬼物长丈余,朱衣冠帻,立于门扇后,慎矜叱之,良久不灭,以热羹投之乃灭。无何,下狱死。"

> 杨慎矜兄弟富贵,常不自安。每诘朝①礼佛像,默祈冥卫②。或一日,像前土榻上聚尘三堆,如冢状,慎矜恶之,且虑儿戏,命扫去。一夕如初,寻而祸作。

---

① 诘朝:清晨。
② 冥卫:求神灵护佑。

◎ 绝色枯骸

尚衣奉御姜皎，早年因缘际会，打猎时结识了临淄郡王李隆基，结下手足般的情谊。李隆基登极为玄宗，姜皎封公赐爵，备受恩宠。

玄宗昔日在藩，娶了军中王姓将领的女儿为正妃，及即位天子，王妃顺理成章晋升皇后。然而婚后多年，王皇后一无所出，年老色衰，加上武惠妃全力争宠，玄宗渐起废后之心。

高处不胜寒，皇帝身边没有知心知底的朋友，外廷诸臣，似乎只有一个姜皎可供倾诉。开元十年，姜皎奉密诏进宫，听皇上吐了一夜的苦水。兹事体大，姜皎不敢胡乱参赞，唯唯连声，而他心里飞快地盘算另一件事。倘若他将皇上废后的打算先一步透露予后族，那不啻卖给皇后一个天大的人情，今后自己的地位，必可稳固。因此辞出宫来，立即赶往后家通风报信。

此后京兆府尹设宴禅定寺，请姜皎赴会。姜皎走了皇后一步棋，心情大佳，欣然应邀。莺燕呢喃，一众姑娘之中，有位姿容殊胜，举止却古里古怪的，斟酒整鬓，双手始终笼在宽大的袍袖里。一个客人眯着醉眼，毛手毛脚捉住姑娘衣袖道："干啥不让人看小手啊，是不是长了六个指头？"说着用力一拽，姑娘应声仆倒，变成了一具骷髅。整个宴会登时大乱，杯倒几翻，众人惊叫着夺门而逃，只剩一具白骨森森的枯骸，裹在宽大的华服里，静静躺在昏暗的禅室中。

几天后，姜皎向后家告密一事走漏风声，玄宗大怒，一道圣旨，判脊杖六十，发配钦州，这时姜皎已经五十岁，不堪重刑，死于道路。

又过了十三年，姜皎的外甥出任宰相，与姜皎一样，擅长打理与皇帝的关系，而城府之深，手段之辣，心肠之狠，远非姜皎可比。此人把持朝堂十八年，险些断送了帝国江山，这个人就是李林甫。

> 姜楚公常游禅定寺，京兆办局甚盛。及饮酒，座上一妓绝色，献杯整鬓，未尝见手，众怪之。有客被酒戏曰："勿六指乎？"乃强牵视。妓随牵而倒，乃枯骸也。姜竟及祸焉。

◎ 落雷

唐文宗朝，萧浣履新四川遂州，到任伊始，就为当地寺庙捐赠了旗幡、舍利塔等，并出席了庆贺典礼。斋毕奏乐，猛听得一声巨雷，萧浣捐的佛塔震成齑粉。翌年，又一个雷暴天，萧浣猝死。

> 萧浣①初至遂州②，造二幡竿③施于寺，设斋庆之。斋毕作乐，忽暴雷霹雳，竿各成数十片。至来年，当雷霹日，浣死。

---

① 萧浣：生平不详，曾为给事中、郑州刺史、刑部侍郎，牛李党争牛党一派。唐文宗太和九年六月，京城爆发谣言，矛头直指奸相郑注，说郑注要为天子炼制金丹，已颁发密旨，到民间抓小孩子挖取心肝用来合药，京畿大惧，民心惊动，街衢儿童绝迹。唐文宗非常不满，勒令有司按覆。造谣者本想以此对付郑注，不料郑多诈，用移祸之计，使人奏称谣言出自京兆尹杨虞卿的部下。唐文宗大怒，不问情由，即令收杨虞卿下狱。杨虞卿也是牛党人物，党魁宰相李宗闵为救同袍，上殿据争，郑注趁机蛊惑，激得唐文宗下旨，将牛党几个头目一并外放，其中就有萧浣。史载当时萧浣是从刑部侍郎先贬遂州刺史，旋改为遂州司马。几年后，李商隐作《哭遂州萧侍郎二十四韵》悼萧浣之死，从李商隐生平看，萧浣可能死于837年，即唐文宗开成二年，这是萧浣来到遂州第三年，正可与《酉阳杂俎》本则记载印证。
② 遂州：今四川遂宁。
③ 幡竿：《酉阳杂俎》几种刻本、校本分歧，赵本作"幡刹"，即幡和刹，幡指旗幡，刹指存放舍利的小塔，结合上下文，应是。

物　革

物之奇变

"革，改也"。本章收录多例物之本质的诡变。

◎ **海影翻**

谘议参军朱景玄听鲍溶说,陈司徒当年镇扬州,东市的塔忽然倒悬了过来,塔尖拄地,塔基朝天。故老传说,海影翻倒就会出现这种现象。

谘议①朱景玄②见鲍容③说,陈司徒④在扬州,时东市塔影忽倒。老人言,海影翻则如此。

---

① 谘议:谘议参军。亲王府职官,相当于参谋,正五品上。
② 朱景玄:江苏苏州人,年龄稍长于段成式,官至太子谕德,有断代画史著作《唐朝名画录》传世。
③ 鲍容:鲍溶,唐宪宗元和四年进士,中唐诗人。唐宋文人圈子颇推崇其作品,今却鲜见研究者。鲍溶进士及第,却没能通过吏部铨选,终生未得授官,只做过几个封疆大吏的幕僚,飘零薄宦,最终客死三川。
④ 陈司徒:可能指浙东观察使、扬州大都督府长史陈少游。陈少游(724—787年),博州(今山东聊城)人,为官贪财巧佞,长于权变,以贿赂权豪屡获升迁。建中四年,泾原兵变,唐德宗出奔奉天,陈少游趁机掠取汴东两税钱八十亿。后依附叛臣李希烈,及李希烈讨平,陈少游降表泄露,惊惧而死。

◎ **怪石**

散骑常侍崔玄亮在洛阳沙岸上散步,捡到个石头,鸡蛋大小,乌黑光润,看起来很好玩的样子，崔玄亮玩了一里地，石头喀啦裂开，钻出一只大如鹪鹩的小鸟，振翅飞入青冥。

崔玄亮①常侍在洛中，常步沙岸，得一石子，大如鸡卵，黑润可爱，玩之。行一里余，砉然而破，有鸟大如巧妇②飞去。

---

① 崔玄亮：段成式的太常寺前辈，曾任太常少卿、谏议大夫、右散骑常侍，后出为虢州刺史。
② 巧妇：鹪鹩[jiāo liáo]，雀形目一种外形圆滚滚，长得像肉丸子的常见小鸟，体型娇小，灵活矫捷，不大怕人。屁股总是高高地撅着，很好辨认。

鹪鹩

◎ 鱼片

唐朝有个姓南的举人，一手斫鱼片的功夫闻名遐迩。

他每每将鱼架起，引刀削斫，宾客眼花缭乱之际，一尾大鱼顷刻见骨。碟子委积的鱼片，落如雪，叠似纱，浮水不沉，风吹可起，的是"薄如蝉翼"。

南举人凭此绝技，博得好大名声，凡雅集酒会，主人必千方百计请他到场，以壮观瞻。

这一日，南举人应邀出席盛宴。主人殷殷相求，请他务必露上一手，南举人欣然同意。

他仪式般缓缓执起脍刀，猝然发动，漫手疾削，刀柄细小的鸾铃哗啦啦响成一线，在肉眼难辨的奇异高速中，雪白的鱼片连成一串儿，划着美妙的弧线准确落盏，观众们发出低声惊叹。忽而雷霆大震，暴雨倾盆，所有鱼片腾飞而起，化为蝴蝶，穿过华丽的筵席和目瞪口呆的食客，翩然飞去。

南举人望着雨幕怔然良久，长叹一声，折刀弃地。

从此，再也没人见过他斫鱼。

进士段硕常识南孝廉①者，善斫鲙②。縠③薄丝缕，轻可吹起，操刀向捷，若合节奏。因会客衒技，先起鱼架之，忽暴风雨，雷震一声，鲙悉化为蝴蝶飞去。南惊惧，遂折刀，誓不复作。

---

① 孝廉：举人的世俗称呼。
② 鲙［kuài］：生鱼片。
③ 縠：起皱的薄纱，此处形容鱼片之薄。

◎ 冰花

开成末年，河南河阳黄鱼池结冰，冰纹华美规律，放眼望去，宛若一池冷色锦绣。

开成①末，河阳②黄鱼池冰作花如缬③。

---

① 开成：唐文宗年号，836—840年。
② 河阳：今河南孟州一带。
③ 缬：有花纹的丝织品。

◎ 柳叶鱼

唐文宗开成末年，河南孟州城南，百姓王氏庄上，柳叶落入池塘，悉化为鱼，大小如柳叶，食之无味。同年冬，王家惹上了官司。

河阳城南百姓王氏，庄有小池，池边巨柳数株。开成末，叶落池中，旋化为鱼，大小如叶，食之无味。至冬，其家有官事。

◎ 蔓菁

婺州清简和尚园子里种的大头菜，忽然全部变成了莲花。

婺州①僧清简，家园蔓菁②，忽变为莲。

---

① 婺州：今浙江金华。
② 蔓菁：芜菁，俗称大头菜，长得像萝卜，其实是芸苔属，白菜的亲戚。一般认为大白菜是小白菜和芜菁杂交培育的物种，所以大白菜身材随芜菁，长相随小白菜。蔬菜匮乏的时代，芜菁曾是中国人餐桌常见食材，饥荒年月，可以代粮，近代吃得少了，偶尔能在腌菜铺子见到。

芜菁

芜菁

诡 习
奇技淫巧

本章收录唐代奇人异技，
语颇写实，应非妄谈。

◎ 天津桥乞儿

唐代宗大历年间，东都洛阳天津桥上有个残疾乞儿，两只手都没了，以右脚夹笔写经书换取赏钱。每次下笔之前，先向空中抛笔数次，高及尺余，再伸脚接住，从未有失。书法间架端正，类似官方正楷，许多健全人用手也写不出这样的水平。

大历^①中，东都天津桥^②有乞儿，无两手，以右足夹笔写经乞钱。欲书时，先再三掷笔，高尺余，未曾失落。书迹官楷^③，手书不如也。

---

① 大历：唐代宗李豫年号，766—779年。
② 东都天津桥：洛阳天津桥，隋炀帝大业元年落成，架设在东都洛阳城中轴线上，横跨洛河，连通水道以北的皇城宫城和以南的里坊市肆。初为浮桥，贞观十四年改建为石桥。"天津"出自《尔雅》："箕斗之间，天汉之津。"整个洛阳城的布局法自天象，天津桥也被视作联结天汉的象征。
③ 官楷：官方推广的字体，也叫端楷，宋以后称"馆阁体"，主要用于朝廷官方的办公文书、修书誊录、科考。唐代一般取欧阳询、褚遂良、颜真卿等书法名家字体为官楷样本。

◎ 虫师

于頔节镇襄阳，任山南东道节度使期间，有个叫王固的布衣书生来投。于頔急性子，见王固举止拖泥带水，心中不喜。第二天于頔组织大型游宴，幕僚们均得参与，而王固未受邀请。

王固怏怏不乐，溜达着来到判官曾叔政的廨舍，曾叔政倒是没什么架子，礼节周全，好生接待。王固愤懑道："在下听闻于大人最好延接奇士，这才不惮迢递，远来投靠，想不到徒具虚名而已。某有一术，古今所无，临别之前，愿在大人面前献丑，酬谢款待之情。"

到了曾叔政居所，王固从怀中取出一节竹筒，以及一副寸许大的小鼓。准备一阵，拨开竹筒塞子，"嘟嘟嘟"敲起鼓来。只见几十只俗称蝇虎的跳蛛，从竹筒中爬出，排成两队，如同两军对垒一般。王固每一击鼓，蝇虎们便或三只或五只的变换阵法，天衡阵、地轴阵、鱼丽阵、鹤列阵，诸般军阵，无不悉备，而进退聚散之间，秩序井然，有条不紊，为人类士兵所不及。前后变换了数十种阵法，末了自回竹筒。曾叔政看得又惊又佩，忙去报予于頔，于頔赶来时，王固早已离去。于頔悔恨不迭，派人到处寻访，终于没能找到。

唐《杜阳杂编》也载有一则驱役蝇虎的事迹：唐穆宗不端，贪图游乐，佞臣投其所好，引荐了一个供职禁军的倭国人觐见。这倭国人名叫韩志和，精通机关之术，所制的木飞鸟，能飞两百余步；木制的机关猫，会捕鼠雀。又做了一架龙床，饰以金银彩绘，乍看上去除了华美些，跟普通床榻毫无区别。唐穆宗一上床，突然钻出几条机关龙，蜿蜒腾挪，唐穆宗吓了一跳，急令撤走。韩志和慌忙伏地："惊扰圣驾，臣该死！臣愿别进薄技，以赎死罪。"唐穆宗登时又来了兴致。韩志和便取出个木筒，放出一大片用朱砂染成了红色的蝇虎，围成一圈跳起《凉州舞》。皇上一下子乐了，吩咐奏乐，蝇虎们盘旋婉转，无不合拍，一曲终了，鱼贯而退。皇上意犹未尽，问他还有些什么把戏？韩志和取一只蝇虎置在手上，令捕猎苍蝇，百步之内，百发百中。唐穆宗看得高兴，赐了一堆银碗，韩志和倒是不贪图财物，出宫后都送了旁人。

　　于頔①在襄州，尝有山人②王固谒见于。于性快，见其拜伏迟缓，不甚知③书生，别日游谯，不复得进。王殊怏怏，因至使院造判官④曾叔政，颇礼接之。王谓曾曰："予以相公好奇，故不远而来，今实乖望矣。予有一艺，自古无者，今将归，且荷公见待之厚，今为一设。"遂诣曾所居，怀中出竹一节及小鼓，规才运寸⑤。良久，去竹之塞，折枝连击鼓子，筒有蝇虎子⑥数十，分行而出，分为二队，如对阵势。每击鼓，或三或五，随鼓音变阵，天衡地轴，鱼丽鹤列⑦，无不备也。进退离附，人所不及。凡变阵数十，乃行入筒中。曾观之大骇，方言于公，王已潜去。于悔恨，令物色求之，不获。

① 于頔：字允元，洛阳人。德宗时，历湖州、苏州刺史，贞元十四年任襄州（襄阳）刺史、山南东道节度使，封燕国公。牧民虽有政绩，然横暴少恩，对下属极其严苛；又趁四方藩镇叛乱之际，出兵掠地，迫胁朝廷，俨然有自专意。及宪宗削平诸路叛臣，威服天下，于頔悚惕，自请归朝，授司空、平章事（宰相）。归朝之后，宪宗恶其跋扈，全不待见。后来用兵淮西，号召群臣捐款以助军费，于頔认为这是修复君臣关系的良机，慷慨捐赠了七千两白银、五百两黄金、两条玉带，宪宗居然原封不动地退回来了，这种账都不买，可以想象于頔的惶恐。后左迁太子宾客致仕。此人堪称古代寒士的爱情公敌，那句"一入侯门深似海，从此萧郎是路人"，令"萧郎"肝肠寸断的"侯门"主人，正是于頔。
② 山人：未出仕者。
③ 知：赏识、知遇。
④ 判官：唐代节度、观察等使的使府僚佐，封疆节帅可以自行任命，综理本使日常事务，权重务剧，地位颇显。
⑤ 规才运寸：直径一寸大小。
⑥ 蝇虎子：蝇虎科，蜘蛛的一科，也叫"跳蛛"，全世界约5 000种。体型较小，灰色、白色或黑色，擅长跳跃，不能结网，但会吐丝，有时会像攀岩者使用安全绳一样利用悬吊的蛛丝捕食。捕食能力很强，智商较高，常以跳跃扑击的方式捕食苍蝇，家庭多见。
⑦ 天衡地轴，鱼丽鹤列：皆阵法名。

◎ 西蜀高手

张芬曾在南康郡王韦皋帐下效力，此人别有奇技，人所不及。力大无伦，能举七尺石碑，徒手定住双轮水磨。有一回在福感寺踢球，一脚把球踢上了塔腰。能拉开五斗力的超强弹弓。制作这种弹弓的竹子，需特殊方法栽培：选向阳的大竹笋，以竹笼覆盖，随竹笋生长，随时添土，只留寸长笋尖在外，待垫土垫到竹笼离地四尺，则不再培土，一任竹子自由生长。深秋时节，去笼伐竹，此时的竹子每尺生有多达十个竹节，色作金黄。张芬又有一次在刚刚粉刷的墙上，用弹弓射出"天下太平"字样，四个字刚好一丈见方。

张芬①曾为韦南康②亲随行军，曲艺过人，力举七尺碑，定双轮水硙③。常于福感寺④趯鞠⑤，高及半塔，弹力五斗。常拣向阳巨笋，织竹笼之，随长旋培，常留寸许，度竹笼高四尺，然后放长。秋深方去笼伐之，一尺十节，其色如金。每涂墙，方丈弹成"天下太平"字。

---

① 张芬：字茂宗，江东人。工正书，曾任大理评事，贞元中以兵部郎中入韦皋幕府。
② 韦南康：韦皋（745—805年），字城武，中唐名帅。唐德宗贞元元年，授剑南西川节度使，出镇西南，在蜀二十一年，重新降服南诏，破吐蕃四十八万大军，被誉为武侯转世，封南康郡王。
③ 水硙[wèi]：水磨。
④ 福感寺：遗址位于今成都市实业街。按照唐人说法，福感寺有九层高塔秀于碧霄，或正是张芬踢球的参照物。
⑤ 趯[tī]鞠：蹴鞠一种玩法，比谁踢得高，时为军中习武之戏。

◎ 河北突骑将

唐德宗建中初年，河北有个姓夏的将军，能开数百斤强弓。有一次，他在马球场上叠置了十几枚铜钱，纵马疾驰之间，挥球杆猛击，每挥一杆，便有一枚铜钱飞起六七丈，其余铜钱叠摞如初，屹立不倒，精准如斯。又在新刷泥的墙面上插下数十枚荆棘刺，手持煮烂的豆子，走开一丈之外随手挥洒，豆子皆钉刺上，百无一失。又能在剧烈颠簸的马背上挥毫写字，顷刻写成一纸。

> 建中①初，有河北②军将姓夏，弯弓数百斤。尝于球场中累钱十余，走马以击鞠杖击之，一击一钱飞起六七丈，其妙如此。又于新泥墙安棘刺数十，取烂豆，相去一丈，一一掷豆贯于刺上，百不差一。又能走马书一纸。

---

① 建中：唐德宗李适年号，780—783年。
② 河北：指河北道，包括今河北大部、河南、山西、北京、天津的一部分。唐朝河北地区素以盛产良马、优秀骑兵著称。唐德宗时期，强藩跋扈，河北三镇更是朝廷心腹大患，只看这位夏将军之能，可窥其战力，着实不易轻侮。

◎ 养獭捕鱼

宪宗元和末年，湖北勋乡有个老翁，年逾七十，靠捕鱼为生。老翁捕鱼的方法奇特，他养了十几头水獭，每隔一天放出来一次。放出之前，先关在深沟沟、水闸里饿一顿，这样放出来的时候，水獭便会争相捉鱼，老翁连渔网都不用撒，而收成毫不逊色于其他下网捕鱼的渔民。老翁拍拍手，水獭们就自动集合，乌泱泱爬上老翁肩颈，蹭腿求抱，像狗狗般乖巧。户部郎中李福亲眼所见。

元和末，均州勋乡县①有百姓，年七十，养獭十余头。捕鱼为业，隔日一放。将放时，先闭于深沟斗门②内令饥，然后放之，无网罟之劳，而获利相若。老人抵掌呼之，群獭皆至，缘袺③藉膝，驯若守狗。户部郎中李福④亲观之。

---

① 均州勋乡县：均州，今湖北丹江口；勋乡县，今湖北十堰郧阳区。
② 斗门：水闸。
③ 袺 [jié]：衣领、衣襟。
④ 李福：唐宗室，字能之，宰相李石之弟。文宗太和七年（833年）进士，宣宗朝，授夏绥银节度使抗御党项，累迁户部尚书、剑南西川节度使，战南诏不利被贬。僖宗朝，起为山南东道节度使，877年率军阻击王仙芝起义。观看老人驯獭可能是在童年。

怪 术

术士江湖

江湖异人,神龙见首不见尾。本章多属江湖小品,凌霄一羽,窥术士神通。

◎ 醉画师

唐代宗大历年间的一天，荆州陟岯寺闯来一个术士，操着南方口音要求借宿。住进来后，饮酒不断，整日沉醉，少有清醒的时候。那时正值寺院斋会，规模盛大，与会观瞻者数以千计。醉鬼本来也混在游人中瞧热闹，忽然找到主持说："我有一术，比你们打瓦弹珠的玩意儿好看多了。"主持便请他施展，这人取了诸般颜料和水调开，祝祷再三，喝了一口，凝目纵步，喷向墙壁，连喷多次，只见满墙浅墨淡彩渐渐成形，俨然是一幅《维摩问疾变相图》。这画只留存了半日，傍晚时，颜色转淡，隐然而灭。只剩画上维摩诘的纶巾、舍利弗衣服上沾的花瓣，经两日犹在。成式听寺里和尚惟肃说过，但忘了术士姓名。

　　大历①中，荆州②有术士从南来，止于陟岯寺③，好酒，少有醒时。因寺中大斋会，人众数千，术士忽曰："余有一伎，可代抃④瓦磕珠之欢也。"乃合彩色于一器中，骤⑤步抓目，徐祝数十言，方欱⑥水再三哄壁上，成维摩问疾变相⑦，五色相宣如新写。逮半日余，色渐薄，至暮都灭。唯金粟纶巾鹙子⑧衣上一花，经两日犹在。成式见寺僧惟肃说，忘其姓名。

---

① 大历：唐代宗李豫年号，766—779年。
② 荆州：段郎久居荆州，他的一生，足迹遍布成都、长安、扬州、荆州、镇江、处州、江州、吉州等地，其中在成都、长安和荆州逗留时间较久，因此荆州风土异闻，本书多有收录。

③ 陟[zhì]屺[qǐ]寺：在湖北荆州江陵县东北三十里，今已不存。
④ 扲：击打。
⑤ 驔[diàn]：像马一样纵步。
⑥ 欨[hē]水：喝水，吸水。
⑦ 维摩问疾变相：根据佛经故事创作的画像，叫作"变相"或"变"。维摩，指维摩诘，佛教初期著名居士，佛陀在家弟子，传为"金粟如来"转世，以智慧、辩才著称，精通大乘佛教教义，修为之深，出家弟子亦往往不及。"维摩问疾"的故事，说的是维摩诘生病，佛祖派众弟子去探望，众弟子知道以维摩诘的修为根本不可能生病，称病必然有诈，很有可能是他静极思动，想找人来辩经。而众弟子自谓口才不如维摩诘，都不想去。推来推去，决定让智慧第一的文殊菩萨去，文殊菩萨也不愿去，跟佛祖说："世尊，那个人不好说话"，最后架不住众同门的劝，不得已去了，在维摩诘家展开一场惊天动地的机锋之战，结果文殊菩萨不敌，被维摩诘成功宣讲了一番大乘教义，文殊心悦诚服。维摩诘的居室广宽各一丈，称"维摩方丈"，后来遂以"方丈"代指禅室，又引申该词为寺庙住持的尊称。诗人王维字"摩诘"，号"摩诘居士"，均参此义。
⑧ 鹙[qiū]子：佛祖大弟子舍利弗，最早跟随释迦牟尼的信徒。"舍利弗"这个名字可以直译作"鹙鹭之子""鸲鹆（八哥）之子"或"舍利鸟之子"，舍利弗的母亲眼睛明亮如同舍利鸟，故称。当初佛祖派众弟子看望称病的维摩诘时，头一个就点名舍利弗，舍利弗不想去。后来定了文殊菩萨作为主力辩手，舍利弗才作为陪同一道起行。到了维摩诘家，维摩诘身边一个天女突然大撒花瓣，一片花瓣沾在舍利弗衣服上，舍利弗忙伸指去弹，立即被维摩诘抓住把柄，指责舍利弗心中不空，而佛家修持应万物皆空，由此开始阐述教义。

敦煌莫高窟壁画《文殊问疾》，图中为文殊菩萨等

敦煌莫高窟壁画《文殊问疾》，图中坐者为维摩诘

◎ 幻僧

那是唐德宗即位初期，张延赏节镇西川。四川边境巡察的将领捉到个天竺和尚，据手下报告，这和尚带着三个妙龄尼姑大摇大摆入境。和尚尼姑同行已经不成体统，何况他们还一起喝醉了酒，更何况他们不仅喝醉了，还在大路上引吭高歌，影响非常恶劣。

和尚被带进戟门，将军一问，和尚说法号叫难陀。

将军久在军中，不知江湖上这位难陀和尚享有盛名，世传此僧已修到"如幻三昧"境界，入水火，贯金石，变化无穷，实具无上神通。难陀见了将军，施礼道："贫僧虽托身佛门，却也懂一些取乐之术，此三尼皆擅歌舞搊管，请为将军献艺。"尼姑跳舞奏乐，当真少见，将军大喜，一改方才虎着脸训斥的态度，留难陀在署，好酒好肉伺候。

当晚，将军摆酒会客。难陀借来背心和头巾，买了粉黛，把三个尼姑打扮得如同歌姬一般，宴上三尼含情调笑，明媚无双。宴饮将阑，难陀道："何不为将军们起舞？"三尼徐徐进场，相对舞蹈，娇魂瘦影，若流风回雪，姿韵绝伦，宾客色授魂与，一个个目不转睛。一曲终了，尼姑们兀自舞蹈不停，难陀大喝道："你们疯了？"顺手抽出将军佩刀，冲进舞场，众人大惊，以为这和尚发酒疯要行凶，纷纷走避。难陀挥刀猛砍三尼，尸身磔裂，血涂遍地。将军喝令左右拿下，难陀笑道："不忙不忙。"拾起尼姑断肢残体，众人一看，尼姑们皆是由罗汉竹扎成，再去看那血液，原来只是红色酒浆。

另一次，又有人请难陀喝酒，难陀叫人剁掉自己的脑袋，长钉贯耳，钉在柱子上，尸身不倒，也不见出血，情形诡异。少刻上了酒，那具无头身子摸起酒壶就往断颈中灌，柱子上的头脸随即慢慢泛红，露出醉态，拍手而歌。这顿饭吃完，身子晃悠悠站起来，起出钉子，安头回颈，皮肉斗榫合缝，全无伤痕。

难陀在成都，时发凶吉预言，机锋深奥难解，有如谜语，往往事情过后再复盘印证，才能领悟，蜀中百姓争相供养。有户人家疯狂崇拜难陀，想请他在家多盘桓几日，难陀不肯，坚持要走。这家主人焦急，令人关闭门户，打算强留。难陀不管不顾，慢慢举步走入墙壁，主人大惊，急拽难陀袈裟，却拽之不住，眼睁睁看着一个大活人缓缓融入了石墙。第二天，墙壁上显出一副难陀的画像，正是他走进墙壁前那一刻的样子。这画像日趋变淡，到第七天时，只剩一坨黑乎乎的印迹，第八天彻底消失了。此时的难陀，已经身在彭州，那也是难陀留在人间最后的踪迹。

怪术

术士江湖

张魏公①在蜀时,有梵僧难陀,得如幻三昧②,入水火,贯金石,变化无穷。初入蜀,与三少尼俱行,或大醉狂歌,戍将将断之。及僧至,且曰:"某寄迹桑门③,别有乐术。"因指三尼:"此妙于歌管。"戍将反敬之,遂留连为办酒肉,夜会客,与之剧饮。僧假裲裆巾帼④,市铅黛,伎⑤其三尼。及坐,含睇⑥调笑,逸态绝世。饮将阑,僧谓尼曰:"可为押衙⑦踏某曲也。"因徐进对舞,曳绪回雪,迅赴摩跌⑧,伎又绝伦也。良久曲终而舞不已,喝曰:"妇女风邪?"忽起,取戍将佩刀,众谓酒狂,各惊走。僧乃拔刀斫之,皆踣于地,血及数丈。戍将大惧,呼左右缚僧。僧笑曰:"无草草。"徐举尼,三支筇⑨杖也,血乃酒耳。又尝在饮会,令人断其头,钉耳于柱,无血。身坐席上,酒至,泻入腔疮中。面赤而歌,手复抵节。会罢,自起提首安之,初无痕也。时时预言人凶衰,皆谜语,事过方晓。成都有百姓供养数日,僧不欲住。闭关留之,僧因是走入壁角,百姓遽牵,渐入,唯余袈裟角,顷亦不见。来日壁上有画僧焉,其状形似。日日色渐薄,积七日,空有黑迹。至八日,迹亦灭,僧已在彭州矣。后不知所之。

---

① 张魏公:张延赏(727—787年),蒲州猗氏(今山西临猗)人,玄宗、肃宗、代宗、德宗四朝元老,唐代宗朝领剑南西川节度观察使,是韦皋的前任。唐德宗贞元三年,入朝拜相。其父张嘉贞、儿子张弘靖都是宰相,祖孙三代宰弼天下,相当罕见。代宗大历末年,吐蕃入侵,李晟率神策军入川迎击,彼时张延赏镇守西川。李晟在成都看中一个官妓。后来得胜班师,顺手把这妓女带走了。走到一半,张延赏的手下快马追来讨要官妓,李晟脸上很不好看,还是将女子交由张延赏的人带了回去。后来张延赏拜相,李晟也从凤翔回朝任职,两人不睦,唐德宗有意调解,亲自摆下和头酒,拿出瑞锦一条,一头系在张延赏身上,一头系在李晟身上,希望将相重归于好。离宫后,李晟提出两家结成亲家。张延赏却断然拒绝,李晟大怒:"吾武夫虽有旧恶,杯酒间可解。儒者难犯,外睦而内含怒,今不许婚,衅未忘耶!"果然,张延赏日后多方打压削弱李晟一派,罢其兵柄,使军方寒心,惹出"平凉劫盟",是故史书评价普遍不高。

② 如幻三昧:佛经说的一种可以随意变化己身之相、变化身外万象的境界。

③ 桑门:沙门、佛门。

④ 裲[liǎng]裆巾帼:背心和头巾。裲裆,也作"两当",形制类似背心,用两块布,一块遮后背、一块遮前身,中间吊带相连,可以作为内衣,也可以外穿。唐朝舞姬竟穿得这样清爽,可见世风之开化。后世甲胄有一种"两当铠",属于此物演变。

⑤ 伎：打扮成歌舞伎的样子。
⑥ 含睇：含情脉脉。
⑦ 押衙：节度使帐下掌旌之将，泛指武将。
⑧ 摩跌：一种舞蹈动作。
⑨ 筇 [qióng]：筇竹，俗名罗汉竹（《中国植物志》），中国特产的中小型竹类。多分布于云南、四川海拔1 000—2 000米的山地。古人取其杆制作手杖，西汉"丝绸之路"开通之前，出使西域的张骞便已在大夏国（今阿富汗北部一带）见到过经由印度转销至此的中国筇竹杖。

筇竹

筇竹

◎ 驱灵秀才

唐宪宗元和时期，佛教极盛，朝堂和寺庙、官吏和僧人间往往千丝万缕，关系近密。时任虞部郎中的陆绍，表兄就在长安定水寺，陆绍常去探望。陆绍是个通达的人，每次造访，总少不了带些时鲜瓜果、糕点蜜饯慰劳僧众，他为人和气，乐善好施，渐渐连邻院僧人也相熟了。

这次陆绍登门，照旧令人请邻院僧人一道过来吃点心。良久，邻院僧同一个书生联袂而来，书生自称姓李，大家就座寒暄。做官的没什么官架子，这本院僧人心里却不大舒坦，暗暗思量："邻院师兄好没来由，糊里糊涂带个破落穷酸来做什么，这种人也配跟咱们一起坐？"他见那李秀才毫无拘谨颜色，言笑晏晏，越发憎厌。于是命弟子将新得的好茶拿出来煮给众位品尝，他亲自执壶斟茶，斟了好几圈，旁人茶杯已经斟满数次，唯独李秀才杯中始终空空。这样故意的厚此薄彼，自是人人得见，陆绍作为首席客人提醒道："大师斟茶辛苦，只是似乎漏斟了一位呢。"本院僧冷笑道："这穷酸也想喝茶？也罢，喝些茶渣吧。"将釜中所剩的茶汤底倒给了秀才。邻院僧轻言劝道："座主！李秀才身怀异术，切勿小觑！"本院僧不屑道："不成器的轻薄狂徒，谅他能有什么本事！"

李秀才涵养再好，毕竟忍无可忍，抗声道："在下与上人素不相识，为何出口伤人。"本院僧看也不看秀才，翻着白眼道："成天出入酒肆戏场，不事生业，游手末食，还能是什么好东西了？"

李秀才勃然而起，向在座宾客一拱手道："此僧欺人太甚，在下要被迫造次了，请诸位见谅！"双手拢入袖中，怒叱："没修养的和尚，胆敢如此无礼！拄杖何在？给我狠狠地打！"只听呜呜风声，几条碧青竹杖宛若游龙，破空飞来，照着本院僧劈头盖脸地猛抽。那僧人抱头鼠窜，众人大惊，有人趋避，有人试图帮那僧人遮掩，竹杖却仿佛生了眼睛，避开旁人，专向本院僧人头上身上招呼，抽得噼啪作响，僧人惨嚎连声。秀才再叱道："给我按在墙上！"一股无形巨力撞到，僧人"呼"地飞出，平平拍在墙上，那股巨力兀自不减，压得僧人脸色发青，出气多入气少，低声呻吟讨饶。秀才笑道："大师想要下来？好吧，那么请大师下来。"巨力倏然消失，僧人重重跌落，旋即又被举起，抛下台阶，脸孔着地，摔得满头满脸鲜血淋漓，尚未挣扎一下，复又举起，再度扔下，这次连惨叫声也不闻了。

众人眼见僧人即将性命不保，纷纷求秀才饶他一命。秀才徐徐道："佛门净土，雅士面前，我暂且不取他性命便了，免得连累诸位。"长揖到地，施然而去。那僧人躺了半日才能开口说话，状如中邪，也不知是何原因。

虞部郎中①陆绍，元和中，尝看表兄于定水寺②，因为院具蜜饵时果，邻院僧亦陆所熟也，遂令左右邀之。良久，僧与一李秀才偕至，乃环坐，笑语颇剧。院僧顾弟子煮新茗，巡将匝而不及李秀才，陆不平曰："茶初未及李秀才，何也？"僧笑曰："如此秀才，亦要知茶味？且以余茶饮之。"邻院僧曰："秀才乃术士，座主不可轻言。"其僧又言："不逞③之子弟，何所惮？"秀才忽怒曰："我与上人素未相识，焉知予不逞徒也？"僧复大言："望酒旗玩变场④者，岂有佳者乎？"李乃白座客："某不免对贵客作造次矣。"因奉手袖中，据两膝，叱其僧曰："粗行阿师，争敢辄无礼！拄杖何在？可击之。"其僧房门后有筇杖，孑孑跳出，连击其僧。时众亦为蔽护，杖伺人隙捷中，若有物执持也。李复叱曰："捉此僧向墙。"僧乃负墙拱手，色青短气，唯言乞命。李又曰："阿师可下阶。"僧又趋下，自投无数，衄鼻败颡⑤不已。众为请之，李

徐曰:"缘对衣冠,不能煞此为累。"因揖客而去。僧半日方能言,如中恶状,竟不之测矣。

---

① 虞部郎中:隶属工部,从五品,掌京城街巷种植,山泽苑囿,草木薪炭,供顿田猎之事。
② 定水寺:在长安太平坊西门以北,始建于隋开皇十年。
③ 不逞:不得志、不务正业、没出息的,可以进一步引申为"为非作歹"。
④ 变场:僧人俗讲变文的故事会。僧人为传道,用较通俗的方式讲述经书中一些佛教故事,或者结合寺庙墙壁的画作(比如上文的《维摩问疾变相图》)讲解,绘声绘色。后来变文俗讲形成新型行业,讲述内容也扩大到民间传说、历史故事等。讲故事期间可能夹有唱段,娱乐性很强,讲会现场往往相当热闹,类似于优伶、杂技演出之类。
⑤ 衄鼻败颡:鼻子出血,额头摔破。

◎ 神行使

唐宪宗元和末年,盐城人张俨为官府送文牒入京。行至商丘,邂逅一人,结成旅伴。

这人自称昨晚在郑州过的夜,一早赶了四百里路来到商丘,张俨不信,那人道:"我替你调理一番,脚力可提升数百倍,到时你就信了。"张俨心想,试试无妨。那人便挖了两个小坑,坑深五寸,让张俨站在坑边,向他两足下针,一路行针至膝下胫骨,拈着针尾,反复转动,黑血汩汩,自针孔而出,俄而注满两坑,而张俨丝毫未觉得疼痛。

那人收起针具,张俨但觉双足大为轻捷,二人并行,一上午时间狂奔三百里,居然赶到了开封。那人还不算完,打算晚上赶到六百里外的三门峡投宿,张俨敬谢不敏。那人道:"无妨,我把足下的膝盖骨摘除,便可日行八百里。"张俨吓了一跳,死活不肯,那人也不勉强,只道:"我还有事,今晚需到三门峡,就此告辞。"如飞而去,顷刻不见。

元和末,盐城脚力①张俨,递牒入京。至宋州②,遇一人,因求为伴。其人朝宿郑州,因谓张曰:"君受我料理③,可倍行数百。"乃掘二小坑,深五六寸,令张背立,垂足坑口,针其两足。张初不知痛,又自膝下至骭④,再三捋之,黑血满坑中。张大觉举足轻捷,才午至汴⑤。复要于陕州⑥宿,张辞力不能。又曰:"君可暂卸膝盖骨,且无所苦,当日行八百里。"张惧,辞之。其人亦不强,乃曰:"我有事,须暮及陕。"遂去,行如飞,顷刻不见。

---

① 脚力:传递文书的差役。
② 宋州:今河南商丘,距郑州约200公里。
③ 料理:处置、安排。
④ 骭[gàn]:小腿胫骨。
⑤ 汴:开封,距商丘约140—150公里。
⑥ 陕州:今河南三门峡市,距开封超过300公里。

◎ 杀鸡法师

蜀地有个"费鸡师",生就一副血红眼睛,目中无瞳,本是濮族人。长庆初年,段成式见过他一回,那时此人已经七十多了。

费鸡师这个名号,来自他的法术,他为人消灾弭祸,总是抱一只鸡到人家,祭祀于庭,让患者握着个鸡蛋大的石头。费鸡师踏步结印呼叱,院子里的鸡便自行转动而死,患者手里的石头同时碎裂。

段成式家里有个叫永安的家仆就不信费鸡师这一套,一次费鸡师跟永安说:"你将有难。"逼永安吞下一丸符箓,脱掉他的鞋袜一看,那道符已贴在了脚心。

又跟段家一个叫沧海的家奴说:"你将有病。"让他脱光了背靠门站着,费鸡师在门外写写画画,疾喝一声:"过!"墨迹透门而入,直印到沧海背上。

费鸡师应确有其人,除《酉阳杂俎》,唐人韦绚的《戎幕闲谈》也记载过此人事迹。

蜀有费鸡师,目赤无黑睛,本濮人也。成式长庆初见之,已年七十余。或为人解灾,必用一鸡设祭于庭,又取江石如鸡卵,令疾者握之,乃踏步作气虚叱,鸡旋转而死,石亦四破。成式旧家人永安,初不信,尝谓曰:"尔有厄。"因丸符逼令吞之。复去其左足鞋及袜,符展在足心矣。又谓奴沧海曰:"尔将病。"令袒而负户①,以笔再三画于户外,大言曰："过！过！"墨遂透背焉。

---

① 负户：背倚着门。

◎ 昝老活尸

洛阳长寿寺某僧声称，当年在衡山见一村民为毒蛇所啮，未几毒发身死，发髻散开，露出伤口，肿起一尺多高。死者儿子道："若能请到昝老先生，我爹还有的救！"家人因此慌忙请了昝先生来。

昝先生取炉灰在尸体周围描了个边，四方各开一口，道："若从脚那边进来，就没得救了。"接着似模似样地做了一阵法，啥效果没有。昝先生大怒，取来米饭捏成蛇形，催动咒术，那条米蛇居然活了起来，蜿蜒出门而去。不移时，米蛇归来，身后跟着一条真蛇，真蛇径直爬向死者头部，吮吸伤口，肿块渐消，蛇却起疱蜷缩而死，村民随即复生。

长寿寺①僧他时在衡山，村人为毒蛇所噬，须臾而死，发解②，肿起尺余。其子曰："昝老若在，何虑！"遂迎昝至。乃以灰围其尸，开四门，先曰："若从足入，则不救矣。"遂踏步握固③，久而蛇不至。昝大怒，乃取饭数升，捣蛇形诅之，忽蠕动出门。有顷，饭蛇引一蛇从死者头入，径吸其疮，尸渐低。蛇疱缩而死，村人乃活。

---

① 长寿寺：故址在洛阳西南。
② 发解：发髻散开。
③ 握固：道家养生、修行的手势，拇指叠向掌心，指尖对准无名指根，四指包住拇指攥拳，据说有助于收摄精气。

◎ 张七政治伤

王潜节镇荆南时，百姓张七政善治跌打损伤。有军卒胫骨负伤，请张七政医治。

张七政给他服下麻醉药酒，割开皮肉，取出一片碎骨，大如两指，涂以药膏，数日痊愈。

过了两年多，军卒忽觉胫骨疼痛，又来问张七政。张七政道："之前取出的那片碎骨若受了寒气，你的腿就非痛不可，赶紧回去找找那片骨头何在。"军卒回去一找，在床底下找到了碎骨片，按照张七政教的法子，用热水洗过，裹以棉絮，果然腿不再痛。

王潜府上的孩子们最喜欢缠着张七政看他变戏法，张七政抓一把马草，握在手中搓得几搓，望空一撒，漫天草屑悉数化为飞蛾。

又在墙上画了个女人，满满斟一杯酒倒向女人嘴巴，那酒既没流到墙上，也没流到地上，杯到酒干，整杯酒就这么不见了。少时，画上的女人脸孔慢慢泛起红晕，半日方消，这时墙皮才开始濡湿，连带壁画一起剥落。此人医术幻术一般的神妙，但都不肯传人。

> 王潜①在荆州，百姓张七政善治伤折。有军人损胫，求张治之。张饮以药酒，破肉去碎骨一片，大如两指，涂膏封之，数日如旧。经二年余，胫忽痛，复问张。张言前为君所出骨，寒则痛，可遽觅也，果获于床下。令以汤洗贮于絮中，其痛即愈。王公子弟与之狎，尝祈其戏术。张取马草②一掬，再三挼③之，悉成灯蛾飞。又画一妇人于壁，酌酒满杯饮之，酒无遗滴。逡巡，画妇人面赤，半日许可尽，湿起坏落。其术终不肯传人。

---

① 王潜：唐玄宗长公主永穆公主之子，泾源、荆南节度使，封琅琊郡公。
② 马草：皱叶狗尾草，南方多见，可入药。
③ 挼［ruó］：揉搓。

◎ 雾师妖贼

唐文宗开成二年，桂州观察使韩佽暴死于任上。这位封疆大吏官声颇佳，死因却很离奇，《酉阳杂俎》提供了一种说法。

事情要从一个叫封盈的妖人说起。几年前，封盈行于山野，遇见数十只黄色蛱蝶当空飞舞，兴起追逐，追到一棵大树下，群蝶忽然消失。他察觉有异，在大树左近刨挖,挖到一方石函,中纳道书一卷。封盈依法修炼,几年时间练成一身左道功夫,能兴数里云雾,名动当地,百姓争相供奉归附,俨然人间神仙。

一天,封盈忽然声称,某月某日,他将收下整个桂州,那日若见紫气,他必取胜。到了该日,果然有紫气如匹练一般,自山中而起,横亘州城,煞是奇观。市民仰天观望,又见一道白气直冲紫气,紫气当之消散。白气弥漫,化作漫天大雾,从早晨一直持续到中午,才稍稍放晴。这时,怪事发生了:桂州府衙署院子里的树上,雨滴般滴落无数麦粒大的小铜佛。当年,韩佽暴亡。

> 韩佽在桂州①,有妖贼封盈,能为数里雾。先是常行野外,见黄蛱蝶②数十,因逐之,至一大树下忽灭。掘之,得石函,素书③大如臂,遂成左道。百姓归之如市,乃声言某日将收桂州,有紫气者,我必胜。至期,果紫气如疋帛,自山亘于州城。白气直冲之,紫气遂散。天忽大雾,至午稍开雾。州宅诸树滴下小铜佛,大如麦,不知其数。其年韩卒。

---

① 韩佽在桂州:韩佽〔cì〕,字相之,京兆人,唐宪宗元和初进士,先后历任刑部郎中、京兆尹,长期担任桂州观察使,唐文宗开成二年卒于任上。桂州,治所在今广西桂林。
② 蛱蝶:蛱蝶科昆虫的统称。
③ 素书:相传秦末黄石公所作,传于张良,被视为天书一流。此处指道书。

◎ 缮生之术

海州司马韦敷去嘉兴途中遇到了希遁和尚。希遁最善养生,又精通因时施治之法,其法之妙,胜过服药。偶然见韦敷自拔白发,希遁道:"找个时间贫僧替大人拔吧。"过了五六天,希遁为韦敷拔了一半白发,再长出的新发,颜色漆黑。这般拔了几回,鬓发全数返黑,不复变白。韦敷府上有个客人也请希遁帮忙拔一拔,希遁拔完,说时辰稍稍有点没掌握好,结果那客人的胡子就变绿了。他的养生之术精妙若此。

> 海州①司马韦敷曾往嘉兴,道遇释子希遁,深于缮生②之术,又能用日辰③,可代药石。见敷镊白④,曰:"贫道为公择日拔之。"经五六

日，僧请镊其半，及生，色若黳⑤矣。凡三镊之，鬓不复变。座客有祈镊者，僧言取时稍差。别后，髭⑥色果带绿。其妙如此。

---

① 海州：今江苏连云港。
② 缮生：养生。
③ 用日辰：利用时间与人体关系治病的疗法，类似"子午流注"之类。
④ 镊白：拔白头发。
⑤ 黳〔yī〕：黑色。
⑥ 髭：嘴上方的胡子。

◎ 兔肉面

人皆道石旻身具奇术。成式居扬州数年，隔不了十来天就要同他见一面，也没觉得他有什么异处，听他预测未来，十件事能预测对一件就不错了。家人有头痛感冒咳嗽的，服他开的药，也都无效。可是到了唐文宗开成初年，我那些亲友们却纷纷传说这个石旻之术深不可测。

盛传敬宗宝历年间，后来任尚书左丞的钱徽到湖州作刺史，石旻随行，湖州学院的学生们都喊石旻"文丈"。有一回，学生们向钱徽两个儿子要兔肉面吃，那时是夏天，府上猎人出猎数日，才打到几只兔子。石旻和那些官家子弟们一道吃面，忽然笑道："兔子皮可以留着，用来记一件事。"于是将兔皮钉在地上，堆些泥土，贴一道丹砂符箓，喃喃道："可惜改得晚了，太晚了。"钱徽两个儿子问他说什么，石旻道："想和诸位一起记住卯年。"

太和九年，钱徽的儿子钱可复在凤翔遇害，当年正是乙卯年。

众言石旻①有奇术，在扬州，成式数年不隔旬与之相见，言事十不一中。家人头痛嚏咳者，服其药，未尝效也。至开成初，在城亲故间，往往说石旻术不可测。盛传宝历中，石随钱徽②尚书至湖州，常在学院③，子弟皆"文丈"呼之。于钱氏兄弟求兔汤饼④，时暑月，猎师数日方获。因与子弟共食，笑曰："可留兔皮，聊志一事。"遂钉皮于地，垒堑涂之，上朱书一符，独言曰："恨校迟，恨校迟。"钱氏兄弟诘之，石曰："欲共诸君共记卯年也。"至太和九年，钱可复凤翔遇害⑤，岁在乙卯。

① 石旻［mín］：此人是段成式素识，本书后面的"艺绝"部分也有出场。
② 钱徽：（755—720年）湖州人，与段郎之父段文昌有隙，因科场舞弊案，被唐穆宗外放。本文所说的"宝历中，石随钱徽尚书至湖州"，就是指钱徽离开长安任湖州刺史的这一阶段。唐文宗即位后，招归京城，拜尚书左丞。
③ 学院：地方官学。唐代各级行政单位，都督府、州郡县皆设官办学校，但学生名额极其有限，《唐六典》额定州一级学校只能招收40—60人，常为世家子弟垄断生源。唐代地方学院经营状况一直不佳，尤其安史之后，地方学校往往有名无实。
④ 兔汤饼：兔肉面条。
⑤ 太和九年，钱可复凤翔遇害：指839年的"甘露之变"。李训、郑注在唐文宗授意下秘密策划剿除宦官计划，事泄，李、郑党羽遭大肆捕杀，钱可复也属于李、郑派系，被凤翔监军使害死在凤翔节度副使任上。

◎ 瓦龟

唐宪宗元和中，江淮术士王琼到段君秀家做客，表演了一手奇术：使人取一张屋瓦，画成龟甲状，揣进怀里。过一顿饭工夫掏出来，变成了真乌龟。放在院子里，乌龟就沿着墙角爬行，一夜之后，又变回了瓦片。另取花苞，纳入密闭容器，外题咒语封印，一夜之后，花苞盛开。

> 元和中，江淮术士王琼，尝在段君秀家，令坐客取一瓦子，画作龟甲，怀之。一食顷取出，乃一龟。放于庭中，循垣而行，经宿却成瓦子。又取花含①，默封于密器中，一夕开花。

① 花含：花苞。

◎ 展竹

江西有个人擅编竹器，竹尽所用，几节竹子就能编成一器。又有个叫"熊葫芦"的家伙，说踢葫芦比踢球容易。

江西人有善展竹，数节可成器。又有人熊葫芦，云翻葫芦易于翻鞠。

◎ 压胜术

盗贼屏蔽术：七月，挖九个二尺五寸深的土坑，分别埋入九口装着老鼠的笼子，覆以泥土九百斤，拍打牢固，术成。

《杂五行书》云：以岗亭附近的泥土涂抹厨灶，可保水火不侵、盗贼不犯；涂抹房屋四角，老鼠不食桑蚕；涂抹谷仓，老鼠就不会偷吃粮食；用来填坑，可使老鼠绝迹。

厌鼠法①：七日，以鼠九枚置笼中，埋于地。秤九百斤土覆坎，深各二尺五寸，筑之令坚固。《杂五行书②》曰："亭部③地上土涂灶，水火盗贼不经；涂屋四角，鼠不食蚕；涂仓，鼠不食谷；以塞坎④，百鼠种绝。"

---

① 厌鼠法：这句疑引自南北朝的《风角要占》，原文作"长吏居官厌盗贼法：七月，以生鼠九枚置笼中……（后同）"。厌，即"压胜术"，镇压妖邪之术。
② 杂五行书：这句话亦见《齐民要术》，则《杂五行书》成书时间不晚于南北朝；又或指某一类五行法术手册的泛称，像后世"风水大全"之类一样。
③ 亭部：警戒敌情的岗亭所在。
④ 坎 [kǎn]：同"坎"，坑。

◎ 恶梦防御咒

雍益坚说："常念'主夜神咒'，可得福报，夜间行路及睡前可念，能抵御恐怖、恶梦，咒语很简单，就一句话：'婆珊婆演底'。"

主夜神是佛教神祇，这位神的名字梵语发音作"婆珊婆演底"，义译"春生神""守夜神"，能解除暗夜恐怖，能救护苗稼、生长万物。善财童子成道之前，上天入地，在天人菩萨中拜访五十五位正直大贤（善知识），其中就有这位主夜神。据说呼唤此神的名字，可以摆脱恶梦，就是雍益坚说的"主夜神咒"了。

> 雍益坚云："主夜神咒，持之有功德，夜行及寐，可已恐怖恶梦。咒曰'婆珊婆演底'。"

◎ 逢赌必赢咒

宋居士说，掷骰子前念满一万遍"伊谛弥谛，弥揭罗谛"，想掷出什么花色，就能掷出什么花色。

> 宋居士说，掷骰子咒云"伊谛弥谛弥揭罗谛"，念满万遍，采随呼而成。

◎ 驭龙天师

重庆云阳，古称"云安"，当地盛产井盐，有"三峡盐都"之誉，是故前人说起云安，习惯上加一"井"字，呼为"云安井"，以示盐井之多。

云安正当长江，多条长江支流贯穿其境。水运是行人走货的不二之选，有时盐商和行旅们会沿其中一条"汤溪"顺流南下，行出三十里汇入长江。但这三十里水路极不好走，头十五里澄清如镜，舟楫无虞；十五里之后，河道陡然曲折，礁石险恶，急滩不绝，船只需泊岸卸货，由人力徒步背过这段路程。过去上千年间，汤溪沿岸，挽夫、脚夫蚁聚，无数人靠河生存，衍生了庞大的产业链。

盛唐末期，云安出了一位了不起的玄门人物，名叫翟乾祐。年轻时，黄鹤山来真人见他根骨奇绝，度他上山。多年苦修，练成一身通天道法，能立兴云雾，坐成山河，丹书符箓，并世无双。到了盛年，翟乾祐萌动心思，想要以无上神功移山易河，改变河道，一劳永逸地解决商旅之苦。

他心念一起，立即召集弟子，在汉城山上结坛做法。

那天，所有云安人都听见了青云深处空气撕裂的巨大轰鸣，那是巨龙高速游动发出的声音。十四条巨龙横跨天宇齐集汉城山上空，天风猎猎，龙鬃飞扬，方圆数百里鸟兽虫豸为气势所慑，伏地垂首，其形如僵。

翟乾祐脸色铁青，他召唤十五条龙，却只到了十四条，居然敢有龙抗命不至。

眼下暂且不必计较,一声令下,巨龙各施神法,风雷震击,山河颤动,须臾之间,十四里险滩夷为坦途,只有一里水路,因为少了一条龙,仍维持着原貌。翟乾祐大怒,他加紧催动法力,一直过了三天,那条龙才姗姗来迟。

那龙飞到近前,落地变成一个少女。面对天师盛怒,少女不慌不忙,好整以暇道:"我之所以不来,正是为助天师救护百姓。"翟乾祐道:"你有什么道理,说来听听。"

少女道:"小龙久居此地,素知百姓生活。富商大贾,把占盐井资源,贸易贩运,只要盐井不竭,自然衣食无忧。而云安贫民,以拉纤、负运货物养家糊口的,实在不可计数。天师疏浚河道,原是为民造福,只是险滩一平,这无数赖苦力为生的百姓,从此无佣负之所,绝衣食之路,这恐怕并非天师本意。小龙宁愿保留险滩,以养贫民,也不愿见到只有富商得利,饿殍遍野的光景。诚因为此,天师召唤,才不敢赴会,乞请天师明鉴。"

果然是一番道理。翟乾祐想想,自己思虑不周,遽改山河,倘使贫民流离失所,那非但不是造福,反而是造孽了。于是命诸龙行法,将那十四里河道重新恢复旧貌。

此后翟乾祐红尘行道,名闻京畿,天宝年间,奉诏入宫,恩遇隆厚。一年后陛辞回山,寻得道而去。

云安井①,自大江沠别派②,凡三十里。近井十五里,澄清如镜,舟楫无虞。近江十五里,皆滩石险恶,难于沿溯。天师翟乾祐,念商旅之劳,于汉城山上结坛考召③,追命群龙。凡一十四处,皆化为老人应召而止。乾祐谕以滩波之险,害物劳人,使皆平之。一夕之间,风雷震击,一十四里尽为平潭矣。惟一滩仍旧,龙亦不至。乾祐复严敕神吏追之。又三日,有一女子至焉。因责其不伏应召之意,女子曰:"某所以不来者,欲助天师广济物之功耳。且富商大贾,力皆有余,而佣力负运者,力皆不足。云安之贫民,自江口负财货至近井潭,以给衣食者众矣。今若轻舟利涉,平江无虞,即邑之贫民无佣负之所,绝衣食之路,所困者多矣。余宁险滩波以赡佣负,不可利舟楫以安富商。所以不至者,理在此也。"乾祐善其言,因使诸龙皆复其故,风雷顷刻而长滩如旧。天宝中,诏赴上京,恩遇隆厚。岁余,还故山,寻得道而去。

---

① 云安井:今重庆云阳县云安镇,曾经以盛产井盐闻名。
② 别派:支流。

③ 考召：考鬼召神，召唤鬼神并讯问、驱使乃至处罚。

◎ 天师一行

玄宗召见一行，问："大师有什么本事？"

一行道："只是记性不错。"

玄宗命掖庭局取得后宫人员名册，交给一行过目。玄宗时期，后宫宫女、杂役不下万人，一行只看一遍，覆本背诵，一字不差，仿佛从小背熟。背了几页，玄宗不自禁下榻降阶行礼，高呼"圣人"。

一行刚出家的时候，师从嵩山普寂禅师。不久，禅师大办斋会，远近数百里间，僧人毕集，与会者数以千人。有隐士卢鸿，修为深湛，博洽多闻，应禅师委托为盛会撰文赞颂。开会那天，梵钟呗唱，卢鸿带着文章到场，找到普寂禅师道："在下这篇文章写了几千字，有许多生僻字句，请禅师在众高足中选个特别聪悟的，在下亲为解说，指导背诵。"禅师唤来一行，一行接过文稿瞧了一遍，微微一笑，放回桌上。卢鸿心里老大不满意，觉得一行过于狂妄轻佻。俄而群僧入堂，一行振衣而起，高声朗诵，略无停滞，丝毫不误。卢鸿惊得合不拢嘴巴，良久，转脸对普寂禅师道："此子天赋秉异，恐非大师可以教导，当纵其游学，以天下为师。"

一行就此下山，穷尽时间，跋涉千里，周游天下求访名师。至浙江天台山国清寺，见古松数十株，门前溪流淙淙。一行肃立山门之外，微闻墙内僧众布列算筹之声，忽听一个苍老的声音道："今日当有弟子来此取吾算法，此人到时，门前流水改而向西。贵客已抵山门，你们还不出迎？"一行低头一看，溪水果然西流，乃推门而入，叩拜请法，在此间尽得其术。当他学成离开之日，小溪复流向东。

大算师邢和璞曾经这样问翰林院的尹愔："那位一行法师是不是圣人？西汉洛下闳编制《太初历》时曾预言，八百年后，该历法之误差将累积到一天，届时有圣人出世，重整历法，今年正合八百年之期，而一行法师造《大衍历》，匡正误差，则洛下闳预言成真矣。"

一行少年家贫，当时人家藏书有限，读书依赖借阅。道士尹崇素以博学著称，多藏坟籍，一行时时访谒，求借经典。这次，他借了一部扬雄的《太玄经》，此书精深秘奥，难以索解，一行借了几天便即奉还。尹崇语重心长地教育一行："此书博大精深，我参研数年，尚不能窥其门径，小友当用心研读，何必着急归还？"一行道："书我已读通，其中奥义，大致也了然于胸了。"拿出自己撰写的两卷读书笔记，一卷题作《大衍玄图》，一卷题作《太玄经义决》，尹崇看了，大为叹服道："此子真再世颜回!"

开元末年,河南尹裴宽笃信佛教,执师礼敬奉普寂禅师,朝夕前往拜访。一天,裴宽又去见禅师,禅师道:"刚好有些小事,需要耽搁片刻,暂不能陪居士作谈,请随意休息一会儿。"裴宽便不声不响待在禅房休息,见禅师洒扫正堂,焚香端坐。未几,叩门声响,僧众连声道:"天师一行到了!"年迈的一行走进正堂,施礼毕,附在普寂耳边低语,密语半响,普寂只是点头答应着:"是,是。"说完一行步入南面禅房,缓缓掩上房门。普寂唤来弟子,徐徐道:"去鸣钟吧,一行大师圆寂了。"众弟子忙进入禅房一看,果然一行已然坐化。

  玄宗既召见一行,谓曰:"师何能?"对曰:"惟善记览。"玄宗因诏掖庭①取宫人籍以示之,周览既毕,覆其本,记念精熟,如素所习读。数幅之后,玄宗不觉降御榻,为之作礼,呼为圣人。

  先是一行既从释氏,师事普寂②于嵩山。师尝设食于寺,大会群僧及沙门,居数百里者,皆如期而至,聚且千余人。时有卢鸿③者,道高学富,隐于嵩山。因请鸿为文赞叹其会。至日,鸿持其文至寺,其师受之,致于几案上。钟梵既作,鸿请普寂曰:"某为文数千言,况其字僻而言怪,盍于群僧中选其聪悟者,鸿当亲为传授。"乃令召一行。既至,伸纸微笑,止于一览,复致于几上。鸿轻其疏脱,而窃怪之。俄而群僧会于堂,一行攘袂④而进,抗音兴裁⑤,一无遗忘。鸿惊愕久之,谓寂曰:"非君所能教导也,当从其游学。"

  一行因穷大衍,自此访求师资,不远数千里。尝至天台国清寺⑥,见一院,古松数十步,门有流水。一行立于门屏间,闻院中僧于庭布算,其声簌簌。既而谓其徒曰:"今日当有弟子求吾算法,已合到门,岂无人道达耶?"即除一算,又谓曰:"门前水合却西流,弟子当至。"一行承言而入,稽首请法,尽受其术焉。而门水旧东流,今忽改为西流矣。

  邢和璞尝谓尹愔⑦曰:"一行,其圣人乎?汉之洛下闳⑧造太初历,云后八百岁当差一日,则有圣人定之,今年期毕矣。而一行造大衍历,正在差谬,则洛下闳之言信矣。"

  又尝诣道士尹崇,借扬雄《太玄经》。数日,复诣崇还其书。崇曰:"此书意旨深远,吾寻之数年,尚不能晓。吾子试更研求,何遽还也。"一行曰:"究其义矣。"因出所撰《大衍玄图》及《义诀》一卷以示崇,崇大嗟服,曰:"此后生颜子⑨也。"

　　至开元末,裴宽为河南尹,深信释氏,师事普寂禅师,日夕造焉。居一日,宽诣寂,寂云:"方有小事,未暇款语⑩,且请迟回⑪休憩也。"宽乃屏息,止于空室。见寂洁正堂,焚香端坐。坐未久,忽闻叩门,连云:"天师一行和尚至矣。"一行入,诣寂作礼。礼讫,附耳密语,其貌绝恭,但领云无不可者。语讫礼,礼讫又语。如是者三,寂惟云:"是,是。"无不可者。一行语讫,降阶入南室,自阖其户。寂乃徐命弟子云:"遣钟,一行和尚灭度矣。"左右疾走视之,一行如其言灭度。后宽乃服衰绖⑫葬之,自徒步出城送之。

---

① 掖庭:《诗经》谓之"巷伯",秦时称"永巷",汉武帝更名掖庭。最初是宫廷监狱,汉武帝时期,正式确立为后宫刑监机构,由掖庭令、掖庭丞管理,相当于民间所说的"冷宫",而且不仅妃嫔、宫女,太监犯罪,也可能发配掖庭服刑。西汉后期,宫廷多置诏狱,掖庭渐渐由监狱转变为宫女生活区。东汉的掖庭令,掌"后宫贵人,众采女"事,《后汉书》说"汉法……遣中大夫与掖庭丞及相工,于洛阳乡中阅视良家童女,年十三以上,二十以下,姿色端丽,合法相者,载还后宫"。东汉多位皇后出自掖庭,即使权贵之女入朝,也往往先入掖庭,那么此时的掖庭,相当于除皇后椒房之外,储纳妃嫔宫女的后宫统称,不再是冷宫代称。隋唐掖庭名为"掖廷局",划归内侍省管领,"掌宫禁女工之事",宫女在此接受女工、蚕桑、书算等培训,同时掖廷局负责督令宫女执行杂务,如纺织、刷洗、舂米,剥离了东汉"后妃来源"的光环,再度沦为凄凉之地,所以许多犯官家属,会被发配至此,削籍为奴,强迫从事劳役。当然,即使身为奴婢,还是有机会得君王宠幸的。隋文帝独孤皇后死后,宠冠六宫的宣华夫人,便是陈国的宁远公主,亡国被俘充入掖庭,又被隋文帝看上。

② 普寂:禅宗北派创始人神秀禅师高足,开元初驻锡嵩山嵩阳寺,后入长安,王公士庶,竞来礼谒。为人端严少语,尤为世所称重。

③ 卢鸿:唐代书画家,隐居嵩山,唐玄宗屡召不起,赐隐士服,号"山林绝胜",据说书画造诣与王维相若。

④ 攘袂:撸起袖子,奋起状。

⑤ 抗音兴裁:高声裁断。

⑥ 国清寺:位于浙江天台山,名取"寺成国清"之意,是天台宗祖庭,当时与济南灵岩寺、南京栖霞寺、当阳玉泉寺并称"天下四绝"。

⑦ 尹愔:唐代最早的翰林学士之一,拜谏议大夫、集贤院大学生,曾作过道士,通老子术。

⑧ 洛下闳:西汉天文学家,复姓洛下,名闳,编撰《太初历》。

⑨ 颜子：孔子最喜欢的弟子颜回，有"复圣"之誉。
⑩ 款语：亲切交谈。
⑪ 迟回：滞留。
⑫ 衰绖：指丧服。古人丧服胸前当心处缀有长六寸、广四寸的麻布，名衰，"五服"之中，以不缝边的粗麻丧服"斩衰"最重；围在头上的散麻绳为首绖，缠在腰间的为腰绖。衰、绖两者是丧服的主要部分。

◎ 戏卦

唐玄宗天宝末年，洛阳天津桥头的华表上，挂起一面算卦幡子。

"算一卦多少钱？"

"十匹帛。"钱知微这样说。

收费贵得离谱，十天以来，一单生意也没成。

有个富家公子看见了，暗自寻思，这算卦的叫价如此高昂，定有过人之处。反正公子哥也不差钱，叫人拿来十匹帛，买了一卦，他不肯说要算什么，却要先看钱知微的卦象。钱知微布筹起卦，奇道："我的卦可以测算终生休咎，足下何故如此儿戏？"

那公子哥道："我没有儿戏啊，我算的正是要紧的事情，先生搞错了吧。"

钱知微道："既然如此，我给你解了此卦便是，你听好了：两头搭在岸上，中间悬在空中，人们走来走去，没人肯给你钱。"公子哥大惊，原来他原本正是要恶作剧，让钱知微替他算一算"我能不能卖掉天津桥"这种荒唐计划的。

天宝末，术士钱知微，尝至洛，遂榜天津桥表柱①卖卜，一卦帛十疋。历旬，人皆不诣之。一日，有贵公子意其必异，命取帛如数卜焉。钱命著②布卦成，曰："予筮可期一生，君何戏焉？"其人曰："卜事甚切，先生岂误乎？"钱云："请为韵语：'两头点土，中心虚悬。人足踏跋③，不肯下钱。'"其人本意卖天津桥给之。其精如此。

① 表柱：华表。按《史记》的说法，华表出现于帝尧时代，最早为"诽谤木"，相当于群众意见箱，"政有缺失，使书于木"。汉代以降，基本上就只用作装饰或路标了，常见于宫阙、陵园、道路，也有立于桥头的，如《洛阳伽蓝记》说，洛阳城横跨洛水的"永桥"南北两端，皆立华表，高二十丈，华表上雕凤凰，

势欲冲天。

② 蓍[shī]：蓍草，古人用该草的草茎占卜。

③ 踏跋：一本作"踏趿"。宋《能改斋漫录》引《酉阳》本段说"俗语以事之不振者为踏跋，唐人已有此语"，认为解作"不振作、不顺利"，不过结合本文情况，似乎取"踏跋"二字表面意思"踩踏"更合适。

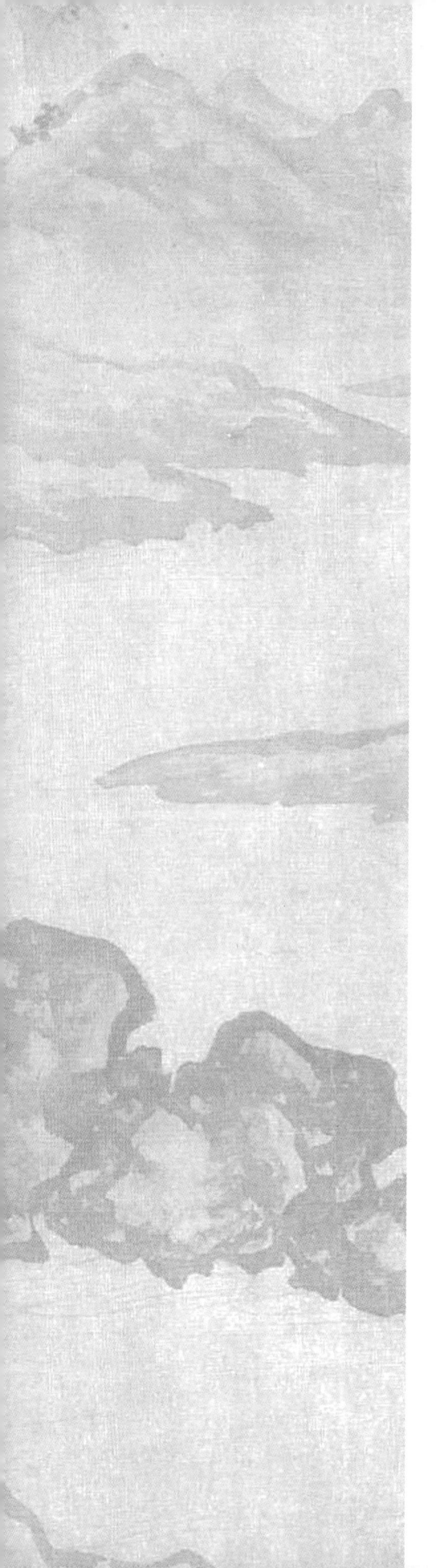

艺 绝
巧匠神技

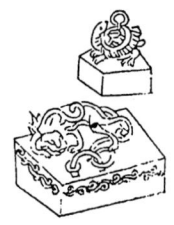

◎ **制笔**

南朝有位老妪擅长制笔,笔心选用胎儿头发,萧子云是此妪的忠实主顾。

开元年间,有个叫铁头的笔匠,能以特殊工艺,使笔管莹润如玉,可惜这门手艺未能延传。

> 南朝有姥,善作笔,萧子云①常书用。笔心②用胎发。开元中,笔匠名铁头,能莹管如玉,莫传其法。

---

① 萧子云:(487—549 年)字景乔,南朝齐、梁史学家、文学家、书法家,齐高帝萧道成之孙。在梁官至侍中,书法尤工草书、行书、小篆,所创小篆飞白"轻浓得中,如蝉翼掩素,游雾崩云",极得后世书坛推许。侯景之乱,东奔晋陵,饿死于显灵寺僧房。今存章草书《出师颂》一卷,或以为是萧子云手笔。
② 笔心:东汉至魏晋以降,毛笔制作流行"披柱法"。毛笔的笔头,由外而内大致分为笔披、笔柱、笔心三个部分,分别使用不同材质。毛笔笔头是尖形,越近中心,笔毛越长,笔心位于正中央,是毛笔的"笔锋",最长、使用最频繁、最易磨损,原则上也应当使用最好的材料。本则说笔心用胎发,并不是指整个笔头全用胎发,与现今所谓的"胎发笔"不同。

◎ **造像**

成都宝相寺偏院小殿中有尊菩萨像,尘土不沾,永如新塑。相传当初塑此像时,匠人先依照《明堂图》构建塑像的五脏，再造四肢、骨骼关节。于是百余年来，纤尘不染。

　　成都宝相寺偏院小殿中有菩提像，其尘不集如新塑者。相传此像初造时，匠人依明堂①先具五藏，次四肢百节。将百余年，纤尘不凝焉。

---

① 明堂：明堂图，人体经脉穴道分布图，常用于指导针灸。早期明堂图多为书籍，偶见插画，唐太宗时，名医甄权（一说李袭玉）奉诏修成《明堂人形图》，应是最早的规范图谱，后孙思邈在其基础上加工成彩绘，并加入了经脉线。

◎ 画水

范阳有个隐士精通天文历算、符咒占卜，每每预言福祸，语之必中。此人曾在李叔詹府上做客，住了半年，忽然对主人道："叨扰日久，今将告辞，承蒙款待，愿作水画一幅敬献李公。"

李叔詹教人备纸墨笔砚，隐士一概不用，却在后厅掘个丈许见方、一尺来深的池子，内涂麻絮、泥灰，灌满清水，这才取了颜料、笔墨。执笔思忖良久，蘸墨纵笔，挥毫于水面，但见颜色入水，并不如何化散，整个水面一片斑斓，看不出什么形状。

两天后，隐士拿来四幅细绢平铺在水上，等了一顿饭的工夫，揭起一看，四幅绢面，江山阁台、怪石古松，拼起来宛然一副巨型山水人物画。

李叔詹又惊又奇，问他怎么办到的，隐士笑道："也没什么神奇，我能禁锢水中色彩，不令其扩散融化而已。"

按，水拓画至今可见，据说是用到了一些特殊颜料，方得入水不散。

　　李叔詹常识一范阳山人，停于私第，时语休咎必中，兼善推步①禁咒②。止半年，忽谓李曰："某有一艺，将去，欲以为别，所谓水画也。"乃请后厅上掘地为池，方丈，深尺余，泥以麻灰③，日汲水满之。候水不耗，具丹青墨砚，先援笔叩齿良久，乃纵笔毫水上。就视，但见水色浑浑耳。经二日，搨以稚绢④四幅，食顷，举出观之，古松、怪石、人物、屋木无不备也。李惊异，苦诘之，惟言善能禁彩色，不令沉散而已。

---

① 推步：推算天象历法。
② 禁咒：泛指真气、符咒之类治病驱邪降妖伏魔的法术。
③ 麻灰：或指麻刀灰之类灰浆配置工艺。将麻絮（麻刀）与灰泥（泥浆、石灰）混合，用来涂抹墙壁、炉灶，起到强化、防渗作用。
④ 稚绢：细绢。

◎ 藏钩

老话说"藏钩猜枚，使人别离"，这话不是没有道理，古书上确实有例可证。

藏钩是中国历史上长期流行的多人互动猜物游戏，尤其汉魏之后，藏钩之戏普及天下，从宫廷宴饮到民间守岁，不分贵庶，世人皆喜。"钩"并非钩子，原指女子首饰，后来举凡小巧而不易混同之物，诸如首饰、金银乃至瓦砾均可为钩。玩法简单，玩家分成两组，一组藏，一组猜。藏组将物件藏在某位组员身上，由对手来猜藏钩者是哪个人，藏于哪个部位。

举人高映猜钩特别有一套。成式在荆州时，跟此人对局，每组多达五十余人的情况下，此人十猜能中九次，不但猜得到对方的"钩"藏在哪里，连自己组的"钩"藏在谁身上也猜得出。我当时以为他懂什么法术，后来问他，他说其实窍门就在于察言观色，跟官吏审贼是一个道理。

隐士石旻，最擅此戏。石旻与张又新几兄弟交好，闲夜会客，大家玩起藏钩，让石旻猜，每猜必中。张又新把"钩"藏在幞头巾子下，石旻道："空手还攥着干啥，张开吧。"瞧了张又新等藏钩者一会儿，说钩在张又新的幞头左带里，果然如是。

后来石旻移居扬州，成式得以结识此子，向他讨教猜钩的法门，石旻说："你先画几十张人脸画像，什么时候能把胡人和越人的相貌画得一眼可以区别出来，我再教你。"成式觉得他是胡扯揶揄我，因此终究没画。

旧记藏彄①令人生离②，或言古语有徵也。举人高映，善意彄③。成式尝于荆州藏钩，每曹五十余人，十中其九。同曹钩亦知其处，当时疑有他术。访知映言，但意举止辞色，若察囚视盗也。山人石旻，尤妙打彄④,与张又新⑤兄弟善。暇夜会客,因试其意彄,注之必中。张遂置钩于巾襞⑥中,旻曰:"尽张空拳。"有顷,言钩在张君幞头左翅中。其妙如此。旻后居扬州,成式因识之,曾祈其术,石谓成式曰:"可先画人首数十,遣胡越异貌,辨则相授。"疑其见欺,竟不及画。

---

① 藏彄[kōu]:藏钩。据说此戏起源于汉武帝的"钩弋夫人":汉武帝巡狩河间,望气者禀奏说此地有奇女子。武帝派人大肆寻找,还真的找到个古怪少女,生来双手紧攥成拳,无法伸展。婢女们左戳右抠想掰开但毫无办法。武帝握着少女的双手轻轻一拉,双拳倏开,只见少女两只手掌心各藏着一枚小小的玉钩。武帝大乐,带着少女回宫,封为"拳夫人",也称钩弋夫人。太始三年,怀胎十四个月的钩弋夫人生下刘弗陵。不久后,汉武帝逼死因"巫蛊之祸"蒙冤的皇后卫子夫和太子刘据,储君之位悬空。几个年长的皇子都不成气候,武帝动了立刘弗陵为储的念头。刘弗陵当时还不满十岁,而武帝晚年疑心病极重,想起当年吕后临朝称制,以及他自己亲身经历过的窦太后掣肘,于是定下"立子杀母"制度,赐死钩弋夫人。八岁的刘弗陵即位,是为汉昭帝。
② 令人生离:语出南朝宋刘义庆《异苑》:"晋海西公时,有贵人会因藏彄,倏有一手间在众臂之中,修骨巨指,毛色粗黑,举坐咸惊。寻为桓大司马所诛。旧传藏彄令人生离,斯验深矣。"
③ 善意彄:藏钩有藏和猜两方,"意彄"指猜测钩的藏处。
④ 打彄:藏钩的别称。
⑤ 张又新:段成式好友张希复的哥哥,文宗朝奸相李逢吉一党,其党羽八人号称"八关十六子",朝臣凡有请求,需先贿赂八人,再问李逢吉。历官左右补阙、常州、汀州刺史、山南东道节度副使,甘露之变,同党李训事败而死,张又新亦遭贬死。
⑥ 襞[bì]:衣服上的褶子。

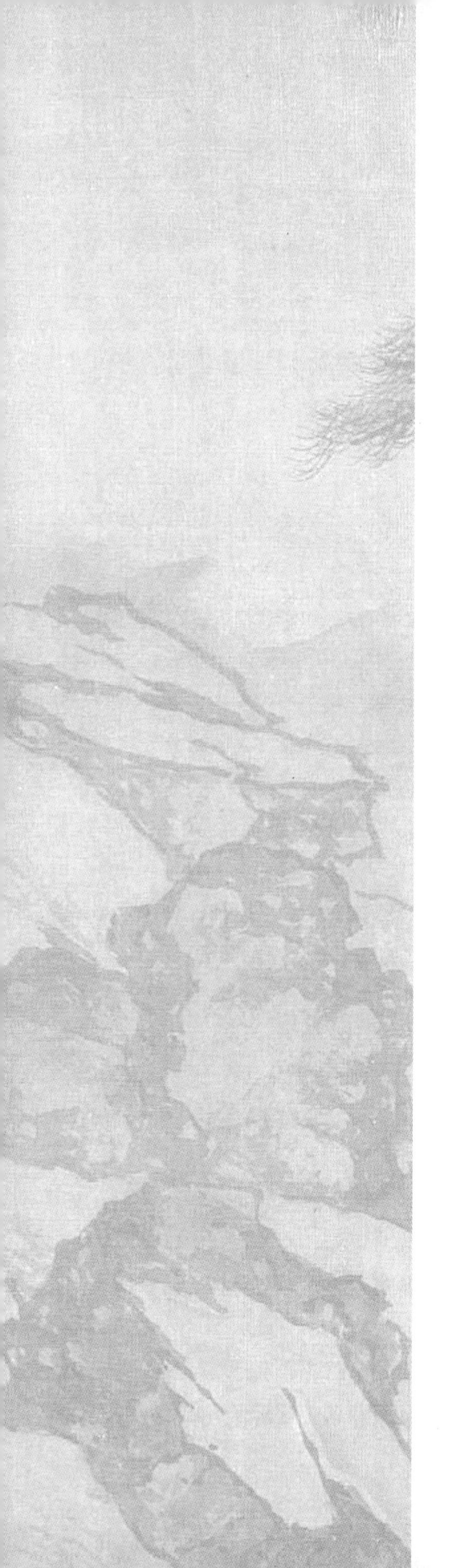

器 奇
失落的神兵

◎ 青龙钩

唐玄宗朝前期,吐蕃势大,频繁进犯大唐在西域的领土和属国,开元十年以降,两国攻防频易,战争不断。位于帝国西北的"河西道"以其绵长的边境线,承担着南御吐蕃、北捍突厥(突骑施)、西遏大食的重要边防任务。

河西道骑兵将领宋青春,作战悍不畏死,脾气暴躁,军中没人敢招惹,当然人缘也极坏。

这年吐蕃寇边,宋青春所部奉命作为前锋迎敌,那些向来跟宋青春不睦的军卒、武将们一个个幸灾乐祸,暗自咒骂:最好这混蛋被吐蕃人一刀杀了!

吐蕃人打仗极其猛悍,其阵法,前队死绝,后队才上,士卒以阵亡为荣,每战虽死不却。骑兵全身甲胄,只露出一双眼睛,有身披虎皮而大声咆哮者,气势喧天。宋青春浑若未见,他缓缓掣出一把兵刃,似剑而微曲,似刀而刃细,寒光青莹,那是一把钩。

鼓角声起,冲锋的命令下达,宋青春振臂高呼,当先跃马而出。吐蕃军士眼中突然现出惊惧之色,箭矢如雨,罩向大唐骑兵,宋青春毫不顾忌,直入敌阵,所到之处,方圆数丈之内血肉横飞,吐蕃溃不成军,唐军全胜。

这次战役,唐蕃几度交锋,宋青春皆冲杀在前。以凶悍著称的吐蕃人在宋青春冲锋时,竟然如同土鸡瓦狗,一触即溃,宋青春每战必掣钩在手,往来厮杀,斩首无数而还,他自己却毫发无损,被吐蕃人视作魔神般的存在深深忌惮,唐军这才倚为长城。

后来一次交战,吐蕃大败,唐军俘敌数千。军帅令翻译官讯问一个披虎皮的吐蕃勇士:"你们为什么伤不了宋青春?"吐蕃勇士面容扭曲,目露恐惧之色,说出一番唐军意想不到的话。

实际上，宋青春威名早已传遍吐蕃军营，吐蕃人呼为青龙将军，是吐蕃勇士最想斩杀的敌将。虎勇士自诩本部最强战力，极盼望能与青龙将军交手。然而等到交锋之际，他才发现，所有关于宋青春的传言都没有被夸大，反而言不尽意——那种震撼和恐惧，若非身临其境，道听途说怎能企及万一？千千万万唐军冲杀过来，在虎勇士眼里，天下地上，漫漫硝烟，只有一个宋青春，以及盘绕在他身周的巨大青龙！

青龙随着宋青春手中挥舞的奇形兵刃蜿蜒飞舞，吐蕃人触之立死，但唐军不受其扰，唐军甚至无法看见这条青龙的存在。吐蕃人惊恐失措，疯狂放箭，所有箭矢射到宋青春身周数尺，铮铮清吟，仿佛撞上一套巨大而无形的空气铠甲，全部自行崩开。虎勇士眼睁睁看着宋青春冲到面前，绝望地怒吼一声，擎起大刀，合身扑上，眼前一黑，等到醒来，已经沦为囚徒。

这番话传到了宋青春耳朵里，他才知道自己的兵刃不是凡物。

青龙钩威震河西多年，宋青春辞世后，被瓜州刺史李广琛得去。有时风雨过后，此钩光芒直透室外，烛照一丈，户牖不能遮挡。河西节度使哥舒翰闻知，屈尊求宝，表示愿拿其他宝物交换，李广琛不肯，赠诗婉拒道："刻舟之剑寻化去，弹铗之恩恕难酬。"

> 开元中，河西①骑将宋青春，骁果②暴戾，为众所忌。及西戎岁犯边，青春每阵常运臂大呼，执馘③而旋，未尝中锋镝。西戎惮之，一军始赖焉。后吐蕃大北，获生口数千，军帅令译问衣大虫皮④者："尔何不能害青春？"答曰："尝见青龙突阵而来，兵刃所及，若叩铜铁，我为神助将军也。"青春乃知钩之有灵。青春死后，钩为瓜州⑤刺史李广琛所得，或风雨后，迸光出室，环烛方丈。哥舒镇西⑥知之，求易以它宝，广琛不与，因赠诗："刻舟寻化去，弹铗未酬恩⑦。"

---

① 河西：河西道，唐睿宗景云二年（711年）从陇右道划出，治所凉州（今甘肃武威），大历元年（766年）移治沙洲（今甘肃敦煌）。辖区包括凉州、肃州、甘州、瓜州、沙州、西州、伊州、安西都护府、北庭都护府，即今甘肃河西走廊、宁夏、青海部分地区、新疆大部地区直至帕米尔高原附近中亚地区。安史之乱，吐蕃乘虚入侵，西北大片国土沦陷，河西道渐废。

② 骁果：勇猛刚毅。

③ 馘 [guó]：敌人左耳，或首级。因上阵斩敌，人头不好携带，故有割敌尸体之

左耳代首级以计数献功者。《字林》谓两者区别云:"聝"字,指割取左耳;"馘"字,指割取首级。

④ 衣大虫皮者:吐蕃、南诏、氐羌等族地崇拜虎图腾,以虎皮授予立有军功的勇士。樊绰《蛮书》载道:"(南诏)又有超等殊功者,则得全披波罗皮(虎皮)。其次功,则胸前背后得披,而缺其袖。又以次功,则胸前得披,并缺其背。谓之'大虫皮',亦曰'波罗皮'。"虎皮毕竟数量有限,战事连年,不敷支用,后来"大虫皮"演变为一种称号,授予中低阶武将和普通士兵。

⑤ 瓜州:今甘肃酒泉瓜州县。隋开皇三年,以酒泉、敦煌并为瓜州,唐高祖武德五年改称沙州,而另置瓜州。所以隋唐两代的瓜州并非一地。唐代瓜州盛产蜜瓜,瓜大而美,史书说"狐食其瓜,不见首尾",言其瓜之大,能容纳整只狐狸。

⑥ 哥舒镇西:哥舒翰,突厥后裔,盛唐名将,以戍守西疆、防捍吐蕃知名,极得唐玄宗器重。天宝十二载任河西节度使,封西平郡王。年老病废,还居长安。安史之乱,起为皇太子先锋兵马元帅,守潼关。因杨国忠乱政,被迫弃守出击,大败降敌,未几被杀。

⑦ 弹铗[jiá]未酬恩:铗,剑。这句典出《战国策·齐策》:齐孟尝君养士三千,四方豪杰向风慕义,蚁聚其门。有齐人冯谖,贫乏不能自存,投奔孟尝君,欲寄食门下。孟尝君使人问:"你会什么?"冯谖说:"我什么也不会。"孟尝君还是让他留下了。孟尝君府上管事挺瞧不上像冯谖这种废人,给他划入最低待遇级别——食无鱼,出无车。冯谖天天弹剑嚷嚷:"呜呼,长剑空利,没有鱼吃,不如归去!"孟尝君听见了,吩咐给他调高一级,让他有鱼可吃。冯谖还不满意,又弹剑嚷嚷:"长剑空利,没有车坐,不如归去!"孟尝君大袖一摆:"给他配车,给他配车!"冯谖出入坐车,到处招摇,炫耀自己得孟尝君上宾之礼。没过两天,孟尝君又听见冯谖弹剑嚷嚷:"不发薪水,不能养家,不如归去!"他这么一嚷嚷,终于犯了整个孟尝集团众怒:你一个吃闲饭的,有点自知之明罢,还真蹬鼻子上脸了!孟尝君说:"哎呀算了算了,定期给他家里送吃的,连他的家人一起养活了就是。"孟尝君封地在薛,薛地百姓要向他输纳租税,有暂时交不出的,就打了欠条欠着。孟尝君需要有人下去收债,冯谖接了收债任务,集合了所有债户,当着他们面把欠条烧了。回去交差,孟尝君问:"债收完啦?收回的钱,你替我买了啥?"冯谖说:"买了义。"接着交代了焚券经过,说:"我看你家里什么都不缺,于是为君市义。"孟尝君气得要命,但毕竟自己许他便宜行事在先,不能处分他。一年后,孟尝君与齐王反目,下野回到薛地,百姓扶老携幼,夹道相迎,孟尝君始悟"市义"的价值。冯谖趁机献上"狡兔三窟"之计,为孟尝君谋事魏国,魏王大喜,虚相位以待。齐王闻而大惊,忙重金厚礼召返孟尝君,孟尝君权位尽复。《战国策》说"孟尝君为相数十年,无纤介之祸者,冯谖之计也",这就是"弹铗酬恩"。"刻舟寻化去,弹铗未酬恩"的意思是,这把剑(青龙钩)没什么好的,何必刻舟相求?大人(哥舒翰)的

恩情，请恕下官此番不能报答了。

◎ 伏魔剑

郑云逵少年时代蓄得一口宝剑，剑柄龟鳞，剑格若星，时而自鸣。当时郑云逵住在乡下，一日天朗气清，他在庭院闲坐，横剑膝上把玩。庭中树梢忽然一抖，"簌"地跳下个人来，朱衣紫绶，头发蜷曲，手持一把长剑，身周黑气腾绕，有若重雾。

郑云逵胆气甚豪，不惊不避，只当作没看见。那人气势汹汹，粗声喝道："喂，我是天上的神仙，知道阁下藏有宝剑，借来一观。"

郑云逵道："甚么宝剑，凡铁而已，入不得阁下法眼，神仙怎么会稀罕这玩意儿？"那人神态倨傲，威胁恐吓，一定要看。三言两语，惹恼了郑云逵，他觑准那人稍稍疏虞的瞬间，暴起挥剑横削，只觉剑锋所触，不类血肉，好像斫入了烟雾一般，朱衣人闷哼一声，倏然不见。俄而半空坠下一团黑气，委顿当庭，数日方散。

> 郑云逵①少时，得一剑，鳞铗②星镡③，有时而吼。常在庄居，晴日藉膝玩之。忽有一人，从庭树窣然而下，衣朱紫④，虬发，露剑而立，黑气周身，状如重雾。郑素有胆气，佯若不见。其人因言："我上界人，知公有异剑，愿借一观。"郑谓曰："此凡铁耳，不堪君玩。上界岂藉此乎？"其人求之不已。郑伺便良久，疾起斫之，不中，忽坠黑气着地，数日方散。

---

① 郑云逵：《新唐书》作"郑云达"，河南荥阳人，唐代宗大历年间进士，唐德宗朝叛臣朱滔的女婿。朱滔谋逆，郑云逵规劝不听，于是抛弃妻子投诚长安，擢谏议大夫，官至刑部、兵部侍郎，御史中丞，京兆尹。郑氏父子俱有烈胆，父亲郑昈，原是一介县尉，州刺史改任，路过其境，遇到强贼劫夺，郑昈一剑伏群盗，杀了六七人救出刺史。有人送了郑云逵一栋豪宅，郑云逵觉得父亲旧居过于逼仄，拿来孝敬父亲，郑昈问："哪来的？"郑云逵说："人家送的。"郑昈瞠目良久，厉声道："此汝屋也，吾死不入！"后来濒死弥留之际，郑云逵又打算接郑昈过来，到了豪宅门口，郑昈伸脚撑着门槛，死活不肯进去，终于殓于旧居。郑云逵的弟弟则啸聚山林，结徒剽劫，乃是黑道大豪。

② 铗：此处指剑柄。

③ 镡［xín］：剑柄下端与剑身连接处呈凹字形或中间起护手作用的条形部分，又作剑格、剑口、剑镤、剑珥、剑鼻。

④ 朱紫：指官贵服饰。

◎ 旱藕藏剑

挖藕不是轻松工作，藕质嫩脆，没有经验技术，极易挖断，断藕氧化变黑，便卖不得善价了。职业挖藕人在中国有上千年历史。采藕最好是在入秋以后，一直到来年初春，冰凉刺骨的湖水，让寻藕挖藕加倍辛苦。

成式的熟人温介讲述过这样的事：

唐代宗大历年间，江苏高邮，一个叫张存的挖藕人泥塘踏藕时，偶然发现一枚硕大的旱藕藕尖，仅露出淤泥的部分，就有成人臂膀粗细。张存大为兴奋，他大声招呼伙伴来看，大家都称奇怪：这东西挖出来，肯定能卖个好价钱。

众人七手八脚并力开挖，却越挖越惊诧，越挖越害怕，挖到足有两丈深的大坑之中，高高矗立着半节两人无法合抱的庞然巨藕！

没人肯继续挖下去，张存偏不信邪，抄刀便砍，脆嫩的藕身上砍开个大口子。青光一闪，只见雪白的藕芯中藏着一柄短剑，色作靛青，样式高古，没开剑刃。张存取得此剑，倒也没把它当作宝贝。

巨藕藏剑，在当地引起不小轰动，后来，城里有人出十捆柴将剑换走。巨藕无丝，终究没人知道那藕到底有多大，也没人知道那把剑为何会生在藕身之中。

> 成式相识温介云："大历中，高邮百姓张存，以踏藕①为业。尝于陂②中见旱藕，梢大如臂，遂并力掘之。深二丈，大至合抱，以不可穷，乃断之。中得一剑，长二尺，色青无刃，存不之宝。邑人有知者，以十束薪获焉。其藕无丝。"

---

① 踏藕：收获藕时，人入水用脚掌踩去藕周围烂泥并将藕挑出，也叫踩藕，至今沿用。

② 陂［bēi］：陂塘，小型人工水库，承担蓄水、灌溉、防洪防涝、养殖功能。陂塘水利，兴起于先秦，《诗经·陈风·泽陂》就是一个失恋青年蹲在陂塘边上，看着荷花飘摇所咏情书："彼泽之陂，有蒲与荷。有美一人，伤如之何？寤寐无

为，涕泗滂沱。"后世，尤其汉唐两代，在官方大力扶持下，全国多建陂塘工程，极大地支持了农业发展。

◎ 百合镜

唐宪宗元和末年，江苏泰州夏侯乙家庭院前生了一株百合花，比寻常百合大出数倍，夏侯乙觉得奇怪，把花刨了，挖出十三具石盒，每盒藏有一方铜镜，其中第七个匣子的铜镜光亮无损，置于阳光下，投射出一个直径丈许的光圈。剩下的镜子没什么奇处。

> 元和末，海陵①夏侯乙庭前生百合花，大于常数倍，异之。因发其下，得甓②匣十三重，各匣一镜。第七者光不蚀③，照日光环一丈，其余规铜而已。

---

① 海陵：今江苏泰州海陵区。
② 甓 [pì]：砖。
③ 光不蚀：光亮无损。

◎ 辟尘巾

高瑀任忠武节度使时，麾下有个姓田的军将经营公廨钱不利，把政府的本钱赔了几百万，高瑀即令田军将回蔡州领罪。走到离州三百里，遇上了高瑀派来缉拿问讯的人，被就地看管起来。

田军将忧急焦躁，想不出什么解决的法子，大伙儿倒念着同僚之情，为他摆酒开解。酒席上宾客十余人，其中一个隐士，自称皇甫玄真，白衣胜雪，丰神清隽，洒然有出尘之姿。席间诸人皆好言劝慰田军将，但都拿不出实质主意，唯有皇甫玄真微笑道："小事一桩，不难解决。"席散之后，皇甫玄真对田军将道："我昔日游历东海，曾觅得两件宝物，足以解君此难。"田军将又惊又喜，欲待继续请教，皇甫玄真却不肯明言，只说事不宜迟，他需得马上赶往蔡州面见节度使。田军将称谢不已，就要替他准备车马，皇甫玄真一概不要，徒步而去，倏忽无踪。

当天晚上，皇甫玄真抵达蔡州，在旅舍住下，次日一早谒见高瑀。高瑀见此人风姿卓绝，不禁心折，好生礼待。皇甫玄真道："玄真此来，是为替田军将求情，请尚书大人饶他一命。"高瑀道："田军将所欠乃是朝廷资产，并非高某的私财，国有国法，请恕高某无能为力。"皇甫玄真请屏退左右，道："向日在下远游新罗国，偶得一枚巾帻，穿戴起来，尘埃不能近身，玄真愿奉献此宝，为田军将赎罪。"说着取出一展头巾交给高瑀，头巾才一入手，高瑀但觉遍体凉爽，惊道："当真是无价之宝！此宝绝非我等人臣可以僭用，田军将赳赳武夫，一条性命，哪值得上此宝价值。"皇甫玄真笑笑，请高瑀试戴。

第二日，高瑀戴着辟尘巾专程到城外设宴。时值旱季，马匹跑过，道路尘土飞扬。一行人到了城外，高瑀察看坐骑，整匹马毛色发亮，居然一点灰尘都没沾，而且连左右侍从身上也都干干净净，点尘不染。忠武军监军见了，啧啧称奇，问高瑀："我等皆满身尘土狼狈不堪，为何只高尚书身无纤尘？"那时监军权力极大，又与朝中宦官集团表里相关，高瑀虽为一镇统帅，对监军也不能不畏忌三分，不敢有所隐瞒，说了皇甫玄真的事情。监军当即让高瑀引见。

见了皇甫玄真，监军阴阳怪气道："道长是眼里只有尚书大人呢，还是不知去我监军府的路？既请不到道长法驾，我只好亲自过来了。道长还有什么宝物给我等开开眼界？"皇甫玄真解释了求见高瑀是为田军将的事情。又说现在只剩下一枚金针，亦可辟尘，但效力较辟尘巾稍弱，监军大喜，改颜拜请道："无妨无妨，有此足矣！"皇甫玄真从自己发髻上拔下一枚金针，约有缝衣针尺寸，监军忙接过来插在自己头上，到尘土中骤马奔驰一阵，只有马尾沾脏了些，自己身上净爽如初，相当满意。自是高瑀和监军日日来拜访皇甫玄真，讨教些道术，一天傍晚，皇甫玄真忽然消失，不知到哪里去了。

  高瑀①在蔡州，有军将田知回易②折欠数百万。回至外县，去州三百余里，高方令锢身③勘田。忧迫，计无所出，其类因为设酒食开解之。坐客十余，中有称处士④皇甫玄真⑤者，衣白若鹅羽，貌甚都雅⑥。众皆有宽勉之辞，皇但微笑曰："此亦小事。"众散，乃独留，谓田曰："予尝游海东，获二宝物，当为君解此难。"田谢之，请具车马，悉辞，行甚疾。其晚至州，舍于店中，遂晨谒高。高一见，不觉敬之。因请高曰："玄真此来，特从尚书乞田性命。"高遽曰："田欠官钱，非瑀私财，如何？"皇请避左右："某于新罗获一巾子，辟尘，欲献此赎田。"即于怀内探出授高。高才执，已觉体中虚凉，惊曰："此非人臣所有，且无价矣。田之性命，恐不足酬也。"皇甫请试之。翌日，因宴于郭外。时久旱，埃尘且甚。高顾视马尾鬣及左右驺卒⑦数人，并无纤尘。监军使觉，问高："何事尚书独不尘坌？岂遇异人获至宝乎？"高不敢隐。监军不悦，固求见处士，高乃与俱往。监军戏曰："道者独知有尚书乎？更有何宝，顾得一观。"皇甫具述救田之意，且言药出海东，今余一针，力弱不及巾，可令一身无尘。监军拜请曰："获此足矣。"皇即于巾上抽与之。针金色，大如布针。监军乃劄⑧于巾试之，骤于尘中，尘唯及马鬃尾焉。高与监军日日礼谒，将讨其道要。一夕，忽失所在矣。

---

① 高瑀：唐文宗朝忠武节度使、武宁军节度使、刑部尚书，早年曾任蔡州刺史。本文说"特从尚书乞田性命"，高瑀任忠武节度使时，检校过工部尚书，则故事时间应该在唐文宗太和三年（829年）以后。

② 知回易：为弥补经费不足，从北朝到隋唐，中央地方各政府机构设立"公廨本钱"制度，也就是官方经营的高利贷：中央财政拨款给各级政府机关作本钱，各府司自行委任官吏经营，该职务称"捉钱令史"，本文"知回易"即指捉钱令史。捉钱令史有时由流外商人充任，政府将本钱摊给一批商户，予以一些免税之类的优待，任其经营高利贷。这些商户身背任务，需要定时向政府返还利息，压力很大，常有经营不善连本钱也偿还不上而破产逃亡者，本文的田姓军将即属于该情况。那时朝廷很穷，公廨本钱制度的设立，主要是为了增加财政收入，以支付官员薪水、购买物资、修缮廨署。

③ 锢身：戴枷锁。

④ 处士：高洁不欲为官者。

⑤ 皇甫玄真：九华山道士赵知微的弟子，赵知微的事迹见载《三水小牍》，据说修道已臻"玄牝"。皇甫玄真得乃师真传，唐懿宗咸通十二年，奉师命下山赴京城采购西域药材，挂单的道观与《三水小牍》作者皇甫牧居所相近，因之结识。据皇甫牧说，皇甫玄真"棋格无敌"，同时精通黄白之术（炼金术）。

⑥ 都雅：美好娴雅。

⑦ 驺卒：牵马驾车的仆役。

⑧ 劄 [zhā]：同"扎"。

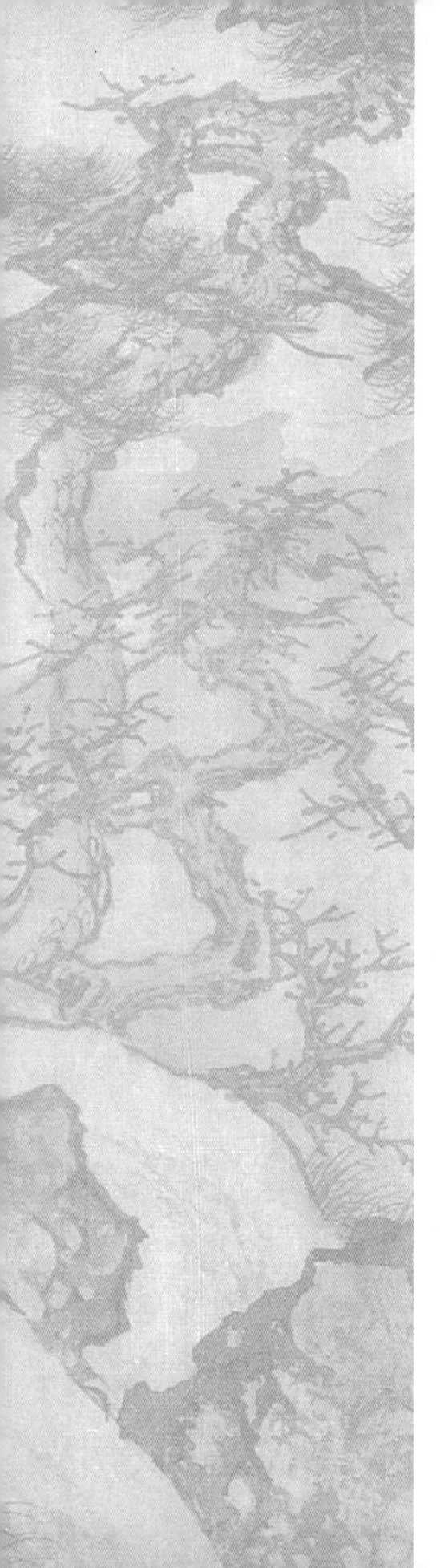

乐
箫韶九成

段成式的音乐造诣如何，不甚了了，但其子段安节"善音律，能自度曲"，文人填词的多，谱曲的少，段安节能作曲子，琴心砚墨，相当了不起。小段还著有《乐府杂录》一卷，记乐器歌舞，阐词牌之源，音乐史上也有一席之地，该书传承至今。

◎ 秦宫古器

大秦咸阳宫秘库有十二尊铜铸人像，坐姿，高三到五尺，布列于筵席，手执琴、筑、笙、竽各式乐器，衣着鲜明，犹如真人一般。筵席之下藏着两支铜管，长数尺，伸出筵席之后，一根管子中空，另一根管子里有绳。使一人吹空管，一人拧动绳子，则筵席上的人佣一齐开始奏乐，与真人演奏别无二致。

又有一张古琴，长六尺，十三根琴弦、二十六枚琴徽，琴徽皆七宝制成，琴上有铭文曰"玙璠之乐"。

又有玉笛，长二尺三寸，六孔。一经吹奏，笛身会显现出车马驶出山林的动画，络绎不绝，停口不吹，动画便消失不见。笛子亦有铭文，作"昭华之管"。

本则出《西京杂记》，写刘邦初入咸阳宫所见诸般珍宝，除了几种奇妙的乐器外，尚有"蟠螭青玉五枝灯""秦王照心镜"等。原文说，刘邦不敢专擅，将宝库封锁，所有宝物一并移交给了项羽，项羽运出咸阳，后皆下落不明。

> 咸阳宫^①中有铸铜人十二枚，坐皆三五尺，列在一筵上。琴筑笙竽^②，各有所执，皆组绶^③花彩，俨若生人。筵下有铜管，上口高数尺。其一管空，内有绳大如指。使一人吹空管，一人纽绳，则琴瑟竽筑皆作，与真乐不异。有琴长六尺，安十三弦二十六徽^④，皆七宝饰之，铭

曰"玙璠⁵之乐"。玉笛长二尺三寸,二十六孔⑥,吹之则见车马出山林,隐隐相次,息亦不见,铭曰"昭华⑦之管"。

---

① 咸阳宫:大秦帝国皇宫,自秦孝公以商鞅变法、迁都咸阳前后开始营建,后续不断扩建,《史记》说秦始皇东征,每灭一国则"写放其宫室",在咸阳宫辟地仿建该国宫殿,最后集齐了七国王宫。又纳亡国之君妃嫔充入,正是"燕、赵之收藏,韩、魏之经营,齐、楚之精英,几世几年,剽掠其人,倚叠如山",最终却被项羽一把火烧得灰飞烟灭。杜牧写《阿房宫赋》,其实是张冠李戴,把咸阳宫写成了阿房宫。阿房宫刚刚开工建造,就赶上秦末大造反,被迫终止施工,只打了个前殿的地基,根本未曾建成。
② 琴筑笙竽:皆乐器。筑,源于楚、越,弦乐器,似琴,五弦。筑的特点是有一条细细长长的"颈",细颈可以手握,以竹尺击弦发音,其音悲亢激越。高渐离送行荆轲、刺杀秦始皇所用皆是此物,汉高祖唱《大风歌》所击也是此物。击筑曾是民间八大游乐之一,战国时有"齐竽燕筑"之说,相当流行,传至唐代已见式微,宋代后基本湮没。
③ 组绶:系佩玉的丝带,使用有规制,据《礼记》,天子佩白玉、黑色组绶;公侯佩山玄玉、红色组绶。
④ 徽:琴徽,原指系琴弦的绳子,后多指"徽位",即琴上的音位,通常由贝壳、金属镶制。抚琴时,右手弹拨琴弦,左手按不同徽位,一根弦可

榆林窟唐代壁画,画中左二者吹奏为笙

变化出不同音调。古琴以五弦、七弦较常见,只有十三个徽位,本文这部琴却多达十三弦、二十六徽,大异凡品,因此值得载录。
⑤ 玙璠[yú fán]:产自鲁国的一种玉。
⑥ 二十六孔:今天的横笛统共十二孔,古笛孔更少,一般在五孔到八孔间。《太平御览》引《西京杂记》原文作"玉笛,长二尺三寸,六孔",《酉阳杂俎》的"二十六孔",可能系抄误。
⑦ 昭华:美玉名,据说尧禅让天下,以此玉赠舜。

◎ 箜篌

北魏高阳王元雍府上的美人徐月华,善弹卧箜篌,尤精《明妃出塞》曲。

魏高阳王雍①，美人徐月华，能弹卧箜篌②，为《明妃出塞》之声。

神游大唐 《酉阳杂俎》里的奇异世界

① 魏高阳王雍：元雍，北魏献文帝拓跋弘之子、孝文帝拓跋宏（元宏）的弟弟，封高阳王，孝明帝时，晋位宰相，总摄内外机要，贵极一时。《洛阳伽蓝记》说他每顿饭消费必达数万，当时有个陈留侯，官居尚书令，同样富倾天下，却尤其俭吝，平时在家吃菜只吃两种：生韭菜和韭菜酱，看着元雍一顿饭要花好几万，山珍海味吃不了的随便扔，肉痛不已，跟人家说："一顿饭顶我一千顿的！"人家就好奇了，那你平时都吃啥？去问陈留侯的手下，手下说："我们侯爷一顿吃十八种菜。"人家问："哪十八种？"手下说："二韭一十八！"元雍家里养着六千童仆，五百家妓，各有绝艺。后死于尔朱荣的河阴之变，家业溃败，家妓们有些出家入道，有些嫁人从良，这位善弹箜篌的徐美人就嫁了个武将，她跟丈夫说，从前王府中有两位绝色美姬，一名修容，一名艳姿，皆蛾眉皓齿，洁貌倾城。修容能为《绿水歌》，艳姿善《火凤舞》，宠冠后室。丈夫就叫她演奏来听听，也过过王爷瘾，徐美人鼓箜篌而歌，哀声入云，行路者纷纷驻足倾听，须臾辐辏如市。

② 卧箜篌：箜篌有竖箜篌、卧箜篌、凤首箜篌、弓形箜篌等，卧箜篌是华夏正声，据说发轫可上溯到黄帝的乐官"师延"，其形制类似琴、瑟，与其他几种箜篌不同，但未得出土实物，不易佐证。更常见的竖箜篌，一般认为由西域传入，前身可能是亚述的角形竖琴，公元前7—前4世纪左右传入新疆，汉代东渐，唐宋鼎盛，元代以后衰亡，有六到二十三弦不等，"十二门前融冷光，二十三丝动紫皇"。一说箜篌是"郑卫桑间"，亡国之音，故号"空国之侯"。

敦煌莫高窟北魏壁画，图中乐器为竖箜篌　　明人仇英《汉宫春晓图》（局部），台北故宫博物院藏　　弹箜篌的唐代乐伎，绘于唐昭陵韦贵妃墓甬道壁上

◎ 战歌

《洛阳伽蓝记》记载着一个将军和乐手的故事：

洛阳西阳门外有大市，周回八里，店肆栉比，市南两座里坊，住着洛阳城最好的乐师。

田僧超就住在这里。田僧超只有一样本事，吹胡笳。胡笳最悲，亦最壮，若为悲声，催人泪下；若声雄壮，鼓舞麾戎。田僧超有两支拿手好曲，荆轲骊歌《壮士歌》、霸王绝唱《项羽吟》，皆英雄末路，曲调慷慨悲昂，闻者无不动容。

北魏孝明帝正光五年，莫折念生、万俟丑奴造反，举国惶惶，朝旨命崔延伯为征西将军讨伐。崔延伯整顿五万步骑，开赴前线，临行前特意往市南转了一遭，带了一个人，就是田僧超。

崔延伯战功素著，有"当世关张"之誉，二十余年，攻无全城，战无横阵，是以此番出征，饯行者极众，公卿祖道，车骑成列。但士卒难免有懦弱畏战者，士气并不高昂。那天，在洛阳城西，汉朝古迹夕阳亭前，崔延伯擎剑策马，往来奔驰，高声训话，悲壮的胡笳声随同响起，士兵们何曾听过自带激昂伴奏的领导讲话？被那雄浑的气氛感染，三军登时热血沸腾。自是每当出战，田僧超必阵前吹笳，以声壮势，音乐声中，每个士兵都把自己当成了战争主角，莫不踊跃冲锋，两年打下来，战果累累。

时万俟丑奴袭取泾州，崔延伯携新胜之师，前往交锋。丑奴探知情报，广募射手，对垒之时，强弓长羽，专射乐师，田僧超一曲未毕，中箭而死。崔延伯大恸，未几，亦中流矢，卒于军中，五万之师，一时溃散。

> 有田僧超，能吹笳①为《壮士歌②》《项羽吟③》。将军崔延伯出师，每临敌，令僧超为壮士声，遂单马入阵。

---

① 笳 [jiā]：流行于匈奴的一种吹管乐器，也叫"胡笳"。早期胡笳用芦叶卷就，后来改用羊角、竹管。胡笳发声悲壮，诗文常有悲笳、怨笳之语，令人闻声泪下，据说胡人常用来惊汉军马匹。
② 壮士歌：即荆轲辞别燕太子丹的绝唱"风萧萧兮易水寒"。
③ 项羽吟：即《垓下歌》，"力拔山兮气盖世，时不利兮骓不逝"。

◎ 琵琶弦

古时的琵琶取鹍鸡筋作弦，唐玄宗御用琵琶手贺怀智用铁拨弹，声不成曲。贞元年间，有位姓段的和尚琵琶之技极精，用皮作弦。

段姓和尚的事迹，段安节的《乐府杂录》记载详尽：

唐德宗贞元年间，关中大旱，天子诏长安东西两市祈雨。

祈雨的"雩祭"要奏乐，东西两市针锋相对，尚未祈雨，首先在朱雀大街两侧斗起音乐来。时有"天下第一琵琶圣手"之名的康昆仑住在东市一带，自然为东市笼络，代表东市出战，此人一出，西市果然全无抗手。东市就在朱雀大街以东搭起彩楼，请康昆仑登楼度曲，弹了一曲《绿腰》，观者云集。须臾，却见西市也开始搭彩楼，东市人高声讥诮：你们都一败涂地了，怎么还学我们搭彩楼？真不要脸！少顷，只见一女子怀抱琵琶，款款登上西市彩楼，遥向康昆仑道："我用'枫香调'弹一遍先生适才所弹的曲子好了。"素手倏出，轻拢慢捻，风雷之声大作，康昆仑惊得面无人色，下拜求收为弟子，女子不答，只说要回去更衣，转入进去一会儿的工夫，却出来了一个和尚，把康昆仑看得目瞪口呆。

原来这和尚法号善本，俗家姓段，在城西南大庄严寺出家，此番得西市施下巨额香火钱力请出山，作为西市撒手锏，专用来对付康昆仑。他以方外之人，不愿掺和这种争名夺利的俗事，因此变装易容出面，直到康昆仑殷殷求教，才起了传艺之念，恢复真面目示人。

此事惊动天子，唐德宗翌日召见，命段善本陈艺，听得心神俱醉，大为嘉许，又让他调教康昆仑。段善本奏道："请昆仑弹一曲。"康昆仑一弹，段善本大皱眉头，说："为何技法如此驳杂，且带邪声？"康昆仑讶道："段师真神人也！"他说："臣少年的启蒙师父，是邻家一个女巫，所以这底子里的邪声怎么也去不掉。后来数易师门，技法便渐渐杂了。"段善本奏道："既如此，你且废琴十年，待忘尽旧学，臣再从头教起。"康昆仑是宫里教坊司的，这就是说要皇上白养他十年，然后才重新培养，唐德宗不以为意，当即同意。十年后，康昆仑果然尽得段善本真传。《酉阳杂俎》说"开元中，段师能弹琵琶"，或系古人刊刻时误将贞元抄作了开元。

古琵琶用鹍鸡①筋。开元中，段师能弹琵琶，用皮弦。贺怀智②破拨③弹之，不能成声。

① 鹍 [kūn] 鸡：鸟名，楚辞注说"似鹤，色黄白"。
② 贺怀智：唐玄宗宫廷乐师，琵琶大家，事见本书《忠志》部分。
③ 破拨：铁拨，弹琵琶等弦乐器的工具。

◎ 共鸣

四川将军皇甫直，精意于音乐，叩击陶器，闻声即可分辨烧造时间。尤好弹琵琶，唐宪宗元和年间，作得一曲，在水池旁乘凉，就便试弹。本来弹的是黄钟调，声音却莫名其妙变成了蕤宾调，他以为是琵琶弦的缘故，换弦再弹，还是蕤宾调，皇甫直大感不解，心里闷闷，以为不祥之兆。

第二天，皇甫直又抱着琵琶坐到水池边弹奏，还是跟昨天一样，无论怎样调试，只能弹出蕤宾调。他换了个地方再试，这次声音却恢复了正常的黄钟调。皇甫直觉得事情蹊跷，当天夜里来到水池边，故意用蕤宾调弹奏，怪事发生了，一经弹奏，水里就有东西跃出水面，像鱼一样，乐声稍歇，水面复又平静如常。

皇甫直觉得水底下有什么东西，命人放干池水，在烂泥里冥搜数日，掘得一枚铁片。皇甫直是识货的，一眼看出，这是乐器"方响"上的构件，叫作"蕤宾铁"，敲击此物，可得蕤宾调。看来铁片受琵琶音激动跳出水面，应当是一种奇妙的音律共鸣。

由此可见，武侠小说里，高手一弹琴，万剑齐吼，跃匣而出，又或用声音激动飞刀杀人，也是有典实的。

按，本则又与《乐府杂录》所载有所出入，照理说，段安节不可能没读过其父的《酉阳杂俎》，既然读了，自己写书录同一件事，却执另一个版本，大约是对老爹的说法不以为然。

蜀将军皇甫直，别音律，击陶器能知时月。好弹琵琶。元和中，尝造一调，乘凉临水池弹之。本黄钟而声入蕤宾①，因更弦再三奏之，声犹蕤宾也。直甚惑，不悦，自意为不祥。隔日，又奏于池上，声如故。试弹于他处，则黄钟也。直因调蕤宾，夜复鸣弹于池上，觉近岸波动，有物激水如鱼跃，及下弦则没矣。直遂集客车水②竭池，穷池索之。数日，泥下丈余，得铁一片，乃方响③蕤宾铁也。

① 本黄钟而声入蕤宾：古音律有五音十二律，五音指：宫、商、角、徵、羽；十二律指：黄钟、大吕、太簇、夹钟、姑洗、仲吕、蕤宾、林钟、夷则、南吕、无射、应钟。
② 车水：用水车排水灌水。
③ 方响：打击乐器，南北朝时期出现，隋唐纳入宫廷燕乐，属于"磬"的变种，由十六枚铁片或玉片组成，演奏时持槌敲击发声。文中"方响蕤宾铁"即指其中敲击可得蕤宾音的铁片。

◎ 梦曲

有个叫王沂的老兄，一生从没学过音乐，有天正睡着觉，忽然醒来大喊大叫要弹琵琶，家人当他魔怔，你这辈子都没摸过乐器，大半夜的发什么疯弹琵琶？王沂不管，一定要弹。琵琶一到手上，妙音迭奏，居然连弹了好几首曲子，还跟家人讲解说，这首叫《雀啄蛇》，这首叫《胡王调》，这首是《胡瓜苑》，不过无论名目还是曲调，大家都是闻所未闻，而曲调悲怆动人，与闻者莫不痛哭流涕。他妹妹又惊又喜，原来老哥你还有这一手，快教教我，我也要学！王沂很得意，才教了两下，忽然之间，所有曲调手法，全部忘光了。

> 王沂者，平生不解弦管。忽旦睡，至夜乃寤，索琵琶弦之，成数曲，一名《雀啅蛇》，一名《胡王调》，一名《胡瓜苑》，人不识闻，听之莫不流涕。其妹请学之，乃教数声，须臾总忘，后不成曲。

◎ 相琴

有人用猿猴臂骨做笛子，其声清越圆润，更胜竹笛。
琴有"气"，段成式识得一位道人，会相琴，观琴之气，可知主人吉凶。

> 有人以猿臂骨为笛吹之，其声清圆，胜于丝竹。
> 琴有气。常识一道者，相琴知吉凶。

酒 食
饮食魏晋

◎ 红酒

北魏贾锵，博学多资，还擅长写书。府上有个家仆，精于水质甄别，贾锵隔三岔五叫他划一只小艇，漂在浩荡奔涌的黄河上，持葫芦取水。

滔滔黄河，何其汗漫，但家仆要取的不是普通水，而是黄河源头、昆仑冰川之水。河源水与凡水早已杂融，因此并不易取，一天下来，不过取到七八升而已。

将河源水静置一夜，再开坛时，澄澈碧水便化为了赤若流霞的绛色液体，用来酿酒，芬芳凛冽，举世无双，号为"昆仑觞"。贾锵曾以三十斛之数觐献孝庄帝。

按，古酒颜色非止一种，大唐酒色之丰富，彩丽竞繁，五光十色：

白居易："倾如竹叶盈尊绿"，绿酒最好；

杜甫不服："鹅儿黄似酒"，黄酒好；

白居易：那么"玉液黄金卮"，金杯玉液，白色的酒好；

杜甫："酒绿正相亲"，还是绿酒好。

白居易：成交！

至于红酒，除了葡萄美酒夜光杯，还有"琉璃钟，琥珀浓，小槽酒滴真珠红"，黄酒基色可呈琥珀色，所以广义的"红酒"并不罕见。

> 魏贾锵，家累千金，博学善著作。有苍头①善别水②，常令乘小艇于黄河中，以瓠匏③接河源水，一日不过七八升。经宿，器中色赤如绛，以酿酒，名昆仑觞。酒之芳味，世中所绝。曾以三十斛上魏庄帝④。

---

① 苍头：秦汉时，百姓戴黑色巾帻，故称"黔首"，仆役之辈戴青色巾帻，以示有

别良人,称"苍头"。
② 别水:鉴别水质。烹茶、酿酒对水质有较高要求,文人隐士僧道之流颇多此中能手,李德裕也雅善此道,堪称品水大师。曾有人往江南办事,李德裕托他带一壶金山脚下扬子江水回来,那人醉酒忘事,舟至建业(南京)才想起来,胡乱取了一壶充数,李德裕一品而讶然:"江南的水怎么变成这股味了?这水倒像建业石头城之水。"
③ 瓠匏:葫芦。
④ 魏庄帝:元子攸,北魏孝庄帝,献文帝拓跋弘之孙、孝文帝拓跋宏之侄,528—530年在位。胡太后鸩杀孝明帝后,尔朱荣提兵入京,屠戮朝臣,扶元子攸登基。尔朱荣觊觎帝位,是孝庄帝心腹大患。530年,尔朱荣以探视女儿(孝庄帝皇后)为名回京,被孝庄帝伏杀,惹起尔朱荣亲族部下群起报复,洛阳不日沦陷,孝庄帝落到尔朱荣侄子尔朱兆手上,惨遭缢杀,年仅24岁。

◎ 荷叶酒

济南城以北有片使君林。北魏正始年间,一个叫郑悫的妙人儿,每到三伏天气就携家带口躲进这林子避暑,然后玩接盘喝酒游戏。

游戏是这样的:

一片大荷叶,盛两升酒,拿簪子捅开叶柄,使酒流入,然后把叶柄折弯,不让酒漏出来,大家就可以传递着吸了。凡喝过的无不啧啧赞叹,说此酒有莲花的清香气,比水好喝。一群大老爷们儿,个个峨冠博带,小心翼翼地高举着一扇超大的荷叶,撅起嘴去嘬荷茎的头。这玩意儿还有个好听的名目,叫"碧筒杯"。

此事后来成了风流雅趣,唐时宰相李宗闵玩,宋朝苏大胡子也玩,玩得多了,恐怕难免有手一滑倒自己一头酒的时候。

> 历城①北有使君林。魏正始②中,郑公悫③三伏之际,每率宾僚避暑于此。取大莲叶置砚格④上,盛酒二升,以簪刺叶,令与柄通,屈茎上轮囷⑤如象鼻,传吸之,名为碧筩杯。历下学之,言酒味杂莲气,香冷胜于水。

① 历城:山东济南。
② 正始:北魏宣武帝元恪年号,504—508年。

③ 郑悫〔què〕：生平不详，北魏人。
④ 砚格：放砚台的小盒。
⑤ 轮囷：蜿蜒盘曲貌。

◎ 青田酒

不知青田核的树长得什么样，核像个六升容量的大葫芦，灌上水，一忽儿就变成酒了，所以也叫青田壶、青田酒。蜀后主刘禅有两个青田核，每个都差不多能盛5升水，一忽儿的工夫，水变成酒，滋味醉人。宴客的时候就轮换着装水酿酒，保证筵席上青田酒一直不断，但不知是从何处得来的。

  青田核①，莫知其树实之形。核大如六升瓠，注水其中，俄顷水成酒，一名青田壶，亦曰青田酒。蜀后主②有桃核两扇，每扇着仁处，约盛水五升，良久水成酒味醉人。更互贮水，以供其宴。即不知得自何处。

---

① 青田核：本则出晋崔豹《古今注·草木卷》，说青田核产自乌孙国，又说水灌进去时间不能太久，太久则味苦，无法饮用。这种植物果实太大，保鲜不易，无法传入中土，能传进来的只有果实的核。疑指椰子。
② 蜀后主：刘禅。《古今注》原文作"刘璋"，即东汉末益州牧刘季玉。

◎ 喝汤

王莽时期，天下鼎沸，民间武装蜂起，武陵一带的蛮夷头子田强据地为王，派长子田鲁、次子田玉、幼子田仓各领一城，成掎角之势，盘踞一方。

东汉光武帝建武二十四年，朝廷遣武威将军刘尚征伐拒不归附的蛮党。一次，两个兄长收到幼弟田仓烽火传信，急点兵马来援，到了地头却不见汉军。幼弟田仓笑嘻嘻说道："小弟捉了一只白鳖，大补，特地点了烽火叫哥哥们来喝汤。"

哥哥们相顾愕然。

后来刘尚兵临城下，田仓再举烽火，两个哥哥以为这小子又是叫他们去喝汤，都按兵不动。田仓卒。

　　武溪夷①田强，遣长子鲁居上城，次子玉居中城，小子仓居下城。三垒相次（一曰望），以拒王莽。光武二十四年，遣武威将军刘尚征之。尚未至，仓获白鳖为臛②，举烽请两兄。兄至，无事。及尚军来，仓举火，鲁等以为不实，仓遂战而死。

---

① 武溪夷：亦称武溪蛮、武陵蛮，是东汉初分布在武陵（湖南、湖北、重庆、贵州边境武陵山脉一带）的少数民族泛称。西汉初，置武陵郡，东汉初，武陵夷频频造反，攻占郡治，剿不胜剿。汉光武帝建武二十三年腊月，朝廷拜刘尚武威将军，领兵平叛。刘尚孤军深入，粮尽撤退时遭伏击，全军尽墨，刘尚战死。《酉阳杂俎》所录，即此次战争。
② 臛：大锅肉羹。

◎ 樽俎折冲

　　南朝梁刘孝仪招待东魏使臣团，酒桌上，刘孝仪吃着烩鱼、鱼鲊，美滋滋地说："我们大梁既奉正统，正该召集天下诸侯，都来尝尝这道菜。"

　　东魏使臣崔劼、李骞在座，崔劼冷笑道："刘中丞什么时候做了封疆大吏，管起诸侯的事情了？"

　　李骞附和道："崔兄失察矣，倘果然如是，中丞的车驾，如今早在我大魏穆陵关了。"

　　刘孝仪略显尴尬道："久闻魏国首都邺中的鹿尾乃是最好的下酒菜，我还真想去见识见识。"

　　崔劼道："不知中丞这话从何谈起，孟子论食，推崇鱼和熊掌；吕不韦所尚，当属鸡爪、猩唇。中丞说鹿尾好吃，然而书籍居然全无载录，奇哉。"

　　刘孝仪更尴尬了，掩饰道："可事实就是如此，古籍不载，或许……或许古今口味所好不同。"

　　眼见刘孝仪招架不住，另一个梁国大臣贺季帮腔道："郑玄注《周礼》提及青州蟹黄，此物同为它书不记，可见好吃的东西，未必都要记在书上。"

　　李骞寸步不让道："郑玄还记过益州人吃腐肉呢，可见郑玄提到的东西，未必就是美味。"

梁刘孝仪①食鲭鲊②，曰："五侯九伯③，令尽征之。"魏使崔劼④、李骞在坐，劼曰："中丞之任，未应已得分陕⑤？"骞曰："若然，中丞四履，当至穆陵⑥。"孝仪曰："邺中⑦鹿尾，乃酒肴之最。"劼曰："生鱼、熊掌，孟子所称。鸡跖、猩唇，吕氏所尚⑧。鹿尾乃有奇味，竟不载书籍，每用为怪。"孝仪曰："实自如此，或是古今好尚不同。"梁贺季⑨曰："青州蟹黄，乃为郑氏所记⑩，此物不书，未解所以。"骞曰："郑亦称益州鹿𦒎⑪，但未是珍味。"

---

① 刘孝仪：刘潜，字孝仪，南朝萧梁文学家，累迁尚书左丞、兼御史中丞。
② 鲭［zhēng］鲊［zhǎ］：鲭，煮鱼混合煎肉，例如"五侯鲭"，是杂烩一类的东西。鲊，一种用米粒裹着鱼发酵的食物，味道酸臭爽口，后来食材拓展，非止鱼类，蔬菜、肉类亦可腌制。
③ 五侯九伯：五侯指公、侯、伯、子、男；九伯，九州之长。五侯九伯泛指天下诸侯。这句话引《左传》"五侯九伯，汝实征之，以夹辅周室"，公元前656年，齐桓公率诸侯之师（鲁、宋、陈、卫、郑、许、曹）伐楚，楚国使者去见管仲交涉说："君处北海，寡人处南海，风马牛不相及，你们干什么要来打我们？"管仲说："周天子授予我们先君的权力，天下诸侯，凡对王室不敬的，我们都可以打。"刘孝仪说这话，是吃鱼吃得兴奋忘形，口出狂言，意思是要让天下诸侯都尝尝这美味，那么潜台词就是"我们是奉正统的齐桓公，你们东魏只是不守规矩的楚国，挨打的话活该"。
④ 崔劼：字彦玄，贝丘（山东济南临清）人，在东魏为五兵尚书，入北齐受重用，官至度支尚书、中书令，加开府仪同三司。此人清虚寡欲，当时门第相袭，高门之子多凭祖荫入仕，在京为官，崔劼独将二子外放，为地方幕僚而已。孩子的叔叔看不下去，问为啥不在朝中替侄儿谋个正经官职？崔劼道："立身以来，耻以一言自达，今若进儿，与身何异？"就是说，我自己为官做事，以自矜为耻，如今岂能替儿子说好话，那与替自己说话有何不同？公元541年，即梁大同七年，崔劼与李骞出使南朝，应即本则所载。
⑤ 分陕：原指周公、召公分治陕东、陕西，后指出任地方官。魏使先指出刘孝仪"中丞"的身份，然后质疑他"未应已得分陕"，意思是说，你刘大人不是在贵国中央任职吗，什么时候成了诸侯了？
⑥ 穆陵：穆陵关，在今山东临朐和沂水附近，当时属于东魏辖境，为战略要冲。
⑦ 邺中：今河北临漳，是曹魏、东魏、北齐都城，此处代指东魏。
⑧ 吕氏所尚：指《吕氏春秋·本味篇》。

⑨ 贺季：梁步兵校尉、中书黄门郎、著作郎。
⑩ 郑氏所记：指郑玄注《周礼》，以荆州的黑鱼、青州的蟹酱，为祭祀和膳食美味。
⑪ 益州鹿麑：益州一种奇特的食物，当地人把鹿杀了埋起来，等到肉发臭了再挖出来吃。

◎ 蛤蜊

何胤饮食奢侈，每餐珍馐琳琅，能摆满一丈见方的桌面。后来有所收敛，但菜肴中仍有白鱼、鳝鱼干、糖蟹这种不可多得的珍味。何胤心里过意不去，让门人商量商量，看看到底哪些菜是可以裁减的。学士钟岏说道："鳝鱼变成鳝鱼干的过程中，痛苦到频繁屈伸，蟹浸在糖里，难受得挣扎乱动。仁者应心怀恻隐，此二物不宜再吃。至于蛤蜊、牡蛎这种东西，没有眼睛眉毛，模样跟浑沌一样；嘴巴虽然闭着，但并非金人之慎言。不枯不荣，尚不及草木；不香不臭，同瓦砾有什么区别？所以蛤蜊这种东西存在的意义，就是送到厨房，供人吃的。"

何胤①侈于味，食必方丈。后稍欲去其甚者，犹食白鱼、鲢腊②、糖蟹。使门人议之，学士钟岏③议曰："鳝之就腊，骤于屈伸，而蟹之将糖，躁扰④弥甚。仁人用意，深怀恻怛⑤。至于车螯⑥、母蛎，眉目内阙，渐浑沌⑦之奇；唇吻外缄⑧，非金人之慎⑨。不荣不悴，曾草木之不若⑩；无馨无臭，与瓦砾而何异？故宜长充疱厨，永为口实。"

① 何胤：南朝人，生于宋，卒于梁，历任秘书郎、建安太守、太子中庶子。南齐明帝时推官隐居，齐、梁两朝相召，不起。
② 鲢腊：鳝鱼干。
③ 钟岏：颍川人，官至建康令。
④ 躁扰：挣扎乱动。
⑤ 恻怛：恻隐之心。
⑥ 车螯：一种文蛤。
⑦ 浑沌：《庄子·应帝王》说的"中央之帝"，天生没有七窍，北海之帝和南海之帝去看他的时候跟他说，人人都有七窍，就你没有，我们给你凿出来吧。于是每天给浑沌凿一窍，七天后浑沌卒。

⑧ 外缄：外壳。
⑨ 金人之慎：孔子参观周王室太庙，见有金人像，嘴巴上贴着条条封条，背上铭文写着"古之慎言人也"。后以金人之慎，比喻嘴巴严，或因顾虑而不肯轻言。
⑩ 曾草木之不若：古人觉得贝类跟石头差不多，不见枯荣，也不像鱼兽有灵性。

◎ 鳝鱼说

韦琳，西安人，南迁于襄阳。后梁明帝天保年间，为中书舍人，博闻高才，词锋犀利。曾写过一篇《鳝表》讥讽时人。内容如下：

臣鳝鱼有言禀奏：臣恭领委任状，见以臣为米羹将军、油蒸校尉、肉汤刺史，兼鳝鱼干之职如故，臣含着锅灰屏息凝气，谨受旨意，在笼灶之前，诚惶诚恐。臣惭愧，臣的味道不如夏天的鲻鱼、冬季的鲤鱼，常常记着河豚的讽刺，害怕招致王八的嘲讥，所以躲在湖底、淤泥，想不到得如此殊荣僭赏，曲蒙大力擢拔，得以出现在上流盛宴，被玉盘盛着，被人用象牙筷子夹着吃，恩遇之隆，如以膏腴加诸臣身。臣当佩戴姜、花椒，外穿紫苏、茱萸，报答圣恩。酒勺才动，盛馔已经云集，浓汤备好，佳肴旋即成列。臣会在蘸料里翻滚，在朱唇间逍遥，圣恩浩荡，万死难报。臣不胜惶恐，谨列于铜鼎之次，奉上谢表，恭请圣上御览。

圣上下诏：你的心意朕都知道了，卿乃沼泽里的缙绅，池塘里的俊士，久历蒲菜荇菜之间，肥美好吃朕早就知道，堪当此任，无需申谢。

后梁①韦琳，京兆人，南迁于襄阳。天保②中，为舍人，涉猎有才藻，善剧谈。尝为《鳝表》，以讥刺时人。其词曰："臣鳝言：伏见除书③，以臣为粽（一曰糁）熬将军、油蒸校尉、臛州刺史，脯腊如故。肃承将命，含灰屏息。凭笼临鼎，载兢载惕。臣美愧夏鳣④，味惭冬鲤，常怀鲐⑤服之诮，每惧鳖岩之讥⑥。是以漱流湖底，枕石泥中，不意高赏殊私，曲蒙钧拔，遂得超升绮席，忝预玉盘。远厕玳筵⑦，猥颁象箸，泽覃⑧紫腴，恩加黄腹。方当鸣姜动椒⑨，纡苏佩樧⑩。轻瓢才动，则枢盘⑪如烟；浓汁暂停，则兰肴成列。宛转绿斋⑫之中，逍遥朱唇之内。御恩噬泽，九殒弗辞。不任屏营⑬之诚，谨列铜枪⑭门，奉表以闻。"诏答曰："省表⑮具知，卿池沼缙绅，陂渠俊乂⑯，穿蒲入荇，肥滑有闻，允堪兹选，无劳谢也。"

① 后梁：西梁。承圣三年（554年）西魏攻陷江陵，杀梁元帝、立萧詧为梁朝皇帝，公元587年灭国，国祚33年。
② 天保：西梁第二任皇帝，梁明帝萧岿年号，555—562年。
③ 除书：拜官授职的文书。
④ 夏鳣：鲟鱼。
⑤ 鲐：河豚。
⑥ 鳖岩之讥：典出《庄子·秋水》，井里的青蛙和东海之鳖相遇了，青蛙疯狂吹嘘，说自己井里如何广阔，蝌蚪和螃蟹如何羡慕自己，然后王八跟它讲了东海的汗漫，青蛙听后惘然若失，世界观碎成齑粉。
⑦ 绮席、玳筵：豪华的筵席。
⑧ 泽覃：恩遇隆盛。
⑨ 鸣姜动椒：这个词应是恶搞"鸣玉曳组"，身上佩戴玉佩印组，指出任高官。
⑩ 纤苏佩榝：苏指紫苏，榝指食茱萸，都是调料，而一紫一朱，正是富贵象征。该词恶搞了"朱衣紫绶""纤青佩紫"之类，指身份显贵。
⑪ 枢盘：盛满菜肴的容器。
⑫ 绿齑：捣碎的韭菜、蒜、姜之类，能作为蘸料、咸菜。
⑬ 屏营：惶恐貌。
⑭ 铜枪：铜鼎。
⑮ 省表：指这篇自省明志的表章。
⑯ 陂渠俊乂：池塘里的俊士。

◎ 伊尹说汤

伊尹干谒商汤，说为天下之主者，天下肉类可以尽享，其中水产味腥，食肉动物的肉臊，食草动物的肉膻。

> 伊尹干汤①，言天子可具三群之虫②，谓水居者腥，肉玃者臊，草食者膻也。

① 伊尹干汤：本段出《吕氏春秋·本味篇》，殷商开国名相，厨师出身，背着炊具去见商汤，列了一份天花乱坠的食材清单，把商汤说得口涎长流。伊尹说，只要你得了天下，这些好吃的就都是你的了。商汤于是造了反。伊尹由厨入政，

被后世尊为中华厨祖。

② 三群之虫：三类动物，即水族、食肉动物、食草动物。

◎ 三材五味

本则及下则摘自《吕氏春秋·本味篇》、《周礼》、《楚辞》、西汉枚乘《七发》、崔骃《七依》、张衡《七辩》、王粲《七释》、曹植《七启》、《齐民要术》（"七"是汉魏之际一种常见文体）。所摘多为名词概念，不能成文，译述从略。

五味①、三材②、九沸、九变、三臡③、七菹④、具酸⑤、楚酪⑥、芍药之酱⑦、秋黄之苏⑧、楚苗⑨、挫糟⑩、山肤⑪太（一云大）苦。

甘而不哜⑫，酸而不嚛⑬，咸而不减⑭，辛而不耀⑮，淡而不薄，肥而不腻。

---

① 五味：酸、苦、甘、辛、咸。
② 三材：水火木。
③ 三臡[ní]：麋、鹿、麇[jūn]（獐子）三种大骨肉酱。出《周礼》。
④ 七菹[zū]：韭、菁、茆、葵、芹、菭、笋七种腌菜。
⑤ 具酸：似应作"吴酸"，吴地香蒿腌的酸菜。出《楚辞·大招》。
⑥ 楚酪：楚地的奶酪。
⑦ 芍药之酱：古人用芍药作调料，制成的花酱。出《七发》。
⑧ 秋黄之苏：秋日的紫苏。
⑨ 楚苗：楚地苗山上的稻米。
⑩ 挫糟：挫冰之类的冷饮，一说冰镇的酒。出《楚辞·招魂》。
⑪ 山肤：石耳。
⑫ 甘而不哜[yuàn]：甜而不腻，或甜而不齁。哜，味道重。这句话是《吕氏春秋·本味篇》接五味、三材所言，味道调和好、火候掌控好，那么食物便熟而不烂、甜而不齁、酸而不浓、咸而不苦、辛而不冲、淡而不薄、肥而不腻。
⑬ 酸而不嚛[hù]：味道不会太过。
⑭ 咸而不减：咸而不会过"卤"，即不会太苦。
⑮ 辛而不耀：《吕氏春秋》作"辛而不烈"。

◎ 食材

略。

猩唇、獾炙①、麟翠②、犓腴③、麋腱④、述荡之掔⑤、旄象之约⑥、桂蠹⑦、石鲼⑧、河隈之鲦⑨、巩洛之鳟⑩、洞庭之鲋⑪、灌水之鲤⑫（一云鳐）、珠翠之珍、莱黄之鲐⑬、孺鳖⑭、炮羔⑮、腾兔⑯、蠵膶⑰、御宿青粲⑱、瓜州红菱、冀野之粱⑲、芳菰精稗⑳、会稽之菰、不周之稻、玄山之禾、杨山之穄㉑、南海之秬㉒、寿木之华㉓、玄木之叶㉔、梦泽之芹㉕、具区之菁㉖、杨朴之姜㉗、招摇之桂㉘、越酪之菌、长泽之卵、三危之露㉛、昆仑之井、黄颔膶㉜、醒酒鲭㉝、餻糊、馁馇㉞、粔妆㉟、寒具㊱、小蛳㊲、熟蚬㊳、炙䬸㊴、蚶子、蟹蝑、萌精、细乌贼、细飘（一曰"鱼鳔"）、梨酌㊵、堂酱㊶、乾栗、曲阿酒㊷、麻酒、振酒㊸、新鳅子、石耳、蒲叶菘㊹、西椑㊺、竹根粟、菰首㊻、鳛子鲍、熊蒸㊼、麻胡麦、藏荔支、绿施笋㊽、紫鬣、千里蕙㊾、鲙曰万丈、蟊足红绰㊿、精细曰万凿、百炼蝇首如蚝(51)、张掖九蒸豉、一丈三节蔗(52)、一岁一花梨(53)、行米、丈松、窑鳅、蚶酱、苏膏(54)、糖颊蠅子、新乌蜊、缥胶法(55)、乐浪酒法(56)、二月二日法酒(57)、酱酿法、绿鄙法、猪骸羹、白羹、麻羹、鸽膶、隔冒法、肚铜法、大狍炙、蜀捣炙(58)、路时腊、棋腊、獾天腊、细面法、飞面法、薄演法、龙上牢丸(59)、汤中牢丸(60)、樱桃䭔(61)、蝎饼(62)、阿韩特饼、凡当饼、兜猪肉、悬熟(63)、杏炙、蛙炙、脂血、大扁锡、马鞍锡、黄丑、白丑、白龙舍、黄龙舍、荆锡、竿炙(64)、羌煮(65)、疏饼、锑糊饼。

饼谓之托，或谓之馁馄。饴谓之饓（一曰锥）。饱锹谓之储（一曰馅）、餋鲊鮎（"鮎"本二字，皆从鱼）茹叽食也。膜（一曰餕）、腆、脯、胀、膰，肉也。䐛、䐄、膜也。腾、膌、一曰馈。胗，膶也。格、糈、稃、梳，徼也。镡（一曰馦，四库本为"镡"）、鳔、脺、籐、饣
，饵也。醪、酏、酮、醸，醅也。酪、戴、醇，浆也。䤃、嵘、醸、䤁，盐也。醯、醇、酳、醖；酱，酱也。

---

① 獾炙：烤獾鸟肉，该鸟见载《山海经·南山经》。

② 鷰 [yàn] 翠：《吕氏春秋》作"隽鷰之翠"，或说指杜鹃尾巴上的肉。
③ 犓 [chú] 腴：牛腩。
④ 糜腱：炖烂的牛蹄筋。
⑤ 述荡之挈：述荡是一种两个头的动物，可能指《山海经》的"并封"。述荡之挈就是这种异兽的肘子。
⑥ 旄象之约：牦牛尾和象鼻。
⑦ 桂蠹：桂树上的蠹虫。颜师古注《汉书》说，这种虫子因为以桂木为食，所以肉尝起来有点辣，最好蘸着蜜吃。
⑧ 石鲅：鲍鱼。
⑨ 河隈之鲦：河流转弯处（或指黄河河曲）凿冰捕获的鱼。
⑩ 巩洛之鳟：洛阳、巩义一带的鳟鱼。此处的鳟鱼应该指赤眼鳟，也叫鮡鳟。
⑪ 洞庭之鲋：洞庭湖的鲫鱼，言此鱼出自江岷，朱尾碧鳞。
⑫ 灌水之鲤：应是藋水之鳐。传说藋水在西极，此鱼状若鲤而有翼，常从西海夜飞，游于东海。
⑬ 莱黄之鲐：东莱郡（今山东烟台、威海一带）的鲐鱼。
⑭ 臑鳖：炖鳖。
⑮ 炮羔：烤乳羊。
⑯ 膶 [juǎn] 凫：野鸭子肉羹，汤不宜多。
⑰ 蠙 [pín] 臐：蚌肉羹。庶几可以想象成蚝仔粥（牡蛎粥）。
⑱ 御宿青粲：陕西御宿的上等青米（极品米色泽如青玉，故言青米）。
⑲ 冀野之梁：河北高粱。
⑳ 芳菰精稗：芳菰指雕胡米，也叫菰米；精稗指稗草草籽。这两种作物在历史上都曾长期充当国人粮食，如今则早已远遁江湖，不沾人间烟火了。
㉑ 杨山之穄 [jì]：穄，即黍，也叫糜子、大黄米，方今仍有广泛种植。杨山，应作"阳山"，在昆仑南麓。
㉒ 南海之秬：南海郡（广东一带）的黑黍米。
㉓ 寿木之华：传说昆仑山上有仙木，食其果实可长生不死，故曰寿木。
㉔ 玄木之叶：出《吕氏春秋》，姑山以东，有个"中容国"，有赤木（红色的树）、玄木（黑色的树），树叶吃了可以成仙。此国亦见载《山海经·大荒东经》，是帝俊降生的国度。
㉕ 梦泽之芹：云梦之芹，湖北江汉平原云梦泽的水芹。
㉖ 具区之菁：太湖的韭菜花或芜菁。
㉗ 杨朴之姜：蜀郡的姜。
㉘ 招摇之桂：据《山海经·南山经》，招摇山位于西海之滨，山上多桂树。
㉙ 越酪之菌：疑当作"骆越之菌"，南越一带的蘑菇，骆越，《汉书·马援传》以为越之别名。
㉚ 长泽之卵：长泽，可能是《山海经·北山经》的长泽，卵指某种鱼籽；或以为

长泽指地中海，长泽之卵指鸵鸟蛋。

㉛ 三危之露：昆仑三危山的水。

㉜ 黄领臛：黄领蛇肉羹。黄领蛇，即黑眉锦蛇，无毒。黄领臛和下面的醒酒鲭都出自一代食神，南齐虞悰之手。

㉝ 醒酒鲭：南齐虞悰，官至祠部尚书、度支尚书、右军将军，厨艺冠绝天下。齐世祖萧赜跟虞悰多年交情，知道他会做饭，请他做一点扁米粣（一种粽子）来吃。虞悰当时心情不错，裹了几个小粽子，手艺完胜御膳太官。皇上吃完还想吃，老着脸想让虞悰传授做法秘诀，虞悰不肯，皇上毫无办法。后来皇上酒精中毒，虞悰才教给御厨一道醒酒的鲭鲊制法，就是“醒酒鲭”。

㉞ 餦餭［zhāng huáng］：饴糖。

㉟ 粔妝：以蜜和面，炸成的点心，也叫“蜜饵”。《齐民要术》介绍的做法，取米粉、水、蜜和成八寸长面条，成环形，炸熟。

㊱ 寒具：油炸的面点，如馓子、脆麻花之类。

㊲ 小蛳：螺蛳。

㊳ 熟蚬：或指河蚬。

㊴ 炙餈：煎米饼。

㊵ 梨酚：梨子酿的果酒。

㊶ 鲎酱：鲎的肉、卵做的酱。

㊷ 曲阿酒：南梁《舆驾东行记》讲述，从前东海海神载了一船美酒去一个叫作高骊国的地方向某位美女求婚，美女表示拒绝，东海神大发雷霆，打翻了自己的座船，船上美酒流入曲阿湖，从此曲阿湖水酿的酒便叫作曲阿酒。

㊸ 搌酒：一说为棂树酿的酒，或者解作滤去渣滓的清酒。

㊹ 蒲叶菘：大白菜。

㊺ 西椑：一种类似柿子的水果，以宜昌出产者最好。

㊻ 菰首：茭白。

㊼ 熊蒸：蒸熊肉。

㊽ 绿施笋、紫鬣：出南朝梁吴均的《食移》，紫鬣是洞庭之鱼的美称，并无专指。

㊾ 千里蓴：应是“千里莼”，千里湖的莼菜。

(50) 鲙曰万丈，蝨足红綷：这句话是在比喻脍之纤细鲜美，如同蚊脚，如同红丝。

(51) 精细曰万凿，百炼蝇首如蛭：谓稻米之精细，如同蚂蚁卵。

(52) 一丈三节蔗：据《南方草木状》，西晋太康六年，扶南国（越南柬埔寨一带）贡甘蔗，一丈三节。

(53) 一岁一花梨：应是“一岁三花梨”，《食移》载称，甘肃安定之梨，皮薄味厚，一岁三花，一枚二升。

(54) 苏膏：紫苏膏。

(55) 缥胶法：缥醪，一种酒，制法不详。

(56) 乐浪酒法：乐浪在今朝鲜中北部，汉武帝所设朝鲜四郡之一，那么该酿酒工艺

⑤⑥ 当指朝鲜的酿酒法,不详。
⑤⑦ 二月二日法酒:《齐民要术》记载的讲究取二月初二之水酿酒的工艺。
⑤⑧ 蜀捣炙:《齐民要术》载有制法:肥鹅肉剁一下,穿竹签;醋、瓜菹、葱白、姜、橘皮、花椒末调成汁,均匀涂抹,打鸡蛋抹匀,大火烤到微焦、渗出油脂。也可以用小肥猪肉替代。
⑤⑨ 龙上牢丸:包子。
⑥⓪ 汤中牢丸:馄饨、饺子。
⑥① 樱桃䭔:樱桃夹心的麻球。
⑥② 蝎饼:一种带芝麻的炸面点,类似寒具。
⑥③ 悬熟:去皮猪肉十斤,切臊子,葱白一升,生姜五合,橘皮两叶,秫米三升,酱油五合,调味后蒸熟。
⑥④ 竿炙:或指棒炙。大牛用里脊肉、小牛用腿,专烤一侧,烤到肉变白时,片下吃。
⑥⑤ 羌煮:鹿头煮熟切小块备用。猪肉切小块,加葱、姜、橘皮、花椒、醋、盐、豆豉熬成浓汤,下入鹿头肉吃。

◎ 烹调

略。

折粟米法①:取简胜粟一石,加粟奴②五斗舂之。粟奴能令馨香。
乳煮羊胳利③法:槟榔詹阔一寸,长一寸半,胡饭皮。
鲤鲋鲊法:次第以竹枝赍头置日中,书复为记赍字。
五色饼法:刻木莲花,藉禽兽形按成之,合中累积五色竖作道,名为斗钉④。色作一合者,皆糖蜜副。
起粄⑤法、汤肱⑥法、沙棋法、甘口法。
蔓菁蕻菹法⑦:饱霜柄者,合眼掘取作挌薄⑧形。

---

① 折粟米法:折,指去粗留精的粮食加工方法,因该工艺必然耗减粮食,故言"折"。《齐民要术》有详述,比如取一石脱壳的粟米,经过反复淘洗、脚踩,滤掉粗米碎米,可得精米七升,以提升米饭口感。
② 粟奴:黑粉菌科真菌粟黑粉菌侵染粟的幼穗所产生的冬孢子粉,可入药。
③ 羊胳利:羊肉干。

④ 斗钉：供陈设的食品，五色小饼在食器中堆砌而成。
⑤ 粄 [bǎn]：泛指一类米糕类食物，可以有馅，今客家和海南仍常见。
⑥ 汤肵：牛肚汤。
⑦ 蔓菁萩菹法：腌咸菜法。
⑧ 摴薄：骰子。

◎ 烹调

略。

蒸饼①法：用大例面一升，炼猪膏三合。
梨滰法②、脧肉③法、脟肉④法、瀹鲐法。
治犊头，去月骨，舌本近喉，有骨如月。
木耳鲙⑤。
汉瓜菹，切用骨刀⑥。
豆牙菹。
肺饼法覆，肝法起，起肝如起鱼菹⑦。菹族并乙去法（一曰升）。
又鲙法⑧：鲤一尺，鲫八寸，去排泥之羽。鲫员天肉，腮后鬐前，用腹腴拭刀，亦用鱼脑，皆能令鲙缕不著刀。
鱼肉冻胜法：渌肉酸胜，用鲫鱼、白鲤、鲂鳏、鳜、鲚。
煮驴马肉，用肋底郁驴肉。驴，作鲈贮反。炙肉，鳣鱼⑨第一，白其次，已前曰味。

---

① 蒸饼：馒头类面食。
② 梨滰法：疑是"梨菹法"。《齐民要术》：小梨浸在瓶里，加蜜，封口，从秋渍至明春。启封后，梨削皮切片吃。
③ 脧肉：仍据《齐民要术》，一道猪油熬猪肉的菜。
④ 脟肉：据《齐民要术》，肉切大块，用盐、酒曲、麦麸腌，入瓮密封，十四天后成，吃时要煮。
⑤ 木耳鲙：或是"木耳菹"，《齐民要术》：只用枣、桑、榆、柳树上生的木耳，勿使变干，趁新鲜煮五遍，去腥，洗净切碎，入香菜、葱白、豆豉汁、酱清、醋、姜末、花椒末。

⑥ 骨刀：防止金属刀使菜变色、变味。
⑦ 鱼菹：鱼酱。
⑧ 脍法：斫脍法，鲤鱼以一尺者为宜，鲫鱼八寸者最佳，削掉鱼鳍。用鱼腹部的"天肉"——腹腴脂肪涂抹刀刃，或用鱼脑涂抹，切脍时可令鱼片不沾刀。
⑨ 鱤鱼：鳊鱼。

◎ 衣冠名食

当今上流美食：萧家馄饨，其汤滤去肥腻，可以直接用来煮茶；庚家粽子，白莹如玉；文宗朝左金吾大将军韩约能做樱桃饆饠，使樱桃馅不变色；又有鱼片冷面羹、酒卤鱼腹、樟子肉卤面；曲良翰将军，擅烤驼峰。

今衣冠家名食①，有萧家馄饨，漉②去汤肥，可以瀹茗③；庚家粽子，白莹如玉；韩约④能作樱桃饆饠⑤，其色不变；有能造冷胡突鲙⑥、鳢鱼臆⑦、连蒸诈草、草皮索饼⑧；将军曲良翰，能为驴鬃驼峰炙⑨。

---

① 衣冠家名食：上流社会美食。
② 漉：过滤。
③ 瀹茗：煮茶。
④ 韩约：唐文宗与李训、郑注合谋欲诛除宦官，在左金吾院设伏兵，意图诱宦官入内杀之。一日早朝，左金吾大将军韩约越班而出，启奏左金吾院内石榴树上夜降甘露，请皇上去看，皇上命宦官头子仇士良先去看看，仇随韩来到左金吾衙门，韩约紧张焦躁，以至于在寒风之中兀自大汗淋漓，仇见状起疑，又闻院内有金刃碰撞声，返身奔逃，发动神策军屠戮朝臣，李训、韩约等皆被杀，是为"甘露之变"。《宣室志》有个故事，说韩约曾为安南都护，调任回京的时候，带了一种越南特产"玉龙膏"，这种东西能把银子化成液体，但当地传说，此物绝不可携往北地，否则必招奇祸，韩约不听，终致杀身之厄。
⑤ 樱桃饆饠 [bì luó]：饆饠，一种神秘的食物，早已失传，关于其形制，今说纷纭。按《太白阴经》，制饆饠需要用面，但所费不多，推知当为面食。饆饠多样，除樱桃饆饠外，尚可知有蟹黄饆饠、羊肝饆饠、天花（一种极鲜的小蘑菇）饆饠，那么饆饠是有馅的。《岭表录异》写蟹黄饆饠制法："赤母蟹，壳内黄赤膏如鸡鸭子共同，肉白如豕膏，实其壳中。淋以五味，蒙以细面，为蟹黄饆饠，珍美可尚"，馅料五味调和，裹一层薄面皮，《酉阳杂俎》特地强调樱桃饆饠

"其色不变",则非熟面皮裹着新鲜樱桃馅,一定是制成饆饠时,会有令樱桃变色的工艺,该工艺多半是加热,比如蒸、炸、烤,如此,"其色不变"才难能可贵,值得称道。唐代长安人吃饆饠又有就蒜的习惯,推测或为炸春卷的早期形态。

⑥ 冷胡突鲙:鱼肉片面羹。
⑦ 鳢鱼臆:酒卤的鱼腹肉。
⑧ 连蒸诈草、草皮索饼:或为"连蒸獐獐皮索饼",獐肉、獐皮卤面。
⑨ 骏鬃驼峰炙:烤驼峰。

◎ 神厨

唐德宗贞元年间,有位将军烹调,他说世上没有不能吃的东西,只要火候、调味合适了,什么东西都能烧来吃。有一回居然拿坏掉的挡泥板、胡人的盒子做菜,味道极佳。

道士陈景思说,皇上敕令一个叫齐日升的人种樱桃,此人能使樱桃维持到五月中旬不落,甜度提升数倍,只是樱桃皮会变得像柿子一样皱。没人知道他是怎么做到的。

> 贞元中,有一将军家出饭食,每说物无不堪吃,唯在火候,善均五味。尝取败障泥①、胡盝②,修理食之,其味极佳。
> 道流陈景思说,敕使齐日升养樱桃,至五月中,皮皱如鸿柿不落,其味数倍。人不测其法。

---

① 障泥:垂在马腹两侧用来遮挡尘土的护具。
② 盝[lù]:小匣子。

医

神医和神药

◎ 扁鹊冢

济南长清一带座落着扁鹊冢，传说曹魏之际，医生们来此祭祀，牢牲丰盛，时谓"祭卢医"。

卢城①之东有扁鹊冢，云魏时针药之士，以卮腊②祷之，所谓卢医③也。

---

① 卢城：春秋时期的古卢国，在今济南长清区一带。
② 卮腊：酒肉。卮，酒器。
③ 卢医：扁鹊的另一个外号，据《史记·扁鹊仓公列传》，扁鹊本名其实叫"秦越人"，他在赵国行医，人谓其有上古轩辕氏名医"扁鹊"之术，遂名之。"卢医"则是他在齐国行医的名字。

◎ 高句丽医者

曹魏时的一位高句丽医者，针法精妙。一寸头发，断作十几段，他能用针纵贯穿透，连接如初，他说头发是中空的，所以可以做到。

魏时有句骊①客，善用针。取寸发，斩为十余段，以针贯取之，言发中虚也。其妙如此。

① 句骊：高句丽。

◎ 天竺术士

据《通典》《唐书》记载，贞观二十二年，王玄策作为右卫率府长史出使中天竺，适逢中天竺亲唐的国王驾崩，国王之弟阿罗那顺篡位，出兵劫掠唐朝使团，王玄策等三十人不敌被俘，但当天晚上王玄策就越狱了。外交使命未完成，他无颜回国，先到了吐蕃，当时文成公主新嫁，唐蕃处于蜜月期，加上王玄策身为使臣，口舌便给，熟稔国际形势，说动吐蕃借了"精锐"一千二，并尼泊尔骑兵七千。王玄策和副使蒋师仁带着这支借来的军队杀回天竺，大破中天竺城，斩首三千余级，赴水溺死者万人，俘虏男女一万两千人、牛马三万头，还把舍利子带走了一批，生擒国王阿罗那顺，解送回朝，太宗大悦，拜王玄策朝散大夫。

王玄策所捉的战俘之中，有个天竺术士，名叫那罗迩婆，据说已经两百岁了。唐太宗觉得很不可思议，认为此人必然通晓长生之术，叫他住在金飚门以里炼不死药，命兵部尚书崔敦礼监造。

术士说，印度有一种药，叫"畔茶佉水"，源出深山石臼之中，周围有人形石像把守。此水呈七种颜色，或热或冷，各不相同，任何草木金铁，一沾即化，人手伸入，顷刻消解见骨。若欲取之，只能用骆驼的骷髅舀出来，倒进葫芦封存运输。关于此药，还有一样邪异：山中居民胆敢向外人透露关于此水信息，必死无疑。

又有药草名"沮赖罗"，生在高山石崖下，但凡此药左近，天生有大毒蛇守护，人类无法接近采摘。唯有箭射其枝叶，但枝叶一断，又为飞鸟衔去，此时须眼疾手快，迅速将鸟儿射落，才能得到一枝半叶。这两种极难取得的药材都是合不死丹的关键，《新唐书》载，唐太宗果然曾派人赴印度寻找，但不知结果如何。可以肯定的是，不死药并没炼成，太宗倒很大度，不予降罪，准许术士回国，也许是年事太高的缘故，术士没能走成，客死长安。

> 王玄荣①俘中天竺王阿罗那顺以诣阙，兼得术士那罗迩（一有"婆"字）婆，言寿二百岁。太宗奇之，馆于金飚门②内。造延年药，令兵部尚书崔敦礼③监主之。言婆罗门国有药名畔茶佉水，出大山中石臼内，有七种色，或热或冷，能消草木金铁，人手入则消烂。若欲取

水，以骆驼髑髅沉于石臼，取水转注瓠芦中。每有此水，则有石柱似人形守之。若彼山人传道此水者则死。又有药名沮赖罗，在高山石崖下。山腹中有石孔，孔前有树，状如桑树。孔中有大毒蛇守之。取以大方箭射枝叶，叶下便有乌鸟御之飞去，则众箭射乌而取其叶也。后死于长安。

---

① 王玄荣：应作"王玄策"。
② 金飚门：疑有误字，或是兴庆宫金明门，又或长安城金光门。
③ 崔敦礼：三朝元老，太宗朝至兵部尚书，高宗朝历侍中、中书令。

◎ 解毒

荆州道士王彦伯，医术精奇，尤擅以脉象断人生死寿限，百无一失。尚书仆射裴胄之子忽染暴病，所有医生束手无策，有人推荐了王彦伯，裴胄忙派人请来。王彦伯把过脉，道："公子没有病。"煎了几剂药，公子服下，霍然而愈。裴胄大奇，问到底怎么回事，王彦伯说："公子是中了无腮鲤鱼之毒。"说是因为生吃了鱼脍。裴胄起先不信，特意备了无腮鲤鱼，切脍给手下吃了，果然皆有中毒之象，与公子症状如出一辙。

由此亦可见当时奴仆地位，不啻猪狗。

荆人道士王彦伯①，天性善医，尤别脉断人生死寿夭，百不差一。裴胄②尚书子，忽暴中病，众医拱手。或说彦伯，遽迎使视。脉之，良久曰："都无疾。"乃煮散③数味，入口而愈。裴问其状，彦伯曰："中无腮鲤鱼毒也。"其子因鲙得病。裴初不信，乃脍鲤鱼无腮者，令左右食之，其候悉同，始大惊异焉。

---

① 王彦伯：活跃于唐德宗时期，有"国医"之誉。
② 裴胄：官至御史大夫、荆南节度使。
③ 散：药剂。

◎ 骨相

柳芳官居右司郎中的时候，儿子柳登病重。当时名医张方福初到泗州履新，因与柳芳旧交，柳芳上门道贺，谈起儿子的病情，恳请张方福一顾。次日平明，张方福如约而至，柳芳慌忙迎入，带他去看柳登。张方福远远瞧见柳登的脑袋，说道："世侄脑骨生得如此雄奇，必无后患之忧，柳兄可以放心矣。"把了把脉，又道："不错，享寿当过八十岁。"开了一张方子给柳芳，对柳登道："这副药吃不吃都无所谓，就算不吃，病也会好。"柳登后来官至太子右庶子，享年九十余。

柳芳①为郎中，子登②疾重。时名医张方福初除泗州，与芳故旧，芳贺之，具言子病，唯恃故人一顾也。张诘旦候芳，芳遽引视登。遥见登顶曰："有此顶骨，何忧也。"因按脉五息，复曰："不错，寿且逾八十。"乃留芳数十字，谓登曰："不服此亦得。"登后为庶子③，年至九十而卒。

---

① 柳芳：史官、史学家，玄宗、肃宗朝为官，修《国史》，著有《唐历》，为两唐书素材。晚年任右司郎中。
② 子登：柳芳长子，六十岁才踏上宦途，宪宗元和初，官大理寺少卿，后迁右庶子、右散骑常侍，卒于长庆二年，享年九十余。
③ 右庶子：指右庶子，东宫官职，正四品下，在东宫的职分相当于前朝中书令，侍从太子左右、献纳得失，是高级顾问。

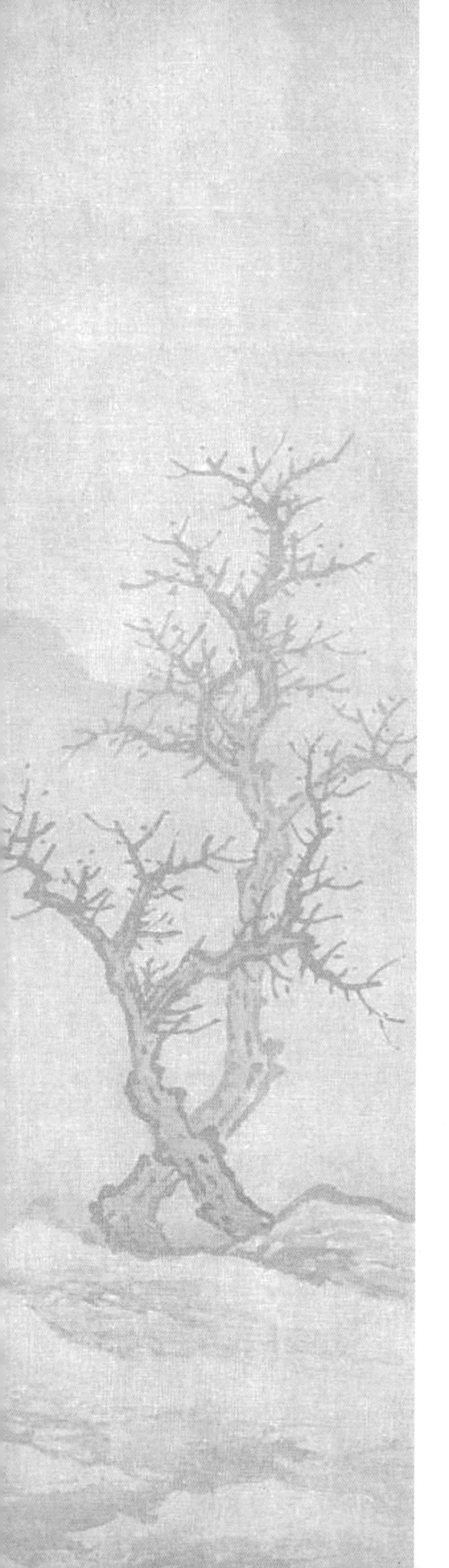

鲸

文身简史

"纹身"的标准写法应是"文身"——施墨于身。中国古代,"纹"字多释作纹理、花纹,不具备动词词性。

数千年前,中国人文身并非为张扬个性,先民残伤身体,涅以颜色,只有一个目的——生存。

早期文身部族,主要分布于中国南方、东方三大文化区域:从今山东、江苏、浙江、福建到广东的沿海地区,荆楚一带长江流域的湖泊区,以及西南丛林地区。

这些或沿海、或在丛林、或靠江湖而生的部族,被中原人称为夷、越、蛮、獠。相比中原地区相对安定的农耕作业,"野蛮人"的渔猎生活,充满变数和危险,他们要从深水中取食,同猛兽争夺生存空间。当中原农耕者为风调雨顺向社稷之神祷告时,野蛮人在皮肤上刻下花纹,装扮成兽类的模样,跃入大海,深入山林,同茫茫自然殊死搏斗。

《汉书·地理志》:"文身断发,以避蛟龙。"

东夷、百越人的鳞片状文身,是一种拟态行为,把自己文成蛟龙之貌,从而避免被真正的蛟龙攻击。

《淮南子·原道训》:"九疑之南,陆事寡而水事众,于是民人被发文身,以像鳞虫。"高诱注:"为蛟龙之状,以入水,蛟龙不害也。"

在巫术盛行的时代,文身提供了强大的心理暗示,如同一件魔法战甲,仿佛穿上它,就真的化身蛟龙,获得征服湖海的力量。魔法加成、文身时的痛楚,以及文身后近似野兽的外形,使文身者的心理和肉体均得以进化,更成熟,更悍勇无畏。久而久之,文身甚至演化出阶层区分功能,部族间的勇猛战士、高级首领的文身,往往与常人不同。

荆楚和西南的武陵蛮、百濮、百夷、傣人、瑶人、台湾东番人,文身初衷亦大致与此相仿:图腾崇拜,获得勇气、祝福和保护。经世代传延,习以成根深不替之俗,某些部族会强制为族众文身,身无刺青者将无法找到配偶,乃至无法在部落立足。

相形之下，安稳的农耕文明显然缺少沿海和丛林部族的文身动机。中原人文身的最早确证，是作为刑罚。

"苗民弗用灵，制以刑，惟作五虐之刑……为劓、刵、椓、黥。"

《尚书·吕刑》载称，黥墨之刑首创于轩辕黄帝时代。轩辕氏击败蚩尤，收服天下，为威慑难以驯服的蚩尤集团残部，创立了一系列肉刑。其中刺伤犯人面部，涂墨染黑，形成永久印记的惩罚办法，统称为黥墨之刑。

墨刑在宋代以前，多称黥，施刑部位，以额头为主；宋代以降，黥、刺并称，视犯罪情节，重罪者刺鬓发以下、脸颊位置；稍轻者，刺额角。

《水浒传》等小说描写的"刺配"，肇始于五代后晋。起初为死刑的减刑，随后应用范围不断扩大，到南宋孝宗淳熙年间，已有多达570条罪行适用于刺配。经常是稍触律法，就被抓进去刺一脸。所以那时候田间地头、勾栏瓦肆，差不多抬眼就能看见像武都头、林教头那样，脸刺金印、披头散发的南冠客来来往往，像一面招牌似的，提醒世人"老子蹲过号子，莫挨老子"。

打开刺配大礼包，里面包含着一份三刑套餐：脊杖、刺字、流配。先打一顿，抓住脑袋刺一脸字，然后撵走充军、服役。一套流程，足以构成肉体精神双重摧毁。

元代一度改刺面为刺臂，刺在胳膊、手背上，犯人的精神压力骤然减轻，大不了夏天不穿短袖呗。到清代，又改回刺脸（旗人仍刺臂），"字方一寸五"，刺的面积还不小。至于刺字内容，汉以前无考，南北朝的法司大多言简意赅，刺个"劫"字了事，按今天的审美，若非刺在脸上，臂膀刺个大大的"劫"字反而彰显个性。清朝人就不考虑让犯人耍酷了，直接刺"强盗""窃贼"。

"你凭什么说是我拿的！难道我脸上写着我是小偷的吗！""是啊，写着啊。"

宋朝人更务实，会把犯人发配的地址刺在脸上。

所以《水浒》好汉们脸上都是一坨字而不是一个字，写着诸如"配江州大牢"。难怪好汉们一个个看上去颓靡不振，说起来江湖上鼎鼎有名的"豹子头"，脸上刺得跟快递面单似的，真叫人英雄气短。

唐末五代，天下扰攘，烽烟四兴。军阀割据为王，拼命征兵屯兵，无数士兵被一批批推上前线送死。当时士卒待遇极差，死亡率又高，军中抵触情绪强烈，逃兵现象普遍。

卢龙刘仁恭与后梁朱温连年交战，双方逃兵问题都很严重。军阀从刑罚上找到了灵感，刘仁恭搞了个人口普查，把辖境所有成年男子揪出来，统一在脸上刺下"定霸都"三个霸气十足的大字，表示"你是我的人"，这样相当于为境内所有能投入战争的成年人打上了独家防伪码，逃兵们再也不能谎称"俺是外省过路的、俺不是逃兵"了。而且一定程度遏制了叛变倒戈、杀友军领赏的"杀良冒功"事件发生。

朱温当时也面临同样的问题，梁军军法尤其严酷：凡将校战死，而部属生还归来者，皆斩。在后梁当兵，上头懦弱怕死还好；最怕上头是个不要命的愣头青，冲锋在前，一上阵就被人家斩落马下，这个时候，可怜的下属们只有三条路，第一，跟敌人拼命，战死沙场；第二，等着回去被处决；第三，逃亡或投降。考虑到投降后基本上还是要留在前线等死，那么实际上三条路只有一条活路，就是当逃兵。所以朱温的逃兵问题可能比刘仁恭军更严重，因此他一经获悉黥兵之法，立即施行，他的部将朱瑾甚至用特殊的文身组建起一支特别部队，所部将士脸颊皆文以双雁，号称"雁子都"。

在刘、朱二位大力推动下，该制度广泛推广。五代十国，当兵的不文个身都不好意思说自己是当兵的。至宋代，黥兵基本成为定制，入伍第一件事，就是在脸上刺个记号。

北宋募兵，又叫"招刺"。无论禁军、厢军，凡从军者，先体检，合格了刺面，发装备发钱。有时候刺一回不够，要刺两回，《宋史》举例说：宋仁宗天圣元年，京东西、河北、河东、淮南、陕西诸路征兵，新兵们初试时先刺"指挥"二字，等分配的部队番号确定后，再补刺诸如"云翼第二十一指挥"之类。

更要命的是，当部队调动、兵种更变，还要改刺、加刺，宋人啰嗦，左脸刺不开了刺右脸，履历一目了然，诚是名副其实的"脸书"。

当然黥兵也未必一定刺在脸上，似乎将帅掌有决定权，比如种世衡捍御西北，征募羌兵，特意奏请刺新兵右手虎口，弓手则刺手臂。南宋以屯驻大军为主力正规军，取代北宋的禁军厢军，改刺面为刺手背。而"效用兵"，即上等军士，以及武官可以免除黥刺。

宋人对文身的狂热是难以想象的，有些军人丝毫不觉得脸上刺字有什么不妥，除了按规制刺青，甚至会找人额外刺一些东西，最著名的当然是岳王爷那刺入肌肉，同时也刺入青史的"尽忠报国"。"面涅将军"狄青，带着满脸刺字，以禁军御龙直一介普通骑兵，积功升至枢密副使，朝班政敌笑他出身低微，讥之"斑儿"，宋仁宗也心疼他脸上带字，叫人配药给他擦了，狄青不肯，说做人不能忘本，这是军人的标志，是纪念，也是榜样，让黥面的战士们看见今天的我，能有个盼头，好努力建功。

岳飞和狄青尚算克制，呼延赞就比较疯狂了，这位"呼家将"的领军猛将毕生抗辽，天天把"老子要战死沙场"挂在嘴上，他的兵器、马鞍、盔甲，浑身上下、连嘴唇内侧都文满了"赤心杀贼"，而且文得是汉字、契丹双语。文遍全身，犹不过瘾，还要儿子们也文，几个儿子从小跟着老爹上战场杀人练级，磨出一身血性，那也不在话下,就在耳后文下"出门忘家为国,临阵忘死为主"。呼延赞很满意,可还觉得不过瘾,又叫来文身师,要在老婆、仆人、奴婢的脸上文。老婆说,我又不上战场,文这个干啥?夫妻俩争吵起来,呼延赞暴脾气发作,拔剑就要砍老婆,人家慌忙来劝,哎呀,没有让女孩子文脸的道理,算了吧。好劝歹劝,呼延赞才同意折衷,让老婆文在手臂上。

南宋兵部侍郎尤棐[fěi]的文身来历尤其古怪,尤大人生在诗书门第,老爹是与陆游、杨万里齐名的诗人,照一般逻辑,"知书达理"的老实孩子怎么能文身呢,但尤棐的家长行事特异,在尤棐还是个婴儿的时候,就在他全身上下文满了"百花鸟雀图"。尤棐打记事起,身上就到处都是花花鸟鸟,不知道童年是何种况味。此事出自他后人所撰《万柳溪边旧话》,当非讹传。

先秦时代的中原人绝然无法想象他们的后代会热衷文身,在先秦,文身被视为蛮夷象征,但凡提及,总是鄙夷不屑。"蛮夷"们反过来也鄙视着自视甚高的汉人,当年吴王夫差北上伐齐,路过鲁国,向鲁哀公索要牢牲饷粮,鲁国派出孔子的高徒子贡去"以礼服人",试图说服夫差打消苛索之念。子贡见了夫差,啰里啰嗦说了半天,意思是"你这么做不合于礼"。夫差把上衣一脱,露出满身的刺青:"我是文身的蛮夷,谁跟你讲礼!(我文身,不足责礼!)"子贡惊得呆了:大哥你别砍人,我马上走!接着鲁国如数交付了吴国要求的牛羊,这可能是有确切记载的史上文身大佬第一次成功收取保护费。

大约从唐代起,汉蛮相互鄙视的状况终于开始转变。

大唐文化包容令人吃惊,帝国像突然撤掉了文化城防,外来事物、外来文化,包括番邦胡族、种种奇风异俗长驱直入。文身这种酷炫的人体艺术,迅速得到了唐人青睐,风靡市井。

唐人老百姓大多数没有像古越人那样下海抓鱼、假装蛟龙的需求,因此文身通常就是为了显摆和追求时尚。不同于一千年后,彼时"身体发肤,受之父母,不可残损"的观念比今人深刻许多,能顶着压力文身的,不是刺头,就是武人。

当然以大唐对外来文化所持的开放态度,官方对于文身并非不能相容,文身本无辜,有罪的永远是人。只要遵纪守法,不要乱刺(比方说学九纹龙史进,那是僭越),官府才懒得找你麻烦。

这一时期,吴越、岭南、西南土著仍沿袭着先祖习俗。唐末,大将高骈节镇荆南,手下有个归化的"蛮族"将领,叫雷满,此人虽归为唐将,却与中原文武龃龉不合,凶悍好杀,浑不知礼仪为何物。他家园林凿了一方深潭,不能见底,每延客宴饮,辄在潭上。待喝得兴起,这浑人就站起身来,把一应器具,连带客人的东西都丢进潭水，客人们大惊失色，雷满笑道："这潭中有蛟龙洞窟，不过无妨，且看我为诸君将东西取回！"脱卸袍甲，露出一身青墨雕纹，纵身跳入碧潭，俄而取物出水，一无所失，治衣复坐，意气自若。

断发文身，入水取物，此正是古越遗风。

唐末五代，潞州有个孤儿，小时候遇到一个道士，道士懂得文身，在孤儿左颈刺了个麻雀，右颈刺了一堆谷子，说："雀能吃到谷子之日，就是你出人头地之时。"后来孤儿投军入伍，在乱世割据中杀出一条血路，那麻雀和谷子越靠越近。公元951年，麻雀终于吃到了谷子，孤儿正式称帝，国号大周。这个孤儿就是后周太祖郭威，因为脖子上的鸟雀文身，世称"郭雀儿"。

赵匡胤黄袍加身，后周"和平演变"至大宋，宋朝官方对于周室保持着尊重，出于这层关系，宋人对郭威也有着特殊情感，称之为"祖"，郭威的文身，在宋世起到了巨大的榜样作用。

文身经唐代引进发展，五代黥兵的流行，到宋代，已经形成牢固的社会基础。大宋江湖，正是中国古代刺青巅峰。

两宋文身，不论行业、年龄、门第，乞丐僧道、贩夫走卒、士庶公卿，乃至于皇家宗室。《水浒》描写卢俊义见浪子燕青一身雪练也似白肉，专门请了高手匠人在燕青身上刺了遍体花绣。实际上许多宋人有着卢俊义一般的文身强迫症，看见白白嫩嫩的皮肤就想文，仿佛生就一幅好皮肤而不文身，是天大的浪费。

燕青跟随卢俊义期间，多次参加赛锦体文身比赛，次次夺魁。这种比赛，可能就是由"锦体社"之类文身者组成的松散社团或帮会组织所举办。锦体社不同于行业帮会（比如盐帮、丐帮），它更像爱好者社团，成员常举行集体活动，一群赤膊大汉，遍体盘蛟翔凤，招摇过市，声势雄壮之极。

宋人以文身为美，出彩的文身像孔雀尾羽，能大幅增强性魅力，是故当燕青解开衣袍，露出一身锦缎似的纹绣时，李师师立刻就把持不住了，上手去摸，此诚情难自已。

更有甚者，觉得寻常刺青情调不够，直接将春宫图刺在身上，再去风花雪月，倚红偎翠，裨以助兴。《三朝北盟会编》记载了南宋一个叫韩之纯的老兄：

"平日以浪子自名，喜嬉游娼家，好为淫媟之语，又刺淫戏于身肤，酒酣则示人，人为之羞而不自羞。"

该例表明，宋朝人的文身题材无远弗届，天知道还有什么资料未载的奇葩文身，纹虎纹豹纹花鸟，根本不算事儿。

当然宋人文身绝非一概庸俗哗众，像唐人刺诗文画的儒雅例子所在多有，山西晋城一幅宋墓壁画记录着一场相扑比赛，画中相扑手的背上，纹着"深秋帘幕，落日楼台"，隽永而苍凉。这句话取自杜牧一首怀古：

六朝文物草连空，天淡云闲今古同。

鸟去鸟来山色里，人歌人哭水声中。

深秋帘幕千家雨，落日楼台一笛风。

惆怅无日见范蠡，参差烟树五湖东。

夕阳残照，凭栏调笛，分明是白衣卿相一流翩翩公子，居然出现在相扑选手的背上，大宋风流，千里明月。

元代承袭宋风，但官方开始干涉，民间文身较宋时已见式微。元末乱世，此风复昌，豪侠子弟刺青者多有，地方武装、绿林匪帮，常以文身集拢为记，称"花拳绣腿"。及大明立国，朱元璋颁下严令，禁绝民间文身，此道遂衰。明清两季，除去"化外之族"，也就是传统的"蛮夷"们仍在坚持祖制，史料已很少提及文身的汉人了。

文身是时间维度矛盾的艺术，对于个体，它是永恒；对于永恒，永恒只是短短的一生。几千年来，它始终在偏见中盛放，与血肉交融。"身体发肤，受之父母"，文身却是受之父母的身体上，个人意志最浓烈的象征。

◎ 刺青恶少

长安街头恶少团伙，皆秃发刺青，身上刺什么的都有，持械斗殴抢劫，横行霸道。有的攒集酒肆，拿啃剩的羊骨头打人。现任京兆尹薛公元赏奏请天子，令里长秘密缉捕，拿获三千（三十）人，悉数杖毙，陈尸于市。城中凡有文身的，都吓得赶紧用火烧掉。

大宁坊一个叫张幹的猛士，左臂刺着"生不怕京兆尹"，右臂则"死不畏阎罗王"；又有个叫王力的家奴，花了五千钱，请文身师在胸前肚皮上纹了幅山石园林，其中亭院、池榭、草木、鸟兽，无所不备，细腻之处，直逼工笔设色的山水画。这俩都被薛元赏打死了。

> 上都街肆恶少，率髡①而肤剳②，备众物形状。持诸军张拳强劫③（一曰"弓剑"），至有以蛇集酒家，捉羊胛击人者。今京兆薛公④上言白，令里长潜部⑤，约三千余人，悉杖煞，尸于市。市人有点青者，皆炙灭之。时大宁坊力者张幹，剳左膊曰"生不怕京兆尹"，右膊曰"死不畏阎罗王"。又有王力奴，以钱五千，召剳工可胸腹为山亭院、池榭、草木、鸟兽，无不悉具，细若设色。公悉杖杀之。

① 率髡：都秃着头。髡，原指一种剃光头发的刑罚，此处指留着秃头的发型。
② 肤劄：肤札，刺身为纹，文身。
③ 持诸军张拳强劫：持器械斗殴抢劫。
④ 京兆薛公：薛元赏，两度为京兆尹，官至工部尚书，领诸道盐铁转运使，深得李德裕赏识。武宗会昌年间，薛元赏上任京兆尹第三天，即令大肆捕杀京中恶少，尸体陈列闹市，京中恶少噤若寒蝉。关于杖杀的人数，《新唐书》载"杖死三十余辈"，《酉阳》的"三千"恐系后世誊抄之误。李德裕失势，牵连被黜，晚年起为昭义节度使，死于任上。
⑤ 潜部：秘密抓捕。

◎ 文身知义

黑道强徒赵武建，身负一百零六处文身，异域图案、雀鸟盘旋，左右臂膊联刺一诗："野鸭滩头宿，朝朝被鹘梢。忽惊飞入水，留命到今朝。"

高陵县捉到一个文身者，叫宋元素，身上七十一处刺青，左臂刺着："昔日已前家未贫，苦将钱物结交亲。如今失路寻知己，行尽关山无一人。"炎凉之意，直透肌骨。右臂刺了个葫芦，葫芦嘴上探出个人头，貌似傀儡戏里的丑角郭公。县吏看不懂，问这是刺了个啥，宋元素说，这是葫芦精啊。

> 又贼赵武建，劄一百六处，番印盘鹊等，左右膊刺言："野鸭滩头宿，朝朝被鹘①梢。忽惊飞入水，留命到今朝。"
> 又高陵县捉得镂身者宋元素，刺七十一处，左臂曰："昔日已前家未贫，苦将钱物结交亲。如今失路寻知己，行尽关山无一人。"右臂上刺葫芦，上出人首，如傀儡戏郭公②者。县吏不解，问之，言葫芦精也。

① 鹘：隼类，猛禽。
② 郭公：傀儡戏角色，传说是个姓郭的秃子，行为滑稽。一说指北齐后主高纬，不过颜之推《颜氏家训》指出，东汉的《风俗通》已经可见郭秃的记载，那么郭秃当不是高纬。

◎ 天王护身

唐宪宗元和末年，李夷简任西川节度使。成都有个叫赵高的无赖，最好打架斗殴，经常蹲号子。此人整个脊背文着一尊多闻天王像，唐人信奉天王者极多，因此每到行杖刑时，官吏见状，往往就不打了。赵高越发怙恶不悛，为害坊市。李夷简听说此事，勃然大怒，亲自下令拿到堂前，唤人取来直径三寸之粗的新制杆棒，喝令照着赵高背上狠打，打到天王像坏掉为止，这一番，统共打了赵高三十多棒。没过十来天，却见赵高披着个衣裳，站在节度使公辕前叫唤，嚷嚷着索要修缮天王像的"功德钱"。

李夷简①，元和末在蜀。蜀市人赵高，好斗。常入狱，满背镂毗沙门天王②，吏欲杖背，见之辄止。恃此转为坊市患害。左右言于李，李大怒，擒就厅前。索新造筋棒，头径三寸，叱杖子打天王，尽则已，数三十余不绝。经旬日，袒衣而历门叫呼，乞修理功德钱③。

---

① 李夷简：唐宗室，不靠祖荫，而以进士、书判拔萃科出身为官，性耿介。德宗贞元八年，任剑南西川节度使，十三年回京拜相。宪宗削藩之战中，认为才能有限，让位裴度，自请外放，出任淮南节度使。史书称他"历三镇，家无产赀，病不迎医。将终，戒毋厚葬，毋事浮屠，无碑神道，惟识墓则已"，节度使不至于有病连医生都请不起，然足见清廉。经宪宗佞佛，在武宗灭佛之前，大唐崇佛之风极盛，本文市井无赖背上文佛教护法天王也是一例，而李夷简死前特意叮嘱"毋事浮屠，无碑神道"，压根不信这一套，可谓清流。
② 毗沙门天王：即多闻天王，民间所谓"托塔天王"，统领夜叉一族，因此俗世雕像，常常脚踩夜叉。
③ 功德钱：寺庙向信徒众筹的修缮、营建庙宇、塑像的费用。

◎ 画中有诗

唐朝有个武将，在身上文了一幅画。

文画，比直接文诗境界更高，画里藏诗，既考文化水平，又考心思，巧妙的诗画，像精妙的谜语一样，能让观者有恍然大悟、无限佩服的感觉。

因此这位武将格外以自己的文身为傲，逢人便袒露炫示。

有一回在他小叔叔面前炫耀,露出胸膛,叔叔一看,只见此子从胸口到肚皮洋洋洒洒文了一片:先是一棵树,树上有一群鸟,树下悬着一枚镜子,最下面有个人正用绳子扯那镜子。

叔叔看不懂:你这文了些什么乱七八糟的。

武将得意洋洋:"叔啊,亏你自称饱读诗书,居然连张说的那句'挽镜寒鸦集'都没读过?看看我这幅文身,是不是'挽镜寒鸦集'?"

叔叔无奈:"然而张说那句诗是'晚景寒鸦集'啊!"

两人无顾无言。

> 蜀小将韦少卿,韦表微堂兄也。少不喜书,嗜好劄青。其季父尝令解衣视之,胸上刺一树,树杪集鸟数十。其下悬镜,镜鼻系索,有人止侧牵之。叔不解,问焉。少卿笑曰:"叔不曾读张燕公①诗否?'挽镜寒鸦集②'耳。"

---

① 张燕公:张说,盛唐名臣,三度拜相,一代文宗,封燕国公。
② 挽镜寒鸦集:据《全唐诗》,该句应是"晚景寒鸦集"。

◎ 乐天拥趸

荆州街卒葛青,悍勇过人,自脖子以下遍体刺满图画,画的皆是白居易诗文。有一回陈至来作客,成式把葛青叫来,让他脱衣服,解说给我们听。这厮羞怯怯解了衣裳,只见从胸到背,刻得体无完肤,不过解说起来倒也得头头是道,背上的刺青也记得清楚。反手指着一幅图,说这是"不是此花偏爱菊",刺有一人端着酒杯赏菊;又一处,说是"黄夹缬林寒有叶",文着一棵树,树上挂着锦缎,锦上花纹细密繁复。全身计有三十多幅图画,密密麻麻。陈至笑称其"行走的白居易诗画集"。

> 荆州街子①葛清,勇不肤挠②,自颈以下遍刺白居易舍人诗。成式常与荆客陈至呼观之,令其自解,背上亦能暗记。反手指其劄处,至"不是此花偏爱菊③",则有一人持杯临菊丛。又"黄夹缬林寒有叶④",则指一树,树上挂缬,缬窠锁胜绝细。凡刻三十余处,首体无完肤,陈至呼为"白舍人行诗图"也。

① 街子：街卒，掌街道清扫、治安的差役。
② 勇不肤挠：肌肤被刺而不收缩。
③ 不是此花偏爱菊：该诗收入元稹诗集，《全唐诗》也指为元作，诗题《菊花》："秋丛绕舍似陶家，遍绕篱边日渐斜。不是花中偏爱菊，此花开尽更无花。"
④ 黄夹缬林寒有叶：出白居易《泛太湖书事寄微之》。

◎ 天王赐力

段家有个赶车的，名叫路神通。每值军中比武，路神通总喜欢露两手，他能头戴石头斗笠、穿六百斤石鞋，咬碎数十枚坚硬的石栗。此人背上刺有天王像，自称神力乃是天王所赐，观众越多，力气越大。每月初一、十五，辄备下供品，脱了上衣，焚香背坐，让老婆孩子对着他的脊背磕头祭拜。

> 成式门下驺①路神通，每军较力，能戴石簦②靸③六百斤石，啮破石栗④数十。背刺天王，自言得神力，入场人助多则力生。常至朔望日，具乳糜⑤，焚香袒坐，使妻儿供养其背而拜焉。

① 驺：御者。
② 石簦［dēng］：簦，有柄的斗笠，形似伞；石簦功能类似哑铃，属于练武器材。
③ 靸［sǎ］：拖拉着鞋子。
④ 石栗：应作"石栗"，常绿乔木，多分布在亚热带、热带地区，果实外壳坚硬，提炼物可制油漆、涂料。
⑤ 乳糜：奶粥，僧人常用。

石栗

◎ 蛇臂

崔实年少从军，打得一手好驴球，运杆之妙，能使球像粘在球杆上一样。后来出任黔南观察使。他年轻的时候，通体上下刺了一条蛇，蛇头在右手，蛇口文在拇指、食指上,蛇身沿着手腕、手臂一路环绕上去,围脖颈一圈,盘曲在肚皮,蛇尾则经过大腿,直到小腿方止。平时接人待客,总是掩着手,一旦喝醉了,就要露出胳膊,手作蛇形,捉住优伶歌妓吓唬他们:"蛇咬你了!"优伶们大呼小叫,装出一副被咬疼的样子,以此为乐。

崔承宠①,少从军,善驴鞠,豆脱杖捷如胶焉。后为黔南观察使。少,遍身刺一蛇,始自右手,口张臂、食两指②,绕腕匝颈,龃龉在腹,拖股而尾及骭③焉。对宾侣常衣覆其手,然酒酣辄袒而努臂戟手,捉优伶辈曰:"蛇咬尔。"优伶等即大叫毁而为痛状,以此为戏乐。

---

① 崔承宠:唐敬宗宝历三年任黔南观察使。
② 臂、食两指:臂,同擘,拇指。蛇头纹在拇指和食指上,两指一张,便似蛇张其口。
③ 骭 [gàn]:胫骨,即小腿骨。

◎ 白袍客

敬宗宝历年间,长安长乐坊门口有百姓当众文身,周围聚拢了几十个群众围观。中有一人,白袍青笠,看了一会儿,低头微笑而去。未走出十步,正在文身的人忽然血流不止,痛若刺骨,不移时,血流斗余。围观者觉得跟那个白袍客有关,让文身者的父亲赶紧去求他。那白袍客起先不肯承认,经不住文身者的父亲叩了几十个头,才捏起一把土,默念咒语,道:"敷在伤口上。"如法施为,果然立刻止血。

宝历中,长乐里门有百姓刺臂。数十人环瞩之。忽有一人,白襕①屠苏②,顷首微笑而去。未十步,百姓子刺血如衄③,痛若次骨,俄顷出血斗余。众人疑向观者,令其父从而求之。其人不承,其父拜数十,乃捻撮土若祝:"可传④此。"如其言,血止。

---

① 白襕:白色长袍。
② 屠苏:原指一种植物,或类似于屏风的居室遮挡物,此处指一种有檐的帽子。

③ 衄：损伤。形容血流不止，像受了重伤一样。
④ 传：敷。

◎ 骷髅药

德宗贞元年间，成式的一位三从堂兄，叫段遘的，路过一处和尚的天葬坑。他的随从捡了几片人头骨，说回去合药用。一片骨头上依稀可辨"逃走奴"三个字，痕如淡墨，知道是生前受过黥刑，渗墨染骨。当天夜里，随从梦见一人，捂着脸向他索要那片头骨，说："此吾之耻辱，若足下肯为我藏羞，必有所报。"随从惊醒，急忙把那头骨埋了。后来凡有大事，亡灵总先一步梦中预示。从此更转了财运，前后所得近十万钱方止。

> 成式三从兄①遘，贞元中，尝过黄坑②。有从者拾髑颅骨数片，将为药，一片上有"逃走奴"三字，痕如淡墨，方知黥踪入骨也。从者夜梦一人，掩面从其索骨曰："我羞甚，幸君为我深藏之，当福君。"从者惊觉毛戴③，遽为埋之。后有事，鬼仿佛梦中报之。以是获财，欲至十万而卒。

---

① 三从兄：指同一个高祖，不同曾祖的同辈兄弟。
② 黄坑：僧人天葬之所。《新唐书》举有一例：太原的僧人死后不入土安葬，而是弃尸荒郊，供鸟兽取食，弃尸地叫做黄坑。
③ 毛戴：汗毛竖立，形容恐惧震悚。

◎ 血战邛崃关

四川将领尹偃帐下有个兵卒，点名迟到，被尹偃申斥。这兵卒喝多了，高声抗辩，尹偃大怒，杖责数十，几乎打死。兵卒的弟弟是个营典，见哥哥被打，愤恨难平，就在身上用刀刻出"杀尹"二字，施墨涂黑。此事为尹偃所知，后来找了个由头，把弟弟杀了。文宗大和年间，南诏入寇，尹偃率数万川军戍守邛崃关。尹偃有万夫不当之勇，常令左右持枣木杖击其小腿，肌肉随击打骤然膨胀，坚如石木，全无伤痕。此役自恃勇力过人，率众出关迎敌，忽见被杀的兵卒弟弟捧着一大卷文书在前引路，问左右，都说没有看见，尹偃大感烦恶。及交战，尹偃阵亡。

蜀将尹偃营有卒，晚点后数刻，偃将责之。卒被酒①自理声高，偃怒，杖数十，几至死。卒弟为营典，性友爱，不平偃。乃以刀鏒②肌作"杀尹"两字，以墨涅③之。偃阴知，乃他事杖杀典。及太和④中，南蛮入寇，偃领众数万保邛峡关⑤。偃膂力绝人，常戏左右以枣节杖击其胫，随击筋涨拥肿，初无痕挞。恃其力，悉众出关，逐蛮数里。蛮伏发，夹攻之，大败，马倒，中数十枪而死。初出关日，忽见所杀典拥黄案⑥，大如毂，在前引，心恶之。问左右，咸无见者。竟死于阵。

① 被酒：醉酒。
② 鏒：割。
③ 涅：染。
④ 太和：唐文宗李昂年号，827—835年。本文所述，可能指太和三年，南诏攻四川之役。时唐军无备大败，后出邛崃关迎战，遇伏尽墨，南诏纵兵成都大掠十日，掳走子女、工匠数万人，投江自尽者不计其数。
⑤ 邛峡关：邛崃关，在四川雅安市荥经县西八十里，依山据险，扼守蕃夷孔道。
⑥ 黄案：文书。

◎ 孽子与妒妇

房孺复的老婆崔氏奇妒，规定家中婢女不许化浓妆、不许梳漂亮发型，每月只给每个人发0.3克胭脂、4克散粉。有个婢女是新买进来的，妆容稍微好看了些，崔氏大怒："你个浪蹄子喜欢化妆是吧？好啊，我来给你画！"命人按住，用刀割掉眉毛，填以靛青，烧她的眉心、灼她的眼角，婢女柔嫩的皮肤烧焦翻卷，崔氏便涂之朱红颜料，待结疤脱落了，满脸伤痕累累，远看如同化了妆。

房孺复①妻崔氏，性忌，左右婢不得浓妆高髻，月给燕脂一豆②，粉一钱。有一婢新买，妆稍佳，崔怒曰："汝好妆耶？我为汝妆！"乃令刻其眉，以青③填之，烧锁梁④，灼其两眼角，皮随手焦卷，以朱傅之。

及痂脱，瘢⑤如妆焉。

① 房孺复：唐肃宗朝宰相房琯之子，趋炎附势，刻薄寡恩，亲哥哥死了都不去吊丧。房琯早年宦途不大顺遂，所以房孺复发妻郑氏出身并不高贵，他很不满意，当成贱奴一般使唤，又多养婢女，以充房闱。郑氏的保母看不下去，唠叨了几句，房孺复大怒，买来一口棺材，生生把这保母钉进棺材活埋了。后来郑氏生产，产后三四天，房孺复便逼郑氏上船回娘家，郑氏受寒而死。房琯拜相后，房孺复出任杭州刺史，娶了崔氏续弦。崔氏妒悍，曾杖杀两个侍童埋在雪里，被人举报给观察使，房孺复与崔氏离婚，并谪连州司马，后又起为辰州、容州刺史。史书称他"狂疏傲慢，任情纵欲"，更直接以"琯之孽子"呼之。
② 一豆：重量单位，十六黍为一豆，六豆为一铢，二十四铢重一两，十六两为一斤（古制，一斤折合十六两，而不是十两，故有"半斤八两"之说）。考唐衡，一斤约等于今680克左右，那么一豆约等于0.29克。以0.3克算相当于一片药的分量。
③ 青：靛青，常用来画眉，取自矿物，如石墨、铜青、石青等；或植物，如青黛、松花粉、栝楼等。
④ 锁梁：眉心。
⑤ 瘢：创伤或疮疤愈合后皮肤留下的痕迹。

◎ 三王子

杨虞卿任京兆尹时，城里一名恶棍，诨号"三王子"，蛮力惊人，能掀翻巨石，遍体刺青。前后所犯科条，足够死好几次的了，但他深藏军中，每次都能躲过追捕。一日又闹事犯罪，杨虞卿令街卒捕获，拖入衙门，关起门来活活打死，判决书写道："全身刺青，敢称王子，已构成死罪，何须再审！"

> 杨虞卿①为京兆尹，时市里有三王子，力能揭巨石。遍身图刺，体无完肤。前后合抵死数四，皆匿军以免。一日有过，杨令五百人②捕获，闭门杖杀之。判云："鏊刺四支，只称王子，何须讯问，便合当罪。"

① 杨虞卿：宪宗元和五年进士，官至工部侍郎、京兆尹，与牛党骨干李宗闵莫逆。

文宗大和九年，京城流言宠臣郑注为皇上炼金丹，需要儿童心肝为药引，已请得密旨捕捉小儿无数，京师为之大恐。唐文宗闻讯盛怒，勒令严查，御史大夫李固言素与杨虞卿不睦，乘机陷构，说谣言是从杨虞卿府上传出来的，皇上也不细究，径直降罪下狱。杨虞卿门生数人自缚鸣冤，贬为虔州司马，死于任上。

② 五百人：或称"伍伯"，即街卒。

◎ 材料

蜀中有人工于刺青之技，所刺者清晰分明，像画的一样。有人说是用了眉粉的缘故，成式问过几个懂行的家奴，他们说啥眉粉啊，没那样讲究，只是用的墨好而已。

蜀人工于刺，分明如画。或言以黛则色鲜，成式问奴辈，言但用好墨而已。

◎ 文身师

德宗贞元年间，荆州市廛间出现了专业文身师，此人文身用印，印上是针排成的各种图案，有点像给食物印蟾蜍、蝎子之类图案的模子。要刺什么图案，随意挑选，印完了刷一遍墨，待伤口愈合后，刺青即成，比寻常刺青更细腻好看。

荆州贞元中，市有鬻刺者，有印，印上簇针为众物，状如蟾蝎杵臼。随人所欲一印之，刷以石墨，疮愈后，细于随求印。

◎ 伤痕之妆

略。

近代妆尚靥①如射月，曰黄星靥②。靥钿之名，盖自吴孙和③郑夫人④也。和宠夫人，尝醉舞如意，误伤邓颊血流，娇婉弥苦。命太医合药，医言得白獭髓，杂玉与琥珀屑，当灭痕。和以百金购得白獭，乃合膏。虎珀太多，及差，痕不灭。左颊有赤点如意，视之更益甚妍也。诸婢欲要宠者，皆以丹青点颊而进幸焉。

今妇人面饰用花子⑤，起自昭容上官氏⑥所制以掩黥迹。大历已前，士大夫妻多妒悍者，婢妾小不如意辄印面，故有月黥、钱黥⑦。

---

① 靥：原指酒窝，如"笑靥如花"。此处作"妆饰"之意，指靥钿。唐代靥钿画在酒窝处，用胭脂、黄粉以及金属箔片贴于颊侧。也有不贴金属，而贴花叶的，或者干脆只用化妆品点染一下。
② 黄星靥：一种妆容，黄粉涂额头或点眉角，眉染黛色，如流星赶月。
③ 孙和：孙权第三子，东吴末帝孙皓之父。孙权长子孙登死后，立为太子，为鲁王孙霸和全公主孙鲁班谤讪被废，后赐死。
④ 郑夫人：应是"邓夫人"。本则出《王子年拾遗记》，孙和把宠姬邓夫人抱到腿上，玩一把水晶如意，手一滑，一如意打在了夫人脸上。孙和眼瞅着这千娇百媚的美人脸上血流如注，裤子都染红了，急召太医合药，命令务必不能留下伤疤。太医说："不留伤疤的药材，需白水獭的骨髓、上好的玉粉和琥珀屑配制。"孙和于是重金悬赏，征集白獭骨髓，却一时征集不到。杭州富春一个老渔民出主意说："白獭最机灵，极难捉取，待要捉时，它们就逃进水底石洞里藏着。不过呢，白獭有时互相打架，有的白獭就被打死了，那么石洞里应该有遗骨。这些枯骨虽已没有骨髓，但骨头渣子捣碎了也能管用。"孙和忙派人依法掏了些白獭骨头，配以美玉、琥珀捣制成药粉，往邓夫人伤口上一吹，果然疤痕全消。只是在配药时，孙和生恐材料加的不够，琥珀用得太多，药效太猛，虽然去了伤疤，却在皮肤上留下了一个红点，宛若朱笔新点。这反而使美人别具风情，孙和大喜。众姬妾纷纷效仿，在自己脸颊点一笔红点，一时相延成风。
⑤ 花子：脸贴花瓣、金属，或画出花形的妆容。《中华古今注》说源于秦始皇。就中著名的"落梅妆"则可能出自南朝宋武帝的寿阳公主，公主卧含章殿下，有梅花落额上，留下五出之痕，拂拭不去，宫女惊为天赐奇妆，纷纷效仿，兴焉世间。
⑥ 昭容上官氏：上官婉儿。据说上官婉儿曾被武则天赐以黥刑，后来就找首饰往脸上贴，反而引领了时尚潮流，全天下的女人都开始找东西往脸上贴。至于上官婉儿获罪的原因，一说因与武则天面首张昌宗等人有染，一说因参与谋逆。
⑦ 钱黥：钱币状伤疤，或是烧红的钱币烙在脸上所致。

◎ 青面

有些人脸上天生带着青色胎记，跟文了面一样。

老话说，女人在月子里有长辈去世的，要在脸上点墨，否则不利于后代。

> 百姓间有面戴青志如黥。旧言妇人在草蓐①亡者，以墨点其面，不尔则不利后人。

---

① 草蓐：草垫子、草席，此处指产褥，也就是"坐月子期间"。

◎ 起源

越人常年在水里泡着，必须文身，以避免被蛟龙吃掉（淹死）。今天西南地区的仡佬族文面，就是早期"雕题"遗俗。

> 越人习水，必镂身以避蛇龙之患。今南中①绣面狫子②，盖雕题③之遗俗也。

---

① 南中：大渡河以南的四川、云贵一带。
② 狫子：仡佬族。
③ 雕题：西南少数民族一种习俗，在额头上刺花纹。

◎ 黥刑

《周礼·秋官司寇》谓五百种犯罪情节适用墨刑。郑玄说，凡墨刑，先刺脸，后涂墨。受墨刑的犯人，令其把守城门。

《尚书刑德考》说：所谓涿鹿之刑，就是刻人的脑门。黥刑，施刑时，是用马羁固定住人头，往脸上刺字。郑玄说，受过涿鹿和黥刑的，世谓之"刀墨之民"。

《尚书大传》：舜帝时期的刑罚都是象征性的，本该墨刑的罪犯，扎黑色头巾替代肉刑。

《白虎通》：所谓墨刑，就是在额头上刺墨，取"火克金"之义。

《汉书》：废除肉刑后，原本应处黥刑者，以剃头发、戴刑具、筑城或舂米代替。

《汉书》：王乌出使匈奴，匈奴人说，汉使不刺面、不去符节，不得入单于大帐，王乌本来就是北方人，多习胡俗，于是刺面去节，入见单于，单于很满意。

晋代律令：凡奴仆逃跑者，抓回来用铜绿刺双目；还敢跑，抓回来刺脸颊；还敢跑，抓回来刺眼下。刺字皆以一寸五分长为度。

梁国杂律：拘留犯罪嫌疑人，即使未定罪，也先在脸上刺个"劫"字。

  周官，墨刑罚五百①，郑②言先刻面，以墨窒之。窒墨者，使守门③。《尚书刑德考》曰："涿鹿者，凿人颡也。黥人者，马羁④笮⑤人面也。"郑云："涿鹿⑥、黥，世谓之刀墨之民。"

  《尚书大传》："虞舜象刑⑦，犯墨者皂巾。"《白虎通⑧》："墨者，墨其额也。取汉法，火之胜金⑨。"

  《汉书》："除肉刑，当黥者髡钳⑩为城旦舂⑪。"

  又《汉书》："使王乌等窥匈奴。法，汉使不去节，不以墨黥面，不得入穹庐。王乌等去节、黥面，得入穹庐，单于爱之。"

  晋令：奴始亡，加铜青⑫若墨，黥两眼；从再亡，黥两颊上；三亡，横黥目下，皆长一寸五分。

  梁朝杂律：凡囚未断⑬，先刻面作"劫"字。

---

① 墨刑罚五百：《周礼·秋官司寇》："司刑掌五刑之法，以丽万民之罪。墨罪五百，劓罪五百，宫罪五百，刖罪五百，杀罪五百。"
② 郑：郑玄，东汉末人，经学、训诂大师，为《周礼》《礼记》《尚书》《毛诗》《论语》作注，至今仍属权威。
③ 使守门：《周礼·秋官司寇》："墨者使守门，劓者使守关，宫者使守内，刖者使守囿，髡者使守积。"罪犯受刑后还要劳役，受黥刑者守门、割了鼻子的守关卡、阉人守宫内、砍了脚的守园林、剃发之刑的守仓库。
④ 马羁：马笼头，此处应指刑具，固定犯人头部，方便刺字。
⑤ 笮 [zé]：钻笮，即黥刑。
⑥ 涿鹿：并非"涿鹿之战"的涿鹿，而是指一种"凿人额头、染墨"的肉刑。或认为涿鹿之刑始于涿鹿之战，因为战争死人太多，且都身首异处，于是在尸体额头上刻字，就地下葬。
⑦ 象刑：象征性的处刑。
⑧ 白虎通：东汉章帝召开白虎观会议，召集天下大儒讨论五经异同，统一学术界关于经学的认识。《白虎通义》是这次会议成果的总结，由班固集撰完成。

⑨ 火之胜金：古之五刑，墨刑、劓刑、剕刑、宫刑、死刑，分别对应五行，墨刑对应火，认为金属被火烧会变黑。
⑩ 髡钳：剃发戴枷。
⑪ 城旦舂：劳役刑，罚男子筑城、女子舂米。
⑫ 铜青：铜绿。
⑬ 凡囚未断：拘留而尚未定罪的。

◎ 印瘢

这段是佛门戒律中，对于有黥印、文身者出家的规定。相传当初众比丘去见佛祖，问这件事情，佛说：从今往后，有文身的不应出家。所谓"印瘢"，是以孔雀胆、铜绿刺身作画的文身。如果发现时已经出家，那么也不应逐出。

释僧祇律①：印瘢者，比丘作梵王法，破肉，以孔雀胆、铜青等画身作字及鸟兽形，名为印瘢。

---

① 释僧祇律：《摩诃僧祇律》，佛教戒律，意译《大众律》，东晋佛陀跋陀罗与法显共译，为印度佛教"大众部"所传戒律书。

◎ 日南

《天宝实录》说：日南郡群山相连，绵延数千里，裸人居于其间，他们是白民的后代。在额头刺花，用一种紫色粉末画在眼睛下面。凿掉门牙，以此为美。

《天宝实录》云："日南①厥山连接，不知几千里，裸人所居。白民之后也。刺其脑前作花，有物如粉而紫色，画其两目下。去前二齿，以为美饰。"

---

① 日南：日南郡，辖境相当于今越南中部，唐乾元元年，改为驩州。

◎ 结语

成式认为,"君子当以一物不知为耻",陶弘景也说"一事不知,深以为耻"。何况有相士断定英布受黥刑而封王,上官婉儿以淫行着红花终于被杀,墨刑之类,岂非都有典册记载?成式随便写点平时收录的东西,以飨同好,聊为诸君解颐尔。

　　成式以"君子耻一物而不知",陶贞白①每云"一事不知,以为深耻"。况相定黥布②当王,淫著红花欲落③,刑之墨属,布在典册乎?偶录所记寄同志,愁者一展眉头也。

---

① 陶贞白:陶弘景。
② 黥布:英布,西汉开国大将,先附项羽,后归刘邦,封淮南王,未发迹时曾受黥刑,因此世称黥布。
③ 淫著红花欲落:疑指上官婉儿受黥刑事。

雷

雷雨夜灵异

◎ 风雷师

据中唐名臣裴士淹的孙子、安丰县尉裴颢披露，某年十一月仲冬，唐玄宗传召了一个叫包超的隐士，命他召唤冬雷，包超回奏："明日午间将有雷。"玄宗即命高力士监察。当晚，包超升坛做法，直到翌日午前，天上仍不见一丝云彩。高力士怀疑这厮大言欺君，自己也会受连累，出言相责，包超道："将军勿忧，且视南山。"高力士向南远眺，只见连绵的南部山麓之上，黑气盘绕，直望本方而来。一会儿狂风骤起，黑气弥漫，雷声大作。

后来唐玄宗又令包超随哥舒翰西征，在战阵之上更改风向，以助本军取胜。

>   安丰县①尉裴颢，士淹②孙也。言玄宗尝冬月召山人包超，令致雷声。超对曰："来日及午有雷。"遂令高力士监之。一夕醮式作法，及明至巳③矣，天无纤翳。力士惧④之。超曰："将军视南山，当有黑气如盘矣。"力士望之，如其言。有顷风起，黑气弥漫，疾雷数声。玄宗又每令随哥舒西征，每阵常得胜风。

---

① 安丰县：今安徽寿县南，唐代属寿州。
② 士淹：裴士淹，河东闻喜人，官至礼部尚书，代宗大历间坐鱼朝恩案，贬虔州刺史。
③ 巳：巳时，上午九点到十一点。
④ 惧：恐吓。

◎ 斗雷

唐德宗贞元初年，郑州人王幹夏日耕田，猝遇雷暴雨，他避入一间养蚕的房子，一团带着闪电的乌云随之滚入，蚕室内顿时黑气弥漫，雷声大作。王幹将门关起，操起锄头一阵乱打，雷声随打随低，黑气也越打越小，王幹大声呼喝，抡锄不停，那团黑气渐渐缩至半张床大，片刻后只剩下一张盘子大，哗啦哗啦掉落地上，定睛一看，是一堆熨斗、折刀、短脚小锅。

贞元初，郑州百姓王幹有胆勇，夏中作田，忽暴雨雷，因入蚕室①中避雨。有顷雷电入室中，黑气陡暗。幹遂掩户，把锄乱击。声渐小，云气亦敛，幹大呼，击之不已。气复如半床，已至如盘，豁然坠地，变成熨斗、折刀、小折脚铛②焉。

---

① 蚕室：养蚕的温室。
② 小折脚铛：短脚小锅。

◎ 霹雳车

宰相李墉任河东节度使时，介休县有个报送解试结果的百姓，夜里赶路，在晋祠里小憩。夜半时分，听见有人打门，喊道："介休王暂借霹雳车，某日要到介休收麦子。"良久，有人应道："大王有令，霹雳车正忙，恕不便相借。"门外那人再三告求，只见庙后渐起亮光，五六个人抱着一大捆旗杆似的东西秉烛而出。

庙门洞开，门外求借霹雳车之人骑在马上。庙里那几人将旗杆尽数交给他，道："你查点查点。"骑者展动旗子，一一验看，每展开一面，光芒如电闪烁连连。那旗子共计十八面，骑者点验清楚，持之而去。

百姓知道所谓"霹雳车"乃是雷神座驾，暗暗心惊。翌日通知周边各村，敦促他们赶紧收麦，某某日将有大风雨，村民如何肯信。他只得抢着收割了自家麦子。

到了那一天，百姓同自家亲戚躲上丘陵，以避可能出现的洪水。午时，遥望介山之上升起一道黑气，宛若一砚浓墨倒进了清水，整个天宇染作黑色，风吼雷震，暴雨如注，数千顷小麦被摧毁殆尽。

灾后，事先得到警告的村民们疑心是这百姓使的妖法，把他告上了公堂。工部员外郎张周封亲眼见证了本案的审理。

李墉①在北都②，介休县百姓送解牒③，夜止晋祠④宇下。夜半，有人叩门云："介休王暂借霹雳车，某日至介休收麦。"良久，有人应曰："大王传语，霹雳车正忙，不及借。"其人再三借之，遂见五六人秉烛，自庙后出，介休使者亦自门骑而入。数人共持一物如幢杠⑤，上环缀旗幡，授与骑者曰："可点领。"骑者即数其幡，凡十八叶，每叶有光如电起。百姓遍报邻村，令速收麦，将有大风雨，村人悉不信，乃自收刈。至其日，百姓率亲情据高阜⑥，候天色及午，介山上有黑云气如窑烟，斯须蔽天，注雨如绠⑦。风吼雷震，凡损麦千余顷。数村以百姓为妖讼之，工部员外郎张周封亲睹其推案。

---

① 李墉：唐宪宗朝宰相，元和四年就任河东节度使，镇太原。
② 北都：太原，唐帝国起家基地。
③ 解牒：说明解试情况的公文。唐代科举考生的晋身之路大抵要经历四到五关，首先是地方上的两场解试，县级考一关，合格者进入州府再考一关，选出的人才代表地方参加中央的省试（明清的会试），若有殿试，那么省试完成后还要考殿试，接着张皇榜、点状元，最终经吏部铨选，也就是身、言、书、判四项考核，确定授职。
④ 晋祠：供奉周武王姬发之子、晋国始祖唐叔虞的祠堂。起初封地在唐，后改称晋。
⑤ 幢杠：旗杆。
⑥ 高阜：土丘。
⑦ 绠［gěng］：汲水用的井绳，形容雨水连绵不绝如线。

◎ 雷雨夜的人头

家在至德坊的族伯，小时候寄住在阳羡亲戚家里，一夜雷雨，每当闪电划过，电光中都清晰可见有几十个人头，大如竹筐。

成式至德坊三从伯父①，少时于阳羡家，乃亲故也。夜遇雷雨，每电起，光中见有人头数十，大如栲栳②。

① 三从伯父：高祖堂兄弟的曾孙，而比父亲年长者。
② 栲栳：柳条等编制的容器，形似筐。

◎ 造雷车

工部侍郎柳公权的一个亲戚曾讲述道：唐宪宗元和末年，我在建州山寺里借宿，有天晚上，听见门外喧哗，我伏在窗棂上一看，外面好几个人在挥舞斧子造一部奇怪的车子，这车子的形状颇像神仙画像里的"雷车"。几个人忙活半天，一人忽然打了个喷嚏，光线陡然变暗，便什么都瞧不见了。

柳公权侍郎尝见亲故说，元和末，止建州①山寺中。夜中，觉门外喧闹，因潜于窗棂中观之。见数人运斤②造雷车，如图画者。久之，一嚏气，忽斗暗，其人两目遂昏焉。

① 建州：今福建建瓯。
② 运斤：挥动斧子。

◎ 雷公的面目

周洪先生说，敬宗宝历年间，十几个城里人跑到郊野别墅聚饮避暑。夜里暴雨骤至，天上掉下个东西，坠入那别墅之中，状若大猿，双目开阖之处精光电闪。众人吓得钻入床下，那猿猴般的怪物直窜进屋来，扫视众人一周，旋即消失。

等风停雨歇，众人才哆哆嗦嗦爬出来，都已面无人色，耳朵堵塞。后来回到城里，听人说那夜巨雷震天，牲畜吓得浑身颤抖，飞鸟给震得折翼坠落。避暑客们反倒只听得隆隆的雷声罢了。

处士①周洪言，宝历②中，邑客③十余人，逃暑会饮。忽暴风雨，有物坠如玃④，两目睒睒⑤。众人惊伏床下。倏忽上阶，历视众人，俄失所在。及雨定，稍稍能起，相顾，耳悉泥⑥矣。邑人言，向来雷震，牛战鸟坠。邑客但觉殷殷⁷而已。

---

① 处士：有才而隐居不仕者。
② 宝历：唐敬宗李湛年号，825—827 年。
③ 邑客：城里人。
④ 玃〔jué〕：猿猴。
⑤ 晱晱〔shǎn〕：闪烁貌。
⑥ 泥：堵塞。
⑦ 殷殷：雷鸣的样子。曹丕《黎阳作》："殷殷其雷，蒙蒙其雨。"

◎ 元稹之死

元稹在湖北襄阳置有别墅，厅堂落成，新房上梁那天大雨，庄客将地方上送的几瓮油搬进厅来，忽然一声雷震，油瓮悉数飞上房梁，而一滴油都没洒出来。当年，元稹暴死。

元稹的死因，《旧唐书》说"太和五年七月二十二日暴疾，一日而卒于镇"，突然患病，第二天就死了。死得太快，所以舆论认为事出有异。

> 元稹在江夏①襄州②买垫有庄，新起堂，上梁才毕，疾风甚雨。时庄客输油③六七瓮，忽震一声，油瓮悉列于梁上，一滴不漏。其年，元卒。

---

① 江夏：江夏郡，今武汉江夏区。当时元稹任武昌军节度使，辖江夏。
② 襄州：襄阳。
③ 输油：当时的礼俗，地方长官起宅上梁，乡绅们要送礼道贺。

◎ 云中怪物

唐德宗贞元年间，安徽宣城暴雨雷霆，云中坠落一个怪物，猪头，手脚各有二趾，嘴里咬着条赤斑蛇，未几，天色转暗，怪物消失。时人将其画下来纷纷传阅。

贞元年中,宣州①忽大雷雨,一物坠地,猪首,手足各两指,执一赤蛇啮之。俄顷,云暗而失。时皆图而传之。

---

① 宣州:今安徽宣城。

梦
幻里无常

◎ 位及三公

北魏杨元慎精于解梦。广阳王元渊北伐之前，梦见自己身穿衮衣，背靠一棵大槐树，不知凶吉如何，召来杨元慎解梦。杨元慎满面喜色道："哎呀！恭喜恭喜，这是王爷将位及三公的大吉之兆！"

元渊很高兴，同时深以为然，按照当时礼制，只有天子和三公能穿衮衣，而他此时已兼广阳王、骠骑大将军、大都督之尊，不日北伐奏功，加授三公，不在话下。

杨元慎出得王府，心腹之人私下问他，杨元慎不屑道："鬼椅木为'槐'，王爷这个三公，恐怕要到阴曹地府去领受了。"

果然，此次北伐，元渊为葛荣所杀，死后追赠司徒，正是位及三公。

> 魏杨元慎能解梦，广阳王元渊①梦著衮衣②倚槐树，问元慎。元慎言当得三公，退谓人曰："死后得三公耳。槐字木傍鬼。"果为尔朱荣③所杀，赠司徒。

---

① 元渊：唐人为避高祖李渊讳，改《魏书》《北史》作"元深"。元渊是北魏宗室，北魏世祖太武帝拓跋焘曾孙，世袭王爵。六镇之乱，奉诏以北道大都督领兵北讨，大败叛军首脑"破六韩拔陵"主力二十万；翌年，即孝昌二年（526年），北镇再叛，元渊设离间计令叛军内讧，大将葛荣弑主自立，因军心不稳，北撤瀛洲。元渊会同"章武王"元融渡水追击，白牛逻一战，元融阵亡，元渊退向定州，临朝称制的胡太后猜疑他有拥兵自重之野心，太后宠臣元徽因妻子与元渊有染，更时时怀恨，因力劝胡太后诏令定州刺史阻其于城外，不得放入，元渊遂遭葛荣截杀。元渊的墓志近年被盗掘出土，目前掌握在私人手里，官方只

存拓片。
② 衮衣：即衮服。周制，为天子及三公（司马、司徒、司空）礼服，"衮"字造字结构"衣中有公"，即可见之，所谓"衮衮诸公"是也。其服制，绣十二纹章，即日、月、星、山、龙、华虫于衣，宗彝、藻、火、粉米、黼、黻于裳。
③ 尔朱荣：杀元渊者是葛荣而非尔朱荣。

◎ 梦偷羊

许超梦见自己偷羊，被捕入狱，去问杨元慎这梦是啥意思，杨元慎说："恭喜恭喜，日后你将为城阳令。"后来许超封城阳侯。

本则摘自《洛阳伽蓝记》，原著解释为何杨元慎这次测梦有误差时说，"今令百里，即是古之诸侯"，先秦诸侯封地，往往不过一县之地。

> 许超梦盗羊入狱，元慎曰："当得城阳①令。"后封为城阳侯。

---

① 城阳：今河南泌阳县一带。

◎ 侯君集

贞观十七年，侯君集与太子李承乾串通谋反，举事之前，心中极度不安。一夜梦二武士披甲执锐，把他押到一处，见一人高冠长须，叱令左右："取侯君集威骨来！"便有数人手绰屠刀，割开其头颅及右臂肌肉，各取出一片骨头，状如鱼尾。侯君集大叫一声惊醒，头、臂兀自剧痛不已。从此愈发惊悸不安、遍体乏力，如同大病缠身，以至连三十斤的弓都拉不开了。侯君集无法承受这样的折磨，正打算自首，而东窗事发，被处死抄家。

> 侯君集①与承乾②谋通逆，意不自安③，忽梦二甲士录④至一处，见一人高冠彭髯⑤，叱左右："取君集威骨⑥来！"俄有数人操屠刀，开其脑上及右臂间，各取骨一片，状如鱼尾。因哼呓⑦而觉，脑臂犹痛。自是心悸力耗，至不能引一钧⑧弓。欲自首，不决而败。

① 侯君集：唐初名将，凌烟阁二十四功臣之一，唐太宗元从之臣，少年时代加入天策府，累从征战，曾参与玄武门事变。贞观四年除兵部尚书，封陈国公。贞观十三年远征吐谷浑，灭高昌国。侯君集性狂傲，自夸武勇。高昌讨伐战，侯君集纵容将士贪墨财物，回朝为有司参劾，诏令下狱。这一挫折，成为侯君集人生转折点，他认为自己甫立大功，皇上不但不赏，反而问罪，自是耿耿于怀，萌生反志。贞观十七年，与太子李承乾密谋篡位，事破，太宗仍不忍杀之："往者家国未安，君集实展其力，不忍置之于法。我将乞其性命，公卿其许我乎？"百僚皆谓自古谋逆罪不容赦，不杀不能做天下。临刑之前，太宗去看侯君集，哽咽道："侯君，永别了。从今往后，只能睹画像而思君，再也没有机会相见！但为君故，此生永不忍复入凌烟阁矣！"言讫泣不成声，侯君集也哭拜于阶下。死后，太宗赦免其一妻一子，迁岭南。
② 承乾：李承乾，唐太宗长子，有足疾，八岁立储，少时有决断，颇识大体。及长，逐渐腐化堕落，好声色，奢靡无度。而魏王李泰恩宠日盛，李承乾窘寐不安，深恐夺嫡之虞，与魏王各结朋党，明争暗斗。适逢侯君集心生异志，两人一拍即合，联同广汉王李元昌一道谋反。尚未举兵，即告失败。李承乾被贬为庶人，李泰贬郡王。
③ 意不自安：侯君集决意谋反后，总是心神不定，《旧唐书》载："君集或虑谋泄，心不自安，每中夜蹶然而起，叹咤久之。其妻怪而谓之曰：'公，国之大臣，何为乃尔？必当有故。若有不善之事，孤负国家，宜自归罪，首领可全。'君集不能用。"
④ 录：逮捕。
⑤ 髯髯：大胡子。
⑥ 威骨：豪勇之骨。
⑦ 唵[án]呓：说梦话。
⑧ 一钧：三十斤。

◎ 代天巡山

扬州东陵圣母庙庙祝是个女冠，名叫康紫霞，她说自己小时候做梦，梦见被人捉到一个地方，有神灵宣旨，令她署理将军事务，代天巡视南岳衡山。接着一群人给小姑娘披挂金锁甲胄，千余人马扈从，浩浩荡荡，向南飞去。须臾来到衡山，山神拜迎马前。小姑娘骑在天马上发号施令，似乎煞有介事地盼咐了几件事情。衡山之峰岭溪谷，一一历遍。忽闻一声鸡鸣，突然惊醒，从那以后，她就开始长胡子。

扬州东陵圣母①庙主女道士康紫霞，自言少时梦中被人录于一处，言天符令摄将军巡南岳，遂擐②以金锁甲，令骑道从千余人马，蹀虚③南去。须臾至，岳神拜迎马前。梦中如有处分④，岳中峰岭溪谷，无不历也。恍惚而返，鸡鸣惊觉。自是生须数十根。

---

① 东陵圣母：地方神祇，本是泰州海陵人（今江苏连云港），拜刘纲为师学道，能易形变化，远见无方。丈夫杜先生不信道术，见妻子为人治病，又常常忽然消失，行止异常，满肚子的猜疑，因而讼上官府，说妻子不守妇道、妖法惑众。妻子被投入监狱后忽然穿窗飞去，直上云际，从此绝迹人间。当地人目睹仙踪，自发立庙奉祀，祝祷皆灵验。常有青鸟驻足圣母庙，人有失窃者，乞问所在，青鸟即飞于盗贼身上。后来海陵县盗奸之徒，重罪者辄为水溺死，或遭虎狼兽吻，罪轻者亦沉疴不能痊愈，自是境内民风大化，路无拾遗。怀素和尚狂草名篇《圣母帖》，即是过东陵圣母庙所作。东陵，指扬州宜陵镇，在今江苏扬州市江都区。
② 擐〔huàn〕：穿（盔甲）。
③ 蹀虚：蹈虚、腾空。
④ 处分：吩咐、处置。

◎ 欠薪

司农卿韦正贯早年尚未中第的时候，去过河南汝州。汝州刺史柳凌素知其能，留他代理军事判官事务。一天柳凌来找韦正贯，说他做了个梦，梦见有人手持文书，上面写着尚欠他一千七百束柴，他不知道什么意思，问韦正贯何解。韦正贯说："柴就是薪，难道大人即将调任？"月余，柳凌病死。韦正贯帮他料理后事，发现柳凌家穷得要命，俸禄粮米早已预支了好几个月的了，只是朝廷尚欠他一千七百束柴，韦正贯这才明白柳凌怪梦的意思。

司农卿①韦正贯②应举时，尝至汝州，汝州刺史柳凌，留署军事判官。柳尝梦有一人呈案③，中言欠柴④一千七百束。因访韦解之，韦曰："柴，薪木也。公将此不久乎？"月余，柳疾卒。素贫，韦为部署，米麦缗帛悉前请于官数月矣，唯官中欠柴一千七百束。韦披案方省柳前梦。

① 司农卿：司农寺一把手，从三品上，掌邦国仓储委积之事。
② 韦正贯：剑南西川节度使大将韦皋堂弟，年轻时以祖荫得官，不大满意，辞官另考"贤良方正科"，授太子校书郎，累迁司农卿，唐宣宗朝官至岭南节度使，时岭南官场腐败，诸官抽成进出口贸易为惯例，韦正贯一无所取，一生以为官清廉、耿直狷介著称。
③ 案：文书。
④ 欠柴：唐代官员俸禄，包括俸钱（货币）、禄米（粮食）、职分田（田地）、禄力（杂役）、实物等。其中实物待遇出入较大，可能包括的有绢布、服装、炭、柴。

◎ 树中童子

唐朝有个叫秦霞霁的道士，一向修行刻苦。一天打坐时，梦见一株大树，树干忽然开了个洞，走出一个童子，青衣长发，作揖行礼曰"合土尊师"。道士猛然惊醒。

从此以后，每每冥坐，青衣童子辄出树洞，预言休咎吉凶，无不应验，如此五年之久。

道士渐渐觉得这是自己修行修得走火入魔之征，越来越害怕。一天路过师父修行所在，问起师父，师父大惊道："住口！不要再说了！这……树洞童子，是修行有成之象，但绝不可宣之于口，说出来就不灵了！"

道士恍恍惚惚，惘然若失。后来，那青衣小童再也没出现。

> 道士秦霞霁，少勤香火，存想①不息。尝梦大树，树忽穴，有小儿青褐髻②发，自穴而出，语秦曰："合土尊师。"因惊觉。自是休咎之事，小儿仿佛报焉。凡五年，秦意为妖。偶以事访于师，师遽戒勿言，此修行有功之证。因此遂绝。旧说梦不欲数占③，信矣。

① 存想：一种练功方式，类似打坐冥想，"存我之神，想我之身，闭目见目，收心见心"。
② 髻 [qí] 发：长而硬的头发。
③ 梦不欲数占：有几种梦是不宜占的，所谓"梦有五不占，占有五不验"。

◎ 古法占梦

蜀中名医昝殷指出，阴气重的人多梦，阳气盛则少梦，但不易记住梦的内容。

《周礼》提到过三种占梦之法，又说观天地之会、辨阴阳之气，以日月星辰可占断六种梦，所依据者，天干地支、十二月建、星之轮转、辰之时刻。又提到"向四方驱逐噩梦"，则指聚集群众，请方相氏将噩梦送向四方郊野。

> 蜀医昝殷①言，藏气阴多则数梦，阳壮则少梦，梦亦不复记。
> 《周礼》有掌三梦②，又"以日月星辰各占六梦③"，谓日有甲乙④，月有建、破⑤，星辰有居直⑥，星有扶（一曰符）刻也。又曰："舍萌于四方⑦，以赠⑧恶梦。"谓会民方相氏⑨，四面逐送恶梦至四郊也。

---

① 昝殷：蜀人，妇产医生，撰于唐大中元年（852 年）的《经效产宝》是我国现存最早的妇产科专著。

② 掌三梦：掌三梦之法，《周礼》提及的三种占梦方法，分别指夏朝的"致梦"法、殷商的"觭梦"法、周人的"咸陟"法，具体解法已失传。占梦术在历史上一度极受官方重视，《汉书·艺文志》收录有《黄帝长柳占梦》和《甘德长柳占梦》共 31 卷之多；秦始皇在身边特置"占梦博士"，专为皇帝解梦。

③ 以日月星辰各占六梦：《周礼》将梦分作六种：正梦、噩梦、思梦、寤梦、喜梦、惧梦，是为浮生六梦。《周礼》略略提到的占梦，要根据日月星辰和岁时，结合梦的内容占断吉凶，薛季宣《周礼》注："占梦者以其十二岁、十二月观之，日月所会之辰，因其升降往来之度，而合其吉凶休咎之证。"

④ 甲乙：今《周礼》无此内容。"甲乙"可能指用以纪日的天干地支，也可能指《日书》的甲乙。古之"日者"（占卜时日吉凶的术士）以时日推验、占候宜忌的参考书，称为《日书》，类似先秦（至晚自殷商起）的黄历，记录提示一年中每月每日之凶吉。往往涉及军事、生产、生活方方面面，极其详尽，从衣食住行到婚丧、六畜、上任、会客、出征无所不包。视今出土的《睡虎地秦简日书》《放马滩秦简日书》可知，《日书》常有甲乙之分，如睡虎地《日书》，甲种正月建寅，定日在午；乙种正月建寅，陷日在午。

⑤ 建、破：固定时间观察北斗七星，其斗柄摇光（勺柄最末端的星）的指向，四季不同。古人以一年之始，即正月时摇光星指向方向"立建"，十二个月中，摇光指向十二个方向，就是"十二月建"。这十二月建包括：建、除、盈、平、定、执、破、危、成、收、开、闭，也叫"建除十二神"或"建除十二客"。类

似于现在的表盘,虽然古代不用钟表计时,但十二月建的天象图,可以与钟表一样,一圈一圈周而复始地永恒运转。正月在寅位,摇光指向该方向时,叫作"斗柄回寅",所以正月立建立在十二地支的寅日,《日书》中称为"建寅"。

⑥ 居直:值守。

⑦ 舍萌于四方:东汉杜子春释"萌"为"明",明即疫病,这句话的意思是,驱除四方瘟疫。另有解释以"舍"为"释",舍萌就是"释菜",一种祭祀仪式,那么"舍萌于四方"则指向四方行释菜的仪式。《周礼》原文是说占梦者每年冬季将好梦献给君王,不好的梦则作法祭祀驱除。

⑧ 赠:驱逐。

⑨ 方相氏:先是古代一位神祇,又称"开路神""险道神""阡陌将军",专一负责驱鬼,后来演变成傩祭的主持者。周礼中定为为国家驱疫的官员"蒙熊皮,黄金四目,玄衣朱裳,执戈扬盾",后世沿袭有所发展,并传入日本。在葬墓文化中,方相氏被塑造成镇墓兽守护亡灵。据说上古五帝之一的颛顼有三个儿子,其中之一叫罔象,即魍魉,好吃死人肝脑,而方相氏是罔象的天敌,于是墓侧常立方相氏。另外,罔象怕虎和柏树,因此后来也习惯性在陵园栽种柏树、修虎形石像。

◎ 梦的形成

汉代大傩仪式上,侲僮齐声高喊"伯奇食梦"云云。

道家说梦是魄妖作祟所致,另一种说法认为是三尸虫所为。

佛家有四种说法:善恶种子、四大偏增、贤圣加持、善恶徵祥。成式听首素和尚这样讲,他说这是《藏经》的说法,成式也没细究到底真假。又有人说梦不可效仿,否则会应验,应验的话,会有不干净的东西附身。

依成式之见,盲人无梦,可见梦其实是由生活习惯产生的。

成式的表哥卢有则有一回梦见自己看人打鼓,醒来一看,原来是小孩子在玩过家家,敲门模仿街鼓。成式的姑父裴元裕说,有个堂兄弟喜欢邻家女孩,梦见女孩给了他两颗樱桃吃,一翻身醒来,发现两粒樱桃核掉在了枕边。

汉仪,大傩①侲子②辞,有伯奇食梦③。道门言梦者魄妖④,或谓三尸⑤所为。释门言有四:一善恶种子⑥,二四大偏增⑦,三贤圣加持,四善恶徵祥。成式尝见僧首素言之,言出《藏经》,亦未暇寻讨。又言梦不可取,取则著,著则怪入。夫瞽⑧者无梦,则知梦者习也。成式表兄卢有则，梦看击鼓。及觉，小弟戏叩门为街鼓⑨也。又成式姑婿⑩裴元裕言，群从⑪中有悦邻女者，梦女遗二樱桃，食之。及觉，核坠枕侧。

---

① 大傩：秦汉时，于腊日前一日，民间击鼓驱除疫鬼，称为"驱除"。宫禁之中，则集童子百余人为侲子，以中黄门装扮方相氏及十二兽（皆能吞食邪恶秽物），张大声势以驱除之。
② 侲[zhèn]子：侲子，即侲僮，协助方相氏驱鬼仪式中的童男童女，通常十岁到十二岁左右，宫中盛大的驱鬼仪式，侲僮可达数百名之多。
③ 伯奇食梦：伯奇，西周孝子，太师尹吉甫之子，因继母诬陷，被父亲放逐而死，据说死后变成食梦之神。据《睡虎地秦简》，秦人做了噩梦，会披散头发，面向西北向伯奇祝告，请求把噩梦带走。
④ 魄妖：谓致噩梦之妖物，有"魄妖"，有"尸贼"。
⑤ 三尸：寄居在人体魂魄的三个鬼神，平时向司命大神打小报告，汇报宿主的日常过失，司命神则根据三尸的汇报材料，罚其宿主减寿。见本书《玉格》部分。
⑥ 善恶种子：即人性的善恶根源。
⑦ 四大偏增：佛经认为地水火风"四大"成于人体，若地大增，身沉重；水大增，身浮肿；火大增，身壮热；风大增，身急胀。四大不调，则身心不安。
⑧ 瞽[gǔ]者：盲人。
⑨ 街鼓：唐代京城通知宵禁起、止的鼓，初唐皆靠金吾卫扯着嗓子喊，后来金吾卫不愿喊了，改成击鼓。
⑩ 姑婿：姑父。
⑪ 群从：泛指堂兄弟和子侄。

◎ 实化梦境

李铉的《李子正辩》谈到，灌注极强念力之梦，可使梦境实体化，梦中之人被投射到现实中。譬如《三梦记》提到的"刘幽求见妻"的故事，刘幽求所见，正是妻子梦境投射到现实的幻影，由此可知，梦这种东西，不可单凭一事论度。

不仅至人无梦，贩夫走卒也较少做梦，成式曾调查过一些车夫马夫之辈，都说终年做不了一两个梦。

李铉①著《李子正辩》，言至精之梦②，则梦中身人可见。如刘幽求见妻③，梦中身也，则知梦不可以一事推矣。愚者少梦，不独至人，问（一云闻）之驺皂④，百夕无一梦也。

---

① 李铉：字宝鼎，北齐渤海南皮人，自少好学，精研学问，废寝忘食。"三冬不畜枕"的典故，即指此人，官至国子博士，是典型的文学之臣。曾"删正六艺经注中谬字"，著《字辨》，或即本文《李子正辨》。
② 至精之梦：精微神妙之梦。
③ 刘幽求见妻：刘幽求，唐中宗、睿宗朝宰相，李隆基的坚定支持者，参与唐隆政变。曾试图向太平公主投毒而被流放岭南，李隆基击垮太平公主后，召回复职，但很快遭到架空。唐玄宗登基第二年，外放为刺史，次年恚怒而死。"刘幽求见妻"是个著名的志怪故事，出自白行简《三梦记》。《三梦记》记录了三种诡异的梦：第一种，一个人的梦在另一个人的现实中发生了；第二种，一个人做的事情出现在另一个人梦里，譬如我在吃饭，你梦见我在吃饭，而且知道我吃的是什么；第三种，两个人梦境相通。传说武则天朝，刘幽求还在朝邑县做县丞的时候，有一次出差夜归，路过一座寺庙。听见庙里欢声笑语，并有女人的声音，不禁大奇。那庙墙既矮且残，刘幽求悄悄靠近，探头张望，只见庭中灯火煌煌，罗列盘馔，十几个男男女女杂坐参差，把酒言欢。其中一人居然是自己妻子，正笑靥如花，跟一帮陌生人喝酒。刘幽求大怒，随手抄起块石头狠狠砸了进去，石块"噗"地坠地，灯火尽灭，所有人、物一下子消失得无影无踪。刘幽求翻墙跳进，四处查看，只是破庙一座，哪里有什么宴席了？他百思不得其解，策马驰归，那寺庙离家十几里地，一路上他心里乱糟糟的，尽想着如何质问妻子。回家一看，妻子正好好睡在床上，闻声惊醒，起身替丈夫张罗宵夜、热水，嘘寒问暖，恍若无事。刘幽求有意先不揭破，要看妻子的反应，妻子却笑道："刚刚做了个怪梦，梦见跟十几个不认识的人游佛寺，喝酒吃东西聊天，真是莫名其妙。正吃着，外面扔进块石头，我就醒了。"
④ 驺皂：养马驾车的差役。

◎ 失蹄

秘书郎韩泉长于解梦，中书舍人卫中行有个子侄小辈来京赴考，投靠卫中行，求他代为关照，卫欣然同意。科举的落选榜公布之前，这人忽然梦见骑驴失蹄，坠入河中，爬出来时，鞋履不湿。这人因为也认识韩泉，翌日碰巧到韩泉家里拜访，说起昨夜之梦，韩泉醉醺醺地道："哎呀这下你可倒了霉了，肯定考不上。为啥？你梦中之象，驴子让你摔了一跤——驴即'卫'，那么就是'卫生相负，足下不沾'。"

等到张榜，果然姓卫的书生没考上。

韩泉此人也颇有学问，是韩仆射的侄子。

> 秘书郎①韩泉，善解梦。卫中行②为中书舍人③，时有故旧子弟选④，投卫论属，卫欣然许之。驳榜⑤将出，其人忽梦乘驴蹶，坠水中，登岸而靴不湿焉。选人与韩有旧，访之，韩被酒半戏曰："公今选事不谐矣。据梦，卫⑥生相负，足下不沾。"及榜出，果驳放。韩有学术，韩仆射⑦犹子⑧也。

---

① 秘书郎：秘书省官职。东汉置秘书监，典司图籍，南朝梁始定名秘书省，隋炀帝时秘书省与尚书省、门下省、内史省、殿内省组成五省，地位一度尊崇。有秘书监三品、少监从四品、秘书郎从六品上，掌管图书经籍收藏与校写，唐代因袭。
② 卫中行：宪宗、敬宗、文宗时人，元和年间为中书舍人，宝历年间任福建都团练观察处置使、福州刺史，后获罪流放播州，死于唐文宗大和三年。
③ 中书舍人：中书省负责掌侍进奏，参议表章，起草诏书之职。唐朝中书省最高长官中书令行宰相职权，中书省实际事务由中书侍郎担纲，中书舍人仅次于侍郎，辅佐宰相，类似于如今的机要秘书，权力很大，正五品，额定六人。
④ 故旧子弟选：亲友的子弟来京赴选。
⑤ 驳榜：晓示落选、斥退的榜文。
⑥ 卫：驴之别称。
⑦ 韩仆射：可能指韩皋（744—822年），官尚书仆射。
⑧ 犹子：侄子。

◎ 洗马

威远军小将梅伯成擅长占梦，最近戏子李伯怜到甘肃泾州走穴，赚了百来斛米，大约是不好携带的缘故，他只身返回，然后叫弟弟去取。弟弟这一去迟迟不归，李伯怜相当担心，大白天做了个梦，梦见他在刷洗白马，醒来大惑不解，去找梅伯成解梦。梅伯成凝思良久，说道："你们这些人最喜欢学舌搞怪，'洗白马'，谐音'泻白米'，你所担忧的或许关乎行船吧。"几天后，弟弟果然空着手回来，说在河里翻了船，米全部遗失。

威远军①小将梅伯成，以善占梦，近有优人李伯怜游泾州②乞钱，得米百斛，及归，令弟取之，过期不至，昼梦洗白马，访伯成占之。伯成伫思③曰："浑人好反语，洗白马，泻白米也。君所忧或有风水之虞乎？"数日，弟至，果言渭河中覆舟，一粒无余。

---

① 威远军：贞观六年六月于威远县（今四川内江）置威远军，配合剑南节度使戍守西南，主要目的在于控制当地的盐、铁等资源，镇抚夷僚。
② 泾州：今甘肃泾川县。
③ 伫思：凝思。

◎ 臼中无釜

算命先生徐道升说，江淮一带的王生，专做占梦生意。有个客居当地的商人，返乡之前，梦见在舂捣谷米的石臼里做饭，找王生给解一解。王生说："在石臼里做饭，而不是在锅子里做饭，那是'臼中无釜'之象，'无釜'者，'无妇'也。"商人忙赶回家，妻子果然几个月前就已辞世了。

卜人徐道升言，江淮有王生者，榜言解梦。贾客张瞻将归，梦炊于臼中。问王生，生言："君归不见妻矣，臼中炊，固无釜也①。"贾客至家，妻果卒已数月，方知王生之言不诬矣。

---

① 臼中炊，固无釜也："臼中无釜"的典故就出自这里，"无釜"谐音"无妇"，喻指丧妻。

◎ 梦松枣

补阙杨子的孙子杨堇精于占梦，有一人梦见家门口长出松树、一人梦见屋顶长出枣树，持问杨董，杨说："墓地多植松树；至于枣树嘛，'棗'字上下是两个'来'字——'重来'，那是招魂的咒语。"

不久两人果然死了。

> 补阙①杨子孙董，善占梦。一人梦松生户前，一人梦枣生屋上，董言："松，丘垅②间所植。枣字重来③，重来呼魄之象。"二人俱卒。

---

① 补阙：官职。从七品上，掌规谏君上，举荐人才，分左右各两人，左属门下省，右属中书省。
② 丘垅：坟地。
③ 枣字重来："枣"字旧体像两个上下相叠的"来"字，而"重来"与上古招魂咒语相关。

《睡虎地秦简》所写"枣"字

事　感
天人感应

◎ 石钟乳

山东平原郡高苑城以东有个渡口，相传，魏末潘惠延从河南白马津登船，前往平原郡就任太守，行到该渡口，盛放文具的口袋失手坠入水中，袋中原收纳着一两当作药物服用的石钟乳。

任职第三年上，济水泛溢，郡民捕得一条大鱼，近九米长，全郡轰动。大伙拖了那鱼献到潘惠延官署，潘惠延当众命人宰杀了，鱼腹之中剖出一只口袋，赫然是当年他遗失的那只。口袋里金针还在，石钟乳已消化殆尽。郡民杀鱼取脂，竟然刮出鱼油上千斤，时人传为异事。

> 平原①高苑城②东有渔津，传云魏末平原潘府君③字惠延，自白马④登舟之部，手中算囊⑤遂坠于水，囊中本有钟乳⑥一两。在郡三年，济水泛溢，得一鱼，长三丈，广五尺。刳⑦其腹，中有得一坠水之囊，金针尚在，钟乳消尽。其鱼得脂数十斛⑧，时人异之。

---

① 平原：今山东德州平原县。
② 高苑城：高苑县，今山东邹平、高青县一带。
③ 府君：太守。
④ 白马：白马津，今河南滑县。
⑤ 算囊：算袋，唐代官员日常服饰礼仪的佩戴品之一。时武官佩䪓鞢七事：佩刀（餐具小刀）、刀子、砺石、契苾真、哕厥、针筒、火石袋；文官则是算袋、手巾、佩刀、砺石，朝觐时要严格遵守这套礼仪。算袋一般作贮盛笔砚等小物件

用,相当于如今的手包、公文包。
⑥ 钟乳:石钟乳,主要成分为碳酸钙($CaCO_3$),较粗者称"钟乳",细者称"滴乳",为滴状方解石,古人用以入药,据说宜男子。贞观后期,太子右庶子高季辅因直言进谏获赐钟乳一剂,太宗说:卿进药石之言,故以药石相报。高季辅可谓奉旨吃药。
⑦ 刳:剖开。
⑧ 斛:唐代一斛为十石,即120斤左右。

◎ 功曹涧

安徽亳州有个山涧叫作"功曹涧",这个奇怪的名字得自北齐天统年间。当时,一个姓来的太守从亳州调任山东济南,随同前往的还有功曹崔公恕。崔公恕是清河人,年才弱冠,已具德名。

太守离开亳州的时候正值夏季,天旱已久,几千人的送行队伍簇拥着太守行至山涧,均已渴得要命。崔公恕却见一头青鸟飞入涧中,忽起忽落,模样甚怪,不由留心。只见那鸟儿驻足一方白石,良久不动,崔公恕走上前伸鞭子一拨,涌出汩汩清泉,忙拿瓶子去接,甫一盛满,泉水立竭,喝完又涌,如此反复不绝。但旁人拿瓶子来接时,泉水却不再涌出。众人都道这必是盛德所感,因将此涧命名为"功曹涧"。

> 谯郡①有功曹②涧,天统③中,济南来府君出除谯郡,时功曹清河崔公恕,弱冠有令德④,于时春夏积旱,送别者千余人,至此涧上,众渴甚思水,升直万钱矣,来公有思水色。恕独见一青鸟于涧中,乍飞乍止,怪而就焉。鸟起,见一石,方五六寸。以鞭拨之,清泉涌出。因盛以银瓶,瓶满水立竭,唯来公与恕供疗而已。议者以为盛德所感致焉。时人异之,故以为目。

---

① 谯郡:今安徽亳州。
② 功曹:官名,唐代府县机关分功、仓、户、兵、法、士,六曹,分管具体行政事务。
③ 天统:北齐后主高纬年号,565—569年。
④ 令德:美德。

◎ 祝河

唐文宗太和九年，李彦佐任沧景节度使，奉旨引兵北渡黄河。

时值腊月，河水结冰，需凿冰行船。行至济南附近，李彦佐的座船触冰搁浅，虽然人救了起来，却将圣旨丢在了河里。李彦佐大为惶恐，一连六天不寝不食，形销骨立，须发为之皆白。属下们见他形色有异，一问才知道遗失了圣旨，这要是追究起来，众随从也都脱不了干系。果然，李彦佐正式通知渡口小吏："倘若捞不出圣旨，你们全都要陪葬！"

小吏吓得要命，然而河水冰冷刺骨，谁有本事潜下去打捞？于是出了个主意，请李彦佐写篇祷辞投到水中，求之于河神，尽人事，听天命。李彦佐别无善法，只好酹酒祝祷："今圣天子在上，山岳河渎，莫不有专人祭祀。吾之辖境，祀礼未曾缺失，你身为河神，统帅鳞介，当护卫天子诏书，何以反而沉水吞没？倘不返还，吾斋告于天，你等必遭天谴！"

一辞才毕，巨声如雷，河面坚冰纵裂三十余丈。小吏大喜，知道祷辞起了作用，忙甩下鱼钩，登时便将圣旨钩了起来，一无所损，只玉玺大印微微有些沾湿。

李彦佐大人执掌地方，素来政令严简，抱德推诚。譬如此事，当时河水既浑，流速又快，不论大木、小草，着于河上，瞬息流逝千里之外，如何能在沉船六天之后，凭一文祷辞令坚冰破碎、一枚鱼钩钓起圣旨？自然是精诚所至的缘故了。

> 李彦佐①在沧景②，太和九年，有诏诏浮阳③兵北渡黄河。时冬十二月，至济南郡，使击冰延舟，冰触舟，舟覆诏失。李公惊惧，不寝食六日，鬓发暴白，至貌侵④肤削，从事亦讶其仪形也。乃令津吏⑤："不得诏尽死。"吏惧，且请公一祝，沉浮于河，吏凭公诚明，以死索之。李公乃令具爵酒言祝，传语诘河伯，其旨曰："明天子在上，川渎山岳祝史咸秩⑥。予境之内，祀未尝匮，尔河伯洎鳞⑦之长，当卫天子诏，何返溺之？予或不获，予斋告于天，天将谪尔。"吏酹⑧冰，辞已，忽有声如震，河冰中断，可三十丈。吏知李公精诚已达，乃沉钩索之，一钓而出，封角如旧，唯篆印微湿耳。李公所至，令务严简⑨，推诚于物，著于官下。如河水色浑，驶流大木与纤芥顷而千里矣，安有舟覆六日，一酹而坚冰陷，一钓而沉诏获，得非精诚之至乎！

① 李彦佐：历沧州节度使、朔方灵盐节度使、晋绛行营节度使，唐武宗时参与过泽潞平叛；宣宗朝拜银青光禄大夫、加太子太保。
② 沧景：沧州、景州一带，唐德宗置横海节度使辖其地，又称沧景节度使，治所在今河北。
③ 浮阳：地处浮水之阳，故名，今河北沧县。
④ 貌侵：衰老貌。
⑤ 津吏：渡口小吏。
⑥ 咸秩：都依次序行事。
⑦ 洎鳞：犹鳞介，泛指水族。
⑧ 酹［lèi］：以酒浇地。
⑨ 严简：简约而严明。

盗 侠
剑影侠踪

中国剑仙文化，大概可以上溯至东汉《吴越春秋》的越女剑，越女以绝世剑术，一招击败白猿精，迫其原形毕露，登杪而去。

尔后《王子年拾遗记》写上古天帝颛顼的"曳影之剑"："考四方有兵，此剑则飞起指其方，则克伐。未用之时，常于匣内，如龙虎之吟。"能自行飞起，作龙虎之吟，显然具备了后世"仙剑"的若干特征。

《晋书·张华传》云豫章城"物华天宝，紫气射斗牛之墟"，剑气上冲霄汉，识宝者在此地掘得八尺玉匣，中藏双剑，光曜炜晔，焕若电发，张华得其一。后来张华遇害，此剑飞入襄水，另一剑亦离鞘飞入，化作双龙，破浪而去。

到唐代，武风昌盛，刺客横行，巨阉李辅国、宰相武元衡皆死于刺杀；大盗段师子夜潜相府，亮白刃于长孙无忌前曰："公动即死"，劫太宗御赐七宝带，从房椽孔间踊身而去。"奸人遍四海，刺客满京城"，任侠尚气的游侠时代全面回归，剑仙文化亦臻成型，能够掌握神剑、飞剑杀人的剑侠终于批量出现，如聂隐娘、四明头陀，以及本章的京西店老人，俱是此中能者。

本章内容，不止于剑客，亦录有大盗、术士之辈及江湖异事。

◎ 凌云台

三国时代，北方政权多高筑楼台，名义上供游赏，实际兼具仓储、防御、瞭望功能，譬如公孙瓒的易京楼，曹操的金凤、铜雀、冰井"邺城三台"等。这类建筑通常在高大的夯土台基上构筑楼阁，极其高峻，闲时登临，战时警备，既树威仪，亦不失军事实用价值。

曹魏黄初二年腊月，魏文帝曹丕登极第二个年头，孙权向大魏称臣，曹丕志得意满。这年腊月东巡洛阳，造凌云台，象"凌云奋飞"之意，收藏甲兵。既名"凌云",可知此台之高,实已上接云天。然而落成之后,匠人们却发现自己犯了大错——误把一块没题字的空匾钉在了台上。曹丕倒是未予严咎,只是责成书法大家韦诞立即登台题榜。

当时的书家其实不少,像钟繇、卫觊,各有所长,而韦诞题署最精,洛阳、许昌、邺城三都的匾额,基本上都出自他的手笔。韦诞当仁不让,以为伏案一挥即可。来到现场,才发现气氛有些异样,抬头一看,那块空匾高高悬在去地二十五丈处。按照魏尺,一丈约合今天 2.4 米略余,二十五丈即 60 米左右,相当于二十层楼的高度。

韦诞:"快拆下来吧,我赶时间。"

匠人们面面相觑,尴尬地说:"不好意思啊韦大人,照规矩,匾钉上就不能再拆了,您得上去写。"

韦诞愕然:"什么?开玩笑吗?这么高,我怎么上去?"

"咱们拿筐子给您吊上去。"

众人极目仰望,正见到一只飞鸟从匾下掠过,韦诞想死的心都有了。欲待不上吧,已经接了圣旨,不上就是抗旨,韦诞大怒:"你们钉之前为啥不检查好!我摔下来怎么办!"

"不会摔下来的。"

没有办法,手脚发软的韦诞给人搀进筐子,用辘轳吊上高空。因为是奉旨题字,万万草率不得,绝不能匆匆写两笔应付了事。好半晌,匠人们放下完工的韦诞时,在场众人无不大吃一惊,只见韦诞的一头青丝,已尽成白发。

这就是"韦诞白首"。

韦诞回到家后,大病不起,病榻之上留下家训:韦家子孙永远不准再学大字楷书!人家写字要钱,咱家写字要命啊!

凌云台楼观的建筑技艺极尽工巧,《世说新语》载道,施工之前,匠人们先精确称量计算了所有木构件的重量,以求平衡。竣工后,此台随风摇动,却不会倾倒,实乃建筑史上一件杰作。到了魏明帝曹叡即位,有一次登临视察,台榭在风中摇摇晃晃,曹叡脸都吓绿了,说这种台子怎么能上得人?底下的人多事陈奏说,当然可以呀陛下,前几天就有一位奇人,穿着木屐,飞檐直上,如履平地,那真是好本事!

曹叡面色铁青:"朕登此台,尚需牵引,那位奇人什么来头,竟能平步凌云?朕倒要见识见识。"当下命人擒至,发现那人腋下生有几寸长的肉翅,果然妖人无疑,立即处死。接着下令,以大木加固凌云台,楼即坍塌,论者认为是曹叡的工匠破坏了楼台的平衡之故。

魏明帝①起凌云台，峻峙数十丈，即韦诞②白首处。有铃下人③能着屐登缘，不异践地。明帝怪而杀之，腋下有两肉翅，长数寸。

① 魏明帝：曹叡（204—239年），字元仲，魏文帝曹丕长子。本文说"魏明帝起凌云台"，而《三国志》《洛阳伽蓝记》则指出凌云台是由曹丕兴建，曹叡只是在即位后加以整饰，结果整塌了。
② 韦诞：（179—253年）字仲将，魏国书法家、制墨大师，师承张芝，以擅书留补侍中，博通诸家，尤精题署。据说钟繇曾在韦诞家里看见过蔡邕的墨宝《蔡伯喈笔法》（一说《九势八字诀》），苦苦相求，韦诞不给，钟繇为此呕血，吃了曹操赏的丹药才得以活命。韦诞死后，钟繇掘了韦诞的墓穴，终于盗走此书。当然，这个故事是伪造出来诋毁钟繇的，韦诞死时，钟繇已经谢世二十多年了，自然不能再去盗什么墓。倒是钟繇的陵墓，在西晋太康年间为人所破，他原本决意带入棺材的不传之秘《笔势论》重见天日，启发了不少书学后进。
③ 铃下人：指侍卫、门卒或仆役。《汉宫仪》："太常驾四马，主簿前车八乘，有铃下、侍阁、辟车、骑吏、五百等员。"五百指街卒，骑吏是前导的骑手，辟车拥车开路，铃下、侍阁均指侍奉铃阁（官署）的近侍。

◎ 盗跖冢

山东高唐县以南，有鲜卑人营建的旧城。据说昔鲜卑慕容氏南下燕地，曾暂驻于此。城旁立有盗跖冢，极其高大，附近盗匪供若神灵，奉祀不绝。

北齐天保年间，山东土鼓县遭流寇剽掠，县令丁永兴密令人埋伏在盗跖冢旁，果见一伙盗贼来祀，悉数成擒，尽皆处死，从此祀者遂绝。

《皇览》云，盗跖冢在山西河东郡。经段成式考察，盗跖死于"东陵"；而高唐一带古称东平陵，所以盗跖冢在山东的说法，更接近事实。

盗跖是春秋时期著名匪王，鲁国人，柳下惠的弟弟。据说他举重九千人，侵暴诸侯，驱人牛马，取人妇女，不祭先祖，好食人心肝，横行天下，无人能制。《庄子》杜撰有一段关于孔子和盗跖的对话，说孔子看盗跖猖狂，想去教育教育他。柳下惠劝孔子不要去，说盗跖虽然为盗，却盗亦有道，你那一套说教对他不管用。孔子不以为然，认为柳下惠无能，连胞弟都管不好，"丘窃为先生羞之"。孔子找到盗跖的时候，这位绿林大豪正在吃人肝刺身，听说孔丘来了，怒发冲冠，孔子说，看在你哥柳下惠的面子上，容我一言。于是说了一套礼仪道德的东西，说将军您要是听我的，我愿意替将军出使各国，劝各国国君集资为将军修造城池，划归领土。盗跖一顿痛斥："你这个伪君子，逢衣浅带，矫言伪行，迷惑天下，你才是真正的盗！为什么没人管你叫盗丘？你不耕田不织布，白吃白喝，只有一张大言不惭的嘴，给诸侯士大夫洗脑，简直罪大恶极！"孔子被骂得晕头转向，色如死灰。

  高堂县①南有鲜卑城，旧传鲜卑聘燕②，停于此矣。城傍有盗跖冢，冢极高大，贼盗尝私祈焉。齐天保③初，土鼓县④令丁永兴，有群贼劫其部内，兴乃密令人冢傍伺之，果有祈祀者，乃执诸县案杀之，自后祀者颇绝。

  《皇览⑤》言，盗跖冢在河东⑥。按盗跖死于东陵；此地古名东平陵⑦，疑此近之。

---

① 高堂县：今山东省聊城高唐县。县西南二十八里东陵山，据说是盗跖埋骨之地。
② 鲜卑聘燕：指鲜卑慕容氏于燕地建国。
③ 天保：北齐文宣帝高洋年号，550—559年。
④ 土鼓县：在今山东淄博周村区一带。
⑤ 皇览：魏文帝曹丕锐意读书，手不释卷，使诸儒撰集经传，辑成一部，供他阅读参览，因称《皇览》。凡千余篇，一百二十卷，是类书鼻祖，今亡佚。
⑥ 河东：《皇览》及《博物志》等认为盗跖冢在河东郡大阳县西。唐天宝元年，疏浚三门峡时，河道淤泥深处挖出古戟，刃上有古篆"平陆"二字，遂改大阳为平陆县，即今山西省运城市平陆县。段氏显然更倾向于盗跖冢在山东高唐之说。
⑦ 东平陵：西汉到西晋济南郡的行政中心，在今章丘区以西。西晋末年，郡治所由东平陵迁到历城，即今山东济南。

◎ 轻功少年

  据说刺客之流大多身负高超的轻身功夫，叫做"飞天夜叉术"。代宗年间，韩滉韩大人任镇海军节度使时，有富商在南京瓦官寺布施，举办无遮大会。法会规模盛大，杂技演艺，无所不有。一位身着短袖劲装、脚蹬皮靴的少年，自荐愿献"阁上舞"，为大会助兴。众人闻声围观，只觉眼前一花，那少年耸身纵起，直窜上殿顶，满脊飞奔，做出种种动作，时如猿猴挂树，时若飞鸟掠沙，身法之轻之快，简直形同鬼魅。那时大雨方歇，檐流如缕，滴沥不绝，少年滑到滴水檐边，一只脚搭在檐上，大半个身子探了下去,像秋千似的凌空一荡,手中小瓶,已接满雨水,观者无不惊绝。

> 或言刺客,飞天夜叉①术也。韩晋公②在浙西,时瓦官寺因商人无遮斋③,众中有一年少请弄阁,乃投盖④而上,单练䩞⑤,履膜皮,猿挂鸟跂,捷若神鬼。复建翲水⑥于结脊下,先溜至檐,空一足,欹⑦身承其溜焉,睹者无不毛戴⑧。

① 飞天夜叉:夜叉的一个亚种。佛家所称夜叉分为三类:地行夜叉、虚空夜叉和天夜叉(《大智度论》)。在早期印度神话中,夜叉不会害人,专对付害人的罗刹(鬼怪),民间祭祀可以得福。到了佛经里,一部分夜叉愿意成为佛门护法,譬如"夜叉八大将";另一部分则慢慢变成夺人精气、啖人血肉的恶鬼。中国民间传说通常把夜叉看作凶恶的怪物。

② 韩晋公:韩滉(723—787),字太冲,长安人,代宗时为浙江都团练观察使、镇海军节度使(辖升州,即今南京),德宗朝官至宰相,封晋国公。以严苛、重刑的高压手段著称,他本人则十分俭朴,衣服十年换一次。有名作《五牛图》传世,是目前所见最早作于纸上的绘画。

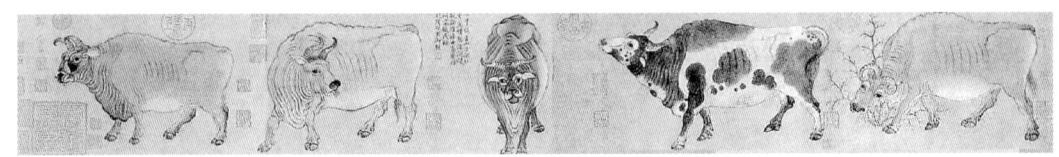

五牛图

③ 无遮斋:无遮大会,佛教的布施法会。"无遮"谓佛门广大,不分贵贱上下圣愚道俗,一视同仁地布施。玄奘法师《大唐西域记》记载,北印度羯若鞠阇国每五年由官方主持召开一次无遮大会,倾其府库,除了兵器不能布施外,其余所有物品全部分发一空。

④ 投盖:语出《左传·庄公三十二年》:"初,公筑台临党氏,见孟任,从之。閟,而以夫人言许之。割臂盟公,生子般焉。雩,讲于梁氏,女公子观之。圉人荦自墙外与之戏。子般怒,使鞭之。公曰:'不如杀之,是不可鞭。荦有力焉,能投盖于稷门。'"鲁庄公的马倌隔墙与庄公的女儿戏谑,被庄公之子(子般)发觉,怒而鞭之,庄公说:"住手!"子般:"父亲!这个混蛋调戏我妹妹!为什么不许打他?"庄公说:"此人武功甚强,力能举城门远投,你鞭打他没有用,不如直接杀了算了。""投盖"一词的确切解释历有分歧,唐人孔颖达认为,"投"不作"投掷"义,应作"跳"解,"投盖"即能从城门处跳上车盖。考虑到原文"圉人"所司,与车马有关,似乎亦不无道理。段成式显然受到孔颖达影响,《酉阳杂俎》此处用"投盖",当指那少年轻身功夫了得,而不是力气大。

⑤ 练鞨 [jié]：类似半臂的短袖上衣。
⑥ 甖水：以瓶盛水。甖通"罂"，汲水容器。
⑦ 欹：倾、侧。
⑧ 毛戴：汗毛倒竖。

◎ 玉精碗

马燧马侍中家藏一只"玉精碗"，神妙异常，盛贮食物，蚊虫不近；更能对抗自然定律，阻止饮食腐败、水分蒸发。患眼疾者，含上片刻即能痊愈。马燧极为珍视，平时收在卧房箱子里，轻易不肯示人。

一次，府上一个七八岁的僮儿贪玩好奇，趁马燧不在家偷偷取出把玩，不意失手打碎。其他仆僮大惊，那僮儿自知闯下大祸，更是吓得要死。晚些时候，马燧回到家中，闻报玉碗被下人打碎了，勃然大怒，凡是有责任的奴仆，一概惨遭鞭刑，接着就要打杀那僮儿泄愤。可是僮儿却失踪了，这么个小孩子，谅他能逃到哪里去？马燧令人阖府搜索，连找三天，硬是没能找到。

第四天一早，有个婢女打扫房间，见床下露出一条衣带，她探头一看，只见那僮儿正像只乌龟似的，手脚撑地，死死顶在床板下，忙向马燧报告。马燧大惊，这小孩不吃不喝地三天三夜撑在床下，实在令人震惊。他俯下身子，温言说道："快出来吧，摔破一只碗而已，不是什么大事。"

那僮儿胆都吓裂了，听主人这样说，不胜感激：想不到主人如此大度，原来是虚惊一场！

他喜滋滋地一出来，马燧立即喝令左右拿下，活活打死。

马侍中①尝宝一玉精碗，夏蝇不近，盛水经月，不腐不耗。或目痛，含之立愈。尝匿于卧内，有小奴七八岁，偷弄坠破焉。时马出未归，左右惊惧，忽失小奴。马知之大怒，鞭左右数百，将杀小奴。三日寻之，不获。有婢晨治地，见紫衣带垂于寝床下，视之乃小奴蹶张②其床而负焉，不食三日而力不衰。马睹之大骇，曰："破吾碗乃细过也。"即令左右撾③杀之。

盗侠 剑影侠踪

① 马侍中：马燧（726—795年），字洵美，汝州郏城（今河南郏县）人。中唐名

将,熟谙兵法,长于练兵,官至尚书右仆射、司徒、侍中,封北平郡王。少有大志,尝与诸兄读书,辍卷叹曰:"天下将有事矣,丈夫当建功于代,以济四海,安能矻矻为一儒哉!"安史之乱崭露头角。曾两次大败田悦。马燧将才,深为吐蕃所忌,说"唐之名将,李晟、马燧与浑瑊耳,不去三人,必为我忧"。贞元三年,吐蕃卑辞厚礼向马燧请求,愿与唐军和谈,马燧深信不疑,乃会盟于平凉。唐使毫无防备,被数万吐蕃军突袭,除浑瑊马燧等寥寥数人外全部失陷。

② 蹶张:以手足支撑物体。

③ 撽:击打。

◎ 京西店老人

兴州刺史韦行规剑术精奇,有人问过他这剑法的来历,韦行规述说了一件往事:

他年轻的时候,一次驰马长安西郊,傍晚时分来到一所客店,打尖过后,牵马将行。店前一个老人,正坐在那里箍桶,对他说道:"天色已晚,前路常有强盗出没,客官何不歇息一宿,明早再行?"韦行规笑道:"在下娴习弓箭,几个蕲径毛贼,何足道哉。"

行出十几里,天色早黑,远山升起一钩寒月。道路荒凉,路径被那齐膝的荒草一掩,慢慢便看不清了。突然身后草丛一响,似有人尾行,韦行规大喝一声:"什么人!"未有应答。他连珠箭发,羽箭悉数中的,那声音毫不退却,反而更逼了上来。须臾筒中箭尽,韦行规大凛,催马疾奔。

少顷,狂风骤雨大至,韦行规奔至一株大树之下,仰见半空电光盘旋相逐,如马球球棍互相追击,慢慢逼近树梢。忽觉无数细碎之物飞坠身前,定睛看时,净是些碎木片,像被利刃削断一般,铺天盖地,积至马膝。韦行规惶遽无措,眼见那电光下压,将绞到自己头上,不由心胆俱裂,伏地乞命。他连连叩首数十,落木渐止,抬头一看,电光升高熄灭,风流云散,雷声随息。再看那株大树,枝干已被削尽。

韦行规茫然无计,鞍辔行李,也都不知丢到哪里去了。他不敢再向前行,踟蹰半响,还是决定先回昨日的客店。

到得客店门前,那老人依旧坐在那里做着箍桶的活计,好像根本不曾休息过、挪动过。韦行规蓦地醒悟,上前便拜,道:"小子有眼无珠,轻慢前辈高人,请前辈责罚。"

老叟拍拍手上木屑,笑道:"客官箭法虽精,勿要恃此托大,需得知晓剑术。"带他来到后院,见行李鞍辔俱都在此,老者以手相指道:"便请取回,刚刚不过试试你的能耐。"又取出一片桶板，钉满了昨夜所射羽箭。韦行规彻底折服，求为老人仆役，追随在侧。老人不许，只随口指点了一些使剑法门，韦行规苦心铭记，能领悟者，不过十之一二而已。

韦行规①自言少时游京西，暮止店中，更欲前进，店前老人方工作，曰："客勿夜行，此中多盗。"韦曰："某留心弧矢②，无所患也。"因进发。行数十里，天黑，有人起草中尾之。韦叱不应，连发矢中之，复不退。矢尽，韦惧，奔马。有顷，风雨忽至。韦下马负一树，见空中有电光，相逐如鞠杖③，势渐逼树杪，觉物纷纷坠其前。韦视之，乃木札④也。须臾，积札埋至膝。韦惊惧，投弓矢，仰空乞命。拜数十，电光渐高而灭，风雷亦息。韦顾大树，枝干童⑤矣。鞍驮已失，遂返前店。见老人方箍桶，韦意其异人，拜之，且谢有误也。老人笑曰："客勿持弓矢，须知剑术。"引韦入院后，指鞍驮言："却须取相试耳。"又出桶板一片，昨夜之箭悉中其上。韦请役力汲汤⑥，不许。微露击剑事，韦亦得其一二焉。

---

① 韦行规：曾为兴州（今陕西汉中）刺史，著有养生向书籍《保生月录》，现散轶，记载均是"李子不可与蜜同食""夏月清晨炒葱头饮酒一二杯，令气血通畅"之类。
② 弧矢：弓箭，指射术。
③ 鞠杖：打马球球棍。
④ 木札：木片。
⑤ 童：秃。
⑥ 汲汤：烧水煮饭，借指为奴为仆。

◎ 兰陵老人

相传昔年黎干为京兆尹，在曲江池畔祈雨。法坛上先已筑好一条土龙，现场人山人海，远近居民咸来观瞻。

黎干车舆浩浩荡荡而至，围观民众慌忙为这位大权在握的城市长官让出道路，只有一个老者，拄杖站在道路中央，毫不避让。黎干大怒，当即命人拿下，杖责二十。刑杖打在老者背上，竟发出如同击鼓的声音。打完之后，老者浑若无事，甩甩袖子便去。

黎干大惊，疑心此老不是凡流，立时命一名坊卒前去探查寻访。坊卒寻至兰陵里，进得一处小门，便听那老者大声呼喝："今日受辱已甚，快给我准备热水！"坊卒慌忙回禀。黎干心中恐慌，取件旧衣罩在公服外，随那坊卒同赴老者住处。

那时天已昏黑，坊卒率先入内，通报黎干的官职。黎干随即小步趋入，下拜道："黎某有眼不识泰山，日间冲撞老丈，罪该十死！"老者微露讶色，起身问道："何人带你来此？"说着扶起黎干，引上堂阶。黎干瞧老者举止反应，知道可以以理讲服，缓缓道："黎某身为京兆尹，威仪稍损就会有失官政，老丈隐于市井，非具慧眼，不能识也。若以此诱人犯错，实非义士之举。"

老者笑道："是老夫之过。"当即备设酒席，招呼坊卒一同坐下。夜深，老者谈及养生之术，要言不烦，道理明了，黎干越发敬畏。

酒至酣处，老者忽道："我有一技，今夜正可献丑娱宾，请大人赐教。"回转入内，许久方出，已换了一身紫衣，满头萧萧白发，用一条红巾束之，怀拥长短剑七口，舞于庭中。只见他腾跃而起，七剑纵横飞射，迅如闪电，寒光闪闪，横击似能裂盘，旋转有如圆盘。一柄两尺余长的短剑，时时扫及黎干衣襟。黎干两腿战战，叩头求饶。

这一舞足足舞了一顿饭的时间。老者挥手一掷，七剑直直插入地下，正呈北斗之形，看着黎干道："方才不过试君胆气。"黎干拜伏在地，道："今后性命全拜老丈所赐，愿服侍左右。"老者道："你骨相无道气，眼下无法教授，改日再说罢。"言毕作了一揖，径直进去了。

黎干回到家中，面无血色，仿佛生了一场大病，一照镜子，才发现胡须被剃落寸余。次日又去访那老者，黄鹤杳迹，已经人去室空。

相传黎干①为京兆尹，时曲江②涂龙③祈雨，观者数千。黎至，独有老人植杖不避。干怒，杖背二十，如击鞭革④，掉臂⑤而去。黎疑其非常人，命老坊卒寻之。至兰陵里之内，入小门，大言曰："我今日困辱甚，可具汤也。"坊卒遽返白黎，黎大惧，因弊衣怀公服⑥，与坊卒至其处。时已昏黑，坊卒直入，通黎之官阀⑦。黎唯趋⑧而入，拜伏曰："向迷丈人物色⑨，罪当十死。"老人惊起，曰："谁引君来此？"即牵上阶。黎知可以理夺，徐曰："某为京兆尹，威稍损则失官政。丈人埋形杂迹，非证彗眼不能知也。若以此罪人，是钓人以贼⑩，非义士之心也。"老人笑曰："老夫之过。"乃具酒设席于地，招访卒令坐。夜深，语及养生之术，言约理辩⑪。黎转敬惧，因曰："老夫有一伎，请为尹设。"遂入。良久，紫衣朱鬓⑫，拥剑长短七口，舞于庭中，迭跃挥霍，换光电激，或横若裂盘⑬，旋若规尺⑭。有短剑二尺余，时时及黎之衽。黎叩头股栗。食顷，掷剑植地如北斗状，顾黎曰："向试黎君胆气。"黎拜曰："今日已后性命丈人所赐，乞役左右。"老人曰："君骨相无道气，非可遽教，别日更相顾也。"揖黎而入。黎归，气色如病，临镜方觉须剃落寸余。翌日复往，室已空矣。

---

① 黎干：戎州（今四川宜宾）人（716—779年），累世仕宦，高祖做过戎州刺史，父亲追赠华州刺史。安史之乱后期出仕，以星纬数术进，拜太子通事舍人、翰林学士，得当时为太子的代宗李豫赏识，后拜谏议大夫、封寿春公，代宗立，授京兆尹。在任期间手腕强势，整治有方，于民生、社会安定等方面多有建树。宦官鱼朝恩伏诛，黎坐交通嫌疑，外放桂州刺史。三年后，召还复职，专一结交奸佞，搜刮民财，以左道求进。唐德宗李适即位，黎勾结宦官、欲加害皇储的罪状曝光，褫官流放，发配途中，赐死蓝田驿。光阴几度迁转，老部下韦应物路经长安城黎干旧邸，见往昔车马填喧的煊赫朱门，而今草木深深，喟然慨叹，写下《至开化里寿春公故宅》：宁知府中吏，故宅一徘徊。历阶存往敬，瞻位泣馀哀。废井没荒草，阴牖生绿苔。门前车马散，非复昔时来。
② 曲江：曲江池，在长安城东南，始建于秦汉，原有天然水域。隋朝扩建大兴城，曲江池被纳入城中，称芙蓉池。唐代复为曲江池。
③ 涂龙：唐代宗朝，黎干曾经筑土龙乞雨，亲自上阵大跳傩舞，但毫无效果，代宗知道后令折毁土龙，甘霖立降。
④ 鞔[mán]革：鼓皮。
⑤ 掉臂：甩袖，不顾、不屑的样子。
⑥ 弊衣怀公服：弊即旧衣；怀即穿在里面。在公服外罩一套旧衣。
⑦ 官阀：官阶门第。
⑧ 唯趋：小步快走，形容小心恭谨。
⑨ 物色：形貌。
⑩ 钓人以贼：即今天说的"钓鱼"。该句为倒装结构，意思是以诈伪之术钓（诱骗）人，不是义士之举。
⑪ 言约理辩：言简意赅，言近旨远。
⑫ 鬓[mà]：头巾。
⑬ 裂盘：指直线。
⑭ 规尺：指弧线。

◎ 汝州僧

唐德宗建中年间，藩镇肆虐，北方战火连绵。老百姓的日子过不安生，有力量的，纷纷迁去太平地界谋条活路。

有个姓韦的书生决定携带家口迁往河南汝州避难。路上遇到一个老僧，与他并排骑行，相谈甚欢。日头将落，老僧指着一条路道："此间不远，便是贫僧的寺庙。郎君若不嫌弃，不妨奉屈一晤，让我略尽地主之谊。"

韦生欣然同意，让家人走在前头。老僧亦打发随从护送韦生家眷，先去安排，韦、僧二人，随后徐行。

走出十几里地，仍然未到，韦生惑然相询，老僧手指一处林烟道："快了，就在前面。"复行半晌，眼看暮色四合，四外仍是一派荒凉，韦生不由疑心渐起。他素擅弹弓之技，当即悄悄弯下身子，从靴筒中摸出一副弹弓、十几枚铜丸在手，开口相责道："在下日程有限，方才是欣赏大师清论，才勉强应邀，现下已走了二十里路，仍然不到，是何缘故？"

老僧道："只管走就是。"韦生心知不妙，这老和尚必是个强盗！他慢慢堕后，须臾，那老僧便已领先百余步，韦生拉满弹弓，铜丸激射，正中老僧后脑。不料老僧居然毫无反应，韦生又发五弹，老僧才伸手抚了抚中弹之处，慢吞吞道："郎君莫要恶做剧。"韦生心下大惊，自知奈何不了他，只得罢手。

良久，行至一处庄子，数十人手执火把，列阵出迎。老僧肃请韦生入厅，说道："郎君无须惊疑，且请宽心。"并问左右："韦相公宝眷的住处，按我的吩咐安置了么？"又道："郎君不妨先去宽慰家人，我们再谈不迟。"

韦生随同喽啰来到一处，见妻女安好，器用饮食十分周全，不觉相顾涕零。家人既悬于人手，他别无善策，只能回去与那老僧周旋。老僧拉着韦生的手道："实不相瞒，贫僧同些弟兄啸聚在此，实是做那没本钱买卖的。日间邂逅，原本没安好心，却不想郎君技艺如此高超，若非是我，换作别人，恐怕早已尸横就地，死在那凌厉暗器之下了。现在别无他意，郎君不必起疑。方才贫僧所中弹丸都在这里。"举手一摸后脑，五枚铜丸坠地。原来老僧是以脑后肌肉收缩，夹住弹丸，才未受伤。《列子》所言"受鞭打而无伤痕"，《孟子》所称"遭针刺而不退屈"，想来也不过如此。

逡巡设下酒筵，一整条蒸牛犊呈于案上，牛身插着十几把短刀，周遭围以菜饼。老僧作揖，请韦生入座，说道："贫僧有几位义弟，欲令参谒。"话音未落，阶下闪出五六条大汉，皆着红衣，束巨带。老僧道："上前拜见郎君，方才道左遇到郎君的若是你们，早就粉身碎骨了！"

宴罢，老僧道："贫僧一向以此为业，比来年齿渐长，打算金盆洗手。但不幸还有一子，本事强过老僧，最是难驯，现在想请郎君为老僧做个了断。"转头喝道："飞飞何在，还不来参见郎君！"门外昂然走进个少年，约莫十六七岁，碧衣长袖，肤若凝脂。老僧叱道："到后堂等着罢！"飞飞一言不发，振衣而去。

老僧取出一柄长剑，连同那五枚弹丸，一齐交给韦生道："请郎君尽力杀了此子，为贫僧斩除贻患。"当下引韦生转入后堂，反锁门户而去。韦生见这厅堂四壁萧然，仅角落点满灯烛，此外别无余物。飞飞手持短马鞭，卓立堂心，烛光映入瞳子，宛如沧浪渔火。韦生不敢托大，一弹抢先射出，满拟必中，却听"啪"地一声，短鞭扬处，弹丸已被击落。飞飞跟着纵身跃起，跳在梁间，足踏墙壁疾奔，矫捷犹胜猿猴。韦生五丸射出，悉数落空，乃挺剑击刺。飞飞身法极快，倏忽抢进一尺之内，贴身搏杀。韦生奋尽全力，一剑一剑，尽断飞飞短鞭，却始终无法伤他分毫。

过了许久，只听"咿呀"一声，锁启门开，两条人影霍然而分，剑气归敛，烛火复明。老僧站在门口，问道："为老僧除害了么？"韦生具言相告，老僧怅然，看着飞飞道："这位郎君业已证实你的盗匪身份，以后该当如何，你自己思量罢！"

当晚老僧与韦生畅谈武学，直谈到拂晓，亲自将韦生一家送至路口，赠绢百匹，洒泪相别。

建中①初，士人韦生，移家汝州②。中路逢一僧，因与连镳③，有论颇洽。日将衔山，僧指路谓曰："此数里是贫道兰若，郎君岂不能左顾④乎？"士人许之，因令家口先行。僧即处分步者先排⑤。比行十余里，不至，韦生问之，即指一处林烟曰："此是矣。"又前进，日已没，韦生疑之，素善弹，乃密于靴中取弓卸弹，怀铜丸十余，方责僧曰："弟子有程期⑥，适偶贪上人清论⑦，勉副相邀。今已行二十里不至，何也？"僧但言且行。至是，僧前行百余步，韦知其盗也，乃弹之。僧正中其脑，僧初不觉，凡五发中之，僧始扪⑧中处，徐曰："郎君莫恶作剧。"韦知无奈何，亦不复弹。见僧方至一庄，数十人列炬出迎。僧延韦坐一厅中，唤云："郎君勿忧。"因问左右："夫人下处⑨如法无？"复曰："郎君且自慰安之，即就此也。"韦生见妻女别在一处，供帐⑩甚盛，相顾涕泣。即就⑪僧，僧前执韦生手曰："贫道，盗也。本无好意，不知郎君艺若此，非贫道亦不支也。今日故无他，幸不疑也。适来贫道所中郎君弹悉在。"乃举手搦⑫脑后，五丸坠地焉。盖脑衔弹丸而无伤，虽《列》言"无痕挞⑬"、《孟》称"不肤挠⑭"，不啻过也。有顷布筵，具蒸犊，犄刳⑮刀子十余，以斋⑯饼环之。揖韦生就坐，复曰："贫道有义弟数人，欲令伏谒⑰。"言未已，朱衣巨带者五六辈，列于阶下。僧呼曰："拜郎君，汝等向⑱遇郎君，则成斋粉矣。"食毕，僧曰："贫道久为此业，今向迟暮，欲改前非。不幸有一子，技过老僧，欲请郎君为老僧断之。"乃呼飞飞出参郎君。飞飞年才十六七，碧衣长袖，皮肉如脂。僧叱曰："向后堂侍郎君。"僧乃授韦一剑及五丸，且曰："乞郎君尽艺杀之，无为老僧累也。"引韦入一堂中，乃反锁之。堂中四隅，明灯而已。飞飞当堂执一短马鞭，韦引弹，意必中，丸已敲落。不觉跳在梁上，循壁虚蹑，捷若猱玃⑲，弹丸尽不复中。韦乃运剑逐之，飞飞倏忽逗闪，去韦身不尺。韦断其鞭节，竟不能伤。僧久乃开门，问韦："与老僧除得害乎？"韦具言之。僧怅然，顾飞飞曰："郎君证成汝为贼也，知复如何？"僧终夕与韦论剑及弧矢之事。天将晓，僧送韦路口，赠绢百疋，垂泣而别。

---

① 建中：唐德宗李适年号（780—783年）。建中年间，天下不宁，河北成德、魏博二镇不封诏命，举兵叛乱，激出四王二帝之乱及泾原之变，唐德宗犒师不利，出逃奉天。

② 汝州：河南汝州。

③ 连镳 [biāo]：联辔并行。

④ 左顾：谦辞，犹下榻。

⑤ 先排：事先安排。

⑥ 程期：途程期限。

⑦ 清论：清雅之谈。

⑧ 扪：摸。

⑨ 下处：下榻处、住所。

⑩ 供帐：饮食床帐。

⑪ 就：迁就、服从。

⑫ 搦：按。

⑬ 无痕挞：挨了打没有伤痕。《列子·黄帝》："黄帝……梦游于华胥氏之国……（其民）入水不溺，入火不热，斫挞无伤痛。"黄帝梦中神游到一个极遥远、人力无法抵达的神秘国度华胥氏之国，该国人无嗜无欲，无爱无憎，既不乐生，亦不畏死，水火不侵，身体金刚不坏，就是所谓的"无痕挞"。

⑭ 不肤挠：《孟子·公孙丑上》："北宫黝之养勇也，不肤挠，不目逃。"公孙丑（孟子徒弟）问孟子如何修炼"不动心大法"，孟子举了个例子，说齐国勇士北

宫黝养成勇气的办法是刺肤而不避,插眼而不眨。

⑮ 剳[zhā]:同"扎"。

⑯ 齑:切碎的咸菜、腌菜,此处泛指菜肴。

⑰ 伏谒:谦辞,犹拜见。

⑱ 向:接近、趋向。

⑲ 猱玃:猿猴。

◎ 卢生

宪宗元和年间,江淮有个姓唐的隐士,博通经史,好学道术,常年游历名山。他自称长于炼金,能用锡炼化金银,许多人拜他为师。

有一年,唐隐士行次楚州,住在客栈之中,遇到一位姓卢的书生,卢生学识志趣,颇与隐士相投,尤其在丹道方技领域见识不凡,大合隐士脾胃,二人一见如故。言谈之间,卢生又说自己的母族也姓唐,因此便呼隐士舅舅。唐隐士越发高兴,邀卢生同往南岳衡山一游。卢生道:"原本打算到阳羡探亲,既然舅舅相邀,便陪舅舅去游山玩水罢。"

路上非止一日,谈谈说说,颇不寂寞。这天,两人投宿在一座庙里,抵足畅谈,直聊到夜半,卢生问道:"舅舅那炼金术究竟有什么诀要,能不能谈谈?"隐士笑道:"我辗转大半辈子求访名师才学得此术,是不能轻传的。"卢生一再恳求,隐士以拜师授艺需要择日为借口,推托到了衡山再相传。卢生勃然色变,道:"我劝舅舅不要七推八阻,今晚我非学不可。"隐士也脾气发作责备道:"你我本是萍水相逢,既非亲,亦非故,只是在盱眙邂逅而已。我先前瞧你是个彬彬君子,没想到你脸皮这么厚,简直连奴才都不如!"卢生挽起袖子,怒目而视良久,慢慢才道:"在下乃是一介刺客,舅舅若坚持不肯说,今晚我送舅舅归天就是。"说着从怀里掏出一只黑色皮囊,慢慢打开,囊中是一把匕首,刃如弦月,烛火之下,冷光射目。他拿在手上左看右看,随手取过火盆前的铜熨斗,挥动匕首,一下一下地削去,熨斗便似块烂木头一般片片被削落。

隐士大骇,忙将术法和盘托出。卢生失笑道:"你看看我,差点误杀了舅舅。"听了十之五六,突然打断道:"可以了,实不相瞒,在下的师尊是仙人,令我等同门十人寻找天下炼金术士,若有胆敢妄传此术者,格杀勿论。传授添金缩锡之术的,也要杀了。我早已学成飞天仙术,海天万里,飞行绝迹,岂会贪图你这些人间小术?"说完一揖,晃身不见。

从那以后，唐隐士凡遇见同道中人，总要讲述此事，提醒术士们谨慎行事，勿妄传法。

元和中，江淮中唐山人者，涉猎史传。好道，常游名山。自言善缩锡①，颇有师之者。后于楚州②逆旅遇一卢生，气相合。卢亦语及炉火③，称唐族乃外氏，遂呼唐为舅。唐不能相舍，因邀同之南岳。卢亦言亲故在阳羡，将访之，今且贪舅山林之程也。中途止一兰若，夜半语笑方酣，卢曰："知舅善缩锡，可以梗概语之？"唐笑曰："某数十年重趼④从师，只得此术，岂可轻道耶？"卢复祈之不已，唐辞以师授有时，可达岳中相传。卢因作色："舅今夕须传，勿等闲也。"唐责之："某与公风马牛⑤耳，不意盱眙相遇。实慕君子，何至驵卒⑥不若也。"卢攘臂⑦瞋目，眄⑧之良久曰："某刺客也。舅不得，将死于此。"因怀中探乌韦⑨囊，出匕首，刃势如偃月，执火前熨斗削之如札⑩。唐恐惧，具述。卢乃笑语唐："几误杀舅。"此术十得五六，方谢曰："某师，仙也，令某等十人索天下妄传黄白术者杀之。至添金缩锡，传者亦死。某久得乘蹻⑪之道者。"因拱揖唐，忽失所在。唐自后遇道流，辄陈此事戒之。

---

① 缩锡：炼金术。
② 楚州：今江苏淮安。
③ 炉火：指炼金、炼丹。
④ 重趼：手脚的厚茧。
⑤ 风马牛：风马牛不相及，指毫不相干、完全扯不上关系。语出《左传》：齐桓公率诸侯联军南征不臣的楚国，楚使说："君处北海，寡人处南海，唯是风马牛不相及也。"咱们一南一北，根本搭不上边，你们干吗来打我？关于"风马牛不相及"的意思，有几种说法：一说齐国和楚国相距甚远，即使牲畜走失，也不会走入对方境内；二是明人张岱的《夜航船》说，马喜顺风奔，牛喜逆风奔，故风马牛不相及；第三种说法认为应解释为，牛和马待在一起不会交配；第四种说法来自杜预，他指出牛马交配叫作"风"，风马牛，指微不足道的小事，风马牛不相及，有"毫无干系，莫管闲事"的意思。
⑥ 驵卒：马夫车夫，泛指奴仆。此处为詈语。
⑦ 攘臂：撸起袖子。
⑧ 眄：斜视。

⑨ 韦：熟皮。
⑩ 札：木片。
⑪ 乘蹻：据葛洪《抱朴子》，这是一种飞天道术，有龙蹻、虎蹻、鹿蹻，也就是御神兽飞行。

◎ 黑道暗号

李廓为颍州刺史时，拿获七个明火执仗的大盗，这伙强盗不仅杀人无数，而且一定会把被害者吃掉。审问之际，李廓问他们为什么如此丧心病狂，要吃人肉？那盗魁说："这是一位黑道前辈传下的法门，他老人家说凡食人肉者入室盗窃，其家人必昏睡不醒，如遭梦魇，我们为提高作案成功率，不得不这样。"

长安、洛阳城旅店中常常可以看见画着鹦鹉、八哥之类的鸟雀和茶碗，这都是黑道联络的暗记，强盗称为"鹦鸲辣"的，鸟嘴所指，代表方向；称为"碗子辣"的，茶碗数量，代表形势的缓急。

> 李廓①在颍州②，获光火贼③七人，前后杀人，必食其肉。狱具④，廓问食人之故，其首言："某受教于巨盗，食人肉者夜入，人家必昏沉，或有魇不悟⑤者，故不得不食。"
> 两京逆旅中多画鹦鸲⑥及茶碗，贼谓之鹦鸲辣者，记嘴所向；碗子辣者，亦示其缓急也。

---

① 李廓：陇西人，李唐宗室，元和十三年进士。文宗大和中，授太常寺丞，会昌五年为颍州刺史，旋加刑部侍郎，宣宗大中五年卒于唐州司马任上。工诗，代表作《长安少年行》十首，后人评云"老人读之亦狂"。
② 颍州：今安徽阜阳。
③ 光火贼：明火执仗的强盗。
④ 狱具：定罪。
⑤ 魇不悟：梦魇不醒。
⑥ 鹦鸲：鹦鹉和鸲鹆（qú yù，即八哥），都能学人语。

物 异

诡物档案

物异者，稀奇之物、事物之奇。本章凡录奇物怪异八十余则。

◎ 秦皇照骨镜

无劳县境内，儴溪古岸山上石窟中有一面巨大的方镜，直径一丈有余，能透视脏腑，秦始皇时号称"照骨宝"。

据《西京杂记》载称，秦朝咸阳宫也有一面照骨镜，宽四尺，高五尺九寸，能照见肠胃五脏，宫中女子若生淫邪之心，则见胆张心动。秦始皇常暗中观察宫女，发现不轨之迹，立时处死。而本卷所载者，直径逾丈，比秦始皇的那面大多了。

秦镜，儴溪古岸石窟有方镜，径丈余，照人五藏，秦皇世号为照骨宝。在无劳县①境山。

———————————————

① 无劳县：在今越南广平省，唐代隶属岭南五管的交州。

◎ 声风木

本段摘自《洞冥记》。汉武帝太初二年，东方朔从"西那汗国"出差回京，给汉武帝带了十根声风树的树枝。此树生于因桓河畔，果实像芝麻，风吹树枝，声如击玉，因而得名。汉武帝说，你带些树权子干什么？东方朔说，这树枝神妙非常，可以监测拥有者的福祸、寿算。

于是汉武帝将树枝分发给几个臣子，果然，这几人一旦遇凶，不论祸事、疾患，树枝便渗水不止，如同流汗；当拥有者死亡，树枝便自行折断。所以当时有句俗语叫作"年未半，枝不汗"，树未出汗，意味着人生未过半程，不必忧心。

据说，昔老子在周，七百岁而树枝不出汗；唐尧时的"松子仙人"偓佺，活了三千年，其枝未折，这都是上古极其高寿的人间神仙。汉武帝听了，不禁悠然神往，东方朔却说："此树五千年一出汗，万年不枯，区区七百年算啥。臣曾见过此树三度枯死而复生，岂汗折而已哉！"

> 风声木，东方朔西那汗国回，得风声木枝，帝以赐大臣。人有疾则枝汗，将死则折，应"年未半，枝不汗"。

◎ 蟠龙青玉灯

本段摘自《西京杂记》。刘邦攻入咸阳，检索秦宫，发现了大秦承两周奇珍、敛六国异宝的大型宝库，其中有秦皇照骨镜，以及前文《乐》之章的半自动机栝乐队、七宝玙璠琴、昭华之管。刘邦不敢专擅，将宝库封锁，移交给了项羽，被项羽运出咸阳，皆下落不明。《酉阳杂俎》载：汉高祖在咸阳宫检括宝库，诸般珍宝之中，一架青玉五枝灯尤其出类拔萃。此灯灯架高七尺五寸，下作蟠龙，蜿蜒而上，以口衔灯。灯燃则龙鳞闪动，宛若复生，鲜明熠耀，如九霄群星。

> 汉高祖入咸阳宫，宝中尤异者有青玉灯。檠①高七尺五寸，下作蟠螭②，以口衔灯。灯燃则鳞甲皆动，炳焕若列星。

---

① 檠[qíng]：灯架。按照汉尺，七尺五寸约合1.6米左右，这样高的一具青玉落地灯，作以龙形，很可能是由一整块极大的青玉雕成，加上"鳞甲皆动，炳焕若列星"，无怪乎价值连城。
② 蟠螭：蟠，蜿蜒盘曲貌；螭，无角之龙。

◎ 烽火珊瑚

西汉积翠池有一株珊瑚，高一丈二尺，一茎而三权，上面又生出四百六十二根小枝，是南越王赵佗所献，夜间火光焕发，似欲燃烧，因号"烽火树"。

珊瑚，汉积翠池①中珊瑚，高一丈二尺，一本三柯②，上有四百六十二条。是南越王赵佗③所献，号为烽火树。夜有光影，常似欲燃。

---

① 积翠池：位于汉代长安上林苑，本名积草池，唐代在洛阳重凿，改称积翠池。
② 一本三柯：本，主干；柯，枝桠。
③ 南越王赵佗：衡山郡真定县（河北正定）人。秦始皇征服岭南，置南海、桂林、象郡三郡，赵佗为南海郡龙川县令。始皇死后，群雄并起，中原大乱，赵佗从南海尉任嚣遗志，绝道拒贼，聚兵自守。及秦灭，赵佗攻夺南海三郡，立南越国，称南越武王。吕后时，加冕为帝，北击长沙郡，景帝即位后，向长安称臣，遣使入朝。汉武帝建元四年（公元前137年）离世。赵佗一生，从小小县令，到一国之君，历经秦始皇、秦二世、汉高祖、汉惠帝、汉文帝、汉景帝、汉武帝，享寿百余岁，足谓传奇。

◎ 无尽之炭

无劳县山中出产煤炭，焚之经年不尽。

石墨①，无劳县山出石墨，爨②之弥年不消。

---

① 石墨：即煤炭，也称"石炭"，并非今所谓石墨。
② 爨[cuàn]：烧。

◎ 石壁上的蝌蚪文

境山西侧一座峭壁上，有千余字，黄色，不似人力镌刻，字形如蝌蚪，无人能识。

异字，境山西有石壁，壁间千余字，色黄，不似镌刻，状如科斗，莫有识者。

◎ 洗衣泉

江苏句容雷平山有田公泉，泉水能除肠中三尸虫；用来洗衣，犹胜灰汁。

> 田公泉，华阳①雷平山②有田公泉。饮之除肠中三虫③。用以浣衣，胜灰汁④。

---

① 华阳：今江苏句容。
② 雷平山：江苏茅山支脉。
③ 三虫：即三尸，传说中寄居人体的三个鬼神，会向司命神报告宿主的日常过失，致人减寿。
④ 灰汁：植物灰浸泡过滤后得到的汁液，主要成分为碳酸钾，呈碱性，可供洗濯，相当于洗衣液。

◎ 萤火芝

良常山的萤火芝，叶似草，果实大如豆，紫花，夜间发光。服食一茎，能开一孔心窍，服食七枚，七窍全开。书桌上养一盆，夜间写字不用掌灯。

> 萤火芝，良常山①有萤火芝，其叶似草，实大如豆，紫花，夜视有光。食一枚，心中一孔明。食至七，心七窍洞彻，可以夜书。

---

① 良常山：茅山支脉，旧名北垂山。始皇三十七年南巡，至钱塘江，遇风波险恶，转登此山，埋白璧一双，叹曰："巡狩之乐，莫过于山海。自今已往，良为常也。"更名良常山。

◎ 灵异石像

寻阳山上有石人雕像，高丈余，不知何时所造，亦不知何人所造。虎过石像前，必倒地不起。没人知道原因。

石人,寻阳山上有石人,高丈余。虎至此,辄倒石人前。

◎ 密眼冬瓜

东晋高衡为魏郡太守时,驻防石头城。其孙高雅之,一日在马厩中,见神仙从天而降,自称白头公,手拄一杖,大放光芒,照亮一室。身侧随携一物,状如冬瓜,通体生满密密麻麻的眼睛。

冬瓜,晋高衡①为魏郡②太守,戍石头。其孙雅之在厩中,有神来降,自称白头公,所拄杖光照一室。又有一物如冬瓜,眼遍其上也。

---

① 高衡:山东乐安人。东晋孝武帝太元二年,谢玄组建北府兵,高衡与刘牢之、孙无终等成为首批膺选骁勇,积功升任魏郡太守、东莞太守。淝水之战后,北府兵辗转落入桓玄手中,一干北府旧将,包括高衡及其子高素在内,死于内部清算;孙子高雅之反击桓玄不敌,北投南燕慕容德,欲夺人皇权,事泄身死。同年,峥嵘决战,刘裕击杀桓玄,许多北逃的北府旧将重回南朝,高雅之以一线之差,未能生还故土。
② 魏郡:东晋南渡在襄阳所设侨郡,与北方魏郡相对。

◎ 西汉航母

豫章船①,昆明池②汉时有豫章船,一艘载一千人。

---

① 豫章船:汉武帝敕造的大型战船。《史记索隐》:"(汉武帝)盖始穿昆明池,欲与滇王战,今乃更大修之,将与南越吕嘉战逐,故作楼船,於是杨仆有将军之号。"又《三辅黄图》:"池中后作豫章大船,可载万人,上起宫室。因欲游戏,养鱼以给诸陵祭祀,馀付长安厨。"
② 昆明池:位于长安,池围四十余里,广计三百顷。昔汉武强盛,与四夷通使,汉

使赴印度途中，为昆明国所阻。汉武帝大怒，计议起兵讨伐。听闻云南有滇池，遂引秦岭雨水，仿照滇池，就长安城外凿昆明池，操练水师。

◎ 铜驼生毛

铜驼①，汉元帝②竟宁元年，长陵③铜驼生毛，毛端开花。

---

① 铜驼：铜铸骆驼，汉代常见的镇门、镇墓兽。以洛阳中阳门外置的两尊最著名，双驼夹道相对，其街道因名铜驼街，是中国最早的都城中轴大街。西晋时，大将索靖预感天下将变，指铜驼道"会见汝在荆棘中耳"，不久爆发八王之乱，洛阳荒芜，一语中的。
② 汉元帝：刘奭［shì］。西汉第十一位皇帝，竟宁元年（前33年），也就是本文所述铜驼生毛开花之年驾崩。
③ 长陵：汉高祖刘邦陵墓。

◎ 万匠篊

晋代有个钱塘人长于设置鱼梁，每年捕鱼数以亿计，江湖人称"万匠篊"。

篊①，晋时钱塘有人作篊，年收鱼亿计，号为万匠篊。

---

① 篊［hóng］：竹、木或石制渔具。明代杨慎考证，此物即后世的"鱼梁"，即用木桩、柴枝、编网等制成篱笆或栅栏当水道拦捕水族的机关。于河道狭窄处设置两道屏障，先一道制成喇叭状，外扩内窄，像漏斗一样，鱼从喇叭口游进去，后一道将水道全部封死。

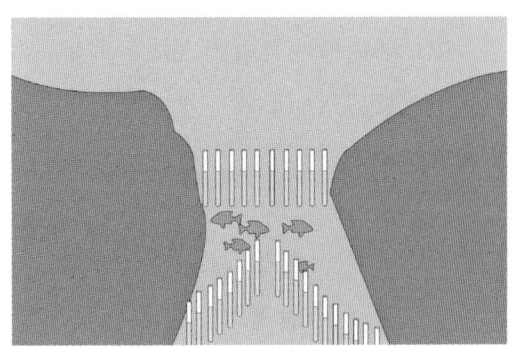

鱼梁示意图（译注者绘制）

◎ 石龟成精

临邑县北的华公墓前，立着一尊赑屃石碑，而今石碑失毁，只余石龟。关于石碑的失落，当地流传着这样的传说：传说这石龟年久通灵，后赵时，常常趁夜驮着石碑入水，第二天拂晓才出来，弄得满身水草。有人察觉其异，夜间前往窥探，果见那石龟活了过来，慢吞吞往水里爬。那人大呼小叫，石龟失惊疾走，石碑因而掉落摔断了。

碑龟，临邑县①北有华公墓，碑寻失，唯跌龟②存焉。石赵③世，此龟夜常负碑入水，至晓方出，其上常有萍藻。有伺之者，果见龟将入水，因叫呼，龟乃走，坠折碑焉。

---

① 临邑县：今山东德州临邑县，旧属济南郡。
② 跌龟：即赑屃［bì xì］，也叫龟跌，背负石碑的神龟，传说为龙生九子之一。
③ 石赵：后赵（319—352 年），十六国之一，前赵大将羯族人石勒建立，是攻灭西晋、永嘉之祸主力。长期占据长江以北中原地区，与东晋对峙。

◎ 月光盐

昆吾山一带散布着方圆十几里的陆盐盐田，此盐非出自水，乃是天生，每值满月，盐层厚积如雪，味甜；月亏，盐层薄如霜，味苦；朔日无月，盐层消失。

按，陆盐即地表所产之盐，多是古代海水或者湖水干涸后，经过地质运动，在地壳中沉淀成层而形成，并由地表析出的。现在称为岩盐、石盐，主要应用于化学工业做基础原料。

陆盐，昆吾①陆盐周十余里，无水，自生天盐。月满则如积雪，味甘。月亏则如薄霜，味苦。月尽则全尽。

---

① 昆吾：指昆吾山。出《山海经·中山经》，在极西之地，对应今青海地区，产

铜，色赤如火，锻造兵刃切玉如泥。而今青海柴达木盆地亦正是岩盐盛产矿区。

◎ 五德终始

颍水之北竖立着两座石碑，是魏文帝曹丕当年受禅留下的，名为颍阳碑。后来石碑上六个铭文析出黄金，此乃司马氏西晋五行属金之兆；六个铭文，对应曹魏只能享六代江山。

> 颍阳碑①，魏曹丕受禅处，后六字生金②。司马氏金行③，明六世迁魏④也。

---

① 颍阳碑：在今河南临颍县繁城镇，因位于颍水之阳，故名。汉献帝延康元年，曹丕行至此处，登坛受禅，改元黄初，东汉正式灭亡。坛前二碑，一是百官劝进碑，一是受禅碑，皆由钟繇书丹。
② 六字生金：此事亦见《太平御览》，王司徒王朗的儿子王肃答魏明帝曹叡诏问时说："太和六年，上将幸许昌，过繁昌，诏问，受禅碑生黄金白玉应瑞不？肃奏：以始改之元年，嘉瑞见于践祚之坛，宜矣。"可见当时确实出现过石碑析出黄金的传言，并报予了魏帝知晓，曹叡才会问王肃是不是祥瑞。王肃当然不知此事跟司马家族有关，便拣皇上爱听的回奏，说今年是皇上改元之年，先帝受禅石碑生出黄金，那肯定是大大的嘉瑞。
③ 金行：五德终始学说的概念，以五行生克比附政权更替，东汉火德，曹魏篡汉，是为火生土；西晋属金，司马氏和平接收曹家江山，对应土生金。
④ 六世迁魏：即曹操、曹丕、曹叡、曹芳、曹髦、曹奂。

◎ 水龙泉

甘肃允街县有泉，泉眼水流盘旋如龙。有人伸手搅乱，手一拿开，顷刻又恢复龙形。驴马来喝，皆受惊逃走。

> 泉，元街县①有泉，泉眼中水交旋如盘龙。或试挠破之，寻平成龙状。驴马饮之，皆惊走。

① 元街县：应是"允街县"，今甘肃兰州永登县。

◎ 石脂水

高奴县出产一种"石脂水"，油性，浮水不沉，状如油漆。采集来为车轴润滑或者点灯，极其明亮。

石漆①，高奴县②石脂水，水腻，浮水上如漆，采以膏车③及燃灯，极明。

① 石漆：石漆、石脂水，都指石油。本段为宋代沈括《梦溪笔谈》引用，沈括在书中预言"此物后必大行于世"，卓有见地。
② 高奴县：秦置，东汉废，今延安东北安塞县。
③ 膏车：为车轴上油润滑。

◎ 五色虫

晋代人徐景，在宣阳门外捡到一只彩织麝香香囊，回家打开一看，里面有只五色昆虫，状似蝉，两条后足各系一枚五铢钱。

麝橙①，晋时有徐景，于宣阳门②外得一锦麝橙。至家开视，有虫如蝉，五色，后两足各缀一五铢钱。

① 麝橙：麝香味的彩织香囊。
② 宣阳门：东晋都城建康南城门。

◎ 玉龙

梁武帝大同八年，武将杨光欣偶得一条玉龙，长一尺二寸，高五寸，巧夺天工，不似人工雕琢。龙腹中空，能容一斗水，龙颈亦为中空。将玉龙装满水，从龙嘴倒出，水声叮咚，如鸣琴瑟，水倒尽，声方停。

> 玉龙，梁大同八年，戍主①杨光欣获玉龙一枚，长一尺二寸，高五寸，雕镂精妙，不似人作。腹中容斗余，颈亦空曲。置水中，令水满，倒之，水从口出，水声如琴瑟。水尽乃止。

---

① 戍主：驻守一地的武官。

◎ 树中文字

南齐武帝萧赜永明九年，南京安明寺伐古树作柴薪，见树芯纹理天然呈现"法大德"字样。

> 木字，齐永明九年，秣陵①安明寺有古树，伐以为薪，木自然有"法大德"三字。

---

① 秣陵：今南京。

◎ 沸井木简

南齐高帝萧道成建元初年，延陵季子庙沸井以北地下忽发金石之声，掘地两尺，挖出一口泉眼。泉水浸着支木简，长一尺，宽一寸二分，起首字迹隐隐可辨为"卢山道士张陵再拜谒"。木质坚硬，白色，字黄色。

木简，齐建元初，延陵季子庙①旧有涌井，井北忽有金石声，掘深二尺，得涌泉。泉中得木简，长一尺，广一寸二分，隐起字曰"卢山道士张陵再拜谒②"。木坚而白，字色黄。

---

① 延陵季子庙：季子，即季札，春秋时吴王寿梦第四子，以不受王位、淡泊名利、正直守信著称。季子庙在今江苏镇江丹阳市西南，庙里三清三浊六口沸井，井水各有奇味，持续翻涌不停。本文的"涌井"应即指此。
② 卢山道士张陵再拜谒：五斗米教创教祖师张陵曾入庐山修道，于东汉永寿二年，即156年仙去。距从井里发现这支木简超过三百年。

◎ 赤木

宗庙地里长出红色的树，是人、君、礼和谐的吉兆。

赤木①，宗庙地中生赤木，人君礼各得其宜也。

---

① 赤木：祥瑞之树。《太平御览》卷八百七十三引《礼稽命征》曰：王者得礼之制，则泽谷之中生赤木。又曰：王者得礼之宜，则宗庙生祥木。

◎ 字迹入石术

将朱砂炼成黄金，磨碎，用笔蘸了在石头上书写，字迹便可沁入石头，刮掉表层，痕迹愈加清楚。这种由朱砂炼成的颜料名为红沫。

红沫，练丹砂为黄金，碎以染笔，书入石中，削去逾明，名曰红沫。

◎ 照妖镜

济南郡的方山,相传是奂生得道成仙之处。山南明镜崖一块巨石方圆三丈,光滑如镜,魑魅窜行而过,皆在镜中显形。南燕时,镜面被人涂了漆,据说是巨镜照出了不该照的东西,山神不满,故而为之。

按,中国传说文化,镜子具有神奇功能。葛洪《抱朴子》云,万物之老者,其精悉能假托人形,但他们不敢照镜子,一照就要露相。所以古之入山的道士都背着一面九寸见方的大镜,把整个后背遮挡起来。一般道行浅薄修为不够的精怪入镜即照出原形,功行深厚的老魅,虽未必即刻现形,但凡是妖魅,在镜子里必然没有脚踵,所以山薮漫行,遇有陌生而古怪之人搭话,拿镜子照一下,有脚踵的是人类或山神,没脚踵的就是妖物精魅。

> 镜石,济南郡有方山①,相传有奂生得仙于此。山南有明镜崖,石方三丈,魑魅行伏,了了然在镜中。南燕时,镜上遂使漆焉。俗言山神恶其照物,故漆之。

---

① 方山:在今济南市长清区。段郎祖籍山东,对于父辈梓乡水土风物别有感情,所以《酉阳杂俎》收录了不少济南一带的传说掌故。

◎ 凶石诅咒

"筑水"是沔水支流,向东南流经湖北筑阳县。此地水中有孤石如笋,挺出水面,水极澄澈,有时能看见石笋根部,状如竹,黄色。凡是见到的人,多半会遭遇凶险,因而此石也被称作"承受石"。

本条同见载《水经注》,原文也说这一现象"所未详也",无法解释。

> 承受石,筑阳县①水中,有孤石挺出,其下澄潭。时有见此石根如竹,色黄。见者多凶,俗号承受石。

① 筑阳县：今湖北古城县东。

◎ 汉时铁锥

河南中牟县曹魏遗迹任城王台之下有个水池，池中沉着汉代留下的大铁锥，长六尺，三尺埋在地下，尖处指向西南，人力无法摇动。

本条亦见《水经注》，原著更言，每月初一，这个人力无法拨动的铁锥会自行矫正指向，后来却不知所踪了。

> 锥，中牟县魏任城王台①下池中，有汉时铁锥，长六尺，入地三尺，头西南指，不可动。

① 任城王台：任城王，曹操与卞氏的次子曹彰封爵。曹彰的封地任城，在今山东济南一带。曹彰死后，其子曹楷先受封于中牟，在这里他建了一座三层高台；后来改封任城王，承袭了父爵，该台即被称为任城王台。

◎ 夷道釜石

湖北夷道县有片滩涂，布满怪石，大者状如釜，小者形如斗，形状颜色几可乱真，只不过都是实心的。

> 釜石，夷道县①有釜濑②，其石大者如釜，小者如斗，形色乱真，唯实中耳。

① 夷道县：今湖北宜都市。
② 濑：滩涂。

◎ 石中鱼

湖南衡阳湘乡县有座"石鱼山",山石呈黑色,纹理若雌黄。剖开可见断面有鱼的形状,鳞鳍首尾,无不具备,有若刻画。这种石头往往只有几寸长,丢到火里烤,能烤出鱼香。

按,据说此物属于鱼类印痕化石,今天的湘乡石鱼山上,仍可见大量鱼迹石。

> 鱼石,衡阳湘乡县有石鱼山,山石色黑,理若生雌黄①。开发一重,辄有鱼形,鳞鳍首尾有若画,长数寸,烧之作鱼腥。

---

① 雌黄:矿物,主要成分是三硫化二砷,常伴雄黄而生,可入药,有毒。古代书写用纸多微泛黄色,写错可以雌黄涂抹修改,因此世以罔顾事实随口瞎说为"信口雌黄"。

◎ 化铜池

位于湖南衡阳重安县东的略塘之中,传说居有铜神,水塘时时传出敲击铜片之声,塘水即随之转为绿色,铜腥气大作,塘鱼尽死。

按,略塘之水应是天然胆水,富含硫酸铜(胆矾)。宋代胆水冶铜已具相当规模,北宋崇宁二年,全国胆铜产量接近两百万斤。但水里有铜声就匪夷所思了。

> 铜神,衡阳唐安县①东有略塘,塘有铜神。往往铜声激水,水为变绿作铜腥,鱼尽死。

---

① 唐安县:唐安县即今四川崇州,距湖南衡阳一千多公里;此处应为重安县,唐初重安县并入衡阳,隶属衡州。

◎ 河伯吞木

广东中宿县山下有河神庙,溱水流经庙前,水道仄窄,汹涌如沸。若有浮木,至此即为水所吞,无一可以复出者,民间相传,这是河神在收集木材。

按,中宿古县在今广东清远一带。《异苑》记载,当地建有江神祠坛,凡过客不敬者,辄发狂走入深山,化作异物。

> 材,中宿县山下有神宇,溱水①至此,沸腾鼓怒。槎木泛至此沦没,竟无出者,世人以为河伯下材。

---

① 溱[zhēn]水:一名肆水,源出湖南桂阳临武县,东流会武溪水,向南流为珠江水系的北江。

◎ 流血之山

古瀚江于广东含洭县注入洭水,江东岸有"圣鼓杖"遗迹,即传说中神秘莫测的"阳山之鼓"的鼓槌,此槌横于水上,虽日夜为急流冲击,分毫不动。鸟群飞到附近,辄散乱惊鸣,无法聚拢,好像被什么力量惊扰。船家有时不小心用船篙碰到鼓槌,必然患病。

本则亦见《水经注》,关于"阳山之鼓",还流传着一个诡异传说:

当年郦道元诣访洭水畔的阳山县时,该地耆旧告诉他,原先这个地方的县令常能越级升官,前后数几任都是如此,引起朝廷注意,派了个太史下来查。太史这官儿通常懂得历法谶纬,到地头一看,说此间地势有问题,使风水不正常了。为维护官场秩序,杜绝官员靠风水的力量取得不正当晋升,朝廷勒令当地挖断山脊,登时血流成川,城池崩塌,官署阁下一面大鼓飞到了三百里外的桂阳。这面鼓就被世人称为圣鼓,《酉阳》本条提到的圣鼓杖,即该鼓的鼓槌。

> 鼓杖,含洭县①翁水口②下东岸有圣鼓杖,即阳山之鼓杖也。横在川侧,冲波所激,未尝移动。众鸟飞鸣,莫有萃者,船人误以篙触,必患疟。

① 含洭县：故境位于今广东英德市。
② 翁水口：翁水注入洭水的河口。翁水，即今翁江，流经广东省东北部，是珠江水系北江左岸最大支流。

◎ 双色井

江西石阳县有一口井，井水一半色青，一半色黄。黄色的井水如同稻草灰调和液，取以熬粥，呈金黄色，气味芬芳馥郁。

　　井，石阳县有井，水半青半黄。黄者如灰汁，取作粥饮，悉作金色，气甚芬馥。

◎ 自热石

江西建城县出产一种"燃石"，黄色，纹理稀疏，遇水产生高温，把炊具放在上面，可以做饭。

　　燃石，建城县①出燃石，色黄理疏。以水灌之则热，安鼎其上，可以炊也。

① 建城县：今江西宜春高安市。

◎ 星动石鸣

甘肃冀县渭水之畔，有天鼓山，山中有巨石，形如鼓，方圆一丈三尺。天上河鼓星动，则石鼓自鸣，鸣则秦川灾殃。汉成帝鸿嘉三年五月，石鼓雷鸣，声闻二百四十里，野鸡皆惊，其年，广汉死囚造反，刀兵兴焉。

石鼓，冀县①有天鼓山，山有石如鼓。河鼓星②摇动则石鼓鸣，鸣则秦土有殃。

---

① 冀县：今甘肃天水甘谷县。
② 河鼓星：即扁担星，传说是牛郎担子所化，位于天鹰座。

◎ 阴阳湖

江苏句容县吴渎塘有个"半汤湖"，湖水天然分作两半，一半热，一半冷，热水可以炖鸡，冷水如冰。冷热水中都有鱼，冷水之鱼游入热水立死，热水之鱼入冷水亦死。南朝刘宋人杨修之有一首《半阳湖》，单道此湖的妙处：江南龙节水为乡，水不纯阴有半阳。一片湖光共深浅，两般泉脉异温凉。

今已消失。

半汤湖，句容县①吴渎塘有半汤湖，湖水半冷半热，热可以瀹鸡，皆有鱼，交入辄死。

---

① 句容县：今江苏镇江句容市。

◎ 伞子盐

重庆朐䏰县一带盐井出产的盐，盐粒长宽寸许，中央凸起，状如打开的伞，故名"伞子盐"。

盐，朐䏰县①盐井有盐方寸，中央隆起如张伞，名曰伞子盐。

---

① 朐䏰县：应是"朐䏰县"，今重庆云阳。

◎ 不竭之泉

玉门县芦葭泉，两丈方圆，一丈来深，但上千匹牲口同时喝也喝不干。

> 泉，玉门军①有芦葭泉，周二丈，深一丈，驼马千头饮之不竭。

---

① 玉门军：武德年间凉州总管杨恭仁设立，治所在宿州西两百里的玉门县。

◎ 巨茯苓

齐始安王曾赐给沈约一个重十二斤八两的茯苓，有谢表为证。

> 伏苓，沈约①谢始安王②赐伏苓一枚，重十二斤八两，有表。

---

① 沈约：字休文（441—513年），吴兴人，南朝史学家、文学家，《宋书》的修撰主持。生于显赫世家，幼时父亲卷入刘宋皇室夺嫡之争，后被孝武帝刘骏清算诛杀。沈约开蒙很早，少年老成，笃志好学，历宋、齐、梁三朝，以助梁武帝萧衍篡齐登基之功，官至尚书令（宰相）、太子少傅。晚年却不受皇帝待见，被讥"不堪经国，于事何用"，至于"沈郎瘦腰"，消瘦而死。
② 始安王：应指南齐始安靖王萧遥光。

◎ 上古大锅

虢州陵县石城岗有古锅一口，里面长着一棵大树，树干之粗，需数人合抱。

> 古锅，虢州①陵县②石城岗有古锅一口，树生其内，大数围。

① 虢州：今河南灵宝。
② 陵县：虢州并无陵县，疑誊录有误。

◎ 君王盐

白盐崖所产的盐如同水晶，胡人取之，贡奉御厨，故名君王盐。

本则又见南朝梁元帝萧绎的《金楼子》："白盐山，山峰洞彻，有如水精。及其映月光似琥珀。胡人和之，以供国厨，名为君王盐，亦名玉华盐。"

君王盐，白盐崖①有盐如水精，名为君王盐。

① 白盐崖：可能指今重庆奉节的白盐山，刘禹锡诗曰：白帝城头春草生，白盐山下蜀江清。南人上来歌一曲，北人莫上动乡情。

◎ 不祥的笏板

刘宋山阳王刘休佑，老是在奏对时说些不该说的话，怫忤龙颜。相士庾道敏擅长相大臣的笏板。刘休佑把自己的笏板拿给他，却假说这是旁人的，问庾道敏有什么看法。庾道敏说："此板有贵气，但易使主人触犯君王。"刘休佑还不肯深信，他看满朝同僚，以褚渊为人最审慎仔细，奏对得体，于是跟褚渊换了笏板。一天，褚渊拿着刘休佑的笏板陛见，在皇帝面前自称"下官"——下属向长官汇报才自称下官，皇帝听了这话，很不开心。

按：刘宋的郡国属官，在国主面前是自称下官的；宋世之前，属官可以向诸侯郡王称"臣"。《宋书·刘穆之传》："先是郡县为封国者，内史、相并於国主称臣，去任便止。至世祖孝建中，始革此制，为下官致敬。"

手板①，宋山阳王休祐，屡以言语忤颜。有庾道敏者，善相手板。休祐以己手板托言他人者，庾曰："此板乃贵，然使人多忤。"休祐以褚渊详密，乃换其手板。别日，褚于帝前称下官，帝甚不悦。

① 手板：笏，也叫朝笏、笏板，大臣用以记事备忘，持之上朝奏对。

明代王圻《三才图会》，范仲淹手执笏板画像

北宋程怀立《唐郑国公韩滉朝服像》，韩滉手执笏板

◎ 逐鼠丸

王肃用铜造了个"逐鼠丸"，能昼夜自行转动，驱逐老鼠。

> 鼠丸，王肃造逐鼠丸，以铜为之，昼夜自转。

◎ 木偶判案

《论衡》记载，西汉李寻当年为官时，凡办案审案，想要知道某个犯人是否有罪，就取桐木雕成人形，象征该犯人；凿地为坑，以芦苇结作棺椁，把木偶丢进去。若该犯人确实有罪，那木偶即静止不动；若犯人有冤情，木偶将奋力跳出。

按，本则出《论衡·乱龙篇》，原文是反诘语气，抨击"木囚"之术怪力乱神，不足取信。

木囚，《论衡①》言，李子长②为政，欲知囚情。以梧桐为人，象囚之形，凿地为臼，以芦苇为郭③，藉卧木囚于其中。囚当罪，木囚不动。囚或冤，木囚乃奋起。

---

① 《论衡》：东汉王充著，以元气说对当时主流的天人感应、君权神授说提出批判，矛头直指董仲舒一脉的今文经学和谶纬之说，其中问孔刺孟，更是直接挑战儒家至尊权威，被卫道者视为离经叛道的异端，禁止流传。全书秉平正之论，直言不讳，暮气沉沉的旧儒学系统大受震动，为汉末魏晋诸家思想融入儒学，以及玄学的出现奠定了基础。
② 李子长：李寻，字子长，西汉儒学家，好天文、月令、阴阳诸学，好谈灾异，因妄言灾异下狱，被发配敦煌。
③ 郭：原文作"椁"，棺材。

◎ 苏秦遗产

北魏时洛阳令史高显每天夜里见自家堂前赤光流动，掘地丈余，得黄金百斤，皆有铭文"苏秦家金，得者为吾造功德"，高显不敢怠慢，持金修造招福寺。时人以为高显住宅乃是苏秦当年的旧邸。

苏秦金，魏时，洛阳令史高显掘得黄金百斤，铭曰"苏秦金"。

◎ 报德之梨

《洛阳伽蓝记》载有相似内容，但言梨重十斤，而非六斤，从树上坠地，"尽化为水"，可见水分含量极高。时以"报德之梨，承光之柰"并称，承光即承光寺，柰是中国原产的一种苹果。

梨，洛阳报德寺①梨，重六斤。

---

① 报德寺：北魏孝文帝拓跋宏为祖母冯太后追福敕建，位于洛阳城开阳门劝学坊。

◎ 甑上生花

滕景真家住广州七层寺左近，宋废帝元徽年间，辞职回家。一天，家里厨妇烧饭，釜中忽起异响，其声如雷，甑上米饭慢慢隆起。滕景真赶来一看，那声音越来越大，米饭上长出几十株花，花冠似莲，红色，金光隐隐。那花一开即败，迅速萎凋、消失。十天后，滕景真病死。

>甑花，滕景真在广州七层寺，元徽①中，罢职归家，婢炊，釜中忽有声如雷，米上芃芃②隆起。滕就视，声转壮，甑③上花生数十，渐长似莲花，色赤，有光似金，俄顷萎灭。旬日，滕得病卒。

---

① 元徽：刘宋后废帝刘昱年号，473—477 年。
② 芃芃 [péng]：草木茂盛貌，此处引申为膨发、坟起状。
③ 甑：蒸食器皿，形似蒸锅，一般置于鬲上。鬲形制如鼎，三足，可盛水。加热鬲，使水沸腾，产生蒸汽，蒸熟甑中的食物。

◎ 官铸黄金

官铸金锭，以"蝾顶金"为最上乘，重六两，表面布有蝼蛄洞穴状的气孔，以及低凹之形。金锭中央凹陷处，名叫"趾腹"，有些金锭的凹处呈紫色，这种金锭也叫"紫胆"。开元年间有一种"大唐金"，也是官金。

始皇帝混一四海，颁布诏令，以黄金为上币、铜钱为下币，正式确立了黄金的货币地位。当时白银并未纳入货币体系，但由于货币包括铸币金属匮乏，供不应求，商品贸易中以物易物现象普遍，白银作为贵重金属，也被民间用作支付工具之一。

西汉依然采取金铜本位，汉武帝和王莽朝，白银也曾短期升格为官方正式货币。金银熔铸成饼和锭，正是始于汉代，其后各代皆有铸造，但流通不广。

唐代白银的支付地位逐渐提升，但产量有限，据彭信威《中国货币史》，宪宗元和初年，白银年产量仅 1.2 万两，直到唐末，白银的使用似乎才比黄金更加普遍。

唐代的金银锭（包括饼），以块状和船形较为习见。前者又以笏形和饼形为主，也就是长条状和饼状，多为官方使用，比如用以赏赐、进贡、军费、赋税等，錾刻有铭文，本则的"蟹顶金"，大约也属此类。

船形银锭形制奇特，"仰面似船，伏面似案"，可能主要是为防伪——增加展示面积，方便检验白银的成色、纯度。而块状银锭由于限于官方流通，故无需如此。至于影视作品常见的"元宝"，其名出自元代，真正呈"元宝形"的金银锭，则要到明代才出现。

> 官金中蟹顶金①最上，六两为一垛，有卧蟹蛄穴②及水皋形③，当中陷处名曰趾腹④。又铤上凹处有紫色，名紫胆。开元中，有大唐金（一有"印"字），即官金也。

---

① 蟹顶金：形似蟹蛄得名，又叫紫胆、紫磨金，紫是紫色，磨指无垢浊（纯度高），孔融说"金之精者名为紫磨，犹人之有圣也"，可见名贵。
② 卧蟹蛄穴：铸锭过程中，金属溶液吸收氧气，在冷凝时逸出产生的蜂窝状气孔，形似蟹蛄穴。
③ 水皋形：原指水边高地，此处或指金锭上的丝纹。
④ 趾腹：脚趾肚，这里形容金锭上像脚趾踩下去的凹陷形状。

◎ 双龙吐金

唐太宗朝，汾州地方长官汇报，本境上空出现青龙、白龙，当空吐物，光芒如火，坠落砸入地下两尺深。地方官府循迹挖掘，得"玄金"，宽一尺多，高七寸。

此事亦见两唐书《五行志》，应当确实存在这样一份汇报文件。

> 玄金，唐太宗时，汾州①言青龙白龙吐物在空中，有光如火，坠地陷入二尺。掘之，得玄金，广尺余，高七寸。

---

① 汾州：今山西汾阳。

◎ 祥瑞芝草

唐玄宗天宝初年，江西临川居民李嘉胤家宅柱上长出了天尊状灵芝，临川太守张景佚下令拆毁李家屋柱，把灵芝献给了皇上。

> 芝，天保①初，临川②人李嘉胤所居柱上生芝草，状如天尊，太守张景佚拔柱献焉。

---

① 天保：北齐文宣帝高洋第一个年号，550—559年。此处疑应为"天宝"，《云笈七笺》载有开元二十八年临川刺史张景佚为花姑家立碑事，知张景佚为玄宗朝人，而非北齐人。
② 临川：今江西抚州市临川区。

◎ 刺史献龟

河北赵州宁晋县，沙河北岸，生长着一棵粗大的棠梨树，当地人称有灵，时常奉祀。唐德宗建中四年，几十条蛇从东南方向渡水迤逦而来，游至树下，分作两堆，还有一部分留在沙河南隅，盘绕攒聚，逗留不去，似有所惧。

少时，忽见三只乌龟，分别向三堆蛇爬去。乌龟很小，只一寸长短，三龟各绕蛇爬行一遭，群蛇立时尽死。

时人验看蛇尸，只见每条蛇的腹部都有伤口，如遭利刃贯穿。赵州刺史康日知听闻，命人图画棠梨树，并捉了三只小乌龟献给了皇上。

> 龟，建中四年，赵州①宁晋县②沙河北，有大棠梨③树。百姓常祈祷，忽有群蛇数十，自东南来，渡北岸，集棠梨树下为二积，留南岸者为一积。俄见三龟径寸，绕行积傍，积蛇尽死。乃各登其积，视蛇腹各有疮，若矢所中。刺史康日知④图甘棠、奉三龟来献。

---

① 赵州：今河北石家庄赵县。

② 宁晋县：今河北邢台宁晋县。
③ 棠梨：即杜梨，分布很广，果实球形。
④ 康日知：河北四王之乱平定战涌现的靖难名将。灵州人，祖籍康国（今乌兹别克斯坦撒马尔罕）。少事李惟岳，为赵州刺史，惟岳叛，康与之划清界限，固守赵州城。惟岳遣先锋兵马使王武俊攻赵州，被康日知一番唇舌，策反了王武俊，倒戈斩杀李惟岳。兴元元年擢奉诚军节度使，检校尚书左仆射，封会稽郡王，次年病故。

◎ 贞元黑雪

唐德宗贞元二年，长安大雪，平地积雪逾尺，雪呈黑色，如遭烟熏。
本则亦见两唐书《五行志》，应确有其事。

雪，贞元二年①，长安大雪，平地深尺余。雪上有薰黑色。

---

① 贞元二年：公元786年，唐德宗在位期间。此时，长安已经光复，德宗已经回銮，但连年战乱，土地荒芜，仓廪空竭，加之受河北河南战事影响，漕运断塞，江淮税赋谷米不能北上，京师极度缺粮。是年，《五牛图》的作者韩滉运米三万斛到长安，军民欢声雷动。争相暴食，由于饥馑岁久，人乍饱餐，猝死者达市民人口五分之一。在这样人心惶惶、愁云惨雾之时，冬季天降黑雪，长安满城房舍街衢，一片污浊，触目惊心。

◎ 陈留雨木

唐德宗贞元四年，河南陈留，天降木棍如雨。木棍皆如手指粗细，长一寸左右，中间贯穿一孔，从天竖直降下，插进地里，仿佛人工栽插的一样，密密麻麻，遍布十几里。
本则亦见两唐书《五行志》，当年正月发生过大地震，"江山溢裂，庐舍多坏"，紧接着发生了陈留雨木事件。

雨木，贞元四年，雨木于陈留①，大如指，长寸许。每木有孔通中，所下其立如植，遍十余里。

---

① 陈留：在今河南开封。

◎ 金轮王齿

略。

> 齿，梵那衍国①有金轮王②齿，长三寸。

---

① 梵那衍国：位于阿富汗兴都库什山中的古代王国，今称巴米扬。
② 金轮王：佛经谓"转轮圣王"之中的最高级帝王。转轮圣王是统治四大部洲的人间圣贤之王，有四个级别：铁轮王具有统治一洲之力，铜轮王两洲，银轮王三洲，金轮王统治四大部洲。

◎ 阿育王石柱

劫化他国境内有座石柱，高七十多尺，是阿育王所立。色作青黑，微泛褐色，柱体光滑，依各人罪业、福报不同，可映出不同的影像。

> 石柱，劫化他国①有石柱，高七十余尺，无忧王②所建。色绀③光润，随人罪福影其上。

---

① 劫化他国：《大唐西域记》作劫比他国，在中印度恒河流域，是佛教八大圣地之一。帝释天曾在该国运用绝大神力建立宝阶，直通天宫善法堂，迎接如来下界。玄奘大师途径时，佛法衰微，只存小乘佛教，国民多变成了印度教大自在天信徒，数百年前还残存的阶梯遗迹，颓为丘墟。历代国王为恢复昔日盛景，仿照天阶，筑成七十尺高的石塔，顶端修筑寺庙，供奉石佛，石塔旁立有石柱，就是本文提到的石柱。

② 无忧王：阿育王，约公元前273—前232年在位，意译无忧王，古代印度摩揭陀国孔雀王朝第三代国王，佛教护法名王。阿育王的祖父月护王出身下等贵族，时值亚历山大大帝东侵、印度大乱，月护王趁机起兵，建立起孔雀王朝。传说阿育王年轻时狂暴残忍，屠杀了九十九个兄弟才夺下王位，即位后大肆扩张，征服了印度大部，统治期间，孔雀王朝臻至极盛。晚年笃信佛教，性情大变，在全国兴建奉祀佛骨的舍利塔八万四千座。阿育王死后，孔雀王朝陷入混乱，四十年后灭亡。"阿育王石柱"如今已成为印度的象征，印度国徽，正是取材自阿育王在鹿野苑竖立的石柱柱头雕塑。

③ 绀：泛红的青黑色。

◎ 自鸣檀香鼓

本则又见《大唐西域记》。

流经于阗城东南的大河，是该国最重要水系，全国农业灌溉，皆仰赖之。很久以前，大河突然断流，几近干涸，朝野惊惶。国王向罗汉僧求教，罗汉说是龙所为。

国王依言祭龙，忽见一女郎凌波踏水而来，至国王面前，盈盈拜倒，说道："我丈夫死了，请大王赐我一个丈夫，我就恢复河流。"

有大臣愿意为国献身，随女郎前去，是日举国百姓咸来相送。大臣的车驾和白马奔行水上，并不沉没。一直奔到河心时，驾车的白马跃水而出，马背上负着一只檀香大鼓、一封书信。国王取信一看，教悬鼓于城东南，若有外敌进犯，则鼓自鸣预警。后来果然但遇刀兵之患，鼓辄自鸣。

玄奘西行，游历于阗时，亲眼见到城东南角悬着一鼓，据说已经不是当年的龙女檀香鼓了。

> 旃檀鼓，于阗①城东南有大河，溉一国之田。忽然绝流，其国王问罗汉僧，言龙所为也。王乃祠龙，水中有一女子，凌波而来，拜曰："妾夫死，愿得大臣为夫，水当复旧。"有大臣请行，举国送之。其臣车驾白马，入水不溺。中河而后，白马浮出，负一旃檀②鼓及书一函。发书，言大鼓悬城东南，寇至鼓当自鸣。后寇至，鼓辄自鸣。

① 于阗[tián]：西域古国，唐初安西四镇之一。故址在今新疆和田一带。
② 旃[zhān]檀：檀香。

◎ 刹利寺佛迹

石靴，于阗国刹利寺①有石靴。

---
① 刹利寺：又名赞摩寺、毗卢折那伽蓝，遗址在今新疆和田县城东南的买里克阿瓦提。约公元前83年落成，于阗王为初来弘扬佛法的毗卢折那阿罗汉兴建，是古代于阗第一座佛寺。

◎ 石中蹄印

河目县以东有座石山，砸开山中的石头，可见到鹿蹄、马蹄印迹。

石阜石，河目县①东有石阜②石，破之，有鹿马迹。

---
① 河目县：今内蒙古包头、五原县一带。
② 石阜：石山。

◎ 舍利子

东迦毕诚国的舍利塔，信徒可以瞻仰佛骨舍利，环绕表柱，如同张挂着珠宝装饰的旗幡。

东迦毕诚国在《大唐西域记》中写作迦毕试国，位于今阿富汗喀布尔谷地。该国收有佛顶骨舍利（释迦牟尼的顶骨），这片舍利的一部分后来辗转来到了中国，2010年自南京大报恩寺出土重见天日，现奉祀于南京栖霞寺。

舍利，东迦毕诚国有窣堵波，舍利常见，如缀珠幡，循绕表柱。

◎ 蚁镌佛像

健驮逻国石壁之上，有两尊佛像，皆为佛祖菩提树下趺坐像，日光之下，隐现金光。故老相传，几百年前，这石壁还是光秃秃一片，岩石缝隙中忽然出现金色的蚂蚁，大者有手指大，小的有麦粒大，将这石壁啃咬成了佛像的样子。

> 蚁像，健驮逻国石壁上有佛像。初，石壁有金色蚁，大者如指，小者如麦，啮石壁如雕镌，成立佛状。

◎ 疫苗米

犍陀罗国的尸毗王仓库曾为火灾吞噬，仓中被烧焦的粳米，至今尚存。服食一粒，可免疫疟疾。

> 焦米，乾陀国昔尸毗王①仓库为火所烧，其中粳米②焦者，于今尚存。服一粒，永不患疟。

---

① 尸毗王：古印度圣王，是佛祖前身，佛祖于过去世修"菩萨行"的身份。关于尸毗王流传最广的故事，当属"割肉贸鸽"，也叫割肉饲鹰，他为了保护鸽子，割自己同等重量的血肉喂鹰，刹那满天神佛皆被感动。还有许多类似的传说，譬如剜眼施鹫等，据说都是出自帝释天的考验。

② 粳米：粳稻的脱壳子实，主产我国黄河流域、北部和东北部；在南方则分布于海拔1800米以上，较耐冷寒，是为中纬度和较高海拔地区发展形成的水稻亚种。

粳米和籼米

◎ 佛靴

辟支佛靴，于阗国赞摩寺有辟支佛靴，非皮非彩，岁久不烂。

◎ 石驼溺

龟兹国北方深山中有座神秘的石雕骆驼，骆驼下身常年渗落液体，如同撒尿。该液体腐蚀性极强，不论以金、银、铜、铁、瓦、木制器皿承接，都会腐蚀渗漏，有人试图用手接，手掌惨遭烧穿，只有瓢不会被腐蚀。喝下这种液体，可伐毛洗髓而成仙。此说出自《论衡》。

石驼溺，拘夷国①北山有石驼溺，水溺下，以金、银、铜、铁、瓦、木等器盛之皆漏，掌承之亦透，唯瓢不漏。服之，令人身上臭毛落尽得仙。出《论衡》②。

---

① 拘夷国：即龟兹［qiū cí］国，西域古国，丝绸之路（北道）重镇，首都位于今新疆库车一带。冶铁业发达，音乐舞蹈艺术别具一格，对中原文化产生过较大影响。自西汉至唐代，与华夏政权关系密切，唐初为安西四镇之一。约13世纪，龟兹国及其佛教遗产，遭到伊斯兰势力彻底毁灭，曾经昌盛灿烂的佛教文明，荡然无存。
② 出《论衡》：今本《论衡》未见该记载。

◎ 人头树

大食西南两千里外有个国家，山谷之中，树上都长着人头，就像开花一样。对之说话，人头听不懂，只会笑，笑着笑着就掉下来了。

任昉《述异记》的记载大同小异：大食国以西的海岛上有一种树，赤木青叶，枝头结满婴儿，长六七寸，手脚与树枝相连，见人则笑，身体蠕动。一旦摘下，立死。不过南朝萧梁人任昉死的时候，大食尚未建国，亦未有"大食"之名。可见此条系后人增益,非任昉本人手笔。

这种植物很可能是真实存在的,即是今天所称的金鱼草。

盛放的金鱼草娇柔可人,毫无异状。一旦枯萎,残花变成骷髅之形。

原生金鱼草分布在葡萄牙、法国,东至土耳其、叙利亚的地中海一带,这与《酉阳杂俎》及《述异记》所载位置正相吻合。

> 人木,大食①西南二千里有国,山谷间树枝上化生人首,如花,不解语。人借问,笑而已,频笑辄落。

---

① 大食:唐宋人对阿拉伯政权的泛称,有白衣大食、黑衣大食。白衣大食即倭马亚王朝,8世纪中期,倭马亚家族被推翻,阿拔斯王朝取而代之。阿拔斯王朝尚黑,所以中国称之黑衣大食。

◎ 解语马

俱位国人用马耕地,大食国的马能听懂人话。

> 马,俱位国①以马种莳,大食国马解人语。

---

① 俱位国:《汉书》作双靡,《洛阳珈蓝记》称赊弥,《魏书》作舍弥,《大唐西域记》作商弥。故境在今克什米尔地区。

◎ 东海石人

古莱子国海畔驻有石人,高一丈五尺,径圆十围。昔秦始皇派此石人追赶崂山,未能追上,于是矗立此地。

关于秦始皇东海驱石的传说有很多,宋代《太平寰宇记》的说法略异,说秦始皇派石人驱赶崂山,却驱之不动,石人因为没完成任务,就此滞留海边。晋《三齐略记》、南朝《殷芸小说》指出,秦始皇驱石的原因,是为了想要构筑跨海石桥,越过东海，去看看传说中的日出之处。当时他甚至招徕了一位"神人"为他效劳，这神人有一条"赶山鞭"，能令巨石自走，倘若石头移动速度太慢，被赶山鞭打上一鞭子，流血遍地，这就是海边赤色岩石的由来。

> 石人，莱子国①海上有石人，长一丈五尺，大十围。昔秦始皇遣此石人，追劳山②不得，遂立于此。

---

① 莱子国：西周至春秋时期的东夷古国，在今山东龙口一带。
② 劳山：即崂山，在今山东青岛。

◎ 火神庙

俱德建国阿姆河流域的滩涂之上，建有祆教火神庙。据说，祆神从波斯国施展神通到此，常显灵异，当地居民因而修筑此庙奉祀。庙中没有神像，只有大小不一的火炉，庙门朝西，信徒面向东方礼拜。

庙前有尊铜马，比真马略小，后蹄入土，前蹄悬空蜷曲，该国人称，这铜马是天上来的。历来不少人试图掘走铜马，掘地数十丈，不能尽其后蹄。西域一些国家以五月为岁首，每逢岁首，阿姆河中有金色骏马跃水而出，与铜马相对嘶鸣，俄而重回河中。近代有大食国王不信这类灵异传闻，带兵入庙，意图破坏，随行军队忽遭不明来源烈火焚烧，从此再没有人敢起破坏之念了。

> 铜马，俱德建国①乌浒河②中滩派中有火祆③祠，相传祆神本自波斯国乘神通来此，常见灵异，因立祆祠。内无象，于大屋下置大小炉，舍檐④向西，人向东礼。有一铜马，大如次马⑤，国人言自天下，屈前脚在空中而对神立，后脚入土。自古数有穿视者，深数十丈，竟不及其蹄。西域以五月为岁⑥，每岁日，乌浒河中有马出，其色如金，与此铜马嘶相应，俄复入水。近有大食王不信，入祆祠，将坏之，忽有火烧其兵，遂不敢毁。

---

① 俱德建国：亦作久越得犍国，今塔吉克斯坦境内卡菲尔尼甘河下游。

② 乌浒河：即阿姆河，中亚流量最大的内陆河，咸海两大水源之一。
③ 火袄：琐罗亚斯德教（袄教），公元 3—7 世纪萨珊王朝时期波斯帝国国教，也称拜火教。约南北朝时传入中国，唐代一度兴盛，宋以后式微不闻。
④ 舍檐：建筑物的正面。
⑤ 次马：较小的马。
⑥ 五月为岁：为纪念穆罕默德带领穆斯林从麦加迁往麦地那，回历以公历 7 月 16 日为岁首，换算当时唐历，约在五月份。

◎ 万毒沙海

苏都瑟匿国西北有片蛇戈壁，南北纵横五百余里，其间遍地是蛇，终日喷吐毒息，如烟如岚，飞鸟飞临上空，辄中毒坠地，为蛇所噬。群蛇亦相互吞食，或者吃草。

蛇碛，苏都瑟匿国①西北有蛇碛②，南北蛇原五百余里，中间遍蛇，毒气如烟。飞鸟坠地，蛇因吞食。或大小相噬，及食生草。

---

① 苏都瑟匿国：亦作苏对沙娜、苏都识匿，《境异》章提到的夜叉城、夜叉窟所在。故境在今塔吉克斯坦，锡尔河畔，汉代称为贵山，是大宛国首都。南北朝至隋唐时为昭武九姓之一的东曹国。
② 碛 [qì]：沙漠。

◎ 通灵石鳄

私诃条国金辽山寺之中有座石雕鳄鱼，和尚们没饭吃了，向鳄鱼行礼，吃的就来了。

石鼍，私诃条国①金辽山寺中有石鼍②，众僧饮食将尽，向石鼍作礼，于是饮食悉具。

---

① 私诃条国：斯里兰卡。

② 鼍［tuó］：扬子鳄。此处泛指鳄鱼。

◎ 神厨

俱振提国从上到下信奉鬼神，出都城往北二十里，过真珠河，有神，春季秋季，一年两次盛大祀典。祭祀时，国王不用准备什么器物——一概器物，都会自行出现在神庙厨房中，祭祀完成，器物便即消失。这传说传到大唐，惊动了天后，特意派人去验看，回奏确有其事。

> 神厨，俱振提国①尚鬼神，城北隔真珠江②二十里有神，春秋祠之。时国王所须什物金银器，神厨中自然而出，祠毕亦灭。天后使验之，不妄。

---

① 俱振提国：今塔吉克斯坦北部，在上文的苏都瑟匿国东北两百里处。
② 真珠江：即锡尔河，源出天山山脉，向西流经乌兹别克斯坦、塔吉克斯坦和哈萨克斯坦，注入咸海，全长 2 212 公里，是中亚最长的河流，与上文"火神庙"的阿姆河同为咸海最主要水源。唐人称之"药杀水"，流经中国的河段，称为"真珠河"。

◎ 毒矟

南部某偏远民族有一种"毒矟"，不开刃，看起来像破铜烂铁，人给戳中，虽不流血，但是会死。据说是像下雨一样从天而降的，插进地下一丈多深，要祭祀过大地，才能拔出使用。

按，矟也叫"矟"，是一种重型骑枪，常为贵族骑兵配备，全长可达 4 米。矟首通常可以从矟杆上拆卸，矟首锋锐，有棱（方便刺透铠甲），装有留情结，也就是类似于剑护手的东西，防止高速冲锋刺穿对手后，死尸会延矟杆惯性滑向自己。骑兵持矟刺死敌人，敌人身体被留情结阻住，此时的骑兵继续向前高速骑行，敌人会被弯曲的矟杆弹甩出去，该过程同时将进一步撕裂敌人的伤口。矟在魏晋南北朝及隋唐时期常见，骑兵部队持之突破对方重甲兵。宋以后，由于中土良马匮乏，骑兵数量锐减,而且槊造价高昂、费时,逐渐被枪取代。本文所指应该只是一种形似槊的兵刃,并非确指。

> 毒槊,南蛮有毒槊,无刃,状如朽铁,中人无血而死。言从天雨下,入地丈余,祭地方撅得之。

◎ 锁子甲

辽州城东的"朱蒙祠"里,供奉着一件锁子甲,一柄长矛,当地传说,是前燕时从天上掉下来的。

> 甲,辽城①东有锁甲②,高丽言前燕③时自天而落。

---

① 辽城:今辽宁省辽阳市。
② 锁甲:通常认为锁子甲是由西方传入中国的,曹植的《先帝赐臣铠表》罗列有黑光铠、明光铠、两当铠、环锁铠和马铠五种铠甲,其中"环锁铠"就是锁子甲;《晋书》赞环锁铠"铠如环锁,射不可入"。到《唐六典》,已明确将锁子甲列为十三种制式铠甲之一。
③ 前燕:337—370年。慕容皝统一辽东,定都龙城,称燕王,建立前燕。

◎ 蛤蟆屎

"土槟榔"看起来跟槟榔差不多,生长在岩石缝隙、洞穴间,新摘时软软的,不大常见。传说此物是蛤蟆屎所变,可治恶疮。

> 土槟榔,状如槟榔,在孔穴间得之,新者犹软,相传蟾蜍矢也。不常有之,主治恶疮。

◎ 鬼屎

鬼屎多生长在阴暗潮湿之地,浅黄白色,偶尔可见,主治毒疮。唐人陈藏器的《本草拾遗》也载有这种东西,大约是某种粘菌复合体。

> 鬼矢,生阴湿地,浅黄白色。或时见之,主疮。

◎ 珊瑚

石栏干生于海底,高尺余,有根,茎上布满密密麻麻的小孔,如同点染。渔人用网捞取,刚出水时呈正红色,见风渐转青色。对尿结石有疗效。

> 石栏干,生大海底,高尺余,有根,茎上有孔如物点。渔人纲罝取之,初出水正红色,见风渐渐青色。主石淋①。

---

① 石淋:尿路结石。

◎ 鬼墙

扬州高邮有所寺庙,忘记叫什么名了,庙里讲经堂西墙靠着道路。每天入夜,墙壁上就会显出人马车舆之类影像,甚至衮衮诸公的样貌,在影像中也隐约可辨。到了白天,一切皆无。墙壁厚达数尺,不知道这种现象究竟是如何造成的。据说该情况已经持续了二十多年,不过有时可能中断个一年半载。文宗太和初年,成式在扬州听旅客及僧人说知。

> 壁影,高邮县①有一寺,不记名,讲堂②西壁枕道。每日晚,人马车舆影悉透壁上,衣红紫者,影中卤莽可辨。壁厚数尺,难以理究。辰午③之时则无。相传如此二十余年矣,或一年半年不见。成式太和初扬州见寄客④及僧说。

① 高邮县：今扬州高邮市，秦始皇在此筑高台、置邮亭（驿馆、行道馆舍，投递文书者投止之处）得名。
② 讲堂：寺庙的讲经堂。
③ 辰午：辰时指早上 7 点到 9 点，午时则在中午。
④ 寄客：旅客。

◎ 黑石

成式听堂兄弟说，他小时候掏鸟窝，掏到一颗黑色石头，圆滑如鸟蛋，可爱。后来无意间放在了盛醋的容器里，黑石忽然动了起来，石头上长出四条细细的脚，跟线一样。堂兄弟把石头拿出来，那脚随即缩回，看不到了。

> 醯石，成式群从①有言，少时尝毁鸟巢，得一黑石如雀卵，圆滑可爱。后偶置醋器中，忽觉石动，徐视之，有四足如綖②，举之，足亦随缩。

① 群从：堂兄弟及侄子辈。
② 綖［yán］：长线。

◎ 巨型桃核

水部员外郎杜陟杜大人曾在江淮的市肆间见到有人拿着一扇（半个）很大的桃核称米，刚好能装满一升，这人说是从九嶷山的溪水中得来。

> 桃核，水部员外郎①杜陟②，常见江淮市人以桃核扇量米，止容一升③，言于九嶷山④溪中得。

① 员外郎：一司之副，为郎中的副官，隋代尚书省六部下分二十四司，每部辖四

司（四部），水部与工部、屯田、虞部同属工部。水部掌天下川渎、陂池之政令，导达沟洫，堰决河渠，凡津济、船舻、渠梁、堤堰、沟洫、渔捕、运漕、碾硙之事，悉由所司。二十四司各置郎中一，从五品上；员外郎一，从六品上。

② 杜陟：襄州襄阳人，唐文宗大和五年状元，历官水部员外郎、度支郎、杭州刺史。

③ 一升：唐量，一升约合今600毫升，相当于今天一瓶汽水的容量。

④ 九嶷山：一名苍梧山，在湖南省永州宁远县境，南引罗浮，北控衡山，是道教第二十三洞天。

◎ 山中人腿

元固先生说，德宗贞元初年，他和道友结伴游华山，在荒凉的山谷之中发现了一个诡异的东西。那是一条人腿，还穿着簇新的袜子、鞋子，断面就像正常人膝盖弯曲时的膝头，平整光滑圆润，完全没有创伤痕迹。

没有伤口，皮肉完整，也就是说这条腿可能是独立生长——而不是长在人身上的。可是，腿怎么可能脱离人体独立生长？若是长得像人腿的植物，又怎么会穿着鞋袜？没人知道真相。

> 人足，处士①元固言，贞元初，尝与道侣游华山，谷中见一人股，袜履犹新，断如膝头，初无疮迹。

---

① 处士：有才德而不出仕者，也指未释褐的士人。

◎ 茶杯起泡

江淮有个士人，其子二十有余，经常说梦话。一日士人喝茶时，茶杯中冒起了一个大水泡，高出杯口，晶莹明亮，如同玻璃。水泡中有个小人，一寸来高，士人仔细一瞧，那小人衣服相貌，俨然是儿子的模样。他不敢乱动，约莫一顿饭的工夫，水泡猝然爆破，小人也不见了，茶杯却给震出了裂纹。几天后，儿子突然通灵，能传达神灵旨意，预言休咎，不差分毫。

瓷碗，江淮有士人庄居，其子年二十余，常病魇。其父一日饮茗，瓯中忽疱起如沤①，高出瓯外，莹净若琉璃。中有一人，长一寸，立于沤，高出瓯外。细视之，衣服状貌，乃其子也。食顷，爆破，一无所见，茶碗如旧，但有微璺②耳。数日，其子遂着神③，译神言，断人休咎不差谬。

---

① 沤：水泡。
② 璺 [wèn]：（瓷器等器皿的）裂痕。
③ 着神：通灵，附体。

◎ 独显铁镜

荀讽通晓本草，好读道家书籍，善谈名理，从前受过诗人樊晃的资助。荀讽藏有一枚铁镜，直径五寸余，镜钮大如拳头，说是从一个道士那里得来的。镜子很奇怪，几个人一起照，每人只能在镜中看见自己的影像，而看不见别人。

铁镜，荀讽者，善药性，好读道书，能言名理，樊晃①尝给其絮帛②。有铁镜，径五寸余，鼻大如拳，言于道者处得。亦无他异，但数人同照，各自见其影，不见别人影。

---

① 樊晃：诗人，开元年间进士，又中书判拔萃科。官历汀州刺史、兵部员外郎、润州刺史。诗律清奇，文辞丰赡，辑录杜甫诗作成《杜甫小集》，为杜诗集本之祖，被认为杜甫身后第一知己。
② 絮帛：泛指轻暖御寒的衣寝之物。

◎ 袖珍虎皮

永宁人王盐铁，从前收藏了一张巴掌大的虎皮，虎须、虎尾、斑纹像狗。

大虫皮，永宁①王盐铁，旧有大虫皮，大如一掌，须尾斑点如犬者。

---

① 永宁：唐代有两处永宁，今河南洛宁县和浙江台州黄岩区。

◎ 僬侥人腊

李章武家藏有一具矮人干尸，身长三寸许，头、脖子、四肢、躯干俱都完好，据说这就是传说中的"僬侥国人"。

  人腊，李章武①有人腊，长三寸余，头项髀肋成就，云是僬侥②国人。

---

① 李章武：唐文宗朝曾为成都少尹，有传奇文《李章武传》叙其与情人鬼魂交往事。生平不详。
② 僬侥：传说中的矮人族，《列子·汤问》："从中州以东四十万里得僬侥国，人长一尺五寸。"

◎ 牛黄

牛黄生成于胆囊，有些牛有了牛黄，会吐出来。集贤殿校书郎张希复说，有人解剖牛吐出来的牛黄，一剖开，里面有个东西像蝴蝶一样飞走了。

  牛黄①，牛黄在胆中，牛有黄者，或吐弄之。集贤校书张希复言，尝有人得其所吐黄，剖之，中有物如蝶飞去。

---

① 牛黄：牛的胆结石，可入药。

◎ 上清珠

唐肃宗小时候很得玄宗青睐，常让他坐在御前，仔细瞧着他，然后对武惠妃讲："这孩子面相卓绝，假以时日，当是我家一位有福天子。"命取来"上清珠"，裹以红纱，挂在肃宗脖子上。

上清珠乃是开元年间，西域罽宾国所贡，能放白色光芒，照亮一室。中有仙人、玉女、云鹤、仪銮等冉冉摇动。肃宗即位后，闻奏库房里常见异光，肃宗奇道："难道是上清珠？"着人一看，果是此珠，当年包裹珠子的红纱犹在。肃宗持之遍示群臣，流泪道："这是朕小时候，太上皇所赐。"用翠玉函收纳了，放在卧室里。凡四方遭洪涝旱灾、生刀兵之祸，向珠虔诚祝祷，心中所求，无不应验。

> 上清珠，肃宗为儿时，常为玄宗所器。每坐于前，熟视其貌，谓武惠妃①曰："此儿甚有异相，他日亦吾家一有福天子。"因命取上清玉珠，以绛纱裹之，系于颈。是开元中罽宾②国所贡，光明洁白，可照一室，视之，则仙人玉女、云鹤、绛节③之形摇动于其中。及即位，宝库中往往有神光。异日掌库者具以事告，帝曰："岂非上清珠耶？"遂令出之，绛纱犹在，因流泣遍示近臣曰："此我为儿时，明皇所赐也。"遂令贮之以翠玉函，置之于卧内。四方忽有水旱兵革之灾，则虔恳祝之，无不应验也。

---

① 武惠妃：武则天的侄孙女，李隆基为她废了王皇后，但以武氏篡唐前车之鉴，不肯立为皇后。武惠妃曾谗构废杀太子李瑛，据说她也因此惊惧而死，死时38岁。李隆基曾追赠武惠妃皇后祠享，被肃宗废除。

② 罽〔jì〕宾国：位于西域。由于匈奴的扩展，月氏人被迫迁徙，迁徙的月氏人又挤占了塞克人（塞种人）的领地，后者南迁，建立起罽宾国。罽宾国位置在犍陀罗一带，应当是犍陀罗文明的一支构成部分。公元60年左右，新崛起的贵霜帝国征服了犍陀罗，罽宾灭亡。4世纪中叶，罽宾趁贵霜衰落重建。本文所指是与唐王朝建立来往的后起罽宾，其境在今克什米尔一带。

③ 绛节：传说中仙人的仪仗。

◎ 高祖斩蛇剑

汉王朝的皇帝，有两件至宝世代传承：一件是当年秦三世子婴奉献的传国玉玺，另一件就是"高祖斩白蛇剑"。

斩蛇剑上缀以七彩珠、九华玉为饰，五色琉璃为剑匣。陈剑室内，剑影透于室外，其影有若实质，仿佛为人凌空手持。每十二年一加打磨，剑刃如霜。开匣出鞘，气流逼人，寒光刺目。

按，据《晋书·舆服志》，晋惠帝朝一次府库失火，高祖斩蛇剑冲霄而起，自行飞去，从此下落不明。

> 汉帝相传以秦王子婴①所奉白玉玺②、高祖斩白蛇剑。剑上有七彩珠、九华玉以为饰，杂厕③五色琉璃为剑匣。剑在室中，光景犹照于外，与挺剑不殊。十二年一加磨莹，刃上常若霜雪。开匣拔鞘，辄有风气，光彩射人。

---

① 秦王子婴：秦三世，末代秦王（自己去了皇帝尊号），在位仅46天，为项羽斩杀。
② 白玉玺：即刻着"受命于天，既寿永昌"的传国玉玺。
③ 厕：混合、掺杂。

◎ 地底血玉

淮安境内有座小山。

山上有房子，有人住，但是没有水。

僧人智一试图打一口井，掘地三丈，遭遇坚硬的岩层，阻止了他的挖掘。

智一没有放弃，他凿石、挖土，又向下推进了五十尺。

灯光昏暗，污浊的淤泥中，一角温润光泽闪了一闪。那不是水，是一方可以贮水的玉器。

玉器长一尺二，宽四尺，通体赤若琥珀，中央似乎可以贮水，正反两面，各镌刻着六只小龟，光彩流动，憨态可掬。智一故意磕断玉器一角，流血汩汩，如生物受伤，半月方止。

楚州①界有小山，山上有室而无水。僧智一掘井，深三丈遇石。凿石穴及土，又深五十尺，得一玉，长尺二，阔四尺，赤如琥珀，每面有六龟子②，燦耀可爱，中若可贮水状。僧偶击一角视之，遂沥血，半月日方止。

---

① 楚州：今江苏淮安。
② 龟子：小龟。

◎ 井中宝光

山西虞乡幽寂的深山之中，坐落着一间道观，道士涤阳便在此处修行。唐文宗太和年间，一天傍晚，涤阳登坛临风，望见院落的井口异光迸发，一只金黄色的小兔窜了出来，绕醮坛疾奔，良久，复回井中。

此后每天傍晚，小兔都会出现。涤阳情知有异，不敢告诉旁人。后来悄悄在那水井中淘出一只金兔，小巧玲珑，奇光灿然，收进了衣箱藏贮。

其时御史李戎正在蒲津任职，同涤阳是好友，涤阳把金兔送给李戎。后来李戎从奉先县令擢升忻州刺史，金兔忽然不见了，一个月后，李戎丧命。

虞乡①有山观，甚幽寂，有涤阳道士居焉。太和中，道士尝一夕独登坛，望见庭内忽有异光，自井泉中发。俄有一物，状若兔，其色若精金②，随光而出，环绕醮坛。久之，复入于井。自是每夕辄见。道士异其事，不敢告于人。后因淘井得一金兔，甚小，奇光烂然，即置于巾箱中。时御史李戎职于蒲津③，与道士友善，道士因以遗之。其后戎自奉先县④令为忻州刺史，其金兔忽亡去。后月余而戎卒。

---

① 虞乡：虞舜故里，今山西永济。
② 精金：纯金。
③ 蒲津：古黄河渡口，在今永济市西。

④ 奉先县：今陕西渭南蒲城。

◎ 前古凶兵

淄青节度使李师古在山上修建亭子，挖到一件东西，看上去像把铁斧头，无人认识。时遇李章武过东平，李师古知道此人博物，拿给他看。李章武一看之下，骇然变色道："此乃是绝凶之物，嗜血成性，能饮三斗鲜血。"李师古一试，果然如是。

李师古①治山亭，掘得一物，类铁斧头。时李章武游东平，师古示之，武惊曰："此禁物也，可饮血三斗。"验之而信。

---

① 李师古：平卢淄青节度使，李正己之孙，李纳之子，李师道之兄。李师古是父子三人（李纳、李师道）中最老实的，他父亲李纳参与了唐德宗时的四王叛乱；李师古死后，弟弟李师道派人刺杀宰相，挑战朝廷，兵败被部下所杀。

〔贰〕

神遊大唐

《酉阳杂俎》里的奇异世界

〔唐〕段成式／著
虫离先生／译注

上海社会科学院出版社

广 知

奇闻冷语

广知,广而知之,本章收录当时可充腹笥的冷知识,语多诞谩,不必尽信。

◎ 五月人蜕

民间忌讳五月份上屋顶,说五月灵魂不固,在屋顶上看见自己的影子,阳魂容易离体飞去。

古时降温防暑技术有限,夏季人体状态差,常感虚弱,兼之疾病流行,毒虫出没,是故有恶五月的说法。当时五月禁忌颇多,诸如盖房、曝床荐席等。南朝宋刘敬叔的《异苑》有个故事:新野人虞寔在五月里晒席,忽见有个小孩躺席子上死了,正是他家孩子,虞寔大吃一惊,走近一看,席上空空如也,回首室内,自家孩子正在床上睡得好好的。然而不到十天,孩子真的就死了。

俗讳五月上屋,言五月人蜕①,上屋见影,魂当去。

---

① 人蜕:魂魄脱出,只剩皮囊。

◎ 炼金

墓中发掘所得金属,以及曾用作尿壶、女子首饰的金属,陶弘景称为"辱金",炼金之时,不可掺入。

金曾经在丘冢,及为钗钏溲器①,陶隐居②谓之辱金,不可合炼。

① 溲器：尿壶。
② 陶隐居：陶弘景。

◎ 炼铜

铜在火中煅烧变红，可令男童女童以水灌之，则铜自分为两段，凸起者为牡铜，凹陷者为牝铜。取牡铜为雄剑，牝铜为雌剑，佩戴水行，蛟龙巨鱼水神皆不敢近身。

　　炼铜时，与一童女俱，以水灌铜，铜当自分为两段。有凸起者牡铜也，凹陷者牝铜也。

◎ 灶下之豚

灶上的汤水总是烧不开，是因为灶下藏着像个猪一样的东西，赶走就行了。

　　爨①釜不沸者，有物如豚居之，去之无也。

① 爨［cuàn］：灶。

◎ 钩注

炉灶无缘无故变的潮湿，是因为里面有一种名为"钩注"的红色蛤蟆，逐走此物即可。

　　灶无故自湿润者，赤虾蟆名钩注居之，去则止。

◎ 上脸

喝酒的人，肝气虚弱则脸色发青，心气虚弱则脸色发红。

按照现代观点，酒在人体内的转化过程为：乙醇—乙醛—乙酸—水和二氧化碳。当体内缺乏乙醛脱氢酶，乙醛转化效率就低，乙醛滞留在体内，使毛细血管扩张，导致脸红，即俗话说的上脸；当缺乏乙醇脱氢酶时，乙醇转化慢，脸色变白，往往醉得快些。

> 饮酒者，肝气微则面青，心气微则面赤也。

◎ 刺客之貌

勇气贮于经脉者发怒，脸泛青色；勇气贮于骨髓者发怒，脸泛白色；勇气贮于血液者发怒，脸泛赤色。

本则摘自汉代杂史小说《燕丹子》，是燕国太子丹的谋士藻鉴当时天下刺客的考语：

太子丹得谋士田光，待以上宾，早晚问计，田光说："窃观太子客无可用者：夏扶血勇之人，怒而面赤；宋意脉勇之人，怒而面青；舞阳骨勇之人，怒而面白。光所之荆轲，神勇之人，怒而色不变。"极力推荐荆轲，太子丹遂请田光往求荆轲出山，田光当着荆轲的面吞舌自杀，太子丹从此礼荆轲极厚。

两人凭池看龟，荆轲捡瓦砾投龟为戏，太子丹忙使人捧上金锭，荆轲遂改以金投龟，用尽立即又捧上一盘，荆轲瞅了一眼太子丹，徐徐道："今日扔的胳膊疼，改天再扔吧。"太子丹与之共乘千里马，荆轲摸摸马，赞道："好马！听说马肝是美味？"太子丹立即杀千里马取肝为荆轲下酒，酒酣，有美女琴师弹琴娱宾，荆轲陶醉不已，激赏道："真是好琴手。"太子丹笑道："荆君喜欢就领走吧。"荆轲道："不要人，只贪她这对手。"太子丹便刎了美人芊芊玉手，玉盘盛托奉上。亲遇之厚，令人咋舌。

> 脉勇怒而面青，骨勇怒而面白，血勇怒而面赤。

◎ 水土育人

山地多生男子；河湖之畔女子居多；水气重的地方居民易哑；风气重的地方居民易聋；木气强的地方居民多驼背；石气盛的地方居民力大；险峻之地居民易患大脖子病；暑气重的地方人多残疾；寒气重的地方人多长寿；山谷之地人易患风湿；丘陵之地居民常骨骼不正；平原居民仁厚；丘陵居民贪婪。

山气多男，泽气多女，水气多喑①，风气多聋，木气多伛②，石气多力，阻险气多瘿③，暑气多残，云气④多寿，谷气多痹⑤，丘气多尪⑥，衍⑦气多仁，陵气多贪。

---

① 喑：哑。
② 伛〔yǔ〕：佝偻、驼背。
③ 瘿〔yǐng〕：粗脖子病，譬如甲状腺肿大。
④ 云气：本则出《淮南子·地形训》，原文作"寒气"。
⑤ 痹：风湿。
⑥ 尪〔wāng〕：骨骼弯曲不正。
⑦ 衍：水域平原，河滨海岸平原。

◎ 体内神明

道书《云笈七签》云，人体内共有三部八景二十四神，分别是：脑神觉元，发神玄文华，皮肤神通众仲，目神监生，项神灵谟盖，膂神益历辅，鼻神冲龙玉，耳神梁峙；喉神百流放，肺神素灵生，心神焕阳昌，肝神开君童，胆神龙德拘，左肾神春元直，右肾神象他无，脾神宝元全；胃神同来育，穷肠中神兆滕康，大小肠中神蓬送留，胴（大肠）神受厚勃，胸膈神广安宅，两胁神臂假马，阴左卵神扶流起，阴右卵神苞表明。

道家认为，呼喊这些神灵名字即是一种简单的强身法咒。汉代纬书《龙鱼河图》记载略异："发神名寿长，耳神名娇女，目神名珠映，鼻神名勇庐，齿神名丹朱。夜卧三呼之，有患亦便呼之九过，恶鬼自却。"

身神及诸神名异者，脑神曰觉元，发神曰玄华，目神曰虚监，血神曰冲龙王，舌神曰始梁。

◎ 叩齿召唤术

本则出北周道书《无上秘要》，该书由北周武帝宇文邕亲自主持编撰，是中国最早的道学类书。

学道之人，要学会鸣天鼓之术来召唤神灵。左侧牙齿叩击，叫作"鸣天钟"，若遇凶灵恶魔不详灾疹，可叩击左齿遣召神灵；右侧牙齿叩击，是为"鸣天磬"，行经山泽僻壤，遇有邪魔妨害，当以此求助尊神；门牙上下叩击，名为"鸣天鼓"，是存想修行的辅助功法。叩齿次数，有三十六次、二十七次、二十四次、十二次不等。

道家的叩齿术，初衷并非养生保健，而是像掐指念咒一样的法术，认为通过叩齿可以唤醒体内灵力，提高修为，辟邪消灾。民间也有作叩齿抵消恶兆的，类似于现在口误说了不该说的话，比如情侣间怄气发了毒誓，要吐口水表示翻悔去晦一样。《水浒传》第六回，写鲁智深在大相国寺菜园子里，一众泼皮听见乌鸦叫，即叩齿压胜晦气，于是有了鲁智深倒拔垂杨柳。道士做法事也有这一科仪。后来，鸣天鼓演变成一种保健操，做法简单：两手掩耳，十指抱后脑，十指压在中指上，迅速弹击而下叩击枕骨。据说有助于固本强肾。

> 夫学道之人，须鸣天鼓以召众神也。左相叩为天钟，卒遇凶恶不祥叩之。右相叩为天磬，若经山泽邪僻威神大祝叩之。中央上下相叩名天鼓，存思念当道鸣之①。叩之数三十六，或三十二，或二十七，或二十四，或十二。

---

① 存思念当道鸣之：应是"存思、念道当鸣之"。存思即存想，存谓存我之神，想谓想我之身，是一种默思己身体内真气、神明的修炼方法。

◎ 玉女标志

玉女脸上都有颗痣，实际上是一颗黍米大的黄玉。若没有这颗痣，玉女就是假的，是鬼物幻化。

玉女以黄玉为志，大如黍。无此志者鬼使也。

◎ 山神封山日

入山忌日，大月①忌：三日、十一日、十五日、十八日、二十四日、二十六日、三十日；小月忌：一日、五日、十三日、十六日、二十六日、二十八日。

---

① 大月：农历大月三十天，小月二十九天，闰年有十三个月。

◎ 解梦

梦见五脏，预示着将收获相应谷物。

凡梦五脏，得五谷：肺为麻，肝为麦，心为黍，肾为黍，脾为粟。

◎ 忌北

不要面朝北吐唾沫、脱衣服、大小便及理发。每月初一不要发脾气。

凡人不可向北理发、唾、脱衣及大小便。月朔日勿怒。

◎ 日占

本则亦见唐代道教类书《三洞珠囊》，讲修仙者需要注意的时日禁忌。
三月初三，不要吃草芯；四月初四不要砍树；五月初五不能见血（宰杀）；六月初六，忌动土；七月初七，心里别装着坏事；八月初四，不能买鞋；九月初九，别搬动沙发和坐垫；十月初五，不能责罚人；双十一，宜洗澡；十二月初三，宜斋戒。以上种种宜忌，三官察鉴，不可不遵。

> 三月三日，不可食百草心；四月四日，勿伐树木；五月五日，勿见血；六月六日，勿起土；七月七日，勿思忖恶事；八月四日，勿市履屐；九月九日，勿起床席；十月五日，勿责罚人；十一月十一日，可沐浴；十二月三日，可斋戒。如此忌，三官①所察。

---

① 三官：天官、地官、水官，指尧舜禹，道教早期供奉的神灵，称为三官大帝、三元大帝。天赐福，地赦罪，水解厄。唐宋时民间要过三元节庆贺三官诞辰，天官又与员外目郎、南极仙翁合称福禄寿三星。

◎ 天帝哭泣

修仙者不要磕头，脑袋一触地，九天翻倒，泥丸倾覆，天帝就要在上境嚎啕，太乙在丹田涕零，所以不要磕头，心里存着一份磕头恭敬的诚意就行了。

> 凡存修，不可叩头，叩头则倾九天、覆泥丸①，天帝号于上境，太乙泣于中田②。但心存叩头而已。

---

① 泥丸：脑子。
② 中田：中丹田，指心脏。道家认为人体内有小宇宙，宇宙中有天帝神灵。此处所谓天帝、太乙，都是指驻在人体内的对应之神，并非九天之上的真神。

◎ 根除白发

本则出《真诰》，拔白就是拔白头发，古人认为在这些日子拔白头发，可使新发变黑，白发永不更生。译述从略。

老子拔白日：正月四日、二月八日、三月十二日、四月十六日、五月二十日、六月二十四日、七月二十八日、八月十九日、九月十六日、十月十三日、十一月十日、十二月七日。

◎ 忌讳与偏方

陶弘景《登真隐诀》载有"太清外术"，其言曰：人的头发挂在果树上，鸟就不敢来啄食果实。

两个瓜脐、两个瓜蒂的瓜不能吃，吃了死人。

屋檐下承滴水长成的菜有毒，堇、黄花菜、赤芹都有毒，能致死。

被牛踩踏过秧苗的瓠，成熟后发苦。

大醉不要躺在黍草堆上，否则一旦出汗，眉毛和头发会脱落。

怀孕了吃晒干的姜，易使胎儿消融。

十月份吃了打霜的菜，使人气色黯淡。三月间不要吃从前腌的酸菜。

蓑衣的衣结烧成灰对蠼螋咬伤有疗效。井边的草能止小儿夜啼，方法是，塞到孩子母亲的卧具下，但不要令母亲知道。

船底的苔藓可用来对付疫病。

寡妇睡的席子上的草，能愈小孩子霍乱。

自缢而死的绳子也有用处，主治癫狂症。

孝子衣领上的泥垢抹在脸上当面膜，祛黑斑。

若忽然得了失音症，不妨向东邻讨一点他们家的鸡平时栖息的木料。

砧板上的垢腻会腐蚀鞋底，所以不要踩到；取古墓棺木制琴，融通阴阳，夺尽造化。

《隐诀①》言，太清外术：生人发挂果树，乌鸟不敢食其实。瓜两鼻两蒂，食之杀人。檐下滴菜有毒，堇②，黄花③及赤芹（一曰芥），杀人。瓠，牛践苗则子苦。大醉不可卧黍穰④上，汗出眉发落。妇人有娠，食干姜，令胎内消。十月食霜菜⑤，令人面无光。三月不可食陈菹。莎衣结⑥治蠼螋⑦疮。井口边草止小儿夜啼，着母卧荐⑧下，勿令知之。船底苔疗天行⑨。寡妇⑩荐草节去小儿霍乱。自缢死，绳主颠狂。孝子衿⑪灰傅面黡⑫。东家门鸡栖木作灰，治失音。砧垢⑬能蚀人履底。

古衬板⑭作琴底，合阴阳通神。

① 隐诀：梁陶弘景撰。采摭前代道书中的诸真传诀及各家养生术而成，是道教较早的关于修真法诀的综合道书。
② 堇：堇字古通"芹"，此处指毒芹，伞形科植物，生长在北方湖泊和沼泽边缘潮湿地带，含有毒芹毒素（Cicutoxin），人畜误食可造成震颤、痉挛，最终致死。
③ 黄花：黄花菜，含秋水仙碱，不熟有毒。
④ 黍穰：黍的秸秆。
⑤ 霜菜：被霜打过的菜。
⑥ 莎衣结：可能即"蓑衣结"，《本草纲目》有"故蓑衣"一则，说旧蓑衣对蠼螋溺疮有疗效。
⑦ 蠼螋［qú sōu］：常见的家虫，最显著特点是尾部的钳状，喜阴暗潮湿，是衣鱼的天敌，无毒。
⑧ 荐：草席。
⑨ 天行：指流行传染病。
⑩ 藁［gǎo］：多年生草本植物，茎直立中空，根可入药。
⑪ 衿：衣襟。
⑫ 𪒴：黑斑。
⑬ 砧垢：切菜板上的垢腻。
⑭ 衬板：当为"榇板"，古墓中的棺材板。

毒芹

蠼螋

◎ 毒物

本则记录古人世界的各种有毒之物和食物禁忌，相似内容常见于古医药方经、食谱：

长睫毛的鱼、会眨眼的鱼、肚子里有白色珠子相连、两只眼睛相异、鳞片连而不分、鳍呈白色、肚子下有"丹"字形状斑纹的鱼都不能吃，吃了会死人。

白眼鳖、肚子下有"五"字"卜"字形斑纹的鳖不能吃。

肚子上长毛的蟹不能吃，吃了死人。

蛇是有脚的，用桑木烤蛇，蛇就会露出脚。

尾巴分叉的兽类，以及斑纹像豹子的鹿、心脏开孔的羊都不能吃，吃了要死人。不要在五月份以后吃腿上生有"夜眼"的马肉，会死人。吊着前腿走路的狗的肉有毒。白马马鞍下面的肉吃了损伤脏腑。

自行死亡而不闭眼的鸟、白眼珠的鸭子、长了四个距的鸟、有"八"字形纹理的蛋都能致死。

凡是飞鸟投入井中，说明井中必有异物，当取出丢掉。

井水水源不能截断，自行沸腾的井水不要饮用，不能倒映人影的酒浆不要喝。

蝮蛇和青色的蝰蛇，乃是蛇中最毒。被激怒的蛇，蛇毒聚于头尾。

夏秋之际进入不通风的枯井，会死人。下井之前，先丢入一支鸡毛，鸡毛垂直沉降，则可以下；鸡毛盘旋飞舞，而非自由落体式下降，万不可轻入，应倒入大量醋，方可下去。

> 鱼有睫及开合、腹中白连珠、二目不同、连鳞、白鬐①、腹下丹字，并杀人。鳖目白②，腹下五（一曰丹）字、卜（一曰十）字者不可食。蟹腹下有毛，杀人。蛇以桑柴烧之，则见足出。兽歧尾、鹿斑如豹、羊心有窍，悉害人。马夜眼③，五月以后食之，杀人。犬悬蹄肉有毒。白马鞍下肉食之，伤人五藏。鸟自死，目不闭、鸭目白、鸟四距④、卵有八字，并杀人。凡飞鸟投人家井中，必有物，当拔而放之。水脉不可断，井水沸不可饮，酒浆无影者不可饮。蝮与青蝰，蛇中最毒。蛇怒时，毒在头尾。凡冢井闭气，秋夏中之杀人。先以鸡毛投之，毛直下无毒，乃舞而下不可犯。当以醋数斗浇之，方可入矣。

① 鬐：通"鳍"。
② 鳖目白：正常鳖眼为黑色。
③ 马夜眼：马膝上生的皮肤角质块。
④ 距：鸟类跗跖骨后方突出的骨棍，外面包覆皮肤衍生的角质鞘，普遍见于鸡形目的鸟，尤以雄鸟的距发达，是繁殖期争夺配偶的武器，结构和功能类似牛、羊的角。

◎ 宝石

玻璃，千年寒冰所化。琉璃、玛瑙，先用自然灰加热，使之软化，即可雕刻，自然灰产自南海。玛瑙，鬼血所化。郭璞《玄中记》载："枫树脂埋入地下，化作琥珀。"《世说新语》却说："琥珀是桃胶所化。"《淮南子》则认为："菟丝是琥珀露出地表的'苗'。"

> 颇梨①，千岁冰所化也。琉璃、马脑②先以自然灰煮之令软，可以雕刻，自然灰③生南海。马脑，鬼血所化也。《玄中记》言："枫脂入地为琥珀。"《世说》曰："桃胶④入地所化也。"《淮南子》云："兔丝⑤，琥珀苗也。"

① 颇梨：玻璃。特指自然形成的玻璃，属于佛门七宝之一。这句出自鸠摩罗什译龙树菩萨著大乘经典《大智度论》。
② 马脑：玛瑙。
③ 自然灰：《艺文类聚·琉璃》引汉末三国成书的《南方异物志》："自然灰状如黄灰，生南海滨，亦可浣衣，用之不须淋，但投之中，滑如苔石，不得此灰，则不可释。"未详究系何物，或是碳酸钠（苏打）之类，所以可用来"浣衣"；性状呈黄色粉末，能使玉石、琉璃（二氧化硅）软化，则亦有可能含有氧化铅，成分与中国古炼金术士所称"密陀僧"（一氧化铅）或"铅丹"（三氧化铅）相类。
④ 桃胶：桃或山桃等树皮中分泌的树脂，又名桃凝，桃脂，桃花泪。桃树自然分泌，或在外力作用下产生伤口，会分泌桃胶。加工得法，可以食用。
⑤ 兔丝：菟丝。寄生植物，没有叶绿体，靠尖刺刺入其他植物体内吸取宿主养分为生，堪称植物界的吸血鬼，又叫无娘藤、无根草，全草入药。

◎ 鬼书

世间所见的"鬼体书"只有当年京口死尸身上的四个字;"刁斗体"则是由古器演化而来。

按,"鬼书有业煞,刀斗出于古器"这句话出自南朝梁书法家庾元威的文章《论书》,为唐代书法家张彦远收录在书法理论辑录《书法要录》中,原句是"鬼书惟有业杀,刁斗出于古器",是介绍"百体书"——当世一百种书法字体的一句前缀:

"齐末王融图古今杂体有六十四书……湘中王遣沮阳令韦仲定为九十一种,次功曹谢善勋增其九法,合称百体,其中以八卦书为一,以太极为两法,径丈一字,方寸千言,大上止传可尔。鬼书惟有业杀,刁斗出于古器,尔骓(后左蹄白色的马)由乎内典。散隶露书,终是飞白。意谓此等并非通论,今所不取。"

所谓百体书,有两个版本,一是《论书》作者庾元威为萧梁宗室、以楷书隶书著称于世的"正阶侯"萧确所书十扇屏风上使用的百体书;一是"湘中王遣沮阳令韦仲定为九十一种,次功曹谢善勋增其九法,合称百体"。上面这段话,约略介绍的就是后一种百体书,庾元威认为,这种百体书大部分来自传说,没有什么实用价值,譬如"鬼书"只有业报所杀几个字;"刁斗"和"尔骓"这两种字体,刁斗由古器发展演化而来,尔骓出自佛门经卷;散隶和露书体,则属于飞白书。他认为这些并非通论,所以不予采纳。

鬼书①有业煞,刀斗②出于古器。

---

① 鬼书:《古今法书苑》:"宋元嘉中,有人京口震死,臂有霹雳诸书四字,四字云'业缘所杀',断作鬼书。"南朝宋,有人在镇江一带被雷殛而死,死者臂膀上发现四个大字,写着"业缘所杀"(业报所杀),时以为"鬼书"。
② 刁斗:古代行军用具,斗形有柄,铜质,白天用作炊具,夜间击以巡更。

◎ 百体书

本则是庾元威版本的"百体书"。庾元威《论书》共列举字体一百二十种,段郎只摘录了一部分。译述从略。

百体中有悬针书①、垂露书②、秦王破冢书、金鹊书③、虎爪书、倒薤书④、偃波书⑤、信幡书⑥、飞帛书⑦、籀书⑧、谬⑨（一云缪）、篆书、制书、列书、日书、月书、风书、署书⑩、虫食叶书、胡书、蓬书、天竺书⑪、楷书、横书、芝英隶⑫、钟隶⑬、鼓隶、龙虎篆、麒麟篆⑭、鱼篆、虫篆、鸟篆、鼠篆、牛书、兔书、草书、龙草书、狼书、犬书、鸡书、震书⑮、反左书⑯、行押书⑰、揖书、景书、半草书。

---

① 悬针书：小篆的一种，讲究"字必垂画细末，细末纤直如悬针"，笔画中的"竖画"收笔锐如针锋，故名。唐代张怀瓘《书断》认为，这种字体首创者是东汉扶风人曹喜。

② 垂露书：《古今文字志目》说，这种字体"如悬针而势不道劲，阿那若浓露之垂"。唐代书法家韦续《墨薮》称，垂露书亦为东汉曹喜创制。

③ 金鹊书：疑为"金错书"，《墨薮》："古之钱铭，周之皇府、汉之铢两、刀布所制也"，可见是汉代及之前钱币所用的铭文字体，应属于篆书的一种。

④ 倒薤书：小篆的一种，形似倒垂薤叶，上端方劲，末端尖锐。

⑤ 偃波书：版书，状如连文，故名。主要用于诏书、诏命（圣旨）。

⑥ 信幡书：象虫鸟之形，用以书幡信（传递命令的旗子），秦始皇书同文后，遗留下来的八种古字体之一。

⑦ 飞帛书：即飞白书，东汉书法家蔡文姬之父蔡邕，因见鸿都门工匠用扫帚粉刷宫墙有悟而创，多用扫把之类写成，丝丝缕缕，笔画中大量留白，如枯笔所写。

⑧ 籀[zhòu]书：传说系周宣王太史籀创作，与大篆相似，流行于西周，是秦统一字体所用小篆的前身之一。

⑨ 谬：缪篆，汉代摹制印章常用三种字体之一（缪篆、鸟虫书和隶书），王莽六书之一。笔势由小篆的圆匀婉转演变为屈曲缠绕，具绸缪之义，故名。

⑩ 署书：秦朝保留的八种书体之一，多用以题写门额。

⑪ 天竺书：或即梵文，《墨薮》："梵王所作。"

⑫ 芝英隶：芝英，原指一种瑞草，该字体行于战国时期，秦统一六国后失传。

⑬ 钟隶：三国时钟繇的隶书。

⑭ 麒麟篆：鲁哀公十四年，"西狩获麟"，猎获一头麒麟，孔子哭泣："吾道穷矣。"从此春秋绝笔。据《墨薮》，孔子虽然万念俱灰，孔门弟子却还没有放弃追求政治理想，有弟子为鲁哀公记录祥瑞，所书即"麒麟篆"。

⑮ 震书：即上一则的"鬼书"。

⑯ 反左书：左手反写的书体，自成家法，盛于六朝，很快消亡。

⑰ 行押书：行书的一种。

◎ 官方字体

尚书台上奏用虎爪书,下发诰令用偃波书,此二者皆禁止民间学习,以防作伪。诏书和谢表,常用蝼脚书。符节证明文件用鸟书。朝贺、婚礼用填书。

> 召奏用虎爪①,为不可学,以防诈伪。诰下用偃波书。谢章②、诏板③用蝼④脚书。节信⑤用鸟书。朝贺用慎书⑥,一曰填。亦施于昏姻。

---

① 虎爪:官方字体,西晋挚虞《决疑要注》说:"尚书台召人,用虎爪书,告下用偃波书,皆不可卒学,以防矫诈。"这两种字体都是不能仓促练就的。
② 谢章:谢表,敬谢恩遇的奏章。
③ 诏板:诏书诏令。
④ 蝼[ruì]:蚊子。
⑤ 节信:与符节配套的证明文书。
⑥ 慎书:填书,也称填篆,字体间架满密,故名。

◎ 西域文字

这段列举的诸种文字,多载于一部古老的佛教典籍《方广大庄严经》(*Lalitavistara Sūtra*),共有六十四种,称为"六十四书"。其中有些可能只是神话,有些则的确存在过。译述从略。

> 西域书有驴唇书①、莲叶书②、节分书③、大秦书④、驮乘书、牸牛书、树叶书、起尸书、石旋书、覆书、天书、龙书、鸟音书等,有六十四种。

---

① 驴唇书:即佉卢文字(Kharosthi),全称(音译)"佉卢虱底文"。古印度神话有一位"驴唇仙人",名字就叫佉卢虱底,生来驴脸人身,婴儿时被母亲丢弃,但以福力之故,悬于空中不坠,得神仙救起,带进大雪山哺育,苦行修道,成为仙人。相传该文字即此仙人创制,故名驴唇书。佉卢文字起源于古代犍陀罗,是公元前3世纪印度孔雀王朝阿育王时期的文字。尔后传播向中亚广大地区,

成为丝绸之路上重要的通商语和佛教语,曾在印度西北部、巴基斯坦、阿富汗一带广泛通用。公元3世纪,也就是大约东汉末年,伴随着贵霜王朝的日趋瓦解,贵霜难民迁入塔里木盆地,佉卢文开始向于阗、鄯善等地传播,到7世纪左右渐渐消失。佉卢文可能是在波斯人统治犍陀罗期间,从阿拉米字母(Aramaic alphabet)演变而来,但是没有发现这种演变的确凿

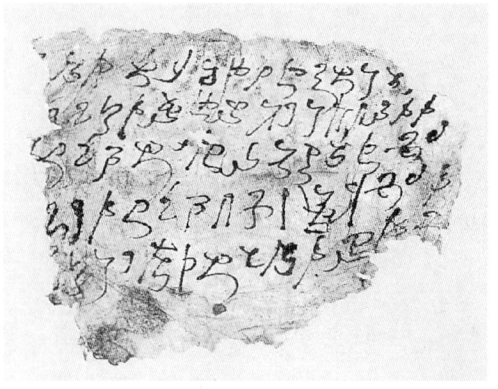

新疆塔里木盆地发现的佉卢文手稿残卷

证据。佉卢文字同印度的婆罗米文字出现时间相近,但婆罗米文字在印度和东南亚有许多派生文字,佉卢文却没有什么后继文字遗存,以至于最后被婆罗米文字取代。佉卢文使用时正是佛教发展时期,许多佛经使用佉卢文记录,并通过丝绸之路向中亚和中国西部流传。

② 莲叶书:富沙迦罗仙人说书(Pushkarasarin),疑似以6世纪犍陀罗一位统治者的名字命名的文字。

③ 节分书:中国古称"阿迦罗书"(Anga Lipi),是印度古王国"鸯伽国"(瞻波国)的通行语言。鸯伽古国大约于公元前1100年到公元前500年存世,疆域包括今天印度的比哈尔邦、贾坎德邦和尼泊尔国东南部平原地区。

④ 大秦书:大秦,即罗马帝国。中国古文献所言大秦,常指近东一些国家,故此处未必指罗马文字。

◎ 金陵王气

胡综认得很多东西。孙权当政时挖出过一只铜匣,长二尺七寸,琉璃为盖,匣中藏有白玉如意,手柄镌刻龙虎及蝉纹,无人能识。孙权使人询问胡综,胡综说:"昔秦始皇以金陵有天子气,乃削平山岭,处处埋藏宝物,予以压胜,此物必是其中之一。"

秦始皇压胜王气的最早记录,见于《史记》:"秦始皇帝常曰'东南有天子气',於是因东游以厌之。"《晋书》记载更详:"始秦时望气者云'五百年后金陵有天子气',故始皇东游以厌之,改其地曰秣陵,堑北山以绝其势。"据说秦始皇为了这句预言挖断北山,以绝其势,挖出来的大沟就是后来的秦淮河。又处处埋藏宝物,压制天子之气。

按,秦始皇五百年后,约是西晋末期。难道所谓天子气就是东晋司马睿衣冠南渡?

胡综①博物，孙权时掘得铜匣，长二尺七寸，以琉璃为盖。又一白玉如意，所执处皆刻龙虎及蝉形，莫能识其由。使人问综，综曰："昔秦皇以金陵有天子气，平诸山阜，处处辄埋宝物，以当王气。此盖是乎？"

---

① 胡综：(183—243年) 豫州汝南固始人，幼年随母避难江左，入孙策府，伴孙权读书，孙权主政后屡获擢拔，封都乡侯，历侍中、偏将军。

◎ 缄口石人

谷城位于邓城以西百余里处，《左传》所言谷伯绥的谷国就在这里。城门前有石雕人像，石雕肚子上刻着"摩兜鞬，摩兜鞬，慎莫言"，这句话，大约就是当年孔子在太庙所见的金人缄口铭。

邓城①西百余里有谷城②，谷伯绥③之国。城门有石人焉，刊其腹云"摩兜鞬④，摩兜鞬，慎莫言"，疑此亦同太庙金人⑤缄口铭。

---

① 邓城：今湖北省襄阳市樊城区。
② 谷城：今湖北襄阳谷城县。
③ 谷伯绥：嬴绥，春秋初谷国国君，"伯"是爵位。
④ 摩兜鞬：也作摩兜坚，古人常引此典为座右铭、戒条，以为慎言之警。关于磨兜坚的意思，清代《诂经精舍五集》提出了两种观点：一，兜鞬，即肚兜，引申为肚子，摩挲着肚皮，形容谨慎发言；二，磨兜坚是梵语，指妙吉祥菩萨，取吉祥慎言意，与《易》所谓"吉人之辞寡"，孟子"言无实不祥"通。
⑤ 太庙金人：指《孔子家语》及西汉刘向的《说苑·敬慎篇》记录的《黄帝铭》六篇之一《金人铭》："孔子之周，观于太庙。左陛之前，有金人焉。三缄其口，而名其背曰：古之慎言人也，戒之哉！无多言，多言多败；无多事，多事多患……"孔子参观太庙，见到一个嘴上贴着胶布的金人，金人背上刻着：这是古之慎言者，你们要向他学习，别多话，祸从口出；别多事，多事招败。告诫观者时刻保持临渊履薄之心。

◎ 绕圈子

历城城北的莲子湖，周环二十里，湖面多植莲花，红绿相间，波光潋滟有如锦缎。渔船掩映其中，湖上稀疏散布的渔网，远远望去，就像蛛网上浮着麸皮。

北魏孝明帝时，袁翻在此湖宴请宾客。袁翻才华丰蔚，史称"一时之才秀"，宴上舌灿莲花，侃侃而谈，什么话都能接上卯。

正聊得起劲，婢女端上一道"血羹"，即动物血做的羹汤。做此羹要加藕粉（当时认为藕能散血），血才能打散，做出来的血羹才地道。参军张伯瑜就问袁翻："为何我做血羹，老是做不成？"

袁翻说："加'落水'必成。"

如袁翻所述，果然成了。

席上清河王元怿没弄明白，追问道："没明白您的意思，'洛水'是什么？"

袁翻说："你想想'湖目'。"

元怿露出礼貌而欣慰的微笑，终究没有再问。

回去后，元怿忍不住去问一位有学问的主簿房叔道："刚才袁翻所说湖目，到底是什么意思？"

主簿说："湖目就是莲蓬。"

经主簿细细解释，王爷才恍然大悟：

袁翻说血羹里加"落水"，而元怿以为是"洛水"，从一开始就完全搞错了理解方向；"落水"代指落在水里的根，也就是藕，这相当于一个简短的字谜；袁翻说的"湖目"，湖之目，指的是莲蓬，但王爷还是完全无法理解；既然不知道湖目指莲蓬，那么当然无法由莲蓬推理到"藕"了。如果把袁翻换成个实诚人，人家问："我的血羹为何做不成？"答："加藕粉。"清晰明了，对话就可以结束了。可"才学擅美"的袁翻偏喜欢绕圈子，无怪乎元怿听不明白。

元怿听了解释，倒是挺佩服袁翻的，说："人不读书，犹如夜行，睁眼如盲。可笑我这个皓首老叟，还不及白面书生。"

袁翻后来官至中书令，极得掌权的胡太后赏识，着实风光了一阵。没多久，尔朱荣提兵入京，一场"河阴之乱"，袁大才子惨死在两千铁骑屠刀下。

历城北二里有莲子湖①，周环二十里。湖中多莲花，红绿间明，乍疑濯锦②。又渔船掩映，罟罾③疏布，远望之者，若蛛网浮杯④也。魏袁翻⑤曾在湖醼集⑥，参军⑦张伯瑜谘公，言："向为血羹⑧，频不能就。"公曰：

"取洛水必成也。"遂如公语,果成。时清河王⑨怪而异焉,乃谘公:"未审何义得尔?"公曰:"可思湖目⑩。"清河笑而然之,而实未解。坐散,语主簿⑪房叔道曰:"湖目之事,吾实未晓。"叔道对曰:"藕能散血,湖目莲子,故令公思。"清河叹曰:"人不读书,其犹夜行。二毛⑫之叟,不如白面书生。"

---

① 莲子湖:即今鹊山湖,在济南市市中区正北。
② 濯锦:蜀中产华美织锦,这里形容水波潋滟掩映的荷花宛如锦缎。
③ 罟罾〔gǔ zēng〕:渔网。
④ 蛛网浮柸:柸通秠,麸皮。蜘蛛网上浮着麸皮。
⑤ 袁翻:北魏孝明帝朝重臣,深得掌权灵太后器重,被誉为"朕之杜预",满朝艳羡。官至都官尚书(刑部尚书)、中书令。宣武帝时,做过齐州刺史,治济南。武泰元年,尔朱荣为推翻灵太后发起河阴之变,攻克洛阳,溺死灵太后,挟孝庄帝诏百官集合祭天,然后尽数屠戮,袁翻也在其中,未能幸免。
⑥ 醮集:宴饮聚会。
⑦ 参军:录事参军,本是公府官职,掌录众曹文簿、举弹善恶,后州郡亦置,与主簿相类,属于低级佐官。
⑧ 血羹:动物血做的浓汤。
⑨ 清河王:世袭的王爵,此处指元怿(487—520 年),袁翻任齐州刺史时元怿正在齐州任上。
⑩ 湖目:莲子,因为长得像眼睛而得名。
⑪ 主簿:各级主官下属负责掌管文书的佐吏。
⑫ 二毛:黑白两种颜色的头发,指年迈之象。

◎ 荀勖尺

梁国主客陆缅对东魏大使尉瑾说道:"向年某到过邺城,贵国宫阙的确很高,图纹亦复繁丽,跟我国的宫阙不相上下。某家藏有一把荀勖铜尺,上镌金字铭文,此某家传之宝。当年昭明太子喜欢收藏古物,某便献与太子了。宫阙筑成后,以该铜尺丈量,量得总高六丈。"

尉瑾不信道:"我国京城的宫阙,乃是中天之华阙,贵国地势低洼,恐怕宫阙高度不能与我国的相比。"

另一个东魏使臣肇师补充道:"尉大人所言甚是,那荀勖之尺,是靠排列黍米定制而成、用来调准音律的，且不说拿来丈量长度是否合适，当年这东西调出来的乐器，为阮咸讥刺声韵有如水沟，后来得古周玉尺（标准尺）一比，荀勖尺果然过短。既然荀勖尺的量度短于标准尺，那么荀勖尺量得的数据，当然也是偏短的了，所以贵国的六丈宫阙，按照标准尺丈量，大概是不到六丈的。"

这次交谈，所争的是本国的宫阙高度，宫阙是宫廷的脸面，也就是国家的脸面，双方各自辩称是自家的宫阙更高些。对话的时间，很可能是武定三年，即公元545年。《魏书·孝静纪》："武定三年冬，尉瑾使萧衍"，陆缅曾于大同九年（543年）出使东魏，在本文的对话中，陆缅提到自己曾到过邺城，可知时间当在543—550年之间（550年北齐取代东魏建国）。

> 梁主客①陆缅②谓魏使尉瑾③曰："我至邺④，见双阙极高，图饰甚丽。此间石阙亦为不下。我家有荀勖尺⑤，以铜为之，金字成铭⑥，家世所宝此物。往昭明太子⑦好集古器，遂将入内。此阙既成，用铜尺量之，其高六丈。"瑾曰："我京师象魏⑧，固中天之华阙⑨，此间地势过下，理不得高。"魏肇师曰："荀勖之尺，是积黍所为，用调钟律，阮咸⑩讥其声有潐隘⑪之韵。后得玉尺度之，过短⑫。"

① 主客：典客类礼部官职，初设置于汉成帝朝，负责接待外宾等外交事务，唐称"主客郎中""司藩"。
② 陆缅：生平不详，曾为通直常侍。
③ 尉瑾：东魏、北齐两朝为官，娶得东魏高欢谋士司马子如的外甥女，擢中书舍人，累迁礼部尚书。心胸狭隘，徇私护短，史书有"闺门秽杂，为世所鄙"的考语。
④ 邺：今河北临漳县。先后作为曹魏、后赵、冉魏、前燕、东魏、北齐六国王都。北周末，杨坚为防止城市被尉迟迥利用，付之一炬，邺城始迁安阳。
⑤ 荀勖[xù]尺：荀勖发明的用以制定乐律的度尺。相传黄帝命伶伦造律之尺，"一黍之纵长，命为一分，九分为一寸，共计八十一分为一尺"，是为律尺；黍粒横排，则百粒为一尺，相当于纵黍八十一粒。荀勖，字公曾，西晋开国功臣，聪慧好学，又善谋划逢迎。荀勖精通音乐，他考校音律，发现汉末的标准八音不和，上奏请重新修订。彼时观点认为，音律为万事之本，黄钟律吕的长度即是长度计量的基准。尺度计量和音律协调两件事密切相关，要校正音节，需要先确定乐器尺寸，精确尺寸的乐器才能奏出准确的音调，故古尺有律尺、乐尺之名。荀勖认为八音不和的根本原因是乐器尺寸与最理想的标准尺寸存在误差，所以调音先定尺。他以黄钟律的管长为准，以累黍为法制定的新尺就是荀

勖律尺,这一尺度比当时(后汉至魏用建武铜尺)所用短四分。据他说,荀勖尺实际上是恢复了失传的古尺,所以荀勖尺又称晋前尺。不过,荀勖尺并没有被用于度量衡,而是仅仅用在了音乐领域,因此,从荀勖尺后,用来测量长度的尺和校准音乐的尺被分开,各行其是。据说这把尺后来落到了祖冲之手里,又辗转被李淳风得到。荀勖见识不凡,道左听闻牛铃声,赞为标准音,后来主持修订音律,遍征全国牛铎,终于在赵地找到了当年听到的牛铎,牛铃声成了他制定音律标准的参考。

⑥ 金字成铭:荀勖尺上的铭文:"晋泰始十年,中书考古器,揆校今尺,长四分半。所校古法有七品:一曰姑洗玉律,二曰小吕玉律,三曰西京铜望臬,四曰金错望臬,五曰铜斛,六曰古钱,七曰建武铜尺。姑洗微强,西京望臬微弱,其余与此尺同。"

⑦ 昭明太子:萧统(501—531年),梁武帝长子,三十一岁时,乘船摘芙蓉落水受伤而死,谥昭明。他主持编纂的《昭明文选》,是我国现存最早的诗文集,也是我国文学史上编选最早的文学总集,在中国文学史,尤其唐宋文学界享有极高地位,对《文选》的注释与研究,甚至曾经发展成一项专门学问——文选学。唐代诗书之家,家家有《文选》,唐代流行这样的话:"《文选》烂,秀才半",可见《昭明文选》对唐代文学的影响何其深远。

⑧ 象魏:阙,宫廷之门。

⑨ 中天之华阙:出班固《西都赋》"树中天之华阙,丰冠山之高堂"。中天,天空天顶。

⑩ 阮咸:竹林七贤之一,阮籍的侄子。工音律,脱略行迹,常与猪同盆饮酒共醉。

⑪ 湫隘:低洼狭窄。

⑫ 后得玉尺度之,过短:出《世说新语》。阮咸和荀勖是两位顶级音乐巨匠,世称荀勖为"暗通",称阮咸为"神通",那自然是阮比荀高明了。荀勖主持演奏时,群宾叹赏,满座叫好,唯独阮咸不置一词,荀勖觉得阮咸虽然缄默,实际上心里瞧不起自己,于是借故将阮咸外放。荀勖对于世人的评定,其实是不服的,直到有一天,有农人耕地掘得一把玉尺,据考是周朝的正尺。而荀勖的工作核心正是恢复古尺,找的就是这个已经失传的尺度。荀勖拿周玉尺跟自己的两相一比,他引以为豪的荀勖尺短了一黍之距,始知自己尚未达登峰造极的境地。

◎ 死神星

老话说,看不见辅星是将死之兆。成式的亲戚曾在修行里聚会,闲得无聊玩起了观测辅星的游戏,几个目力不济看不到的,没过一年都死了。

旧说不见辅星①者将死，成式亲故常会修行里，有不见者，未周岁而卒。

---

① 辅星：大熊星座80，是北斗七星位于勺柄的第二颗星——开阳星的伴星，星等3.95，距地球81.15光年。开阳星其实由七颗聚星组成，但只有两颗目力可见，且黯淡不易辨识，古代阿拉伯人曾将辅星作为目力测试的标准，据说需要有裸眼1.5的目力才能看见。

◎ 星相之凶

相传能在夜空中辨认出老人星，就可以免疫疟疾。然而成式的很多亲戚都能辨认出老人星，结果都得了疟疾。老话还说，不让看天狱星，倘或见到有流星飞入天狱星中，要披散头发坐下放声大哭，一直哭到流星飞出，才能禳除灾祸发生的隐患。《金楼子》云："占星者披霜沐露，还须提防看到流星飞入天牢等不吉之象，诚十足辛苦哉！"由此可见，这种避忌自古有之。

相传识人星①不患疟，成式亲识中，识者悉患疟。又俗不欲看天狱星②，有流星入，当被发坐哭之，候星却出，灾方弭。《金楼子③》言："予以仰占辛苦，侵犯霜露④，又恐流星入天牢。"方知俗忌之久矣。

---

① 人星：老人星，船底座α，距太阳系310光年，亮度在恒星中仅次于天狼星，是全天第二亮恒星，又叫南极星或寿星，光度为太阳的16 000倍。
② 天狱星：即天牢，位于紫薇垣，又称贯索，主牢狱。
③《金楼子》：梁元帝萧绎撰，原作十卷，今只六卷残本存世，书中论历代兴亡之迹。萧绎工书善画，一生著述鸿富，以文、书、画并当世三绝，下笔成章，出言为论，才辩敏速，冠绝一时。侯景之乱，萧绎并没有积极靖难，及都城被破，投附西魏。王僧辩、陈霸先平定侯景，捧萧绎为帝。萧绎登极后，大肆诛戮手足。公元554年，西魏于谨、宇文护引军南下，未几，江陵陷落。萧绎一腔怨怒，说今日亡国，只怪当年沉溺读书，乃尽焚古今图书十四万部，乘马出门降魏，回顾一眼残破的江陵城，抽出长剑砍击城门，恨声道："萧世诚一至此乎！"萧绎有徐妃昭佩，萧绎瞎了一只眼，徐妃尝为半面妆讽之，后来有淫行流

出，被逼投井自尽。典故"徐娘半老"，所指正是这位徐妃。
④ 侵犯霜露：披霜沐露，形容观测天象的辛苦。

◎ 刺虎

荆州陟屺寺的僧人那照长于射猎，他说夜间可根据野兽发亮的眼睛辨别物种，若见林中有目光移动不定，多半是鹿；目光贴着地面闪烁的多半是兔子；目光低伏不动，可能是虎。又说，夜间猎虎，必见三虎并肩而来，两侧的老虎并非真虎，而是"虎威"化生的影分身，不必理它，径去攻击中央那头虎即可，那才是老虎真身。虎死后，虎威会沉入地下，挖出戴在身上，可辟百邪。老虎死时，标记出虎头所枕的位置，待月黑之夜来挖，掘地两尺，能挖出一种像琥珀一样的东西，乃是老虎目光入地所化。挖掘之时，必有虎咆哮奔跃而至，毋庸惊慌，这只是老虎的鬼魂而已，没有战斗力。

荆州陟屺寺①僧那照善射，每言光长而摇者鹿，帖地而明灭者兔，低而不动者虎。又言，夜格虎时，必见三虎并来，挟者虎威②，当刺其中者。虎死威乃入地，得之可却百邪。虎初死，记其头所藉处，候月黑夜掘之。欲掘时必有虎来吼掷③前后，不足畏，此虎之鬼也。深二尺，当得物如虎珀，盖虎目光沦入地所为也。

① 陟屺寺：在江陵县东北，始建于南梁。
② 虎威：据本书《广动植》，是一种生长在虎身上，类似虎骨的东西。
③ 吼掷：咆哮奔跃。

◎ 风羽箭

仍是陟屺寺的那照和尚，这次他传授给段郎一门暗器制法。

他说，雕羽能使众鸟脱毛。他还擅制风羽箭，造此箭时，在距箭杆末端三寸处打孔，使之贯通箭杆，从箭尾到小孔之间，刻数条米粒深的通风槽，作为箭支射出后保持平衡之用，这样的箭就是风羽箭，以风为羽，无须再用箭羽。

按，风羽箭是不用翎羽，以刻槽替代箭羽空气整流器校准弹道作用的一种箭矢。不常用，有时会作为翎羽匮乏时的备用品，精准度应该不及羽箭。古人制箭之羽，首选雕翎，其次角鹰羽、鸱鹗羽，最次的是雁翎和鹅羽。羽毛在箭尾，起到空气整流器的作用，一直到现代追击炮弹和火箭尾部的羽状装置，都是沿用该原理。风羽箭的制作，则是在距箭支尾端三寸处钻一小孔，穿透箭杆，并在箭杆中开凿一"风渠"直达尾端。箭矢射出后，空气从小孔进入"风渠"，从尾端逸出，从而形成涡流，使箭体保持平衡，正直前行。现代宇航飞行器和洲际导弹上所用的空气整流，安定弹体的方法，与风羽箭原理相似。这种箭在宋代有批量生产，又叫没羽箭，大约也是《水浒传》中擅长飞石的张清诨号之由来。

又言，雕翎能食诸鸟羽①。复善作风羽，风羽法：去括②三寸钻小孔，令透笴③，及镂④风渠深一粒，自括达于孔，则不必羽也。

---

① 雕翎能食诸鸟羽：北宋《埤雅》："（雕）毛能食诸鸟羽，如群错草中有雕毛，必众鸟毛羽自落地。"草丛中如有雕羽，百鸟经过时会出现羽毛脱落的现象，此所谓雕翎食鸟羽。
② 括：栝，箭杆末端。
③ 笴[gǎn]：箭杆。
④ 镂：镂刻，用金属工具掏空木石。

◎ 九影

郭采真道士说，人最多可以投下九条影子。成式曾经试过，最多只能看见六七条而已，再多的话，就漫漶不能辨识了。郭采真说，要逐渐增加光源，影子才能保持清晰可辨。他还说，这九条影子各有其名，影子之神（的名字），第一条叫"右皇"，第二条叫"魍魉"，第三条叫"泄节枢"，第四条叫"尺鬼"，第五条叫"索关"，第六条叫"魄奴"，第七条叫"窀吰"（旧本子的九影之名写在一张麻面纸上，后两字已被虫啮缺损），第八条叫"亥灵胎"，第九条（名字悉为蠹鱼啃食，无可辨识）。

道士郭采真言，人影数至九。成式常试之，至六七而已，外乱莫能辨，郭言渐益①炬则可别。又说九影各有名，影神：一名右皇，二名魍魉，三名泄节枢，四名尺鬼，五名索关，六名魄奴，七名竈吆（一曰哆），旧抄九影名在麻面纸中②，向下两字，鱼③食不记。八名亥灵胎，九鱼全食不辨。

---

① 益：增加。
② 旧抄九影名在麻面纸中："旧抄九影名在麻面纸中，向下两字，鱼食不记"及"九鱼全食不辨"两句，应系后人誊录校勘时的注文，非段氏原文。
③ 鱼：衣鱼，衣鱼科衣鱼属的无翅昆虫，也是缨尾目衣鱼科昆虫的通称，全世界有100多种，俗称蠹鱼、壁鱼、书虫等。嗜食富含淀粉及糖的物品，如装订物、照片、糖。喜欢寄生在木柜、纸箱里，怕光，可用硼砂消灭（混合比例1：1的硼砂＋砂糖）。古人惯用芸香草之类植物驱赶衣鱼，芸香草有香气，是故藏书之家又称"书香门第"。

衣鱼

◎ 影子的避忌

唐敬宗宝历年间，有位姓王的隐士，能在人本命日的凌晨五更天时，取灯火照人影，卜算休咎。据此人透露，人的影子以浓黑为佳，影子浓而黑，主人富贵长寿。

影子不宜投在水中、井里和浴盆中，古时即有此忌。

过去认为，蠼螋、短狐、踏影蛊这些毒虫，都能以毒质射影，致人中毒生病。而近来有人能通过炙灼影子替人治病，大约原理相通。

> 宝历中，有王山人，取人本命日①，五更张灯相人影，知休咎。言人影欲深，深则贵而寿。影不欲照水、照井及浴盆中，古人避影亦为此。古蠼螋、短狐②、踏影蛊，皆中人影为害。近有人善炙人影治病者。

---

① 本命日：非指生日，而是与生日干支相同的日子，譬如生于辛酉日，那么辛酉

日即本命日。

② 短狐：即蜮，也叫射工、射影、水狐，传说中的毒虫，藏水中，能含沙射影。

◎ 金刚之相

京都佛寺，往往有灵，鸟雀不敢污染。凤翔隐士张盈，以飞行游化、卜算长生之术闻名，他说佛寺金刚塑像之所以鸟雀不集，并非通灵，而是塑像泥土，和当初施工的时间，恰好与五行干支的某些消长、生克相符而已。

他又说，观察寺观的佛像，可知该庙庙产贫富。旧时洛阳修梵寺有两尊金刚塑像，鸟雀不落，北魏时，天竺僧人菩提达摩来华，见此雕塑，言其已得金刚本相，鸟雀畏惮，故不能落。

> 都下①佛寺往往有神鸟雀不污者，凤翔②山人张盈善飞化甲子③，言或有佛寺金刚鸟不集者，非其灵验也，盖由取土处及塑像时，偶与日辰④王相⑤相符也。
>
> 又言，相寺观当阳像⑥，可知其贫富。故洛阳修梵寺有金刚二，鸟雀不集。元魏时，梵僧菩提达摩⑦称得其真像⑧也。

---

① 都下：京都。
② 凤翔：今陕西宝鸡凤翔县一带，唐初为扶风郡，取意"凤鸣于岐，翔于雍"，改凤翔府。
③ 飞化甲子：飞化，飞行游化、修仙之术。甲子，代指卜算，抑或指时间，谓长生之术。
④ 日辰：天干地支。
⑤ 王相：阴阳家以王（旺盛）、相（强壮）、胎（孕育）、没（没落）、死（死亡）、囚（禁锢）、废（废弃）、休（休退）八字与五行、四时、八卦等递相配搭，计算和标示事物的消长更迭。五行用事者为王，王所生为相，表示物得其时。
⑥ 当阳像：佛像。佛教认为，佛是圣中至圣，王中之王，坐北朝南，故称当阳。
⑦ 菩提达摩：南天竺僧人，印度禅宗第二十八代祖师，中土禅宗初祖，南梁时来华，在江陵面晤梁武帝萧衍。彼时禅宗未传，梁武帝成见颇深，不能认可达摩，二人佛理抵牾。达摩出走北上，一苇渡江至北魏传道，在嵩山少林寺面壁九年，不发一言，彻悟而化，据说世寿一百五十岁。
⑧ 得其真像：金刚真相，相是事物本质表现于外的状态，也就是这尊塑像具备了

金刚神韵，冥冥之中建立了某种法力的传导联系，鸟雀慑于金刚之威而不敢近身。

◎ 龙血琥珀

有人说龙血渗入地下，会化为琥珀。《南蛮记》载：云南宁州沙土中有一种折腰蜂，当河岸崩塌，这种蜂会暴露出来，当地人捕捉后用来炼制琥珀。

或言龙血入地为琥珀。《南蛮记①》："宁州②沙中有折腰蜂，岸崩则蜂出，土人烧治以为琥珀③。"

---

① 南蛮记：又名《蛮书》，晚唐人樊绰著地方史，记载南诏史事。
② 宁州：今云南省玉溪华宁县。
③ 土人烧治以为琥珀：可能指蜂蜡——工蜂蜡腺的分泌物，取蜜后的蜂巢入水煮化，滤去杂质，冷却可得凝结的蜂蜡，多为黄色，再经加工提纯得白色，能入药，也可以制成蜡烛。还用于蜡染、蜡缬等纺织加工工业，以及制成蜡丸存放机密文书（与欧洲火漆不同，火漆是石蜡、松脂等混合物），现在有人用以抛光木地板和家具（打蜡）。

◎ 鬼巢

隐士李洪精擅符箓之术，博物洽闻，一次他跟我说："段郎啊，家里那些有裂纹的瓷器陶器瓦器赶紧丢掉吧，有位得道高人告诉我，雷蛊、鬼魅这类脏东西就喜欢藏身在有裂纹的容器里。"

按，从前百姓人家器皿裂纹甚至打碎，通常不会扔掉，而是等补锅锔碗的匠人来钉铰，镶嵌修补后继续使用。

李洪山人，善符籙，博知，常谓成式："瓷瓦器璺者可以弃，昔遇道，言雷蛊及鬼魅多遁其中。"

◎ 画里佛光

近世寺庙中天藏菩萨、地藏菩萨等绘画，近距离对光仔细观察，佛光耀眼，仿佛真的会发光。有说法指出，用曾青和蠹鱼调制颜料绘画，近距离观察即呈现发光效果。部分画上的僧人和神鬼，眼睛好像会随人转动，那是因为瞳仁点得端正。

近佛画中有天藏菩萨①、地藏菩萨②，近明谛观③之，规彩④铄目，若放光也。或言以曾青⑤和壁鱼⑥设色，则近目有光。又往往壁画僧及神鬼，目随人转，点眸子极正则尔。

---

① 天藏菩萨：据《大方广十轮经》，天藏菩萨是"大梵天"的曾用名。大梵天，即色界四禅中初禅天之王，原属"外道"，为古印度神话"梵书时代"最高神，创造宇宙之原理的化身，后来神格下降，为佛教吸收。据《大毗婆沙论》，大梵天身长为一由旬半，寿量为一劫半。阿含及诸大乘经中，常载此王深信佛法、助佛教化等事，每值佛出世，大梵天王必先来请转法轮，手持白拂，于会座参法听受，以法义与佛问答；后与帝释天同受佛之付嘱，护持国土，显密二教共尊。水陆画中，天藏菩萨部领四天王、十一大曜、十二宫、十二辰、二十八宿及普天星辰。
② 地藏菩萨：汉传佛教四大菩萨之一，传说早已证佛果位，却因受释尊之付嘱，于释尊圆寂后至弥勒菩萨成道间之无佛时代，自誓度尽六道众生，始愿成佛之菩萨，其誓曰"众生度尽，方证菩提，地狱未空，誓不成佛"，永度罪苦众生。
③ 谛观：审视、仔细看。
④ 规彩：圆光、佛光，佛像头上圆轮状光华。
⑤ 曾青：也叫朴青、青龙血，一种天然硫酸铜，古人用为颜料及炼丹材料。
⑥ 壁鱼：蠹鱼。

◎ 钓技

秀才顾非熊说，钓鱼要先钓那些在水里盘旋环游的鱼，那是鱼的头领。把头领捉走，鱼群无主，不会离开，顷刻间可以全部成擒。

秀才顾非熊[①]言，钓鱼当钓其旋绕者，失其所主，众鳞不复去，顷刻可尽。

[①] 顾非熊：诗人顾况之子，姑苏人，少俊悟，一览成诵。为人诙谐游戏，厌恶逢迎谄媚的小人，尤其瞧不上贵族子弟，加上他爹喜欢写诗讥刺权贵而遭贬，以至于顾非熊混迹科场三十年不能登第，满腔悲愤，宣泄诗间："归路旧侣尽，故乡回雁新。那堪独惆怅，犹是白衣身。"会昌五年，谏议大夫陈商放榜，榜上仍没有顾非熊的名字。时唐武宗在位，颇有中兴之志，正努力罗致人才，早就听说顾非熊的诗名，偶然问起，臣下陈奏说顾非熊考了三十年不第，于是敕有司呈上顾非熊考试文章，御览过后当时就传唤主考班子痛加申斥，特地追榜补入。官场给他穿小鞋，唐武宗给他开小灶，可谓天恩浩荡，真正的天子门生。可是顾非熊继承了老爹的脾气德行，完全没有谢主隆恩的意思，做了几年小官，便住进山里隐居去了。或传卜居茅山十余年，一旦邂逅异人，相随入深谷，不知所踪。顾飞熊与段郎是同时代人，大概年纪也相仿，《酉阳杂俎》成书时，顾飞熊应当尚未释褐，所以称他秀才。段郎也是贵族子弟，而能与桀骜不驯的顾非熊交好，可见人缘极佳。

◎ 暗器僧

慈恩寺僧人广升说，唐德宗贞元末年，四川阆州的灵鉴和尚精于弹弓暗器，他做弹丸的材料十分考究：洞庭湖畔沙土三斤、炭末三两、瓷末一两、榆树皮半两、淘米水沉淀两勺、紫矿二两、细沙三分、藤纸五张、柘树汁液半合，以上九种混合舂捣三千次，双手搓成丸，阴干而成。

郑篆做刺史的时候，有个本家名叫郑寅，好读书，善饮酒，甚得郑篆看重，可惜后来偷窃，为人捕杀。郑寅生前常去找灵鉴较量弹弓射术，郑寅指着数十步外一条树枝的枝节道："跟你赌五千钱射此枝节。"一发而中，弹丸反弹迸射，倒不碎裂；轮到灵鉴时，亦一发中的，弹丸楔进树枝，炸得粉碎。

慈恩寺[①]僧广升言，贞元末，阆州[②]僧灵鉴善弹。其弹丸方，用洞庭沙岸下（一曰畔），土三斤，炭末三两，瓷末一两，榆皮半两，泔淀[③]二勺，紫矿[④]二两，细沙三分，藤纸[⑤]五张，渴揭汁[⑥]半合[⑦]，九味和捣三千杵，齐手丸之，阴干。

郑篆为刺史时，有当家⑧名寅，读书，善饮酒，篆甚重之。后为盗，事发而死。寅常诣灵鉴角放弹，寅指一枝节，其节目相去数十步，曰："中之获五千。"一发而中，弹丸反射不破，至灵鉴乃陷节碎弹焉⑨。

---

① 慈恩寺：法相唯识宗祖庭，本为北魏道武帝建净觉寺，隋于其故址建无漏寺，贞观二十二年李治追荐生母文德皇后营建为慈恩寺。
② 阆州：今四川阆中。
③ 泔淀：淘米水的沉淀物。
④ 紫矿：豆科刺桐亚族物种植物，乔木，高10—20米，分布在中国云南、广西及印度、斯里兰卡等热带地区。紫矿树是紫胶虫主要寄主，紫胶虫的雌虫吸取树液后分泌生产的一种紫色天然物质，叫作紫胶，黏度极强，古时经加热提炼后用以作为强力黏合剂，可以用来黏合珠宝，它也出现在了南方一些地区向朝廷觐献的贡品清单上；如今的紫胶则是航空制造业的重要黏合剂。文中提到的紫矿，可能指紫胶，按照本书《广动植卷》的描述，也可能指添加紫矿树自然分泌的树脂，后者黏度较前者远逊。
⑤ 藤纸：浙江地区汉族传统名纸，也叫剡藤。唐、宋时，越中多以古藤制纸，故名"藤纸"。
⑥ 渴揭汁：一作"渴拓汁"，或指拓树汁液。拓树，落叶灌木或小乔木，割开树皮有乳白色液体溢出，果实极甜，别名山荔枝。拓树皮可供造纸，拓木是极品弓胎，兵器行当称为"穿破石"，"拓材为弓，弹而放快"，有南檀北拓之名。
⑦ 合：十分之一升。
⑧ 当家：本家人。
⑨ 乃陷节碎弹焉：《太平广记》版本作"百发百中，皆节陷而丸碎焉"。

◎ 蛇医祈雨

王彦威王尚书昔日主政汴州，次年夏，大旱。当时袁王的师父季玘正在汴州小住，一次大家一起吃饭，王彦威谈起旱情，季玘醉醺醺道："要下雨还不容易？你去找四头蜥蜴、两口大瓮，瓮里注满清水，每口瓮丢进两头蜥蜴，盖好了，拿泥巴牢牢封口，分别放在空处。瓮前后设香案，选他十来个十岁以下的小孩，每人执一根青竹小棍，昼夜不停地敲击大瓮，必可得雨！"王彦威如法一试，一天两夜后，果然大雨如注。老话说，蜥蜴跟龙是亲家，虐待蜥蜴，龙必行雨来救。

王彦威①尚书在汴州,二年,夏旱,时袁王②传季玘寓汴③,因宴,王以旱为言,季醉曰:"欲雨甚易耳。可求蛇医④四头,十石⑤瓮二枚,每瓮实以水,浮二蛇医,以木盖密泥之,分置于闲处,瓮前后设席烧香。选小儿十岁已下十余,令执小青竹,昼夜更击其瓮,不得少辍。"王如言试之,一日两夜雨大注。旧说龙与蛇师为亲家焉。

---

① 王彦威:太原人,仕历宪宗、穆宗、敬宗、顺宗、文宗、武宗,六朝元老。少孤贫苦学,元和年间游历京师,未经科考和举荐,自荐入太常寺为散吏。后历太常博士、青州刺史、平卢军节度使。死后赠尚书右仆射,故称王尚书。
② 袁王:李绅,唐顺宗李诵第十九子。
③ 传季玘寓汴:应为傅季玘(一作李玘),师傅。赵本记为"过汴"。
④ 蛇医:一些有腿的两栖及爬行动物的古称,比如石龙子(蜥蜴)、蝾螈,也叫蛇舅母、蛇军师。古人认为蜥蜴可以造雹行雨,宋代理学大家朱熹、程颐专门讨论过蜥蜴制造降水的问题,朱熹还举了蜥蜴造雹的例子,《朱子语类》写道,"豫章曾有一刘道人,尝居一山顶结庵。一日,众蜥蜴入来,如手臂大,不怕人,人以手抚之。尽吃庵中水,少顷庵外皆堆成雹。明日,山下果有雹。此则是册子上所载。有一妻伯刘丈,致中兄。其人甚朴实,不能妄语,云:'尝过一岭,稍晚了,急行。忽闻溪边林中响甚,往看之,乃无,止蜥蜴在林中,各把一物如水晶。看了,去未数里,下雹。'"
⑤ 石:二百五十斤为一石。

语　资

晋唐野史

本章记谈资掌故，多逸闻谐事，诙言隽语，围炉把盏之际，聊以助兴。

◎ 麒麟函

济南魏明寺的韩公碑，系北魏太和年间刊勒。北齐魏收任济南刺史，令人搜集境内石碑碑文遍览，推此碑词义俱佳，为众碑第一，将碑文收入枕头，家人称其枕为"麒麟函"——以韩公名叫韩麒麟之故。

> 历城县魏明寺中有韩公①碑，太和②中所造也。魏公③曾令人遍录州界石碑，言此碑词义最善，常藏一本于枕中，故家人名此枕为麒麟函。韩公讳麒麟。

---

① 韩公：韩麒麟（433—488年），昌黎棘城人，西汉大司马韩增之后，北魏官员、将领。自幼好学，仪表俊美，善骑射。初任东曹主书，文成帝即位，任伏波将军。皇兴元年，随征南将军慕容白曜征战，升冠军将军、冀州刺史。孝文帝时，擢冠军将军，齐州（济南）刺史。他在任期间，处理政务，推尚宽和。太和十二年，死于任上，追赠散骑常侍、安东将军、燕郡公，谥号康。魏收在《魏书》中评价韩麒麟："麒麟在官，立性恭慎，寡于刑罚。"

② 太和：北魏孝文帝拓跋宏年号，477—499年。

③ 魏公：魏收（507—572年），字伯起，钜鹿下曲阳（河北晋州）人，史学家、文学家。北魏骠骑大将军魏子建之子，与温子升、邢邵并称"北地三才子"。是任昉、沈约后一代人，以急才快笔著称于世，历仕北魏、东魏、北齐三朝。少时欲以骑射建功进仕，为人所笑，乃弃武从文，折节读书，坐板床读书用功，"床板为之锐减"。尔朱荣河阴之变，时为太学博士的魏收因官不够大，尚未杀到他时，屠杀就因天色已晚结束，魏收逃过一劫。喋血之后，朝臣凋零，魏收得到

重用。后来得罪权臣高欢,常遭殴打,好在高欢长子高澄怜惜才器,多加青睐,才保有性命。北齐天保二年,魏收向新朝陈志,愿秉笔直书,负起编纂前朝史书《魏书》之任,文宣帝高洋赐准。魏收与房延祐、辛元植等"博总斟酌",编成《魏书》一百三十篇,记载了鲜卑拓跋部早期至公元550年北齐代东魏这一阶段的历史。书成之后,物议沸腾,所录者子孙上百人提出控诉,指责《魏书》的纰漏及不实,詈为"秽史"。魏收三易其稿,方成定本。《魏书》曲笔矫饰之嫌有目共睹,蓄意贬低南朝,详略失衡,夸大祥瑞灾变,乃至假公济私,挟史笔而报恩仇,于是名誉扫地,加之轻薄好色,人谓之"惊蛱蝶"。南梁常侍徐陵出使北齐,魏收自负北朝文坛之秀,托徐陵把自己的文集带去南朝,希望传遍江南。徐陵渡江之际,随手把文集扔进了江里,随从诧异,徐陵望道:"吾为魏公藏拙"(我是为了不让魏公丢人)。到了晚年,魏收侵吞公帑,事发革职,天统二年起复为齐州刺史,本文搜罗碑文一事,就在这一时期。他有篇庭诫子侄的家训叫《枕中篇》,本文也说他将"意善者"藏在枕中,可能素有枕书而睡、躺着读书的习惯。后来官至北齐尚书右仆射,迁太子少傅,去世后追赠司空、尚书左仆射,谥文贞。北齐亡国后,魏收坟冢被掘,遗骸曝野,令人唏嘘。

◎ 张冠李戴

下面这段对话是东魏与南梁外交活动中的一个小花絮,只为涉及几段文学史上的公案,为段郎收录。时间当在公元547年之前,可能与上章"荀勖尺"(545年)同期,其时温子升在世,庾信还在梁国,侯景之乱尚未爆发。

庾信即席赋诗,引《西京杂记》中的典故,马上又删掉了,说:"这书是吴均写的,恐怕有所失实。"

在座的东魏肇师道:"古人作文,假借旁人名字的多了,譬如《鹦鹉赋》,同时见载于祢衡和潘尼的文集;曹植写过《弈赋》,左思也写过一篇一模一样的《弈赋》。古人怎么都这样?"

徐君房道:"词人就喜欢相互抄来抄去,而且一个字都不改,搞得后人没法考证究竟谁是原创。"

东魏的尉瑾接话说:"就是,当年就有人认为《九锡文》是王粲所作,《六代论》出自曹植手笔(其实都是误传)。"

庾信叹道:"可惜我江南今日人才凋零,比不得你们北边了,北地温子升,举世推崇,独步邺下,我曾见过他的文章,果然名不虚传。近来又得了几卷魏收的碑文,笔力超群,的确大才槃槃。"

庾信①作诗，用《西京杂记②》事，旋自追改，曰："此吴均③语，恐不足用也。"魏肇师曰："古人托曲者多矣，然《鹦鹉赋④》，祢衡⑤、潘尼⑥二集并载；《弈赋》，曹植、左思之言正同。古人用意，何至于此？"君房⑦曰："词人自是好相采取，一字不异，良是后人莫辩。"魏尉瑾曰："《九锡⑧》或称王粲⑨，《六代⑩》亦言曹植。"信曰："我江南才士，今日亦无。举世所推如温子升⑪，独擅邺下⑫，常见其词笔，亦足称是远名。近得魏收数卷碑，制作富逸，特是高才也。"

---

① 庾信：字子山（513—581年），祖籍南阳新野，八世祖随晋室南渡，定居江陵。庾信出生在文学世家，父亲、伯父皆一时之俊彦，文名享誉江表。庾信高大魁梧，面目和顺，年轻时即以文章传诵江左。少年时代在南梁为昭明太子东宫侍读，成年后，累迁右卫将军、散骑侍郎，领建康令。他和上一则将魏收文集掷入长江的徐陵领袖当时南朝文坛，二人文风相近，合称"徐庾体"，一文甫出，天下竞相抄诵。中年时代，江南晏安之局猝生剧变，侯景之乱爆发，梁武帝、简文帝相继遇难，庾信三个子女也在战火中丧生。四十二岁时，他代表萧绎小朝廷出使西魏。这期间，魏军攻克江陵，梁元帝萧绎被俘杀，萧梁名存实亡。故国破灭，庾信羁留长安，不得已出仕西魏，得到重用，到北周时已官至骠骑大将军、开府仪同三司。北周初建时，与南陈和睦，两国开放自由行，准许流寓之士回国。陈国拟了份十几人的名单向周国索要，北周大抵同意，唯独拒绝了庾信和王褒的放行请求。虽然恩遇优隆，高官厚禄，庾信却一直眷念故乡，常以班超当年处境心境自比，"臣不敢望到酒泉，但愿生入玉门关"，然而故国已非故国，代梁而起的陈霸先，庾信鄙为篡逆，纵使玉门在望，焉能归去？"阳关万里道，不见一人归，惟有河边燕，年年向南飞。"庾信在中国文学史，尤其是诗文史上是继往开来、承上启下的关键人物，自他北上起，中国文学南北分立，畛域分明的局面终被打破。他早期事南朝时，文风轻丽，有时不免浮艳，及委身北朝，思乡情切，不能排遣，诗赋转而怆凉沉厚。他最初在北地为官，被北朝文人轻视，及《枯树赋》一出，浮议缄口，于后无敢言者。庾信晚年，家人零落殆尽，他饱受着屈身事北的惭愧，以及世人，尤其南朝士林诘责，虽然"眼前一杯酒，谁论身后名"，到底不能全然释怀。对故土的怀恋，故国中兴未已的遗憾，再也不能归乡的绝望，彻底摧垮了年逾花甲、病骨支离的老人。"恨心终不歇，红颜无复多，枯木期填海，青山望断河"，一代文豪，饮恨长辞。

② 西京杂记：西汉杂史，作者存在争议，一般认为是汉代刘歆著，东晋葛洪辑抄。葛洪在书的跋语里说，自己家里有刘歆写的《汉书》百卷，因为未写完而不曾传世。他删弃了班固用在《汉书》里的内容，将余者编汇成书，就是《西京杂记》。书中多载西汉佚事传闻，举凡帝后公卿的奢侈好尚、宫殿苑林、珍玩异

物，以及文人佚事、民风民俗等。其中不少传说故事被后人引为典实，如王昭君不肯贿赂画匠而被选中和亲匈奴、凿壁偷光等典故均出此书。

③ 吴均：吴兴故鄣（浙江安吉）人（469—528 年），南梁文学家，出身寒贱，仕途多舛，一生不甚得志。其文清拔有古气，诗则带有史诗气质，苍莽辽远，颇异于彩丽竞繁的南朝时风，甚得沈约推许。曾求撰《齐书》，梁武帝不许，于是私自撰写，名《齐春秋》。不知是出于宣泄或者为秉笔直书的缘故，书中径记梁武帝为齐"佐命之臣"，指武帝篡齐立国，触怒天子，被焚书削职。暮年，获诏编修自先秦讫齐的《通史》，未成而殂。曾为范晔的《后汉书》作注释九十卷，有志怪集《续齐谐记》传世。大概庾信认为《西京杂记》是吴均的著作，所以段郎才当成语资，可见《西京杂记》作者之辨，在南北朝时就已成聚讼之势。庾信曾经与吴均同朝侍君，作为北朝重臣、一代文豪，他的观点在历史上颇有分量，使得《西京杂记》作者悬案更加扑朔迷离。

④ 鹦鹉赋：祢衡传世名篇，是他在江夏太守黄祖处栖身时，为黄祖长子黄射作。黄射宴会宾客，有献鹦鹉者，举酒于祢衡请："祢处士，今日无用娱宾，窃以此鹦鹉鸟自远而至，明慧聪善，羽族之可贵，愿先生为之赋，使四座咸共荣观，不亦可乎？"祢衡一挥而就，笔不停辍，文不加点，四座叹服。

⑤ 祢衡：东汉末年名士、辞赋家（173—198 年）。字正平，平原郡人。幼时聪敏好学，少有才辩，长于笔札，性情刚傲，好侮慢权贵。因拒绝曹操召见，操怀忿，以其有才名，不欲杀之，罚作鼓吏，祢衡则当众裸身击鼓，反辱曹操。曹操怒，欲借人手杀之，遣送与荆州牧刘表，又被刘表转送与江夏太守黄祖。一次黄祖在蒙冲船上大会宾客，祢衡狂性大发出言不逊，被黄祖呵斥，祢衡醉眼斜睨着这位主公回嘴道："老不死的，骂谁呢！（死公！云等道！）"卒。

⑥ 潘尼：字正叔，西晋人，官至中书令，永嘉之祸，回家避祸，被战事阻于道路，病死。肇师说潘尼的文集也收有《鹦鹉赋》。潘尼的时代远远晚于祢衡，该赋或系后人整理文集时的阑入。

⑦ 君房：徐君房，梁武帝朝为太子庶子。

⑧ 九锡：天子颁赐诸侯的九种礼器，是至高殊荣。王莽篡汉前夕，受过九锡之礼，接着便篡了政权，九锡从此变质，成为逆臣的象征。此处《九锡》指曹操受册魏公，加九锡礼时的官样文章。该文作者应为潘勖，而非王粲。南梁《殷芸小说》云，司马懿大宴宾客，席间同潘勖的儿子谈起彼先君旧事，说："令尊为魏王作封君策，高明隽妙，实在是难以企及的不刊之章，听说王粲看了，也自叹不如。"时人方知，《九锡文》的作者是潘勖。

⑨ 王粲：字仲宣（177—217 年），建安七子之一。王粲的父亲曾为汉末外戚、权倾朝野的大将军何进的长史，深得何进赏识，打算招粲父为婿，把两个女儿叫出来凭君挑选，粲父一个也不挑。后来何家被满门抄斩，王粲则顺利出生。王粲还未成年，就获当时学界泰斗蔡邕推许。蔡邕名满天下，贵客盈门，忽闻王粲至，倒屣相迎。宾客争睹，想看看能让蔡邕这样激动的是何许人，一看蔡邕

领了个瘦弱的小孩进来，举座皆惊。后来官至曹魏侍中，封关内侯。

⑩ 六代：《六代论》，一篇总结夏商周秦汉魏六代得失的史评，全文赖《昭明文选》保全，作者署名曹冏。《六代论》是曹植所作的说法，大抵始见《晋书·曹志传》，曹志即曹植次子，晋武帝司马炎问曹志："是卿先王所作邪？"曹志很诚恳地说："以臣所闻，是臣族父冏作，以先王文高名著，欲令书传于后，是以假托。"明确指出是曹冏所作，想借曹植的名气发行，所以假托了曹植之名。

⑪ 温子升：北地三才子之一（495—547年），早年在北魏广阳王元渊府上教家奴的孩子读书。二十二岁在御史选拔考试中脱颖而出，步上仕途，官至散骑常侍、中军大将军，后被高澄怀疑参与魏孝静帝主持的夺权兵变，主犯当街烹杀，温子升下狱。狱中无食，不得不靠吃自己的破袄充饥，终于饿死。温子升是北方为数不多具有真才实学，能颉颃南朝谢灵运、任昉、沈约等名家的才子，极得北人循誉，济阴王晖业尝云："江左文人，宋有颜延之、谢灵运，梁有沈约、任昉，我子升足以陵颜轹谢，含任吐沈。"温子升成名之际，以上几位南朝文豪均已过世，所以庾信说"今江南无才士"。

⑫ 邺下：东魏都城，今河北临漳。

◎ 樽俎暗斗

梁大同六年、东魏兴和三年（541年）六月，梁使明少遐、谢藻聘问东魏。当年十二月（《魏书》《北史》作八月；《资治通鉴》主张在十二月，视本文对答，似乎是在冬季），魏使李骞、崔劼报聘，本文记录的正是这次魏使访梁的外交轶事：

大同六年十二月，东魏大使李骞、崔劼访梁，梁黄门侍郎明少遐、秣陵令谢藻、信威长史王缵冲、宣城王文学萧恺、兼散骑常侍袁狎、兼通直散骑常侍贺文发等人出席了魏国使臣招待酒宴。

筵宴上，双方代表寒暄后，明少遐首先吟诵了李骞送给他的诗句"萧萧风帘举"，并表示，当初作诗相赠的情形历历在目。李骞客气道："不如'灯花寒不结'这句，更应时应景。"——"灯花寒不结"是明少遐送给李骞的答赠诗。

崔劼问明少遐："今年奇冷，江淮水系，是不是要结冰了？"明少遐道："此间虽结有薄冰，倒不耽误行船，不像黄河一旦冰封，可通车马。"袁狎道："黄河冰面上有了狸猫的行迹，人才可以涉足。"崔劼纠正他道："不是狸猫，而是狐狸，以狸为狐，应是误会。"明少遐道："是的，狐性多疑，犹这种兽类性子多虑，'狐疑''犹豫'两个词，就是这么来的。"崔劼道："鹊巢建在避风之处，雉鸟会逃离政治腐坏之地，此乃鸟类的长处；然而狐狸多疑、犹多虑，就不得不说是兽类的一样短处了。"

梁遣黄门侍郎①明少遐②、秣陵③令谢藻④、信威长史⑤王缵冲、宣城王⑥文学⑦萧恺⑧、兼散骑常侍袁狎、兼通直散骑常侍⑨贺文发宴魏使李骞⑩、崔劼⑪。温良毕，少遐咏骞赠其诗曰："'萧萧（一曰肃）风帘举'，依依然可想。"骞曰："未若'灯花寒不结'，最附时事。"少遐报诗⑫中有此语。劼问少遐曰："今岁奇寒，江淮之间，不乃冰冻？"少遐曰："在此虽有薄冰，亦不废行，不似河冰一合，便胜车马。"狎曰："河冰上有狸迹，便堪人渡。"劼曰："狸当为狐，应是字错。"少遐曰："是。狐性多疑⑬，鼬性多豫⑭，狐疑犹豫，因此而传耳。"劼曰："鹊巢避风，雉去恶政，乃是鸟之一长。狐疑鼬豫，可谓兽之一短也。"

---

① 黄门侍郎：门下省属官，四人，掌侍从左右，摈相威仪，尽规献纳，纠正违阙。先为近臣，维持宫廷威仪、臣僚觐见仪注；后执掌诏令，备皇帝顾问。
② 明少遐：仕梁，官至都官尚书、青州刺史。兴和三年（541年），明少遐、谢藻聘问东魏，当时明少遐应为散骑常侍。这次到东魏出差，结识了一批北地文臣，549年太清之难，明少遐北逃邺城，多亏当时结下同游之情的北齐吏部尚书阳休之接应。明少遐死后，阳休之又照拂明家孤幼，人人自危的乱世，这番恩情着实深重。
③ 秣陵：今南京，当时指秣陵县。
④ 谢藻：谢灵运后人，幼孤，由叔叔抚养成人，历清官公府祭酒、主簿。
⑤ 信威长史：信威将军幕府长史。长史，原为三公、王府、军府官职，南北朝地方长官多加将军衔，手握兵权，故地方政府亦设长史职。长史具有幕僚长的性质，为一府之高级僚佐，参赞府务，行军时则参谋军务。
⑥ 宣城王：萧大器，简文帝长子，封宣城郡王，549年立为皇太子，死于侯景之手。
⑦ 文学：职司学校管理的官职。
⑧ 萧恺：历太子中舍人、王府主簿、太子洗马，累迁宣城王文学、太子家令，至御史中丞、侍中，有文名。
⑨ 通直散骑常侍：曹丕合散骑、中常侍为散骑常侍，掌规谏，不典事，貂珰插右，骑而散从，多用门阀子弟充任。晋泰始中，令员外散骑常侍（超出定员设置的散骑常侍）二人与散骑常侍通员直（轮流值班），因曰通直散骑常侍。散骑常侍本是规谏君王的谏官，西晋散骑常侍与门下省长官侍中、黄门侍郎共平尚书奏事；东晋罢此职能，改授皇帝秘书工作；南朝的散骑常侍，又恢复了谏官的角色，而其官渐替。另外还有加官、兼官的情形，由于散骑常侍的本质属于近侍官，加官兼官，有类似授勋的表彰作用，以示君上优宠。
⑩ 李骞：河北赵县人，官历镇南将军、尚书左丞，死于侯景之乱。

⑪ 崔劼：字彦玄，贝丘（山东济南临清）人，在东魏为五兵尚书，入北齐，官至度支尚书、中书令。
⑫ 报诗：唱和。
⑬ 狐性多疑：晋《述征记》："冰始合，车马不敢过，要须狐行，云此物善听，冰下无水乃过，人见狐行方渡。"当时商旅出行，车马上都带着只笼子，笼子里是一只狐狸。遇到冬月河水结冰，渡河之前，先将狐狸放出，狐狸能听见冰层下的水声，若狐狸逡巡不行，说明冰下水声较大，结冰不实，则不能渡，此所谓"听冰"。后遂以听冰谓多虑或慎重。
⑭ 鼬性多豫：按上下文逻辑，应是"犹性多豫"。犹，一种猴，胆小，闻人声即上树，久久方下，须臾又上，如此反反复复，像一个人想做什么，却下不得决心的样子，故称犹豫。

◎ 劝酒

南梁徐君房劝东魏使臣尉瑾喝酒，自己先干为敬，笑道："痛快！"

尉瑾道："你这厮上次来我们邺城时，叫你喝酒推三阻四，酒杯都不带动一动的，现在每次都喝得涓滴不剩。"

徐君房道："我啊，酒量是真的不好，从来都不好。最近才稍微学着看涨了一点，从前没有这个量。"

徐君房的同僚庾信揶揄他道："你们不知道，徐大人的酒量是随着时间变化而高低不定，无可捉摸的。"

东魏的肇师道："徐君年纪随着性情越来越年轻，酒量随经历越来越好，照这么下去，不知再过十年，会达到何等恐怖的海量？"

> 梁徐君房劝魏使瑾酒，一噏①即尽，笑曰："奇快！"瑾曰："卿在邺饮酒，未尝倾卮②。武州③已来，举无遗滴。"君房曰："我饮实少，亦是习惯。微学其进，非有由然。"庾信曰："庶子④年之高卑，酒之多少，与时升降，便不可得而度。"魏肇师曰："徐君年随情少，酒因境多，未知方十复作，若为轻重？"

① 噏：吸。
② 倾卮：干杯。

③ 武州：今湖南武陵。
④ 庶子：指任太子庶子的徐君房。

◎ 离别

本则时间当与上则同。

梁国款待魏使的离宴上，东魏的肇师举杯向梁国的陈昭劝酒道："此宴过后，便要与君稍事分别了，一念及此，怎能不令人肝肠寸断。"

陈昭道："我钦仰怀恋足下之心，又何尝片刻停息。君等远来至此，尚未容我们一表真心，就又要暌隔，奈何奈何，泣涕如雨！"

有鹦鹉杯盛酒端上，梁国的徐君房喝了一些，没有喝完，交给了肇师。肇师道："你看这鹦鹉螺，纹理盘曲，螺口贲张，不独是雅玩之物，正是用来罚酒的好器具，你今天无论如何不能不喝了这杯。"

梁国的庾信笑道："徐大人好为机谋，君等莫要给他骗了。"于是令侍婢将酒杯斟满，推到徐君房面前。

徐君房抗议道："庾大人！咱们可是袍泽，何故相煎太急！"肇师道："庾大人这是秉公道办事，跟是不是袍泽没有干系。"徐君房没有法子，只好喝干了。

庾信又向尉瑾和肇师道："不久前寒舍酿了几坛醽醁酒，现在尚未启封，只不知味道如何，不敢先尝，谨作不忝之仪奉赠君等。"肇师称谢道："庾大人每有珍藏，总是费心相赠，实在令人受之有愧。"

> 梁宴魏使，魏肇师举酒劝陈昭①曰："此席已后，便与卿少时阻阔，念此甚以凄眷。"昭曰："我钦仰名贤，亦何已也。路中都不尽深心，便复乖隔，泫叹如何！"俄而酒至鹦鹉杯②，徐君房饮不尽，属肇师。肇师曰："海蠡蜿蜒，尾翅皆张。非独为玩好，亦所以为罚，卿今日真不得辞责。"信曰："庶子好为术数③。"遂命更满酌。君房谓信曰："相持何乃急！"肇师曰："此谓直道而行④，乃非豆萁之喻。"君房乃覆碗。信谓瑾、肇师曰："适信家饷致醽醁⑤酒数器，泥封全，但不知其味若为。必不敢先尝，谨当奉荐。"肇师曰："每有珍藏，多相费累，顾更以多渐⑥。"

① 陈昭：江苏宜兴人，父亲就是名震天下的儒将"白袍陈庆之"，当年以区区七千

骑兵深入中原，连克三十二城，谣曰："名师大将莫自牢，千兵万马避白袍"。陈庆之去世后，长子陈昭袭爵。陈代梁后，陈昭又在天康元年（566年）出使北齐。

② 鹦鹉杯：鹦鹉杯有两种，一是鹦鹉螺制的酒杯，《岭表录异》："鹦鹉螺，旋尖处屈而朱，如鹦鹉嘴，故以此名。壳上青绿班。文者可受二升。壳内光莹如云母，母为酒杯，奇而可玩。"一是鹦鹉形的酒器。本文指前者。

③ 术数：引申为机谋。

④ 直道而行：出《论语·卫灵公》。子曰："吾之于人也，谁毁谁誉？如有所誉者，其有所试矣。斯民也，三代之所以直道而行也。"一语数关，一谓"公事公办"；二谓莫用心机；三引"吾之于人也，谁毁谁誉"，有"我没冤枉你"的意思。

⑤ 醽醁：醽醁酒，酒色碧绿。

⑥ 渐：渐，通"惭"。

◎ 狗熊与美少女

宁王李宪有一次到户县一带打猎，在林间长草丛中发现一口大柜子，锁得严严实实。宁王大奇，命人打开一看，里面居然藏着个少女。

宁王问："你是谁，何方人氏？"少女道："妾姓莫，本在叔伯的庄上居住。昨天夜里遇上拦路强盗，强盗中有两个和尚，将妾锁在了此处。"少女说这话时，楚楚凄婉，媚态横生。宁王惊于此女妍姿艳色，于是纳入马车。恰好猎手捉到了一头熊，宁王叫关进那柜子，照旧锁好。

当时唐玄宗正多方渔色，以充宫闱，宁王见这位莫姑娘是令族子女，便上表详陈此女由来，送入宫中，玄宗册为才人。

三日后，京兆府呈奏了一宗离奇命案：户县有两个和尚，拿一万钱包了一家饭馆一整天，说是要用来做法事。但也没见到准备什么做法的东西，只是抬了一口大柜子回店。当天夜里，只听店中稀里哗啦，仿佛有人打架，而店门紧紧关着，也不方便进去看个究竟。到第二天，店主人迟迟不见和尚开门，叫门亦无人应，卸下门板一看，一头大熊狂冲而出，两个和尚尸横就地，被熊啃的骨头都露出来了。

唐玄宗见了这份案卷，忍不住开怀大笑，发上谕给宁王："大哥处置得好！"

莫才人擅唱秦声，当时有"莫才人啭"之名。

宁王常猎于鄠县①界，搜林，忽见草中一柜，扃锁甚固。王命发视之，乃一少女也。问其所自，女言："姓莫氏，叔伯庄居。昨夜遇光火贼，贼中二人是僧，因劫某至此。"动婉含颦，冶态横生。王惊悦之，乃载以后乘。时慕荦者②方生获一熊，置柜中，如旧锁之。时上方求极色，王以莫氏衣冠子女，即日表上之，具其所由。上令充才人③。经三日，京兆奏鄠县食店有僧二人，以钱一万，独赁店一日一夜，言作法事，唯舁④一柜入店中。夜久，腷膊⑤有声。店户人怪日出不启门，撤户视之，有熊冲人走出，二僧已死，骸骨悉露。上知之，大笑，书报宁王："宁哥大能处置此僧也。"莫才人能为秦声，当时号"莫才人啭"焉。

---

① 鄠 [hù] 县：今陕西户县北。
② 慕荦者：猎手。
③ 才人：《旧唐书》"开元中，玄宗以皇后之下立四妃……乃于皇后之下立惠妃、丽妃、华妃等三位，为正一品；又置芳仪六人，为正二品；美人四人，为正三品；才人七人，为正四品；尚宫、尚仪、尚服各二人，为正五品"。
④ 舁：抬。
⑤ 腷膊 [bì bó]：象声词。

◎ 速成棋王

僧一行本来不会下棋，他学会下棋，是因为有一回在燕国公张说府上看王积薪下了一盘。看完就要同王积薪手谈，王积薪愕然，你这就学会了？一行笑着对张说道："此道不过讲究争先而已，贫僧刚刚总结了四句计算口诀，可使人人成为国手。"

　　一行公本不解弈，因会燕公①宅，观王积薪②棋一局，遂与之敌，笑谓燕公曰："此但争先耳，若念贫道四句乘除语，则人人为国手。"

---

① 燕公：燕国公张说，睿宗、玄宗（初）宰相。
② 王积薪：唐玄宗翰林院棋待诏，围棋国手，棋力可谓当世第一。据说他棋瘾极大，一天不摸棋子，浑身难受，出门必带一副棋具拴在马背上。他也不挑对手，国手也好、臭棋篓子也好，但凡碰上个会下上几子的，甭管棋力高低，非拉着

来一发不可。赢得多了，王积薪开始动歪脑筋：我既是当今棋坛圣手，几乎天下无敌，何不用棋来赌？但大唐律例禁止赌博，王积薪供职翰林院，不敢违法，只能退求其次，跟人赌些吃的喝的过过瘾。后来他再出远门，就只带一副棋具，轻装上路，一路全靠赢棋蹭吃蹭喝。不过偌大的江湖藏龙卧虎，王积薪再强，毕竟也有失蹄的时候。《唐国史补》的这个故事颇富传奇色彩：王积薪周游天下与人对弈，一天借宿农家，这农家只有一位老太太和儿媳相依。乡下人家不舍得点灯，夜里歇息很早，王积薪不太适应这个作息时间，黑暗中睁着眼睛无法入睡。忽听隔壁老太太大声喊着儿媳："好无聊啊，咱们下棋吧！"王积薪听见个"棋"字，立时兴奋起来，想不到乡村农舍的一个老妇居然也会下棋？只听另一边隔壁的儿媳应道："好啊，我先行，我落'东五南九'位。"那老太太喊道："我落'东五南十二'位。"王积薪竦然失惊，难道这婆媳二人下得是盲棋！所谓盲棋，就是不看棋盘棋子，全凭口述落子的对弈。除了需记住自己和对手的大量落子，还要在心中画出棋局形势，时刻加以分析。而围棋盘纵横十九道，三百六十一个落点，单就记忆难度，又远远高于其他棋类。王积薪万万想不到，在这荒僻之地，居然遇到了两位盲棋高手。他细听二人对弈，婆媳分居王积薪卧室两侧，语声此起彼伏，落子极快，更显得脑力惊世骇俗。他越听越惊，两人棋道，渐渐超出自己所知，妙手迭出，他被巨大的震惊淹没，如同给施了定身咒般僵在榻上。许久，只听老太太道："你输了。"儿媳道："是。"双方寂然无声。王积薪这才如梦方醒，已是汗透衣衾。他一夜未眠，苦记那盘神局，次日拂晓，曙光微照，立时起身复盘于纸上，拿着那张薄薄的纸片，心胆皆颤，怔忡不能言。待那老妇起了床，王积薪恭请教益，老妇让他布子，王积薪竭尽平生之力，才布了数十子。老妇便微笑道："这样的水准，只能传你常法。"略略指点了些攻守之道，在王积薪听来，内中似乎却蕴含着无尽后着，老妇道："再艰深的东西，恐怕你也学不了，但凭此，可保你无敌于人间。"王积薪恍恍惚惚告辞离去，再一回首，那老妇和房舍，全都不见了。

◎ 龙凤棋枰

鸠摩罗什跟人家下棋，捡去对方死子，棋枰上留下的空位，恰成龙凤之形。

另一个版本是说王积薪陪唐玄宗下棋，一局终了，提掉死子，棋盘空位形如龙凤。

> 晋罗什[①]与人棋，拾敌死子，空处如龙凤形。或言王积薪对玄宗棋局毕，悉持（一日时）出。

① 罗什：鸠摩罗什（约344—413年），东晋时西域龟兹人，龟兹国王的外甥。七岁随母出家，日能诵经三万两千字，被誉为神童。十二岁小乘佛学大成，十三岁登坛讲法，开始学习大乘，四十岁已名动四海，每次升座讲论，西域诸国国王长跪座下充当人肉阶梯，任他践踏而登。前秦苻坚听说后，仰慕若渴，为了掳他回来，发兵七万讨平龟兹。大军带着这位强掳的贵客浩荡班师，行抵凉州，老家传来消息，说苻坚死了，前秦也亡了。领军大将吕光便将鸠摩罗什软禁在凉州，逼他娶妻、喝酒破戒。后秦立国后，两代国主派人到凉州索要鸠摩罗什，吕氏拒不放人，后秦之主姚兴大怒，出兵凉州，吕氏溃败，上表归降，鸠摩罗什才终于离开了囚笼般的凉州，来到长安。姚兴因为过于崇拜鸠摩罗什，认为"法嗣不应绝"，高僧不能没有后人，逼他娶了十个妓女，安置在长安逍遥园主持译经。截至罗什圆寂的十一年间，他和弟子们共译出佛经七十四部，三百八十四卷，译文简洁郎畅，微言大义，略无谬误，如《金刚经》《法华经》《般若经》《大智度论》等著名经论，皆以罗什译本最佳，后世虽有新译，实难企及。

◎ 肉凳子

唐玄宗有个名叫"黄㼎儿"的侏儒近侍，这人又矮又丑，但十分机灵，玄宗常常扶着他的脑门儿走路，或问他宫外的琐事，动辄赏赐，时称"肉凳子"。

一天，肉凳子入宫伺候的时间迟了，玄宗颇不悦，责问他为啥迟到？肉凳子仆倒于阶下叩头道："今日下雨，路上泥泞，臣在赶来的路上遇到了捕贼官，那厮不肯让道，被臣掀下了马。"玄宗道："没人来告你的状，你怕什么。"肉凳子大喜，于是玄宗依旧扶着他的脑门儿走路。

不多时，京兆尹入奏，检举肉凳子殴打捕贼官一事，玄宗二话不说，令人将肉凳子拖出去，直接打死。

> 黄㼎①儿，矮陋机惠，玄宗常凭之行。问外间事，动有锡赉②。号曰肉机③。一日入迟，上怪之，对曰："今日雨淖，向逢捕贼官与臣争道，臣掀之坠马。"因下阶叩头。上曰："外无奏，汝无惧。"复凭之。有顷，京尹上表论，上即叱出，令杖杀焉。

① 㼎 [pián]：黄瓜。

② 锡赉：赏赐。
③ 杌：凳子。

◎ 奇丽园林

历城"房家园"，是故北齐博陵太守房豹的山庄，其间丛树峻茂，清泉幽邃，奇石峥嵘，乃是济南城一处祓禊胜地，游人如织。人一多，就有人攀折桐树枝条，房豹叱道："你们干什么毁我的凤凰树！"后来就没人敢折了。

房豹问录事参军孝逸："当年石崇的金谷山庄，泉石之胜，也未必及得上我的园林吧？"

孝逸道："在下曾去过洛西金谷园故地，诚如君言，彼此难分伯仲。"

孝逸打算回邺城，文人朋友们为他践行，留宿在园中，孝逸赋诗："风沦历城水，月倚华山树。"时人以为这两句可堪比拟谢灵运的"池塘生春草，园柳变鸣禽"了。

> 历城房家园，齐博陵君豹①之山池。其中杂树森竦，泉石崇邃，历中祓禊②之胜也。曾有人折其桐枝者，公曰："何谓伤吾凤③条。"自后人不复敢折。公语参军尹孝逸曰："昔季伦金谷④山泉何必⑤逾此。"孝逸对曰："曾诣洛西，游其故所。彼此相方，诚如明教。"孝逸常欲还邺，词人饯宿于此。逸为诗曰："风沦历城水，月倚华山⑥树。"时人以此两句，比谢灵运"池塘"十字⑦焉。

---

① 齐博陵君豹：房豹，北齐博陵太守，房玄龄的叔公。
② 祓禊：祓禊，在水边举行祭礼，洗濯污垢、禳除不祥的仪式。
③ 凤条：取"凤栖梧桐"之义。
④ 季伦金谷：西晋巨富石崇，字季伦，其洛阳豪宅名唤金谷园。
⑤ 何必：未必。
⑥ 华山：指济南城东北的华不注山。
⑦ 谢灵运"池塘"十字：谢灵运的《登池上楼》："池塘生春草，园柳变鸣禽"。

◎ 神枪寒骨白

单雄信孩提时在学堂前种下一株枣树，到十八岁那年，武艺大成，伐倒制成骑枪。枪长一丈七尺，枪头重七十斤，江湖人称"寒骨白"。几十年间，凭之纵横河朔，不知枪底亡魂几许，白骨已寒。秦王李世民兵围洛阳之战，单雄信持此突刺李世民，秦王发大白羽箭狙击，射中枪头，火光迸射。后被尉迟敬德拗断。

> 单雄信①幼时，学堂前植一枣树。至年十八，伐为枪，长丈七尺，拱围②不合，刃③重七十斤，号为寒骨白。常与秦王卒相遇，秦王以大白羽④射中刃，火出。因为尉迟敬德⑤拉折。

---

① 单雄信：曹州济阴（今山东定陶）人，大业十二年追随翟让造反，翟让死后，归附李密，两年后，李密兵败偃师，降王世充。《旧唐书》说他尤能马上用枪，是骑术精湛，枪法无匹的冲锋好手，在李密军中号为"飞将"。手中长枪，单只枪头就重七十斤，真是臂力逆天，以之破甲，犹贯败革。又三年，即武德四年，秦王李世民远征洛阳，单雄信出军拒战，两次援枪突击，几乎刺杀李世民，一次幸得徐世绩及时出现在秦王身前，单雄信卖刎颈之交的面子退走；一次李世民轻骑侦察，遭遇数万敌军，单雄信一马当先，径取李世民，被尉迟敬德斜刺杀出，一枪刺落马下。及王世充弃城出降，李世民欲杀单雄信，徐世绩苦求不得，泣曰："平生誓共为灰土，岂敢念生，但以身已许国，义不两遂。虽死之，顾兄妻子何如！"割股肉与之壮行，以示不忘共死之誓，终斩于洛水之滨。
② 拱围：双手食指、拇指环圈。
③ 刃：枪头。
④ 大白羽：本书《忠志》部分载李世民好用"四羽大笴"，其箭四羽，比一般箭矢更长，重量更大。
⑤ 尉迟敬德：字敬德（585—658年），朔州善阳（今山西朔州）人，初唐虎将。原为刘武周麾下偏将，归降李世民。多次救世民于绝境，包括玄武门之变时，李世民射杀李建成，策马追杀元吉，入于林中，李世民衣袍被树枝挂住坠马，元吉反身举弓弦勒秦王喉咙，李世民窒息欲死。间不容发之际，尉迟敬德神兵天降，一箭射死李元吉。《旧唐书·尉迟敬德传》载：当初，李建成、李元吉设法削弱李世民羽翼，"密致书以招敬德"，"赠金银器一车"——想招徕尉迟敬德，开出的转会费高达一整车金银，可谓诚意十足，而尉迟敬德丝毫不为所动。

尉迟敬德能破寒骨白，也不是他武艺远胜单雄信，而是他身负拆招避槊的绝技："敬德善解避槊，每单骑入贼阵，贼槊攒刺，终不能伤，又能夺取贼槊，还以刺之。是日，出入重围，往返无碍。齐王元吉亦善马槊，闻而轻之，欲亲自试，命去槊刃，以竿相刺。敬德曰：'纵使加刃，终不能伤。请勿除之，敬德槊谨当却刃。'元吉竟不能中。太宗问曰：'夺槊、避槊，何者难易？'对曰：'夺槊难。'乃命敬德夺元吉槊。元吉执槊跃马，志在刺之，敬德俄顷三夺其槊。元吉素骁勇，虽相叹异，甚以为耻。"顷刻间三度徒手夺下自负槊法精绝的李元吉兵刃，有如戏弄孺子，元吉引为奇耻大辱，简直空手接白刃。单雄信的寒骨白粗如碗口，竟被他拗断，神力惊人。

◎ 天马忽雷驳

秦叔宝的坐骑，名叫"忽雷驳"，常陪秦叔宝喝酒。每于月明之夜纵马飞驰，能横空跃过三领竖起来的黑毡卷。秦叔宝死后，马儿悲嘶不已，绝食而亡。

> 秦叔宝①所乘马，号忽雷驳②，常饮以酒。每于月明中试，能竖越三领黑毡。及胡公卒，嘶鸣不食而死。

---

① 秦叔宝：秦琼，字叔宝，齐州历城（今山东济南）人，出身隋军行伍，随裴仁基归附李密，密败，为王世充所得，署龙骧大将军。王世充浇伪，不堪服众，秦叔宝与程咬金等辞而降唐，王世充慑于众将虎威，竟敢不应。秦叔宝跟随李世民尚在尉迟敬德之前，屡立奇功，尤擅阵前斩将："叔宝每从太宗征伐，敌中有骁将锐卒，炫耀人马，出入来去者，太宗颇怒之，辄命叔宝往取。叔宝应命，跃马负枪而进，必刺之万众之中，人马辟易。"万军丛中来去自如，斩将刈旗如臂使指，可见武艺之强。秦叔宝一生戎马，被创无数，晚年病骨支离，卒于贞观十二年，敕陪葬昭陵，封胡国公。

② 忽雷驳：忽雷，勇暴不惧雷霆；驳，《山海经》所载形如马的独角兽，锯齿，鸣声如雷，能食虎豹。另，唐人郑常《洽闻记》："鳄鱼别号忽雷，熊能制之。"《诗·豳风·东山》："之子于归，皇驳其马。"《毛传》："黄白曰皇，骝白曰驳。"孔颖达《毛诗正义》："骝白曰驳，谓马色有骝处，有白处……孙炎曰：'骝，赤色也。'"言马身红、白两色，毛色驳杂不纯，谓之"驳"。照此解释，那么"忽雷驳"也可指身具红、白两色，猛如鳄鱼的骏马。

◎ 浴火不死

徐敬业十几岁的时候，好弓马骑射，挽弓满如圆月，策马迅似鬼神。祖父英国公徐世绩总是说："此子面相不善，将来恐怕要连累我全族被诛。"为此，徐世绩有一次借着出猎的机会，命徐敬业入林驱兽，然后乘风纵火，打算把孙子烧死在林子里，永绝后患。徐敬业为烈火所围，无可躲避，果断杀了坐骑，藏身马腹之中。大火过后，浴血而出，徐世绩惊奇不已。

> 徐敬业①年十余岁，好弹射。英公②每曰："此儿相不善，将赤③吾族。"射必溢镝④，走马若灭⑤，老骑⑥不能及。英公常猎，命敬业入林趁兽，因乘风纵火，意欲杀之。敬业知无所避，遂屠马腹，伏其中。火过，浴血而立，英公大奇之。

---

① 徐敬业：英国公徐世绩长孙，因家族被赐姓李，又名李敬业，袭爵英国公。公元644年，于扬州聚兵十余万，号称勤王靖难，匡复李唐，讨伐武则天，仅两个月便被剿平。随溃军逃往海陵（泰州），死在部下手上。
② 英公：唐开国功臣徐世绩，李渊赐姓李，避李世民讳，改名李绩，封英国公，高宗朝宰相，是徐敬业的爷爷。因为孙子造反，被武则天追削官爵、赐姓，刳坟斫棺，遗骸不保，阖族伏诛，子孙后代，靡有遗胤，偶脱祸者，皆窜迹胡越。中宗复位后，为之平反。
③ 赤：灭。
④ 溢镝：拉弓拉到箭头将要溢出，谓引弓满弦。
⑤ 走马若灭：形容控缰娴熟，神出鬼没。《唐语林》作"走马若飞"，马骑得飞快。
⑥ 老骑：老练的骑手。

◎ 爆裂鼓手

唐玄宗暗中调查诸王，发现大哥宁王李宪经常在盛夏时节，不避溽暑地亲自制鼓蒙鼓皮（宁王极胖），忙得大汗淋漓，所读之书，也都是龟兹乐谱之类。玄宗听了密探汇报，喜动颜色道："嗯，嗯！作为天子的兄弟，就该这样醉生梦死，耽溺享乐才是正经！"

唐玄宗本人也是击鼓高手,据说单单他一个人敲断的鼓槌就装满了三个柜子,真不愧亲兄弟。

> 玄宗常伺察①诸王,宁王常夏中挥汗鞚鼓②,所读书乃龟兹乐谱也。上知之,喜曰:"天子兄弟,当极醉乐耳。"

---

① 伺察:观察。
② 鞚鼓:为鼓蒙皮。

◎ 魏收颂齐

魏收初任齐州刺史,七月初七登千佛山远眺,对崔主簿道:"我这一生去过的地方多了,山河沃土,屏障环绕之险要者,天下名州,皆不及此地。只不知青州东阳一带比此间如何?"崔主簿道:"青州自古险要,齐州亦盛名久矣,两处山川地势,大抵相差仿佛,就下官所闻知的议论,恐怕青州一般的不能盖过了齐州。"魏收很满意:"笔墨伺候,我要作诗!"然而当时北齐后主上台不久,正赶上各地衙门大换血,属吏人手不足,没有随身带着笔的。魏收悻悻然,只好拿街卒用的棍子在舜祠北面墙上题诗写道:"述职无风政,复路阻山河。还思麾盖日,留谢此山阿。"

舜祠以东有大石,径三丈许,上面刻着"不醉不归"四个字,魏收皱眉道:"这刻的什么乱七八糟的,这种东西岂能传诸后世?"令人凿去。

> 魏仆射收临代①,七月七日登舜山②,徘徊顾眺,谓主簿崔曰:"吾所经多矣,至于山川沃壤,襟带形胜,天下名州,不能过此。唯未审东阳③何如?"崔对曰:"青有古名,齐④得旧号,二处山川,形势相似,曾听所论,不能逾越。"公遂命笔为诗。于时新故之际,司存⑤缺然,求笔不得,乃以五伯⑥杖画堂北壁为诗曰:"述职⑦无风政,复路阻山河。还思麾盖日⑧,留谢此山阿。"舜祠⑨东有大石,广三丈许,有凿"不醉不归"四字于其上。公曰:"此非遗德⑩。"令凿去之。

---

① 临代:嘉靖本"临"字后空一格,似有脱文。

② 舜山：山东济南千佛山。
③ 东阳：今山东潍坊临朐，古属青州。
④ 齐：齐州。
⑤ 司存：泛指官吏、属吏。
⑥ 五伯：即伍佰，街卒。《北梦琐言》："伍伯，即今号杂职行杖者。"伍佰不仅负责巡逻、警戒道路、为长官前导开路，亦司行刑，手持棍棒，平时喝道，罚时杖刑。
⑦ 述职：诸侯向天子陈述职守。
⑧ 还思麾盖日：魏收原为右仆射、太子少傅、加开府，坐事夺职，天统二年起为齐州刺史，所以他说"还思麾盖日"——追忆当年位极人臣的风光岁月。
⑨ 舜祠：虞舜的祠庙。传说"舜耕历山"，曾在千佛山脚下种过地。
⑩ 遗德：前人留下的德泽。

◎ 唇枪舌剑

依旧是梁魏这班使臣的故事。

梁国为东魏使臣李骞、崔劼等设宴，欢歌笑语中，梁国中书舍人贺季叹道："这音乐感人至深啊！"

（魏）崔劼道："当年申喜闻歌怆然，认出了自己失散多年的母亲，可见乐理一道，实在有其精微奥妙。"

梁国主客郎王克道："听一国音乐而知其风俗者，才是真正洞悉乐理堂奥之人。"

（魏）崔劼道："当年吴国延陵季子出访鲁国，听了一堆鲁国音乐，其实真正的目的，是去考察鲁国国情国力的吧。"

（梁）贺季道："阁下何出此言，是打算斗嘴吗？"

（魏）一直未作声的李骞突然道："斗嘴就斗嘴，吾等愿手执鞭弭，与君周旋！"

（梁）贺季道："那就不客气了，放马过来吧，我们绝不退却！"

（魏）崔劼首先道："非常抱歉让你们屡战屡败。"

（梁）贺季针锋相对道："快算了吧，你们已经丢盔弃甲，要逃之夭夭了。"

（魏）崔劼道："非也，露出败相的是你们。"

（梁）王克道："露出败相？我们正打算居汝营而食汝米，旌表胜绩。"

（魏）李骞笑道："都在自诩战胜，却不知最后被射瞎了眼狼狈奔逃的，会是哪一方？"众人大笑轰饮，鸣金罢战。

曲终之际，众人已经喝高了，见门外有太监赶着几十匹马驰过，众人便开始吐槽太监。李骞说:"太监怎么赶起马来了?这不是越职吗?"贺季道:"这些人长得像太监而已,并非真太监。"崔劼道:"管他呢,这厮若是生在袁绍那会儿,不问是不是真太监,一并杀了。"

这班使臣和主客在前文里没干过多少正事,净喝酒聊天。最后他们大概觉得这样不大合适,须剑拔弩张一点,好歹吵上两句。于是大家引经据典文绉绉地骂了两句,然后"共大笑而止"。

> 梁宴魏使李骞、崔劼,乐作,梁舍人贺季①曰:"音声感人深也。"劼曰:"昔申喜②听歌,怆然知是其母,理实精妙然也。"梁主客③王克④曰:"听音观俗,转是精者。"劼曰:"延陵⑤昔聘上国,实有观风⑥之美。"季曰:"卿发此言,乃欲挑战?"骞曰:"请执鞭弭⑦,与君周旋⑧。"季曰:"未敢三舍。"劼曰:"数奔⑨之事,久已相谢。"季曰:"车乱旗靡⑩,恐有所归。"劼曰:"平阴之役,先鸣已久⑪。"克曰:"吾方欲馆榖⑫而旋武功。"骞曰:"王夷师燏⑬,将以谁属?"遂共大笑而止。乐欲讫,有马数十匹驰过,末有阉人,骞曰:"巷伯⑭乃同趣马⑮,讵非侵官⑯?"季曰:"此乃貌似。"劼曰:"若植袁绍,恐不能免⑰。"

---

① 贺季:会稽山阴(浙江绍兴)人,官至步兵校尉、中书黄门郎。

② 申喜:战国楚人,童年与母亲失散,后来听乞婆歌声,有感而寻,发现唱歌的乞婆正是失散的母亲。

③ 主客:主客曹郎,掌外交接待。

④ 王克:琅琊人,东晋王导后裔,刘宋重臣王彧孙,仕梁为尚书仆射,曾为侯景伪政府效力,被讽"王氏百世卿族,便是一朝而坠",入陈官至尚书右仆射。

⑤ 延陵:季札,吴王寿梦第四子,吴王欲立之,季札不受,封于延陵(江苏常州),号延陵季子。聘上国,指去鲁国听歌,鲁国相对吴楚属于上国,事载《左传·襄公二十九年》:言季札到了鲁国,听到各种周乐,不断大呼"美哉",最后浑身都听酥了:"观止矣!若有他乐,吾不敢请已!"

⑥ 观风:观光学习。

⑦ 弭:弓。

⑧ 与君周旋:出《左传·僖公二十三年》,重耳逃亡至楚,为楚王收容,问他:"假如我助你夺回晋国王位,你拿什么报答我?"重耳说:"子女玉帛,大王都不稀罕;羽毛齿革,本就是大王国内特产,实在没什么可以相赠,这样吧,将来两国若起战端,我退避三舍(90里)相让,大王若一再相逼,那我就左执鞭、弓,右配箭囊,与君周旋。"

⑨ 数奔：屡次溃逃。出《左传·宣公十二年》，公元前597年，晋楚之战。楚军先攻郑国，破其城，郑襄公袒肉牵羊去求和，楚庄王不为已甚，楚军退去。这时晋军来援，楚晋会师于邲，晋师大败，战车陷在坑里逃不出来，楚军教晋人抽出车前横木；须臾，马又拉不动车了，楚军又教晋人丢掉旗子和横木，晋人说："谢谢，我们的逃跑经验毕竟没有你们丰富"——"吾不如大国之数奔也"。当时君子之战，虽在战场上搏杀，还是不忘友爱互助以及奚落。

⑩ 车乱旗靡：出《左传·庄公十年》，曹刿论战，鲁师击溃齐军，曹刿指挥追击，说，"吾视其辙乱，望其旗靡，故逐之"。

⑪ 平阴之役，先鸣已久：出《左传·襄公十八年》，晋、齐战于平阴，晋军故布疑阵，齐军惊走，晋国的师旷（以耳力惊人著称）、邢伯、叔向三人，凭鸟鸣知齐军撤退，报予晋侯。

⑫ 馆穀：馆谷。出《左传·僖公二十八年》，公元前632年，晋楚城濮之战，楚师败绩，晋人推进至楚人原驻地，在楚人营中休整三日，吃楚人遗粮，回国途中，为晋侯在践土建宫殿，旌表此次武功。馆，指晋军驻扎楚营；谷，指晋军吃楚人丢弃的粮秣。

⑬ 王夷师熸[jiān]：出《左传·襄公二十六年》，公元前575年，晋楚鄢陵之战"楚师大败，王夷师熸，子反死之"，楚共王被射瞎了眼睛，此所谓"王夷"，楚军士气沮丧，谓之"师熸"。

⑭ 巷伯：太监宦官，以宫中小路名，曰巷伯。

⑮ 趣马：养马。

⑯ 讵非侵官：出《韩非子》，韩昭侯醉寝，典冠者（负责侯王头冠的侍从）怕其着凉，给披了衣服。韩昭侯醒了，问，谁给寡人加的衣裳？大家说典冠。韩昭侯遂罚典衣，因为他失职，本来应当是他为王加衣。接着罚典冠，因为他越职。

⑰ 若植袁绍，恐不能免：东汉末，袁绍与大将军何进谋诛宦官，何进犹豫不决，反为宦官伏杀。何进部将及袁绍、袁术等听闻，引兵斩关入宫，凡无须者一概格杀，不分长少，死者两千余。

◎ 王勃的腹稿

王勃每次替人写碑文前，先磨就墨水数升，然后钻进被窝蒙着头，忽然而起，秉笔疾书，文不加点，一气呵成，时人谓之"腹稿"。据说王勃小的时候，有人在梦里送了他一袖子丸墨，从此文思大进。

按，"腹稿"的典故即出于此。《新唐书》则说王勃作腹稿前尚需饮酒："勃属文，初不精思，先磨墨数升，则酣饮，引被覆面卧，及寤，援笔成篇，不易一字，时人谓勃为腹稿。"

> 王勃每为碑颂①,先墨磨数升,引被覆面而卧。忽起,一笔书之,初不窜点②,时人谓之腹藁。少梦人遗以丸墨③盈袖。

---

① 碑颂:为碑刻撰文。
② 窜点:删改。
③ 丸墨:丸,量词。古代以丸计的墨团。

◎ 天书碑颂

燕国公张说一次读王勃的《益州夫子庙碑》碑颂,对文章前四句:"述夫帝车南指,遁七曜於中阶;华盖西临,藏五云於太甲"茫然不解。拿去请教一行法师,法师道:"'帝车南指',就是'北斗建午'——北斗七星的斗柄指向南方,七星隐于南天。出现这种祥瑞,无位圣人才会出世。"但"华盖"这句以下的内容,即使是瞻星揆地的一行法师,亦全然不懂。

> 燕公常读其夫子学堂碑颂①,头自"帝车②"至"太甲③"四句悉不解,访之一公④,公言:"北斗建午⑤,七曜⑥在南方,有是之祥,无位圣人⑦当出。""华盖"已下,卒不可悉。

---

① 夫子学堂碑颂:《益州夫子庙碑》,王勃为夫子庙所作。张说不解的是碑文前两句:"述夫帝车南指,遁七曜於中阶;华盖西临,藏五云於太甲。虽复星辰荡越,三元之轨躅可寻;雷雨沸腾,六气之经纶有序。"
② 帝车:北斗星。
③ 太甲:一说主司"六甲"之神,即"太一";一说是"六甲星"本身,《晋书·天文志上》:"华盖杠旁六星曰六甲,可以分阴阳而配节候。"明代胡震亨《唐音癸签》:"华盖象云,六甲乃华盖杠傍星名。"晋代崔豹《古今注》:"华盖,黄帝所作也,与蚩尤战於涿鹿之野,常有五色云气,金枝玉叶,止於帝上,有花葩之象,故因而作华盖也。"黄帝象五色云气发明"华盖",王勃复以华盖为云。又有一种说法,认为华盖指"华盖星"(七颗星构成的伞状星群),华盖星和六甲星均在"紫薇垣"。王勃这句"华盖西临,藏五云於太甲"即是说,华盖星向西运动,五云(卜视凶吉的五色云气)进入六甲星的畛域。这是一种祥瑞

的天象，所以一行法师有"无位圣人当出"之语。
④ 一公：僧一行。
⑤ 北斗建午：北斗七星的斗柄摇光星指向方向"立建"，十二个月中，摇光指向十二个方向，是为"十二月建"。十二月建的刻度，就是十二地支，也是太阳运行轨迹的十二等分（十二宫）。正月，北斗七星的斗柄指向寅位，叫作"斗柄回寅"；五月，斗柄指向午位，叫作"建午"，所以"建午"就是五月。
⑥ 七曜：日、月、金（太白星）、木（岁星）、水（辰星）、火（荧惑）、土星的总称。
⑦ 无位圣人：孔夫子。

◎ 李白名播四海

李白蜚声四海，玄宗慕名召见于偏殿，见来人器宇轩昂，风神飞扬，灿然若明霞席卷天地，令人不可逼视，不禁气为之夺，竟忘了自己九五之尊的身份，赶紧叫人伺候李白脱靴子。李白跷起腿来，冲着高力士摇一摇，道："脱了。"高力士同样被李白气场所慑，连忙亲手为李白脱靴。直到李白离去，玄宗才指着李白的背影对高力士道："这家伙天生一副没出息的模样。"

李白前后三次试图拟《昭明文选》作赋，结果都很不满意，将草稿付之一炬，只留了《拟恨赋》《拟别赋》两篇。后来安史起兵，乃作《胡无人》，就中有警句"太白入月敌可摧"，安禄山死时，果然出现了太白蚀月的天象。

世人皆言杜甫欣赏李白，杜诗之中，不乏激赏李白之作；而李白对于杜甫，除了"饭颗山头"一首戏作之外，不赞一词。成式却偶然见过李白的一首《秋日鲁郡尧祠亭上宴别杜补阙范侍御》诗，疑似李白送别杜甫之作，今抄录该诗首尾两句如下："我觉秋兴逸，谁言秋兴悲？山将落日去，水共晴空宜。""烟归碧海夕，雁度青天时。相失各万里，茫然空尔思。"

李白命高力士脱靴之典，即出于此。

李白名播海内，玄宗于便殿召见，神气高朗，轩轩然若霞举。上不觉亡①万乘之尊，因命纳屦②，白遂展足与高力士曰："去靴。"力士失势③，遽为脱之。及出，上指白谓力士曰："此人固穷相④。"白前后三拟词选，不如意，悉焚之，唯留《恨》、《别赋》⑤。及禄山反，制《胡无人⑥》，言："太白入月⑦敌可摧。"及禄山死，太白蚀月。众言李白唯戏杜考功"饭颗山头⑧"之句，成式偶见李白祠亭上宴别杜考功⑨诗，今录首尾曰："我觉秋兴逸,谁言秋兴悲?山将落日去,水共晴空宜。"

"烟归碧海夕,雁度青天时。相失各万里,茫然空尔思。"

饮中八仙图卷局部

① 亡:忘记、丢掉。
② 纳屦:收了鞋子。
③ 失势:身不由己,失去往日常态。
④ 穷相:贫贱相、没出息。
⑤《恨》《别赋》:皆为江淹代表作,李白曾有拟作,今李白的《拟别赋》已佚,《拟恨赋》尚存。
⑥《胡无人》:古乐府名。李白曾为之:严风吹霜海草凋,筋干精坚胡马骄。汉家战士三十万,将军兼领霍嫖姚。流星白羽腰间插,剑花秋莲光出匣。天兵照雪下玉关,虏箭如沙射金甲。云龙风虎尽交回,太白入月敌可摧。敌可摧,旄头灭,履胡之肠涉胡血。悬胡青天上,埋胡紫塞傍。胡无人,汉道昌。陛下之寿三千霜。但歌大风云飞扬,安得猛士兮守四方。
⑦ 太白入月:太白星即金星。《后汉书·天文志》:"太白入月中,为大将戮,人主亡,不出三年。"此谓安禄山之戮。
⑧ 饭颗山头:《戏赠杜甫》:饭颗山头逢杜甫,顶戴笠子日卓午。借问别来太瘦生,总为从前作诗苦。
⑨ 祠亭上宴别杜考功:《秋日鲁郡尧祠亭上宴别杜补阙、范侍御》,段郎主张诗中的"杜补阙"是杜甫,可惜没有提供什么证据,故该观点未得广泛认同。而今通常也不认为该诗与杜甫有关。全诗作:我觉秋兴逸,谁云秋兴悲。山将落日去,水与晴空宜。鲁酒白玉壶,送行驻金羁。歇鞍憩古木,解带挂横枝。歌鼓川上亭,曲度神飙吹。云归碧海夕,雁没青天时。相失各万里,茫然空尔思。

◎ 游侠儿

薛平薛司徒年轻时，在京任右卫将军，一次为太仆寺卿周皓饯行。席间纡青佩紫的各色官吏之中，最末端坐着个穿四品绯色袍服的老翁，看上去有八十多岁高龄了。周皓不识，但既是来为他饯行的，不能不打个招呼，因上前问道："老前辈做官多少年了？"老翁道："嘿，我哪是什么官儿，我原是个跌打医生，天宝初年，高力士高将军家的公子被人打脱了下巴骨，是老朽给接好的。高将军很高兴，赏了一大笔钱，又特地请旨，赐了老朽这身绯袍，这才得以滥厕冠裳。"

周皓脸色顿变，扬扬下巴，示意老翁走人。待到酒终席散，薛平见周皓面色不豫，独自留了下来，悄悄问道："方才那着绯袍的老翁可是哪里冲撞了周兄？"周皓讶然道："薛兄好细的心思，这都给你瞧见了。"于是遣开婢仆，将薛平延入卧室，促膝而谈，道："此事说来话长。我少年时代，风流浪荡，最好寻花问柳，作狎斜之游，为此结交了不少豪杰之辈，乃至亡命之徒。我辈拉帮结伙，遍访长安名妓，当真是如蝇奔膻，只要是给我们盯上的姑娘，从来没有得不到的。

"当时靖恭坊有位名妓，闺字夜来，人长得极甜，歌舞曼妙，更是冠绝京华，不知多少贵介公子千金散尽，为之破产。我们一伙少年纨绔，囊中多资，更是被迷得神魂颠倒，日夜流连美人帐前。一天，夜来的假母问我：'马上就是夜来的生日了，到时候周公子来不来捧场？'这样可以大献殷勤的机会，我当然不肯错过。夜来生日那天晚上，我费尽心思，花了几十万为她置办礼物，连御用乐师贺怀智、纪孩孩都请了来给她助兴。

"筵席方开，忽听外面打门声砰砰乱响。这天是我包的场子，岂能容不相干的人进来胡混？我当时就有些生气，不许人去开门。那厮敲门半晌敲不开，竟撞折门闩，强闯了进来。夜来的假母慌忙迎了出去，我一瞧窗外，一个少年跨白马，拥紫裘，带着几十个骑手扬长而入，大声叱骂，嫌假母闭门不应。夜来吓得花容失色，席间诸客见那少年人的排场，料知招惹不起，也纷纷走避。只有我血气方刚，又自恃拳脚了得，根本没把那几十骑扈从放在眼里，独自闯将出去，一拳撂倒了紫袍少年，往外便走。

"那时都亭驿所有个叫魏贞的豪杰，仗义疏财，最好急人之难，门下养士无数，我同他原是旧识，便投到他处，蒙他收留，藏在内室。未几打探得风声，说有司在城内大事搜捕，捉拿于我，我才知道自己打伤的竟是高力士的儿子。高力士权势熏天，魏贞恐怕自己庇护不力，连夜为我改装，交给我数锭银子、书信一封，对我说道：'风声太紧，长安城不宜再留。你持我书信，往汴州寻一位周简老，此人当世豪

侠，又是你的本家，必能容你。汴州异乡，不比在长安熟稔自由，见了周老侠，需持礼恭谨些，才是保全之道。'

"我星夜离开京城，赶到汴州。那周简老果然侠义心肠，看了魏贞书信，毫无难色，反而十分高兴，我便拜他作叔叔，将为何避难的来龙去脉，和盘托出。周简老叫我住进一艘船里，不可随意露面，日夕酒食供给十分殷厚。这般在船舱中窝了一年，一次忽然听见船上有女人的哭声。我很纳闷，为了掩护我的行藏，周老侠轻易不许人踏足此船，怎么会有女人上船哭泣？我悄悄向外一看，只见一个容貌清丽的少妇，全身缟素，坐在船头嘤嘤而泣，周简老在陪在旁边低声安慰。当晚，周简老找到我问：'小皓，你婚配没有？'我说没有，周简老便道：'我有个表妹，相貌人品一流，如今夫婿新丧，独自一人无依无着，我打算托付给你，未知你意下如何？'我慌忙拜谢，表示一切听从叔叔做主，周简老便带着那女子入舱，当夜合卺，结成连理，后来生下一男二女，一并养在船上。

"几年之后，周简老忽然对我说：'风声已息，有司已经放弃缉拿你，你如今相貌大改，又没什么特异之处，今后行走江湖，也不虞被人认出，这就去吧。'送了我一大笔丰厚的盘缠。我想起这几年的辛酸，以及周老侠的照拂，忍耐不住，大哭拜别。没过多久，就听到周老侠故世的消息。后来，天下大乱，我重回京城，居然入了仕途。而今周老侠的表妹仍是我妻子，一男两女三个孩子，都已经成家了。唉，屈指算来，当初打伤高力士之子，逃离长安的那个夜晚，已经过去四十多年。四十年来，知道这件事情的人，恐怕都已不在了吧。适才听那老吏提起，往事蓦然翻上心头，年轻时种种荒唐，不禁惭愧无已。不料'君子察人之微'，终于还是没能逃过薛兄法眼啊。"

有人亲眼见证过此事为薛司徒所述。

> 薛平①司徒常送太仆卿周皓②，上诸色人吏中，末有一老人，八十余，著绯③。皓独问："君属此司多少时？"老人言："某本艺正伤折④，天宝初，高将军郎君被人打，下颔骨脱，某为正之。高将军赏钱千万，兼特奏绯。"皓因颔遣之，唯薛觉皓颜色不足，伺客散，独留，从容⑤谓周曰："向卿问著绯老吏，似觉卿不悦，何也？"皓惊曰："公用心如此精也。"乃去仆，邀薛宿，曰："此事长，可缓言之。某年少常结豪族，为花柳之游，竟畜亡命。访城中名姬，如蝇袭膻，无不获者。时靖恭坊有姬，字夜来，稚齿巧笑，歌舞绝伦，贵公子破产迎之。予时数辈富于财，更擅之。会一日，其母白皓曰：'某日夜来生日，岂可寂寞

乎？'皓与往还，竟求珍货，合钱数十万。乐工贺怀智⑥、纪孩孩，皆一时绝手⑦。局方合，忽觉击门声，皓不许开。良久，折关而入。有少年紫裘，骑从数十，大诟其母。母与夜来泣拜。诸客将散，皓时气方刚，且恃扛鼎，顾从者（不）敌。因前让其怙势，攘臂殴之，踣于拳下⑧，遂突出。时都亭驿⑨所由魏贞，有心义，好养私客，皓以情投之，贞乃藏于妻女间。时有司追捉急切，贞恐踪露，乃夜办装，腰其白金数挺，谓皓曰：'汴州周简老，义士也。复与郎君当家⑩，今可依之，且宜谦恭不怠。'周简老，盖太侠也，见魏贞书，甚喜。皓因拜之为叔，遂言状，简老命居一船中，戒无妄出，供与极厚。居岁余，忽听船上哭泣声，皓潜窥之，见一少妇，缟素甚美，与简老相慰。其夕，简老忽至皓处，问：'君婚未？某有表妹，嫁与甲，甲卒，无子，今无所归，可事君子。'皓拜谢之，即夕其表妹归皓。有女二人，男一人，犹在舟中。简老忽语皓：'事已息，君貌寝⑪，必无人识者，可游江淮。'乃赠百余千。皓号哭而别，简老寻卒。皓官已达，简老表妹尚在，儿聚女嫁，将四十余年，人无所知者。适被老吏言之，不觉自愧。不知君子察人之微。"有人亲见薛司徒说之也。

---

① 薛平司徒：薛平（753—832年），名将薛仁贵曾孙，昭义节度使薛嵩之子，十二岁即在其父辖下出任磁州刺史，后入朝为右卫将军，宿卫南衙三十年。宪宗朝，以义成军节度使参与讨平淮西吴元济之战，累战有功。晚年任平卢节度使，讨逆有功，加右仆射，封魏国公，拜太子太保，以司徒致仕。

② 周皓：曾依附鱼朝恩，后参与唐代宗和宰相元载的杀鱼计划，擒杀鱼朝恩，事在770年。《册府元龟》："兴元元年，以右武卫将军周皓为太仆卿，兼御史大夫"，可见此前曾为右武卫将军。这时薛平应该尚在右卫将军任，故二人熟识。

③ 著绯：唐制以三品以上着紫袍，四品五品绯（四品绯，五品浅绯），六品七品绿，八品九品青，流外及庶民黄。这里特赐老人绯衣，是荣宠之意，与品职无干。

④ 正伤折：正骨的郎中。

⑤ 从容：私下调解。

⑥ 贺怀智：唐玄宗时的宫廷乐师。

⑦ 绝手：绝顶高手。

⑧ 踣于拳下：《太平广记》引文作："紫衣者踣于拳下，且绝其颔骨，大伤流血，皓遂突出。"

⑨ 都亭驿所：两京的中心驿站，当时全国最大的驿站，此处指长安都亭驿。
⑩ 当家：本家。
⑪ 貌寝：貌不扬。

◎ 无为之僧

唐代宗大历末年，荆州陟岯寺有一位玄览禅师，修为深湛，高迈清雅，俗人望之往往不敢亲近。大画师张璪曾在寺中墙上画古松，符载为之题赞，卫象赋诗，堪称一时三绝。玄览拿涂料悉数给刷掉了，人家问这是名家手笔，为何涂掉？玄览道："把我的墙画得跟长了皮癣似的。"那位擅长暗器、喜欢打猎的僧人那照，就是玄览的外甥。此人很不安分，上瓦掏鸟，挖墙掘鼠，而玄览从来不加指责。玄览有个弟子法号义诠，着布衣，每天只食一餐，刻苦修行，玄览也不夸赞。有人对此颇有微词，玄览乃题诗于青竹："大海从鱼跃，长空任鸟飞。"

一天晚上，忽有梵僧拨掉门闩，推门而进，对玄览道："该准备准备做法事了吧。"玄览道："有为之事，吾所不作。"梵僧瞧了玄览一会儿，若有嘉许，反手闭门而出，门闩反锁依旧。玄览对左右僧人笑道："我要归去了！"匆匆沐浴，凭几圆寂。

> 大历末，禅师玄览住荆州陟岯寺，道高有风韵，人不可得而亲。张璪①常画古松于斋壁，符载②赞之，卫象诗之，亦一时三绝，览悉加垩③焉。人问其故，曰："无事疥吾壁也。"僧那④即其甥，为寺之患，发瓦探鷇⑤，坏墙薰鼠，览未尝责。有弟子义诠，布衣一食，览亦不称。或怪之，乃题诗于竹曰："大海从鱼跃，长空任鸟飞。"忽一夕，有梵僧拨户而进，曰："和尚速作道场⑥。"览言："有为之事，吾未尝作。"僧熟视而出，反手扃户，门扃如旧。览笑谓左右："吾将归欤！"遂遽浴讫（一曰蚤起），隐⑦几而化。

① 张璪：张璪，字文通，吴郡人，曾为监铁判官，贬衡州司马，移忠州司马。擅写松石，世谓"南宗摩诘传张璪"，得王维画法。朱景玄在《唐朝名画录》中说他画松："手提双管，一时齐下，一为生枝，一为枯枝，气傲烟霞，势凌风雨，槎枒之形，鳞皴之状，随意纵横，应手间出，生枝则润含春泽，枯枝则惨同秋色。"

② 符载：四川人，有奇才，早年习业青城山，得剑南韦皋聘为掌书记，后官至监察御史，以文名著称。《太平广记》引《芝田录》，写他通剑术，所养之剑，能照夜为昼。客游至淮浙，遇巨商舟舰，遭蛟作梗，不克前进。掷剑一挥，血洒如雨，舟舸安流而逝。

③ 垩：粉刷墙壁。

④ 僧那：应是上一章那位擅制暗器，闲来猎虎为乐，能根据夜光辨识兽类的奇僧那照。

⑤ 彀〔kòu〕：须母鸟哺食的雏鸟。

⑥ 道场：法事。

⑦ 隐：倚着、靠着。

◎ 马燧的异志

马燧自以为功勋彪炳，颇为自矜，常怀陶侃"登九重天门"的不臣之心，称反贼田悦为"钱龙"，至今仍为道义之士非议。

当时有人揣摩到马燧的心思，先在军中散布谣言，谣曰："斋钟动也，和尚不上堂。"一个月后，这人换了身术士行头，去见马燧，自称擅长看相。马燧召见，这人请屏退左右，才道："公之面相尊贵无比，不止是人臣之相，不过要达到至尊的位子，还欠缺一点没打通的地方，需价值千万的宝物，才能疏通。"马燧刚开始不信，那人道："公难道不曾听过那首歌谣？'斋钟动也，和尚不上堂'，说得正是马公您啊。所谓'斋钟动'，指时机已到；'和尚'，扣着马公的名字；'不上堂'，意思是和尚不进饭堂，也就是说，这至尊之位，不能自己去取。"马燧也在军中听过这句谣谚，经这人一说，有所意动，于是备下白玉、犀角、贝珠之类，交给那人。不料那人一去无踪，马燧忧恨耿耿，这才后悔不迭。

马仆射①（一曰侍中）既立勋业，颇自矜伐，常有陶侃②之意，故呼田悦③为钱龙④，至今为义士非之。当时有揣其意者，乃先著谣于军中，曰："斋钟⑤动也，和尚不上堂。"月余，方异其服色，谒之，言善相。马遽见，因请远左右，曰："公相非人臣，然小有未通处，当得宝物直数千万者，可以通之。"马初不实之，客曰："公岂不闻谣乎？正谓公也。'斋钟动'，时至也。'和尚'，公之名。'不上堂'，不自取也。"马听之始惑，即为具肪玉、纹犀及具珠焉。客一去不复知之，马病剧⑥，方悔之也。

① 马仆射：马燧，唐德宗朝大将。
② 陶侃：字士行（259—334 年），原籍东晋鄱阳郡（江西波阳县），后迁居庐江郡寻阳县（江西九江），东晋著名军事家，陶渊明的曾祖，官至侍中、太尉。《晋书·陶侃传》称侃曾："梦生八翼，飞而上天，见天门九重，已登其八，唯一门不得入。阍者以杖击之，因坠地，折其左翼。""及都督八州，据上流，握强兵，潜有窥窬之志，每思折翼之祥，自抑而止。"这里指马仆射怀有异心。
③ 田悦：魏博节度使，前节度使田承嗣的侄子，田承嗣死后，依叔父遗命继任。781 年，会同淄青、成德二镇叛乱，是唐德宗朝"四王二帝之乱"始作俑者之一。784 年归顺朝廷，同年被堂弟所杀，时年三十四岁。
④ 钱龙：财神爷。马燧是田悦的苦主，见一次打一次，功劳大半取自田悦，所以戏称自己一身尊荣都拜田悦所赐。《南史·梁本纪》提到了一种需以钱压胜的怪蛇，亦称钱龙："三月，主衣库见黑蛇长丈许，数十小蛇随之，举头高丈馀南望，俄失所在。帝又与宫人幸玄洲苑，复见大蛇盘屈于前，群小蛇绕之，并黑色。帝恶之，宫人曰：'此非怪也，恐是钱龙。'帝敕所司即日取数千万钱镇于蛇处以厌之。因设法会，赦囚徒，振穷乏，退居栖心省。又有蛇从屋堕落帝帽上，忽然便失。又龙光殿上所御肩舆复见小蛇萦屈舆中，以头驾夹膝前金龙头上，见人走去，逐之不及。城濠中龙腾出，焕烂五色，竦跃入云，六七小龙相随飞去。群鱼腾跃，坠死于陆道。"马燧称田悦为钱龙，实有养寇自重之意。
⑤ 斋钟：庙里通知僧众吃饭的讯钟。
⑥ 病剧：烦躁担忧。

◎ 相面择婿

河北冀州苏家两位掌珠，都到了摽梅之年，做父亲的张罗着为女儿择婿。

大才子张文成上门求亲，老苏看了他一眼，说道："足下才高八斗，奈何命中无富贵，最多做到五品官就该寿终了。"当时魏知古刚刚进士及第，也到苏家求亲，老苏一见大喜，道："你现在虽然官卑职小，将来必然贵不可言，真吾婿也！"于是把大女儿许给了魏知古。苏大小姐秀发及腰，乌黑油亮，有相士说这是大富贵之相。后来魏知古入阁拜相，苏大小姐受诰命封为夫人。

> 信都①民苏氏有二女，择良婿。张文成②往，苏曰："子虽有财③，不能富贵，得五品官即死。"时魏知古④方及第，苏曰："此虽官小，后必贵。"乃以长女妻之。女发长七尺，黑光如漆，相者云大富贵。后知

古拜相,封夫人⑤云。

---

① 信都:今河北冀州。
② 张文成:张鷟[zhuó](660—740年),字文成,高宗调露年间进士,文才卓绝,被誉为"天下无双",后又屡应下笔成章科、词标文苑科等八种特科,次次皆入甲等,任鸿胪丞时,四次参加书判考试,又全部夺魁。当时有名的文章高手、水部员外郎员半千称他有如成色最好的青铜钱,万选万中,张鷟因此在士林中赢得了"青钱学士"的雅称。然恃才放旷,为端士不容,一生未得大用,历任长安尉(从八品下)、鸿胪寺丞(从八品下),卒于司门员外郎(从六品上)。张鷟亦好搜奇志怪,有《朝野佥载》《游仙窟》等传世。
③ 子虽有财:疑应作"子虽有才"。
④ 魏知古:本名魏政,字知古(647—715年)。官至户部尚书,同中书门下三品(宰相),封梁国公,举发太平公主谋逆有功,后交恶姚崇,罢相。
⑤ 夫人:命妇封号。原本"夫人"只适用于天子妃嫔和诸侯妻室,譬如"戚夫人""钩弋夫人"。后来(约自唐代)朝廷官员的妻室和母亲,也可受封此称号,即"诰命夫人"。再后来,该称号飞入寻常百姓家,只要为人妻者,即可以称夫人了。

◎ 泰山大人

开元十三年,唐玄宗封禅泰山,以张说为封禅使。按照惯例,封禅之后,自三公以下,大小官员全部官升一级。张说的女婿郑镒,本是个九品小官,封禅后直升到五品,蒙赐绯服。到了赐宴百官之际,玄宗见郑镒官升数级,诧异问起,你怎么升到了五品?郑镒无言可对。这时,好为隽语的弄臣黄幡绰说道:"郑大人必是得了泰山之力!"

后世称岳父为"泰山",正是典出于此。

> 明皇封禅泰山,张说为封禅使。说女婿郑镒,本九品官。旧例,封禅后自三公以下,皆迁转一级。惟郑镒因说骤迁五品,兼赐绯服。因大脯①次,玄宗见镒官位腾跃,怪而问之,镒无词以对。黄幡绰②曰:"此泰山之力也。"

---

① 大脯:亦作"大酺",每吉庆时节,譬如新皇登极、征伐大捷、时和岁稔,天子

降旨，官民饮酒同欢，相当于官方狂欢日。

② 黄幡绰：玄宗时宫廷伶人，优孟衣冠之类，精乖伶俐，语出诙谐，常逗得玄宗大笑，言辞中每每暗含讽劝，极得玄宗宠爱，据说一日不见，龙颜就会不悦。唐人说部多载此人置喙君臣对话轶事，玄宗亦不以为忤。

◎ 座中戏妓

段成式有次去喝花酒，座上有个叫玉壶的姑娘挺奇怪，居然害怕烤鱼，看见烤鱼吓得脸都青了。大家见状，顿时来了兴致，开始问姑娘们都怕啥。有个叫蓬山的害怕老鼠，金子最怕虱子，怕得不得了，众宾客便竞相讲些跟虱子、老鼠有关的恶心事儿，讲了不下百余条。段郎一一记录下来，荟萃成集，题名《破虱录》。

> 成式曾一夕堂中会，时妓女玉壶忌鱼炙，见之色动①。因访诸妓所恶者，有蓬山忌鼠，金子忌虱尤甚。坐客乃竞徵虱挚②鼠事，多至百余条。予戏摭其事，作《破虱录》。

① 色动：脸色不豫、面现难色。
② 挚：捕捉。

冥 迹

幽冥裂缝

◎ 亡夫抢婚

本则出《洛阳伽蓝记》。

开善寺,坐落在北魏洛阳城阜财小区,这座寺庙原是民宅,主人叫韦英。韦英英年早逝,妻子梁氏不为亡夫办理丧事,反而匆匆嫁给了一个叫向子集的冀州人。虽然说是改嫁,但仍住着韦英的宅子。婚礼当天,青天白日,忽见韦英带人骑马闯入,大声道:"阿梁!你怎能这样快就忘了我们的感情!"

那继任丈夫向子集是知道韦英已死的,白日见鬼,自然大惧,急取来弓箭,一箭射去,韦英应弦而倒,化成桃木人偶,所乘之马现出原形,原来是茅草扎就,随从则悉数变作蒲叶所编的草人。妻子梁氏大受惊吓,宅子不敢再住,施舍出去,改成了寺庙。

"阿某"这类称呼,似乎不再见于后世北人方言,此例或可窥见作为昔日普通话的"洛语"孑遗,以及对中古吴语——"金陵音"及相关语系的影响痕迹。

> 魏韦英卒后,妻梁氏嫁向子集。嫁日,英归至庭,呼曰:"阿梁,卿忘我耶?"子集惊,张弓射之,即变为桃人茅马。

◎ 无归之约

北齐孝昭帝在位时,颁布诏令延揽天下才俊为朝廷效力。山东清河人崔罗什,年才弱冠,已有令名,当地官府请入州府叙用,乃乘马赴任。这天夜里,路经山东长白山西麓一座名为"夫人墓"的大冢附近,见前路朱门粉墙,重楼延阁。盈盈走出一个青衣侍婢，施礼道："我家小姐请崔公子相见。"

崔罗什诧异下马，跟着婢女穿过两重门，内中另有婢女复引之向前。崔道："逆旅之中，素不相识，虽蒙相召，似乎不宜遽入兰闺，唐突内眷。"婢女道："我家小姐是平陵刘太守之妻，吴质吴侍中之女。刘太守已经故世了，我家小姐独居，公子毋庸多虑。"崔罗什心中纳罕，思来想去，想不起朝中哪位侍中姓吴名质。只有三百年前曹魏有位吴质侍中，难道撞见了幽灵？

婢女引他入室就座，一个女郎俏立东首，与他寒暄，室内另有两个侍婢，各秉一烛站在那里。女郎吩咐侍婢呈上玉夹膝供崔公子纳凉。崔罗什才华横溢，出口成章，虽然疑心女郎非人，但也对她心生欢喜。那女郎说道："适才见公子憩息庭树之下，吟诵隽雅，因此特地奉请一叙。"

崔罗什试探问道："魏文帝致令尊的书信中，称令尊为元城令，果然确有此事吗？"

女郎道："不错，妾身就是在家父任元城太守那年出生的。"崔罗什乃以汉魏大事相询，女郎一一解答，大抵与《魏史》记载相符，亦不乏史书未载者。

崔罗什道："不敢请教尊夫刘氏台讳？"

女郎道："狂夫是刘孔才第二子，名瑶，字仲璋，因罪被捕，至今未返。"

无何，崔罗什起身告辞。女郎道："十年之后，我们还会相逢。"罗什取玳瑁簪相赠，女郎回赠一枚玉戒。崔罗什上马行出数十步，回头一看，那庄园乃是一座大冢。

抵达济南后，崔罗什认为此物不详，马上找来僧人作法禳邪，把玉戒指布施给了僧侣。

转眼到了天统末年，崔罗什受命回到夫人墓附近修筑河堤，勾起十年来始终耿耿于怀的恐惧，哭着向同僚济南奚叔布倾诉："今年正是十年之期，这可怎么办，我好怕啊！"这天，他在园子里正吃着杏子，忽然魔怔般说道："请告诉小姐，我这就来。"手里一枚杏子还没吃完，就此死了。

崔罗什任功曹十年，素得上官器重，一朝猝死，人人大叹可惜。

长白山①西有夫人墓，魏孝昭②之世，搜扬天下才俊，清河③崔罗什，弱冠有令望，被徵诣州，夜经于此。忽见朱门粉壁，楼台相望。俄有一青衣出，语什曰："女郎须见崔郎。"什悦然④下马，入两重门，内有一青衣通问引前。什曰："行李⑤之中，忽蒙厚命，素既不叙，无宜深入。"青衣曰："女郎平陵⑥刘府君⑦之妻，侍中吴质⑧之女。府君先行,故欲相见。"什遂前,入就床坐。其女在户东立,与什温凉。室内二婢秉烛,呼一婢令以玉夹膝⑨置什前。什素有才藻,颇善风咏,虽疑其非人,亦惬心好也。女曰:"比见崔郎息驾庭树,嘉君吟啸,故欲一叙玉颜。"什遂问曰:"魏帝与尊公书,称尊公为元城⑩令,然否?"女曰:"家君元城之日,妾生之岁。"什乃与论汉魏大事,悉与《魏史》符合,言多不能备载。什曰:"贵夫刘氏,愿告其名。"女曰:"狂夫刘孔才⑪之第二子,名瑶,字仲璋。比⑫有罪被摄,仍去不返。"什乃下床辞出,女曰:"从此十年,当更相逢。"什遂以玳瑁簪留之,女以指上玉环赠什。什上马行数十步,回顾乃见一大冢。什届历下,以为不祥,遂请僧为斋,以环布施。天统⑬末,什为王事所牵,筑河堤于垣冢⑭,遂于幕下话斯事于济南奚叔布,因下泣曰:"今岁乃是十年,可如何也作罢。"什在园中食杏,唯云:"报女郎信,我即去。"食一杏未尽而卒。什十二⑮为郡功曹⑯,为州里推重,及死,无不伤叹。

---

① 长白山:山东长白山,在今邹平市南。
② 魏孝昭:据后文出现的年号天统,知是北齐孝昭帝高演,560—561年在位。
③ 清河:清河郡,在今河北清河、山东武城、高唐一带。清河崔氏素为山东望族,自汉至唐,始终为阀阅代表,贞观初官修《氏族志》,仍以清河、博陵二崔为天下第一大族,凌驾于陇西李氏皇族之上,太宗勒令重修,始贬为第三。
④ 怳然:怳通恍,恍惚貌。
⑤ 行李:逆旅、旅途。
⑥ 平陵:平陵城,在今山东济南章丘区。
⑦ 府君:太守。
⑧ 侍中吴质:字季重(178—230年),济阴(山东定陶)人。曹丕智囊团高阶谋士,在曹丕争储之战中,多次授计化解曹植攻势,助曹丕博得曹操好感。比如,曹操出征在即,诸子送别,曹植称颂功德,诗作文采飞扬,曹操悦之。曹丕自忖不及,吴质支招说,殿下只要痛哭流涕即可。曹丕遂哭而拜,曹操及众臣皆以曹植华而不实,不及曹丕心诚淳厚。吴质极得曹丕倚信,怙恩跋扈,一次设宴款待当朝诸臣,席间令优伶之辈奚落宾客肥瘦,上将军曹真最胖,当时大怒,就要拔刀杀人,吴质按剑道:"曹子丹,你不过屠案上一坨肥肉罢了,吴某吞了你都不用动喉咙,嚼了你不需费牙劲儿,你敢在我面前放肆?"曹真愣是没敢发作。曹丕称帝,拜中郎将,假节督河北诸军事,魏明帝曹叡拜侍中。后文"魏帝与尊公书",即指曹丕寄与吴质的书信。
⑨ 夹膝:消暑用具,竹制者常见,又名"竹夫人"或"青奴",相当于竹编的抱

枕，夏季抱着、枕着、夹着以透气纳凉。
⑩ 元城：今河北邯郸大名。
⑪ 刘孔才：刘邵，字孔才，邯郸人。汉献帝朝入仕，初为广平吏，历太子舍人、秘书郎等，入魏，任尚书郎、散骑侍郎、陈留太守等，后赐爵"关内侯"，死后追赠光禄勋。
⑫ 比：近来。
⑬ 天统：天统，北齐年号，565—569年。若该故事开端是在孝昭帝登极元年，即560年，那么至天统末年恰是十年。
⑭ 垣冢：大冢附近。《太平广记》本作"桓家冢"。
⑮ 十二：应作"十年"。
⑯ 郡功曹：功曹参军，州郡佐官。

◎ 幽冥判官

南巨川识得一个名叫张叔言的幽冥判官，根据他在冥界的见闻写了一部《续神异记》。张叔言在冥司判案十起，八男二女。另外，乌龟、狐狸也可以担任判官。

　　南巨川①常识判冥者张叔言，因撰《续神异记》，具载其灵验。叔言判冥鬼十人，十人数内，两人是妇人。又乌龟狐亦判冥。

---

① 南巨川：开元二十七年进士，以给事中奉使吐蕃，后坐事贬崖州。《续神异记》，今佚。

◎ 荒村旅伴

事情发生在于頔镇守襄阳时期。襄阳有个姓刘的候补官，在进京路上邂逅了一个举人，二十出头，谈吐明快，同行数里，相得甚欢。刘携得有酒，二人席草而坐，对酌倾谈，直喝到暮霭沉沉。举人指着一条小路道："此去数里便是寒舍，刘兄肯否赏光惠临？"刘以进京的时限紧迫婉拒，举人于是赋诗相赠：流水涓涓芹吐牙，织乌双飞客还家。荒村无人作寒食，殡宫空对棠梨花。

次日，刘折回襄阳，再去找那举人时，只见到一所房子，停厝着举人的棺材。

于襄阳頔①在镇时,选人②刘某入京,逢一举人,年二十许,言语明晤③,同行数里,意甚相得。因藉④草,刘有酒,倾数杯。日暮,举人指支迳⑤曰:"某弊止⑥从此数里,能左顾乎?"刘辞以程期,举人因赋诗:"流水涓涓芹努(一曰吐)牙,织鸟双飞客还家。荒村无人作寒食,殡宫⑦空对棠梨花。"至明旦,刘归襄州。寻访举人,殡宫存焉。

---

① 于襄阳頔[dí]:于頔,字允元,洛阳人。先后任湖州、苏州刺史,唐德宗贞元十四年镇山南东道,治所襄阳。
② 选人:唐代科考中第的明经、进士等只是"出身",需经吏部铨选才能实授官职,进入吏部候选者即是选人。
③ 明晤:明白清晰。
④ 藉:坐。
⑤ 支迳:阡陌小径。
⑥ 弊止:寒舍。
⑦ 殡宫:停放灵柩之所。

◎ 重生灵童

　　顾况七十岁那年,十七岁的长子不幸夭亡,一缕幽魂,流连故居,不忍离去,心头恍恍惚惚,宛若梦中。顾况悲伤不已,赋诗而哭道:"老人丧其子,日暮泣成血。老人年七十,不作多时别。"亡子灵魂闻之亦伤心痛哭,暗暗发誓:"若再世为人,还要做顾家的儿子!"几天后,迷迷离离间似乎被人带到一个地方,那里有个像县吏一样的人专门裁决转世,把他分配到了顾家,接着就彻底失去了知觉。

　　不知过了多久,意识忽然恢复,睁眼一看,熟悉的房间,熟悉的面孔,亲人们都聚在身边,他知道自己是转世重生了,只是不能说话。此念才起,记忆复又断绝,直到七岁那年,被哥哥戏弄打脸,他一生气,心窍大开,脱口叱道:"我是你兄长,你怎么敢打我!"因历数前生之事,若合符节,丝毫不爽,举家大惊,方知转世投胎之说并非虚言。

　　此人就是进士顾非熊,成式有一回去访他,听他涕泪交流地亲口谈起。释家《菩萨处胎经》有一种说法,说大灵大圣会在母胎中具备意识,不过好像跟他这个情况稍稍不同。

顾况①丧一子，年十七。其子魂游，恍惚如梦，不离其家。顾悲伤不已，因作诗，吟之且哭。诗云："老人丧其子，日暮泣成血。老人年七十，不作多时别。"其子听之感恸，因自誓："忽若作人，当再为顾家子。"经日，如被人执至一处，若县吏者，断令托生顾家，复都无所知。忽觉心醒，开目认其屋宇，兄弟亲满侧，唯语不得。当其生也，已后又不记。年至七岁，其兄戏批②之，忽曰："我是尔兄，何故批我。"一家惊异，方叙前生事，历历不误，弟妹小名悉遍呼之。抑知羊叔子事③非怪也。即进士顾非熊。成式常访之，涕泣为成式言。释氏《处胎经④》言人之住胎，与此稍差。

---

① 顾况：字逋翁，苏州人，生卒时间不详，大致享寿九十余岁。诗画双绝，性诙谐，好为讽诗讥嘲权贵，因此久不得志。贞元四年任著作佐郎，当年十六岁的白居易进京赶考，按惯例谒见文坛前辈顾况，于是有了"长安居，大不易"以及"离离原上草"的典故，白居易扬名，实肇于此。次年，顾况即因为轻侮朝士，贬饶州司户，几年后辞官隐居。子顾非熊，亦有诗名，数奇不遇，科运奇差无比，连考了三十年都没考中，最后唐武宗钦点为他开后门，才得补选。顾非熊与段郎年龄相仿，交情亦笃，在《广知》部分，曾向段郎传授过一种钓鱼秘技。

② 批：打耳光。

③ 羊叔子事：羊叔子，羊祜。《晋书·卷三十四》："祜年五岁，时令乳母取所弄金环。乳母曰：'汝先无此物。'祜即诣邻人李氏东垣桑树中探得之。主人惊曰：'此吾亡儿所失物也，云何持去！'乳母具言之，李氏悲惋。时人异之，谓李氏子则祜之前身也。又有善相墓者，言祜祖墓所有帝王气，若凿之则无后，祜遂凿之。相者见曰：'犹出折臂三公。'而祜竟堕马折臂，位至公而无子。"羊祜为避此嫌疑，故意把坟冢破坏了，仍然位及三公。

④ 处胎经：《菩萨处胎经》。

尸 夜

盗墓奇谭

夜,本指"黑夜",言地下幽暗,永无光明,如漫漫长夜,引申为"墓穴"。本章载丧葬习俗和盗墓之事。

◎ 入殓

唐代丧葬仪式,讲究在死者入棺前,剪下死者衣服的后襟留下。将要盖棺时,在棺前置下酒肉黍饭,用力摇晃着棺盖、敲击棺材,大喊死者的名字,叫他起来吃饭,喊三次,死者若没有反应,则盖棺。

近代丧礼,初死内棺①,而截亡人衣后幅留之。又内棺加盖,以肉饭黍酒着棺前,摇盖叩棺,呼亡者名字,言起食②,三度然后止。

---

① 内棺:入棺,即大殓仪式。
② 言起食:喊死者起来吃饭,是丧俗中古老而常见的招魂仪式。

◎ 漆棺

往棺上楔钉和刷漆时不可哭,哭则油漆不干。

琢钉及漆棺止哭,哭便漆不干也。

◎ 铭旌

送葬时铭旌拿出门去，要扯碎了带走。

> 铭旌[1]出门，众人掣裂将去。

[1] 铭旌：简要标明死者资料的旗幡。多帛制，上书死者官阶、称呼、显考妣，大敛后，用竹杠悬挂在灵柩之右。出殡时走在送葬队伍前方，下葬时取下覆盖在棺椁上。按一般习俗，铭旌需随灵柩入土，而不是"掣裂将去"——撕碎了拿走，所以段郎引为异事，收入书中。除了识别死者身份，先民相信，铭旌还可以引导亡魂去往先祖和神灵世界。著名的马王堆一号汉墓T型帛画，出土时覆盖于内棺盖板上，考古学家多认为，该帛画与铭旌相仿，也起到接引亡魂走向天国之用。帛画顶端绘有日、月、金乌和蟾蜍，代表着汉人想象中的天界。

马王堆一号汉墓T型帛画

◎ 禁忌

送给死者的陪葬品，不能有熟皮子、铁器、带铜镜的妆奁盖子，据说是因为死者不能见光的缘故。不过西晋的董勋说："《周礼》提到的弁服韎韐，就是熟皮子做的。"

> 送亡人不可送韦革[1]、铁物及铜磨镜奁盖，言死者不可使见明也。董勋[2]言："《礼》：'弁服[3]韎韐[4]。'此用韦也（一曰茅韦）。"

[1] 韦革：熟皮子。

[2] 董勋：西晋人，曾为议郎。

[3] 弁服：天子视朝、接受诸侯朝见时穿用的服饰。此处特指《周礼》所言天子遇凶事之礼服，《周礼·春官宗伯》："凡兵事，韦弁服；眡朝，则皮弁服；凡甸，冠弁服；凡凶事，服弁服。"

④ 韎[mèi] 韐[gé]：韎，用茜草染成赤黄色的革制品。韐，蔽膝。即蔽膝护膝，天子祭服的一部分（戴爵弁，穿纁裳、纯衣，佩缁带，韎韐），长三尺，多是皮制，用以下跪时保护膝盖。

◎ 明器

接续上则的"送亡"，举适宜送亡的明器：

明器宜用木刻的屋舍、车马、奴婢，用以避抵虫噬、辟邪。周朝之前多用泥土捏制车舆、茅草扎成人马，周代起开始用人俑。

> 刻木为屋舍、车马、奴婢，抵虫蛊等。周之前用涂车①、茵灵②，周以来用俑。

---

① 涂车：泥捏的马车。
② 茵灵：即刍灵，茅草扎的人马。"冥迹"章首故事复活的"桃人茅马"即此。

◎ 陪葬

陪葬之物，又如书籍、纸钱、毛笔、弩、冥界通行证、挂树等等。还有陪葬輲车的——也就是古代的蒌翣，此物形似屏风。

> 送亡者又以黄卷①、蠟钱②、菟毫③、弩机、纸疏④、挂树⑤之属。又作輲车，车，古蒌⑥也，蒌似屏。

---

① 黄卷：指书籍。古代添加黄檗等植物造纸，防虫蛀，纸呈黄色。此处或特指道书佛经一类，即所谓青灯黄卷者。
② 蠟[là]钱：冥钱、纸钱。
③ 菟毫：毛笔。
④ 纸疏：向鬼神祈祷的祝文。
⑤ 挂树：《水经注》云，介子推抱树而死，国人葬之，恐其灵魂陨落于地，乃造

"挂树"。后世丧葬用此保护亡魂免于坠落地府。
⑥ 古蒌:"蒌翣"[lóu shà],棺饰,或为覆于棺上的彩帛,或为绘于外板的彩饰。《礼记·檀弓下》:"是故制绞衾,设蒌翣,为使人勿恶也。"郑玄注:"蒌翣,棺之墙饰。《周礼》蒌作柳。"所以说其形似屏。

◎ 傩舞

世人有在丧葬仪式上请乐伎奏乐跳舞的,名为"乐丧"。

魌头能收集亡者的魂气,又名"苏衣被",因为舞蹈的乐伎,如同死者复活。乐伎也叫"狂阻"或"触圹",所戴面具,四只眼睛的叫方相,两只眼睛的叫魌。死灵法师费长房曾识别出一种药丸,说是方相的脑子,那么方相应该是鬼物之属。先秦的前贤效仿这种鬼神,置官职"方相氏",在人间发挥它驱逐恶鬼的力量。

> 世人死者有作伎乐,名为乐丧①。魌头②,所以存亡者之魂气也。一名苏衣被,苏苏如也③。一曰狂阻④,一曰触圹⑤。四目曰方相⑥,两目曰魌。据费长房识李娥⑦药丸,谓之方相脑,则方相或鬼物也,前圣设官象之。

---

① 乐丧:古人认为,魂是气,是人的精神;魄是形,是人的肉体。当精神与肉体分离,人就会死亡。人死后,魂气归于天,形魄归于地,但如果有人枉死不甘,冤魂不散,就会逗留人间,为祸生者,给生者带来疾疫灾难,故而要驱逐疫鬼、安抚亡灵,这就是"傩"产生的思想根源。乐丧上要跳傩舞,舞者戴方相氏面具驱赶魍象(吃死人肝脏的怪物)。
② 魌[qī]头:傩礼仪式上,打鬼驱疫所戴的面具,与方相相似,古人相信此物可以收集死者魂魄。《隋书》载,官员四品以上葬礼的驱傩仪式用方相,七品以上用魌头;《通典》则说,三品以上用方相,四品以下至庶民皆用魌头。方相面具有四只眼睛,魌头两只。据荀子透露,孔子相貌怪丑,长得就像戴着魌头面具:"仲尼之狀,面如蒙魌。"
③ 苏衣被,苏苏如也:魌头可以贮藏死人魂灵,像衣服被子一样保护着亡魂。傩礼上舞蹈的乐伎象征死者,他们头戴可以收集魂灵的魌头,象征死者苏醒还阳。苏苏如也即苏醒的样子。这种舞蹈形式对民间一些戏曲舞蹈也产生了影响,直到今天,福建泉州的傀儡戏戏神田公元帅仍然称为"苏相公",演出前的开台仪式"相公爷踏棚"又叫"大出苏"。

④ 狂阻：指扮演方相氏的巫师。《周礼·夏官·序官》："方相氏，狂夫四人。"

⑤ 触圹：傩舞中，巫师戴着面具跳进墓穴四处击打墓圹以示驱鬼。

⑥ 方相：先是上古神祇，也叫"开路神""险道神""阡陌将军"，专一负责驱鬼，后来演变成傩祭的主持者。周礼定为为国家驱疫的官员。在葬墓文化中，方相被塑成镇墓兽守护亡灵，据说上古五帝之一的颛顼有三个儿子，其中之一叫罔象，即魍魉，又叫方良，好吃死人肝脑，而方相是罔象的天敌，于是墓侧常立方相石碑。另外，传说虎和柏树也可以对付罔象，因此后世陵园亦多见柏树、虎形石像。

⑦ 李娥：事见《搜神记·卷十五》：汉建安四年二月，武陵充县有个名叫李娥的老太太去世了，葬在城外。邻居蔡仲寻思着陪葬品中必有不少值钱东西，待十四天后丧葬仪式全部完成，便跑去挖墓。棺木坚硬，蔡仲拿斧子猛劈，只听老太太在棺材里大喊："蔡仲你当心点！别劈到我的头！"蔡仲大骇逃走，他狼狈疾走的样子引起了巡逻县吏的怀疑，捉住一问，如实供述。武陵太守听闻，召老太太相见，问以冥界之事，老太太说："我死后见到了司命神，司命神说他们搞错了，我其实不该死，然后把我赶了出来。我一出来，遇见了表哥，我忙问表哥，该怎么回到人间？表哥带我去问尸曹，尸曹说：'正好，你们武陵西有个叫李黑的，也是死错了要放回去，你同他做个伴好了，再让李黑去蛊惑你的邻居蔡仲挖你的墓，这样你就能破土而出了。'"太守听了，慨然叹道："天下事真不可知也。"派人到城西一问李黑，证实确有此事。老太太还阳前，表哥托她给家人带封信，书信送到，表哥的儿子认得纸是父亡时送箱中的文书，但文字古怪，于是请教死灵法师费长房，费长房译道："书告吾子，我将于八月初八中午随冥神出行，届时务必至武陵城南沟水畔等候"。到了八月初八，城南水沟果然传来人马行路声，只听其父的声音道："来年春将有大疫流行，你以此药涂抹门户，可辟妖疠。"只见水中浮出一颗药丸。次年春，武陵果然爆发大疫，白日皆见鬼，唯表哥之家，鬼不敢向。拿那颗药丸给费长房看，费道："这是方相脑。"

◎ 忌狗见尸

此外还忌讳狗靠近尸体，会使丧礼前功尽弃。

> 又忌狗见尸，令有重丧。

◎ 魂衣

魂衣置于死者座位上，叫作"上天衣"，灵魂借此可以成功升天。

亡人坐上作魂衣①，谓之上天衣。

---

① 魂衣：为亡魂御寒的衣物，与初丧（复）时招魂亡者所着的复衣、小殓时的寿衣有别。早见《周礼·春官·司服》："大丧，共其复衣服、敛衣服、奠衣服、廞衣服，皆掌其陈序。"郑玄注："奠衣服，今坐上魂衣也。"意思是说，将魂衣置于座上祭奠，想象着亡魂坐在座位上，身穿魂衣。《汉大丧仪》："尚衣奉衣，登容根车，诣陵，奉衣就幄坐，大祝进醴献如礼。既葬，容根车游载容衣，藏于便殿。此郑所谓魂衣矣。"汉代葬礼，专门有人捧着魂衣坐在"魂车"上，礼毕，将魂衣藏起。

◎ 葬丧渊源

褮，就是鬼衣。葬丧用桐人，始于战国的虞卿；死者穿明衣，始于春秋时期的左伯桃；挽歌，则是由牵拉灵柩的号子演变而来。按照从前的律法，盗墓者当处死刑弃市，"冢"，就是"重"的意思，是孝子重视的神圣象征，哪怕盗墓者没有挖出什么实物，只是挖一点土就足以触犯极刑了。

褮①，鬼衣也。桐人②起虞卿③，明衣④起左伯桃⑤，挽歌⑥起绋讴⑦。故旧律发冢弃市⑧，冢者重也，言为孝子所重，发一蜼⑨土则坐，不须物也。

---

① 褮［yīng］：盖在死者脸上的面巾。
② 桐人：桐木制的人俑，殉葬用。
③ 虞卿：战国策士，说赵孝成王，一见，赐黄金百镒，白璧一双；再见，为赵上卿，故号为虞卿。为赵国对秦的强硬派代表，主张合纵抗秦。晚年挂印前往魏国大梁，受困于彼，乃上采春秋，下观近世，著八篇《虞氏春秋》。桐人起虞

卿，出王肃《丧服要记》："鲁哀公葬父，孔子问曰：'宁设桐人乎？'哀公曰：'桐人起于虞卿。虞卿，齐人，遇恶继母不得养，父死不得葬。知有过，故作桐人。'"

④ 明衣：死者洁身后所穿的干净内衣。

⑤ 左伯桃："舍命陪君子"故事主角。西汉刘向《列士传》：左伯桃、羊角哀同为春秋末期燕国人，闻楚平王广招贤才，结伴南下赴楚谋仕。时值严冬，二人行经齐地梁山，遇大雪，困于山腹。眼见干粮将尽，二人不胜冻馁，左伯桃将剩余粮食衣物都给了羊角哀，放弃了自己。羊角哀至楚，拜为上大夫，楚王闻左伯桃舍生之举，感其义，许收其尸骸厚葬。但墓逼近荆将军墓，后左伯桃托梦告诉羊角哀，魂魄日夜被荆将军所扰。羊角哀不知左伯桃能否获胜得安，感念故人，自刎下黄泉相助。后世称其为"羊左之交"。

⑥ 挽歌：送葬之歌。

⑦ 绋讴 [fú ōu]："绋"是牵引灵柩的绳索。讴，唱歌。《礼记·曲礼上》："助葬必执绋。"郑玄注："引车索。"《庄子》曰："绋讴所生，必於斥苦。"司马彪注曰："绋，引柩索也。斥，疏缓也。苦，用力也。引绋所以有讴歌者，为人有用力不齐，故促急之也。"认为挽歌是由牵拉灵车时所喊的号子演变而来。唱挽歌时，歌手分列灵车两旁，牵引灵车边行边唱。王侯葬礼的歌手通常是从贵族子弟中选拔出来的优秀少年，称为"挽郎"，又称"挽憧"。

⑧ 弃市：在闹市对犯人执行死刑，后代指死刑。

⑨ 蕳 [jiǎn]：通"茧"，少量。

◎ 吊丧

古人死而不葬，尸体置于野，不用棺椁，而是覆以柴薪，亲友执弓箭守卫四周驱杀鸟兽，这叫作"吊"，也就是后世凭吊、悼念仪式的前身，所以吊字的字形很像一张搭箭的弓。《礼》曰："箭上弓弦去吊丧，以助死者驱逐鸟兽。"

北魏风俗，以厚葬为荣，竞相攀比，棺木厚而高大，多取材柏木，棺材两侧镶大铜环钮，不分公私贵贱，送葬的灵车，皆饰白丝油络和白布车帷，送葬者全体穿素服，举棨仗，打房鼓，哭声与南朝相似。据说当时哭丧和唱挽歌不会哭到声嘶力竭，这一点也稍异于如今（唐代）的京师丧俗。

"吊①"字，矢贯弓也②。古者葬弃中野，《礼③》：贯弓而吊，以助鸟兽之害。后魏俗竟厚葬，棺厚高大，多用柏木，两边作大铜镮钮，不问公私贵贱，悉白油络④幰帠⑤辒车⑥，迾素⑦棨仗，打房鼓，哭声欲似南朝，传哭挽歌无破声，亦小异于京师焉。

---

① 吊：凭吊，祭奠或慰问。
② 矢贯弓也："吊"字的古体字形，如人持戈射矰。异体写法"弔"可窥遗意。
③ 礼：《礼记》《周礼》《仪礼》等均未见此说。《周礼》有"祭祀，以弓矢驱乌鸢"；《说文》有"古之葬者，厚衣之以薪，从人持弓，会驱禽"，与之差近。
④ 油络：丝质网状的车饰。
⑤ 幰[xiǎn]帏：车上的帷幕。
⑥ 輀[ér]车：载运灵柩的车。
⑦ 迤素：全体列队，着素服。

◎ 怪物罔象

见前注，从略。

《周礼》："方相氏殴罔象。"罔象好食亡者肝，而畏虎与柏。墓上树柏，路口致石虎，为此也。

◎ 弗述食脑

秦时，陈仓县民猎得一个怪物，似猪非猪，不知是什么东西。路上遇到两个小孩，小孩道："此物名'弗述'，生活在地下，以死尸脑子为食。常规办法杀之不死，只有将柏木楔进它的头颅，才能杀掉。"

昔秦时陈仓人，猎得兽若彘而不知名。道逢二童子，曰："此名弗述①，常在地中食死人脑。欲杀之，当以柏插其首。"

---

① 弗述：《搜神记》《列异志》作"媪"，晋《太康地志》作"媚"，东汉《风俗通义》、梁《述异记》作"蝹"，同物异名。

◎ 女仪

办丧事的人家，女子要戴面衣遮脸，一年丧期后可以除去面衣，只戴头巾。另外，女子哭丧，要拿扇子遮着脸哭，也有躲在帷幄里哭的。

遭丧妇人有面衣①，期②已下妇人着帼，不着面衣。又妇人哭，以扇掩面。或有帷幄内哭者。

---

① 面衣：用以遮蔽脸面的服饰，此处指女子服丧用的遮颜衣饰。
② 期：期服，即丧服，需穿满一年。

◎ 铁墓顶

西汉济南王刘辟光的危山大墓常有狐狸出没，狐狸从墓穴中钻出来时，皮毛都沾满坑灰。魏末，还有人在狐狸洞前捡到过黄金打造的刀子、镊子，以及玉质的痰盂。

汉平陵王墓①，墓多狐。狐自穴出者，皆毛上坌灰②。魏末有人至狐穴前，得金刀镊、玉唾壶。

---

① 汉平陵王墓：刘辟光之墓。刘辟光，汉文帝侄，齐悼惠王刘肥之子，封济南王，居东平陵。景帝三年，参与七国之乱，兵败自刭，葬于今济南危山，坟冢称"铁墓顶"。
② 坌灰：积灰。

◎ 毒墓

近世（唐代）有人打开过齐景公墓，该墓位于贝丘县东北方，内中机关重重。盗墓贼向下挖了三丈，挖到一口石匣，匣中一只精巧的石鹅，石鹅转动翅膀，带动机栝拨开顶门石，墓门才能打开。再向下深入一丈，忽有青气上腾，像陶窑烧制陶器产生的烟雾，飞鸟从上方经过，皆堕地而死，吓得盗墓贼止步不入。

> 贝丘县①东北有齐景公②墓，近世有人开之，下入三丈，石函中得一鹅，鹅回转翅以拨石。复下入一丈，便有青气上腾，望之如陶烟，飞鸟过之辄堕死，遂不敢入。

---

① 贝丘县：南朝宋置，隋开皇间改淄川县，在今山东淄博淄川区。
② 齐景公：姓姜，名杵臼（约前550—前490年）。在位五十八年，春秋后期齐国君。上世纪六七十年代，考古人员在山东淄博市临淄区齐国故城的东北，先后发掘出五座大墓，其中五号东周墓附带大规模殉马坑，据推测墓主人可能正是齐景公。

◎ 崔涵复生

该故事出自《洛阳伽蓝记》。

北魏洛阳城有座西域人施舍建造的菩提寺，寺里僧人达多去挖人家的墓葬砖，结果挖出一个活人。把人送到官府，官府不敢隐瞒，写了份报告连人带表上报朝廷。

时孝明帝在位，灵太后当政，闻知此事，都感古怪便问黄门侍郎徐纥："这种事情，史上可有前例？"

徐纥奏对道："当年曹魏摸金校尉大肆发冢，曾在西汉霍光的女婿范明友墓中挖出一个活人，是范家的家奴，问之汉朝史事，莫不与史书相符。因此此事虽奇，倒与凶吉无关。"

灵太后便命徐纥调查这活死人之谜。以下是口供：

"草民姓崔名涵，字子洪，博陵安平人，父名畅，母姓魏，家在城西阜财里。死于十五岁，今年应为二十七岁。

草民在地下生活了十二年，一直半生不死，感觉有点像醉酒，有时朦胧间似乎四处游走，也吃过一些东西，但一切如在梦中，不甚明了。"

太后命门下录事张秀到阜财里，寻访崔家父母。果如此人所言，找到了一个名叫崔畅的老头及其妻魏氏。张秀问崔畅："你是不是有个儿子过世了？"崔畅回答说："是的，犬子崔涵，不幸于十五岁那年夭亡。"张秀道："你儿子的墓前日被人盗掘，发现你儿子还活着，现下正在宫里。"崔畅惊惧道："我没有这么个儿子，刚才都是我胡说八道的！"

张秀无奈，回宫复命，灵太后命人把崔涵送回家。老头听说了，在门前堆柴点火，手持柴刀站在门里，他浑家魏氏拿着桃枝霍霍挥舞，大声道："别进来！你不是我们的儿子，我们儿子早死了！快点走！否则休怪我们不客气！"

崔涵伤心欲绝，黯然离去，从此浪荡京城，无家可归，常踽踽独行于北邙山下，尤其惧怕阳光，亦害怕水火及刀兵之属，时人呼之为鬼。当时洛阳城卖棺材、冥器的商铺大都集中在市场北临的奉终里，有一次崔涵游荡到这里，见到匠人在做棺木，忍不住道："做棺材还是用柏木的好，但切莫用桑木做里衬。"匠人问他为何，崔涵道："向日我在地下，见鬼吏征兵，一个鬼诉称自己的棺材是柏木的，应当享有免征特权。那鬼吏说：'棺材虽是柏木，里衬却是桑木，一般的没用。'那鬼便给捉走了。"

此言一出，京师柏木价格飞涨，有人怀疑崔涵是受了木材商指使才这么说的。

> 元魏①时，菩提寺僧多（一曰达多）发冢取砖，得一人，自言姓崔名涵，字子洪，在地下十二年，如醉人，时复游行，不甚辨了。畏日及水火兵刃。常走，疲极则止。洛阳奉洛里多卖送死之具，涵言："作柏棺莫作桑襯②。吾地下发鬼兵，一鬼称是柏棺，主者曰：'虽是柏棺，乃桑襯也。'"

---

① 元魏：北魏。
② 桑襯：桑木质地的棺材里衬。

◎ 密葬

南朝葬俗，向死者及其家属赠送财物、随葬品时要遮掩自己的身份，原本应佩戴貂蝉的，以雁翎代替；佩绶带者不能露面，只能送书信致意。

> 南朝薨卒，赠予①者以密，应看②貂蝉③者以雁代之，绶④者以书。

① 赗予：即"赗赠［fèng］"，也作"赗赙［fù］"，指向死者或其家属赠送车马、财物、明器等以助送葬的礼俗。
② 看：形讹，当为"着"，穿着。
③ 貂蝉：貂尾和附蝉，为侍中、常侍等贵近之臣的冠饰，亦泛指显贵大臣。两晋之后，貂蝉冠地位渐衰，渐被滥用。
④ 绶：绶带，古代用以系佩玉、官印等。

◎ 官阶

古时大臣陵墓里，都有一块题写着墓主人官职姓名的木牌，叫作"楬杙"。那时候的规矩，五品以上才可以用漆棺，六品以下的棺材只能漆一漆缝隙。

  先贤大臣冢墓，揭杙①题其官号姓名，五品以上漆棺，六品以下但得漆际。

① 揭杙：即楬杙［jié yì］，书死者姓名的木牌。

◎ 冥界徭役

南阳县苏调的女儿于三年前过世，日前却突然破棺回家，说冥界也存在徭役，死者若得赤小豆或黄豆随葬，可以豁免，还说梓木适宜做棺材。

  南阳县民苏调女，死三年，自开棺还家，言夫将军事①。赤小豆、黄豆，死有持此二豆一石者，无复作苦。又言可用梓木为棺。

① 言夫将军事：或作"言冥将军事"，即冥界徭役。《荆楚岁时记》："冬至日，量日影，作赤豆粥。以禳疫按共工氏有不才之子，以冬至死，为疫鬼，畏赤豆，故冬至日作赤豆粥以禳之。"言赤豆辟鬼。

◎ 神机墓

唐宋的庄园，一如《水浒传》及武侠小说描写般，有大量佃户为庄主耕种、缴租，乱世时还能起到类似坞堡的武装防御功能，所以武侠小说的庄主们往往武功高强。

这里的庄主名叫李邈，大约是不会武功的，此人曾在度支名臣刘晏麾下任事。他的庄子位于长安附近，由于长期在外做官，很少有机会回来。

庄主长年不在，庄客便懈怠了，近五六年来，李邈没有收到一粒租粮。这年，上司刘晏蒙冤赐死，李邈辞官回庄，满腔郁闷的他打算找庄客算一算总账。回庄一看，却见仓廒积满，粮谷租子源源不断地运来，不禁大奇，问起庄客，众庄客说出一番话来。

原来庄客佃租李邈的田产，耕种两三年后，见庄主老是不回家，竟干起了盗墓勾当。这件事一本万利，众庄客干了几次就干上了瘾，田地都扔着不种了，当然更顾不上缴租。

半年前，这伙盗墓贼在庄园以西十里外发现一座高大的古冢，周遭松林遍野，也不知是哪个年代、什么人的墓葬。冢丘前有块石碑断倒草中，文字磨灭，不能辨识。

他们从侧面打洞进去，斜向下挖了几十丈，遇到一扇石门，是浇铁水加固的，极其牢固。庄客们此时盗墓经验已颇为丰富，当即在石门和铁壁之间凿开缝隙灌入大粪。连灌几天，终于把那扇门顶变了形，一撬开，箭矢激射如雨，当先几人立遭射杀。其他人忙躲开一旁，谁也不敢靠近看一看。过了良久，一个有见识的庄客说道："这是墓道里的机关，不是人在射箭，待到机关耗尽，就可以进去了！"在他的指挥下，众人往墓道里投掷大石，每一投掷即有箭雨射出，掷得十几次后，终于再无动静。

众人高举火把鱼贯而入，未走多远，遇到第二扇门。有了上次的经验，这次格外小心，打开之后，齐齐闪到一旁，然而什么变故也没发生。众人小心翼翼走进去，只见几十个木人密密麻麻挤在墓道里，不知道是干什么用的。有人看得好奇，伸手去摸，木人陡然睁眼，拔剑就砍，众人猝不及防，一时墓道中惨叫连连，血肉横飞。

外面的人哪里还敢进去，眼睁睁看着同伴被机栝切割的支离破碎。幸好那些木人都是固定的，不会追出来，众人见此，取来长棍，远远的将木人手中兵刃打掉，持大斧一路砸砍过去，把那些杀人机关劈成了一地废柴。

踏着同伴的血肉残尸通过甬道，终于进入主墓室。火光照出四面墓壁威武狰狞的卫兵画像，墓室南侧，十几条铁索悬吊着一口大漆棺，棺材之下，堆满金玉珠玑。但众人已是惊弓之鸟，看着这触手可及的财宝，唯恐又有什么陷阱，谁都不敢去抢。寂静的墓室中，只剩火把燃烧的声音，和众人沉重的呼吸。忽然，所有人都感到微风扑面，在这密闭的地下，怎么会起风？起先大家以为是错觉，那风越刮越大，跟着从悬棺两角流出沙来，墓室顿时沙粒飞扬，打得人脸生痛，睁不开眼睛。众人慌张欲退，猛然发现沙子已经积到了膝盖，这一下可吓破了胆，照这么下去，岂不是要被活埋在地下？他们拼了命的在流沙中迈开步子往回蹚，逃出墓门时，无不瘫倒在地，回头一看，墓门已经被沙子堵死。检点人数，到底是有一个同伴没能逃出来，被流沙封在了墓中，做了那墓主的人殉。

此役死伤惨重而一无所得，所有人都心情沉痛，后怕不已，大家觉得这是报应，亦是警告。第二天，他们携来酒肉，在那冢丘前祭奠谢罪，发誓从此改过迁善，再也不盗墓了。

　　刘晏判官①李邈，庄在高陵②，庄客悬欠租课，积五六年。邈因官罢归庄，方欲勘责，见仓库盈羡③，输尚未毕。邈怪问，悉曰："某作端公④庄客二三年矣，久为盗。近开一古冢，冢西去庄十里，极高大，入松林二百步方至墓。墓侧有碑，断倒草中，字磨灭不可读。初，旁掘数十丈，遇一石门，固以铁汁⑤，累日洋粪沃之⑥方开。开时箭出如雨，射杀数人。众惧欲出，某审无他，必机关耳，乃令投石其中。每投箭辄出，投十余石，箭不复发，因列炬而入。至开第二重门，有木人数十，张目运剑，又伤数人。众以棒击之，兵仗悉落。四壁各画兵卫之像。南壁有大漆棺，悬以铁索，其下金玉珠玑堆集。众惧，未即掠之。棺两角忽飒飒风起，有沙迸扑人面。须臾风甚，沙出如注⑦，遂没至膝，众皆恐走。比出，门已塞矣。一人复（一日后）为沙埋死，乃同酹⑧地谢之，誓不发冢。"

---

① 判官：使府幕职，综理本使日常事务。
② 高陵：今西安市高陵区。
③ 盈羡：盈余。
④ 端公：侍御史的敬称，可见李邈曾为侍御史。
⑤ 遇一石门，固以铁汁：常见的古墓防盗措施，在数层砖墙或石门之间浇灌铁汁。
⑥ 洋粪沃之：加热粪水浇灌。

⑦ 沙出如注：春秋战国时期的古墓偶见积沙墓，用大量细沙粒而不是泥土埋葬墓室。沙粒回流速度快，增加了挖掘难度。盗墓者试图从正上方挖掘，需要运出巨量积沙，而从侧向进入，则易引起塌方，使盗墓者变成殉葬者。

⑧ 酹：以酒浇地，象征祭奠、祝祷。

◎ 火坑墓

《水经》记载，越王勾践迁都琅琊，打算把父亲允常的陵墓一并北迁。打开墓室，里面狂风奔涌，飞沙射人，别说进去了，连靠近都近不得，只好作罢。

另据《汉旧仪》："匠作大将营造帝王陵墓，在墓室中堆垒方石，墓室外用砂砾掩埋，玄宫门户纵横，莫可轻启，其内设有弩机、伏火、弓矢及流沙。"可见陵墓中安置机关，古来有之。

侯白《旌异记》写道："盗墓贼挖白茅冢时，听见棺材里吼声如雷，带来的野鸡全都狂叫不止，拿工具一凿，棺中喷出火来，盗墓贼全被烧死。"恐怕这就是《汉旧仪》提到的伏火墓。

《水经①》言，越王勾践都琅琊②，欲移允常③冢，冢中风生，飞沙射人，人不得近，遂止。按《汉旧仪④》，将作营陵地⑤，内方石，外沙演⑥，户交横莫耶⑦，设伏弩、伏火、弓矢与沙，盖古制有其机也。又侯白《旌异记⑧》曰（一作言）："盗发白茅冢，棺内大吼如雷，野雉悉雊⑨。穿内火起，飞焰赫然，盗被烧死。"得非伏火乎？

① 水经：该内容未见《水经》，但载于《水经注》。
② 琅琊：据《越绝书》《水经注》等，勾践灭吴后迁都琅琊以号令中原。关于琅琊的地望，初在今山东青岛胶南市西南，毗邻大海，《山海经·海内东经》："琅邪台在渤海间"，此琅邪台即勾践所筑，《汉书·地理志》："琅琊……越王勾践尝治此，起馆台。"西汉，琅琊迁至东武（诸城），东汉立琅琊国，治所在开阳（临沂）。安徽滁县亦有琅琊，晋代始见于书。
③ 允常：勾践的父亲。
④ 汉旧仪：东汉卫宏撰，一名《汉官旧仪》，记皇帝起居、官制、名号职掌等内容。
⑤ 将作营陵地：《后汉书》："方石治黄肠题凑便房如礼。"刘昭注："《汉旧仪》略

载前汉诸帝寿陵曰：'天子即位明年，将作大匠营陵地，用地七顷，方中用地一顷。深十三丈，堂坛高三丈，坟高十二丈。武帝坟高二十丈，明中高一丈七尺，四周二丈，内梓棺柏黄肠题凑，以次百官藏毕。其设四通羡门，容大车六马，皆藏之内方，外陟车石。外方立，先闭剑户，户设夜龙、莫邪剑、伏弩，设伏火。已营陵，余地为西园后陵，余地为婕妤以下，次赐亲属功臣。'这段记载交代了汉代天子的墓葬规制：天子即位第二年，就要指派匠作大将着手营建陵墓。汉代仪制，陵园总占地七顷，地宫面积一顷，深十三丈，坛高三丈，坟丘高十二丈（实际上汉武帝的茂陵高 46.5 米左右）。天子棺椁通常共有七层之多，五层棺、两层椁，棺木多取梓木，所以棺木又名"梓宫"（实际上常见紫葳科的梓木和樟科的檫木混用的例子，梓宫之制不是天子专享，诸王、太后甚至蒙获殊恩的宠臣皆可用）。椁即椁室，是用木石搭建起的房间大小的空间，按《礼记》的说法，椁室用料，先秦天子用松木，大夫用柏木。两层椁室之间建有"黄肠题凑"，这是墓室中一种类似墙壁（框壁）的构造，一定程度上可以分担上方封土层的压力。黄肠题凑是只有帝后及少数诸侯勋臣才享有的最高级别葬制。所谓"题凑"，指建材的堆砌制式，建材统一一头朝里，呈轮辐状，叫作题凑；黄肠，即黄心柏木加工成的木枋。黄肠题凑盛行于西汉，到东汉，砖石室墓开始流行，题凑不再用黄肠，改用长方体的石料，叫做"石材题凑"，《酉阳杂俎》本则说的"内方石"就是石材题凑。此外地宫之中还有"便房"，位于墓道通往椁室的路上，挑高多在三米以上，面积极大，是想象中亡魂的客厅（一说祭拜之所）。陵墓周边预留有后妃和功臣的陪葬陵，陵墓门户设有弩机、悬剑、伏火等机关，以杀伤盗墓贼。《水经注》载，汉哀帝的生母丁姬的椁室就设有伏火，王莽令人开冢，火出四五丈之高。据说马王堆1号墓发现之初也出现了伏火，发掘报告显示，当时某个疗养院正在施工，挖出了覆盖在椁室顶层的白膏泥，施工人员从没见过这种奇怪的"土质"，试图探测厚度，用铁钎向下钻探，有凉气喷出，遇火即燃，火焰与酒精灯燃烧相似，无烟。

⑥ 瘗：掩埋。
⑦ 莫耶：莫和耶之间疑存在脱文，譬如"纵横莫辨耶"。
⑧ 旌异记：隋人侯白的志怪小说集，十五卷，今仅存残文十二则，未见"盗发白茅冢"的记载。
⑨ 雊[gòu]：鸡叫。

◎ 沉没

那是唐代宗永泰元年，扬州孝感寺北面住着一户人家，男的姓王，是个读书人。这年夏天，王生喝多了酒，趴在床上酣睡，一条胳膊耷拉在床外。妻子瞧见了，生怕丈夫受风着凉,想要过去给他盖好被子。忽然,地下伸出一只巨手,一把抓住王生的胳膊,猛地拽下了床。王生醉的厉害,一无所觉,整条胳膊竟被拽进了地下,接着,肩膀、半个身子都陷了进去,如同陷进泥沼。妻子大声尖叫,死命拉着王生,想要把他拉出来。家里的婢女听见叫声,也赶来帮忙,然而地下吸力极大,二女不能相抗,眼睁睁看着王生被地面一点一点吞没。当最后一角衣带也没入地底后,地面恢复如初,看不出半点异样,好像石块投入水里,水面平整如昔。

二女的惊叫声引来了其他家人,大家七手八脚地掘地,一直挖到两丈多深,挖出一具骷髅骨骸,样子像已经死了几百年,此外一无所有。

在家好端端睡着觉,突然就被拖进地底,没人知道他去了哪里,没人知道地下那只手是什么,也没人知道,整件事情跟埋在 6 米深土中的骷髅有什么关系,王生就这样毫无来由永远消失了。

> 永泰①初,有王生者,住在扬州孝感寺北。夏月被酒②,手垂于床。其妻恐风射③,将举之。忽有巨手出于床前,牵王臂坠床,身渐入地。其妻与奴婢共曳之,不禁地如裂状,初余衣带,顷亦不见。其家并力掘之,深二丈许,得枯骸一具,已如数百年者,竟不知何怪。

---

① 永泰:唐代宗和南齐明帝年号。此处应指代宗朝,即 765—766 年。
② 被酒:醉酒。
③ 风射:风吹得厉害,受凉。

◎ 棺中奇物

唐宪宗元和年间,江淮一带有个农民耕地的时候耕出一个大坑,下去一看,原来是座古墓,撬开棺材,里面只有五十条裤子。

> 江淮元和中有百姓耕地,地陷,乃古墓也。棺中得裈①五十腰。

---

① 裈:裈,音昆,裤子。裤子有裈和绔(袴),裈类似内裤,属于亵衣,所以用"腰"作量词。裈又有两种,一种是犊鼻裈,短小,更像内裤;一种是裤管过膝

的满裆裤。《史记》里司马相如拐了卓文君卖酒，穿着犊鼻裈招摇过市，老丈人卓王孙觉得丢不起这个人，不得已给女婿送钱、家仆。裈有裆，袴则是无裆的，袴的前身，是先秦人穿胫衣，就是两个裤管套在腿上，腰的位置有根系带，外面穿裳遮羞。袴虽然无裆，不过腰大，会形成很大的交叠效果，且裤管肥大，不虞走光。贵族衣裳厚重，如厕不便，开裆的绔则解决了这一问题，所以贵介公子叫做纨绔子弟。

◎ 催尸曲

书生郑宾寓居河朔，听闻了一件怪事。

有个村长妻子新丧，停尸未殓，当天黄昏时分，他们一家听见了奇异的乐声远远而来，仿佛一个隐形人正手执乐器，缓缓步入家门。音乐声越来越近，先至门前，接着来到院中，继而渗入停尸的房间，妻子的尸体随着乐声逼近簌簌而动，忽地一跃而起，如一具牵线人偶，在诡异的旋律中手舞足蹈。家人大骇，当夜无月，眼睁睁看着尸体跟随音乐，出门而去。

上更时分，村长喝得醉醺醺地回到家，听了家人的叙述，勃然大怒，倒拖一根桑木棍，出门去找。村长喝醉了酒，一气乱走，不觉闯进本村墓地五六里路。遥听隐隐乐声起于一片柏树林，他提着大棍，奔到那林子里，见树下火光荧荧如星，围绕着妻子的尸体，尸体仍在酣舞不已。他赶紧上去一棍撂倒妻子，乐声戛然而止，万籁俱寂。村长手提长棍左右不见异样，扛起尸体回家了。

> 处士郑宾于言，尝客河北，有村正妻新死，未殓。日暮，其儿女忽觉有乐声渐近，至庭宇，尸已动矣。及入房，如在梁栋间，尸遂起舞。乐声复出，尸倒，旋出门，随乐声而去。其家惊惧，时月黑，亦不敢寻逐。一更，村正方归，知之，乃折一桑枝如臂，被酒大骂寻之。入墓林约五六里，复闻乐声在一柏林上。及近树，树下有火荧荧然，尸方舞矣。村正举杖举之，尸倒，乐声亦住，遂负尸而返。

◎ 沙岸颅骨

此事讲述者是医僧行儒。

福建弘济和尚，戒律精严，修行清苦，是沙门中一位有德高僧。一次，他在沙滩捡到一个骷髅头，也许是想要用来合药，也许出于其他什么目的，顺手将骷髅放入衣箱带回了寺庙。

接下来几天，弘济和尚再没有动过衣箱，骷髅也被置之脑后。直到一天夜里，睡梦中的弘济忽然为一阵剧痛惊醒，有什么东西在"咔嚓嚓"咀嚼他的耳朵，他猛地挥手，一声闷响，那东西摔在了地上。若是虫蛇之类摔落，断不会发出这样的声音，弘济不禁起疑：那是什么，难道是前日捡来的骷髅头？第二天早晨起身一看，果见那骷髅跌在床边。弘济把它砸碎成六片，分别抛到屋顶的瓦沟里。子夜时分，有数团飞火，大如鸡蛋，次第投向屋顶。弘济点亮灯，爬上屋顶照着那些头骨碎片喝道："尔等不求轮回转世，老是附在一具枯骨上有什么用？"话音落下，火光崩散，从此怪异绝迹。

> 医僧①行儒说，福州有弘济上人，斋戒清苦，常于沙岸得一颅骨，遂贮衣篮中归寺。数日，忽眠中有物咭其耳，以手拨之落，声如数升物，疑其颅骨所为也。及明，果坠在床下，遂破为六片，零置瓦沟中。夜半，有火如鸡卵，次第入瓦下。烛之，弘济责曰："尔不能求生人天②，凭朽骨何也？"于是怪绝。

---

① 医僧：通晓医术药理，治病救人的僧侣。
② 人天：释家六道轮回中天、人两道。

◎ 墓中刘备

近世一伙盗墓贼合伙盗掘刘备的惠陵，进入墓室，见室内掌着灯火，两个人正对坐下棋，周围甲士林立。众贼大骇，屁滚尿流跪倒谢罪。一人放下棋子，转头看看众贼，问道："喝酒吗？"吩咐侍卫，给每个盗墓贼一杯酒，众贼喝了，气氛渐渐轻松起来，大着胆子请求赏赐。那人赏了几条玉腰带，命众贼快滚，众贼仓惶逃出，忽觉嘴唇死死地粘连在了一起，再也无法张开。那些玉腰带化作条条巨蟒，再看盗洞，已不复存在。

> 近有盗，发蜀先主墓①。墓穴，盗数人齐见两人张灯对棋，侍卫十

余。盗惊惧拜谢，一人顾曰："尔饮乎？"乃各饮以一杯，兼乞与玉腰带数条，命速出。盗至外，口已漆矣。带乃巨蛇也。视其穴，已如旧矣。

---

① 蜀先主墓：即刘备的惠陵。

诺皋记上
众神的真相

　　《诺皋记》上下两卷，大约是《酉阳杂俎》最诡秘的部分，内容怪谲，文字冷僻，书极离奇，连题目也在隐晦中透出一股怪异，仿佛幽渺世界的古老咒语。

　　"诺皋"是什么？

　　葛洪的《抱朴子·登涉》载录着一种由遁甲术衍生的隐身术施法教程，供深入山林的旅人避开山鬼："往山林中，当以左手取青龙上草，折半置逢星下，历明堂入太阴中，禹步而行，三祝曰：'诺皋，太阴将军，独开曾孙王甲，勿开外人；使人见甲者，以为束薪；不见甲者，以为非人。'则折所持之草置地上，左手取土以傅鼻人中，右手持草自蔽，左手著前，禹步而行，到六癸下，闭气而住，人鬼不能见也。"

　　这种障眼法一旦生效，其他人看向施法者时，将只能看到一束枯草，或者其他非人的东西，而看不到施法者的真身。施术时念动的咒语，就提到了"诺皋"，王明注释说："诺皋，太阴神名。"认为诺皋是一位太阴将军的名号，施术者默念其名，求取隐身之力。

　　另一种解释，可以参照睡虎地秦简《日书·梦》篇的驱梦咒语："皋！敢告尔宛奇：某有噩梦，走归宛奇之所。"这是秦人做噩梦后，请求食梦兽宛奇（伯奇）吞食噩梦，赐予财富的咒语。其中"皋"是祭祀祷告中习惯呼喝的一种语气词，具有咒语启动标志的功能，并没有实际的文字意义。谭嗣同《石菊影庐笔识》也认同该说法，以诺皋为禁咒发端之语辞。又如孙思邈《千金翼方》所载"护身禁法咒"："诺皋！左带三星，右带三牢，天翻地覆，九道皆塞，使汝失心，以东为西，以南为北，人追我者，终不可得。"这是一种咒禁术，能使追击者陷入幻象，迷失心智，施术者得以顺利脱身。此处诺皋的用法，与秦简之"皋"相通，呼唤神秘的力量，启动法术。

　　不论是呼唤太阴将军抑或召唤食梦兽，由"诺皋"发起的咒语，都与连通异界有关。在人类无法涉足的彼岸世界，存在着难以想象的力量和鬼神般的生物，巨大的妖影在黑暗中游走，我们只能迎着夜风极目分辨。或许永远无法看清那个世界的全貌，但是神秘的咒语"诺皋"，赋予了术士们一盏小小的风灯，照亮彼岸一隅，人类世界才得以传下关于异界的只言片语：这就是《诺皋记》。

◎ 序

从《山海经》神荼郁垒执掌万鬼刑罚的记载，可以略窥异界情状；登葆山巫师登天占卜，留下了天人交感的线索。生命皆是幻象，所谓生死，不过是精气聚散。圣人掌握了这些规律，于是制定观星法式，设立巫祝之官，用以推步祥瑞之兆，平定黎民叛乱。

但凡天下有道，则鬼不作祟；德政广被，则神有所祀。《列子》有载，怪虫鹐掇，可化为鸟；《庄子》亦云，庭户之中，鬼名雷霆；申城城主抢了楚庄王猎获的凶兽随兕，替他挡下了血光之灾；齐桓公目击怪物委蛇，而称霸天下。在这个世界上，种种灵异，其实时时刻刻存在，它们是自然的一部分，世人需要做的是，保持政治清明，这样才能使物怪不伤人，使诸神有所祭祀。

成式遍览历代志怪之书，记录了一点笔记，题名《诺皋记》。多是稗说巷谈，捕风捉影，不足以考辨九鼎镌刻之图，智周万物；亦不足应对君王贤者策问，道济天下。但苦旅倦游，歇脚畅聊之际随意聊聊，倒还算是不错的谈资。

> 夫度朔司刑①，可以知其情状；葆登②掌祀，将以著于感通。有生尽幻，游魂为变③。乃圣人定璇玑④之式，立巫祝⑤之官，考乎十辉之祥⑥，正乎九黎⑦之乱。当有道之日，鬼不伤人；在观德⑧之时，神无乏主⑨。若列生⑩言灶下之驹掇⑪，庄生言户内之雷霆⑫，楚庄争随兕而祸移⑬，齐桓睹委蛇而病愈，徵祥变化，无日无之，在乎不伤人，不乏主而已。成式因览历代怪书，偶疏所记，题曰《诺皋记》。街谈鄙俚，与言风波，不足以辨九鼎之象⑭，广七车之对⑮。然游息之暇，足为鼓吹云耳。

① 度朔司刑：东汉王充《论衡》引《山海经》云，沧海之中，度朔山上，生长着一棵树冠覆盖三千里的大桃树，树下东北方有一扇门，天下万鬼，皆由此出入。鬼门之旁有两位神将，一名神荼，一名郁垒，恶鬼轻出，妄入人间为祸，即捉拿饲虎，是为度朔司刑，所司实乃鬼界之刑。神荼郁垒也是秦琼和尉迟敬

德的前任门神，桃枝辟邪、贴春联的民俗，亦源于该传说。

② 葆登：应是"登葆"，登葆山。《山海经·海外西经》："巫咸国在女丑北，右手操青蛇，左手操赤蛇，在登葆山，群巫所从上下也。"这段是巫咸国，一个巫师国度的地理坐标，在女丑（一具女尸，被十个太阳炙杀曝尸于山顶，死时以袖掩面）之北，国人随身携带青蛇赤蛇，由境内登葆山出入天界。

③ 游魂为变：《易·系辞上》："精气为物，游魂为变，是故知鬼神之情状。"孔子解《易》，认为天下万物由精气构成，聚而为物，散而消亡，所以鬼神之情状，与天地相合不违。游魂是散落存在的"精气"，是万物由聚而散、由生而死的过程中游散的精气，这一过程，就是"游魂为变"。

④ 璇玑：北斗前四星（勺子），也叫魁。这里指观测天象的方法，观天之道。"圣人定璇玑之式"，指舜在受帝尧的禅让之前，以北斗为准，观星齐政——观测星象以判断自己是否有资格即位为主。该占星术多半并不是舜发明，但既然舜这位圣人都在使用，可见发明者也是位圣人，所以说"圣人定璇玑之式"。

⑤ 巫祝：古称事鬼神者为巫，祭主赞词者为祝。商周之世，巫、祝皆为官。

⑥ 十辉之祥：太阳的十种不同光晕、云气和状态。《周礼·春官·眡祲》："掌十辉之法，以观妖祥，辨吉凶。一曰祲，二曰象，三曰镌，四曰监，五曰暗，六曰瞢，七曰弥，八曰叙，九曰隮，十曰想。"意思是，"眡祲"这种官员的职责是，通过观察太阳的十种不同光影状态，卜测吉凶。

⑦ 九黎：远古时代的部落联盟，前身可能是发祥于江淮及黄河下游的东夷及长江中游三苗等，经过不断征服和融合，形成的部族集团。在向西向北拓展中，九黎集团碰上了沿黄河东进的炎帝、黄帝部落，双方为争夺中原爆发战争，炎帝首先战败，炎黄联手，才艰难击溃了强大的九黎，斩杀时任集团首脑的蚩尤。九黎之乱，指《国语·楚语》说的"九黎乱德，民神杂糅，不可方物"，黄帝之孙颛顼当政时，东夷族神权系统出现紊乱，原本职业祭司才享有的沟通神灵特权，被民间滥用。颛顼派出祝融、句芒两大祭司进入东夷，接管神权，将民事与祭神分离开来，"使复旧常，无相侵渎"，这就是史书说的"绝地天通"。

⑧ 观德：《史记·乐书》："君子反情以和其志，广乐以成其教，乐行而民乡方，可以观德矣。"指教化广行、民心好德之世。

⑨ 神无乏主：神灵不缺少祭祀，表示百姓温饱，纲纪有序。《左传·桓公六年》："民各有心，而鬼神乏主，其何福之有？"

⑩ 列生：列子。

⑪ 驹掇：鸲掇〔qú duō〕。传说由蝴蝶变化的虫子，该虫蛰伏千日，可进化成鸟。《列子·天瑞》："蝴蝶胥也，化而为虫，生灶下，其状若脱，其名曰鸲掇，鸲掇千日化而为鸟，其名曰乾余骨。"

⑫ 庄生言户内之雷霆：典出《庄子·达生》。齐桓公与管仲出行，见路边站着个怪物，齐桓公问管仲看见什么没有，管仲说什么也不曾看见。齐桓公惊疑不安，回宫后一病不起。方士皇子告敖入宫诊治，问了发病的原因，说道："公之疾，

是气息不畅引起的，并非怪物作祟。"桓公问道："真的吗？那么你说，世上究竟有没有怪物？"皇子告教道："怎么没有？到处都是，譬如水沟里就有一种怪物，叫'履'；灶下也有，叫'髻'；垃圾堆里也有，叫'雷霆'；院墙角落有一种'倍阿蛙龙'，还有一种'佚阳'；水中之怪，名为'罔象'；丘谷有'峷'、山林有'夔'，原野有'彷徨'，川泽有'委蛇'……""慢来！"齐桓公打断他的话问道："委蛇？那是什么东西？"皇子告教道："夫委蛇者，大如车轮，长如车辕，紫衣朱冠，最怕听到雷声，听见打雷就吓得捧着脑袋，全身僵直。但此物不是恶怪，乃是感应王者霸气才会出现的精灵，谁见到此物，意味着谁将称霸天下！"齐桓公听得又惊又喜，连声道："不错不错，寡人见到的正是此物，难道竟是成就霸业之兆？难怪仲父不曾看见，唯独寡人看见了！"抚掌大笑，一骨碌爬起来，病全好了。

⑬ 楚庄争随兕而祸移：随兕，传说中的恶兽。典出《吕氏春秋·至忠》，楚庄王狩猎云梦泽，亲手射中一头随兕，准备补刀的时候，斜刺里杀出个申城城主，一刀把随兕杀了。楚庄王大怒，就要处死城主，左右忙拦着道："城主忠心耿耿，此举必有隐衷，请大王开恩。"不出三个月，城主暴死，后来才查清，那随兕是一种恶兽，拥有奇异的诅咒能力，凡杀之者，三月内必死。

⑭ 九鼎之象：大禹收天下九牧所贡之金铸成九鼎，象征九州，常以之烹煮祭品，祭祀天地鬼神。

⑮ 七车之对：汉武帝赴甘泉宫祭天，行至渭桥，见渭水中有女子沐浴，乳长七尺，武帝异之，遣人相问。女子道："陛下可问车队第七部车中之人，他知道我的来历。"当时坐在第七部车子里的是侍中张宽，听见天子召问，回禀道："此非人间女子，乃是天上星宿，凡祭祀者斋戒不严，就会化身女体，在人间出现。"据《汉旧仪》，皇帝到甘泉宫祭天之前，需持斋百日，十分辛苦，难怪汉武帝不能坚持。

◎ 昆仑

昆仑山，人间天都，百神栖身之所在。上古时代，那里是尘世碌碌凡人最向往的神仙境界。然而缥缈的昆仑，注定是遥不可及的神话。无数朝圣者跋涉万里，来到昆仑山下，横亘在他们眼前的，是环绕昆仑山的三千里弱水，此水密度极低，草芥、羽毛落在水上都不能漂浮，故名弱水，三千里间，无落足之处，除了神仙，飞鸟亦难飞渡，俗世所造的舟楫，更绝无可能通行。即使有法力高强的术士以涉水不沉的奇术强渡，行至中流，也必然会被守伺水中、虎身龙首的食人巨怪"猰貐"（yà yǔ）群起吞噬。

大荒之中有座灵山，山上居住着十种巫师，分别叫巫咸、巫即、巫盼、巫彭、巫姑、巫真、巫礼、巫抵、巫谢、巫罗，沿此山上下采药。

> 昆仑之墟，帝之下都①，百神所在也。大荒中有灵山②，有十巫，曰咸、即、盼、彭③、姑、真、礼④、抵、谢、罗，从此升降。

---

① 昆仑之墟，帝之下都：下都，天帝在下界的离宫。《山海经·西山经》："西南四百里，曰昆仑之丘，是实惟帝之下都，神陆吾司之。"
② 大荒中有灵山：《山海经·大荒西经》："大荒之中有山名曰丰沮玉门，日月所入。有灵山，巫咸、巫即、巫盼、巫彭、巫姑、巫真、巫礼、巫抵、巫谢、巫罗十巫，从此升降，百药爰。"
③ 彭：《说文解字·释医》云："古者巫彭初作医"，彭即巫医。
④ 礼：清郝懿行《山海经笺疏》认为"十巫"中的巫礼即"六巫"中的"巫履"，职司巫教祭祀礼仪。

◎ 帝江

天山有神，名为混沌，形似口袋而会发光，其光如同火焰，六足、四翼，没有脸孔，善识歌舞，他真身其实就是帝江。

刑天，与天帝争夺帝位，战败，被天帝斩首，残尸埋在常羊山，犹自不死，乃以乳为目，肚脐为口，手持盾斧向天狂舞。

> 天山有神，是为浑潋①。状如橐②而光，其光如火。六足重翼，无面目。是识歌舞，实为帝江。形天③，与帝争神，帝断其首，葬之常羊山，乃以乱为目，脐为口，操干戚④而舞焉。

---

① 浑潋：即混沌。《左传》和《史记》记载，混沌是帝鸿氏之子，四凶之一。本段引《山海经》："天山……有神鸟，其状如黄囊，赤如丹火，六足四翼，浑敦无面目，是识歌舞，实惟帝江也。"指出混沌就是帝江，而有观点认为帝江就是帝鸿，也就是轩辕黄帝；也有说法认为帝江是某个中原部族的首领，所以《庄子·应帝王》说："南海之帝为倏，北海之帝为忽，中央之帝为浑沌。"
② 橐：口袋。

③ 形天：刑天。
④ 干戚：干：盾牌；戚：大斧。

◎ 祭天神阙

汉代祭祀天神的"竹宫"用紫泥筑坛。天神现身时，状如火星。祭神仪式，需饰玉之器七千枚、舞女三百人。一说需要一万两千盏杯子、三千斤养满五岁的小牛。

> 汉竹宫①用紫泥为坛，天神下若流火②，玉饰器七千枚（一作枝），舞女三百人。一曰汉祭天神用万二千杯③，养牛五岁，重三千斤④。

---

① 竹宫：汉武帝行拜太一帝星等郊祀的竹构祠宫。
② 流火：火星。《诗·豳风·七月》："七月流火，九月授衣。"孔颖达疏："於七月之中，有西流者，是火之星也"。《汉旧仪》："（皇帝）上甘泉通天台，高三十丈，以候天神之下，见如流火。"言神仙现身状如火星，段郎大约把流火理解成了流星，所以才说"下若流火"。
③ 杯：盛羹等食物（祭品）的器皿，如《史记·项羽本纪》："幸分我一杯羹。"
④ 养牛五岁，重三千斤：《汉旧仪》："祭天用六彩绮席六重……凡器七千三百，物具备，养牛五岁，至三千斤。"

◎ 太一神

太一神名字叫"腊"，俸禄一万两千石。

> 太一君①讳腊，天秩万二千石②。

---

① 太一君：太一神的身份，古籍众说纷纭：一，《淮南子》："洞同天地，浑沌为朴，未造而成物，谓之太一。"高诱注："太一，天神总万物者。"谓万物生成之前，混沌状态的原始宇宙为太一，此为创世之神。二，《史记·封禅书》："天神，贵者太一，太一佐曰五帝，古者天子以春秋祭太一东南郊。"索隐：

"太一,北极神之名。"将太一神与太一星,也就是北极星合一,郑玄《史记》注进一步说:"昊天上帝谓天皇大帝,北辰之星。"那么太一不但是北辰之星,亦是昊天上帝、天皇大帝。三,唐末杜光庭《太上老君说常清静经注》辑佚:"《尹氏玄中记》曰:太上老君常居紫微官,或号天皇大帝,或曰太一救苦天尊,或号金阙圣君。故知太上随方设化,应号无穷。"这是以太一为太乙天尊,即太上老君。四,《云笈七签》:"黄帝……自上仙后,升天为太一君",又指太一就是黄帝。

② 天秩万二千石:此说应是比照汉代官秩附会的,汉代以"万石"为最高官秩,太一神作为创世之神,俸禄比位极人臣者高一点。

◎ 天帝的真身

天帝姓张,名坚,字刺渴,本是渔阳郡一介凡人。少年时落拓不羁,胆大妄为,行事从来无所顾忌。一次捉到一只白雀,养在家里,这天晚上梦见时任姓刘的天帝入梦怒责,要杀了他。幸好那只白雀灵性极强,每次都能洞悉刘天帝的部署,提前示警,使张坚得以百计防范,刘天帝的杀招屡屡落空。刘天帝大奇,这人间少年究竟有什么本事,竟能一再避开天神追杀?他决定亲自到凡间看看。一下界,只见张坚已经张置了一席盛筵恭候。怎么这少年竟有先知能力?刘天帝摸不着头脑,不过人家以礼相待,我堂堂天帝,总不能不入席。席间,张坚借故暂离,偷偷登上刘天帝的白龙座驾,扬鞭策龙,冲天而去。刘天帝慌忙追出,但张坚驾着全天界性能最好的龙车,倏忽万里,哪里还追得上?

张坚直抵天宫,撤换百官,封堵北天门,封白雀为上卿侯,赐白雀一族为神鸟,从此不用再生于下界。刘天帝上天不得,徘徊五岳之间,满腔怨愤,兴灾作患,祸害苍生。张坚觉得留他在人间不妥,于是封他为东岳大帝,掌管生死之籍。

> 天翁①姓张名坚,字刺渴,渔阳②人。少不羁,无所拘忌。常张罗得一白雀,爱而养之。梦天刘翁责怒,每欲杀之,白雀辄以报坚,坚设诸方待之,终莫能害。天翁遂下观之,坚盛设宾主,乃窃骑天翁车,乘白龙,振策③登天。天公乘余龙追之,不及。坚既到玄宫,易百官,杜塞北门,封白雀为上卿侯,改白雀之胤④不产于下土。刘翁失治,徘徊五岳作灾。坚患之,以刘翁为太山太守⑤,主生死之籍。

① 天翁：天帝。后世有以天翁为"玉皇大帝"者，其实是出于宗教或民间信仰的关联想象。"天帝"的身份和形象一直是模糊散乱的，不同地区、不同时代、不同宗教信仰文化，天帝所指往往不同。关于天帝的姓氏，南朝梁《殷芸小说》说："晋咸康中，有士人周谓者，死而复生。言天帝召见，引升殿，仰视帝，面方一尺，问左右曰：'是古张天帝邪？'答云：'上古天帝，久已圣去，此近曹明帝也。'"说东晋咸康年间，有人见到了天帝，大着胆子问了一句"你是不是姓张"，人家告诉他姓张的是先帝，已经离任了，而今这位是"曹明帝"。可见古天帝姓张之说，确实影响较广。后世也有人猜测，三任天帝分别姓刘、姓张、姓曹，实在影射汉王朝、黄巾张角和曹魏之禅代。
② 渔阳：秦朝渔阳在北京密云，隋末改无终县为渔阳，隋之后的渔阳治所在今天津蓟县。
③ 策：鞭子。
④ 胤：后代。
⑤ 太山太守：泰山府君，也叫东岳大帝，第一位正式冥王。汉代冥司系统，几乎是人间官僚系统的翻版，整个冥司以泰山府君为尊，总掌死籍，驱役鬼使（死神）入人间拘拿生魂。唐代，佛教昌盛，道教系统的泰山府君，渐渐被佛教系统的阎罗王超越。唐末兴起"十殿阎罗"，泰山府君被收编为第七殿泰山王。

◎ 北斗神

北斗七星各有司存之神，分别名为：执阴、叶诣、视金、拒理、防作、开宝、招摇。

> 北斗魁①第一星神名执（一曰报）阴，第二星曰叶诣，第三星曰视金，第四星曰拒理，第五星曰防作，第六星曰开宝，第七星曰招摇（一曰始）。

---

① 魁：北斗七星的前四星，即天枢、天璇、天玑、天权，组成"勺子"，这部分叫"魁"，也叫璇玑。

◎ 东王公、西王母

东王公名讳叫"倪",字君明,人类出现之前,俸禄二万六千石。佩戴长六丈六尺的杂色绶带,有侍从女仙九千人,死于丁亥日。

西王母姓杨,名回,一说名叫婉衿,神宫位于昆仑山西北一角,死于丁丑日。

东王公[①]讳倪,字君明。天下未有人民时,秩二万六千石。佩杂绶,绶长六丈六尺,从女九千,以丁亥日死。西王母姓杨,讳回,治昆仑西北隅,以丁丑日死,一曰婉衿。

[①] 东王公:也称木公、东华帝君、扶桑大帝,始见于东汉《吴越春秋》:"立东郊以祭阳,名曰东王公;立西郊以祭阴,名曰西王母。"可见至少在东汉,东王公已是主阳和之气,理于东方,与西王母相对的大天神了。东王公的来历,一说为盘古与太元圣母所生(《真教元符经》),一说乃是"青阳之元气,百物之先"。或云神宫位于东极大荒,《神异经》:"东荒山中有大石室,东王公居焉。长一丈,头发皓白,人形鸟面而虎尾,载一黑熊,左右顾望。"道教以东王公为男仙之尊,总掌男仙名籍。

◎ 灶王爷

灶神名隗,长得像个漂亮姑娘;一说名叫壤子;还有种说法说灶神姓张,名单,字子郭。灶神夫人字卿忌,有六个女儿,名字都叫察洽。

天帝任命灶神做人间的监督使者,下界为神。通常在每个月最后一天返回天界,汇报所驻家庭成员的过失罪状,被记大过者,每次减寿三百天,记小过的,减寿一百天。

又说灶神每逢己丑日早晨卯时上天,中午时分抵达官署,所以在这天祭祀灶神,可以免灾得福。

灶神的下属,有天帝娇孙、天帝大夫、天帝都尉、天帝长兄、硎上童子、突上紫宫君、太和君、玉池夫人等。

灶神名隗，状如美女①。又姓张名单，字子郭②。夫人字卿忌，有六女，皆名察（一作祭）洽。常以月晦日③上天白人罪状，大者夺纪④，纪三百日，小者夺算，算一百日。故为天帝督使，下为地精。己丑日，日出卯时⑤上天，禺中⑥下行署，此日祭得福。其属神有天帝娇孙、天帝大夫、天帝都尉、天帝长兄、砺⑦上童子、突⑧上紫宫君、太和君、玉池夫人等。一曰灶神名壤子也。

---

① 灶神名隗，状如美女：除了《酉阳杂俎》，司马彪注《庄子》也说："灶神，如美女，衣赤"，可见灶神的真身，是个长相妖娆、穿一身大红衣袍的美少年或漂亮姑娘。灶神的渊源，古籍同样诸多异说：一说灶神是炎帝死后所化，西汉《淮南子·泛论训》："炎帝于火，而死为灶。"第二种说法，说灶神是祝融祭祀演化而来，东汉《风俗通义》："颛顼氏有子曰黎，为祝融，祀以为灶神。"三说为火精灵，《三国志·魏书》："管辂往见安平太守王基，基令作卦，辂曰：'当有贱妇人，生一男儿，堕地便走入灶中死……'基大惊，问其吉凶。辂曰：'直客舍久远，魑魅魍魉为怪耳。儿生便走，非能自走，直宋无忌之妖将其入灶也。'"《白泽图》："火之精曰宋无忌。"后来诸般灶神逐渐融合，大约到唐代，接近今天俗信的"灶王爷"出现了。罗隐《送灶》："一盏清茶一缕烟，灶君皇帝上青天"，灶王爷的神职也转向守护家庭，不令妖魅进入民家，北宋《青琐高议》说"灶神主内外事，酉刻出巡，遇魑魅魍魉皆逐之"。

② 姓张名单，字子郭：《后汉书·阴就传》注引《杂五行书》："灶神名禅，字子郭，衣黄衣，夜披发自灶中出。"这位灶神出场方式很诡异，午夜时分，从灶膛里爬出来，还披头散发的。更恐怖的是《艺文类聚》引用的《杂五行书》最后还有这样一句话："知其名呼之，可得除凶恶，不知其名，见之死。"

③ 月晦日：每月的最后一天。

④ 大者夺纪：此说又见《尸子》《抱朴子》《河图·纪命符》："天地有司过之神，随人所犯轻重，以夺其算纪。恶事大者，夺纪。过小者，夺算。"算纪指人年岁寿命的计算方法，夺算、夺纪指减除寿命。

⑤ 卯时：早上5点到7点。

⑥ 禺中：中午。

⑦ 砺：磨刀石。

⑧ 突：烟囱。

◎ 河伯

河伯的本名，可能叫冰夷，也可能叫冯夷，据说有着人类的面孔，常乘两条龙出没。也有人说，河伯人面鱼身。《太公金匮》说河伯本名冯循，《龙鱼河图》则说他姓吕名夷，《穆天子传》又说名叫无夷，《淮南子》说叫冯迟。河伯原是凡人，关于他成神的缘由，《圣贤冢墓记》说他"服下仙丹八粒，化骨登仙"。《抱朴子》则说他"溺死于八月上庚日，死后封神"。

河伯①，人面，乘两龙，一曰冰夷，一曰冯夷。又曰人面鱼身。《金匮②》言名冯循（一作脩）。《河图③》言姓吕名夷，《穆天子传④》言无夷，《淮南子》言冯迟。《圣贤记⑤》言："服八石，得水仙。"《抱朴子》曰："八月上庚日，溺河。"

---

① 河伯：黄河河神。河伯之称最早见《楚辞》，但未言其姓氏名字。长着人脸、以双龙为座驾的神灵形象出自《山海经·海内北经》："从极之渊，深三百仞，维冰夷恒都焉。冰夷人面，乘两龙。"这个名叫冰夷的神在"从极之渊"，而不是黄河。后来冰夷之所以被认为是黄河之神，大概缘于接下来这句"阳污之山，河山其中，凌门之山，河出其中"，或以为"河"就是黄河。冰夷亦称"冯夷""无夷"，《庄子·大宗师》写道："冯夷得道，以游大川。""人面鱼身"的形象，可能出自《尸子》"禹理洪水，观于河，见白面长人鱼身出曰：'吾河精也。'授禹河图而还于渊中"，言疑似河伯者将号称华夏文化之源的《河图》赠予大禹，有大恩于华夏。河伯有时又以大鱼、龙貌出现。另据《竹书记年》："帝芬十六年，洛伯用与河伯冯夷斗"，夏朝，洛河与黄河之畔的两大部落曾起刀兵，黄河的部落首领，以"河伯"为爵号，而且恰恰就叫冯夷。那么神话中的冯夷、冰夷的原型，有可能是当时在黄河一带某个部落的著名领袖。
② 金匮：《太公金匮》，传说为姜子牙撰著的兵权谋略之书。
③ 河图：指汉代纬书《龙鱼河图》。
④ 穆天子传：记载周穆王西征逸事，全书六卷，约成书于战国时期。西晋太康二年在河南汲县的魏国墓葬出土，是"汲冢竹书"的一部分。
⑤ 圣贤记：该句又见《后汉书·张衡传》李贤注引《圣贤冢墓记》："冯夷者，弘农华阴潼乡隄首里人，服八石，得水仙为河伯。"则《圣贤记》当为《圣贤冢墓记》简称。据《隋书·经籍志》，《圣贤冢墓记》一卷，李彤撰。

◎ 守护神

甲子日这天的守护神名"弓隆",在这天下水、乘船,高呼其名,河伯将派出九千节导护送,使入水者不虞覆溺。甲戌日这天的守护神叫"执明",高呼其名,入火不烧。

> 甲子神名弓隆,欲入水内,呼之,河伯九千导引,入水不溺。甲戌神名执明,呼之,入火不烧。

◎ 百鬼夜行

《太真科经》记载了众多鬼仙之名,丙戌日值日鬼仙叫黧生,丙午日的挺骧,乙卯日的天陪,戊午日的耳述,壬戌日的遘,辛丑日的诋,乙酉日的聂左,丙辰日的夭雄,辛卯日的懯。

百虫之鬼名发廷,厕所之鬼名项天竺。孕妇产前高呼语忘、敬遗二鬼之名,则二鬼不来为害,此二鬼者,长三寸三分,通体乌色。马之鬼名赐,蛇之鬼名俶石圭,井之鬼名琼,衣服之鬼名甚僚。神荼、郁垒,统领万鬼。

古时的驱傩仪式咒语如下:甲作食凶,肺胃食虎,雄伯食魅,腾简食不祥,揽诸食咎,伯奇食梦,强梁、祖明共食磔死、寄生,委随食观,错断食巨,穷奇、腾根共食蛊。

昔日王延寿所梦众鬼,有游光、诸渠、印尧、夒瞿、将剧、摘胍等。

> 《太真科经》①说,有鬼仙,丙戌日鬼名黧生,丙午日鬼名挺骧,乙卯日鬼名天陪,戊午日鬼名耳述,壬戌日鬼名遘,辛丑日鬼名诋,乙酉日鬼名聂左,丙辰日鬼名夭雄,辛卯日鬼名懯,酉虫②鬼名发廷迁,厕鬼名项天竺(一曰笙)。语忘、敬遗,二鬼名,妇人临产呼之,不害人。长三寸三分,上下乌衣。马鬼名赐,蛇鬼名俶石圭,井鬼名琼,衣服鬼名甚僚。神荼、郁垒领万鬼。
>
> 旧傩词③曰:甲作食凶,肺胃食虎,雄伯食魅,腾简食不祥,揽诸食咎,伯奇食梦,强梁④、祖明共食磔死⑤、寄生,委随食观,错断食巨,穷奇⑥、腾根共食蛊。

王延寿⑦所梦，有游光⑧、诸渠、印尧、夔瞿、将剧、摘胍等。

---

① 太真科经：或指《太真科》，约东晋末成书。后文各种鬼仙之名，亦见东晋《女青鬼律》。

② 酉虫：据《女青鬼律》，疑为"百虫"。

③ 旧傩词：这句可能摘自《后汉书·礼仪志》，是汉代朝廷驱傩仪式中，扮演"侲子"（驱鬼童子）的男童齐声呼喊的咒语。

④ 强梁：《山海经·大荒北经》称"强良"，虎首人身，是一位控蛇之神。

⑤ 磔死：疑指遭磔刑，即车裂而死者所化恶鬼。

⑥ 穷奇：在《山海经》里，穷奇是一种体型如牛、毛如针刺的食人兽，有翼："其状如牛，猬毛，名曰穷奇，音如獟狗，是食人。"《海内北经》："穷奇状如虎，有翼，食人从首始。"到了《神异经》，穷奇进一步堕落成只以好人为食的恶兽："西北有兽，其状似虎，有翼能飞，便剿食人，知人言语，闻人斗辄食直者，闻人忠信辄食其鼻，闻人恶逆不善辄杀兽往馈之。"说穷奇能识人语、辨善恶，见人吵嘴打架，就把有理的那方吃掉。还说此兽最喜欢吃忠信之人的鼻子，喜欢给恶逆不善者送礼物。到了东汉，高诱注《淮南子》，画风一变，凶兽居然变成天神了："穷奇，天神也，在北方道，足乘两龙，其形如虎。"本文摘引的汉代大傩仪式，说穷奇和腾根以蛊为食，看来也是采纳了穷奇是神兽的说法。

⑦ 王延寿：字文考，南郡宜城（今湖北襄阳宜城）人，东汉辞赋家。文学家、楚辞学家王逸之子。曾周游鲁国，作《鲁灵光殿赋》，叙述汉代建筑及壁画等。又曾有异梦，乃作《梦赋》。后渡湘水溺死，年仅20余。

⑧ 游光：一种神秘精灵。敦煌本《白泽图》："夜行见火光，下有数十小儿，头戴火车，此一物两名，上为游光，下为野童，见是者天下多疫死，兄弟八人。"黑夜里，一群孩童头顶着燃烧的车子迅速跑过，情状诡怪。孩童是名为"野童"的不明生命体，燃烧的车子就是"游光"。这种东西出现，常常伴随着席卷而来的大疫，随后便是死尸盈野、千里无遗的凄惨景象。那么游光可能是一种恶鬼，东汉《风俗通义》也说"游光，厉鬼也"。《搜神记》却说"木精为游光"，说它是草木精灵。仅从游光的字面意思来看，似乎《白泽图》的描述比较贴切——游走之火光。东汉张衡《东京赋》写大傩驱鬼仪式时说"囚耕父于清泠，溺女魃于神潢，残夔魖与罔像，殪野仲而歼游光"，将游光同耕父（旱鬼）、女魃（旱魃）、罔像（食尸鬼）、野仲（野童）相提并论，可见亦目之为恶鬼。众说纷纭，真相到底如何，隐秘难测，莫可究证。

◎ 海神公主

吐火罗国缚底野城，始建于古波斯王"乌色多习"在位时期。当初筑造此城，城墙每筑起两三尺高，总是离奇崩坏，波斯王以为不祥，长太息道："看来我不是天命所归，故尔上苍令我筑此城不成。"

波斯王小女儿，名叫那息，见父王忧愁郁怒，问道："父王为何烦恼，可是有敌人犯境？"

波斯王轻抚女儿长发，叹道："敌人倒是没有。为父只是想起，枉我波斯全境之王，藩国属邦何止千百，今征服吐火罗，欲筑一城而垂功万代，竟不能随心，岂非上苍不佑，天命不归之象？"

那息公主道："父王不必烦忧，可命工匠于明日一早随女儿足迹架筑，必能成功。"波斯王大奇。翌日清晨，那息公主来到城址西北首，自断右手小指，踏血为迹，蹁跹拾级登上城墙，匠人们忙循着公主的赤血足印施工，一日之间，绕城一周，公主失血而死，化为海神。那片海至今犹在城堡之下，澄清如镜，周回五百余步。

> 吐火罗[①]国缚底野城[②]，古波斯王乌色多习所筑也。王初筑此城，高二三尺即坏，叹曰："吾应无道，天令筑此城不成矣。"有小女名那息，见父忧恚，问曰："王有临敌乎？"王曰："吾是波斯国王，领千馀国。今至吐火罗国中，欲筑此城垂功万代，既不随心，所以忧耳。"女曰："愿王无忧，明旦令匠视我履之迹筑之即立。"王异之。至明，女起立布西北，自截右手小指遗血成踪，匠随血筑之，逐日转踪匝，女遂化为海[③]神。其海至今犹在堡子下，澄清如镜，周五百馀步。

---

① 吐火罗：印欧人的一支，原聚居在新疆塔里木盆地一带。大约公元前2000年前后，印欧民族大规模迁徙，来到南俄罗斯、希腊、安纳托利亚、伊朗和印度。有学者认为一部分印欧人向东进入了河西走廊，发展为后来的月氏人；一部分停留在新疆南部的库车和焉耆一带，即是吐火罗人的先驱。约公元前145年，以吐火罗人为首的游牧民族颠覆了亚历山大大帝东征留下的希腊-巴克特里亚王国，吐火罗人于是在此定居，《新唐书·西域传》载："吐火罗……居古大夏地。"但吐火罗人未能守住这块土地，此后该地区数易其主，吐火罗人的声望，被大月氏、贵霜等政权所覆盖，直到北魏才出现在中国文献中。所谓吐火罗国，可能指从北魏开始起，也就是占据"大夏故地"的贵霜帝国衰落后，吐火

罗人几次主权独立阶段所建立起的国家，以及被西突厥统治时期的臣属国。他们应该各自拥有自己的国号，只是与汉人打交道时被习惯性统称为吐火罗国。

② 缚底野城：可能指位于今阿富汗北部的巴尔赫，北魏时又称"薄提城"，《魏书·西域传》："吐乎罗国，去代一万二千里……国中有薄提城，周回六十里"，那么至晚在北魏时，该城已营建完毕。日本学者内田吟风等则对于薄提城在巴尔赫的观点持异议，认为该城应位于今阿富汗北部昆都士附近。

③ 海：湖泊，如什刹海、洱海等。

◎ 龟兹王降龙

夜幕笼罩大地。

西域，龟兹国都城，热闹的街市像空气温度，正随着夜色降临逐渐冷却。月光洒落石铺的街道，燥风阵阵卷过，送来铁匠铺子零星的"叮叮"声，和酒肆间隐隐的箜篌旋律。

那本该是个宁静一如往常的夜晚，可是，在那天夜里，偏偏发生了非同寻常的怪事。一夜之间，城内数百家黄金珠宝商铺的钱币，全数化成了焦炭，而且是经超高温焚烧后的朽炭，一触粉碎。

好端端的钱币，怎么会变成这种东西？经济受损的商户纷纷向有司报案求助，但事情离奇，官府茫然不知该从何处查起。商户们惊怒的情绪得不到安抚，越闹越凶，舆论开始失控，一时间满城风雨，人人自危，每个人都开始担心，自己口袋里的钱币会不会也突然变成炭渣？争相以钱易物，把手中钱币换成货物，以求稳妥，物价由是大涨。

民情如沸，终于惊动了高高在上的国王。时任龟兹王名叫阿主儿，是位天生具有不可思议神力的勇士。他立即召问有司，有司回奏道，目前只能查到金钱炭化的数百家商户，都曾在近期接待过同一名陌生客商，案发后，这名商人就消失得无影无踪。

阿主儿轻轻叹息：能有化金为炭的本事，必非常人，若要破案，焉能用寻常手段？

入夜，国王卸下王冠，悄悄走出宫殿，轻车简从，来到城市一角。

在这个不起眼的偏僻角落，房舍之间，露出一座小小的寺庙。龟兹国佛法昌盛，首都大小伽蓝数以千百计，这座石筑小庙毫不起眼，但抵达寺庙之前，扈从在国王身边的近侍们无不虔诚庄严，不敢发出一丝声响，唯恐唐突了寺里的那个人。

那个传说中已修至"阿罗汉果"、跳出六道轮回，站在生死之外的人。

阿主儿向来勇猛无惧，但每次站在这座寺庙外时，都会不由自主地微微紧张，他深吸一口气，摒弃杂念，大步而入。

门没有关，庙宇正中站着一个少年僧人，双瞳倒映着摇摇烛火，静静地望向他。

阿主儿生出一种奇异的感觉，仿佛这个年轻僧侣已在那里站了几千几百世，只为了等他推门而入的一刹那。

"你的确只等了我一刹那，"阿主儿不自禁地脱口说道："尔后便断尽烦恼，遁入永恒了。"

少年僧人轻轻道："是的，父亲。"

"父亲"二字入耳，阿主儿微微一颤，这个不沾一丝烟火气，被举国奉若神明的僧人，曾经竟是自己的儿子。但人生的理解和追求不同，是无可奈何的事情，因此他一怔之后，便即问道："我来的原因，想必你已经知道了。"

僧人道："窃取商户珍宝的客商，不过是个通晓幻术的傀儡，真正的幕后主使，如今藏匿于北山之中。"

阿主儿道："幕后主使是什么人？"

"不是人，"僧人道："是龙。"

阿主儿默然颔首，径直离开寺庙，回到宫中，换上一身武士劲装，佩剑策马，只身出城。

龟兹城以北两百里外，群山延绵，夜间常见火光蚀天，世人以为恶魔居所。阿主儿这时在想，那夜中的火光，应是恶龙喷火所致，只要循着山中光焰，不难找到龙窟。

望北疾驰一日夜，深入丛山，其时正当白昼，只见一道青烟冲霄如笔。他持剑在手，慢慢靠上前去。转过一座崖壁，山坳之中，赫然卧着一头巨龙，巨翼如墙，身下护着成堆的金银宝器，足有骆驼大的龙头枕在山石上，睡梦正酣，龙涎流了一地。

阿主儿手脚轻捷，两三个起落跃下山崖，觑准巨龙头颈，方举剑欲砍，忽然寻思：就这样一剑杀了这畜生，怎能显出本王的屠龙手段？将来吟游诗人写歌传唱，说我是靠偷袭才斩杀恶龙，岂不糟糕？于是踢了那龙一脚，喊道："哎！你醒醒！"

巨龙一惊而起，或许是从来没有过被人喊醒的经验，忙乱之中，竟然变成了一头狮子迎敌。阿主儿轻蔑道："本王龙也杀了，何况狮子？"揪着狮鬃翻身上背，那龙这才反应过来，急忙又变回龙形，左冲右突，咆哮如雷，打得山壁碎石崩溅，满地金银珠宝飞射如雨，但不论怎样折腾，只是摔不下背上之人。

那龙大怒,笔直冲入云霄,阿主儿牢牢骑在龙背上,优哉游哉,任它翻转挣扎,直遛得那龙精疲力竭,拔剑敲在它头上道:"服不服?若不降顺,砍了你的脑袋。"巨龙知道不是对手,口吐人言道:"不要杀我,我愿做大王坐骑,欲有所向,随心即至。"于是人龙定下契约,从此常以心念召龙,乘而出行,呼啸山川,遨游世界。

古龟兹①国王阿主儿者,有神异,力能降伏毒龙。时有贾人买市人金银宝货,至夜中,钱并化为炭。境内数百家皆失金宝。王有男先出家,成阿罗汉果②。王问之,罗汉曰:"此龙所为。龙居北山,其头若虎,今在某处眠耳。"王乃易衣持剑默出。至龙所,见龙卧,将欲斩之,因曰:"吾斩寐龙,谁知吾有神力。"遂叱龙,龙惊起,化为狮子,王即乘其上。龙怒,作雷声,腾空至城北二十里。王谓龙曰:"尔不降,当断尔头。"龙惧王神力,乃作人语曰:"勿杀我,我当与王乘,欲有所向,随心即至。"王许之。后常乘龙而行。

---

① 龟兹:西域古国,国祚绵长,从西汉延续到11世纪末,疆域相当于今新疆阿克苏和巴音郭楞蒙古自治州一带,是丝绸之路重镇,信仰佛教,音乐舞蹈艺术别具一格,对中原文化产生过较大影响。
② 阿罗汉果:声闻四果最高阶,跳出六道轮回,在生死之外。此果位通于大、小二乘,然一般皆作狭义解释,专指小乘佛教所得之最高果位,指破一切烦恼,断尽三界见、思之惑,证得尽智,而堪受世间大供养之圣者。若以广义言,则泛指大、小乘佛教中之最高果位。大乘法相宗《唯识论》认为,阿罗汉通摄三乘之无学果位,故为佛之异名。

◎ 郁金手印

西域古国犍陀罗历史上有位雄才大略的国王,史称伽当王,他在位期间南征北讨,四境邻邦莫不宾服。有一年,他挥军南取天竺,印度大陆上的五个天竺国抵敌不住,不得不送上贡品,俯首称降。贡品之中,有两件织造精致的衣物,伽当王很喜欢,自留一件,另一件赏给了爱妃。

王妃为博大王的欢喜,穿了这件衣服前来谢恩。待走近时,伽当王忽然发现爱妃胸部印着一个郁金染色、黄澄澄的大手印，触目惊心。

那分明是个男人的手印！伽当王惊怒交集，脸色铁青地问道："你衣服上怎么有个手印？"

妃子惶恐道："大王赏下这件衣服时，就是带有手印的。"

伽当王大怒，传召执掌府库收纳的负责人质问："王妃衣服上的手印是怎么回事，是不是你印上去的！"

那掌管库藏的官儿吓得忙道："不关臣的事，臣接手衣服的时候，上面就是带着手印的。"

伽当王心想，好啊，你们一推六二五，这事岂能善罢甘休！降下严旨追查，查来查去，查到最初上缴贡品的商人头上，商人抵赖不掉，老老实实交代道："这是南天竺国王'娑陀婆恨王'干的！娑陀婆恨王曾发下夙愿，要让自己的手印印遍贡赋的衣物，他把所有衣物叠在一起，手染郁金，按在衣服上层，他的愿力太强大了，虽千层万重，不能阻隔，手印直透到底。这些衣服，若是男子穿了，手印显露在背；女子穿了，手印显现在胸。"

伽当王闻言令左右试穿，果然如商人所言，男子穿时，手印从胸前消失，出现在后背，女子穿则相反。伽当王暗暗心惊：一个人的愿力竟能如此神奇，这娑陀婆恨王在世一日，我统治一日不能稳固！

他脸上却不动声色，叩剑冷笑道："彼纵具愿力，奈我雄兵何！"遣使到南天竺，命其国速速呈上娑陀婆恨王的手足四肢，否则大军南下，片瓦不存。

南天竺群臣都道："尊使有所不知，我国虽然有个'娑陀婆恨'，但实际上并不是真正的国王，只是一尊供在殿上的黄金塑像而已，我们是没有国王的。"

使臣道："没有国王，你们平时怎样议事决事？"

南天竺群臣道："凡军国大事，我们都是群臣共商的。"

使臣只好原样回报伽当王。伽当王也不信，点起巨象骑兵，径往南天竺而来。南天竺打探得消息，把娑陀婆恨王藏进地下密室，又赶铸出一尊黄金塑像，抬了去给侵略者看。

伽当王冷笑道："这就是你们的娑陀婆恨王？"

南天竺群臣硬着头皮说是。伽当王喝道："便是座塑像，也一样饶你不得！"连出四剑，金像四肢齐齐斩断。与此同时，地窟中藏身的娑陀婆恨王惨叫一声，手足自行脱落了。

　　乾陀国昔有王神勇多谋，号伽当（一曰加色伽当），讨袭诸国，所向悉降。至五天竺国①，得上细㲲②二条，自留一，一与妃。妃因衣其缫谒王，缫当妃乳上有郁金③香手印迹，王见惊恐，谓妃曰："尔忽着此手迹之服，何也？"妃言："向王所赐之缫。"王怒问藏臣，藏臣曰："缫本有是，非臣之咎。"王追商者问之，商言："南天竺国娑陀婆恨王，有宿愿，每年所赋细缫，并重迭积之，手染郁金柘于缫上，区划千万重手印悉透。丈夫衣之，手印当背。妇人衣之，手印当乳。"王令左右披之，皆如商者言。王因叩剑曰："吾若不以剑裁娑陀婆恨王手足，无以寝食。"乃遣使就南天竺索娑陀婆恨王手足。使至其国，娑陀婆恨王与群臣绐④报曰："我国虽有王名娑陀婆恨，元无王也，但以金为王，设于殿上，凡统领教习，在臣下耳。"王遂起象马兵⑤南讨其国。其国隐其王于地窟中，铸金人来迎。王知其伪，且自恃福力⑥，因断金人手足，娑陀婆恨王于窟中，手足亦自落也。

---

① 五天竺国：印度曾分东南西北中五部分，称五天竺。

② 缫［xiè］：原指细棉布，此处应指某种特产衣物。

③ 郁金：并非百合科观赏花卉郁金香（Tulip），百合科郁金香近世才传入中国。古文献"郁金"有多指，其一为姜科姜黄属植物"郁金"和"莪术"的块根，能入药、可染色，这种郁金原产中国。其二，另一种原产中国，名为"郁金香草"的植物，在上古祭礼中，用来调制一种叫作"郁鬯［chàng］"的祭酒。但这种香草的原型是什么植物，目前不太清楚，该植物似乎也不具染色能力。其三为外来植物，即今天所称的"藏红花"（番红花），原产伊朗一带，希腊人首先开始人工栽培，大约丝绸之路开通后逐渐传入中国。成书于三国时期的《魏略》描写道："郁金生大秦国，二月三月有花，状如红蓝，四五月采花，即香也。"《唐会要》叙其形态更详："太宗时，伽毗国献郁金，叶似麦门冬，九月花开，似芙蓉，其色紫碧，香闻数十步。"叶子形状、花期、花色均符合藏红花特征。"伽毗国"，可能即 Kapisa——位于今克什米尔一带的古罽宾国，正是建立在犍陀罗故址上的国家，而该地区至迟在公元前 5 世纪就开始栽培藏红花了。藏红花所含色素的结晶接近橙红色，这是一种可溶性胡萝卜色素，早期欧洲宫廷曾用以作为纺织品染料。藏红花曾广泛分布在欧洲南部，包括西班牙、希腊，到土耳其、伊朗、克什米尔等地区，本文的犍陀罗及印度，正位于历史上盛产藏红花的地区，或者

姜黄

地望有所交集。综上推测,本文提到的"郁金"乃是藏红花。
④ 绐:欺瞒。
⑤ 象马兵:象骑兵。《魏书·西域》写犍陀罗:"有斗象七百头,十人乘一象,皆执兵仗,象鼻缚刀以战。"
⑥ 福力:神明赐予的福祐之力。

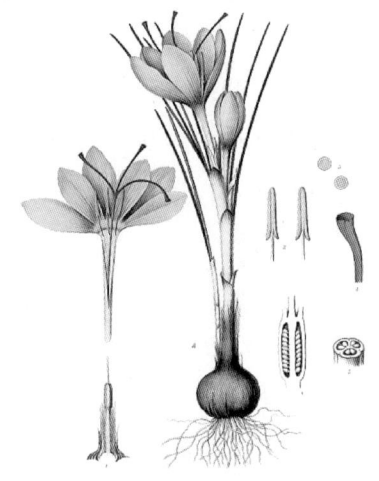

藏红花(番红花)

藏红花的柱头

◎ 缚山锁链

济南千佛山上有条上古留下的铁锁链,粗如人臂,层层叠叠匝绕山峰。相传千佛山本是海里的一座山,山神想搬到陆地上,海神不许,故以铁链捆绑。山神非走不可,挣断巨锁,飞至此间。

> 齐郡①接历山②上有古铁锁③,大如人臂,绕其峰再浃④。相传本海中山,山神好移,故海神锁之。挽锁断,飞来于此矣。

---

① 齐郡:隋以前齐郡治所在今山东临淄,隋改原齐州为齐郡,治所在济南。
② 历山:千佛山。
③ 锁:指"锒铛"等锁链之物,与今"索"义相似。
④ 浃:浃,一圈。

◎ 河伯救女

太原郡以东有座"崖山",每逢天旱,当地人就放火烧山。故老相传,崖山山神娶了黄河神的女儿为妻,所以崖山一旦起火,河神一定会降雨相救。如今遍山生长着大量水生植物。

> 太原郡东有崖山,天旱,土人常烧此山以求雨。俗传崖山神娶河伯女,故河伯见火,必降雨救之。今山上多生水草。

◎ 泉底鲜血

济南华不注泉,就是当年齐顷公战败后取水的那口泉,泉池差不多百步方圆,深不可测。北齐之季,有好事者试图测量泉眼深度,他准备了长达千尺的绳索拴着石头沉入,绳索放尽,犹未能触底。拽出石头一看,石头已经变成了诡异的血红色。不久后,此人就因事获罪而死。

> 华不注泉①,齐顷公取水处②,方圆百余步。北齐时,有人以绳千尺沉石试之不穷,石出,赤如血,其人不久坐事死。

---

① 华不注泉:位于今济南市东北华不注山脚下。
② 齐顷公取水处:齐顷公,春秋中期齐国之主。"取水"一之事,要从晋国使臣郤克访齐说起。时值晋楚争霸,邲之战,晋国惨败,楚庄王问鼎中原。晋国希望与齐国缔结联盟共同对楚,即使无法结盟,也至少要争取到齐国的支持,避免齐楚合力谋晋。晋国派出的使者名叫郤克,此人大概天生残疾,驼背跛足,相貌丑怪,齐顷公一见,差点没笑出声,忙把母后请来,隔着帷幕观看。郤克参见甫毕,忽然听见肆无忌惮的妇人笑声,跟着满殿哄笑,对他的模样指手画脚。郤克大怒,恨声道:"不雪此辱,誓不渡河!"甩袖而去。在郤克干预下,两国逐渐交恶,四年后齐晋爆发鞌之战,齐顷公激励将士,说"灭此朝食",灭了他们再回来吃早饭,结果空腹作战的齐师大败。齐顷公逃向华不注山,晋军衔尾穷追,齐顷公绕着华不注山跑了三圈,死活甩不掉追兵。眼见走投无路,情急之下,同护驾的大夫逢丑父互易装束,假扮齐顷公的逢丑父佯命顷公去华不注

泉取水，顷公才得以走脱，逢丑父被俘。

◎ 祈雨石

桂州永丰县东乡里有一块卧石，长九尺六寸，形似人体，色泽青黄，凹凸有致，状若人工雕凿。本境遇有旱情，乡民们便共同举起石头，举得低则下小雨，举得高则大雨滂沱。相传这块石头是突然出现的，原本正好有九尺长，如今不知怎的，竟自行增长了六寸。

荆州永丰县①东乡里有卧石一，长九尺六寸。其形似人体，青黄隐起②，状若雕刻。境若旱，便齐手③（一作祭，无"齐"字）而举之，小举小雨，大举大雨。相传此石忽见于此，本长九尺，今加六寸矣。

---

① 荆州永丰县：或是"桂州永丰县"。武德四年，置永丰县，贞观七年，改隶桂州。永丰远在广西，地望与荆州不符。
② 隐起：高低不平貌。
③ 齐手：一同举起。

◎ 钱河

东晋义熙十二年，淯水宛城河段发生了一件怪事。

当时一群孩童在河里洗澡，发现岸边水流有异，蹚过去一看，只见无数青钱像流沙似的泉涌而出，形成一股洪流，哗啦啦随水而去。众孩童争相用手去捧，捧出来放在岸上，那些钱却仿佛有生命一般，一下地便自行流走。孩童们改用衣服去兜，各自兜了不少。又见一头小小的铜牛拉着一部精致的小铜车，在钱币洪流之中疾驶。众孩童大呼小叫地去追，那铜车奔行极快，众孩童差之毫厘，只抢下一个车轮，青色，径长五寸许，轮毂形如猪鼻，六条轮辐，磨损痕迹明显，似乎是经常运转造成的。当时镇守南阳郡的沈敞之听闻，想办法把车轮和钱搞到手，然而带着走路时，串钱的草绳总是莫名其妙的崩断，最终都不知道弄到哪里去了。

《聊斋志异》也载有类似的怪事：沂水刘宗玉云：其仆杜和，偶在园中，见钱流如水，深广二三尺许。杜惊喜，以两手满掬，复偃仰其上。既而起视，则钱已尽去，惟握于手者尚存。

淯①宛②口傍，义兴③十二年，有儿群浴此水，忽然岸侧有钱出如流沙，因竟取之。手满置地，随复去，乃衣襟结之，然后各有所得。流钱中有铜车，以铜牛牵之，行甚迅速。诸童奔遂④，掣得车一脚，径可五寸许。猪鼻毂⑤，有六幅，通体青色，毂内黄锐⑥，状如常运。于时沈敬⑦守南阳，求得车脚钱，行时，贯草辄便停破，竟不知所终往。

---

① 淯[yù]水：今名白河，流经南阳。
② 宛：即宛城，今南阳市宛城区，在淯水北岸。
③ 义兴：应为义熙，东晋安帝司马德宗年号，405—418年。
④ 奔遂：奔逐。
⑤ 猪鼻毂：猪鼻样式的轮子，应指车轮中心的圆木（毂）形似猪鼻。
⑥ 黄锐：《太平广记》引《洽闻记》作"黄脫"，言其磨损，疑是。
⑦ 沈敬：或是沈敬之，刘宋开国勋臣、外戚赵伦之的征房参军，监南阳郡。

◎ 虎窟山

相传燕国建平年间，济南太守胡谐于某山洞中猎得白虎，此山遂名虎窟山。

虎窟山①，相传燕建平中，济南太守胡谐于此山窟得白虎，因名焉。

---

① 虎窟山：在今山东平阴县。

◎ 暗河封印

乌山山下向来没有什么水系，魏末，有人掘井，掘到五丈深时挖出一口石匣，匣旁置木炭五条，匣子里有一只龟，大如马蹄。又向下掘了三丈，挖到一方盘石，盘石之下清晰可闻水声汹汹，凿穿石板，果见一条暗河向北急流。俄而，一艘船撞上了石头，船上载着一块杉木板，刻有"吴赤乌二年八月十日，武昌王子义之船"的字样。

> 乌山下无水，魏末①，有人掘井五丈，得一石函。函中得一龟，大如马蹄，积炭五枝②于函旁。复掘三丈，遇盘石，下有水流汹汹然，遂凿石穿水，北流甚驶③。俄有一船触石而上④，匠人窥船上得一杉木板，板刻字曰"吴赤乌⑤二年八月十日，武昌王子义之船"。

---

① 魏末：不知指曹魏还是北、东、西魏。倘是曹魏末年，距吴赤乌二年二十年许；北魏末则去吴赤乌二年近三百年。
② 枝：《太平广记》作"堆"。
③ 甚驶：《太平广记》作"甚駃"，駃〔kuài〕，通快，流速很快。
④ 上：疑是"止"字。
⑤ 赤乌：东吴孙权年号，238—251 年。

◎ 辟水刀

从前，山东平原县以西十里外有片杜树林。南燕太上末年，长白山脚下，一个名叫邵敬伯的居民收到封书信，送信的人说："我是吴淞江江神的信使，奉命把这封信交给济水之神，不巧遇到急事，必须过长白山去处理，可否有劳郎君帮我代为投递？"邵敬伯古道热肠，一口应承。信使再三谢过，指点邵敬伯去杜树林中取一片树叶，投入济水，自会有人接待。

邵敬伯受教而去，如法施为，果然见河水中开，跳出个人来，说我家君上有请。邵敬伯怕水，不肯前往，那人道："郎君不必担心，只管闭上眼睛，保你无妨。"邵敬伯依言闭目，只觉周身温度一凉，似已入水，睁眼看时，已在宫殿之中。当前一个耄耋老翁，高踞水晶床上，接过书信展开一看，顾左右道："刘裕将兴，慕容南燕不日必亡。"

邵敬伯隐隐听出了点门道，默默观察周遭，但见殿侧侍卫皆披挂甲胄，眼珠子圆滚滚如同虾蟹，不由有些害怕，告辞欲去。老翁命人取来一柄小刀赐予邵敬伯，道:"此刀可辟水祸,请郎君妥善收藏。"邵敬伯辞谢而出,上岸一看,仍在那片杜树林里,而衣裳干爽,全无沾湿之迹。这一年,宋武帝刘裕果然讨平南燕。

三年后,邵敬伯迁居于黄河、济水之间,一夜洪水流溢,全村俱遭淹没,邵敬伯懵然无觉。第二天照常起床,待要穿鞋的时候,蓦然发觉自己的床变成了一只大鼋,载着他稳稳当当地漂在水上。邵敬伯故世后,那把辟水刀也神秘消失了。

故老相传,说平原县那片杜树林深处,有一座葬着河神的坟冢。

平原县①西十里,旧有杜林②。南燕太上③末,有邵敬伯者,家于长白山④。有人寄敬伯一函书,言:"我吴江⑤使也,令吾通问于济伯⑥。今须过长白,幸君为通之。"仍教敬伯,但于杜林中取树叶,投之于水,当有人出。敬伯从之,果见人引出。敬伯惧水,其人令敬伯闭目,似入水中,豁然宫殿宏丽。见一翁,年可八九十,坐水精床,发函开书曰:"裕兴超灭⑦。"侍卫者皆圆眼,具甲胄。敬伯辞出,以一刀子赠敬伯曰:"好去,但持此刀,当无水厄矣。"敬伯出,还至杜林中,而衣裳初无沾湿。果其年宋武帝灭燕。敬伯三年居两河间,夜中忽大水,举村俱没,唯敬伯坐一榻床,至晓着履⑧,敬伯下看之,床乃是一大鼋(一曰龟)也。敬伯死,刀子亦失。世传杜林下有河伯冢。

---

① 平原县:今山东省德州平原县。
② 杜林:杜树林。杜树,落叶乔木,果实圆而小,味涩可食,俗称杜梨、甘棠。《太平广记》本作"社林",则指墓地。
③ 太上:南燕慕容超年号,405—410年。
④ 长白山:山东省长白山,号称"泰山附岳",在今邹平市南。
⑤ 吴江:今吴淞江,发源于苏州,汇入黄浦江。
⑥ 济伯:济水的河神。
⑦ 裕兴超灭:刘裕崛起,慕容超身死国灭。刘裕于公元410年攻破燕都广固,杀慕容超,南燕覆亡。
⑧ 着履:着地。

◎ 妒妇津

西晋初年,山东临清人刘伯玉的妻子段氏,字明光,善妒。一次刘伯玉当着妻子的面有感情地诵读《洛神赋》，一脸陶醉，掩卷叹道："娶妻如此，一生可以无憾。"

"你怎敢以水神貌美而轻视我！"妻子贝齿咬碎道："我死了也可以变成水神！"

想到丈夫居然喜欢书里的女神更胜过她，妻子一口气咽不下去，当天晚上就跳河死了。

头七回魂之夜，凄风惨雾，妻子一缕幽魂，清冷如冰，在梦里冉冉缠上刘伯玉："夫君，你不是喜欢女神吗，现在我变成水神了，你喜不喜欢？"

刘伯玉吓得有生之年再不敢稍近江河。

从此以后，刘妻自杀的那段水道怪事频发，凡是稍具姿色的女子渡河，行至中流，必起狂风暴浪，动辄舟毁人亡。久而久之，当地形成了一条规矩：美女渡河之前必须把脸涂花，褴褛衣衫，扮成一副怪模怪样，以防招水神妒忌，否则给再多船资，舟子也不肯载人。

可是长相不佳的女子渡河，却总是安然无恙。因此每每就有无聊之徒守在渡口，看见那些不曾毁妆而顺利渡河的女子，大加讪笑："你说说你这是有多丑，水神都不屑嫉妒你！"于是后来不论妍媸，姑娘们渡河之前一概自毁形容，美女固然借此保命，貌陋者忧谗畏讥，亦不得不然，免得惹人耻笑。因此这条河段被世人称为"妒妇津"，当地还有句时谚："欲求好妇，立在津口，妇立水旁，好丑自彰。"

任昉《述异记》载，山西并州还有个"妒女泉"，相传这位妒女是抱树而死的介子推的妹妹，但凡有女孩子靓妆彩服，甚至拿着鲜花儿路过，就会惹怒妒女，必遭风雷电雹之殃。

> 妒妇津①，相传言，晋大始②中，刘伯玉妻段氏，字明光，性妒忌。伯玉常于妻前诵《洛神赋》，语其妻曰："娶妇得如此，吾无憾焉。"明光曰："君何以水神善而欲轻我？吾死，何愁不为水神。"其夜乃自沉而死。死后七日，托梦语伯玉曰："君本愿神，吾今得为神也。"伯玉寤而觉之，遂终身不复渡水。有妇人渡此津者，皆坏衣枉妆③，然后敢济，不尔风波暴发。丑妇虽妆饬④而渡，其神亦不妒也。妇人渡河无风浪者，以为己丑，不致水神怒。丑妇讳之，无不皆自毁形容，以塞嗤笑也。故齐人语曰："欲求好妇，立在津口。妇立水旁，好丑自彰。"

---

① 妒妇津：《太平广记》补充说，该渡口在今山东临清。古籍多记渡口闹鬼事件，大抵渡口是溺死鬼喜欢聚居之处，譬如《搜神记》有一位不堪婆婆虐待投缳自尽，死后化为"丁姑"。丁姑是安徽滁州全椒县人，婆婆严酷，拿丁姑做牛做马

地使唤，丁姑无法忍受，死于重阳节，死后怨念不平，尤其九月初九这天，若有婆婆苛待儿媳，必现身报应。所以世间的儿媳，将丁姑奉为守护神，重阳这天，儿媳们可以公休一天，婆婆怕惹怒丁姑神，亦往往默许。所以重阳节不止是老人节，也是儿媳节、女儿节、老婆节，相当于中国传统妇女节。传说丁姑曾在安徽当涂长江渡口牛渚津现身求渡，遂为世人所知。

② 大始：泰始，晋武帝司马炎年号，265—274 年。
③ 枉妆：把妆弄花。
④ 饬：整齐。

◎ 驱除大将军

东晋义熙年间，虞道施乘车山行，忽有黑衣人径自爬上车来，说："捎我一程。"

虞道施见此人脑袋发光，赤目血口，仿佛刚喝过血似的，满脸生毛，状如妖魔，吓得噤口缩舌，哪里敢说个"不"字？战战兢兢带着走了十里路，怪人跳下车，取出一对银环送给虞道施道："我是驱除大将军，多谢寄载。"

虞道施，义熙中，乘车山行。忽有一人，乌衣，径上车言寄载。头上有光，口目皆赤，面被毛。行十里方去，临别语施曰："我是驱除大将军，感尔相容。"因留赠银环一双。

◎ 幽灵夺邸

东晋隆安年间，浙江湖州陈家来了个二十来岁的年轻人，自称"圣公"，姓谢，已经死了上百年，说陈家的宅子本是自己的府邸，要陈家交出来，不然烧死你们。陈家没搭理他，一天下午突发大火，陈家烧成一片白地，宅子四周鸟羽插地，密密麻麻，绕宅数重，百姓惧以为神，为之修立祠庙。

晋隆安①中，吴兴②有人年可二十，自号圣公，姓谢，死已百年，忽诣陈氏宅，言是己旧宅，可见还，不尔烧汝。一夕火发荡尽，因有鸟毛插地，绕宅周匝数重，百姓乃起庙。

① 隆安：司马德宗年号，397—401 年。
② 吴兴：今浙江湖州。

◎ 长须国

武则天大足初年，一位年轻的学士随新罗使臣回访新罗，海上遭遇暴风，船只损毁，学士漂流到了一处所在。此地人口稠密，物产丰饶，衣冠建筑，与中华大同小异，也都说唐语，只是居民长相十分怪异，所有人脸上都生着长长的须子，自称长须国，国中官职，有正长、戢波、目役、岛逻等号，其地则呼为扶桑洲。

学士四处游历，处处受人礼遇。一天，几十部车马奔腾诣门，说是国王奉请。学士大感光彩，欣然随同前往，一路晓行夜宿，走了两天，三座大城出现在视野中，城门之前甲士肃卫，气象庄严。当下有使者引着学士进城入宫拜见国王，但见王宫殿宇高敞，仪卫焕燿，果然是王者风范。

学士叩拜，那国王微微站起还礼，即授学士为"司风长"，接着召为驸马，自此学士富贵显荣，权势赫赫，人生的理想差不多都实现了，唯一美中不足的是，公主美则美矣，脸上也长了几十根须子，学士见了妻子的模样，总是高兴不起来。

每值满月之夜，王宫都要大开筵宴，学士在筵上看见国王的嫔妃也都生有长须，忍不住赋诗一首：

"花无蕊不妍，女无须亦丑。

丈人试遣总无，未必不如总有。"

意思是说，女孩子们为啥不把胡须拔了，总不至于比现在的模样更丑吧？

国王览诗大笑道："成婚都这么久了，驸马还在耿耿于小女的胡须？"

忽忽十几年富足岁月一晃而过，学士膝下添了一儿二女，每日诗酒追欢之余，弄儿为乐，颇不寂寞。这天照常入宫，察觉气氛异样的凝重，君臣上下，人人面有重忧，学士叩问，国王垂泪道："国家大难临头，祸在旦夕，非驸马不能挽救！"学士大吃一惊，忙下拜道："臣蒙陛下知遇之恩，粉身难报，国家有何驱遣，就请陛下诏，臣必定竭尽全力，万死不辞！"国王略略宽心，乃命人准备船只，又指派了两个干练之臣为副，拉起学士的手，重重嘱托道："烦请驸马出海一行，谒见海龙王，就说'东海第三汊第十岛长须国有难求救。'我国弱小，龙王只怕不会重视，须再三恳请，庶几才可解我大祸。"

学士一诺无辞，登舟而去，那艘船航速极快，分波破浪，转眼抵达一片陆地，但见沿岸一带华光焕耀，长长的海滩上，好像铺展着一条巨大的彩虹。靠近一看，才发现原来海滩上的砂砾，竟然全部是由佛家所言"七宝"——也就是黄金、白银、琉璃、砗磲、玛瑙、珍珠、珊瑚组成，七彩流绚，夺人眼目。学士虽在长须国王宫中也见惯珍异，却何尝见过这样子珠宝为泥沙，俯拾即是的盛景？真不愧是龙族国度，神仙之境！他这样想着，下船登岸，向龙族提请，求见龙王。龙族人皆长衣高冠，服饰奇古，而龙宫之状，好似寺庙壁画上所绘的天宫，那些殿阙不知是用什么材料筑成，光芒四射，不可逼视。

龙王得报，亲自降阶出迎，与学士并肩上殿，问起来意，学士具告所求，龙王很给面子，当即吩咐查明回奏。良久，一人疾趋帘外，朗声奏道："启禀陛下，经查，我东海境内并无长须一国。"学士惶恐道："长须国就在东海第三汊第十岛上，不会有错，祈陛下明鉴。"龙王便叱令外面那位回奏的官员道："细细访查明白，再来奏报！"又过了约莫一顿饭的工夫，那官员回来道："禀陛下，东海第三汊第十岛上群虾，按例应充为陛下本月食料，前日已经解押到厨房。"

龙王听了，哈哈大笑道："原来如此。尊客，你恐怕是被虾精魅惑了，这十几年来你所居留的那'长须国'，实则乃是个虾群巢穴，你日夜见面相处之辈，都是虾精而已。"他见学士一脸的惊愕不信，道："你一看便知。"当下派官员引着学士去看，只见数十口屋子大的巨型铁锅，内中盛满了虾，有五六只长如人臂的红色大虾，看见学士，跳跃不已，似在求救，官员道："这就是虾王了。"学士失魂落魄，不觉泪流满面。龙王道："孤虽是龙族之王，所食之物，皆需凛遵天规，并非任意安取。按照次序，本月原当轮到以该岛虾群为食，不过看在尊客的份上，孤王便少吃一点罢。"下令将虾王所在的一锅释放，复命两位使者送学士返回中土。傍晚时分，泊岸登州，阔别十余年，重返故土，学士不辨心中滋味，是喜是悲？欲待向使者道谢，一回头，青冥邈邈，两位使者已化身巨龙，飞入云霄。

大定①初，有士人随新罗使，风吹至一处，人皆长须，语与唐言通，号长须国。人物茂盛，栋宇衣冠，稍异中国，地曰扶桑洲。其署官品，有正长、戢波、目役、岛逻等号。士人历谒数处，其国皆敬之。忽一日，有车马数十，言大王召客。行两日方至三大城，甲士守门焉。使者导士人入伏谒，殿宇高敞，仪卫如王者。见士人拜伏，小起，乃拜士人为司风长，兼附马。其主甚美，有须数十根。士人威势焕赫，富有珠玉，然每归见其妻则不悦。其王多月满夜则大会，后遇会，士人见姬嫔悉有须，因赋诗曰："花无蕊不妍，女无须亦丑。丈人试遣总无，未必不如总有。"王大笑曰："驸马竟未能忘情于小女颐颔②间乎？"经十余年，士人有一儿二女。忽一日，其君臣忧感，士人怪问之，王泣曰："吾国有难，祸在旦夕，非驸马不能救。"士人惊曰："苟难可弭，性命不敢辞也。"王乃令具舟，命两使随士人，谓曰："烦驸马一谒海龙王，但言东海第三汊第十岛长须国有难求救。我国绝微，须再三言之。"因涕泣执手而别。士人登舟，瞬息至岸。岸沙悉七宝，人皆衣冠长大。士人乃前，求谒龙王。龙宫状如佛寺所图天宫，光明迭激③，目不能视。龙王降阶迎士人，齐级升殿。访其来意，士人具说，龙王即令速勘④。良久，一人自外白曰："境内并无此国。"其人复哀祈，言长须国在东海第三汊第十岛。龙王复叱使者："细寻勘速报。"经食顷，使者返，曰："此岛虾合供大王此月食料，前日已追到。"龙王笑曰："客固为虾所魅耳。吾虽为王，所食皆禀天符，不得妄食。今为客减食。"乃令引客视之，见铁锅数十如屋，满中是虾。有五六头色赤，大如臂，见客跳跃，似求救状。引者曰："此虾王也。"士人不觉悲泣，龙王命放虾王一锅，令二使送客归中国。一夕，至登州⑤。回顾二使，乃巨龙也。

---

① 大定：南梁宣帝萧詧年号，555—562年。赵本作"大足"，武则天年号，701年。后者应是，后文有"语与唐言通"之言，可知故事发生在唐代。
② 颐颔：腮颊。
③ 迭激：闪烁。
④ 勘：查探。
⑤ 登州：位于今山东沿海，治所多迁。

◎ 消失的军团

唐玄宗天宝初年，安思顺进献五色玉带，皇上又在国库中找到一只五色玉杯。与此同时，安西都护府羁縻诸国所进的贡物中，却没有五色玉了，玄宗大为不满，申斥安西藩国怠忽，诸国解释道："臣等何尝没有进贡五色玉，只是中途均遭小勃律劫夺，所以不能输达长安。"玄宗闻奏大怒，当时就要兴兵征讨小勃律，群臣纷纷谏阻，唯独李林甫赞成出兵，并举荐大将王天运，说他"谋勇兼备"，可为统帅。唐玄宗便命王天运领兵四万，兼摄西域诸国军队，直捣小勃律。

大军摧枯拉朽，很快打到勃律城下，勃律王恐惧请罪，交出历来所劫夺的宝玉，表示愿降顺唐廷，以后每年进贡。王天运不许，不但不许，而且纵兵屠城，全城洗劫一空，所得珠玑堆山积海，用大车载着，连同俘虏的小勃律君臣三千多人，一起班师回朝。

小勃律国的术士警告说："将军无义，已经触发灾殃，一场暴风雪正在前路等着将军。"王天运不以为意。大军走出数百里，行至小海附近，忽然狂风四起，卷起漫空暴雪，如同无数疾飞的白鸟铺满天地狂飙怒击。小海的海水，被大风高高掷起，冻成冰柱，旋即又在风中崩裂粉碎，冰棱如刀，大雪遮道，人马寸步难行。半日之内，海水涌涨，四万大军逃避不及，全部冻死，仅一个汉人和一个西域人死里逃生，艰难地回到了长安。玄宗听说四万雄师只有两人生还，不胜惊异，立刻派出宫中使臣，随同两个幸存者前往验看。一行人来到小海之畔，但见长冰绵亘，峥嵘如山，巨大而嶒峻的冰川中，赫然封冻着数以万计将士马匹的尸体，或坐或立，密密麻麻，都还保持着死前最后一刻的狰狞状态，每个人脸上显露着极度恐惧的神色，隔着莹澈透明的冰层，清晰无比。使臣陷入了一个由死亡和痛苦凝结形成的巨大深渊，他震骇莫名，强烈要求离开。刚刚要走，那巨大的冰山突然迅速消融，所有尸体随之彻底消失了。

> 天宝初，安思顺①进五色玉②带，又于左藏库③中得五色玉杯。上怪近日西赆④无五色玉，令责安西诸蕃。蕃言："比常进皆为小勃律⑤所劫，不达。"上怒，欲征之。群臣多谏，独李右座⑥赞成上意，且言武成⑦王天运⑧谋勇可将。乃命王天运将四万人，兼统诸蕃兵伐之。及逼勃律城下，勃律君长恐惧请罪，悉出宝玉，愿岁贡献。天运不许，即屠城，虏三千人及其珠玑而还。勃律中有术者言："将军无义，不祥，天将大风雪矣。"行数百里，忽起风四起，雪花如翼，风激小海⑨水成冰柱，起而复摧。经半日，小海涨涌，四万人一时冻死，唯蕃汉各一人得还。具奏，玄宗大惊异，即令中使随二人验之。至小海侧，冰犹峥嵘如山，隔冰见兵士尸，立者坐者，莹彻可数。中使将返，冰忽稍释，众尸亦不复见。

---

① 安思顺：安禄山堂兄，与安禄山无血缘关系（安思顺伯父是安禄山继父），历任河西、朔方节度使。安思顺忠君勤国，安史之乱前数次上表揭露安禄山反志，是故战事爆发后，安禄山质留长安的长子安庆宗被腰斩，而安思顺免于株连。

此后朝廷平叛不力，起用与安氏兄弟素有嫌隙的哥舒翰，哥舒翰手握重权，诬蔑安思顺心怀异志，安思顺被赐死。

② 五色玉：应指出产于中西亚地区的各色宝石，如阿富汗的青金石、古波斯的绿松石、克什米尔地区的蓝宝石等与我国新疆地区所产玉石的合称。

③ 左藏库：古代国库之一，以其在左方，故称。晋属少府；北齐、隋属太府寺；唐代左藏掌钱帛、杂彩、天下赋调。入藏时，太府卿、御史监阅，太府丞主账簿；出库，则勘验本寺符契而发。

④ 赆[jìn]：进贡。

⑤ 李右座：李林甫。

⑥ 小勃律：古国，位于克什米尔西北，都城在今吉尔吉特。原是唐帝国藩属，公元740年倒向吐蕃，小勃律王做了吐蕃赞普的驸马，中止向唐廷朝贡。747年，安西副都护、都知兵马使并兼安西四镇节度副使高仙芝奇袭连云堡，生擒小勃律国王和吐蕃公主凯旋，改其国号为归仁，设归仁军镇守。此役过后，西域各国重新归附唐朝。按正史记载，高仙芝征小勃律是全师而返，并无"四万人一时冻死"之事。天宝九载（750年），高仙芝打的另一场仗——石国屠灭之战，与本文描写的屠城相似，《资治通鉴》："天宝九年十二月，安西四镇节度使高仙芝伪装与石国约和，帅兵袭击，俘虏石国王及其所统部众以归，杀其老弱者。仙芝贪财，掠得瑟瑟（碧珠）十多斛，黄金数橐驼，其余口马杂货，不可胜计，皆据为己有。"但石国讨伐战，亦未出现全军冻死的情况。最接近"消失军团"传说的，是公元751年怛逻斯之战。此役领军者也是高仙芝，他孤军远征怛逻斯，为黑衣大食（阿拔斯王朝）击败，部队损失惨重，三万士卒几乎尽墨，唐朝就此丢失了中亚西部控制权。"冰尸"传说的出现，可能与这场战役有关，可以想象长安士民听闻兵强马壮的远征军深入极西之陲，几乎无人生还的消息时的惊骇。战争真相扑朔迷离，于是种种离奇传闻，包括西方术士神秘的魔法，以及遥远恐怖的暴雪冰川被编入了战争，痛恨唐军的西域人编造了这个"天戮唐军"的故事，随着怛罗斯之战唐军战败带来的恐慌情绪，在帝国城市的坊曲街巷间广为传播，同时也渗入了唐人笔记。

⑦ 武成：赵本作"武臣"，或是。

⑧ 王天运：生平不详，只知道参加了天宝十载（751年），与南诏国的西洱河会战，此战唐师大败，云南都护府失陷，王天运战死。对西域的作战史料未见关于此人的记载。或许王天运根本不曾出征过小勃律，这个故事，只是时人出于避讳，故意将高仙芝征服小勃律、屠石国、怛罗斯惨败和王天运西洱河战死（唐与南诏交恶，是云南太守张虔陀侮辱并诬陷南诏国王在先，过失在唐）四件事移花接木杜撰的传说，暗讽不义之师，咎由自取。

⑨ 小海：《新唐书·西域下》："又有陀拔斯单者，或曰陀拔萨惮。其国三面阻山，北濒小海。"陀拔斯单即塔巴里斯坦，相当于今伊朗马赞德兰省，位于里海南岸，那么《唐书》所载小海应指今天的里海。但里海远在小勃律西北，唐军击破小勃律

而班师，应是向东，怎会绕到遥远的里海被冻死？更见得该故事系拼合而成。

◎ 无脸人

代国公郭元振偶尔栖迟山斋，一夜中宵时分，灯火明灭，屋子里突然出现了一个脸如圆盘的怪人，定定地对着郭元振，极其诡异。郭公面如止水，了无惧色，提起笔来饱蘸了墨浆，振腕在那怪人脸上写道："久戍人偏老，长征马不肥。"

这是郭公以往所作诗篇中的得意之句，写罢朗声清吟，怪人倏然消失在了空气中。

几天后，郭公跟一个樵夫信步游山，见道左一棵参天巨树，树上一丛白木耳，大如数斗，上面墨迹纵横，正题着自己当夜手书的两句诗。

> 郭代公①尝山居，中夜有人面如盘，瞚目②出于灯下。公了无惧色，徐染翰题其颊曰："久戍人偏老，长征马不肥③。"公之警句也。题毕吟之，其物遂灭。数日，公随樵闲步，见巨木上有白耳，大如数斗，所题句在焉。

---

① 郭代公：郭震（656—713年），字元振，武则天、中宗、睿宗朝大将，历任凉州都督、安息大都护，长期驻边捍御吐蕃、突厥。睿宗时，还朝加吏部尚书、拜相。玄宗朝，封代国公。玄宗初立，于骊山军演，郭元振由于军容不整，被削职流放新州，病死途中。杜牧认为，郭元振守凉州时手握重兵，由于他的军事威慑，武氏集团才不敢放胆铲除李唐势力："北却突厥，西走吐蕃，制地一万里，握兵三十万，武氏惕息不敢移唐社稷。"此人少年豪侠，戎马半生，喜怒不形于色，见惯大场面，区区鬼怪，何足道哉。
② 瞚目：眨眼间，瞬间。
③ 久戍人偏老，长征马不肥：全诗作："塞外房尘飞，频年出武威。死生随玉剑，辛苦向金微。久戍人将老，长征马不肥。仍闻酒泉郡，已合数重围。"

◎ 夺命庄园

这件离奇诡怖的怪事，发生在唐代宗大历年间，距长安不过百多里路程的陕西渭南。

当地有个读书人，几年前猝死在了长安，留下妻子柳氏，带着十一二岁的孩子住在渭南的庄园里。

一个夏季的夜晚，这家的小孩忽然无缘无故地惊慌恐悸，不敢睡觉。问他哪里不舒服，小孩也说不出个所以然，柳氏只好让婢女守在孩子床边。

三更天了，除了婢女的呼吸声，四下里静悄悄的，月华透窗洒满卧房，一片宁谧。蓦地，屋角黑暗中悄无声息走出一个白色人形，径直走到床前，那人背对着月光，容貌枯槁，是个满脸皱褶、死气沉沉的老头。接着，小孩注意到了他的牙，两只生得太长，露在嘴唇外的尖牙！

老头面无表情，默不作声，伸出一只枯瘦的大手，捏住婢女的脖子拎起来，张口就咬，咀嚼之声，静夜中格外清晰刺耳。随手所触衣裳立成碎片。须臾，婢女四肢被吃得见骨，老头举起残躯，张开簸箕大的血口吞饮内脏肚肠。小孩早吓得呆了，这时才发出一声撕心裂肺的惊叫。老头狠狠瞪了小孩一眼，晃身消失不见，剩下一副啃得精光的骨骸扔在满地碎肉血泊里。

此后几个月，那白衣老头再也没出现过，似乎事情已经过去了。

这天是亡夫的祭日，忙了一整天，下午，柳氏终于得到片刻空闲，坐在院子里小憩乘凉。

秋季多蚊虫，柳氏拿着扇子拍打驱赶。有只马蜂绕在她脸前"嗡嗡"地飞来飞去，被柳氏一扇子拍在地上，定睛一看，是一个像核桃的东西。她好生奇怪，拿在手上端详，异变突起，核桃忽然变大，起初如拳头大，瞬间长到碗口大，顷刻已有磨盘大小。柳氏骇然撒手，核桃居然并不坠落，凌空悬浮着，"波"的分成两片，飞速旋转，发出巨大的噪声。柳氏还在惊诧之际，两片核桃猝然暴合，一声巨响，将她的头颅拍得稀烂，血肉涂地，牙齿直楔进树干里。那古怪之物破空飞去，最终也不知到底是什么东西。

　　大历中，有士人庄在渭南，遇疾卒于京，妻柳氏因庄居，一子年十一二。夏夜，其子忽恐悸不眠。三更后，忽见一老人，白衣，两牙出吻外，熟视之。良久，渐近床前。床前有婢眠熟，因扼其喉，咬然有声，衣随手碎，攫食之。须臾骨露，乃举起饮其五藏。见老人口大如簸箕，子方叫，一无所见，婢已骨矣。数月后，亦无他。士人祥斋①，日暮，柳氏露坐逐凉，有胡蜂②绕其首面，柳氏以扇击堕地，乃胡桃也。柳氏遽③取玩之掌中，遂长。初如拳，如碗，惊顾之际，已如盘矣。曝④然分为两扇，空中轮转，声如分蜂。忽合于柳氏首，柳氏碎首，齿着于树。其物因飞去，竟不知何怪也。

---

① 祥斋：亲丧满周年的斋祭，一年为小祥，两年大祥。
② 胡蜂：马蜂、黄蜂。
③ 遽：就，于是。
④ 嚗 [bó]：象声词。

◎ 寻粮

贾耽贾相国任滑州刺史时，有一年境内大旱，秋粮有绝收之虞，贾耽召来两位心腹部将，商议道："今夏赤旱，禾稼尽损，如之奈何？"二将忧形于色，默然无对。

贾耽道："吾有一策，可救全州军民，需仰仗两位将军大力。"

二将慨然道："使君尽管吩咐，但使有利于军州，我等虽死不辞！"贾耽笑道："将军高义，乃军民之福，要拜托二位的事情其实很简单，我想请二位跟踪两个人。"

二将道："什么人？"贾耽道："明天将有两个身穿淡绯色长袍的人，胯下坐骑白蹄长鬣，经由市肆出城，二位也不必惊动他们，只要跟定这两人，记住他们在何处消失，便算成功。"

二将领命而去。第二天果见两个绯衣骑士穿市出城，行出两百余里，到得一座大墓之前，忽的消失不见。二将在那墓旁砌了堆石头做标记，连夜赶返复命。贾耽闻报大喜，当即点起兵士数百，各带挖土工具，由二将引路，寻到那座大墓，挖开一看，里面有几十万斛陈粮。

没人知道这是怎么回事。

贾相公①在滑州②，境内大旱，秋稼尽损。贾召大将二人，谓曰："今岁荒旱，烦君二人救三军百姓也。"皆言："苟利军州，死不足辞。"贾笑曰："君可辱为健步③，乙日④当有两骑，衣惨绯⑤，所乘马蕃⑥步鬣长，经市出城，君等踪之，识其所灭处，则吾事谐矣。"二将乃裹粮衣皂，行寻之，一如贾言，自市至野二百余里，映大冢而灭，遂垒石标表志焉。经信⑦而返，贾大喜，令军健数百人具畚锸⑧，与二将偕往其所。因发冢，获陈粟数十万斛，人竟不之测。

① 贾相公：贾耽，730—805年，字敦诗，沧州南皮人，历仕玄、肃、代、德、顺、宪六朝，曾任汾州、梁州、滑州刺史、山南西道、山南东道、义成军节度使，加右仆射、同中书门下平章事，封魏国公。
② 滑州：今河南滑县。
③ 健步：跑腿的人。
④ 乙日：翌日、次日。
⑤ 惨绯：浅红色。
⑥ 蕃：通"皤"，白色。
⑦ 信：两昼夜。
⑧ 畚锸：畚，盛土器；锸，起土器。指挖运泥土的用具。

◎ 古鹿

胡珦任虢州刺史期间，有人猎得一鹿，重一百八十斤。鹿蹄子上穿有铜环，环上镌刻篆字，虽博物者不能识。

> 胡珦①为虢州，时猎人杀得鹿，重一百八十斤。蹄下贯铜镮②，镮上有篆字，博物不能识之。

---

① 胡珦：（741—819年）字润博，贝州宗城（今河北威县）人。大历七年进士。历任监察御史、庐陵令、坊州刺史、舒州刺史，官至少府监。诗人张籍的岳父。
② 镮：环。

◎ 失踪的少女

此事叙述者是段郎的前辈，太常寺博士丘濡。

据丘濡说，那是在五十年前，汝州邻县有个妙龄少女离奇失踪，音讯全无。几年后，少女突然自行返回，说当年在睡梦中被什么东西掳走，片刻间到了一处，四下里黑漆漆的，不知是什么地方。及至天亮渐渐看清，置身之处原来是座古塔，一个容颜俊美的男子站在身前，温言道："我是神仙，命中注定该当娶你为妻，所以把你带到此地。你不用害怕，我们的姻缘有其年限，时间一到，我会送你走。"少女见这人举止温文，惧意稍却。男子又道："安心待在这里，切勿向外窥视。"说罢离去。此后每天回来两趟，留下饮食，有时那食物还是热的，少女寻思，难道这塔是在市肆附近？无奈她所处的一层，离地甚高，而梯阶毁废，无法下去，男子又时时告诫，不要向外张望，她就这么被困在塔上困了一年，终日百无聊赖，那滋味真跟坐牢差不多。有一次男子走后，她实在忍不住，设法往外看去，只见男子漂浮于云端，俊雅的形貌急遽生变，全身皮肤转为靛蓝，长发如火焰般飞扬，碟碟怪笑，声如驴鸣，破空飞去。少女吓出一身冷汗，魂不守舍，不知如何是好。

俄而男子回转，又变回了美男子模样，见到少女露出畏闪之色，叹道："你终于还是看见了，既然如此，我就不消再瞒你，我其实不是神仙，而是夜叉。"少女听了这话，不自禁得一哆嗦，民间的印象，夜叉不啻厉鬼，而神通广大，更加可怖。男子道："别怕，你是我妻子，我永远不会害你的。"少女素来善良，见到男子黯然的样子，心下不忍，安慰他道："我既是你的妻子，你是神仙也好，人类也好，夜叉也好，我都不会嫌恶。只是以你的神通，何不带我到人间居住，我也好时时探望父母。"男子道："我辈为罪业束缚，倘若与人杂居，必会连累人间瘟疫横行。而今我形迹已露，没什么可避忌的了，以后你想怎么看，就怎么看吧，过段时间，我就送你回去。"

从此少女常常凭阁下眺，见夜叉浮空飞行之际，不能幻化人形，一旦落到地上，就与凡人无异。这塔距市坊很近，夜叉杂在人群中，有时遇到普通百姓，垂手侧避，好似十分恭谨；有时却又骑在人家头上，向那人脸上吐痰，行人一概睁眼不见。等他回来，少女问他："我见你在街上，有时待人客气得很，有时却狎侮于人，那是什么缘故？"夜叉笑道："世人凡是吃牛肉的，我辈见了，尽可以戏弄无妨；若是忠直孝悌的君子，或持守戒律的僧道，就绝不敢有所冒犯，否则必遭天戮。"

又过了一年，忽一日，夜叉满面戚色而回，看着少女，怔怔流下泪来，说道："我们姻缘已尽，待到下一场风雨之时，我就送你回家。"说着取出一枚鸡蛋大的青石送给少女，说回去后研磨服食，能下毒气。一天傍晚，风雷磅礴，大雨如注，夜叉突然出现，挟起少女说了声："走吧。"少女只觉眼前一黑，没等反应过来，已经身在自家庭院，她举目四顾，唯见风急雨骤，天地晦暝，夜叉不见踪影。

后来少女的母亲磨碎青石，冲水给她服饮，泻下了一斗多青泥状的东西。

博士①丘濡说，汝州旁县，五十年前，村人失其女。数岁忽自归，言初被物麻中牵去，倏止一处，及明，乃在古塔中。见美丈夫，谓曰："我天人，分②合得汝为妻。自有年限，勿生疑惧。"且戒其不窥外也。

日两返，下取食，有时炙饵犹热。经年，女伺其去，窃窥之，见其腾空如飞，火发蓝肤，碌碌耳如驴焉。至地乃复人矣，惊怖汗洽③。其物返，觉曰："尔固窥我，我实野叉，与尔有缘，终不害尔。"女素惠，谢曰："我既为君妻，岂有恶乎？君既灵异，何不居人间，使我时见父母乎？"其物言："我辈罪业④，或与人杂处，则疫疠作。今形迹已露，任公踪观，不久当尔归也。"其塔去人居止甚近，女常下视，其物在空中不能化形，至地方与人杂。或有白衣尘中者，其物敛手侧避。或见枕其头唾其面者，行人悉若不见。及归，女问之："向见君街中有敬之者，有戏狎之者，何也？"物笑曰："世有吃牛肉者，予得而欺之。或遇忠直孝养，释道守戒律、法籙⑤者，吾误犯之，当为天戮。"又经年，忽悲泣语女："缘已尽，候风雨送尔归。"因授一青石，大如鸡卵，言至家可磨此服之，能下毒气。一夕风雷，其物遽持女曰："可去矣。"如释氏言屈伸臂顷⑥，已至其家，坠之庭中。其母因磨石饮之，下物如青泥斗余。

---

① 博士：国子监、太学、太医署、各文馆等具有教育职能的机构都设有博士，州县也置博士，教授生徒。丘博士应是段郎同时人，《册府元规·卷五百九十二》："开成二年二月，太常博士丘濡奏：祠祭圭玉，请依礼文。"
② 分：命中注定。
③ 汗洽：汗流浃背。
④ 罪业：泛指应受恶报的罪孽。
⑤ 法籙：道家驱鬼压邪的丹书、符咒。这里借指道教的戒律。
⑥ 屈伸臂顷：伸个懒腰之间，形如时间短。

◎ 检簿取筋

唐代宗大历年间，年轻的李公佐在庐州（安徽合肥）听到一桩怪谲奇闻。

当时有个名叫王庚的书吏告假回家。天不亮就启程赶路，来到离城不远处，夜色犹浓，忽听得鸣锣喝道声大作。书吏纳闷，深更半夜的，路上又没有什么行人，哪位大人在这郊野之地瞎耍威风？我们庐州可没有这么号官员罢。爬上大树循声望去，月色之下，一队人马浩浩荡荡迤逦而来，当先的导骑后面跟着个紫衣人，高坐马上，卤簿之辉赫，不下于节度使的规格。

队伍行经护城河时，队列后方一部马车停了下来，驾车的御者禀道："车索断了。"紫衣人吩咐道："检点簿册，找条人筋来用。"便有随从搬出些厚厚的簿子，翻看须臾，禀道："该去取庐州城某里坊张某妻子背上的筋。"书吏在树上听得真切，大吃一惊：这张某妻子岂不正是我姨妈？

少顷，有差役拿着两条绳子似的白色物事回来，换了车索，一行人渡河而去。书吏快步赶回家，见姨妈并无异样，稍稍放心。第二天，姨妈突然大喊背疼，过了半天就死了。

李公佐①大历中在庐州②，有书吏王庚请假归。夜行郭外，忽值引骑呵辟③，书吏遽映大树窥之，且怪此无尊官也。导骑后一人，紫衣，仪卫如节使。后有车一乘，方渡水，御者前白："车輈④索断。"紫衣者言："捡簿。"遂见数吏捡簿，曰："合取庐州某里张某妻脊筋。"乃书吏之姨也。顷刻吏回，持两条白物，各长数尺，乃渡水而去。至家，姨尚无恙，经宿忽患背疼，半日而卒。

---

① 李公佐：《南柯太守传》《古岳渎经》的作者，唐宪宗朝为官。
② 庐州：今安徽合肥。
③ 引骑呵辟：中高级官员出行，导骑在队伍前方喝使行人让路。
④ 车輈：车辕两边下伸反曲以夹牲头的部分。

◎ 古屏妇人

唐宪宗元和初年，长安城有个书生，酒后睡卧厅中。蒙眬间听见有人唱歌，睁眼一看，厅间一架仕女屏风上绣制的诸多妖娆，正活色生香地在自己床前轻歌曼舞，那歌儿唱道：

长安女儿踏春阳，无处春阳不断肠。
无袖弓腰浑忘却，蛾眉空带九秋霜。

唱罢，一个头扎双鬟的少女问道："什么是弓腰？"

另一个女子森然笑道："你瞧。"身体诡异反折，后脑触地，腰呈圆规状，仿佛脊背都折断了。书生骇极狂呼，倩影一闪，众女郎复还屏风，再无异样。

元和初，有一士人①失姓字，因醉卧厅中。及醒，见古屏上妇人等，悉于床前踏歌②，歌曰："长安女儿踏春阳，无处春阳不断肠。无袖弓腰③浑忘却，蛾眉空带九秋霜。"其中双鬟者问曰："如何是弓腰？"歌者笑曰："汝不见我作弓腰乎？"乃反首髻及地，腰势如规焉。士人惊惧，因叱之，忽然上屏，亦无其他。

---

① 士人：谷神子《博异志》《全唐诗》等亦收该诗，言士人名叫"邢凤"，帅家子弟，居长安平康里，足见该传说在唐代颇有名。
② 踏歌：中国传统舞蹈，大约起于汉，盛于唐，舞蹈时拉手而歌，以脚踏地为节拍。
③ 弓腰：下腰，向后弯腰及地如弓形。

◎ 降魔法师

郑相郑余庆当年节度山南西道的时候，龙兴寺有个智圆和尚，法力深湛，精擅驱魔真言印咒，制御邪祟、理痛疗疾，多见奇效，因此闻名遐迩，每日踵门请托者数以十辈。智圆年纪大了，不堪应付，去找郑余庆帮忙，郑余庆颇为礼敬这位尊宿，替他在城东空地上造了座草屋，周遭植木种竹，布置的清净幽致，再加上一个沙弥、一个行者为他执事奔走，凡事不必亲自操劳，日子过得十分舒服。

在此地住了几年，一日闲暇无事，老和尚坐在太阳底下修剪脚甲，对面来了个年轻女子，穿一身布衣，姿容清丽，仪态端庄，款款行至阶下盈盈拜倒。智圆忙穿鞋整衣，正襟危坐，诧异问道："檀越有何贵干，何以行此大礼？请起来说话。"女子抬起头来，已是清泪满脸，抽抽噎噎道："贱妾身世不幸，先夫早亡，幼子孤弱，而今堂上老母亦复病笃垂危，知道大师法力高深，求大师垂怜，救救家母性命！"智圆道："老衲因为不耐城市喧嚷，又烦于应酬，才转徙到此，以避尘寰。檀越母亲有病，不妨扶至此间，老衲尽力救治。"女子听了这话，哀哀垂泣，声泪俱下，说母亲病重不起，已经无法行走，恳请智圆大发慈悲，劳动法驾一行。智圆叹了口气，想想一个破败的家庭，稚子病母，全靠这弱女子撑持，不禁恻然，答应为她一破多年来的绝足之例，来日出诊。女子大喜，再三拜谢，说此去向北二十里外有个村子，届时只需到村侧鲁家庄，打听韦十娘居处便可。

第二天，智圆早早出门，按照女子提供的地址，往北走了二十里，却怎么都找不到那鲁家庄所在，问遍了附近居民，竟然无人知晓，也没人听说过什么韦十娘。东奔西跑，折腾了整整一天，把个老和尚累得够呛，一无所获，愤愤而回。

越一日，女子又来了，智圆埋怨道："老衲昨天奔波几十里地去找你，腿也跑断了，你那地址何以出入如此之大！"

女子道："大师昨天到的地方，离我家只有二三里路，下次再去，必能找到。"

智圆怒道："什么下次！老衲年迈力衰，从今往后闭门向佛，绝不再外出一步！"

那女子细眉一扬，大声说道："枉你是个出家人，说出这种话来，还有慈悲心么！今天你非去不可！"抢步上阶，拉起智圆的手臂回身就走。智圆大吃一惊，多年的驱魔经验，养成了对于妖邪超乎常人的敏感，那一瞬间，他本能地感应到了异样：这女子不是人类！

女子力气奇大，智圆不能抵敌，情急之下，倏地掏出把刀子，一刀刺向女子，女子应声仆倒，却哪里是什么女子，分明是他跟前使唤的小沙弥！这时却不容他细想，智圆慌忙招呼行者，打扫血迹，将尸首埋在饭瓮之下。

小沙弥是本村人，家离智圆的草庙不过十七八里。事发当天，他的家人都在田间劳作，有个身穿黑衣，敞着幞头的人路过田边讨水喝，村人问他从何处来，黑衣人说一向住在智圆法师兰若附近。小沙弥的爹听见了，欣然问道："我家小和尚怎么样啊？"黑衣人道："你家小和尚被老和尚杀死了！"

原来这黑衣人也是妖魅所化，欲借人间律法置智圆于死地。果然，小沙弥家人听罢黑衣人叙述，哭着号着去找智圆讨要说法，智圆先还抵赖，很快沙弥的爹寻到尸体挖了出来，众人愤怒至极，扭捽着智圆诉入官府。

高僧杀人埋尸的消息轰动全城，郑余庆听闻其事，大为震惊，以智圆的慈悲修行，虫蚁尚不肯损伤，何况杀人？他认为此中必有冤情，嘱咐法曹仔细勘验调查。但是智圆详述了经过，并说道："前世恶业，致有此报，死亦无怨。"承认了自己的罪行，法曹也主张判处死刑。

智圆最后的请求，是宽限七天时间，他想要为自己做一场法事，修一修来生，郑余庆答允了。智圆沐浴登坛，盘膝趺坐，宝相庄严，十指结成印契，密诵真言，搜索、禁制那作恶的妖魅。施术持续三天三夜，到第三天日暮时分，那女子突然出现在法坛上，神色狼狈道："我们族类的求食处多被你们这些和尚所破，你们断我生路，我才设法还击。那沙弥没死，你若肯起誓，今后再也不用咒术，我便把人交还。"智圆暗暗叹息，立下誓言，女子大喜道："沙弥在城南某村数里外的古墓中。"智圆禀报官府，差役依言往寻，果然找到了小沙弥，神志已夺，昏昏沉沉，如醉如痴。沙弥家人及官府皆大惊愕，沙弥既然没死，那么此前被杀的沙弥又是谁？撬开前几日装殓了沙弥的棺材一看，里面只有一把扫帚。

智圆罪名洗雪，从此拆断念珠贯线，有生之年，不再念诵一句经文。

郑相①在梁州②，有龙兴寺僧智圆，善总持③敕勒④之术，制邪理痛多著效，日有数十人候门。智圆腊高⑤稍倦，郑公颇敬之。因求住城东隙地，郑公为起草屋种植，有沙弥、行者⑥各一人。居之数年，暇日，智圆向阳科⑦脚甲，有妇人布衣，甚端丽，至阶作礼。智圆遽整衣，怪问："弟子何由至此？"妇人因泣曰："妾不幸夫亡而子幼小，老母危病。知和尚神咒助力，乞加救护。"智圆曰："贫道本厌城隍⑧喧啾，兼烦于招谢，弟子母病，可就此为加持⑨也。"妇人复再三泣请，且言母病剧，不可举扶，智圆亦哀而许之。乃言从此向北二十余里一村，村侧近有鲁家庄，但访韦十娘所居也。智圆诘朝如言行二十余里，历访悉无而返。来日妇人复至，僧责曰："贫道昨日远赴约，何差谬如此？"妇人言："只去和尚所止处二三里耳。和尚慈悲，必为再往。"僧怒曰："老僧衰暮，今誓不出。"妇人乃声高曰："慈悲何在耶？今事须去。"因上阶牵僧臂。惊迫，亦疑其非人，恍惚间以刀子刺之，妇人遂倒，乃沙弥误中刀，流血死矣。僧忙然，遽与行者瘗之于饭瓮⑩下。沙弥本村人，家去兰若十七八里。其日，其家悉在田，有人皂衣揭幞，乞浆于田中。村人访其所由，乃言居近智圆和尚兰若。沙弥之父欣然访其子耗，其人请问，具言其事，盖魅所为也。沙弥父母尽皆号哭诣僧，僧犹绐⑪焉。其父乃锹索⑫而获，即诉于官。郑公大骇，俾求盗吏细按，意其必冤也。僧具陈状："贫道宿债⑬，有死而已。"按者亦以死论。僧求假七日，令持念⑭为将来资粮⑮，郑公哀而许之。僧沐浴设坛，急印契⑯缚爆考⑰其魅。凡三夕，妇人见于坛上，言："我类不少，所求食处辄为和尚破除。沙弥且在，能为誓不持念，必相还也。"智圆恳为设誓，妇人喜曰："沙弥在城南某村几里古丘中。"僧言于官，吏用其言寻之，沙弥果在，神已痴矣。发沙弥棺，中乃苕帚也。僧始得雪，自是绝珠贯，不复道一梵字。

---

① 郑相：郑余庆（746—820年），河南荥阳人，历任工部侍郎、郴州司马、兵部尚书、山南西道节度等使，德宗、宪宗朝宰相，以清慎廉约著称。他有一回在家请客，宾客毕至，聒噪喧哗不已，只听郑余庆高声吩咐下人："蒸烂一点！把毛去干净！脖子不要拗断了！"众宾客交头接耳，猜测待会儿有蒸鸭吃了。上菜的时候，每个人面前先上了一碗粟米饭。当时平民百姓家吃麦子、小米，不是

像今天磨面制作面食，因为磨面损耗大，费工费时，而是直接蒸制成饭。粟饭粗粝，难以下咽，富贵者不食，宰相府请客用粟米饭，显然过于寒酸，宾客无不大皱眉头。隔了良久，又上了一道菜，高高的，蒙着布，大家期待的蒸鸭总算来了。然而揭布一看，居然是个蒸葫芦！众宾客面面相觑，却见郑余庆面色如常，很快吃完。宰相请客谁敢不吃？于是"诸人强进而罢"。郑余庆在朝为官50年，清俭率素，始终不渝。本来惯例，官员给传谕太监酬劳和赏赐。然而遇到有诏给郑余庆时，皇帝会专门嘱咐传旨的使臣："余庆家贫，你们传完旨就别索要赏钱了。"郑余庆死后，皇帝担心他们家办不起葬礼，特地多赐了一个月的俸禄。

② 梁州：今陕西汉中。唐宪宗元和九年，郑余庆任山南西道节度观察使，治所在梁州。

③ 总持：释家所称的一种强力记忆术，能记住一切佛法，俾以随意引征传道。

④ 敕勒：敕勒术，道士书符驱鬼的法术，符箓必书"敕令""敕勒"字样，因作为符咒的代称。

⑤ 腊高：年纪大了。僧人受戒后，每一岁称一腊。

⑥ 行者：未出家而住于寺内帮忙杂务者，类似于杂役，有削发者，亦有未削发而携家带眷者，按职司可分为参头行者、六局行者、茶头行者、供过行者等。

⑦ 科：修剪。

⑧ 城隍：城墙和护城河，此处指城市。

⑨ 加持：佛菩萨以不可思议之力，保护众生，称加持。

⑩ 饭瓮：一种盛饭的陶器，腹部较大。

⑪ 绐：撒谎抵赖。

⑫ 锹索：以锹寻索发掘。

⑬ 宿债：前世造恶所负之债。

⑭ 持念：念经诵咒。

⑮ 资粮：资为资助，粮为粮食。佛家以远行者携粮，比喻漫漫岁月，修行者所持善根功德。可以理解为积修功德。

⑯ 印契：结手印。

⑰ 爆考：拷打。

◎ 防盗树

唐宪宗元和初年，洛阳百姓王清靠替人做工，赚了五贯钱，他就拿这笔钱买下田畔的一株枯死的栗子树，打算砍了卖柴。

买下的当天晚上，就有个邻居去盗伐那棵树，伐到一半，蓦地窜出一条粗如人臂的黑蛇,昂首吐信作人语道:"我是王清的树,你不能砍。"那人吓得丢下斧子,落荒而逃。

次日一早,王清带着子孙去砍树劈柴,砍倒了又挖树根,挖出两口大瓮,内中皆盛满铜钱。十多年后王清成为巨富,为了纪念那条黑蛇,将钱砌成一件龙形摆件,号称"王清本"。

> 元和初,洛阳村百姓王清,佣力得钱五银①。因买田畔一枯栗树,将为薪以求利。经宿,为邻人盗斫,创及腹,忽有黑蛇举首如臂,人语曰:"我王清本也,汝勿斫。"其人惊惧,失斤而走。及明,王清率子孙薪之,复掘其根,根下得大瓮二,散钱实之。王清因是获利而归。十余年巨富,遂甃②钱成龙形,号王清本。

---

① 银:各版本用字不同,有作"锭"者,即五锭银子;有作"环"者,指五贯钱。唐代白银并非通行支付手段,且五锭银、五两银买一棵枯树似乎太贵,所以推测"佣力得钱五环",即五贯铜钱为是。
② 甃:垒砌。

◎ 山中怪蛛

宪宗元和年间,苏湛入蓬鹊山访道,梯峦践谷,扪萝蹑石,像野人一般漫游数月,全山上下都访遍了。忽一日下山回家,告诉妻子道:"我在山中,见碧崖之下光芒焕发如镜,必是神仙灵境,明日我将往彼求仙,今日回来见你最后一面。"妻子大哭苦劝,苏湛心意已决,只是不听,次日天明,带了些简单行装便走了。妻子既不能舍,亦不放心,带着儿子和家丁悄悄跟在后面。入山数十里,遥望山岩之上一道丈许大小的圆形白光,明晃晃的刺人眼目。苏湛快步走近,蓦地长叫一声,妻儿家丁忙赶上前,只见苏湛全身上下被厚厚的蛛丝裹成了茧,一群大如熨斗的黑蜘蛛簌簌爬来,集于岩下。家丁护主心切,挥刀冲上去驱退蜘蛛,割断蛛丝,却见苏湛已经脑陷而死。众人大恸,在那岩崖之下堆积柴草,纵火焚烧,蛛怪尽皆烧死,臭满一山。

自来深山大泽,多藏异物,尤其蛇虺、蜈蚣、蜘蛛之类毒物,天生天养,日久为巨,常人遽尔相遇,难免像苏湛一样,未脱鬼趣,反入黄泉。但若是身怀绝技的高手遇上，也许便是另一种结果了。

　　唐代武将裴旻，世号"剑圣"，此人刀剑双绝，曾随幽州都督孙佺北征。孙佺用兵冒失，深陷重围，正在不支之际，但见裴旻马上立走，轮刀雷发，杀透敌阵突入。敌军为其所慑，竟不敢近前交锋，隔远放箭，矢若星流，裴旻舞刀如轮，羽箭应刀而断，敌不敢取，眼睁睁看着他杀开血路，救出孙佺蓬飞而去。又相传他求吴道子作画，吴道子请他舞剑一曲，观而壮气，以助挥毫。裴旻走马如飞，左旋右抽，掷剑入云，高及数十丈，若电光下射，引手执鞘承之，剑透空而下，观者数千人，无不悚栗，剑法精奇如此。一次裴旻山行，遇到一只车轮大的巨蛛，垂着布匹般浓密粗壮的蛛丝，飒飒作声，直奔而来。裴旻担心近战中毒，于是一箭一箭，就在那蜘蛛行将碰到他时，将它射死。临走还割了几尺蛛丝，后来有部下为刀剑所伤，在那蛛丝上剪下一小片贴上，流血立止，实为上好的金疮药。

>　　元和中，苏湛游蓬鹊山，裹粮钻火，境无遗迹。忽谓妻曰："我行山中，睹倒崖有光如镜，必灵境也。明日将投之，今与卿诀。"妻子号泣，止之不得。及明遂行，妻子领奴婢潜随之。入山数十里，遥望岩有白光，圆明径丈，苏遂逼之。才及其光，长叫一声，妻儿遽前救之，身如蠒①矣。有蜘蛛黑色，大如钴鏻②，走集岩下。奴以利刀决其网，方断，苏已脑陷而死。妻乃积柴烧其崖，臭满一山中。
>
>　　相传裴旻山行，有山蜘蛛垂丝如匹布，将及旻。旻引弓射杀之，大如车轮。因断其丝数尺收之。部下有金创者，剪方寸贴之，血立止也。

---

① 蠒：茧
② 钴鏻：熨斗

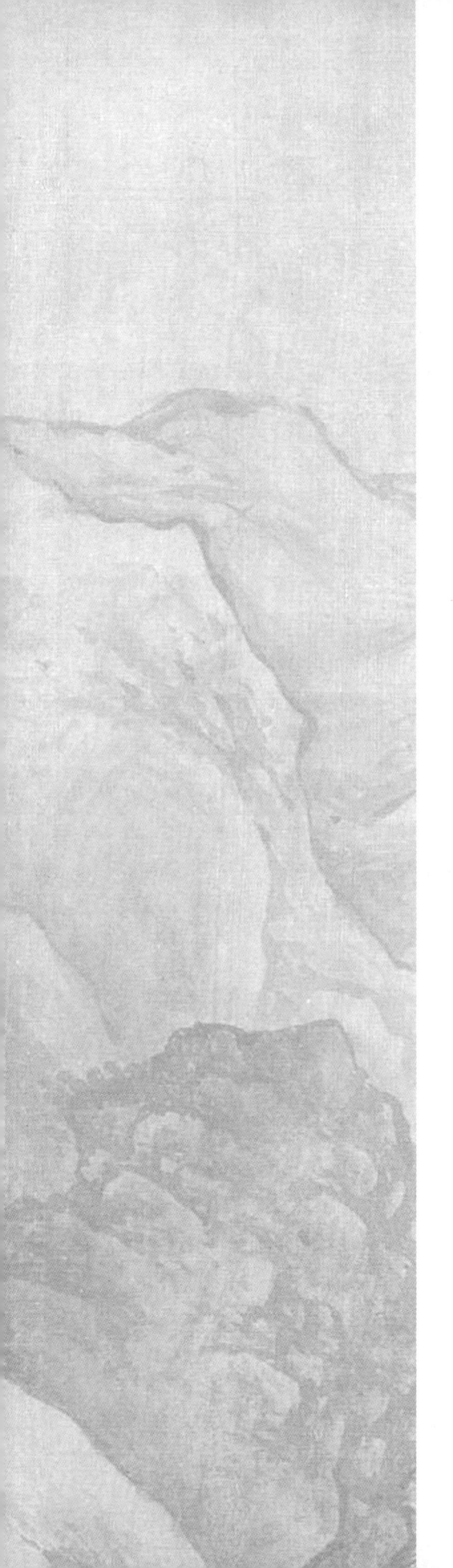

诺皋记下
妖鬼之渊

◎ 食鲙怪事

生鱼丝和生鱼片古称"鲙"。食鲙之风，兴于先秦，盛于晋唐。由于卫生问题，食用生鱼者可能感染华支睾吸虫病之类寄生虫病，患者上腹饱胀，食欲不振；即使未曾染病的，动辄几斤生鱼肉下肚，肠胃恐怕也经受不起，以致上吐下泻。不过古人比较厉害，他们总能吐出些乱七八糟的奇怪东西。

唐代宗大历年间，和州一位姓刘的录事参军天赋异禀，能兼数人之食，尤其嗜于吃鲙，曾放出豪言说，他这辈子吃鲙，从来没曾吃过个半饱。

这一年他致仕回家，清闲无事，成天同一班朋友置酒高会为乐，每动箸时，便吹嘘自己的胃口，顾盼自豪。那些朋友听腻了他的大言炎炎，暗中商议，要想个法儿整他一整，堵堵他这张嘴。

这天，朋友公请刘录事吃饭，酒席设在河边野亭子里。才一就座，走来几个渔人，都抬着网罾，里面的鲜鱼乱跳。朋友喊下了，问道："你们这里有多少鱼？"渔人们道："约莫有百多斤罢。"朋友道："恰好卖与我们下酒。"便命小厮拿着钱，把那百余斤鲜鱼尽数买下，交由厨子，吩咐全部切作鲙，转头却对刘录事道："向日刘兄每每抱怨，平生吃鲙未尝尽兴，今天小弟等做东，这百斤鱼鲙，专为刘兄一人而设，刘兄千万赏个面子，莫要辜负我等一片心意。"

刘录事见面前一只只碟子里雪白的鱼片堆得山积，好不尴尬，又见众人都脸上似笑非笑的，始知中了大家的算计。无奈他平时话说得太满，此刻想要食言而肥，也下不来台了，唯有强颜欢笑，谢了众人盛情，扶起筷子，硬着头皮，一碟一碟吃下去。

没吃几碟，喉头仿佛给鱼刺卡住了，又是要醋，又是要水，朋友便去骂厨子用刀不细。刘录事吭吭唧唧好半天，咳出一个圆圆的鱼骨，大如黑豆，模样古怪。

"什么东西，"朋友凑过来问："老刘，你这是吐了个内丹？"

刘录事不理他，随手捡起鱼骨丢进茶瓯，拿一盏吃空的碟子盖在上面。又吃了半晌，茶瓯忽地滚倒，只见那枚鱼骨珠子竟然变成了一个人的形状，有头有身子，手脚毕具，慢慢从茶瓯中爬了出来。众人大奇，都围拢来看，却见那小人的身子渐渐长大，顷刻间长到了真人般大小，而脸孔服饰，居然跟刘录事一模一样！

这情形太过怪诞，众人吓得各自逃散，杯盘酒馔打翻了一地。那鱼骨变化的人也不去理会其他宾客，唯独拦着刘录事，当胸揪住，拔拳便打，刘录事被打得头上流血，"啊啊"叫唤，旁人哪个敢上前救他？

怪人打了一阵，猛不防吃刘录事咣当一脚蹬开，见刘录事绕席而逃，自去另一边堵截他。刘录事只顾着逃，浑没看见，迎面跟怪人狠狠撞在一起，一撞之下，两个人竟然合成了一体，朋友们过来看时，见他躺在地上，眼睛发直，也分不清这究竟是刘录事，还是那鱼骨怪人？问他，他状若痴呆，一句话也不答。大家都不敢动他，由着他躺了半天，慢慢回过神来，终于能够言语，然而方才一切变故，俱都不记得了。

从此以后，刘录事再没有吃过鱼。

和州①刘录事②者，大历中，罢官居和州旁县。食兼数人，尤能食鲙，常言鲙味未尝果腹。邑客乃网鱼百余斤，会于野亭，观其下箸。初食鲙数叠，忽似哽，咯出一骨珠子，大如黑豆，乃置于茶瓯中，以叠覆之。食未半，怪覆瓯倾侧，刘举视之，向者骨珠已长数寸，如人状。座客竞观之，随视而长。顷刻长及人，遂捽③刘，因殴流血。良久，各散走。一循厅之西，一转厅之左，俱及后门相触，翕成一人，乃刘也，神已痴矣。半日方能言，访其所以，皆不省。自是恶鲙。

---

① 和州：今安徽马鞍山和县。
② 录事：录事参军，地方州府监察官，掌总录众曹文簿，举弹善恶，通过核查公文文书，来监督地方政务，相当于行政监察。安史之乱后，录事参军又渐渐具备了财务监督职能。
③ 捽［zuó］：抓住。

◎ 蛇酒

有个叫冯坦的生了病，去看医生，医生让他泡些蛇酒服用。刚开始他泡了一罐子，喝完大为见效，病好了一半，于是又让家人在园子里捉了条蛇，丢进罐子浸着。过了七天，估量着工夫差不多够了，打开封口，那蛇猛地窜了出来，蛇头昂起一尺多高，疾行出门，不知所往。蛇爬过之处，地表不明原因地拱起了数寸之高。

冯坦："你们这是抓了个什么怪物给我泡酒？"

虞部郎中陆绍又说，之前有个人为了泡蛇酒，前前后后杀了几十条蛇。一天他俯临酒瓮，观察酿制火候，酒浆中突然暴起一物，一口几乎把他的鼻子咬了下来，定睛看时，原来是具蛇的头骨！新死之蛇伤人或刚刚斫掉的蛇头咬人，犹有可说，这蛇头的皮肉业已化尽，唯剩一具白惨惨的骨骼了，居然还能跳起咬人，那是什么缘故？这人受创很重，伤口渐渐溃烂，后来整个鼻子都烂掉了，看上去像是受了古时割鼻的"劓刑"一样诡怪可怖。

唐人的酒主要是酿造酒（发酵酒），酒度低，与今米酒黄酒相仿，用作酒基炮制毒虫，往往浸之不死。于是有些唐人干脆在酿酒初期就将蛇埋入曲糵，俾使发酵之力把蛇闷死，并分解其血肉，增益药效。但这么干也有风险，操作不当，酿出来的就不是药酒，而是剧毒。《唐国史补》说，诗人李舟的弟弟患有风疾，听说喝蛇酒能治，就搞了条不知什么品种的黑蛇，活活封入坛子，倒入曲糵。起初还能听见蛇爬行挣扎，簌簌作响，渐渐便无声息了，待到酿成，打去坛头，酷烈的香气喷鼻而出，弟弟大咽馋唾，斟下满满一大碗喝下，过不多时，整个人骨肉消溶，化成了一摊血水。

> 冯坦者，常有疾，医令浸蛇酒服之。初服一瓮子，疾减半。又令家人园中执一蛇，投瓮中，封闭七日。及开，蛇跃出，举首尺余，出门，因失所在。其过迹，地坟起数寸。陆绍①郎中又言，尝记一人浸蛇酒，前后杀蛇数十头。一日，自临瓮窥酒，有物跳出啮其鼻将落，视之，乃蛇头骨。因疮毁其鼻如劓焉。

---

① 陆绍：官虞部郎中，曾在本书《怪术》部分出场。

◎ 槐中藏妇

唐宪宗元和年间，陈朴住在长安崇贤里的北街之沿。宅邸门外有棵大槐树，黄昏时分，陈朴喜欢徘徊窗前，看小巷晚景，一次忽见一个妇人，和一些狐狸、狗、乌鸦之类的东西飞进了树中。陈朴大奇,乌鸦飞上树也就飞了,怎么妇人也会飞,狐狸也会飞,狗也会飞?把树砍倒一看,三根大树杈子,一根中空,一根里面藏着一百二十颗独头栗子,还有一根里面塞着个身长一尺左右的死婴。

这些东西从何而来,为何会藏在树中?飞上树的妇人和狐狸又是何物?

一切不得而知。

> 有陈朴,元和中,住崇贤里北街。大门外有大槐树,朴常黄昏徙倚①窥外,见若妇人及狐犬老乌之类,飞入树中,遂伐视之。树三槎②,一槎空中,一槎有独头栗③一百二十,一槎中禠一死儿,长尺余。

---

① 徙倚:徘徊。
② 槎:枝桠。
③ 独头栗:壳斗中只包覆一粒果实的栗子。

◎ 水怪白特

段成式听僧人无可讲述,说长安有个姓白的将军遛马城郊,就便取曲江之水洗马,刷拂的过程中,马匹突然受惊,纵跃出水,放蹄狂逃。

将军立即上岸,指挥随从围追受惊的战马,随从们都是经验丰富、熟稔马性的骑士,转眼追上那慌不择路的马匹制服。将军上前察看,见马的前腿绕有一物,数尺之长,色白如衣带,解下一看,马腿鲜血淋漓,血流了数升。将军不识这是何物,把它装进纸函,带回府收入衣箱。

一次宴会宾客,座上知士毕集,将军取出那白色之物,叙述来历,众宾递相传视,啧啧称奇,却俱都不识。一客提议道:"此物既然得自江中,或者遇水便会现露原形,何不以水试之?"将军于是以铜鞭掘出土坑,将白色之物投进坑里,注满清水。白色之物遇水而吸,缓缓充盈胀大,并仿佛具有了生命,在水中自行游弋。随着它的搅动,土坑不断塌陷扩大,水如泉涌,蓦地里那白色之物像席子般卷了起来,一道黑气冲天腾起,直刺晴空,霎时天地昏暗。宾主众人大惊失色,疑心是招惹了龙族。一哄而逃,没走出多远,风雨大至,雷声震天。

无独有偶,据《朝野佥载》记录,大约武则天当政的时候,有个少年在洛水之滨打理马匹,水里射出一条亮晶晶的白色带子,卷住他的脖颈,将他拖入水底。目击者喊人上前施救时，已经太晚，最终只捞出一具被吸干的尸体。

惨案轰动洛阳，一时间朝野上下，群相哄传。《朝野佥载》的作者张鷟平生最好搜奇访异，这桩奇案，激起了他的浓厚兴趣，他花了大量精力走访和考察，终于查得一些端倪。他在笔记中写道，杀死少年之物，是一种名为"白特"的水怪，此怪多出没于河湾和湖泊，体长可达数丈，尾部开叉有钩，能钩缠岸边人畜入水，瞬间吸干血液，故而在川滇一带又被称为"马绊蛇"或"钩蛇"，有种古老的观点推测指出，此怪可能属于蛟龙的一支特殊变种。

> 僧无可①言，近传有白将军者，常于曲江②洗马，马忽跳出惊走。前足有物，色白如衣带，萦绕数匝。遽令解之，血流数升。白异之，遂封纸帖中，藏衣箱内。一日，送客至浐水③，出示诸客。客曰："盍④以水试之？"白以鞭筑地成窍，置虫于中，沃盥其上。少顷，虫蠕蠕如长，窍中泉涌，倏忽自盘若一席，有黑气如香烟，径出檐外。众惧曰："必龙也。"遂急归。未数里，风雨忽至，大震数声。

---

① 无可：唐代诗僧，俗名贾区，范阳人，贾岛的俗家堂弟。少年时代出家为僧，曾与贾岛共居青龙寺，又与张籍、马戴等人交游。
② 曲江：长安城供水源流之一，曲江池水源。
③ 浐水：灞水支流，源出陕西蓝田西南秦岭山中，至西安东注入灞水。
④ 盍：何不。

◎ 八角井

景公寺前的街上，从前有口巨井，俗称八角井。唐宪宗元和年初一个夏日，一位公主打附近路过，见百姓都在环井汲水，便命婢女拿银棱碗去舀井水，婢女失手把碗掉落井中，一个多月后，这只银碗被冲进了渭河。

> 景公寺①前街中，旧有巨井，俗呼为八角井。元和初，有公主夏中过，见百姓方汲，令从婢以银棱碗就井取水，误坠碗。经月余，出于渭河②。

① 景公寺：赵景公寺，位于大兴城（长安）常乐坊，隋王朝皇家寺院，开皇三年，文献皇后为先父赵景公独孤信修造。
② 渭河：古称渭水，黄河的最大支流。发源于甘肃定西，主要流经今甘肃、陕西关中平原，至渭南潼关汇入黄河。

◎ 诡驿

当年唐宪宗尚未用兵淄青之时，举人孟不疑客游昭义，夜里在一家馆驿停宿。烧了热水，刚待洗脚，忽听得门外马嘶人喧，有个号称是淄青道张评事的，带着几十号仆从，前呼后拥，嚣嘈而入，进来了要这要那，使唤馆吏跑前跑后，旁若无人。孟不疑素闻淄青、河北诸镇跋扈，属吏横行天下，藐视朝官，现在看连一个小小的评事都是这般排场，可见物议不假。不过礼不可废，道左相逢，照例该打个招呼，于是想起身上前参见，那张评事却早喝得大醉，孟不疑只得退回他所下榻的西间。少顷，又听张评事连声呼喝馆吏，嚷嚷着要吃煎饼，孟不疑从板壁间瞧去，见他那副骄狂模样，越看越来气。隔了好一会儿，馆吏端着新煎就的油饼哈着腰送了过来，孟不疑眼尖，却发现摇摇灯光下，一只形如猪的黑色东西，跟着端煎饼的馆吏悄没声息来到张评事房间，站在灯影之外。如此来来回回跟了五六趟，张评事始终一无所觉，吃饱喝足，倒头便睡，顷刻鼾声大起。孟不疑心中发毛，不敢入睡，他支起耳朵听着，除了张评事如雷的鼾声，什么也听不到。

挨到三更时分，孟不疑实在顶不住如潮的倦意，刚刚合上眼皮，忽觉灯影一暗，隔壁张评事鼾声顿止，他忙睁眼起身，只见一个黑衣人正同张评事扭成一团，奇怪的是，两人都一声不吭，张评事带来的一干随从，也俱都毫无察觉。两人拧来扭去，互相撕扯着滚入东偏房，但听得拳声如杵臼，砰砰闷响，也不知是打在了谁身上。俄而，张评事披头散发，露着两条膀子，摇摇晃晃走了出来，倒在床上，继续打鼾，看来是他打赢了，只不知那黑衣人是谁？

孟不疑见了这种种怪事，心下昏扰，后半夜便睡不踏实。五更之后，隐隐听张评事唤起仆从，命剔亮烛火，照着他洗漱穿衣，然后绕到孟不疑门前作礼道："某昨晚贪杯醉酒，竟不知与秀才同厅，失礼恕罪。"说着就请孟不疑共同进餐，二人敞开话头，谈些朝野新闻，甚为欢洽，张评事时不时就小声道歉："昨夜轻慢长兄，惭愧之至，请兄不要对人说起。"孟不疑连声答应，心里奇怪，这点小事何消再三嘱咐？张评事又道："某还要赶路，须早些动身，您请自便。"从靴筒子里摸出一锭黄金，塞给孟不疑道:"一点小意思,昨晚的事情,请务必代为保密。"孟不疑越发觉得这人行事诡谲,不敢推辞,收了下来,接着打点行装先离开了。

行了数日,一天听路人纷纷谈论,说衙门在左近张发公文,海捕杀人贼。一问路人,都说淄青张评事一早离开馆驿出发,天亮时发现马鞍上空空如也,人莫名其妙地凭空消失了。回到馆驿寻索,在驿西馆阁中发现一束卷着的席子边角,拖出来打开一看,里面裹着一副白骨,骨头上一丝肉也不剩了,地上不见一滴血迹,唯有张评事的一只鞋子遗落在旁,似乎暗示着这具骨骸的身份。

可是假如这骸骨真是张评事,他的尸体怎么会在一夜间变成一具骷髅?倘若是被人剥剔而尽的,何以地上连一丝血迹都没留下?若不是人之所为,又是什么原因?

路人猜惊纷纭,孟不疑心中的疑窦更多,他想起昨夜站在灯影外的猪形之物,扭打的黑衣人,以及五更之后,"张评事"那诡秘反常的前倨后恭,和三番四次的保密要求,忍不住遍体生寒。后来又听说那馆驿一向邪异凶秽,终究不知害死张评事的,究竟是什么东西。

这件事情,是一个叫祝元膺的举人,亲耳从孟不疑处听说,转述给段成式的。自从经历这件事后,孟不疑每每告诫亲朋,宵夜之前必须先祭一祭。祝元膺还说,孟不疑从前不信佛教,颇具诗才,有妙笔"白日故乡远,青山佳句中";此事过后,终日长斋念佛,游历山川,再也不去猎取功名。

东平未用兵①,有举人孟不疑,客昭义②。夜至一驿,方欲濯足,有称淄青张评事③者,仆从数十,孟欲参谒,张被酒,初不顾,孟因退就西间。张连呼驿吏索煎饼,孟默然窥之,且怒其傲。良久,煎饼熟,孟见一黑物如猪,随盘至灯影而立。如此五六返,张竟不察。孟因恐惧无睡,张寻大鼾。至三更后,孟才交睫,忽见一人皂衣,与张角力,久乃相捽入东偏房中,拳声如杵。一饷间,张被发双袒而出,还寝床上。入五更,张乃唤仆,使张烛巾栉④,就孟曰:"某昨醉中,都不知秀才同厅。"因命食,谈笑甚欢,时时小声曰:"昨夜甚惭长者,乞不言也。"孟但唯唯。复曰:"某有程,须早发,秀才可先也。"遂摸靴中,得金一挺,授曰:"薄贶⑤,乞密前事。"孟不敢辞,即为前去。行数日,方听捕杀人贼。孟询诸道路,皆曰淄青张评事至其驿早发,迟明,空鞍失所在。驿吏返至驿寻索,驿西阁中有席角,发之,白骨而已,无泊⑥一蝇肉也。地上滴血无余,惟一只履在旁。相传此驿旧凶,竟不知何怪。举人祝元膺常言,亲见孟不疑说,每每诫夜食必须发祭也。祝又言，孟素不信释氏，颇能诗，其句云："白日故乡远，青山佳句中。"后常持念游览，不复应举。

---

① 东平未用兵：指唐宪宗讨淄青节度使李师道之战。元和九年九月，淮西节度使吴少阳死，其子吴元济自掌兵权，举兵叛乱。唐宪宗决意讨伐，而吴元济率先发难，四出攻掠，勾结成德王承宗、淄青李师道。李师道城府极深，一方面假意归朝廷调派，表示愿意助朝廷征讨淮西；另一方面阴使人入京滋事，纵火烧河阴转运院，当街刺杀宰相武元衡。后李愬九千人奇袭蔡州，生擒吴元济，淮西平定。李师道惊惧，求纳子割地谢罪，旋又反悔。是年，宪宗发五镇之师会剿淄青，李师道一再溃退，为手下都知兵马使刘悟叛杀，传首京师，淄青被一分为三。东平，今山东泰安东平县一带，唐时属郓州。
② 昭义：昭义军，唐方镇，初治相州（今河南安阳），德宗朝移治潞州（今山西长治），因亦称泽潞，领有泽、潞、邢、洺、磁五州。
③ 评事：大理评事，大理寺属官，从八品下，定员十二人，负责代表中央司法机关巡察地方，复核及复审刑事案件。若地方官昏聩无能，迭出冤假错案，大理评事持有核查案件、驳正误判、推翻重审的职权，替百姓伸冤。中晚唐藩镇使府自辟的低级幕僚，如掌书记等，有时也加"试大理评事"衔，但通常属于检校官（挂名），并不真正行使事权，本文这位"淄青张评事"多半如此。
④ 巾栉：巾和梳篦，指扎束盥洗。
⑤ 贶［kuàng］：赐。
⑥ 泊：附着。

◎ 灯影婆婆

刘积中从前住在长安近县的庄子上，妻子病重。一天夜里，他张灯未睡，见一个白发老妇，才三尺来高，从灯影中蹒跚而出，对刘积中道："你夫人的病只有我能治，你何不求求我？"刘积中素来刚直，不信邪魔外道，呵斥她出去。老妇慢慢伸手，指着他道："很好，很好，你别后悔。"说完噗地消失在了空气中。

就在这时，妻子心口剧痛，眼看着就要不行了，刘积中大急，忙向那老妇祝告。一念甫动，老妇现身而出，刘积中作揖请她坐下，请她救救妻子，老妇要了杯茶，对着茶水低声念咒，命刘积中灌入妻子口中。茶才入口，剧痛立消。从此这老妇便隔三差五出现在刘家，俨然亲朋一般，刘家人习以为常。

过了一年，老妇对刘积中道："老身有个女儿已届及笄，烦请东翁劳神，替老身寻个好女婿。"刘积中笑道："人鬼殊途，婆婆这个要求，在下恐怕力有未逮。"老妇道："不是让你找活人，但请东翁寻位巧匠，刻一只桐木人偶，最好刻得好看些，老身的女儿就有托付了。"刘积中应诺，当天就找人刻了一只放在老妇常常出现的位置，次晨起来一看，人偶已经不在。老妇又道："一事不烦二主，小女婚礼那天，还想请东翁和夫人替新人铺一铺床，东翁若是同意，到那日，老身备车来接。"刘积中颇不耐烦，寻思，我怎能去给妖鬼铺床？只是一来老妇对妻子有救命之恩，二来经年相处，已经熟稔，却不过这面子，只得也答允了。

唐人的婚礼是在黄昏时举行，一天酉牌时分，听闻车马踏门，老妇现身道："东翁，走罢。"刘积中跟妻子各登上一辆马车，天黑抵达一处，朱门高墙，墙下门前到处挂满了大红灯笼。进门一看，宾客之多，筵席之盛，不啻王公。仆婢引着刘积中进入一间敞厅，但见许多相识的达官贵人赫然在座，甚至有几人是早就谢世了的，看见刘积中，也不开口招呼。妻子那边情形相仿，也被引着进了间客堂，堂上四面插满了儿臂粗的红烛，烧得正旺，锦屏绣幕，兽炉吐香，几十个妇人站坐其间，妻子分明认得，其中有一半是死了的，所有人相顾无言。接着两人陷入昏沉，剩下的事便都不记得了，等清醒过来，已经回到家里，外头更打五鼓，残星西坠，东方微明。这长长的一夜，咱们都干过些什么？夫妻俩相顾茫然，谁也说不上来。

过得数月，老妇才来拜谢当夜相助之德，又道："老身的小女儿也该出阁了，劳烦东翁代为设法。"刘积中忍无可忍，抄起枕头砸过去，喝道："你这老鬼没完没了，如此扰人！"老妇噗地消失，与此同时，内室妻子大声呼痛，原来那心痛病又犯了。刘积中慌了手脚，带着儿女酹酒祝祷，请婆婆救命。然而灯影沉沉，那老妇始终没再出现，妻子痛得捶床捣枕，难以忍受，呜呼死了。

妻子死后，刘积中的妹妹也开始心痛，刘积中觉得是这宅子有问题，打算搬家，这时怪事又发生了：家里的东西都像是被吸在了地上似的，变得沉重无比，连一只鞋子都拿不起来。请来道士建醮上章，请神将驱妖，一概无用；又请僧人持咒降魔，亦不见效。

一天，刘积中在家检点药方，家里的丫鬟小碧拖沓着脚，两只手臂像断了似的垂着，从外面徐徐进来，大声道："刘四！你还记得我吗！"刘积中吓了一跳，那丫鬟浑身僵着，脸上一层怪气，直直盯着他，突然嘶哑着嗓子哽咽道："我是杜省躬啊，你不记得了吗？我还记得你啊，你看，我从地府回来，路上正撞到飞天夜叉带着你妹妹的心肝，我出手给抢了回来。"一抬手，袖子中蠕蠕而动，扭头对着空气道："给她安回去。"只见一套心肝内脏从丫鬟袖子飞出，呼地冲开门帘，直飞入堂中，妹妹心痛立愈。刘积中惊道："你、你是省躬兄？"丫鬟坐到刘积中对面，叙起别来之事，言行举止，俨然正是刘积中的同年进士、一向交好而英年早逝的杜省躬。

叙谈顷刻，丫鬟黯然道："我还有事，不可久留。"执起刘积中的手，呜咽垂泣，刘积中亦悲不自胜，丫鬟软软地倒在了地上，须臾醒来，睁大眼睛看着主人，不知道自己为什么会躺在这里。刘妹的病也自此好了。

刘积中，常于京近县庄居。妻病重。于一夕刘未眠，忽有妇人白首，长才三尺，自灯影中出，谓刘曰："夫人病，唯我能理，何不祈我。"刘素刚，咄①之，姥徐戟手曰："勿悔！勿悔！"遂灭。妻因暴心痛，殆将卒，刘不得已祝之。言已复出，刘揖之坐，乃索茶一瓯，向口如咒状，顾命灌夫人。茶才入口，痛愈。后时时辄出，家人亦不之惧。经年，复谓刘曰："我有女子及笄②，烦主人求一佳婿。"刘笑曰："人鬼路殊，固难遂所托。"姥曰："非求人也，但为刻桐木为形，稍上者则为佳矣。"刘许诺，因为具之。经宿，木人失矣。又谓刘曰："兼烦主人作铺公、铺母③，若可，某夕我自具车轮奉迎。"刘心计无奈何，亦许。至一日过酉，有仆马车乘至门，姥亦至，曰："主人可往。"刘与妻各登其车马，天黑至一处，朱门崇墉④，笼烛列迎。宾客供帐⑤之盛，如王公家。引刘至一厅，朱紫数十，有与相识者，有已殁者，各相视无言。妻至一堂，蜡炬如臂，锦翠争焕，亦有妇人数十，存殁相识各半，但相视而已。及五更，刘与妻恍惚间却还至家，如醉醒，十不记其一二矣。经数月，姥复来，拜谢曰："小女成长，今复托主人。"刘不耐，以枕抵⑥之，曰："老魅敢如此扰人。"姥随枕而灭。妻遂疾发，刘与男女酹地祷之，不复出矣。妻竟以心痛卒。刘妹复病心痛，刘欲徙居，一切物胶着其处，轻若履屣亦不可举。迎道流上章⑦，梵僧持咒，悉不禁。刘尝暇日读药方，其婢小碧自外来，垂手缓步，大言："刘四颇忆平昔无？"既而嘶咽曰："省近从泰⑧回，路逢飞天野叉携贤妹心肝，我亦夺得。"因举袖，袖中蠕蠕有物，左顾似有所命曰："可为安置。"又觉袖中风生，冲帘帏，入堂中。乃上堂对刘坐，问存殁，叙平生事。刘与杜省躬同年及第，有分⑨，其婢举止笑语无不肖也。顷曰："我有事，不可久留。"执刘手呜咽，刘亦悲不自胜。婢忽然而倒，及觉，一无所记。其妹亦自此无恙。

① 咄：喝骂驱赶。

② 及笄：古代女子十五岁结发，以笄贯之，为成年许嫁标志，因称及笄，相当于男子及冠。
③ 铺公、铺母：唐婚俗，请福寿双全、多子多孙的老头、老太太为婚房铺床。
④ 墉：墙。
⑤ 供帐：宴会的陈设，如帐帏、饮食等。
⑥ 抵：推、打。
⑦ 上章：道士上表求神。
⑧ 泰山：泰山镇鬼之处。
⑨ 有分：交好。

◎ 枯树夺人

临川郡南城县令戴察，在馆娃坊买了所宅子。一天与弟闲坐厅中，忽听一群女子的笑声，娇啼呖呖，款款而来，仿佛近在跟前。兄弟俩左顾右盼，却没看见有什么女子，那声音忽又飘远，这样或远或近，始终飘忽不定。俄而笑声又近，厅前凭空出现几十个女子，一闪不见。这古怪的情形持续了数日，戴察惊异莫名。

宅子厅阶之前，有棵枯梨树，粗可合抱，戴察隐隐觉得，或是此树为妖。挖断一看，树根下埋着一块大石，从露出的部分推测，这石块整体异常巨大。果然随着挖掘的深入，那石块越露越大，而形状奇特，像是个鏊子，又像是下面盖着什么东西。戴察命人用火烧热浇醋，将石质浸酥，然后开凿。凿了五六尺，兀自未能凿透。众人七嘴八舌地议论间，忽见那群女子出现在了土坑中，纷纷拍掌大笑，不由分说，把戴察拉了下来，一齐融入了那巨石之中，消失不见。家人大骇，都跳进土坑，在那石头上拍打猛凿，却见那些女子大笑着从石头中走出，把戴察也拉了出来。家人们忙围上前察问，看他有无受伤，有无异样，一转眼间，戴察的弟弟又随那些女子不见了。家人大哭，戴察道："他在那边快活得很，你们何必哭泣。"

戴察的弟弟再也没回来，那些女子带着戴察去了何处，又在"那个世界"发生了什么，戴察到死都不肯说。

临川郡南城县①令戴察，初买宅于馆娃坊。暇日，与弟闲坐厅中，忽听妇人聚笑声，或近或远，察颇异之。笑声渐近，忽见妇人数十，散在厅前，倏忽不见。如是累日，察不知所为。厅阶前枯梨树，大合抱，意其为祥②，因伐之。根下有石露如块，掘之围阔③，势如鏊④形。乃火上沃醯，凿深五六尺不透，忽见妇人绕坑抵掌大笑。有顷，共牵察入坑，投于石上。一家惊惧之际，妇人复还，大笑，察亦随出。察才出，又失其弟。家人恸哭，察独不哭，曰："他亦甚快活，何用哭也。"察至死不肯言其情状。

---

① 临川郡南城县：今江西抚州南城县。
② 祥：妖异。
③ 围阔：一作"转阔"，越挖越大。
④ 鏊 [ào]：摊烙面食的器具，圆而平，中间稍凸起。

◎ 井中人

独孤叔牙命下人从井汲水，提拉水桶，觉得异常沉重，辘轳摇转不动，最终数人合力拉上来一看，原来汲绠之末吊着个人。这人头戴席帽，被众人提拉上来，只是攀着井栏大笑，倏然翻身，又跳回了井中。他那顶帽子被汲水者拾获，挂在院中树上，每当下雨，雨水沿帽子流落之处，总会长出些黄色的菌子。

  独孤叔牙，常令家人汲水，重不可转，数人助出之，乃人也。戴席帽①，攀栏大笑，却坠井中。汲者揽得席帽，挂于庭树。每雨，所溜雨处辄生黄菌。

---

① 席帽：以藤席为骨架，蒙以缯帛，形似斗笠。据《中华古今注》，席帽是由一种"围帽"改造而来，围帽也叫帷帽，帽檐周围垂有丝络或纱罗，起到蔽日、遮颜、防尘之用，早期武侠影视作品侠女出场，常戴着这种帽子遮隐面目。

◎ 红叶化龙

唐宪宗元和年间，史秀才跟随道士漫游华山，时值夏日，溽暑难当，几个人在溪水旁休憩乘凉。见一片叶子随流而下，大如手掌，红润润的，十分可爱，几个人一齐去捞，最后被史秀才捞了起来，纳入怀中。坐了一顿饭的工夫，史秀才发觉怀里渐渐增重，悄悄起身一看，只见叶子表面起了一层鳞片，叶体微微颤动，仿佛要活过来似的。史秀才又惊又怕，慌忙丢进林子，招呼众人道："那片叶子必是蛰龙化身，赶紧离开此地！"话音才落，林中白烟升腾，顷刻弥漫一谷。众人未及下到山腰，狂风暴雷席卷而至。

> 有史秀才者，元和中，曾与道流游华山。时暑，环憩一小溪。忽有一叶，大如掌，红润可爱，随流而下。史独接得，置怀中。坐食顷，觉怀中渐重。潜起观之，觉叶上鳞起，栗栗而动，史惊惧，弃林中，遽白众曰："此必龙也，可速去矣。"须臾，林中白烟生，弥于一谷。史下山未半，风雷大至。

◎ 五色龟

史论做将军时，有一次发觉妻子的卧室中奇光外射，跟妻子进房四处翻找，什么异常之物也没找到。一天早上，妻子对镜梳妆，打开盛放妆具的小盒，但见里面趴着一只铜钱大的五色小龟，见了光线，口吐五彩光气，弥漫一室，后来就养在家里了。

> 史论①作将军时，忽觉妻所居房中有光，异之。因与妻遍索房中，且无所见。一日，妻早妆开奁，奁中忽有五色龟，大如钱，吐五色气，弥满一室。后常养之。

---

① 史论：此人曾在《玉格》部分出现过。

◎ 太岁头上动土

工部员外郎张周封说，他从前的庄子在城东、狗脊岭以西，有一次筑墙，不想恰好筑在了太岁上，结果一夜的工夫，整座墙体完全坍塌。他当时还以为是地基没打夯好的缘故，指挥庄客重新砌造，刚砌了几尺高，忽听厨子惊呼："这是什么！"张周封赶紧过去一看，好几斗的饭粒像什么虫子似的自行跳跃而出，洒了一地，又跳着粘到了墙上,密密麻麻,放眼望去,均匀有如蚕卵,注目细看,每一粒饭都呈独立状态,没有任何两粒是粘连在一起的。这么一大片饭粒刚好糊了半面墙,整齐的像是人为划界的一般。张周封请来巫师以酒浇地祭祀,后来什么怪事也没发生。

> 工部员外郎张周封言,旧庄城东狗脊岭(《水经注》言此狗架岭)西,尝筑墙于太岁①上,一夕尽崩。且意其基虚,功不至,乃率庄客指挥筑之。高未数尺,炊者惊叫曰:"怪作矣。"遽视之,饭数斗悉跃出蔽地,着墙匀若蚕子,无一粒重者,矗墙之半如界焉。因诣巫酹地谢之,亦无他焉。

---

① 太岁:古代天文学中假设的星名,与岁星(木星)相应,又称太阴。太岁所在的方位为凶方,犯者大凶,俗信讲究动土时需事先测算,避开该方位。文中提到的肉块,则系太岁神的一种常见具象化实体,多藏身在地下。

◎ 山魈

山魈,山中人形怪物。身型矮小如孩童,长臂,有毛,独腿,足部向后生长——脚跟冲前,脚趾朝后。巢居,喜食虾蟹,古籍常见山魈偷蟹偷盐致与人类冲突的记载,部分种群擅驯虎,智力较高,能说出模糊不清的语言勉强与人类交流。是中国传说中最古老、目击和接触记录最多的精怪之一。山魈异名极多:山臊、山魅、山骆、蚑、濯肉、热肉、晖、飞龙。《山海经》称"枭阳"。

有一种与山魈近似的精怪,叫作木客,在民间传说中,被演化为鸟形,名唤"治鸟",传说此怪所筑之巢,大如五斗的筐笼,以白土涂刷,赤白相间,远远看去,状如箭靶。

唐代民间盛传,山魈能养虎,被人类侵犯,则驱役老虎伤人,或烧人庐舍报复。

> 山萧,一名山臊,《神异经①》作獆(一曰獟),《永嘉郡记②》作山魅,一名山骆,一名蚑,一名濯肉,一名热肉,一名晖,一名飞龙。如鸠,青色,亦曰治鸟。巢大如五斗器,饰以土垩③,赤白相见,状如射侯④。犯者能役虎害人,烧人庐舍,俗言山魈。

① 神异经：旧题东方朔撰，应是伪托，鲁迅认为系晋以后人作，现代学者考证，成书应不晚于六朝。内容仿《山海经》，多记异物，迂怪傲诡，今存残本一卷。
② 永嘉郡记：南朝刘宋郑缉之编次，温州地区最早的地方志。
③ 垩：白土。
④ 射侯：箭靶。

◎ 伍相奴

有一类统称为"伍相奴"的精怪，传说是伍子胥部属所化，时时扰人，伍子胥庙处尤其多见。故老相传，当初伍子胥的三族下属，一族姓姚，一族姓王，一族姓汪，被洪水围困，以都树树皮为食，最终全部饿死，变成了一种名叫"鸟都"的精怪，皮和骨殖则变成"猪都"，家眷变成了"人都"。

鸟都右脚不生拇指，右手只有两根手指，不生左耳，右眼无视力。据王士祯《池北偶谈》，在清代，鸟都被呼为"赤虾子"，南宋周密《齐东野语》称其"野婆"，说宋代的邕州、宜州以西，多为蛮獠居处，其地穷崖绝谷，密林榛薮，野婆出没不定。此物形似人类老妪，跣足裸体，腰腹皮肤松弛，下垂过膝，远远看去，像根融化的蜡烛，极其丑陋。这怪物力大身轻，能手格虎豹，绝壁悬崖，腾上如鸟隼，而最好偷盗婴儿，强闯山寨民居，人类极难相抗。但这怪物具有一种奇特的自尊，不怕人打，最怕人骂，倘若给人撞见，大骂一通，往往就不堪折辱，愤愤掷还婴孩，羞愧而去。有时就算成功把孩子偷走了，逃到半途，却忽然疑心是不是有人正在背后骂它，于是折返回去，伏窗窥伺。原本丢了孩子的父母正在伤心绝望，蓦地望见野婆抱着婴儿，趴在窗外探头探脑，忙破口大骂，野婆一看"你们果然在骂我"，照例愤愤地交还孩子，羞愧而去。

野婆皆为雌性，不仅偷孩子，也偷男人。因而当地男子若非十分要紧的急事，轻易不敢独行，免得被怪物强掳上山，惨遭玷污。后来某村寨男子深受其害，忍无可忍，在村寨中设下陷阱，将一只野婆诱入其中，推入深谷，摔断了双腿，众人寻路而下，乱枪刺死。那野婆死时，双手始终紧紧捂着腰间，似乎有所防护。众人好奇，揭开它腰腹那层黏稠恶心的肉褶，割破肌肤，在它的肝胆之处，挖出一枚寸许大小的方形印石，青光流转，质地如玉，上面还有着若干篆籀般的字形纹理，非镌非镂，纯系天然化生。南宋理宗景定年间，周子功出使大理，途经该地，亲眼见过那方印石。本文说的"左腋下之镜印"，应即此物。

鸟都擅长攀爬，能在树顶筑巢；人都多居于树半，猪都不会爬树，住在树底。禁制这三种怪物，世传有打土垄法、山鹊法。还有一种专门对付此物的掌法：右手食指之缘扫击怪物眼目，左手攻击其喉部。

南中人常采其巢而食，味如菌子，巢穴的表层可充作鞋柜，用来放鞋子，能治脚气。

伍相奴，或扰人，许于伍相庙多已。旧说一姓姚，二姓王，三姓汪。昔值洪水，食都树皮，饿死，化为鸟都，皮骨为猪都，妇女为人都。鸟都左腋下有镜印，阔二寸一分，右脚无大指，右手无三指，左耳缺，右目盲。在树根居者名猪都，在树半可攀及者名人都，在树尾者名鸟都。其禁有打土垄法、山鹊法。其掌诀，右手第二指上节边禁山都眼，左手目标其喉。南中多食其巢，味如木芝①。窠表可为履㞘②，治脚气。

---

① 木芝：木灵芝，生于木上的真菌类植物。
② 履㞘：鞋柜。

◎ 狐变

古书记载，野狐名为阿紫，夜里甩尾，可见火光。狐狸妖化前，必戴骷髅仰拜北斗，骷髅不掉，即可化为人形。

旧说野狐名紫狐①，夜击尾火出。将为怪，必戴髑髅拜北斗②，髑髅不坠，则化为人矣。

---

① 野狐名紫狐：《搜神记》："阿紫，狐字也……名山记曰：'狐者，先古之淫妇也，其名曰阿紫化而为狐。'故其怪多自称阿紫。"
② 戴髑髅拜北斗：稗海本《搜神记》："昔僧志玄……夜宿于墓林下。月明如昼，忽见一野狐，于林下将枯骨髑髅安头上，便摇之，落者弃却。如此三四度，摇之不落，乃取草叶装束于身体，逡巡化为一女子，眉目如画，世间无比，着素衣。"

◎ 天狐

刘元鼎就任蔡州刺史之初，蔡州城刚刚经历兵燹，凋敝残破，官府储藏粮食物资的仓场成了野狐窝，刘元鼎为此专门带了一批人手捉狐，终日纵犬猎捕，玩得不亦乐乎，一年的工夫，猎杀了数百头。后来发现一匹身上生满疥疮的大狐，众人放出狗去，那些平日耀武扬威的狗子见到此狐，一条条退前缩后的不肯上扑，大狐扭头看着众犬，亦不窜逃。刘元鼎愕然，派人到军中大将和监军府上借来名种猎犬，不料那些小牛犊似的巨犬见了大狐，如臣见君，俯首帖耳，莫敢稍动。过了好一会儿，大狐呼地跳出圈子，直奔入衙门，在官厅溜了一圈，见众人追来，不慌不忙跑到城墙下，忽然不见。刘元鼎也知道狐妖狐仙之说，觉得此狐有异，下令今后不再捕狐。

道术中有一路隐秘的天狐法术，与人间术法皆不相同。传说天狐九尾，金色，执役于日月神宫，有一套自己的符箓仙法及历法规则，能洞达阴阳玄机。

刘元鼎①为蔡州，蔡州新破②，仓场③狐暴，刘遣吏生捕，日于球场纵犬逐之为乐。经年，所杀百数。后获一疥狐，纵五六犬皆不敢逐，狐亦不走。刘大异之，令访大将家猎狗及监军亦自夸巨犬，至皆弭耳④环守之。狐良久才跳，直上设厅⑤，穿台盘⑥出厅后，及城墙，俄失所在。刘自是不复令捕。道术中有天狐⑦别行法，言天狐九尾金色，役于日月宫，有符有醮日⑧，可洞达阴阳。

---

① 刘元鼎：曾为磁州刺史，以大理寺卿身份参加长庆会盟，又曾为慈州刺史。
② 蔡州新破：指唐宪宗元和十二年李愬雪夜破蔡州。
③ 仓场：官方收纳粮食之所。
④ 弭耳：耳朵耷拉着，顺服貌。
⑤ 设厅：官府大堂，铃阁正厅，常在此设宴。
⑥ 台盘：桌子、台面。
⑦ 天狐：郭璞《玄中记》："狐五十岁，能变化为妇人。百岁为美女，为神巫，或为丈夫与女人交接，能知千里外事，善蛊魅，使人迷惑失智。千岁即与天通，为天狐。"
⑧ 醮日：做法事的时间表。

◎ 风狸的法宝

南中地区生活着一种名为风狸的神奇小兽，形如猴，十分怕羞，见到人便低下头去不敢看，相传它的尿液可以入药。

说它神奇，倒不是因为撒泡尿就能治病，而是风狸会制作一种宝物——风狸杖，此宝获取不易，《酉阳杂俎》记载了详细的入手攻略：

首先找到风狸经常出没的地方，就地潜匿起来。风狸机敏胆小，有所异动即会惊走，所以可能需一直守伺多日，直到风狸觉得这一地区没有危险，才会出现。

沙沙沙，风狸探头探脑地出来了，只见它在草丛中摸索半天，找到一支草秆儿，折成尺许长，对着树上的小鸟一通乱指，鸟儿们便像被狙杀般随那草秆儿所指，纷纷坠下，风狸慌忙走去捡来吃。此时它戒备最为松懈，旁伺者迅速出击，抢夺它的草秆儿。风狸见有人来，急忙把草秆儿往嘴巴里塞。倘若人的动作太快，它来不及吃掉，也可能丢进草丛急急溜掉，风狸杖一旦落入草丛，就很难再找出来了。所以出击时机一定要拿准，趁它还在发愣，吃掉或扔掉草秆儿前出手抢夺。风狸不肯放弃，死攥着不撒手，那就暴打它一顿，风狸熬不过打便撒手了。

得到风狸杖，飞禽走兽一指便死，无不得心应手。

现代研究认为，风狸的原型可能是懒猴科动物蜂猴，蜂猴也叫畏羞猫，多栖于热带雨林及亚热带季雨林，白天蜷成一团毛球藏在树洞中或树枝上睡觉，夜晚觅食，以水果、昆虫、小鸟为食，中国云南和广西南部等地有分布，为国家一级重点保护动物。

蜂猴是唯一有毒的灵长类动物，体内生有毒腺，能够投射毒液，这或许是制作风狸杖射鸟吃的传说来由。

> 南中有兽名风狸①，如狙②，眉长好羞，见人辄低头。其溺能理风疾。卫士多言风狸杖难得于翳形草③。南人以上长绳系于野外大树下，入匿于旁树穴中伺之。三日后，知无人至，乃于草中寻摸。忽得一草茎，折之长尺许，窥树上有鸟集，指之，随指而堕，因取而食之。人候其息，劲走夺之。见人遽啗食之，或不及，则弃于草中。若不可下，当打之数百，方肯为人取。有得之者，禽兽随指而毙。有所欲者，指之如意。

① 风狸：唐代陈藏器《本草拾遗》："风狸生邕州以南。似兔而短，栖息高树上，候风而吹至他树，食果子。其尿如乳，甚难得，人取养之乃可得。"宋代范成大《桂海虞衡志》："风狸，状似黄猿，食蜘蛛。昼则拳曲如猬。遇风则飞行空中。"
② 狙：一种猕猴。
③ 翳形草：隐身草。

一只抱住人类手臂的倭蜂猴

◎ 地下世界

唐文宗开成末年，永兴坊有个叫王乙的百姓雇人挖井，挖到比一般井深一丈多，仍没挖出水。继续下挖，听到土层之下，传出清晰的人语鸡鸣，十分热闹，仿佛土层下有个墟市村镇一般。挖井工人大惧，说什么也不敢再向下挖了。街司将这一情况报告给金吾卫韦处仁将军，韦处仁认为事涉怪异，未继续上报，急令人将井填埋。

当年王莽广征周、秦旧事，有谒者在书库之中找到了关于秦始皇开凿骊山皇陵的记载：丞相李斯发天下刑人徒隶七十二万人，按照既定方案修凿皇陵，到第三十七年时，熔化金属堵塞了地下泉眼，上奏说："已经挖到了地下最深处，再也无法深入，其处火不能燃，敲击如空，似乎其下另有天地。"

由此可见，大地之下，或许果真存在着另一个世界。

开成末，永兴坊百姓王乙掘井，过常井一丈余无水。忽听向下有人语及鸡声，甚喧闹，近如隔壁。井匠惧，不敢掘。街司①申金吾②韦处仁③将军，韦以事涉怪异，不复奏，遽令塞之。据亡新④求《周秦故事》：谒⑤者阁上得骊山本，李斯领徒⑥七十二万人作陵，凿之以章程⑦，三十七岁，固地中水泉⑧，奏曰"已深已极，凿之不入，烧之不燃，叩之空空，如下天（一曰'如存天状'）状"。抑知厚地之下，别有天地也。

① 街司：金吾卫属吏。
② 金吾：十六卫之二，有左右两金吾卫，掌京城巡警、烽候、道路、水草之宜。

③ 韦处仁：官至虢州刺史，唐穆宗义丰公主的驸马爷。
④ 亡新：新莽政权。
⑤ 谒者：官名，西汉员七十人，选孝廉、郎官年不满五十、仪容威严、能大声赞导者充任，本职为侍从皇帝，担任宾礼司仪，常充任皇帝使者，巡视地方。又有中谒者令、中书谒者令，为宦官之职。
⑥ 徒：服役的犯人。
⑦ 韦程："韦"为"章"字之讹。
⑧ 三十七岁，锢地中水泉：三十七岁，指秦始皇三十七年（前210年）。《汉旧仪》："骊山其阴多金……故始皇贪而葬焉。使丞相斯将天下刑人徒隶七十二万人作陵。凿以章程，三十七岁，锢水泉绝之，塞以文石，致以丹漆，深之不可入。奏之日：'丞相斯昧死言：臣所将徒隶七十二万人治骊山者，已深已极，凿之不入，烧之不然，叩之空空如下天状。'"锢：铸塞，用熔化的金属堵塞空隙。

◎ 怪婴

唐文宗太和三年，寿州虞候景乙执行完京西秋季防御任务，趱程返回。数日跋涉，到家已是傍晚，他顾不得一身征尘，先去看缠绵病榻多年的妻子。妻子枯瘦的脸上满是恐惧之色，见他回来，急道："我半个身子被劈断带到东园去了，你快去追回来！"景乙大惊，奔进园子，只见暮色之下，静静地站着一个六尺来高的"东西"，状如婴儿，赤条条的一丝不挂，手里拖着个竹篓。景乙寒毛直竖，捡起石块投去，那东西一晃不见，竹篓啪地摔在地下。景乙走近一看，竹篓之中赫然塞着妻子的半爿身体，他大叫一声，坐倒在地，转眼间那竹篓和残肢亦如那怪婴般消失了。回房再去看妻子时，只见妻子从发际眉间直到胸口，纵向裂开了一道一指粗的裂缝，裂缝之中肉色鲜红，而居然并没有死。景乙吓得手足无措，妻子道："你不要慌，去弄两升乳汁，浇在园子里那怪婴出现之处。我前世是那婴孩的继母，因为不给他喂奶，把他饿死了，冥司判处，让我赔给他半个身子，若非你及时回来，我刚才必已无幸。"

太和三年，寿州①虞侯②景乙，京西防秋③回。其妻久病，才相见，遽言我半身被斫去往东园矣，可速逐之。乙大惊，因趣园中。时昏黑，见一物长六尺余，状如婴儿，裸立，挈一竹器。乙情急将击之，物遂走，遗其器。乙就视，见其妻半身。乙惊倒，或亡所见。反视妻，自发际眉间及胸有璺④如指，映膜赤色，又谓乙曰："可办乳二升，沃于园中所见物处。我前生为人后妻，节其子乳致死。因为所讼，冥断还其半身，向无君则死矣。"

---

① 寿州：今安徽淮南部分地区。
② 虞候：本为春秋时期掌管山泽的职官，隋朝以后用作军官称号，职掌不尽相同，或为警备巡查官，或为内部监察官。本文所指或是负责军中执法的都虞候。
③ 防秋：西北游牧部族常趁秋高马肥时入侵，届时调兵驻防警御，称防秋。
④ 璺 [wèn]：裂缝。

◎ 作怪小人

唐文宗太和末年，荆南松滋县南境，有个士子寄居在亲戚庄子上修习课业。刚来的那天晚上，二更之后，士子还在掌灯凭案看书，忽有个半寸来高的袖珍小人，头戴葛巾，拄着拐棍，慢悠悠走进门来，仰脸看着士子道："你初来乍到，此间主人也不怎么款待你，想必挺寂寞的。"声音甚微，有如蝇鸣。士子素具胆气，视若无睹，依旧自顾自地看书。那小人见他不理不睬，愤而爬到床上，厉声呵责道："跟你说话呢，为何不答！连待客之礼也不懂吗！"接着爬上书案，探头看看士子的书，拧过脸来大骂不已，又搬动砚台翻扣在书上。士子大为不耐，伸笔一拨，小人惨叫着掉下桌案，摔在地上，啾啾唧唧不知喊了两句什么，跑出门不见了。

过了一会儿，又来了四五个妇人，有老有少，都才一寸来高，冲着士子嚷道："仙官大人因为可怜你孤零零的一个人学习，特地现身，给你一个质疑求教的机会，指点你的课业。你这蠢材狂生，怎敢不知好歹，反而出手伤人？现在马上跟我们去见仙官大人！"说这话时，又有许多小人陆陆续续奔进室来，都作仆役装束，列成阵势，发一声喊，一齐疯狂地扑在士子身上。士子头脑一阵眩晕，像中毒一般，恍恍惚惚如坠梦中，只感觉手脚被小人们咬得生疼。又听小人们喊道："去不去，不去咬瞎了你的眼睛！"便有四五个小人爬到脸上，士子恐惧，忙随小人出门，来到堂东，远远望见一座极小的门，制式仿佛节度使规格的牙门一般。士子骇然叫道："你们是什么妖怪，敢如此欺侮人！"话音才落，又被狠狠咬了一通。

恍惚之间，他身形缩小，进了那小门之内，只见一人头戴高冠，高坐殿上，阶下侍卫千余，也都身长寸许。那高冠者斥道："我因怜你独处，乃命小儿前往指点，你为什么却下手害他！罪当腰斩！"一声令下，几十个侍卫持刀而出，推着他的后背，就要推出去杀了。士子大惧，慌忙求饶道："小人知罪！小人愚夫俗子，肉眼不识仙官，致有冲撞冒犯，实在是无心之过，求仙长饶命！"哀哀苦求，高冠者默然半晌，徐徐道："你既尚知悔过，姑且饶你一次。"叱令侍卫拖出去，士子反应过来时，又身在小门之外了。他回到卧房，定一定神，残灯犹在，东窗微明，已是五更时分。

待到天光大亮，他沿着昨夜的踪迹，找到庄子东首古墙之下，有个栗子大的小洞，壁虎不时进进出出。他找了几个人，将洞挖开，直挖到数丈之深，只见无数壁虎聚居其中，略加归拢，不下十几石之多。大的通体赤若丹砂，长达一尺，大概就是壁虎之王了，缩在一座楼宇状的土堆里。士子找来柴草，一把火全数烧死，从此再无怪事发生。

　　太和末，荆南松滋县①南，有士人寄居亲故庄中肄业②。初至之夕，二更后，方张灯临案，忽有小人才半寸，葛巾杖策，入门谓士人曰："乍到无主人，当寂寞。"其声大如苍蝇。士人素有胆气，初若不见。乃登床，责曰："遽不存主客礼乎？"复升案窥书，诟骂不已，因覆砚于书上。士人不耐，以笔击之堕地，叫数声，出门而灭。顷有妇人四五，或姥或少，皆长一寸，呼曰："真官③以君独学，故令郎君言展④，且论精奥，何痴顽狂率，辄致损害？今可见真官。"其来索续如蚁，状如骆卒⑤，扑缘⑥士人。士人悗然⑦若梦，因啮四支痛苦甚。复曰："汝不去，将损汝眼。"四五头遂上其面。士人惊惧，随出门。至堂东，遥望见一门，绝小，如节使之门。士人乃叫："何物怪魅，敢凌人如此！"复被啮⑧，且众啮之。恍惚间已入小门内，见一人峨冠当殿，阶下侍卫千数，悉长寸余，叱士人曰："吾怜汝独处，俾⑨小儿往，何苦致害，罪当腰斩。"乃见数十人，悉持刀攘背迫之。士人大惧，谢曰："某愚骏⑩，肉眼不识真官，乞赐余生。"久乃曰："且解知悔"，叱令曳出，不觉已在小门外。及归书堂，已五更矣，残灯犹在。及明，寻其踪迹，东壁古墙下有小穴如栗，守宫出入焉。士人即率数夫发之，深数丈，有守宫十余石，大者色赤，长尺许，盖其王也。壤土如楼状，士人聚苏⑪焚之。后亦无他。

① 荆南松滋县：今湖北松滋。

② 肄业：修习课业。
③ 真官：仙官。
④ 言展：申述，陈述诉说。
⑤ 驺卒：掌管车马的差役。亦泛指一般仆役。
⑥ 扑缘：附着。
⑦ 忦然：恍恍惚惚。
⑧ 龁：咬。
⑨ 俾：使唤。
⑩ 愚駃[sì]：愚笨痴呆。
⑪ 苏：柴草。

◎ 卖油翁

唐初，京都长安城宵禁甚严，每天晨暮鸣鼓，启闭坊市。夜间金吾卫沿街巡察，民众不得外出，犯者付有司科决，鞭二十。

深夜，一位官员办事方回，他持有特批公文，准允今夜外出行走，因此不虞巡逻卫士拿问。月上中天，四下里一片清寂，耳边唯闻马蹄踏地之声和远处稀疏的犬吠。

转入宣平坊，迎面走来一个赶驴人，那人戴了顶异常宽大的帽子，驴子身侧挂着油桶，原来是个卖油翁。官员诧异，这人好大的胆子，竟敢深夜大模大样地在外溜达，不怕挨鞭子吗？卖油翁却好似没有看见官员，毫无避让的意思，直直迎了上来。坊间巷陌逼仄，不容两骑并过，官员的随从见他如此无礼，纵身上前，一拳将他的脑袋打了下来。

卖油翁掉了脑袋居然不死，慌张捡起，驱驴子闯进一所大宅。官员随后追去，但见卖油翁进了宅院，奔向一株大槐树，就此消失。官员喊出这户人家，具言其事。一家人绕着槐树左看右看，看不出什么异样，于是刨地挖根，挖下数尺，发现树根烂出一个大洞，洞中盘踞一只碟子大的蛤蟆，抱着两个笔帽，笔帽里灌满了树汁，另有一株白色大蘑菇，像殿门的环纽，菌盖掉在一旁。方知原来是蘑菇化成人形，以蛤蟆为驴，以笔帽为油桶，出来卖油。

次日事发，街坊们七嘴八舌说起自己买过这种油，又便宜又好，已经吃了一个多月，原本相安无事，从昨夜开始，突然上吐下泻。核对发病刻漏，恰好是妖怪显形之时。

京宣平坊，有官人夜归入曲，有卖油者张帽驱驴，驮桶不避，导者①搏之，头随而落，遂遽入一大宅门。官人异之，随入，至大槐树下遂灭。因告其家，即掘之。深数尺，其树根枯，下有大虾蟆如叠②，挟二笔鞳③，树溜津④满其中也。及巨白菌如殿门浮沤钉⑤，其盖已落。虾蟆即驴矣，笔鞳乃油桶也，菌即其人也。里有沽其油者，月余，怪其油好而贱。及怪露，食者悉病呕泄。

---

① 导者：引路开路的仆从。
② 叠："碟"的假借字。
③ 笔鞳〔tà〕：毛笔套。
④ 溜津：流汁液。
⑤ 浮沤钉：门上的环纽，因形似水而上的浮沤得名，今称门钉。

◎ 巨手

陵州龙兴寺武僧惠恪，身负兼人之力，性子飞扬豪迈，不拘戒律，江湖过客多慕名投奔。一夜与同寺的十几个和尚煎油饼吃，吃到二更时分，见一只毛茸茸的巨手，大如箭囊，伸了过来道："给我张煎饼。"众僧惊散，惠恪不动声色，拿起几张煎饼放在那巨手掌中。巨手刚要缩回，被惠恪一把抓住，巨手使力回夺，却挣之不动，一叠声地告饶。惠恪命人取刀来砍，嚓地一声，血光迸溅，巨手齐腕而断，慢慢变成了一根鸟羽。日出之后，众人循着血迹追踪出寺，向西南跨过小溪，来到个石缝之前，血迹消失了。惠恪率人掘开石缝，里面是一坑黑玉。

陵州①龙兴寺僧惠恪，不拘戒律，力举石臼。好客，往来多依之。常夜会寺僧十余，设煎饼。二更，有巨手被毛如胡鹿②，大言曰："乞一煎饼。"众僧惊散，惟惠恪掇煎饼数枚，置其掌中。魅因合拳，僧遂极力急握之。魅哀祈，声甚切，惠恪呼家人斫之。及断，乃鸟一羽也。明日，随其血踪出寺，西南入溪，至一岩罅③而灭。惠恪率人发掘，乃一坑瑿石④。

---

① 陵州：今四川眉山仁寿县。

② 胡鹿：亦作"胡簏""胡菉"，一种箭囊。
③ 罅［xià］：缝隙。
④ 瑿石：黑玉。

◎ 卖驴

唐文宗开成初年，长安东市附近有个人的父亲故去了，他骑着驴子去置办葬丧之物。刚走了一会儿，驴子突然口吐人言，说："我姓白，名元通，驮着你家人这么久，出力已经足够了，不要再骑我了。"那人吓了一大跳，滚下驴背，驴又说："南市卖麸子的那家，还欠我五千四百钱，我也欠你五千四百钱，你把我卖了，正好抵数。"那人又吃了一惊，忙牵起驴走，牵到骡马行找人问价，这驴虽然很壮，骡马行却只肯出五千钱。那人又牵到麸子行，开口就要五千四百钱，麸子行竟然鬼使神差地答应下来，顺利成交。

隔了两晚，驴就死了。

> 开成初，东市百姓丧父，骑驴市凶具①。行百步，驴忽然曰："我姓白名元通，负君家力已足，勿复骑我。南市卖麸家欠我五千四百，我又负君钱数亦如之，今可卖我。"其人惊异，即牵行。旋访主卖之，驴甚壮，报价只及五千。诣麸行，乃还五千四百，因卖之。两宿而死。

① 凶具：葬丧物品。

◎ 乳母

郓州有个姓阚的司仓，家业安在荆州，家里用了一个乳母钮氏。这钮氏有个孩子，年纪跟阚司仓的女儿相仿，很得阚妻喜爱，凡是有什么衣服饮食，总是分成两份，两个孩子各得其一，无有轩轾。

这天，阚妻偶然得了一颗林檎，拿着逗自己女儿，乳母见了，大怒道："小娘子长大了些，不用吃我的奶了，就忘了我了？以前不论什么东西可是都跟我家孩儿平分的，何尝有所偏颇！"气得咬牙切齿、捋袖揎拳，劈手夺过阚家的女儿，提溜着颠来倒去，阚家人惊得呆了，忙上前抢回，却发现女儿的样貌身材，竟变得跟乳母的孩子一模一样。阚妻这才知道乳母身怀异术，道歉赔话，乳母翻着白眼，冷嘲热讽，像颠簸箕似地颠了阚家孩子几下，那孩子才恢复本来的模样。

发生这样的事情，阚家上下都很害怕。阚司仓认为乳母是个妖人，密令奴仆手持镬头，趁她不备，狠狠刨向她的脑袋，只听轰然一声，镬头反弹回来，击中了门扇。乳母毫发无伤，回转面孔，把阚司仓骂了个狗血淋头，恶狠狠警告道："你敢对我动手，可别后悔！"阚司仓无可奈其何，唯有下跪求饶，乳母怒气方解。

到段成式记录这件事的时候，那位乳母仍然待在阚家，一家人礼敬如神，他们家为此还闹出过不少奇事，简直不胜枚举。

郓州阚司仓①者，家在荆州。其女乳母钮氏，有一子，妻爱之，与其子均焉，衣物饮食悉等。忽一日，妻偶得林檎②一蒂，戏与己子，乳母乃怒曰："小娘子成长，忘我矣。常有物与我子停分③，何容偏？"因啮吻攘臂④，再三反覆主人之子。一家惊怖，逐夺之。其子状貌长短，正与乳母儿不下也。妻知其怪，谢之，钮氏复手簁⑤主人之子，始如旧矣。阚为灾祥，密令奴持钁⑥暗击之，正当其脑，騞然⑦反中门扇。钮大怒，诟阚曰："尔如此勿悔。"阚知无可奈何，与妻拜祈之，怒方解。钮至今尚在其家，敬之如神，更有事甚多矣。

---

① 司仓：在府称仓曹参军，在州称司仓参军，府、州、县多置，掌地方租赋、仓贮、市肆等事务。
② 林檎：中国本土原产的一种小苹果。
③ 停分：平分。
④ 啮吻攘臂：咬嘴唇，撸袖子，愤怒貌。
⑤ 手簁：摇动、颠动。
⑥ 钁：起土的农具。
⑦ 騞[huō]然：象声词。

◎ 荒冢如厕

段郎久在荆州，多记当地异闻，这件事情，是在酒会之上，听秀才杜晔谈起。

荆州有个叫侯又玄的处士，有一回穿行郊野，途中内急，不知是为恶作剧还是怎样，居然爬到一座无主荒冢的坟头上解手。不期报应旋踵，从坟头下来的时候，失足摔倒，跌伤了肘部，伤势不轻。他呲牙咧嘴走了一程，遇见个老头，问他出了什么事情，怎的一脸苦相？接着瞥见他鲜血淋漓的胳膊，道："巧了，我这里正携有疗伤生肌的良药，你赶紧敷在伤口上，十天之内不要解开，必可痊愈。"侯又玄再三道谢，按老头的嘱咐，老老实实敷了十天，十天后解开一看，整个肘关节已经烂尽，小臂齐肘脱落。

接下来，他兄弟五六人轮番生病，浑身冒血，一个月后，侯又玄兄长的手臂突然开始生疮，那疮小的大如榆荚，大的有铜钱那般大，两臂上六七处，疮疡表面皆形如人脸，极其诡异，一直到死都未得医好。

> 荆州处士①侯又玄，常出郊，厕于荒冢上。及下，跌伤其肘，创甚。行数百步，逢一老人，问何所苦也，又玄见其肘。老人言："偶有良药，可封之，十日不开必愈。"又玄如其言。及解视之，一臂遂落。又玄兄弟五六互病，病必出血。月余，又玄兄两臂忽病疮六七处，小者如榆钱，大者如钱，皆人面，至死不差。时荆秀才杜晔话此事于座客。

---

① 处士：未做官的士人。

◎ 人面疮

隐士许卑说，数十年前，江东一位商人，左侧臂膀上生了个怪疮，疮疡表面呈人脸状，五官毕具，好在不痛不痒，没什么感觉。商人有时蘸了酒滴到疮的"嘴巴"里，那张"脸"也会泛起酡红。给它食物，也来者不拒，什么都吃，进食后，疮下肌肉出现膨胀感，商人怀疑，这东西的胃就长在肌肉之中，而倘若时间久了不喂，整条胳膊都会失去知觉。后来遇到一位外科高手，教了一个办法，让他博搜诸种药材，一味一味地喂给人面疮，凡矿物、草木，各种药材都试遍了，试到贝母时，那疮蹙眉闭口，说什么也不肯食用。商人喜道："此药必然对症！"于是取根细的芦苇秆儿强行戳开疮疡的嘴巴，灌以贝母，没过几天就结痂痊愈了。

> 许卑山人言，江左数十年前，有商人左膊上有疮，如人面，亦无它

苦。商人戏滴酒口中，其面亦赤。以物食之，凡物必食，食多觉膊内肉涨起，疑胃在其中也。或不食之，则一臂痺①焉。有善医者，教其历试诸药，金石草木悉与之。至贝母②，其疮乃聚眉闭口。商人喜曰："此药必治也。"因以小苇筒毁其口灌之，数日成痂，遂愈。

---

① 痺：通"痹"。
② 贝母：中药，用于清热化痰止咳，四川所产较佳，称为川贝。

◎ 旋风

工部员外张周封说他今年春天请假回家扫墓，途中在湖城落脚时，听到一件怪事。

那是去年秋季，一位河北军将经过此地，走到郊外，遇到一股细细的旋风，像是盛粮食的一升容器那么大，时时盘旋马前。军将扬鞭抽打，一抽之下，风势遽尔加强，瞬间把马头裹了进去，刮得马鬃根根倒竖如针。军将心中发毛，纵身下马退开几步，只见马鬃暴长数尺，其中一根细细的红线狂舞风中，马儿像是被红线勒住了一般，惊恐不安，直立嘶鸣。军将拔出佩刀望那风中奋力一斩，旋风登时散灭，马也倒地而死。军将割开马腹查看，发现马的整副肠子离奇地消失了。

这似乎具有生命的怪风到底是什么？终究没人知道。

　　工部员外张周封言，今年春，拜扫假回，至湖城①逆旅。说去年秋有河北军将过此，至郊外数里，忽有旋风如升器，常起于马前，军将以鞭击之转大，遂旋马首，鬣起如植。军将惧，下马观之，觉鬣长数尺，中有细缏如红线焉。时马立嘶鸣，军将怒，乃取佩刀拂之。风因散灭，马亦死。军将割马腹视之，腹中无伤②，不知是何怪也。

---

① 湖城：湖城县，今河南三门峡灵宝一带，唐时属虢州。
② 腹中无伤：太平广记作"腹中无肠"。

广动植之一

鸟兽

◎ 并序

天地万物，造化所生，往往倏忽出现，刹那成形，数量庞杂，难以为计，纵使《山海经》《尔雅》之博亦不能尽究。因此检寻先贤著作，收罗其中未列入经典史册，或记述未详，或只是道听目睹，不曾形诸文字的草、木、禽、鱼内容，编次成《广动植》数篇，希望为博物之学略尽绵力。昔日曹丕著《典论》否定火浣布存在，滕循质疑巨虾须长，蔡谟不认识蟛蜞，刘绎搞错了"荔挺"，种种谬误，贻笑至今，此虽杂学，然则格物治学之士岂可轻忽？

　　成式以天地间造化所产，突而旋成形者樊然①矣，故《山海经》《尔雅②》所不能究。因拾前儒所著，有草木禽鱼未列经史，已载事未悉者，或接诸耳目，简编所无者，作《广动植》，冀掊土培③丘陵之学也。昔曹丕著论于火布④，滕循献疑于虾须⑤，蔡谟不识彭蜞⑥，刘绎误呼荔挺⑦，至今可笑，学者岂容略乎？

---

① 樊然：纷乱貌。
② 尔雅：中国最早的辞典，约战国成书。
③ 掊土培：捧土堆成丘陵，积土成山。
④ 曹丕著论于火布：火布，也叫火浣布，指石棉之类，不怕火烧，古为中国所无。葛洪《抱朴子》："魏文帝穷览洽闻，自呼于物无所不经，谓天下无切玉之刀，火浣之布，及著《典论》，尝据此言事。"魏文帝曹丕认为火性酷烈，无含生之气，任何布料都不可能经得起焚烧，因此在著作《典论》中宣称，世上不存在

火浣布，不料未及一年，西域使者就贡了火浣布来，曹丕被当面打脸，喟然惭叹，"遽毁斯论"。干宝《搜神记》记载略异，说曹丕《典论》否定火浣布的存在，死后，其子魏明帝将《典论》立为"不朽之格言"，刊刻在宗庙门外和太学的石碑上，及西域来献火浣布，明帝急令夷灭否定火浣布的文字，但仍遭天下人嘲笑。

⑤ 滕循献疑于虾须：《封氏见闻记》引《交广记》："吴时，滕循为广州，人或言虾须有一丈长，循不之信，其人后故至东海，取虾须长四丈四尺，封以为寄。"东吴广州太守滕循听一位客人谈论海中异闻说，有些虾族体型之巨，仅一根虾须就长达一丈，砍断了足以当成拐杖用，滕循不信，并讥刺那客人吹牛。后来客人出东海，取得一根四丈四尺之长的巨大虾须，寄给滕循，滕循这才卑陬失色，心服口服。

⑥ 蔡谟不识彭蜞：蔡谟（281—356 年），字道明，东晋人，与诸葛恢、荀闿并称东晋"中兴三明"，官至侍中、司徒、开府仪同三司。蟛蜞，也叫螃蜞，相手蟹科，淡水产小型蟹。这段典出《晋书·蔡谟传》："（蔡）谟初渡江，见彭蜞，大喜曰：'蟹有八足，加以二螯。'令烹之。既食，吐下委顿，方知非蟹。后诣谢尚而说之。尚曰：'卿读《尔雅》不熟，几为《劝学》死。'"《尔雅》有言："螖蜡，似蟹而小，不可食。"《荀子·劝学》："蟹六跪而二螯。"所以谢尚说蔡谟没有熟读《尔雅》，只知道套《劝学》里蟹的描述，见了蟛蜞以为是螃蟹，导致误食，吃坏了肚子。当然，蟛蜞其实也是可以食用的，蔡谟之所以吃了腹泻，大概是烹饪未得法，或者吃的不新鲜。蟛蜞肉少，本来吃法不多，最好待秋日膏黄丰盛，生腌做酱来吃，又或油炸成"蟛蜞酥"，那就是纯粹吃它的壳了。

⑦ 刘绦误呼荔挺：刘绦，南朝梁人。该典出《颜氏家训》："《月令》云：'荔挺出。'郑玄注云：'荔挺，马薤也。'……蔡邕《月令章句》云：'荔似挺。'高诱注《吕氏春秋》云：'荔草挺出也。'然则《月令注》荔挺为草名，误矣。河北平泽率生之。江东颇有此物，人或种于阶庭，但呼为旱蒲，故不识马薤。讲《礼》者乃以为马苋；马苋堪食，亦名豚耳，俗名马齿。江陵尝有一僧，面形上广下狭；刘缓幼子民誉，年始数岁，俊晤善体物，见此僧云：'面似马苋。'其伯父绦因呼为荔挺法师。"刘绦犯了两个错误，第一，《礼记·月令》所记"荔挺出"，应当断句为"荔，挺出"，"荔"是一种植物，"挺"字形容其生长状态。郑玄作注时却把荔挺当成了一个词，刘绦考辨不细，也从郑玄之说，以为荔挺是一个词。第二，荔在北方又叫马薤，南方人则习称"旱蒲"，由于南北语言差异，南方人多半不知马薤为何物，听到马薤，还以为是指马齿苋，这样以讹传讹，马薤在南方终于变成了马齿苋的代称。江陵有个和尚，脸型上宽下窄，刘绦的侄子见了，说："这和尚长得像马齿苋。"在刘绦看来，马齿苋就是马薤，而马薤就是"荔挺"，遂呼和尚为"荔挺法师"。

（本段写神话传说视野下的物种起源和演化次序）

有翼类的始祖，是名为羽嘉的飞行生物，羽嘉演化出飞龙，飞龙演化出凤，凤演化出鸾鸟，从鸾鸟开始，鸟类多样性爆发增长，繁衍出今天所见众鸟。

兽类祖先是应龙，应龙化生建马，建马化生麒麟，麒麟诞育了各种常见野兽。

鱼类之祖是介鳞，介鳞生蛟龙，蛟龙生鲲鲠，鲲鲠生建邪，建邪辐射演化出众多鱼类。

龟类，最古老的是介潭，介潭生先龙，先龙生玄鼋，玄鼋生灵龟，灵龟化生龟鳖目各类物种。

木本植物，起源于日冯，日冯生阳阆，阳阆生鳞胎，鳞胎生干木，干木化育了众多树木。

草本植物，招摇生程君，程君生玄玉，玄玉生醴泉，醴泉生应黄，应黄生黄华，黄华化生众草。

藻类植物，海间生屈龙，屈龙生容华，容华生无根草，无根草生藻，藻演化出各种水草。

鳞甲类动物不会亲自孵育后代，鸟类则以身体孵蛋。

草食动物力大而智商低，肉食动物勇猛凶悍。

进食不加咀嚼，囫囵而吞的动物（鸟、两栖、爬行类），体有八窍，卵生；进食咀嚼的动物体有九窍，胎生。

无角家畜（譬如猪），脂肪凝结，不生前牙；有角家畜（如牛羊），脂肪松散，不生后齿。食叶动物会吐丝，食土动物（如蚯蚓）不用呼吸。

蚕只进食，不饮水；蝉只饮水，不进食；蜉蝣既不进食，也不饮水。

蚯蚓之类倒退而行，蛇类蜿蜒行进。

鹊鸲鸟用嘴巴发声，蝉靠振动肋部发声，金龟子振翅发声，蝈蝈用腿部发声，蝾螈靠胃发声。

蝉的寿命只有三十天。

三月，黄河的鲟鳇鱼会溯游至孟津。

鹞鸪总是向着太阳飞翔。

鳊鱼和鲫鱼、车螯和移角，都十分相像。

雄凤叫声"节节"，雌凤的叫声听起来是"足足"，凤翔之际，会发出"归嬉—归嬉"之音，驻足之时，鸣声"提袂"。雄性麒麟咆哮，听起来像是在喊"游圣"，雌麟之歌，声为"归和"，春季，麒麟发出"扶助—扶助"的吼叫，夏季之鸣，闻似"养绥"。

无耳之鳖，是为守神，水域中有守神镇守，能阻止鱼龙腾飞。

爪有五趾的虎就是䝙。

鱼满三百六十年，则随蛟龙离水飞去。

鱼长到两千斤会化为蛟。

武阳有种小鱼，一斤能称一千多条。东海有种大鱼，眼珠子像可容三斗米的大缸。

桃文竹的树枝四寸一节，木瓜一尺树枝多达一百二十一节。

木兰剥去树皮也不会死，荆树的树心是方形的。

蛇有水、草、木、土四种。

孔雀尾羽末梢一寸金翠翎尖，叫做珠毛。鹤掌内侧第一根趾，叫做兵爪。

古时，蜀地没有兔子，也没有鸽子；江南没有狼，也没有马；云南昭通以南没有鸠鸟和鹊鸟。

九州鸟类，共计四千五百种，兽类共计两千四百种。

鹛鸟是由楚地鸠鸟演化而来的。

骡子没有奶。

蔡谟误以为反舌就是蛤蟆，《淮南子》把蝉当成了蠛蠓，《诗义》错把螱解释成了蝼蛄，高诱甚至将喜鹊当成了蟋蟀。

兔子用嘴巴生孩子，鸬鹚的雏鸟也是从嘴里吐出来的。

瓠瓜的种子叫做瓠犀，核桃仁也叫蛤蟆。

蛤蟆没有肠子。龟（一说鼋）的肠子长在脑袋里。

蝌蚪尾巴褪去后开始生脚。

未生产的鸟称为禽，鸟抚育后代称为乳。

蟠蛇的头总是朝向北方；鹊巢背向太岁的方向；逢戊日、己日，燕子伏巢不出；老虎奋身，正冲破军；喜鹊预知未来，猩猩熟知过往。

鹳用影子孵蛋，蛤蟆靠声音孵卵。

齐国有位王后含恨而死，尸体化为蝉，登树凄鸣，所以民间称蝉为"齐女"；上古蜀王杜宇死后，灵魂变成了杜鹃鸟。

传说椰子是越王的人头变成的；西晋大将杜预的脖颈因病变而粗大，提兵伐吴时，被吴人嘲笑为葫芦。

鹧鸪的叫声好像是在说"向南不北"，逃閒的叫声听上去像是在说"玄壶卢系项"。

十四个豆荚为一簇，十二粒小米排列起来的长度即是标准的一寸。

　　羽嘉生飞龙①，飞龙生凤，凤生鸾，鸾生庶鸟。应龙②生建马，建马生麒麟，骐麟生庶兽。分鳞③生蛟龙，蛟龙生鲲鲠，鲲鲠生建邪，建邪生庶鱼。分潭④生先龙，先龙生玄鼋，玄鼋⑤生灵龟，灵龟生庶龟。日冯生玄阳阕⑥，玄阳阕生鳞胎，鳞胎生干木，干木生庶木。招摇生程君（一曰若），程君生玄玉，玄玉生醴泉，醴泉生应黄，应黄生黄华，黄华生庶草。海间生屈龙⑦，屈龙生容华，容华生蒝⑧，蒝生藻，藻生浮草。甲虫影伏⑨，羽虫体伏。食草者多力而愚，食肉者勇敢而悍。龁⑩吞者八窍⑪而卵生，咀嚼者九窍而胎生。无角者膏而先前，有角者脂而先后⑫。食叶者有丝，食土者不息。食而不饮者蚕，饮而不食者蝉，不饮不食者蜉蝣。蚓属却行⑬，蛇属纡行⑭，蜻蜓属注鸣⑮，蜩⑯属旁鸣，发皇⑰翼鸣，蚣蝑⑱股鸣，荣原胃鸣。蜩三十日而死。鳣鱼⑲三月上官于孟津⑳。鹧鸪向日飞。鳊㉑与鲫鱼，车螯与移角㉒，并相似。凤雄鸣节节，雌鸣足足㉓，行鸣曰归嬉，止鸣曰提袂㉔。麒麟牡鸣曰游圣㉕，牝鸣曰归和，春鸣曰扶助，夏鸣曰养绥。鳖无耳为守神㉖。虎五指为貔㉗。鱼满三百六十年，则为蛟龙引飞去水。鱼二千斤为蛟㉘。武阳小鱼㉙，一斤千头。东海大鱼，瞳子大如三斗盎㉚。桃文竹㉛以四寸为一节，木瓜一尺一百二十一节。木兰去皮不死。荆木心方。蛇有水、草、木、土四种。孔雀尾端一寸名珠毛。鹤左右脚里第一指名兵爪。蜀郡无兔鸽。江南（一曰来）无狼马。朱提㉜以南无鸠鹊。鸟有四千五百种，兽有二千四百种。鸮㉝，楚鸠所生。骡不滋乳。蔡中郎以反舌为虾蟆㉞，《淮南子》以蚕㉟为蠛蠓㊱，《诗义》以螟㊲为蟉蛄，高诱以乾鹊㊳为蟋蟀。兔吐子。鸬鹚吐雏。瓜瓠子曰犀㊴，胡桃人曰虾蟆。虾蟆无肠。龟（一曰鼋）肠属于头。科斗尾脱则足生。鸟未孕者为禽㊵，鸟养子曰乳㊶。蛇蟠向王㊷，鹊巢背太岁㊸，燕伏戊巳㊹，虎奋冲破㊺，乾鹊知来，猩猩知往。鹳影抱，虾蟆声抱。蝉化齐后㊻，鸟生杜宇㊼。椰子为越王头㊽，壶楼为杜宇项㊾。鹧鸪鸣曰"向南不北"，逃间鸣"玄壶卢系项"㊿（一曰颈）。豆以二七为族[51]，粟累十二为寸[52]。

---

① 羽嘉生飞龙：《淮南子·地形训》："羽嘉生飞龙，飞龙生凤凰，凤凰生鸾鸟，鸾鸟生庶鸟，凡羽者生於庶鸟。"高诱注："飞龙、羽嘉，飞虫之先，飞龙有翼。"羽嘉、飞龙是为飞翼之祖。东汉人高诱这句"飞龙有翼"颇值得注目，众所周知，中国神话及原始图腾的龙，大多不具翅膀，高诱所说的飞龙不仅有翼，且为飞行动物之祖，不能不使人想起翼龙等远古有翼生物。根据现代古生物学的化石记录，可以确定鸟类（鸟纲动物）是由恐龙演化而来的物种，甚至可以说，

鸟类即是存活至今的恐龙。恐龙的一支——如生活在中国的始中国羽龙、中华龙鸟、孔子鸟等在漫长的进化中生出了羽毛和翅膀，它们庶几可被视作现代鸟类始祖。《淮南子》所记的"羽嘉"具体为何物，难以考证。就"羽嘉生飞龙"一句推测，似乎与"龙"，至少是与龙形生物不无关系。若果真指"长有羽毛的龙"，那么汉代人的观点竟与21世纪最新生物演化学说结论吻合，实在令人震惊。

② 应龙：《淮南子·地形训》："毛犊生应龙，应龙生建马，建马生麒麟，麒麟生庶兽，凡毛者，生于庶兽。"最早提到应龙之为物的，是《山海经》："应龙处南极，杀蚩尤夸父，不得复上。"据《山海经》记载，应龙本是上古神龙，匡助黄帝击杀蚩尤、夸父，无力回天，就在南方住了下来。应龙自带召雨属性，它待在哪里，哪里就要下雨，故今南方多雨。此外，龙族的一支亚种也叫应龙，《述异记》："龙五百年为角龙，千年为应龙。"

③ 分鳞：据《淮南子》，应作"介鳞"，水族之祖。

④ 分潭：介潭。

⑤ 玄鼋：玄鼋，介乎鳖、龙的传说生物。《国语·郑语》："夏之衰，有二神龙止于王庭。夏后卜杀之与去之与止之，莫吉。卜请其漦而藏之，吉。及周厉王之末，发而观之，漦流于庭，化为玄鼋。后宫童妾遇之而孕，生褒姒。"

⑥ 玄阳阏："玄"字应系衍文，《淮南子》："日冯生阳阏"，无"玄"字。

⑦ 海间生屈龙：据《淮南子》，"间"为"间"字之误。屈龙为体型巨大的游龙，结合前后文，实际可能指大片海草。高诱注："海闾，浮草之先也；屈龙，游龙鸿也。"

⑧ 薸[piào]：无根水草。

⑨ 甲虫影伏：爬行类（陆生鳞甲动物）大多是变温动物，体温不足以孵卵，只有少数爬行动物会像鸟类抱窝那样留在产卵地紧密守护，直到后代出生；大部分产卵后即离去，由阳光、地温等自然温度孵化后代。

⑩ 龁[hé]吞：不经咀嚼的吞食。指鸟类、两栖类和爬行类。

⑪ 八窍：鸟类、两栖类和爬行类的粪便、尿液和卵均由泄殖腔这一个孔窍排出，泄殖腔既是泌尿口，也是肛门和产道，所以说它们八窍，比大多哺乳动物（鸭嘴兽、针鼹等单孔目哺乳动物除外，不过鸭嘴兽和针鼹也是卵生，且进食时也不会咀嚼）少一窍。

⑫ 无角者膏而先前，有角者脂而先后：《大戴礼记·易本命》："戴角者无上齿，谓牛无上齿，触而不噬也。无角者膏而无前齿，谓豕属也。无前齿者，齿盛于后，不用前。有羽者脂而无后齿，羽当为角，谓羊属也，齿盛于前不任后。"《考工记》郑注："脂者，牛羊属；膏者，豕属。"

⑬ 却行：倒退而行。

⑭ 纡行：蜿蜒、曲折而行。

⑮ 蜻蚓属注鸣："蜻蚓"指蟋蟀，郑玄《周礼注》作"精列"，则指鹡鸰鸟，俗名张飞鸟。"注"，古通"咮"，鸟嘴。《周礼·梓人》："以脰鸣者，以注鸣者，以

旁鸣者,以翼鸣者,以股鸣者,以胸鸣者,谓之小虫之属,以为雕琢。""以脰鸣者"指用颈部发声的动物,如蛙;"以注鸣者"指用嘴巴发声的,如鸟;"以旁鸣者"指振动肋部发声的,如蝉;"以翼鸣者"指翅膀振动发声的,如金龟子;"以股鸣者"指用大腿和腹部摩擦而发声,如蟋蟀、织布娘等;"以胸鸣者"包括蜾蠃等。

⑯ 蜩:蝉。

⑰ 发皇:金龟子。

⑱ 蚣蝑:螽斯,俗称蝈蝈、纺织娘。

⑲ 鳣鱼:鲟鳇鱼。

⑳ 孟津:古黄河渡口,相传武王伐纣,渡河之前在此盟会诸侯,故一名盟津,后讹为孟津。位于今河南孟津县东、孟州市西南。《太平御览》引曹操《四时食制》:"鳣鱼,大如五斗奁,长丈,口颌下。常三月中从河上,常于孟津捕之。"

㉑ 鳊[biān]:古时鳊鱼、鲂鱼不分,"鳊"和"鲂"均可指今天的鳊属鱼,也可指鲂属鱼。天下鳊之翘楚,非鄂州(今武汉、蒲圻一带)、襄阳所产"缩项鳊"莫属,《襄阳耆旧传》:"岘山下汉水中出鳊鱼,味极肥而美,襄阳人採捕,遂以槎断水,因谓之槎头缩项鳊。"唐人好食此鱼,为了吃鱼献出生命的孟浩然尤其对之念念不忘:"鸟泊随阳雁,鱼藏缩项鳊。"杜甫有段时间闲得无聊,也天天去钓鳊鱼吃:"即今耆旧无新语,漫钓槎头缩颈鳊。"远在边关的岑参连做梦都心心念念,口水流了一枕头:"秋来被以武昌鱼,梦著只在巴陵道。"北宋苏轼更是吃缩项鳊吃到高潮泛滥,涕泪交流,不能自持:"晓日照江水,游鱼似玉瓶。谁言解缩项,贪饵每遭烹。杜老当年意,临流忆孟生。吾今又悲子,辍筋涕纵横。"征服了无数古代老饕的缩项鳊一直驰誉至今,如今,它的正式名称叫做团头鲂,当然,它还有个更响亮的名字:"才饮长沙水,又食武昌鱼。"

㉒ 车螯与移角:车螯,一种蛤。《事物异名录·水族》:"似车螯而角不正者曰移角。"

㉓ 凤雄鸣节节,雌鸣足足:《论衡》引佚书《礼记·瑞命篇》:"雄曰凤,雌曰凰。雄鸣曰即即,雌鸣曰足足。"

㉔ 提袂:疑应作"提扶",《初学记》:"凤……行鸣曰归嬉,止鸣曰提扶,夜鸣曰善哉,晨鸣曰贺世,飞鸣曰郎都。"

㉕ 麒麟牡鸣曰游圣:《初学记·兽部》:"何法盛《征祥记》:麒麟者毛虫之长,仁兽也。牡曰麒,牝曰麟;牡鸣曰游圣,牝鸣曰归昌;夏鸣曰扶幼,秋鸣曰养绥。"

㉖ 鳖无耳为守神:任昉《述异记》:"鲤鱼满三百六十(岁)鳞蛟龙,辄率而飞去,一年置一神守之则不能去矣。神则龟也。"鲤鱼满三百六十岁,将化为蛟龙,乘风雷腾飞而去,但若在水中放入一头"神守",则鲤鱼化龙亦不能飞去。所谓"神守",即龟鳖之类。

㉗ 貙[chū]:传说中似狸而大的猛兽。

㉘ 蛟：未特指蛟龙时，也通"鲛"，可指鲨鱼。
㉙ 武阳小鱼：武阳县，秦置，今四川眉山市彭山区。《初学记》："武阳小鱼，大如针，号一斤千头，蜀人以为酱。"
㉚ 盎：腹大口小盛物洗物的瓦盆。
㉛ 桃文竹：桃枝竹。
㉜ 朱提：今云南昭通。
㉝ 鸮：猫头鹰。
㉞ 蔡中郎以反舌为虾蟆：《艺苑雌黄》："《月令》：'仲夏之月，反舌无声。'蔡君谟以反舌为虾蟆，段柯古已讥其非矣。殊不知反舌，百舌鸟也，能反易其声，以效百鸟之鸣。"（按：蔡中郎实为蔡邕而非蔡谟）反舌实际上指百舌鸟，正式中文名称叫乌鸫[dōng]，是瑞典国鸟，善于模仿声音，能作百鸟之啼，因名百舌鸟。
㉟ 蟧：蝗虫。
㊱ 蟣蠓[miè měng]：一种小飞虫，大概对应今天所称的摇蚊或蠓科昆虫，体型细小，常成群塞路。
㊲ 蝨：一些啃食作物根的害虫。
㊳ 乾鹊：喜鹊。
㊴ 瓜瓝[hù]子曰犀：瓜瓝即瓝瓜，葫芦属植物，葫芦的变种，可食用。瓝籽方正洁白，整齐有序，《诗·卫风·硕人》："齿如瓝犀"，以瓝瓜之籽形容美人牙齿，后世承从。
㊵ 鸟未孕者为禽：郑玄《周礼注》："凡鸟兽未孕者曰禽。"
㊶ 鸟养子曰乳：《说文》："人及鸟生子曰乳，兽曰产。"
㊷ 蛇蟠向王：应是"蛇蟠向壬"，明《禽星易见》："蛇蟠向壬，鹊巢面岁，燕伏戊己，虎奋冲破。故兵法曰：将之衙门，背建向破，其以此欤。"壬就是北方，岁就是木星，破则是破军。
㊸ 鹊巢背太岁：《说文》："鹊知太岁之所在。"古人观察鸟兽行为，认为鸟兽知晓天地禁忌，所以一趋一退，皆合天道。
㊹ 燕伏戊巳：应是"燕伏戊己"，戊日和己日燕子伏巢不出。本书续集卷八《支动》："齐鲁之间谓燕为乙，作巢避戊己。"《抱朴子》："燕逢戊不衔泥。"
㊺ 冲破：破或指北斗第七星破军星。与某星体呈一条直线的天文现象叫做"冲"，如"土星冲日"，即土星运行至与地球、太阳呈直线位置。
㊻ 蝉化齐后：晋崔豹《古今注》："牛亨问曰：'蝉名齐女者何？'答曰：'齐王后忿而死，尸变为蝉，登庭树嘒唳而鸣。王悔恨。故世名蝉曰齐女也。'"
㊼ 杜宇：传说古蜀国开国之王，号曰望帝。禅位后隐居西山，死而化作子规（鹃鸟）。每年春耕时节，子鹃鸟鸣，蜀人闻之曰"我望帝魂也"，遂呼鹃鸟为杜鹃，此即李商隐"望帝春心托杜鹃"。一说因通于其宰相之妻，惭而亡去，灵魂化作鹃鸟，蜀人因称杜鹃为"杜宇"。

㊽ 椰子为越王头：这是个关于椰子发源的传说，载于晋代《南方草木状》：从前林邑王跟越王有仇，派刺客暗杀了越王，盗取首级，挂在树上。不知怎的，挂了一段时间，那颗首级变成了一种硕大的水果，就是椰子。林邑王命人摘取下来剖作两半，充当酒器——用仇人的脑壳子做酒器，相当于饥餐虏肉、渴饮敌血，是为了释放复仇快感。当初遇刺之时，越王正喝得大醉，酒气上头，所以他首级变成的水果（椰子），浆液甘醇如酒。

㊾ 壶楼为杜宇项："杜宇"应作"杜预"，西晋灭吴战争统帅之一，官至度支尚书、镇南大将军。杜预患有大脖子病，吴人深恨之，便在狗脖子上绑个葫芦，说这是杜预；又或见到长有木瘤（虫瘿）的大树，就把树皮削掉，写上"杜预的脖子"，猛砍几刀，以此解恨。后来江陵城破，凡是这样辱骂过杜预的吴国百姓，皆被擒杀。《晋书》："吴人知预病瘿，惮其智计，以瓠系狗颈示之。每大树似瘿，辄斫使白，题曰'杜预颈'。及城平，尽捕杀之。"壶楼即葫芦。

㊿ 鹧鸪鸣曰"向南不北"，逃闾鸣"玄壶卢系项（一曰颈）"：《北户录》："《广志》言：遮姑鸣云：'但南不北。'如逃闾声云：'悬壶卢系颈。'"逃闾是何物，不详。

(51) 豆以二七为族：十四个豆荚为一簇。《吕氏春秋·审时》："得时之菽，长茎而短足，其荚二七以为族。"

(52) 粟累十二为寸：中国古代度量衡，也就是长度、容量和重量单位的制定，常以粮食为基准，譬如容量单位龠、合、升、斗、斛，容重计量皆以黍米等粮食计；基础重量单位分和铢，也是奉粮为度，《淮南子·天文训》："十二粟当一分，十二分当一铢。"长度单位亦然，《唐六典》介绍，一寸的标准长度，即是十粒黍米排列的长度："凡度，以北方秬黍中者一黍之广为分，十分为寸。"本则所载，则是以十二枚粟米（小米）排列的长度为一寸。

（本段写物之妖祥）

遍地人参、兰花长生皆是瑞兆。

植物所结的子实叫"果"。另外，树上结的才叫"果"。

古时民间的禁忌，小麦不宜在戌日打理、耕种，大麦俗忌子日。

荠菜、葶苈、菥蓂三种野菜都是三叶，到初夏就死了。

乌头壳外有毛，石蜐会在固定季节开花。

一年之内树开两次花，这年夏季会下冰雹；李子两度开花，这年秋季必降严霜。

树木无故丛生，且树枝全部朝下，以及树长到一尺或一丈高时自行死亡，皆为凶兆。

城邑终年无鸟，预示着将有战事发生。州郡境内忽然不见鸟雀，是日食前兆。

鸡无缘无故自行飞走，说明家里有蛊。时至中午，鸡不下树，是妻妾奸谋之象。

目睹蛇交配的人，会死于三年之内。冬季蛇出现在卧室，乃是战事吃紧的迹象。

夜里睡觉时莫名其妙被剃掉了发髻，是鼠妖所为。

倘若住宅的柱子好端端突然生发菌芝，观其形色可知预兆：菌株呈白色，主丧事；赤色，主血光之灾；黑色，主招贼；黄色代表喜事；菌盖形如人脸，主破财；形如牛马，家里将有人赴远方服役；形如龟、蛇，不利农桑。

王者德泽远被远僻之地，比目鱼将不招自至。姬妾管制有序，则白燕飞入宅檐之下筑巢。

山上生葱，说明山中有银矿；山上生薤，山中有金矿；山生姜，山中有铜矿锡矿；蕴藏玉石的山，树木枝桠皆呈下垂之貌。

人参处处生，兰长生为瑞。有实曰果。又在木曰果㊝。小麦忌戌，大麦忌子㊞。荠、葶苈㊟、菥莫㊨为三叶，孟夏㊺煞之。乌头壳外有毛，石劫㊻应节生花。木再花，夏有雹。李再花，秋大霜。木无故丛生，枝尽向下，又生及一尺至一丈自死，皆凶。邑中终岁无鸟，有寇。郡中忽无鸟者，曰乌亡㊾。鸡无故自飞去，家有蛊。鸡日中不下树，妻妾奸谋。见蛇交，三年死。蛇冬见寝室，主兵急。人夜卧无故失髻者，鼠妖也。屋柱木无故生芝者，白为丧，赤为血，黑为贼，黄为喜，其形如人面者亡财，如牛马者远役，如龟蛇者田蚕耗。德及幽隐，则比目鱼至（一日生）。妾媵㊿有制，则白燕来巢。山上有葱，下有银。山上有薤㊁，下有金。山上有姜，下有铜锡。山有宝玉，木旁枝皆下垂。

㊝ 在木曰果：郑玄《仪礼注》："实在木曰果，在地曰蓏。"

㊞ 小麦忌戌，大麦忌子：《氾胜之书·种谷》："小豆忌卯，稻、麻忌辰，禾忌丙，黍忌丑，秫忌寅、未，小麦忌戌，大麦忌子，大豆忌申、卯。凡九谷有忌日，种之不避其忌则多伤败。"讲的是作物耕种的黄道宜忌，如小麦不宜戌日、大麦不宜子日播种，否则"多伤败"。

㊟ 葶苈：一种十字花科野草，田边路旁多见，开黄花。

㊨ 菥莫：菥蓂［xī mì］，十字花科野菜，分布几遍全国，路旁、沟边、村落附近可见，开白色小花，嫩苗可用沸水焯去酸辣味，加油盐调食。

㊺ 孟夏：农历四月。

㊻ 石劫：石蚴，正式名称叫龟足，俗称观音掌、佛手贝、鬼瓜螺，是茗荷科的节肢动物，身上覆盖着甲壳，外形酷似乌龟脚，故名。多生于潮间带（浅海）礁石缝隙之中，可食用的肉类不多，但味极鲜美，白灼、清蒸、氽汤皆宜。古人

认为石蚬会像植物一样开出花朵，郭璞《江赋》："琼蚌晞曜以莹珠，石蚬应节而扬葩。"李善注："石蚬，形如龟脚，得春雨则生花。"

⑤⑨ 日乌亡：日食。

⑥⑩ 妾媵：古代诸侯贵族女子出嫁，以侄娣陪嫁，称媵，后泛指侍妾。妾媵制旨在保障联姻关系和妻族地位，设或妻子不幸天亡，夫家首要考虑升同族的妾媵为继室，而不是另娶他族女子。此外，妻妾同宗，有利于家庭和谐，"骨肉至亲，所以息阴讼。"

⑥⑪ 薤：藠头。

（本段写关于食物的古谣遗谚）

刘歆曾从上林令虞渊处抄得四方群臣进献御花园的两千多种奇草异木名单，结果被邻居石琼借走后弄丢了。

食客们说："买鱼买到了鲢鱼，还不如只吃素菜。"

"宁肯不要祖传的宅子，也不能放弃鲖鱼的鱼头。"

"洛河鲤鱼、伊河鲂鱼，贵于牛羊。"

"澜蠇在手，虽未可富豪，亦足以自傲。"

"槟榔就着扶留，哪里还有烦忧。"

"白马寺的甜果，一颗价值一头牛。"

"草木明媚，群鸟齐飞。"

葛稚川⑥②尝就上林令鱼泉⑥③，得朝臣所上草木名二千余种。邻人石琼，就之求借，一皆遗弃。语⑥④曰："买鱼得鲢，不如食茹⑥⑤。""宁去累世宅，不去鲖鱼额。""洛鲤伊鲂，贵于牛羊。""得合澜蠇，虽不足豪，亦足以高⑥⑦。""槟榔扶留⑥⑧，可以忘忧。""白马甜榴，一实直牛。""草木晖晖，苍黄乱飞。"

⑥② 葛稚川：葛洪。此事见载《西京杂记》，《杂记》系葛洪辑抄，原著一般认为是西汉人刘歆，所以"得朝臣所上草木名二千余种"的是刘歆，而非葛洪。上林令职掌汉宫范围，上林苑初营，四方群臣争献奇果异树。刘歆雅爱搜奇，想方设法从上林令虞渊处要了一份详单，涵括两千多种草木之名。邻居石琼听说了跑来借阅，结果悉数遗失，刘歆唯有凭记忆勉强整理了一份残本传世。

⑥③ 鱼泉：据《西京杂记》，应是"虞渊"，"渊"字犯唐高祖李渊讳，因改。

⑥④ 语：杂歌谣辞。

(65) 鲼：鲢鱼。
(66) 茹：食素。
(67) 得合澜蠋［zhú］，虽不足豪，亦足以高：《南越志》："南土谓蛎为豪甲、为牡蛎。合涧中圆蛎。土人重之，语曰：'得合涧一蛎。虽不足豪。亦足以高。'"
(68) 扶留：又名蒟、扶留藤，胡椒科植物，产云南、广东、广西等地。古人取其叶卷裹槟榔同食。

荠蓂

石蜐（龟足）

羽　篇

◎ 凤

凤拥有黑色的骨骼。凤鸣之音，雌、雄，拂晓、黄昏各不相同，当年轩辕黄帝命乐官伶伦仿照凤鸣制十二种籥，六种模拟雄凤，六种模拟雌凤。凤栖之地，脚下有物如白石者，名为"凤凰台"，是珍贵药材。有凤来仪，记住其落脚之处，待其去后，掘地三尺，可见纯白色蛋状圆石，此即凤凰台，捣碎吞服，安心宁神。

凤，骨黑，雄雌夕旦鸣各异。黄帝使伶伦[①]制十二籥[②]写之，其雄声，其雌音。乐有凤凰台[③]，此凤脚下物如白石者。凤有时来仪[④]，候其所止处，掘深三尺，有圆石如卵，正白，服之安心神。

---

① 伶伦：黄帝的乐官。伶伦造律，听凤凰之鸣，《吕氏春秋·古乐》："昔黄帝令伶伦作为律……听凤皇之鸣，以别十二律。其雄鸣为六，雌鸣亦六，以比黄钟之宫，适合。"
② 籥［yuè］：上古管乐器。
③ 乐有凤凰台："乐"（樂）当为"药"（藥）字形讹，"凤凰台"是一种药物，陈

藏器《本草拾遗》："凤凰脚下白物如石者,名凤凰台。"

④ 凤有时来仪：俗语说凤凰不落无宝之地,难道"宝"就是石头？又说凤凰非梧桐不栖,怎会落在地上？陈藏器也疑惑此事,他说："然凤非梧桐不栖,非竹实不食,那复近地而有台入土乎？"只好自我譬解道："正物有自然之理,不可晓也。"

◎ 孔雀

佛经说,孔雀会因为雷声怀孕。

孔雀,释氏书言,孔雀因雷声而孕。

◎ 鹳

鹳群盘旋而飞,形成旋风状,江淮人谓之鹳井。鹳也喜欢盘旋回翔,鹳周翔时,预示风雨行将来袭。如果掏了鹳的鸟巢,捉走雏鸟,方圆六十里必遭大旱。鹳鸟群飞,力能搏云激雨,可瓦解积雨云。

鹳,江淮谓群鹳旋飞为鹳井。鹳亦好旋飞,必有风雨。人探巢取鹳子,六十里旱。能群飞薄霄激雨,雨为之散。

◎ 乌鸦

乌鸦在地上聒噪是不吉之象。人在出行之前,有乌鸦啼鸣在前引导,多半将有喜事发生,这一征候,为旧时纬书占经所未载。

唐德宗贞元四年,郑州、汴州大群乌鸦飞入田绪、李纳辖境之内,自发衔木筑城,筑起了一座墙高两到三尺、方圆十几里的巨大"木城",堪称奇观。李纳和田绪听到汇报,认为不是佳兆,命人付之一炬,烧了个干干净净。然而乌鸦却像疯了一般,继续井然有序地协作建造,两天之后,木城旧貌尽复。目击者说,那些乌鸦一只只皆嘴中流血,怪异可怖。这件事情亦见载官方正史两《唐书》,但没有人知道乌鸦衔木吐血究竟是什么缘故。

民间认为，乌鸦低飞，是将雨之候。

> 乌鸣地上无好声。人临行，乌鸣而前引，多喜，此旧占所不载。贞元四年，郑、汴二州，群乌飞入田绪①、李纳②境内，衔木为城，高至二三尺，方十余里。纳、绪恶而命焚之，信宿如旧，乌口皆流血。俗候③乌飞翅重④，天将雨。

---

① 田绪：（764—796年）平州卢龙（今河北秦皇岛卢龙）人，原魏博节度使田承嗣第六子。唐德宗兴元元年，四王二帝之乱期间，谋杀时任节度使、兴兵反叛的堂兄田悦夺位，并诛田悦妻儿老小，归附朝廷。尚德宗之妹嘉诚公主，拜驸马都尉，封雁门郡王，死于酒色无度。
② 李纳：（759—792年）高丽人，李正己之子，第三任淄青节度使。唐德宗建中二年（781年），李正己病逝，李纳自领军政，请为节度使，朝廷不许，于是联结魏博田悦等起兵拒命。次年十一月，与田悦、王武俊、朱滔歃血结盟，四人皆称王，李纳称齐王。朝廷急调怀宁节度使李希烈专讨李纳，李希烈蓄有异志已久，虽然奉旨出兵，实则是与李纳联兵，突袭汴州，断东南漕运。建中四年，泾原兵变，长安失守，德宗出走，官军主力被迫引兵西走救驾，天下一片大乱。朝廷不得不妥协，赦免王武俊、田悦、李纳等人，授李纳平卢节度使，检校工部尚书，同中书门下平章事，封陇西郡王。李纳借坡下驴，自去王号。
③ 候：物候。
④ 翅重：低飞。

◎ 鹊巢

喜鹊巢内必有一根承重梁。宰相崔圆的妻子当初在家做闺女时，与姐妹嬉戏后园，见两只喜鹊合力叼起一根粗长如笔杆的树枝，放入巢中，其余众姐妹却都没瞧见。故老相传，目睹喜鹊上梁者，必至大贵，果然她后来做了宰相夫人。

唐代宗大历八年，有两只喜鹊，口衔柴枝和泥巴，自行修补了乾陵上仙观天尊殿上十五处建筑裂缝，这是喜庆之象，群臣纷纷上表向皇上称贺。

唐德宗贞元三年，中书省梧桐树上的喜鹊只用泥造了个窝。

传说焚烧鹊巢，可屏逐狐妖。

鹊巢中必有梁。崔圆①相公妻在家时②，与姊妹戏于后园。见二鹊构巢，共衔一木，如笔管，长尺余，安巢中，众悉不见。俗言见鹊上梁必贵。大历八年，乾陵③上仙观天尊殿有双鹊，衔柴及泥补葺隙坏一十五处，宰臣上表贺。贞元三年，中书省梧桐树上有鹊，以泥为巢。焚其巢，可禳狐魅。

---

① 崔圆：（705—768年）字有裕，出清河崔氏，任蜀郡长史，玄宗奔蜀，崔圆以迎驾之功，拜相，兼剑南节度使，奉命同房琯一道赴灵武辅佐新君肃宗，加中书令，封赵国公。乾元二年，唐军在相州战败，溃卒经过洛阳，大肆剽掠。崔圆弃城不守，南奔襄阳。唐肃宗大怒，削其官爵，后起复为济王傅，渐次擢升，至淮南节度使。旧唐书评价他说："守文之士，非御侮之才。"
② 在家时：待字未嫁。
③ 乾陵：李治与武则天合葬陵。

◎ 燕子

燕子出现的季节，貂鼠和狐狸腋下狐白之处就会退毛，这是物性使然。有人认为燕子能蛰伏水底。老话说燕子不入人家，是因为井气虚弱，取桐木雕成男女人偶各一，投入井中，燕子必来。胸口具黑色斑纹，啼声洪亮的，叫做胡燕，胡燕的巢很大，有些甚至容得下一匹素绢。

燕，凡狐白①貉鼠②之类，燕见之则毛脱。或言燕蛰于水底③。旧说燕不入室，是井之虚也，取桐为男女各一，投井中，燕必来。胸班黑，声大，名胡燕。其巢有容匹素练者。

---

① 狐白：狐腋下之皮，其色纯白，集以为裘，轻柔贵重。孟尝君受困于秦，全靠门客"鸡鸣狗盗"才得脱身，其所盗者即是一件价值千金，天下无双的狐白之裘。
② 貉鼠：《太平广记》作貂鼠，即紫貂。
③ 燕蛰于水底：《大戴礼记·易本命》："故冬燕雀入于海，化为蛤。"古人认为燕、雀等飞鸟投海，能变成蛤蜊、壁虎等物。

◎ 雀

佛家认为，雀在风沙中高下翻飞时，会自然受孕，所以说雀由沙生。

蜀中吊鸟山，民间相传，有凤凰死于山上，所以每年七月初九及晦望日，远近群鸟，皆来凭吊，其中野鸡和雀的鸣声最为凄切。当地百姓多在夜间举火上山伺机抓捕，若抓到没长嗉子，或不吃食的鸟则放掉，在他们看来，这种鸟衔哀致诚，有情有义，殊为可敬。

> 雀，释氏书言，雀沙生，因浴①沙尘受卵。蜀吊鸟山②，至雉雀来吊最悲，百姓夜燃火伺取之。无嗉③不食，似持（一曰持）悲者，以为义，则不杀。

---

① 浴：鸟飞忽上忽下。《大戴礼记》："浴也者，飞乍高乍下也。"
② 吊鸟山：吊鸟山。《水经注·叶榆河》："（益州）郡有叶榆县，县西北八十里有吊鸟山。"叶榆县，在今云南大理以北。《太平御览》："李雕《四部》曰：'吊鸟山，俗传曰，凤死其上。每至七月九日晦望，群鸟常来集其上鸣呼也。'"
③ 嗉：许多鸟类食管的扩大部分，囊状，用以贮存食物，并对其初步浸解。

◎ 鸽

大理寺丞郑复礼说，波斯舶上多养鸽，鸽能飞行数千里，每隔一段时间，船员就放一只鸽子飞回家，以报平安。

飞鸽传书在当时宛然是传说中"雁寄鸿书""鱼传尺素"般驱役生灵，惊世骇俗的技术。《开元天宝遗事》记载，张九龄少年时也豢养信鸽传书，号称"飞奴"，时人诧为魔法，以为张九龄拥有通灵动物的异能。张九龄是韶州曲江（广东韶关）人，唐代广东是国外商船集散中心，广东人接触的外来文化以及外来技术，比中原人深刻许多。张九龄的飞鸽传书，或许正是师法自"波斯舶"。

> 鸽，大理丞郑复礼言，波斯舶①上多养鸽。鸽能飞行数千里，辄放一只至家，以为平安信。

① 波斯舶：泛指东来的外国商船。

◎ 鹦鹉

鹦鹉也善飞行。鸟类的爪趾，都是前三后一，唯独鹦鹉两趾在前，两趾在后。鸟类眨眼，都是下眼睑向上合拢，只有鹦鹉是上下眼睑并拢，如同人类的眼睛。

唐玄宗朝，宫里养了一只会说人话的五色鹦鹉，皇上令奴婢试着拉拉自己的衣角，那鹦鹉就立即瞪眼呵斥，学足了王者的威严气象。岐王府文学能延京献《鹦鹉篇》赞颂此事，燕国公张说也抗表敬贺，称这鹦鹉为"时乐鸟"。

> 鹦鹉，能飞。众鸟趾前三后一，唯鹦鹉四趾齐分①。凡鸟下睑眨上，独此鸟两睑俱动，如人目。玄宗时，有五色鹦鹉能言，上令左右试牵帝衣，鸟辄瞋目叱吒。岐②府文学③能延京献《鹦鹉篇》，以赞其事。张燕公④有表贺，称为时乐鸟。

① 唯鹦鹉四趾齐分：鹦鹉（鹦形目）鸟类皆为对趾足，两趾在前，两趾在后。实际上不止鹦鹉，许多攀禽，如啄木鸟、杜鹃等都是对生趾，这样的足趾形态有助于攀爬树木。
② 岐：唐睿宗第四子李范，公元710年睿宗复位，封岐王。
③ 文学：官名，王府的文学，从六品上，职司分知经籍，侍奉文章。
④ 张燕公：张说，唐睿宗、玄宗朝宰相，封燕国公。

◎ 杜鹃的诅咒

本则或出自南朝宋刘敬叔的《异苑》。

早春时节，杜鹃相互催促着开始鸣叫了，对于杜鹃种族来说，鸣叫是风险极高的事情，相传每次第一只开嗓鸣叫的杜鹃，都将吐血而死。从前有人在山间行走，看见一群杜鹃驻足枝头，默然不鸣，这人无聊的要命，想找点乐子，仰脸模仿杜鹃的声音逗了几声，接着便吐血死了。

先听到杜鹃初啼者,主离别。上厕所时听见杜鹃叫,亦不祥。需学狗叫回应,方可禳解。

> 杜鹃,始阳①相催而鸣,先鸣者吐血死。尝有人山行,见一群寂然,聊学其声,即死。初鸣先听其声者,主离别。厕上听其声,不祥。厌之法,当为大声应之②。

---

① 始阳:阳春之始,初春。
② 当为大声应之:陈藏器《本草拾遗》作"当为狗声应之",则"大"或为"犬"字之讹。

◎ 八哥

从前有种说法,说可以用某种办法令八哥寻找火种。八哥学舌,比鹦鹉更像。相传取其眼球,加入人的乳汁研磨成浆,滴入眼睛,即可获得透视烟雾的能力。

按,鸲鹆,俗名八哥,旧说训练八哥学舌,需要先剪掉其舌尖,即所谓"调舌"。实际上八哥人语,跟舌头没有什么关系。

> 雏鸲,旧言可使取火,效人言,胜鹦鹉。取其目睛,和人乳研,滴眼中,能见烟霄外物也。

◎ 鹅

济南郡张公城西北有片鹅类群居的水域,南燕时代,比水而居的渔人常听见鹅叫声中,杂着清亮的铃吟。渔人在水边等了半天,只见一头大鹅,颈部极长,形象特异。张网捕上岸一看,那鹅的长颈上正有一枚铜铃,系以银链,隐然可见"元鼎元年"铭文。元鼎乃是汉武帝年号,距南燕时代已有五百多年。

> 鹅,济南郡张公城①西北有鹅浦。南燕②世,有渔人居水侧,常听

鹅之声。众中有铃声甚清亮，候之，见一鹅咽颈极长，罗得之，项上有铜铃，缀以银锁，隐起"元鼎元年"字。

---

① 张公城：在今山东德州平原县南。
② 南燕：五胡十六国之一，398年，慕容德分裂后燕所建，统治今山东及河南的一部分。409年为刘裕北伐覆灭。

◎ 铜环鸟

晋代时，营道县令何潜之在县界得了一只鸟，大如白鹭，膝与大腿之间穿了个铜环，看起来像是天生就长在那鸟身上似的。

晋时，营道县①令何潜之，于县界得鸟，大如白鹭，膝上髀②下自然有铜环贯之。

---

① 营道县：西汉置，故境在今湖南永州。
② 髀：大腿。

◎ 鹪䴖

鹪䴖［jiāo jīng］就是今天所称的池鹭，多活动于沼泽、稻田、鱼塘、湖泊河流的浅水处。

鹪䴖在高树上搭窝，在窝里产卵，雏鸟咬着母鸟的翅膀飞下树来，在地上长大。郭璞《尔雅》注："似凫，脚高，毛冠。江东人家养之以厌火。"古人认为，家里养些鹪䴖，可以防范火灾。

鹪䴖①，旧言辟火灾。巢于高树，生子穴中，衔其母翅飞下养之。

◎ 鸱

相传鸱鸟繁衍了三个亚种，其一为鹞鹰。唐肃宗时，张皇后欲独揽大权，每次向天子进酒，总会在酒中混入鹞鹰脑子，据说酒中掺入鹞脑，令人久醉而健忘。

> 鸱①，相传鹞②生三子，一为鸱。肃宗张皇后③专权，每进酒，常置鸱脑酒。鸱脑酒令人久醉健忘。

---

① 鸱〔chī〕：鹞鹰或猫头鹰。《本草纲目》："鸱似鹰而稍小，其尾如舵，极善高翔，专捉鸡、雀。"
② 鹞：小于鸱而猛捷的鸷鸟，部分隼属动物的旧称。
③ 张皇后：张良娣。肃宗即位，册为淑妃，乾元元年晋位皇后，与拥立新主有功的宦官李辅国互为表里，干预政事，肃宗不悦，亦无可奈何。随着肃宗春秋渐高，张后、李辅国渐生龃龉，各有所谋。肃宗弥留之际，张后矫诏，欲连太子李豫合诛李辅国，太子不愿为其所用，推辞不就，张后转而与肃宗次子越王李系联合。李系伏甲兵以待李辅国，消息走漏，反被李辅国引兵突入宫禁，擒杀张皇后、李系。与此同时，长生殿风烛奄奄，喧天的喊杀声中，孤独的唐肃宗溘然长逝。

◎ 异鸟食虫

唐玄宗天宝二载，大片紫虫掩袭平卢镇，啃食禾苗。未几，平卢东北方向飞来大群赤头鸟猎食紫虫。

开元二十三年，榆关粘虫成灾，侵入平州境内，也幸得鸟雀捕食，灾情才得到抑制。

此外，开元年间，贝州爆发蝗灾，稼穑损坏，有数千大白鸟、数万小白鸟破空而来，将遍野蝗虫啄食殆尽。

> 异鸟，天宝二年，平卢①有紫虫食禾苗。时东北有赤头鸟，群飞食之。开元二十三年，榆关②有蚜蚄虫③，延入平州④界，亦有群雀食之。又开元中贝州⑤蝗虫食禾，有大白鸟数千，小白鸟数万，尽食其虫。

① 平卢：唐方镇，治所先在营州（今辽宁朝阳），安史之乱期间迁青州，镇帅遂称淄青平卢节度使，继而移郓州（今山东泰安东平）。
② 榆关：亦名渝关、临闾关、临渝关，自古为戍守重地。隋开皇三年建，属卢龙县。明洪武十四年，在古榆关东六十里新建关卫，因北倚燕山，南连渤海，更名山海关。
③ 蚄蚄虫："蚄"，四库本作"蛃"，即粘虫。幼虫头褐色，成虫习惯迁飞，寄于麦、稻、棉花、豆类、蔬菜等一百多种作物，幼虫食叶，大规模出现可将作物叶片全部食光，造成重大经济损失。
④ 平州：北魏天赐四年置，唐时治卢龙（今河北秦皇岛卢龙县），辖境相当今河北陡河流域以东、长城以南地区。
⑤ 贝州：今河北邢台清河县、山东临清市一带。

◎ 武功大鸟

唐代宗大历八年，有大鸟现于武功县，群鸟鸣噪相随。神策将军张日芬挽弓射落，时人记载，那鸟有着蝙蝠般无羽的肉翅，头像狐狸，四只爪子，翼展四尺三寸。此外，邠州有种白头鸟，哺育八哥。

> 大历八年，大鸟①见武功②，群鸟随噪之。行营③将张日芬射获之，肉翅，狐首，四足，足有爪，广四尺三寸，状类蝙蝠。又邠州④有白头鸟，乳鸲鹆。

① 大鸟：此物或是传说中的"飞生鸟"，古人相信，该鸟的爪子和皮可以助产，南宋林登《续博物志》："江浙间有鸟名飞生，狐首肉翅，四足如兽。飞而生子，即随母后。人有难产，以其爪安胸腹间立验，亦有得其皮者。"
② 武功：今陕西咸阳武功县。
③ 行营：皇帝出巡临时的驻跸处所。
④ 邠 [bīn] 州：治所相当于今陕西彬县。

◎ 王母使者

山东济南旧称齐郡，城南玉函山中有种名为王母使者的鸟，青足、红嘴、黄翼、绛色额头。当年汉武帝游历此山，发现了一口玉函，其长五寸。武帝携之下山，玉函忽然化为白鸟飞去。世传山上有王母药函，其中所藏，很可能就是秦皇汉武念兹在兹的不死药，常年有鸟守护，不令玉函离山，此鸟即是"王母使者"。

> 王母使者①，齐郡函山②有鸟，足青，觜赤，黄素翼，绛颜③，名王母使者。昔汉武登此山，得玉函，长五寸。帝下山，玉函忽化为白鸟飞去。世传山上有王母药函，常令鸟守之。

---

① 王母使者：西王母特别喜欢驱鸟为使，除了本文的守药鸟，尚有青鸟、三足乌为之传信取食。郭璞《山海经注》："三青鸟主为西王母取食者，别自栖息于此山也。"
② 函山：今玉函山，在济南城区南。
③ 颜：额头。

◎ 吐绶鸟

鱼复县南山栖息着一种怪鸟，大如八哥，羽色多黑，间有黄白，头部像野鸡，时而吐出一物，长数寸，丹翠鲜明，华美有如绶带，故名为吐绶鸟。该鸟进食，必将食物储存于嗉囊中，嗉囊垂胸，鼓胀如斗。因为担心碰到嗉子，行走之际，总是远离草木，所以也被称作避株鸟。

按，吐绶鸟的真身可能是黄腹角雉，别名角鸡、吐珠鸡、孝雉，是中国特有物种，主要分布在浙江、福建、江西、广东等地，以蕨类植物的果实为食。《埤雅·释鸟四》："绶鸟，一名鹬，亦或谓之吐绶，咽下有囊如小绶，五色彪炳。"古文献的吐绶鸟丹彩彪炳，闪耀着巨星般明亮的光芒，然而现实的黄腹角雉，肥胖，不擅飞行，胆子很小，反应迟钝，遇到危险要反应半天。黄腹角雉并不会吐绶，所谓"五色彪炳"的"绶带"实为雄鸟的喉下垂皮。求偶时，雄鸟将垂皮展开，在雌鸟面前挥羽起舞，以为炫耀，这一行为与孔雀开屏类似。当前为国家一级重点保护野生动物。

吐绶鸟，鱼复县①南山有鸟，大如鸲鹆，羽色（一曰毛）多黑，杂以黄白，头颊似雉，有时吐物，长数寸，丹彩彪炳，形色类绶，因名为吐绶鸟。又食必蓄嗉，臆②前大如斗，虑触其嗉，行每远草木，故一名避株鸟。

———

① 鱼复县：今重庆奉节县。
② 臆：胸。

黄腹角雉

◎ 堕落射手

鹳鹆，别名堕落之羿，形似鹊，擅长箭术，被人射击，辄叼起箭矢反射回去。

鹳鹆，一名堕羿，形似鹊。人射之，则衔矢反射人。

◎ 鹦雕

鹦雕的喙，橙色，长一尺，大而勾曲，容积约两升，南方人拿来当酒杯用。

鹦雕①，喙大而勾，长一尺，赤黄色，受二升，南人以为酒杯也。

———

① 鹦雕：又叫越王鸟，可能是犀鸟之属。清《南越笔记》："粤酒器有鹦雕杯。鹦雕者，越王鸟也。其喙黄白黑色，长尺许，光莹如漆。以为杯，可受二升。"

◎ 菘节鸟

有人在终南山深谷之中目击到一种怪鸟，当事人描述它"四只脚，尾似鼠，形如雀"。除了东鳞西爪的丛残记录，似乎没有人确定这种四条腿、长着鼠尾巴的怪鸟是不是真的存在。

根据今天掌握的动物资料比照,蓂节鸟很可能不是鸟类,而是橙足鼯鼠(复齿鼯鼠)。

这是中国特有的松鼠科动物,在古籍里还有个名字,叫做寒号虫,郭璞:"夏月毛盛,冬月裸体,昼夜鸣叫,故曰寒号。"说它冬天退了毛,躲在树洞子里冻得吱吱叫,故名寒号。橙足鼯鼠跟小飞鼠、飞猫是亲戚,它的前后肢间生有飞膜,从高处跃下,能在空中长距离滑翔,所以会被目击者当成鸟类。

除了厉害的滑翔技能,此兽的粪便被古代医家称为"五灵脂",说是天地五行灵气所萃,入药活血止痛。

复齿鼯鼠,法国动物学家亨利·米尔恩-爱德华绘于1874年

> 蓂节鸟,四脚,尾似鼠,形如雀,终南深谷中有之。

◎ 食烟鸟

关中山谷间活动着一种怪鸟,乍看有些像猫头鹰,毛色青黄,长着蝙蝠那样不具羽毛的肉翅,能吞食烟雾。这鸟很易受惊,见了人类,会吓得从树上摔下来,然后慌慌张张把脑袋埋进草丛,屁股却撅在外面。这鸟的叫声也很古怪,像是荒山野岭间的婴孩啼哭。

> 老䴎[1],秦中[2]山谷间有鸟如枭,色青黄,肉翅,好食烟。见人辄惊落,隐首草穴中,常露身。其声如婴儿啼,名老䴎。

---

[1] 老䴎:可能也是鼯鼠。郭璞《尔雅注》:"(鼯鼠)状如小狐,似蝙蝠,肉翅。翅尾项胁,毛紫赤色,背上苍艾色,腹下黄,喙颔杂白。脚短爪长,尾三尺许。飞且乳,亦谓之飞生。声如人呼,食火烟,能从高赴下,不能从下上高。"

[2] 秦中:陕西关中平原,八百里秦川。

◎ 柴蒿

长安近郊山行，偶尔能遇到柴蒿鸟。柴蒿鸟的头上生有像戴胜那样的羽冠，体型大如野鸡。

> 柴蒿，京之近山有柴蒿鸟，头有冠如戴胜①，大若野鸡。

---

① 戴胜：一般体长 30 厘米左右，头顶具凤冠状羽冠，翼羽黑白相间，舒展之际，威武奇绚，"星点花冠道士衣，紫阳宫女化身飞"。嘴形细长，以虫类为食。性活泼，每年 5、6 月份繁殖，选择天然树洞和啄木鸟凿空的蛀树孔营巢产卵。喜污秽，会在自己巢穴排泄，雌鸟还会分泌一种具有类似尸臭气味的挥发物质，作为"化学武器"防御天敌以及诱捕昆虫，是以体味极臭。中国有广泛分布。是以色列国鸟。

◎ 兜兜鸟

兜兜鸟形似八哥，叫声"兜兜—兜兜"，像在叫自己的名字一样。正月后始鸣，到端午节时，就不知飞到哪里去了。

> 兜兜鸟，其声自号，正月以后作声，至五月节①不知所在。其形似鸲鹆。

---

① 五月节：端午节。

◎ 护田鸟

终南山下，有鸟名虾蟆护，多低徊水田中，头戴羽冠，黑色，红爪，形似鹭鸶。

虾蟆护①，南山②下有鸟名虾蟆护，多在田中，头有冠，色苍，足赤，形似鹭。

---

① 虾蟆护：可能指某种秧鸡科鸟类。郭璞《尔雅注》："（泽虞）今婣泽鸟，似水鸡，苍黑色，常在泽中。见人辄鸣唤不去，有象主守之官，因名云。俗呼为护田鸟。"《本草纲目》："泽虞，俗名护田鸟。西人谓之蛤蟆护，水鸟也。常在田泽中，形似鸥、鹭，苍黑色，头有白肉冠，赤足。"秧鸡科鸟类多为水鸟，合乎"常在泽中"的习性。秧鸡科的骨顶鸡、黑水鸡、董鸡等头上生有醒目的额甲，即文献所谓"头有冠"，其中骨顶鸡额甲为白色，羽毛灰黑，大略相符。
② 南山：终南山。

◎ 姑获鸟

夜行游女就是大名鼎鼎的妖怪姑获鸟，关于此妖资料，晋人郭璞的《玄中记》载述较详：

姑获鸟，一名"天帝少女"，一名"钩星"（或"钓星鬼"），一名"隐飞"，夜飞昼隐，有如鬼神，披羽为鸟，脱去羽毛，则化为女子。传说姑获鸟本是上古帝王颛顼的女儿，难产而死，颛顼赐予法力，使她化为鸟族，延续生命。但这女儿不忿命运，怨毒积塞，无法宣泄，终于毒化为妖。她生前难产，妖化后依然不能生育，只好窃取人类婴童。白天，姑获鸟以鸟类形态盘桓于村落、市镇等人居之地，寻找小孩的尿布和衣服，滴血为记，入夜后化成人形前往窃取。又或拔羽毛置于孩童衣物中，孩童必癫痫而死，其精魂便被姑获鸟摄取，炼化成为她自己的"孩子"。姑获鸟盗窃小儿，以及致小儿病死的传说在民间影响深远，某些地区至今还保留着不在阳光下晾晒婴儿衣裳的俗忌。

东晋干宝的《搜神记》载有一个故事：故事发生在豫章郡新喻县（今江西新余），说有个男子发现六七个少女在自家田里散步，田畔放着几件羽毛织就的衣裳，男子偷偷藏起了一件。少顷，诸女回转，各着其衣，腾飞而去，那被偷了羽衣的少女无法飞走，男子趁机上前娶了这少女为妻。多年后，女子生下三个女儿，一家五口，相处也颇得宜，男子渐渐放松了警惕。一次，女儿受了母亲指点，旁敲侧击，从父亲口中探听到羽衣收藏所在，于是女子取回羽衣，带着三个女儿，化鸟飞去。

该故事或与姑获鸟传说出自同源，或直接由姑获鸟传说派生，在后世逐渐形成为一支独立的故事系统,像明代《夜航船》的"浴仙池白鹤"、清代《聊斋志异》的"竹青"等故事,均是以此为蓝本敷演而成。

> 夜行游女,一曰天帝女,一曰钓星。夜飞昼隐如鬼神,衣毛为飞鸟,脱毛为妇人。无子,喜取人子,胸前有乳。凡人饴①小儿不可露处,小儿衣亦不可露晒,毛落衣中,当为鸟祟。或以血点其衣为志。或言产死者所化。

―――――――――

① 饴:喂。

◎ 鬼车

鬼车就是九头鸟,相传此怪原有十颗头颅,能摄人生魂,后来被狗咬掉了一颗。在关陇地区,每逢阴天,常能听到这种怪物的叫声,那声音就像一部过载的车辆在吃力行进。也有人说那其实是水鸡的叫声。《白泽图》称鬼车为"苍鸆",《帝誉书》称之"逆鸧",据说孔子和子夏都曾见过此怪。唐敬宗宝历年间,国子监四门学助教史迥跟成式谈起,他说裴瑜所撰的《尔雅注》论述指出,九头鸟就是鸼鸆。

按,郭璞的《玄中记》等部分文献指鬼车与夜行游女为一物,但《玄中记》的夜行游女记载却绝口未提九颗头这样重要的外形特征,所以两者应非一物。宋人周密的《齐东野语》记载,长沙李寿翁曾捕获到一头鬼车,描写较详:"状类野凫,赤色,身圆如箕。十颈环簇,有九头,其一独无而滴鲜血。每颈两翼,飞则霍霍并进。"说此鸟有十个颈腔,生有九头,断颈一直汩汩流血,永不愈合。每颈两翼,共计二十只翅膀。《岭表录异》:"血滴之家,则有凶咎。"认为鬼车的血液是至秽邪物,滴落人家,其家必遭大难。历史上著名神秘事件——明代天启年间王恭厂大爆炸之前,相关资料曾记录了出现在京城天象台的鬼车鸟,在沉沉天幕下,投来血红的一瞥。

> 鬼车鸟,相传此鸟昔有十首,能收人魂,一首为犬所噬。秦中天阴,有时有声,声如力车①鸣,或言是水鸡过也。《白泽图②》谓之苍鸆,《帝誉书》谓之逆鸧③,夫子、子夏④所见。宝历中,国子四门⑤助教史迥语成式,尝见裴瑜所注《尔雅》,言鸧、鸼鸆⑥是九头鸟也。

① 力车：奋力驱车声。或作"刀车"，一种战争机器，《资治通鉴·唐纪》："徐敬业之反也，侍御史鱼承晔之子保家教敬业作刀车及弩。"刀车的一面布满利刃，多用于守城战中，城门被敌军破坏后，推出以阻防阙口。北宋曾公亮《武经总要》："刀车，以两轮车，自后出枪刃密布之，凡为敌攻坏城门，则以车塞之。"

② 白泽图：白泽，通晓天下鬼怪妖物的神兽，以之为名，则言此图森罗天下异物，今已佚，敦煌有残本发现。先民对于精怪的态度，并不是一味趋避的，古老的世界观将精怪视作与虎狼兔雉等野兽相似，是森罗万象的一部分，是合理存在之物。因此从先秦到魏晋，术士们始终致力于像猎取野兽、豢养家畜那样，将精怪收为人用，实现人与精怪互利共惠，和谐共生。不论趋避还是利用，首要前提是清楚地辨认精怪，识别其利害属性，也就是搞清哪些精怪可以利用，哪些精怪有害，需要防御或避开。传说人类为了探查和记录精怪的信息，曾付出惨重代价，后来轩辕黄帝东巡沧海，在海滨邂逅一头神兽，名叫白泽。此兽通晓天下万物，只有圣明君主在位，它才会出世。白泽交给黄帝一份精怪档案，收录"精气为物、游魂为变者"一万一千五百二十种，几乎囊括了一切超自然生物的名字、形状、栖息地以及危害或作用，黄帝使人配以图画，公示天下，这就是怪物手册——《白泽图》。可惜上古异典，早已亡散失落，到魏晋之世，《白泽图》鸠辑之风复盛，此后隋唐诸代，递有传世者。然而晋唐之作，同样大都埋没于漫漫岁月，后人所见，仅余清朝人马国翰《玉函山房辑佚书》和洪颐煊《经典集林》从众多唐宋类书搜集所得的吉光片羽而已，至于图画，清朝人大概也未曾见过。20世纪初，法国人保罗·伯希和探秘敦煌石窟，购走大批价值无可估量的极珍文献，十几年后，这批文献目录相继公诸于世，其中赫然包括两份唐代设色《白泽精怪图》残卷。如今，两卷中华精怪奇珍，分别保藏在法国国家图书馆和大英图书馆。

③ 逆鸧[cāng]："逆"通"鹢"，其原型很可能像"蛤蟆护"一样，是秧鸡科某种游禽，也有学者推测应是苍鹭。以此推之，鬼车的原型可能也是一种水鸟。

④ 子夏：孔子弟子，孔门十哲之一。

⑤ 国子四门：四门小学，隶属国子监，一部分学生是民间俊士，不具显赫出身，与只招收官贵子弟的国子学、太学相比师资较差。

⑥ 鸧、麋鸹[guā]：《尔雅·释鸟》："鸧，麋鸹。"《本草纲目》："颖曰：'鸡状，如鹤大，而顶无丹，两颊红。'时珍曰：'鸧，水鸟也，食于田泽洲渚之间。大如鹤，青苍色，亦有灰色者。长颈高脚，群飞，可以候霜。'"据此亦可见鬼车的原型或为某种水鸟。

◎ 细鸟

汉武帝元封五年，勒毕国进贡细鸟数百只，用整块一尺见方的玉石雕镂为笼。

此鸟身型只有蝇虫大小,声音洪亮如黄鹄,传及数里之遥。勒毕国人豢养此鸟,用来纪日,所以也叫"候日虫"。这鸟群集在哪位嫔妃宫女的身上,皇上辄召以侍寝。

细鸟,汉武时,毕勒国①献细鸟,以方尺玉为笼,数百头,状如蝇,声如鸿鹄。此国以候日②,因名候日虫。集宫人衣,辄蒙爱幸。

① 毕勒国:一作"勒毕国"。本则出《汉武洞冥记》:"元封五年,勒毕国贡细鸟,以方尺之玉笼盛数百头,形如大蝇,状似鹦鹉,声闻数里之间,如黄鹄之音也。国人常以此鸟候时,亦名曰候日虫。帝置之于宫内,旬日而飞尽,帝惜,求之不复得。明年,见细鸟集帷幕,或入衣袖,因名蝉。宫内嫔妃皆悦之,有鸟集其衣者,辄蒙爱幸。至武帝末,稍稍自死,人犹爱其皮。服其皮者,多为丈夫所媚。"
② 候日:纪日。

◎ 嗽金鸟

嗽金鸟,出自昆明国,形如雀,黄色,翱翔于海上。魏明帝即位第五年,昆明国进贡此鸟,以珍珠、龟脑喂养,能吐出小米状的黄金粒子,魏明帝命收集起来,铸成器物。宫嫔妃子争相取鸟所吐之金打造首饰,因嗽金鸟不畏严寒,宫中便呼此金为"辟寒金"。宫里一首嘲歌唱道:"不服辟寒金,那得帝王心。不服辟寒钿,那得帝王怜。"

嗽金鸟①,出昆明国②。形如雀,色黄,常翱翔于海上。魏明帝③时,其国来献此鸟。饴以真珠及龟脑,常吐金屑如粟,铸之乃为器服。宫人争以鸟所吐金为钗珥,谓之辟寒金,以鸟不畏寒也。宫人相嘲弄曰:"不服辟寒金,那得帝王心。不服辟寒钿,那得帝王怜。"

① 嗽金鸟:本则出晋王嘉《拾遗记》:"魏明帝即位五年……昆明国贡嗽金鸟,国人云其地去凉洲九千里,出此鸟,形如雀,色黄,毛羽柔密,常翱翔海上。罗者得之,以为至瑞,闻大魏之德被於荒远,故越山航海来献大国。帝得此鸟,畜於灵禽之园,饴以真珠,饮以龟脑,鸟常吐金屑如粟,铸之以为器服。昔汉武帝时有献大

雀，此之类也。此鸟畏雪霜，乃起小屋以处之，名曰避寒台，皆用水精为户牖，使内外通光而风露恒隔。宫人争以鸟所吐之金用饰钗佩，谓之避寒金，宫人相嘲曰：'不服避寒金，那得帝王心！'於是媚惑者乱，争此宝以为身饰，及行卧皆怀挟，以要宠也。魏代丧灭，珍宝池台鞠为煨烬，嗽金鸟亦自高翔也。"
② 昆明国：西南古族，在今云贵一带。《史记·西南夷列传》："自桐师以东北至叶榆，名为嶲、昆明。"
③ 魏明帝：曹叡（204—239 年），曹丕长子，奢淫无度，这首谣词或可视作明帝后宫争宠的反映。

◎ 背明鸟

孙吴黄龙元年，越巂郡以南的部族派使者携背明鸟进献吴帝。此鸟形如鹤，束翅栖止之时，总是背向光源，鸟巢所筑，必然朝向北方，妙啭百变。

> 背明鸟①，吴时，越巂②之南献背明鸟。形如鹤，止不向明，巢必对北，其声百变。

① 背明鸟：本则亦出《拾遗记》："黄龙元年，（孙吴）始都武昌。时越巂之南，献背明鸟，形如鹤，止不向明，巢常对北，多肉少毛，声音百变，闻钟磬笙等之声，则奋翅摇头。时人以为吉祥。是岁迁都建业，殊方多贡珍奇。吴人语讹，呼背明为背亡鸟。国中以为大妖，不及百年，当有丧乱背叛灭亡之事，散逸奔逃，墟无烟火。果如斯言。后此鸟不知所在。"
② 越巂 [xī]：越巂郡，汉武帝元鼎六年置，辖境相当今四川省峨边县、冕宁县以南，云南大姚县以北，丽江市以东，金沙江以西地区。

◎ 岢岚鸟

岢岚鸟，出河西赤坞镇，状似乌鸦而体型稍大，倘飞翔于战阵之上，于战事不利。

> 岢岚鸟，出河西①赤坞镇②。状似乌而大，飞翔于阵上，多不利。

① 河西：泛指黄河以西，汉、唐多指甘肃、青海两省黄河以西的地区。唐时设河西节度使，统辖凉、甘、肃、瓜、沙、伊、西等七州。
② 赤坞镇：河西赤水军驻扎据点，在今甘肃武威。

◎ 鹔鹴

凉州产鹔鹴，形似燕子而稍大，短腿，爪趾似鼠，从未见过它们降落在地上，多栖息林中。偶尔失足坠地，就再也飞不起来了。飞翔之时，上凌青霄。

> 鹔鹴①，状如燕稍大，足短，趾似鼠。未尝见下地，常止林中。偶失势控地，不能自振。及举，上凌青霄。出凉州。

① 鹔鹴 [sù shuāng]：雁的一种。颈长，羽绿。高诱《淮南子》注："鹔鹴，鸟名也。长颈绿身，其形似雁。"也有人认为《酉阳杂俎》所述者是飞鼠，清恽敬《大云山房杂记》："《酉阳杂俎》：'鹔鹴，状如燕，稍大，短趾似鼠，出凉州。'此即今飞鼠也。"不知道依据何在，从《酉阳》字里行间，除"趾似鼠"外，看不出符合飞鼠（鼯鼠）的形貌，且鹔鹴能"上凌青霄"，显然为只会滑翔的飞鼠所不及。

◎ 鹈鸟

进入武州县合火山的旅人，有机会看到鹈鸟的身影，此鸟形似乌鸦，嘴若丹砂，所以也叫赤嘴乌，它还有个名字，叫做阿鹈鸟。

> 鹈鸟，武州县①合火山，山上有鹊②鸟。形类乌，觜赤如丹。一名赤觜乌，亦曰阿鹈鸟。

① 武州县：今甘肃陇南市武都区。
② 鹊 [jú]：布谷鸟，即大杜鹃。

◎ 屁鸣鸟

训胡乃是恶鸟，此鸟啼鸣之时，肛门会发出应和之声。

> 训胡①，恶鸟也。鸣则后窍应之。

---

① 训胡：可能是"训狐"，一种猫头鹰。

◎ 伯劳

伯劳，战斗力非常强悍的小鸟，以贮存食物的方式奇特著称。伯劳是天生的撸串高手，会把捕获的猎物，如昆虫、蛙类、小鱼穿挂在荆刺、铁丝或锐利的树刺上，撕碎而食。路人不经意一抬头，只见头顶树枝上，大量死蜥蜴、死鸟一字排开，蔚为壮观，仿佛肉铺卖肉，所以民间称之屠夫鸟。《酉阳杂俎》载：

伯劳鸟也叫博劳鸟，相传是古孝子伯奇所化。拿伯劳栖足过的树枝鞭打小孩，能使孩子早日开口说话。这无疑给许多想拿孩子出气的家长提供了责打孩子的理由。在南方，女性妊娠期哺乳，可能诱发一种叫做继病的小儿病，症状很像疟疾，唯有伯劳羽毛能治。

> 百劳，博劳也。相传伯奇①所化。取其所踏枝鞭小儿，能令速语。南人继②，母有娠，乳儿病如虐③，唯鵙④毛治之。

---

① 伯奇："掇蜂"典故主角。《太平御览》引蔡邕《琴操》："有子伯奇，伯奇母死，吉甫更娶后妻，生子曰伯封。乃谮伯奇于吉甫曰：'伯奇见妾有美色，然有欲心。'吉甫曰：'伯奇为人慈仁，岂有此也？'妻曰：'试置妾空房中，君登楼而察之。'后妻知伯奇仁孝，乃取毒蜂缀衣领，令伯奇缀之。伯奇前持之，吉甫大怒，放伯奇于野，伯奇编水荷而衣之，采楟花而食之。清朝履霜，自伤无罪见逐，乃援琴而鼓之曰云云。宣王出游，吉甫从之，伯奇乃作歌，以言感之于宣王。宣王闻之曰：'此孝子之辞也。'吉甫乃求伯奇于野而感悟，遂射杀后妻。"
② 继母：继病，中医小儿病症，女性在怀孕期间哺乳婴儿所引起，又名交奶、魅病，

其症状为精神不爽，身体瘦瘁，骨立发落。女性哺乳期怀孕，泌乳量可能受影响，古代物质条件有限，缺乏母乳的婴儿可能会出现营养不良等症。文中之所以强调"南方"是因为当时北方人或不识此病。《本草纲目》："继病者，母有娠乳儿，儿病如疟痢，他日相继腹大，或瘗或发。他人有娠，相近亦能相继也。北人未识此病。"

③ 虐：通"疟"。
④ 鵙［jú］：伯劳鸟的别称。

毛 篇

◎ 狮子

佛经记载，以狮子筋为琴弦，一经弹奏，其他乐器众弦齐断。

西域有黑狮子、捧狮子。

集贤校理张希复说，他以前有柄狮尾拂尘，夏日蚊蝇远避。

　　师子，释氏书言，师子筋为弦，鼓之众弦皆绝①。西域有黑师子、捧师子。集贤校理②张希复③言，旧有师子尾拂，夏月，蝇蚋不敢集其上。

---

① 鼓之众弦皆绝：《华严经》："譬如有人以师子筋而为乐弦。其音既奏余弦悉绝。"
② 集贤校理：唐开元中置集贤殿书院，置学士、直学士等官，后又增修撰、校理等官，掌校对、整理经籍。
③ 张希复：字善继，深州陆泽（今河北深县）人。登进士第。官河南府士曹、集贤校理、集贤学士、员外郎，段成式好友。

◎ 狮子粪

前人说苏合香其实是狮子屎。

按，苏合香，金缕梅科植物苏合香树分泌的树脂，原产非洲、印度及土耳其等地，在唐代是舶来物，胡商"胡说八道"，说是狮子屎，欲神其物而已。将该种树脂溶解在酒精中，过滤，蒸去酒精，则成精制苏合香。苏合香芳馨幽逸，极得贵族钟爱，官贵出行前，以之熏衣，或挂香片于腰带："三十事诸侯，贤豪冠北州。桃花迎骏马，苏合染轻裘。"

大唐风流公主李裹儿出降武崇训，新房熏用正是苏合香："翠幕兰堂苏合薰，珠帘挂户水波纹。"

甚至连浪荡江湖的游侠剑客，也会随身携带此香："侠客持苏合，佳游满帝乡。避丸深可诮，求炙遂难忘。金迸疑星落，珠沉似月光。谁知少孺子，将此见吴王。"

> 旧说苏合香，师子粪也。

◎ 象的记忆

古书记载，大象能记得很久以前的事情，见到自己夭折的孩子的皮，必会哭泣。

> 象，旧说象性久识，见其子皮必泣。一枚重千斤①。

----

① 一枚重千斤：这句之前疑有脱文。

◎ 象牙

佛经记载，象"七肢"触地，有六根牙，象牙生有纹理，必由雷声所致。又载，龙象六十岁骨骼才发育完全。

如今荆楚地区的象都是黑色的，两根牙，那其实是江豚。

> 释氏书言，象七九①柱地，六牙，牙生理，必因雷声②。又言，龙象③六十岁，骨方足。今荆地象色黑，两牙，江猪④也。

----

① 七九：应是"七支"，七支者，四足、一鼻、一尾、一根。

② 必因雷声：《涅槃经》："譬如虚空震雷起云，一切象牙上皆生花。"
③ 龙象：骏马叫做龙马、龙驹，象中体格壮健高大者则誉为龙象。释家以之譬喻佛教徒中有大能力者，或有德高僧。
④ 江猪：江豚。疑存在脱文。

◎ 象

唐高宗咸亨二年，周澄国遣使朝见大唐天子，上表奏称："诃伽国的白象有四根长牙，五条腿，所到之处，粮谷必然丰收。凡是洗过象牙的水，能治百病，请陛下发兵夺取。"

象胆随着一年四季在四条腿间移动，春季在左前足，夏季在右前足，像龟的四肢一样收缩自如，没有固定位置。

大象鼻端生有一只手，灵巧到可以捡起地上的针。大象身上有十二种肉，合乎十二地支，唯有鼻子的肉真正为它本体所有。

陶弘景说，夏季合药，最好摆根象牙在旁边。

南方人说大象性妒嫉，不喜犬吠声。当地猎人利用这一点猎杀大象：带足干粮，到大象出没之处，攀爬上树，搭个简易树屋在里面住着。等象群经过时，模仿狗叫，群象便举鼻吼叫，围在树下不走。这么耗上五六天，大象体力不支，纷纷委顿在地，猎人便溜下树来，轻而易举地把象杀了。象的耳后有个孔窍，上覆一层薄如鼓皮的膜，是大象死门所在，一刺即死。

大象胸部的一块小横骨烧成灰，和酒吞服，能使人入水不沉。象肉不可食，食之令人身体倦怠沉重。古训有言：大象怀胎五年才分娩。

咸亨二年①，周澄国遣使上表②，言："诃伽国有白象，首垂四牙，身运五足，象之所在，其土必丰。以水洗牙，饮之愈疾。请发兵迎取。"象胆，随四时在四腿，春在前左，夏在前右，如龟无定体也。鼻端有爪，可拾针。肉有十二般③，唯鼻是其本肉。陶贞白④言，夏月合药，宜置象牙于药旁。南人言象妒，恶犬声。猎者裹粮登高树，构熊巢伺之。有群象过，则为犬声，悉举鼻吼叫，循守不复去。或经五六日，困倒其下，因潜杀之。耳后有穴，薄如鼓皮，一刺而毙。胸前小横骨灰之酒，服令人能浮水出没。食其肉，令人体重。古训言，象孕五岁始生⑤。

① 咸亨二年：公元671年，唐高宗李治在位。
② 周澄国遣使上表：《太平御览》引《唐书》："高宗时，周澄国遣使上表云：'诃伽国有白像，首垂四牙，身运五足。像之所地，其土必丰。既有威灵，又弭灾患。力兼十像，强制百人。以水洗牙，饮之愈疾。请发兵迎取以献之。'上谓侍臣曰：'夫作法于俭，其弊犹奢，谁能制止？故圣人越席以昭俭，茅茨以戒奢。《书》云珍禽奇兽，不育于国。方知无益之源，不可不遏。朕安用奇像，令其远献？'乃劳其使而遣之。"这个周澄国异想天开，派了个外交官跑到长安，妄图怂恿唐廷兴兵远征。
③ 肉有十二般：唐人刘恂《岭表录异》也执此说："象肉有十二种，合十二属，胆不附肝，随月转在诸肉中。"
④ 陶贞白：陶弘景。
⑤ 象孕五岁始生：实际上大象的妊娠期为18—22个月左右。

◎ 虎

老虎交合，会产生一种奇异力量，使月亮出现月晕。

仙人郑思远救过一窝老虎，虎为报恩，甘愿供他骑行，为他驮载行囊。故交许隐害牙疼，求郑医治，郑思远道："把老虎胡子趁热插入牙缝，你这病就好了。"于是拔了几根虎须给他，那虎乖乖地趴着，一动不动地任他拔。自此，世人才知道虎须能治牙疼。

传说老虎有操控尸体的奇异本领，咬死人后，能令尸体自行站起，脱光衣服，供老虎顺利食用。

老虎身上有块名为"虎威"的骨头，形如"乙"字，长一寸，在胁下两旁皮肉之中以及尾梢。能增强佩戴者的气场，适合为官者佩戴；平民佩戴，则可能搞坏人缘，招致他人憎恶。

虎能夜视，一目放光，一目看物。猎人见虎目生光，取箭而射，光芒沦入地下，化为白石，待月黑之夜可以掘出。相传这是虎之精魄，入药，主小儿惊痫之疾。

　　虎交而月晕①。仙人郑思远常骑虎②，故人许隐齿痛求治，郑曰："唯得虎须，及热插齿间即愈。"郑为拔数茎与之，因知虎须治齿也。虎杀人，能令尸起自解衣，方食之。虎威③如乙字，长一寸，在胁两旁皮内,尾端亦有之。佩之临官佳,无官人所媚嫉④。虎夜视,一目放光,一目看物。猎人候而射之,光坠入地成白石,主小儿惊⑤。

---

① 月晕:月亮周围出现彩色光环,是月光经云层中冰晶的折射而产生的光现象,常被视为起风之兆,"月晕而风,础润而雨"。
② 仙人郑思远常骑虎:郑思远,名隐,字思远,通律历谶纬。后拜入葛洪之祖葛玄门下,得授正一道法,隐居庐江马迹山,仁及鸟兽。葛洪年轻时见过此人,他在《抱朴子》中回忆说,当时郑隐已经八十多岁,须发犹黑,能引强弩射百步,饮酒两斗不醉,徒步日行数百里,步履矫捷,少壮者不及。《洞仙传》:"郑思远,少为书生……所住山,虎生二子,山下人格得虎母,虎父惊逸,虎子未能得食。思远见之,将还山舍养饲。虎父寻还依思远。后思远每出行,乘骑虎父,二虎子负经书衣药以从。时于永康横江桥逢相识许隐,具暖药酒,虎即拾柴然火。隐患齿痛,从思远求虎须,欲求热插齿间得愈。思远为之拔之,虎伏不动。"
③ 虎威:传说虎胁下的一块骨头。
④ 媚嫉:嫉妒。
⑤ 主小儿惊:《本草纲目·虎》:"按《茅亭客话》云:'猎人杀虎,记其头项之处,月黑掘下尺余方得,状如石子、琥珀。'此是虎之精魄沦入地下,故主小儿惊痫之疾。其说甚详。寇氏未达此理耳。"中成药亦有名"虎睛圆"者,主小儿惊风。

◎ 马

北地所谓的护兰马,其实就是玉白马,又叫"玉面谙真马",是十三岁的马,十三岁以前,可以配种。

古时的标准,种马、军马高八尺,田马高七尺,驽马高六尺。

瓜州用薲草喂马,沙州用茨萁,凉州用勃突浑,蜀地用稗草。以萝卜根喂马,马长得壮。安北地区用沙蓬根针喂马。

大食国的马听得懂人话。悉怛国、怛幹国出好马。

马四岁那年,会长两颗新牙,到二十岁,牙就基本上就磨平了。

马体各部位的名称,有专门的行话,如输鼠、外鬼、乌头、龙翅、虎口等。

以猪槽饲马,用石灰涂抹马槽,把流汗的马拴在门上,都会致马流产。

凡颈部毛发逆生的、白马黑鬃、鞍鞯下和腋下毛发逆生的、左侧肋部纵向生有一绺白毛的、后蹄发白的、四只蹄子呈黑色的白马、眼睛下方生有横毛的、嘴巴白色的黄马、旋毛位于嘴巴后方的、汗沟向上连通尾巴根的、眼睛发红而睫毛不整或睫毛倒生的、眼球纯黑的白马、白眼珠多且经常转眼回看的，具有这些特征的马都不能骑，不利主人。

夜眼亦名附蝉，尸肝亦名悬蹬，又叫鸡舌。

道书记载，以地黄、甘草为饲料，五十岁的马还能生出三只小马驹。

马，虏中①护兰马，玉白马也，亦曰玉面谙真马②，十三岁马也。以十三岁已下，可以留种。旧种马、戎马八尺，田马七尺，驽马③六尺。瓜州④饲马以蘋草⑤，沙州⑥以茨萁⑦，凉州⑧以勃突浑，蜀以稗草⑨。以萝卜根饲马，马肥。安比⑩饲马以沙蓬根针⑪。大食国马解人语。悉怛国、怛幹国出好马。马四岁，两齿⑫，至二十岁，齿尽平。体名有输鼠⑬、外凫⑭、乌头⑮、龙翅、虎口⑯。猪槽饲马，石灰泥槽，汗而系门，三事落驹。回毛在颈，白马黑马⑰，鞍下腋下回毛，右胁白毛⑱，左右后足白，马四足黑，目下横毛，黄马白喙，旋毛⑲在吻后，汗沟⑳上通尾本㉑，目赤睫乱及反睫，白马黑目，目白却视，并不可骑。夜眼㉒名附蝉，尸肝名悬蹬，亦曰鸡舌。绿袄㉓方言，以地黄、甘草啖，五十岁，生三驹㉔。

---

① 虏中：对塞北地区的蔑称。
② 玉面谙真马：《旧唐书》："（王子颜之）父难得，有勇决，善骑射，天宝初为河源军使。吐蕃赞普王子郎支都有勇，乘谙真马，宝钿装鞍，出阵求斗，无敢与校者。难得挟枪奋马突前，刺杀郎支都，斩其首，传于京师。军还，玄宗召见之，令于殿前乘马挟枪作刺郎支都之状。赐以锦袍金带，累拜金吾将军同正员。"
③ 驽马：驽马，劣等马。
④ 瓜州：今甘肃酒泉瓜州县一带。
⑤ 蘋[pín]草：一名赖草，是适应性较强的禾草，耐旱、耐寒、耐轻度盐渍化土壤，故边塞贫瘠之地亦多有。幼嫩时为山羊、绵羊喜食，牛、骆驼终年喜食，可作为牲畜的抓膘牧草。
⑥ 沙州：辖境相当今甘肃敦煌和肃北县、阿克塞县及新疆若羌县、且末县地。
⑦ 茨萁：也叫芨芨草、席萁，我国北方分布很广，是中等品质饲草，终年为各种牲畜采食。

⑧ 凉州：今甘肃武威。
⑨ 稗[bài]草：一年生草本植物，外形与稻相似。多生于稻田、沼泽、低洼荒地，通常夏秋季节割取鲜草饲马、牛、羊，是优良秣料。
⑩ 安比：安北都护府。
⑪ 沙蓬根针：喜生于沙丘或流动沙丘之背风坡上，为我国北部沙漠地区常见的沙生植物。在荒漠及荒漠草原地区，是重要的饲用植物。骆驼终年喜食，被视作骆驼的催肥牧草之一；山羊、绵羊仅采食其幼嫩的茎叶；牛和马采食较差，也仅吃幼嫩部分。叶似针，故名。
⑫ 马四岁，两齿：不是说四岁的马只有两颗牙，而是马到四岁那年，会长出两颗新牙。《齐民要术》："一岁，上下生乳齿各二；二岁，上下生齿各四；三岁，上下生齿各六……二十岁，上下中央六齿平。"马宝宝刚生下来，就有4颗切齿和12颗白齿。4—6周后，长出4颗切齿；6—9个月后，又长4颗切齿；10—12个月时又长出4颗白齿。也就是说，一周岁的小马共可有28颗牙齿。马也要换牙，从两岁半到四五岁，切齿、前白齿逐渐脱落，换生新牙，犬齿也会相继长出。到六岁，牙齿全部出齐。成年母马共有38颗牙齿，雄马40颗。牙齿出齐后，随着咀嚼使用，会不断磨损，文中"至二十岁，齿尽平"即是。
⑬ 输鼠：马的臀大肌。
⑭ 外凫：马蹄附近的骨骼，《农政全书》："外凫，临蹄骨也。"
⑮ 乌头：后腿朝外的关节。
⑯ 虎口：马的两股之间。
⑰ 白马黑马：应是"白马黑髦"，髦即马鬃。《齐民要术》："白马黑髦，不利人。"
⑱ 右胁白毛：《齐民要术》："左胁白毛直上，名曰'带刀'，不利人。"
⑲ 旋毛：人类头发有"旋儿"，马毛也有旋儿，是为旋毛。《旋毛论》说古龙马有五十五处旋毛，旋转方向井然合序，排布条理分明；劣马则旋毛无序，布列混乱。观察旋毛，是古代相马依据之一。似乎相人之术也有根据发旋儿臧否善恶、推测命运之说。另外，"毛病"一词，最初是指马的旋毛生的不佳。旋毛不佳并非甄别马匹优劣的决定因素，古人相马，还是以形骨为要，毛病只是瑕疵。引申到俗语，毛病也多指令人不悦，但够不上重大过恶缺陷的行为习惯。
⑳ 汗沟：位于股胫的后方及臀端处，半膜样肌与股二头肌之间的浅沟。
㉑ 尾本：尾根。
㉒ 夜眼：《本草纲目》："马夜眼在马足膝上，有此能夜行。"下面这些都是行话。"附蝉"也指夜眼，前后肢均具，现代外形学仍在沿用这一名称。
㉓ 绿帙：帙通"帙"，绿帙丹经，道书美称，结合下文，应指《抱朴子》。
㉔ 五十岁，生三驹：《太平御览》引《抱朴子》："韩子治以地黄甘草，哺五十岁老马，以生三驹，又百三十岁乃死。"谓用药材喂马，令马返老还童，延年增寿。

◎ 牛

北方的牛之所以羸瘦，多半是因为被蛇钻入了口鼻，这样的牛只有一块肝。独肝水牛的肉有毒，食之者死，逆贼李希烈正是吃了独肝牛的肉中毒而死的。

相牛术主张，颈下垂皮分叉的牛寿命长。良种牛，胸臆必然宽阔，蹄子后面的筋是横向的。牛总是哀鸣，可能是体内有牛黄。牛角冰冷，是患病之征。旋毛位于眼睛下方的，寿命短。睫毛不整的牛会用角抵人。两角中间生有一丛乱毛的，于主人不利。尾巴上毛少骨多的，特别有力。排泄时，尿水能直射到前蹄的，多是好牛。肋骨疏松的，多胸弱背软，死亡率高。

牛在三岁时新长出两颗牙齿，四岁新出四颗，五岁新出六颗。六岁以后，每年新增一节脊骨。

> 牛，北人牛瘦者，多以蛇灌鼻口，则为独肝。水牛有独肝者杀人，逆贼李希烈食之而死①。相牛法②，岐胡有寿③，膺匡④欲广，毫筋⑤欲横，啼后筋也。常有声，有黄也⑥。角冷有病。旋毛在珠泉⑦无寿。睫乱触人。衔乌角偏妨主⑧。毛少骨多有力。溺射前⑨，良牛也。疏肋难养⑩。三岁二齿，四岁四齿，五岁六齿。六岁以后，每一年接脊骨一节。

---

① 李希烈食之而死：李希烈，燕州辽西（今北京顺义）人，唐德宗四王二帝之乱的二帝之一。德宗朝初期，授淮西节度使，奉诏讨击山南东道梁崇义，梁兵败自杀。建中三年，奉命攻伐淄青叛臣李纳。时河北、中原大乱，李希烈阴蓄异志，抗旨称王，与河北诸叛镇结盟，两年后称帝，定都汴州（开封）。朝廷兵用不足，急调泾源兵马驰援，不料因为安置不善，泾源军士哗变，转而攻陷长安，德宗仓皇出逃，下罪己诏、赦免令，向叛军妥协。淄青李纳、魏博田悦（田绪）等皆表示愿去王号，归顺朝廷，李希烈自恃兵强，继续拒命。贞元元年，官军克复长安，对李希烈展开围剿，次年，李希烈被部下毒死。《旧唐书》："贞元二年三月，（李希烈）因食牛肉遇疾，其将陈仙奇令医人陈仙甫置药以毒之而死。"所以李希烈是吃牛肉吃坏了身体，医治时被投毒而死，并非"食牛肉而死"。

② 相牛法：下文出《齐民要术》卷六《养牛、马、驴、骡》篇，据《太平御览》，《齐民要术》所载可能摘录于春秋齐桓公时大夫宁戚的《相牛经》。

③ 歧胡有寿：《齐民要术》："歧胡，牵两腋；亦分为三也。"《太平御览》："牛歧胡，寿。"胡，指颔下垂皮。垂皮分叉的叫"歧胡"。垂皮只黄牛有，水牛没有。歧胡可以表示食槽宽，颔凹深，咀嚼力强，有利于消化吸收，使牛健壮。所以有"歧胡，寿"之说。

④ 膺匡：应作"膺庭"，指胸部。

⑤ 毫筋：也叫豪筋，脚后横筋。

⑥ 有黄也：指牛黄，牛的胆囊结石，可入药。《唐本草》注："牛有黄者，必多吼唤。"文中的"常有声"其实是患牛的痛苦呻吟。先民们又吃胆结石，又吃鼯鼠屎，食域之广，令人匪夷所思。

⑦ 珠泉：《齐民要术》等作"珠渊"，指牛眼下方。

⑧ 衔乌角偏妨主："衔乌"二字或系衍文，原文作："上池有乱毛起，妨主。"上池，位于两角中间。

⑨ 溺射前：《齐民要术》："尿射前脚者快，直下者不快。"尿能尿及前蹄者，多健壮有力；溺尿无力，淋漓直下者，多半体格发虚，行动迟缓。

⑩ 疏肋难养：《齐民要术》："大膁疏肋，难饲。"膁，小腿。肋疏则胸弱背软（背椎细长），膁大则腹大腰垂，均非良形。

◎ 宁公牛

宁戚饲养的牛，"阴虹"属颈，能行千里。阴虹是两条自尾骨连达颈部的筋。

宁公①所饭牛，阴虹属颈。阴虹，双筋自尾属颈也。

---

① 宁公：《相牛经》作者，齐国大夫宁戚。

◎ 牛粪

相传突厥之祖出自索国，该国有位泥师都，娶了两个老婆，生了四个儿子，其中一个儿子变成了大雁，泥师都只好将事业交给另外三个儿子，告诉他们说："尔等可以跟从古㕿的指引。"古㕿就是牛，三个儿子于是跟在牛群后面，只见牛的粪便，都变成了肉饼和奶酪。

太原县以北有座银牛山，东汉建武三十一年，有人骑白牛从人家田里经过，踏坏了不少庄稼,面对农人的呵问,骑牛者道:"吾乃北海使,欲往泰山,观瞻天子封禅。"说罢不再理会农人,径自骑着牛上山而去了。农人如何肯甘休?拔腿就追,到了山上,却不见骑牛者的影子,唯有地上那长长的牛蹄印,昭示着他曾从此经过。农人愤愤下山,却蓦然发现,一路上那头白牛拉的屎,悉数变成了银块。次年,光武帝果然封禅泰山。

> 北虏①之先索国有泥师都,二妻生四子。一子化为鸿,遂委三子,谓曰:"尔可从古旆。"古旆,牛也。三子因随牛,牛所粪,悉成肉、酪。太原县北有银牛山,汉建武二十一年②,有人骑白牛蹊③人田,田父诃诘之,乃曰:"吾北海使,将看天子登封。"遂乘牛上山。田父寻至山上,唯见牛迹,遗粪皆为银也。明年,世祖封禅。

---

① 北虏:指突厥。本则突厥之祖的传说亦见《周书》:"或云突厥之先出于索国,在匈奴之北。其部落大人曰阿谤步,兄弟十七人。其一曰伊质泥师都,狼所生也。谤步等性并愚痴,国遂被灭。泥师都既别感异气,能征召风雨。娶二妻,云是夏神、冬神之女也。一孕而生四男。其一变为白鸿;其一国于阿辅水、剑水之间,号为契骨;其一国于处折水;其一居践斯处折施山,即其大儿也。山上仍有阿谤步种类,并多寒露。大儿为出火温养之,咸得全济。遂共奉大儿为主,号为突厥,即讷都六设也。讷都六有十妻,所生子皆以母族为姓,阿史那是其小妻之子也。讷都六死,十母子内欲择立一人,乃相率于大树下,共为约曰,向树跳跃,能最高者,即推立之。阿史那子年幼而跳最高者,诸子遂奉以为主,号阿贤设。此说虽殊,然终狼种也。"关于突厥起源,《周书》还载有另一种传说,见本书《境异》之章。
② 汉建武二十一年:建武,东汉光武帝刘秀年号。按后文,此应是建武三十一年,即公元55年。刘秀在建武三十二年封禅泰山。
③ 蹊:践踏。

◎ 鹿

虞部郎中陆绍的弟弟任卢氏县尉时,一次观看畋猎,忽遇五六头大鹿,毛皮斑纹如画,在溪涧旁低头喝水,见到人来,毫不惊慌。常言道"蠢如鹿豕",陆绍弟弟心想,天底下竟有这样蠢笨的动物,白白送上门来给我们宰杀。他兴奋地回转头去,却见猎人是一副熟视无睹的样子,完全没有出手猎取的打算。陆绍弟弟大奇:"为何还不动手?"猎人道:"这是仙鹿,射它不死的,谁胆敢射它,非倒大霉不可。"陆绍弟弟哪里肯信,一定要让猎人射射看看,猎人不敢违拗,心里骂骂咧咧,极不情愿地放了一箭,鹿带箭而逃。

虽然发生了这么个小插曲,此番狩猎,也还算圆满。然而就在一行人返回的路上,那射鹿的猎人突然跌下悬崖,摔断了左脚。

> 鹿,虞部郎中陆绍①弟,为卢氏县②尉。尝观猎人猎,忽遇鹿五六头临涧,见人不惊,毛班如画。陆怪猎人不射,问之,猎者言:"此仙鹿也,射之不能伤,且复不利。"陆不信,强之。猎者不得已,一发矢,鹿带箭而去。及返,射者坠崖,折左足。

---

① 虞部郎中陆绍:本书《怪术》部分目击秀才凌空取杖、施展法术暴打和尚的那位。
② 卢氏县:今河南三门峡卢氏县。

◎ 合浦鹿

《南康记》载:合浦郡有只鹿,头戴一枝科藤,四根枝条昂扬冲天,高及一丈。

> 《南康记①》云:"合浦有鹿,额上戴科藤②一枝,四条直上,各一丈。"

---

① 南康记:南朝宋邓德明著,该书以《尚书·禹贡》为据,参考后世山经水志,记述赣南地区山川胜迹,内容涉及自然景物、仙异神怪、社会人事,以至民间奇闻,系赣南最早的山水人文志。《酉阳杂俎》收录的这段,今本《南康记》未见,当为佚文。
② 科藤:藤之一种。可制杖、编席、制绳索等。

◎ 犀

凡生有通天角的犀牛，必然嫌恶自己的影像，为了免于看见自己的水中倒影，喝水都只喝浊水。通天犀尿尿的时候，就算有人赶它，它也不挪脚。

犀角上的纹理，呈现百物之形。有说法认为，上下纹理不相贯通的属于残次品；但也有人指出，犀角的纹理，分为倒插、正插、腰鼓插等形态。所谓倒插，指下半部分的纹理连贯；正插，指上半部分连贯；腰鼓插，指上下各自连贯，唯独中间断开。

波斯人从前称象牙为"白暗"，犀角为"黑暗"。

成式的家庭医生吴士皋，早年曾在南海郡谋生，听外国船长说，他们故乡的猎人取犀角时，会在山路上多插木桩，供犀牛倚着休息。那些木桩都很不牢固，一倚就断，由于犀牛的前腿天生不能弯曲，摔倒了就无法自行站起。当地人便从容上前，任意宰割。

犀牛一名"奴角"，有鸩鸟处，必有犀牛。犀牛每个毛孔生三根毛。

刘峻说，犀牛会掩埋脱落的角，猎人就制造假角替换出来。

按，据说犀牛埋角后会在附近警戒，有人直接取走易招攻击。又说倘若犀牛发现埋藏的角没了，下次埋角时会换地方，万一追踪不到，人类将失去稳定的犀角来源，所以才要大费周章地造假置换。

> 犀之通天者必恶影，常饮浊水①。当其溺时，人趁不复移足②。角之理，形似百物。或云犀角通者是其病③，然其理有倒插、正插、腰鼓插。倒者，一半已下通。正者，一半已上通。腰鼓者，中断不通。故波斯谓牙为白暗④，犀为黑暗。成式门下医人吴士皋，尝职于南海郡，见舶主说本国取犀，先于山路多植木，如狙杙⑤，云犀前脚直，常倚木而息，木栏折则不能起。犀牛一名奴角，有鸩⑥处必有犀也。犀，三毛一孔。刘孝标⑦言，犀堕角埋之，以假角易之。

---

① 常饮浊水：北宋唐慎微《证类本草》："角之贵者，有通天花纹。犀有此角，必自恶其影，常饮浊水，不欲照见也。"

② 人趁不复移足：《太平广记》作"人赶不复移足"。这倒也是，你尿尿的时候有人赶你你也不复移足。

③ 或云犀角通者是其病：《太平广记》作"或理不通者，是其病"，结合后文，或是。
④ 白暗：美国近代汉学家劳费尔的《中国伊朗编》引用《酉阳杂俎》分析指出，"白暗"或是"baham"的音译，古马来语义为"白"；"黑暗"或是"hitam"，义为"黑"。
⑤ 狙杙：拴猴子的木桩。
⑥ 鸩：鸩鸟，传说中的剧毒鸟，以毒蛇为食，遍体皆毒，取其羽毛在酒水中轻轻一拂，即成鸩酒，饮之令人脑裂而死，唯犀角可解。
⑦ 刘孝标：刘峻（463—521年），南朝梁学者，文学家。

◎ 骆驼

骆驼怕羞。《木兰辞》"明驼千里足"的"明"字，常被误写成"鸣"字——伏卧之时，腹不帖地，腹下透光的骆驼，可行千里，故谓"明驼"，非是鸣叫之义。

　　驼，性羞。《木兰篇①》"明驼千里脚②"，多误作"鸣"字。驼卧，腹不帖地，屈足漏明，则行千里。

---

① 木兰篇：《木兰辞》。
② 明驼千里脚：现代教科书所采用版本《木兰辞》作："可汗问所欲，木兰不用尚书郎，愿驰千里足，送儿还故乡。"按本文所载，则为："可汗问所欲，木兰不用尚书郎，愿借明驼千里足，送儿还故乡。"似乎也挺上口。唐代有种驿使叫做明驼使，当亦是取"行千里"之义。

◎ 天铁熊

唐高宗时，伽毗叶国献天铁熊，力能擒象伏狮。

　　天铁熊，高宗时，加（一曰伽）毗叶国献天铁熊，擒白象、师子。

◎ 狼

狼大如狗，黑毛，嗥叫之时，诸窍鼓荡。腿中有筋，大如鸭蛋，以火炙烤，能令附近贼偷手臂痉挛而现形。有人说狼筋之所以像网络一样，是囊虫咬的。狼粪燃烧所生的烟气，聚而不散，其直如笔，风吹不斜，是故烽火传警取用。有说法认为，狼和狈是两种动物，狈的前腿极短，只能由狼背负着行动，没有狼的话，将完全失去行动能力，所以俗语称进退不得的尴尬状态为"狼狈"。

临济郡西境有个狼冢，前段时间有人独行于附近，遇狼数十头，那人无路可逃，慌慌张张爬上个草垛。群狼不擅攀爬，环伺其下，却有两头狼回到那狼冢的洞里，背出一头老狼。老狼到现场一看，伸嘴就去撕咬草垛，咬住一捆草向后抽离，群狼纷纷效仿。只片刻工夫，草垛已经摇摇欲坠，眼看着那行人即将为群狼分食，幸好一队猎户经过，杀散狼群，救下了行人性命。后来那行人召集人手掘开狼冢，将狼族一鼓屠尽，检点尸体，有上百头之多。事后回想，那头为狼群出谋划策的老狼，很可能就是"狈"。

> 狼，大如狗，苍色，作声诸窍皆沸。胜^①中筋大如鸭卵，有犯盗者，薰之，当令手挛缩。或言狼筋如织络，小囊虫所作也。狼粪烟直上，烽火用之。或言狼狈是两物，狈前足绝短，每行常驾于狼腿上，狈失狼则不能动，故世言事乖者称狼狈。临济郡^②西有狼冢。近世曾有人独行于野，遇狼数十头，其人窘急，遂登草积上。有两狼乃入穴中，负出一老狼。老狼至，以口拔数茎草，群狼遂竞拔之。积将崩，遇猎者救之而免。其人相率掘此冢，得狼百余头杀之，疑老狼即狈也。

---

① 胜：髀，大腿。
② 临济郡：今济南章丘一带。

◎ 貂泽

貂泽，大如犬，其油脂具高度渗透性，无论用手捧，或用铜铁瓦器盛贮，都会渗出，需用骨制容器盛装才能不漏。

> 貊泽，大如犬，其膏宣利①，以手所承及于铜铁瓦器中，贮，悉透，以骨盛则不漏。

① 宣利：滑，难以盛贮。

◎ 风生兽

风生兽的传说，最早见托名东方朔撰著，实际可能出自晋人手笔的《海内十洲记》：在距华夏九万里外的南海炎洲，生活着一种青毛，大如狸猫，似豹非豹，似獭非獭的异兽，叫做风生兽。风生兽生命力强大，可致一般动物死亡的高温、切割、斫刺等，对它几乎完全无效。曾有人捕到一头风生兽，用了上千斤木柴，燃起熊熊大火猛烈焚烧，等到薪火燃尽，却见那只小兽好端端地站在灰烬中，毛不焦，皮不灼，毫发无伤。研究发现，只有用钝器猛击头部，敲碎头骨，才能将风生兽杀死，但尸体遇风，又会复活，风之所过，生生不息，所以叫做"风生兽"。

已知唯一阻断风生兽复活的方法，是用菖蒲牢牢塞住它的鼻孔。

人类远涉重洋捕杀风生兽，据称是为了合成某种续命神药。方术界流传着一份真假难辨的配方：取菊花拌入风生兽脑，连续服用十斤，服食者生命可以延长五百年。

> 猓猩，徼外①勃樊州②薰陆香所出也，如枫脂，猓猩好啖之。大者重十斤，状似獭。其头身四支了无毛，唯从鼻上竟脊至尾有青毛，广一寸，长三四分。猎得者斫刺不伤，积薪焚之不死，乃大杖击之，骨碎乃死。

① 徼外：境外。
② 勃樊州：一作"勃焚洲"。《太平御览》引《抱朴子》："勃焚洲，在南海中。薰绿水胶所出，胶如枫脂。所以不可多得者，正患猓猩兽啖人。此兽大者重十斤，状如水獭，其头身及他处了无毛，惟从鼻上以竟脊至尾上有毛，广一寸许，青，长三四分许，其无毛处则韦囊，人张捕得之，斫刺不伤，积薪烈火，缚以投火中，薪尽而此兽不焦。须以大竹杖打之，皮不伤而骨碎都尽而死。"《通典》引《抱朴子》又作"绋焚洲"："绋焚洲在南海中，薰绿水胶所出，胶如枫脂矣……"未详孰是，其地望应在今东南亚。

◎ 黄腰

黄腰，一名唐已，见之不祥，民间传说此兽能吃老虎。

> 黄腰①，一名唐已，人见之不祥，俗相传食虎。

---

① 黄腰：《史记》："獮胡彀蜼。"郭璞注："彀似鼬而大，腰以后黄，一名黄腰，食猕猴。彀，白狐子也。"《蜀地志》："鼬身狸首，生子长大能自活则群逐其母，令不得归。形虽小能杀牛鹿及虎。"

◎ 香狸

香狸即小灵猫，属于灵猫科，而非猫科，长相好像豹子和小熊猫的合体，昼伏夜出，能爬树，以鼠类、小鸟等为食，偶尔也吃水果。在中国中部、南部、东南亚和南亚地区的森林中有分布。会阴部有高度发达的囊状香腺，可分泌贵重香料灵猫香，《酉阳杂俎》云："连带尿道一并取下，用酒浇淋，晒干，其香如麝。"

小灵猫目前为国家一级保护野生动物。

香狸

> 香狸，取其水道连囊，以酒浇，乾之，其气如真麝。

◎ 双头鹿

滇地双头鹿，以毒草为食，其胎屎（鹿胎）叫做"耶希"。"耶希"是夷语。

> 耶希①，有鹿两头，食毒草，是其胎矢也。夷谓鹿为耶，矢为希。

① 耶希：鹿胎。张华《博物志》："云南郡出茶首，茶首其音为蔡茂，是两头鹿名也。兽似鹿，两头，其腹中胎常以四月中取，可以治蛇虺毒。"

◎ 魖

魖是一种像黄狗的动物，有固定的排便处，假如走得太远，一时赶不回平时大便之处，宁肯用草牢牢塞起肛门，也绝不随地解决。

魖，似黄狗，圊①有常处。若行远不及其家（一云处），则以草塞其尻。

① 圊 [qīng]：厕所。

◎ 猳国

蜀地西南高山上有种七尺多高，形似猿猴的怪物，名为猳国，也叫马化，好掳掠人妻。时间一长，被掳的女子会渐渐怪物化，形貌变得跟猳国一样。

猳国①，蜀西南高山上有物如猴状，长七尺，名猳国，一曰马化。好窃人妻，多时形皆类之，尽姓杨，蜀中姓杨者往往玃爪。

① 猳国：本则出西晋张华《博物志》："蜀山南高山上，有物如猕猴。长七尺，能人行，健走，名曰猴玃，一名马化，或曰猳玃。伺行道妇女有好者，辄盗之以去，人不得知。行者或每遇其旁，皆以长绳相引，然故不免。此得男子气，自死，故取女不取男也。取去为室家，其年少者终身不得还。十年之后，形皆类之，意亦迷惑，不复思归。有子者辄俱送还其家，产子皆如人，有不食养者，其母辄死，故无敢不养也。及长，与人无异，皆以杨为姓，故今蜀中西界多谓杨率皆猴玃、马化之子孙，时时相有玃爪也。"西汉《焦氏易林》录里谣曰："南山大玃，盗我媚妾，怯不敢逐，退而独宿。"作谣者悲叹，说自己的女人被

南山大猿掳走，自己不敢去追，晚上只好孤零零一个人睡。可知大玃盗女子传说，至晚在西汉已流行，或许当时确然发生过野人或猿猴抢夺人类女子事件。

◎ 狒狒

喝下狒狒之血，将开启阴阳眼，获得见鬼的能力。狒狒力大，能负重千斤，笑的时候嘴巴大张，上嘴唇直翻到额头上。狒狒长得像猕猴，言语如人，声音尖锐似鸟，预知生死，血液可做染料，毛发可制假发。古书说狒狒的脚朝后生长，猎者则说狒狒没有膝关节，常倚物而眠。齐明帝建武年间，高城郡进献雌雄各一头。

> 狒狒，饮其血可以见鬼。力负千斤，笑辄上吻掩额，状如猕猴，作人言，如鸟声，能知生死。血可染绯，发可为髲①。旧说反踵，猎者言无膝，睡常倚物。宋建武②高城郡进雌雄二头。

---

① 髲 [bì]：假发。
② 建武：应是齐明帝年号建武，494—498 年。

◎ 海和尚

在子，鳖身人首，用藿草灼灸才会鸣叫，叫声像是在喊"在子"。

在子或即后世传说的"海和尚"。《逸周书》记载，周王朝时期，朝鲜半岛的"良夷"（乐浪）人来到中土，向周天子朝贡方物，贡品就包括若干只在子："良夷，在子。在子鳖身人首，脂其腹，炙之霍则鸣，曰在子。"

> 在子者，鳖身人首，炙之以藿则鸣，曰在子。

◎ 大尾羊

康居出产大尾羊，这羊尾巴宽大，单是尾巴就有十斤重。昔日玄奘大师西行，在西域大雪山高岭之下一个村庄里，发现当地人养的一种巨羊，有驴子那么大。罽宾国出产的野青羊，尾巴翠绿翠绿的，是当地主要肉食。

> 大尾羊①，康居②出大尾羊，尾上旁广，重十斤。又僧玄奘至西域，大雪山高岭下有一村养羊，大如驴。罽宾国③出野青羊，尾如翠色，土人食之。

---

① 大尾羊：《忠志》章唐玄宗赐给安禄山的生日礼物大尾羊窟利，大概就是以该羊烹制的食品。
② 康居：约相当于今乌兹别克斯坦撒马尔罕。
③ 罽宾国：唐人所指的罽宾，约相当于今克什米尔地区。

广动植之二

鱼虫

鳞介篇

◎ 龙

龙头上生有一物,形如博山炉,名曰"尺木"。龙无尺木,不能飞上天。

龙,头上有一物,如博山①形,名尺木。龙无尺木,不能升天②。

---

① 博山:博山炉。炉盖呈叠山攒聚之形,风靡于汉魏晋唐。
② 龙无尺木,不能升天:汉王充《论衡·龙虚》:"短书言:'龙无尺木,无以升天。'"

西汉错金博山炉,华盛顿弗利尔和萨克勒美术馆藏

◎ 鲸

鲸头部有孔,呼吸时,吸入的水由该孔喷出,激射若飞泉,散落海中。泛海之客争相以容器盛贮,海水原本既咸且苦,从鲸鱼头上喷出后就变淡了,饮如泉水。
以上据梵僧菩提胜说。

井①鱼,井鱼脑有穴,每翕水辄于脑穴蹙出,如飞泉散落海中,舟人竟以空器贮之。海水咸苦，经鱼脑穴出反淡，如泉水焉。成式见梵僧菩提胜说。

---

① 井：即鲸。之所以作鲸为井，或系音转，或因鲸头顶之孔似井。

◎ 秦皇鱼

近来，东海渔民之间盛传一条新闻，说有人捕到了一条长五六尺左右的怪鱼，肠胃呈箭袋、刀、槊之状，据说这叫秦皇鱼。

> 异鱼，东海渔人言，近获鱼，长五六尺，肠胃成胡鹿①刀槊之状，或号秦皇鱼。

---

① 胡鹿：箭囊。

◎ 鲤

鲤鱼脊背中央生有一道鳞，每片鳞上有个小黑点，不论大鱼小鱼，这道鳞都是三十六片。鲤鱼号称"赤鯶公"，其音与国姓（李）相同，因此本朝法律规定，捕到鲤鱼，最好放掉而不要吃，非法售卖者，送有司杖责六十。

按，唐玄宗开元三年二月曾有严令，"禁断天下采捕鲤鱼"，眼看着老百姓压根不听，开元十九年又重申了一遍"禁采捕鲤鱼"，毕竟没能禁住。视乎唐人说部诗词，从庶民到公卿，大家吃鲤鱼吃得欢快，完全不存在被"杖六十"的担忧。

> 鲤，脊中鳞一道，每鳞有小黑点，大小皆三十六鳞。国朝律，取得鲤鱼即宜放，仍不得吃，号赤鯶公。卖者杖六十，言"鲤"为"李"也。

◎ 黄鱼

蜀地每次有人杀黄鱼，就会阴天下雨。

> 黄鱼①，蜀中每杀黄鱼，天必阴雨。

---

① 黄鱼：《尔雅注》："鳣鱼，体有甲无鳞，肉黄，大者长二三丈，江东人呼为黄鱼。"鳣鱼即鲟鳇鱼。唐代川江流域尤其喜食黄鱼，"家家养乌鬼（鸬鹚），顿顿食黄鱼"。关于"天必阴雨"，唐代海南地区也流传着类似的传说，认为黄鱼与猪肉同食，会激怒雷公，招致骤雨暴雷，吃鱼者将遭雷殛而死。当地有个叫陈鸾凤的猛士，胆边生毛，偏不信这个邪，带了一把破柴刀来到郊野，一口黄鱼，一口猪肉，大吃特吃，须臾云昏电掣，风雷激撼，陈鸾凤觑准雷电下去的刹那，挥刀猛砍，砍下雷公一条腿来，就此破了"天必阴雨"的诅咒。

◎ 乌贼

古书记载，乌贼是替河伯办事的小吏。乌贼遇到大鱼，会释放墨汁，笼罩数尺方圆水体，借以藏身。江东地区一些奸诈小人常取乌贼墨汁书写契约，骗取财物，用乌贼墨写出来的字迹墨色偏淡，一年后，字迹将完全消失，仅剩一张空纸。海客们说，当年秦始皇巡狩东海，将一只公文袋扔进海里，化作了乌贼，所以乌贼长得像个公文袋，两条触手极长，好像系公文袋的丝绦。有人认为乌贼身上自带锚碇，遇有风浪，即摆动触手，抛下锚碇固定身体。

> 乌贼，旧说名河伯度（一曰从）事小吏，遇大鱼辄放墨，方数尺，以混其身。江东人或取墨书契，以脱人财物，书迹如淡墨，逾年字消，唯空纸耳。海人言，昔秦皇东游，弃算袋①于海，化为此鱼，形如算袋，两带极长。一说乌贼有碇②，遇风则虯③前一须下碇。

---

① 算袋：盛放笔砚的手袋。
② 碇：停船时沉入水底用以稳定船身的石块或系船的石墩。

③ 虬：疑当是"虯"，弯曲。

◎ 接生鱼

各种鱼类将要产卵的时候，鮥鱼便去舔舐那雌鱼的腹部，世人说它是众鱼的接生婆。

按，鮥鱼或指鳡鱼，古籍也称鳏鱼、黄颊，鲤科大型掠食性鱼类，性凶猛，分布广泛。李时珍《本草纲目》："鳡，敢也……《异苑》云：'诸鱼欲产，辄以头冲其腹。鱼自欲生者，亦更相撞触。故世人谓为众鱼之生母也。'"

鮥鱼，凡诸鱼欲产，鮥鱼辄舐其腹，世谓之众鱼之生母。

◎ 鲊鱼

鲊［cuò］鱼产自章安县，这种鱼的腹部可以开启，供幼鱼进出，幼鱼早上出来吃食，傍晚回到母亲腹中，其腹最多容纳四条幼鱼。鲊鱼鳃部为红色，宛若纯铜，非常强壮，网罟难制，民间称之为"河伯健儿"。

按，鲊鱼很可能就是今天所说的双髻鲨（锤头鲨），一种长相特异的巨鲨，脑袋前端长有一个好似丫鬟头顶两边的双髻，又或像一把大锤的"头翼"，广泛分布在全世界的热带和亚热带海域，包括中国东海和南海。段玉裁《说文注》："鱕鲊，有横骨在鼻前如斤斧形者也；有出入鲊，子朝出求食，暮还母腹中也。"

鲊鱼，章安县①出。出入鲊腹，子朝出索食，暮入母腹。腹中容四子。颊赤如金，甚健，网不能制，俗呼为河伯健儿。

---

① 章安县：今浙江台州临海市。

◎ 鲨

幼鲨受惊会逃入母鲨腹中。

鲛鱼①，鲛子惊则入母腹中。

---

① 鲛鱼：鲨鱼。

◎ 马头鱼

马头鱼，产自越南象浦县，黑色，体长超过五长，头如马，人类入水，辄被其吞食。

马头鱼，象浦①有鱼，色黑，长五丈余，头如马，伺人入水食人。

---

① 象浦：象浦县，治今越南广南省维川县。

◎ 䲟鱼

䲟鱼，长一尺三寸，头顶平坦四方，有如印章，其上隐然可见"字迹"。各种大鱼到了死期，䲟鱼会先将其封印。

鲈形目的䲟鱼，是自然界最擅长搭"顺风车"的动物之一。䲟鱼的第一背鳍进化为吸盘，供吸附在船底或鲨鱼、蝠鲼、海龟等动物身上远游和索食。旅行途中，蹭些寄主大鱼吃剩的食物残渣和寄生虫果腹。当到达饵料丰富的海区，便脱离宿主，自行捕食，

䲟鱼

然后再吸附在新宿主身上，向其他海区转移。《昭明文选》注左思《吴都赋》："鮣鱼长三尺许，无鳞，身中正四方如印。扶南俗云：'诸大鱼欲死，鮣鱼皆先封之。'"认为鮣鱼仿佛人间握着印把子的大员，掌管着鱼类，尤其是大鱼的生死之印。

> 印鱼，长一尺三寸，额上四方如印，有字。诸大鱼应死者，先以印封之。

◎ 石斑鱼

僧人行儒言道，建州有种石斑鱼，喜与蛇类交配。南方多隔蜂，蜂巢大如壶尊，有时乌泱泱成群结队地袭击路人。当地人久经摸索，终于找到一种灭蜂之术：在蜂巢附近炙烤石斑鱼，用竿子插着，高高举起，使鱼的影子投于蜂巢。不一会儿，就有数以百计燕子大的鸟猛扑而下，将蜂巢撕得片片磔裂，落叶般漫天飞散，毒蜂也死的死，逃的逃，彻底消失。

> 石斑鱼①，僧行儒言，建州②有石斑鱼，好与蛇交。南中多隔蜂，窠大如壶，常群螫人。土人取石斑鱼就蜂树侧灸之，标于竿上向日，令鱼影落其窠上，须臾有鸟大如燕，数百，互击其窠。窠碎，落如叶，蜂亦全尽。

---

① 石斑鱼：泛指鲈形目石斑鱼科各种鱼类，也叫"高鱼"，全世界共160多种，体型较大，身长可达一米以上，多生活在近礁的热带、亚热带海域，肉质细腻鲜嫩，尤宜清蒸、氽汤。由于过度捕捞，赤点石斑鱼等种类已濒临灭绝。《本草纲目》引《南方异物志》云石斑鱼喜与蜥蜴交配："高鱼（石斑）似鳟，有雌无雄，二、三月与蜥蜴合于水上，其胎毒人。"
② 建州：今福建建瓯。

◎ 娃娃鱼

大鲵很像鲇鱼，长长的尾巴，黑褐色的皮肤，扁扁的头。当然，作为两栖动物，大鲵拥有鱼类无法比拟的优势——它长着四只脚，可以上岸，可以爬树。大鲵叫声像婴儿啼哭。遇到干旱的天气，大鲵会含一口水，辛辛苦苦爬上山，拨弄些草叶盖在身上，张开嘴巴，一动不动。不明真相的小鸟以为这里有一泓清水，兴兴头头飞下来喝，就被大鲵一口吃掉了。

> 鲵鱼①，如鲇，四足长尾，能上树。天旱辄含水上山，以草叶覆身，张口，鸟来饮水，因吸食之，声如小儿。峡中人食之，先缚于树鞭之，身上白汗出如构汁②，此方可食，不尔有毒。

---

① 鲵鱼：娃娃鱼，《世界自然保护联盟濒危物种红色名录》极危物种，国家二级重点保护野生动物。
② 构汁：桑科植物构树的汁液，乳白色，夏秋采收，中医入药。

◎ 鲎

鲎习性特异，雌性常常背着雄性行动，渔民一捉就是两只。南方市肆多有出售者，雄鲎肉较少。古书记载，鲎群在过海时总是相互背负，叠起来一尺多高，像一艘乘风行驶的帆船。鲎壳上有处突起，高七八寸，状如石珊瑚，俗称为"鲎帆"。成式旅居荆州时，曾得到一头鲎。直到今天，闽地山区居民还是很喜欢用鲎卵做酱。鲎有十二只足，壳可以制头冠，仅比牛角稍逊而已。还有些南方人拿它的尾巴当小如意用。

> 鲎，雌常负雄而行，渔者必得其双。南人列肆卖之，雄者少肉。旧说过海辄相负于背，高尺余，如帆乘风游行。今鲎壳上有一物，高七八寸，如石珊瑚，俗呼为鲎帆。成式荆州尝得一枚。至今闽岭重鲎子酱①。鲎十二足，壳可为冠，次于白角②。南人取其尾，为小如意③也。

---

① 鲎子酱：鲎卵酱。刘恂《岭表录异》："（鲎）腹中有子如绿豆，南人取之，碎其肉脚，和以为酱，食之。"
② 白角：打磨光滑的牛角。

③ 如意：古之挠痒耙（爪杖），梵语"阿那律"的意译。脊背有痒，手所不到，用以搔抓，可如人意，因而得名。或作指划和防身用。此外，和尚宣讲佛经时，也持如意，记经文于上，以备遗忘。

◎ 飞鱼

飞鱼身长一尺，产于朗山县浪水，飞时凌霄摩云，息即潜归潭底。

　　飞鱼，朗山①浪水有鱼，长一尺，能飞，飞即凌云空，息即归潭底。

---

① 朗山：朗山县，今河南驻马店确山县。

◎ 温泉鱼

南地随溪三亭城下，荡漾着一湾温泉，泉水中小鱼游弋。

　　温泉中鱼，南人随溪有三亭城①，城下温泉中生小鱼。

---

① 三亭城：今湖南湘西土家族苗族自治州保靖县。

◎ 羊头鱼

鱼复县故陵溪，生活着一种头长得像羊头的鱼，老百姓叫它"羊头鱼"，肉多刺少，鲜美绝伦。

　　羊头鱼，周陵①溪溪中有鱼，其头似羊，俗呼为羊头鱼。丰肉少骨，殊美于余鱼。

① 周陵：或应是"故陵"，在今重庆奉节县。《水经注》："江水又径鱼复县之故陵……村侧有溪，溪中多灵寿木。中有鱼，其头似羊，丰肉少骨，美于余鱼。"

◎ 鱼

鱼[zhòng]坑，位于济南郡东北，原是一片居民区。传言北魏景明年间，有人凿井挖到一条鱼，大如镜。当夜，河水漫流，注入此坑，坑中居民，尽数化为鱼。

鱼，济南郡东北有鱼坑，传言魏景明①中，有人穿井得鱼，大如镜。其夜，河水溢入此坑，坑中居人皆为鱼焉。

① 景明：北魏宣武帝元恪年号，公元500—504年。

◎ 玳瑁

一生只生育一次的动物，有虎、鸳鸯和玳瑁。

玳瑁①，虫不再交②者，虎、鸳与玳瑁也。

① 玳瑁：海龟的一种，角质板可为饰品。国家二级保护动物。
② 不再交：应指只生一胎，或只有一个配偶，而非"只交配一次"。清代陈云龙《格物镜原》："格物论：'虎一生止一乳，一乳必双，所谓虎不再交是也。'"

◎ 螺蚌

鹦鹉螺旋尖处如鹦鹉嘴，见者将有凶险。蚌在打雷时会闭壳。

螺蚌，鹦鹉螺[1]如鹦鹉，见之者凶。蚌当雷声则瘶[2]（一曰痢）。

---

[1] 鹦鹉螺：唐代刘恂《岭表录异》："鹦鹉螺，旋尖处屈而朱，如鹦鹉嘴，故以此名。壳上青绿斑文，大者可受二升。壳内光莹如云母。装为酒杯，奇而可玩。"

[2] 瘶[zhòu]：缩。

◎ 蟹

八月份的蟹，腹中含有一寸多长的稻芒，这是螃蟹们向东觐献给海神的贡赋。没完成觐献的蟹不能食用。

> 蟹八月腹中有芒，芒真稻芒也，长寸许，向东输与海神，未输不可食。

◎ 百足蟹

善苑国出产的百足蟹，长九尺，有四只大螯，熬成的胶，叫做"螯胶"，比传说中凤凰嘴熬制的神胶更胜一筹。

断弦难再张，古时弓弦琴弦、宝刀利剑断后重接是一大难题。传说大海深处有个凤麟洲，岛上多栖凤凰麒麟，将凤凰之喙、麒麟之角煮化成胶，名为续弦胶，又名连金泥，可续断弦、合断金。后世则以"鸾胶续弦"喻指丧妻再娶。

> 善苑国出百足蟹，长九尺，四螯。煎为胶，谓之螯胶[1]，胜凤喙胶也。

---

[1] 螯胶：东汉郭宪《汉武洞冥记》："善苑国尝贡一蟹，长九尺，有百足四螯，因名百足蟹。煮其壳胜于黄胶，亦谓之螯胶，胜凤喙之胶也。"

◎ 糖蟹

平原郡进贡的糖蟹,是在与河间交界处捕捉的。每年举送贡士之季,地方衙门的官吏带人趁夜凿开河冰,燃起火把,用老狗肉做饵。蟹类趋光,又好食荤腥,感受到狗肉的气息就会浮出水面。这时的蟹,一只价值百钱。鲜活的螃蟹裹入厚毡布,驿马飞驰,急送京城。

> 平原郡①贡糖蟹②,采于河间③界。每年生贡④,斩冰火照,悬老犬肉,蟹觉老犬肉即浮,因取之。一枚直百金。以毡蜜⑤束于驿马,驰至于京。

---

① 平原郡:隋大业初改德州置,辖境相当今山东德州、陵县、平原、宁津及河北吴桥、东光、交河等市县地。
② 糖蟹:段郎二公子段公路的《北户录》,收录了作为上方贡物的糖蟹制法:用煮化的糖把活蟹渍一宿,加入蓼汤和盐腌制,密封20天取出,如果蟹脐跟活的时候一样,再用盐蓼汤浇,泡好密封,随吃随取,腌制期间不能进空气。
③ 河间:今河北沧州河间。
④ 生贡:贡送举子入京考试。原则上,唐代各地岁贡的方物,是随着参加礼部考试的举人们一道解往京城的。《唐摭言》:"诸州学士及早有明经及秀才、俊士、进士、明于理体,为乡里所称者,委本县考试,州长重覆,取其合格,每年十月随物入贡。斯我唐贡士之始也。"实际操作不会拘泥于此,像蟹、荔枝之类生鲜贡物,多半就要加急驿递。
⑤ 蜜:通"密"。

◎ 蝤蛑

蝤蛑,大的一尺多长,两只螯钳极其强劲有力,八月的蝤蛑,能与虎斗,虎往往不敌。蝤蛑随大潮褪壳,每次褪壳,都伴随着一次成长。

按,蝤蛑即是今天梭子蟹科的拟穴青蟹,俗称青蟹、肉蟹、膏蟹,只看俗称就知道此物肥美膏丰,常言道:"十月蝤蛑抵只鸡",蝤蛑体型硕大,生前好斗,死后好吃,最宜清蒸。

蟛蜞，大者长尺余，两螯至强。八月，能与虎斗，虎不如。随大潮退壳，一退一长①。

---

① 一退一长：蟹壳本身不会随蟹生长而变大，所以蟹要脱壳，脱掉壳长大一点，再长出新壳。

◎ 懒妇鱼

奔䱜，一名䱜，非鱼非蛟，大如船，长二三丈，色如鲇鱼，腹下有两个乳房，部分性征与人类相似。取其幼崽置于岸上，鸣声清晰，如同婴啼。奔䱜头顶有孔，连通呼吸系统，每次"哧哧"地喷气，必将刮起大风，行旅凭此判断天气。

奔䱜俗称"懒妇鱼"，民间流传着这样一个传说：从前有个很懒的姑娘，因为懒得劳作，动辄遭婆婆责骂。有一次她在纺织时睡着了，婆婆大怒，拿起梭子就打，打得姑娘逃出家门，逃到淮水之畔，自觉了无生趣，投水而死，变成了一种胖胖的鱼。

在没有电灯的时代，沿江和沿海居民，有时会熬炼鲸类和鱼的油脂点灯，懒妇鱼一身肥膘，自然难逃炮制。不过懒妇鱼油所点的灯十分古怪：为书本、纺织照明，光就暗沉沉的，仿佛打不起精神；一旦移往章台舞榭、笑筵歌席，这些热闹欢娱之所，立时大放光明。大家都说，懒姑娘就算便成了鱼，还是禀性难移，连鱼油都是好逸恶劳的。世人便为这种灯取了个名字，叫做"馋灯"。

奔䱜很可能是中国独有的两种珍贵淡水鲸——江豚和白鱀豚的混称。

江豚性情活泼，不太害怕接近渔船，渔民可以近距离观察到它们的特殊行为：暴风雨来临前，气压降低，江豚需要加快呼吸频率以获得足够的氧气，这时，江豚圆圆的脑袋会高高露出水面，朝向即将起风的方向，渔民认为这是江豚在"拜风"，预示着暴风将至，于是赶紧停止作业，摇楫靠岸。江豚因此博得了"拜江猪""追风使""屯江小尉"的雅称。

目前白鱀豚已经功能性灭绝，江豚的种群繁衍态势也极其严峻。

奔䱜，一名䱜，非鱼非蛟，大如船，长二三丈，色如鲇，有两乳在腹下，雄雌阴阳类人。取其子着岸上，声如婴儿啼。顶上有孔通头，气出哧哧作声，必大风，行者以为候。相传懒妇所化①。杀一头得膏三四斛，取之烧灯，照读书、纺绩辄暗，照欢乐之处则明。

---

① 相传懒妇所化：任昉《述异记》："淮南有懒妇鱼。俗云：昔杨氏家妇，为姑所溺而死，化为鱼焉。其脂膏可燃灯烛，以之照鸣琴博弈，则烂然有光；及照纺绩，则不复明焉。"沈怀远《南越志》："昔有懒妇睡机上，姑怒之，遂走投水，化为奇兽。一枚可得脂三四斛，燃之，照纺绩则暗；照歌舞则明，习懒之性不革也。"

◎ 系臂

系臂如龟，入海捕捞前，必须先郑重祭祀，向海神呈报打算捕捞的数量，系臂就会自动成群出现，渔民依诺捉取。若食言多取，船只将被风浪倾覆。

> 系臂，如龟，入海捕之，人必先祭。又陈所取之数，则自出，因取之。若不信，则风波覆船。

◎ 蛤蜊

普天下的蛤蜊们都在翘首期盼着刮风下雨，每值风雨，蛤蜊就能以贝壳为翼，翱翔天际。

在古人的奇妙世界里，雀儿能变成蛤蜊，那么反过来，蛤蜊恢复一下鸟雀的飞翔能力也正常得很。《礼记·月令》："雀入大水为蛤。"《国语·晋语》："雀入于海为蛤，雉入于淮为蜃。"《搜神记》："千岁之雉，入海为蜃；百年之雀，入海为蛤；千岁之狐，起为美女；千岁之蛇，断而复续。"

> 蛤梨，候风雨，能以壳为翅飞。

◎ 拥剑

拥剑，螯爪一大一小，大螯用来打架，小螯用来吃饭。

按，拥剑，大概指招潮蟹。雄性招潮蟹拥有一把等身巨螯，和一个相比起来像是没发育的小螯，当它傲立海滩，对着滔天潮水举起大螯的时候，的确像极了高擎巨剑，沥血吼啸的甲胄战士。西方人则文艺许多，他们觉得招潮蟹挥舞巨钳的模样像是在拉小提琴，因而称之提琴蟹。现代研究推测，招潮蟹挥舞大螯可能是为了求偶，它的大宝剑尺寸越大，挥得越起劲儿，成功率就越高。

招潮蟹

> 拥剑，一螯极小，以大者斗，小者食。

◎ 寄居蟹

寄居蟹壳似蜗牛，它是蟹和螺壳的混合体。小蟹专等螺开壳取食的当口进行寄居，螺想要闭壳时，蟹已经挤进去了。

按，实际上寄居蟹多是捡死亡软体动物的空壳寄居。

> 寄居，壳似蜗，一头小蟹，一头螺蛤也。寄在壳间，常候蜗（一曰螺）开出食。螺欲合，遽入壳中。

◎ 牡蛎

牡蛎的"牡"字并非"雄性"之义，天下贝类，唯有牡蛎是咸水凝结变化而成（不分雌雄）。

> 牡蛎，言牡，非谓雄也。介虫中唯牡蛎是咸水结成也。

◎ 玉珧

玉珧似蚌，长二寸，宽五寸，壳中的肉柱烤着吃，口感像牛肩肉一样筋道。

玉珧是江珧蛤科贝类的统称，中国的一些江珧壳长可超过30厘米，后闭壳肌（肉柱）极为发达硕大，肉质脆嫩弹牙，晒干后叫做瑶柱，烹饪中多用于提鲜。

> 玉桃，似蚌，长二寸，广五寸，壳中柱炙之如牛头肱项。

◎ 数丸

数丸，形似蟛蜞，争相挖沙子团成小球，团够三百个小球，就涨潮了。

> 数丸，形似蟛蜞，竞取土各作丸①，丸数满三百而潮至（一曰沙丸）。

---

① 取土各作丸：退潮后，沙滩上留下很多好吃的，蟹便从洞穴出来，挖沙子吃，口器甄别出食物吃下，吐出的不可食用物，呈球状。

◎ 千人捏

千人捏，形似蟹，大如钱币，壳很硬，壮汉用尽全力也捏它不死，所以大家叫它"千人捏不死"。

> 千人捏①，形似蟹，大如钱，壳甚固，壮夫极力捏之不死。俗言千人捏不死，因名焉。

---

① 千人捏：豆形拳蟹，是玉蟹科一种小蟹，头胸甲（躯干）只有约硬币大小，甲壳极硬，俗称"鬼见愁""千人捏不死"，分布广泛，中国南北海岸泥沙滩均可见。

虫 篇

◎ 蝉

蜕皮前的蝉叫"复育",相传是屎壳郎变的。这年冬天,秀才韦翾在他杜曲的庄园挖树根,发现复育都聚在树根朽烂处,他觉得很奇怪。村民们告诉他,蝉原本就是朽木变的,韦翾剖开一只,果然那只复育腹中全是烂木。

蝉,未脱时名复育①,相传言蛣蜣②所化。秀才韦翾(一曰翻)庄在杜曲③,尝冬中掘树根,见复育附于朽处,怪之。村人言蝉固朽木所化也,翾因剖一视之,腹中犹实烂木。

---

① 复育:若虫形态的蝉,俗称知了龟、知了猴。
② 蛣蜣:屎壳郎。
③ 杜曲:在今陕西西安市长安区东少陵原东南,因唐代贵族杜氏世居于此得名。

◎ 蝶

白蛱蝶是从尺蠖的茧里生出来的。

顾非熊秀才声称他少年时见过粪池里一件破烂的绿裙幅变成了蝴蝶。工部员外郎张周封教给段郎一种法术:合拢百合花的花瓣,密封缝隙,隔天,百合花就变成大蝴蝶了。

蝶,白蛱蝶,尺蠖茧所化也。秀才顾非熊少年时,尝见郁栖①中坏绿裙幅,旋化为蝶。工部员外郎张周封言,百合花合之,泥其隙,经宿化为大胡蝶。

---

① 郁栖:粪壤。

◎ 蚁

关中有许多体型硕大的黑蚂蚁，好斗，俗称"马蚁"。另有一种暗红色的蚂蚁，体型稍小。小些的蚂蚁，有种黑色的，反应不太灵敏，但力气很大，能举起与自己身体相仿的铁屑。

还有一种暗黄色蚂蚁，最具智计。成式小时候拿荆棘刺了一只苍蝇，放在这种蚂蚁往来的路线上，蚂蚁们都是轻轻一碰，就折返而回，有些回到距蚁穴一尺处止步不前，有些来到数寸处，那些刚刚回洞的蚂蚁却忽然络绎不绝地爬了出来，我怀疑它们是在用某种人类难以察觉的声息沟通联络。这列蚂蚁浩浩荡荡爬向苍蝇，每间隔六七只，就有一只脑袋特别大的，队列齐整有序，像纪律严明的人类军伍。搬运苍蝇时，大头蚂蚁分列侧翼，或者殿后，看上去大约是在警戒其他蚂蚁来袭。

宪宗元和年间，我寓居在长兴里，宅子庭院间有窝蚂蚁，样子很像那种暗红色的大蚁，只不过这窝是黑色，只腰部略带些红，头尖，腿长，行动轻捷。每次活捉了尺蠖或别的什么小虫回洞，总要弄塌洞口的土堆，堵塞洞口，以防猎物逃逸。后来我搬到了别处，就再也没见过这种蚂蚁了。

隐士程宗义说，程执恭任横海节度使时，易州、定州一带，蚂蚁在山野堆叠的土堆高达三尺以上。

蚁，秦中多巨黑蚁，好斗，俗呼为马蚁。次有色窃①赤者。细蚁中有黑者，迟钝，力举等身铁。有窃黄者，最有兼弱②之智。成式儿戏时，尝以棘刺标蝇，置其来路，此蚁触之而返，或去穴一尺，或数寸，才入穴中者如索而出，疑有声而相召也。其行每六七有大首者间之，整若队伍。至徙蝇时，大首者或翼或殿，如备异蚁状也。元和中，假居③在长兴里。庭有一穴蚁，形状大如次窃赤者，而色正黑，腰节微赤，首锐足高，走最轻迅。每生致蠖及小虫入穴，辄坏垤④窒穴，盖防其逸也。自后徙居数处，更不复见此。山人程宗义（一日文）云："程执恭⑤在易定⑥，野中蚁楼⑦三尺余。"

---

① 窃：暗。
② 兼弱：兼并弱者。
③ 假居：僦居，寓居。

④ 垤［dié］：蚂蚁做窝时堆在洞口的土。
⑤ 程执恭：（？—819年）一名程权，定州安喜人，横海节度使程怀信之子。德宗贞元末年，父薨，袭领军务，诏授留后，宪宗元和元年，拜节度使，治所在河北沧州。
⑥ 易定：易州（治今河北保定易县）和定州（今河北保定定州市）。
⑦ 蚁楼：重叠如楼的蚁垤。

◎ 蜘蛛

道士许象之传授段郎一门化生蜘蛛术：用盆子把寒食这天的饭扣在避光房间地上，到了夏天，饭粒就会变成蜘蛛。

> 蜘蛛，道士许象之言，以盆覆寒食饭于暗室地上，入夏悉化为蜘蛛。

◎ 蜈蚣

绥安县多蜈蚣，大的能以气吸兔，小的能吸蜥蜴，相距三四尺，张嘴一吸，猎物从皮毛至血肉骨骼，次第剥落消解，化于无形。

> 吴公，绥安县①多吴公，大者兔寻②，能以气吸兔（一云"大者能以气吸兔"）。小者吸蜥蜴，相去三四尺，骨肉自消。

---

① 绥安县：今安徽广德县。
② 兔寻：疑为衍文。

◎ 蜾蠃

家中书房有许多蜾蠃，这种虫喜欢在书卷中筑巢，也有一些住在笔管里，隐隐能听见它们念咒（令螟蛉变成"义子"）的声音。有时揭开书卷一看，巢穴中尽是小蜘蛛，大如蝇虎，周围有泥巴砌的隔子，那时我才知道，蜾蠃不是仅捉螟蛉的。

  蠮螉①，成式书斋多此虫，盖好窠于书卷也。或在笔管中，祝声②可听。有时开卷视之，悉是小蜘蛛，大如蝇虎③，旋以泥隔之，时方知不独负桑虫④也。

蜾蠃

① 蠮螉：指胡蜂科蜾蠃［guǒ luǒ］亚科的某些蜂，俗名细腰蜂，大多腰肢细长，会将螟蛉捉入巢穴，在其体内产卵，作为幼虫的食物。螟蛉一时不得就死，而是被麻痹着，直到被蜾蠃的幼虫啃食致死。古人的观念，却以为蜾蠃没有雄虫，无法诞育后代，捉螟蛉是为了收养。

② 祝声：汉代扬雄《法言·学行》："螟蛉之子，殪而逢蜾蠃，祝之曰：'类我！类我！'久则肖之矣。"说蜾蠃会念咒："像我！像我！"螟蛉中了咒语，渐渐就变成蜾蠃了。

③ 蝇虎：蜘蛛的一种，也叫跳蛛，体型小，最小只有蚂蚁般大，擅跳跃，会跳到蚊、蝇等虫背上咬食，多不结网。

④ 桑虫：螟蛉，宋《朱熹集传》："螟蛉，桑上小青虫也，似步屈。蜾蠃，土蜂也，似蜂而小腰，取桑虫负之於木空中，七日而化为其子。"古以为蜾蠃不产子，喂养螟蛉为子，所以称义子为"螟蛉之子"。其实陶弘景已知螟蛉并非义子，而是蜾蠃口中食："今一种蜂，黑色，腰甚细，衔泥于人屋及器物边作房，如并竹管者是也。其生子如粟米大，置中，乃捕取草上青蜘蛛十余枚，满中，仍塞口，以待其子大为粮也。其一种入芦管中者，亦取草上青虫。《诗》云：'螟蛉有子，蜾蠃负之。'细腰之物无雌，皆取青虫教祝，便变成己子，斯为谬矣。"

◎ 螲蟷

  雨后，螲蟷便从书房前的地下钻出来了。螲蟷洞穴很深，跟蚯蚓洞深度相仿，洞里布满蛛丝，洞口有个泥土黏合的盖子，大如榆荚，与地面齐平。螲蟷就藏在盖子下，待苍蝇、尺蠖之类小虫经过，闪电般掀开盖子，出手擒住猎物，迅速拖进洞去，盖子复又盖上，与地面融为一体，完全找不到一丝缝隙。蛭蟷实际是一种蜘蛛，《尔雅》谓之"王蚨蝎"，《鬼谷子》谓之"蚨母"。关中有首童谣是这样唱的："蛭蟷蛭蟷牢牢守着大门，蜾蠃来捉你时却无处可以逃奔。"

颠当①，成式书斋前，每雨后多颠当，窠（俗人所呼）深如蚓穴，网丝其中，土盖与地平，大如榆荚。常仰捍其盖，伺蝇蠖过也翻盖捕之，才入复闭，与地一色，并无丝隙可寻也。其形似蜘蛛（如墙角乱绸中者），《尔雅》谓之王蚨蝎，《鬼谷子》谓之蚨母。秦中儿童对曰："颠当颠当牢守门，蠮螉寇汝无处奔。"

① 颠当：蛭蟷［dié dāng］，一种住在地下洞穴的蜘蛛，绝大多数穴口设置有可以开启的活门机关（盖子），上覆泥土伪装，常仰开其盖，或躲在盖下，俟小虫靠近伏击捕食之。

蛭蟷的巢穴

◎ 蝇

长安秋季多蝇，我耽迷读书，有时一天要读五卷各种书籍，苍蝇们来来往往，在眼前噪扰不去，落到文字上乱爬，赶不胜赶，十分惹厌。偶尔打死一只，仔细一看，原来苍蝇的翅膀颇似蝉，头部跟蜂很像。

苍蝇是最擅辨寻腐物的，尤其嗜吃酒肉，停下不飞时，就用爪子一下下拨弄脑袋和翅膀。它们是用翅膀发声。那些通体黑黢黢的声音雄壮，金背的鸣声清亮，青色的最能致食物腐败。有种个头很大，头红色，像顶着一粒炭火，有人说这种叫做"大麻蝇"，是茅草根所化。

蝇，长安秋多蝇，成式蠹书①，常日读百家②五卷，颇为所扰，触睫隐字，驱不能已。偶拂杀一焉，细视之，翼甚似蜩③，冠甚似蜂。性察于腐，嗜于酒肉。按理首翼，其类有苍者声雄壮，负金者声清聒，其声在翼也。青者能败物。巨者首如火，或曰大麻蝇，茅根所化也。

① 蠹书：钻进书本，形容苦读。
② 百家：诸子百家，泛指各门类、类型的书籍。
③ 蜩：蝉。

◎ 壁鱼

补阙张周封宣称他见过墙上的白瓜子变成白色衣鱼（蠹书的小虫），由此方知《列子》所说的"朽瓜为鱼"之义。

> 壁鱼，补阙①张周封言，尝见壁上白瓜子化为白鱼，因知《列子》言朽瓜为鱼②之义。

① 补阙：唐武则天垂拱元年置，秩从七品上，负责规谏天子及举荐人才，与拾遗同掌供奉讽谏。分左右补阙，左补阙属门下省，右补阙属中书省。低一级者为左右拾遗，合称"遗补"。
② 朽瓜为鱼：《列子·天瑞》："朽瓜之为鱼也，老韭之为苋也。"

◎ 蛣蜣树

有种植物，名叫"屎壳郎树"。

> 蛣蜣，草中有蛣蜣树。

◎ 天牛

天牛是黑色甲虫。长安夏日，天牛偶见于篱笆墙间，雨水必然接踵而至，我留意印证了七次，皆是如此。

天牛虫，黑甲虫也。长安夏中，此虫或出于离壁①间必雨，成式七度验之皆应。

---

① 离壁：《太平广记》引本条作"篱壁"，篱笆墙。

◎ 异虫

温会在江州，有次跟宾客去看打鱼。忽见一个渔夫从水里跳出来，惨叫着上岸狂奔。路人诧异相问，渔夫脸色乌黑，口不能言，反手连指背后。几个相识的忙剥去他的衣衫，见他背上紧贴着一片黄叶似的东西，一尺多大，密密麻麻长满了眼睛，每只眼睛下面都生有一根钉子状的尖牙，刺入渔夫脊背，扯都扯不下来。最后温会叫人取来炭火炙在它身上，才终于烧的脱落。渔夫背部出血不止，直流了数升之多，活活把人流死了。这怪虫究竟是个什么东西，无人认识。

异虫，温会①在江州②，与宾客看打鱼。渔子一人，忽上岸狂走。温问之，但反手指背，不能语。渔者色黑，细视之，有物如黄叶，大尺余，眼遍其上，啮不可取，温令烧之落。每对一眼，底有觜如钉，渔子出血数升而死，莫有识者。

---

① 温会：官侍御史、西川安抚判官，就职西川期间，可能与段成式的父亲段文昌有所交集，诗作《奉陪段相公晚夏登张仪楼》所记的张仪楼在成都，诗中段相公，可能就是段文昌的父亲。
② 江州：今江西九江。

◎ 冷蛇

申王患有肥胖症，肚子的赘肉下垂过膝，出门得用白绢扎束结实，一到夏天就气闷的难以忍受。玄宗体恤这位二皇兄，下令从南方捉了两条冷蛇，赐给申王。那冷蛇身长数尺，白色，十分温驯，不会咬人，握在手里，冷如握冰。申王肚子上叠着好几层肉褶子，夏天把冷蛇夹在褶子里，就不觉得暑热难耐了。

按，申王李㧑，是唐睿宗第二子，玄宗之兄，母亲掖庭宫女奴柳氏，出身卑贱，出生时险遭遗弃。武则天征询高僧万回的意见，和尚怀有慈悲之心，说："此儿是西域大树之精，养之宜兄弟。"武则天才准许他留居宫中，当作"宜兄弟"的吉祥物养着。唐睿宗复位，进封申王，迁右卫大将军。开元十二年病逝。史书说他"仪形环伟，善于饮啖"，其实就是胖而能吃的意思。古人讲话高明，胖不说胖，说仪形环伟，能吃不说能吃，说善于吃喝。《开元天宝遗事》说，每到严冬，申王便命艳姬俏婢密密地围在自己周遭，替他遮挡寒气，号称美人屏风。他过于肥胖，醉酒后难以举步，就使唤舞姬们用锦彩结一软兜，抬他回寝室，呼为"醉舆"。

冷蛇，申王有肉疾，腹垂至骭①，每出则以白练束之，至暑月，常鼾息②不可过。玄宗诏南方取冷蛇二条赐之，蛇长数尺，色白，不螫人，执之冷如握冰。申王腹有数约，夏月置于约中，不复觉烦暑。

---

① 骭［gàn］：胫骨，小腿。
② 鼾息：喘不动气。

◎ 切叶蜂

切叶蜂比蜜蜂稍大些，飞行迅疾有力，它们会把树叶裁成圆片，卷成卷，塞入树木孔洞，或墙缝里做巢。我时常抠开墙缝搜索，打开来看，叶卷里无一例外地都塞满了脏兮兮的东西，有人说这些脏东西最后会变成蜂蜜。

按，切叶蜂外形很像蜜蜂，营巢习惯与蜜蜂大异，蜜蜂是住集体宿舍，切叶蜂是独门独户。切叶蜂的一生很像人类，劳碌一辈子，主要就是为了给孩子搭窝。它们多选树洞、石缝、地穴为巢，由雌蜂负责营筑（雄蜂新婚洞房后就死了），用剪刀状锋利的大颚在植物叶子上切下一个个直径约2厘米的圆片，带回巢卷成筒状，供贮存花蜜和产卵，接着再去裁切一些叶片，封闭室门，这样一间巢室就造好了。通常每间巢室只住有一只幼蜂，等整个巢穴造满了巢室，切叶蜂会搬运些树脂和泥土封闭巢穴的总大门。直到第二年，巢内幼蜂长成，蜂拥破关而出，步武父母，开始劳碌的一生。

异蜂，有蜂如蜡蜂①稍大，飞劲疾，好圆裁树叶，卷入木窍及壁罅中作窠。成式常发壁寻之，每叶卷中实以不洁，或云将化为蜜也。

---

① 蜡蜂：蜜蜂。

◎ 白色蜂巢

我在修行里有几亩果园。武宗会昌二年，一批像马蜂的蜂群在庭前檐下，用胶土筑成一巢，只有鸡蛋大小，色作纯白，模样挺讨人喜欢。然而舍弟十分憎恶，下手捣毁了，那年冬天，舍弟手足冻裂，出了好多血。

《南史》记载，宋明帝讨厌人家将建康城的宣阳门说成"白门"。《金楼子》的作者萧绎也说，他大婚当日，韶光异变，疾风飞雪，以至帷幕皆白，堂间一片缟素，认为这是不祥之兆。可见至晚在南北朝时，世俗就已经以白色为忌了。

> 白蜂窠，成式修竹里①私第，果园数亩。壬戌年②，有蜂如麻子蜂③，胶土为窠于庭前檐，大如鸡卵，色正白可爱。家弟恶而坏之，其冬果皲钟手足。《南史》言，宋明帝恶言白门④。《金楼子⑤》言，子⑥婚日，疾风雪下，帏幕变白，以为不祥。抑知俗忌白久矣。

---

① 修竹里：唐代长安城并无名为"修竹"的里坊，或应是"修行里"。段郎知交顾非熊有诗《夏日会修行段将军宅》，疑在段成式家时所作：爱君书院静，莎覆藓阶浓。连穗古藤暗，领雏幽鸟重。樽前迎远客，林杪见晴峰。谁谓朱门内，云山满座逢。
② 壬戌年：唐武宗会昌二年，公元842年，时段成式四十岁。
③ 麻子蜂：黄蜂，马蜂。
④ 宋明帝恶言白门：宋明帝刘彧（439—472年），南朝宋室第七位皇帝。《宋书·本纪第八》："宣阳门，民间谓之白门，上以白门之名不祥，甚讳之。尚书右丞江谧尝误犯，上变色曰：'白汝家门！'谧稽颡谢，久之方释。"宣阳门是南朝建康城（今南京）外城的正南门，当时老百姓市井闲谈，习称之"白门"。宋明帝非常忌讳这种叫法。一次，尚书右丞江谧御前奏对，不小心说溜了嘴，说了句"白门"，皇上当场急眼，骂道："白你家的门！"江谧吓得连连磕头。

⑤ 金楼子：梁元帝萧绎亲自撰写的杂录。
⑥ 子：疑当作"予"，即"我"。《金楼子》中萧绎自述道："余丙申岁婚，初婚之日，风景韶和，末乃觉异，妻至门而疾风大起，折木发屋，无何而飞雪乱下，帷幔皆白。"文中之"妻"就是典故"徐娘半老"的主角徐妃，萧绎和徐妃后来相互憎恶，成了怨偶，甚至在徐妃物故多年后，萧绎仍对其痛恨切骨，所以他才会特地叙述成婚之日风雪非时的不祥之征，以示婚姻不幸，早有征象。

◎ 毒蜂

岭南有种毒菌，夜间荧荧发光，一经雨淋，便即腐化。在那黏稠腐烂的菌尸之中，诞出一种黑色巨蜂，蜂嘴如锯，长三分有余。静夜，飞入酣眠者的耳道、鼻腔，钻进身体，断人心脉。

毒蜂，岭南有毒菌，夜明，经雨而腐化为巨蜂，黑色，喙若锯，长三分余。夜入人耳鼻中，断人心系①。

---

① 心系：系悬心脏于胸腔中的筋脉，心络。

◎ 竹蜜蜂

蜀地的竹蜜蜂，喜欢在竹子上结巢，巢有鸡蛋大小，巢上有条带子，长尺许。竹蜜蜂的巢和蜜都是青红色的，看起来挺漂亮，蜜比一般蜂蜜甜得多。

竹蜜蜂①，蜀中有竹蜜蜂，好于野竹上结窠。窠大如鸡子，有带，长尺许。窠与蜜并绀色②可爱，甘倍于常蜜。

---

① 竹蜜蜂：可能指蜜蜂科木蜂属的竹木蜂，也叫"留师蜂"。《本草纲目拾遗》："留师蜂如小指大，正黑色，啮竹为窠，蜜如稠糖，酸甜好食。"《纲目》："《六帖》云：竹蜜蜂，出蜀中。于野竹上结窠，绀色，大如鸡子，长寸许，有蒂，窠有蜜，甘倍常蜜，即此也。"

② 绀色：微红带青色。

◎ 水蛆

南方溪涧中多蛆，长寸余，色黑，夏季中期变为似虻的飞虫，蜇咬引起的症状颇为严重。

　　水蛆，南中水溪涧中多有蛆，长寸余，色黑。夏深变为虻①，螫人甚毒。

---

① 虻：指近似虻科动物的吸血飞虫。

◎ 噬船虫

象浦县水域的沙洲上，生有一种水虫，极纤小，好群聚啃食木材，几十天能咬坏一艘船。

　　水虫，象浦①其川渚②有水虫，攒水③食船，数十日船坏。虫甚微细。

---

① 象浦：象浦县，今越南境内。
② 川渚：水中小洲。
③ 攒水：应是"攒木"，《水经注·温水》："其川浦渚，有水虫弥微，攒木食船，数十日坏。"

◎ 抱枪

抱枪是水生昆虫，形如屎壳郎而稍大，腹下有刺，如同长枪，口器像荆棘针，螫人，有毒。

李时珍认为抱枪就是含沙射影的"蜮"，也就是"射工"，《本草纲目》："此虫足角如弩，以气为矢，因水势含沙以射人影成病，故有射弩诸名。《酉阳杂俎》谓之抱枪。"今考，抱枪或即半翅目水生昆虫蝎蝽，俗名"红娘华""水蝎子"，该虫尾部末端生有长长的针状呼吸管，即本文所言"腹下有刺似枪"。实际上这杆枪不螫人，蝎蝽螫人用的是刺吸式口器，与令人丧胆的大田鳖（桂花负蝽）一样，蝎蝽口器刺入猎物或人体皮肤，会注入一种溶解肌肉组织的消化酶，导致剧烈疼痛。

蝎蝽

> 抱枪，水虫也。形如蛞蜣，稍大，腹下有刺似枪，如棘针螫人，有毒。

◎ 负子蝽

负子蝽是水生昆虫，有了崽就背在背上。

按，负子，泛指半翅目负蝽科部分昆虫。大部分负蝽科昆虫交尾后，雌虫会把卵产在雄虫背上，由雄虫照料到幼虫孵化，所以名叫负子蝽。满背卵粒的负子蝽，看上去像个长满了密集眼睛的恶心怪物，它也拥有近亲蝎蝽那样溶化猎物机体组织的毒液，叮咬会造成如中刀镞般剧烈的疼痛。上文温会观渔所见咬死渔夫的怪虫，或许就是一只巨大的负子蝽。

> 负子，水虫也。有子多负之。

◎ 变色龙

变色龙，南方称为避役，一名"十二辰虫"，像蜥蜴，脚长，青红色，生有肉鬣。夏季偶见于篱笆、墙壁间，据说得见此物，多有喜事发生，乃是瑞兽。它的脑袋能迅速变成十二属相的颜色。我的再从兄段郛，曾对它的诸般变化做过细致观察。

避役①，南中名避役，一曰十二辰虫。状似蛇医，脚长，色青赤，肉鬣②。暑月时见于篱壁间，俗云见得多称意事。其首倏忽更变为十二辰状。成式再从兄郮尝观之。

---

① 避役：变色龙。
② 鬣[liè]：某些兽类（如马、狮子等）颈上的长毛。

◎ 食胶虫

长夏无事，遣暑松阴，抬头看见食胶虫在采集松胶而食。它的采集方式十分特别：前爪将松胶搓成球，后爪夹着，塞进肛门。

食胶虫，夏月食松胶，前脚传①之，后脚聂②之，内之尻中。

---

① 传：应是"抟"，搓成球。
② 聂：两脚相合，镊、捏。

◎ 青蚨

青蚨像蝉，幼虫像虾，附生在草叶上。取走幼虫，青蚨妈妈总会精准地飞来找到。炸着吃，香辣可口。

蠓蜗①，形如蝉，其子如虾，着草叶。得其子，则母飞来就之。煎食，辛而美。

---

① 蠓蜗：青蚨，《搜神记》："南方有虫，名蠓蜗，一名蜮蠋，又名青蚨，形似蝉而稍大，味辛美，可食。生子必依草叶，大如蚕子，取其子，母即飞来，不以远近，虽潜取其子，母必知处。以母血涂钱八十一文，以子血涂钱八十一文；每

市物。或先用母钱，或先用子钱，皆复飞归。轮转无已。故《淮南子·术》以之还钱，名曰'青蚨。'"

◎ 灶马

灶马状如蟋蟀而稍大，长脚伶仃，喜栖居灶台附近。俗话说，厨灶出现灶马，乃是食物丰足的好兆头。

灶马即突灶螽，直翅目驼螽科昆虫，无翅，无毒，不咬人，常出没于灶台和杂物堆的缝隙中，以剩菜、植物及小型昆虫为食。也叫灶马鸡、灶鸡、灶虾。有观点认为，成语"蛛丝马迹"之马，指的就是灶马。

> 灶马，状如促织①，稍大，脚长，好穴于灶侧。俗言灶有马，足食之兆。

---

① 促织：蟋蟀。

◎ 谢豹

虢州有一种名为"谢豹"的虫子，穴居在较深的土层中。裴沈裴司马的儿子有次掘坑挖出来一些，这东西乍眼看上去略似蛤蟆，只是圆滚滚的呈球状，见了人就交叉着两只前爪捂着脑袋，好像害羞的样子。谢豹会像鼢鼠那样打地洞，顷刻挖到数尺之深。有时从地洞中出来，听到谢豹鸟（杜鹃）的叫声，就脑裂而死，因此俗称"谢豹"。

> 谢豹，虢州有虫名谢豹，常在深土中。司马裴沈子常治坑获之。小类虾蟆，而圆如球，见人以前两脚交覆首，如羞状。能穴地如鼢鼠①，顷刻深数尺。或出地听谢豹鸟声，则脑裂而死，俗因名之。

鼢鼠，法国动物学家亨利·米尔恩-爱德华绘于19世纪

① 鼢［fén］鼠：啮齿目仓鼠科鼢鼠亚科的通称，又叫地羊。栖息在土壤潮湿、疏松的洞中。喜黑暗，怕阳光，视力差，听觉灵敏，喜安静，怕惊吓。

◎ 碎车虫

碎车虫，又名"没盐虫"，状如蝉，青黑色，多生于高大树木上，声如人吟啸，栖止终南山幽深之处。某部书上说，沧州一带称之"搔前"。太原有种大而黑的，鸣声颇肖于蝉。

> 碎车虫，状如唧聊①，苍色，好栖高树上，其声如人吟啸，终南有之。一本云，沧州俗呼为搔前，太原有大而黑者，声唧聊。碎车，别俗呼为没盐虫也。

① 唧聊：知了，蝉。

◎ 度古

度古虫，形如书带，色类蚯蚓，长二尺余，头部像把铲子，黑黄的花纹覆盖背部，身体极软，一碰就断。度古以蚯蚓为食，一旦追及，就爬到蚯蚓身上，缠裹着，分泌消化液，开始进食。好一会儿，舒展开来，蚯蚓已经全身溶化殆尽，只剩生前所吃的一摊黏液似的泥了。度古有毒，鸡吃了会死，俗名"土虫"。

> 度古①，似书带②，色类蚓，长二尺余，首如铲，背上有黑黄襕③，稍触则断。尝趁④蚓，蚓不复动，乃上蚓掩之，良久蚓化，惟腹泥如涎。有毒，鸡吃辄死。俗呼土虫。

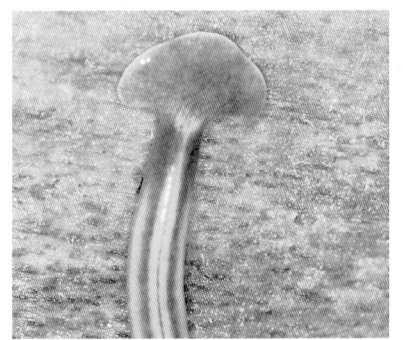

笄蛭涡虫的头部

① 度古：笄蛭涡虫，涡虫纲，笄蛭属，是比较低

等的陆生扁形动物。体长20—30厘米，头部作扁状，像一条顶着月牙铲的大蚯蚓。体黑色或黄色，生活于树根旁或墙脚下阴湿的土壤中，掠食蚯蚓、蛞蝓、蜗牛等。大多数无毒。

② 书带：捆扎书籍的带子。

③ 襕：连裳衫。

④ 趁：追逐。

◎ 雷蟖

雷蟖，大如蚯蚓，受到触碰即缩为球形，良久伸头，球形渐小，又变回蚯蚓状。据说可以造成严重的咬伤。

> 雷蟖①，大如蚓，以物触之乃蹙缩，圆转若鞠②。良久引首，鞠形渐小，复如蚓焉。或云啮人毒甚。

---

① 雷蟖：一种蚂蟥。

② 鞠：皮球。

◎ 矛

矛，蛇头鳖身，在水里会缠附在树木上，产自岭南，南地人称之为"矛"。油脂渗透性强，铜器、陶器皆不能盛贮，否则渗出，唯有用鸡蛋壳盛才不漏，能消肿拔毒。

> 矛①，蛇头鳖身，入水缘树木，生岭南，南人谓之矛。膏至利，铜瓦器贮浸出，惟鸡卵壳盛之不漏。主肿毒。

---

① 矛：一名"吉吊"，相传乃是龙的后裔。孙光宪《北梦琐言》："海上人言：龙每生二卵，一为吉吊，或于水边遗沥，值流槎则粘着木枝，如蒲槌状。其色微青黄，复似灰色，号紫梢花，坐汤多用之。"孙光宪说的"紫梢花"实际上是一种海绵的干燥体，应非本文蛇头鳖身之物。

◎ 蓝蛇

蓝蛇产自梧州陈家洞,蛇头剧毒,尾巴是其解药,南方人拿蛇头配成毒药,叫做"蓝药",毒人立死。凡制毒之家,多晒有蛇尾肉脯,备以解毒。

> 蓝蛇,首有大毒,尾能解毒,出梧州①陈家洞。南人以首合毒药,谓之蓝药,药人立死。取尾为腊,反解毒药。

---

① 梧州:今广西梧州。

◎ 蚺蛇

山间蚺蛇,多有十丈之长的巨物,蚺蛇喜食鹿,囫囵而吞,吞毕卷于树上,反复绞至糜烂,接着鳞甲张开,将无法消化的鹿角、骨骼之类,从鳞片间破体挤出,远望若神龙蜕骨。此时的蚺蛇最丰腴,也遍体鳞伤,最为虚弱,是搏杀良机。只要拿女子衣物扔过去,它便伏地不动,任人宰割了。蚺蛇胆没有固定位置,时时都在游移,每月上旬在头附近,中旬在心脏处,下旬靠近尾部。

> 蚺蛇,长十丈,常吞鹿,消尽,乃绕树出骨。养创时肪腴甚美。或以妇人衣投之,则蟠而不起。其胆上旬近头,中旬在心,下旬近尾。

◎ 蝎

据说,鼠妇虫长得太大,是会变成蝎子的。

蝎子常把幼虫背在背上,我见过一只蝎子,背了十几只幼虫,幼虫白花花的,晶亮透明,跟稻米粒差不多。

张希复告诉我,陈州古仓房里有种钱币形的蝎子,奇毒无伦,蜇人必死。

江南原本没有蝎子,玄宗开元初年,有位主簿用竹筒装了一些过江,到现在,江南的蝎子已着实不少,追本溯源,当地人遂称蝎子为"主簿虫"。

蝎子常为蜗牛所食，蜗牛绕蝎子画一圈，蝎子便跑不出去。以前有种说法，说人所犯的罪过一旦满百，就要被蝎子蜇一次。

蝎子前爪叫螯，尾针叫虿。

> 蝎，鼠负虫①巨者多化为蝎。蝎子多负于背，成式尝见一蝎负十余子，子色犹白，才如稻粒。成式尝见张希复言，陈州②古仓有蝎，形如钱，蜇人必死。江南旧无蝎，开元初，尝有一主簿，竹筒盛过江，至今江南往往亦有，俗呼为主簿虫。蝎常为蜗所食，以迹规之，蝎不复去。旧说过满百，为蝎所蜇。蝎前谓之螯，后谓之虿。

① 鼠负虫：中文正式名称叫"鼠妇"，鼠妇是等足目鼠妇科及球鼠妇科的甲壳类节肢动物，前者很像潮虫，后者受惊时会蜷缩成球，俗称"西瓜虫"。
② 陈州：今河南周口。

◎ 虱

古书上说，患了虱虫病，喝点赤龙泡过的水就能痊愈。虱子畏惮水银。人的身上一旦招了虱子，就算熏香沐浴也清不干净。道士崔白说，荆州秀才张告曾捉到一只双头虱。

山脚下潮湿地带有种草，叶对生，如百合之叶，独茎，茎微微泛红，高一二尺，名虱建草，能除虱子及虱卵。另有一种名叫水竹的水生植物，叶如竹，植株短小，也能除虱。

> 虱，旧说虱虫饮赤龙所浴水则愈。虱恶水银。人有病虱者，虽香衣沐浴不得已。道士崔白言，荆州秀才张告，尝扪得两头虱。有草生山足湿处，叶如百合，对叶独茎，茎微赤，高一二尺，名虱建草，能去虮①虱。有水竹，叶如竹，生水中，短小，亦治虱。

① 虮：虱卵。

◎ 蝗虫

荆州帛法师，法号法通，本是安西人，年轻时在东天竺出家。他说凡是蝗虫腹下生有梵文的，都是从天上下来的，也就是从佛经说的忉利天、梵天来的。在西域，遭受蝗灾时，则验看蝗虫腹下文字，筑木坛，作法驱禳。如今的蝗虫头上有个"王"字，不知是什么缘故。有人说蝗虫是小鱼变的，我看也差不多。汲诸古籍，原来蝗虫蚕食庄稼，是地方官吏侵渔百姓的缘故，武官横行不法，蝗虫就是黑身红头；代表文官乱政害民，蝗虫就是红身黑头。

蝗，荆州有帛师，号法通，本安西①人。少于东天竺出家，言蝗虫腹下有梵字，或自天下来者，乃忉利天②梵天③来者。西域验其字，作木天坛法禳之。今蝗虫首有"王"字，固自不可晓。或言鱼子变，近之矣。旧言④虫食谷者，部吏所致，侵渔百姓则虫食谷。虫身黑头赤，武吏也。头黑身赤，儒吏也。

---

① 安西：安西都护府。
② 忉利天：佛家的三界（欲界、色界、无色界）中欲界六天之一，位于须弥山上，帝释天是忉利天之主。
③ 梵天：色界的大梵天。
④ 旧言：《论衡·商虫》："变复之家，谓虫食谷者，部吏所致也。贪则侵渔，故虫食谷。身黑头赤，则谓武官；头黑身赤，则谓文官。"

◎ 野狐鼻涕

螵蛸俗名叫"野狐鼻涕"。

野狐鼻涕，螵蛸①也，俗呼为野狐鼻涕。

---

① 螵蛸：螳螂的卵块。螳螂雌虫产卵前，先在树枝或树皮上分泌一种泡沫状的黏液，再将受精卵产在里面，许多卵分行排列，干燥后形成卵鞘，叫做螵蛸。

广动植之三

万木千章

◎ 松

今人所说"两粒松""五粒松"的"粒",实际上应是"鬣",指松针昂扬之形,如同马鬣。在我修行里宅邸大堂前,植有两株五针松,树干仅碗口粗,会昌四年结了松子,味道跟市肆上热卖的新罗松子、南诏松子一般无二。

五针松的树皮不是鳞片状的,宫监仇士良在城东有座水磨亭子,附近栽植的一些两针松,树皮也不呈鳞片状。还种了一些七针松,不知得自何处。

俗话说的"孔雀松",其实就是三针松。

松树根系在向下生长的过程中遇到岩石受阻,枝干就会横生,未必要等千年才能结成华盖状的树冠。

> 松,今言两粒、五粒,粒当言鬣①。成式修竹里私第,大堂前有五鬣松两根,大财②如碗,甲子年③结实,味如新罗、南诏者不别。五鬣松皮不鳞,中使仇士良④水磑⑤亭子在城东,有两鬣皮不鳞者。又有七鬣者,不知自何而得。俗谓孔雀松,三鬣松也。松命根遇石则偃,盖不必千年也⑥。

---

① 鬣:马、狮子等动物颈部的长毛,此处谓松针形如鬣,两粒、五粒即二针松(松针两针一束)、五针松(松针五针一束)。唐人呼松针为"粒"者,如刘禹锡《和兵部郑侍郎省中四松诗十韵》:"翠粒晴悬露,苍鳞雨起苔。"陆龟蒙:"松斋一夜怀贞白,霜外空闻五粒风。"

② 财:通"才"。

③ 甲子年：唐武宗会昌四年（844年）。

五针松（北美乔松）

两针松（欧洲黑松）

④ 仇士良：(781—843年) 字匡美，循州兴宁（今广东兴宁）人，唐文宗朝太监首脑，左神策军中尉。甘露事变后，屠杀朝臣，操纵朝政，历右骁卫大将军、骠骑大将军，封楚国公，会昌二年迁观军容使，兼统左右军。贪酷二十余年，共有二王、一妃、四宰相死在他手上。
⑤ 水碨[wèi]：水磨。
⑥ 盖不必千年也：传说松树要到千岁，树冠才能呈华盖之状，《抱朴子》："千岁松树，四边披越，上秒不长，望而视之，有如偃盖。"

◎ 竹

竹子花叫"荂"，竹子枯死叫"箹"，竹子六十年一换根，届时将结出果实，随之枯死。

按，不同种类竹子开花结果周期不同，有10年、50年、60年甚至120年的。因竹以地下茎无性繁殖，唯临枯死，或水、旱、虫害肆虐时方开花，易引起世人对荒年、灾害、饥馑的联想，所以古时民间视之为乱世前兆。

竹，竹花曰荂（一曰覆），死曰箹。六十年一易根，则结实枯死。

◎ 菡堕竹

菡堕竹，粗如脚趾，竹腔内有白膜拦隔，状如湿面，未长成而笋壳剥落前，常被小虫啃咬，笋壳脱落后，虫咬之迹殷红宛若刺绣。

菡堕竹，大如脚指，腹中白幕兰（一曰阑）隔，状如湿面。将成竹而筒皮未落，辄有细虫啮之，陨箨①，后虫啮处成赤迹，似绣画可爱。

---

① 陨箨 [yǔn tuò]：笋壳剥落。

◎ 棘竹

棘竹，一名芭竹，数十竿丛生，竹节上有刺，南方一些部族密集栽植，作为城墙，防御效果颇佳，急切间很难攻克。有些竹根自行破土崩出，笼成一团，粗如酒缸，纵横相承，形状好像缫车一般。竹笋不可食用，吃了牙会掉。

棘竹①，一名芭竹，节皆有刺，数十茎为丛。南夷种以为城，卒不可攻。或自崩根出，大如酒瓮，纵横相承，状如缫车②，食之落人齿③。

---

① 棘竹：也叫竻 [lè] 竹、刺竹，竹节有刺，坚硬强韧。清王士禛《皇华纪闻》："广州多竻竹，其节多刺，田家僧舍植为藩篱，《酉阳杂俎》以为棘竹。"今观之，应指簕竹属某些种，如簕竹、车筒竹等，该属竹节上生长的小枝常短缩为锐利的硬刺，并相互交织成稠密的刺丛，古人植作围篱，主产华东、华南及西南部。
② 缫车：抽茧出丝的工具。
③ 落人齿：东晋戴凯之《竹谱》："笋味淡，食之落发。"

◎ 筋竹

筋竹竹梢尖锐，南方一些部族伐以为矛。笋未长成竹前，可制弩弦。

筋竹，南方以为矛。笋未成时，堪为弩弦。

◎ 百叶竹

略。

> 百叶竹①，一枝百叶，有毒。

---

① 百叶竹：《竹谱》："百叶参差，生自南垂。伤人则死，医莫能治。亦曰笋竹。厥毒若斯，彼之同异，余所未知。"

◎ 竹类

略。

> 《竹谱①》：竹类有三十九。

---

① 竹谱：东晋戴凯之著，录竹 43 种，正文以韵文写成，是中国最早的竹类专著。此后，宋、元、清代也各有《竹谱》传世。

◎ 慈竹

夏季，被雨水洗礼的慈竹，分泌出一种汁液，滴落地上，长成一片白色细草，似鹿角，适量服食，于痢疾治疗有奇效。

> 慈竹①，夏月经雨，滴汁下地生蓐②，似鹿角，色白，食之已痢也。

---

① 慈竹：别称孝竹、子母竹，是牡竹族慈竹属植物，西南地区多分布。
② 蓐：草垫。

◎ 异木

本则亦见《旧唐书·五行志》。

唐代宗大历年间,成都百姓郭远砍柴时发现一棵瑞树,树纹天然形成"天下太平"四字,天子诏令藏入秘阁。

> 异木,大历中,成都百姓郭远,因樵获瑞木一茎,理成字曰"天下太平",诏藏于秘阁①。

---

① 秘阁:秘书省的别称,朝廷庋藏图书的机构。胡三省注《资治通鉴》:"汉时书府,在外则有太常、太史、博士掌之,内则有延阁、广内、石渠之藏。后汉则藏之东观,晋有中外三阁经书。陆机《谢表》云'身登三阁',谓为秘书郎掌中外三阁秘书也,此'秘阁'之名所由始。"《新唐书·段成式传》:"(成式)研精苦学,秘阁书籍,披阅皆遍。"

◎ 木像

传说寺庙的槐树,木纹往往有异,如同工艺品。长安城西的持国寺前,槐树数株,一位姓金的太监买得一株,令巧匠剖解。等当完差出宫回家,工匠却告诉他说,这树白买了,纹理毫无特异。太监上前一看,大叹可惜,命匠人粘合起来,道:"明明是棵好树,生生被你糟蹋了,好好瞧着吧,活儿是这么干的!"操起工具,另择一处,循理而剖,剖下的每一片木片上,都赫然可见一尊托塔天王像,天王手中的宝塔、神戟无不毕具。

都官员外郎陈修古说,西川有个县,忘了是哪个县了,县吏给新狱卒发放柴薪,那些木柴上皆有天尊之像。

> 京西持国寺,寺前有槐树数株,金监买一株,令所使巧工解之。及入内回,工言木无他异,金大嗟惋,令胶之,曰:"此不堪矣,但使尔知予工也。"乃别理解之,每片一天王①,塔戟成就。都官②陈修古员外言,西川一县,不记名,吏因换狱卒木薪③之,天尊形像存焉。

① 天王：毗沙门天王。四大天王之北方天王，又名多闻天王，俗称托塔天王。阎浮提北方守护神。居须弥山北面，受佛付嘱，率夜叉、罗刹等众护持正法，守护国家。因时常守护道场，听闻佛法，故称多闻。唐宋时朝廷皆有敕令，命诸府、州、军建"天王堂"奉祀之。唐时毗沙门天王形相，右手持戟，左掌托古佛舍利塔，所以文中说"塔、戟成就"。
② 都官：都官郎中，刑部官职，从五品上，掌配役隶，簿录俘囚，以给衣粮药疗，以理诉竟雪冤。
③ 木薪：唐朝官吏的俸禄包含甚杂，除了钱币，也会发给米粮、布帛、木柴等。

◎ 异树

娄约大师驻锡常山，一日静坐云房，有村野老妇，手持树苗，径自进入禅院栽植，说这是蜻蜓树。多年后，满树枝叶欣荣，奇香馥郁，一只红色长尾鸟，常常止息其上。

异树，娄约①居常山，据禅座。有一野妪，手持一树，植之于庭，言此是蜻蜓树。岁久，芬芳郁茂，有一鸟身赤尾长，常止息其上。

① 娄约：（452—535年）南朝僧人，法号慧约，俗姓娄。

◎ 异果

从前，赡披国有个牧羊人，养了上千头羊，其中一头特别富有探索精神，不跟别的羊一起玩。一天，这羊自己跑了出去，牧羊人已经见惯不怪，也不去管它。夜幕降临，羊回来了，趾高气扬的，似乎模样也与众羊不同了，令其他羊都不敢靠近。

次日，这羊又离群独行，牧羊人按捺不住，决定看看这不屑流俗的羊到底整天去些什么地方。他远远跟在羊后面，随着那羊钻进个山洞，迤逦走了五六里，眼前一亮，豁然开朗，但见绿野青畴，到处奇花异木，皆非人间所有，连羊啃食的青草，也非牧羊人可识。他目瞪口呆，哪里想得到竟有这样的洞天福地？这时金光一闪，转眼看去，只见无数奇异的果子，好像黄金铸就，映日生光。他摘下一颗，欲待回到家中躲起来仔细研究。忽而一只恶鬼打横窜出，劈手夺走，牧羊人大骇，不敢停留，仓皇而逃。

第二天，他全神警惕，采了一枚黄金果，撒腿就跑。他在黑暗中摸着洞穴的石壁疾奔，却听得身后厉啸，恶鬼发现了盗果贼，接踵追来。牧羊人魂飞魄散，情急之下，三口两口，把果子吞入肚中，突然，他的身体像个鼓起的气球般急剧膨胀，他奋力奔出几步，头颈已经探出洞穴的阴影，身子却塞在洞口，脖颈以下的肌肤与山石紧紧相贴，渐渐融为一体，几天之后，全身化为了岩石。

> 异果，赡披国①有人牧羊千百余头，有一羊离群，忽失所在。至暮方归，形色鸣吼异常，群羊异（一曰长）之。明日，遂独行，主因随之，入一穴。行五六里，豁然明朗，花木皆非人间所有。羊于一处食草，草不可识。有果作黄金色，牧羊人切一将还，为鬼所夺。又一日，复往取此果，至穴，鬼复欲夺，其人急吞之，身遂暴长，头才出，身塞于穴，数日化为石也。

---

① 赡披国：《大唐西域记》谓"瞻波国"，是鸯伽国都城，相当于今印度城市巴加尔普尔一带。

◎ 柑橘

天宝十载，玄宗告诉宰相说："前阵子在宫里种的几棵柑橘，今年秋天结了一百五十颗果子，味道跟江南、巴蜀诸道所贡无异。"宰相们上表称贺："陛下恩泽，有如雨露，九州四海，皆得陶沐。而草木之性，可以借由地气互通，所以原本只能生长于江南的果树，会在我长安城宫禁结出累累硕果。"

相传玄宗逃亡蜀地那年，罗浮山所有柑橘树都没结果。

岭南有种蚂蚁，较关中蚂蚁大些，在柑橘树上做窝。柑橘成熟后，就在橘子上爬来爬去，这些橘子因此皮薄且滑。有的柑橘长在蚂蚁窝里，深冬取出，比普通橘子好吃多了。

> 甘子①，天宝十年，上谓宰臣曰："近日于宫内种甘子数株，今秋结实一百五十颗，与江南蜀道所进不异。"宰臣贺表曰："雨露所均，混②天区③而齐被④；草木有性，凭地气而潜通。故得资江外之珍果，为

禁中之华实。"相传玄宗幸蜀年⑤，罗浮甘子不实。岭南有蚁，大于秦中马蚁，结窠于甘树。甘实时，常循其上，故甘皮薄而滑。往往甘实在其窠中，冬深取之，味数倍于常者。

---

① 甘子：柑橘。
② 溷：满。
③ 天区：天下四方。
④ 被：恩泽。
⑤ 玄宗幸蜀年：天宝十五载（756年），安史之乱爆发第二年，正月，叛军攻克洛阳，挥军西进，扼守潼关的大将哥舒翰战败，首都最后一道屏障失守。六月十三，唐玄宗奔蜀，随后，长安陷落。

◎ 樟木

樟木坚实，江东人多取来造船，这种船坚固到足以抗衡蛟龙。

樟木，江东人多取为船，船有与蛟龙斗者。

◎ 石榴

石榴也叫"丹若"。
梁武帝大同年间，扬州后堂的石榴籽都是两两相连。
南诏的石榴，籽大，皮薄如藤纸，味道冠绝洛阳市肆。
特别甜的石榴叫做"天浆"，能解钟乳石之毒。

石榴，一名丹若。梁大同①中，东州②后堂石榴皆生双子。南诏石榴，子大，皮薄如藤纸③，味绝于洛中。石榴甜者谓之天浆，能已乳石毒。

---

① 大同：南朝梁武帝萧衍年号，535—546年。
② 东州：扬州或东扬州。东晋和南朝以东、西、南、北四方位为四个重要州郡别

名，其中，京畿扬州和军事重镇荆州户口占全国半数以上，世人拟为先秦的东陕和西陕，因称扬州为东州，荆州为西州。

③ 藤纸：藤皮纸，产于浙江剡溪、余杭等地。

◎ 柿

世人都说柿子树有"七绝"：一者，寿命长；二者，多荫凉；三者，无鸟巢；四者，不招虫；五者，秋叶鲜红，宜于玩赏；六者，丹实甘香，沁人齿唇；七者，落叶肥大，可以临书。

柿，俗谓柿树有七绝，一寿，二多阴，三无鸟巢，四无虫，五霜叶可玩，六嘉实，七落叶肥大。

◎ 汉帝杏

济南郡东南有座分流山，山上多杏，果实大如梨，黄如橘，当地人称"汉帝杏"，也叫"金杏"。

汉帝杏，济南郡之东南有分流山①，山上多杏，大如梨，黄如橘，土人谓之汉帝杏，亦曰金杏。

① 分流山：今济南南部的长城岭，《历城县志》："（长城岭）岭南，水皆南流；其北水皆北流，故又名分流山。"

◎ 脂衣柰

汉代的紫柰大如升，核紫花青，果汁可以制漆，沾染了衣物，无法清洗。

脂衣柰①，汉时紫柰大如升，核紫花青，研之有汁，可漆。或着衣，不可浣也。

---

① 脂衣柰：柰，中国原产的小型苹果，在中国有近两千年栽培历史。《西京杂记》："上林苑紫柰，大如升，核紫花青，其汁如漆，着衣不可浣，名脂衣柰，此皆异种也。"

◎ 仙人枣

晋代洛阳太仓以南有口翟泉，泉西华林园内，植有仙人枣，果长五寸，核细如针。

> 仙人枣，晋时太仓南有翟泉①，泉西有华林园②，园有仙人枣，长五寸，核细如针。

---

① 翟泉：在今洛阳汉魏故城北隅。陆机《洛阳记》："步广里在洛阳城内，宫东是翟泉所在，不得于太仓西南也。"《水经注》："皇甫谧咸言翟泉在洛阳东北，周之墓地。"
② 华林园：汉代芳林园，曹魏时改名华林园。在今河南洛阳汉魏故城内。

◎ 楷木

孔子墓上多生楷木。

楷木即漆树科植物黄连木。孔子墓上的黄连木，据说是子贡亲手栽植，今孔林享殿后，尚存有建于康熙年间的"楷亭"，只是子贡所植之木，已遭雷火焚毁。北宋孙奕《履斋示儿编》："孔子冢上生楷，周公冢上生模，故后世人以为楷模。"认为"楷模"一词，正是发轫于孔子和周公陵墓的楷树和模树。

> 楷，孔子墓上特多楷木。

黄连木

黄兰含笑

◎ 栀子

天下众花，罕见六片花瓣的，唯独栀子花六瓣。陶弘景说："栀子花六瓣，果实七道纵棱，花极香。"相传栀子花就是西域的瞻卜花。

按，瞻卜花实为木兰科含笑属植物黄兰含笑，也叫"黄兰"，"瞻卜"是其音译。有些古籍将其与栀子花混同，有些称之"番栀子"，以示区别。实则栀子花属于茜草科，与黄兰含笑疏如葭莩，搭不上什么关系。

> 栀子，诸花少六出者，唯栀子花六出。陶真白言："栀子剪花六出，刻房七道，其花香甚。"相传即西域瞻卜花也。

◎ 仙桃

郴州苏耽仙坛极为灵验，只要诚心求祷，坛上就会落下一颗到五六颗不等的仙桃。此桃形如石块，赤黄色，剖开后里面有三枚桃核。磨碎吞服，治病疗疾，尤宜祛除邪气。

> 仙桃，出郴州①苏耽②仙坛。有人至，心祈之辄落坛上，或至五六

颗。形似石块，赤黄色，破之，如有核三重。研饮之，愈众疾，尤治邪气。

---

① 郴州：今湖南郴州。《郴州志》："（苏）仙岭有桃石，剖之纹核如生，世传仙桃。马岭山亦多虺蛇杀人，服之可解。"
② 苏耽：桂阳郡郴州人，汉文帝时得道。

◎ 娑罗树

娑罗是佛教圣树，也叫"沙罗树"，意为坚固、高远，属于龙脑香科，多分布在南亚、东南亚地区。佛经记载，释尊涅槃之际，卧床四边各有同根娑罗树一双，皆一株枯萎，一株尚荣。

巴陵某寺院的僧舍床下，忽然长出一棵树，伐断之后，立即重生，伐不胜伐。有外国僧人见了，说这是娑罗树。元嘉初年，树开一花，其状如莲。

天宝初年，安西都护进献娑罗树枝，奏疏说道："臣所管四镇，与拔汗那最为密近，该国娑罗树卓奇绝俗，树下不生凡草，树上不栖恶鸟，枝干昂耸，不输松、桧，布叶成荫，不逊桃、李。臣近日派人前往拔汗那，采伐了这两百条娑罗树枝，若得以徙植宫苑，必将茁茂丰蔚，与月中丹桂、天上白榆交相掩映。"

> 娑罗，巴陵①有寺，僧房床下忽生一木，随伐随长。外国僧见曰："此娑罗也。"元嘉②初，出一花如莲。天宝初，安西道进娑罗枝，状言："臣所管四镇③，有拔汗那④最为密近，木有娑罗树，特为奇绝。不庇凡草，不止恶禽，耸干无惭于松栝⑤，成阴不愧于桃李。近差官拔汗那使，令采得前件树枝二百茎。如得托根⑥长乐⑦，擢颖⑧建章⑨。布叶垂阴，邻月中之丹桂；连枝接影，对天上之白榆⑩。"

---

① 巴陵：今湖南岳阳。
② 元嘉：南朝宋文帝刘义隆年号，424—453年。
③ 四镇：龟兹、于阗、疏勒、焉耆。
④ 拔汗那：中亚古国，汉代称"大宛"，首都贵山城，在锡尔河中游谷地，今乌兹

别克斯坦费尔干纳地区。玄宗初,为大食侵占,分裂为两部,西部臣服大食,东部继续效忠唐王朝,戍卫大唐边疆,与唐和亲,改称"宁远国"。本书《境异》部分记载,该国流行一种残忍的丢石块杀人占算农事丰俭的比赛:"拔汗那,十二月十九日,王及首领分为两朋,各出一人着甲,众人执瓦石东西捧杖,东西互击。甲人先死即止,以占当年丰俭。"

⑤ 松栝:松树和桧树。
⑥ 托根:寄身,种植。
⑦ 长乐:长乐宫,前身为秦代兴乐宫。汉初,高祖在此听朝,其后改为太后居所,与未央宫、建章宫并称汉三宫。因位于未央宫东,又称东宫。面积达 6.6 平方公里,是 0.73 平方公里的清故宫(紫禁城)的约 9 倍大。中国宫殿群,基本的趋势是越建越小,唐大明宫 3.4 平方公里也不及长乐宫大。长乐宫同时也是汉三宫中最大的,以至于当时首都长安城基本被宫殿群填满,平民区只好设在城外。
⑧ 擢颖:抽穗,生长。
⑨ 建章:建章宫,汉三宫之一。
⑩ 对天上之白榆:化自《玉台新咏》卷一《古乐府·陇西行》:"天上何所有,历历种白榆。"

◎ 赤白桯

赤白桯,凉州出产,砍伐较粗大的烧成炭,加入灰汁,可以化铜为银。

赤白桯①,出凉州。大者为炭,复(一曰伤)入以灰汁,可以煮铜为银。

---

① 桯[chēng]:桯柳。

◎ 仙树

祁连山上有种仙树,果实如枣,可止饥渴,行旅多采食。有人称之"四味木",因为果实味道有四种变化:以竹刀剖食,则味甜;铁刀剖食,则味苦;木刀剖食,味酸;芦刀剖食,味辣。

据《神异经·南荒经》，此种奇怪的植物名叫"如何"，三百年一开花，九百年一结实，高五十丈，叶长一丈，果实长五尺，凡人吃了，可水火不侵，刀枪不入，成就地仙位业。

> 仙树，祁连山上有仙树实，行旅得之止饥渴。一名四味木。其实如枣，以竹刀剖则甘，铁刀剖则苦，木刀剖则酸，芦刀剖则辛。

◎ 木五香

有五种香料出自木本植物：檀香是根，沉香是节，丁香是花，藿香是叶，薰陆是树脂。

> 木五香：根栴檀，节沉香，花鸡舌，叶藿，胶薰陆。

◎ 花椒

花椒可用来吸引水银，茱萸使胃气上涌，花椒使气下沉。

> 椒，可以来水银[①]。茱萸气好上，椒气好下[②]。

[①] 可以来水银：指丹道中水银与椒的相互反应。葛洪《肘后备急方》所载"胡洽水银丸"，用椒目一升、水银十两配伍；清代《续名医类案》更言花椒可拔除水银之毒："一人吃水银僵死，微有喘息，肢体如冰……乃取川椒二斤，置溲桶中，坐病患其上。久之病脱出，其水银已入椒矣。《酉阳杂俎》云：椒可以来水银，于此可征矣。"
[②] 椒气好下：《本草纲目》："段成式言椒气好下，言其冲膈，不可为服食之药，故多食冲眼又脱发也。"《证类本草》："又云椒气好下，言饵之益下，不上冲也。服食药当用蜀椒。"

◎ 构树

畎亩经久荒芜，必生构树。世人多以为构树、楮树是同一种树，实际上叶子分瓣的叫楮，不分瓣的是构树。

构榖①，田久废，必生构。叶有办②曰楮，无曰构。

---

① 构榖 [gǔ]：构树，也叫"楮"（通"榖"），高大的落叶桑木，树皮可造纸，叶可作饲料。古人认为构、楮是两种植物，《埤雅·释木》："《本草》曰：'楮，一名榖。'陶氏云：'即今构木也。'误矣。先贤以为皮斑者是楮，皮白者是榖，有瓣者曰楮，无瓣者曰构。按，此非一种。"
② 办：通"瓣"。

◎ 黄杨木

黄杨木生性长得慢。世人看重黄杨木，是因为它不易燃。有人说，此木投之于水，下沉的才不易着火。采伐黄杨，需等到伸手不见五指的阴晦之夜，星辰俱隐之时，方可砍伐，用作枕头，不会开裂。

黄杨木，性难长，世重黄杨以无火。或曰以水试之，沉则无火。取此木必以阴晦，夜无一星则伐之，为枕不裂。

◎ 葡萄

据说葡萄的藤蔓喜欢向西南方向生长攀援。

东魏使节团来到大梁，双方在友好磋商时不知怎的，聊起了葡萄。梁国庾信率先开口，对魏使尉瑾道："当年我去贵国邺城，吃到了大葡萄，味道好得很。"

梁国的陈昭没见过葡萄，问道："葡萄长什么样儿？"

梁国太子庶子徐君房道："跟软枣差不多。"

庾信哂道:"老徐你真是不会比方,应该说长得像剥了壳的荔枝。"

魏使肇师道:"魏武帝(曹操)说得好,夏末秋初,余暑未消,酒醉宿醒,带着露水吃下去,甜而不腻,酸而不酷,最舒服不过。葡萄的好吃,单是听人说起,就忍不住食指大动,更何况亲口品尝呢。"

尉瑾接过话头,说道:"此物实际产自大宛,乃是当年博望侯张骞凿空,间关万里带回中土的。果实有黄、白、黑色三种,成熟之时,攒簇成串,清晶莹澈,兰芬灵耀,若星辰珠玉之荟萃,西域多用来酿酒,每年都向我国进贡。汉代西京长安,似乎也种了不少,杜陵田五十亩,其中就有葡萄百树。当然了,如今在我国京都,葡萄已非禁苑专有之物。"

庾信点头道:"比来园种户植,接荫连架,昔日皇室禁果,已入寻常百姓家。"

陈昭听得神往不已,问道:"葡萄的滋味,比起橘子、柚子如何?"

庾信道:"较橘柚多汁,香气略逊。"

尉瑾道:"橘子、柚子金衣素里,贵为珍贡,但要说入口即化的出色口感,它们还是不如葡萄。"

蒲萄,俗言蒲萄蔓好引于西南。庾信谓魏使尉瑾曰:"我在邺①,遂大得蒲萄,奇有滋味。"陈昭②曰:"作何形状?"徐君房曰:"有类软枣。"信曰:"君殊不体物,可得言似生荔枝。"魏肇师曰:"魏武有言,末夏涉秋,尚有余暑。酒醉宿醒,掩露而食。甘而不饴,酸而不酢③。道之固以流味称奇,况亲食之者。"瑾曰:"此物实出于大宛,张骞所致。有黄、白、黑三种,成熟之时,子实逼侧④,星编珠聚,西域多酿以为酒,每来岁贡。在汉西京,似亦不少。杜陵⑤田五十亩,中有蒲萄百树。今在京兆,非直止禁林也。"信曰:"乃园种户植,接荫连架。"昭曰:"其味何如橘柚?"信曰:"津液奇胜,芬芳减之。"瑾曰:"金衣素裹,见苞作贡。向齿自消,良应不及。"

---

① 邺:东魏都城,今河北邯郸临漳县一带。梁大同十一年,三十三岁的庾信曾出使东魏,"我在邺"或即指此。

② 陈昭:梁仁威将军陈庆之的儿子,承袭永丰县侯。此人身居上流而未见过葡萄,可知魏晋之际,葡萄仍不多见于世。

③ 酢:醋。

④ 逼侧:攒簇。

⑤ 杜陵：西汉宣帝刘询陵墓，位于今西安东南。

◎ 葡萄谷

贝丘之南有蒲萄谷，谷中葡萄，只能在谷中吃，有人试图带出来，辄迷失道路，世人说那是王母娘娘的葡萄，有神力结界，谨防传入红尘。天宝年间，僧人昙霄游历山川，涉足此谷，采葡萄而食。见一条枯死的葡萄藤蔓粗如手指，五尺多长，堪为手杖，于是带回本寺栽种，不特没有迷路，而且种活了。这株葡萄长势好生欣旺，爬到数仞之高，藤叶猗蔚，笼罩方圆十丈地面，仰观宛若帐幕，四下果实离离，垂紫澄莹，如同紫玉坠饰，时人誉为"草龙珠帐"。

贝丘①之南有蒲萄谷，谷中蒲萄，可就其所食之，或有取归者即失道，世言王母蒲萄也。天宝中，沙门昙霄因游诸岳，至此谷，得蒲萄食之。又见枯蔓堪为杖，大如指，五尺余，持还本寺植之遂活。长高数仞②，荫地幅员十丈，仰观若帷盖焉。其房实磊落③，紫莹如坠，时人号为草龙珠帐。

---

① 贝丘：今山东滨州博兴县东南。
② 仞：长度单位，周制八尺，汉制七尺，汉代一尺约相当于23厘米。
③ 磊落：繁多而委积貌。

◎ 凌霄花

凌霄花中的露水损人眼目。

凌霄花中露水，损人目。

◎ 松桢

松桢，即钟藤，叶片阔大，晋安郡百姓摘来当盘子使。

> 松桢，即钟藤也。叶大，晋安①人以为盘。

---

① 晋安：晋安郡，西晋置，辖境相当今福建东部及南部，隋废。

◎ 侯骚

侯骚，藤本植物，果实像鸡蛋，口感甜凉，服食令人身轻，能解酒。《广志》记载，系王太仆进献。

> 侯骚①，蔓生，子如鸡卵，既甘且冷，轻身消酒。《广志②》言，因王太仆所献。

---

① 侯骚：疑似猕猴桃，藤本、果实形状等特征均合。猕猴桃原产中国，古人栽培，通常用作观赏，偶尔采食，也视之为野果。
② 广志：晋郭义恭撰，多记南方地区的风土物产，部分农学内容幸得《齐民要术》辑录引用得以保存至今。

◎ 蠡荠

蠡荠，果实形如弹丸，魏武帝（曹操）喜食。

> 蠡荠，子如弹丸，魏武帝常啖之。

◎ 酒杯藤

酒杯藤，粗如手臂，花冠质地坚硬，堪为酒器。果实大如手指，食之醒酒。

酒杯藤①，大如臂，花坚可酌酒，实大如指，食之消酒。

---

① 酒杯藤：晋崔豹《古今注》："酒杯藤，出西域，藤大如臂，叶似葛，花、实如梧桐，实花坚，皆可以酌酒，自有文章，暎彻可爱。实大如指，味如豆蔻，香美消酒，土人提酒来至藤下，摘花酌酒，仍以实销酲。国人宝之，不传中土。张骞出大宛得之。"

◎ 白柰

白柰，产自凉州野猪泽，大如兔头。

兔子头大小的苹果，今天已经司空见惯，不过今天常见的苹果品种是清代才从欧洲引进。在此之前，中国原产的苹果（柰），普遍玲珑娇小，个头只及荔枝，所以唐人见到"大如兔头"者，才会诧为异果。

白柰，出凉州野猪泽，大如兔头。

◎ 比间

比间，产自白州，花若羽毛，取其木材造车，终日行驶亦不虞磨损故障。

比间，出白州①，其华若羽，伐其木为车，终日行不败。

---

① 白州：今广西博白县。

◎ 菩提树

菩提树，一名思惟树，桑科榕属大乔木植物，原本叫做"毕钵罗树"，生于摩伽陀国。传说昔日释迦如来历经六年苦修，来到此树之下金刚座上，发下誓愿："若不成正觉，虽骨碎肉腐，不起此座。"冥想七日七夜，大彻大悟，证悟成道，因名菩提（意为"觉"）。与娑罗双树（涅槃）、无忧树（出生）并作佛教三大圣树。数百年后，阿育王在道场故地落成摩诃菩提寺。这棵菩提树本干黄白，枝叶青翠，过冬亦不会凋零。每到佛陀涅槃之日，树叶却会变色凋落，过了这天，复又重生。是日，举国上下，从国王到庶民不召而集，大作佛事，收叶而归，以为祥瑞之物。树高四百尺，树下白银之塔周回环绕，摩伽陀国人一年四季，常焚香散花，绕树作礼。贞观年间，天子多番派遣使节，至菩提寺奉祀并施舍袈裟。高宗显庆五年，复遣使立碑寺中，纪述佛祖圣德。

此树有两个梵名，其一叫做"宾橃梨力叉"，其一叫做"阿湿曷他婆力叉"，"婆力叉"，翻译成汉文，就是"树"的意思。《大唐西域记》称之"卑钵罗树"，因佛陀于树下成道，故名"菩提"，为"道""觉悟"之义。

当年阿育王未皈依前，曾砍伐此树，并令事火外道点火焚烧，烈焰之中，忽又长出一棵菩提树，阿育王目睹异象，幡然悔悟，从此礼敬佛法，将那棵新生之树，命名为"灰菩提树"，在四周修筑石墙。后来赏设迦王亦不敬佛，命人掘断菩提树根，然而下掘极深，连泉水都挖了出来，也没能掘断树根。赏设迦王还不甘休，挖坑积薪，纵

悟道成佛（藏于美国弗利尔美术馆）

火焚烧，又用蔗糖汁浸泡，试图使树焦烂。阿育王的曾孙，摩竭陀国满胄王闻而叹息："慧日已隐，唯余佛树，今复摧残，生灵何睹？"亲奉数千头牛的乳汁灌溉，一夜过后，双树复活如初，接着修缮石墙，加高到两丈四尺。玄奘法师行抵此处时，见菩提树高出墙垣两丈有余。

> 菩提树，出摩伽陀国①，在摩诃菩提寺②，盖释迦如来成道时树，一名思惟树。茎干黄白，枝叶青翠，经冬不凋。至佛入灭日，变色凋落，过已还生。至此日，国王人民大作佛事，收叶而归，以为瑞也。树

高四百尺，已下有银塔周回绕之。彼国人四时常焚香散花，绕树作礼。唐贞观中，频遣使往，于寺设供并施袈裟。至显庆五年③，于寺立碑以纪圣德。此树梵名有二，一曰宾橙梨（一曰"梨娑"）力叉，二曰阿湿曷他婆（一曰娑）力叉。《西域记④》谓之卑钵罗，以佛于其下成道，即以道为称，故号菩提。婆（一曰娑）力叉，汉翻为树。昔中天无忧王⑤剪伐之，令事火婆罗门积薪焚焉⑥。炽焰中忽生两树，无忧王因忏悔，号灰菩提树，遂周以石垣。至赏设迦王⑦复掘之，至泉，其根不绝。坑火焚之，溉以甘蔗汁，欲其焦烂。后摩竭陀国满胄王，无忧之曾孙也，乃以千牛乳浇之，信宿，树生故旧。更增石垣，高二丈四尺。玄奘至西域，见树出垣上二丈余。

---

① 摩伽陀国：中印度古国，佛陀住世时印度十六大国之一，在今比哈尔邦中南部。
② 摩诃菩提寺：即大菩提寺，公元前3世纪，阿育王在佛祖成道的道场故地建造，位于今印度比哈尔邦菩提伽耶。
③ 显庆五年：公元660年，唐高宗李治在位。这是王玄策第三次赴印，《法苑珠林》："大唐显庆五年九月二十七日。菩提寺寺主名戒龙。为汉使王玄策等设大会。"
④ 西域记：《大唐西域记》，玄奘著。
⑤ 无忧王：阿育王，公元前273—前232年在位，古代印度摩揭陀国孔雀王朝的第三代国王。年轻时极其狂暴，屠杀了九十九个兄弟夺得王位，穷兵黩武，征服了印度大部，统治期间，孔雀王朝臻至极盛。晚年笃信佛教，性情大变，在全国兴建奉祀佛骨的舍利塔八万四千座。阿育王死后，孔雀王朝陷入四十年之久的混乱，迅速衰落，走向灭亡。
⑥ 令事火婆罗门积薪焚焉：《大唐西域记》："无忧王之初嗣位也。信受邪道毁佛遗迹。兴发兵徒躬临剪伐。根茎枝叶分寸斩截。次西数十步而积聚焉。令事火婆罗门烧以祠天。烛焰未静忽生两树。猛火之中茂叶含翠。因而谓之灰菩提树。无忧王睹异悔过。以香乳溉余根。洎乎将旦，树生如本。"事火外道，为印度古代外道之一，奉祀火天等神祇，信徒称为事火螺发或事火婆罗门。"外道"，相当于"异端""异教"。
⑦ 赏设迦王：金耳国（也叫高达王国）国王，孟加拉统治者，戒日王死敌，约590—625年在位，一生主张灭佛。

◎ 贝多

贝多，原产摩伽陀国，高六七丈，冬日树叶不落。此树有三种，一名"多罗婆力叉贝多"，一名"多梨婆力叉贝多"，一名"部婆力叉多罗梨"，叶子都可以镌写刻书，僧众取用，一视同仁。贝多是梵语，翻译过来，就是"叶"；"贝多婆力叉"，汉语意为"叶树"。西域人用这三种树叶刻制的经书，保护得当，五六百年不会朽烂。《嵩山记》所载嵩山寺庙的"思惟树"，即是贝多。释典中也有部《贝多树下思惟经》。顾徽的《广州记》称贝多树叶子形似枇杷，全然不对。

交趾郡附近的贝多树枝用来制作弹弓，无可比拟。

位于印度喀拉拉的贝叶棕

按，贝多即棕榈科植物贝叶棕。纸张普及前，天竺、西域佛教信徒采摘该树的叶子刻写经书，称为贝叶经，可防潮、防蛀、防腐，保存百年而不朽。

贝多，出摩伽陀国，长六七丈，经冬不凋。此树有三种，一者多罗婆（一曰婆）力叉贝多，二者多梨婆（一曰婆）力叉贝多，三者部婆（一曰娑）力叉多罗梨（一曰"多梨贝多"）。并书其叶，部阇①一色取其皮书之。贝多是梵语，汉翻为叶。贝多婆（一曰娑）力叉者，汉言叶树也。西域经书用此三种皮叶，若能保护，亦得五六百年。《嵩山记②》称嵩高等中有思惟树，即贝多也。释氏有《贝多树下思惟经③》。顾徽④《广州记》称贝多叶似枇杷，并谬。交趾⑤近出贝多枝，弹材中第一。

---

① 部阇[shé]：僧众。
② 嵩山记：《齐民要术》："《嵩山记》曰：'嵩寺中忽有思惟树，即贝多也，有人坐贝多树下思惟，因以名焉。'"
③ 贝多树下思惟经：《思惟略要法》，后秦鸠摩罗什译，内容述说大乘禅观之大要。
④ 顾徽：字子叹，吴郡吴县（今苏州）人，孙权时为巴东太守。
⑤ 交趾：交趾郡，西汉置，唐初改为交州，在今越南北部。

◎ 龙脑香树

龙脑香树，原产婆利国，当地人称此树为"固不婆律"。波斯国也有分布。树高八九丈，粗六七围，叶片圆形，叶片背面呈白色，不开花结果。树有肥瘦之分，瘦的出产婆律膏香，另一种说法认为，瘦的出产龙脑香，肥的出婆律膏香。这些香料生在树心之中，劈断枝干，就会流出，又或在树上砍个豁口，用容器接盛。若是入药用，那么另有其他取法。

龙脑香树，出婆利国①，婆利呼为固不婆律。亦出波斯国。树高八九丈，大可六七围②，叶圆而背白，无花实。其树有肥有瘦，瘦者有婆律膏香③，一曰瘦者出龙脑香，肥者出婆律膏也。在木心中，断其树劈取之。膏于树端流出，斫树作坎而承之。入药用，别有法。

---

① 婆利国：今印度尼西亚北苏门答腊省巴鲁斯。
② 围：两只手的拇指和食指合拢起来的长度。
③ 婆律膏香：龙脑香树的树脂，经提炼后的结晶体就是龙脑香，也叫冰片，可入药。唐人认为婆律膏和龙脑香分别产生自龙脑树的不同部位，《新修本草》："（龙脑）树形似杉木，言婆律膏，是树根下清脂，龙脑是根中干脂。"

◎ 安息香树

安息香树产自波斯，别名"白花榔"，波斯语叫做"辟邪"，树高三丈，树皮黄黑色，叶片四角，寒冬不落。二月开花，花黄色，花心微带绿色，不结果。树干经自然损伤，或于夏、秋二季，选择生长五到十年的树木，在距离地面约半米处，用利刀割三角形豁口多处，七天后，开始流出像糖一样的黄色汁液，将此液状物除去，渐流白色糖状芬芳树脂，待其稍干采收，阴干，是为安息香。六七月份树脂较为坚凝，宜于割取。焚燃此香，可以通神明，辟众恶。

安息香树，出波斯国，波斯呼为辟邪。树长三丈，皮色黄黑，叶有四角，经寒不凋。二月开花，黄色，花心微碧，不结实。刻其树皮，其胶如饴，名安息香。六七月坚凝，乃取之。烧通神明，辟众恶。

◎ 无石子

无石子，也叫无食子、没食子，中古波斯语的音译，是没食子科昆虫没食子蜂的幼虫，寄生于壳斗科栎属植物没食子树的幼枝上形成的虫瘿。没食子蜂的雌虫产卵器刺伤幼枝，并在其中产卵，孵化的幼虫能分泌含有酶的液体，使植物体细胞的淀粉转变为糖，刺激植物细胞分生，形成赘生物，即是无石子。随着幼虫的发育，无石子会不断膨大，幼虫以虫瘿中产生的某些物质为食，长成后破开树皮飞去。无石子含有大量鞣酸，古代主要用于医药、工艺及鞣皮制革等，以无孔者，也就是幼蜂尚未飞出者为佳。主产于地中海沿岸、土耳其、伊朗等地。

《酉阳杂俎》载：无石子，出波斯国，波斯人称之"摩贼"，树高六七丈，主干周长八九尺，叶似桃叶而略长。三月开花，花白色，花心微红。无石子圆如弹丸，初时色青，成熟后转为黄白，被虫咬出孔洞是其成熟的标志，没有孔洞的则适合入药。无石子树第一年生无石子，第二年生"跋屡子"，跋屡子大如手指，长三寸，有壳，壳里的果肉嫩黄如板栗，可食用。

> 无石子，出波斯国，波斯呼为摩贼。树长六七丈，围八九尺，叶似桃叶而长。三月开花，白色，花心微红。子圆如弹丸，初青，熟乃黄白。虫食成孔者正熟，皮无孔者入药用。其树一年生无石子。一年生跋屡子①，大如指，长三寸，上有壳，中仁如栗黄，可啖。

---

① 跋屡子：无石子树的子实。

◎ 紫矿

紫𪓟树在今天的正式名称叫紫矿，别名紫铆、胶虫树，豆科乔木，是紫胶虫的主要寄主之一，紫胶虫在树枝上分泌一种红紫色的胶质，叫做紫胶，是航空制造领域重要黏合剂，唐朝珠宝商人用它黏合珠宝。《酉阳杂俎》载：

紫𪓟树，产自真腊国，在真腊叫做"勒佉"，波斯国也有出产。树高一丈，枝柯扶疏，叶子近似橘叶，冬季凋落。花期三月，开白花，不结果。每逢大雾或露水湿重，或被雨水沾濡，该树枝条上就会分泌紫胶。波斯国遣唐使节乌海和沙利深两人都这般说。真腊国使臣、授折冲都尉的僧人施沙尼拔陀却说，紫胶是因为紫胶虫搬运泥土在树上构巢，泥土被雨露打湿凝结形成的。紫胶的质量，以东南亚所产为佳，波斯国的略逊。

> 紫䖿树，出真腊国①，真腊国呼为勒佉。亦出波斯国。树长一丈，枝条郁茂，叶似橘，经冬而凋。三月开花，白色，不结子。天大雾露及雨沾濡，其树枝条即出紫䖿。波斯国使乌海及沙利深所说并同。真腊国使折冲都尉②沙门施沙尼拔陀言，蚁运土于树端作窠，蚁壤得雨露凝结而成紫䖿。昆仑国者善，波斯国者次之。

---

① 真腊国：柬埔寨。
② 折冲都尉：唐代府兵制，全国主要州府都驻有折冲府军队，每折冲府设折冲都尉一人，上府正四品上，中府从四品下，下府正五品下，为该府统兵将官，掌宿卫、教习。

◎ 阿魏

阿魏，伞形科阿魏属草本植物，主要分布在地中海地区、北非、西亚、印度等地。其乳状树脂的凝固形态，就是药材阿魏。阿魏具有类似大蒜的刺鼻臭味，唐人却用来除臭，《唐本草》注："体性极臭而能止臭，亦为奇物也。"《酉阳杂俎》载：

阿魏，原产伽阇那国——也就是北天竺，当地称之"形虞"。波斯国也有出产，波斯语叫"阿虞截"。树高八九丈，树皮青黄色，三月份萌发新叶，叶子形如鼠耳，不开花，亦不结果。斫断树枝，流出饴糖般的汁液，历久凝固，就是阿魏了。拂林国僧人弯法师也是这样说。摩伽陀国的僧人提婆却说，取其汁液，加入米、豆碎屑的混合物，才是阿魏。

> 阿魏，出伽阇那国①，即北天竺也。伽阇那呼为形虞。亦出波斯国，波斯国呼为阿虞截。树长八九丈，皮色青黄。三月生叶，叶似鼠

耳，无花实。断其枝，汁出如饴，久乃坚凝，名阿魏。拂林国[2]僧弯所说同。摩伽陀国僧提婆言，取其汁如米豆屑合成阿魏。

---

① 伽阇那国：漕矩吒国，位于今阿富汗东南部的古国。
② 拂林国：通常指东罗马帝国（拜占庭），"拂林"可能是粟特语"Frōm"的汉字对音，其词源即是"Rom"（罗马）。唐人所说的拂林是个广义概念，实际可以包括拜占庭帝国以及阿拔斯王朝（阿拉伯帝国）统治下的叙利亚等地区。

一棵生长在克孜勒库姆沙漠的阿魏

◎ 婆那娑树

婆那娑树，产于波斯和拂林国，拂林语念作"阿蘇弹"。树高五六丈，树皮青绿，叶片光滑明净，四季不凋。不开花，但结果，果实直接从树枝中发出，大如冬瓜，有壳，壳上带刺，果肉极为甘甜可口。果核大如枣，一个果子里有数百枚果核，核仁浑似板栗，炒一炒很好吃。

按，婆那娑树就是水果之王波罗蜜，俗称"菠萝蜜"，桑科常绿乔木，原产印度、东南亚，隋唐时传入中国。果实硕大，个别可达一米长、半米宽，是世界上最重的水果。种子（果核的仁）也可以食用，煮熟后口感香糯，略似板栗。

婆那娑树，出波斯国，亦出拂林，呼为阿蘇弹。树长五六丈，皮色青绿，叶极光净，冬夏不凋。无花结实，其实从树茎出，大如冬瓜，有壳裹之，壳上有刺，瓤至甘甜，可食。核大如枣，一实有数百枚。核中仁如栗黄，炒食甚美。

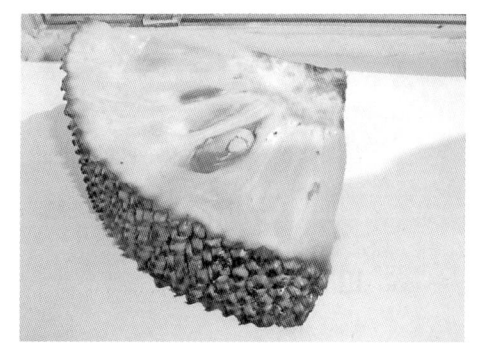

菠萝蜜的果实切片

◎ 波斯枣

波斯枣，产自波斯，在当地叫"窟莽"。树高三四丈，粗五六尺，叶子像土藤，终年不凋。二月开花，花似芭蕉类植物之花，花外有片宽大的佛焰苞，渐渐绽开，露出生满了十几朵花的花轴。果实长两寸，黄白色，有核，熟透的果肉颜色泛黑，状类干枣，甜如饴糖，可食用。

在今天，波斯枣被称为海枣，或椰枣，学名"Phoenix Dactylifera"，意为"凤凰之指"，是棕榈科刺葵属乔木，植株可高达35米，原产西亚、北非。果实海枣的汁液含糖量高达70%以上，超过以甘甜著称的吐鲁番葡萄近三倍，至甜无俦。风干的果脯更将甜味

海枣的果序（鲜果）

演绎到极致，号称"沙漠面包"，因不易变质（糖分太高）、便携、热量高，古代远行商队视为补充体力的魔法果实。海枣在阿拉伯地区历史上扮演过重要角色，早在公元前6000年前，该地区就有了海枣种植记录，是人类最早驯化的果树之一。《古兰经》中，耶稣的降生地不在马槽边，而在海枣树下；伊甸园的"生命之树"也是一棵海枣。古阿拉伯人甚至以海枣充当粮食，当地古谚说："家无海枣，全家挨饿"，可见其为生活之必需。如今，海枣树出现在了沙特阿拉伯国徽上，象征着对于沙漠国度无比珍贵的绿洲、农业以及信仰。

> 波斯枣，出波斯国，波斯国呼为窟莽。树长三四丈，围五六尺，叶似土藤，不凋。二月生花，状如蕉花，有两甲，渐渐开罅，中有十余房。子长二寸，黄白色，有核，熟则子黑，状类乾枣，味甘如饧，可食。

◎ 巴旦木

扁桃，蔷薇科桃属植物，俗称"巴旦木""巴旦杏"，这是波斯语"Badam"的音译。扁桃原产西亚，果肉不堪食用，能吃的是桃仁，野生而未经处理的扁桃仁可能含有足以致命的毒素氢氰酸，难以想象先民付出了何等代价才将一味毒药培育成为

美食。扁桃仁卸下毒素的铠甲，换上美味盛装，立即博得全世界的欢迎。三千年前执掌古埃及王权的法老图坦卡蒙墓中，发现有栽培的扁桃仁，说明在当时，这种零食可能已经是世界上最有权势统治者的掌中珍了。两千年后，它梯山航海来到大唐，征服了唐人的味蕾，段成式的少君段公路在著作《北户录》中大呼"绝香美"。《酉阳杂俎》载：

扁桃果实

> 扁桃，产自波斯国，波斯人称之"婆淡"。树高五六丈，粗四五尺，叶如桃叶而更宽大。花期三月，开白色花。花落结实，果实状如桃而扁，故名扁桃。果肉苦涩，不堪食用，核里的果仁味道香甜，西域诸国皆视为珍物。

> 偏桃，出波斯国，波斯国呼为婆淡。树长五六丈，围四五尺，叶似桃而阔大。三月开花，白色。花落结实，状如桃子而形偏，故谓之偏桃。其肉苦涩，不可啖。核中仁甘甜，西域诸国并珍之。

◎ 槃砮稽树

> 槃砮稽树，产自波斯、拂林，拂林人呼之"群汉"。树高三丈，粗四五尺，叶似细叶榕，经冬不凋。花似橘花，白色，果实绿色，大如酸枣，其味甜腻，可食。西域人取果实榨油揩抹皮肤，能祛除风团等引起的瘙痒。

> 槃砮稽树，出波斯国。亦出拂林国，拂林呼为群汉。树长三丈，围四五尺，叶似细榕，经寒不凋。花似橘，白色。子绿，大如酸枣，其味甜腻，可食。西域人压为油以涂身，可去风痒。

◎ 齐暾树

> 齐暾树，产波斯、拂林，在拂林叫做"齐虚"。树高两三丈，树皮青白，花似柚

子花，郁郁菲菲，浓香射洌。果实如杨桃，五月成熟，可以榨油。西域人用这种油煎饼饵、馃子，跟中国人用芝麻榨油煎炸面食的做法相似。

齐暾①树，出波斯国。亦出拂林国，拂林呼为齐虚。树长二三丈，皮青白，花似柚，极芳香。子似杨桃，五月熟。西域人压为油以煮饼果，如中国之用巨胜②也。

---

① 齐暾：可能是油橄榄。
② 巨胜：黑芝麻。

◎ 胡椒

胡椒，产摩伽陀国，当地人呼为"昧履支"。幼苗呈藤蔓形态，极柔弱。叶子长一寸半，有纤细的枝条与叶平行生长，枝上果实对生。叶子晨间舒展，入夜闭合，闭合时，会将果实裹入其中。果实形似花椒，极为辛辣，六月份采摘。如今应用很广，尤其是做"胡盘肉"，胡椒必不可少。

胡椒，出摩伽陀国，呼为昧履支。其苗蔓生，极柔弱。叶长寸半，有细条与叶齐，条上结子，两两相对。其叶晨开暮合，合则裹其子于叶中。形似汉椒，至辛辣。六月采，今人作胡盘肉食皆用之。

◎ 白豆蔻

白豆蔻，产伽古罗国，该国人称呼此物的发音为"多骨"。形如芭蕉，叶似杜若，高八九尺，冬夏常青。花浅黄色，果实簇生如葡萄，初出微青，熟则变白，七月采摘。

白豆蔻①，出伽古罗国，呼为多骨。形如芭蕉，叶似杜若②，长八九尺，冬夏不凋。花浅黄色，子作朵如蒲萄。其子初出微青，熟则变白，七月采。

① 白豆蔻：姜科草果亚属植物，原产柬埔寨、泰国，果实是通俗所说的草果之一种，可入药，可炖肉，化解牛羊肉腥膻气味尤佳。
② 杜若：鸭跖草科草本植物，高30—80厘米，叶片长椭圆形，夏日开白色小花，香气清幽淡雅。

◎ 荜拔

荜拔，出摩伽陀国，当地语言发音为"荜拨梨"，拂林语发音"阿梨诃咃"。植株高三四尺，茎细如筷，叶子像鱼腥草叶，果实似桑葚，八月采收。

　　荜拔①，出摩伽陀国，呼为荜拨梨，拂林国呼为阿梨诃咃。苗长三四尺，茎细如箸。叶似蕺叶②。子似桑椹，八月采。

① 荜拔：荜拔，胡椒科胡椒属植物，果穗可以入药，或用作佐料，风味酷似黑胡椒。
② 蕺叶：鱼腥草，它的卵形叶片与荜拔叶颇像。

◎ 香齐

香齐，产于波斯，拂林语读作"顸勃梨咃"。树高超过一丈，粗一尺左右，树皮青色，薄而光滑，叶似阿魏，枝头生有三片叶，不开花结果。西域人常在八月裁剪，到腊月又长出新枝，更见蓊茂。若不事先修剪，反会枯死。七月份截断其枝，有蜂蜜状黄色树汁流出，微有香气，可资入药。

　　香齐①，出波斯国。拂林呼为顸勃梨咃。长一丈余，围一尺许。皮色青薄而极光净，叶似阿魏，每三叶生于条端，无花实。西域人常八月伐之，至腊月更抽新条，极滋茂。若不剪除，反枯死。七月断其枝，有黄汁，其状如蜜，微有香气。入药疗病。

① 香齐：据《中国伊朗编》考证，此物是阿魏属植物的树脂白松香。

◎ 腊肠树

波斯皂荚，产于波斯，波斯语读作"忽野檐默"，拂林语"阿梨去伐"。树高三四丈，粗四五尺，叶似香橼而短小，经冬不凋。不开花，但是会结果，荚果棍棒形，长达两尺，种子之间生有隔膜，每个隔室内一粒种子，种子大如指头，红色，极为坚硬，种子内部黑色，味甜如糖，可食用，亦可入药。

按，波斯皂荚在今天有个古怪的正式名称，叫做"腊肠树"。豆科乔木，树身高10—20米，荚果长30—60厘米，开密如垂络的金黄色小花，风过飘如金屑，因名"金链花"，又叫"黄金雨"，是南方常见观赏植物。原产印度、缅甸和斯里兰卡。与许多外来物种一样，虽是从东南亚、南亚传入中国，但唐人习惯性冠以"波斯"之名。据说种子有轻微利泻作用，因此通常不作食用。

波斯皂荚，出波斯国，呼为忽野檐默。拂林呼为阿梨去伐。树长三四丈，围四五尺，叶似枸缘①而短小，经寒不凋。不花而实，其荚长二尺，中有隔。隔内各有一子，大如指头，赤色，至坚硬，中黑如墨，甜如饴，可啖，亦入药用。

① 枸缘：枸橼，即香橼。

◎ 没药

没[mò]药树，产自波斯，在拂林国被称为"阿縒"。树高一丈左右，树皮青白色，叶似槐叶而长，花似橘花而大。子实黑色，大如山茱萸，味酸甜，可食用。

没药树是橄榄科常绿小乔木，原产索马里、埃塞俄比亚及阿拉伯半岛南部等地。树脂可以入药，中国人谓之"没药"，这是阿拉伯语"murr"的音译，意思是"苦"。在古埃及，没药被视作贵重的防腐剂，用来填充挖空内脏的木乃伊腹腔。中国古医者则更看重其散瘀定痛，消肿生肌的效用。

没树，出波斯国。拂林呼为阿縒。长一丈许，皮青白色，叶似槐叶而长，花似橘花而大。子黑色，大如山茱萸，其味酸甜，可食。

◎ 阿勃参

阿勃参，产自拂林国。高一丈余，皮色青白，叶片纤细，两两对生。花似蔓菁，正黄色。子实如胡椒，红色。砍断枝条，流出的油状汁液，可涂抹治疗疥癣，十分有效。子实所榨的油极为贵重，作价高过黄金。

阿勃参，出拂林国。长一丈余，皮色青白。叶细，两两相对。花似蔓菁，正黄。子似胡椒，赤色。斫其枝，汁如油，以涂疥癣，无不瘥者。其油极贵，价重于金。

◎ 水仙

水仙，从拜占庭传入。植株高三到四尺，根部（鳞茎）大如鸭蛋。叶似蒜叶，中央生出修长的花茎，茎端开红白色花，六瓣，花心黄色，微微泛红，不结果实。冬生夏死，跟荞麦一样。水仙花萃取精油，涂抹皮肤，可以祛除风气，拜占庭国王及国内贵族皆用之。

捺只①，出拂林国。苗长三四尺，根大如鸭卵。叶似蒜叶，中心抽条甚长。茎端有花六出，红白色，花心黄赤，不结子。其草冬生夏死，与荞麦相类。取其花压以为油，涂身，除风气。拂林国王及国内贵人皆用之。

---

① 捺只：水仙。

◎ 素馨花

素馨花，产于拂林国，波斯国亦有出产。高七八尺，叶似梅花叶，四季开花，花五瓣，白色，不结果实。花开时，遍野芬芳，香气与岭南詹糖香的甜香味相似。西域人常以此花提炼精油，清馥怡人，着肤滑爽。

素馨花

野悉蜜①，出拂林国，亦出波斯国。苗长七八尺，叶似梅叶，四时敷荣②。其花五出，白色，不结子。花若开时，遍野皆香，与岭南詹糖③相类。西域人常采其花压以为油，甚香滑。

---

① 野悉蜜：木犀科植物素馨花，也叫玉芙蓉，花如其名，洁白馨香。
② 敷荣：开花。
③ 詹糖：詹糖香，樟科山胡椒属植物红果山胡椒的枝叶熬制而成。

◎ 无花果

波斯人称无花果为"阿驲[rì]"，拂林人呼为"底珍"。树高四到五丈，枝叶繁茂，叶分五歧，形似蓖麻叶。不开花而结果，果实红色，状如油柿，味似甜柿，一月一熟。

阿驿①，波斯国呼为阿驲，拂林呼为底珍。树长丈四五，枝叶繁茂。叶有五出，似椑麻。无花而实，实赤色，类椑子②，味似甘柿，一月一熟。

---

① 阿驿：无花果。公元前 3000 年左右，地中海沿岸及西南亚地区的先民率先尝试人工栽培，约公元 8 世纪，经丝绸之路传入中国。
② 椑子：油柿，也叫椑柿、青椑、乌椑，柿属植物，果实较柿子圆而长。

广动植之四

百草群芳

◎ 灵芝

本条与《物异》部分第五十条重出。

芝,天宝初,临川郡人李嘉胤所居柱上生芝草,形类天尊,太守张景佚截柱献之。

◎ 紫芝

唐代宗大历八年,庐江县发现紫芝,高一丈五尺。

大历八年,庐江县①紫芝生,高一丈五尺。

---

① 庐江县:今安徽合肥庐江县。

◎ 芝类

芝类至多:参成芝,断裂接回,可自行愈合;夜光芝,一株生有九柄菌盖,菌盖坠地,状如七寸铜镜,清亮像牛的眼睛,茅君种于句曲山;隐辰芝,状如斗,菌盖较小,错落如竹节,菌柄长大粗壮。

芝类至多：参成芝①，断而可续。夜光芝②，一株九实。实坠地如七寸镜，视如牛目，茅君③种于句曲山④。隐辰芝，状如斗，以屋为节，以茎为刚⑤。

---

① 参成芝：《抱朴子》："参成芝，赤色有光，扣之枝叶，如金石之音，折而续之，即复如故。"
② 夜光芝：《太平御览》引《茅君内传》："夜光芝，其色青，实正白如李。夜视其实，如月光照洞一室。"
③ 茅君：茅盈，字叔申，西汉初咸阳人，道教茅山派祖师。传说十八岁入恒山修道，三十年后回家接引昆仲，隐入江南句曲山，西汉末年得道成仙。
④ 句曲山：茅山，在今江苏句容。
⑤ 以屋为节，以茎为刚：《太平广记》引本条作"以星为节，以茎为网"。

◎ 凤脑芝

《仙经》记载：掘六尺深土坑，以玉环圈起一株种入坑底，浇灌五合黄水，填土拍实，三年后破土萌发，形如葫芦，菌盖像颗桃子，五色斑斓，此即凤脑芝，服下将获得强大的凤凰召唤能力，所吐出的口水，都将变成凤凰，这凤凰可带人飞入仙家秘境。

白符芝在大雪中结出菌盖。

五德芝，形如车马。

菌芝，状如楼台，凡学道三十年而道心弥坚者，将有金翅鸟衔芝来赠。

服下罗门山的石芝，可证地仙位业。

凤脑芝，《仙经》言，穿地六尺，以环实一枚种之，灌以黄水五合①，以土坚筑之。三年生苗如匏②。实如桃，五色，名凤脑芝。食其实，唾地为凤，乘升太极。白符芝③，大雪而华。五德芝④，如车马。菌芝，如楼。凡学道三十年不倦，天下金翅鸟⑤衔芝至。罗门山食（一曰生）石芝，得地仙。

---

① 合：容量单位，十合等于一升。

② 匏：葫芦。
③ 白符芝：《抱朴子》："白符芝，高四五尺，似梅，常以大雪而花，季冬而实。"
④ 五德芝：《抱朴子》："五德芝，状似楼殿，茎方，其叶五色各具而不杂，上如偃盖，中常有甘露，紫气起数尺矣。"
⑤ 金翅鸟：佛家神兽迦楼罗的演化概念。迦楼罗本是印度神话主神毗湿奴天的坐骑，初生之时，放出万丈光芒，诸天误认为火天而纷纷礼拜。进入佛家，成为天龙八部之一，此鸟极其巨大，两翼相距三十六万里，头上长有肉瘤，是为如意珠。以巨型毒蟒（龙）为食，每天吃下一条蛇王和五百条毒蛇，临终前法力消退，压制不住体内毒气，诸蛇喷毒，迦楼罗痛苦万分，上下翻飞七次，触金刚轮山顶而死。肉身为毒火焚化，只余一枚心脏，作纯青琉璃色。

◎ 莲

石莲子入水必沉，只有在煮盐的咸卤中才能漂浮。大雁吃了石莲子，无法消化，排泄出来落到山石之间，可保百年不坏。相传橡子落水，会化为莲。

莲，石莲①入水必沉，唯煎盐咸卤能浮之。雁食之，粪落山石间，百年不坏。相传橡子落水为莲。

① 石莲：石莲子，秋季莲子成熟，割下莲蓬，取出果实晒干，老熟后的莲子坚硬如石。

◎ 苔

文宗开成年末，慈恩寺唐三藏院后檐下石阶，长出一种状如苦苣菜的青苔，满布砖上，色如盐绿，轻嫩可爱。谈论僧义林，曾于太和年初迁葬窥基法师，彼时距法师寂灭，已垂一百五十年，然而打开墓室，香气袭人，窥基法师的法身侧卧砖台上，颜色如生。砖上苔藓两寸多厚，色作金黄，气若焚香。

苔，慈恩寺①唐三藏院后檐阶，开成末有苔，状如苦苣。布于砖上，色如盐绿②，轻嫩可爱。谈论僧③义林，太和初改葬基法师④，初开冢，香气袭人，侧卧砖台上，形如生。砖上苔厚二寸余，作金色，气如爇檀⑤。

---

① 慈恩寺：大慈恩寺，即今西安大雁塔所在。北魏时，在此地建有净觉寺，隋代建有无漏寺，先后毁废。唐贞观二十二年，太子李治为亡母文德皇后修造慈恩寺，迎请玄奘法师上座。玄奘师徒在此译写经籍，阐扬玄旨，自成一宗，是为中土佛门八宗之一的法相宗（慈恩宗）。慈恩寺花木繁盛，尤其牡丹，为唐代长安一绝。唐武宗会昌灭佛，天下丛林，十夷其九，慈恩寺幸未遭劫。后历经数代灾变，本寺故址仅存者唯大雁塔，清康熙年间重加修缮，屹立至今。
② 盐绿：氯铜矿。
③ 谈论僧：俗讲僧。为了布道，用通俗白话向民众讲说佛经故事的僧侣，其讲说中往往穿插演唱等平易动听的形式，以吸引民众关注。唐代大型寺庙举办的俗讲法会，听众蚁聚，商贩云集，甚至王公巨卿、皇室公主都会到场观看。《南部新书》说："长安戏场多集于慈恩。"慈恩寺开讲，周边百戏杂艺毕陈，在城市管理制度相对严格的唐代，是难得的娱乐盛会。俗讲大抵分为两种，一种讲前唱歌，名为"押座文"，歌罢讲经，讲几句白话，唱几句歌，散席之前再唱一首歌。另一种文字脚本称为"变文"，"变"即"变相图"，是描绘佛经故事的壁画，俗讲僧在壁画之前为听众述说画中故事，图情并茂，劝人向善敬佛。变文是中国文学由雅向俗转变的关键，到宋代，变文进一步俗语化，讲说者也走出寺庙，进入市井，讲述题材延及烟粉灵怪、传奇公案、书史文传，讲说者所持的稿子，称为话本，加以文饰，就是早期的白话小说。此后，白话小说逐渐取代了文言小说，确定了中国小说发展方向。
④ 棋法师：基法师，窥基（632—682年），俗姓尉迟，长安人，玄奘弟子。或谓窥基初拒玄奘之命而不断世欲，行驾三车相随，前车载经论，中车自乘，后车载家妓、女仆、食馔，遂有"三车法师"之称。二十五岁加入玄奘译场，独得秘传。一生著述宏富，时称百部疏主。《宋高僧传》有"太和四年迁塔"的记载，与本文记述相符。
⑤ 爇[ruò]檀：焚燃的檀香。

◎ 瓦松

崔融《瓦松赋序》写道："崇文馆的瓦松，生在屋檐滴水之下。若说是一种树，问山客而不识，若说是一种草，查本草而未录。"赋的正文又说："煌煌特秀，状金芝之产溜；历历虚悬，若星榆之种天。葩条郁毓，根柢连卷。间紫苔而裛露，凌碧瓦而含烟。""惭魏宫之鸟悲，恧汉殿之红莲。"

崔公博学，无所不晓，为何竟不知古籍关于瓦松的种种记述？比如《博雅》所载："长在屋瓦上的叫做'昔耶'，长在墙上的叫'垣衣'。"就是瓦松。《广志》谓瓦松为"兰香"，说是生在老房子的瓦上，魏明帝曹叡颇喜此物，命将长安城生有瓦松的瓦片运到洛阳，覆在屋顶。前代词人诗中也用"昔耶"之名，梁简文帝《咏蔷薇》："缘阶覆碧绮，依檐映昔耶。"

有种说法认为，建筑用的木料多是松木，这些木料的土木之气外泄，就会导致屋瓦生松。

唐代宗大历年间修缮含元殿，有个匠人自请铺瓦，口气很大："我的手艺出自祖传，我爷爷当年就为含元殿铺过瓦，这活儿除了我谁也干不好。"其他瓦匠听了这话，纷纷不服。那匠人道："你们不用吵，我只说一样，我铺的瓦，永远不会长瓦松，你们谁做得到？"众瓦匠自谓不能，这才服了。

还有个叫李阿黑工匠，亦是营筑高手，铺迭的屋瓦密如牙齿，严丝合缝，同样能保不生瓦松。

《本草》载："瓦衣也叫屋游。"

　　瓦松①，崔融②《瓦松赋序》曰："崇文馆③瓦松者，产于屋溜之下。谓之木也，访山客而未详，谓之草也，验农皇④而罕记。"赋云："煌煌特秀，状金芝之产溜；历历虚悬，若星榆之种天。葩条郁毓，根柢连卷。间紫苔而裹露，凌碧瓦而含烟。"又曰："惭魏宫之鸟悲，恧汉殿之红莲。"崔公学博，无不该悉，岂不知瓦松已有著说乎？《博雅》⑤："在屋曰昔耶⑥，在墙曰垣衣。"《广志》谓之兰香，生于久屋之瓦，魏明帝好之，命长安西载其瓦于洛阳，以覆屋。前代词人诗中多用昔耶，梁简文帝⑦《咏蔷薇》曰："缘阶覆碧绮，依檐映昔耶。"或言构木上多松栽，土木气泄则瓦生松。大历中修含元殿⑧，有一人投状请瓦，且言："瓦工唯我所能，祖父已尝瓦此殿矣。"众工不服，因曰："若有能瓦，毕不生瓦松。"众方服焉。又有李阿黑者，亦能治屋，布瓦如齿，间不通綖⑨，亦无瓦松。《本草》："瓦衣谓之屋游。"

① 瓦松：景天科瓦松属植物，高10—60厘米，叶子呈莲座形，花茎如塔，看似缩小的宝塔松。多生于岩缝、屋顶。

② 崔融：(653—706年) 字安成，齐州（今山东济南）全节人，武则天时文臣，历

官中书舍人、袁州刺史、国子司业。文辞超群，朝廷大手笔多委之。
③ 崇文馆：唐官署，隶属东宫，掌经籍图书，教授生徒，具有书院、学校、礼制参谋等功能。
④ 农皇：神农氏。
⑤ 博雅：训诂专著，魏张揖撰，原名《广雅》，隋避炀帝广讳改。后复用原名，今二名并称。
⑥ 昔耶：后世多指青苔。《本草纲目》："此即古墙北阴青苔衣也。其生石上者名昔邪，一名乌韭；生屋上者名屋游。"北宋沈括也认为昔耶应是青苔，《梦溪笔谈》载："成式以昔耶为瓦松，殊不知昔耶乃是垣衣，瓦松自名昨叶荷，成式亦自不识。"
⑦ 梁简文帝：萧纲（503—551年），梁武帝萧衍第三子，昭明太子萧统同母弟。太清三年侯景之乱，梁武帝被囚饿死，萧纲即位，大宝二年被侯景害死。
⑧ 含元殿：大明宫前朝第一正殿，龙朔三年落成，仅殿基就高15米，宫阙高耸入云，东西翔鸾、栖凤双阁，有如巨大鸾凤伸展的两翼，载着王朝与日月同升，普照世界。"千官望长安，万国拜含元"，含元殿是大明宫的标志，亦是大唐标志，每年元日、冬至，天子登含元殿主持大朝会，其他如册封、改元、大赦、受贡、阅兵、策试举人等礼典，亦多在此举行。唐僖宗光启二年仲冬，风雪中飘摇的残破帝国再也无力守护他宝冠上的明珠，含元殿毁于战火。
⑨ 綖：线。

◎ 瓜

瓜最怕香料，尤忌麝香。文宗太和初年，郑注奉了调令，赴河中府履新。他家大业大，此番尽室而行，单是娇姬美妾就有上百，尽皆骑马，脂粉、熏香之气，弥漫数里，直灌人鼻。这一年，从京师到河中府，郑注家眷所经之处，沿途田圃中的瓜全部被香气熏死，一蒂也没能保住。

> 瓜①，恶香，香中尤忌麝。郑注②太和初赴职河中③，姬妾百余尽骑，香气数里，逆于人鼻。是岁自京至河中所过路，瓜尽死，一蒂不获。

① 瓜：指冬瓜或越瓜（菜瓜）。
② 郑注：绛州翼城县人，本姓鱼，冒姓郑氏，时称"鱼郑"。早年游医江湖，狡狯

有城府，得襄阳节度使李愬赏识，转识宦官王守澄。时唐文宗身患风疾，不能言语，王守澄推荐郑注入宫诊疾，颇有成效。郑注就此走进政坛，简擢工部尚书，又助唐文宗杀掌权宦官，即他的恩人王守澄有功，出任凤翔节度使。继而与李训等共同策划，试图彻底清剿朝中宦官势力，事情败露，宦官屠戮朝臣，是为甘露之变。郑注一度打算率五百亲兵前往接应，途中听闻事态失控，惧而折返，被监军使设宴伏杀，尸体移送京师，枭首兴安门。

③ 河中：河中府，今山西永济、临猗、运城一带。

◎ 芰

今人多认为芰就是菱芰，各种介绍草木植物的专著也往往不加分别，只有伍安贫的《武陵记》注明说：四角、三角的是"芰"，两角的是"菱"。今苏州折腰菱多为两角者。我在荆州时，蒙僧人相赠一斗郢城菱，三角，角无锐刺，可以把玩。

芰①，今人但言菱芰，诸解草木书亦不分别，唯王安贫②《武陵记》言，四角、三角曰芰，两角曰菱。今苏州折腰菱多两脚。成式曾于荆州，有僧遗一斗郢城③菱，三角而无伤（一曰刺），可以挼莎④。

① 芰[jì]：菱角的古称，古以两角者为菱，四角者为芰。
② 王安贫：应是伍安贫，南朝梁武陵人，博雅嗜学，朝廷累辟，皆以疾辞。撰有《武陵图记》。
③ 郢城：楚国都城，今湖北江陵县一带。
④ 挼[ruó]莎：揉搓。

◎ 菱角

菱角，一名水栗，一名薢茩[xiè hòu]。汉武帝开凿的昆明池中有一种浮根菱，根露出水面，叶子却沉沦水下，也叫"青水芰"。玄都仙府有种碧绿的菱角，状如飞翔的鸡，名唤"翻鸡芰"，仙人凫伯子常往采撷。

芰，一名水栗，一名薢茩。汉武昆明池中有浮根菱，根出水上，叶沦没波下，亦曰青水芝。玄都①有菱碧色，状如鸡飞，名翻鸡芝，仙人凫伯子常采之②。

---

① 玄都：玄都紫府，传说中的无上仙境，太上老君所居之地。
② 仙人凫伯子常采之：《汉武洞冥记》："有玄都翠水，水中有菱，碧色，状如鸡飞，亦名翔鸡菱。仙人凫伯子常游翠水之涯，采菱而食之，令骨轻，兼身生毛羽也。"

◎ 菟丝子

菟丝子，多生荆棘和灰藋之旁，山民认为这是它们气息相类的缘故。

菟丝子是植物界的吸血鬼，旋花科草本寄生植物，寄生在豆科、菊科等植物身上，本身不具备叶绿素，不能进行光合作用，它的根也不是扎进地下，而是刺入寄主的组织，完全靠吸取寄主的水分、养分存活。

菟丝子

兔丝子，多近棘及藋①，山居者疑二草之气类也。

---

① 藋［diào］：灰藋，正式名称"藜［lí］"，俗称"灰灰菜"，藜科藜属草本植物，是常见野菜。

◎ 天名精

天名精，也叫"鹿活草"。宋文帝元嘉年间，青州人刘炳猎得一鹿，挖出内脏，以此草填入鹿腹，本来已经死透了的鹿突然站了起来，把刘炳吓得够呛，忙把草掏了出来，鹿复倒地而死。刘炳大奇，把草塞入，鹿又活了过来，拿出草，鹿又死了，这样子试了三次，那只鹿死了又活，活了又死，屡试不爽。刘炳于是秘密采来大量天名精栽种，此草效用，遂渐为世人所知。天名精入药，多用来医治跌打损伤，俗称为"刘炳草"。

> 天名精①，一曰鹿活草。昔青州刘炳，宋元嘉中射一鹿，剖五藏，以此草塞之，蹶然②而起。炳怪而拔草，复倒。如此三度，炳密录此草种之。多主伤折，俗呼为刘炳草。

---

① 天名精：菊科植物，也叫地菘、蟾蜍兰，全草入药。
② 蹶然：疾起貌。

◎ 牡丹

古人篇籍，鲜见关于牡丹的述录，唯《谢康乐集》有一句"竹间、水际多牡丹"。我翻检隋朝园艺农书《种植法》，洋洋七十卷文字，也无牡丹记载，可知牡丹在隋朝尚不是常见花木。

唐玄宗开元末年，裴士淹为郎官，奉旨赴幽州、冀州一带公干，返程回京，路过汾州众香寺，寻得白牡丹一本，回到长安种在自家庭前。到天宝年间，裴宅的牡丹，已蔚然为京城一道胜景，太常博士张乘听国子祭酒裴通说，当时的名士有一首《裴给事宅看牡丹》，称赏裴府花事，可惜我寻访多时，不曾访得。（原著批注：一本有诗云："长安年少惜春残，争认慈恩紫牡丹。别有玉盘乘露冷，无人起就月中看。"）此外，宰相房琯也说过："我房琯从不参加牡丹之会。"足见彼时牡丹花会之风靡。唐肃宗至德年间，马燧镇守太原，又得红、紫两个品种牡丹，移植城中。直到宪宗元和年初，京师的牡丹还不算太多，而今姹紫嫣红，开满京洛，足以与随处可见的蜀葵一较多寡了。

话说韩愈韩侍郎有个远房子侄从江淮前来投奔，这位小韩年纪不大，韩愈便送他进学，跟其他韩门子弟一道读书。小韩性子疏野狂荡，书香子弟整日被他欺负，搞得怨声载道。韩愈传道授业半生，最重少年人敦品励行，听说其事，忙把小韩带走，免得他败坏学风，耽误旁人向学。同时借了街西一座僧院，把小韩安置过去，嘱咐他安安分分随斋念书。没想到才过了十天，那寺庙主持就怒冲冲地找到韩愈，投诉小韩顽劣乖悖，不能再留。韩愈大怒，喝令小韩回来，痛心疾首地斥道："市井上的负贩屠沽末食之辈，尚有一技之长可以营生，似你这般浮浪无行，不务正业，以后究竟打算如何自处！"小韩在这位尊长面前，不敢放肆，老老实实俯首赔罪，请叔叔息怒，末了慢慢说道："侄儿其实也有一样本事，只是叔叔不知罢了。"指着阶前花畦的牡丹，道："叔叔要这些花变成什么颜色，侄儿都能办到，青色、紫色、黄色、红色，任凭叔叔吩咐。"韩愈诧异，随口说了几色，小韩取来草席，将花尽数遮掩起来，不令人见，躬身钻进去，在植株四面挖了一道深及花根，宽能容人的坑堑，每天早晚，用紫矿、轻粉、朱砂调理花根。约七天后，铲土填平，对韩愈道："可惜调理的晚了一个月。"其时乃是初冬。

韩愈家这些牡丹，原本都是开紫花的，到得次年花季，但见白红黄绿，异彩纷呈，更奇的是，每朵花上竟都生出了一联诗文，字色作紫，清晰分明，皆是韩愈被贬时所作，其中一韵"云横秦岭家何在，雪拥蓝关马不前"，十四字历历可辨，韩愈大为惊异。小韩就此拜别，回到江淮，终生未仕。

按，后人或附会此子即是八仙之一的韩湘子，实非。韩愈幼年孤苦，三岁丧父，由长兄长嫂抚养成人。长兄韩会年长他三十岁，政治上属于权相元载一派，元载倒台，韩会受牵连贬谪韶州，不幸第二年谢世，留下一个独子，名唤韩老成。韩老成与韩愈年龄相近，二人自幼患难相守，名为叔侄，实则情同手足。但与韩会一样，韩老成壮年故去，韩愈痛恻不已，作《祭十二郎文》，哭悼这位幼时"未尝一日相离"的至亲良朋。韩老成的遗子，名叫韩湘，韩愈名篇《左迁至蓝关示侄孙湘》即是示韩湘所作。所以韩湘是韩愈的侄孙，而非本文的"疏从子侄"；另外，韩湘后来进士登第，也并未"辞归江淮，竟不愿仕"。后世以《酉阳杂俎》本篇为蓝本，唐末《仙传拾遗》、北宋《青琐高议》递相敷演，到元代杂剧《韩湘子三度韩退之》问世，才将韩湘演绎成"八仙"之一的韩湘子。另一首据说为韩愈所作的《赠徐州族侄》中有一句，倒是颇耐人揣摩："击门者谁子，问言乃吾宗。自云有奇术，探妙知天工。"这位"自云有奇术"的族侄，似乎更像本文的莳花少年。

牡丹，前史中无说处，唯《谢康乐①集》中言竹间水际多牡丹。成式捡隋朝《种植法》七十卷中，初不记说牡丹，则知隋朝花药中所无也。开元末，裴士淹②为郎官，奉使幽冀回，至汾州③众香寺，得白牡丹一窠，植于长安私第。天宝中，为都下奇赏。当时名公④有《裴给事宅看牡丹》诗，时寻访未获，（一本有诗云："长安年少惜春残，争认慈恩紫牡丹。别有玉盘乘露冷，无人起就月中看。"）太常博士张乘尝见裴通祭酒⑤说。又房相有言："牡丹之会，琯不预焉。"至德⑥中，马仆射⑦镇太原，又得红紫二色者，移于城中。元和初犹少，今与戎葵⑧角多少矣。

　　韩愈侍郎有疏从子侄自江淮来，年甚少，韩令学院中伴子弟，子弟悉为凌辱。韩知之，遂为街西假僧院令读书，经旬，寺主纲⁹复诉其狂率。韩遽令归，且责曰："市肆贱类营衣食，尚有一事长处。汝所为如此，竟作何物？"侄拜谢，徐曰："某有一艺，恨叔不知。"因指阶前牡丹曰："叔要此花青、紫、黄、赤，唯命也。"韩大奇之，遂给所须试之。乃竖箔曲尺⑩遮牡丹丛，不令人窥。掘窠四面，深及其根，宽容入座。唯赍紫矿⑪、轻粉⑫、朱红⑬，旦暮治其根。几七日，乃填坑，白其叔曰："恨校迟一月。"时冬初也。牡丹本紫，及花发，色白红历绿⑭，每朵有一联诗，字色紫，分明乃是韩出官时诗。一韵曰"云横秦岭家何在，雪拥蓝关马不前"十四字，韩大惊异。侄且辞归江淮，竟不愿仕。

---

① 谢康乐：谢灵运（385—433年），东晋陈郡阳夏人，淝水之战主帅谢玄之孙，五言山水诗鼻祖。天资颖悟，深得祖父谢玄钟爱，自幼笃志好学，博览群书，十八岁袭封康乐公，二十一岁出仕琅琊王大司马行参军。入宋后，降爵为侯，历仕永嘉太守、秘书监、临川内史，因不得重用，恃才傲物，荒于职守，屡遭贬斥。元嘉十年，坐叛逆罪，被宋文帝刘义隆处决。

② 裴士淹：河东闻喜人，门荫入仕，起家郎官，迁司勋郎中，授给事中，历京兆尹、礼部侍郎、尚书。大历五年，作为鱼朝恩余党，贬饶州刺史，转徙温州而死。

③ 汾州：今山西汾阳。

④ 名公：此诗的作者传为"大历十才子"之一的卢纶，一说为裴潾。卢纶约生于公元739年，天宝间尚未弱冠，裴潾年龄更幼，所以此诗的"裴给事"是否裴士淹，存疑。

⑤ 祭酒：国子祭酒。国子监长官，唐制一员，从三品，主管全国教育行政，总领中央七学及地方学校。

⑥ 至德：唐肃宗李亨年号，756—758年。

⑦ 马仆射：马燧。马燧在唐代宗朝才释褐为赵城县尉，大历十四年（779年）才积功升任太原尹、河东节度使。本文说"至德中，镇太原"，有误。

⑧ 戎葵：蜀葵，俗称"一丈红"。

⑨ 主纲：寺庙里主持戒律者。

⑩ 箔曲尺：秫秸（高粱秆）截成的矩形屏障。《太平广记》作"乃竖箔曲，尽遮牡丹丛"。

⑪ 紫矿：紫胶虫在紫矿树上分泌的胶质。

⑫ 轻粉：氯化亚汞（Hg_2Cl_2），古时入药。
⑬ 朱红：朱砂。
⑭ 色白红历绿：一本作"色白红黄绿"。

◎ 兰若牡丹

兴唐寺有牡丹一本，元和年间开花一千二百朵，其色有正晕、倒晕、浅红、浅紫、深紫、黄白、檀色等，唯独没有深红色。还有些花瓣中没有抹心。

重瓣的牡丹，花冠直径七八寸。

兴善寺素师院牡丹，国色天香，元和末年，有一朵异葩每至夜间便枝叶合拢，性同合欢。

> 兴唐寺有牡丹一窠，元和中着花一千二百朵。其色有正晕①、倒晕、浅红、浅紫、深紫、黄白檀等，独无深红。又有花叶中无抹心者。重台②花者，其花面径七八寸。兴善寺素师院牡丹，色绝佳。元和末，一枝花合欢。

---

① 正晕：花瓣近萼处色深，至瓣尖渐浅。若近萼处色浅，至其末反深者，称为倒晕。
② 重台：重瓣。

◎ 金灯

金灯花，一名"九形草"，开花时，叶子凋尽，花谢后，叶子复生，花叶绝不相见，仿佛不共戴天，所以也叫"无义草"。民间忌讳种在家里。

> 金灯①，一曰九形，花叶不相见，俗恶人家种之，一名无义草。

---

① 金灯：或是曼珠沙华，或是山慈菇，《本草纲目》："（山慈菇）根状如水慈菇，

花状如灯笼而朱色,故有诸名。"

◎ 天麻

合离草,根圆滚滚的如同芋头,十二条分裂体环绕四周,看似有细细的根须相连,实则不然,只是气息相通而已。此草又名"独摇",一名"离母"。有说法指出,士人所服食的那种,应当叫做"赤箭"。

按,合离就是兰科植物天麻,也叫赤箭、定风草、鬼督邮,根状茎可以入药。天麻可谓兰科植物行列的奇葩。严格来讲,它算一种兰花,却没有根,也不长叶子,本身甚至不含叶绿素,无法进行光合作用,全靠分泌类似于动物消化酶的溶菌酶,"吞食"一些生长在自己根状茎上的共生菌,如蜜环菌(即榛蘑,名菜小鸡炖蘑菇的主材)来摄取养分。天麻和蜜环菌维持着共取所需的关系,原本蜜环菌生长在天麻身上,是打算吸收天麻的养分,不料天麻技高一筹,它先大开门户,听凭蜜环菌侵入自己的表皮,接着建立起一层抑菌区,阻止菌丝继续入侵,却反过头来把菌丝当成吸管,吸收掉蜜环菌的能量。充足的能量,为繁殖提供了保障,天麻是无性生殖,它的根状茎上,会呈环状长出新的小根状茎,这些小根状茎脱离母体,就成了一个个新生的独立个体,此即《酉阳杂俎》说的"游子十二环之"。母体将全部能量输送给了新生体,自己能量耗尽,衰老死亡,再也没有抵御蜜环菌侵蚀的力量,终于变成了蜜环菌的营养源。蜜环菌吞没了天麻母体,大量繁殖,而周遭的新生天麻,却得以就近利用刚刚增殖的蜜环菌,继续吸收营养,成长、繁殖。

天麻的花序

合离,根如芋魁①,有游子十二环之,相须而生,而实不连,以气相属,一名独摇,一名离母,言若士人所食者,合呼为赤箭。

---

① 芋魁:芋的块茎。

◎ 蜀葵

蜀葵，植物纤维可以纺织成布，枯萎的枝叶烧成灰烬，用来留藏火种，可保火种长久不熄。此花也有重瓣的品种。

蜀葵，可以绩为布。枯时烧作灰，藏火，火久不灭。花有重台者。

◎ 茄子

"茄"这个字本来是指莲花的茎，发音为gá，而今的发音"伽"，不知是怎么来的。成式因为要准备节日食品，种了几棵茄子，有一次问起工部员外郎张周封关于茄子的来历掌故，周封说："茄子也叫'落苏'，相关内容，可以参看《食疗本草》。"（原书批注：张周封误记为《食疗本草》，实际上应是《本草拾遗》。）我记得沈约《行园诗》写道："寒瓜方卧垅，秋菰正满陂。紫茄纷烂熳，绿芋郁参差。"

茄子还有个雅号，叫做"昆仑瓜"。

岭南地区的茄子经过一冬，翌年重新生发，会变异成树，高五六尺。姚向为南选使时，亲眼所见。

旧本《本草》记载，广州有慎火树，粗三四围，慎火即景天，俗称"护火草"。

熟透的茄子，吃了容易肠胃痞塞，消化不良，激动脏气，使人生病。茄子根对手足冻疮有疗效。要想茄子多结果实，可取其叶布于道路，周围撒以草灰，行人从上面踏过，茄子就必能丰收了，民间称此为"嫁茄子"。

寺庙素斋，惯以茄子为食材，僧人烹饪得法，往往十分美味。有一种新罗进口的品种，色微白，形如鸡蛋，西明寺僧人造玄的院中种得若干。

《水经》有言："石头城西对蔡浦，浦长百里，上游有大荻浦，下游有茄子浦。"

茄子，茄字本莲茎名①，革退反②，今呼"伽"，未知所自。成式因就节下食③有伽子数蒂，偶问工部员外郎张周封伽子故事，张云："一名落苏，事具《食疗本草④》。"（此误作《食疗本草》，元出《拾遗本草⑤》。）成式记得隐侯⑥《行园诗》云："寒瓜方卧垅，秋菰正满陂。紫茄纷烂熳，绿芋郁参差。"又一名昆仑瓜⑦。岭南茄子宿根成树⑧，高五六尺。姚向⁹曾为南选⑩使，亲见之。故《本草》记广州有慎火树，树大三四围。慎火即景天⑪也，俗呼为护火草⑫。茄子熟者，食之厚肠胃，动气发疾。根能治灶瘃⑬。欲其子繁，待其花时，取叶布于过路，以灰规之，人践之，子必繁也，俗谓之稼茄子。僧人多炙之，甚美。有新罗种者，色稍白，形如鸡卵。西明寺⑭僧造玄（一曰"玄造"）院中有其种。《水经》云："石头⑮西对蔡浦，浦长百里，上有大荻浦，下有茄子浦⑯。"

---

① 茄字本莲茎名：《尔雅·释草》："荷，芙渠。其茎茄。"
② 革遐反：反，反切，古代注音方法。革遐反，是取"革"字的声母（g），"遐"字的韵母和声调（á），二者相合，即是"茄"的读音。
③ 节下食：节日食物。
④ 食疗本草：唐代本草专著，世界上现存最早的食疗专著。作者孟诜，河南汝州人。今本《食疗本草》是有茄子（落苏）的。
⑤ 拾遗本草：《本草拾遗》，唐人陈藏器撰。
⑥ 隐侯：沈约。
⑦ 昆仑瓜：唐人杜宝《大业拾遗录》："隋炀帝改茄子为昆仑紫瓜。"
⑧ 岭南茄子宿根成树：茄子传入之初，先民以为这东西长在树上。西晋嵇含《南方草木状》："茄树，交、广草木，经冬不衰，故蔬圃之中种茄。宿根有三、五年者，渐长枝干，乃成大树，每夏、秋盛熟，则梯树采之。"宿根，指某些两年生或多年生草本植物，在茎叶枯萎后继续生存，到第二年春天重新发芽，根系经冬不死，故称。
⑨ 姚向：唐穆宗时期，曾随段文昌出镇西川，任节度判官，长庆三年，又随段文昌入朝，任户部员外郎，敬宗宝历二年，任万年县令。
⑩ 南选：唐朝一种铨选方式，唐高宗上元三年，因广、交、黔等州官员质量较差，选派郎官、御史等为选补使，四年一度，称为南选。
⑪ 景天：泛指景天科景天属植物。景天花叶可爱，常用于园林造景或盆栽，时下一些走俏的多肉植物品种，如罗琦、白霜、铭月、姬星美人、铃珠草、乙女心、虹之玉、八千代等，均出该属。
⑫ 护火草：该句疑为错简阑入。
⑬ 灶瘃：足跟冻疮。
⑭ 西明寺：位于长安延康坊西南隅，本是隋权臣杨素府邸，栋宇崇闳，亭苑轩敞，

景天属植物苔景天

面积达 12.2 公顷，占延康坊四分之一。隋炀帝时，杨素之子杨玄感谋反，诛而没官。入唐，先赐万春公主为宅，太宗贞观中，赐魏王李泰。唐高宗敕建为西明寺，据说仿自印度祇洹精舍之规模，楼台入云，金铺藻栋，炫人眼目，结构雄伟，古今罕有其匹。

⑮ 石头：石头城，故址在今江苏南京清凉山上，原系楚国金陵邑，汉末，孙权更名石头城。

⑯ 茄子浦：一名茄子洲，在今江苏南京段长江中。

◎ 异菌

文宗开成元年春，我修行里家中的书房前，一株枯死的紫荆树有几条枝柯被虫蛀断，我把树砍了，只留下尺把高的树桩。三年后的秋天，枯树根上生出一丛笆斗大、一尺多高的奇怪菌子，有五根菌柄，菌伞上蔓延着黄的白的两圈彩晕，翠绿的菌褶，仿佛鹅毛做的车把套子。到了中午，菌子颜色转黑，突然死掉，我把它丢进火里，烧出一股芝麻香气。我有时会在那棵紫荆树桩上放个香炉，从旁念经，因此家里人都认为枯树生菌，乃是吉兆。后来披览志怪，看见这样一则记载：

南齐吴郡人褚思庄，素来信奉佛法，他的卧榻，正在房梁之下，那梁上的短柱是楠木质地，离地面四尺多高，柱上有个当初加工木材时，砍掉旁枝的疤。大明年间，那块瘢痕上长出一棵灵芝似的东西，色泽黄润鲜亮，慢慢地长到数尺之长。几天后，化为千佛之状，佛陀的面目、四肢、衣服、佛光，无不毕具，宛若雕凿，凹凸如同金箔，触感柔软。此后每年春末，那根楠木柱上就会长出这样一棵千佛芝，秋末自行脱落，脱落的灵芝，众佛形态不变，只是颜色会变褐一点而已。褚家将这些脱落的千佛芝收入箱子，妥善保藏。如此五年之后，褚思庄移走卧榻，家里就再也没有什么异状出现了。褚家全家高寿，褚思庄的父亲享年九十七，他兄长七十岁时，犹健如壮年。

异菌，开成元年①春，成式修竹里私第书斋前，有枯紫荆数枝蠹折，因伐之，余尺许。至三年秋，枯根上生一菌，大如斗。下布五足，顶黄白两晕，绿垂裙如鹅鞴②（一曰鞲），高尺余。至午，色变黑而死，焚之气如麻香。成式尝置香炉于栱台③，每念经，门生④以为善徵。后览诸志怪，南齐吴郡褚思庄，素奉释氏，眠于渠下⑤，短柱⑥是楠木，去地四尺余，有节⑦。大明⑧中，忽有一物如芝，生于节上，黄色鲜明，渐渐长数尺。数日，遂成千佛状，面目爪指及光相⑨衣服，莫不完具。如金碟⑩隐起，摩之殊软。常以春末生，秋末落，落时佛形如故，但色褐耳。至落时，其家贮之箱中。积五年，思庄不复住其下，亦无他显盛。阖门寿考，思庄父终九十七，兄年七十，健如壮年。

---

① 开成元年：公元836年。
② 鹅鞴［bèi］：鹅毛制成的车轼（扶手）软套。
③ 枮台：树桩。
④ 门生：指仆役之辈。
⑤ 渠下：《太平广记》引本条作"梁下"。
⑥ 短柱：建筑上用来承托或填充各层檩条、梁栿的构件统称，如侏儒柱等。
⑦ 节：树枝断去之疤。
⑧ 大明：南朝宋孝武帝年号，457—464年。此处或是"永明"，南朝齐武帝萧赜的年号，483—493年。
⑨ 光相：即通俗所谓的佛光，指佛、菩萨等诸尊身体发出光明之相，象征佛、菩萨之智慧。
⑩ 金碟：金箔。

◎ 异芝

梁大同十年，简文延香园竹林生出一茎灵芝，高八寸，头部似芡实，黑色；柄似藕，柄干中空，里里外外肉质纯白，只有根部微红。菌盖像芡实的那部分，有着竹节状结构，是层层包覆着生长的，剥开一层，里面还有一层。这个像竹节的位置，后来又长出一支网状菌盖，四面皆网，周回五六寸，虚笼在柄上，互不接触。那网好像人类编织的网一样，有许许多多的网眼，轻巧可爱。网和菌柄都可以轻易摘下。印证道藏记载，与《抱朴子》描述的威喜芝颇为相像。

又梁简文延香园，大同十年，竹林吐一芝，长八寸，头盖似鸡头实①，黑色。其柄似藕柄，内通干空（一曰"柄干通空"），皮质皆纯白，根下微红。鸡头实处似竹节，脱之又得脱也。自节处别生一重，如结网罗，四面，周可五六寸，圆绕周匝，以罩柄上，相远不相着也。其似结网众目，轻巧可爱，其与柄皆得相脱。验仙书，与威喜芝②相类。

① 鸡头实：芡实。
② 威喜芝：传说千年松柏树脂化为茯苓，万年茯苓生此灵芝，夜间发光，烈火不焚，能生成无形保护罩，带在身上冲锋陷阵，锋镝不能伤。据《抱朴子》，曾有人做了个试验，给一只鸡戴上此芝，与另外十二只鸡关在笼中，连射十二箭，结果另外十二只鸡悉数中箭，唯独佩戴了威喜芝的鸡一无所损。

◎ 舞草

舞草，产于四川雅安，独茎，三叶，叶如决明子之叶。一片叶子在茎的末梢，另外两片在茎中间处，相对而生。人若靠近放歌，或拍手、唱曲，两片小叶必随之挥动，如同起舞。

按，舞草是豆科植物，中国南方有分布，古称"虞美人"，赞其舞姿曼妙。舞草对声波敏感，在气温不低于20℃时，特别是在阳光下，受到声波刺激，海绵体收缩，会带动叶片做椭圆形舞动。光照越强，或声波振动越大，叶子舞动的速度越快。

> 舞草，出雅州①。独茎三叶，叶如决明。一叶在茎端，两叶居茎之半相对。人或近之歌及抵掌讴曲，必动叶如舞也。

① 雅州：今四川雅安。

◎ 护门草

常山之北，有护门草，放在门上，夜里但凡有人经过，那草便大声呵斥。家里有这种草，基本上不用养狗了。

> 护门草，常山①北。草名护门，置诸门上，夜有人（一曰物）过辄叱之。

① 常山：浙江衢州常山县。

◎ 仙人绦

仙人绦，出衡山，此草无根无蒂，生于岩石之上，三根草茎，交相缠绕，像是结有同心结的丝带，通体绿色，并不常见。

仙人绦，出衡岳。无根蒂，生石上，状如同心带，三股，色绿，亦不常有。

◎ 睡莲

南海有睡莲，每至夜间，花便沉入水下。屯田郎中韦大人当年游宦南海，亲眼所见。

睡莲，南海①有睡莲，夜则花低入水。屯田②韦郎中从事南海，亲见。

① 南海：南海郡，今广东广州。
② 屯田：工部四司之一，郎中一员，从五品上；员外郎一员，从六品上。掌全国屯田、京官职田、诸司公廨田等政，实际上闲简无事。

◎ 蔓金苔

晋代，有番邦贡奉蔓金苔，此草萦绕聚拢呈鸡蛋状，投入水中，在水面缓缓舒展开来，放出强光，如日如火，亦称"夜明苔"。

蔓金苔，晋时外国献蔓金苔，萦聚之如鸡卵。投水中，蔓延波上，光泛铄日如火,亦曰夜明苔。

◎ 异蒿

唐文宗大和年间,田布之子田在宥路过蔡州北境,见路旁有草如蒿,草秆粗如人指,末梢攒生着叶子,收拢着,仿佛是个鹪鹩巢。拆开那密丛丛的叶球一看,里面裹着几十只刚出生的小鼠,都只有皂荚子大,眼睛还没睁开,蠕动着,啾啾作声。

　　异蒿,田在实①,布之子也。大和②中,尝过蔡州③北。路侧有草如蒿,茎大如指,其端聚叶,似鹪鹩巢在颠。折视之,叶中有小鼠数十,才若皂荚子,目犹未开,啾啾有声。

---

① 田在实:田在宥,泾原节度使田布之子,唐宣宗大中年间为安南都护,颇立边功。
② 田布:(785—822年)字敦礼,魏博节度使田弘正之子,宪宗元和年间,劝父归顺朝廷,领兵响应淮西平乱,以功入朝,授左金吾将军、河阳节度使、泾原节度使。唐穆宗长庆元年,田弘正奉旨移镇成德,被部下王廷凑谋杀,朝廷遂命田布归领魏博,讨击王廷凑,替父报仇。然而魏博军骄难制,不但不肯效命,反逼田布拥兵割据,对抗朝廷,田布抽刀自刺,大呼"上谢君父,下示三军",言讫气绝。
③ 蔡州:今河南汝南。

◎ 蜜草

北天竺国生长有蜜草,蔓生植物,大叶经秋冬不死,由于屡经霜露,便积结成蜜,如同塞外大地上的蓬盐。

　　蜜草,北天竺国出蜜草。蔓生,大叶秋冬不死,因重霜露,遂成蜜。如塞上蓬盐①。

① 蓬盐：藜科植物碱蓬，俗名盐蓬菜、碱葱，多生于海滨、荒地、沙漠等盐碱土壤，是盐碱地指示植物，土壤含盐率不同，碱蓬会呈现判然不同的颜色形貌，土壤含盐量越高，叶片越红。

◎ 老鸦爪篱

老鸦爪篱，叶子像牛蒡的叶子，但更漂亮。果实成熟时呈黑色，状如爪篱。

老鸦爪篱，叶如牛蒡而美。子熟时色黑，状如爪篱①。

① 爪篱：金属丝或细篾条等编成，有柄，用以捞取水中物。

◎ 鸭舌草

略。

鸭舌草，生水中，似莼，俗呼为鸭舌草。

◎ 钩吻

胡蔓草，生于邕州、容州一带，聚集而生，花瓣像栀子花一样下垂，但较栀子花略大，不成朵，色黄白。叶片偏黑，剧毒无比，误食者，数日必死，灌以白鹅、鸭血可解。有人说向胡蔓草投掷东西，咒道："我买你。"毒性将会激增，食者立毙。

胡蔓草就是武侠世界令人闻而色变的"断肠草"，古人认为此物乃是太阴之精，入口无救。断肠草正式名称叫做钩吻，马钱科植物，全株剧毒，幼叶及根部

常绿钩吻藤，美国博物学家、插画家玛丽·沃克斯·沃尔科特绘

毒性最强。与武侠小说描写的某些"毒香"相似，钩吻根部萦回着淡淡幽香，嗅之稍久，就会出现眩晕等中毒症状，服食少许叶片或微量根茎、嫩芽即可致命。钩吻的毒素成分，是以钩吻素为主的多种生物碱，能抑制神经中枢，中毒者不会像武侠小说写的那样肝肠寸断，而是出现消化系统、循环系统和呼吸系统强烈反应，包括流涎、吞咽困难、呕吐、抽搐、四肢麻木、肌肉纤维颤动、窒息，四到七个小时后，中毒者将因呼吸肌麻痹、心律失常引起的心脏和呼吸衰竭死亡。目前尚没有针对钩吻素（钩吻碱）的特效解毒剂。

　　胡蔓草，生邕、容①间。丛生，花偏如支子②稍大，不成朵，色黄白。叶稍黑，误食之，数日卒，饮白鹅、鸭血则解。或以一物投之，祝曰："我买你。"食之立死。

---

① 邕、容：邕州，今广西南宁；容州，今广西玉林北流、容县。
② 支子：栀子花。

◎ 铜匙草

略。

　　铜匙草①，生水中，叶如剪刀。

---

① 铜匙草：或指泽泻科植物野慈姑，俗名"剪刀草""燕尾草"，水生，探出水面的叶子（挺水叶）有三个裂片，呈"人"字形，叶片末梢尖锐，看起来像是燕尾，也像一把刀刃合并的剪刀。野慈姑常见于稻田，若大量繁殖，会造成水稻减产。球茎可供食用，口感不甚出色，从前有时用以救荒充饥；而经人工栽培的变种华夏慈姑就可口得多，位列江南"水八仙"，烧肉炖肉，切入若干，丰腴清新，清简丰饶，就是一碗下饭的水乡珍馔。

◎ 水耐冬

此草在水中经冬不死,我在城南村乡间的宅子池中见过。

水耐冬,此草经冬在水不死。成式于城南村墅池中见之。

◎ 天芋

略。

天芋[①],生终南山中。叶如荷而厚。

---

① 天芋:或指海芋,也叫"滴水观音",天南星科海芋属植物,是常见观赏植物。叶片宽大,玉色佛焰苞,轻笼花序,淡雅端庄,如观音座像,湿度较大时,叶片边缘自行分泌液体滴落,该液体含有皂毒苷等毒素,能破坏动物细胞,误入伤口或误食,将造成严重后果。海芋的茎、花、叶并有剧毒,误食者可致窒息或心脏麻痹死亡。

◎ 水韭

水韭,生于水畔,状如韭,叶片较韭菜则更加细长,可食用。

水韭,生于水湄,状如韭而叶细长,可食。

◎ 地钱

略。

地钱①，叶圆茎细，有蔓，生溪涧边，一曰积雪草，亦曰连钱草。

---

① 地钱：苔藓的一种。

◎ 蚍蜉酒草

蚍蜉酒草，形似鼠耳，所以也叫"鼠耳草"，又叫"尤心草"。

蚍蜉酒草就是菊科植物鼠麴[qū]草，是郊野常见的野草。春天，草木蔓发，踏青之余，采些艾草、浆麦草或鼠麴草，榨磨青汁，和入糯米粉，装填一点豆沙，搓成团子，上甑蒸熟，春天的颜色味道便凝化在一个个碧如翡翠、憨态可掬的青团里了。青团是苏浙地区清明节特供的节令小食，在清明、寒食这几天，中国南方许多地区会用鼠麴草制作类似的点心，诸如湖北的"软萩粑"，湘黔的"蒿菜粑"，不起眼的小草，茸茸细叶，红尘里打个滚儿，就连起了九州烟火，以及无数游子暖暖糯糯的乡情。

蚍蜉酒草，一曰鼠耳，象形也。亦曰尤心草。

◎ 牵牛

盆甑草即牵牛花，剖开的果实，状如盆甑，其中有龟状的种子。牵牛的藤蔓，很像薯蓣藤。

盆甑草①，即牵牛子也。结实后断之，状如盆甑。其中有子似龟，蔓如薯蓣②。

---

① 盆甑草：牵牛花。
② 薯蓣：山药。

◎ 蔓胡桃

蔓胡桃，产自南诏国，大如扁螺，果核内部两道隔膜，味似核桃。有人说蔓胡桃就是"蛮中藤子"。

蔓胡桃，出南诏。大如扁螺，两隔，味如胡桃。或言蛮中藤子也。

◎ 油点草

油点草，叶似莙荙菜，叶片上常见对称的黑斑。

油点草①，叶似莙荙②，每叶上有黑点相对。

---

① 油点草：百合科植物，多生长于山地，开白色花，花瓣上布满紫色斑点，像是沾濡了油污一般，因得名油点草。
② 莙荙［dá］：莙荙菜，即叶用甜菜，正式名称叫"厚皮菜"，是甜菜的一个变种，叶供蔬菜用。原产欧洲南部，公元5世纪从阿拉伯传入中国。

油点草

莙荙菜

◎ 三白草

三白草起初并不白，入夏后叶尖才开始发白。农人以此为物候，见叶尖变白，就开始播种,大家都说:"三白草叶子变白,草木就抽穗开花了。"三白草叶似薯蓣。

三白草,此草初生不白,入夏叶端方白。农人候之莳,曰:"三叶白,草毕秀①矣。"其叶似薯蓣。

---

① 秀:抽穗开花。

◎ 落回

落回有剧毒,生江淮山谷中,茎、叶像麻类植物,茎中空,吹奏之声如勃逻回,故名。

落回(一曰博落回)有大毒,生江淮山谷中。茎叶如麻。茎中空,吹作声如勃逻回,因名之。

◎ 魔芋

魔芋古称蒟蒻[jǔ ruò],天南星科植物,原产中国和东南亚,全株含有大量生物毒素草酸,以块茎为尤,不能直接食用,否则会灼伤消化系统。《酉阳杂俎》载:

魔芋根大如碗,秋季叶子滴露,露水滴落处将生出新苗。

蒟蒻,根大如碗,至秋叶滴露,随滴生苗。

魔芋

◎ 鬼皂荚

鬼皂荚,生于江南泽地之中,外观颇似普通皂荚,高一二尺,用来洗头,可使秃头生发，叶子洗衣，除垢效果优良。

> 鬼皂荚，生江南地泽，如皂荚，高一二尺，沐之长发，叶亦去衣垢。

◎ 通脱木

通脱木，如蓖麻，生长于山脚下，花粉对恶性疮疡有疗效。茎中空，茎中的髓质轻盈洁白，经女孩子巧手加工，可作饰品。

> 通脱木①，如蜱麻，生山侧。花上粉，主治恶疮。心空，中有瓢，轻白可爱，女工取以饰物。

通脱木

---

① 通脱木：五加科植物，茎髓质地轻软，颜色洁白，叫做"通草"，可供制作小工艺品。

◎ 毗尸沙花

毗尸沙花，一名"日中金钱花"，原产外国，梁武帝大同二年传入中土。

> 毗尸沙花①，一名日中金钱花，本出外国，梁大同二年进来中土。

---

① 毗尸沙花：或是午时花，又名"夜落金钱"，梧桐科草本植物，原产印度，此花多在午间开放，清晨闭合，故名。

◎ 左行草

左行草，使人无情，范阳一年到头都在向朝廷供应。

> 左行草，使人无情。范阳①长贡。

---

① 范阳：今河北涿州。

◎ 青草槐

龙阳县裨牛山南有青草槐，丛生，高尺余，花如金灯花，农历五月开花，有的书上称之"迄千秋"。

> 青草槐，龙阳县①裨牛山南有青草槐，丛生，高尺余。花若金灯，仲夏发花，一本云迄千秋。

---

① 龙阳县：今湖南汉寿。

◎ 竹肉

江淮有一种叫"竹肉"的菌类，生长在竹节上，圆如弹丸，味如鸡肉，全部朝向北方生长。还有一种大木耳，状如酒杯，叫做"胡孙眼"。

> 竹肉①，江淮有竹肉，生竹节上如弹丸，味如白鸡，皆向北。有大树鸡②，如杯棬③，呼为胡孙眼④。

---

① 竹肉：也叫"竹菰"，朽竹根节上生长的菌类。

② 树鸡：木耳之大者。
③ 杯棬：木制的大酒杯。
④ 胡孙眼：即桑黄，多孔菌科某些层孔菌的子实体，多生长在阔叶树干上。菌盖木质，呈半球形、扇形或不规则形，淡褐色至黑色，仿佛木质的扇贝。

◎ 石耳

略。

> 庐山有石耳，性热。

◎ 野狐丝

有种藤本植物生于庭院，色白，花微红，大如栗，秦人呼为狐丝。

> 野狐丝①，庭有草蔓生，色白，花微红，大如栗，秦人呼为狐丝。

---

① 野狐丝：菟丝子。

◎ 金钱花

金钱花，一说原产外国，梁武帝大同二年传入中土。梁时，荆州众官吏打双陆棋赌钱，钱赌光了，就拿金钱花充数，大贪官鱼弘声称"得花犹胜得钱"。

> 金钱花，一云本出外国，梁大同二年进来中土。梁时，荆州掾属①双陆，赌金钱，钱尽，以金钱花相足，鱼弘②谓得花胜得钱。

---

① 掾属：属官。

② 鱼弘：南朝梁襄阳人，军功起家，仕履南谯、盱眙、竟陵、新兴、永宁等郡太守。为郡牧时，官声狼藉，此人嗜财如命，贪黩无度，所到之地，闾阎膏血，无不搜刮一空。令人惊诧的是，他居然还以此为荣，到处跟人吹嘘说："我为郡有四尽，水中鱼鳖尽，山中獐鹿尽，田中米谷尽，村里民庶尽。"时人呼为"四尽太守"。

◎ 荷

汉昭帝的宫苑琳池之中生有分枝荷，一茎四叶，状如车盖，莲子是黑色的小珠子，可制成饰物。汉灵帝朝，有一种夜舒荷，一枝茎开四朵花，叶子夜舒昼卷。

> 荷，汉明帝①时，池中有分枝荷，一茎四（一曰两）叶，状如骈盖。子如玄珠，可以饰珮也。灵帝②时，有夜舒荷，一茎四莲，其叶夜舒昼卷。

---

① 汉明帝：刘庄，东汉光武帝刘秀第四子，东汉第二任皇帝，57—75年在位。本条亦见《三辅黄图》，作"汉昭帝"，昭帝，刘弗陵，汉武帝之子，公元前87—前74年在位。
② 灵帝：刘宏，东汉第十二位皇帝，168—189年在位，统治期间爆发了黄巾起义。

◎ 梦草

梦草，汉武帝时异域所献，似蒲，白天缩入泥土，夜里抽芽萌发。携带该草，可以控制梦境。李夫人病殁，汉武帝肝肠寸断，将此草揣入怀中入睡，在梦中相见。

> 梦草①，汉武时异国所献，似蒲，昼缩入地，夜若抽萌。怀其草，自知梦之好恶。帝思李夫人②，怀之辄梦。

---

① 梦草：本条出《洞冥记》："梦草，似蒲，色红。昼缩入地，夜则出，亦名怀莫。

怀其叶，则知梦之吉凶，立验也。帝思李夫人之容，不可得，朔乃献一枝，帝怀之，夜果梦夫人。因改曰怀梦草。"

② 李夫人：中山（今河北定县）人，宫廷乐师李延年、贰师将军李广利之妹，妙丽善舞。李延年父母兄弟，一门倡优，他本人尤善音律，得以侍奉君王。《汉书》记载，李延年作乐府咏赞："北方有佳人，绝世而独立，一顾倾人城，再顾倾人国。"汉武帝闻歌心动，叹道："世上岂有此人乎？"武帝的姐姐平阳公主从旁说，歌中佳人正是李延年的妹妹。由是进宫，深得宠幸，惜乎韶龄而逝。李夫人死后，李家荣宠日衰，终因其弟李季淫乱后宫，以及李广利叛逃匈奴，被夷灭全族。汉昭帝时，追谥李夫人为孝武皇后，配享武帝。

◎ 乌蓬

略。

乌蓬，叶如鸟翅，俗呼为仙人花。

◎ 雀芋

雀芋，状如雀头，放在干燥之处，反而会自行变湿，放在潮湿之处，又会恢复干燥。鸟兽略加触碰，就会像被石化了一样，僵不能动。

雀芋，状如雀头，置干地反湿，置湿处复干。飞鸟触之堕，走兽遇之僵。

◎ 望舒草

略。

望舒草①，出扶支国。草红色，叶如莲叶，月出则舒，月没则卷。

① 望舒草：望舒是月亮的御者，驾车载月行过夜空。屈原《离骚》："前望舒使先驱兮"，王逸注："望舒，月御也。"东晋王嘉《拾遗记》："太始十年，有浮支国献望舒草，其色红，叶如荷，近望则如卷荷，远望则如舒荷，团团似盖。亦云，月出则荷舒，月没则叶卷。"

◎ 红草

山戎之北有草，茎长一丈，叶如车轮，色如朝霞。齐桓公时，山戎献其种，植于庭中，以显扬霸者祥瑞。

> 红草，山戎①之北有草，茎长一丈，叶如车轮，色如朝虹。齐桓时，山戎献其种，乃植于庭，以表霸者之瑞。

① 山戎：春秋时期北方部族，活跃于今河北北部，常年袭扰燕、齐等国。齐桓公九合诸侯，多次出兵北伐，山戎遭受重创，逃散消失。

◎ 神草

魏明帝朝，禁苑之中的合欢草长成了蓍草的模样，一株百枝，白天枝柯扶疏，入夜收拢，全部合为一茎，时人呼为"神草"。

> 神草，魏明时，苑中合欢草状如蓍，一株百茎，昼则众条扶疏，夜乃合一茎，谓之神草。

◎ 三蔬

晋代洛阳芳蔬园，在金墉城以东，多种异菜，有菜名"芸薇"，分三个品种：紫色者为上蔬，味辣；黄色为中蔬，味甜；青色者为下蔬，味咸。此三品皆为御膳食材。菜叶阔大，可供盛放食物。

三蔬，晋时有芳蔬园，在墉（一曰金墉①）之东，有菜名芸薇，类有三种：紫色为上蔬，味辛；黄色为中蔬，味甘；青者为下蔬，味咸。常以三蔬充御菜，可以藉食。

---

① 金墉：洛阳城西北角的小城，三国魏明帝时筑立。唐贞观废。

◎ 掌中芥

掌中芥是来自末多国的奇妙植物，将种子放在掌中，吹一口气，便开始萌发，再吹口气，嫩芽便长大一点，这么三吹两吹，吹到三尺长时，就可以种进土壤。不吹，种子永不发芽。吃了能使人足不履地，蹈虚而浮，所以也叫"蹑空草"。

掌中芥，末多国出也。取其子，置掌中吹之，一吹一长，长三尺，乃植于地。

◎ 水网藻

汉武帝开凿的昆明池中有水网藻，枝蔓横生于水面，长八九尺，如同罗网，野鸭游入其中，皆被困缚，无法逃出，故名。

水网藻，汉武昆明池中有水网藻，枝横侧水上，长八九尺，有似网目。凫鸭入此草中，皆不得出，因名之。

◎ 地日草

南国有地日草，太阳精灵三足乌欲下界就食此草，掌控太阳运动的女神羲和忙伸手掩上三足乌的眼睛，不令下飞。否则吃了此草，三足乌将迷醉不动，非焚毁大地、酿成无法收拾的巨祸不可。

东方朔自称幼时挖井，挖塌了地面，坠入地下国度，困在其中几十年。后来遇到一人，引他去寻地日草，路上遇到一条赤红色的大河，无法可渡，那人除下一只鞋子，载着东方朔沿河水漂流，漂到了地日草生长所在，于是采而食之。

> 地日草①，南方有地日草。三足乌②欲下食此草，羲和③之驭，以手掩乌目，食此则美闷不复动。东方朔言，为小儿时，井陷，坠至地下，数十年无所寄托。有人引之，令往此草中，隔红泉不得渡，其人以一只屐，因乘泛红泉，得至草处食之。

---

① 地日草：本条摘自《洞冥记》。东方朔与妄想长生的汉武帝交谈时所提到的神草，生于东北方而非南方。
② 三足乌：三足乌，传说中的神鸟，是日之精，住在太阳上。《楚辞》王逸注："羿仰射十日，中其九日，日中九乌比皆死，随其羽翼。"羿射落九日，九只三足乌随之而死。一说是西王母豢养的取食神鸟，与青鸟相似，《史记·司马相如列传》："戴胜而穴处兮，亦幸有三足乌为之使。"
③ 羲和：《山海经·大荒南经》："羲和者，帝俊之妻，生十日。"原为太阳之母，屈原《楚辞》言是太阳御者。

◎ 挟剑豆

乐浪郡以东的融泽之中生有一种豆，豆荚横斜而生，形状好像人提剑而立，故名挟剑豆。

> 挟剑豆①，乐浪②东有融泽，之中生豆荚，形似人挟剑，横斜而生。

---

① 挟剑豆：刀豆。荚果可长达近半米，提在手上，恍然是提着把大刀。可食用。
② 乐浪：乐浪郡，汉武帝元封三年灭朝鲜置，辖境相当于今朝鲜平安南、黄海北、黄海南、江原北等道全部及咸镜南、江原南、京畿等道部分。

◎ 牧靡

建宁郡乌句山以南五百里，生有牧靡草，可以解毒。百花初放时节，鸟雀误食附子中毒，必急飞牧靡草上，啄食牧靡解毒。

牧靡，建宁郡①乌句山南五百里，牧靡草可以解毒。百卉方盛，乌鹊误食乌喙②中毒，必急飞牧靡上，啄牧靡以解也。

---

① 建宁郡：三国蜀汉置，治味县（今云南曲靖），南朝齐移治同乐（今云南曲靖陆良县西），梁废。
② 乌喙：毛茛科植物乌头及部分同属植物的泛称。多数种类的块根含乌头碱，剧毒，能兴奋麻痹感觉神经和中枢神经，兴奋心脏迷走神经，破坏心肌细胞。较严重的误食事故可致中毒者心脏麻痹死亡，古代猎人用以淬炼毒箭。

肉攫部

驯鹰

"肉攫",谓猛禽捕猎迅奋之貌,《吕氏春秋》高诱注:"肉玃者,玃拿肉而食之,谓鹰雕之属。"

唐人尚武,贵胄子弟飞鞲铁骢,箭逐云鸿,乃是日常。段成式年轻时亦耽迷畋猎,父亲段文昌为此头痛不已,先是面斥其过,继而请门客规劝,段成式但唯唯逊谢而已,翌日复猎郊原,鹰犬倍多,不但毫不悛改,反而变本加厉,把老爹气得够呛。后来段成式将打来的猎物分赠门客,每份猎物夹附文章一篇,其文引经据典,略无重复,门客览之皆惊,段文昌这才知道儿子才学辩博,根本毋庸担心。

段成式好猎如此,且"以一物不知为耻",想必花过不少心血识鹰。打猎需要好鹰,神品鹰鹘,千金难求,比之良犬名驹更加稀有,纵使王族、天子亦不能不为之瞩目。玄宗朝幸臣姜皎,据说正是因为持有一只珍异鹰鹘,得以扈猎在藩的潜龙天子,定下君臣之分,日后富贵无极;唐太宗也饲有一只通灵的白鹘,取名为"将军",常在殿前击杀众鸟,更能千里传书,替太宗送信给远在洛阳的魏王李泰,一日往返,极其得力。只是古来篇什,颂鹰者居多,鉴鹰者较寡,因此段郎作此心得,缕述鹰的捕捉、辨别、饲养,在当时想必颇有市场。

◎ 一

捕鹰之法:一年有三个时间段适宜捕鹰,第一阶段在七月下旬,该时段以关内鹰为主,塞外鹰较少;八月上旬为第二阶段;八月下旬为第三阶段,此时塞外鹰纷纷迁飞南下,进入中土。

捕鹰之网,网眼长宽各一寸八分,纵向八十眼,横向五十眼,经过黄檗和柞树汁液浸染,颜色与土地相似,此外,黄檗汁液还具有驱虫功能,保护猎网免遭虫类啮咬损坏。张网之时,尚需备好网竿、都杙、吴公以及拴系诱饵的磔竿。磔竿有两种,一种以鹌鹑为饵,叫"鹑竿",一种以鸽子为饵,叫"鸽竿"。鸽子远视,能比人类更早察觉到鹰,若见鸽子陡然耸身顾盼,可随其视线所注方向做好捕鹰准备。

取鹰法,七月二十日为上时,内地者多,塞外者殊少。八月上旬为次时。八月下旬为下时,塞外鹰毕至矣。鹰网目方一寸八分,从八十目,横五十目,以黄蘖①和杼②汁染之,令与地色相类。螽虫③好食网,以蘖防之。有网竿、都杙④、吴公。碟竿二:一为鹑竿,一为鸽竿⑤。鸽飞能远察见鹰,常在人前,若竦身动盼,则随其所视候之。

---

① 黄蘖:黄檗[bò],芸香科落叶乔木,树皮入药,果实可制杀虫剂和染料。
② 杼:柞树,指某些壳斗科栎属植物。
③ 螽虫:螽斯。
④ 都杙:都杙,系网的木桩。
⑤ 鸽竿:以鸽为饵捕鹰的长竿。

◎ 二

捕木鸡、木雀鹞等小型猛禽所用的猎网,网眼两寸见方,纵向三十眼,横向十八眼。

取木鸡①、木雀鹞,网目方二寸,纵三十目,横十八目。

---

① 木鸡:某种猛禽。木鸡之名,可能化自《庄子·达生》的"呆若木鸡",原指斗鸡之佼佼者。

◎ 三

驯鹰最好从雏鹰抓起。举凡猛禽,雏鸟刚出生就十分聪敏,出壳不久,便走到巢外排便溜达。大鸟生怕雏鸟掉下去,或者被太阳烤坏了,取来带叶的树枝插在巢边，防止雏鸟摔落，兼且遮阴。捕鹰者通过观察这些巢边树枝，即可判断出雏鸟大小——倘是刚生下来一两天的雏鸟，那么枝叶只是略微枯萎，而尚带青色；雏鸟出生六七天后，树叶开始转黄；出生十天之后，枝叶枯槁，这时的雏鸟就可以捉了。

> 凡鸷鸟，雏生而有惠①，出壳之后，即于窠外放巢。大鸷恐其坠堕及为日所曝，热暍②致损，乃取带叶树枝插其巢畔，防其坠堕及作阴凉也。欲验雏之大小，以所插之叶为候。若一日二日，其叶虽萎而尚带青色。至六七日，其叶微黄。十日后枯瘁，此时雏渐大可取。

---

① 惠：通"慧"。
② 热暍[yē]：中暑。

◎ 四

禽兽之类，皆善于借与自身颜色近似的自然环境隐藏，所以蛇皮花纹，与地同色；草里的兔子，毛色泛红；鹰羽之色，与树相类。

> 凡禽兽，必藏匿形影同于物类也。是以蛇色逐地，茅兔必赤，鹰色随树。

◎ 五

鹰巢，一名"菆"。玩鹰界行话说的"菆子"，是指雏鹰。

四月初一开始暂停放鹰，五月上旬关进笼子为鹰拔毛。拔毛要从鹰脑袋开始，必须在清晨时拔完脑袋的毛，拔到伏鹑处即可。从颈部之下开始拔飓毛——也就是尾根下的毛，拔到尾巴为止。背部的羽毛，以及两翅翅尖的大翎、覆羽及十二根尾羽一并拔掉。两翅的大羽共有四十四支，覆羽同样为四十四支。八月中旬就可以出笼了。

> 鹰巢，一名菆。鹰呼菆子者，雏鹰也。鹰四月一日停放，五月上旬拔毛入笼。拔毛先从头起，必于平旦①过顶，至伏鹑则止。从颈下过飓毛，

至尾则止，尾根下毛名飓毛。其背毛并两翅大翎覆翮②及尾毛十二根等并拔之，两翅大毛合四十四枝，覆翮翎亦四十四枝。八月中旬出笼。

---

① 平旦：清晨。
② 覆翮：翼羽中大而硬、角质空心的羽轴。

◎ 六

雕、角鹰等大型猛禽，三月初一就要停放，四月上旬入笼。

雕、角鹰①等，三月一日停放，四月上旬置笼。

---

① 角鹰：头顶生有似角耳羽的雕鹗等大型猛禽。

◎ 七

待到从北方迁徙飞回的鹰过尽，开始停放鹘类，四月上旬入笼。

鹘①，北回鹰过尽停放，四月上旬入笼，不拔毛。鹘②，五月上旬停放，六月上旬拔毛入笼。

---

① 鹘：隼。
② 鹘：疑为讹字，原字已失考。

◎ 八

猛禽第一年换毛后，新长出的毛色如鸽，第二年毛色先是苍黄，继而转青，第三年毛色换为正青色。在此之后，每次换毛都会保持正青色不变。

按，鹰自幼到老，每年换羽毛一次，每次换羽毛颜色纹理都有变化。本条所谓的鸧、鹝等，指换毛之后，毛色似鸧、鹝等的禽鸟，同时也代指鹰的年龄。晋郭义恭《广志》："一岁曰黄鹰，二岁曰鹝鹰，三岁曰青鹰。"即此。

> 凡鸷击①等，一变为鸧，二变为鹝②，转鸧③，三变为正鸧。自此已，后至累变，皆为正鸧。

---

① 鸷击：猛禽。
② 鹝[biǎn]：苍鹰。师旷《禽经》："鹰色苍黄谓之鹝。"
③ 鸧[cāng]：鸧鸹，一种苍青色的水鸟。这里指颜色转青，然后变成纯正的苍青色。

◎ 九

喙、爪白色的鸧鹰，从换毛成为鹝鹰，到其后的每次换毛，身上的白色羽毛都不会有所变化。但若是喙、爪为黑色，胸前纵向纹理和翎羽、尾羽斑纹微微带有黄色的鸧鹰，换毛成为鹝鹰后，两翅隆起部位及足羽的毛色会变成紫白色，其他地方的白色则不变。

> 白鸧①，觜②爪白者，从一变为鹝，至累变，其白色一定，更不改易。若觜爪黑者，臆前纵理③，翎尾斑节微微有黄色者，一变为鹝，则两翅封④上及两髀之毛间似紫白，其余白色不改。

---

① 白鸧：即上文所述第一年换毛，毛色如鸧者。
② 觜：鹰类头上的毛角，也指喙。
③ 臆前纵理：胸前羽毛上竖着的纹理。鹰初长成，胸部每根羽毛上都有上细下粗的长点，就是纵理。次年换羽毛，长点变成了横纹，即是横理。以后每换一次羽毛，横纹就会变细一些，毛色也白些。有经验的饲养者可凭纹理形状判断鹰的年龄。
④ 封：隆起。

◎ 十

北齐武平六年，幽州行台仆射、河东郡王潘子晃向后主高纬进献一头白鹘鹰，通体纯白如雪，细视胸前，略有几道纵向纹理，隐隐呈浅红色。嘴根部微泛青白，向嘴尖渐变为黑色。腿爪黄白而偏红色。此为上品白鹘鹰。

还有一种黄麻色的，换毛变成鸫鹰后，羽毛颜色没有太大变化，唯有胸前纵向的斑纹变宽变短。下次换毛，及其后的历次换毛，背部羽毛会微微带些青色，胸前的纵向斑纹变得短而细并逐渐增多，腿部羽毛鲜白色，这是次一品的鹘鹰。

又有一种青麻色的，变色之状，一如黄麻者，是最末等。

还有罗乌鸽、罗麻鸽，也叫罗乌鹘、罗麻鹘。

齐王高纬①武平六年②，得幽州行台③仆射河东潘子光④所送白鹘，合身如雪色。视臆前微微有纵白斑之理，理色暧昧⑤如纁⑥。觜本之色微带青白，向末渐乌。其爪亦同于觜。蜡胫⑦并作黄白赤。是为上品。黄麻色，一变为鸫，其色不甚改易，惟臆前从⑧斑渐阔而短。鸫转出后乃至累变，背上微加青色，臆前从理转就短细渐加，膝上鲜白。此为次。青麻色，其变色，一同黄麻之鸫。此为下品。又有罗乌鸽、罗麻鸽，一曰鹘。

---

① 齐王高纬：齐后主高纬（556—577年），北齐第五位皇帝，号称"无愁天子"，在位期间穷极荒淫，宠信佞幸，从恶如流。内则大肆诛戮宗室，鸩杀战功显赫的兰陵王高长恭、大将斛律光，致举国再无可用之将，自毁长城；外则屡败于陈国、北周，国土日蹙，犹自嬉戏靡费，横征暴敛。576年，北周武帝亲率大军十四万攻克平阳，齐军全力反扑，血战连夜，迫使北周主力退守玉璧城。眼看平阳将复，赶到前线的高纬突然传令，命暂时中止反攻，原因竟是要等宠妃冯小怜一同观赏城陷的壮景。北周军趁此机会重整防线，齐军则锐气尽散，平阳终于未能夺回。次年正月，周师攻破齐都邺城，北齐国灭，高纬带着十余骑人马打算南渡长江，投靠陈国，中途为北周部队俘获，旋被赐死。
② 武平六年：公元575年。
③ 行台：尚书台（省）临时在外设置的分支机构。"台"指在中央的尚书省，出征时于其所驻之地设立的临时性机构称为行台。
④ 潘子光：应是潘子晃，河东郡王、司徒潘乐之子，武平末，为幽州道行台右仆

射、幽州刺史。降北周，授上开府，隋朝大业年间去世。
⑤ 暧昧：模糊、不分明。
⑥ 纁［xūn］：浅红色。
⑦ 蜡胫：胫骨。
⑧ 从：通"纵"。

◎ 十一

嘴、爪白色的白色兔鹰，一生中每次换毛，羽毛的白色都是固定的，不会变色。

嘴、爪黑色而微带青白，胸前纵向斑纹及翎羽、尾羽一段一段的节状斑纹略带黄色的兔鹰，经一次换毛后，背部以及翅、尾新生的羽毛会略带些灰色；胸前纵向斑纹变成横向，颜色倒是没怎么变；足部羽毛仍然为白色。此后再换毛，灰色部分会微具褐色，渐变为白色。

嘴、爪极黑，身上黄、黑色斑纹颜色较深的兔鹰，经一次换毛为青白色，以后再换毛，胸前横向斑纹会慢慢变细，并逐渐变成苍青色。

> 白兔鹰①，嘴爪白者，从一变为鸦，乃至累变，其白色一定，更不改易。嘴爪黑而微带青白色，臆前纵理及翎尾班节微有黄色者，一变背上翅尾微为灰色，臆前纵理变为横理，变色微漠②若无，脾间仍白。至于鸦转已后，其灰色微褐，而渐渐向白。其嘴爪极黑，体上黄鹊斑色微深者，一变为青白鸦，鸦转之后乃至累变，臆前横理转细，则渐为鸽色也。

① 兔鹰：古今习以"鸡鹰"（雉鹰）指雄鹰，"兔鹰"（菟鹰）指雌鹰。
② 微漠：微弱、浅淡。

◎ 十二

北齐天保三年，文宣帝高洋不知从哪里搞来一头白兔鹰，遍体毛羽如雪，紫睛白爪，锋利的爪趾尖呈浅黑之色，腿黄色，时号"金脚"。

齐王高洋①天保三年，获白兔鹰一联，不知所得之处。合身毛羽如雪，目色紫，爪之本白，向末为浅乌之色（一曰"目赤色，觜爪之本色白"），蜡胫并黄，当时号为金脚。

---

① 高洋：（526—559年）北齐文宣帝，北齐开国帝君。

◎ 十三

又，北齐武平初年，领军将军赵野叉进献白兔鹰一只，头部远看全呈白色，就近谛视，可见毛中杂有紫毫。背部羽毛深处，亦为白底紫迹，紫色细毛周遭有白色、赤色环绕，白色之外描以黑边。翅翎也是白底紫纹，胸前白羽上，点缀着浅红色纵向纹理。鹰眼灿若黄金，喙根微白，向喙尖渐变为黑色。腿部浅黄色，爪与喙同色。

又高帝（一曰高齐）武平①初，领军将军赵野叉②献白兔鹰一联，头及顶遥看悉白，近边熟视，乃有紫迹在毛心。其背上以白地紫迹点其毛心，紫外有白赤周绕，白色之外以黑为缘。翅毛亦以白为地，紫色节之。臆前以白为地，微微有纁赤从理。眼黄如真金，觜本之色微白，向末渐乌。蜡作浅黄色，胫指之色亦黄。爪与觜同。

---

① 武平：高纬年号，570—576年。
② 赵野叉：高纬宠幸的宦官。

◎ 十四

散花白这个品种的小鹰，嘴爪黑而微带青白色的，一次换毛后变成紫理白鷂，此后换毛，横纹转为网状纹，胸前紫羽颜色渐淡，直到变成白色。嘴爪极黑的，一次换毛后变成青白鷂，此后换毛，横纹转细，胸前羽毛逐渐变为灰白色。

散花白，觜爪黑而微带青白色者，一变为紫理白鷂，鷂转以后乃至累变，横理转网，臆前紫渐灭成白。其觜爪极黑者，一变为青白鹞，鹞转之后乃至累变，横理转细，臆前渐作灰白色。

◎ 十五

红色幼鹰，一次换毛为鹞，其色带黑，此后再换毛则横纹转细，胸前渐变为微白，背部颜色不改。此为上品之色。

赤色，一变为鹞，其色带黑，鹞转已后乃至累变，横理转细，臆前微微渐白。其背色不改，此上色也。

◎ 十六

白唐，唐即"黑色"，这种鹰白羽黑斑，故名。经一次换毛为青鹞而微带灰色，此后再换毛，横理变细，胸前微微渐白。

白唐，唐者，黑色也，谓斑上有黑色。一变为青鹞而微带灰色，鹞转之后乃至累变，横理转细，臆前微微渐白。

◎ 十七

鸐烂堆黄这个品种，一次换毛后，色如秃鹙翅羽，此后再换毛，横理变细，胸前微微渐白。

鸐烂堆①（一曰雌，又曰雄）黄，一变之鹞，色如鹙②氅，鹞转之后乃至累变，横理转细，臆前渐渐微白。

---

① 鸐烂堆：云雀，也叫阿滥堆、告天子。
② 鹙[qiū]：秃鹙。

◎ 十八

黄色的一岁小鹰，换毛后毛色会变得比秃鹫翅羽更深，其他情形大致与鹉烂堆黄一致。

　　黄色，一变之后乃至累变，其色似于鹫鹭而色微深，大况鹉烂堆黄，变色同也。

◎ 十九

青斑者，换一次毛变为青父鸠，此后换毛，横理变细，胸前微微渐白。此为次品之色。

　　青班，一变为青父鸠，鸠转之后乃至累变，横理转细，臆前微微渐白。此次色也。

◎ 二十

赤斑唐，即红色斑纹上有黑点的品种，换毛变成鸠后，羽毛多为黑色，此后再换毛，横向的斑纹变细，胸前黑羽虽然渐渐转为褐色，世人仍称之黑鸠。

　　赤斑唐，谓斑上有黑色也。一变为鸠，其色多黑，鸠转之后乃至累变，横理转细，臆前黑虽渐褐，世人仍名为黑鸠。

◎ 二十一

青斑唐，指斑纹上有黑色的品种。换毛变成鸠后，羽毛带有青黑之色，此后再度换毛，横向而生的斑纹转细，胸前仍为灰黑色。此为下品之色。

青斑唐,谓斑上有黑色也。一变为鹘,其色带青黑,鹘转之后乃至累变,横理虽细,臆前之色仍常暗黪①。此下色也。

---

① 黪[cǎn]:灰黑色。

◎ 二十二

鹰之雌雄,除大小相异,其他形貌、特征并无分别。雉鹰虽小,却是雄鹰,羽毛颜色驳杂,其雏鸟形态以及换毛的情形,与兔鹰一样,不再复述。一岁而胸前纵向斑纹较宽的雉鹰,世称鸽斑,再换毛时,胸前纵向斑纹变为横向,但仍然很宽。若是胸前纵纹原本就很细的,换毛后会变得更细。

鹰之雌雄,唯以大小为异,其余形象本无分别。雉鹰①虽小,而是雄鹰,羽毛杂色,从初及变,既同兔鹰,更无别述。雉鹰一岁,臆前从理阔者,世名为鸽斑。至后变为鹘鸽之时,其臆从理变作横理,然犹阔大。若臆前从理本细者,后变为鹘鸽之时,臆前横理亦细。

---

① 雉鹰:鸡鹰,即雄鹰;菟鹰则是雌鹰。

◎ 二十三

荆窠白这一品种,身体较短而翼展宽大,足有五斤多重,但十分轻捷,速度很快,一名沙裏白。在代北地区沙漠的荆棘树上做窝,向雁门、马邑方向迁徙。

荆窠白者,短身而大,五斤有余,便鸟而快,一名沙裏白。生代北①沙漠里荆窠上,向雁门②、马邑③飞。

---

① 代北:泛指汉、晋代郡和唐以后代州北部或以北地区,相当于今山西北部及河

② 雁门：雁门关，在山西代县。
③ 马邑：今山西朔州，在代县西北。

◎ 二十四

代都赤，紫背黑面，白睛白毛，三斤半以上、四斤以下的是兔鹰（雌鹰）。在代州一带红色山岩间繁殖，每年向虚丘、中山、白涧方向迁徙。

> 代都①赤者，紫背黑须，白睛白毛。三斤半已上、四斤已下便兔，生代川赤岩里，向虚丘②、中山③、白涧④飞。

---

① 代都：代国都城盛乐，今内蒙古自治区和林格尔县北。代国，十六国之一，北魏前身。
② 虚丘：今山东费县西南。
③ 中山：西汉中山郡故地，今河北定州。
④ 白涧：在今河北涞水县西北，为拒马河支流。

◎ 二十五

漠北白，一名西道白，身长且大，五斤有余，斑纹细，腿短，乃是鹰中之王。繁殖区位于沙漠以北未知之处，向代川、中山方向迁徙。

> 漠北白者，身长且大，五斤有余，细斑短胫，鹰内之最。生沙漠之北，不知远近，向代川、中山飞。一名西道白。

◎ 二十六

房山白，紫背细斑，三斤以上、四斤以下的为雌鹰，栖居于代州以东房山的白杨、椴树上，向范阳、中山方向迁徙。

房山①白者，紫背细斑，三斤已上、四斤已下便兔，生代东房山白杨、椴树②上，向范阳③、中山飞。

---

① 房山：今河北石家庄平山县。
② 椴树：椴树。
③ 范阳：今河北涿州。

◎ 二十七

渔阳白，腹背俱白，体型较大、重五斤左右的是雌鹰。栖息于徐无及东、西曲——也即大曲、小曲地区白叶树上，向章武、合口、博海方向迁徙。

渔阳①白，腹背俱白，大者五斤便兔，生徐无②及东西曲。一名大曲、小曲。白叶树上生，向章武③、合口④、博海⑤飞。

---

① 渔阳：今天津蓟县。
② 徐无：今河北遵化东。
③ 章武：今河北石家庄行唐县。
④ 合口：今河北沧州沧县。
⑤ 博海：或是"渤海"，渤海县，今山东滨州。

◎ 二十八

东道白，腹背俱白，较大者可达六斤以上，是最大的一种鹰。在卢龙、和龙以北某处繁殖，向涣休、巨里、章武、合口、光州迁徙。迁徙途中，即便体力有所下降，若遇到疾速飞行的同类，仍会一鼓作气赶超过去。

东道白所在的山谷间，还有一种土黄色品种，栖息在栎树上，体型大小不一。

东道白,腹背俱白,大者六斤余,鹰内之最大。生卢龙①、和龙②以北,不知远近,向涣休、巨里③、章武、合口、光州④(一曰川)飞。虽稍软,若值快者,越于前鹰。土黄,所在山谷皆有。生柞栎树⑤上,或大或小。

---

① 卢龙:唐河北三镇之一,治所在今北京。
② 和龙:今辽宁朝阳。
③ 巨里:在今山东章丘。
④ 光州:治今河南信阳潢川县。
⑤ 柞栎树:蒙古栎。

◎ 二十九

黑皂鹏,大的重五斤,多在渔阳山地松杉树上做巢,很容易死。偶见速度快的。向章武迁徙。

白皂鹏,大的也重五斤,渔阳、白道、河阳、漠北皆有,常在枯柏树上营巢,行动轻捷,向灵丘、中山、范阳、章武方向迁徙。

青斑,大的重四斤,代北及代州一带白杨树上多见,斑纹较细者速度快,向灵丘、中山、范阳方向迁徙。

　　黑皂鹏,大者五斤,生渔阳山松杉树上,多死。时有快者,章武飞。白皂鹏,大者五斤,生渔阳、白道①、河阳②、漠北,所在皆有。生柏枯树上,便鸟,向灵丘③、中山、范阳、章武飞。青斑,大者四斤,生代北及代川白杨树上。细斑者快,向灵丘、中山、范阳飞。

---

① 白道:呼和浩特至武川交通线路的古称。
② 河阳:今河南孟州。因与其余诸地不接,疑为传抄形讹,应为"原阳",今内蒙古呼和浩特东北。
③ 灵丘:今山西大同灵丘县。

◎ 三十

两岁的小鹰，毛色青黑者较快。其中换毛后眼睛通澈明亮的，是没有生过崽的，速度最快。若眼屎较多，换毛也换不利索，说明已经生养过雏鸟了，这样的小鹰不堪驯养，死亡率较高。另外，鹰屎末端不分叉，排泄距离虽远但一坨坨地堆在一起，又或屎形弯弯曲曲，排泄动静很大，都是短命之貌。而嘴中发红，爪背发热，站在人的肩臂之上，隔着衣服犹能感觉到爪掌热力的，则是生命力强大之貌。尾羽聚拢、吐轴打嗝、单腿站立剔梳面毛、脑袋埋入羽毛睡觉，皆是长命征象。

> 鹘鹰茌子①，青黑者快，蜕净眼明，是未尝养雏，尤快。若目多眵②，蜕不净者，已养雏矣，不任用，多死。又条头无花③，虽远而聚。或条出句然作声，短命之候。口内赤，反掌热，隔衣蒸人，长命之候。叠尾④、振卷⑤打格、只立理面毛、藏头睡，长命之候也。

---

① 茌子：茌，柔弱貌，指小鹰。
② 眵［chī］：眼屎。
③ 条头无花：鹰屎的行话，指屎形圆润不裂。
④ 叠尾：隋魏彦深《鹰赋》："尾贵合卢"，谓鹰尾以聚拢为佳。
⑤ 振卷：吐轴，肉食鸟类借由胃部压缩、蠕动，吐出毛发、翅壳等无法消化之物的行为。吐轴有助于保持和增强鸟类的消化功能，长期只进食精肉的猛禽无法吐轴，可能导致消化能力下降，影响健康。

◎ 三十一

雕鹰飞行时最怕饮食误入气管，犯此忌者，十无一活。气管位于咽喉骨前侧皮里，锁骨之内，嗉囊之下。

> 凡鸷鸟飞，尤忌错喉，病入叉，十无一活。叉在咽喉骨前皮里，缺盆骨①内，嗉之下。

① 缺盆骨：锁骨。

◎ 三十二

吸筒，银箔制成，粗如角鹰羽轴。吸筒的直径，应以适配之鹰的翅翎羽轴粗细为准。

吸筒，以银鍱①为之，大如角鹰翅管。鹰已下，筒大小准其翅管。

① 银鍱：银叶子。

◎ 三十三

夜间大便不到五条的鹰短命，粪便如赤小豆汁，且杂以白色，是将死之征。

凡夜条不过五条数者短命，条如赤小豆汁与白相和者死。

◎ 三十四

被网所伤、在笼子里受伤、被兔子踢伤，以及爪子长得像鹤兵爪，都将构成缺陷。

凡网损、摆伤、兔蹋伤、鹤兵爪①，皆为病。

① 鹤兵爪：《广动植一》："鹤左右脚里第一指名兵爪。"此处指鹰爪如鹤爪者。

叁

神遊大唐

《酉阳杂俎》里的奇异世界

〔唐〕段成式 / 著
虫离先生 / 译注

上海社会科学院出版社

支诺皋上

"支"取干支之义,前集内容为干,续集内容为支,前集有《诺皋记》《广动植》,续集遂有《支诺皋》《支动》《支植》之目。后世南宋大型志怪《夷坚志》续集题为《夷坚支志》,其用一致。

◎ 如意锥

这是关于唐代新罗国（位于今朝鲜半岛）首席贵族金哥家族发祥的传说。金哥家族远祖，名叫旁㐌〔yí〕，为人忠厚老实，相当清贫。旁㐌起先借住在弟弟家，弟弟倒是家私豪富，然而天性凉薄，对兄长百般嫌弃，终究将他撵出了家门。

旁㐌孑然一身，衣食无着，沦落到乞讨度日。也不知讨了几年饭，天可怜见，遇到位好心人，分了他一亩闲地。

有地无业，还是安不得身。旁㐌思来想去，决定向弟弟告帮，毕竟一母同胞，至亲兄弟，难道当真丝毫不念手足之情？他找到弟弟，说明来意，表示希望借一点蚕卵和谷种回去饲养种植，待来年取得了新种时，便即奉还。这实在已是极卑微的请求，弟弟心中冷笑，暗地将蚕卵和种子丢入釜甑蒸得烂熟，才借给旁㐌。

旁㐌全然不知种子已死，带回家尽心施用。到了孵育的时节，那么多蚕种，只孵化了一条蚕宝宝。这蚕怪异无比，出生第一天就长到一寸多长，此后身体暴长不止，十天工夫，长成一头水牛般大的庞然巨物，几棵桑树的叶子不敷它一日之粮，一时远近轰动。

弟弟自从借出蒸熟的蚕、谷种子，一直在等旁㐌的笑话，不想等来的是这样一个匪夷所思的消息，气得暴跳如雷。不过他心机甚深，面上不动声色，还假意去向旁㐌道喜，趁旁㐌不备，把那巨蚕杀了。第二天，四方百里之内所有的蚕竟自行飞到那巨蚕尸身之旁，赶也赶不走，结成的蚕茧堆山积海，旁㐌忙得昏天黑地，四邻也都来帮忙缫丝，还是忙不过来。大家都说，巨蚕必是蚕王，所以有魔力引得万蚕来投，这也是旁㐌的好人好报。

蚕丝出售所得，足够解决旁㐌的温饱而绰绰有余，使他有富裕的精力守护田间一根独苗——从弟弟处借得的谷种，播撒下去，只生发了这么一株，旁㐌便以全部心力浇灌着这一株幼苗，看它萌芽、长叶、拔节、吐穗。眼看成熟在望，突然飞来一只大鸟，将业已长到一尺多长的谷穗一折而断，衔在嘴里，冲天飞去。旁㸃大惊，想也不想发足狠追。好在那鸟飞行并不甚高，亦不甚速，旁㸃拼了命地疾奔，追出五六里地，入得山中，那鸟身子一斜，投进一道岩缝不见。

这时暮色四合，出山的野径已茫不可辨，旁㸃唯有守在岩缝之旁。中夜时分，山边挂出一盘朗月，皎若晶镜，照得满山清澈。忽听有孩童嬉戏之声自远而近，旁㸃愕然，起身看时，但见一群童子，都身穿着大红衣服，在月下相伴游戏。一童子道："说罢，你想要啥？"另一童子笑嘻嘻道："要酒！"先前那童子取出一把金灿灿的锥子，在山石上一敲，石头上竟凭空现出一套酒具。又一童子叫道："我要好吃的！"先前的童子复持锥敲石，旁㸃鼻端闻到一阵香气，定睛看去，那山石之上盘盏罗列，糕饼、烤肉、羹臛，诸般美食罗陈方丈。众童子嘻嘻哈哈，闹了好一阵子，歌笑而去，却将那柄金锥留在了山石上。旁㸃拾起金锥，待得天亮后，觅路而回。

从此以后，世间珍宝，旁㸃予取予求，成就敌国之富。他不计前嫌，常把些珠玑宝物送给弟弟，弟弟想起自己从前种种不端，羞惭悔愧，又问起旁㸃财产由来，听说了金锥之事，心动不已，拜托旁㸃道："请大哥也蒸些蚕种、谷种骗一骗我，说不定我也能像大哥一样得一把金锥。"旁㸃知道这个弟弟财迷心窍，劝也无用，只得照他说的，送他些蒸熟的种子。弟弟满心欢喜回家培育，也孵出一只蚕，却毫无特异。谷种种在地里，也生发了一根独苗，将熟之际，亦为大鸟叼走。弟弟大乐，追踪入山，站在大鸟隐没的岩缝之畔，伸长了头颈，四下寻望旁㸃所说的红衣童子。夜半时分，明月升起，弟弟等得心焦，忽听一个阴惨惨的声音道："你就是偷金锥的小贼吗？"弟弟一惊回头，只见林林丛丛，无数畸形鬼物悄立身后，为首一鬼厉啸道："你竟还敢回来！金锥何在！"弟弟心胆俱丧，欲要申辩，早被群鬼拿下。那鬼道："交不出金锥，你是要给我筑三堵糠墙，还是要鼻子一丈长？"弟弟寻思："鼻子一丈长，那还得了？"忙道："我筑墙，我筑墙！"然而粃糠之物，殊无黏性，极难濡湿塑形，弟弟又急又怕，兼之饥困交加，折腾了三天三夜，连一堵墙也未筑成，他再也熬受不住，向群鬼哀求。众鬼大怒，揪住他的鼻子，硬生生拽出一丈，弟弟痛得死去活来，一条性命去了九成才被放归。他拖着大象般的长鼻，艰难回到家乡，被人当成怪物围观嘲讽，没过多久，羞惭而死。

后来旁㸃的子孙犯贱，试着用金锥求取狼屎，为雷电所殛，金锥就此不知去向。

　　新罗国有第一贵族金哥，其远祖名旁㸃，有弟一人，甚有家财。其兄旁㸃因分居，乞衣食，国人有与其隙地①一亩，乃求蚕穀种于弟，弟蒸而与之，㸃不知也。至蚕时，有一蚕生焉，日长寸余②，居旬大如牛，食数树叶不足。其弟知之，伺间杀其蚕。经日，四方百里内蚕飞集其家。国人谓之巨蚕，意其蚕之王也。四邻共缫③之，不供。穀唯一茎植焉，其穗长尺余。旁䎒常守之，忽为鸟所折衔去。旁䎒逐之上，山五六里，鸟入一石罅，日没径黑，旁䎒因止石侧。至夜半，月明，见群小儿赤衣共戏。一小儿云："尔要何物？"一曰："要酒。"小儿露一金锥子，击石，酒及樽悉具。一曰："要食"。又击之，饼饵羹炙罗于石上。良久，饮食而散，以金锥插于石罅。旁䎒大喜，取其锥而还。所欲随击而办，因是富侔国力。常以珠玑赡④其弟，弟方始悔其前所欺蚕穀事，仍谓旁䎒："试以蚕穀欺我，我或如兄得金锥也。"旁䎒知其愚，谕之不及，乃如其言。弟蚕之，止得一蚕如常蚕，穀种之复一茎植焉。将熟，亦为鸟所衔。其弟大悦，随之入山。至鸟入处，遇群鬼，怒曰："是窃予金锥者。"乃执之，谓曰："尔欲为我筑糠三版⑤乎？欲尔鼻长一丈乎？"其弟请筑糠三版。三日饥困，不成，求哀于鬼，乃拔其鼻，鼻如象而归。国人怪而聚观之，惭恚而卒。其后子孙戏击锥求狼粪，因雷震，锥失所在。

---

① 隙地：空置的田地。
② 目长寸余：《太平广记》作"日长寸余"，义较长。
③ 缫：缫丝，煮茧抽丝。
④ 赡：周济，供给人财物。
⑤ 版：古代墙的计量单位。

◎ 山寺怪客

临湍县西北有寺，寺僧智通，常持念《法华经》坐禅入定。"禅"即"静虑"，禅定讲究心系于一，收驰摄散，坐禅之时，最好隔绝外扰，方得摒去杂念，息心止虑。智通每次坐禅，亦必拣选清净无人时刻，尤其以夜间为宜。

这天夜里，智通正自打坐，忽听有人在院墙之外呼喊自己。这寺院所在寒郊，偏僻荒凉，夜间等闲无人过访，智通听那声音古怪，也就不加理会。那声音飘飘忽忽，绕着院墙直嚷了一整宿。接下来三天，那声音便似讨债鬼一般，一俟上更便大喊起来，没完没了，而且越挨越近。到第三天时，智通实在不堪搅扰，应声道："你唤我到底所为何事？不妨入内说话。"只见一个六尺来高的东西，黑衣青面，瞠目巨口，蹩了进来，见到智通，硬邦邦地合十行礼。智通打量半晌，看不出这是个什么，道："冷的话，可近前来烤烤火。"那东西依言坐到炉边，一言不发，静听智通低诵经文。

这一夜云房沉静，万籁俱寂，虽有怪物在前，智通却难得可以止心入定，再睁眼时，已是斗转参横，五更天了。只听鼾声沉沉，那怪物为火所醉，闭目开口，正拥着火炉酣睡。智通悄悄捏起舀取香料的香匙，挖了一大匙炽热的炭灰倒进怪物口中，怪物大叫醒来，夺门而逃，跟着噗通一声，大约是跑到山门处被门槛绊了一跤。

天色渐明，智通出房而视，在门槛之外捡起一片树皮，心下已有计较，当下手持树皮，信步登山。

寺庙背山而建，山上遍生着参天古木，走出数里山路，见一株大青桐，枝叶凋尽，树下凹根处好像新缺了一块，拿那块树皮一比，正相吻合。树干上有个樵夫削成，以供攀爬的脚蹬，六寸多深，想必便是怪物的嘴巴了。俯身细看，果见其中积满炭灰，荧荧火星，犹未熄灭。原来这古树之精初成气候，有如对世界充满好奇的孩童，懵懵懂懂地招惹了人类，又不懂掩藏行踪。于是智通和尚不客气地在树下堆起柴草，一把火将整棵树烧成了焦炭。从那以后，再无怪事发生。

> 临湍①西北有寺，寺僧智通，常持《法华经》入禅。每晏坐，必求寒林静境，殆非人所至。经数年，忽夜有人环其院呼智通，至晓声方息。历三夜，声侵②户，智通不耐，应曰："汝呼我何事？可入来言也。"有物长六尺余，皂衣青面，张目巨吻，见僧初亦合手。智通熟视良久，谓曰："尔寒乎？就是向火。"物亦就坐，智通但念经。至五更，物为火所醉，因闭目开口，据炉而鼾。智通睹之，乃以香匙举灰火置其口中。物大呼起走，至阃③若蹶声。其寺背山，智通及明视蹶处，得木皮一片。登山寻之，数里，见大青桐，树稍已童④矣，其下凹根若新缺然。僧以木皮附之，合无踪隙⑤。其半有薪者刱成一蹬⑥，深六寸余，盖魅之口，灰火满其中，火犹荧荧。智通以焚之，其怪自绝。

---

① 临湍：临湍县，故治在今河南邓州市，北魏改新城县置，五代后汉乾祐元年改称临濑县。

② 侵：渐渐而近。

③ 阃：门槛。

④ 童：秃。童子未著巾冠，头上无物，所以古人脑洞大开，凡牛羊无角、山无草

木等"头上无物"情形皆曰"童"。
⑤ 踪隙：《太平广记》作"线隙"，应是。
⑥ 蹬：采薪者在树干上砍削而成供落脚攀登的豁口。

◎ 叶限的故事

岭南地区一些部族之间，流传着这样一个传说：先秦之世，南地有个姓吴的部落首领，土著们叫他吴洞主。吴洞主娶过两任妻子，前妻死的早，留下一个女儿，名叫叶限，聪慧善良，精于淘金，深得父亲钟爱。不幸天不假年，吴洞主壮年离世，叶限亲生父母双亡，从此跟着继母过活。她那继母憎嫉叶限多年，从前吴洞主在时，还不敢明目张胆地施虐，洞主一死，继母肆无忌惮，拿叶限当成奴婢般使唤，更常逼她深入悬崖绝涧诸般险地打柴汲水，简直九死一生。

在这晦暗的岁月，叶限唯一的伴侣是一条大鱼。第一次见到这条鱼时，只有小拇指长短，丹鳍金睛，姣妙可爱，叶限偷偷养在水盆里。此后日渐长大，家里的容器很快就养不下了，于是放入宅后池塘。叶限每餐尽量节缩些食物，拿去喂鱼，此鱼通灵，唯有叶限靠近才肯露头出水，其他人经过，一概隐伏不出。

饶是如此，继母毕竟还是知道了，她一心想要折磨叶限，三天两头到池边转转，总不见大鱼出水，便骗叶限道："这些日子你辛苦了，妈替你做了件新衣，换上试试。"叶限受宠若惊，依言换下旧衣。继母又遣她去往数里之外的山泉打水，自己却穿了叶限的衣裳，带一把尖刀转到池塘。大鱼以为是主人来了，兴冲冲露出水面，被继母一刀搠死。那鱼经叶限精心喂养，已长到一丈多长，继母叫人拖了鱼尸出水，剔肉分食，味道鲜美逾常，一条巨大的鱼骨，则扔进粪坑之中。

过了一日，叶限像平时般偷偷裹藏了食物去喂鱼，可是任她怎样呼喊，小小的水塘平波沉沉，大鱼始终不曾出现。叶限的一颗心仿佛坠入了无底深渊，声音渐渐嘶哑，不觉泪流满面。她失魂落魄，浑不知自己走到了哪里，忽见一个粗衣长发的神仙从天冉冉而降，叶限睁着圆圆的眼睛，不知所措，那神仙温言道："姑娘莫哭，你所豢养的大鱼，已被你继母杀害，鱼骨现在粪壤之下。你回去后，可找到鱼骨秘藏于室，今后无论有什么需要，只管向鱼骨祈求，都可如愿。"说罢飞走不见。叶限回到家中，找回鱼骨，藏入卧室，果然如那神仙所说，锦衣玉食，但有所需，随求随得。

转眼到了部落最隆重的节日，阖族之人，垒集盛会，继母却令叶限在家。叶限自从知悉大鱼是继母所杀，决心不再逆来顺受，等到继母出门，叶限换上翠羽之衣，金丝之履，也来到节会之上，服色容光，映照全场。继母的亲生女儿遥遥望见，奇道："妈，你看那个女孩像不像阿姐？"继母惊疑不定："样子依稀跟那死丫头相似，可是叶限哪有这般华贵的衣饰？"有心上前看个清楚，叶限已经察觉，快步离开，因为跑得匆忙，失落了一只金丝履，为族人拾得。继母疑神疑鬼，也不愿再多耽，匆匆赶回家，推门便见叶限在院中树上沉睡方酣，这才打消了心中疑虑。

却说该族所在之地毗邻海岛，岛上有个陀汗国，势大兵强，占有几十个岛屿、数千里海域。那拾获金丝履的族人，将鞋子卖给了陀汗国，辗转为国王得到。这鞋子轻如羽毛，履石无声，做工之精巧，饶是国王也不曾见过，更奇的是单不成双，难道竟是神仙遗落之物？国王命左右从人试穿，脚板最小的，也比鞋子大出了一寸。国王还不甘休，索性大张旗鼓，令全国女子一一试穿，竟没有一人合脚。国王懊恼，下令捉了卖鞋的族人，严刑拷打，逼问鞋子的来历，那族人如何知道？问来问去就只有一句话："路边捡来的。"再问另一只鞋子何在？那族人死也说不上来。

看来另一只鞋子，以及鞋子的主人，多半还在这一族中。国王广派人手，挨家挨户搜查，果然在叶限家发现了尺寸相仿的鞋子，继母和叶限的异母妹妹皆遭逮捕，押送到国王面前，然而两人却也穿不上那金丝鞋。国王大为丧气："怎的鞋子找到了，人却不对呢？"亲自到叶限家一搜，搜出了叶限，让她试穿鞋子，叶限翠衣金履，姗姗而进，那双鞋子穿在她的脚上，若合符节，分毫不差。国王惊为天人，听过她的身世，越发怜惜，将叶限和鱼骨带回了王宫。叶限的继母和妹妹则惨遭飞石砸死，族人可怜她们，收殓尸身，葬于石坑，命名为"懊女冢"，这墓冢颇具灵力，向其求祷生女儿，极为灵验。

国王带同叶限回到陀汗国，当即封叶限为贵妃。一年之间，国王贪得无厌，不加节制地向鱼骨求取珍宝，结果到了次年，鱼骨魔力失效。国王遂用百斛珍珠，无数黄金，将鱼骨埋入海岸。后来陀汗国发生叛乱，国王打算起出珠宝，充供军饷，没想到一夜之间，那葬骨之地突然被海潮淹没，再也找不到了。

这个故事，是段成式听到一个名叫李士元的邕州家人（部曲、仆从）讲述的，段成式少客剑南，家人多有出于南中者。据段郎所言，这故事出自南中少数民族，并非中原传说。

故事里善良姑娘被继母欺凌，以及遗履试履等情节，与西方童话《灰姑娘》如出一辙。《叶限》早于目前已知的西方最早灰姑娘故事文本七百多年，不过现代学者杨宪益等主张，《叶限》传说的发祥地，并非中国；还有学者进一步考察指出，《叶限》传说的流播轨迹，应是从苏门答腊地区（即故事里的陀汗国）输入越南（唐时越北隶属安南都护府），继而于8世纪或9世纪传入中土的。苏门答腊作为唐代海上丝绸之路中转站，是当时东西方文化荟萃之地，简陋的酒馆邸店挤满了从西方泛海而来的商人、水手，或许正是他们将家乡盛传的灰姑娘故事带到了这里。灰姑娘故事在西方世界流布极广，1983年，英国人考克斯（Marian Rolfe Cox）整理灰姑娘故事体系，在欧洲和近东收集到多达 300 余种大同小异的版本。灰姑娘（Aschenputtel）的"灰"，即英文 Ashes，盎格鲁萨克逊文作 Aescen，"叶限"发音与之十分接近，很可能正是该单词的汉语对音。

南人相传，秦汉前有洞主①吴氏，土人呼为吴洞。娶两妻，一妻卒。有女名叶限，少惠，善陶（一作钩）金，父爱之。末岁父卒，为后母所苦，常令樵险汲深。时尝得一鳞，二寸余，赪②鬐金目，遂潜养于盆水。日日长，易数器，大不能受，乃投于后池中。女所得余食，辄沉以食之。女至池，鱼必露首枕岸，他人至不复出。其母知之，每伺之，鱼未尝见也。因诈女曰："尔无劳乎，吾为尔新其襦。"乃易其弊衣。后令汲于他泉，计里数里也。母徐衣其女衣，袖利刃行向池。呼鱼，鱼即出首，因斤③杀之，鱼已长丈余。膳其肉，味倍常鱼，藏其骨于郁栖④之下。逾日，女至向池，不复见鱼矣，乃哭于野。忽有人被发粗衣，自天而降，慰女曰："尔无哭，尔母杀尔鱼矣，骨在粪下。尔归，可取鱼骨藏于室，所须第祈之，当随尔也。"女用其言，金玑衣食随欲而具。及洞节，母往，令女守庭果⑤。女伺母行远，亦往，衣翠纺上衣，蹑金履。母所生女认之，谓母曰："此甚似姊也。"母亦疑之。女觉，遽反，遂遗一只履，为洞人所得。母归，但见女抱庭树眠，亦不之虑。其洞邻海岛，岛中有国名陀汗，兵强，王数十岛，水界数千里。洞人遂货其履于陀汗国，国主得之，命其左右履之，足小者履减一寸。乃令一国妇人履之，竟无一称者。其轻如毛，履石无声。陀汗王意其洞人以非道得之，遂禁锢而拷掠之，竟不知所从来。乃以是履弃之于道旁，即遍历人家捕之，若有女履者，捕之以告。陀汗王怪之，乃搜其室，得叶限，令履之而信。叶限因衣翠纺衣，蹑履而进，色若天人也。始具事于王，载鱼骨与叶限俱还国。其母及女即为飞石击死，洞人哀之，埋于石坑，命曰懊女冢。洞人以为禖⑥祀，求女必应。陀汗王至国，以叶限为上妇。一年，王贪求，祈于鱼骨，宝玉无限。逾年，不复应。王乃葬鱼骨于海岸，用珠百斛藏之，以金为际⑦。至征卒叛时，将发以赡军。一夕，为海潮所沦。成式旧家人李士元听说。士元本邕州⑧洞中人，多记得南中怪事。

① 洞主：古代南方少数民族部落首领。
② 赪［chēng］：浅红色。
③ 斤：砍削，砍杀。
④ 郁栖：粪壤。
⑤ 庭果：疑当作"庭窠"。
⑥ 禖［méi］：古人求子的祭礼。
⑦ 际：边缘。
⑧ 邕州：今广西南宁。

◎ 唐人的克苏鲁

复州医者王超，针术通神，下针疗疾，无不随手而愈。唐文宗太和五年的一个中午，王超突然死去，一夜之后，又离奇地复活了。醒来的医者，精神上显然受到过极大震动，他用惊骇惧怖的声音，向世人讲述了死后见闻。

昨日的死亡，好似一场无比真实的梦，他清楚记得自己来到了一个全然陌生之处，城墙高耸，台殿巍峨，有如帝阙王宫。那些宏伟古老的巨构之上，似乎笼罩着令人战栗的厚重黑暗。王超心神不宁，左顾右盼，见一人高卧榻上，袒着身子，正冲他招手，他走上前去，见那人左肩高高隆起个酒杯大的肿块。王超知道这是脓毒壅淤，当下取针刺破，挤出一升多的脓血。那人神色渐和，露出十分畅惬的神色，吩咐侍奉在侧的一名黄衣吏道："带王先生去瞧瞧'毕'。"黄衣吏躬身领命，引导王超来到一座大门前，门额题写着"毕院"二字。推门而进，入眼便是一座由无数人类眼球堆积而成的小山，如同传说中的怪物"视肉"，成千上万的眼球像水泡似的，不断涌起，不断消失，明灭闪烁不定。黄衣吏道："此物就是'毕'了。"俄而走出两个巨人，分立于"毕"的左右，各持一把极大的扇子，猛力挥动，狂风吹激之下，"毕"迅速解体，那些眼球满地乱滚，或随风飘走，又或化成人形，不知所踪，顷刻之间，迸散一空。王超骇然道："那是什么东西！"黄衣吏道："万物苍生，死后皆会先化为此物。"王超还待追问，突然惊醒。

太和五年，复州①医人王超，善用针，病无不差。于午忽无病死，经宿而苏。言始梦至一处，城壁台殿如王者居。见一人卧，召前袒视，左髀②有肿，大如杯。令超治之，即为针出脓升余。顾黄衣吏曰："可领毕也。"超随入一门，门署曰毕院，庭中有人眼数千聚成山，视肉③迭瞬明灭。黄衣曰："此即毕也。"俄有二人，形甚奇伟，分处左右，鼓巨箑④吹激，眼聚扇而起，或飞或走，或为人者，顷刻而尽。超访其故，黄衣吏曰："有生之类，先死而毕。"言次，忽活。

---

① 复州：唐代辖境相当于今湖北仙桃、天门、监利等县市地。
② 髆[bó]：肩。
③ 视肉：《山海经》提到的一种怪物，本体是一块形如牛肝的肉，没有明显的头部、躯干、四肢之分，也不具备呼吸、消化和排泄系统，只有一对眼睛，再生能力极其强大，能够立即恢复受到的损伤，郭璞《山海经》注："视肉，聚肉形如牛肝，有两目也。食之无尽，寻复更生如故。"
④ 箑[shà]：扇子。

◎ 星芒

举子李鹄回颍川省亲，夜里宿在驿店，刚刚躺下，瞥眼看见一个猪形怪物窜上厅来，李鹄吓了一跳，起身走避，那怪物紧追不舍。李鹄慌慌张张逃出后门，眼见无处可躲，匆忙钻进马厩的草垛，屏息凝身，不敢稍动。那怪物紧跟而至，李鹄听见一种古怪的声音环绕草垛数遭，忍不住向外一看，正与那怪物眼睛对视，怪物随之化作巨大的星芒，腾起数道强光，直射云霄。

李鹄的随从在草料堆里找到他时，已经气息全无，跟死了一样。半天之后，才慢慢转醒，向众人述说其事，又过了不到十天，无病而死。

那怪物的实质是什么，李鹄为何会昏迷及随后为何死亡，均无从知晓。《酉阳杂俎》记录的许多怪物，似乎更接近"能量"而不是生物，比如一行法师拿获的北斗猪，虽然阶段性呈现生物外观，实则切近于某种能量。

前秀才李鹄觐①于颍川②，夜至一驿，才卧，见物如猪者突上厅阶。鹄惊走，透后门，投驿厩，潜身草积中，屏息且伺之。怪亦随至，声绕草积数匝，瞪目相视鹄所潜处，忽变为巨星，腾起数道烛天。鹄左右取烛索鹄于草积中，已卒矣。半日方苏，因说所见。未旬，无病而死。

① 觐：回家探亲。
② 颍川：颍川郡，主体部分在今河南禹州，唐时为许州。

◎ 蓬头小鬼

唐宪宗元和年间，国子监学生周乙夜间功习课业，一个头发蓬乱的小鬼闯进房中，这小鬼身体比例极不协调，脑袋两尺多长，满头碎光如星，好像顶着一头的眼睛，忽闪忽闪的，令人恶心。一闯进来，径去摆弄周乙的油灯、笔砚，东翻西倒，捣蛋不停。周乙素有胆气，大喝一声，小鬼似乎吓了一跳，噌地逃开几步，回头看看周乙并未追来，又慢慢挨近书桌。周乙诈作不见，等小鬼蹑手蹑脚走到跟前，探手疾抓，一把抓个正着。小鬼大惊，猛烈挣扎，周乙双手齐用，牢牢擒住，小鬼挣动不开，一跤坐在地上，撒泼耍赖似的哀哀苦求，求周乙放了它。周乙不应，一人一鬼就这么耗着，直耗到天色将亮，那小鬼身上喀嚓一响，好像什么东西折断了似的，周乙对着天光凝神细看，原来手底按着的，是一把朽烂的木勺，上面兀自沾着上百粒小米。

元和中，国子监①学生周乙者，常夜习业，忽见一小鬼鬅鬙②，头长二尺余，满头碎光如星，眨眨（一作荧荧）可恶。戏灯弄砚，纷搏不止。学生素有胆，叱之，稍却，复傍书案。因伺其所为，渐逼近，乙因擒之，踞坐求哀，辞颇苦切。天将晓，觉如物折声，视之，乃弊木杓也，其上粘粟百余粒。

① 国子监：西晋始置，北齐称国子寺，原隶太常寺，隋文帝时独立，成为中国最早的中央教育行政管理机构，更名国子监，相当于后世教育部。下辖国子学、太学、四门学、书学、算学、律学（唐高宗朝律学改属大理寺，脱离国子监），这六所学校是唐代最权威的中央高等学府，分别开设于首都长安和东都洛阳。书学（授书法）、算学（算术）、律学（法律）属于专科学校。国子学、太学、四门学教授儒学经典，三所学校师资力量、招生范围不同，据《新唐书·选举志》及《唐六典》记录，国子学作为顶级贵族学校，招收朝廷三品以上职官子弟，限额三百人；太学招收五品以上职官子弟，学生五百人；四门学招收七品以上及侯伯子男子弟五百人，以及民间俊士（庶民）八百人。本篇所谓"国子

监学生",很可能指顶级学府国子学的学生。
② 鬅鬙［péng sēng］：头发散乱貌。

◎ 薰陆香

唐德宗贞元年间，蜀郡和尚志昪［biàn］在宝相寺修行。深夜，五六只苍蝇大的金色飞虫，从灯焰之中往复飞过，停落灯芯上，被火烧成了光焰之色，却意态闲暇，振翼鼓翅，浑若无事，良久，渐渐消失在了灯火之中。这样的情形，出现了好几晚，后来僮儿打落一只，拿起细看，原来是一小块薰陆香，形状却也并不怎么像飞虫。从那以后，怪虫就再没出现过了。

> 贞元（一作上元①）中，蜀郡有僧志昪，住宝相寺持经。夜久，忽有飞虫五六枚，大如蝇，金色，迭飞起灯焰。或蹲于炷花上鼓翅，与火一色，久乃灭焰中。如此数夕。童子击堕一枚，乃薰陆香②也，亦无形状。自是不复见。

---

① 上元：唐代两度使用该年号，唐高宗 674—676 年和肃宗 760—761 年。
② 薰陆香：即"洋乳香"，由漆树科植物乳香黄连木的树脂萃取。主产区分布在地中海沿岸，部分西域和元代药典称之为"麻思他其""马思答吉"，这是波斯语 Mastakee 的音译。东传过程中，与另一种外来香药"乳香"浸相混淆，两者性状相仿，均可入药或用作香料，入药功效也非常接近，再加上同为西方舶入之物，也许在港口集散之时就被混在了一起，那么供应链下游和买主将更难分辨。

	拉 丁 名	来 源	产 地
薰陆香	Pistacia lentiscus	漆科植物乳香黄连木	希腊、土耳其、地中海南岸
乳香	Boswellia carteri	橄榄科乳香属植物	红海沿岸的非洲国家、阿拉伯半岛、土耳其

大体而言，唐前文献多见薰陆香，乳香之名还十分罕见，自唐代起，乳香之名逐渐习用，并兼并了薰陆香的概念。唐代的一些药学家还是能区分两种香药的，譬如陈藏器的《本草拾遗》说："乳香盖薰陆之类也。"显然在陈藏器看来，乳香和薰

陆香是两种不同之物；到明代李时珍的《本草纲目》，已经把二者混为一谈。所以唐代以降记载的乳香，可能存在同名异物现象，有时确指乳香，有时是指薰陆香。

两种香药皆是名贵的熏香料，唐宋时，经由海路大量进口中国，每年运抵广州、泉州等港口的乳香和薰陆香达数百吨，海上丝绸之路也因此得到了"乳香之路"的别称。这些香料价格不菲，据说一位盘踞海南的海盗巨枭会客时常燃乳香为灯烛，在当时被视作轻财豪侈、极其阔绰气派之举；而崇奉道教的宋真宗为做道场科醮，一日焚乳香竟至一百二十斤，同样是挥霍民膏，国君的奢靡，就远非盗魁可及了。

挂在乳香黄连木树干上的树脂

◎ 请客

唐宪宗元和初年，长安东市有恶少李和子，父亲名叫李努眼。李和子天性残暴，隔三差五地偷猫偷狗宰来吃，为乡党邻里不齿。

一天，李和子架着鹞鹰在街上晃荡，远远走来两个紫衣人，老远便喊道："是李努眼家的少爷李和子吗？"李和子施了一礼。紫衣人又道："有事请教，劳驾借一步说话。"李和子便随同两人走到个僻静无人之处，二人道："你阳寿已尽，我们奉冥司文书，特来请你过去，这就走吧。"李和子如何肯信，怒道："你们是什么人，敢来消遣小爷！"紫衣人道："我们是鬼差。"从怀里取出一张文牒，图章印迹犹自未干，李和子的生平履历写得一清二楚，丝毫不爽，而被捕的原因，竟是四百六十条猫狗的命案诉讼。李和子这才慌了，扔下鹞鹰倒身下拜，恳求道："我杀猫杀狗，合当一死，只求两位差爷多给我一点时间，让我请二位喝碗酒。"鬼差先是不肯，但经不起他软磨硬泡，无奈答允了。

一人二鬼先到了饆饠（亦作"毕罗"，包有馅心的面制点心）店，店内大蒜之类气味很冲，鬼差捏着鼻子，不愿进去，于是又转到杜家酒楼。食客和伙计但见李和子一个人在那自言自语，打躬作揖，都当他发疯了。李和子无暇顾及旁人的眼光，赶紧叫了九碗酒，自己喝三碗，六碗虚设于西座，殷殷劝饮，低声下气地求鬼差替他通融通融。鬼差相互对视一眼，道："也罢，我们既喝了你的酒，就替你出个主意。"推盏而起道："你在此地稍等片刻，我们去去就回。"一晃不见。

少顷，二鬼复回，道："门路是打通了，不过要你破费些。"李和子听说可以不死，喜从天降，哪里还在意花钱，忙不迭地答应。二鬼道："你赶紧准备四十万钱，我们替你张罗三年阳寿。"李和子千恩万谢，约定明日午时为期交付，待送走了鬼差，结酒账时，却见那六碗酒分毫未动。当时酒肆的规矩，未动过的酒食是可以退还的。然而在人看来并未减动的酒浆，实际上鬼已经喝过，且因为鬼的接触，产生了某种未知的变化，掌柜尝了一口，只觉味如白水，冰冷刺齿，忙去找人索账时，李和子早已溜了。

李和子狂奔回家，典卖衣物，尽其所有凑了四十万，买来大批纸钱，备下丰盛的祭品，按照约定时间焚化，但见滚滚烟火之中，两个鬼差收了纸钱而去。

三日之后，李和子暴毙。

原来鬼界三年，即是人间三天。

元和初，上都①东市恶少李和子，父努眼。和子性忍②，常攘③狗及猫食之，为坊市之患。常臂鹞立于衢，见二人紫衣，呼曰："公非李努眼子名和子乎？"和子即遽祇揖④。又曰："有故，可隙处言也。"因行数步，止于人外，言："冥司追公，可即去。"和子初不受，曰："人也，何绐言。"又曰："我即鬼。"因探怀中，出一牒，印窠⑤犹湿。见其姓名分明，为猫犬四百六十头论诉事。和子惊惧，乃弃鹞子拜祈之，且曰："我分⑥死，尔必为我暂留，具少酒。"鬼固辞，不获已⑦。初，将入毕罗肆，鬼掩鼻不肯前，乃延于旗亭⑧杜家。揖让独言，人以为狂也。遂索酒九碗，自饮三碗，六碗虚设于西座，且求其为方便以免。二鬼相顾："我等既受一醉之恩，须为作计。"因起曰："姑迟⑨我数刻，当返。"未移时至，曰："君办钱四十万，为君假三年命也。"和子诺许，以翌日及午为期。因酬酒直，且返其酒，尝之味如水矣，冷复冰齿。和子遽归，货衣具凿楮⑩，如期备酹⑪焚之，自见二鬼挈其钱而去。及三日，和子卒。鬼言三年，盖人间三日也。

---

① 上都：相对陪都而言，称首都为上都，即长安。
② 性忍：残忍暴虐。
③ 攘：偷窃。
④ 祇揖：肃拜之礼。
⑤ 印窠：图章印痕。
⑥ 分：命运。

⑦ 不获已：不得已。
⑧ 旗亭：酒楼。
⑨ 迟：等候。
⑩ 凿楮：纸钱。
⑪ 酹：祭奠时浇酒于地，此处引申为祭品奠仪。

◎ 降维术士

唐德宗贞元末年，武官冉从长驻扎开州，此人轻财重义，远近儒生道者多来依傍，府上日日置酒高会，十分热闹。

清客之中，有一位宁采，雅善丹青，这天携来一轴《竹林会》，画的是魏晋之世阮籍、嵇康等七贤竹林燕游的情形，笔法工致，满座称赏。却听一人道："此画形体结构还算工巧，可惜欠缺些神韵。在下不才，愿献一薄技，不施五色，为此画蹥事增华，将军意下如何？"冉从长循声看时，认得说话者是秀才柳成，惊喜道："我竟不知柳先生还有这样的本事！然则不用五色，却如何改得？"柳成笑道："我进到画中去改便了。"

此言一出，隔座的秀才郭萱拍掌大笑道："柳兄说这等话，是拿我们当三岁小孩吗？"柳成知道这姓郭的秀才瞧自己不顺眼，两人平日斗气是斗惯了的，因此笑嘻嘻道："郭兄，你我不妨打个赌，若我能进得画中，那便如何？"郭萱道："你若能进得此画，我输五千钱与你，你若进不去呢？"柳成道："那么小弟自然服输，同样奉赠五千钱，聊助郭兄看花买酒。"冉从长从旁大声叫道："好，好！就是这样，冉某便是保人，柳兄，快快请吧。"柳成道声"献丑。"纵身往那画上一跳，便如同跳进了水里一般，整个人没入不见。众人大骇，拿起画挂在墙上，上上下下摸了个遍，薄薄一纸，一丝异样也无。

良久，只听柳成的声音从画中传出道："郭兄，你现在信了吗？"再过得一顿饭的工夫，人影一闪，柳成从画中跃出，指着画上的阮籍像道："在下的手段，止及于此了。"众人随指看去，果见阮籍脸上似笑非笑的，独与其他六贤不同。画师宁采看了，竟认不出这是自己的手笔了。

郭萱输得心服口服，当众道歉，冉从长则疑心柳成是位得道的散仙之流，也再三逊谢慢待之过，但毕竟挽留不住，没过几天，柳成便告辞而去了。

宋存寿先生当时也在冉府上做客，此事是他亲眼目睹。

打破维度壁垒，进入二维世界，在三维二维空间随意切换出入，这本事比之将二维图画变成现实的神笔马良,也不遑多让。清代《聊斋志异》有位单道士,在画上画座城池,能打开城门,跳入城中而去,想必是柳成法术的传人。

> 贞元末,开州①军将冉从长轻财好事②,而州之儒生道者多依之。有画人宁采图为《竹林会③》,甚工。坐客郭萱、柳成二秀才,每以气相轧④。柳忽眄⑤图谓主人曰:"此画巧于体势,失于意趣。今欲为公设薄技,不施五色,令其精彩殊胜⑥,如何?"冉惊曰:"素不知秀才艺如此!然不假五色,其理安在?"柳笑曰:"我当入被画中治之。"郭抚掌曰:"君欲给三尺童子乎?"柳因邀其赌,郭请以五千抵负,冉亦为保。柳乃腾身赴图而灭,坐客大骇。图表于壁,众摸索不获。久之,柳忽语曰:"郭子信未?"声若出画中也。食顷,瞥⑦自图上坠下,指阮籍像曰:"工夫只及此。"众视之,觉阮籍图像独异,吻若方笑。宁采睹之,不复认。冉意其得道者,与郭俱谢之。数日,竟他去。宋存寿处士在释⑧时,目击其事。

---

① 开州:今重庆开州区。
② 好事:热心助人。
③ 竹林会:以竹林七贤为题材的画作。
④ 相轧:挤兑,排挤。
⑤ 眄:意态轻慢的斜睨。
⑥ 殊胜:略胜。
⑦ 瞥:倏忽。
⑧ 在释:《太平广记》作"在冉家"。

◎ 狂人

奉天县国盛村有个姓刘的村民,是个疯子,一发病就到处乱跑,遇到井沟坑坎,也不知道绕开。家人眼见不是个事,多方打听,请了个精通禁咒治病的术士侯公敏来施治。那姓侯的一到,刘疯子忽地道:"我出去一趟,不用你治了。"操起挑柴的扁担,一径来到田里,脱下衣裳,光着个膀子,把扁担舞得呜呜生风,像跟什么东西拼命似的。打了好一阵子,累得一身大汗,回家笑道:"我病全好了,那老缠着我的鬼，刚才被我抽掉了脑袋，埋在田里。"家人和术士还道他在发疯，哪里肯信，疯子一再坚称，众人只得随他同往田间验看，亲眼见刘疯子掘出个骷髅头，生着十多根红发。从那以后，刘疯子的疯病再也没犯过。那是唐武宗会昌五年的事情。

> 奉天县①国盛村百姓姓刘者，病狂，发时乱走，不避井堑，其家为迎禁咒②人侯公敏治之。公敏才至，刘忽起曰："我暂出，不假尔治。"因杖薪担至田中，袒而运担，状若击物。良久而返，笑曰："我病已矣。适打一鬼头落，埋于田中。"兄弟及咒者犹以为狂，不实之，遂同往验焉。刘掘出一髑髅，戴赤发十余茎，其病竟愈。是会昌五年事。

---

① 奉天县：今陕西咸阳乾县。
② 禁咒：以真炁、咒术为人治病。唐代禁咒是医家一门，太医署亦设有禁咒科。

◎ 梦榜

礼部侍郎柳璟主司科举省试那年，有个学生在国子监念书，攻读明经科。这学生的姓名已然失考，据说他有一日白天睡觉，做了个怪梦，梦见自己站在国子监门前，一个黄衣人背着衣囊，走上前来寒暄。展问姓字，学生说了，那人笑道："恭喜恭喜，足下将在来年春闱中第。"学生听了这话，亦自欣喜，问起邻房所住的五六个同乡科运如何，那人说了三个名字。学生当下请他到长兴里一家常常光顾的毕罗店吃饭，吃到一半，忽闻店外犬吠之声大哗，那人惊道："不好！"身形一晃不见。学生随即惊醒，回忆梦中细节，只觉得无比真实，敲开邻房，跟几位同乡述说梦境。

正说话间，毕罗店掌柜找上门来，怪学生道："郎君方才请客吃饭，总共吃了二斤毕罗，怎地账也不结就走了？"学生大骇，脱了衣服典押给掌柜，一面问起吃饭的情形，那客人是何模样、坐的什么位置、用的什么器皿？掌柜一一具告，无不与自己的梦境相符，学生越听越惊，脱口道："实不相瞒，我跟那黄衣人是在梦中去的宝号，梦里的事情怎么竟会成真？"一时之间，现实和虚幻纠缠在了一起，黄衣人到底是真实存在，抑或是出现在梦境中的幻影？他心念一动，又问："那人真的吃过东西吗？"掌柜道："听你一说，是有些可疑，你带来的那位客人，的确什么东西都没吃。起初我见他面前那份一点没动，还疑心他是嫌毕罗上加了蒜呢。"

次年春试，学生和邻房三位同乡，携手及第，而此三子者，正是梦境中黄衣客提到的三人。

> 柳璟①知举②年，有国子监明经③，失姓名，昼寝，梦徙倚④于监门。有一人负衣囊，衣黄，访明经姓氏。明经语之，其人笑曰："君来春及第。"明经因访邻房乡曲五六人，或言得者，明经遂邀入长兴里毕罗店常所过处。店外有犬竞，惊曰："差矣！"遽呼邻房数人语其梦。忽见长兴店子入门曰："郎君与客食毕罗计二斤，何不计直而去也？"明经大骇，褫衣质之。且随验所梦，相其榻器，皆如梦中。乃谓店主曰："我与客俱梦中至是，客岂食乎？"店主惊曰："初怪客前毕罗悉完，疑其嫌置蒜也。"来春，明经与邻房三人梦中所访者，悉及第。

---

① 柳璟：蒲州河东（今山西永济县西）人，字德辉，生年不详。唐敬宗宝历元年乙巳科状元及第，文宗时拜中书舍人，武宗朝转礼部侍郎，后坐其子受贿事贬为信州司马，约会昌末年，死于郴州刺史任上。柳璟博学能文，为人宽厚，有君子之风，礼部侍郎任内，两度衡文主试，玉尺抡才，所取均是有真才实学之人。

② 知举：即"知贡举"，主持贡举考试。唐代士子科举的进阶之路，是先经乡试（州县考试），通过者赴集京师，参加尚书省礼部命题的省试，省试及第的明经、进士最后再经吏部复试铨选，授职做官。三场考试分由不同部门的官员主考，其中省试主考，原本是由吏部考功员外郎担纲，但考功员外郎只是个从六品的"司官"，位浅望轻，镇不住场子，唐玄宗开元二十四年，发生了主考被考生呵骂攻击事件，大失体统，玄宗遂移贡举于礼部，委派正四品的礼部侍郎衡文，开礼部知贡举的先河。本文说"柳璟知举"，就是指柳璟以礼部侍郎的身份任省试主考官。

③ 明经：在国子监就学，而报考明经科的生徒。

④ 徙倚：站立。

◎ 石守宫

昭义军大将郭谊，早年任邯郸郡牧使，因其兄亡，差人把先人的灵柩从郓州运到磁州，合葬在滏阳县的西岗上。

滏阳境内多山，土中多石，殷实人家都在岩层上开凿墓穴。郭谊请人占选的风水吉地，也需要凿石为穴，反正他有钱有势，尽管多找来人手，加紧施工。不几日，岩层上忽然凿穿了一个大洞，洞是天然形成，洞中有块奇石，长可四尺，形如壁虎，四肢头尾，无不毕具，当真是鬼斧神工。不料工人下手鲁莽，不慎给凿断了，郭谊大为不怿，认为此非吉兆，禀告上司刘从谏，说想要换个地方改葬，请求宽限几天假期。刘从谏大约觉得打碎一条石壁虎没什么了不起的，因此不许，郭谊无奈，只好就地下葬。

一个月后，郭谊上厕所掉进了粪坑，险些溺死，接着亲人、奴婢二十多人相继身亡。郭谊从此整天疑神疑鬼，寝食不安，几乎崩溃，最后实在忍受不了，去向刘从谏哀告，请求去职，刘从谏便命都押衙焦长楚跟他调换职务。刘从谏死后，侄子刘稹反叛，郭谊为之出谋划策，领兵对抗王师，乃是罪魁之一。及叛乱戡平，郭谊惨遭枭首，其家不分老幼，全部投井而死。

据盐州从事郑宾于说，他亲眼见过那条石守宫，就收藏在磁州官库之中。

> 潞州①军校郭谊，先为邯郸郡牧使，因兄亡，遂于郓州②举其先③，同茔（一作"兄柩"）葬于磁州滏阳县④之西岗。县界接山，土中多石，有力葬者，率皆凿石为穴。谊之所卜亦凿焉。积日倍工，忽透一穴。穴中有石，长可四尺，形如守宫⑤，支体首尾毕具，役者误断焉。谊恶之，将别卜地，白于刘从谏⑥，从谏不许，因葬焉。后月余，谊陷于厕，体仆几死。骨肉、奴婢相继死者二十余人。自是常恐悸，唵呓⑦不安。因哀请罢职，从谏以都押衙⑧焦长楚之务与谊对换。及贼稹⑨阻兵，谊为其魁，军破，枭首。其家无少长，悉投井中死。盐州⑩从事⑪郑宾于，言石守宫见在磁州官库中。

① 潞州：泽潞镇（昭义军）首府，相当于今山西长治一带。
② 郓州：今山东菏泽郓城县。
③ 举其先：迁坟，或运回停厝于郓州的考妣灵柩。郭谊祖籍兖州（今山东济宁兖州区），密迩郓州。郭谊的老领导刘悟、刘从谏父子原在割据山东的淄青节度使麾下效力，唐宪宗时，刘悟擒杀叛乱的淄青节度使李师道，因功授节度使，调任潞州。临走时从郓州带了两千亲兵，组成自己的"牙军"（节度使的近卫军），郭谊大概正是这支亲兵的军将之后。
④ 滏阳县：今河北邯郸磁县一带。
⑤ 守宫：壁虎。
⑥ 刘从谏：昭义节度使刘悟之子。唐敬宗宝历元年，刘悟病故，刘从谏自总军务，

上表请袭父职，同时行贿当权者代为关说。节度使父死子继，意味着家族专兵专权，最易养成异志，一向是藩镇祸乱之源，深为朝廷所忌。但在政治利益和行贿的作用下，部分官员发声为刘从谏辩护，而唐敬宗不恤国务，最终准如所请，翌年正式任命刘从谏为节度使，拜司空，封沛国公。唐文宗大和九年，甘露之变，宦官头子仇士良血洗宫廷，刘从谏上书替遇害朝臣鸣冤，收留了大批被迫害官员及其亲属，就此与仇士良结仇。武宗会昌三年，刘从谏病死，年仅四十一岁，因诸子年幼，担心仇士良等报复，妻子不能保全，死前将兵权交予侄子刘稹等心腹。后来刘稹造反被诛，有诏"从谏且死……宜剖棺暴尸于市三日"。被剖棺戮尸，据说撬开棺椁时，刘从谏尸体面目如生，还睁着一只眼睛。官军挖出尸体，暴于闹市三天，剁成碎块，"仇人剔其骨几尽"。他的二十多个儿子全部被杀，生前厚待的甘露之变涉事大臣及家属也悉数遇害。

⑦ 唵吔：梦吔。
⑧ 都押衙：亦作"都押牙"，藩镇军府武官，管领仪仗侍卫。
⑨ 贼稹：刘稹，刘从谏之侄，右骁卫将军刘从素之子。初为昭义军都知兵马使。会昌三年刘从谏病殁，在郭谊等人怂恿下，秘不发丧，自领留后，专等朝廷正式敕封。宰相李德裕奏请刘稹护丧归洛阳，以听朝旨。刘稹所恃的无非是手握本镇兵权，一旦离开老巢，筹码尽失，岂不任人宰割？因此抗命不遵。武宗计议讨伐，但当时北境不稳，枢臣多持论求稳，担心再分出精力对付刘稹，国力难支。李德裕坚决反对，认为不可姑息，否则其他藩镇都以刘氏叔侄为榜样，江山安在，朝廷安存？他力主用兵，并提出讨伐策略，首先委托重臣安抚河朔三镇，接着大发诸路兵马，四面包抄。刘稹反击不利，太行山以东的邢州、洺州、磁州相继倒戈，连刘稹自己也意识到，败亡已不可避免。郭谊等部将见大势将去，把刘稹骗到别院，告诉他"只有你一死，才能换取刘氏保全"，刘稹就此被杀，传首京师。而郭谊并未遵守约定，接下来斩草除根，将刘稹族属，不分老幼屠戮一尽。郭谊叛主求生，本打算拿刘稹的首级邀功求赏，妄图节钺，不料朝廷根本不买账，命将其缚送入京处斩，本文说"其家无少长，悉投井中死"应是实情。
⑩ 盐州：今陕西定边，因其地有盐池得名。
⑪ 从事：汉代为司隶校尉及州刺史自辟的掾属；到唐代，演变成一个广义概念，泛指藩镇幕府所辟署的幕职，如判官、掌书记、参谋等僚佐均可称为"从事"。

◎ 雷雨怪石

伊阙县令李师晦有个兄弟在江南为官，与一僧人往还。一次，僧人进山采药，遇上狂风暴雨，急切找不到遮蔽处，匆匆躲在一棵歪脖子树下。过得片刻，突然霹雳大震，有什么东西坠下地来，僧人吓了一跳。少停云开日朗，走去一看，原来是块怪石，样子像是某种悬吊打击演奏的乐器。石头上端平齐如削，中间有个可以容物的小洞，下端渐宽而圆，状若垂挂的布囊，总长两尺，厚三分，左侧小有缺损，表面斑如碎锦，光泽可鉴，叩击有声。僧人觉得有异，便放在柴担中带回寺庙，收入箱箧，埋于禅床之下。他的弟子在旁窥见，泄露了出去，因此知道的人不在少数。李生也听说了，请僧人拿出来看看，僧人却矢口否认，说根本没有这回事。一天，李生收到僧人的口信，说请他一叙。到了庙里，僧人已等候多时，上前拉着他的手道："贫僧精力衰竭，无常将至，这件物事，君曾求观，近日奉赠，聊为纪念。"说着屏退侍者，引李生来到卧房，移开床榻，掘出盛放那怪石的匣子，交给李生，便即坐化了。

伊阙县①令李师晦②，有兄弟任江南官，与一僧往还。常入采药，遇暴风雨，避于欹③（一作桤）树。须臾大震，有物瞥然坠地。俄而朗晴，僧就视，乃一石，形如乐器，可以悬击者。其上平齐如削，其中有窍可盛，其下渐阔而圆，状若垂囊，长二尺，厚三分，其左小缺，斑如碎锦，光泽可鉴，叩之有声。僧意其异物，置于樵中归。柜而埋于禅床下，为其徒所见，往往有知者。李生恳求一见，僧确然言无。忽一日，僧召李生。既至，执手曰："贫道已力衰弱，无常将至。君前所求物，聊用为别。"乃尽去侍者，引李生入卧内，撤榻掘地，捧匣授之而卒。

---

① 伊阙县：今河南洛阳伊川县西南。
② 李师晦：约与段郎同一时代人，曾为刘从谏幕府从事，知刘稹不轨，隐于泰山。平定泽潞之乱后，朝廷嘉奖，授职县宰。
③ 欹：倾斜；桤树，桤木属的一种落叶乔木。

◎ 骡石

刘稹起兵反叛之时，临洺一户人家有头推磨的瞎骡子，突然无故而死。这家人把死骡卖给肉铺，屠工剖开骡腹，发现里面有两块石头，大如一拳，紫地红斑，晶莹润泽。屠户将石头献给刘稹，刘稹留下了。

> 贼稹阻命之时，临洺①市中百姓有推磨盲骡，无故死，因卖之。屠者剖腹中得二石，大如合拳，紫色赤斑，莹润可爱。屠者遂送稹，乃留之。

---

① 临洺：据两唐书刘稹传，应是"临洺"，今河北邯郸永年区。

◎ 死期

韦温晚年，外放宣州为观察使。在任期间，头部生了恶疮，病势渐渐沉重难起，因将女婿唤到跟前嘱托后事。又道："我二十九岁作校书郎的时候，做过一个怪梦，至今还记得。我梦见乘船横渡浐水，行至河心，两个皂吏拿着公文追上了来叫我回去。一吏说：'你的坟陵规模太大，还需一万天工期，眼下不到过河的时候。'硬是把我拖回了岸。屈指算来，从做那怪梦至今，正满万日，天数如此，岂能逃得掉？"过了不到一天，果然离世了。

按，此事亦见韦温墓志铭，并收入《旧唐书·韦温传》。韦温29岁为校书郎时，大约是公元817年；到845年病逝，其间二十八年，刚好一万多天。

> 韦温①为宣州②，病疮于首，因托后事于女婿，且曰："予年二十九为校书郎，梦渡浐水中流，见二吏赍牒相召。一吏至，言'彼坟至大，功须万日，今未也。'今正万日，予岂逃乎？"不累日而卒。

---

① 韦温：（788—845年）字弘育，京兆人。十一岁明经登第，堪称神童，又试书判拔萃科，判入高等，授秘书省校书郎。他父亲听说儿子小小年纪，居然连试连捷，做起官来了，愕然不信，以为儿子是钻营了权幸的门路，不是靠真本事，于是亲自出题相试。韦温毫无难色，援笔立成，父亲看了文章，方始大喜。后拜监察御史，因父亲身体不好，若入御史台为官，难以经常回家省视，故辞而不受，侍奉父疾，衣不解带二十年。历右补阙、侍御史、尚书右丞等。时牛李二派党争汹汹，韦温持身中立，二派皆不以之为敌。唐武宗朝，李德裕秉政，迁吏部侍郎，欲拜为相，韦温鲠亮坚正，对党同伐异的种种，不仅不以为然，而且事事要求秉公处置，这不免与正在着手肃清政敌的李德裕产生矛盾，因出为宣歙观察使，领宣、歙、池三州。会昌五年五月，头部生疮，死于任上。他

岳父的名字很奇特，叫李悆，这种名字在今天大概是难得一见的。

② 宣州：今安徽宣城。

◎ 冥帅

醴泉县尉崔汾的二哥家住长安崇贤里，一年夏夜在庭间乘凉，那晚月色疏朗，照得满院溶溶，午夜凉风拂过，一阵异香，清爽心脾。崔二舒服地骨头都酥了，忽听南墙根上簌簌响动，他只道是蛇鼠之类钻洞爬行，未加理会。隔不片刻，只见一个道士大摇大摆走进来，高声赞道："月色真好！"崔二吓了一跳：这是何处的道士，三更半夜，怎的突然出现在我家？忙躲将起来，偷偷向外窥看。

道士约莫四十来岁，风仪清古，颇似个有道之士。崔二看他漫步庭中，旁若无人，那份从容娴雅，真当是在自己家一般。少顷，大门推开，鱼贯进来十几个女郎，轻罗薄衫，翠凤明珰，尽是北里妙妓。丫鬟们铺开极华美的坐垫，众女列坐月下，莺啭燕语，活色生香。崔二越看越奇，不禁怀疑："素闻得道老狐，能幻化女子之形，月下惑人，难道这是一群狐狸精闯进我家来了？"随手摸起枕头，重重往门上一扔，"砰"的一声大响，众女一时停口惊愕。那道士微微回顾，眼尾寒芒一扫而过，冷冷道："我念在此地幽静，聊尔盘桓，看看月色，并无久耽之意，你这匹夫，胆敢如此无状！"厉声喝道："土地公何在！"一声斥罢，地下钻出两人，高才三尺许，大头长耳，俯伏道士身前。道士下巴一扬，道："速将这匹夫在阴间的亲属带来。"土地公领命而去，未几，一队鬼卒拖着几人，推推搡搡，一路拳打脚踢押了进来。崔二定睛看去，大吃一惊，那几人竟是他已故的父母和哥哥！

道士叱道："你们狗胆不小，敢纵容竖子对我无礼？"崔家父母连连叩头道："小人不敢，只因阴阳隔绝，我们没能好好管教他，他也不晓得将军的身份，请将军恕罪。"道士喝令鬼卒，拖了崔家亡灵下去，吩咐二鬼道："揪那匹夫过来。"二鬼纵身跃到门前，扬手一粒红光，疾如弹丸，直射入崔二口中。崔二大骇，隐隐见一根极细的红丝，从自己嘴巴扯出，另一端正牵在那鬼卒手中。欲待逃时，鬼卒抬手一拽，崔二便像条上钩的鱼一般，身不由己，跌入庭中。群鬼破口大骂，崔二张口结舌，发不出一星声音，想要辩解求饶亦不可得。这时崔家仆从婢妾都已闻声赶来，或惊或惧，哭成一片。那些妙龄女郎见此情形，亦感不忍，纷纷跪了一地，求道士道："这人不过一介凡夫俗子，不知将军要来才冒失唐突，想来绝不是有意冲撞将军。"道士见众美姬再三恳求，怒气稍解，拂袖出门而去。

众鬼去后，崔二仍然似中了邪一般，家人七手八脚地抬到床上，救治了五六天才捡回一条性命。后来请了个祭祀到家里做法事，向鬼神赔罪，也许是那鬼帅不屑同他计较的缘故，倒再也没发生过什么怪事了。

崔二有时回想起那夜的情形，总是心有余悸，跟家人谈起，说到当时隔窗看见死去的兄长嘴上包着布条，似乎是嘴巴受了伤。家人都很诧异，一个婢女却哭道："都怪我不好，那年大老爷入殓前，我发现面衣忘了开口，匆匆忙忙拿剪子去剪，不慎剪破了大老爷的下唇，当时没有旁人看见，我就一直没说。想不到大老爷在幽冥二十多年，竟一直带着这个伤！"

醴泉①尉崔汾仲兄②居长安崇贤里。夏月乘凉于庭际，疏旷月色，方午风过，觉有异香。顷间，闻南垣土动簌簌，崔生意其蛇鼠也。忽睹一道士，大言曰："大好月色。"崔惊惧遽走。道士缓步庭中，年可四十，风仪清古。良久，妓女十余，排大门而入，轻绡翠翘③，艳冶绝世。有从者具香茵④，列坐月中。崔生疑其狐媚，以枕投门阖⑤警之。道士小顾，怒曰："我以此差静，复贪月色。初无延仁⑥之意，敢此粗率！"复厉声曰："此处有地界⑦耶？"欻⑧有二人，长才三尺，巨首儋耳⑨，唯伏其前。道士颐指⑩崔生所止，曰："此人合有亲属入阴籍，可领来。"二人趋出。一饷间，崔生见其父母及兄悉至，卫者数十，捽⑪曳批⑫之。道士叱曰："我在此，敢纵子无礼乎？"父母叩头曰："幽明隔绝，诲责不及。"道士叱遣之，复顾二鬼曰："捉此痴人来。"二鬼跳及门，以赤物如弹丸，遥投崔生口中，乃细赤绠⑬也。遂钓出于庭中，又诟辱之。崔惊失音，不得自理。崔仆妾号泣。其妓罗拜曰："彼凡人，因讶仟官⑭无故而至，非有大过。"怒解，乃拂衣由大门而去。崔病如中恶，五六日方差。因迎祭酒⑮醮谢，亦无他。崔生初隔纸隙见亡兄以帛抹唇如损状，仆使共讶之。一婢泣曰："几郎就木之时，面衣⑯忘开口，其时忽忽就剪，误伤下唇，然傍人无见者。不知幽冥中二十余年，犹负此苦。"

① 醴泉：醴泉县，今陕西咸阳礼泉县。
② 仲兄：二哥。
③ 翠翘：翠鸟尾羽。
④ 茵：坐垫。
⑤ 门阖：门扇。

⑥ 延伫：逗留。
⑦ 地界：土地神。
⑧ 欻 [xū]：忽然。
⑨ 儋耳：耳下垂貌。
⑩ 颐指：以下巴示意指挥，表傲慢。
⑪ 捽 [zuó]：揪。
⑫ 批：用巴掌扇。
⑬ 绠：绳索。
⑭ 仟官：古军队的千夫长，此谓鬼兵统领。
⑮ 祭酒：此处谓宗族或乡里负责酹酒祭神的长者。
⑯ 面衣：亡者覆面之帛。

◎ 乞儿

唐德宗贞元年间，辛秘科举登第，接着定下一桩亲事，他打算趁吏部复试之前这段时间，赶到常州完婚。

瘦马关山，一日行到河南陕县地面，在树荫下憩足，不一会儿来了个小乞丐，大马金刀地往旁边一坐。辛秘略一打量，这乞丐身材瘦小，似乎还是个孩子，生了一脸的疮痂，衣衫褴褛，浑身上下脏兮兮的，邋遢不堪，臭气冲人，不禁大皱眉头。小丐一坐下便跟辛秘搭话，东拉西扯，强聒不舍，问他从何处来，到哪里去。辛秘烦得不得了，脚也不歇了，上马就走。他走，小丐也走，跟在旁边，仿佛熟识的老友似的，一张嘴巴叽叽叭叭说个没完。辛秘烦得要命，偏生坐骑脚力不济，走得极慢，甩也甩他不开。

相伴走了一程，且喜前路出现了个身穿绿衣的行旅，似乎是位士林中人，辛秘寻思："这才是可以与言的旅伴！"赶将上去，两人作了揖，文绉绉地攀谈起来，小丐跟在后面一个劲儿地插嘴，辛秘不予理睬。

行出一里多地，绿衣人突然不发一声，打马狂奔而去。辛秘吓了一跳，自语道："这人怎么回事？"小丐道："他时辰到了，哪里还能由得他。"辛秘听他说得玄奇，回过头问："什么时辰到了？"小丐道："走着瞧吧，一会儿你就知道了。"

少刻走到驿店之前，只见一大群人拥在店门口，上前一问，原来是刚才路遇的绿衣人死在了店里。辛秘大惊，这才知道小丐竟是位风尘异人，忙改颜相谢，脱下衣衫给小丐换上，又让出马来，让小丐乘用。小丐来者不拒，神色淡淡的，一个"谢"字也不说，仍旧夹七夹八地胡扯，辛秘听在耳里，细细咀嚼，只觉得每一个字都有深意，对小丐越发恭谨敬畏。

不一日到了汴州，小丐道："行了，我到地方了，后面的路你自己走吧。你此去常州，到底所为何事？"辛秘告以婚娶之约，小丐笑道："辛公，你是经邦之士，将来功业非同小可。那姑娘不是你命中之妻，你真正的婚期离此还远着呢，就甭去糟蹋人家了。"第二天，小丐扛了一大瓮酒来跟辛秘告辞，指着相国寺内的佛塔道："今日午时，那塔就要着火，你不妨看完这场热闹再动身。"这天午时正，那佛塔果然无故起火，塔尖的承露盘都烧坏了。临行之际，小丐取出一件包裹起来的绸子兜肚交给辛秘，道："日后若有疑惑，可解开瞧瞧。"

荏苒二十多年，辛秘做了渭南县尉，才娶了一个姓裴的姑娘为妻。这年裴氏生日，辛秘大会宾客，忽然想起当年的小丐，找出兜肚解开一看，内中是一幅笏板长的纸条，上书："辛秘妻，河东裴氏，某月某日生。"正与妻子的生日相合。算起来，遇到小乞丐那年，妻子裴氏根本还不曾出生，他怎么居然会知道妻子的生日，又怎会料到此女将嫁给自己为妻？难道那小乞儿是位游戏风尘的神仙？

辛秘以貌取人，认不出如黔娄般的世外高人，扬雄所说的睁眼如盲之辈，差不多就是这样了。

　　辛秘①五经②擢第后，常州赴婚。行至陕③，因息于树阴。傍有乞儿箕坐，痂面虮④衣，访辛行止，辛不耐而去，乞儿亦随之。辛马劣，不能相远，乞儿强言不已。前及一衣绿⑤者，辛揖而与之语，乞儿后应和。行里余，绿衣者忽前马骤去。辛怪之，独言："此人何忽如是？"乞儿曰："彼时至，岂自由乎？"辛觉语异，始问之，曰："君言时至，何也？"乞儿曰："少顷当自知之。"将及店，见数十人拥店。问之，乃绿衣者卒矣。辛大惊异，遽卑下之，因褫衣衣之，脱乘乘之，乞儿初无谢意，语言往往有精义。至汴，谓辛曰："某止是矣。公所适何事也？"辛以娶约语之，乞儿笑曰："公士人，业不可止。此非君妻，公婚期甚远。"隔一日，乃扛一器酒，与辛别，指相国寺⑥刹曰："及午而焚，可迟⑦此而别。"如期，刹无故火发，坏其相轮⑧。临去，以绫帕复⑨赠辛，带有一结，语辛："异时有疑当发视也。"积二十余年，辛为渭南尉，始婚裴氏。洎⑩裴生日，会亲宾，忽忆乞儿之言，解帕复结，得楮⑪幅大如手板，署曰："辛秘妻，河东裴氏，某月日生。"乃其日也。辛计别乞儿之年，妻尚未生，岂蓬瀛⑫籍者谪于人间乎？方之蒙袂辑屦⑬，有愤于黔娄⑭，擿植索途⑮，见称于扬子，差不同耳。

① 辛秘:(757—821年)字藏之,陇西人,贞元中擢明经第,官历湖州、汝州、常州刺史,唐宪宗元和末年,为昭义军节度使,卒于任上。辛秘死后,朝廷短暂任命过"雪夜下蔡州"的名将李愬充昭义节度使,只稍作过渡,很快就移李愬节镇魏博,调刘悟(上文刘从谏之父)入潞州,接掌昭义。

② 五经:唐代明经科考试,主要是考查学生对经学的掌握。儒家经典按大、中、小分类,《礼记》《左传》为大经,《毛诗》《周礼》《仪礼》称中经,《周易》《尚书》《春秋公羊传》《春秋谷梁传》称小经。这九部经典,学生不必全部攻习,只要有所侧重即可。考试时,考生可根据自己所长,选择报考"二经""三经"或"五经",二经者,须精通一大一小或两门中经;三经者,须通大、中、小各一经;五经者,须大经全通,再任选其余。此外还有"三礼"(考《周礼》《仪礼》《礼记》)、"三传"(《左传》《公羊传》《谷梁传》)等考法,门径众多,凭君自选,十分灵活。

③ 陕:今河南三门峡陕县。

④ 虮:虱子卵,这里指衣服肮脏,生满了虱虫。

⑤ 衣绿:唐代服制,原则上,三品及以上官员衣紫,四、五品衣绯,六、七品衣绿。

⑥ 相国寺:今河南开封相国寺。

⑦ 迟:等待、等到。

⑧ 相轮:佛塔塔刹(佛塔顶部的"尖")上的轮盘形建筑,贯穿于刹杆上,也叫承露盘、轮盖,多与塔的层数相应,为塔之表相,故称。

⑨ 帕复:兜肚。

⑩ 洎:介词,等到。

⑪ 楮:楮树,树皮可以造纸,此处指纸。

⑫ 蓬瀛:蓬莱、瀛洲,借指仙界。

⑬ 蒙袂辑履:袂,袖子;辑,拖着不使脱落;履,鞋。举袖遮脸,拖着鞋子,形容困顿潦倒的样子。出《礼记·檀弓下》:"齐大饥,黔敖为食于路,以待饿者而食之。有饿者蒙袂辑屦,贸贸然来。"

⑭ 黔娄:春秋时期鲁国贤者(一说齐国人),隐士,拒不出仕,家贫,死时衾不蔽体。后世视作安贫乐道的典范。

⑮ 擿埴索途:亦作"擿埴索涂",擿[zhāi],点;埴[zhí],地;索途,摸索道路。盲人以杖点地摸索道路。常喻暗中求索。出西汉扬雄《法言·修身篇》:"日有光,月有明。

相轮(日本奈良药师寺三重塔)

三年不目日，视必盲；三年不目月，精必蒙。荧魂旷枯，糟莩旷沈，擿埴索涂，冥行而已矣。"意思是说，三年不见日月，则目为之废，与盲人无异，唯有以杖擿地，在黑暗中摸索前行而已。这句话扬雄是用来答"为什么要学孔子之道"这一问题的，扬雄以日月作比拟，喻指长久不学孔子之道，不能修身正己，犹如久不见光明，人就会眢眼如盲，不特难以领略世上诸多道理风景，而且寸步难行。故事最后一句是段郎的批语，"蒙袂辑履"指故事里的乞儿，擿埴索途则指辛秘，这句话是说：乞儿虽然蒙袂辑履，但却是黔娄一类安贫乐道的世外高人；而辛秘的眢眼如盲，差不多就是扬雄所说的"擿埴索途"了。

中皋诺支

◎ 众蚓之歌

长安浑瑊浑令公府上有棵小槐树，树上一洞，其大如钱。每值月色澄朗之夜，便见一条两尺多长、白颈红斑、比胳膊还粗的蚯蚓，带着数百条绳子粗细的大蚯蚓爬上树梢，次日平明时分，才悉数回到那树洞中。有时众蚓齐鸣，声成曲调。学士张乘说，浑令公在世时，堂前忽有一树从地下钻出，满树遍挂蚯蚓。此事早有记载，可惜想不起那本书的名字了。

> 上都浑瑊①宅，戟门②内一小槐树，树有穴，大如钱。每夜月霁后，有蚓如巨臂，长二尺余，白颈红斑，领数百条如索，缘树枝条。及晓，悉入穴。或时众鸣，往往成曲。学士张乘言，浑令公时堂前，忽有一树从地踊出，蚯蚓遍挂其上。已有出处，忘其书名目。

---

① 浑瑊：（736—799年）本名浑进，中唐名将，出身铁勒九姓浑部。十一岁随父入朔方军，骁勇无敌，安史之乱，先后在李光弼、郭子仪麾下作战，后屡破吐蕃、回纥，拜左金吾卫大将军。四王二帝之乱，唐德宗逃离长安，浑瑊扈从天子死守奉天，击退叛臣朱泚，协同李晟克复京师，联手马燧讨平李怀光。拜相，加侍中，封咸宁郡王。

② 戟门：古代帝王外出，在止宿处立戟为门；唐时三品以上官皆列画戟于门，以为仪饰。后泛指勋贵之家或显赫的官署。

◎ 花灵

魏博节度使田弘正位于洛阳尊贤坊的宅邸中，生着棵像树一样高大的紫牡丹，发花千朵，花事最盛之时，每当月夜，便有五六个一尺来高的小人徜徉树上。这样情形持续了七八年，后来有人起意要捉它们，小人突然消失，不复出现。

古人说部中偶见树生精灵的记载，譬如《搜神记》及《孔氏志怪》记载的一种柳树精灵："会稽盛逸尝晨兴，路未有行人。见门内柳树上有一人，长二尺余，衣朱衣冠冕，俯以舌舔树叶上露。良久，忽见逸，神意如惊，遽即隐不见。"该类精灵普遍体型较小，易受惊吓，因此目击记录不多。

> 东都尊贤坊田令①宅，中门内有紫牡丹成树，发花千朵。花盛时，每月夜有小人五六，长尺余，游于上。如此七八年。人将掩之，辄失所在。

---

① 田令：《太平广记》引本条作"田弘正"。田弘正（764—821年），原名田兴，字安道，魏博节度使田承嗣侄。元和七年，得本镇军将拥立为帅，率六州之地归附朝廷，宪宗授节度使，封沂国公，次年赐名弘正。元和九年，响应朝旨讨击吴元济；十四年，奉诏破淄青李师道。十五年，移镇成德，长庆元年，被部下兵马使王廷凑谋杀。

◎ 附身

长安青龙寺契宗法师，俗家位于樊川。唐文宗太和七年，法师的俗家兄长樊竟生了一场热病，心智大受影响，总是疯言疯语，无故大笑。法师精通咒术，焚香施法，为兄驱邪。兄长突然破口骂道："你个贼和尚，不在庙里待着，到这里管什么闲事？老子一向住在南面树林里，不过看你家粮食收成好，来蹭几天饭吃，你赶我怎地。"唐代民间，狐魅山魈，妖风猖獗，法师听了这话，便疑心兄长是被狐妖附身，执起一根桃枝就往兄长身上抽去，要把妖物逼出来。兄长浑不当一回事，笑嘻嘻道："哎哟，好贼秃，敢打你哥哥，如此不敬，非遭雷劈不可！再用力些，挠痒痒么，使劲儿打，不要停。"法师抽了半天，全然无效，方知寻常驱邪之术对此妖无用，只得罢手。

但兄长躯壳被夺，岂能就此甘休？法师继续施法，全家人都围在旁边守着。兄长冷眼斜睨，蓦地身形展动，一把抓住了母亲，母亲一声未吭，便像中邪似的昏倒在地。家人大惊，兄长又伸手抓住了妻子，妻子身子一软，气绝而死。接着如法炮制，去抓弟媳，弟媳一回头间，已然瞎了，樊家登时鸡飞狗跳，一片大乱。但到了第二天，母亲和妻子先后苏醒，弟媳的眼睛亦随后复明。

法师明白妖怪此举，用意是在恫吓自己，他不为所动。妖怪看他不肯放弃，怒道："你再不离开，我要叫我亲戚来了。"说罢，也不见他有何动作，四下里咕咕唧唧之声大起，数百头大老鼠涌入樊家，往人身上乱爬乱钻，赶也赶不去，骚扰了一夜，又消失得干干净净。法师见它妖法层出不穷，也加紧念咒，兄长又道："不用呜哩哇啦地念那些鬼东西了，你以为我会怕吗？贼和尚不知好歹，且让我大哥来收拾你。"高声喊道："寒月，寒月！快来！"喊到第三遍时，脚边钻出个狸猫似的东西，通体赤红如火，沿着衾被"嗖"地窜上兄长肚皮，向法师瞪了一眼，两目精光四射。法师抽刀疾斩，那东西闪身一跃，毕竟没能避开，腿部中刀，跳窗逃去。法师秉烛追出，直追进一间屋子，见那东西跳入瓮中，忙举起一口大盆，盖在瓮口，封印缝隙，过了三天打开一看，那东西俯伏不动，全身变得坚硬如铁，刀砍不入。法师熬了一大锅油，将那东西丢进去生生煎死，恶臭闻于数里，兄长随之康复。一个月后，同村一户人家，父子六七人突然暴死。大家都说，妖物正是这家人使邪法召唤出来的，害人不成，遂遭反噬而死。

太和七年，上都青龙寺①僧契宗，俗家在樊川②。其兄樊竟，因病热，乃狂言虚笑。契宗精神总持③，遂焚香敕勒④。兄忽诟骂曰："汝是僧，第归寺住持，何横于事？我止居在南柯，爱汝苗硕多获，故暂来耳。"契宗疑其狐魅，复禁桃枝击之。其兄但笑曰："汝打兄不顺，神当殛汝，可加力勿止。"契宗知其无奈何乃已。病者欻⑤起牵其母，母遂中恶；援其妻，妻亦卒；乃摹其弟妇，回面失明，经日悉复旧。乃语契宗曰："尔不去，当唤我眷属来。"言已，有鼠数百，榖榖作声，大于常鼠，与人相触，驱逐不去。及明，失所在。契宗恐怖⑥加切，其兄又曰："慎尔声气，吾不惧尔。今须我大兄弟自来。"因长呼曰："寒月，寒月，可来此。"至三呼，有物大如狸，赤如火，从病者脚起，缘衾止于腹上，目光四射。契宗持刀就击之，中物一足，遂跳出户。烛其穴踪，至一房，见其物潜走瓮中。契宗举巨盆覆之，泥固其隙。经三日发视，其物如铁，不得动。因以油煎杀之，臭达数里，其兄遂愈。月余，村有一家，父子六七人暴卒，众意其兴蛊。

---

① 青龙寺：佛教密宗祖庭，唐时位于长安延兴门内新昌坊。原是隋文帝于开皇二年建都长安，迁城中陵墓，葬于郊野，为追荐亡灵所造。原名灵感寺，唐初废。龙朔二年，应太宗之女城阳公主之请，复立为观音寺，唐睿宗景云二年改名青龙寺。不空三藏传法弟子惠果法师，长期驻锡青龙寺弘法，唐德宗朝，来自日本的"入唐八家"，有六人（空海、圆行、圆仁、惠运、圆珍、宗睿）曾入青龙寺受法，其中空海得到惠果密宗嫡传，学成回国，开创"东密"一脉。北宋元祐后，寺院湮圮，殿宇无存，直到新中国成立后经发掘重建，埋没千年的历历禅林，终于再现人间。
② 樊川：在今西安长安区南，是汉初大将樊哙的食邑，故名。
③ 总持：梵语"陀罗尼"之意译，指总一切法，持一切义，持种种善法，不令散失。有法、义、咒、忍四种总持。密宗单指咒术。
④ 敕勒：驱鬼法术。
⑤ 欻［xū］：忽然。
⑥ 恐怖：威胁、恫吓。

◎ 怪异的儿媳

事情发生在唐德宗贞元年间，那时长安城左的官道上，有个望苑驿，因为傍近京师，每日人马攘攘。驿站以西住着个百姓，名叫王申，眼见这条路上行旅客商川流不息，亲手栽了一片榆树林，在林前搭起几间茅屋，夏日时节，或卖或送些浆水与行人解渴，若遇到官差来往时，便请进小屋，伺候烹茶饼饵。

王申有个儿子，年甫十三，平日跟在父亲身边，帮忙料理茶水，招呼客人。这天，儿子奔进来说道："有个过路的女孩讨水喝。"王申教唤入茅屋，但见是个少年女子，穿一件翠色短衣，头戴白巾，衣衫虽然寒素，不掩珊珊玉骨，丽质天生。少女眉含愁色，向王申盈盈施礼道："妾身家住此地向南十余里外，丈夫不幸亡故，留我一人在世，衣食无着，孤苦伶仃。今日服丧期满，欲往马嵬投奔亲戚，求口饭吃。"王申见她举止端庄，楚楚可人，不由得心中怜惜，当下留她吃饭，又道："天热路远，小娘子赶路不易，不妨在此且住一宵，明日再走不迟。"少女十分感激，欢欢喜喜留下了。王申的妻子怕她面薄害羞，唤她到内室坐着，以姊妹相称，陪她作伴。长日无事，王妻拿出些针线请她代做，就便打发辰光，不到三个时辰，少女便将所有活计做完,针脚绵密细致,直不似人力能为。王申两口子从没见过如此整齐的针工,又惊又喜,王妻更是把这少女喜欢到了心眼里,拉着她的手笑问:"妹妹既没有至亲了,肯不肯留在我家做儿媳妇?"少女脸上飞红,低头笑道:"小女如今茕茕无依,您二老若不嫌弃,愿留下来操持家务。"王申夫妇大喜,当天就去张罗租赁了新衣、礼服、花烛首饰之类,替儿子办了亲事。

那时正是盛夏,平常夜里为了通风,一家三口睡觉都是门户大开。今夜新婚,家里添置了不少东西,王妻不放心道:"附近盗贼最多,今晚可不能再开着门了。"小两口依言抬了大木棒顶在门后,把门关的死死的,这才去睡。睡到夜半,王妻蓦地惊醒,她做了个怪梦,梦见儿子披头散发地惨叫:"阿妈救我!我快被吃尽了!"哀号凄厉,似犹在黑暗中回响,她忙推醒丈夫,说要去看一看儿子。王申怒道:"你这人,娶了新媳妇,高兴地梦游了吗?人家小两口洞房花烛,你去搅和个啥!"王妻想想:"难道是自己做了婆婆,舍不得儿子的缘故?"她胡思乱想着,迷迷糊糊又进入了梦乡,梦中,儿子满身是血,声嘶力竭地大叫救命,王妻猛地起身,儿子一定出事了!

妻子接连做了两个一模一样的梦,王申也不复镇定,两人去叫儿子的门,不闻答应,又叫新媳妇儿,亦无应声。伸手猛推,然而门后顶着木棒,如何推得开?两人在外又推又喊,那么大的动静,门内一丝声息也无。老两口由疑而惊,由惊而惧,王申急了,取来斧子劈开门板,推倒顶门的木橡,终于将门打开,腥气扑面,一个没有眼皮、巨眼獠牙、蓝色皮肤的人形之物夺门冲出,眨眼不知去向。王申端着油灯入内一看,儿子全身只剩下一具头骨、数丛头发了。

  贞元中,望苑驿①西有百姓王申,手植榆于路傍成林,构茅屋数椽,夏月常馈浆水于行人,官者即延憩具茗。有儿年十三,每令伺客。忽一日,白其父:"路有女子求水。"因令呼入。女少年,衣碧襦②,白幅巾,自言:"家在此南十余里,夫死无儿,今服禫③矣,将适马嵬访亲情,丐衣食。"言语明悟,举止可爱。王申乃留饭之,谓曰:"今日暮夜可宿此,达明去也。"女亦欣然从之。其妻遂纳之后堂,呼之为妹。倩④其成衣数事,自午至戌悉办。针缀细密,殆非人工。王申大惊异,妻犹爱之,乃戏曰:"妹既无极亲,能为我家作新妇子乎?"女笑曰:"身既无托,愿执粗井灶。"王申即日赁衣贳⑤礼为新妇。其夕暑热,戒其夫:"近多盗,不可辟门。"即举巨橡捍而寝。及夜半,王申妻梦其子披发诉曰:"被食将尽矣。"惊欲省其子。王申怒之:"老人得好新妇,喜极呓言耶！"妻还睡，复梦如初。申与妻秉烛呼其子及新妇，悉不复应。启其户，户牢如键，乃坏门。阖才开，有物圆目凿齿，体如蓝色，冲人而去。其子唯余脑骨及发而已。

---

① 望苑驿：唐长安西行道上驿站，望苑原是汉武帝戾太子的宫苑所在，该驿位于马嵬驿与武功县驿之间。
② 襦：短衣。
③ 服禫 [dàn]：服丧期满。禫，丧满后除服的祭祀。
④ 倩：请人做某事。
⑤ 贳 [shì]：借贷、赊欠。

◎ 梦中的陌客

枝江县令张汀死后，儿子张省躬来到枝江县居庐守丧。

另有一位举人张垂，科举落第，客居于蜀，此人与张省躬素不相识。

唐文宗太和八年的一天，张省躬白日小睡，梦见一个陌生人，自称姓张名垂，与之欢聚整日，临去之前送给张省躬一首诗："戚戚复戚戚，秋堂百年色。而我独茫茫，荒郊遇寒食。"张省躬一惊而醒，忙将诗句抄录下来，过了几天就去世了。

> 枝江县①令张汀子名省躬，汀亡，因住枝江。有张垂者，举秀才②下第，客于蜀，与省躬素未相识。太和八年，省躬昼寝，忽梦一人自言姓张名垂，因与之接，欢狎弥日。将去，留赠诗一首曰："戚戚复戚戚，秋堂③百年色。而我独茫茫，荒郊遇寒食。"惊觉，遽录其诗。数日卒。

---

① 枝江县：今湖北枝江。
② 举秀才：唐代秀才一科，唐高宗后即式微湮没，至文宗朝已取缔多年。因此故事中的张垂或是初唐人，故谓"秋堂百年色"，喻指自己故世百年，寂寞孤凄。
③ 秋堂：书生攻习课业之所。

◎ 豪侠伏妖

江淮人何亚秦神力惊人，能挽三百斤强弓，一次遇到两牛牴角相斗，举手而分，因为使力不慎，把一头牛的角都掰断了。又有一次路过蕲州，遇到一人，身长六尺，长须垂胸，形貌颇为威武，见了何亚秦，喊道："喂，你背我过桥。"何亚秦疑心这厮不是人类，但夷然不惧，说背就背。走了没几步，忽觉一丝奇寒直钻入脑，猛地将那人往交午柱上一摔，发拳便打，那人倏地变成了一株杉树。然而何亚秦这一拳何等巨力，那人就算匆忙变成了树，毕竟还是禁受不起，树皮渗出血来，流了一升有余。

江淮有何亚秦，弯弓三百斤，常解斗牛，脱其一角。又过蕲州①，遇一人，长六尺余，髯而甚，口呼亚秦："可负我过桥。"亚秦知其非人，因为背，觉脑冷如冰，即急投至交午柱②，乃击之，化为杉木，沥血升余。

---

① 蕲州：今湖北黄冈蕲春县北。
② 交午柱：竖立在十字路口的路标。

◎ 勾魂使者

唐穆宗长庆初年，洛阳利俗坊有个百姓，赶着几辆大车出行。出得长夏门，遇到一人，背上负着口生麻绳捆扎的布袋，要求将布袋寄放在车中，百姓许了，那人告诫百姓说，千万不要打开口袋，说完径自返回利俗坊而去。那人去了不久，布袋中突然发出哭声，百姓解开一看，里面是个仿佛牛胎盘的东西，以及数尺黑绳。百姓心中惊疑，忙重新系好。过得片刻，那人从后面赶了上来，道："我脚痛，能否搭你的车，带我走几里地？"百姓已知此人不凡，不敢违拗。那人上车拿起布袋一看，面露不悦之色："我不是说了不要擅动此物，你怎的不听？"百姓慌忙道歉，那人道："实不相瞒，我并非人类，此番是奉了冥司之令，出来收五百条人命的。向日已去过陕州、虢州、晋州、绛州。你们这地方的人，虽然多患虫病，但只收了二十五条性命而已。如今正要赶往徐州、泗州一带补足余数。"停了一停，又道："你知道我说的虫病吗？就是赤疮病。"百姓唯唯否否，哪里敢胡乱搭话。那人坐在车上走了两里，跳下来道："公务有期，不能久留了，你是可享高寿的，不必担心。"背起口袋，倏忽不见。这年夏天，全国赤疮病大流行，但死者不众。

长庆初，洛阳利俗坊①有百姓行车数辆，出长夏门②。有一人负布囊，求寄囊于车中，且戒勿妄开，因返入利俗坊。才入坊，内有哭声起。受寄者发囊视之，其口结以生绠，内有一物，状如牛胞③，及黑绳长数尺，百姓惊，遽敛结之。有顷，其人亦至，复曰："我足痛，欲憩君车中数里，可乎？"百姓知其异，许之。其人登车，览其囊不悦，顾曰："何无信？"百姓谢之。又曰："我非人，冥司俾予录五百人，明历陕④、虢⑤、晋⑥、绛⑦，及至此，人多虫，唯得二十五人耳。今须往徐、泗⑧。"又曰："君晓予言虫乎？患赤疮⑨即虫耳。"车行二里，遂辞："有程，不可久留。君有寿者，不复忧矣。"忽负囊下车，失所在。其年夏，天下多患赤疮，少有死者。

---

① 利俗坊：唐代洛阳城并无"利俗"一坊，或是"正俗坊"，此坊恰好距位于城南的长夏门较近。
② 长夏门：唐代洛阳城东南门。
③ 胞：包着胞衣的胚胎。
④ 陕：陕州，今河南三门峡。
⑤ 虢：虢州，今河南灵宝县。
⑥ 晋：晋州，今山西临汾。
⑦ 绛：绛州，今山西运城新绛县一带。
⑧ 泗：泗州，相当于今江苏泗阳、宿迁、邳州、睢宁等市县地。
⑨ 赤疮：也叫"火赤疮"，皮肤起燎浆水疱，小如芡实，大如杏核，皮破流津，缠绵不愈为主要表现的皮肤病。

◎ 擒气袋

事情发生在唐宪宗元和年间。长安城光宅坊有居民病笃，已经奄奄一息，家人请来僧侣持经念咒，希望聊尽人事。一天夜里，妻子儿女都守在病人身旁，恍惚见一条人影闯了进来，家人上前喝问，那人倏地躲进屋角一口大瓮中。

自请入瓮，偏有这么蠢的贼子！家人煮了开水倒进去，要烫得他半死再捉，良久却不闻声息，探手一捞，捞出一只怪模怪样的口袋。

有那识货之人认了出来，说这是冥界的"搐气袋"，死神鬼吏专以此物收取活人阳气，阳气一尽，人便要死了。

说话之间，只听空中一个声音哀哀恳乞，请求归还口袋，表示会另找他人吸取阳气，不再碰这家的病人。这家人掷还口袋，病人的情势果然随之好转，很快就康复了。

元和中，光宅坊百姓失名氏，其家有病者将困，迎僧持念，妻儿环守之。一夕，众仿佛见一人入户，众遂惊逐，乃投于瓮间。其家以汤沃之，得一袋，盖鬼间所谓搐气袋①也。忽听空中有声求其袋，甚哀切，且言："我将别取人以代病者。"其家因掷还之，病者即愈。

---

① 搐气袋：字面意思是"束缚气的口袋"或"抽取气的口袋"。

◎ 可亲的虱子

相传人之将死，虱子就会离开身体。也有人说捉了病人身上的虱子放在床前，观其行为，可以判断病情走向：若虱子返身向病人爬去，说明病还有救；若虱子弃病人而去，意味着病人难逃一死。

相传人将死，虱离身。或云取病者虱于床前，可以卜病。将差，虱行向病者，背则死。

◎ 雷穴

兴州境内有个洞窟，名叫雷穴，洞窟下半部分常常为水所没。每次天上打雷，洞里就会有鱼随流而出。当地百姓一听见雷声，便绕树布网，收获极丰。就算不打雷时，渔人在洞口击鼓，也会有鱼游出，只不过数量只及打雷时的一半。此事是兴州刺史韦行规写给亲友的信中提到的。

兴州①有一处名雷穴，水常半穴。每雷声，水塞穴流，鱼随流而出。百姓每候雷声，绕树布网，获鱼无限。非雷声，渔子聚鼓于穴口，鱼亦辄出，所获半于雷时。韦行规②为兴州刺史时，与亲故书说其事。

---

① 兴州：今陕西汉中略阳县。
② 韦行规：即《盗侠卷》那位轻慢箍桶老人，被飞箭吓破胆的剑客。

◎ 白发羽客

唐德宗贞元年间，长安务本坊一户人家筑墙，打地基时挖出口石棺，撬开一看，里面布满了蛛丝状的东西，微风拂过，便轻飘飘飞走了。围观者仰脸去看，石棺之底突然站起一人，满头白发，长达丈余，振衣出门而去，不知所踪。这户人家后来也没怎么样。

这位白发怪客，乃是道门中一位修习太阴炼形的高人，此辈为保护躯壳不被人兽风雷毁去，往往自困于石棺等密闭器物之中，等到功成圆满，会操纵冥冥之力，指引俗人把他们挖出。

关于太阴炼形，本书《玉格》部分有较详述录。那丝状物，或许是太阴炼形者为防御外物袭扰结成的"茧"。

> 上都务本坊，贞元中有一家，因打墙掘地，遇一石函。发之，见物如丝满函，飞出于外。惊视之次，忽有一人起于函，被白发，长丈余，振衣而起，出门失所在。其家亦无他。前记之中多言此事，盖道门太阴炼形，日将满，人必露之。

◎ 自生石

于季友任和州刺史时，江畔有座庙宇，许多渔夫聚在庙前垂钓。有渔夫下网捕鱼，收网时觉得十分吃力，网子都扯破了，等到收上来一看，渔网之中裹着个拳头似的怪石。渔夫不敢擅作处置，拿到寺庙，请和尚放入佛殿。那石头能自行生长，一年之间长了四十斤。这件事是员外郎张周封在入蜀的路上，亲眼见到的。

于季友①为和州②刺史，时临江有一寺，寺前渔钓所聚。有渔子下网，举之重，坏网，视之，乃一石如拳。因乞寺僧置于佛殿中，石遂长不已，经年重四十斤。张周封员外入蜀，亲睹其事。

---

① 于季友：河南人，司空于頔第三子。曾为绛、宋、明等州刺史，尚宪宗永昌公主，拜驸马都尉。
② 和州：今安徽马鞍山和县。

◎ 怪梦

进士王恽，文藻高雅，才华风流，尤其擅长描摹物态，所写《送君南浦赋》备受当时文人推崇。唐武宗会昌二年，王恽友人陆休符梦见自己被捉到一处，有仆役将他拦在屏风之外，见几十个囚犯似的人站在那里，王恽也在其中。陆休符上前搭话，王恽脸上若有愧色，支吾不应，陆休符拉着他再三相问，王恽垂泪道："近来被强派了一份职司，不愿让人知道。"一指那几十人道："这些人也跟我一样。"陆休符还要细细查问，一阵恍惚醒了过来。当时王恽正去往扬州，他的妻儿住在太平坊附近。陆休符思来想去，越想越觉得梦境不对劲，天一亮便去访王恽家人，见了一封王恽行至洛阳时写的家书，这才稍稍放心。七天之后，王恽的死讯突然传来，讣告上所写的死亡时间，正是陆休符做梦的那天晚上。

进士王恽①，才藻雅丽，犹长体物②，著《送君南浦赋》，为词人所称。会昌二年，其友人陆休符，忽梦被录③至一处，有驺卒④止之屏外，见若胥靡⑤数十，王恽在其中。陆欲就之，恽面若愧色。陆强牵与语，恽垂泣曰："近受一职司，厌人闻。"指其类："此悉同职也。"休符恍惚而觉。时恽往扬州，有妻子居住太平侧。休符异所梦，迟明访其家信，得王至洛书。又七日，其讣至。计其卒日，乃陆之梦夕也。

---

① 王恽：牛僧孺写过一卷志怪小集《幽怪录》，后世有观点指认《幽怪录》的作者不是牛僧孺，而是王恽，鲁迅先生在《破〈唐人说荟〉》一文中曾予以厘正。除此之外，其人事迹、履历皆不详。

② 体物：摹状事物。
③ 录：逮捕。
④ 驺卒：掌管车马的差役。亦泛指一般仆役。
⑤ 胥靡：古代服劳役的奴隶或刑徒。

◎ 书吏暴卒

金州军事典直邓俨去世多年后，唐武宗会昌元年，他从前的下属，一个叫蒋古的书吏突然心痛猝死。

蒋古一缕幽魂飘飘来到阴曹，愕然发现老上司邓俨正等在那里。邓俨见他到来，满面喜色道："老蒋，你不用害怕，是我把你叫来的。我现在手上工作太多，你笔下功夫最了得，就先在这里待一阵子，替我拟个几百份文件。"蒋古左右顾盼，但见黑纸红字的文件，堆满了整个房间，又惊又怒："生前就天天逼我加班，死了也不放过我，还要拉我下来加班，世上哪有这样混账的领导！"忙撒谎道："近日伤了右臂，无法握笔，恐怕爱莫能助了。"旁边一人对邓俨道："既然不能写字，就让他回去吧。"邓俨不悦，却也无可奈何，草草打发人把他送了回去，蒋古被推入一个大坑，遽然惊醒，接着大病一场，右臂从此残废。

> 武宗元年，金州①军事典②邓俨先死数年，其案下书手③蒋古者，忽心痛暴卒。如有人捉至一曹司，见邓俨，喜曰："我主张甚重，籍尔录数百幅书也。"蒋见堆案绕壁，皆涅楮④朱书，乃绐曰："近损右臂，不能搦管。"有一人谓邓："既不能书，令可还。"蒋草草被遣还，陨一坑中而觉。因病，右手遂废。

① 金州：今陕西安康。
② 军事典：军事典直，幕职的一种，唐时诸州军院置。
③ 书手：文书，从事文字工作的书吏。
④ 涅楮：黑色纸张。

◎ 灯中手

姚司马寓居汾州，宅后横过一条潺潺的小溪，那是孩子们的乐园，姚司马两个尚未出阁的女儿常常带了鱼竿到溪畔垂钓。当然，小孩子家主要是玩乐，并无真正的钓技，因此从没钓起过什么。

某天，忽然鱼竿弯曲，各自钓得一条怪鱼。那鱼遍体生毛，似鳣非鳣，似鳖非鳖，全家人都不认识，姑且养在了盆子里。

过了一年，两个女儿的精神状况越来越古怪，常常整夜整夜地掌灯缝衣、染布，片刻也不休息，但这些针线活，既不是给自己，也不是为家人做的。又过了半年，女儿们病势益发加剧了。一天晚上，姚家人在灯下赌钱游戏，忽见灯下伸出两只小手，一个声音叫道："拿个钱来。"姚家人都吓了一跳，疑心是鬼怪作祟，有人便往那小手上吐唾沫，那声音又道："我是你家的女婿，你怎敢如此无礼！"从此以后，两只小手隔三差五地出现，一个自称叫"乌郎"，一个叫"黄郎"，渐渐与姚家人相熟了。

当时杨元卿为汾州刺史，他跟姚司马是故交，请姚在署中帮忙。听说姚家出了这等怪事，也不胜惊异，当即写下一封十分恳切的书信寄送长安，拜托方外之交瞻法师法驾一莅。瞻法师佛法深湛，精于持念驱邪之术，是名动京城的驱妖师。来到姚家，先用红绳圈起结界，连结手印，仗剑行法，召妖物前来，继而在结界之外设下祭物和一盆酒。中夜时分，有个外形如牛的怪物无声无息凑到酒盆前，低头而嗅。瞻法师早已等候多时，一声暴喝，挺剑疾刺，这一剑蓄势以发，乃是法师真力之所聚，只见清光一闪，那怪物吼啸跳掷，猛地将身一拧，带着插入体内的长剑，如飞地消失在黑夜中。法师大声招呼从人燃起火把，往地上一照，一溜血线，直延入后宅房屋。众人举火入房，但见角落里伏着一只黑色皮囊似的东西，大如土筐，正像风箱般剧烈喘息，原来这就是那"乌郎"的本体了。法师命人积薪焚烧，臭气四溢，弥漫十余里。

乌郎死后，大女儿的病霍然而愈。每到风雨之夜，姚家满院鬼哭啾啾，小女儿仍症状如故。法师知道，故技不能重施，再拿诱杀乌郎那一套对付黄郎，恐怕难以奏功。这次他决定硬来，趁小女儿不备，高举金刚杵一声暴吼。相传昔日佛祖初诞，一手指天，一手指地，作狮子吼云："天上天下，惟吾独尊。"佛门狮子吼，原具驱魔大力，小女儿吃这巨吼一震，满头大汗，呆若木鸡。法师瞥眼看见小女儿衣带上系着个黑色袋子，令侍婢解下，里面收着一枚小钥匙。拿到小女儿房中搜出一口筐箧，装满了给死人随葬用的衣服，诡异的是，所有衣服皆为黄色和黑色。

法师假期将满，没有彻底为小女儿化尽妖毒，便先行返京了。次年，姚司马解职入京，带着女儿拜谒法师，法师花了十天时间，将女孩体内残存妖气尽数逼入手臂，手臂肿起个菜瓜大的肿泡，法师下针刺破，放出数合毒血，终于痊愈。

姚司马者，寄居汾州①，宅枕一溪。有二小女常戏钓溪中，未常有获。忽挠②竿各得一物，若鳣③者而毛，若鳖者而鳃。其家异之，养以盆池④。经年，二女精神恍惚，夜常明灯锉针⑤，染蓝涅皂，未常暂息，然莫见其所取也。时杨元卿⑥在邠州⑦，与姚有旧，姚因从事邠州。又历半年，女病弥甚。其家张灯戏钱，忽见二小手出灯下，大言曰："乞一钱。"家人或唾之，又曰："我是汝家女婿，何敢无礼。"一称乌郎，一称黄郎，后常与人家狎熟。杨元卿知之，因为求上都僧瞻，瞻善鬼神部，持念治魅，病者多著效。瞻至其家，摽⑧红界绳，印手敕剑召之。后设血食盆酒于界外。中夜，有物如牛，鼻于酒上。瞻乃匿剑，躧步⑨大言，极力刺之。其物匣刃而走，血流如注。瞻率左右明炬索之，迹其血至后宇角中，见若乌革囊，大可合簣⑩，喘若鞴囊⑪，盖乌郎也。遂毁薪焚杀之，臭闻十余里。一女即愈。自是风雨夜，门庭闻啾啾。次女犹病，瞻因立于前，举伐折罗⑫叱之，女恐怖洇额⑬。瞻偶见其衣带上有皂袋子，因令侍婢解视之，乃小篑⑭也。遂搜其服玩，篑得一簣，簣中悉是丧家搭帐衣⑮，衣色唯黄与皂耳。瞻假将满，不能已其魅，因归京。逾年，姚罢职入京，先诣瞻，为加功治之。浃旬，其女臂上肿起如疟⑯，大如瓜。瞻针刺之，出血数合，竟差。

---

① 汾州：今山西汾阳。
② 挠：弯曲。
③ 鳣［zhān］：一种无鳞的大鱼。也指鳝鱼。
④ 盆池：埋盆于地，引水灌注而成的小池。
⑤ 锉针：缝衣。
⑥ 杨元卿：(763—833年) 申州钟山县（今河南信阳）人，少有狂气，青年时代，白衣游仕淮西，谒见节度使吴少诚，辟入幕府。历事吴少诚、吴少阳、吴元济三任节帅（吴元济未获正式任命），因不满少阳、元济父子跋扈不臣，杨元卿暗通朝廷，以替吴元济入京结纳朝臣为由，离开淮西，将本镇兵力部署等大量情报上奏。事泄，吴元济为泄愤报复，将其妻子和四个儿子杀害并将尸首砌进城墙箭垛。朝廷悯赏他毁家报国的忠忱，特加礼遇，授太子仆射、光禄少卿，吴

元济讨平，迁汾州刺史。穆宗朝，改泾州刺史，历泾原节度使、河阳节度使、宣武节度使等。文宗太和七年拜太子太保，同年病故，赠司徒。史书说他"性险巧，好聚敛，善结交"，他曾建言唐宪宗借度支钱，淮西平后又奏请往取吴元济藏匿的宝藏，种种慕利之端，史家臧否，可见一斑。

⑦ 邠州：辖境相当于今陕西彬州、长武、旬邑、永寿四市县地。

⑧ 摽：捆绑、缠绕。

⑨ 蹝 [xǐ] 步：步伐轻快貌。

⑩ 蒉 [kuì]：盛土的筐子。

⑪ 鞴 [bèi] 囊：皮制鼓风器。

⑫ 伐折罗：药师十二神将之一，意译为"金刚"，主领夜叉众，守护佛法，为夜叉神王之上首；也指该神将所执的法器金刚杵。

⑬ 泚 [cǐ] 额：额头冒汗。

⑭ 籥 [yuè]：钥匙。

⑮ 搭帐衣：襚衣，旧时吊丧者送给死者用以随葬的衣物。

⑯ 沤：水泡。

◎ 蜂人

洛阳龙门有一处，相传是古仙人广成子居所。天宝年间，北禅宗雅禅师在此建寺，庭院多植古桐，枝干拂地。一年桐花方开，飞来一种奇异的蜂虫，其声清亮，仿佛人类吟咏。禅师仔细观察，但见那蜂长得如人一般，只是长着寸许长的翅膀而已，不禁讶然，这真是未闻未见之物。他用竹条和巾子编成简易虫网，捉到一只，养在纱笼里，思量着此虫集于桐树之上，多半喜食桐花，于是采来不少，置于其旁。隔天再去看时，那些桐花都被堆在笼子的一角，微微可闻哀叹之声。须臾，忽有几只蜂人飞落笼上，隔笼低语，似乎在安慰笼中之蜂。几天之间，更多的蜂人络绎而至，甚至还有乘着小车小轿子来的，数以百计，麇集笼外。禅师看它们这兴师动众的模样，好像并不怎么害怕人类，但他还是不拟露面，悄悄躲在柱后凝神细听。只听众蜂人七嘴八舌地同笼中者交谈，语声甚微，一人道："孔升翁不是早就给你占卜过，说你将有灾劫临头，你忘了么？"另一人道："你已是不死之身，有什么好怕的。"又一人道："喂喂，我跟青桐君下棋，赢了他十幅琅玕纸，你若答应出来后替我作一首《星子词》，我就救你出来。"禅师听了半天，云山雾罩，它们所谈的似乎都不是人间之事。到了傍晚，来探监的蜂人一个个都走了，禅师才转将出来，打开笼子，放了那蜂人离开，并通诚默祷，致以歉意。过了两天，有个仙女似的娇小人儿，身长三尺，披一袭黄纱，凌空飞至禅师门前道："我是三清使者，谨奉上仙之命，向法师致谢。"言毕消失。从此以后，那些小飞人再也没出现过。

  东都龙门有一处，相传广成子①所居也。天宝中，北宗②雅禅师者，于此处建兰若。庭中多古桐，枝干拂地。一年中，桐始华，有异蜂，声如人吟咏。禅师谛视之，具体人也，但有翅长寸余。禅师异之，乃以卷竹幕巾网获一焉，置于纱笼中。意嗜桐花，采华致其傍。经日集于一隅，微聆吁嗟声。忽有数人翔集笼者，若相慰状。又一日，其类数百，有乘车舆者，其大小相称，积于笼外，语声甚细，亦不惧人。禅师隐于柱听之，有曰："孔升翁③为君筮不祥，君颇记无？"有曰："君已除死籍，又何惧焉。"有曰："叱叱，予与青桐君弈，胜获琅玕纸十幅，君出可为礼星子词，当为料理。"语皆非世人事。终日而去。禅师举笼放之，因祝谢之。经次日，有人长三尺，黄罗衣，步虚止禅师屠苏④前，状如天女："我三清⑤使者，上仙伯⑥致意多谢。"指顾间失所在。自是遂绝。

---

① 广成子：上古仙人，黄帝之师，寿一千两百岁。
② 北宗：北禅宗，为南宗禅之对称。禅宗五祖弘忍门下大通神秀，弘法于北方，故称北宗。五祖入寂后，神秀迁至江陵当阳山，力主渐悟之说，其教说盛行于长安、洛阳等北地；弘忍另一弟子六祖慧能则于韶州曹溪山说法教化，主张顿悟之思想，蔚成南宗禅。
③ 孔升翁：或指"元载孔升大帝"，《度人经》称真定光者，位极西方八天之一。
④ 屠苏：门前的屏风。
⑤ 三清：道教指玉清、上清、太清三清境。
⑥ 仙伯：仙长。

◎ 蜀山仙踪

  宪宗元和十三年，日本僧金刚三昧和蜀僧广升在峨眉县，与同邑之人相约共游峨眉山，大家雇了个脚夫，替他们背着书卷、干粮什物。峨眉山南侧野径险仄，脚夫走得不快，大伙儿走一程，就需停下等一会儿。行到一个山角，众人又停步等脚夫赶上，却见脚夫转身进了一个石缝中。广升是最先瞧见的，忙上前去拉，却拉不出来。眼见那石缝极窄，人体原本不可能塞得进去，但脚夫毕竟进去了，倒像是他有什么奇异的本领，能令石缝为他张开一样。众人将衣服扎成一束，又割了好些藤蔓，接成长绳，伸入石缝，教脚夫绑在腰上，才把他拉了出来。人刚出来，那石缝便似蚌壳般随之合拢。众人惊奇，问脚夫为什么好端端的钻进石缝，脚夫道："这石缝里住着个道士，我以前经常来此地砍柴，每次路过，他总要喊我进去帮他捣药。刚才又看见他在里面相召，我糊里糊涂就进去了。"

倭国僧金刚三昧①，蜀僧广升，峨眉县，与邑人约游峨眉，同雇一夫，负笈荷糗②药。山南顶径狭，俄转而待，负笈忽入石罅。僧广升先览，即牵之，力不胜。视石罅甚细，若随笈而开也。众因组衣断蔓，厉③其腰胁出之。笈才出，罅亦随合。众诘之，曰："我常薪于此，有道士住此隙内，每假我舂药。适亦招我，我不觉入。"时元和十三年。

---

① 金刚三昧：日本游方僧，籍贯不详，为段成式同代人，曾在唐逗留。《贝编》部分，段郎述及与该僧交谈，得知他来华后赴中印度，游那烂陀寺。
② 糗：干粮。
③ 厉：衣带的下垂部分，引申为提着、缚着。

◎ 怪婴

长安僧人太琼，能讲《仁王经》。开元初年，太琼到奉先县京遥村讲经，驻锡在村庙里，一住住了两年。一天清晨起身，他拿着钵盂要去饭堂就食，随手将房门一掩，门上"啪"地一声，掉下个东西。那时天才破晓，借着熹微的晨光一看，掉落之物，竟是个婴儿，襁褓还是崭新的。太琼好生惊异，这是谁家的孩子，怎地放在我卧房门上？左右看看，并无人迹，只好揣在袖子里，打算去问问村民。走出五六里，觉得袖中变轻了，拿出来一看，哪里是婴儿，原来是把破扫帚。

上都僧太琼者，能讲《仁王经》①。开元初，讲于奉化县②京遥村，遂止村寺。经两夏，于一日，持钵将上堂，阖门之次，有物坠檐前。时天才辨色，僧就视之，乃一初生儿，其襁褓③甚新。僧惊异，遂袖之，将乞村人。行五六里，觉袖中轻，探之，乃一弊帚也。

① 《仁王经》：《佛说仁王般若波罗蜜经》，鸠摩罗什译。"仁王"指印度十六大国的国王，传说佛为使诸国安稳，向十六国国王讲说此经，国王受持，其国七难不起，灾害不生，万民丰乐，是故此经与《法华经》《金光明经》并称护国三部经，具有祈福佑民的意义。自南北朝陈武帝以降，多朝君王敕令定期举行法会，请大德高僧讲示此经，如唐太宗贞观三年诏令京城僧尼，每月二十七日行道，设会讲诵，为国祈福。
② 奉化县：在今浙江宁波，开元二十六年始置。《太平广记》引本文作"奉先县"，即今陕西渭南蒲城县，唐时隶属京兆府。京兆府另辖一"奉天县"，即今陕西咸阳乾县。奉先、奉天两县地望，皆滨近上都长安，本文奉化之"化"字，或为"先"或"天"字之讹。
③ 褫裼 [tì]：褫褓。

◎ 白衣少年

陕州西北白径岭有个叫逻村的村子，村民田氏打井时，在地下挖到一块不知什么植物的根，粗如人臂，分成多节，结节处膨大，皮似茯苓，气味像白术。这家人崇奉佛法，家里供着几十尊佛像，便将那根也摆在了佛像前。田氏有女，闺名叫登娘，二八年纪，容貌甚美，父亲常命她料理奉佛的香烛。挖到根的第二年，登娘时时见一个白衣少年，趿着鞋子，在佛堂间进进出出。登娘为其倾倒，二人有了私情，田氏只觉得女儿精神举止渐异往常，却不知是什么缘故。

又一年春，那块根开始萌发新芽，登娘也有了身孕。这件事无论如何是掩藏不住的，登娘只好告诉了母亲。母亲大为惊诧："什么白衣少年，我怎么没见过？我们家门户严密，怎么可能有陌生人随意进出，我们却一次都没察觉？"思来想去，疑心是那块根在作怪。

这天，有个游方和尚路过田家门前，田家极力留下和尚在家供养。和尚欲待进入佛堂礼佛，总是被不明力量所阻，无法踏入一步。一日，登娘随母外出，和尚又去推佛堂的门，才一推开，一只鸽子掠过头顶飞了出去。傍晚登娘回到家，说那白衣少年不见了，田家人去看那块根时，已完全朽烂。

登娘怀胎七个月便即临盆，生下一块怪模怪样的东西，分作三节，样子与那根颇为相似。田家人将那东西付之一炬，后来倒也没再发生过什么怪事。

段成式在故事最后感叹道：在下原来听道士说过，举凡枸杞、茯苓、人参、白术之类，形状有异的，常人服食，可以延寿。倘是不食荤腥、不近女色的炼气之士服了,必可得成地仙。田氏有缘无分,怀有至宝而不能善用,竟当成妖怪给烧了,这么做合适吗?

精怪们的处境太难了。植物"修炼"本就不易,天时、地利、诸般机缘凑巧,庶几成精有望,刚刚出现点希望,就被你们挖出来吃了。

陕州①西北白径岭②上逻村村人田氏,常穿井得一根,大如臂,节中粗,皮若茯苓③,气似术④。其家奉释,有像设数十,遂置于像前。田氏女名登娘,年十六七,有容质,父常令供香火焉。经岁余,女常见一少年出入佛堂中,白衣蹑履,女遂私之,精神举止有异于常矣。其物根每岁至春擢芽,其女有娠,乃以其事白于母。母疑其怪,常有衲僧过门,其家因留之供养。僧将入佛宇,辄为物拒之。一日,女随母他出,僧入佛堂,门才启,有鸽一只,拂僧飞去。其夕,女不复见其怪。视其根,顿成朽蠹。女娠才七月,产物三节,其形如像前根也。田氏并火焚之,其怪亦绝。

成式常见道者论枸杞、茯苓、人参、术形有异,服之获上寿。或不荤血、不色欲遇之,必能降真⑤为地仙矣。田氏无分,见怪而去,宜乎。

---

① 陕州:今河南三门峡市。
② 白径岭:亦名石门,为中条山之别岭,在今山西运城东南。
③ 茯苓:寄生在松树根上的菌类植物,形似甘薯。
④ 术[zhú]:白术、苍术等菊科苍术属植物,多可入药。
⑤ 降真:神仙降临,此处指成仙。

◎ 火精灵

唐敬宗宝历二年夏,明经范璋住在梁山读书。一天深夜,被厨房中拖拽物品的声响吵醒,他倦意正浓,以为是什么野兽在偷食,懒得起身去看。次日清晨来到厨下,只见灶台上整整齐齐码放着一束五寸来长的柴枝,地上颤巍巍堆叠着五个馒头。

几天后的一夜,怪声又出现了,这次不是在厨房,而是逼近了门外,撞门不止,跟着一串婴儿般的诡怪笑声转往厅堂,静夜之中,令人毛骨悚然。怪声持续了两晚,到第三天夜里，那东西又开始发笑，范璋忍无可忍，绰根木棍在手，猛然追了出去，只见一个小狗似的东西呆在那里，范璋举棍欲打，那东西忽然解体，散为漫野火苗，良久而灭。

> 宝历二年，明经范璋居梁山①读书。夏中深夜，忽听厨中有拉物声，范慵省之。至明，见束薪长五寸余，齐整可爱，积于灶上，地上危累蒸饼②五枚。又一夜，有物叩门，因转堂上，笑声如婴儿。如此经二夕。璋素有胆气，乃乘其笑。曳巨薪逐之。其物状如小犬。璋欲击之，变成火满川，久而乃灭。

---

① 梁山：中国有多座梁山，除了《水浒》的山东梁山，今陕西韩城、陕西乾县、陕西南郑县、安徽和县皆有，未详本文何指。
② 蒸饼：类似馒头。

◎ 画马

那是唐德宗建中初年，有人牵马去看兽医，说马蹄子上生了病，愿出二十钱求治。兽医阅马无数，但此马毛色骨相，却是生平仅见，他看了半天，笑道："尊驾这匹马，倒像是韩干画出来的，不似真马。"当下请马主牵着，绕坊市大门走一圈，他自己跟在后面观察。走着走着，恰好遇到韩干，韩干一见那马，也大吃一惊道："这不是我画的马吗？"他抚摸着马的皮毛，啧啧称奇，说这才知道，随意创作之物，冥冥之中必有相似者。

那马前腿有伤，走路时一瘸一拐，韩干暗中留心，回家找出画一看，画上的马，前腿赫然有一块缺墨，方知原来真的是画作通灵了。

兽医为医治那匹马所收的诊金药费，经过几次辗转使用后，尽数变成了泥钱。

> 建中初，有人牵马访马医，称马患脚，以二十镮①求治。其马毛色骨相，马医未常见，笑曰："君马大似韩幹②所画者，真马中固无也。"因请马主绕市门一匝，马医随之。忽值韩幹，幹亦惊曰："真是吾设色者。"乃知随意所匠，必冥会所肖也。遂摩挲，马若蹶，因损前足，幹

心异之。至舍，视其所画马本，脚有一点黑缺，方知是画通灵矣。马医所获钱，用历数主，乃成泥钱。

① 镪：代指铜钱；有时作为量词，表示一百枚铜钱。此处指前者。
② 韩幹：韩干（约706—783年），唐代画家，擅画马。少年时做过酒肆伙计，"诗佛"王维风尘巨眼，看出此子不凡，资助他学画，十余年技艺有成，应唐玄宗之召为宫廷画师，官至太府寺丞。有《照夜白图》《牧马图》《神骏图》等存世。

牧马图

◎ 太岁头上动土

俗话说"太岁头上莫动土"，古人认为太岁神所在的方位指示大凶，绝不可破土动工。莱州即墨县的百姓王丰，却从来不信这一套，有一次他在自家院子的太岁方位挖坑，挖出一块肉，其大如斗，在泥土中蠕蠕而动。

王丰冷汗直冒，忙铲土填坑，要把肉块重新埋好。但那肉块一经出土，就不肯复回，身体急剧增长，不断从土中钻出，王丰埋得越快，它钻得也越快。王丰大惧，工具一扔，逃入房中。第二天，远近乡邻目睹了一件恐怖的奇景，王丰家的庭院，被一块巨大的肉块塞得满满当当。数日之间，王丰兄弟三人以及奴婢全部暴病而亡，全家唯有一个女儿活了下来。

> 莱州即墨县有百姓王丰兄弟三人。丰不信方位所忌，常于太岁上掘坑，见一肉块，大如斗，蠕蠕而动，遂填。其肉随填而出，丰惧，弃之。经宿，长塞于庭。丰兄弟奴婢数日内悉暴卒，唯一女存焉。

◎ 黑鱼谷

虢州玉城县有个黑鱼谷，唐德宗贞元年间，百姓王用到谷中伐木烧炭，作为营生之业。这天,他劳作半日,又饿又累,迟迟不见妻子送饭来。那谷底蕴着一泓小小的清潭,数步见方,水极清冽,两条尺许长的黑鱼徜徉其中。王用饥火难耐,扑进去捉了一条,烤食一尽,准备去捉另一条时,他弟弟赶了过来,见状惊道:"此鱼或是谷中灵物,大哥怎么随随便便就杀了?"没过一会,妻子也送饭来了,喊丈夫吃饭,王用充耳不闻,一味机械地伐木不已。良久良久,才一点一点转过脸,妻子吃了一惊,只见丈夫的脸孔变得怪异无比,忙大声招呼弟弟来看。王用好像非常难受的样子,突然撕裂衣衫,暴跳吼啸,化作一头老虎,飞奔入山林而去。

从此王用栖身山中,时常猎杀獐鹿,趁夜衔回家丢进院子。如此过了两年,一天黄昏,有人叩响王家大门,自称是王用,弟弟应声道:"我大哥三年前就变成老虎了,你是何方鬼怪,冒充我大哥的姓名?"门外那人道:"我就是你大哥!当年我妄杀黑鱼,遭了天谴,被冥司变为老虎,近来因为误伤人命,又被冥司打了一百脊杖。今天刑满释放,已经遍体鳞伤,快撑不住了,你快开门仔细瞧瞧,真的是我!"弟弟这时也听出那声音确是兄长无疑,欢天喜地抢去开门,只见门口站着个怪物,身体是人类,长着颗毛茸茸的硕大虎头,弟弟大叫一声,心胆迸裂而死。王家人听到动静,出来见了虎头人的模样,也都吓得四散奔逃,虎头人极口解释,谁人肯听?村中壮勇拿了棍棒铁锹赶到,不由分说,一顿乱打,虎头人被当场击毙。后来验尸的时候,发现这怪人身上有个黑痣,跟王用一模一样,才确信此人确是王用,但他的脑袋,至死都是一颗虎头没变。

整件事情的始末,是宪宗元和年间,赵齐约处士到黑鱼谷,亲耳听村民们述说的。

虢州五城县①黑鱼谷,贞元中,百姓王用业炭于谷中。中有水,方数步,常见二黑鱼,长尺余,游于水上。用伐木饥困,遂食一鱼。其弟惊曰:"此鱼或谷中灵物,兄奈何杀此!"有顷,其妻饷之。用运斤不已,久乃转面。妻觉状貌有异,呼其弟视之。忽褫衣号跃,变为虎焉,径入山。时时杀獐鹿,夜掷庭中。如此二年。一日日昏,叩门自名曰:"我用也。"弟应曰:"我兄变为虎三年矣,何鬼假吾兄姓名?"又曰:"我往年杀黑鱼,冥谪为虎。比因杀人,冥官笞余一百。今免放,杖伤遍体。汝第②视予,无疑也。"弟喜,遽开门,见一人,头犹是虎,因怖死。举家叫呼奔避,竟为村人格杀之。验其身有黑子③,信王用也,但首未变。元和中,处士赵齐约常至谷中,见村人说。

① 五城县：北魏有五城县，治所在今山西吉县一带，距虢州太远。本文"五"字或为"玉"字之误，玉城县，唐时隶属虢州，故治在今河南灵宝东南。
② 第：副词，但、且。
③ 黑子：黑痣。

◎ 长安疯妇

唐宪宗元和初年，长安义宁坊有个疯女人，不知姓谁名谁，人家都叫她五娘，常在永穆公主宅墙下逗留歇宿。当时金陵城也有个疯子，名叫信夫，此人却是一位风尘奇士，大夏天的拥着棉被睡觉，一滴汗也不出，凛冬之际袒身露体，也毫无瑟缩之态，成天歌哭无常，胡言乱语，但那些疯话中，时时杂以神奇的预言。

一次，中使茹大夫前往金陵公干，办完差事首途返程，忽有一人拦在马前，大声嚷嚷道："我妹子五娘在长安，你替我捎个东西给她！"茹大夫认得是疯子信夫，也听说过关于此人的种种奇异传闻，不敢怠慢，欣然答允。信夫从怀里掏出个小包裹，塞进茹大夫靴子里，道："你跟五娘说，没事就快点回来！"茹大夫一路晓行夜宿，不一日行到长安城外的长乐坡，那疯女人五娘已在路上相候了，望见茹大夫，笑道："我哥哥捎给我的东西呢，快给我。"从茹大夫手中接过包裹，也不避人，当道打开，里面是三件衣服。五娘大喜，毛手毛脚地套在身上舞动起来，一路大笑着回去了。第二天，有人在公主宅墙下发现了她的尸体，义宁坊居民可怜她，凑钱替她办了后事。次年，有人从江南来，说信夫也死了，死亡日期，正是五娘殒命的同一天。

元和初，上都义宁坊有妇人风狂，俗呼为五娘，常止宿于永穆①墙垣下。时中使②茹大夫使于金陵③，有狂者，众名之信夫，或歌或哭，往往验未来事，盛暑拥絮未常沾汗，沍寒④袒露体无拘折⑤，中使将返，信夫忽叫阑⑥马曰："我有妹五娘在城中，今有少信，必为我达也。"中使素知其异，欣然许之。乃探怀出一袱，内中使靴中，仍曰："为语五娘，无事速归也。"中使至长乐坡⑦，五娘已至，阑马笑曰："我兄有信，大夫可见还。"中使久而方悟，遽令取信授之。五娘因发袱，有衣三事，乃衣之而舞，大笑而归，复至墙下，一夕而死，其坊率钱葬之。经年有人自江南来，言信夫与五娘同日死矣。

① 永穆：应指永穆公主宅。唐朝有两位永穆公主，一是玄宗长女，宅于平康坊，后公主出家，舍宅为华封观；一是肃宗之女，宅邸位置不详。由于玄宗永穆公主宅已改为道观，本文所指可能是后者，据文，该宅邸或位于义宁坊。
② 中使：宫中派出的使者。
③ 金陵：唐代的金陵，一指今南京；一指润州（今江苏镇江），宋人王楙《野客丛书》：" 赵璘《因话录》言李勉至金陵，屡讚招隐寺标致。盖时人称京口亦曰金陵。"
④ 冱 [hù] 寒：极为寒冷。
⑤ 拘折：《太平广记》引本条作"跔折"，跔，指天寒筋脉抽搐，手足关节不能屈伸；折，疑应作"坼"，冻裂。
⑥ 阑：通"拦"。
⑦ 长乐坡：唐长安城东通化门七里外，俯临浐水，因名浐阪，隋文帝厌恶其名，改阪为坡，又因登坡可望汉长乐宫，更名长乐坡。

◎ 淮西军将

上文说到，有个鬼卒偷取人类阳气时遗失了法器搐气袋，类似的事情在宪宗元和年间还发生过一起。

淮西道一位军将奉派前往汴州，路上歇宿在驿店。夜半时分，刚要睡熟，只觉有个东西压在了自己身上。军将素来精悍，一挣而起，跟那东西动起手来。那东西不敌，想要退逃，冷不防所持的革囊被军将挟手夺了去。那东西大惊，躲在黑影里，请军将交还，军将不肯，那东西急了，苦苦恳求，军将道："你告诉我这是什么，我便还你。"那东西默然不语，良久才道："这……这是搐气袋。"军将也听说过所谓搐气袋，是鬼界异物专门用来吸人元阳的法器，那么方才这鬼趴在自己身上意欲何为，不言可知，登时大怒：刚才想杀了我，现在又要我交还凶器？哪有这样便宜的事！捞起一块砖头呼地砸去，黑影中声息俱无，想来鬼已经逃了。

这口搐气袋从此流落人间，据见者描述，此袋可盛装数升之物，全无缝织之迹，色如藕丝，最奇的是，在阳光下，竟没有影子。

元和中，有淮西道①军将使于汴州，止驿。夜久，眠将熟，忽觉一物压己。军将素健，惊起，与之角力。其物遂退，因夺手中革囊，鬼暗中哀祈甚苦。军将谓曰："汝语我物名，我当相还。"良久曰："此搐气袋耳。"军将乃举甓②击之,语遂绝。其囊可盛数升,无缝,色如藕丝,携于日中无影。

---

① 淮西道:唐肃宗置,治蔡州(河南汝南),宪宗元和十三年,吴元济之乱平定后废。
② 甓〔pì〕:砖头。

◎ 脉望

唐德宗建中末年,书生何讽买了一卷黄纸古书回家展读。在书页之中,翻出一束头发环成的发圈,直径四寸。

书里发现头发本来没什么,诡异的是,这束头发居然是闭环结构,没有发梢,没有发根,无头无尾,仿佛是个天然形成的圆圈。天下间决计不可能有这样的头发,何讽大奇,忍不住拿起剪刀铰成了两截。断发之处开始大量分泌液体,淋淋漓漓,滴了一升有余。何讽拿不准这究竟是什么东西,不敢再留,丢入火中,烧得干干净净,焚烧时的气味,倒跟烧头发差不多。

后来何讽跟道士谈起此事,道士不胜惋惜道:"足下注定是凡胎俗骨,遇到这等难得的仙缘,居然也错过了,可见命数如此,无可奈何。"何讽不解,求教缘故,道士道:"此物乃是蠹书的小虫'衣鱼'所化,名叫脉望。《仙经》有载:'衣鱼啃食书本时,只要吃掉三个跟神仙有关的字,就会变成此物。夜间持之对准天幕中央的星辰,可以召唤星使,求赐仙丹,以脉望中的液体送服,立时换骨升仙。'"何讽找出那本黄纸古书一看,数处被虫咬坏的地方,按上下文的意思判断,果然都是与神仙有关的字样,这才后悔不迭,哭倒在地。

建中末,书生何讽常买得黄纸古书一卷。读之,卷中得发卷,规四寸,如环无端,何因绝之。断处两头滴水升余,烧之作发气。讽尝言于道者,吁曰:"君固俗骨,遇此不能羽化,命也。据《仙经》曰:'蠹鱼三食神仙字,则化为此物,名曰脉望。夜以规映①当天中星,星使立降,可求还丹②。取此水和而服之,即时换骨上宾。'"因取古书阅之,数处蠹漏,寻义读之,皆神仙字,讽方哭伏。

① 规映：用该发圈比划星辰。
② 还丹：道家谓丹砂烧成水银后，放置到一定时间水银又还原成丹砂，叫还丹。

◎ 坠车

华阴县东七级赵村，村路被洪水冲断，村里人架桥通行。有个村民驱车过桥，桥墩突然断了，车子坠落桥下，村民弃之而去。三年后的一夜，村长过桥时，见一群小孩在桥下围着篝火嬉戏。村长瞧出异样，知道这是妖物所化，一箭射去，只听"笃"的一声，如中木板，篝火倏然熄灭，一个尖利的声音叫道："你射到我弟弟的头了！"待村长从县里回来，下桥一看，一个车轮子碎成了六七片，上面血迹斑斑，正钉着自己的那支箭。

　　华阴县东七级赵村，村路因水啮成谷，梁之①。村人日行车过桥，桥根坏，坠车焉，村人不复收。积三年，村正②尝夜度桥，见群小儿聚火为戏。村正知其魅，射之，若中木声。火即灭，啾啾曰："射著我阿连③头。"村正上县回，寻之，见败车轮六七片，有血，正衔其箭。

① 梁之：架设桥梁。
② 村正：村长。
③ 阿连：南北朝诗人谢灵运弟弟谢惠连的昵称。《宋书·谢灵运传》："惠连幼有奇才，不为父方明所知……（灵运）谓方明曰：'阿连才悟如此，而尊作常儿遇之。'"后世用以代指兄弟，如曾国藩为九弟曾国荃庆生作《沅圃弟四十一初度》："九载艰难下百城，漫天箕口复纵横。今朝一酌黄花酒，始与阿连庆更生。"

◎ 蜀地老妇

唐宪宗元和六年，李固言应考落第，游历巴蜀，遇到一位老婆婆，告诉他说："郎君明年芙蓉镜下及第，再过二十四年拜了宰相，还会回来节镇川蜀。老身这把年纪，是等不到郎君出将入相那一天了，但盼着郎君将来荣达后，能照拂照拂我的小女儿。"

第二年,李固言果然状元及第,诗赋的考题,确有"人镜芙蓉"一条。又过了二十年,李固言仕途荣升,老婆婆大老远地来到长安谒见,李固言已把她忘了,老婆婆请门房通传说:"我是昔日托你帮忙照拂小女的蜀地老妇。"李固言蓦然想起,忙换上公服,郑重其事地将老婆婆请进中堂,令妻子女儿出来拜见。一番寒暄,老婆婆道:"出将入相,看来是板上钉钉了。"李固言特设盛宴,为老婆婆接风,老婆婆什么都不吃,只喝了几杯酒,便站起来要走。李固言再三挽留不住,赠以金银衣饰,老婆婆也一概不要,最后实在却之不过,才拿了李妻一枚象牙梳子,请李固言在上面题了字,作为记认,道:"李相公若当真念老身的好,就请莫忘了日后照顾照顾我女儿。"李固言答应着,送到门口,转眼不见。

后来李固言出任西川节度使,一天在家含饴弄孙,他那姓卢的小外孙年满九岁,一直不会说话,这天突然摆弄起笔砚来。李固言逗他道:"你话都不会说,拿笔砚有什么用?"小外孙竟开口道:"外公若能依诺照顾好成都老婆婆的女儿,何愁我不能用笔砚。"李固言大惊,急派人分头去找那老妇的女儿。下属很快将老婆婆之女带到,这女子自称姓董,是个女巫,侍奉华山神君"金天神",并称有办法打开大帅外孙的语言关窍。李固言许了,女巫当即作法,召唤华岳三郎的神力,第二天一早,外孙果然能开口说话了。自此蜀人把董女巫奉作了神仙一般,女巫确也有不凡法力,但有祈请,无所不应,不数年积下了丰厚的财产,加上有节度使撑腰,大起鬼祠,无人敢管。

然而好景不长,李固言节镇川西不到三年,奉旨调任河中节度使。继任者崔郸一到,立即下令捣毁董女巫所立的一切祠庙,拉倒神像,丢进江中,判处董女巫杖刑,逐出西川。到段成式写下这段文字时,董女巫正托庇在李固言的女婿卢生家里,已然法力全失。

> 相国李公固言①,元和六年下第游蜀,遇一老姥,言:"郎君明年芙蓉镜下及第,后二纪拜相,当镇蜀土。某此时不复见郎君出将之荣也。"明年,果然状头及第,诗赋题有"人镜芙蓉"之目。后二十年,李公登庸②,其姥来谒。李公忘之,姥通曰:"蜀民老姥尝嘱季女③者。"李公省前事,具公服谢之,延入中堂见其妻女。坐定,又曰:"出将入相定矣。"李公为设盛馔,不食,唯饮酒数杯。即请别,李固留不得,但言乞庇我女。赠金皂襦帕,并不受,唯取其妻牙梳一枚,题字记之。李公从至门,不复见。及李公镇蜀日,卢氏外孙子九龄不语,忽弄笔

砚，李戏曰："尔竟不语，何用笔砚为？"忽曰："但庇成都老姥爱女，何愁笔砚无用也。"李公惊悟，即遣使分诣诸巫，巫有董氏者，事金天神④，即姥之女，言能语此儿。请祈华岳三郎⑤，如其言。诘旦，儿忽能言。因是蜀人敬董如神，祈无不应，富积数百金，恃势用事⑥，莫敢言者。洎相国崔郸⑦来镇蜀，遽毁其庙，投土偶于江，仍判责事金天王董氏杖背，递出西界。今在贝州⑧，李公婿卢生舍之于家，其灵歇矣。

① 李公固言：李固言（782—859年），字仲枢，赵郡（今河北赵县）人，元和七年壬辰科状元，官历工部侍郎、华州刺史、吏部侍郎，唐文宗朝甘露之变前后两度入相，后出为剑南西川节度使，武宗朝回任兵部、户部尚书。李固言登科折桂，《唐摭言》还载有一个故事。唐代科考，尚未普及糊名和誊录制度，考官阅卷时，考生姓名信息一目了然，判卷评分极易受主观观感影响，这就给了考生在场外下功夫的余地。其中，家世、与考官的关系，很难改动，举子们便在声望上动心思。最流行的办法，是向当世名公巨卿投呈自己的诗文，名为"温卷"，倘或得其激扬，则可在考官心中留下"名士"的印象，大大提高中第概率。中唐时，科场已极其腐败，学风堕弛，所谓"不以亲，则以势，不以贿，则以交"，拉关系走后门无所不为。李固言生在农村，敦厚诚朴，加上有口吃的毛病，不善逢迎，一位名流也没搭上。考试那年踽踽来到京城，借住在表亲家里。表亲家几位昆仲见了"不通世故"的李固言，视为异类，处处瞧他不起，在他头巾上贴了一张纸，上书"此处有房屋出租"，李固言懵然不知，戴了出门，看见的人都笑。平时切磋文章，那几位表兄弟每每夸示自己的文章为哪位哪位大佬赏识指点。李固言思量着，不去巴结人，但能得一位前辈指点文章，于学问上总有裨益，于是求教表兄弟找个人替他看看文章。表兄弟不安好心，说道，有一位许孟容前辈，文宗学府，你何不求教于他？李固言大喜称谢，径去拜访许孟容。许孟容才学一流，当时的境遇却很不得意，他官居散骑常侍，这是个没有实权的闲职，平日门庭冷落，万万想不到向来趋炎附势的举子，居然会有人来拜他，诧异之余，不无感动，叹道："我职分闲冷，就是替你说话，也不会有什么力量，不过足下今日见访之情，我一定铭记心中。"抬眼看见李固言头巾上的纸条，知道他质朴忠厚，印象越发深刻了。许孟容此前任京兆尹时，秉公执法，开罪了权势熏灼的宦官系统。唐宪宗深悉他刚直守正，是个能办实事的人才，不肯就此埋没，到得次年，许孟容否极泰来，一举擢为兵部侍郎，并以本官知礼部贡举，成了当年的主考官。他始终记得在自己落魄的时候，那个头顶着奇怪纸条，为自己带来了无限鼓舞的年轻人，于是这年鹿鸣春闱，李固言大魁天下，并在日后成了有唐二百五十一位状元中，仅有的十位宰辅之一。

② 登庸：选拔任用。李固言状元及第二十年后，是为太和六年（832年），这一年

李固言由职司封驳制敕的"给事中"循资升任掌握实权的工部侍郎,是仕途上一大转折。

③ 季女:少女。

④ 金天神:也叫"金天王",西岳华山神君,唐玄宗先天二年敕封,是继武则天封嵩山后第二个得天子封王的山神。

⑤ 华岳三郎:传说华岳神君金天王之子。

⑥ 用事:行祭祀之事。

⑦ 崔郸:(780—850 年)字晋封,清河人,唐德宗贞元间进士,文宗开成四年拜相,武宗会昌元年罢相离京,入蜀接替李固言为剑南西川节度使,宣宗初,改任淮南节度使,卒于任上。

⑧ 贝州:今河北邢台清河县一带。

◎ 萤光姑娘

从前有个书生,在外游历十几年后,回到登封故乡的庄园。一晚,书生辗转反侧,寝不成眠,他睁着眼睛,看见墙根处渗出一星光芒,微如流萤,在沉沉黑暗中辉耀着,冉冉飘起,渐渐转亮,变成弹丸大小,飞来飞去,照亮了墙壁四角,又慢慢下降。书生恍若陷入了瑰奇的梦境,一瞬不瞬地瞧着那光飞到自己眼前一寸多的地方,只见那小小光粒之中,一个红衫绿裙的姑娘,鬟簪瑶钗,摇首摆尾,向他脉脉含笑。书生双掌一合,抓在了手里,点灯去照,竟是颗皂荚子大的老鼠屎,书生愕然,切开看时,里面有条小虫,赤首青身,书生大失所望,一掌拍得稀烂。

登封尝有士人,客游十余年归庄,庄在登封县。夜久,士人睡未著,忽有星火发于墙堵下,初为萤,稍稍芒起,大如弹丸,飞烛四隅,渐低,轮转来往,去士人面才尺余。细视光中,有一女子,贯钗,红衫碧裙,摇首摆尾,具体可爱。士人因张手掩获,烛之,乃鼠粪也,大如鸡栖子①。破视,有虫,首赤身青,杀之。

① 鸡栖子:皂荚的种子(荚果中的"果仁")。

◎ 白石盆

融州河的岩壁中段有个泉眼，泉水经九级石阶流泻而下，每级石阶下方都有块像浴盆似的凹形白石承纳，工整犹如匠人雕凿。从前，有人带着侍婢，在最下面的白石浴盆中浣洗巾服，忽而风雷大至，那婢女当场被雷震死，浣巾所用的白石浴盆震得粉碎，滚落山下。石阶上又自动形成了一个"浴盆"，比之前那个更新。

　　融州①河水有泉半岩，将注其下，相次九磴②，每磴下一白石浴斛③承之，如似铸造。尝有人携一婢，取下浴斛中浣巾。须臾风雨忽至，其婢震死，所浣巾斛碎于山下。自别安一斛，新于向者。

---

① 融州：因州界内融山得名，辖境大致相当今广西融水苗族自治县、罗城仫佬族自治县、融安县及三江侗族自治县地。
② 磴：石阶。
③ 浴斛：澡盆。

◎ 钟乳凝仙

终南山有个钟乳石洞，洞深数里，钟乳螺旋滴沥，形成的钟乳石状如飞仙，有十几座之多，眉目衣服，形制精巧。有人游历其中，见一尊仙人石形成到了腰部，他用手接了几滴钟乳喝了，隔年重游故地，见去年接钟乳喝的那块石仙人业已全身凝成，不再滴乳，仙人腰部的衣带，大概是他喝了那几滴的缘故，有两寸残缺，未能完全成形。

　　有人游终南山一乳洞，洞深数里，乳旋滴沥成飞仙状，洞中已有数十，眉目衣服，形制精巧。一处滴至腰已上，其人因手承漱之。经年再往，见其所承滴像已成矣，乳不复滴，当手承处，衣缺二寸不就。

◎ 滕王图

某次紫极宫聚会上，秀才刘鲁封说他曾见过一幅《滕王蛱蝶图》，画上的蝴蝶，有江夏斑、大海眼、小海眼、村里来、菜花子等品种。

《滕王图》。一日，紫极宫①会，秀才刘鲁封云："尝见《滕王蛱蝶图》②，有名江夏斑、大海眼、小海眼、村里来、菜花子。"

---

① 紫极宫：据唐人封演《封氏闻见记》，唐代重道教，尊奉老子为"玄元皇帝"，唐玄宗时于两京及诸州置玄元皇帝庙，京师号玄元宫，诸州号紫极宫。所以理论上每个州都有紫极宫，本文所指者位于何地，未详。
② 《滕王蛱蝶图》：滕王，李元婴，唐高祖李渊第二十二子，封邑滕地（今山东滕州），食禄千户，故称滕王。贞观十五年，迁金州刺史，降为八百户，后屡迁苏州、隆州刺史，梁州、洪州都督。元婴骄纵贪暴，不为太宗和高宗所喜，亦不为方正之臣所齿，史书说当时的官员外放"宁向儋、崖、振、白，不事江、滕、蒋、虢"，宁可选择像被流放一样远赴荒僻不毛的儋州、崖州、振州、白州，也绝不肯到江、滕、蒋、虢四个王爷治下任事，可见其声誉之恶。据说他贪淫好色，遇有下属妻子姿色姣好者，便假借王妃的名义召入府邸欺辱。有一次诱骗了一个典签的妻子，那女子贞洁刚烈，先是破口大骂，接着拿鞋子扇了他一脸血。这位滕王自出娘胎以来就从没挨过打，一下子气馁了，乖乖放了女子出去。此人还有一样执念，几乎每到一地，必大修苑宇，题名"滕王阁"，一为起居享受，一是幻想着能为地方留些辙迹去思。王勃的《滕王阁序》，正是在李元婴任洪州都督时所建的滕王阁中写成。李元婴人品官品污劣，但丹青造诣不凡，尤擅蝶雀、花卉，唐人张怀瓘的《画断》说他"工于蛱蝶"；王建《宫词》："避暑昭阳不揶卢，井边含水喷鸦雏。内中数日无呼唤，揭得滕王蛱蝶图。"传世的蛱蝶图似乎为数不少，本文秀才刘鲁封见到的，应是其中之一而已。

支诺皋下

本卷内容大部分来自段成式的亲戚、朋友和熟人的见闻。

◎ 换体

开元末年，蔡州上蔡县南李村百姓李简患癫痫而死，下葬十几天后，同州汝阳县有个叫张弘义的百姓，也因病亡故，尸首停了一宿，次日忽然活了过来。家人喜出望外，都来相见，张弘义瞪着眼，一个不认，口口声声说自己叫李简，不是张弘义。张李二家离着三百里开外，两家人素不相识，张家人都道这是病了一场，疯了。张弘义却道："我是李简，家住上蔡县南李村，父亲讳亮。"说了许多李家的事情，有板有眼，不像个疯子。张家人又惊又急，细细问他，张弘义（实为李简）说，弥留之际，梦见两个黄衣人拿着帖子来捉了他去。押着走出数里，来到一座大城，城头题着"王城"两个大字。拖他到了一处，仿佛人间衙门的六司院似的，关了几天，过了几回堂，所问的事情都对不上号。这天正问着，外面进来一人，说道："抓错了，这是个重名的，不是要抓的那个李简，放回去罢。"一个胥吏模样的道："尸体都腐烂了，放回去也不中用，须另找副躯壳，给他托生。"他听说要给他另找个身子，再三不肯，正闹着，差役解来一人，禀道："汝阳杂职张弘义带到。"那胥吏道："来得正好，这张弘义刚刚断气，尸身未坏，赶紧把李简拍进去，以尽阳寿。"接着不容分说，两个如狼似虎的鬼差提起他一溜烟地出了城，眼前一黑，便什么都不知道了。再醒来时，好像做了一场梦，就见到张家的人都围在身边啜泣，人及屋宇，俱都陌生。

张家人听了这话，大眼瞪小眼，没个计较，商议一回，决定到南李村李家求证。到了李家，那长着张弘义模样的李简嚎啕大哭，口称爹娘，李简的父亲李亮吓了一跳，听过原委，查问亲族姓名及平生细事，无所不知。李简还怕众人不信，抢着奔进自己房间，拾起篾刀批削竹片，须臾编成竹器。这一手技术，以及言语举止，果然跟李简一模一样，大家这才确信此人正是李简无疑。后来他就留在了李家，没有再回汝阳。当时段成式的三从叔父暂代蔡州司户,管理户籍,亲自调查核实过此事。

昔日神医扁鹊替鲁国人公扈、赵国人齐婴换心,两人醒来后,互相回到了对方家,两家为此闹上了公堂。以这件事印证,可知扁鹊换心的记载,并非只是寓言而已。

按,扁鹊易心之术,见载《列子·汤问》:扁鹊收诊了两个病人,一个是鲁国人公扈,一个是赵国人齐婴,扁鹊施以妙手,药到病愈,二人称谢,扁鹊却道:"二位所患是先天之疾,我虽以药石暂时压制,将来总还会再犯。只有一种办法,可以彻底根治,不过风险很大,想问问两位的意见。"二人慌忙请教,扁鹊对公扈道:"你的问题,在于心智太强而心气偏弱,所以想得太多,不能决断,时间一长,自然困心衡虑,于身体有害。齐婴刚好相反,心智有限却性子刚毅,不为思虑所扰,但想问题太简单,脾气暴躁,同样伤身。我说的办法,就是剖开二位的胸腔,替你们互换心脏,以彼之有余,补尔之不足,这病才能彻底治愈。"两人听得此言都惊呆了,但扁鹊在他们眼中是神仙一流的人物,具有将任何异想天开化为现实的能力。两人最终服下扁鹊调制的"毒酒",昏死三天三夜,等醒来时,心脏已经换好。待到伤口愈合,两人辞别,归的却不是自己家,鲁国的公扈,轻车熟路跑到赵国齐婴家里,齐婴也大模大样到了公扈家,把公扈的老婆孩子吓了个半死。两家人各自报案,官府也惘然不解,最后由扁鹊分赴两国解释作证,真相才终于澄清。

开元末,蔡州上蔡县南李村百姓李简痟疾①卒。瘗后十余日,有汝阳县②百姓张弘义素不与李简相识,所居相去十余舍③,亦因病死,经宿却活,不复认父母妻子,且言:"我是李简,家住上蔡县南李村,父名亮。"惊问其故,言方病时,梦有二人著黄,赍帖见追。行数里,至一大城,署曰王城。引入一处,如人间六司院。留居数日,所勘责事悉不能对。忽有一人自外来,称:"错追李简,可即放还。"一吏曰:"李简身坏,须令别托生。"时忆念父母亲族,不欲别处受生,因请却复本身。少顷,见领一人至,通曰:"追到杂职汝阳张弘义。"吏又曰:"弘义身幸未坏,速令李简托其身,以尽余年。"遂被两吏扶持却出城,但行甚速,渐无所知。忽若梦觉,见人环泣及屋宇都不复认。亮访其亲族名氏及平生细事,无不知也。先解竹作,因自入房索刀具,破蔑成器。语音举止,信李简也,竟不返汝阳。时成式三从叔父摄蔡州司户④,亲验其事。昔扁鹊易鲁公扈、赵齐婴之心,及寤,互返其室,二室相诒⑤。以是稽之,非寓言矣。

① 痫疾：癫痫，俗称羊癫疯或羊角风。
② 汝阳县：唐时亦属蔡州，相当于今河南驻马店汝南县及平舆县的一部分，并非今洛阳市汝阳县。
③ 舍：三十里。
④ 司户：唐代府、县置有六个行政职能部门，对应中央尚书省六部，分管地方具体行政事务，称为"六曹"，分别是：功（掌官吏考课、礼乐、学校等）、仓（掌租赋、仓贮、市肆等）、户（掌户籍、婚嫁、田宅等）、兵（掌武官、军防、传驿等）、法（掌刑法、捕盗等）、士（掌桥梁、舟车、百工等）。六曹在县由县尉职掌，在州，六部门称为"六判司"，负责人叫"参军事"，简称"参军"，如司仓参军、司户参军，官阶从七品下到从八品下不等。本文段郎三从叔父，职务是蔡州代理司户参军，负有户籍管理之责，所以境内居民死而复生、换体引起的纠纷，归他调查处置。司户一职，薪水待遇颇为可观，白居易三十九岁那年，除京兆府户曹参军（府级称户曹参军，正七品下），俸禄比之前担任校书郎时翻了三倍，真正是升职加薪，白居易欢喜雀跃，忍不住题诗一首，庆祝有钱改善生活了："俸钱四五万，月可奉晨昏。廪禄二百石，岁可盈仓囷。"
⑤ 谘：征询，商议。

◎ 还阳

会昌五年，唐武宗下敕毁佛，举国二十六万僧尼被迫还俗，扬州海陵县有个法号义本的和尚，亦在此列。第二年，义本郁郁而终，临死之前，嘱托弟弟道："我生不能事佛，解脱之后，务必为我剃去须发，穿上僧衣。"弟弟照办了。然而一宿之后，义本却活了过来，说是被两个黄衣冥差捉到了阴司，有个冠冕如王者的人问道："这是哪个州县解来的？为什么穿着僧衣？"冥差禀道："贫僧是扬州海陵县的和尚。"王道："和尚？我们阴司奉天命沙汰僧尼，海陵早已经没有僧侣了，怎么又冒出个和尚来？岂不是对不号了吗？你回阳间还了俗再死罢。"押着义本重回阳间，勒令他还俗。义本无奈，换上了俗家的衣服，这才彻底死了。

按，该故事明显带有些政治讽刺，唐武宗会昌毁佛，全国大量僧人被勒令还俗，在该故事中，连冥司也在响应人间天子的号召，不肯接受僧尼。义本向佛心诚，虽然生前被迫还俗，仍想以僧人的身份灭寂，而冥司竟然不准。活着的时候不许选择怎样活着，死也不准选择怎样死，一生一世，生生世世，皆不得自由，蛮横至极。

武宗六年，扬州海陵县①还俗僧义本且死，托其弟言："我死，必为我剃须发，衣僧衣三事②。"弟如其言。义本经宿却活，言见二黄衣吏追至冥司，有若王者问曰："此何州县？"吏言："扬州海陵县僧。"王言："奉天符沙汰僧尼，海陵无僧，因何作僧领来？"令回还俗了领来。僧遽索俗衣衣之而卒。

---

① 海陵县：今江苏泰州市海陵区。
② 僧衣三事：印度僧团所准许个人拥有之三种衣服，一是"僧伽梨"，意为大衣，是上街托钵，或奉召入宫时所穿正装之衣；二是"郁多罗僧"，意为上衣，为礼拜、听讲、说戒集会时穿着；三是"安陀会"，指内衣，为日常工作或就寝时贴身穿用。此三衣皆规定以坏色（避开青、黄、赤、白、黑五种正色）制成，所以也叫袈裟。制作方法，是将一整块布，切割成长短不一之小布片，先纵向缝合，次横向缝合。据说穿着此种衣服，可令人舍弃欲望，且不虞被盗。

◎ 风雨枕

汴州百姓赵怀正，家住光德坊，妻子阿贺常替人做些女工补贴家用。唐文宗太和三年的一天，有人拿了一条石枕头上门推销，阿贺花一百钱买下。赵怀正夜里枕着，骇然发觉枕头之中能生出一种有如风雨的怪声，让妻子来枕，枕了一晚却毫无所觉，赵怀正一枕，那怪声便大作如旧，有时甚至吵得无法成眠。他侄子建议砸碎了看看，赵怀正忧心忡忡道："假如打碎了里面什么都没有，岂不是白白糟蹋了一百钱吗，等我死了你再砸吧。"一个月后，赵怀正病故。阿贺命侄子砸开石枕，里面嵌着一块金锭，一块银锭，好像是嵌在模具里一般严丝合缝，那石枕表面亦全无接合痕迹，不知这两块金银，是如何放入石芯的？两块金银各长三寸余，一指多宽，换成钱帛，用来置办丧葬以及偿还债务，刚好花完，不剩一钱。

阿贺现住洛阳会节坊，段成式家雇了她做针线工作，这件事是听她亲口所言。

汴州百姓赵怀正，住光德坊。太和三年，妻阿贺常以女工致利。一日，有人携石枕求售，贺一环①获焉。赵夜枕之，觉枕中如风雨声。因令妻子各枕一夕，无所觉。赵枕辄复如旧，或喧悖不得眠。其侄请碎视之，赵言："脱碎之无所见，弃一百之利也。待我死后，尔必破之。"经

月余，赵病死。妻令侄毁视之，中有金银各一铤，如模铸者，所函铤处无丝隙，不知从何而入也。铤②各长三寸余，阔如巨臂③。遂货之，办其殓及偿债，不余一钱。阿贺今住洛阳会节坊，成式家雇其纫针，亲见其说。

---

① 一环：或指一枚钱，或作为货币单位，指一百钱。结合后文，此处应是后者。
② 铤：熔铸成条块等固定形状的金银，重数两至数十两不等。
③ 臂：《太平广记》引本条作"指"，较合理。

◎ 芳魂

唐德宗贞元末年，段成式的三从房叔父从信安前往洛阳，傍晚舟抵瓜州，停泊歇宿。长夜无事，叔父听涛抚琴，隐隐闻舱外有人叹息，停手罢弦，侧耳细听，唯有水声浪浪。振腕复奏，叹息又起，如此琴鸣则叹，琴止则息，反复数次，搅得叔父雅兴全无，索性收起琴来，唤小僮铺好衾褥，寻梦去了。

梦中所见，更加古怪，一个二十来岁的陌生女子闯入梦中。这女子衣衫破敝，形容幽暗憔悴，飘飘忽忽游荡到叔父跟前拜倒道："妾姓郑，名琼罗，是丹徒人氏，父母早亡，与孀居的嫂子相依为命，不幸嫂子又殁，只好漂泊来到扬子县投奔姨母。那晚住在旅舍，有个市吏之子名叫王惟举，喝醉了闯进来，想要逼奸我。妾知不能幸免，以领巾自缢而死，那王惟举把我的尸体偷偷埋在鱼行以西的沟渠之中。当天夜里，我的冤魂便入梦去见扬子县令石义留陈诉冤情，但他始终不曾理会。我又现冤气于江石之上，那昏官竟说是祥瑞之气，还画成图像，呈奏朝廷。抱恨四十年，终究无人为雪。妾身父母俱善琴，适才听郎君琴声，奇音谐婉，想起心中恨事，不觉来此。"

几日后，叔父到了洛北河清县的温谷，访他的妻弟樊元则。樊元则少年时便习有异术，共居几天，忽问叔父："姐夫身边何以总跟着一只鬼？我替你赶她走。"张灯焚香作法，有顷，灯后窣窣有声，樊元则道："鬼在索取纸笔，且看她要说什么。"投纸笔于灯影中。那纸张静止片刻，斗地疾速旋转飞起，飘落灯前，二人拿起一看，满纸波磔，皆是七字杂言诗，凄婉哀绝，字字泣血。樊元则忙教叔父誊录下来，因为鬼写的字无法长存，很快就会消散。到次日一早，果然那纸上一片乌黑，犹如染了煤灰似的，字迹已模糊不辨。樊元则又备下酒脯纸钱，早晚焚于道左。只见灰烬纷纷而起，卷入旋风之中，直上数丈，依稀可闻女子悲泣之声。

那篇抄录下来的诗文共计二百六十二字，大要叙述冤屈幽恨，晦涩难解，因此未得流传，其中有一句是这样的："痛填心兮不能语，寸断肠兮诉何处？春生万物妾不生，更恨魂香不相遇。"

> 成式三从房叔父某者，贞元末，自信安①至洛，暮达瓜洲②，宿于舟中。夜久，弹琴，觉舟外有嗟叹声，止息即无。如此数四，乃缓轸③还寝。梦一女子，年二十余，形悴衣败，前拜曰："妾姓郑名琼罗，本居丹徒④。父母早亡，依于孀嫂。嫂不幸又殁，遂来扬子⑤寻姨。夜至逆旅，市吏子王惟举，乘醉将逼辱。妾知不免，因以领巾绞项自杀，市吏子乃潜埋妾于鱼行西渠中。其夕，再见梦扬子令石义留，竟不为理。复见冤气于江石上，谓非烟⑥之祥，图而表奏。抱恨四十年，无人为雪。妾父母俱善琴，适听郎君琴声，奇音翕响⑦，心感怀叹，不觉来此。"寻至洛北河清县⑧温谷，访内弟樊元则。元则自少有异术，居数日，忽曰："兄安得此一女鬼相随，请为遣之。"乃张灯焚香作法，顷之，灯后窸窣有声。元则曰："是请纸笔也。"即投纸笔于灯影中。少顷，旋纸疾落灯前。视之，书盈于幅，书杂言七字，辞甚凄恨。元则遽令录之，言鬼书不久辄漫灭。及晓，纸上若煤污，无复字也。元则复令具酒脯纸钱，乘昏焚于道。有风旋灰，直上数丈，及聆悲泣声。诗凡二百六十二字，率叙幽冤之意，语不甚晓，词故不载。其中二十八字曰："痛填心兮不能语，寸断肠兮诉何处？春生万物妾不生，更恨魂香不相遇。"

---

① 信安：今浙江衢州。
② 瓜洲：镇名，在长江北岸，扬州南郊。
③ 轸：琴上调弦的小柱。
④ 丹徒：唐为丹徒县，属润州。今浙江镇江市丹徒区。
⑤ 扬子：唐代扬子县，今江苏仪征。
⑥ 非烟：祥瑞之气。《史记·天官书》："若烟非烟……是谓卿云。卿云，喜气也。"
⑦ 翕响：音响和谐。
⑧ 河清县：今河南洛阳孟津县。

◎ 有足蚓

文宗太和三年，段成式三从房伯父在庐州为官，庭前忽有蚯蚓出，粗如食指，长三尺，颈部白色，颈下生有两条腿，垂直而立，状如鸟足，来回爬行于墙下，经数日才死。

庐州①舒城县②蚓。成式三从房伯父，太和三年庐州某官，庭前忽有蚓出，大如食指，长三尺，白项下有两足。足正，如雀脚，步于垣下。经数日方死。

---

① 庐州：今安徽合肥。
② 舒城县：今安徽六安舒城县。

◎ 蚓齿

段成式侄女的乳母阿史是荆州人，她小时候在邻居孔谦家的篱笆之下，发现了一条古怪的蚯蚓，生着两只大牙，腹下长着马陆那样细细的脚，长一尺五，爬行甚速，快于普通蚯蚓。孔谦憎恶，遽杀之。当年孔谦母、兄皆亡，随后他自己也死了。

荆州百姓孔谦蚓。成式侄女乳母阿史，本荆州人，尝言小儿时，见邻居百姓孔谦篱下有蚓，口露双齿，肚下足如蚿①，长尺五，行疾于常蚓。谦恶，遽杀之。其年谦丧母及兄，谦亦不得活。

---

① 蚿：马陆。也叫千足虫、马蚿，倍足纲节肢动物。身体圆长，由很多环节构成，除前四和末节外，每节有足两对，有的可多达上千只脚，看上去像蜈蚣与蚯蚓的结合体。体节上生有毒腺，能分泌气味难闻、富含苯醌的毒液，令鸟兽远避。

◎ 鱼梦

卢冉是越州人，有一年被地方上选为举人，要入京应考，但因为家里穷，一时未能入京，先到了山阴县顾头村访表兄韩确，韩确接着住下了。

韩确自幼嗜吃鱼片，为表弟接风，此物不可或缺。来到当地的顾头堰上，向管堰的小吏买了些鱼货。当天夜里，韩确刚刚睡下，梦见自己变成了一条鱼，徜徉潭中，那种奇妙感觉，真如庄子所谓"相忘于江湖"之乐。正自撒欢遨游，忽见两个渔人乘船而来，撒下一张大网，他未及反应，已经身入网中，给提拉上船扔进木桶，天光一暗，桶上盖了苇席。他张大眼睛，向缝隙外望去，只见他委托的那名小吏这时到了潭边，似乎在同渔人议价，须臾谈妥，小吏掀开桶子，挑定了韩确所变的那条鱼，往鳃下一贯，拎将起来，韩确痛得半条性命也掉了。小吏拎着鱼送到韩家，韩确眼睁睁看着妻子婢仆就在眼前，苦于无法相认。少刻，厨子把他按在砧板上，刮鳞切片，此番剧痛，又比之前穿鳃贯口更甚，韩确只觉得全身的皮都被剥掉了也似，天下至苦，莫过于此，"噗"地一声，鱼头斩落，噩梦终于惊醒。

韩确大叫着醒来，汗流浃身，卢冉吓了一跳，问他何事，韩确把适才梦境从头到尾细讲了一遍，卢冉也觉得此事古怪。两人忙寻来小吏，到买鱼处一看，从地方到渔人形貌，与梦境一模一样。

韩确后来在祇园寺剃度出家，当了和尚。此事发生在唐文宗开成二年，当时段成式手下一个叫沈郅的文书，家就住在越州，离顾头堰很近，亲见其事。

越州①有卢冉者，时举秀才，家贫，未及入京，因之顾头堰，堰在山阴县②顾头村，与表兄韩确同居。自幼嗜鲙，在堰尝凭吏求鱼。韩方寝，梦身为鱼在潭，有相忘之乐。见二渔人乘艇张网，不觉入网中，被掷桶中，覆之以苇。复睹所凭吏就潭商价，吏即擢鳃贯鲤③，楚痛殆不可忍。及至舍，历认妻子婢仆。有顷，置砧斫④之，苦若脱肤。首落方觉，神痴良久，卢惊问之，具述所梦。遽呼吏访所市鱼处，洎⑤渔子形状，与梦不差。韩后入释，住祇园寺⑥。时开成二年，成式书吏沈郅家在越州，与堰相近，目睹其事。

---

① 越州：今浙江绍兴。

② 山阴县：今绍兴越城区和柯桥区一带。
③ 鲠：鱼骨。
④ 斫［zhuó］：斩、削。
⑤ 洎：以及。
⑥ 祇园寺：位于杭州萧山，原是东晋名士许询宅邸，后舍宅为寺，晋穆帝赐名祇园寺。

◎ 尼庵的头骨

曹州南华县尉李蕴到端相寺巡查，偶见尼房中，有块方圆一丈左右的地面高高隆起。李蕴怀疑其中藏有什么不可告人之物，下挖数尺，挖出个瓦罐，罐口盖着木盘，里面盛有一片颅骨，两片方形的颧骨，长八寸，一道裂缝纵贯骨片，宽度能插的进一支钗，两片骨头扣在一起，如筒瓦相合，骨头下端平齐，有如刀切，骨质莹白如牙。李蕴认为这是尼姑所生孩子的骨殖，因而销毁了。

曹州①南华县②端相寺，时尉李蕴至寺巡捡，偶见尼房中地方丈余独高，疑其藏物，掘之数尺，得一瓦瓶，覆以木槃③。视之，有颅骨、大方隅④颧下属骨两片，长八寸，开罅彻上，容钗股⑤若合筒瓦⑥，下齐如截，莹如白牙。蕴意尼所产，因毁之。

---

① 曹州：今山东菏泽。
② 南华县：今山东菏泽东明县、鄄城县一带。
③ 槃：通"盘"。
④ 大方隅：大方，大的方形；隅，棱角。
⑤ 钗股：钗是两根簪子绞成，歧出如双腿，因谓钗股。
⑥ 筒瓦：半圆筒形的瓦。

◎ 妻子的骊歌

中书舍人崔嘏之弟崔暇，在任曹州刺史期间，大办婚礼，迎娶李氏为妻。唐人的婚礼，有一样固定节目，叫做障车，崔暇交代兵马使国邵南安排此事。后来国邵南做了个梦,梦见崔暇夫妇在一间敞厅之中,李氏站在床榻西首,崔暇在东首,李氏手执红笺,题诗一首,笑付崔暇。崔暇朗声念道:"莫以贞留妾,从他理管弦。容华难久驻,知得几多年(你不要留我了,让我跟他去吧,容颜易老,光阴短暂,我不知道自己还能活多久)。"梦后一年,李氏就死了。

中书舍人崔暇①,弟崔暇,娶李氏,为曹州刺史。令兵马使国邵南勾当障车②,后邵南因睡忽梦崔女在一厅中。女立于床西,崔暇在床东,执红笺题诗一首,笑授暇。暇因朗吟之,诗言:"莫以贞留妾,从他理管弦。容华难久驻,知得几多年。"梦后才一岁,崔暇妻卒。

① 崔暇 [gǔ]:字乾阳,元和十五年进士,累官至邢州刺史。会泽潞刘稹之叛,归朝,授考功郎中、中书舍人。唐武宗驾崩后,李德裕失势,崔暇草拟制书,因未能尽书其过,被指包庇李德裕,贬端州刺史。著有《制诰集》。崔暇可能是独眼,当年金榜题名,新科进士联袂畅游长安,赏花于曲江池畔,同榜的施肩吾即兴赋诗,其中有两句十分刻薄:"二十九人及第,五十七眼看花。"那少了一只眼睛的,就是崔暇。《南部新书》也说:"暇旧失一目,以假珠代睛,故施嘲之。"
② 障车:唐代婚俗,新娘子的花车驶至新郎家附近,里人遮拥道路,索要酒食,使车驾不得前行,谓之障车。唐时盛行,下至黎民百姓,上迄王公贵族,莫不相习,甚至公主出降,也有专人障车。比如唐中宗安乐公主出嫁,上谕命相王,也就是后来的唐睿宗亲为安排障车。障车本是婚礼的例行仪式,由男女双方家人组织亲友,礼节性的拦一拦路,迎亲的新郎则舍财舍物买路,"艰难地"把新娘娶回家,热闹中蕴含着"不舍女儿"的深情,以及"考验新郎"的象征。但由于障车是在街衢之上,不免吸引闲人围观,起哄的人群壮大了障车者的队伍,加上有财物可以讨要,障车的规模越来越大,屯街塞巷,致于阻塞交通。流氓无赖也乘机混入,死乞白赖地不许花车通过,要东要西,无所餍足。长此以往,终于沦为陋俗,嫁女的人家为了避开障车骚扰,有时被迫设谋,比如用李代桃僵之计,发嫁中途让女儿换乘,从其他路线潜入男家,足见其苦。

◎ 青鸟之鸣

李正己,本名李怀玉,是侯希逸的妻弟。侯希逸为淄青节度使时,提拔李怀玉为兵马使。不久传出流言,说李怀玉不轨,欲取侯希逸而代之,侯大怒,将李怀玉打入缧绁，准备正法。李怀玉满腔冤屈，无处可诉，在狱中累石代佛，默默祈求庇佑。当时已近腊八，想起朋友们必然已开始准备腊祭了，热闹逍遥，何等快活，自己却只能在这冰冷的囚室中等死而已，伤叹不已，郁郁睡去。忽听有人凑在耳边道："李怀玉，你的富贵岁月就要来了！"他陡然惊醒，牢房中空荡荡的，哪有人在？复又睡下，那声音又道："墙头青鸟鸣噪，即是你富贵降临之时。"他睁开眼睛，仍不见人影。有顷，曙色升窗，忽见几十只青鸟，如麻雀般飞集墙上。俄而但听三军鼓噪，高声叫嚷着驱逐侯希逸，便有人冲进监狱，砍断锁链，救他出狱，奉他为节度留后，接替节度使。

段成式的朋友，台州人乔庶的先辈曾在东平为官，亲历其事。

> 李正己①本名怀玉，侯希逸②之内弟③也。侯镇淄青④，署怀玉为兵马使⑤。寻构飞语，侯怒，囚之，将置于法。怀玉抱冤无诉，于狱中累石象佛，默期冥报。时近腊日，心慕同侪，叹咤而睡。觉有人在头上语曰："李怀玉，汝富贵时至。"即惊觉，顾不见人。天尚黑，意甚怪之。复睡，又听人谓曰："汝看墙上有青鸟子噪，即是富贵时。"及觉，不复见人。有顷，天曙，忽有青鸟数十，如雀飞集墙上。俄闻三军叫唤逐出希逸，坏练取怀玉，扶知留后⑥。成式见台州乔庶说，乔之先官于东平，目击其事。

---

① 李正己：（732—781年）原名李怀玉，高丽人，沉毅有城府，武艺高强。早年为表兄侯希逸部属，乾元元年，平卢节度使王玄志病死，李怀玉担心王的儿子会继承父位，当机立断将其诛杀，推戴侯希逸为节度使。代宗永泰元年，逐走侯希逸，朝廷授之节度使。后来借出兵讨击叛逆之机攻城略池，扩张领地，威震遐迩。晚年忧惧朝廷对自己不利，陈兵边境，控扼江淮，有不臣之心，未及造乱，毒疮发作而死。

② 侯希逸：（720—781年）平卢军营州（今辽宁朝阳）人，天宝末年为平卢军裨将，安禄山反，袭杀安禄山任命的平卢节度使徐归道，投诚朝廷。肃宗乾元元年，被李怀玉（即李正己）等推举为平卢节度使。因安史叛军势大，平卢孤立无援，率两万兵马转战山东，攻取青州，朝廷下诏加为平卢、淄青节度使，从此唐代的淄青节度使，皆带平卢之名。代宗宝应初，会同诸道讨平史朝义，终结安史之乱。尔后日益骄纵，崇佛淫猎，怠惰政务，渐失军心。代宗永泰元年，侯希逸带着一群巫师出城，连夜不归，全不知他倚为膀臂的李正己篡替权柄，取他而代了。等他回城，愕然发现城门紧闭，守城的军士竟不许他进入，始知

大势已去，惶惶西走，奔归朝廷。朝廷也无法替他"主持公道"，念他是有功之臣，给了个检校右仆射的虚衔，不久郁郁而死。按本文所载，则侯希逸被逐之前，与李正己的矛盾就已表面化，文中所谓"飞语"，或许正是侯希逸收到的关于李正己谋划夺权的消息，于是将李下狱，但并未行戮。侯希逸大概以为身入囹圄的李正己不再构成威胁，居然好整以暇地带着巫师出城胡闹去了，李派趁机发动兵变，放出李正己，全面夺权。本文所述梦中佛语、青鸟翔集云云，或许是李正己的捏词夸谈；而侯李反目、三军哗变等情节，则是淄青夺权这一历史事件的真实留影。

③ 内弟：妻子的弟弟，俗称小舅子。《旧唐书·李正己传》又言："希逸母即怀玉姑也""侯希逸即其外兄也"，可知侯李两家是以中表之亲联姻，侯希逸娶了李正己的姊姊，李正己娶了侯希逸的妹妹。那么李正己既是侯希逸的表弟，也是他的小舅子，同时还是他妹夫，两人互为舅子。

④ 淄青：唐代藩镇，762—819年和882—903年割据山东，辖区伸缩不定，侯希逸节镇时，辖淄（今山东淄博南）、青（今山东青州）、齐（今山东济南）、海（今江苏连云港）、沂（今山东临沂）、密（今山东诸城）六州。

⑤ 兵马使：此处指都知兵马使，唐、五代方镇使府军将，掌军府兵权，行军作战的实际指挥官，肃宗至德以后权势扩大，演变为藩镇储帅。

⑥ 留后：唐朝中末叶，藩镇坐大，节度使遇有事故，往往以子侄或亲信将吏代行职务，称留后。亦有叛将推翻统帅，自称留后，而后由朝廷补行正式任命者。

◎ 风雷异虫

河南少尹韦绚年轻时在夔州江岸目击了一条怪虫，他起先看走了眼，以为是根荆棘刺，随从惊道："此虫有灵，切不可犯，否则或致风雷之殛！"韦绚令随从跺脚吓唬那虫，虫子伏在地上，颜色渐渐与地面相和，仿佛消失了似的，仔细观察，发现虫伏之处，变成一道细纹，有如石脉。良久复又现身。每根"刺"上，生有一爪。忽而箭也似地钻入草丛去了。终究也不知那是何物。

河南少尹①韦绚②，少时，常于夔州③江岸见一异虫。初疑棘针一枝，从者惊曰："此虫有灵，不可犯之。或致风雷。"韦试令踏地惊之，虫伏地如灭，细视地上若石脉焉。良久，渐起如旧。每刺上有一爪。忽入草疾走如箭，竟不知是何物。

① 少尹：唐初诸郡皆置司马，开元元年改为少尹，是府州的副职。
② 韦绚：字文明，京兆人，宰相韦执谊之子，元稹的女婿。早年师事刘禹锡，后入西川李德裕幕府，成为李德裕忠实拥趸，著有一部《戎幕闲谈》，专录李德裕言行。仕历校书郎、吏部员外郎、江陵少尹等，唐懿宗朝任义武军节度使。
③ 夔州：辖境相当今重庆奉节、云阳、巫山、巫溪等县地。

◎ 相府诡事

段成式家有个淘米的帮厨，名叫苏润。文宗开成年间，段文昌徙官荆州，苏润也随同而往，大家这时才得知他先前曾在宰相王涯府上待过。王涯以宰相之尊，惨遭奸佞满门诛杀，坊间盛传，说他府上早就出现过不少凶象，后来问起苏润，他讲了三件怪事。其一，王涯的相府，位于长安永宁坊，府邸之南有口水井，经常一入夜就发出沸腾般的怪声，翌日察看，井水中总会有个铜盆子，或者银熨斗，也不知哪里来的，该井之水，臭不可饮。其二，王涯的内斋有张禅床，柘材丝绳，工极精巧，无缘无故突然散成了碎片，更诡异的是，那些碎片并非乱七八糟的散落，而是有序地聚敛成一堆一堆，王涯大为讳恶，命焚于灶下。其三，王涯的长子王孟博，某日早上起来，发现厅堂地上几滴凝固的血迹，星星点点，一直延伸到大门方才消失，王孟博马上命人铲了去，王涯对此全然不知。结果未出数月，全家罹难。

> 永宁①王相王涯②三怪：淅米匠人苏润，本是王家炊人，至荆州方知，因问王家咎徵③，言宅南有一井，每夜常沸涌有声，昼窥之，或见铜（一作巨）厮罗④，或见银熨斗者，水腐不可饮。又王相内斋有禅床，柘⑤材丝绳，工极精巧，无故解散，各聚一处，王甚恶之，命焚于灶下。又长子孟博⑥，晨兴，见堂地上有凝血数滴，踪至大门方绝，孟博遽令铲去，王相初不知也，未数月及难⑦。

① 永宁：长安永宁坊。
② 王相王涯：宰相王涯。王涯（？—835年），字广津，山西太原人。贞元八年进士，宪宗元和十一年拜相，淮西讨伐战，朝中战和之争激烈，王涯身为宰辅，不赞一词，被指失职，罢为兵部侍郎。后出任剑南东川节度使，抵御吐蕃入寇，长庆三年还朝为御史大夫，转历户部侍郎、山南西道节度使、吏部尚书，唐文

宗太和七年再度拜相，封代国公。太和九年甘露之变发生时，王涯刚刚下朝回到中书省官署准备吃饭，没等扶起筷子，忽听门外大哗，宦官控制的神策军突出紫宸殿，逢人便杀。由于旨在铲除宦官首脑的甘露行动是绝密计划，王涯事先未得与闻，茫然不知发生了什么，仓皇随众出逃，徒步逃到永昌里一家茶寮被擒下狱。这时的王涯已十分年迈，熬不住酷刑锻炼，屈打成招，自诬说参与了一起"废帝"谋反，被腰斩于子城西南角大柳树下。他两个在朝为官的儿子、妻女家小以及府里的部曲奴婢，连襟系颈，皆遭诛杀。少数逃脱的亲属奔往泽潞托庇于刘从谏，及至刘稹叛乱被杀后，也悉数遇害。

③ 咎徵：灾祸应验。

④ 厮罗：古代供盥洗用的浅盆，便于携带，军中常用。

⑤ 柘：柘树，落叶灌木或乔木，叶子可以喂蚕，木材质坚而致密，是贵重木料。

⑥ 孟博：《旧唐书·王涯传》："涯子工部郎中、集贤殿学士孟贤，太常博士仲翔"，载王涯两个儿子，一个叫王孟贤，一个叫王仲翔。中国人的习惯，通常以"孟"为兄弟之长，"仲"为次，则王涯长子，似乎应名孟贤，与段氏记载不符，未详孰是。

⑦ 未数月及难：指甘露之变。

◎ 鼾歌

许州有个老和尚，四十岁后，每次熟睡，喉咙里就会发出吹笙般的鼾声，带着节奏韵律，跟奏乐似的。许州的伶人们天天守在老和尚房外，将他的鼾声谱成曲子，演奏出来，苍然有古意。老和尚醒了，人家跟他说你打呼噜打成乐坛经典了，他懵然不知。二十多年来，始终如此。

> 许州有一老僧，自四十已后，每寐熟即喉声如鼓簧，若成韵节。许州伶人，伺其寝，即谱其声，按之丝竹，皆合古奏。僧觉，亦不自知。二十余年如此。

◎ 心诚则灵

荆州人魏溪喜欢吃白鱼，天天命仆人去买，有时买不到便要挨打挨骂。一日，仆人又没买到鱼，想起回家要挨打，心中害怕，便去问猎人何处可以捕鱼，准备亲自抓些回去。猎人骗他说："我刚才打鱼的时候，从水里捞起一头麝。打鱼竟然打到一头麝，你说奇不奇怪？"仆人大奇，拿买鱼的钱买了这头麝，回家如实禀告了魏溪。魏溪喜道："倘果真如此，这头麝必定不凡，或许是只灵物。"于是摆在榻上，日夜供奉香火。说来也真奇，这一摆摆了好多年，麝的尸体竟丝毫不腐，且颇能占验吉凶。魏溪的朋友见他成天拿一头死麝奉若圣明，十分看不上眼，有一次趁魏溪出门，搬下来煮了吃了，也没出什么事。

  荆有魏溪，好食白鱼，日命仆市之，或不获，辄笞责。一日，仆不得鱼，访之于猎者可渔之处，猎者绐之曰："某向打鱼，网得一麝①，因渔而获，不亦异乎？"仆依其所售，具事于溪。溪喜曰："审如是，或有灵矣。"因置诸榻，日夕荐香火。历数年不坏，颇有吉凶之验。溪友人恶溪所为，伺其出，烹而食之，亦无其灵。

---

① 麝：偶蹄目麝属动物，大部分生活在亚洲，是鹿的一种，雌雄都没有角，雄性麝倒是生有一对如同吸血鬼的獠牙。雄性麝肚脐和生殖器之间长有一个球形腺体，春夏时节会分泌大量香气馥郁的红色膏状物质，即是麝香。天然麝香是昂贵的香料和药材原料，怀璧其罪的麝，因此成为猎人热衷捕杀的对象。我国曾是世界上麝资源最丰富的国家，但近半个世纪以来，麝的种群数量急剧下降，上世纪60年代，我国野生麝估计在250万头左右，到80年代，这一数字下降至不足60万头，本世纪初一项麝资源专项调查显示，中国拥有的麝，仅剩不足7万头。目前，麝为国家一级保护动物。

◎ 兰若藏妓

  成都有个贵公子，风流成性，仗着家中财富敌国，到处罗致美女，整个川蜀的名妓佳丽，没有他不曾染指过的。就这样还不知足，每天比照着图籍所写，派人四处求觅，媒妁们知道这位公子哥是蜀中第一豪客，都来趋奉，终日在他家坐得满厅满堂，贵公子却总是耿耿叹恨，十丈红粉，了无可入眼者。

  有人献议道："素闻坊正张和，乃是江湖上鼎鼎有名的豪侠，消息最为博通，深闺淑女，幽阁碧玉，没有他不知道的，公子何不移樽就教，请他介绍几个绝色？"贵公子大喜，备下重礼，借着夜色登门拜访，具告来意，张和听了，哈哈大笑，直道小事一桩，拍胸担保，包在他身上。

过了几天张和回拜，说已安排妥当，贵公子早盼得望眼欲穿。两人相偕出门，向西走了三十多里，来到一处破庙之中。废弃的佛殿上，岿然端坐着好大一尊佛像，张和招呼贵公子爬上金刚座，在佛胸前一按一掀，嚓嚓声响，佛像胸部竟打开了一道暗门，张和挺身而入。贵公子又惊又奇，只觉此事透着诡秘，说是看美女，为何来到了寺庙？佛像身上又怎会装有机关暗门？他心下嘀咕，待要问时，却被张和一把抓着手臂，硬拖了进去。

暗门之中，是一条黑洞洞的甬道，行出十几步，豁然开朗，入眼便是高门峻宇，好像州县正衙似的一座宏构。张和径自上前，抓起门环，忽顿忽挫地叩击了五六下，过得半响，大门缓缓打开，奔出九个头扎小辫、粉雕玉琢的童儿，齐刷刷向张和下拜道："主人恭候先生多时。"少顷，主人亲自出迎，贵公子看他紫衣宝带，衣饰华贵之极，十几个侍者跟在身边，识不出是什么路数。主人见了张和，执礼亦甚恭谨，张和指着贵公子道："今日带了一位朋友过来，这位小公子，务必代我好好招待，我还有事，改日再扰。"说罢便去，贵公子一回头，张和人影俱无，好似凭空消失了一般，心下越发惊疑，却又不敢问。

主人延客入厅，那厅堂陈设辉煌，珠玑缇绣，罗列满目，水陆珍馐，咄嗟呈上。宾主举杯酬酢，贵公子满饮一杯，主人便命斟酒。环佩叮咚，罗幔之后飘出四个绝色舞姬，支鬟撩鬓，缥若神仙，所行的酒令游戏，舞杯闪球，新颖巧思，贵公子闻所未闻，不由目酣神醉，只觉此间事事物物透着新奇，自己膏粱半生，本以为见遍人间富贵，哪知今日到此，竟变成了乡巴佬似的，深感此行不虚。又见一种黄金巨杯，可容数升，云擎鲸口，遍镶珠玉，贵公子一般的不识，问主人，主人笑道："这是'次皿'，原是仿三国刘表的'伯雅'杯所制。"贵公子瞠目以对，茫然不知所谓。

竟日长欢，直至夜半，主人吩咐诸姬道："你们好好陪着公子，我去去就回。"向贵公子告罪退席，贵公子起身相送。见那主人骑从极盛，奴仆列烛照路，这等阵仗，毫不亚于地方大员出行。

贵公子诧叹良久，不知这位主人究竟是什么来头？他一面思忖着，晃晃悠悠到墙角小便，便到一半，舞姬中年龄稍长的一位急急走了过来，低声道："公子为何自投险地？"贵公子愕然相顾，舞姬道："我们几个女子被掳来这邪窟多年，因中妖人幻术太深，已经归路永绝，再也出不去了。公子若要逃命，需得趁早！"贵公子大惊，依稀觉得此言多半不虚，否则那主人如此的富贵派头，何以却住得这等隐秘，见不得光？他忙向舞姬求救，舞姬交给他一条七尺白练，道："稍后主人回来，公子可诈称有事相求，向他下拜，主人必会答拜，公子便趁机将此物罩在他头上。主人一身妖法都在双目，头面被蒙，便任公子处置了。"

主人直到黎明时分才回，贵公子依舞姬之计，向主人下拜，主人果然仆地答拜，贵公子急取白练，在主人头上一绕，主人陡然便像瞎了一般，不敢稍动，只是趴在地上求饶。贵公子不知他是用什么幻术妖法困住诸女，因而不肯放松，主人道："贱人负心，我事已败，势必不能逗留此地了，公子只管放心放了我，我自身难保，无暇再害公子。"跟着赌咒发誓，贵公子才终于放了他，主人亦不食言，上马飞驰而去。

这一来便宜了贵公子，喧宾夺主，老实不客气地住了下来，温柔乡中，诸美相伴，日日置酒游戏，真正乐不思蜀。住了两年，一日忽动乡关之思，自己在此享乐，家人却以为他失踪不测，定然伤心焦急，不能不回去看一看。诸女亦不甚挽留，大张酒乐为他饯行。饮罢，一女用铁锹在东墙凿了个洞，如进来时的佛乳般，把他推了出去，贵公子四下一望，自己竟是置身在长安城的东城墙下，回首欲问，墙上砖石平坦，哪里还有什么洞穴？他一路乞讨，跋涉千里，艰难回到成都家乡，才知道自己失踪远不止两年，家人都以为他早就死了，他详详细细讲述始末，方才了解真相。

段成式最后交代，这件事发生在唐德宗贞元初年。故事原型，或许是居民区管理者（坊正）勾结人贩子，实施的一宗拘禁少女案。

按，后世小说也常见这样的描写：佛寺藏有机关，连通暗道和密室，纳有不为人知的邪恶勾当。不明游客无意触机而入，就此被困，或招致杀身之祸。该故事的"主人"似乎并非僧人，只是贼巢安在废弃兰若之中而已。以幻术制住群女为狎，亦是剑侠小说邪派行径。

成都坊正①张和。蜀郡有豪家子，富拟卓、郑②，蜀之名姝，无不毕致。每按图求丽，媒盈其门，常恨无可意者。或言："坊正张和，大侠也。幽房闺稚③，无不知之，盍④以诚投乎？"豪家子乃具籝⑤金箧锦，夜诣其居，具告所欲，张欣然许之。异日，谒豪家子，偕出西郭一舍，入废兰若。有大像岿然，与豪家子升像之座。坊正引手扪拂乳，揭之，乳坏成穴如碗，即挺身入穴，因拽豪家子臂，不觉同在穴中。道行十数步，忽睹高门崇墉⑥，状如州县。坊正叩门五六，有九髻婉童启迎，拜曰："主人望翁来久矣。"有顷，主人出，紫衣贝带⑦，侍者十余，见坊正甚谨。坊正指豪家子曰："此少君子也，汝可善待之，予有切事须返。"不坐而去，言已，失坊正所在。豪家子心异之，不敢问。主人延于堂中，珠玑缇绣⑧，罗列满目。又有琼杯，陆海备陈。饮彻，命引进妓数四，支鬟撩鬓，缥若神仙。其舞杯闪球⑨之令，悉新而多思。有金器容数升，云擎鲸口，钿以珠粒。豪家子不识，问之，主人笑曰："此次皿也，本拟伯雅⑩。"豪家子竟不解。至三更，主人忽顾妓曰："无废欢笑，予暂有所适。"揖客而退，骑从如州牧，列烛而出。豪家子因私于墙隅，妓中年差暮者遽就，谓曰："嗟乎，君何以至是？我辈早为所掠，醉其幻术，归路永绝。君若要归，第取我教。"授以七尺白练，戒曰："可执此，候主人归，诈祈事设拜，主人必答拜，因以练蒙其头。"将曙，主人还，豪家子如其教。主人投地乞命，曰："死妪负心，终败吾事。今不复居此。"乃驰去。所教妓即共豪家子居。二年，忽思归，妓亦不留，大设酒乐饯之。饮既阑，妓自持锤开东墙一穴，亦如佛乳，推豪家子于墙外，乃长安东墙堵下。遂乞食，方达蜀，其家失已多年，意其异物，道其初始信。贞元初事。

---

① 坊正：管理里坊的小吏。
② 卓、郑：西汉蜀郡临邛的冶铁巨商卓氏（卓王孙、卓文君一家）和程郑，两家之富，皆不下王侯，事迹见《史记·货殖列传》。
③ 稚：这里指年轻女子。
④ 盍：何不。
⑤ 籯〔yíng〕：箱笼之类容器。
⑥ 崇墉：高墙。
⑦ 贝带：以贝壳为饰的腰带，泛指华贵衣饰。
⑧ 缇绣：赤缯与文绣。指高贵的丝织品。
⑨ 闪球：抛球行酒令。
⑩ 伯雅：三国刘表所制的一种酒杯，能容七升酒。

◎ 消失的女童

兴元城固县有个姓韦的小女孩，两岁就会说话，天生识字，喜读佛经。到五岁时，一县所有经书悉已读遍。八岁那年的一天清晨，女孩薰衣靓妆，跌坐于窗下。父母奇怪她总在房间里不出来，进去一看，只剩一具衣服，女孩消失得无影无踪，最终也没能找到。此事是荆州处士许卑从女孩的邻居张弘郢处听来的。

兴元①城固县有韦氏女，两岁能语，自然识字，好读佛经。至五岁，一县所有经悉读遍。至八岁，忽清晨薰衣靓妆，默存②牖下。父母讶移时不出，视之，已蜕衣而失，竟不知何之。荆州处士许卑得于韦氏邻人张弘郢。

---

① 兴元：今陕西汉中。唐初为梁州，唐德宗建中四年朱泚之乱，长安失守，德宗狼狈出逃，辗转避难于此。逃难期间，德宗痛切自省，为图复兴，改年号为兴元。长安收复，德宗回京后，下诏升梁州为兴元府，蠲免当地百姓税赋徭役一年，以嘉奖官民护驾之功。
② 默存：形不动而神游。

◎ 地下蚁城

唐文宗开成初年，忠州垫江县吏冉端的父亲故世，请了一位精于堪舆的风水师卜选葬地。这位风水师姓严，踏勘甄选，荐了一块墓地，说地下有生气藏聚。到开掘墓穴时，掘了一丈多深，挖出一座规模庞大的蚁城，方圆数丈，层层叠叠，直似人类城郭，外层城墙上雉堞毕具，瓮城、望楼精巧有如巧匠雕刻，城内衢陌纵横，蚁穴栉比。每个蚁穴有蚁数千，进进出出，络绎不绝。"街道"颇为干净光滑。更有一座小楼，楼中二蚁，一只紫色，长寸余，足作金色；一只长着白色翅膀，翅有经脉，细腰，稍小，疑是蚁后。满城的蚂蚁，总计数斛之多。城墙一角小有破损。整座城市之上，搭盖了一层质地坚硬的土层，因此中央的小楼未受损坏。

一被发掘暴露，群蚁大扰，若求救之状。冉端忙向县令李玄之汇报，李玄之到现场一看，劝冉端另择一地为好。那风水师却说，地下有蚂蚁，原是意料中事，正可见他相法准验，既然相法准验，那么此地即是吉地，不必另择。冉端好生踌躇，见了这样一座蚁城巨构，不能不慎重畏慑，但风水师言之凿凿，吉地难得，又不舍遽弃。左思右想，思量了一个折衷的法子，凿石为城，将群蚁迁入，上覆木板，一切仿照蚁城的规制。

十天之后，风水师忽然发了疯，狂扇自己的耳光，以头抢地，污言秽语乱喊乱叫，数日不停。县令李玄之一向待风水师不薄，为他祝告神明，请求赦罪，最后给他服用雄黄丸，才终于治好。

忠州①垫江县县吏冉端，开成初，父死。有严师者，善山冈，为卜地，云合有生气群聚之物。掘深丈余，遇蚁城，方数丈，外重雉堞②皆具，子城③谯橹④工若雕刻。城内分径街，小垤⑤相次。每垤有蚁数千，憧憧不绝。径甚净滑。楼中有二蚁，一紫色，长寸余，足作金色；一有羽，细腰，稍小，白翅，翅有经脉，疑是雌者。众蚁约有数斛。城隅小坏，上以坚土为盖，故中楼不损。既掘露，蚁大扰，若求救状。县吏遽白县令李玄之，既睹，劝吏改卜。严师伐⑥其卜验，为其地吉。县吏请迁蚁于岩侧，状其所为，仍布石，覆之以板。经旬，严师忽得病若狂，或自批触，秽詈叫呼，数日不已。玄之素厚严师，因为祝祷，疗以雄黄丸方愈。

---

① 忠州：今重庆忠县。原名临州，贞观八年，唐太宗感于此地忠义英雄辈出，改为忠州。
② 雉堞：古代在城墙上修筑的矮而短的墙。
③ 子城：大城所属的小城，即内城及附郭的瓮城或月城。
④ 谯橹：城门上的守望楼。
⑤ 垤：小土堆。
⑥ 伐：自夸、矜伐。

◎ **青城枯骨**

唐文宗太和八年，朱道士游于庐山，在山涧岩石上歇息，见一条蛇盘着身子，五色斑斓，直似一堆锦绣，不一会儿竟变成了巨龟。寻访山叟一问，说此物就是传说中的"玄武"。

又有一次游青城山丈人观，到了龙桥，见山岩下一副枯骨，背靠大石，盘膝端坐，双手置于膝上，状如钩锁，作"接手"之形。周遭苍苔如毡，藤蔓重重，那副骷髅却莹白如雪，点尘不染。朱道士说，当年他祖父上青城山时，就曾见过这具骨骸，不知其年代，或许是某位炼形濯魄的高人遗蜕。

朱道士者，太和八年，常游庐山，憩于涧石。忽见蟠蛇，如堆缯锦①，俄变为巨龟。访之山叟，云是玄武。

朱道士又曾游青城山丈人观②，至龙桥，见岩下有枯骨，背石平坐，按手③膝上，状如钩锁，附苔络蔓，色白如雪。云祖父已尝见，不知年代，其或炼形濯魄之士乎？

---

① 缯锦：花纹绚烂的丝绸。
② 丈人观：传说古仙人宁封子曾栖身青城山，黄帝为之筑坛，拜为五岳丈人，晋代落成此观，因名丈人观。南宋更名建福宫，因循至今。
③ 按手：或当作"接手"，道家练功持咒的一种手形。《云笈七签》："夜半生炁时或黄昏时，正寝东首，接手心上。"

◎ 关羽的木材

武宗会昌元年，戎州江水大涨，浮木塞江。刺史赵士宗命水军打捞，捞出百余段。官署规模不大，地方狭仄，就算大事翻修，也用不了这许多木料，于是拨了一部分修缮开元寺。

一个月后，有夷人遇到一个怪人，长得像个猴子，穿一件怪里怪气的旧青衣，也不知是什么服制。听这怪人说道："某奉关将军将令采办木材，现在都被此州截获了去，没办法，只好明年来取了。"夷人将此事遍告州人。次年七月的一个黎明，洪水猝至。戎州城临江枕山，本来地势颇高，以往洪峰水位最高时，也只及城池五十丈开外。但这次洪峰水位高达百丈，两千余人被急流卷走。全城城基沉降，部分地段下陷达十余丈深，陷落的深坑，被四处滚落，足有三间房屋大小的巨石堆得严严实实。洪水色黑而腥气刺鼻，至晚方退，知州官虞藏玘和一众官吏到这时才得乘船逃往地势较高处避险。过了一个多月，城中积水才干，阖城已陷为盆地，除了满目的巨石外，再无一物。唯独开元寺供奉唐玄宗像的神阁周围方圆十余步地面，如一座孤岛，屹立未倒，其他众神佛塑像，不论金属质地还是木石雕像，无一得存。

武宗之元年，戎州①水涨，浮木塞江。刺史赵士宗召水军接木，约获百余段。公署卑小，地窄不复用，因并修开元寺。后月余日，有夷人逢一人如猴，着故青衣，亦不辨何制，云："关将军差来采木，今被此州接去，不知为计，要须明年却来取。"夷人说于州人。至二年七月，天欲曙，忽暴水至。州城临江枕山，每大水犹去州五十余丈。其时水高百丈，水头漂二千余人。州基地有陷深十丈处，大石如三间屋者，堆积于州基。水黑而腥，至晚方落，知州官虞藏珇及官吏才及船投岸。旬月后，旧州地方干，除大石外，更无一物。惟开元寺玄宗真容阁去本处十余步，卓立沙上，其他铁石像，无一存者。

---

① 戎州：今四川宜宾。

◎ 成都乞儿

成都有个叫严七师的乞丐，平凡卑贱，身上污秽不堪，恶臭难闻，说话疯疯癫癫，但有时杂以对于未来的预言，往往十分灵验。严七师住在西市悲田坊，一次，遇到干满川、白迦、叶珪、张美、张翱，这五个专替衙门当差的戏子结伴而行，严七师给了每人十五文钱，颠三倒四说了许多赠言，情意殷殷，好像是在送行一样，听得五人莫名其妙。几天后，监军院办宴，五人登台献戏，当场求索报酬，惹得节度使李固言大怒，各打了十五大杖，逐出西川。严七师在成都逗留的四五年间，市民争相舍给他财物，都被他拿来修道观了。人家问他为啥不修修寺庙？他说："寺庙哪里还值得花钱修？"后来会昌灭佛，寺庙遍毁，世人才懂了这句话的意思。

到段郎撰此文时，严七师已经离开了成都，不知所踪。

> 成都乞儿严七师，幽陋凡贱，涂垢臭秽不可近。言语无度，往往应于未兆。居西市悲田坊①，常有帖衙俳儿干满川、白迦、叶珪、张美、张翱等五人为火。七师遇于途，各与十五文，勤勤若相别为赠之意。后数日，监军院②宴，满川等为戏，以求衣粮。少师李相③怒，各杖十五，递出界。凡四五年间，人争施与。每得钱帛，悉用修观。语人曰："寺何足修。"方知折寺之兆也。今失所在。

---

① 悲田坊：悲田养病坊，唐代半官方性质的贫民救济机构，由政府设立，寺庙经营管理，两京及诸州府皆有。
② 监军院：唐初，监军为临时差遣，多由御史充任。唐玄宗时期，府兵制瓦解，募兵制取而相代，朝廷对地方军队的控制力削弱，开元末年，玄宗开始委派宦

官为监军使,随军监察。安史之乱后,地方藩镇林立,监军变成常驻,其在藩镇的办事机构,称为监军院。监军是天子特派代表,地位超然,拥有监督乃至弹劾节度使的权力,足以与裂土称雄的藩帅分庭抗礼。

③ 少师李相:应指拜太子少师、曾入阁为相,担任过剑南西川节度使的李固言。李固言入川在开成二年,八年后,唐武宗颁布敕令,没收庙产,裁汰僧尼,是为会昌毁佛。

◎ 缝纫妇人

荆州郝惟谅,粗犷豪迈,是江湖上一条好汉。武宗会昌二年寒食,郝惟谅跟一众朋友到郊外走走,走得兴发,就在那闲旷之处,较量些拳脚,踢球赌酒,喝得烂醉。醒来已是深夜,睁眼只见星斗满天,朋友不知都溜到哪里去了,四下一看,到处都是坟子,自己原来在坟地里睡了半宵。他胆子一向很大,也不觉得有什么可怕,辨清了方向,径自回家而去。

行出里许,路旁荧荧露出一点灯火,房屋低矮破陋,灯光也昏暗得紧。郝惟谅醉后口渴,上前讨水喝,但见摇摇壁影,一个衣衫褴褛的妇人,面目枯槁,正在灯下缝纫。郝惟谅暗道声可怜,那妇人请他进门,舀出一碗水,悄无声息地坐了回去,就着那点黯淡的灯光继续做针线。

一时四野冥寂,良久,妇人慢慢说道:"知道壮士胆气过人,我有一事相告。"郝惟谅微感讶然,转头而视,那妇人佝偻在暗影之中,续道:"我本是秦地人,姓张,夫家是军州士兵李自欢。太和年间,夫君被调往戍边,一去不返,我因为一场大病,不治身亡。我在本地举目无亲,邻里将我的尸骨停厝在此,至今已经十二年多了。死者骸骨不入土,魂神便无法记入阴司的死籍,野鬼孤魂,终日离散恍惚,如梦如醉,苦不堪言。壮士慷慨豪侠,请可怜可怜我这亡魂,将我遗骸埋入泉壤,了却我这十二年的夙愿。"

郝惟谅道:"这原是举手之劳,无奈在下囊底萧然,恐怕没有力量帮你。"

妇人道:"这倒不妨,我虽为鬼,始终不曾荒废女工,自从尸骨停放在此,常常织造雨衣为胡家工作。这些年来已攒了十三万钱,买块地薄葬,绰绰有余。"

既然有钱,那就一切好办,郝惟谅答允了。一早到胡家一问,果然有这么个女工张氏,形貌亦都与昨晚所见的妇人符合。郝惟谅告以实情,胡家的人都吃了一惊,一齐来到那停厝灵柩的小屋,屋子里确然放着一口棺材,一经撬开,未穿绳的钱币哗啦啦流了一地,大略计数,正有十三万。众人看着那满棺青钱,既哀且异,想这妇人生前夫妻离散，客死他乡，死后仍不得安息，竟以一缕残魂工作数年，着实可怜。于是共同又凑了七万，迁出妇人棺木，厚葬于鹿顶原。当天夜里，妇人入梦，向胡氏和郝惟谅致谢作别。

  荆州百姓郝惟谅，性粗率，勇于私斗。武宗会昌二年，寒食日，与其徒游于郊外，蹴鞠角力，因醉于墦①间。迨宵分②方始寤，将归，历道左里余，值一人家，室绝卑，虽张灯而颇昏暗，遂诣乞浆。睹一妇人，姿容惨悴，服装羸弊③，方向灯纫缝，延郝，以浆授郝。良久，谓郝曰："知君有胆气，故敢陈情。妾本秦人，姓张氏，嫁于府衙健儿④李自欢。自欢自太和中戍边不返，妾遘⑤疾而殁，别无亲戚，为邻里殡于此处，已逾一纪⑥，迁葬无因。凡死者肌骨未复于土，魂神不为阴司所籍，离散恍惚，如梦如醉。君或留念幽魂，亦是阴德，使妾遗骸得归泉壤，精爽⑦有托，斯愿毕矣。"郝谓曰："某生业⑧素薄，力且不办，如何？"妇人云："某虽为鬼，不废女工。自安此，常造雨衣，与胡氏家佣作，凡数岁矣。所聚十三万，备掩藏固有余也。"郝许诺而归。迟明，访之胡氏，物色皆符，乃具以告。即与偕往殡所，毁瘗视之，散钱培槥，缗之数如言。胡氏与郝哀而异之，复率钱⑨与同辈合二十万，盛其凶仪⑩，瘗于鹿顶原。其夕，见梦于胡、郝。

---

① 墦[fán]：坟墓。
② 宵分：夜半。
③ 羸弊：破烂。
④ 健儿：军人。中唐行募兵制，职业士兵官给资粮，故称官健，因长期从役，也称"长征健儿"。
⑤ 遘[gòu]：遭遇。
⑥ 一纪：岁星（木星）绕太阳运动的公转周期是地球公转周期的十二倍，相当于绕地球一周约需十二年（11.8618年），古时称为一纪。
⑦ 精爽：魂魄。
⑧ 生业：产业，资产。
⑨ 率钱：凑钱，募集钱财。
⑩ 凶仪：丧葬礼仪。

◎ 悟空遇道人

相传自来神仙栖隐的灵山胜境，多有法术施化，或天然形成的结界屏障隔绝凡人。衡山以西的朱陵洞，为道家所言三十六洞天之一，仙家居所，清奇灵秀，但附近一片丘原，巨木蔽日，猛兽斜出，却是险恶无比，人到此地，不是迷路，便是为巨蛇怪物所阻，简直寸步难行。

唐穆宗长庆年间，有个法号悟空的头陀，携粮策杖，夜入山林。此人素有胆气，怪物猛兽，一概不惧，突破重重险阻，到了朱陵洞前那片丘原。由此扪萝越涧，游览数日，把各处的山景逛了个遍，手脚都磨起了一层老茧。这天走得困顿，找个遮阴的岩穴坐下，长声道："又渴又饿，也碰不到个主人。"一转眼，忽见山岩之前扯了张绳床，床上坐着个道士，悟空走上前去打个问询，那道士充耳不闻，寂然不动。悟空大怒，你先来便是主，我后到是客，你这做主人的不但不主动请我吃饭，居然跟我装聋作哑！于是不客气地道："这位道兄，贫僧干粮告罄，请布施一餐饭吃。"道士站起身来，指着光秃秃的山岩说道："这里有米。"拾起一把镢头，三刨两刨，在石头上刨出个小坑，让悟空掏一掏。悟空将信将疑：石头中安得有米？伸手一掏，居然真的掏出一升多陈米。道士取出锅釜，接些山泉水，须臾煮毕，请悟空共食。悟空兴高采烈地吃了一口，险些吐了出来，那米又硬又柴，压根没煮熟，扔下碗不吃了。道士笑道："怎么就吃这么点，真是没福分，那么剩下的都归我了。"徐徐吃完，又道："尊客远来，容贫道略献薄技，为大师破闷。"说着腾身而起，鸟隼般跃上树梢，站在细枝之杪随风轻摇，倏而投于危石之上，轻功之妙，不啻翅翎，身法之快，令人目不暇接。悟空瞧得眼都花了，蓦地人影一晃，道士跃下地来，绕着绳床疾奔，越奔越快，好似一棵被卷入漩涡的小草，化成无数残影，连成一圈，疾风猎猎，木叶飞扬。突然之间，一切俱无，绳床轻轻摇晃，树叶缓缓飘落，道士已不知去向。

悟空愕然半晌，寻思：这人好不古怪。觅路出山，回到自己庙里，数日之内不吃不喝，丝毫不觉饥渴。这才知道那道士不是凡人，那夹生饭也绝非寻常谷米。

衡岳①西原近朱陵洞②，其处绝险，多大木、猛兽，人到者率迷路，或遇巨蛇，不得进。长庆中，有头陀悟空③，常裹粮持锡，夜入山林，越兕④侵虎，初无所惧。至朱陵原，游览累日，扪萝垂踵，无幽不迹。因是胼胝⑤，憩于岩下，长吁曰："饥渴如此，不遇主人。"忽见前岩有道士，坐绳床。僧诣之，不动，遂责其无宾主意，复告以饥困。道士欻起，指石地曰："此有米。"乃持钁⑥斸⑦石，深数寸，令僧探之，得陈米升余。即着于釜，承瀑敲火煮饭，劝僧食，一口未尽，辞以未熟。道士笑曰："君飨止此，可谓薄分。我当毕之。"遂吃硬饭。又曰："我为客设戏。"乃处木枭枝，投盖危石，猿悬鸟跂，其捷闪目。有顷，又旋绕绳床，劲步渐趋，以至蓬转涡急，但睹衣色成规，攸忽失所。僧寻路归寺，数日不复饥渴矣。

---

① 衡岳：南岳衡山。
② 朱陵洞：在今湖南衡山县北紫盖峰下，道书所称三十六洞天之第三洞天，有瀑布悬流，故亦称水帘洞。
③ 悟空：唐代有一位字"悟空"的行者，俗名车奉朝，京兆人。起初是朝廷官员，天宝九载随使团出使罽宾国，因病逗留于彼。在佛教文化中心，罽宾都城犍陀罗，车奉朝深沐佛法，康复后皈依佛门，法号"达摩驮都"，这年他二十七岁。与《西游记》那位悟空一样，现实版悟空的师父"舍利越魔"也是一位三藏法师。后来悟空南游天竺，巡礼佛教圣地那烂陀寺，取得了大量佛经回国。唐德宗贞元五年，悟空返回故土，一去四十载，沧海桑田，昔日雍容潇洒的年轻官员，而今已是年近古稀的老僧。他进献佛舍利及译写的经卷，奉敕正度，赐名悟空，后返回云阳故里祭祀二亲，不知所终。本文所载者，活动于长庆年间（821—824 年），年龄与车奉朝不符，应系同名者。
④ 兕：一种如犀牛的野兽。
⑤ 胼胝：手掌脚底因长期劳动而生的茧子，谓跋涉劳苦。
⑥ 钁 [jué]：形似镐的刨土农具。
⑦ 斸 [zhú]：挖。

◎ **瓶中婴**

严绥任河东节度使期间，太原城一群小孩在河里汩水，河中央有个东西顺流而下，小孩们争相抢来，是只裹着重重布帛的瓦罐。捞到岸上打碎，里面竟然爬出个婴儿，一尺来高，撒腿就跑。小孩们跟在后面穷追，婴儿看看逃不掉，脚下旋风大作，托着他冉冉飞起。才飞到水畔，被个操舟人一篙抽死。大家这才得以仔细观察，但见他长相古怪，满头红发，眼睛生在头顶上。

按，人类婴孩，断然不能御风飞行，这东西模样怪异，又被封在瓦罐之中，多半乃是邪物。但究竟是什么，则不得而知。

严绶①镇太原，市中小儿如水际泗戏。忽见物中流流下，小儿争接，乃一瓦瓶，重帛幕之。儿就岸破之，有婴儿，长尺余，遂走。群儿逐之，顷间足下旋风起，婴儿已蹈空数尺。近岸，舟子遽以篙击杀之。发朱色，目在顶上。

---

① 严绶：（746—822年）蜀人，代宗大历进士，仕途始于方镇使府幕僚，德宗时，为宣歙团练副使、留后，倾府藏进献，充河东节度使。宪宗元和初，平杨惠琳有功，拜司空。然锐于势利，见赐食太监亦下拜，士人鄙薄，为御史弹劾，出镇荆南。元和九年，淮西吴元济反，严绶奉委山南东道节度使，总诸道兵马征讨。可惜他实在不堪戎统，无将帅之才，从前出兵打仗，全靠手下几位宿将带兵，这次轮到他自己指挥，就一筹莫展了，屯兵敌边一年，只管深沟高垒，不敢厮杀，尺寸之功未建，召归闲职而终。严绶秉性宽缓和柔，不擅上马治军，但能下马治民，他在太原九载（804—813年），惠泽于民，史书说"士马蕃息，境内称治"，颇有循声，这是他的长处。

◎ 警示石

虔州刺史王哲，在长安平康里有座宅子。一次修缮西厢房，家仆掘到一块石头，上面朱笔写着"修此不吉"四字。家仆想把字迹擦掉，越擦反而越清晰，大伙儿不知该怎么处置，上交给了王哲。王哲疑心是家仆躲懒，串通起来造了这么件东西，想骗自己打消修房子的主意。他用工具使劲儿磋磨字上的红色，越磨越深，那红色如鲜血长殷，深深地渗入石脉，触目惊心，王哲大为憎恶。

就在这年，王哲死了。

王哲，虔州①刺史，在平康里治第西偏，家人掘地，拾得一石子，朱书其上曰"修此不吉"。家人揩拭，转分明，乃呈哲。哲意家人惰于畚锸②，自磨朱，深若石脉，哲甚恶之。其年，哲卒。

---

① 虔州：今江西赣州。

② 畚锸 [běn chā]：畚，盛土器；锸，起土器。借指土建之事。

◎ 村人念咒

从前有个村民，很羡慕佛经故事描写的种种神奇咒语，便向他供养的和尚求问。和尚不堪纠缠，骗他道："驴。""就一个字？""就一个字，你好好练吧。"

村民信以为真，从此日夜念诵，经过数年寒暑不间的苦练，居然硬生生把这个整蛊的咒语练成了，一次他临水照影，赫然见背上蹲伏着一只青毛驴，这便是他练化的通灵神兽了。凡是有人生病中邪，只消村民一到，无不霍然康复。后来村民得知和尚当初是骗他的，法术就此失效。

世有村人供于僧者，祈其密言①，僧给之曰："驴"。其人遂日夕念之。经数岁，照水，见青毛驴附于背。凡有疾病魅鬼，其人至其所立愈。后知其诈，咒效亦歇。

① 密言：咒语。

◎ 连体婴

秀才田瞳说，文宗太和六年秋，凉州境西某县百姓之妻产下一个男婴，四只手、四条腿，一个身子分成了两面，脖子上一绺头发，其长及脚。当时的县令是朝伯峻。

秀才田瞳云：太和六年秋，凉州西县百姓妻产一子，四手四足，一身分两面，项上发一穗，长至足。时朝伯峻为县令。

◎ 名门风流

韦斌生于权贵之门，但赋性颇为笃厚。其家族威望素著，累世簪缨，因此服饰穿戴特别讲究，门风虽不免稍显奢侈，而韦斌立朝正色，望之俨然，终不失朝廷大臣体统。每次朝会，端默肃立，从不与同僚谈笑。本朝旧制，朝会时群臣立于殿庭，就算下雨下雪，亦不得移步廊下。一日拂晓，密雪骤降，自三公以下，百官莫不撩衣抖袍，或挪换位置，唯独韦斌一动不动，神色益发恭谨，俄而雪积至膝。散朝后，韦斌从厚厚积雪中吃力地挣出，未有一字报怨，从容而去，见者无不赞叹他的端凝庄重。

韦氏一门衣冠荣盛，天下罕有其比。韦斌之兄韦陟，少年即以文采识见名动天下，文章彪炳，书法尤工草隶。交游之辈，莫非清贵，所仕之官，非尊即荣，他也自恃门第才华，认为列卿拜相，不过探囊取物，是迟早间事，因而不免待人傲慢，从不肯费心与人应酬。其衣服舆马，力求奢侈，凡坐行起居，身边跟随的仆从侍儿，动辄数十人之众。有时就在俏婢俊童环绕之下，伏案支颐，无精打采地坐上一整天，终日懒发一言。对于饮馔一道，韦陟尤其讲究，家里筛米照例要用鸟羽。每顿饭吃完，到厨下一看，丢掉的山珍海味，价值皆不下万钱。偶尔赴一次公卿宴会，食前方丈，珍馐琳琅，终无下箸之处。他府上即令是驼卒僮奴之辈，亦各具不俗才学，堪比寻常贵族，凡往来书信，韦陟自己懒得动笔，多半口授大意，令侍婢执笔代写。侍婢下笔轻重，词句斟酌，无不合乎他本人的意思，而一笔小楷，风骨遒利，不让须眉，单看那些信，谁也不会相信竟是出自使女之手，韦陟只是最后署个名而已。他的署名别具一格，"陟"字写得更是巧妙，他自己说像五朵云，世人多有仿效者，号称"郇公五云体"。又喜以五彩纸为信函封缄。其生活奢华风流，率皆如此。

韦陟虽然讲究享受，家法极其严整，儿子韦允课习经史，他白天亲自督促，晚上派人监视，一刻也不放松。若儿子习读不辍，旦夕问安，韦陟便和颜悦色相待；稍有怠惰，立即令人召来，或令立于堂下罚站，或十余日不加理睬。府上家仆数千，但接待宾客，一概令儿子亲为，以苦其心志，历练交际，颇得时人称许。韦陟把儿子教育得彬彬有礼，反倒是他自己恃才傲物，得罪了不少人，常为权贵忌恨。

韦斌①虽生于贵门，而性颇厚质，然其地望②素高，冠冕特盛。虽门风稍奢，而斌立朝侃侃，容止尊严，有大臣之体。每会朝，未常与同列笑语。旧制，群臣立于殿庭，既而遇雨雪，亦不移步廊下。忽一旦，密雪骤降，自三事③以下，莫不振其簪裾④，或更其立位。独斌意色益恭，俄雪甚至膝。朝既罢，斌于雪中拔身而去，见之者咸叹重焉。

斌兄陟⑤，早以文学识度著名于时，善属文⑥，攻草隶书，出入清显，践历崇贵。自以门地才华，坐取卿相，而接物简傲，未常与人款曲。衣服车马，犹尚奢侈。侍儿阉竖，左右常数十人。或隐几⑦搘颐⑧，竟日懒为一言。其于馔羞，犹为精洁，仍以鸟羽择米。每食毕，视厨中所委弃，不啻万钱之直。若宴于公卿，虽水陆具陈，曾不下箸。每令侍婢主尺牍，往来复章未常自札，受意而已。词旨重轻，正合陟意，而书体遒利，皆有楷法，陟唯署名。尝自谓所书"陟"字如五朵云，当时人多仿效，谓之郇公五云体。尝以五彩纸为缄题⑨，其侈纵自奉⑩皆此类也。然家法整肃，其子允，课习经史，日加诲励，夜分犹使人视之。若允习读不辍，旦夕问安，颜色必悦。若稍怠惰，即遽使人止之，令立于堂下，或弥旬不与语。陟虽家僮数千人⑪，应门宾客，必遣允为之，寒暑未尝辍也，颇为当时称之。然陟竟以简倨恃才，常为持权者所忌。

---

① 韦斌：京兆万年人，武则天至睿宗朝宰相韦安石之子，少聪敏有文名，历官太子通事舍人、中书舍人、礼部侍郎、太常卿等，天宝五载，左迁巴陵刺史，移临安刺史。天宝十四载，安史之乱，陷于叛军之手，伪授黄门侍郎，忧愤而死。
② 地望：魏晋以下，行九品中正制，士族大姓垄断地方选举等权力，一姓与其所在郡县相联系，称为地望。
③ 三事：三公。
④ 簪裾：簪，冠簪；裾，衣服的前后襟。指显贵者的衣冠服饰。
⑤ 陟[zhì]：韦陟，字殷卿，自幼风裁整峻，矫矫不群，极得韦安石宠爱。以父荫入仕，任洛阳令、中书舍人、礼部、吏部侍郎，袭父爵封郇国公。因为门第清华，他本人又极其矫介自负，视权贵显要如无物，深为李林甫所忌，杨国忠所恶，屡遭贬黜。安史之乱，肃宗即位，擢为江东节度使，乃与淮南节度使高适、淮西节度使来瑱载书结盟，向天下宣布三镇联手，立誓为国翦暴，与叛军周旋到底。不久奉诏还朝，除吏部尚书。韦陟起居豪奢，《云仙杂记》说："韦陟厨中，饮食之香错杂，人入其中，多饱饫而归。"到韦府厨房走一圈，肴馔之精，食材之盛，不必尝鼎一脔，单是目染鼻嗅，足以饱饫。
⑥ 属文：撰写文章。
⑦ 隐几：伏在几案上。
⑧ 搘[zhī]颐：以手托腮。
⑨ 缄题：信函的封题。
⑩ 自奉：对自己生活的供养。
⑪ 数千人：《太平广记》作"数十人"。

◎ 春夜女郎

处士崔玄微，在洛阳城东有所宅子，此人笃信道术，服食白术、茯苓三十年。后来药材用尽，亲自带了童仆上嵩山采芝，一去就是一年。宅子无人打理，等他回来，已是茂草满院。

那是玄宗天宝年间，时正春季，这天夜里，风清月朗，崔玄微不愿辜负夜色，闲坐遣兴。他独居一院，家人没有特别原因，不会轻易来扰。三更之后，却见一个青衣女郎闪闪烁烁地走了进来，试探着问道："原来先生在家，我和几个女伴路过这里，要去东门的表姨家，能不能让我们在这里歇一会儿？"崔玄微答允了，青衣女郎很高兴，须臾带进来十几个妙龄姑娘。一个穿绿衫子的上前道："奴姓杨。"指着一人道："这是李氏。"指着另一人道："这是陶氏。"又指着一个穿浅红衫子，年纪最小，神态娇憨的姑娘道："这是阿措，姓石。"几人都带着侍女，一一上前参见，崔玄问起众女行止，众女道："我们要去访封十八姨，几天前，十八姨说过会来看我们，可是一直未见，所以今晚我们几个相约同去看她。"

坐具尚未铺设整齐，门外忽报封家阿姨到了，众女大喜，起身出迎，只听那绿衫姓杨的女郎说道："此间主人甚贤，吐嘱文雅，襟怀不俗，为别处不及。"崔玄微听见人家夸他，来又是众女的长辈，便也出门迎迓。见这位封氏言辞清逸，气质娴雅，不禁心折，揖让入座。一时云鬟雾鬓，绝色容光，映照四旁，众女身上异香缭绕，满座芬芳。如此良辰月夕，崔玄微不禁醺然，命小僮取了酒来，把盏助兴。

雅士风流，有酒有月便须有诗，众女亦善此道，各有吟哦。崔玄微记得其中两首，一首是一位红衣女郎向白衣女奉酒所作："皎洁玉颜胜白雪，况乃青年对芳月。沉吟不敢怨春风，自叹容华暗消歇。"白衣女郎也有一首："绛衣披拂露盈盈，淡染胭脂一朵轻。自恨红颜留不住，莫怨春风道薄情。"

轮到十八姨举杯劝酒时，她狡狯一笑，故意将一杯酒尽数泼在了那浅红衫子小姑娘阿措身上。阿措衣衫脏了，小脸恼得通红，愤然道："别人怕你，都来讨你欢喜，我偏不怕！"拂衣便去。十八姨冷冷道："小妮子耍酒疯。"众女面现惊色，相觑无言，于是不欢而散。崔玄微送出门外，见十八姨向南而去，其余众女向西直入花园之中，亦未觉得有什么奇怪。

第二天晚上，众女郎复来，商量着去找十八姨，阿措怒道："为什么要找那老太婆，咱们的事，不能求崔先生帮忙吗？"众女都道："不错。"阿措走到崔玄微跟前，俏生生地施礼道："我们姐妹一向住在西面花园之中，每年被恶风袭扰，不得安居，唯有求十八姨相庇。昨夜阿措不肯奉承，已然将她得罪，恐怕今后再也难求其力了。

倘若先生高义，肯答应回护我们姐妹，日后必有报答。"崔玄微惑道："在下碌碌凡夫，有什么本事回护各位姑娘？"阿措道："只要先生在每年元旦制一面红色旗幡，画以日月五星，立于花园东侧，即可救我们姐妹大难。今年元旦已过，请在本月二十一日清晨，东风微起之时立下此幡，也能助我们免罹祸难。"崔玄微心想这有何难？一口答应下来，众女郎欢喜雀跃，齐声谢道："先生大德，没齿不忘。"各拜而去。崔玄微乘着月色，直送到花园外，众女郎翻过苑墙，一晃不见。

当月二十一，崔玄微依言将红色旗幡插在花园东墙之下。这天东风暴起，狂烈之极，满城自洛南起折树飞沙，而那花园却始终静悄悄的，枝叶不摇，繁花不动，看上去十分怪异。崔玄微豁然醒悟，原来众女郎皆是花精，姓杨的便是杨花，姓李的乃是李花，姓陶的则是桃花，那位名叫阿措的小姑娘，想必便是石榴精灵了，而封十八姨，则是风神。

几天后的一夜，众女郎各携数斗鲜花，联袂来谢，纷纷娇笑道："先生服下此花，可延年却老。但愿今后能长此保护我们，我们也要仰仗先生，求问长生呢。"

到唐宪宗元和年间，崔玄微仍然在世，较天宝时去岁六十多年，反而越见年轻，望之如三十许人而已。

天宝中，处士崔玄微洛东有宅，耽道①，饵术及茯苓三十载。因药尽，领童仆辈入嵩山采芝，一年方回，宅中无人，蒿莱②满院。时春季夜间，风清月朗，不睡，独处一院，家人无故辄不到。三更后，有一青衣云："君在院中也，今欲与一两女伴，过至上东门表姨处，暂借此歇，可乎？"玄微许之。须臾，乃有十余人，青衣引入。有绿裳者前曰："某姓杨氏。"指一人曰："李氏"。又一人曰："陶氏。"又指一绯衣小女曰："姓石，名阿措。"各有侍女辈。玄微相见毕，乃坐于月下。问行出之由，对曰："欲到封十八姨。数日云欲来相看不得，今夕众往看之。"坐未定，门外报封家姨来也，坐皆惊喜出迎。杨氏云："主人甚贤，只此从容不恶，诸处亦未胜于此也。"玄微又出见封氏，言词泠泠，有林下风气③。遂揖入坐，色皆殊绝，满座芬芳，馥馥袭人。命酒，各歌以送之，玄微志其一二焉。有红裳人与白衣送酒，歌曰："皎洁玉颜胜白雪，况乃青年对芳月。沉吟不敢怨春风，自叹容华暗消歇。"又白衣人送酒，歌曰："绛衣披拂露盈盈，淡染胭脂一朵轻。自恨红颜留不住，莫怨春风道薄情。"至十八姨持盏，情颇轻佻，翻酒污阿措衣，阿措作色曰："诸人即奉求，余不奉畏也。"拂衣而起。十八姨曰："小女弄酒。"皆起至门外别，十八姨南去，诸人西入苑中而别。玄微亦不至异。明夜又来，欲往十八姨处。阿措怒曰："何用更去封妪舍，有事只求处士，不知可乎？"诸女皆曰："可。"阿措来言曰："诸女伴皆住苑中，每岁多被恶风所挠，居止不安，常求十八姨相庇。昨阿措不能依回④，应难取力。处士倘不阻见庇，亦有微报耳。"玄微曰："某有何力得及诸女？"阿措曰："但求处士每岁岁日与作一朱幡，上图日月五星之文，于苑东立之，则免难矣。今岁已过，但请至此月二十一日平旦，微有东风，即立之，庶可免也。"玄微许之，乃齐声谢曰："不敢忘德。"各拜而去。玄微于月中随而送之，逾苑墙乃入苑中，各失所在。乃依其言，至此日立幡。是日东风振地，自洛南折树飞沙，而苑中繁花不动。玄微乃悟诸女曰姓杨、姓李及颜色衣服之异，皆众花之精也。绯衣名阿措，即安石榴也。封十八姨，乃风神也。后数夜，杨氏辈复至愧谢，各裹桃李花数斗，劝崔生："服之，可延年却老。愿长如此住护卫，某等亦可至长生。"至元和初，玄微犹在，可称年三十许人。

---

① 耽道：嗜好道术。
② 蒿莱：野草，杂草。
③ 林下风气：林下，幽僻之境。指女子仪态娴雅、举止大方。
④ 依回：犹豫不决。本文亦见《博异志》，作"低回"，指迁就、迎合，义较长。

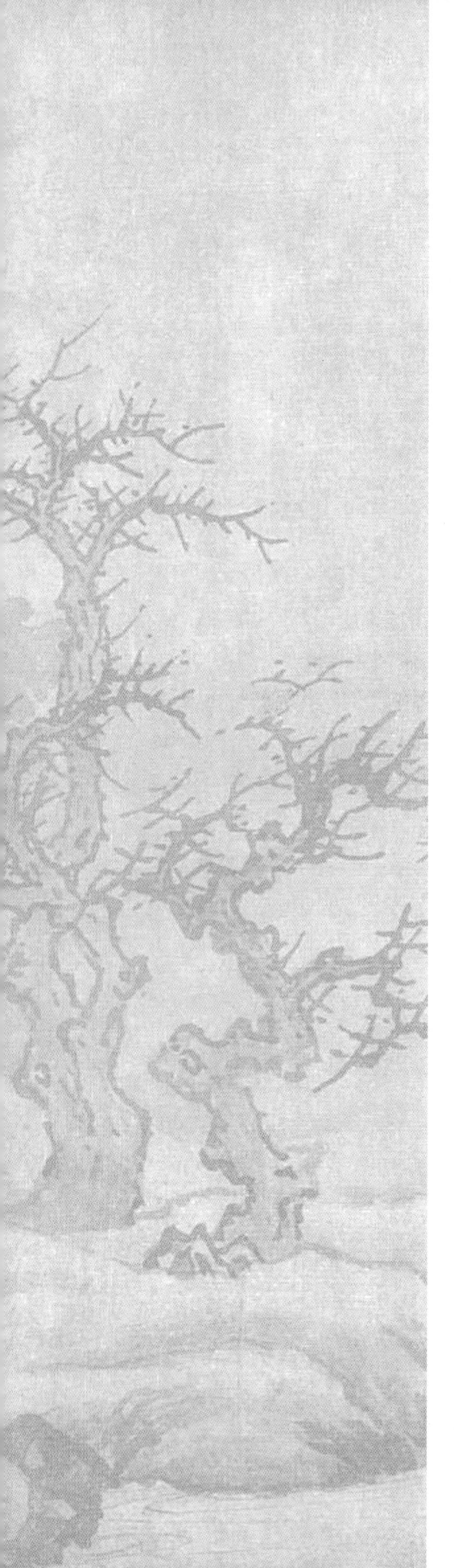

贬误

"贬误",指出错误。本章多方参证,抉取当时衣冠言行谬误辨析考订,钩稽世所流行的隽语传说廓清渊源。

◎ 蹙融

有种博戏，对弈双方于棋枰之上各布五子，角逐速度，名为蹙融。成式读《坐右方》，却见谓之"蹙戎"。又曾见王充《论衡》，书秦穆公为"秦缪公"。以及往往见士林中人遇到整理行装者，必称之为"车马有行色"；称在省部台当值的官员为"寓直"，实为可笑，因收录宾客之语中甚误者，著之于此。

> 小戏①中于弈局一枰，各布五子角迟速，名蹙融②。予因读《坐右方③》，谓之蹙戎。又尝览王充《论衡》之言秦穆④为缪，及往往见士流遇人促装⑤必谓之曰"车马有行色⑥"，直台、直省⑦者云"寓直⑧"，实为可笑，乃录宾语甚误者，著之于此。

---

① 小戏：小游戏。
② 蹙融：一名"蹙戎"，"戎"字谓模拟战争，是一种角逐速度的棋类游戏。最早叫"塞"，《庄子·骈拇》有个故事，说臧和谷两个人分别牧羊，结果羊群全部走失，问臧丢羊的原因，臧说我找了个地方看书，一回神，羊就不见了；谷说我"博塞以游"，找人下棋去了。可知上迄先秦，该游戏已很流行。游戏棋盘呈四方形，象"四时"，局道纵横，对弈双方各布五枚棋子，按照"塞、白、乘、五"四种点数行走，"塞"为一步，"白"为两步，"乘"不明，"五"通"无"，没有点数，遇到"五"时，棋子不能行进，所以在汉代，该游戏又称"格五"。棋子行进而遇敌时，似乎是可以跳跃的，最终最先全数抵达敌境者为胜，与今天的跳棋和飞行棋颇相仿佛。蹙融使用的彩具并非骰子，也不是陆博等游戏的"博箸"，具体是何物，以及更详细的玩法，诸如棋子能否连跳等，则不甚

明了。

③ 坐右方：《座右方》，《隋书·经籍志》载，该书有八卷，作者是南朝梁人庾元威。唐代李匡义《资暇集》："庾元威《座右方》所言虋戎者，今之虋融也。"

④ 秦穆：（约前683—前621年）嬴姓，名任好，在位期间任用名臣，称霸西戎，《史记》列入"春秋五霸"之一，谥号"穆"。部分文献，如西汉刘向的《说苑》、东汉应劭《风俗通义》等书为"秦缪公"。

⑤ 促装：急匆匆地整理行装。

⑥ 车马有行色：《庄子·盗跖》："（孔子）归到鲁东门外，适遇柳下季。柳下季曰：'今者阙然，数日不见，车马有行色，得微往见跖邪？'"孔子因为不听柳下惠劝阻，执意要去游说柳的弟弟、黑道巨擘盗跖"改邪归正"（事见本书《盗侠》部分），结果被盗跖大骂一通，骂的晕头转向，狼狈而走。回到鲁城，在东门外遇到了柳下惠，柳寒暄说："孔丘，多日不见，我看你的车马像是出过远门的样子，难道你真的去见盗跖了？"所以"车马有行色"这句话，应指车马经过长途跋涉，有风尘之色；而不是"车马负载行囊，有将要远行之色"。

⑦ 直台、直省：三省六部及御史台。汉代以尚书为中台，御史为宪台，皆称台。因直属中央，故曰直。

⑧ 寓直：寄于其他署衙当值。

◎ 灵芝无根

唐文宗太和初年，段成式在浙西观察使李德裕幕中任事。一次李德裕张灯设宴，请的都是关系近密的熟客，大家熟不拘礼，直喝到半夜，谈兴未艾。名士清晏，少不了月旦人物，谈及当朝诗人优劣，李德裕道："世人都说'灵芝无根，醴泉无源'这句话出自张九龄，实际不然。张九龄是取虞翻《与弟求婚书》'芝草无根，醴泉无源'一句，变'芝草'为'灵芝'而已。"段成式后来偶得《虞翻集》，果如李德裕所言。

文宗开成初年，段成式入集贤院供职，集贤院是帝国规模最大的图书馆，在这里，他首度读到了王充的《论衡》。王充自称"门第寒微"，有人因此讥笑于他，王充道："鸟类没有世代相传的凤凰，兽类没有种系相传的麒麟，人也没有世代相传的圣贤。倘以为必须祖宗有贤名，子孙才能仿效，不啻是说醴泉必然出自旧源，嘉禾必然发自老根一样狭隘。"才知道张九龄那句"灵芝无根，醴泉无源"实际上是出自王充。

予太和初从事浙西赞皇公①幕中，尝因曲宴②，中夜，公语及国朝词人优劣，云："世人言灵芝无根，醴泉③无源，张曲江④著词也。盖取虞翻⑤《与弟求婚书⑥》，徒以'芝草'为'灵芝'耳。"予后偶得《虞翻集》，果如公言。开成初，予职在集贤⑦，颇获所未见书。始览王充《论衡》，自云"充细族孤门"，或诮⑧之，答曰："鸟无世凤凰，兽五种麒麟，人无祖圣贤。必当因祖有以效贤号，则甘泉有故源，而嘉禾有旧根也。"

---

① 赞皇公：李德裕。李德裕祖籍赵郡赞皇县，唐穆宗长庆二年到唐文宗太和三年任浙西观察使。段、李两家世交，所以年近三十岁时，段成式选择投奔世兄李德裕，在他的使府中做幕僚，以为历练。

② 曲宴：私宴。

③ 醴泉：甘甜的泉水；也指雨。

④ 张曲江：张九龄（678—740年），字子寿，韶州曲江（今广东韶关）人，世称"张曲江"，唐玄宗开元年间宰相，著名诗人。"灵芝无根，醴泉无源"一句，见张九龄所撰《徐徵君碣铭》。

⑤ 虞翻：（164—233年）字仲翔，会稽余姚（今浙江余姚）人，三国孙吴官员。此人既是经学大师，训注经典无数，亦通医卜，还擅使长矛，身手敏捷，脚程极快，自称能日行三百里。事孙权时，数度犯颜，有次孙权宴请群臣，亲自起身为诸卿斟酒，群臣莫不端起酒樽，毕恭毕敬，唯独虞翻醉玉颓山，趴在席上装睡，理都不理，待孙权回座，他忽然又精神抖擞地起身坐好，完全是一副"我刚才是在装醉"的样子。孙权大怒，拔剑要砍死他，大司农刘基死死抱住，孙权怒道："曹孟德尚杀孔文举，孤于虞翻何有哉！"刘基苦劝："孟德轻害士人，天下非之。大王躬行德义，欲与尧、舜比隆，何得自喻于彼乎？"连哄带激，才打消了孙权的杀意。但虞翻刚肠直质，言行全无顾忌，屡婴逆鳞，孙权最终忍无可忍，将其流放交州。

⑥ 与弟求婚书：虞翻写给弟弟，请他帮自己的长子物色一门婚事的短幅家书："长子容当为求妇，其夫如此，谁肯嫁之者。远求小姓，足使生子，天其福人，不在旧族。扬雄之才，非出孔氏之门。芝草无根，醴泉无源。家圣受禅，父顽母嚚。虞世家法，反出痴子。"大意是："差不多该给大儿子虞容找个媳妇儿了，这小子如此草包，哪个姑娘肯嫁！只好从寒门小族里找一个，能传宗接代就行了。我想，上天要赐福的话，跟门第也没什么关系，扬雄就不是名门望族出身（扬雄家累世农桑）。灵芝无根，甘泉无源，虞氏一族的先圣虞舜，父母暴虐，结果培养出了受禅于唐尧的圣人；咱们家世代风教整密，没想到反而出了个傻子。"从信的内容看，虞翻的长子似乎资质不佳，虞翻在委托弟弟之余，一方面自我譬解，说小门小户也能诞育宗匠，一方面忍不住大事嫌弃自己儿子，耿直

毒舌，可见一斑。
⑦ 集贤：集贤院，唐玄宗开元年间置，初名丽正书院，是唐代最大的图书典藏机构，兼具典籍庋藏、修纂、侍讲顾问，以及教育人才功能。唐文宗开成二年，段成式守制期满，承荫入仕，第一份正式工作，是任秘书省校书郎，负责校理典籍，这是唐代士人起家良选，清雅之职，能够接触到巨量藏书，所以他说"颇获所未见书"。秘书省与集贤院职能相似，两署校书郎时常互调，因此《唐书》虽载段成式官秘书省，本处他自己却说"职在集贤"。段成式开成六年撰安国寺寂照和尚碑，自署"宣德郎、守秘书省著作郎、充集贤殿修撰"，亦可为证。
⑧ 㗛：嘲笑。

◎ 别字

范传正当年考进士，省试作了一篇《风过箫赋》，文藻典丽，传诵一时。不过他犯了个错误，把萧字写成了竹字头的箫，其实应是"萧艾"的萧。《荀子》云："如风过萧，忽然已化。"这句话义同"草上之风必偃"，说的是君子之德教化世人，就像大风吹过，萧艾伏倒一样，上面的人垂范表率，世人就会跟着效仿。而今错"萧"为"箫"，为时已然不短，譬如我看《淮南子》就有这样一句："夫播棋丸于地，圆者趣窐，方者止高，各从其所安，夫人又何上下焉。若风之过箫也，忽然感之，可以清浊应矣。"高诱注云："清商，浊宫也。"一误再误，彻底把萧误用为箫了。

> 范传正①中丞举进士，省试②《风过竹赋③》，甚丽，为词人所讽。然为从竹之"箫"非萧艾④之"萧"也。《荀子》云："如风过萧，忽然已化。"义同"草上之风必偃⑤"，相传至今已为误，予读《淮南子》云："夫播棋丸于地，圆者趣窐⑥，方者止高，各从其所安，夫人又何上下焉。若风之过箫也，忽然感之，可以清浊应矣。"高诱注云："清商⑦，浊宫也。"

---

① 范传正：唐邓州顺阳人，字西老。贞元十年进士，试博学宏辞科亦高第，吏部复试，书判皆登甲科。历官监察御史，歙州、湖州、苏州刺史，迁宣歙观察使。早年端严精悍，后期日益腐化，用度奢侈，侵夺公帑，为唐宪宗所薄，贬光禄卿而卒。

② 省试：唐代尚书省礼部主持举行的科举考试。相当于明清的会试。
③ 风过竹赋：应是《风过箫赋》。
④ 萧艾：艾蒿，臭草。
⑤ 草上之风必偃：《论语·颜渊篇》："君子之德风，小人之德草，草上之风必偃。"
⑥ 窐 [wā]：低洼之处。
⑦ 商：商声，古代五音（宫、商、角、徵、羽）之一。古谓其调凄清悲凉，故称清商。

◎ 知易行难

相传当年道钦禅师在径山传法，凡是有人前来问道，禅师随口应对，皆含至理。经济名臣刘晏曾上山参谒禅师，请求指点迷津，禅师为他说偈，让他捧炉而听。刘晏听禅师翻来覆去总是强调"诸恶莫作，众善奉行"，忍不住道："这个道理，三尺童子皆知。"禅师应道："三尺童子皆知之，百岁老人行不得。"这句话至今被世人视作至理名言。

不过成式读梁元帝《杂传》载道："晋惠帝末年，洛阳有位耆域和尚，是得道高僧。他施展过一门极其神妙的分身术，让他的本体在长安寺庙里进食，同时，数万里外的流沙国也出现了一个耆域，与该国人共餐于石人之前。一次，僧人竺法行稽首求法，耆域登上座位道：'守口摄意，心莫犯戒。'竺法行道：'大师乃得道高僧，应当传授些我等未知之法，似此之言，八岁沙弥也能背诵。'耆域笑道：'八岁而致诵，百岁不能行。'世人只想从成功者处讨取能走捷径的经验，却少有人懂得实践即是所愿。"可见传说中道钦禅师的那句名言早有他出。

> 相传云，释道钦①住径山②，有问道者，率尔而对，皆造宗极。刘忠州晏，尝乞心偈。令执炉而听，再三称"诸恶莫作，众善奉行"。晏曰："此三尺童子皆知之。"钦曰："三尺童子皆知之，百岁老人行不得。"至今以为名理。予读梁元帝《杂传》云："晋惠末，洛中沙门耆域③，盖得道者。长安人与域食于长安寺，流沙人与域食于石人前，数万里同日而见。沙门竺法行尝稽首乞言，域升高坐曰：'守口摄意，心莫犯戒。'竺语曰：'得道者当授所未听，今有八岁沙弥亦以诵之。'域笑曰：'八岁而致诵，百岁不能行。'嗟乎！人皆敬得道者，不知行即是得。"

① 释道钦：道钦（714—792 年），亦称径山道钦禅师，唐代牛头宗径山派初祖，苏州昆山人，俗姓朱。初为儒生，二十八岁遇玄素禅师，祝发为僧，修习牛头禅法。天宝年间入余杭径山结庐，参学者甚众，蔚为径山一派。代宗大历中诏至京师，朝野名士归依信受者甚多，世人敬称"功德山"。
② 径山：在今杭州西北，因有小径通于天目山而得名。
③ 耆域：西晋咒法僧，天竺人。

◎ 闻声断案

相传，晋国公韩滉任镇海军节度使，驻节润州，一天晚上，携幕友上万岁楼喝酒。喝得正畅快，韩滉忽然停杯不语，露出倾听之状："你们听，是不是有女人的哭声？哪里传来的？"侍从回答说是某街。次日一早，韩滉责成有司逮捕昨夜哭泣的女人，下狱审问，女人说昨夜丈夫猝死，所以啼哭，此外并无别情。韩滉却不这么认为，坚持继续追查，那负责审案的官儿连审两天也没审出个什么名堂，忧惧焦躁，天天守在女人亡夫尸体之旁琢磨。忽见一群大青蝇飞集尸体头部，官员拨开死者发髻一看，只见一根大铁钉楔入头颅，正好堵着伤口，因此血不能出，由于所藏隐秘，连仵作也没验出来，只道死者确系疾病暴亡。再去讯问那女人，女人无法抵赖，如实招供，果然是她与邻居通奸，灌醉丈夫，用钉子钉入丈夫头顶，将其害死的。官员对韩滉佩服得五体投地，韩滉道："也没什么，只不过那天晚上我听这女人的哭声一味急促，殊无哀戚之情，倒像是因为害怕才勉强装出来的，因知有异。"

按，韩滉是唐代有名的大画家，名作《五牛图》传世至今，其感官敏锐而心思细密，且五识俱通，不特眼力高明，耳力亦复卓逸。

王充《论衡》记载：春秋郑国名相公孙侨一天早晨出门，听见妇人哭声，愕然而止，扶着仆人听了半响，随即下令拘捕妇人审讯。后来证实，这妇人的确有问题，那天早上，她刚杀了丈夫，在假惺惺地哭泣。仆人问公孙侨："大人是怎么知道的？"公孙侨道："大凡世人的感情，都是知道亲友爱人患病则忧，亲友爱人将死则惧，亲友爱人死后而哀。这个女人，丈夫已经死了，她的哭声却不哀而惧，有违常情，由此判断，其中或有奸情。"

相传云，韩晋公滉在润州，夜与从事登万岁楼①。方酣，置杯不说，语左右曰："汝听妇人哭乎？当近何所？"对："在某街。"诘朝，命吏捕哭者讯之，信宿狱不具。吏惧罪，守于尸侧。忽有大青蝇集其首，因发髻验之，果妇私于邻，醉其夫而钉杀之，吏以为神。吏问晋公，晋公云："吾察其哭声疾而不悼，若强而惧者。"王充《论衡》云："郑子产②晨出，闻妇人之哭，拊仆之手而听。有间，使吏执而问之，即手杀其夫。异日，其仆问曰：'夫子何以知之？'子产曰：'凡人于其所亲爱，知病而忧，临死而惧，已死而哀。今哭已死而惧③，知其奸也。'"

---

① 万岁楼：未知始建于何世，东晋安帝隆安年间，王恭镇守京口时改造并命名为万岁楼。
② 子产：公孙侨（？—前522年），春秋郑国人，郑穆公之孙。郑简公二十三年执掌国政，锐意改革，发展农业，择贤用能，修订并公布法律条令。执政数年，郑国大治，《史记》记载："为相一年，竖子不戏狎，斑白不提挈，僮子不犁畔。二年，市不豫贾。三年，门不夜关，道不拾遗。四年，田器不归。五年，士无尺籍，丧期不令而治。"治国二十六年而死，丁壮号哭，老人儿啼道："子产去我死乎！民将安归？"
③ 今哭已死而惧：《论衡》原文为"今哭夫已死，不哀而惧"。

◎ 急智

唐太宗有一次请臣工吃饭，每人面前上了一大块香喷喷的烤肉。吃这种肉不能直接拿起来啃，得切，切肉要上手，切完一手油。皇上在上面坐着，不能因为沾了一手油就擅自离席去洗手，来来往往不成体统，只好凑合着拿手巾揩揩便算，揩得揩不干净也无所谓了。

宇文士及却懒得拿手巾，大约平时在家吃饭养成习惯了，随手抓起张面饼一擦，擦完正要扔，忽然感觉两道冰冷锋锐的目光从天而降，宇文士及一个激灵反应过来：不好！这可不是在家，是在咱们勤俭戒奢的皇上眼皮子底下呢。于是宇文士及面不改色，目不斜视，慢慢把面饼吃了。

该故事出自刘𫗧的《传记》，在唐代非常有名，衍生出许多版本，其中一个版本，当事人换成了唐德宗和太子李诵（后来的唐顺宗）。说德宗驾临东宫用膳，太子亲自切羊腿伺候，洗手完手却不取手巾，在桌子上拿起张面饼拢在手上一擦，忽然余光瞥见父皇神色不善，似乎是要发怒，忙顺势把面饼卷卷吃了。

李德裕的《次柳氏旧闻》又说,当事人应是唐肃宗而非唐德宗。

> 相传云,德宗幸东宫,太子亲割羊脾①,水泽手,因以饼洁之。太子觉上色动,乃徐卷而食。司空赞皇公著《次柳氏旧闻②》又云是肃宗。刘餗③《传记④》云:"太宗使宇文士及⑤割肉,以饼拭手。上屡目之,士及佯不寤,徐卷而啖。"

贬误

---

① 脾:通"髀",大腿。
② 次柳氏旧闻:李德裕撰。唐肃宗上元年间,高力士谪发黔中道,常与同徙黔中的史官柳芳谈及开元、天宝宫廷往事。李德裕之父李吉甫曾与柳芳之子柳冕交游,因得闻之,后说与李德裕。文宗时,德裕追忆父言,著成此编。
③ 刘餗[sù]:字鼎卿,徐州彭城人,刘知几次子,官至右补阙。
④ 传记:刘餗辑录从六朝至唐玄宗朝稗闻轶事的笔记,共三卷,今佚。
⑤ 宇文士及:长安人,隋朝右卫大将军宇文述之子,弑杀隋炀帝的宇文化及之弟。尚隋炀帝女南阳公主。初随其兄化及起兵,败而降唐,从李世民征讨宋金刚、王世充等,晋爵郢国公。历中书令、蒲州刺史、右卫大将军。

◎ 应声虫

相传有个果毅都尉身患重病,心神不宁,并出现了一种奇怪症状,每次开口说话,肚子里便有个声音跟着复述一遍,仿佛是养了只学舌的八哥在肚子里似的。他遍求医师,皆不能治,后来听说名医张文仲医道高超,不论什么疑难杂症,都是手到病除,因往求诊。张文仲看了奇道:"如此怪病,我还是第一次遇到,古方之中,亦未必见得有载。"那果毅都尉听着,心直沉了下去。张文仲沉吟半晌,忽道:"有了。"取出一部本朝初苏恭、长孙无忌等人编修的药典《本草》,请果毅都尉照着诸种药材之名,一味一味读下去,整部书读完,读其中六七味药物时不听腹中怪声复述,张文仲便将这六七味药物配成一剂,果毅都尉服下,立时痊愈。

此事出自《朝野佥载》,另外,刘餗的《传记》亦录相似之事:有个身患应声怪病的患者去问医官苏澄,苏澄说:"没有治这种病的成方,只能替你现配。我写的这部《本草》网罗天下药材,你且读读看。"患者读一种药材,腹中声音便跟着复述一遍,读到某种药时,那声音戛然而止,患者反反复复读了多次,腹中缄默异常,接下来再读其他药物,那声音又复述如初。苏澄便以那声音不应的药材为主,配了一剂药，患者服下立愈。

到宋代，该故事又有阐发，陈正敏的《遁斋闲览》记：淮西士子杨勔，也患有此病，且随时间迁延，腹中声音越来越大。后来遇到一个道士，道士说："足下腹中寄生着一只应声虫，必须赶紧医治，否则祸及妻儿。"杨勔忙请教疗法，道士说："你回去翻读各种药典，读到哪味药材，虫子不应声时，就说明找到了此虫的克星，服食即可。"杨勔依言回去搜读药书，读到"雷丸"，虫忽无声。雷丸是寄生在竹子根部的一种蘑菇，古代医家谓之能杀虫消积，常用以驱杀肠内寄生虫。杨勔大喜，服食了几粒，霍然而愈。后来陈正敏去到福建长汀，见有乞丐当街卖艺，表演的正是应声技，围观者甚众，无不称奇。等人群散了，陈正敏同乞丐攀谈，告诉他这个医治的法门，乞丐苦笑婉拒说："某贫，无他技，所以求衣食于人者，唯借此尔。"

> 相传云，张上客①艺过十全②。有果毅③，因重病虚悸，每语腹中辄响，诣上客请治，曰："此病古方所无。"良久思曰："吾得之矣。"乃取《本草》令读之，凡历药名六七不应，因据药疗之，立愈。据刘𫗧《传记》，有患应病者，问医官苏澄。澄言："无此方。吾所撰《本草》，网罗天下药可谓周。"令试读之，其人发声辄应，至某药，再三无声，过至他药，复应如初。澄因为药方，以此药为主。其病遂差。

---

① 张上客：张文仲，洛阳人，御医，武后时官尚药奉御。精医术，尤善疗风疾。
② 十全：谓医术精奇，治病十治十愈。《周礼·天官·医师》："岁终，则稽其医事，以制其食，十全为上，十失一次之。"郑玄注："全犹愈也。"贾公彦疏："谓治十还得十。"
③ 果毅：果毅都尉，折冲府副官，每折冲府置左右二人，上府从五品下，中府正六品上，下府正六品下，协助长官折冲都尉共掌本府府兵。

◎ 借书

活字印刷术问世前，书籍为珍秘之物，得之不易，入手的途径，无非亲自手抄，或者购买，但购买也很艰难，非通都大邑无法购置。入手之后，庋藏也颇费事，要想方设法地谨防受潮、虫蛀、破损。囿于当时的条件，某些书籍一旦丢失损坏，便是永诀，再无重读的机会，是故大凡藏书之家，惜书如宝，非知交至好，等闲不肯出借。唐人杜暹甚至在家书中谆谆告诫子孙，不准卖书及出借，否则便是不孝："清俸买来手自校，子孙读之知圣道，鬻及借人为不孝。"那个时代，借书不比借钱容易。凡上门借书，总要带份礼物才显得求人之诚，当时有句谚语道："借书一瓻，还书一瓻。"瓻即酒壶，借书还书各带一壶酒去，是礼物，也是礼节。

后来，这句话传走了样，"借书一瓻"，先是传成了"借书一嗤"——出借书籍的人会被耻笑，继而又被传作"借书一痴"——出借书的是傻子，大违古训本义。唐李匡文《资暇集》："借借书籍，俗曰：'借一痴，借二痴，索三痴，还四痴。'……古人云：古谚'借书一嗤，还书二嗤。嗤，笑也。'后人更生其词，至三四，因讹为痴。"宋邵博《邵氏闻见后录》："俗语借与人书为一痴，还书与人为一痴。予每疑此语近薄，借书还书，理也，何痴云？后见王乐道《与钱穆四书》《出师颂书》，函中最妙绝，古语：'借书一瓻，还书一瓻。'欲以酒二尊往，知却例外物不敢。"

《酉阳杂俎》记此语嬗变说：今人云，借书、还书是"二痴"。不过据杜预写给其子杜耽的家书可见，"痴"应是"嗤"字的讹变："为父知道你很想用功，特命回乡的人替你带了书籍，你誊录之后，当妥善收藏。最好腾间屋子出来专门用于藏书，不要借给旁人。古谚云：'有书借人被人笑，借书送还也被人笑。'"

> 今人云，借书、还书等，为二痴。据杜荆州①书告耽②云："知汝颇欲念学，今因还车致副书，可案录受之。当别置一宅中，勿复以借人。古谚云：'有书借人为嗤③，借人书送还为嗤也。'"

---

① 杜荆州：杜预（222—285年），西晋京兆杜陵（今西安）人，字元凯。司马昭妹婿。晋武帝立，为河南尹，迁度支尚书，在朝七年，损益万机，时号"杜武库"。咸宁四年，拜镇南大将军、都督荆州诸军事，次年，与王濬分兵伐吴，两年功成，封当阳县侯。吴灭，镇守荆州，兴修水利，引诸水灌田万余顷，百姓颂称"杜父"。
② 耽：杜耽，杜预的第三子。
③ 嗤：嘲笑。

◎ 种胡子

今人称瘦损之病为"崔家疾"。查《北史》可知，北齐李庶不长胡子，时人呼为天阉。博陵人崔暹之兄崔谌揶揄他说:"何不用锥子在下巴上刺他几十个洞,从仆人之中挑选些好看的胡子拔了种进去?"李庶道:"这个法子,尊驾不妨先在你家人身上试试,倘若眉毛种得,再来教我种胡须。"原来当时崔谌家族有种遗传病(多有眉毛脱落者),世人都说滹沱河是崔氏的墓地,是故李庶以此反唇相讥。

> 世呼病瘦为崔家疾。据《北史》,北齐李庶①无须,时人呼为天阉②。博陵③崔谌,暹④之兄也,尝调之曰:"何不以锥刺颐作数十孔,拔左右好须者栽之。"庶曰:"持此还施贵族,艺⑤眉有验,然后艺须。"崔家时有恶疾,故庶以此调之。俗呼滹沱河⑥为崔家墓田。

---

① 李庶:北齐黎阳人,北魏大司农李谐次子。方雅好学,以清辩知名。历位尚书郎、司徒掾、临漳令。魏收撰《魏书》,言李庶门第贫贱,李庶不忿兴讼,被下狱而死。
② 天阉:男子娶妻而无嗣者,通常指生殖能力缺陷。
③ 博陵:博陵郡,北齐治今河北衡水安平县。
④ 暹[xiān]:崔暹(?—559年),北齐博陵安平人,字季伦。少年结姻司空高乾,又为高欢之子高澄赏识,先后任吏部郎、御史中尉,高澄主政,擢度支尚书,兼右仆射,委以心腹之寄。文宣帝高洋建立北齐,受人构陷,革职抄家,其家贫匮,四壁萧然,唯存高欢、高澄与其论国事书信千余纸,仍治其罪,流徙荒远苦役。又被诬告谋反,锁送晋阳。后昭雪,复官太常卿,文宣末年,位至尚书右仆射、仪同三司。
⑤ 艺:种植。
⑥ 滹[hū]沱河:源出山西泰戏山,东流河北平原,在献县和滏阳河汇为子牙河。至天津,会北运河入海。全长540公里。

◎ 阴刀鬼

唐代风俗,门上贴虎头,上书"虘"字,说虘是阴司带刀之鬼,能辟除瘟疫。《汉旧仪》说,汉代以傩戏驱逐疫鬼,又立桃人、芦苇绳、沧耳、老虎画像等,这些东西都是出自度朔山大桃树下鬼门关前,神荼郁垒两大神将捉鬼的传说。古人书写是竖版,"沧耳"二字,便被误合为了"虘"字。

俗好于门上画虎头，书"蠻①"字，谓阴刀鬼名，可息疫疠也。予读《汉旧仪》，说傩逐疫鬼，又立桃人、苇索、沧耳、虎等。"蠻"为合"沧耳"也。

---

① 蠻[jiàn]：传说鬼死为蠻。

◎ 喽啰

段成式任校书郎时，听同僚说，俗语所说的"楼罗"，出自天宝年间。当时的进士分东西棚，各擅声势，稍微粗俗之辈则大多聚集于酒楼吃馎饦，此辈便被称为"楼罗"。后来段成式读梁元帝《风人辞》，就中写道："城头网雀，楼罗人着。"则知"楼罗"一词，由来已久。这句话另有一个版本作："城头网张雀，楼罗人会着。"

按，楼罗就是后世所称"喽啰"，原指办事干练、机灵，乃至豪杰之辈，唐人苏鹗《苏氏演义》："娄罗者，干办集事之称。"《敦煌词·定风波》："攻书学剑能几何，争如沙场骋偻逻。手执绿沉枪似铁，明月，龙泉三尺斩新磨。"后用以形容鲜卑等胡人难以辨析的语音，类似今天说的"叽里咕噜""呜哩哇啦"之类，渐具贬义，《通典》："娄罗胡语，直置难解。"又兼入短小精悍义，《宋史》："张思钧起行伍，征讨稍有功。质状小而精悍，太宗尝称其楼罗，自是人目为小楼罗焉。"到元明戏剧小说，演变为绿林小卒的代称。

予在秘丘①，尝见同官说，俗说楼罗，因天宝中进士有东西棚，各有声势，稍伧者多会于酒楼食毕罗，故有此语。予读梁元帝《风人辞》云："城头网雀，楼罗人着。"则知楼罗之言，起已多时。一云："城头网张雀，楼罗人会着。"

---

① 秘丘：指秘书省。

◎ 绰号

传说曹著好为侮弄轻薄之语，喜欢臧否人物，曾给一个达官取绰号叫热鏊上的猴子，这其实是前人旧语。若论官员名士的恶毒绰号，《朝野佥载》收录最多，诸如："魏光乘喜欢替人取绰号，姚崇身材高大，走路又快，魏光乘便私底下说他是'赶蛇的鹳鹊'；侍御史王旭矮小黑丑，取个绰号叫'烟熏的水蛇'，水蛇被烟一熏，自然蜷缩，不复伸长；杨仲嗣轻躁冒失，绰号叫'热鏊上的猴子'。"

段成式《庐陵官下记》另载有一段曹著巧对谜语的故事："曹著机辨。有客试之，因作谜云：'一物坐也坐，卧也坐，立也坐，行也坐，走也坐。'著应声曰：'在官地，在私地。'复作一谜云：'一物坐也卧，立也卧，行也卧，走也卧，卧也卧。'客不能晓。曹曰：'我谜吞得你谜。'客大惭。"先一题谜底是蛤蟆，后者是蛇。"在官地，在私地"典出《晋书》：有一次，"何不食肉糜"的痴呆天子晋惠帝闲逛华林园，耳听蛙声一片，惠帝很好奇，问左右："你们说，蛤蟆属于官家，还是属于民间？"侍臣回奏："在宫里叫的是官方蛤蟆，在民间叫的是民间蛤蟆。"惠帝道："那么应该给官方蛤蟆发工资。"

> 世说曹著轻薄才，长于题目人。常目一达官为热鏊上猢狲，其实旧语也。《朝野佥载①》云："魏光乘好题目人。姚元之②长大行急，谓之趁蛇鹳鹊。侍御史王旭③短而黑丑，谓之烟薰水蛇。杨仲嗣躁率，谓之热鏊上猢狲。"

---

① 朝野佥载：唐初才子张鷟所撰笔记，记隋唐两代朝野佚闻，亦多谐谑怪诞传说，武后朝事收录尤夥，对武则天时期朝政亦颇多讥评。

② 姚元之：姚崇（650—721年），字元之，唐玄宗朝名相。

③ 王旭：太原祁县人，武周时为兖州兵曹。此人仕途前期的官运，是靠杀叛逆同党杀出来的，神龙政变，张柬之等诛张易之、昌宗兄弟，王旭自行处决张昌宗兄昌仪，持首级赴东都，由是迁并州录事参军。唐隆政变，李隆基诛杀韦后，王旭又效前法，自作主张斩韦后党羽周仁轨，携首级赴长安邀功。开元初，累迁左台侍御史，刑具酷烈，大兴冤狱，朝野畏鄙，曾审讯剑南令赃罪，杀县令而淫其妻。与监察御史李嵩、李全二酷吏并称"三豹"，时人语曰："若违教，值三豹。"寻以贪赃贬龙平尉，愤恚而死，人皆称快。

◎ 雨后小珠

蜀中有条石笋街，传说正当海眼所在，每逢夏日大雨过后，往往可以于街上拾得五颜六色的小块珠玉，世人多不知这些珠玉是哪里来的。蜀僧惠嶷说："史料记载，当年成都少城的建筑，多以金璧珠翠为饰，及桓温破蜀，恶其奢侈，一把火给烧了。那些珠玉，都聚于石笋街附近，今人拾取者，有些带有穿线的小孔，难道就是史料中所载的吗？"

开成初年，我读《三国典略》，记得其中一段写道：梁武帝大同年间，暴雨，宫殿之前出现了许多杂色小珠，梁武帝面有喜色，中书侍郎虞寄便作了一篇《瑞雨颂》称颂圣德，梁武帝十分满意，对虞寄之兄虞荔道："此颂清拔，卿之昆仲真乃当世二陆也。"

按，石笋街的杂色小珠，南宋姚宽《西溪丛语》云为昔日大秦古寺的宝石门帘，寺毁后珠玉散落泥涂，偶尔被雨水冲刷而出："旧说昔为大秦寺，其门楼十间，皆以真珠翠碧贯之为帘，后毁，此其遗迹。每雨后，人多拾得珠翠异物。"

> 蜀石笋街①，夏中大雨，往往得杂色小珠，俗谓地当海眼，莫知其故。蜀僧惠嶷曰："前史说蜀少城②饰以金璧珠翠，桓温③恶其大侈，焚之，合在此。今拾得小珠，时有孔者，得非是乎？"予开成初读《三国典略④》，梁大同中骤雨，殿前有杂色珠。梁武有喜色，虞寄⑤因上《瑞雨颂》。梁武谓其兄荔⑥曰："此颂清拔，卿之士龙⑦也。"

---

① 石笋街：成都古街，相传由古蜀王的笋状墓碑得名，东晋《华阳国志》："明帝……时蜀有五丁力士，能移山，举万钧。每王薨，辄立大石，长三丈、重千钧为墓志，今石笋是也，号曰笋里。"此碑到唐代仍巍然可见，杜甫《石笋行》："君不见益州城西门，陌上石笋双高蹲。"杜光庭《石笋记》："成都子城西曰兴义门，金容坊有通衢，几百五十步，有石二株，挺然耸峭，高丈余，围八九尺。"故址相当于今成都金牛区石笋街一带。

② 少城：古成都有太城、少城，皆为秦惠王时期张仪所筑。少城在西，秦代为工商业及官署所在。晋时益州刺史治太城，成都内史治少城。唐末高骈建罗城，将太城少城合一，随废。

③ 桓温：（312—373年）字元子，谯国龙亢（今安徽怀远）人，少年姿貌瑰玮，豪爽任侠，曾独闯仇家灵堂手刃父仇，朝野知名，被认为是具有平定天下之潜力

的奇才。尚南康长公主，出任琅邪太守，得庾翼赏识，拔都督青徐兖三州诸军事、徐州刺史。庾翼死后，朝廷为沮抑庾氏，以桓温接掌荆州刺史，都督荆梁四州军事，谯国桓氏正式崛起。永和三年，桓温未经朝廷允许，率军溯流西上，一举攻克成都，覆灭割据四川的氐族成汉，进位征西大将军，封临贺郡公。永和五年，后赵皇帝石虎驾崩，桓温抗表请求北伐，无果，随后政敌殷浩两度北伐，皆大败而归。永和十年，在桓温施加压力下，殷浩贬为平民，自此内外大权，尽归桓温。同年，领兵北伐关中，粮草不继败还，两年后卷土重来，攻陷洛阳。兴宁元年进位侍中、大司马、都督中外诸军事，位极人臣。次年严令清查户口，厉行土断，检括出大量流民隐户，增加了国家财政收入。太和四年，借北伐之故，兼并了实力强劲的北府兵，将徐州刺史收入掌中，然而此次北伐，遭遇前燕名将慕容垂，北伐军死伤过半，惨败退却。经此重创，桓温唯恐权力失堕，急欲立威，诚如他所说"既然不能流芳千古，那么不妨遗臭万年"，于太和六年提兵入朝，废黜皇帝司马奕，迎丞相司马昱为帝，自以大司马屯重兵镇姑孰，专擅朝政。宁康元年，病重，暗示朝廷加九锡殊礼，谢安等辅政大臣故意迁延，桓温求而不得，愤怨而终。

④ 三国典略：唐人丘悦撰，以关中、邺都、江南为三国区域，记南北朝史事。
⑤ 虞寄：字次安，会稽馀姚人，在梁为中书侍郎，入陈为太中大夫。
⑥ 荔：虞荔，虞寄之兄，字山披，梁时为中书舍人，侯景之乱，逃归乡里。入陈，官至东扬、扬州二州大中正。
⑦ 士龙：指西晋陆云，与兄陆机合称"二陆"，皆文坛宗师。此是梁武帝以庾氏兄弟比之二陆。

◎ 今日饮酒醉

有个好为谑谈的人说，从前有个某氏，嗜酒如命，为了买酒搞得倾家荡产，终日沉于醉乡。朋友在他门上写道："今日饮酒醉，明日饮酒醉。"邻人读而不解其义，道："今日饮酒醉，这算什么屁话！"而今的读书人都知道这个笑话。

其实这句话出自北齐大将斛律羡。《谈薮》云："北齐高祖高欢有一次大宴群臣，酒酣，命群臣作歌，武卫斛律羡拍案唱道：'朝亦饮酒醉，暮亦饮酒醉。日日饮酒醉，国计无取次（朝夕饮乐，国事荒废）。'高欢道：'斛律羡敢于直言，不事谄媚，真君子也！'"

俗好剧语①者云，昔有某氏，破产贳②酒，少有醒时。其友题其门阖云："今日饮酒醉，明日饮酒醉。"邻人读之不解，曰："今日饮酒醉,是何等语?"于今青衿之子③,无不记者。《谈薮》云:"北齐高祖常宴群臣,酒酣,各令歌。武卫斛律丰乐④歌曰:'朝亦饮酒醉,暮亦饮酒醉。日日饮酒醉,国计无取次。'帝曰:'丰乐不谄,是好人也。'"

---

① 剧语:戏谑之语。
② 贳[shì]:借贷、赊欠。
③ 青衿之子:读书人。《诗经》:"青青子衿,悠悠我心。"《毛传》:"青衿,青领也。学子之所服。"
④ 斛律丰乐:斛律羡,字丰乐,北齐朔州敕勒部人,谨慎忠直,尤擅骑射,官至幽州刺史,捍御突厥,胡马不敢南窥,称之"南面可汗",封荆山郡王。其兄即北齐名将"射雕手"斛律光,为北齐后主高纬杀害。光死后,高纬遣使至幽州,斛律羡部下劝他闭城拒使,不从,与五个儿子同被处死。

◎ 优孟衣冠

相传唐玄宗有一次命侍卫提着伶人黄翻绰丢下水再救起来,黄翻绰湿淋淋地道:"臣刚才在水里见到了屈原,他笑话臣说:'你侍奉的是圣明天子,怎么也投水了呢?'"

考《朝野佥载》,亦见类似之事:伶人高崔嵬擅演丑角装痴扮傻,一次皇帝玩兴大起,命人按入水底,过了一会儿提上来,高崔嵬呛着水还不忘大笑,皇上问他笑什么,高崔嵬道:"臣见到了屈原,他问臣说:'我遇楚怀王无道,才悲愤投水,你来此是为了何事?'"皇上一惊而起,命赏赐绸缎百匹。

又据《北齐书》:文宣帝高洋残暴无道,朝野内外,莫不心怀怨毒。典御丞李集曾当面讽谏,说皇上之暴虐,甚于桀、纣,高洋大怒,令五花大绑,沉入水中。良久拉他出来,问道:"你再说一遍,朕比桀、纣如何?"李集道:"远远不如!"于是复又沉水,如此数四,李集奏答始终如初。高洋大笑道:"天下竟有如此耿直的蠢货!朕今日方知,关龙逢、比干也不算什么杰出人物。"把李集放了。

由此可知,黄翻绰和高崔嵬两段传说,应系李集强谏的史实敷演而成的。

按,段郎未录李集的下场,《北史》:"又被引入见,似有所谏,帝令将出要斩。"高洋放了李集不久,越想越气,又命人捉了回来,李集还打算进谏,高洋哪里肯听,叫人推出去腰斩了。

相传玄宗尝令左右提优人黄翻绰①入池水中，复出，翻绰曰："向见屈原笑臣：'尔遭逢圣明，何尔至此？'"据《朝野佥载》，散乐②高崔嵬善弄痴，大帝③令没首水底，少顷，出而大笑，上问之，云："臣见屈原，谓臣云：'我遇楚怀无道，汝何事亦来耶？'"帝不觉惊起，赐物百段。又《北齐书》，显祖④无道，内外各怀怨毒。曾有典御丞⑤李集面谏，比帝甚于桀、纣。帝令缚致水中，沉没久之，后令引出，谓曰："我何如桀、纣？"集曰："向来弥不及矣。"如此数四，集对如初。帝大笑曰："天下有如此痴汉！方知龙逢、比干非是俊物。"遂解放之。盖事本起于此。

---

① 黄翻绰：玄宗时宫廷伶人，好为滑稽，常有妙语，其事在本书《语资》部分一见。
② 散乐：出演百戏的俳优。
③ 大帝：《太平广记》引《朝野佥载》作"太宗"。
④ 显祖：北齐文宣帝高洋。
⑤ 典御丞：尝食典御丞，北朝置，负责帝、后御膳的烹制及进奉，在进食前要先为帝尝，属于内侍，是皇帝亲近之职。

◎ 鲁班

今人每见栋宇巧丽，必附会说是鲁班奇工。甚至连长安、洛阳的寺庙建筑，也往往假托鲁班所造，历史常识匮乏至此。《朝野佥载》有云："鲁班是肃州敦煌人，生卒年代不详，手艺高超，鬼斧神工。他曾在凉州筑塔，模拟老鹰造了一架木制飞行器，敲击开关三下，木鹰就会起飞，鲁班常搭乘这架木鸢回家探视。不久鲁妻怀了身孕，父母大奇，以为妻子不贞，诘问之下，妻子说出了真相。后来鲁班的父亲想办法把木鹰搞到手，想过一过飞天瘾，但他不明用法，在开关上敲击了十几下，马力加得太猛，载着他一直飞到了吴地。刚下木鸢，就被当地人当成妖怪杀了。鲁班又造了一架木鹰飞到吴地，才得为亡父收尸。为报父仇，他在肃州城南竖起一尊木仙人，仙人手指东南，吴地就此大旱三年。吴人请了高明的法师，卜知是鲁班制造了干旱，于是备下重礼，前往谢罪。鲁班拆下木仙人的一只手，当日，吴地大雨。直到唐初，江南一带仍流有祭祷那尊木仙人之俗。战国时期，鲁班南游楚国，助之打造战争器械，先败越人，继而攻宋，曾驾驶木鹰飞临宋城上空，刺探敌情。"

今人每睹栋宇巧丽，必强谓鲁般奇工也。至两都寺中，亦往往托为鲁般所造，其不稽古如此。据《朝野佥载》云："鲁般者，肃州①敦煌人，莫详年代，巧侔造化。于凉州造浮图，作木鸢，每击楔②三下，乘之以归。无何，其妻有妊，父母诘之，妻具说其故。父后伺得鸢，击楔十余下乘之，遂至吴会③。吴人以为妖，遂杀之。般又为木鸢乘之，遂获父尸。怨吴人杀其父，于肃州城南作一木仙人，举手指东南，吴地大旱三年。卜曰般所为也，赍物具千数谢之，般为断一手，其日吴中大雨。国初，土人尚祈祷其木仙。六国④时，公输般亦为木鸢以窥宋城⑤。"

贬误

---

① 肃州：治今甘肃酒泉。
② 楔［xiē］：插在器物的榫子缝里使接榫处不活动的木片、木钉。
③ 吴会：秦汉会稽郡治所吴县，郡县连称吴会，当于今江苏长江以南、上海、浙北和安徽东部。唐以后多指苏州。
④ 六国：战国时期。
⑤ 公输般亦为木鸢以窥宋城：《墨子·鲁问》："公输子削竹木以为鹊，成而飞之，三日不下……公输子谓子墨子曰：'吾未得见之时，我欲得宋。'"鲁班所造木鹊，可盘旋空际三日不落。《墨子·公输》记载，鲁班为楚国打造战争机械，未及攻宋，就被墨子赶来阻止了。

◎ 误杀

《高僧传》载，宋梁之际有位杯渡和尚，不修细行，神力卓越，首度现身是在冀州，寄宿在一户人家里。这家供有一尊黄金佛像，杯渡偷了就跑，徐徐而行，主人纵马疾驰，始终追之不上。一直追到孟津河畔，河上无桥无舟，主人大喜：这下贼和尚无路可逃了！却见杯渡取出个木杯丢到河里，站在那小小的木杯上，渡河而去，世人遂呼为杯渡。

据说杯渡和尚后来去了梁国，梁武帝笃信佛学，礼遇僧侣，对杯渡好生敬仰。一次，杯渡奉梁武帝之召进宫，武帝与人对弈方酣，杯渡一进殿门，武帝刚好吃了对手一块棋子，大喊一声："杀！"侍卫误以为皇上是吩咐杀这和尚，于是一刀杀了。

所以说皇上说话一定要倍加小心,尤其是赏赦杀罚,随口一言,就是生死出入,当真"君无戏言"。张鷟的《朝野佥载》也载道:梁武帝迎请的僧人中,有位榼头大师,佛法深湛,每有神异之举,武帝礼敬有加。一次,命内侍召之入宫,俄而内侍回禀:"榼头大师到。"武帝正在下棋,欲杀对手一子,随口道:"杀!"内侍奉旨而去。一盘终了,武帝才想起榼头大师还在外面等着,忙传入,内侍禀道:"奉陛下口谕杀之,现已斩讫。"武帝大悔,问榼头大师可有什么遗言,内侍道:"大师临死前说:'我无罪,只因前世为沙弥时,不小心锄死了一条蚯蚓,那条蚯蚓的转世,正是当今皇上。皇上杀我,原是业报。'"

  俗说沙门杯渡入梁,武帝召之,方弈棋呼杀,阍者^①误听,杀之。浮休子^②云:梁有榼头师,高行神异,武帝敬之。常令中使召至,陛奏榼头师至,帝方棋,欲杀子一段,应声曰:"杀。"中使人遽出斩之。帝棋罢,命师入,中使曰:"向者陛下令杀,已法之矣。师临死曰:'我无罪。前生为沙弥,误锄杀一蚓,帝时为蚓,今此报也。'"

---

① 阍〔hūn〕者:看门人。
② 浮休子:即《朝野佥载》的作者张鷟。

◎ 贵门寒婿

古人沐浴洗脸,常用一种名为藻豆或澡豆的东西,孙思邈《千金翼方》:"面脂手膏,澡豆衣香,士人贵盛,皆是所要。"言乳液、护手霜、藻豆、熏衣香为豪右贵族必备。藻豆配伍多样,大致以豆粉为主,混合去污剂和香料制成,《外台秘要》载有一剂"崔氏澡豆",配方如下:

"白芷、芎、皂荚末、葳蕤、白术、蔓荆子、冬瓜仁、栀子仁、栝蒌仁、荜豆、猪脑、桃仁、鹰屎、商陆,上十四味,诸药捣末……以冬瓜瓤汁和为丸,每洗面,用浆水,以此丸当澡豆用讫,敷面脂如常妆,朝夕用之。"

配方中包括大量药材,当然也不乏如鹰屎之类可怕之物。用此物洗脸,"悦面色如桃花,光润如玉,去粉刺"。洗罢脸,敷面脂,化常妆,其洁面、护肤、化妆的次序,大略与今天一致。唐人有方在手,就可以自行调配,所以倘若进了哪位小姐闺房,发现药材盈室,先不必急着担心她的健康,也许人家只是在研制化妆品。

庶族寒士的生活起居就没有这样讲究，有些人压根不知道藻豆为何物。段文昌有位幕僚，名叫陆畅，江东人氏，此人言谈不够审慎，常被好事者拿来改成笑话。段成式小时候就听人说过这么一段：说陆畅攀上了名门闺秀，娶得宰相董晋的孙女为妻。豪门生活奢侈，早晨一起床，大群婢女手捧铜盆，以及装着藻豆的银匣，来伺候姑爷梳洗。藻豆名虽为豆，实际上有豆状，也有粉末状，陆畅不识，以为是晨间点心，统统就着水吃掉了。后来朋友问他："怎么样老兄，豪门娇客的滋味爽不爽？"陆畅苦着脸道："别提了，豪门有些规矩真是让人受不了，比如每天早上刚起床就端来一盒子辣味炒粉给我吃，难吃至极，根本吃不下去。"

陆畅的悲惨遭遇，东晋权臣王敦深有体会。《世说新语》载，王敦娶了襄城公主，家里的配套设施随之升级。有一回上厕所，见厕中放有一只漆箱，里面盛满了干枣。王敦不知道这是用来塞鼻孔防臭的，还以为是专供如厕解闷的零食，放怀大嚼，吃得干干净净。打着饱嗝从厕所出来，早有婢女擎来贮水的金漆盘，呈上一琉璃碗藻豆，伺候他洗手。王敦也不认得藻豆，以为又是点心，尽数倒进水里，调的跟稀粥似的稀里呼噜一饮而尽，婢女们都掩口偷笑。

> 予门吏陆畅①，江东人，语多差误，轻薄者多加诸以为剧语。予为儿时，常听人说陆畅初娶童溪②女，每旦，群婢捧匜③，以银夋盛藻豆，陆不识，辄沃水服之。其友生④问："君为贵门女婿，几多乐事？"陆云："贵门礼法甚有苦者，日俾予食辣麨⑤，殆不可过。"近览《世说新书⑥》云："王敦⑦初尚公主，如厕，见漆箱盛干枣，本以塞鼻，王谓厕上下果，食至尽。既还，婢擎金漆盘贮水，琉璃碗进藻豆，因倒著水中，既饮之，群婢莫不掩口。"

---

① 门吏陆畅：门吏，此处指幕僚故吏。陆畅，字达夫，湖州人。元和元年进士。历迁秘书丞、江西观察判官。唐文宗大和年间，曾为淮南节度使段文昌使府从事。大和九年，除凤翔行军司马。
② 童溪：应是董溪（763—811年），字惟深，河中虞乡人，德宗朝宰相董晋之子。明经出身，官至商州刺史，因盗用军资被黜，流封州，赐死于湘中。韩愈《唐故朝散大夫商州刺史除名徙封州董府君墓志铭》："公讳溪，字惟深……长女嫁吴郡陆畅。"
③ 匜 [yí]：古代盥器。形如羹勺，柄上有流水道，用来倒水洗手。
④ 友生：朋友。
⑤ 麨 [chǎo]：炒米、炒面或米粉面粉。

⑥ 世说新书：即《世说新语》。
⑦ 王敦：(266—324 年) 字处仲，晋琅琊临沂人，王导堂兄。尚晋武帝司马炎之女襄城公主。与堂弟王导一同辅佐晋元帝建立东晋，担任大将军、江州牧，封汉安侯。元帝即位，拜侍中、大将军、江州、荆州牧。手绾重兵，怀不臣之心，两击建康，屠戮朝臣，死后被发柩斩尸。

◎ 卦辞

焦赣《易林·乾卦》云："道涉多阪，胡言迷蹇。译喑且聋，莫使道通。"考梁元帝萧绎所著《易连山》，多引用《归藏》《斗图》《立成》《委化》《集林》及焦赣的《易林·乾卦》，卦辞也与焦赣的《易林》卦辞雷同，应系相互传抄之误。

> 焦赣①《易林》②·乾卦》云："道涉多阪，胡言迷蹇。译喑且聋，莫使道通。"据梁元帝《易连山》，每卦引《归藏》③《斗图》④《立成》《委化》《集林》及焦赣《易林·乾卦》，卦辞与赣《易林》卦辞同，盖相传误也。

① 焦赣：字延寿，西汉梁人，汉昭帝时，由郡吏举小黄令，易学家京房之师。
② 易林：《焦氏易林》，十六卷，源出《周易》，将六十四卦之每一卦再变六十四卦，共计四千零九十六卦。
③ 归藏：相传为《周易》以前的古占卜书，三《易》之一。《周礼》："掌三《易》之法，一曰《连山》，二曰《归藏》，三曰《周易》。"
④ 斗图：《隋书·经籍志》："《易斗图》一卷，郭璞撰……《易立成》四卷……《周易委化》四卷，京房撰。"

◎ 怪诞隐语

段成式在其他书中提到过郑涉好作怪诞隐语，比如："天公映冢，染豆削棘，不若致余富贵。"今人以为奇语。其实郑涉此言，是本自佛家《佛本行集经》："自穿藏阿逻仙言，磨棘画羽为自然义。"

予别著郑涉好为查语①，每云："天公映冢，染豆削棘②，不若致余富贵。"至今以为奇语。释氏《本行经③》云："自穿藏阿逻④仙言，磨棘画羽为自然义。"盖从此出也。

---

① 查语：怪诞或不拘礼度的话，也叫"查谈"，属于民间隐语，大略相当于后世的"春点"以及今人所谓的"梗"。
② 削棘：削棘造猴，事出《韩非子》：战国时期，有人求见燕王，自称可以在棘刺的尖端雕刻猴子，企图以此骗取厚禄。经臣下谏言，燕王发觉虚妄，乃杀之。
③ 本行经：《佛本行集经》，原典至今未能发现，汉译本为隋代阇那崛多译，叙述世尊诞生、出家、成道等事迹，及佛弟子归化之因缘。
④ 阿逻：阿罗逻迦蓝。太子释迦牟尼夜出王宫，自脱衣冠为沙门后，拜访的第一位外道仙人，实为数论派学者，论道数月，释尊不能满意而去。

◎ 阳羡书生

故事出自《续齐谐记》，说东晋孝武帝朝，江左阳羡人许彦任兰台令史。一次拿了口大铜盘送给宰相张散。张散看了看，没觉得有什么稀奇，许彦见宰相满脸不屑，忙说起这盘子的来历。

许彦早年游历绥安山，发现山路旁的草丛中躺着个书生打扮的少年。许彦出言询问，书生哼哼唧唧道："小弟伤了脚，疼得厉害，走不了路。兄台能不能行行好，带我一程？"

当时许多名士喜欢养鹅，比如王羲之就是鹅痴，许彦也好此道，此番出门背了一笼子鹅，未乘坐骑，不知要怎么"带他一程"。书生道："让我坐在鹅笼里就好。"

许彦愕然，开什么玩笑，这小小鹅笼怎么装得下你？

那书生坚持要试一试，许彦无奈，解下鹅笼，书生便当真钻了进去，坐在两头鹅旁边，居然并不显得拥挤，鹅也安之若素，不曾受惊。许彦背起鹅笼一掂，笼中虽多了一人，似乎也没增加重量。

走了半响，许彦腹中饥饿，到树荫下休息。书生爬出笼子，说了不少感激的话，又道："小弟带有些薄馔，请与兄共享。"咧开大嘴，吐出一只铜匣。许彦吓了一跳，嘴巴里怎么会吐出这种东西！只见书生慢慢打开匣子，内中盛满了好酒好菜，酒具餐具，无不悉备，书生一样一样端出，摆开一大摊。菜肴热气腾腾，香味扑鼻，仿佛刚刚出锅，两人大快朵颐。

酒过数巡,书生道:"我还有个同行的姑娘,不如叫她来一起喝酒。"许彦道:"甚好。"书生便张开嘴,"哇"地吐出个娇滴滴的女孩子,约莫十五六岁,衣服绮丽,容貌殊绝。三人造膝共饮,言笑晏晏。

过不多时,书生不胜酒力,首先醉倒。姑娘瞥了一眼,低声对许彦道:"我另有一位意中人,想唤出相见,请君为我保密。"姑娘便从小嘴里拽出个二十余岁的年轻男子,生得英俊清秀,见了许彦,殷勤问好。

三人吃喝一阵,书生若有所觉,姑娘忙吐出一围锦障隔开书生。时间久了书生将醒,那姑娘又吞下男子,自己与许彦对坐。刚刚坐好,书生也趔趔趄趄走了出来,拱手道:"真是抱歉,我竟然睡了这么久,累兄独坐独饮。天色已晚,小弟就此别过。"姑娘也与许彦道别,便被书生吞入,食器餐具一同纳入口中。只留下一枚铜盘,道:"无以为谢,此物赠君,聊作纪念。"就是送给宰相张散这枚。

张散听了盘子的来历,啧啧称奇,仔细端详,只见盘上铭文题刻着"永平三年",那是东汉明帝的年号,距当时已三百多年。

佛门《譬喻经》云:"昔梵志施术,吐出一壶,壶中有个女子,两人张设屏风,住在了一起。梵志睡了一会儿,女子趁机施术,也吐出一壶,壶中有个男子,两人共卧。梵志醒来,女子先吞男子,梵志又吞女子,柱杖而去。"成式认为,《续齐谐记》的作者吴均或是看过佛经的这个故事,觉得设定有趣,因敷演成了志怪作品。

《续齐谐记①》云:"许彦于绥安②山行,遇一书生,年二十余,卧路侧,云足痛,求寄鹅笼中。彦戏言许之,书生便入笼中。笼亦不广,书生与双鹅并坐,负之不觉重。至一树下,书生乃出笼,谓彦曰:'欲薄设馔。'彦曰:'甚善。'乃于口中吐一铜盘,盘中海陆珍羞,方丈盈前。酒数行,谓彦曰:'向将一妇人相随,今欲召之。'彦曰:'甚善。'遂吐一女子,年十五六,容貌绝伦,接膝③而坐。俄书生醉卧,女谓彦曰:'向窃一男子同来,欲暂呼,愿君勿言。'又吐一男子,年二十余,明悟可爱,与彦叙寒温,挥觞共饮。书生似欲觉,女复吐锦行障障书生。久而书生将觉,女又吞男子,独对彦坐。书生徐起,谓彦曰:'暂眠遂久留君,日已晚,当与君别。'还复吞此女子及诸铜盘,悉纳口中,留大铜盘与彦,曰:'无以籍意,与君相忆也。'"释氏《譬喻经④》云:"昔梵志作术,吐出一壶,中有女,与屏处作家室。梵志少息,女复作术,吐出一壶,中有男子,复与共卧。梵志觉,次第互吞之;柱杖而去。"余以吴均尝览此事,讶其说,以为至怪也。

① 续齐谐记：南朝梁吴均撰志怪集。吴均（469—520年），吴兴故鄣（今浙江湖州安吉北）人，字叔庠。家世寒贱，好学有俊才，为沈约称赏。官至奉朝请。撰《齐春秋》，武帝以内容不实，书焚官免。又奉命撰《通史》，未竟而卒。
② 绥安：绥安县，治今江苏宜兴西南。
③ 接膝：促膝，形容坐的很近。
④ 譬喻经：《杂譬喻经》，内容多譬喻因缘以说明善恶业报，汉文本为鸠摩罗什译。

◎ 烈士池

相传天宝年间，嵩山道士顾玄绩携带巨款漫游市肆之间。游逛数年，相中一人，强拉着上酒楼喝酒，喝得大醉，两人因此结交。此后一年，顾玄绩单是请那人喝酒，就花了数百两银子。常言道"礼下于人，必有所求"，那人见顾玄绩殷勤逾常，疑心他有什么极大的难题要自己帮忙，一次顾玄绩又要请客，那人忍耐不住，求他见告。顾玄绩笑道："不瞒老弟，贫道在炼一炉九转金丹，方今已历八转，再得一转，大功即成。只是这最后一关非同小可，除我之外，须另有一坚忍之士在旁相守，至为关键的是，整个晚上，不能口吐一言。贫道下山游历数载，阅人千万，惟有老弟胆大心细，神静气凝，是万中无一之选。只求老弟劳顿一夜，丹成之后，你我分食，届时携手遨游太虚，与天地同寿，岂不美哉。"那人道："道长待我之情，死不足酬，这等小事，何不早说。"顾玄绩大喜，两人即日便上嵩山而来。

登上嵩山一座险峰，岩峦深处一道洞窟，洞中九尺丹炉，乳泉滴沥，乱松闭影。顾玄绩取出干粮二人吃了，即日焚香告祭，上表天罡，黄昏时分，顾玄绩交给那人一块云板道："敲击此板，可知更次，五更时将有人来此，切切记得莫要与他们交谈。"那人道："道长放心，我绝不作声。"

转眼便到五更，忽听得马蹄声大作，数乘快马奔至，马上的武士大声喝令，令那人避让，那人想起顾玄绩的交代，岿然不动。有顷，人马杂沓，一人玄衣冠冕，装束有如帝王，在仪仗侍卫扈拥之下来到跟前，问道："你是何人，为何不避？"那人一声不吭。帝王大怒，叱令左右斩之。刀光斩落，那人恍若坠入了梦境，再看自己时，竟已变成了婴儿。

这一世，他投生在富商之家，而夙因不昧，始终未曾忘了顾玄绩的嘱托，从小到大，不哭不语，家人都以为他是哑巴。到弱冠之年，父母替娶了妻子，生下三个儿子。婚后岁月还算平静，只是妻子总闷闷不乐。一日，妻子忽然哭道："你这哑巴，连声都不会出，这样的日子还有什么可过的！"举刀杀了两个儿子，还要再杀幼子时，那人魂飞魄散，狂叫出口："不要！"刹那万千往事倒灌而回，猛然惊醒，但见残星在天，丹炉依然，他仍旧好端端坐在那洞窟里，汗透重衣。忽地一声巨响，丹炉震裂，那炉将成的丹药夹着紫焰火光，破空飞去不见。

同一类型的故事，亦见玄奘大师的《大唐西域记》：中天竺婆罗疤斯国鹿野苑以东有一干涸水池，叫做救命池，又叫烈士池。数百年前有个隐士于此池侧结庐而居，练成一身惊人神通，能使瓦砾为宝，人畜易形，只是未能臻至那驭风乘云、长生不死的神仙境界，法术再强，终不过百年一瞬，毫无意义。后来因缘际会，偶然得到一部前古异书，其中载有一门解脱尘孽的仙术，术不难练，但施展之时，需一位信勇坚毅的烈士持刀护法，却十分难求。隐士踏遍红尘，苦觅经年，皆不如愿。偶然在城中遇到一人，他以慧眼妙视，一眼看出此人合用，于是借故结交，引他来到池畔，赠以五百金银，道："使尽了只管来取，切莫见外。"如此一而再，再而三，烈士蒙隐士恩惠无数，心中不安，请求效命。隐士道："无他，只求一夕不言。"烈士慨然道："死尚不辞，这有何难。"于是设坛施法，烈士执刀立于坛侧。一夜无事，眼看天将破晓，术将功成，烈士蓦地大叫一声："不可！"那法术结界登时震破，引动漫天流火如雨飞坠，隐士道声"不好！"急拉烈士潜入池水之中，良久狼狈而出，四外庐舍悉成焦炭。隐士埋怨道："说好了不要出声，何故惊叫？"烈士道："昨夜受命之后，昏然若梦，看见从前雇佣我做事的主人亲自到来，对我款语慰问。我因先生的嘱托，不与交谈，主人以为我倨傲无礼，震怒之下，将我杀了。继而托生在南天竺大婆罗门之家，出世之后备经苦厄，及乎受业、成婚、丧亲、生子，为报先生厚恩，从来未发一声，受尽亲戚刁难白眼。到六十五岁那年，妻子提起匕首横在我儿子脖颈上，威胁我说：'我知道你不是哑巴，为何这一生之中从来不跟我说一句话，我难道就这样不堪吗！你再不说话，我杀了儿子。'我自念先生之托，已是前生之事，而今年及朽迈，膝前只此一子，慌乱之下，忍不住发声。"隐士道："你所见一切，皆是心魔幻象，都是我不好，累你受苦了。"烈士听了这话，悲事不成，愤恚而死。此地由是得名烈士池。

今观之，烈士池应系该故事在中土流播之滥觞，顾玄绩的故事，应是以此为蓝本变化而成的。

按，该故事另有一经典版本，即宰相牛僧孺《玄怪录》的《杜子春》。宰相为志怪，士林间好此道者，谁不闻知？何况段郎博洽，不该未见过《玄怪录》，之所以不提，或是敬重李德裕的缘故。

相传天宝中，中岳道士顾玄绩尝怀金游市中。历数年，忽遇一人，强登旗亭，扛壶尽醉。日与之熟，一年中输数百金。其人疑有为，拜请所欲。玄绩笑曰："予烧金丹八转矣，要一人相守，忍一夕不言，则济吾事。予察君神静有胆气，将烦君一夕之劳。或药成，相与期于太清也。"其人曰："死不足酬德，何至是也。"遂随入中岳。上峰险绝，岩中有丹灶盆，乳泉滴沥，乱松闭景。玄绩取干饭食之，即日上章封罢。及暮，授其一板①云："可击此知更，五更当有人来此，慎勿与言也。"其人曰："如约。"至五更，忽有数铁骑呵之曰避，其人不动。有顷，若王者，仪卫甚盛，问："汝何不避？"令左右斩之。其人如梦，遂生于大贾家。及长成，思玄绩不言之戒。父母为娶，有三子。忽一日，妻泣："君竟不言，我何用男女为！"遂次第杀其子。其人失声，豁然梦觉，鼎破如震，丹已飞矣。释玄奘《西域记》云："中天婆罗痆斯国②鹿野③东有一洄池，名救命，亦曰烈士。昔有隐者于池侧结庵，能令人畜代形，瓦砾为金银，未能飞腾诸天，遂筑坛作法，求一烈士。旷岁不获。后遇一人于城中，乃与同游。至池侧，赠以金银五百，谓曰：'尽当来取。'如此数返，烈士屡求效命，隐者曰：'祈君终夕不言。'烈士曰：'死尽不惮，岂徒一夕屏息乎！'于是令烈士执刀立于坛侧，隐者按剑念咒。将晓，烈士忽大呼，空中火下，隐者疾引此人入池。良久出，语其违约，烈士云：'夜分后惝然若梦，见昔事主躬来慰谕，忍不交言，怒而见害，托生南天婆罗门④家住胎，备尝艰苦，每思恩德，未尝出声。及娶生子，丧父母，亦不语。年六十五，妻忽怒，手剑提其子："若不言，杀尔子。"我自念已隔一生，年及衰朽，唯止此子，应遽止妻，不觉发此声耳。'隐者曰：'此魔所为，吾过矣。'烈士惭恚而死。"盖传此之误，遂为中岳道士。

---

① 板：应指云板之类，富贵人家和寺庙击以报时。
② 婆罗痆斯国：也译作"贝纳勒斯"，即今印度瓦拉纳西，位于印度北方邦东南部，坐落在恒河中游左岸，是佛教、印度教、耆那教圣地。
③ 鹿野：鹿野苑，佛祖成道后初转法轮之地，位于瓦拉纳西北六公里处。《大唐西域记》载，从前森林鹿王与人族国王协议，国王罢猎，鹿群每日选取一鹿供奉。一次，有怀胎母鹿膺选，向鹿王哀求："我虽中选当死，我的孩子不该随我同死。"鹿王道："悲哉慈母之心，恩及未形之子！我替你去罢。"于是代母鹿入邑领死。国王大奇："你是鹿王，何必前来送死？"鹿王道："有母鹿当死，胎

子未产,心不能忍,敢以身代。"国王闻言喟叹:"你虽是鹿,实具人心;我枉为人,禽兽不如。"于是释放鹿群,布施树林。其地遂得名施鹿林,又称鹿野苑。

④ 婆罗门:古印度社会最高等的种姓,为僧侣、学者、祭司、贵族。

◎ 阿赖耶

相传,从前一行法师参谒华严宗法藏大师,法藏请一行就座,接谈少刻,法藏问:"你看我的精神之体现在何处?"一行默察许久,道:"大师方才乘白马从寺门驰过。"法藏又问:"现在呢?"一行惊道:"危险!大师在塔尖上做什么?"法藏道:"聪敏明悟,果不虚传,不妨再作一观。"一行默运神通,尽力谛观,却无论如何也找不到法藏精神所在,急得满头大汗,脸面通红,良久,若有所悟,施礼道:"大师莫非进入了普贤境界?"

集贤校理郑符也讲过类似的故事:柳宗元的叔叔柳中庸精通易理,一次造访普寂禅师,禅师说:"柳居士且卜一卜贫僧心思所在。"柳中庸卜课道:"大师的心思,正在前檐第七根椽子处。"又问了一次,柳中庸也答对了。禅师道:"世上万物皆逃不出天数,贫僧要逃上一逃,请居士再卜一次。"柳中庸卜算多时,瞿然而惊:"大师寂然不动,已入极致境界,非在下能知。"

诜禅师本传也载道:梵僧日照三藏去见诜禅师,禅师只在房里坐着,并不迎接,日照三藏直言相责:"大师何以为了俗事,入此喧嚣之中?"禅师微微眨眼,不发一言。日照三藏又道:"立处高过人头尚且不可,岂容你置身于飞鸟之上?"禅师道:"我前一心处于闹市之中,后一心处于塔尖之上,三藏皆一语道破,果然高明,且看看现在我心何处?"日照三藏弹指数十,欢喜赞叹:"此境空寂,真乃涅槃境界。"

其实像这种变换自身精神主体,令对方捉摸不透的故事,早在先秦古籍《列子》中已见记载:江湖上赫赫有名的巫师季咸从齐国来到郑国,此人相法通神,能预见生死、存亡、福祸、寿夭,言出必中,列子登门求教,一番长谈,心折神醉,回去告诉老师壶丘子。壶丘子道:"哦,你请他来一趟,替我也相一相。"翌日,列子带季咸来见壶丘子,季咸相了一会儿,悄悄对列子道:"尊师面如死灰,大限已到,请节哀顺变。"列子抢入师父房间,伏地大哭,壶丘子道:"傻孩子,为师没事。我适才所示,是大地静止之相,他看我生机闭塞,以为我将寿终。你明天再请他来。"翌日,季咸再至,相过之后,出来告诉列子:"幸好昨天尊师遇上了我,今日气色便见好转，死气之中，已微露生机。"列子入告师父，壶丘子道："我适才所示之相，吸取了少许天地之交的力量，天地相交，则生气萌动。此子善察秋毫，因有是言，明日你可再请他来一趟。"翌日，季咸复至，刚进去一会儿便出来了，皱眉道："尊师精神恍惚，今天无法看相。"列子入告，壶丘子道："我适才显示的，是太虚混沌，阴阳平衡之态，小子无知，却道我精神恍惚。你明日再请他来罢。"翌日，季咸又至，进了壶丘子房间，还没站定脚，突然目露惊怖骇绝之色，面容扭曲，夺门狂逃，列子追之不及，入告师父，壶丘子道："我方才示之以绝对虚空之相，与万化冥合，山川与我无异，天地与我无异，我如茅草，随风而倒，我如流水，随波而去，他能感觉到的只有他自己的意识，再也找不到我的存在，因此骇异而逃。"

由此可见，该故事源流何在，委实难讲，各个故事，或存在相互混杂的情况。比如晋代有个人投掷五木（骰子），无论怎么掷都能掷出最大的点数"卢"，王衍解释道："他不过是记住了第一把掷出卢的技巧，以后历次抛掷，皆如其法而已。"王衍此语，当时人以为名言，实际上是取《列子》"钓后于前"一句之义。世人易欺，多如此类。

相传云，一公①初谒华严②，严命坐，顷曰："尔看吾心在何所？"一公曰："师驰白马过寺门矣。"又问之，一公曰："危乎！师何为处乎刹末也？"华严曰："聪明果不虚，试复观我。"一公良久，泚颡，面洞赤，作礼曰："师得无入普贤③地乎？"集贤校理郑符云："柳中庸④善《易》，尝诣普寂⑤公。公曰：'筮吾心所在也。'柳云：'和尚心在前檐第七题。'复问之，在某处。寂曰：'万物无逃于数也，吾将逃矣，尝试测之。'柳久之瞿然曰：'至矣。寂然不动，吾无得而知矣。'"又诜禅师⑥本传云："日照三藏⑦诣诜，诜不迎接，直责之曰：'僧何为俗入嚣湫⑧处？'诜微瞋⑨，亦不答。又云：'夫立不可过人头，岂容摽身鸟外？'诜曰：'吾前心于市，后心刹末。三藏果聪明者，且复我。'日照乃弹指⑩数十，曰：'是境空寂，诸佛从自出也。'"予按《列子》曰："有神巫自齐而来，处于郑，命曰季咸⑪。列子见之心醉，以告壶丘子⑫。壶丘子曰：'尝试与来，以吾示之。'明日，列子与见壶丘子。壶丘子曰：'向吾示之以地文⑬，殆见吾杜德机⑭也。'尝又与来，列子又与见壶丘子。壶丘子曰：'向吾示之以天壤⑮。'列子明日又与见壶丘子，出曰：'子之先生不齐⑯，吾无得而相焉。''吾示之以太冲莫胜⑰。'尝又与来，明日又与之见壶丘子，立未定，失而走。壶丘子曰：'吾与之虚而猗移⑱，因以为茅靡，因以为流波，故逃也。'"予谓诸说悉互窜是事也。如晋时有人百掷百卢⑲，王衍⑳曰："后掷似前掷矣。"盖取于《列子》均后于前㉑之义，当时人闻以为名言。人之易欺，多如此类也。

---

① 一公：僧一行。
② 华严：(643—712年) 法藏，俗姓康，祖籍西域康居国，华严宗三祖（实际创始人）。
③ 普贤：普贤菩萨，中土佛教四大菩萨之一，乘六牙白象侍于如来右侧，与驾狮子侍如来左侧的文殊菩萨并为一切菩萨之上首。文殊象征智、慧、证，普贤象征理、定、行，两者相合，即是理智、定慧、行证完备圆满的如来本尊。此一佛二菩萨，在华严经中，称华严三圣。
④ 柳中庸：柳淡，字中庸，柳宗元的族叔。
⑤ 普寂：(651—739年) 蒲州河东（今山西永济）人，俗姓冯，承继北禅宗之祖神秀衣钵，神秀示寂，奉玄宗诏移居长安兴唐寺传法，时王公士庶，竟来礼谒，赐号大照禅师，世称华严尊者。
⑥ 诜禅师：智诜（609—702年），汝南人，十三岁出家，初从玄奘，后投禅宗五祖弘忍，长驻资州。
⑦ 日照三藏：中印度僧人，唐高宗仪凤初年来到中土传法译经。
⑧ 嚣湫：尘嚣湫隘，喻指纷扰的尘世。
⑨ 瞚：通"瞬"，眨眼。
⑩ 弹指：打响指，印度风俗中表示虔敬欢喜、警告或许诺。此处表欢喜意。
⑪ 季咸：西周郑人，神巫，传能知人生死祸福。
⑫ 壶丘子：《庄子·应帝王》作"壶子"，是列子之师。
⑬ 地文：大地之形。
⑭ 杜德机：生机闭塞。
⑮ 天壤：天地动静之态。
⑯ 不齐：不斋，谓气色变化不定。
⑰ 太冲莫朕：太冲，谓极其虚静和谐之境界；朕，征兆。指太冲之极，玄同万方，无迹无兆的状态。"吾示之以太冲莫朕"这句话是壶丘子所言。
⑱ 猗移：委曲顺从貌。
⑲ 卢：古代博戏的一种"采"，类似后世掷骰子的点数。古代樗蒲的博戏掷采打马使用的投掷用具，是名为"五木"的五枚木片，均为杏仁形，两面分别涂以黑白，黑面画雉（野鸡），白面画牛犊。抛掷五木，五者皆黑，名为"卢"；五者皆白，名为"白"，其他诸如一黑四白等亦各有采名。卢为最贵之采。

⑳ 王衍：（256—311年）西晋琅琊人，字夷甫，神情明秀，风姿详雅，幼时造访山涛，既去，山涛叹道："何物老妪，生宁馨儿！然误天下苍生者，未必非此人也。"少年清狂自高，晋武帝闻之，问其堂兄："夷甫当世谁比？"堂兄对曰："未见其比，当从古人中求之。"及长，为太子舍人，元城令，终日执玉柄麈尾侃侃清谈，世号"口中雌黄"，后进之士，莫不仿效，矜高浮诞，遂成风俗。后拜尚书令，其女为愍怀太子妃，太子为贾后所诬，王衍上表请求女儿离婚，志在苟免。司马伦诛贾后，责其身为国家大臣，贪生惧祸，毫无忠謇之操，下令终身禁锢。司马伦被杀后，复起为中书令。齐王司马冏专权，辞官。八王之乱，成都王司马颖拜王衍为司徒，王衍虽居宰辅，不念经国，专谋自保。东海王司马越拜为太傅军司。怀帝永嘉五年，司马越卒，匈奴大军围攻洛阳，都督征讨诸军事（元帅）的王衍率领十几万兵马仓皇出逃，在苦县被石勒全歼。王衍被俘，卑颜乞全，哄得石勒大悦，又劝石勒称帝，以图苟活，石勒大怒斥道："破坏天下，正是君罪！吾行天下多矣，未尝见如此厚颜无耻之人！"当晚命人推倒墙壁，将王衍生生填埋致死。临死之前，王衍痛声道："向若不祖尚浮虚，戮力以匡天下，犹可不至今日。"

㉑ 均后于前：语出《列子·仲尼》，谓后一支箭射中前一支箭箭尾的手法，诀窍在于发后箭时，所用的力道、角度与前箭完全相同。

◎ 露筋驿

相传江淮一带有处驿站，民间称之"露筋驿"。从前有人醉倒在附近，一夜之间，被蚊子吸成了一具干尸，血尽肉枯，青筋暴露而死。江德藻《北征道理记》载："自邵伯埭而过三十里外，至一地，名曰'鹿筋'。梁季以前，此地有座巡逻部队驻守的土堡。其地蚊虫极多，故老相传，有鹿从此经过，一夜之间被蚊子吃尽，惟存筋骸而已，因而得名。"

> 相传江淮间有驿，俗呼露筋。尝有人醉止其处，一夕，白鸟①蛄喝②，血滴筋露而死。据江德藻③《聘北道记》云："自邵伯埭④三十六里，至鹿筋。梁先有逻。此处足白鸟，故老云有鹿过此，一夕为蚊所食，至晓见筋，因以为名。"

---

① 白鸟：蚊子。
② 蛄喝：咕喝，吸食。

③ 江德藻：（509—565年）济阳考城（今河南商丘民权县）人，仕梁历官至中书侍郎，入陈，历仕秘书监、中书舍人，累迁通直散骑常侍，出补新喻令。曾出使北齐，著有《北征道理记》三卷。

④ 邵伯埭 [dài]：东晋太元十年，谢安主持修造的堤坝，在扬州。

◎ 浑子

长安昆明池里有座坟墓，俗称浑子冢。相传从前有个名叫浑子的浑小子，打生下来就从没听过他爹的话，他爹叫他往东他往西，他爹要水他点火。后来他爹病得要死了，思量着要葬在丘阜高地上，又怕儿子别扭脾气发作，连这件事也跟他唱反调，于是骗儿子道："我死后，你务必把我葬在水里。"接着就一瞑不视了。浑子大哭，心想："我这一生从未遵从过爹爹的意思，可谓不孝至极，这是爹爹最后的心愿，我岂能再违拗？"按照他爹说的，把他爹葬进了昆明池水底。

查盛弘之的《荆州记》也载有类似的事情："固城毗邻洹水，洹水北岸有个五女激。西汉时，有人葬入洹水，他五个女儿担心陵墓被江水冲毁，共同修造了这道石堤卫护坟墓。"又说："阴县有个逆子，家里很有钱，从小到大，事事跟他爹交代的对着干。他爹临死，想葬在山上，怕逆子不从，便嘱咐说一定要把我葬在江中的沙洲上。逆子寻思：'我从来不遵父命，今天就听他一回吧。'于是散尽家财，花大价钱在江水里筑成石冢，以土环绕，填成一座数步长的沙洲，把他爹葬在了这里。晋惠帝元康年间，石冢被激流冲毁，如今还剩数百块石头，都有半张床榻大小，堆在湍急的江水之中。"

  昆明池中有冢，俗号浑子。相传昔居民有子名浑子者，尝违父语，若东则西，若水则火。病且死，欲葬于陵屯①处，矫谓曰："我死，必葬于水中。"及死，浑泣曰："我今日不可更违父命。"遂葬于此。据盛弘之《荆州记》云："固城临洹水②，洹水之北岸有五女墩③。西汉时，有人葬洹，墓将为水所坏。其人有五女，共创此墩，以防其墓。"又云："一女嫁阴县很④子，子家赀万金，自少及长，不从父言。临死，意欲葬山上，恐子不从，乃言必葬我于渚下碛⑤上。很子曰：'我由来不听父教，今当从此一语。'遂尽散家财，作石冢，以土绕之，遂成一洲，长数步。元康⑥中，始为水所坏。今余石成半榻许，数百枚，聚在水中。"

① 陵屯：山丘。
② 洱水：据《水经注》，应是"沔水"。
③ 墩：据《水经注》，应为"激"，堤坝之前屏障激流的石垒。
④ 佷 [hěn]：违背，不顺从。
⑤ 碛 [qì]：沙石浅滩。
⑥ 元康：西晋惠帝司马衷年号，291—299 年。

◎ 射侯

如今军中武将练箭，往往在箭靶上画只鹿。李绘《封君义聘梁记》说："李绘出使梁国，观其军容，梁国主客郎中贺季指着站在马镫上飞驰射箭的骑射手夸耀，李绘道：'养由基百发百中，仍不免被楚共王申斥。'贺季无话可对。又去参观步兵射靶，那靶子是木板所制，中鹄者颇多。李绘挑刺道：'靶子上怎么没画獐？'贺季道：'我们皇上好生行善，只用木板，不必画獐。'"彼时为獐，此时为鹿，也都差不多。

> 今军中将射鹿，往往射棚①上亦画鹿②。李绩③《封君义聘梁记》曰："梁主客贺季④指马上立射，嗟美其工。绘曰：'养由⑤百中，楚恭以为辱⑥。'季不能对。又有步从射版，版记射的，中者甚多。绘曰：'那得不射獐？'季曰：'上好生行善，散不为獐形。'"自獐而鹿，亦不差也。

① 射棚：靶子。
② 画鹿：周代乡射（射箭饮酒的庆典礼仪），天子所用的箭靶上画熊，诸侯箭靶画麋，大夫画虎，士画鹿、猪。
③ 李绩：据《隋书·经籍志》，《封君义聘梁记》的作者为李绘。"绩"为"绘"字之讹。李绘，字敬文，赵郡平棘（今河北赵州）人。东魏时为丞相司马，兼散骑常侍，出使南朝梁还拜高阳内史。北齐天保初，为司徒右长史。
④ 贺季：南朝梁会稽山阴（今浙江绍兴）人，官至步兵校尉、中书黄门郎。
⑤ 养由：养由基，春秋时楚国人，一代箭神，百步外射柳叶，百发百中。晋楚鄢陵之战前习射，一发而透甲七层。及战，楚共王被晋军大将吕锜射瞎眼睛，以二箭命由基回射，由基只用一箭射中吕锜颈项，锜伏于弓套上而死，另一箭交还楚共王复命。楚军败入险地，全仗养由基连珠箭发，却敌追击。

⑥ 楚恭以为辱：《左传·成公十六年》："癸巳，潘尪之党与养由基蹲甲而射之，彻七札焉。以示王，曰：'君有二臣如此，何忧于战？'王怒曰：'大辱国。诘朝，尔射，死艺。'"养由基一箭破七层甲胄，拿去给楚共王看，表功道："大王有两个这样善射的臣下，还担心战果吗？"楚共王怒道："你们不收起轻敌之心，明早之战，非被你自矜的射术害死不可。"

◎ 枭镜

枭就是猫头鹰；镜也叫破镜，状如虎豹而略小。古人认为这一鸟一兽，出生后便吃掉自己父母，毫无天良。

唐朝人凡提起枭镜，却往往认为镜指墙壁间的一种蜘蛛，说它形状圆而扁，孵出幼虫后，必为幼虫所食。

西汉时春日祭祀黄帝，各取枭、破镜一只为祭品。因为枭食母，所以每年五月初五猎杀枭类，制成肉羹。破镜食父，此兽形如貙，目如虎。黄帝想灭绝这两种忘恩负义的恶禽恶兽，规定百官祠祭皆可任意猎取为祭品。傅玄有首赋写道："荐祠破镜，膳用一枭。"

> 今言枭镜者，往往谓壁间蛛为镜，见其形规而匾，伏子，必为子所食也。西汉春祠黄帝，用一枭、破镜。以枭食母，故五月五日作枭羹也。破镜食父，如貙①虎眼。黄帝欲绝其类，故百物皆用之。傅玄②赋云："荐祠破镜，膳用一枭。"

---

① 貙[chū]：古书上说的一种似狸而大的猛兽。
② 傅玄：（217—278年）字休奕，西晋北地泥阳（今陕西铜川耀州区）人，历散骑常侍、侍中、司隶校尉。

◎ 箭术

《朝野佥载》云：隋朝末年，箭士昝君谟射术高明，闭目盲射，应声而中，说射眼就射眼，说射嘴就射嘴。此人收了个徒弟，名叫王灵智，随他学箭多年，以为将全部本事学到了手，便打算射杀师父，独享第一箭士之名。昝君谟连弓箭也不带，只拿一把短刀在手，任凭徒弟发箭，一一击落。最后一箭射来，昝君谟张口咬住，"梭"地把箭头吐在地下，笑道："你跟我学箭三年，以为学成了全部本事，怎么样，这啮镞法我教过你吗？"

师父对弟子保持戒心，永远留一手，因为难保徒弟满师后，不会回过头来弑师。《列子》也载有师徒较艺的故事：甘蝇，古之善射者。弟子名飞卫，射术之精，犹胜乃师。飞卫有徒，名叫纪昌，以燕地牛角为弓，朔方蓬蒿为箭，一箭可射穿虱子的心脏。他自认为尽得老师真传，那么普天之下，有能力将他射杀的，也就只有老师一人了，所以务必铲除这唯一的对手，永绝后患。二人相遇于野，执弓互射，两箭在空中对撞，由于发力的技巧、发箭的手法完全一致，两支箭完美抵消了对方的力道，坠地无声，点尘不扬，就像是被人轻轻巧巧放在了地上一样。飞卫箭囊之中，少带了一支箭，率先射完，眼见纪昌夺命一箭当胸射来，随手拈起一根荆棘一抵，刺尖正抵在锋镞之上，那一箭之力，就此被他卸掉。纪昌大惊，知道自己杀不了师父，弃弓大哭，飞卫亦哭，两人抱头而哭，约为父子，刻臂立誓，不得将箭术再传第三人。

《孟子》云："逢蒙跟羿学习箭法，尽得其术后，认为天下唯有羿能胜过自己，于是杀羿。"

《朝野佥载》云："隋末，有昝君谟善射。闭目而射，应口而中，云志其目则中目，志其口则中口。有王灵智学射于谟，以为曲尽其妙，欲射杀谟，独擅其美。谟执一短刀，箭来辄截之。唯有一矢，谟张口承之，遂啮其镞。笑曰：'学射三年，未教汝啮镞法。'"《列子》云："甘蝇，古之善射者。弟子名飞卫，巧过于师。纪昌又学射于飞卫，以燕角①之弧，朔蓬之竿，射贯虱心。既尽飞卫之术，计天下敌己者一人而已，乃谋杀飞卫。相遇于野，二人交射，矢锋相触，坠地而尘不扬。飞卫之矢先穷，纪遗一矢，既发，飞卫以棘刺之端搏之而无差焉。于是二子泣而投弓，请为父子。刻臂以誓，不得告术于人。"《孟子》曰："逢蒙学射于羿，尽羿之道，唯羿为愈己，于是杀羿。"

---

① 燕角：《周礼·考工记》："燕之角，荆之干，妢胡之笴，吴粤之金锡，此材之美者也。"

◎ 拈蝇

年轻时听亲友说，早年张芬张中丞在韦皋帐下时，一次筵宴，有客试演暗器绝技，托一碗绿豆在手，拈取弹击击蝇，十无一失，技惊四座。张芬淡淡道："对付苍蝇，何必浪费粮食。"倏然出手，把示宾众，只见他两根手指捏着一只苍蝇的后腿，一放手，那苍蝇慌忙飞将出去，众人眼前一花，张芬已又捏住了那苍蝇后腿，如是再三，次次只拈后腿，其武功精妙至此，满堂叹服。又能用拳头顶着碗沿，杂耍似的走过十间之地而不落。

《朝野佥载》也载道："武周朝滕州录事参军袁思中，袁平之子，能在刀尖上立起筷子；挥蝇而起，出手拈其后脚，百不失一。"

予未亏齿时，尝闻亲故说，张芬①中丞在韦南康皋幕中，有一客于宴席上，以筹碗中绿豆击蝇，十不失一，一坐惊笑。芬曰："无费吾豆。"遂指起蝇，拈其后脚，略无脱者。又能拳上倒碗，走十间②地不落。《朝野佥载》云："伪周滕州③录事参军袁思中，平之子，能于刀子锋杪倒箸，挥蝇起，拈其后脚，百不失一。"

---

① 张芬：此人行述无考，事迹见载《诡习》部分，武艺高强，力大无比，能举七尺石碑，徒手定住双轮水磨，内力、轻功、暗器俱佳。
② 间：开间，旧式房屋的宽度单位，与"进"相对，进指建筑物纵向柱子之间的空间；间指横向柱子之间的距离。古人说的"五进五间"之类即此。
③ 滕州：应是藤州，今广西梧州藤县。滕州，今山东枣庄滕州市，金大定二十四年（1184 年）始名滕州。

◎ 罘罳

士林间多称宫殿檐下防捍鸟雀的网为罘罳，如此低级的错误，真令人难以置信。《礼记》有云："疏屏，是天子太庙的饰物。"郑玄注："屏，也叫树，就是今天所说的罘罳。上面雕镂有云气虫兽，像而今阙上的罘罳一样。"张揖《广雅》："复思谓之屏。"刘熙《释名》："罘罳在门外。罘，复也。臣下将入宫议事，见了罘罳，可以提醒他们三思。"《汉书》记载:"文帝七年,未央宫东阙罘罳起火。罘罳一向设在殿门之外,正应诸侯之象,随后果然爆发了七国之乱。"又载:"王莽迷信术数,篡汉之际,派人将渭陵、延陵园门的罘罳捣毁,说是'这样臣民就不会再想起汉朝了'。"鱼豢《魏略》载:"魏文帝黄初三年,下敕修造各门阙外的罘罳。"

成式自踏入仕途以来,见过几十位饱学的缙绅搞不清枭镜、罘罳的源流概念。

> 士林间多呼殿榱桷①护雀网为罘罳②,其浅误也如此。《礼记》曰:"疏屏③,天子之庙饰。"郑注云:"屏谓之树,今罘罳也。列之为云气虫兽,如今之阙。"张揖《广雅④》曰:"复思谓之屏。"刘熙《释名⑤》曰:"罘罳在门外。罘,复也。臣将入请事,此复重思。"《西汉》:"文帝七年,未央宫东阙罘罳灾。罘罳在外,诸侯之象。后果七国举兵。"又:"王莽性好时日小数⑥,遣使坏渭陵⑦、延陵⑧园门罘罳,曰:'使民无复思汉也。'"鱼豢⑨《魏略》曰:"黄初三年⑩,筑诸门阙外罘罳。"予自筮仕⑪已来,凡见缙绅数十人,皆谬言枭镜、罘罳事。

---

① 榱桷 [cuī jué]:屋椽。
② 罘罳 [fú sī]:汉代罘罳是修筑于宫阙之间、城墙四角、楼阁等处的一种有射击孔的墙,起瞭望、防御及装饰等作用,形制略似今天的阳台护栏。唐人所谓罘罳,则多指张挂在屋檐下防鸟雀的护网。
③ 疏屏:天子宗庙中有雕饰的屏。
④ 广雅:训诂词典,三国曹魏张揖撰,其意在增广训诂经典《尔雅》,凡不在《尔雅》者,详录品核,以著于篇,体例亦仿《尔雅》,相当于《尔雅》之续。是研究古汉语词汇及训诂学的重要资料。张揖,字稚让,清河人,魏明帝太和中为博士。
⑤ 释名:训诂著作,汉末刘熙撰。以语音寻求语义,推求事物命名的由来。刘熙,字成国,北海人。
⑥ 时日小数:时日,推算日辰吉凶的占卜术;小数,即术数,泛指阴阳卜筮、鬼神仙道、祈禳厌胜之类。
⑦ 渭陵:西汉第十一位皇帝汉元帝刘奭陵墓,位于今陕西咸阳渭城区。
⑧ 延陵:汉元帝之子汉成帝刘骜陵墓,位置同上。
⑨ 鱼豢:三国魏京兆人,官郎中。《魏略》为私作纪传体史书,叙魏史,事止明帝,今佚。
⑩ 黄初三年:公元222年,魏文帝曹丕在位。
⑪ 筮仕:指初出做官。古人出仕前,先问卜官运。

◎ 燕子

世人传说用口水浸湿泥巴筑巢、好鸣、身型较小的燕子叫汉燕。陶弘景《本草经集注》云:"紫胸、轻盈娇小的是越燕。胸部生有黑色斑纹、叫声洪亮的是胡燕,胡燕的巢很长。越燕的巢不入药用。""越"和"汉"还是小有差别的。

> 世说蓐泥为窠,声多稍小者谓之汉燕。陶胜力注《本草》①云:"紫胸、轻小者是越燕。胸斑黑、声大者是胡燕,其作巢喜长。越巢不入药用。"越于汉,亦小差耳。

---

① 注《本草》:《本草经集注》,陶弘景在《神农本草经》基础上进行整理,又增药三百余种而成的药典,原书已佚。

◎ 三足乌

我多次听朋友说起,武则天时,有人进献三足乌。传说三足乌为西王母取食,象征女主当政,武则天大喜。臣工提醒,三足乌系神话传说,不足取信,这只乌鸦的一只脚必然出自伪造。武则天笑道:"如此祥瑞,只管命史官记录便是,何必细查真伪?"《唐书》载:"天授元年,有人进献三足乌,天后以为武周之嘉瑞。天后之子李旦泼冷水道:'这乌鸦的前足是假的。'天后不悦。须臾,乌鸦那只假足就掉下来了。"

> 予数见还往说,天后时,有献三足乌,左右或言一足伪耳。天后笑曰:"但史册书之,安用察其真伪乎?"《唐书》云:"天授元年①,有进三足乌,天后以为周室嘉瑞。睿宗云:'乌前足伪。'天后不悦。须臾,一足坠地。"

---

① 天授元年:690年,是年武则天改唐为周。

◎ 挽歌

传说挽歌肇始于汉初豪士田横之死,田横自尽后,部下忌惮朝廷爪牙,不敢大哭,乃作歌以寄哀思。

挚虞《新礼议》载:"挽歌出自汉武帝朝,武帝穷兵黩武,劳民伤财,征用役夫无数,役者劳作之时所唱悲苦之歌,其声哀切,于是民间用来追悼死者,并非上古礼制。"

工部郎中严厚本说:"挽歌由来已久,《左传》记载,鲁哀公会同吴王夫差伐齐,战前,齐国将领公孙夏命部下作《虞殡》之歌,以示必死之心,此即挽歌雏形。"

成式近日读《庄子》,见云:"绋讴于所生,必于斥苦。"司马彪注解道:"绋,发音为'拂',指拖拉灵柩的绳索;讴,指挽歌。斥,意思是疏缓。苦,指急促。这句话的意思是说,挽歌是由牵拉灵柩时所喊的号子演化而来的。"

> 世说挽歌①起于田横②,为横死,从者不敢大哭,为歌③以寄哀也。挚虞④《新礼议》:"挽歌出于汉武帝,役人劳苦歌,声哀切,遂以送终,非古制也。"工部郎中严厚本云:"挽歌其来久矣。据《左氏传》,公会吴子伐齐,将战,公孙夏命其徒歌《虞殡》⑤,示必死也。"予近读《庄子》曰:"绋讴于所生,必于斥苦。"司马彪⑥注云:"绋,读曰拂,引柩索。讴,挽歌。斥,疏缓。苦,急促。言引绋讴者,为人用力也。"

---

① 挽歌:追悼死者的哀歌。
② 田横:秦末狄县(今山东淄博高青)人。本是齐国贵族,秦灭六国后沦为庶民。秦末天下大乱,随兄起兵,重建齐国。秦亡,先后率兵对抗项羽、刘邦,为韩信所破。汉朝建立,率部众五百余人逃亡海岛,汉高祖许以王侯之爵,诏赴洛阳,田横不愿称臣,于途中自刎。留居海岛的五百壮士闻讯,也全部自杀。
③ 为歌:据传田横门人作挽歌两首,一名《薤露》:"薤上露,何易晞。露晞明朝更复落,人死一去何时归。"一名《蒿里》:"蒿里谁家地,聚敛魂魄无贤愚。鬼伯一何相催促,人命不得少踟蹰。"
④ 挚虞:西晋长安人,字仲洽,历官卫尉卿、太常卿,饿死于永嘉之乱。才学渊博,著述不倦,世所钦重。
⑤ 虞殡:杜预《左传》注:"虞殡,送葬歌曲,示必死。"

⑥ 司马彪：字绍统，西晋河内温（今河南温县）人，官至散骑侍郎。曾注《庄子》，撰有《九州春秋》《续汉书》。

◎ 藏钩

前人通常认为藏钩之戏，起源于汉武帝钩弋夫人，此说的依据是辛氏《三秦记》："钩弋夫人生来双手蜷缩，无法伸展，后来汉武帝东巡遇之，亲自给她掰开，只见双手之中各藏有一枚玉钩。时人效仿，演变为藏钩游戏。"

《列子》说："玩藏钩游戏，可以通过观察神情识别出藏钩者：用不值钱的瓦石玩，玩家无需顾惜，心情放松，机变百出；用贵重的玉钩玩，生怕打坏，不免紧张；用黄金玩，玩家会有吞没之心，神思迟钝。"殷敬顺训释说："彄与抠字义同，都是指藏钩游戏。玩家分成两组，手中藏物，相互猜取。若总人数为奇数，剩下一人来往于两组人之间，叫做'饿鸱'。"

《风土记》载道："藏钩游戏，玩家分成两组较量胜负，若人数为偶数，则直接开始，若为奇数，则使一人游动而附，或属于此组，或属于彼组，名为'飞鸟'。"

唐人玩藏钩，必于正月。《风土记》也说在岁终祭祀之后开始玩。庾阐《藏钩赋序》云："腊祭之后，我们家人和宾客就开始玩藏钩了。"

> 旧言藏钩起于钩弋，盖依辛氏《三秦记》云："汉武钩弋夫人手拳，时人效之，目为藏钩也。"《列子》云："瓦抠者巧，钩抠者惮，黄金抠者昏。"殷敬顺敬训曰："彄与抠同。众人分曹，手藏物，探取之。又令藏钩，剩一人则来往于两朋，谓之饿鸱①。"《风土记》曰："藏钩之戏，分二曹，以校胜负，若人偶则敌对，若奇则使一人为游附，或属上曹，或属下曹，名为飞鸟。"又今为此戏，必于正月。据《风土记》，在腊祭②后也。庾阐③《藏钩赋序》云："予以腊后，命中外以行钩为戏矣。"

① 鸱：鹞鹰。
② 腊祭：古时岁终祭祀。
③ 庾阐：字仲初，东晋颍川鄢陵人。怀帝永嘉末，母没于石勒，阐不栉沐、不婚宦，绝酒肉垂二十年。历尚书郎、零陵太守，终于给事中。

◎ 弹棋

《世说新语》谓弹棋起源于曹魏宫廷，本是宫女嫔妃们的消遣游戏。魏文帝曹丕亦钟情此戏，他本人所作的《典论》写道："我于其他游戏都不甚措意，唯独弹棋一道，种种技法莫不熟习。听说京师有马合乡侯、东方世安、张公子等弹棋高手，常恨不能与此辈一决高低。"显然弹棋并非起源于曹魏宫廷。

唐代的弹棋，用棋子二十四枚，以颜色区别贵贱，打掉的棋子丢进一只高脚盘里。《座右方》云："白、黑各六枚棋子，依照六博棋的开局排布，棋枰形似枕。魏时的玩法，是先在棋枰中央放一枚棋子，再开始游戏，赢取十八支筹码为一都。"

> 《世说》云弹棋①起自魏室，妆奁戏也。《典论》云："予于他戏弄之事，少所喜，唯弹棋略尽其巧。京师有马合乡侯②、东方世安、张公子，恨不与数子对。"不起于魏室明矣。今弹棋用棋二十四，以色别贵贱，棋绝后一豆。《座右方》云："白黑各六棋，依六博棋形。颇似枕状。又魏戏法，先立一棋于局中，斗余者，间白黑围绕之，十八筹成都③。"

---

① 弹棋：一说起源于汉代，《太平御览》引《弹棋经序》言，汉武帝好蹴鞠（一说汉成帝），臣下认为蹴鞠运动过于剧烈，有伤身体，因荐弹棋以代，武帝从此迷上弹棋，不再蹴鞠。起初为内苑之戏，西汉末，赤眉军陷长安，宫人流离，方始传入民间；一说即《世说新语》所记："弹棋始自魏宫内，用妆奁戏。文帝于此戏特妙，用手巾角拂之，无不中。"今见诸多汉末弹棋记载，则弹棋当非始自魏宫，汉代发端说较近。弹棋的棋盘样式古怪，李商隐说："玉作弹棋局，中心亦不平。"中央高高隆起，四角也微微高耸，共有二十四枚棋子（早期为十二枚），双方各执十二，分朱墨或黑白两色。玩法不是落子，而是名副其实的弹，弹击自己的棋子，打掉对方棋子，由于棋盘中央较高，非占领中央高地，很难直接攻击对方阵地，因此衍生出许多玩法。玩法虽然激烈，仍属雅戏，对垒双方心平气和，淡泊自如，非呼卢喝雉者可比，因得文人雅士青睐。

② 马合乡侯：马朗，东汉伏波将军马援之孙，永初七年，为邓太后招入京师，封合乡侯。

③ 都：统计筹码的量词。

◎ 朝笏

《梁职仪》:"八座尚书以紫纱为囊盛装手版,手版上垂以白丝,如同毛笔。"《通志》:"今所录仆射、尚书手版,以紫皮盛裹,名曰笏。自梁朝中叶以来,唯有八座尚书可执朝笏,朝笏顶端缀以白丝,紫纱为囊,其余公卿只执手版。"

今人相传,手版用纱囊盛装,始于本朝的陈希烈,陈希烈因为朝笏别在腰上不便拿取,骑马的时候总是用帛裹一裹,交给侍从拿着,李林甫见此情形,说:"此举将开一先例。"这种说法十分失实。

《梁职仪》曰:"八座尚书①以紫纱裹手版②,垂白丝于首如笔。"《通志》曰:"今录仆射、尚书手版,以紫皮裹之,名曰笏。梁中世已来,唯八座尚书执笏者,白笔缀头,以紫纱囊之,其余公卿但执手版。"今人相传云,陈希烈③不便挽笏,骑马以帛裹,令左右执之。李右座见云:"便为将来故事。"甚失之矣。

---

① 八座尚书:六部尚书及左右仆射。
② 手版:手版与朝笏大略相似而礼制上稍有不同,《初学记》:"版主于敬,不执笏,示非记事之官也。"八座尚书执笏以记事备忘。其余公卿执手版,并无实际作用。《旧唐书》:"皆搢笏于带,而后乘马。"唐代臣工骑马上朝,笏版本应插在自己腰带上,所以陈希烈交给随从拿着,李林甫会说"开一先例"。
③ 陈希烈:宋州(今河南商丘)人。开元年间,累迁秘书少监,专判集贤院事,玄宗凡有撰述必经其手,好以神仙符瑞取媚玄宗,为玄宗器重。李林甫以其柔佞易制,引为宰相。李林甫死后,杨国忠专权,罢知政事。安禄山之乱,投降伪朝,任中书令。肃宗收复两京,论罪当斩,赐死于家。

◎ 貌寝

方今说人长得丑为"貌寝",其实貌寝不等于貌丑。《三国志·魏志》云:"大才子王粲去投刘表,刘表看他生得矮小猥琐,举止散漫,就不怎么重视他。"注云:"寝,指相貌不扬。"

今人谓丑为貌寝[1]，误矣。《魏志》曰："刘表以王粲[2]貌寝，体通悦[3]，不甚重之。"一云："貌寝，体通悦，甚重之。"注云："寝，貌不足也。"

---

[1] 貌寝：《三国志·魏志》："（刘）表以粲貌寝而体弱，通悦，不甚重也。"王粲少时去见蔡邕的时候，蔡邕倒屣相迎，在座宾客皆惊，不知来者何人，竟令旷世逸才，名满天下的蔡中郎如此激动。须臾，只见蔡邕客客气气地引着一个"容状短小"的半大孩子进来，客人更惊诧莫名。可见王粲的确生的瘦弱矮小。另，《史记·魏其武安侯列传》："武安者，貌侵，生贵甚。"司马贞索隐："服虔云：'侵，短小也。'"则貌寝一词的本义，应与短小、猥琐有关，虽不至于"丑陋"，亦相去不远，较"貌不扬"等而下之。
[2] 王粲：（177—217年）字仲宣，汉末山阳高平（今山东邹城）人。建安七子之一。先依刘表，后归曹操，任丞相掾，赐爵关内侯，魏国建，拜侍中。
[3] 通悦：通脱，不拘小节。

◎ 扁鹊

唐初，为了把作为姓氏的扁鹊之"扁"，与"扁"字常用义的读音区分开来，许多学者，譬如陆德明、颜师古等将扁鹊之"扁"，注音为"biàn"。

文宗太和末年，段郎为弟弟庆贺生辰，请来伶伦艺伎在宴会上杂戏助兴。有个说相声的把"扁鹊"读成"褊[biǎn]鹊"，段郎请一个叫任道升的客人写了个字条，予以纠正。那伎艺人说，二十年前，他在长安斋会说这一段时，有个秀才十分赞许他把"扁"字念成biǎn，说世人平时都念错了。

段郎觉得这演员是信口雌黄掩饰自己的错误，不屑与他争辩，一笑了之。后来读甄立言《本草音义》引用曹宪之言说："扁，读音'biǎn'，今人读'biàn'，非也。按，扁鹊姓秦，字越人。扁县郡属渤海。"才知道扁鹊之扁读作'biǎn'是有根据的。

予太和末，因弟生日，观杂戏。有市人小说[1]呼"扁鹊"作"褊鹊"，字上声，予令座客任道升字正之。市人言，二十年前，尝于上都斋会设此，有一秀才甚赏某呼"扁"字与"褊"同声，云世人皆误。予意其饰非，大笑之。近读甄立言[2]《本草音义》引曹宪[3]云："扁，布典反。今步典，非也。案扁鹊姓秦，字越人。扁县郡属渤海。"

① 市人小说：市人，指受市署管理的艺人，唐代城市施行坊市分离制度，不具备宋代勾栏瓦舍那样专门的演出场所，伎艺人多数固定在市区空间有限的"变场"里，或官府批准开放的聚会上，或到富商贵族府上演出，又或奉诏入宫供奉。"小说"则是讲故事、说笑话的娱乐，属于杂戏之一种，与当时寺庙的变文俗讲相似，是宋代"说话"、清代"说书"的雏形，因篇幅较短，故谓小说。
② 甄立言：许州扶沟人，隋末唐初名医甄权之弟，自学医术成才。唐初任太常丞。
③ 曹宪：扬州江都人，训诂家。仕隋为秘书学士，入唐拜朝散大夫。

◎ 博戏

今天的六博，有用点数玩的，有用妓乘玩的，乘字读作去声，指不用点数的玩法。《博塞经》云："无齿为绳，三齿为杂绳。"如今樗蒲的行棋，共有十二种点数组合（采名）。《晋书》所载呼雉呵卢的掌故，说的就是宋武帝刘裕同刘毅、诸葛长民等人在东府用樗蒲的赌具"五木"赌钱，这一盘所赌极豪，台面上积金百万。五木的点数，从高到低，分别名为：卢、雉、犊、白、开、塞、塔、秃、撅、枭，已有人掷出了"犊"，惟剩刘毅和刘裕未掷。刘毅是此中高手，信手一抛，掷成"雉"采，力压群雄，刘毅大喜：这百万豪财，终于还是归我所得！他得意忘形，忍不住撩起袍子，绕床疾走，大言道："不是我掷不出卢采。通杀尔等，雉采足矣，根本不必掷卢采出来。"此言一出，早恼了刘裕，他将五木纳入掌心，捼搓良久，撒手一抛，四木俱黑，最后一木滴溜溜旋转不定，刘裕一声暴喝，那木片随声而倒，赫然黑面朝天，五木全黑，正是点数最高的"卢"采，百万豪财，尽归寄奴。

今六博①齿采②妓乘，乘字去声呼，无齿曰乘。据《博塞经》云："无齿为绳，三齿为杂绳。"今樗蒲③塞行十一字④。据《晋书》，刘毅⑤与宋祖、诸葛长民⑥等东府⑦聚戏，并合大掷，判应至数百万，余人并黑犊已还，毅后掷得雉。

① 六博：也叫陆博，古老的棋类游戏。不知肇始何世，战国已见，《楚辞·招魂》："菎蔽象棋，有六簙些。"投掷用箸或琼（骰子），大博用箸，小博用琼。箸为六根。琼两颗，近似后世骰子，但点数更复杂，有八面、十四面、十八面不等，每面刻有数字，根据掷得的数字行棋。棋子十二粒，六白六黑。棋盘刻十二曲

道，呈"T"和"L"形，供行棋之用。棋局两头当中名为水，水中置"鱼"两枚，棋子入水可以食鱼，叫做牵鱼。每牵一鱼，获得两支筹码，率先斩获六支筹码者胜。各地玩法，及各时代玩法或略有异。六博盛行于秦汉，魏晋后逐渐失传，隋唐已然式微。

② 齿采：骰子的点数。

③ 樗［chū］蒲：出现于六博之后，因博具最初是用樗木制成，故名。《博物志》言，樗蒲本是老子问卜之艺，后世演化为模拟战争的游戏。樗蒲可容五人同玩，棋子有多种，一种是代表兵卒的"矢"，为数众多，有一百二到三百六不等，用以排布战阵，抵挡对方的"马"；马是用来冲击对方关卡的特殊棋子，按照骰子的点数移动，通常每位玩家持有四匹马。投掷之具，则是上文提到的五木，五木可以掷出十二种采（点数组合），以五者全黑的"卢"最高。游戏开始，首先以矢在棋枰上布阵，阵前置一枚矢，叫做"坑"，玩家掷木行马，马冲进矢阵杀矢，获取筹码，若掉进坑，则要输掉若干筹码。掷出某些点数，可直接将对方的马斩杀出局。最终以闯过战阵，获得筹码多者为胜。樗蒲对局激烈，《晋书·胡贵嫔传》："尝与帝樗蒲，争矢伤帝指。"妃子跟皇上樗蒲争抢棋子争得忘乎所以，差点把皇上手指头掰断了。约莫在东晋，樗蒲衍生出一种更简易的赌博花样：不用局枰棋子，纯粹掷五木比点数，类似后世的掷骰子赌钱，刘裕呼卢喝雉，即是此戏。

④ 十一字：疑应作"十二字"，即十二种采。

⑤ 刘毅：字希乐，彭城沛县人。东晋末年，桓玄篡位，刘毅与宋武帝刘裕等原北府兵将领协同举事讨玄，授冠军将军、青州刺史。桓玄败死，进平巴陵，进号抚军将军、豫州刺史，封公。累迁荆州刺史，镇江陵。后不服刘裕，擅兵相抗，被刘裕攻破江陵，单骑而走，去江陵二十里外自缢身死。

⑥ 诸葛长民：东晋琅邪阳都人。初为桓玄参军平西军事，后从刘裕讨玄，拜辅国将军。累迁豫州刺史，领淮南太守。骄纵贪侈，伤政害民，闻刘毅死讯，兔死狐悲，忧惧清洗，叹道："贫贱常思富贵，富贵必履机危。今日欲为丹徒布衣，岂可得也！"欲乘刘裕征江陵未返谋叛，刘裕获悉，轻舟潜还，杀之。

⑦ 东府：东晋孝武帝时，司马道子与其子司马元显并录尚书事，掌国政，其府邸称东府。

◎ 旧制

现在百官入紫宸殿奏事议事，殿门前例有宫女垂帛引导，有人说该制度始自武则天，也有人说始于后魏。查《开元礼疏》，有如下记载："晋康帝康献皇后临朝听政，不坐，由宫女传导群臣参拜。当时礼乐尽在江南，北朝多加效仿，有北朝使者见了，回国后奏行此礼。后来北周、隋朝相沿不替，一直传至本朝，亦因袭未改。"

今阁门①有宫人垂帛引百寮，或云自则天，或言因后魏。据《开元礼疏》曰："晋康献褚后②临朝不坐，则宫人传百寮拜。有房中使者见之，归国遂行此礼。时礼乐尽在江南，北方举动法之。周、隋相沿，国家承之不改。"

---

① 阁门：紫宸殿之门。紫宸殿，大明宫的第三大殿，为便殿，地位次于外朝正衙含元殿和常朝宣政殿，群臣在此朝参，称为"入阁"。
② 康献褚后：褚蒜子（324—384年），河南阳翟（今河南禹县）人，东晋征讨大都督褚裒女，少为琅琊王司马岳王妃，及司马岳即位为晋康帝，立为皇后。穆帝即位，尊为皇太后，临朝称制。哀帝、废帝时，又临朝称制。孝武帝冲龄即位，大司马桓温亦薨，三度临朝。一生共扶立六位皇帝，临朝称制四十年。

◎ 侍中

侍中一职，在西汉品秩甚低，相当于今天的千牛备身。当时凡是所谓的"中"，皆指在宫禁中传话而言，大朝会上，天子穿好冕服，侍中宣布中庭戒备，群臣便不敢喧哗，所以称为"中"。本朝的侍中品秩早已大异于汉代，却仍然职掌通奏中庭戒备、宫禁警卫，殊欠妥当。

侍中①，西汉秩甚卑，若今千牛官②。举中者，皆禁中言，中严③，谓天子已被冕服，不敢斥，故言中也。今侍中品秩与汉殊绝，犹奏中严外办④，非也。

---

① 侍中：秦置，本为丞相属官，往来于殿内奏事，故名侍中。汉承秦制，为列侯、将军、尚书等的加官，加此即可入侍宫禁，亲近皇帝，多授外戚、亲信等。因侍皇帝左右，与闻朝政，应对顾问，地位渐重。三国魏、西晋置为门下之侍中省长官。南朝为门下省长官，愈益尊贵。北魏常秉理机要，权任尤重，号称"小宰相"。唐代为门下省长官，员二人，正三品，掌审议封驳中书省草拟诏敕，与中书、尚书省长官同为宰相，地位尊崇，礼绝百僚。因职位太高，玄宗

以降,不轻授人,多以门下侍郎主持省务。中晚唐常加"检校"名义,用为节度使的加衔。

② 千牛官:千牛备身、千牛卫等,大唐御前带刀侍卫。千牛本是刀名,言刀刃锋锐,屠解千牛如新,义取《庄子·养生主》:"(庖丁)所解数千牛矣,而刀刃若新发于硎。"后来代指帝王仪仗所执之御刀,执刀侍卫遂称千牛。千牛备身始置于北魏,掌执千牛刀,扈卫侍从。唐代千牛备身,二十四人,正六品下,皆以高荫子弟年少容美者出任,花钿绣服,衣绿,为贵胄起家良选。

③ 中严:中庭戒备。帝王元旦朝会或郊祀等大典的仪节之一。

④ 外办:警卫宫禁,同为朝会仪节。到后世,中严、外办的宣奏渐改由礼部尚书承事。

◎ 婚礼

《礼》曰:"婚礼必须在黄昏举行,取阳去阴来之义。次日平明祭祀。"唐代婚礼都在早晨进行,祭祀却改在了黄昏,实在是大错特错。只有宫中驱邪禳魅,以及斩除怪物的祭仪才会在黄昏举行。

此外,唐代士大夫之家办婚礼都在露天搭建的帷帐中,叫做"入帐",新娘子进了门,要坐一坐马鞍,这都是北朝遗留下来的风俗。江德藻《北征道理记》载:"北方婚礼,必用青色布幔搭成帐篷,谓之青庐。新人交拜,就在这帐篷里进行。迎新娘时,男家上百人簇拥着婚车停到新娘家门口,齐声高呼:'新娘子。'一直喊到新娘出来,上了花车为止,这就是今天'催妆'的来由。另外回门那天,岳家亲戚们人手一根竹棍殴打新姑爷为乐,有的人被打得伤重不起。"江德藻特地记下这些礼俗,说明为当时南朝所无。至于奠雁改成用鹅、脱缨改成合髻、点烛奏乐、铺母氇童等,各种不见经传的礼俗,乱七八糟,礼不下庶人,而如今这些乡野之俗,却大行其道了。

《礼》:"婚礼①必用昏,以其阳往而阴来也。"今行礼于晓;"祭,质明②行事。"今俗祭先又用昏,谬之大者矣。夫宫中祭邪魅及葬厌③则用昏。又,今士大夫家昏礼露施帐,谓之入帐。新妇乘鞍,悉北朝余风也。《聘北道记》云:"北方婚礼必用青布幔为屋,谓之青庐。于此交拜,迎新妇。夫家百余人挟车俱呼曰:'新妇子。'催出来。其声不绝,登车乃止。今之催妆是也。以竹杖打婿为戏,乃有大委顿者。"江德藻记此为异,明南朝无此礼也。至于奠雁④曰鹅,税缨⑤曰合髻⑥,见烛举乐，铺母⑦ 卺童⑧，其礼太紊，杂求诸野。

① 婚礼：婚礼古作"昏礼"，因在黄昏举行得名。
② 质明：黎明。
③ 㺄 [yǔ]：传说中一种吃人的怪兽。
④ 奠雁：献雁为贽礼。新郎到女家迎亲，岳父出门迎接，把娇客请进门，新郎手里抓着大雁，再三作揖，再三客套，进厅，献雁，磕头，然后把新娘带走。婚礼用大雁为礼物，取其顺阴阳往来（迁徙）之义。
⑤ 税缨：脱缨。女子许嫁后挽髻插笄，并在发髻上系一条五彩绳，以示名花有主。花烛之夜，新郎官亲手为玉人解下这条香缨。故古人常以"脱缨之喜"作为贺男性友人新婚祝词。《仪礼·士昏礼》："主人入，亲说（脱）妇之缨。"
⑥ 合髻：新人各剪下一绺头发放在一起。宋代孟元老《东京梦华录·娶妇》："凡娶媳妇……男左女右，留少头发，二家出匹段、钗子、木梳、头须之类，谓之'合髻'。"
⑦ 铺母：女家请来为新人铺设新房，多子多孙的女子。
⑧ 卺童：捧着合卺酒杯的童子。

◎ 丧杖

如今的士大夫为妻子服丧时，往往会用丧杖，长度超过礼法的规制，称为"过头杖"。考查《礼记》可知：身为嫡子，若父亲健在，为妻服丧时，不能用丧杖；但妾生的儿子，即使父亲健在，为妻服丧也可用杖。涵泳《礼》之深义，丈夫与妻子相互服丧的制度可以总结为：妻子以父丧之制（斩衰）为夫服丧，丈夫以母丧之制（齐衰）为妻服丧，丈夫为妻子服丧，应用削杖。

按，关于丧杖制度，《仪礼·丧服》一章论述极详，大体上：父母为长子服丧，用杖，为庶子（妾生的儿子）服丧，不用杖；嫡子、庶子皆为父母用杖；未成年人，除嫡子外不用杖。

今之士大夫丧妻，往往杖竹①甚长，谓之过头杖。据《礼》，父在，嫡子妻丧，不杖②，众子则杖③。据《礼》，彼以父服我，我以母服报之，杖同削杖④也。

① 杖竹：指苴杖（古代子及未嫁女为父母、为长子、妻为夫、臣为君服丧所用竹杖）、削杖等丧棒，高度齐胸。
② 不杖：《礼记·杂记》："为妻，父母在，不杖，不稽颡。"
③ 众子则杖：众子，嫡长子以外的诸子。《礼记·丧服小记》："父在，庶子为妻以杖即位可也。"言父亲健在，庶子为妻服丧亦可用杖。
④ 削杖：古代齐衰（父在为母、夫为妻）所执的木杖，用桐木削成。

寺塔记上

《寺塔记》是段成式与两位故友游观长安寺塔、壁障绘画以及考察相关史事传说的游记。与北魏杨炫之《洛阳伽蓝记》相沿相若亦相称，是研究唐长安城市文化的重要资料。

◎ 序

唐武宗会昌三年夏，我和张希复（字善继）、秘书省同僚郑符（字梦复）同在集贤院供职。一日有暇，共游大兴善寺，耳闻目见，颇多《两京新记》及《游目记》未载，于是与二友约定，从街东大兴善寺开始，拿出十天时间专游两街寺庙，随笔记录《两京新记》及《游目记》遗略的信息。游至慈恩寺，传出了朝廷准备大规模清洗佛寺、沙汰僧尼的消息，僧众们都惶惶不安，我们只好泛泛地访问了一两位僧人，记下塔下的画迹，游寺之举，到此为止。

此后三年，我任职于京洛，接着出任吉州刺史，宣宗大中七年才回到长安。羁旅六载，留在长安老宅的书籍札记，已大半损坏。翻检残破的故纸，蓦然见到当年与两位亡友游寺所记，那些音容笑貌，恍如昨日，而今幽明异途，再无相见之期，心痛如裂，血泪交流。

畴昔之乐，邈不可追，只有低回往事，凭记忆修订整理，残稿才得以勉强接续，但还是有十之五六的内容永远失落了。斑斑枯墨，合称两卷，传诸后世佛门子弟。

东牟人段成式，字柯古。

武宗癸亥三年夏，予与张君希复善继、同官秘书郑君符①梦复，连职仙署②。会暇日，游大兴善寺③。因问《两京新记④》及《游目记》，多所遗略，乃约一旬寻两街寺，以街东兴善为首，二记所不具则别录之。游及慈恩，初知官将并寺⑤，僧众草草，乃泛问一二上人及记塔下画迹，游於此遂绝。后三年，予职于京洛。及刺安成⑥，至大中七年归京。在外六甲子，所留书籍，揣坏⑦居半。于故简中睹与二亡友游寺，沥血泪交，当时造适乐事，邈不可追。复方刊整，才足续穿蠹⑧，然十亡五六矣。次成两卷，传诸释子。东牟⑨人段成式，字柯古。

---

① 郑君符：郑符，履历不详。据《全唐诗》诗人小传，郑符与段、张联诗之时，官校书郎，与段成式同在秘书省。
② 仙署：应指集贤院。集贤院的前身为集仙殿丽正书院，开元十三年，唐玄宗敕改为仙为贤。
③ 大兴善寺：始建于西晋武帝朝，原名遵善寺。隋文帝建大兴城时迁至九五岗原之地，重建为国寺，寺名取文帝北周时封号"大兴郡公"前二字，以及其坐落之处靖善坊之"善"字合成。殿宇崇广，堂塔雄壮，占尽一坊之地，制度与太庙相埒，堪称隋唐以来长安第一。玄宗朝为长安三大译经场之一，开元三大士善无畏、金刚智、不空皆曾在此译经。其中不空长期驻锡，后遂与青龙寺并尊为密教中心道场。
④ 两京新记：唐韦述所撰笔记，记载隋开皇至唐开元时西京长安，隋大业至唐开元时东京洛阳的城市布局、自然景观、人文掌故等。
⑤ 官将并寺：指会昌毁佛。
⑥ 安成：安成郡，治所在今江西吉安安福县，三国吴置，隋废为吉州，段成式曾为吉州刺史。
⑦ 揃[jiān]坏：损坏。
⑧ 穿蠹：被虫子蛀坏的书册。
⑨ 东牟：东牟郡，治蓬莱，辖今山东龙口、栖霞、海洋以东地区。

◎ 大兴善寺

靖善坊大兴善寺，寺名是隋文帝摘取自己北周时期的封号"大兴郡公"前两字，加其坐落之处靖善坊之"善"字合成。《两京新记》云："唐高宗总章初年，寺内优填王塑像被火烧毁。"这尊优填王像应是梁朝时从西域运到荆州的，有人说是隋朝时从台城运至大兴善寺，谬之远矣。而今又用栴檀造了一尊优填王像，呈开目状，雕工颇为粗劣，更差得远了。

不空三藏的舍利塔前多老松，干旱之年，有关官员就要来砍些松枝充作龙骨，用以求雨。不空当年擅长降龙，曾强迫诸龙吐雨，所以大家认为这些松树必当有灵。

行香院堂后墙上，保留着宪宗元和年间，画师梁洽所画的双松，格调超逸，不落窠臼。

曼殊堂造像之工，备极精妙，外墙上一幅泥金壁画，乃是不空从西域所携来。

发塔之中，有隋朝的舍利塔，其下记刻着："朕在深宫，起居之所，亦可感应到舍利，前后不止一次。仁寿元年十二月八日。"

供奉佛祖栴檀像的佛堂中收着一部《时非时经》，朱笔界阑，盛放于漆龛之中，僧人说是隋朝旧物。

寺后一泓小池，幽曲有致，不空临终之时，池水忽然干涸。到宪宗朝惟宽禅师驻锡，雨水贯通了泉眼，池水复活，自然生长出许多水藻、白莲。现今却又干枯了。

东廊之南的素和尚院，素和尚手植的四株青桐条柯掩映，亭亭葱葱。夏日，桐树大量渗出树脂，像流汗似的，那树脂油性很大，沾上衣衫无法清洗。元和年间，公卿多游此院，住在昭国坊东门的宰相郑絪，有一次同几位部丞郎官在这树荫下避暑，那树脂滴滴沥沥，避无可避，实在惹厌，因对素和尚道："弟子替大师把这几棵树砍了，改种些松树罢。"到了晚上，来客去尽后，素和尚自嘲似的对树说道："树啊树，我种你已经二十多年了，你怎么老是流汗讨人厌。明年若再流汗，非砍了你们烧火不可。"从此以后，几株桐树便再也不滴树脂了。我听到这个故事，是在唐敬宗宝历末年，算起来，当时已保持了五十多年不滴树脂。素和尚一向不出院门，一生诵读《法华经》三万七千遍，常有貉狸之类小兽夜来听经，他吃饭的时候，小鸟便飞落在他掌心取食。唐穆宗长庆间，庭前又有一朵牡丹枝干连理，诸如此等异象不可胜记。僧人玄幽题诗此院，其中警句是："三万莲经三十春，半生不踏院门尘。"现在住在此院的是个印度僧，法名憍陈，样貌与佛陀的弟弟难陀有几分相像，能以粉画坛，性子躁急骄慢，不太懂汉地佛经。

寺中还有座向左方顾视的"蛤像"。据前人说，昔隋帝嗜吃蛤蜊，每餐必食，不知总共吃了几千几万。往常御厨进给皇上的蛤蜊，总是已经开壳，或者较易剥开的，一天，隋帝忽然遇到一只贝壳紧闭，死活打不开。"岂有此理！朕是九五之尊，怎么能连只蛤蜊都打不开？"他恼将起来，命人用大锤砸烂，谁知那蛤蜊竟坚如精钢，连铁锤都砸不动。隋帝大奇，放在几案上，彻夜光芒四射。次日太阳出来，蛤肉自脱，壳中赫然可见一佛、二菩萨之像，那万万千千因他而死的蛤蜊，刹那划过心头，隋帝悲痛悔悟，发誓不再吃蛤。有人说隋帝应是陈宣帝，实非。

于阗玉像，高一尺七寸，宽寸余，乃是一佛、四菩萨、一飞仙，系一整段玉石雕成，莹白无暇，腻彩若滴。

天王阁，建于穆宗长庆朝。原本在春明门内，与兴庆宫墙垣相连。规模之大，为天下之最。文宗太和二年，皇上下敕命移至大兴善寺。拆迁之时，在天王像腹中拆出五百匹布、数十桶漆。现在天王周遭那些小鬼的塑像尽已残坏，唯天王像屹然无损。

靖善坊大兴善寺，寺取"大兴"两字、坊名一字为名。《新记》云："优填像①，总章②初为火所烧。"据梁时西域优填在荆州，言隋自台城③移来此寺，非也。今又有栴檀像，开目，其工颇拙，尤差谬矣。

不空三藏塔前多老松，岁旱，则官伐其枝为龙骨以祈雨。盖三藏役龙④，意其树必有灵也。

行香院堂后壁上，元和中，画人梁洽⑤画双松，稍脱俗格。

曼殊堂⑥工塑极精妙，外壁有泥金⑦帧，不空自西域赍来者。

髪塔⑧有隋朝舍利塔，下有《记》云："爰在宫中，兴居之所，舍利感应，前后非一。"时仁寿元年⑨十二月八日。

栴檀像堂中有《时非时经⑩》，界朱⑪写之，盛以漆奁，僧云隋朝旧物。

寺后先有曲池，不空临终时，忽时涸竭。至惟宽禅师⑫止住，因潦通泉，白莲藻自生。今复成陆矣。

东廊之南素和尚院，庭有青桐四株，素之手植。元和中，卿相多游此院。桐至夏有汗，污人衣如輠脂⑬，不可浣。昭国东门郑相⑭，尝与丞郎⑮数人避暑，恶其汗，谓素曰："弟子为和尚伐此树，各植一松也。"及暮，素戏祝树曰："我种汝二十余年，汝以汗为人所恶。来岁若复有汗，我必薪之。"自是无汗。宝历末，予见说已十五余年无汗矣。素公不出院，转《法华经》三万七千部。夜尝有貉子听经，斋时鸟鹊就掌取食。长庆初，庭前牡丹一朵合欢⑯。有僧玄幽题此院诗，警句曰："三万莲经三十春，半生不踏院门尘。"今有梵僧憍陈如难陀⑰，以粉画坛，性猖急我慢⑱，未甚通中华经。

左顾蛤像。旧传云，隋帝嗜蛤，所食必兼蛤味，数逾数千万矣。忽有一蛤，椎击如旧，帝异之。置诸几上，一夜有光。及明，肉自脱，中有一佛、二菩萨像。帝悲悔，誓不食蛤⑲。非陈宣帝⑳。

于阗玉像，高一尺七寸，阔寸余，一佛、四菩萨、一飞仙，一段玉成，截肪㉑无玷，腻彩若滴。

天王阁，长庆中造。本在春明门㉒内，与南内连墙。其形大，为天下之最。太和二年，敕移就此寺。拆时，腹中得布五百端，漆数十桶。今部落鬼神形像㰍坏，唯天王不损。

① 优填像：优填，指优填王。原为邬陀衍那国之王，与释迦牟尼同时代，因王后笃信佛法，成为佛陀大护法。传说如来成道后，升至三十三天为生母说法，三月不还，优填王未能随往，忧苦愁病，群臣遂以牛头栴檀造一尊五尺佛像，王乃痊愈，此为印度造像之肇端。

② 总章：唐高宗李治年号，668—670年。

③ 台城：在今南京鸡鸣山南，为东晋、南朝梁台省（朝廷）和宫城所在地，故名。

④ 三藏役龙：事见本书《贝编》部分。

⑤ 梁洽：宪宗朝画师，以工画花鸟、松石、肖像著名，擅寺庙壁画。

⑥ 曼殊堂：供奉曼殊室利菩萨，即文殊菩萨的佛堂。

⑦ 泥金：用金箔和胶水制成的金色颜料。用于书画、涂饰笺纸，或调和在油漆里涂饰器物。

⑧ 髪塔：供养佛发、指甲之塔。

⑨ 仁寿元年：公元601年，隋文帝杨坚在位。

⑩ 时非时经：西晋胡僧若罗严译，全经只有一份日影长度数据表和少许解释，内容十分特别，是指导僧人通过观察太阳投影，分辨正午时刻，以执行"过午不食"戒律的实用参数手册。释家戒律有"食时"的规定，天亮之前、正午以后不得进食，即今俗语常说的"过午不食"。实际上此举初衷，是为约束僧众勿要在天黑后闯入人家化缘，与养生无关。小乘"十戒"、在家弟子受持的"八关斋戒"等皆规定"不非时食"，也就是不能在午时到次日天亮前这段"非时"的时间进食。

⑪ 界朱：用朱笔在纸上画成框格以便工整书写。

⑫ 惟宽禅师：（754—817年）衢州信安人，俗姓祝。十三岁出家。德宗贞元间行化于闽、越。宪宗元和中奉诏入京，住安国寺。弟子千余，白居易亦曾以弟子礼事之。

⑬ 輠［guǒ］脂：古代的车轴润滑油。

⑭ 郑相：郑絪（752—829年），字文明，郑州荥阳人。唐宪宗朝宰相，为人恬淡寡欲，辅弼四年，拱默尸禄，罢为太子宾客。后出为河中节度使，还朝为御史大夫。文宗朝，以太子太傅致仕。

⑮ 丞郎：尚书省左右丞和六部侍郎。

⑯ 合欢：谓枝干连生在一起。

⑰ 难陀：释尊的异母弟弟，身长一丈五尺四寸，容貌端正，出家后证得阿罗汉果。

⑱ 我慢：骄慢。《成唯识论》："我慢者，谓踞傲恃所执我，令心高举，故名我慢。"

⑲ 誓不食蛤：唐苏鹗《杜阳杂编》、南宋吴曾《能改斋漫录》并见相似述载，但当事者为唐文宗。

⑳ 陈宣帝：陈顼（530—582年），字绍世，陈文帝之弟。在梁为中书侍郎，西魏陷江陵，俘入长安。入陈放还，历扬州刺史、尚书令、太傅。文帝死后，擅权秉

政。公元568年，假宣太后旨意废帝自立。在位期间，政局相对安定。五年后北齐衰乱，宣帝应北周之约，遣大将吴明彻率十万大军北伐，尽收淮南失地。又四年，北周灭齐，中原统一，再度以吴明彻进军徐州，几乎全军覆没，江北淮南复失，国土日蹙。

㉑ 截肪：切开的脂肪。喻颜色和质地白润。
㉒ 春明门：长安城东正门，地临"南内"兴庆宫。唐末，黄巢提领大军即从此门入城。

◎ 题大兴善寺

在大兴善寺各处题写的连句。译述从略。

辞。二十字连句①。
乘晴入精舍，语默想东林②。尽是忘机侣，谁惊息影禽。（善继）
有松堪系马，遇钵更投针③。记得汤师④句，高禅助朗吟。（柯古）
一雨微尘尽，支郎⑤许数过。方同嗅檐卜，不用算多罗⑥。（梦复）
蛤像二十字连句。
虽因雀变化⑦，不逐月亏盈。纵有天中匠，神工讵⑧可成。（柯古）
相好全如梵，端倪祇为隋。宁同蚌顽恶，但与鹬相持。（善继）
圣柱⑨连句，上有铁索迹。
天心助兴善，圣迹此开阳。（柯古）
载想雷轮重，絙⑩疑电索长。（善继）
上冲扶蟠螊⑪，不动束银铛⑫。（柯古）
饥鸟未曾啄，乖龙⑬宁敢藏。（善继）

---

① 连句：亦作"联句"，一种作诗方式，由两人或多人各赋一句或数句，相联成篇。
② 东林：庐山东林寺，始建于东晋，中国净土宗祖庭。
③ 遇钵更投针：典出《大唐西域记》，提婆菩萨谒见龙树（大乘佛教中观学派创始人）求法，龙树命弟子托着贮满水的钵盂往示提婆，提婆一言不发，将一枚针投入水中。弟子持钵，怀疑而返，龙树大感欣慰，便请入见。弟子不解，龙树道："钵盂贮满清水，喻示我的学问深邃，彼乃投针，意思是将穷尽我学问之堂

奥。此非常人，速速召进。"

④ 汤师：南朝宋僧人惠休，本姓汤，应宋孝武帝之命还俗，官宛朐令。善为诗文，辞采绮艳，后世常用为代指诗僧。

⑤ 支郎：汉末译师支谦、晋代高僧支遁，皆世称支郎。后泛称僧人。

⑥ 多罗：贝叶棕，叶子可供书写。亦指钵盂（僧人的饭碗）。

⑦ 讵［jù］：岂、难道。

⑧ 雀变化：上古传说，鸟雀投水可变成蛤。《礼记·月令》："雀入大水为蛤。"本诗咏蛤肉佛像，遂用此典。

⑨ 圣柱：东汉初，洛阳开阳门落成不久，一根木柱从千里之外山东琅琊破空飞至，呼为圣柱。东汉应劭《汉官仪》："（洛阳）开阳门始成，未有名。夜有一柱来止楼上。琅邪开阳县（今山东临沂市北）上言：县南城门一柱飞去。光武皇帝使来识，视之良是，遂坚缚之，因刻记其年月，以名门焉。"

⑩ 絚［gēng］：大绳索。

⑪ 蝃蝀［dì dōng］：虹的别名。

⑫ 银铛：《全唐诗》作"银铛"，即锁链。

⑬ 乖龙：传说中的孽龙。

◎ 大象

限于佛经中引征关于大象的典故。译述从略。

　　语。各徵象，事须切，不得引俗书。
　　一宝之数，无钩不可①。（鼎上人）唯猊②可伏，非驼所堪。（柯古）坑中③无底，迹中无胜。（文上人）与马同渡④，负猿而行⑤。（善继）色青力劣，名香几重。（梦复）尾既出牖，身可取兴。（约上人）六牙生花⑥，七支拄地。（柯古）形如珂雪⑦，力绝羁琐。（善继）园开胁上⑧，河出鼻中。（柯古）一醉难调⑨，六对曾胜。（日高上人）

---

① 一宝之数，无钩不可：谓以铁钩驯象。大象是转轮圣王所拥有的七宝（轮、象、马、珠、女、居士、主兵臣）之一。

② 猊：狮子。

③ 坑中：《大唐西域记》载，释尊为太子时，所乘坐的大象被人打死，堵塞城门，释尊举象高掷，掷过了城外壕沟，堕地砸成深坑，土俗相传为象堕坑。

④ 与马同渡：香象渡河。《优婆塞戒经》："如恒河水，三兽俱渡，兔、马、香象。兔不至底，浮水而过；马或至底，或不至底；象则尽底。"诸经论每以兔、马、香象（可分泌香气液体的强硕大象）三兽渡河，譬喻听闻教法所证深浅之别，谓兔渡河则浮，马渡则及水深之半，香象之渡河则彻底截流，比喻悟道精深。

⑤ 负猿而行：《大智度论》："是时菩萨自变其身，作迦频阇罗鸟。是鸟有二亲友：一者大象，二者猕猴，共在必钵罗树下住，自相问言：'我等不知谁应为大？'象言：'我昔见此树在我腹下，今大如是。以此推之，我应为长！'猴言：'我曾蹲地，手挽树头。以此推之，我应为长！'鸟言：'我于必钵罗林中，食此树果，子随粪出，此树得生。以是推之，我应最大！'象复说言：'先生宿旧，礼应供养！'即时大象背负猕猴，鸟在猴上，周游而行。"

⑥ 六牙生花：菩萨自兜率天降下，或乘六牙之白象，六牙表示六度，《摩诃止观》："六牙白象者，是菩萨无漏六神通。"又谓象牙遇雷声则生花（生纹理），《涅槃经》："譬如虚空震雷起云，一切象牙上皆生花。"

⑦ 珂雪：白雪。《大方广佛华严经》："象身洁白，有如珂雪。"

⑧ 园开胁上：指位于因陀罗（帝释天）所乘坐的超级巨象——伊罗婆那龙象王（见本书《贝编》部分）胁下的两个园林，喜林和乐林。

⑨ 一醉难调：《涅槃经》："譬如醉象狂骏暴恶，多欲杀害。有调象师，以大铁钩钩断其顶，即时调顺，恶心都尽。一切众生亦复如是。"

◎ 大安国寺

长乐坊大安国寺，本是唐睿宗做王爷时的王府，寺中的红楼，是王府的歌舞楼榭。

东禅院，也叫木塔院，院门以北西侧的长廊五面廊壁，画有天龙八部壁画，那是吴道子高足思道和尚的手笔，其画不施色彩，古意盎然。禅院中一座佛堂，供奉着法空禅师真容。法空禅师，人称"吉州空"，他有一头骡子，养了多年，在他世寿将终之时，骡子忽然悲鸣狂奔而死。禅师的弟子允嵩身患疯病，终日囚锁在一间空屋的柱子上，就在禅师示寂的那一刻，允嵩的疯病霍然而愈。

开元初年，唐玄宗曾拆掉自己的寝宫，赐予大安国寺修葺佛殿。佛殿正南的弥勒像，是法空禅师从光明寺移来。光明寺原是长安城建都前一座乡村庙宇，这尊弥勒像身处其中，常常大放光华，因得名光明寺。该寺故址位于怀远坊，后被火灾波及焚毁，唯剩此像独存。法空禅师当初搬移此像时，用虎口粗的巨索、几十头牛负轭牵拉，直拉到巨索崩断，佛像犹自岿然不动。禅师手执香炉，依法作礼九拜，涕泣发誓，祝祷才毕，只听一片密集的"曝曝"之声，佛像自行迸裂成数十块散在地上，不到一天，全部移到了大安国寺。

寺中供奉利涉大师的佛堂，在宪宗元和年间奉旨改造成了供祭历代先皇的"圣容院"，利涉大师的法身塑像被搬到了廊上。这天宪宗梦见一个僧人，形貌奇伟，控诉道："把我置于风霜日晒之中，也是陛下的旨意吗？"翌日一早，宪宗驾临大安国寺验问，果见昨夜梦中所见僧人的塑像暴露在外，即令移回堂中，在塑像之旁张挂帷帐安放。

长乐坊安国寺①。

红楼，睿宗在藩时舞榭。

东禅院，亦曰木塔院，院门北西廊五壁，吴道玄②弟子释思道画释梵八部③，不施彩色，尚有典刑④。禅师法空影堂⑤，世号吉州空者，久养一骡，将终，鸣走而死。有弟子允嵩患风，常于空室埋一柱琐之，僧难辄愈。

佛殿，开元初玄宗拆寝室施之。当阳弥勒像，法空自光明寺⑥移来。未建都时，此像在村兰若中，往往放光，因号光明寺。寺在怀远坊，后为延火所烧，唯像独存。法空初移像时，索大如虎口，数十牛曳之，索断不动。法空执炉，依法作礼九拜，涕泣发誓，像身忽㗊㗊有声，迸分竟地为数十段。不终日，移至寺焉。

利涉⑦塑堂，元和中，取其处为圣容院⑧，迁像庑下。上忽梦一僧，形容奇伟，诉曰："暴露数日，岂圣君意耶？"及明，驾幸验问，如梦。即令移就堂中，侧施帷帐安之。

---

① 安国寺：大安国寺。原为唐睿宗李旦在藩潜邸，景云元年，睿宗登极后舍为寺。此前睿宗曾以扶翊唐中宗即位有功，封安国相王，因名。

② 吴道玄：吴道子。

③ 释梵八部：佛门护法神天龙八部，天、龙、夜叉、阿修罗、迦楼罗、乾闼婆、紧那罗、摩侯罗迦。

④ 典刑：常规、常法。

⑤ 影堂：寺庙道观供奉佛祖、尊师真影之所。

⑥ 光明寺：始建于隋开皇四年，武后时改名大云经寺。

⑦ 利涉：西域僧人，玄奘法师及门高足，甚得唐中宗钦重，开元间驻大安国寺讲经。

⑧ 圣容院：供奉皇帝（包括皇祖列帝）真容画像或塑像的院堂。大安国寺地近皇

子皇孙聚居的十六王坊、百孙院和大明宫，在此置圣容院，帝胄们出入拈香比较方便。

◎ 光明寺

光明寺中，鬼子母及文惠太子塑像，举止形态栩栩如生。造像的工匠名叫李岫。山庭院，古木崇阜，幽若山谷，当时是用车子运土营建的。首座璘公院，植着穗柏一株，枝干横斜如盖，树荫可坐十余人。

> 光明寺①中，鬼子母②及文惠太子③塑像，举止态度如生。工名李岫。山庭院，古木崇阜，幽若山谷，当时辇土营之。上座④璘公院，有穗柏一株，衢柯偃覆，下坐十余人。

---

① 光明寺：唐长安有多所光明寺，未详。
② 鬼子母：五百小鬼之母。本为恶神之妻，前生发下誓愿，要吃尽王舍城所有小儿，命终化作夜叉，至王舍城，专门窃食小孩。后被佛祖感化，皈依佛门，变成生育和婴儿的保护神。
③ 文惠太子：萧长懋［mào］（458—493 年），字云乔，南朝齐武帝萧赜长子。萧长懋从信佛教，不过南齐太子之像立于唐朝京城寺庙，终究有乖于常，或为"惠文太子"之倒。惠文太子李范，唐睿宗李旦第四子，本名李隆范，睿宗在位时，封岐王，玄宗朝累迁太子少师，华、虢、岐三州刺史，拜太子太傅，死后册赠惠文太子。
④ 上座：长老、首座，指法腊高而居上位的僧尼。

◎ 红楼连句

略。

> 辞。红楼连句，隐侯体①：
> 重叠碎晴空，余霞更助红。蟾踪近鹓鹊②，鸟道接相风③。（善继）
> 苔静金轮路，云轻白日宫。（元和中，帝幸此处）壁诗传谢客④，（词人

陈至题此院诗云:"藻非尚寒龙迹在,红楼初启日光通。")门榜占休公⑤。(广宣上人⑥住此院,有诗名,号为《红楼集》。柯古)

穗柏连句:

一院暑难侵,莓苔可影深。标枝争息鸟,余吹正开衿。(柯古)

宿雨香添色,残阳石在阴。乘闲动诗思,助静入禅心。(善继)

题璘公院(一言至七言⑦,每人占两题):

静,虚。热际,安居。(梦复)龛灯敛,印香⑧除。东林宾客,西涧图书。檐外垂青豆,经中发白蕖⑨。纵辩宗因⑩衮衮,忘言理事如如⑪。(柯古竟)泉台⑫定将入流⑬否,邻笛足疑清梵余。(柯古新续)

---

① 隐侯体:隐侯,南朝梁沈约的谥号。隐侯体即永明体,南齐武帝永明年间,文坛宗主沈约等总结前人诗文得失利病,对诗歌的声律修辞提出"四声八病说",将四声对应规律用于诗歌创作所创造的诗体,讲究声律协调,精练工巧。《南史》:"以平上去入为四声,以此制韵,有平头、上尾、蜂腰、鹤膝。五字之中,音韵各异;两句之内,角徵不同,不可增减,世呼为'永明体'。"

② 鹝[zhī]鹊:汉代的鹝鹊观,位于长安甘泉宫外,汉武帝建元年间落成。

③ 相风:相风铜乌,东汉天文大家张衡所造的测风仪,在长安西北八里的观星灵台上。《三辅黄图》:"长安宫南有灵台,高十五仞,上有浑仪,张衡所制。又有相风铜乌,遇风乃动。"

④ 谢客:谢灵运。

⑤ 休公:南朝诗僧汤惠休,见前注。

⑥ 广宣上人:诗僧,蜀中人,俗姓廖。宪宗、穆宗两朝,并为内供奉。赐居安国寺红楼院。

⑦ 一言至七言:此即"一七令",也叫"宝塔诗",一字至七字递增为句,通常除第一句外,各二句,如张南史《花》:
花。
深浅,芬葩。
凝为雪,错为霞。
莺和蝶到,苑占宫遮。
已迷金谷路,频驻玉人车。
芳草欲陵芳树,东家半落西家。
愿得春风相伴去,一攀一折向天涯。

⑧ 印香:多种香料捣末和匀制得之香。

⑨ 白蕖:白莲。

⑩ 宗因:印度因明学说三支——宗(命题)、因(理由)、喻(譬喻)的第一和第

二支。借指佛学逻辑。
⑪ 如如：楞伽经所说五法之一，诸法皆平等不二的法性理体，彼此之诸法皆如，故云如如。
⑫ 泉台：阴世。这末句是段郎追忆两位亡友的补续。
⑬ 入流：小乘四果初段果位，也叫"预流果"，指修行者断三界之惑，预参于圣者之流。这一句寄问亡友，往登极乐，莲池礼佛，是否已初证圣果？当然不会有人回答，惟有笛声呜咽，天末凉风。

◎ 释门僻事

略。

> 语（徵释门中僻事，须对）。麋字、莎灯、华绵①、象荐②（升上人），集鼗地③、效殿林。（柯古夜续，不竟）

---

① 华绵：指诸佛与转轮圣王三十二相之一"舌相"而言，形容舌长而柔软，能覆至发际，有如华绵。
② 象荐：骑乘大象所用的鞍鞯。
③ 集鼗 [mán] 地：欲界六欲天第三层天"夜摩天"之一境，《正法念处经》："尔时彼天。既于如是游戏山中受快乐已，欲见天王年修楼陀更前内入彼天，复见夜摩天王，名集鼗地。"

◎ 赵景公寺

常乐坊赵景公寺，始建于隋文帝开皇三年，初名弘善寺，开皇十八年更名。南中三门内东壁上，阴气透彻，吴道子的地狱变相图不施色彩，专以白描，笔力劲怒，变状阴怪，见者不自禁汗毛倒竖，实为画圣平生力作。三阶院西廊下的西方变相图，及极乐净土十六观景状出自范长寿手笔，气魄不凡，宝池观的刻画尤其妙绝，注目细视，使人恍惚觉得画上的池水是墙壁之中嵌有一方真正的水。院门上的白描树石，笔法功力颇似唐初大家阎立德。成式曾带了一轴阎立德行天祠画稿前往对照，确是出自同一人之手无疑。

西中三门里门南，吴道子所画的龙及用刷子刷出来的天王胡须，笔迹如铁。有执炉天女，偷眼欲语。

华严院中，毗卢舍那佛黄铜立像，高六尺，古朴精巧。塔下有舍利三斗四升。移塔之时，守行和尚建了道场，以便取出舍利供士庶观瞻。颂赞未毕，地上突然散满舍利，观众们不敢踩踏，忙躲出寺去了。为了盛装那满地的舍利，守行和尚造了十万座小泥塔和木塔，至今尚有数万座小塔保存在寺里。

寺里还有六百多尊小型白银塑像、一尊数尺高的金佛、六尺多高的大银佛，样式古雅精巧。又有一架用七宝镶嵌组成文字的《多心经》小屏风，装在宝盒之中，盒子上点缀着各色宝珠及纯白的珠子，焕烂夺目。原是内宫珍宝，安史之乱，长安城陷落，被宫女携入该寺收藏。小屏风共计十五片，三十行经文之后的跋尾写着："发心主司马恒存，愿成主上柱国索伏宝息、上柱国真德为法界众生造。"善继认为这套小屏风是外国贡入之物。

　　常乐坊赵景公寺①，隋开皇三年置。本曰弘善寺，十八年改焉。南中三门里东壁上，吴道玄白画地狱变②，笔力劲怒，变状阴怪，睹之不觉毛戴。吴画中得意处。三阶院西廊下，范长寿③画西方变④及十六对事⑤，宝池⑥尤妙绝，谛视之，觉水入浮壁。院门上白画树石，颇似阎立德⑦。予携立德行天祠粉本⑧验之，无异。

　　西中三门里门南，吴生画龙及刷天王须，笔迹如铁。有执炉天女，窃眄⑨欲语。

　　华严院中，输石⑩卢舍⑪立像，高六尺，古样精巧。塔下有舍利三斗四升。移塔之时，僧守行建道场，出舍利俾士庶观之。呗赞⑫未毕，满地现舍利，士女不敢践之，悉出寺外。守公乃造小泥塔及木塔近十万枚葬之，今尚有数万存焉。

　　寺有小银像六百余躯，金佛一躯长数尺，大银像高六尺余，古样精巧。又有筴七宝字《多心经⑬》小屏风，盛以宝函，上有杂色珠及白珠，骈骜乱目。禄山乱，宫人藏于此寺。屏风十五牒，三十行经后云："发心⑭主司马恒存，愿成主上柱国索伏宝息、上柱国真德为法界众生造。"黄金牒经，善继疑外国物。

① 赵景公寺：隋文帝开皇三年，独孤皇后为父亲赵景武公独孤信所建。
② 地狱变：地狱变相图。变，变相，据佛经记载内容绘成的图像，多用几幅连续

③ 范长寿：唐初人，官至司徒校尉，擅画人物、风俗、田家之状，师法张僧繇。
④ 西方变：西方变相图，画西天净土诸佛事。
⑤ 十六对事：十六观，出自《观无量寿经》，据说是往生极乐净土的十六种观想。
⑥ 宝池：十六观之一的"宝池观"，亦称八功德水想。观想极乐有八功德水，水中有六十亿七宝莲花，又有百宝色之鸟，常赞念佛法。
⑦ 阎立德：名让，字立德，雍州万年人，杰出画家阎立本之兄。武德间任尚衣奉御，贞观中累迁将作大匠，除工部尚书，曾营高祖、太宗陵，造翠微、玉华宫，从征高丽，造五百战舰，并负责疏通行军路线，开路架桥。代表画作包括《文成公主降蕃图》《玉华宫图》《斗鸡图》等。
⑧ 粉本：古代绘画施粉上样的稿本。古人作画，先施粉为痕，比如用针刺以小孔，扑粉入纸，然后依痕落笔。
⑨ 窃眄：偷窥。
⑩ 鍮钖［tōu shí］：黄铜。
⑪ 卢舍：毗卢舍那，佛陀真身的尊称，具体解释，诸宗不一，一说为报身佛，一说为法身佛，密宗则谓大日如来同体。
⑫ 呗赞：颂赞佛德。
⑬ 多心经：《摩诃般若波罗蜜多心经》，玄奘译，亦简称《心经》，相当于提炼精简版《般若经》，说大般若精要诸法皆空之理，"空即是色，色即是空"一语，即出自该经。
⑭ 发心：许下心愿。

◎ 题吴道子画

略。

辞。吴画连句：

惨淡①十堵内，吴生纵狂迹。风云将逼人，鬼神如脱壁。（柯古）

其中龙最怪，张甲方汗栗。黑夜窸窣时，安知不霹雳。（善继）

此际忽仙子，猎猎衣舄奕。妙瞬乍疑生，参差夺人魄。（梦复）

往往乘猛虎，冲梁耸奇石（一作特）。苍峭束高泉，角眄②警欹侧③。（柯古）

冥狱不可视，毛戴胲流液。苟能水成刹，那更沉火宅④。（善继）

① 惨淡：尽心思虑。
② 角睐：以眼角斜视。
③ 欹侧：倾斜、歪斜。
④ 火宅：《法华经》喻指众生居于三界中，受各种迷惑之苦，却不知自己置身苦中，如同屋宅失火，而宅中孩童仍懵然不知，兀自嬉乐。

◎ 禅师佳语

高僧妙语鸠辑，从略。

　　语。各录禅师佳语：兰若和尚云："家家门有长安道。"（柯古）荆州些些和尚云："自看工夫多少。"（善继）无名和尚云："最后一大息须分明。"（梦复）

◎ 题约公院

略。

　　题约公院四言：印火荧荧，灯续焰青。（善继）七俱胝①咒，四阿含经②。（柯古）各录佳语，聊事素屏。（梦复）丈室③安居，延宾不扃。（升上人）

① 俱胝：古印度量词，相当于千万或亿。
② 四阿含经：佛教造始时代，文字被视为世俗之物，佛陀教法多以口口相传的方式记忆传承。因弟子资质不同，所领悟解释的佛陀教说出现分歧，到教团确立后，教徒多次结集，对诸派教说进行整理统一，记录于笔，才出现了佛经。阿含经是最初的、最古老的佛经之一。饶是如此，教团分裂仍不可避免，释尊入灭百年后，教团分化为小乘二十部，各部派均各持独自传承的经藏，其中南方教派保存下五部古经传承至今，即南传五阿含经。北方则辑成长阿含、中阿含、增一阿含、杂阿含四部阿含，即北传四阿含经，简作四阿含经。阿含经是

原始佛教经典，蕴含着佛陀的世界观、人生观及实践之方法。
③ 丈室：佛陀在家弟子维摩的居室，一丈见方，但能容纳无数人。后代指寺庙主持的房间。

◎ 灵华寺

大同坊灵华寺。唐代宗大历初年，智俨大师在此讲经，当日亿万花瓣如雨而降，离地面咫尺之高纷纷散灭。是夜，异光照彻室宇，皇上因此下敕赐名灵华寺。智俨大师就是华严宗创始者法藏大师的师父，当时法藏大师家住靖恭里的毡曲，目击到一盘车轮状奇光，左邻右舍亦都得见，法藏随光而走，一直来到智俨讲经处，那光冉冉消失，法藏由是投入智俨门下。

佛殿西廊，画着一十六尊高僧等身立像，是天宝初年从兴庆宫取来的，画工粗俗。

观音堂，在寺西北角。唐德宗建中末年，一个名叫屈俨的百姓身上生了恶疮，濒死之际，梦见菩萨摩挲其疮道："我住灵华寺。"屈俨惊醒，冷汗遍体，几天后竟然康复了。来到寺里四下寻找，寻至圣画堂，抬头见一幅观音菩萨画像与梦中所见一模一样。此事不胫而走，倾城百姓皆来瞻礼，屈俨便出资舍钱，建起了这座观音堂，专一供奉。

圣画堂使用大木砌成墙壁，上着壁画，色彩鲜丽，系邵武宗手笔，不知为何会被称为"圣画"。据玄奘法师《大唐西域记》载，中印度摩揭陀国的菩提树以东有座寺庙，是当年一对婆罗门兄弟所建，建成后，兄弟俩打算招募匠人雕一座如来初成佛时的塑像，一年多过去了，无人应征。忽有一人，自称善制如来妙相，表示愿意承接，问他有何需求，答说只需一些造像用的香泥和一盏青灯即可，但有一条，创作全程不可为外界所扰，所以他要闭关六个月。僧人们答应了，到距闭关期满还有四天时，僧人们忍不住提前打开室门，但见内中只有一尊佛陀坐像，高四尺二寸，慈颜若真，唯右乳部位尚未打磨妥当。那画师本人，竟消失得干干净净，除佛像外，不留一痕。这或许只是好事僧人的夸谈。圣画堂中，立着一尊古老的于阗黄铜佛像。《游目记》提到的那棵刺柏，早在文宗太和年间就砍了用来修缮佛殿了。

大同坊①灵华寺②，大历初，僧俨③讲经，天雨华，至地咫尺而灭。夜有光烛室，敕改为灵华。俨即康藏④之师也，康本住靖恭里毡曲，忽睹光如轮，众人皆见，遂寻光至俨讲经所灭。

佛殿西廊，立高僧一十六身，天宝初自南内移来，画迹拙俗。

观音堂，在寺西北隅。建中末，百姓屈俨，患疮且死，梦一菩萨摩其疮曰："我住灵华寺。"俨惊觉汗流，数日而愈。因诣寺寻捡，至圣画堂见菩萨一如其睹。倾城百姓瞻礼，俨遂立社建堂移之。

圣画堂中，构大枋为壁，设色焕缛。本邵武宗画，不知何以称圣。据《西域记》，菩提树东有精舍，昔婆罗门兄弟欲图如来初成佛像，旷岁无人应召。忽有一人，自言善画如来妙相，但要香泥及一灯照室，可闭户六月。终怪之，余四日未满，前开户，已无人矣。唯右膊上工未毕⑤。盖好事僧侈⑥此说也。堂中有于阗⑦鍮钖石立像，甚古。《游目记》所说刺柏，太和中伐为殿材。

---

① 大同坊：唐长安城并无此坊，或系某坊别名。
② 灵华寺：一作云华寺，位于常乐坊，原是隋朝大司马、唐高祖李渊太穆皇后之父窦毅宅邸，开皇六年舍为寺，初名太慈寺。
③ 僧俨：智俨（602—668年），天水人，俗姓赵，华严宗二祖。十四岁剃度，二十岁受具足戒，后从智正习华严经。因曾住至相寺，世称至相大师；晚年住云华寺，故称云华尊者。法藏为其弟子，承其学说，并加以发扬光大，创立了华严宗。
④ 康藏：即法藏，见本书《贬误》部分。
⑤ 右膊上工未毕：《大唐西域记》原文作"惟右乳上涂莹未周"。
⑥ 侈：侈谈，夸大之谈。
⑦ 于阗：唐代于阗镇，安西四镇之一，属西域都护府，治今新疆和田。

◎ 灵华寺连句

略。

辞。偶连句。共入夕阳寺，因窥甘露门①。（升上人）清香惹苔藓，忍草②杂兰荪③。（梦复）捷偈飞箝④答，新诗倚杖论。（柯古）坏幡标古刹，圣画焕崇垣。（善继）岂慕穿笼鸟，难防在槛猿。（柯古）一音唯一性，三语更三番。（善继）

① 甘露门：指如来教法。甘露，意译为不死灵液，喻指涅槃，通往涅槃的门户即甘露门。
② 忍草：忍辱草，产自大雪山，食此草之牛的乳汁能制成世间最醇的醍醐。比喻念佛生善之殊胜功德。
③ 兰荪：菖蒲，一种香草。
④ 飞箝：亦作飞钳，相传为鬼谷子所传下的一门辩论技巧。唐贾公彦《周礼》疏："《鬼谷子》有《飞钳》《揣摩》之篇，皆言纵横辩说之术。飞钳者，言察是非语，飞而钳持之。"

◎ 宝应寺

韩干，蓝田人氏，少年时曾替酒铺帮工送酒。王维、王缙兄弟发迹前，总喜欢去赊酒喝，酒铺老板便派韩干到王家讨酒资。三天两头往王家跑，韩干跑成了王家的常客，跟王氏兄弟熟稔了。一次在王家待着，百无聊赖，自顾自地在地上画起画来。王维乃是丹青宗匠，一眼看出此子灵性天然，妙心绝俗，是块值得雕琢的璞玉，便劝韩干不要再给酒铺打杂当伙计了，并表示愿意每年资助两万钱，供他学画。韩干一学十余年，终成一代大家。

如今道政坊宝应寺壁画上的佛门天女，实际上画的都是王维之弟王缙的宠姬小小。寺中有韩干所画《弥勒下生图》，弥勒穿紫色袈裟，右手边是仰面菩萨和两头狮子，尤为传神生动。寺里还放着王家一块旧铁石，以及王缙一个死去的孩子，那亡婴只有一岁，用黑漆漆成佛陀之子罗睺罗的模样，每年盂兰盆节，从寺里拿出来祭奠超度。

弥勒殿，本是王缙的寝室。东廊北面，有杨岫之画的鬼神壁画。王缙嫌其笔迹不工，所以只让他画了一堵墙。

道政坊宝应寺①。韩幹，蓝田人，少时常为贳酒家送酒。王右丞兄弟②未遇，每一贳酒漫游。幹常徵债于王家。戏画地为人马，右丞精思丹青，奇其意趣，乃岁与钱二万，令学画十余年。今寺中释梵天女，悉齐公妓小小等写真也。寺有韩幹画下生③帧弥勒，衣紫袈裟，右边仰面菩萨及二狮子，犹入神。有王家旧铁石及齐公所丧一岁子，漆之如罗睺罗④，每盆供日⑤，出之寺中。弥勒殿，齐公寝堂也。东廊北面，杨岫之画鬼神。齐公嫌其笔迹不工，故止一堵。

---

① 宝应寺：原为唐代宗朝宰相王缙之宅，王缙一生奉佛，晚年尤甚，妻子李氏（实为妾）物故后舍宅为寺，为之追福。外官回京拜访王缙，王必引至该寺，劝其布施，助己修缮。
② 王右丞兄弟：王维、王缙兄弟。王维即"诗佛"王维，官尚书右丞，世称王右丞。王缙（700—781年），太原祁县人，字夏卿，王维之弟。代宗广德二年、大历五年两度拜相，封齐国公，阿附奸相元载，元载获罪伏诛，王缙连坐当死，代宗怜他老迈，贬括州刺史，卒于太子宾客。
③ 下生：佛、菩萨自天上界降生于下界。
④ 罗睺[hóu]罗：释迦牟尼与耶输陀罗之子，在胎六年，生于佛陀成道之夜，当夜正为罗睺罗阿修罗王障蚀月之时，故名。十五岁出家，证阿罗汉果。
⑤ 盆供日：盂兰盆会，汉地佛教据《盂兰盆经》于每年农历七月十五举行的超度亡灵法会。《盂兰盆经》载，佛陀十大弟子之一、神通最强的目连以天眼通看见亡母堕入饿鬼道，咽喉变得只有针孔粗细，皮骨相连，饱受煎熬，于是托钵盛饭前往探望。然而由于业报之力，饭食入口便化作火炭。目连神通虽强，也无法径带母亲脱离饿鬼，只得去向佛陀请示，佛陀告诉他，可在七月十五这天（印度雨季期间，僧众安居三个月，此日安居结束），以百味珍肴、新鲜果品置于盂兰盆中供养十方大德僧众，可获无量功德，得救七世父母。

◎ 佳人连句

略。

辞。僧房连句：
古画思匡岭①，上方疑傅岩②。蝶闲移忍草，蝉晓揭高杉。（柯古）
香字消芝印，金经发㲉③函。井通松底脉，书拆洞中缄。（善继）
哭小小写真连句：
如生小小真，犹自未栖尘。（梦复）
褕袂将离壁，斜柯欲近人。（柯古）
昔时知出众，情宠占横陈④。（善继）
不遣游张巷，岂教窥宋邻⑤。（梦复）
庾楼⑥吹笛裂，弘阁赏歌新。（柯古）

蝉怯折腰步⑦，蛾惊半额鬶。（善继）

图形谁有术⑧，买笑讵辞贫。（柯古）

复陇迷村径，重泉隔汉津。（梦复）

同心知作羽，比目定为鳞。（善继）

残月巫山⑨夕，余霞洛浦⑩晨。（柯古）

---

① 匡岭：江西庐山。庐山之名，传说来自春秋时代一个名叫匡俗的隐士，此人七兄弟结庐于南障山中，得道长生，周定王遣使往寻，仅存草庐，世人遂呼其山为匡山、庐山。
② 傅岩：殷商君王武丁梦到一位名叫"说"[yuè]的大贤，派人寻求，最后在傅岩地区找到了，原来是个筑墙的奴隶。武丁不次擢拔，举以为相，殷国大治。《尚书·说命上》："高宗梦得说，使百工营求诸野，得诸傅岩。"
③ 茝［chǎi］：白芷，有香气。
④ 横陈：语本宋玉《讽赋》："内怵惕兮徂玉牀，横自陈兮君之旁。"楚襄王好女色，宋玉作赋讽谏。宋玉假设被一父母不在家的少女勾引，少女引他进入兰房，盛装打扮，为他精调蔬食，靠在宋玉身边，以其翡翠之钗，挂宋玉冠缨之上，宋玉始终不为所动，少女放下矜持，唱出上述之辞，自荐枕席。
⑤ 窥宋邻：典出宋玉《登徒子好色赋》："天下之佳人莫若楚国，楚国之丽者莫若臣里，臣里之美者莫若臣东家之子。东家之子，增之一分则太长，减之一分则太短；著粉则太白，施朱则太赤；眉如翠羽，肌如白雪；腰如束素，齿如含贝；嫣然一笑，惑阳城，迷下蔡。然此女登墙窥臣三年，至今未许也。"
⑥ 庾楼：楼名。一名庾公楼，在江西九江。
⑦ 折腰步：出《后汉书·梁冀传》，梁冀的妻子孙氏"色美而善为妖态，作愁眉，啼妆，堕马髻，折腰步，龋齿笑，以为媚惑"。
⑧ 图形谁有术：取王昭君拒绝贿赂画工之事。
⑨ 巫山：取宋玉《高唐赋》楚王与巫山神女欢会之事。
⑩ 洛浦：洛水之滨，指曹植《洛神赋》等所写的洛神宓妃人神之恋。

◎ 玄法寺

安邑坊玄法寺，本是隋朝礼部尚书张颖的府第。张颖供养着一个和尚，这和尚以念《法华经》为业。供养了十几年，和尚不知怎的得罪了府上的下人，被那下人诬陷说与侍婢通奸，张颖找了个事由，把和尚杀了。

和尚死后,他那诵经之声,仍然响彻张府不绝,全家人既惊且惧。不久,张颖查清了真相,才知道冤杀了和尚,不胜惭愧,后悔无及,因而舍宅为寺,请工匠铸了十万尊金、铜佛像,所有佛龛都摆得满满当当,还剩下数万尊之多无处安置。

走进东廊南侧的观音院,穿过毗卢舍那佛堂内槽,正北面墙壁上,扑面而来一幅维摩居士变相图,相传那屏风上题有楷书大家虞世南的书法。我们几人入寺游览那天,张希复叫和尚撤走步障,登榻读之,果然见有虞世南的题字,方知传说不假。观音院西北角,有怀素所书的颜真卿《怀素上人草书歌序》,以及张渭侍郎、钱起郎中的小赞。

曼殊院东廊,保留着代宗大历年间画师陈子昂所画的宫廷象、马、人物,亦是称颂一时的妙品。贴近檐前的廊额上,画着相观法,笔法与韩干相似。西侧廊壁上,是刘整所画的双松,同样不循常法而成。

安邑坊玄法寺①,初居人张颖宅也。尝供养一僧,僧以念《法华经》为业。积十余年,张门人谮僧通其侍婢,因以他事杀之。僧死后,阖宅常闻经声不绝。张寻知其冤,惭悔不及。因舍宅为寺,铸金铜像十万躯,金石龛中皆满,犹有数万躯。

东廊南观音院,卢奢那②堂内槽③北面壁画维摩变,屏风上相传有虞世南④书。其日,善继令彻⑤障登榻读之,有世南献之白,方知不谬矣。西北角院内有怀素⑥书颜鲁公序⑦,张渭⑧侍郎、钱起⑨郎中赞。

曼殊院东廊,大历中,画人陈子昂⑩画廷下象马人物,一时之妙也。及檐前额上有相观法,法似韩滉同。西廊壁有刘整⑪画双松,亦不循常辙。

---

① 玄法寺:本隋礼部尚书张颖府第,开皇六年立为寺。
② 卢奢那:毗卢舍那,见前注。
③ 内槽:或指屏风等隔断;抑或指宋代《营造法式》所言之"槽",古建筑术语,指殿阁建筑中柱子与斗拱所在的轴线。
④ 虞世南:(558—638年)字伯施,越州余姚(今浙江余姚)人。初仕陈,入隋为起居舍人,唐时官至秘书监,封永兴公,世称虞永兴,身列凌烟阁二十四功臣。为官敢言直谏,每与太宗谈论之际,必存规讽,太宗赞其"德行、忠直、博学、文词、书翰"五绝。与欧阳询、褚遂良、薛稷并称初唐四大家,书法融贯南北,外柔内刚,潇洒轩昂,后世誉为"君子藏器"。
⑤ 彻:拆、撤。

⑥ 怀素：(725—758年) 本姓钱，字藏真，长沙人。自幼出家为僧，从小学书，当时家贫，买不起纸张，便在寺庙周遭遍种芭蕉万余株，取叶代纸习书，居处遂号"绿天庵"。精苦学书，寒暑不间，所用的笔头竟累成一座笔冢。性嗜酒，喜作狂草，每至酒酣兴发，凡见寺壁、院墙、衣服、器皿，无不书之，落笔惊风走雷，变幻莫测，李白谓之"墨池飞出北溟鱼，笔锋杀尽中山兔"，与草圣张旭合称"颠张醉素"。

⑦ 颜鲁公序：即《怀素上人草书歌序》，是颜真卿为礼部侍郎张谓《怀素上人草书歌》所作之序。当时怀素担笈杖锡，西游长安，谒见颜真卿讨教书法诀要，颜真卿倾囊相授，并为张谓等人称赏怀素书法的《怀素上人草书歌》作序。

⑧ 张谓：字正言，河内（今河南沁阳）人，唐代宗大历初为潭州刺史，还朝累迁礼部侍郎，工诗。

⑨ 钱起：字仲文，吴兴人，大历十才子之一，怀素的叔叔。玄宗天宝九载进士，历司勋员外郎、司封郎中、考功郎中，世称钱考功。

⑩ 陈子昂：诗人陈子昂死于武则天长安二年（702年），此人事迹则在唐代宗大历中（766—779年），显然并非一人。

⑪ 刘整：唐肃宗时人，官秘书省正字，善画。

◎ 禽兽之典

采佛经中禽、兽、马的典故成句，需平仄声调相对。译述从略。

  征内典①中禽事，须切对：鹫头作岭②，鸡足名山③。（梦复）孔雀为经④，鹦鹉语偈⑤。（善继）共命是化，入数论贪。（柯古）未解出笼，岂能献果。（升上人）鸡居其上⑥，雁坠于前⑦。（柯古）巢顶既安⑧，入影不怖。字中疑鹤，朱里认鹅⑨。（柯古）

  征兽中事，须切对：金翅鸟王⑩，银角犊子。（柯古）地名鹿苑，塔号雀离⑪。（善继）啐啄同时⑫，懂悇调伏。（升上人）

  征马事：加诸楚毒（升上人）、乾陟⑬（善继）、马宝⑭（梦复）、驮经⑮（柯古）、爱马（升上人）、绀马⑯（善继）、马麦约食粳⑰（柯古）、铁马（升上人）、先陀和（柯古）、胜步（升上人）、游入正路（柯古）。

---

① 内典：佛经。

② 鹫头作岭：指灵鹫山，即灵山，山形似鹫，山上多栖鹫鸟，故名。位于古印度

摩揭陀国王舍城东北。如来曾在此讲经传法，遂成为佛教圣地。

③ 鸡足名山：鸡足山，亦在古印度摩揭陀国，是佛陀十大弟子之一摩诃迦叶尊者入寂之地。

④ 孔雀为经：《佛母大孔雀明王经》。

⑤ 鹦鹉语偈：《正法念处经》等载，夜摩天上，有鹦鹉宣说佛法化导天人："鹦鹉宝珠系咽，如是宝珠相续为鬘绕彼林已，而说偈言……彼天如是，闻鹦鹉鸟所说偈已，一心善念，观察本业，大殷重心，念本业行，作如是言。"

⑥ 鹳[duò]居其上：此即上文大象背负猴子、小鸟事。鹳，郭璞《尔雅》注："鹳大如鸽，似雌雉，鼠脚，无后趾，岐尾，为鸟憨急。"《玉篇》："一名冠雀。"

⑦ 雁坠于前：或指释尊与提婆达多结怨事。提婆达多一生与佛陀为敌，习得大神通，屡欲加害佛陀不果。怨仇因缘始于童年，其时释迦牟尼为太子，与提婆达多等共同习艺，提婆达多射落一雁，坠于释迦之前，《佛本行集经》："太子见彼雁带箭被伤堕地，见已两手安徐捧取已，跏趺安雁膝上，以妙滑左手擎持右手拔箭，即以苏蜜封其疮。是时提婆遣使来语太子言：'我射一雁堕汝园中。宜速付来，不得留彼。'是时太子报使人言：'雁若命终即当还汝，若不死者终不可得。'时提婆达复更重遣使人语言：'若死若活决须相还，我手于先善功射得，云何忽留。'太子报言：'我已于先摄受此雁，所以然者，自我发于菩提心来，我皆摄受一切众生。况复此雁，而不属我。'以是因缘即便相竞。"

⑧ 巢顶既安：指入禅定者身体不动，鸟雀误以为木石，筑巢于头顶。

⑨ 朱里认鹅：出《大庄严论经》。从前有个比丘，到某穿珠师家化缘，穿珠师正在为国王穿摩尼珠，乃暂舍珠入内为比丘取食。穿珠师家养有一鹅，见摩尼珠映照比丘的袈裟，色泽红润，误以为肉，遽尔吞之。穿珠师出来，寻珠不见，怀疑为比丘所偷。比丘担心若说出真相，穿珠师必杀鹅取珠，于是自负其罪，却交珠不出。穿珠师大怒，绑缚比丘毒打，打得鲜血淋漓，那鹅即来饮血，穿珠师愤恚，一棍将鹅打死。比丘懊恼，方吐真相，穿珠师剖鹅腹而视，果然有珠，举声号哭："你为了护鹅性命，却害我打伤你而杀鹅！"

⑩ 金翅鸟王：金翅鸟之王。金翅鸟即迦楼罗，天龙八部之一，巨大无匹的神鸟，原是印度神话毗湿奴天的坐骑，性情猛烈。据说在其生时，身光赫奕，诸天误认为火天而纷纷礼拜。迦楼罗之王身长达到八千由旬（三十二万里），左右翅各长四千由旬（十六万里），翅翮金色，以龙（大毒蛇）为食。迦楼罗飞行虚空，生有清净之眼，能看透大海，巨翅击水，海水为开，海底群龙毕现，因取食之。其翅端所生之风锐利无比，若入人眼，人即失明。在南瞻部洲，迦楼罗一日可食一条龙王及五百小龙。但龙有剧毒，无法彻底消解，迦楼罗临死之前，诸龙吐毒，痛苦不堪，上下翻飞七次，触金刚轮山绝顶而死，死后全身被毒火焚尽，只留下一颗纯青琉璃心。

⑪ 塔号雀离：《洛阳伽蓝记》："神龟元年十一月冬，太后遣崇立寺比丘惠生（与敦

煌人宋云）向西域取经……至正光元年四月中旬，入乾陀罗国……复西行一日，乘船渡一深水，三百馀步。复西南行六十里，至乾陀罗城。东南七里，有雀离浮图……雀离浮图自作以来，三经天火所烧，国王脩之，还复如故。父老云：此浮图天火七烧，佛法当灭。"

⑫ 啐［cuī］啄同时：鸡蛋行将孵化，小鸡在蛋中吸吮，谓之啐；同时母鸡在外啄击壳，谓之啄。佛家以此譬喻师生，弟子请禅师启发，如小鸡之啐，禅师开示，如母鸡之啄。弟子与禅师机锋相应，默契无间，即谓啐啄同时。

⑬ 乾陟：一种骏马。《方广大庄严经》："骏马生驹，其数二万，于诸马中，乾陟为上。"

⑭ 马宝：转轮圣王七宝之一。

⑮ 驮经：指白马驮经。据《洛阳伽蓝记》，永平十年，东汉明帝刘庄夜梦金神，于是遣使西域，以白马驮经至洛阳，佛教从此传入中土。

⑯ 绀马：即转轮圣王之马宝。《长阿含经》："一金轮宝，二白象宝，三绀马宝，四神珠宝，五玉女宝，六居士宝，七主兵宝。"

⑰ 马麦约食粳：马所食之麦。释尊曾应阿耆达王之邀，至彼国结夏安居，遇灾荒，谷米昂贵，受贩马人供养，与五百比丘共食马麦三月，为佛十难之一。

◎ 菩提寺

平康坊菩提寺，佛殿东西障壁及列柱上图画，出自郑法士手笔，原是东廊旧迹。开元年间，因廊庑弛坏，才移入大佛殿内槽北壁。

食堂前东壁上的设色《大智度论》偈颂变相图是吴道子所画，偈语亦是吴道子亲笔题写，笔迹遒劲，犹如鬼神毛发猬张。第二堵壁上画礼骨仙人，天衣飞扬，满壁风动。

佛殿内槽后壁，是吴道子画的《消灾经》故事，树石古险。元和年间，宪宗打算把这幅画搬入宫中，又担心搬坏了，于是下诏选画师临摹进献。

佛殿内槽东壁画维摩变相图，画上佛陀大弟子舍利弗微微侧目。元和末年，俗讲僧文淑试图修护，结果弄巧成拙，把画污损了。所以郑澣郑尚书在僧院北壁题诗道："但虑彩色污，无虞臂胛肥。"（有脱文）置于寺碑之北，雕饰奇巧，相传是郑法士打的样。

当年，会觉上人用香客布施的财物建起十几亩寺舍，落成后酿了一百多石好酒，一坛一坛都摆在两侧的檐庑之下，带吴道子来参观。吴道子是个嗜酒之人，一进山门闻到扑鼻的酒香，眼睛盯在那一长列的酒坛子上就挪不开了，心中茫然，怎地寺庙之中放着这许多酒？会觉上人见状，微笑道："檀越若肯为敝寺作画，这些酒就都送给檀越如何?"吴道子大喜答允。不过段成式认为,吴道子留在本寺的手迹,似乎及不上他在景公寺的作品。

中三门内东门站着一尊神像,张希复说是吴道子的徒弟王耐儿所造。神像身旁的一座小鬼十分灵异,但凡百姓有所亵渎,往往就会患上一种怪病,嘴巴和眼睛变得跟那小鬼一样,诡怪之极。

举凡寺庙规制,钟楼都建在寺东,唯独该寺,因为东邻是权相李林甫府第,所以钟楼建在了西边。寺内收藏着郭子仪的一把玳瑁鞭及郭夫人王氏的七宝帐。现任主持元竟大师多记禅林掌故,他说李林甫过寿的时候,常请本寺僧人到府上备办素斋,同时赞唱佛德,那当然也有为李林甫祈福之意。有个僧人善颂善祷,赞叹佛德之余,对寿星公大加称赏,李林甫赏了他一副极品鞍辔,那僧人拿到市场上,竟卖了七万钱之多。另一个僧人讲经多年,声名更显,见李林甫出手如此豪阔,轮到他偈颂时,对主人更是极口褒扬,满心希望收一份丰厚的施舍。斋毕,只见帘子之下,递出一口漆彩的小竹箱,打开一看,里面一方罗帕,包着根几寸长的烂钉子。那僧人大为失望,回去想一想,自己为了身外之物觍颜阿谀,讨了这个没趣,真是白瞎了多年修为,惭愧悔恨不已。再一寻思,李林甫何等的地位,怎么会拿破铜烂铁赏人?难道这烂钉子另有妙处?他满腹狐疑地带着钉子来到西市,拿给胡商看,胡商惊道:"上人从何处得来此物?请务必卖给我,我绝不还价。"事情愈出愈奇,僧人疑惑更甚,问胡商这是什么,胡商却不肯说。僧人试探着要十万,胡商大笑道:"上人何必客气,只管加价。"僧人一直要到五十万,胡商道:"上人不必这样小心翼翼了,我直接给你一千万如何。"僧人目瞪口呆,成交之后,眼见胡商欢天喜地,丝毫没有心疼的模样,僧人忍耐不住,再度发问,胡商道:"这是佛陀本尊的佛骨舍利!"

元竟大师又说,本寺从前有个僧人,不知法号叫什么,此人行为怪诞,好好的房舍不待,成天抱着一堆柴草坐卧在廊下。司事僧见不是事,劝他回房住,僧人道:"你嫌弃我?"当晚就用那捆柴草自焚而死了。第二天,众僧收拾他的骨殖,却发现那里只留下一堆草木灰烬,根本没有人体焚化的痕迹,才知道这是位异人,于是用那堆灰烬塑成一像,至今依然供在佛殿上,世称"束草师"。

平康坊菩提寺①。佛殿东西障日②及诸柱上图画,是东廊旧迹,郑法士③画。开元中,因屋坏,移入大佛殿内槽北壁。

食堂前东壁上,吴道玄画《智度论④》色偈变,偈是吴自题,笔迹遒劲,如磔鬼神毛髪。次堵画礼骨仙人,天衣飞扬,满壁风动。

佛殿内槽后壁面,吴道玄画《消灾经》事,树石古险。元和中,上欲令移之，虑其摧坏，乃下诏择画手写进。

佛殿内槽东壁维摩变⑤，舍利弗角而转睐。元和末，俗讲僧文淑装之，笔迹尽矣。故兴元郑公尚书⑥题北壁僧院诗曰："但虑彩色污，无虞臂胛肥。"置寺碑阴，雕饰奇巧，相传郑法士所起样也。

初，会觉上人以施利起宅十余亩。工毕，酿酒百石，列瓶瓮于两庑下，引吴道玄观之。因谓曰："檀越为我画，以是赏之。"吴生嗜酒，且利其多，欣然而许。予以踪迹似不及景公寺画。

中三门内东门塑神，善继云是吴生弟子王耐儿之工也。其侧一鬼有灵，往往百姓戏犯之者得病，口目㖞之。

寺之制度，钟楼在东，唯此寺缘李右座林甫宅在东，故建钟楼于西。寺内有郭令⑦玳瑁鞭及郭令王夫人七宝帐。寺主元竟，多识释门故事，云李右座每至生日，常转请此寺僧就宅设斋。有僧乙尝叹佛⑧，施鞍一具，卖之，材直七万。又僧广有声名，口经数年，次当叹佛，因极祝右座功德，冀获厚嚫⑨。斋毕，帘下出彩筐，香罗帕藉一物，如朽钉，长数寸。僧归，失望惭愧数日。且意大臣不容欺己，遂携至西市，示于商胡。商胡见之，惊曰："上人安得此物？必货此，不违价。"僧试求百千，胡人大笑曰："未也。"更极意言之，加至五百千，胡人曰："此直一千万。"遂与之。僧访其名，曰："此宝骨也。"

又寺先有僧，不言姓名，常负束藁⑩坐卧于寺两廊⑪下，不肯住院。经数年，寺纲维⑫或劝其住房，曰："尔厌我耶？"其夕，遂以束藁焚身。至明，唯灰烬耳。无血臂⑬之臭，众方知异人，遂塑灰为像。今在佛殿上，世号束草师。

---

① 菩提寺：始建于隋开皇二年，唐宣宗大中六年，更名保唐寺。
② 障日：遮蔽日光的墙壁。
③ 郑法士：周隋时人，在北周为大都督、左员外侍郎、建中将军；入隋，授中散大夫。工画，师法张僧繇，尤擅长人物，世谓"江左自僧繇以降，郑君是称独步"。
④ 智度论：大智度论，龙树菩萨著，后秦鸠摩罗什译，相传原书有十万偈颂之多。
⑤ 维摩变：维摩居士问疾变相图，见本书《怪术》部分。
⑥ 兴元郑公尚书：郑澣（776—839年），本名涵，郑州荥阳人，宰相郑余庆之子。唐文宗朝，累迁礼部、兵部、吏部侍郎，尚书左丞，出为山南西道节度使，以

户部尚书召，未拜而卒。兴元，指山南西道首府兴元府（梁州）。
⑦ 郭令：郭子仪。
⑧ 叹佛：说偈赞颂佛德。
⑨ 嚫 [chèn]：梵语"达嚫"的简称，指布施。
⑩ 藁 [gǎo]：禾秆。
⑪ 两廊：《太平广记》引本文作"西廊"。
⑫ 纲维：司事僧，通常指住持、首座或维那（统理僧众杂事的职僧）。
⑬ 血膋 [liáo]：血和脂膏。

◎ 书事连句

略。

辞。书事连句：悉为无事者，任被俗流憎。（梦复）客异干时①客，僧非出院僧。（柯古）远闻疏牗磬，晓辨密龛灯。（善继）步触珠幡响，吟窥钵水澄。（梦复）句饶方外趣，游惬社②中朋。（柯古）静里已驯鸽，斋中亦好鹰。（善继）金涂笔是褧③，彩溜纸非缯。（升上人）锡杖已克锻，田衣④从坏塍⑤。（柯古）占床惭一胁，卷箔⑥赖长肱。（善继）佛日⑦初开照，魔天⑧破几层。（柯古）咒中陈秘计，论处正先登。（善继）勇带磁针石⑨，危防丘井藤⑩。（升上人）

---

① 干时：治世。
② 社：法社，修行者所结的会社。
③ 褧 [jiǒng]：麻布罩衫。
④ 田衣：袈裟。因是块状布片缝缀，形状如田畦，故名。
⑤ 塍 [chéng]：田间的土埂。
⑥ 箔：帘子。
⑦ 佛日：喻指佛陀，言佛陀法力广大，普济众生，可破众生之迷妄，如日光驱散暗夜。
⑧ 魔天：六欲天最上层的"他化自在天"，因"第六天魔王"天魔波旬（与佛祖对立的魔王）的天魔殿位于此处，故称魔天。
⑨ 磁针石：喻指无缘慈悲心。佛观一切皆空，不以特定之人为对象，所以佛之慈悲为无缘大慈，慈心遍及众生。

⑩ 丘井藤：佛家一种譬喻，出《佛说譬喻经》，是释迦对胜光王所说譬喻：在过去无量劫时有人游于旷野，逢大恶象，为象所逐。其人狂惧走突，慌不择路，忽见一空井，旁有树根，即攀根而下，藏身井中。却发现有一黑一白两只老鼠正啮咬树根，井底又有四条毒蛇盘绕，作势欲搏人。其人上下不得，既畏膏于蛇吻，又怕树根咬断。正在这时，树根滴下五滴蜂蜜，其人伸嘴舔食，不想晃动了大树，树上蜂群四出螫人，又有野火燃起，将大树吞没。该故事中，旷野比喻无明长夜，游人比喻凡人，狂象比喻无常，空井比喻生死，树根（藤）比喻命运。

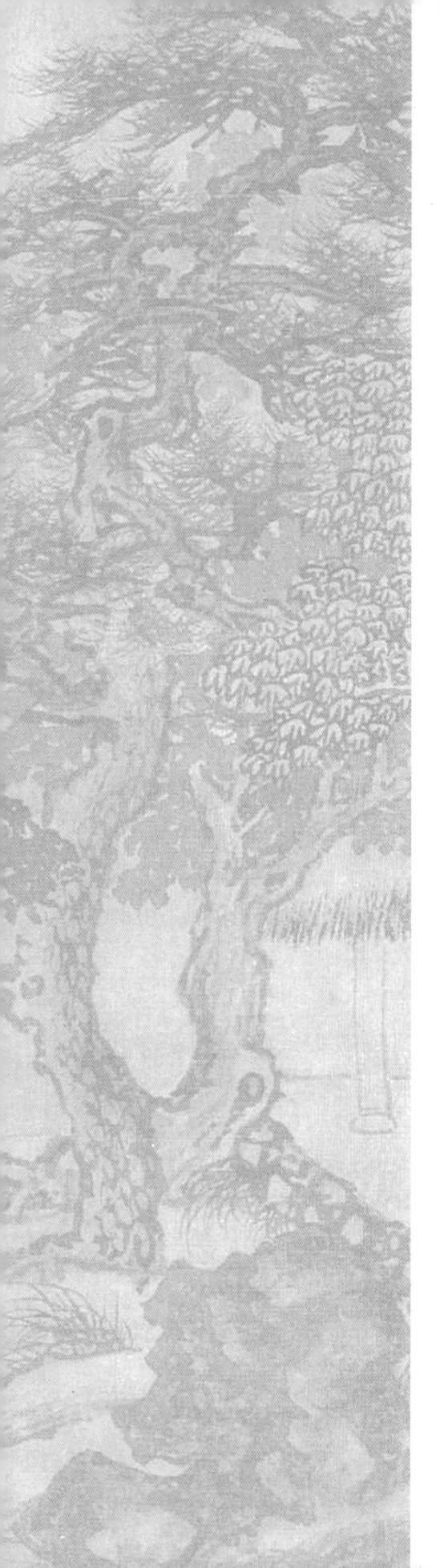

寺塔记下

◎ 奉慈寺

宣阳坊奉慈寺之地经历过数次易主，起先为中书令马周宅，开元年间落入杨贵妃的姐姐虢国夫人手中，大事改建。安禄山陷长安后，组建伪朝廷，设置百官，以田乾真为京兆尹，取此宅为府。后来又成了郭子仪的儿子、驸马都尉郭暧和升平公主的府邸。唐武宗即位之初，太皇太后郭氏为母亲升平公主追福，改宅为寺，即是奉慈寺。上谕赐钱二十万，绣像三车，抽调左街十寺四十名僧侣入驻。不久前，有位惟则大师，用七宝木仿造了一座阿育王舍利塔，千里迢迢，从明州背到了该寺。寺成两年后，司农少卿杨敬之的小女儿，字德邻，年才十三，以六韵诗题此寺，自称汉代"关西孔子"杨震的二十七代孙，其中的警句是："日月金轮动，栴檀碧树秋。塔分鸿雁翅，钟挂凤皇楼。"此事上达天听，皇上敕赐了衣物。

> 宣阳坊奉慈寺，开元中，虢国夫人①宅。安禄山伪署百官，以田乾真为京兆尹，取此宅为府，后为郭暧②驸马宅。今上③即位之初，太皇太后④为升平公主追福，奏置奉慈寺，赐钱二十万，绣帧三车，抽左街十寺僧四十人居之。今有僧惟则⑤，以七宝木摹阿育王舍利塔，自明州⑥负来。寺成后二年，司农少卿⑦杨敬之⑧小女，年十三，以六韵诗题此寺，自称关西孔子⑨二十七代孙，字德邻。警句云："日月金轮动，栴檀碧树秋。塔分鸿雁翅，钟挂凤皇楼。"事因见，敕赐衣。

① 虢国夫人：蒲州永乐（今山西芮城）人，杨贵妃的姐姐，有美色，嫁裴氏。天宝七载封虢国夫人，与其姊韩国夫人、妹秦国夫人并得玄宗宠遇，皆赐第京

师，出入宫掖，干预朝政，势倾天下。安史之乱，随玄宗奔蜀，逃至马嵬驿，"六军不发无奈何，宛转娥眉马前死"，杨国忠、杨贵妃被杀，她见势不妙，逃至陈仓，被县令追捕，走投无路而自杀。

② 郭暧：（753—800 年）华州郑县（今陕西华县）人，郭子仪第六子。十几岁就娶得代宗之女升平公主为驸马。小两口有一次斗嘴，郭暧吵急了脱口道："你爹是皇上了不起？那是我爹不屑跟你爹争！"被郭子仪杖打数十。唐德宗朝，朱泚据长安称帝，逼郭暧出来做官，郭暧死活不肯，带着公主连夜逃往奉天投奔德宗行在，因授金紫光禄大夫，迁太常卿。

③ 今上：应指唐武宗李炎或唐宣宗李忱。据《寺塔记》卷首之序，段郎与张、郑二友"寻两街寺"是在武宗会昌三年，若本文为彼时作，"今上"即指武宗而言；若为大中七年返京之作，则指唐宣宗。

④ 太皇太后：郭暧与升平公主的次女、唐宪宗贵妃郭氏（宪宗未立皇后）。其子唐穆宗李恒即位，尊为太后；穆宗死，其孙唐敬宗李湛即位，尊为太皇太后，此后文宗、武宗皆是其孙，尊太皇太后不变。武宗死，宦官拥立唐穆宗异母弟李忱继位，是为唐宣宗，唐宣宗并非郭氏所出。据《新唐书》《资治通鉴》，宣宗生母郑太后本是郭氏侍女，二人失和已久，且宣宗怀疑父皇宪宗当初暴崩，可能就是遭了郭氏的毒手，所以宣宗即位后，待郭氏之礼殊薄。大中二年一日，郭氏登勤政楼，不知为了何事，竟欲跳楼自杀，宣宗闻报大怒。当晚，郭氏就死在了兴庆宫。

⑤ 惟则：（751—830 年）唐代牛头宗禅僧，长安人，俗姓长孙。初随慧忠禅师，南游天台，入天台山佛窟岩，为佛窟学始祖。

⑥ 明州：今浙江宁波。

⑦ 司农少卿：司农寺副官，唐制两人，从四品上。司农寺管理仓储、农林和皇家园囿，领上林署（皇家园林）、太仓署（管理京仓及供给百官、工匠禄米）、钩盾署（官员俸禄中木炭柴薪的供应及禽畜饲养）、导官署（粮油加工）等。

⑧ 杨敬之：虢州弘农人，字茂孝。宪宗元和二年进士，历迁屯田、户部郎中，坐李宗闵党，贬连州刺史。文宗时，为国子祭酒，兼太常少卿，转大理卿。

⑨ 关西孔子：杨震，东汉弘农人，字伯起。年五十始仕，历任荆州刺史，东莱、涿郡太守，太仆，太常，司徒，太尉。明经博览，无不穷究，诸儒谓之关西孔子。

◎ 僧衣

征引佛门中关于衣服的概念、典故，语需对仗。译述从略。

征释门衣事，语须对：如象鼻①，投牛（一云羊）耳②。（柯古）五纳③，三衣④。（善继）惭愧⑤，斗薮⑥。（升上人）坏衣，严身。（约上人）畜长十日⑦，应作三志。（入上人）杂身四寸⑧，掩手两指。（柯古）琐形，刀残⑨。（善继）其形如稻⑩，其色如莲。（升上人）赤麻白豆，若青若黑⑪。（柯古）

---

① 象鼻：一种错误的袈裟穿着方式。袈裟的右上角，本应搭在左肩，垂于背后。若搭在手臂上或垂在胸前，即是象鼻相，不合法度。7世纪前，许多汉地僧侣未晓袈裟的正确穿披方法，甚至不穿袈裟，所以魏晋六朝时期的佛像，多有着袈裟不得法者。

② 投牛（一云羊）耳：应是"捉羊耳"，亦是袈裟披着的细节，指袈裟穿着完成后，将身体左侧的垂衣两角握在手中，且不能使两只衣角分叉成羊的两只耳朵状。《摩诃僧祇律》："齐整被衣应当学，齐整被衣时不得如缠轴，应当通肩被着，纽齐两角左手捉，捉时不得手中出角头，如羊耳。"

③ 五纳：五纳衣。纳衣是各种布片缝缀而成，其中具有五色，故名。

④ 三衣：印度僧团所准许个人拥有之三种衣服，"僧伽梨"（大衣）、"郁多罗僧"（上衣）、"安陀会"（内衣）。

⑤ 惭愧：即无上惭愧衣，指袈裟。

⑥ 斗薮：即头陀。头陀修行，有"着弊衲衣，穿着废弃布所作之褴褛衣"的规定，另外头陀十八物亦含三衣。

⑦ 畜长十日：畜，收藏、拥有；长，长衣，指三衣以外的其他衣物，《四分律行事钞》："长衣谓三衣之外财也。"佛门比丘，除三衣、一钵，其他所有，均属"长物"。长物可在一定时限内保存，如七天、十天，超过时限，将犯舍堕罪，这就是"畜长十日"。后来长物一词成为俗语，所谓身无长物，就是指身上没有除必需品外多余的东西，而不是身上没有形状较长之物。

⑧ 杂身四寸：或是"离身四寸"，"杂"字旧写作"雜"，与离的旧写"離"形近而讹。离身四寸，言菩萨法力之强，衣服离身四寸不堕，《大般涅槃经》："（菩萨）所游之处，丘墟皆平。衣服离身，四寸不堕。"

⑨ 刀残：或是"刀贱"，指用普通布料裁剪制作袈裟。

⑩ 其形如稻：谓袈裟上的块状布片形同稻田。

⑪ 若青若黑：袈裟的颜色，当避开青、黄、赤、黑、白五种正色，呈若青、若黑或若木兰色。

◎ 光宅寺

光宅坊光宅寺，从前是个归皇家所有的葡萄园。寺中禅师影堂供奉的是惠中大师，肃宗上元二年，皇上下诏："杖锡而来，京师非远。斋心已久，副朕虚怀。"征大师入京，驻锡此寺。

德宗建中年间，有僧人造曼殊堂，堂址选在一片池沼上。打地基前，需先排干池水，僧人怕杀生过多，先做了三个月的道场，祈请水中虫、鱼迁离。到施工时，土壤中果真全无虫蚁。又用多层纱布滤水，滤出的虫子一概投入一口井里，号为"护生井"，现在已经干涸。又铸铜蟾蜍为息烟灯，心思精巧，流行于天下。如今曼殊院每行转经法会，宫里必赏赐香烛。寺中七宝台是昔日女皇敕筑，俯仰空阔，登台瞭望，四极无涯。台阁上层窗下，是尉迟乙僧的画作，下层窗下吴道子画作，不过都算不得二人的得意手笔。宰相韦处厚，从仕途起步直到居揆拜相，几十年中，每次回家路过本寺，必至此塔焚香瞻礼。

普贤堂，本是武则天的梳洗堂，闹中取静，别具幽趣，未建寺前，葡萄成熟时节，武后总要游幸到此，盘桓些辰光。堂中尉迟乙僧之画颇有奇处，四壁画像中的白骨观形象，匠意极险；变形三魔女，直欲破壁而出；佛陀圆光，彩相竞繁，缭乱眼目。成讲东壁佛座前的垂锦，有如割裂的古制旗幡。左右梵僧及诸蕃僧画像亦颇传神，但不及堂西壁所画，西壁画像，近距离观看会造成一种仰视的感觉。

光宅坊光宅寺①，本官蒲萄园，中禅师影堂，师号惠中②，肃宗上元二年征至京师，初居此寺。征诏云："杖锡而来，京师非远。斋心③已久，副朕虚怀。"建中中，有僧竭造曼殊堂，将版基于水际，虑伤生命，乃建三月道场，祝一足至多足、无足令他去。及掘地至泉，不遇虫蚁。又以复素过水，有虫投一井水中，号护生井，至今涸。又铸铜蟾为息烟灯，天下传之。今曼殊院尝转经，每赐香。宝台甚显，登之，四极眼界。其上层窗下尉迟④画，下层窗下吴道玄画，皆非其得意也。丞相韦处厚⑤，自居内廷至相位，每归辄至此塔焚香瞻礼。

普贤堂，本天后梳洗堂，葡萄垂实，则幸此堂。今堂中尉迟画颇有奇处，四壁画像及脱皮白骨，匠意极险。又变形三魔女，身若出壁。又佛圆光，均彩相错乱目。成讲东壁佛座前锦，如断古标。又左右梵僧及诸蕃往奇，然不及西壁，西壁逼之摽摽然⑥。

---

① 光宅寺：原是一片葡萄园，唐高宗仪凤二年，望气者观测到坊中异气冲天，高宗派人发掘，掘出石函一具，函内藏有上万舍利子，遂敕建光宅寺。武则天长安二年，于寺中置七宝台，故又称七宝台寺。
② 惠中：浙江诸暨人，俗姓冉。自幼学佛，曾叩谒禅宗六祖慧能大师，得传心印，继而游历名山大川，入南阳白崖山党子谷静修四十余年。开元间，玄宗迎入京师，初居龙兴寺，肃宗时住光宅寺，公卿朱紫持弟子之礼前往叩法者，昼夜不绝。
③ 斋心：祛除杂念，心寂神凝。
④ 尉迟：尉迟乙僧，于阗（今新疆和田）人，父亲是隋代著名画家尉迟跋质那，世称其父子为大小尉迟。贞观初年，于阗国王将乙僧荐给唐太宗，授宿卫官，袭封郡公。乙僧丹青奇妙，尤工佛像、鬼神、人物、花鸟，他画的扇子，每把价值万金。他的画风具有鲜明的西域色彩，笔势紧劲，线条如屈铁盘丝，用色沉着，极富立体感，比如人物衣服褶皱，看似凸起，用手一摸才知道是平的。画幅构图雄伟，千怪万状，内中仿佛藏有独立的世界，论者认为造诣不在阎立本之下。
⑤ 韦处厚：（773—829年）字德载，京兆万年人，本名淳，避唐宪宗李纯讳改。宪宗元和元年进士，起家校书郎，累迁右拾遗、中书舍人、兵部侍郎，文宗朝拜相，封灵昌郡公。性嗜文学，博通坟史，为官刚正，有贤相之称。
⑥ 摽摽然：高。

◎ 中禅师影堂连句

略。

辞。中禅师影堂连句：
名下固无虚，敖曹貌严毅。洞达见空王①，圆融入佛地。（善继）
一言当要害，忽忽醒诸醉。不动须弥山，（一云"不动如须弥。"）多方辨无匮。（梦复）
坦率对万乘②，偈答无所避。尔如毗沙门③，外形如脱屦。（柯古）
但以理为量，不语怪力④事。木石摧贡高⑤，慈悲引贪恚⑥。（升上人）

当时乏支许⑦，何人契深致。随宜讵说三，直下开不二⑧。（柯古）

---

① 空王：佛的别名。《圆觉经》："佛为万法之王，又曰空王。"
② 万乘：天子。
③ 毗沙门：毗沙门天王，即多闻天王，四大天王之北方天王。
④ 不语怪力：《论语》："子不语怪、力、乱、神。"
⑤ 贡高：骄傲自大。
⑥ 贪恚：同"贪嗔"，佛家所言三毒之二。
⑦ 支许：东晋高僧支遁和高士许询。二人交好，皆善佛法玄谈。
⑧ 不二：不二法门。"二"指事物、道理的两个极端。不二法门，是摒弃极端，超越一切差别，视一切现象无有分别，一切绝对平等的教法。

◎ 保寿寺

翊善坊保寿寺，是高力士旧居改造而成。天宝九载，高力士舍宅为寺，梵钟铸成，力士大设斋会庆贺。是日朱紫盈庭，满朝公卿，靡不毕至。高力士趁机募集香资，规定客人皆可击钟，每击一次，收取费用十万钱，有人为了巴结他，连击二十杵。保寿寺资本裕如，建筑构造，莫非精致而堂皇，藏经阁规构危巧，两座塔尖上的火珠，足有十余斛大。

河阳从事李涿，平素最好搜奇访古，一次同他的方外之交智增和尚来到该寺，参观库中旧物——实在也就是掏弄古董，在口破瓮里，发现了一条破被子似的东西，拿出来一抖，灰尘呛人。仔细一看，原来是幅画，又破又脏，李涿是识货的，不动声色，拿一张州县地图和三十匹绢换到了手。带回家后，命下人小心收拾干净，展布开来，有二十多尺之长。他自己还不大确定，匆匆带着去访书法圣手柳公权，才知道这竟是张萱的真迹《石桥图》，当年玄宗赐给高力士，由是留在了寺中。李涿得此宝物，兴奋不已，不料风声走漏，被一个卖画的打听了去，报告给了权倾朝野的宦官头子仇士良。没过多久，便有太监带着几十个杀气腾腾的神策军卒闯进李涿家，声称奉皇上口谕，将画强行取走。当天，仇士良就送到宫里，唐文宗雅好古玩，见之大喜，命张挂于教坊司云韶院。

保寿寺有幅先天菩萨图，本系成都妙积寺之物。妙积寺是尼寺，尼姑魏八师居留在此，常念大悲咒。开元初年，从双流县来了个小孩，自称名叫刘意儿，才十一岁，说是想要跟在魏八师身边，侍奉她起居修行。魏八师不肯，小孩便赖在寺里，撑也撑不走。一天，小孩在内室立禅，忽然叫道："先天菩萨现身了！"说着取来草灰，筛铺在院中，众尼见他如此胡闹，无不蹙眉。第二天，却见草灰上清清楚楚印着一个数尺长的巨大足印，传说中菩萨脚掌上特有的轮辐状纹理亦清晰可辨，众人耸然动容，向小孩查问，原来这孩子天赋异禀，以凡胎肉眼，竟能看见菩萨的真身。魏八师忙请来画工，要照小孩描述画一幅先天菩萨像，前后画了多次，都不满意。这时来了个和尚，姓杨，号法成，自言能画，根据小孩的口授指点，画了十年，终于画成。接着为菩萨造像，所造制像，恢弘精细，共有二百四十二个头，头呈塔形，无数手臂如万千藤蔓。那画稿上还有一百四十二棵日鸟树、四翅凤凰、水肚树，千奇百怪，不可详悉。画稿共计十五卷，被节度使崔宁的外甥柳七师设法取得，合成了三卷，带到长安传布。又落到了长史魏奉古手中，进献皇上。后来某年四月初八佛诞日，玄宗赏给了高力士。现在成都所保留的画稿，只有副本了。

　　翊善坊保寿寺，本高力士宅。天宝九载，舍为寺。初，铸钟成，力士设斋庆之，举朝毕至，一击百千，有规其意，连击二十杵。经藏阁规构危巧，二塔火珠①受十余斛②。

　　河阳③从事李涿，性好奇古，与僧智增善，尝俱至此寺，观库中旧物。忽于破瓮中得物如被，幅裂污垢，触而尘起。涿徐视之，乃画也。因以州县图三及缣④三十获之，令家人装治，大十余幅⑤。访于常侍柳公权⑥，方知张萱⑦所画《石桥图》也。玄宗赐高，因留寺中，后为鬻画人宗牧言于左军⑧，寻有小使领军卒数十人至宅，宣敕取之，即日进入。先帝⑨好古，见之大悦，命张于云韶院⑩。

　　寺有先天菩萨帧，本起成都妙积寺。开元初，有尼魏八师者，常念大悲咒。双流县百姓刘乙，名意儿，年十一，自欲事魏尼，尼遣之不去。常于奥室立禅，尝白魏云："先天菩萨见身此地。"遂筛灰于庭，一夕有巨迹数尺，轮理⑪成就。因谒画工，随意设色，悉不如意。有僧杨法成，自言能画，意儿常合掌仰祝，然后指授之。以近十稔⑫，工方毕。后塑先天菩萨凡二百四十二首，首如塔势，分臂如意蔓。其榜子⑬有一百四十二日鸟树，一凤四翅，水肚树，所题深怪，不可详悉。画样凡十五卷。柳七师者，崔宁⑭之甥，分三卷，往上都流行。时魏奉古为长史，进之。后因四月八日⑮，赐高力士。今成都者，是其次本。

① 火珠：塔顶九轮上的宝珠形之饰物，周围饰以火焰图案，故名。
② 斛：十斗为斛，大约相当于今60公升。
③ 河阳：今河南焦作孟县。
④ 缣[jiān]：质地细薄的丝织品。
⑤ 幅：布帛的宽度，古制一幅为二尺二寸。
⑥ 柳公权：（778—865年）字诚悬，京兆华原（今陕西耀县）人。宪宗元和间进士登第。因擅长书法，穆宗、敬宗、文宗三朝，侍书于宫中，即本文所称常侍。累迁中书舍人、工部侍郎、工部尚书，官至太子少师，封河东郡公。柳公权的楷书，初学王羲之，遍阅当代笔法，后博取欧阳询、虞世南、颜真卿，而卓然自成一家，其体势劲媚，顿挫有力，如刀锋森挺，刚劲峻拔，世称"柳体"。当时公卿大臣谢世，子孙请人书写碑版，若请不到柳公权来写，会被指责为不孝。外国使团来华入贡，必多备一份珍宝，却不贡给皇上，而是作为求购柳公权书法之资。柳公权人如其字，耿介刚正，风骨凛然，唐穆宗为政邪僻，荒耽游幸，一次问起柳公权用笔的窍要，柳道："用笔在心，心正则笔正，笔正，乃可为法矣。"穆宗为之改容。
⑦ 张萱：京兆人，开元间，为馆画直，善画人物，尤其是贵介公子、闺房之秀以及婴儿。宋徽宗曾摹其名作《捣练图》《虢国夫人游春图》传世。
⑧ 左军：左神策军。此处指左神策军中尉、宦官头子仇士良。
⑨ 先帝：指唐文宗。
⑩ 云韶院：唐代的内教坊，也就是宫中教坊，负责培训和管理乐师、舞姬，教习乐舞，以承应宫廷宴会、祭祀声乐歌舞。

宋代摹本《捣练图》局部

⑪ 轮理：佛、菩萨足底形如千辐轮的印纹。
⑫ 稔：年。
⑬ 榜子：图样。
⑭ 崔宁：（723—783年）卫州（今河南卫辉）人，本名旰。唐代宗宝应初为利州、汉州刺史，屡破吐蕃，人称神兵。代宗大历二年授西川节度使，在任肆行聚敛，上贿朝中权贵，下淫将吏妻女。十四年入朝拜相。德宗朝罢之，改灵州大都督。朱泚之乱，长安陷落，宁自京师奔奉天勤王，被奸相卢杞等诬蔑通敌，惨遭冤杀。
⑮ 四月八日：佛诞日，即释尊诞生日。

◎ 颂先天菩萨图

略。

辞。先天帧赞连句：

观音化身，厥形孔怪。胜胆淫厉，众魔膜拜。（善继）

指蔓鸿纷，榜列区界。其事明张，何不可解。（柯古）

阎河德川，大士先天。众像参罗，敦敦田田①。（梦复）

百亿花发，百千灯燃。胶如络绎，浩汗连绵。（善继）

焰摩界②威（一作灭），洛迦③苦霁。正念归依，众眚④如彗。（柯古）

戾浑可汰，痴膜⑤可脱。稽首如空，睟容⑥若睇⑦。（善继）

阐提⑧墨杘⑨，睹而面之。寸念不生，未遇乎而。（柯古）

---

① 敦敦：明亮的样子。
② 田田：鲜碧、浓郁。
③ 焰摩界：琰魔王所在的世界，在南瞻部洲铁围山下五百由旬深处。
④ 洛迦：地狱。
⑤ 眚：一种妖异之气。
⑥ 痴膜：犹"臭皮囊"。痴，愚昧；膜，皮肤。
⑦ 睟容：温和慈祥的容貌。
⑧ 睇：毗睇，指真言陀罗尼，能破众生烦恼。
⑨ 阐提：指善根断尽，堕入阿鼻地狱，无法（极难）成佛者。也指观世音菩萨，菩萨大慈大悲，誓愿度尽一切众生而后成佛，然众生愚昧无尽，所以菩萨成佛遥遥无期。
⑩ 墨杘 [chì]：狡诈、无赖。

◎ 高力士轶事

略。

事徵：高力士呼二兄①，（柯古）呼阿翁，（善继）呼将军，（梦复）呼火老，（柯古）五轮碨②。（善继）初施棨戟③，（梦复）常卧鹿床，（柯古）长六尺五寸④，（善继）陪葬泰陵⑤。（梦复）咏荠⑥，（柯古）齿成印，（善继）上国下国，（梦复）梦鞭，（柯古）吕氏⑦生髭。（善继）

---

① 高力士呼二兄：唐肃宗李亨为太子时，见了高力士要喊"二哥"，其他皇子、公主都喊高力士"阿翁"，驸马们则喊"爷"。《旧唐书·宦官》："肃宗在春宫，呼为二兄，诸王公主皆呼'阿翁'，驸马辈呼为'爷'。"《新唐书·宦者上》："肃宗在东宫，兄事力士，它王、公主呼为翁，戚里诸家尊曰爹，帝或不名而呼将军。"
② 五轮碨：碨，水磨。高力士的一处产业，在京城西北的沣水上架设五轮水磨，每天能磨三百斛麦子。
③ 棨［qǐ］戟：彩漆木戟，出行时用作仪仗。《旧唐书》："玄宗尊重宫闱，中官稍称旨，即授三品将军，门施棨戟。"高力士曾蒙授右监门卫大将军、骠骑大将军。
④ 长六尺五寸：高力士的官方身高数据。
⑤ 泰陵：玄宗陵墓。
⑥ 咏荠：高力士被流放黔中所作诗，《旧唐书》："力士与内官王承恩、魏悦等，因侍上皇（玄宗）登长庆楼，为李辅国所构，配流黔中道。力士至巫州，地多荠而不食，因感伤而咏之曰：'两京作芹卖，五溪无人采。夷夏虽不同，气味终不改。'"
⑦ 吕氏：高力士之妻。

◎ 静域寺

宣阳坊静域寺，原为唐高祖太穆皇后娘家故宅。寺中僧人说："三阶院门外，就是高祖皇帝锦屏射雀处。"禅院门内外的壁画，据《游目记》记载，出自王昭隐。门西里面的"和修吉龙王"画像，颇具灵验。门内以西，火目药叉及北方天王像，甚奇猛。门东里面画着贤门夜叉部众，恶鬼头上都盘着毒蛇，烟气缭绕，睹之骇然。东廊的画作树石险怪，画上的高僧模样也透着古怪。西廊画的是万寿菩萨，院门里面南壁，皇甫轸所画鬼神和大雕，势若破壁飞去。皇甫轸是吴道子同代人，造诣修为深不可测，功力直逼吴道子，吴道子生怕被他超越，雇刺客把他杀了。

万菩萨堂内有宝塔，用数百枚金、铜铸造的小塔装饰。代宗大历年间，一位姓刘的将作大匠妻子临盆，婴儿从母体分娩出来的时候，双手竟呈合十状态，这孩子七岁就能念《法华经》，死后火化，留下数十粒舍利子，就分别收藏在这些金铜小塔中。张希复说，那将作大匠应该是指刘铭。

佛殿东廊有古佛堂，此地原本属于雍村，堂中塑像皆是石雕。相传隋朝最后一位皇帝隋恭帝就是在这间佛堂被幽禁至死的。

山门外的画像，也是皇甫轸手笔。门内所立的金刚力士，从前灵异非常。天宝年间，驸马独孤明的府邸与寺相近，府上有个名叫怀香的妙龄侍婢，生的明丽非常。小姑娘看上了西邻一个读书士子，郎情妾意，相恋刻骨，无奈高门豪族深似海，何况良贱殊类，除非主子开恩放免，或者逃亡私奔，否则万万难以绾合，只能偷偷摸摸来往而已。一天晚上，两人约定在静域寺门前幽会，不料触怒了金刚，双双被不明来历的巨蟒绕身勒死。

佛殿内西座的吐蕃神像，风神古拙。德宗贞元朝以前，两度与吐蕃缔结盟约，都特意将这尊神像运到坛场，双方对神立誓，相传在当时也颇为灵验。

> 宣阳坊静域寺①，本太穆皇后②宅。寺僧云："三阶院门外，是神尧皇帝射孔雀③处。禅院门内外，《游目记》云王昭隐画。门西里面和修吉龙王④，有灵。门内之西，火目药叉⑤及北方天王，甚奇猛。门东里面贤门也，野叉部落，鬼首上蟠蛇，汗烟可惧。东廊，树石险怪，高僧亦怪。西廊，万寿菩萨，院门里面南壁，皇甫轸画鬼神及雕形，势若脱。轸与吴道玄同时，吴以其艺逼己，募人杀之。万菩萨堂内有宝塔，以小金铜塔数百饰之。大历中，将作刘监⑥有子，合手出胎，七岁念《法华经》。及卒，焚之，得舍利数十粒，分藏于金铜塔中。善继云合是刘铭（一作铦）。佛殿东廊有古佛堂，其地本雍村。堂中像设悉是石作。相传云隋恭帝⑦终此堂（雍村，一作维村）。
>
> 三门⑧外画，亦皇甫轸迹也。金刚旧有灵，天宝初，驸马独孤明⑨宅与寺相近，独孤有婢名怀香，稚齿俊俏，常悦西邻一士人，因宵期于寺门，有巨蛇束之俱卒。佛殿内西座蕃神，甚古质。贞元已前，西蕃两度盟，皆载此神立于坛而誓。相传当时颇有灵。

① 静域寺：一作"净域寺"，隋文帝开皇五年立。隋朝末帝隋恭帝杨侑被李渊幽禁在该寺而死，年仅十五岁。
② 太穆皇后：唐高祖李渊正宫皇后窦氏，北周大司马、隋定州总管窦毅之女，周武帝外甥女，建成、世民、玄霸、元吉和平阳公主之母。

③ 神尧皇帝射孔雀：窦毅比箭招亲，李渊锦屏射雀，事见本书《忠志》部分。
④ 和修吉龙王：八大龙王之一，又称九头龙王，身体极长，能绕须弥山三周，以小龙为食。
⑤ 药叉：夜叉。佛家四大护世天王座下各领有两大鬼神部众，北方多闻天王领夜叉、罗刹；东方持国天王领乾达婆、毗舍阇（饿鬼）；南方增长天王领鸠槃荼（厌魅鬼，能吸人精气）、薜荔多；西方广目天王领龙族及富单那（外形如猪，能使睡眠中的孩童惊怖啼哭）。
⑥ 将作刘监：将作大匠，将作监长官，从三品，掌领宫室、宗庙、陵寝、城门、中央官署及京都其他土木工程营建。
⑦ 隋恭帝：杨侑（605—619年），隋炀帝之孙，元德太子杨昭子。李渊提兵攻入长安，立之为帝，在位一年后让位李渊，次年卒。
⑧ 三门：寺院大门。
⑨ 独孤明：唐玄宗之女信成公主的驸马。

◎ 颂高祖神箭

略。

辞。三阶院连句：
密密①助堂堂②，隋人歌檿桑③。双弧摧孔雀，一矢陨贪狼④。（柯古）
百步望云立，九规⑤看月张。获蛟⑥徒破浪，中乙漫如墙。（善继）
还似贯金鼓，更疑穿石梁⑦。因添挽河力，为灭射天狂。（柯古）
绝艺却南牧，英声来鬼方⑧。丽龟⑨何足敌，殪⑩豕未为长。（善继）
龙臂胜猿臂，星芒起箭芒。虚夸绝高鸟，垂拱⑪议明堂⑫。（柯古）

---

① 密密：勤勉努力。
② 堂堂：容貌壮伟，志气远大。
③ 檿[yǎn]桑：山桑，木质坚韧，可以制弓。赞颂唐高祖李渊箭术高超。
④ 贪狼：双关义，一指残暴之狼，颂李渊平定乱世；一指贪狼星，也叫天狼星，语本屈原《楚辞·九歌·东君》："青云衣兮白云裳，举长矢兮射天狼。"
⑤ 九规：古指月亮运行的九条轨迹。百步、月张等语，皆言挽弓及射术。
⑥ 获蛟：用汉武帝射杀江中巨蛟之事。《汉书·武帝纪》："（元封）五年冬，行南巡狩……自寻阳浮江，亲射蛟江中，获之。"

⑦ 石梁：用宋景公获神弓事。宋国制弓大师为宋景公造弓，九年而成。宋景公问："造一把弓而已，怎么花了这么长时间？"那匠人道："此弓非凡，是臣毕生精血所注，臣精力已枯，以后再也见不到君上了。"他留下弓，告退离去，三日即死。景公动容，登虎圈之台，援弓望东而射，那支箭横贯三百里，越过西霜之山，从商丘直射到了彭城（徐州），犹自余劲不绝，饮羽于石梁之中。事载《阙子》。

⑧ 鬼方：殷周时期北境部族，此处代指突厥等外敌。

⑨ 丽龟：射中禽兽背部隆起的中心处，亦谓善射。《左传·宣公十二年》："麋兴於前，射麋丽龟。"杜预注："丽，著也；龟，背之隆高当心。"杨伯峻注："古之田猎者，其箭先着背以达于腋为善射。"

⑩ 殪［yì］：杀。

⑪ 垂拱：垂拱而治，称颂天子圣明。

⑫ 明堂：天子宣明政教之所。

◎ 招福寺

崇义坊招福寺故地，原本建有一座正觉寺，唐初毁废，其地赐给了皇子开府列第，睿宗李旦做王爷的时候也在此住过。高宗乾封二年，李旦把宅子让给了长宁公主建佛堂，并就此扩建成了招福寺。寺内旧有池，从永乐东街运土填平了，如今还有许多树根从地底下露出来。武则天长安二年，从大内迎入一座女皇的等身金铜像，并设九部乐。

南北两门的匾额，是睿宗御笔亲题，由当时的临淄王李隆基与其兄弟岐王、薛王亲送至寺，一路之上，彩乘象舆，羽卫四合，街中余香，数日不歇。中宗景龙二年，诏令寺中别建圣容院，供以睿宗在东宫为太子时的真容坐像。玄宗先天二年，敕令从天子私库拨款两千万，巧匠一千人，重加修缮。睿宗圣容院，门外鬼神数壁，皆自宫中搬来，画迹甚异。画上鬼抓着野鸡，看上去似乎鸡毛都竖起来了。库院的《鬼子母图》，是德宗贞元年间李真所画，笔法颇得丹青大家周昉精髓，画上一个手把镜子的小鬼尤为绝妙。

寺西南的僧伽大师像，向来灵验，至今百姓上供幡幢伞盖奉祀不绝。很多年前，寺里有个叫朝来的厮役，常年侍奉僧伽塑像，洒扫拂拭，伺候灯烛，数十年不懈。一次，京兆尹捉到个贼人，供称朝来是其同党，衙门差役进寺拿人，朝来不胜其冤，逃上钟楼，向僧伽塑像遥遥告禀，接着就要跳楼自尽。恍惚间，忽见一位老僧手持如意，在他身上轻轻一击，道："不要怕，会还你清白的。"朝来知道是僧伽显灵，勇气大增，纵身向下一跳，居然毫发无伤。那贼人听说后，幡然悔悟，承认了诬指的真相，朝来洗清冤屈，重获自由。

崇义坊招福寺①，本曰正觉，国初毁之，以其地立第赐诸王，睿宗在藩居之，乾封二年②，移长宁公主③佛堂于此，重建此寺。寺内旧有池，下永乐东街数方土填之。今地底下树根多露。长安二年④，内出等身金铜像一铺，并九部乐⑤。南北两门额，上与岐、薛二王⑥亲送至寺，彩乘象舆，羽卫四合，街中余香，数日不歇。景龙二年，又赐真容坐像，诏寺中别建圣容院，是睿宗在春宫真容也。先天二年，敕出内库钱二千万，巧匠一千人，重修之。睿宗圣容院，门外鬼神数壁，自内移来，画迹甚异。鬼所执野鸡，似觉毛起。库院鬼子母，贞元中李真画，往往得长史⑦规矩，把镜者犹工。寺西南隅僧伽⑧像，从来有灵，至今百姓上幡伞⑨不绝。先寺奴朝来者，常续明涂地，数十年不懈。李某为尹时，有贼引朝来，吏将收捕。奴不胜其冤，乃上钟楼遥启僧伽而碎身焉。恍惚间，见异僧以如意击曰："无苦，自将治也。"奴觉。奴跳下数尺地，一毛不损。囚闻之，悔懊自服，奴竟无事。

---

① 招福寺：据元代骆天骧《类编长安志》，该寺原是睿宗为皇孙时的府邸，乾封二年让给了侄女长宁公主，并为侄女改造为寺。
② 乾封二年：公元667年，唐高宗李治在位。
③ 长宁公主：唐中宗李显与韦后之女，初嫁杨慎交，与安乐公主争权，宠倾一朝，骄奢成性。在长安、洛阳圈地为山池，广造宅第楼观，靡费无数。唐隆政变，韦后被杀，杨慎交贬绛州别驾，公主随往，出售长安府第，仅木石就估价达二十亿万。开元十六年杨慎交死，改嫁苏彦伯。
④ 长安二年：公元702年，武周武则天在位。
⑤ 九部乐：隋唐宫廷的九类音乐。隋灭陈后，汇总北周、南陈乐舞，分为雅俗二部。又收集波斯、中亚诸国及邻邦的乐舞，合为七部，后增益为九部。贞观十六年，平高昌国，再增一部，实为十部乐，分别是：《燕乐》《清商乐》《西凉乐》《天竺乐》《高丽乐》《龟兹乐》《安国乐》《疏勒乐》《康国乐》和《高昌乐》。
⑥ 岐、薛二王：唐睿宗第四子李范、第五子李业。
⑦ 长史：或指做过宣州长史的周昉，周昉字景玄，善画仙佛、仕女，论者认为其功力仅在吴道子一人之下而已。曾创制"水月观音"，为雕塑者仿效，时称"周家样"。存世作品有《纨扇仕女图》《簪花仕女图》《调琴啜茗图》等。此外，

德宗朝丹青妙手边鸾曾任右卫长史，不过边鸾长于花鸟，此处所指应非。
⑧ 僧伽：(628—710年) 西域僧人，葱岭北何国（一说碎叶）人，俗姓何。龙朔初来到大唐，居楚州龙兴寺，曾显现十一面观音形，人以为观音大士化身。景龙二年，中宗诏入内道场，尊为国师，两年后示寂。
⑨ 幡伞：幡幢伞盖。旧时作供品以献神佛。

◎ 赠诸上人连句

略。

辞。赠诸上人连句：
翻了西天偈，烧余梵宇①香。燃眉愁俗客，支颊背残阳。（柯古）
洲号唯思沃②，山名祇记匡③。辩中摧世智，定里破魔强。（善继）
许叡禅心彻，汤休④诗思长。朗吟疏磬断，久语贯珠妨。（柯古）
乘兴书芭叶，闲来入豆房⑤。漫题存古壁，怪画匝长廊。（善继）

---

① 梵宇：佛寺。
② 沃：沃洲山，在今浙江绍兴，东晋高僧支遁曾在此养马放鹤，优游山林。
③ 匡：庐山。
④ 汤休：汤惠休。见上章注。
⑤ 豆房：青豆房。南朝梁简文帝《与慧琰法师书》："辩论青豆之房，遣惑赤华之舍。"后以青豆房指僧舍。

◎ 谜语和隽语

略。

事征释门古今谜字：争田书贞字①，（善继）焉兜知伯叔，（柯古）解梦羊负鱼②，（梦复）问入日下人，（善继）塔上书师子。（柯古）
征前代关释门佳谱：何充③志大宇宙，（善继）此子疲于津梁④，（柯古）生天在丈人后⑤，（梦复）二何佞于佛⑥，（善继）问年答"小如来五

岁⑦",（柯古）答四声⑧云"天保寺刹⑨",（梦复）菩萨颦眉⑩,所以慈悲六道,（善继）周妻何肉⑪。（柯古）

---

① 争田书贞字：《南史》："时有沙门讼田，帝大署曰'贞'。有司未辩，遍问莫知。（刘）显曰：'贞字文为与上人。'"这是个拆字谜，"贞"字旧写为"貞"，拆开来看，正包含着与、上、人三字。

② 解梦羊负鱼：慧皎《高僧传》："（石）虎尝昼寝，梦见群羊负鱼从东北来，寤以访澄。澄曰：'不祥也，鲜卑其有中原乎？'慕容氏后果都之。"

③ 何充：（292—346年）东晋庐江灊县（今安徽霍山）人，字次道。晋成帝时，官黄门侍郎，出为会稽内史。康帝朝，出领徐州刺史。穆帝冲龄即位，以宰相辅弼。此人佞佛，大修寺院，糜费巨亿，亲友贫病则不施分文，颇为时人所讥。《晋书》："（何充）性好释典，崇修佛寺，供给沙门以百数，糜费巨亿而不吝也……阮裕尝戏之曰：'卿志大宇宙，勇迈终古。'充问其故。裕曰：'我图数千户郡尚未能得，卿图作佛，不亦大乎！（我巴结个千户侯都巴结不上，你的格局却已经是成佛成圣了，这志向还不够大吗）'"

④ 此子疲于津梁：出《世说新语》："庾公尝入佛图，见卧佛，曰：'此子疲于津梁。'于时以为名言。"庾亮见卧佛像，说："佛躺下，是因为普度众生太累了。"

⑤ 生天在丈人后：也是个骂人不带脏字之典，《南史·谢灵运传》："太守孟顗事佛精恳，而为灵运所轻，尝谓顗曰：'得道应须慧业，丈人升天当在灵运前，成佛当在灵运后。'顗深恨此言。"谢灵运揶揄这位孟太守说："得道也需要慧根的孟大人，大人死的肯定比我早，但成佛肯定比我晚。"

⑥ 二何佞于佛：即上文何充及弟何准。何准一生不仕，即使其兄位极人臣，亦始终散带衡门，唯诵佛经，修营塔庙而已。

⑦ 小如来五岁：《太平广记》引《谈薮》："北齐使来聘梁，访东河徐陵春秋，曰：'小如来五岁，大孔子三年。'谓七十五也。"释尊世寿八十入灭，孔子享年七十二岁。

⑧ 四声：古汉语的四种声调，平、上、去、入。

⑨ 天保寺刹：《太平广记》引《谈薮》："重公尝谒高祖，问曰：'天子闻在外有四声，何者为是？'重公应声答曰：'天保寺刹。'出逢刘孝绰，说以为能。绰曰：'何如道天子万福？'"按照古四声标准，"天保寺刹"和"天子万福"四字的发音正好都是平上去入。

⑩ 菩萨颦眉：亦出《谈薮》："隋吏部侍郎薛道衡尝游钟山开善寺，谓小僧曰：'金刚何为怒目？菩萨何为低眉？'小僧答曰：'金刚怒目，所以降伏四魔；菩萨低眉，所以慈悲六道。'道衡忾然不能对。"

⑪ 周妻何肉：《南齐书·周颙传》："（周颙）清贫寡欲，终日长蔬食，虽有妻子，

独处山舍……时何胤亦精信佛法,无妻妾。太子又问颙:'卿精进何如何胤?'颙曰:'三涂八难,共所未免。然各有其累。'太子曰:'所累伊何?'对曰:'周妻何肉(周颙不能舍弃妻子,何胤不能不吃肉)。'"后喻指食色之欲。

◎ 崇济寺

招国坊崇济寺内,保藏着武则天亲手织就的蛟龙被、袄子及绣衣等六样衣物。东廊从南第二院,坐落着律宗道宣大师的制袈裟堂。曼殊堂前,有松数株,甚奇。

招国坊崇济寺[①],寺内有天后织成蛟龙被、袄子及绣衣六事。东廊从南第二院,有宣律师[②]制袈裟堂。曼殊堂有松数株,甚奇。

---

① 崇济寺:开皇三年鲁郡夫人孙氏立,原为修慈庵。贞观二十三年与宏济寺互换位置,中宗神龙年间,改名崇济寺。
② 宣律师:道宣(596—667年),浙江吴兴人,俗姓钱,南山律宗创始者。

◎ 宣律和尚袈裟绝句

略。

辞。宣律和尚袈裟绝句:
"共覆三衣中夜寒,披时不镇尼师坛[①]。无因盖得龙宫地,睡里尘飞业相残。"(善继)
和前云:"南山[②]披时寒夜中,一角不动毗岚[③]风。何人见此生惭愧,断续犹应护得龙[④]。"(柯古)
奇松二十字:
"杉桂何相疏,榆柳方迥屑。无人擅谈柄[⑤],一枝不敢折。"(柯古)
"半庭苔藓深,吹余鸣佛禽。至于摧折枝,凡草犹避阴。"(善继)
"僻径根从露,闲房枝任侵。一株风正好,来助碧云吟。"(梦复)
"时时扫窗声,重露滴寒砌。风飑[⑥]一枝遒,闲窥别生势。"(升上人)

"偃盖⑦入楼妨,盘根侵井窄。高僧独惆怅,为与澄岚⑧隔。"(柯古)

---

① 尼师坛:坐卧之具。是一块坐卧时铺在地上、床上或卧具上的长形布。
② 南山:指道宣。
③ 毗岚:狂风。
④ 护得龙:应指道宣与药王孙思邈助昆明池龙王击败西域邪僧的传说。事见本书《玉格》部分。
⑤ 谈柄:清谈时所执的拂尘,以及僧人讲法所执的如意。
⑥ 飐[zhǎn]:风吹物动。
⑦ 偃盖:树冠。
⑧ 澄岚:清新的山间水气。

◎ 永寿寺

永安坊永寿寺山门以东的壁画,似是吴道子作品中不甚得意的一件。佛殿本是大内梳洗殿,名叫会仙殿。德宗贞元年间,有位证智禅师常显灵异,他有时在金山境内的张楗寺种田,当夜就回到了永寿寺,而两地相距达七百里。

> 永安坊永寿寺①,三门东,吴道子画,似不得意。佛殿名会仙,本是内中梳洗殿。贞元中,有证智禅师往往著灵验,或时在张楗兰若中治田,及夜归寺,兰若在金山界,相去七百里。

---

① 永寿寺:景龙三年,唐中宗为亡女永寿公主建。

◎ 闲中好

略。

> 辞。闲中好①:
> "闲中好,尽日松为侣。此趣人不知,轻风度僧语。"(梦复)

"闲中好，尘务不萦心。坐对当窗木，看移三面阴。"（柯古）

"闲中好，幽磬度声迟。卷上论题肇②，画中僧姓支③。"（善继）

① 闲中好：词牌名，本文是该词牌在如今可查历史文献中的首见。
② 肇：（384—414年）东晋僧人，籍贯长安，俗姓张。最初是个租书的商贩，博览经史，出家后长随鸠摩罗什，罗什叹为奇才。一生著述甚多，如《不真空论》《物不迁论》《涅槃无名论》等，世寿仅三十一岁。
③ 支：未详确指，或是汉代高僧支娄迦谶、支亮、支谦师徒等；又或是东晋高僧支遁。

◎ 资圣寺

崇仁坊资圣寺净土院门外的壁画，相传是吴道子大醉之后，一夜之间秉烛画成。画上鬼神戟手指人，森然若生，见者如堕鬼道，无不惊怖。院门内的壁画，出自卢楞伽，卢曾从吴道子处学得笔法诀窍，后来在总持寺山门作画，才画到一半，吴道子见了就称赏不已，但私下却跟人说："楞伽只学手法，未得心法，作画倍耗精虑，岂能久乎？"果然，卢楞伽画完此画，心力耗竭而死。

资圣寺中门窗间，是吴道子的高僧画像，题写着韦述所撰、李严手书的像赞。中三门外，两面上层的壁画，不知是何人所作，画上人物形象，颇似阎立本笔法。寺西廊北角，杨坦画的近塔天女图，明眸善睐，神光隐隐，让人恍惚生出一种她在眨眼的错觉。

团塔院北堂有铁观音，高三丈余。观音院两廊是韩干画的四十二贤圣，题有宰相元载的赞辞。东廊北首的马群图，一眼看去，仿佛一群真马正嘶鸣蹀躞。圣僧画像之中，以龙树菩萨、商那和修最为精妙。团塔上的菩萨，李真所画。四面的花鸟，出自一代宗师边鸾，药上菩萨头顶周围那些蜀葵，画得花事热闹，殊有生动之意。该塔内藏有千部《法华经》。

崇仁坊资圣寺①，净土院门外，相传吴生一夕秉烛醉画。就中戟手②，视之恶骇。院门里，卢楞伽画。卢常学吴势，吴亦授以手诀。乃画总持三门寺③，方半，吴大赏之，谓人曰："楞伽不得心诀，用思太苦，其能久乎？"画毕而卒。

中门窗间，吴道子画高僧，韦述④赞，李严书。中三门外，两面上层，不知何人画，人物颇类阎令⑤。寺西廊北隅，杨坦画，近塔天女，明睇将瞬。

团塔院北堂有铁观音，高三丈余。观音院两廊四十二贤圣，韩干画，元中书载⑥赞。东廊北头散马，不意见者，如将嘶蹶。圣僧中龙树⑦、商那和修⑧，绝妙。团塔上菩萨，李真画。四面花鸟，边鸾⑨画。当药上菩萨⑩顶，茂葵尤佳。塔中藏千部《法华经》。

---

① 资圣寺：位于崇仁坊东南角，本是唐初赵国公长孙无忌宅，唐高宗龙朔三年，为文德皇后追福，立为庵。咸亨四年改为寺。武则天长安三年失火，据说灰烬中找到数部经书，丝毫无损，百姓以为有灵，竞相施舍，遂得重建。

② 戟手：伸出食指和中指，呈戟状指人。常表示愤怒或勇武。

③ 总持三门寺：总持寺，位于永阳坊，隋炀帝于大业七年为文帝立，初名大禅定寺，唐高祖武德初更名。

④ 韦述：《两京新记》作者，唐中宗景龙二年进士，玄宗朝为集贤院直学士，转国子司业，迁工部尚书。韦述典掌图书四十年，任史官二十年，著述宏赡，有《唐职仪》《高宗实录》《御史台记》《两京新记》等，并校书二万余卷。

⑤ 阎令：阎立本。

⑥ 元中书载：元载，凤翔岐山人，字公辅。出身寒微，幼随母嫁景氏，冒姓元氏。天宝初，因熟读道家经书，策入高第。元载工于心计，擅长揣摩上意，肃宗、代宗两朝颇蒙恩宠，累迁户部侍郎，充度支、江淮转运使，结附宦官李辅国而拜相。代宗朝，判天下元帅行军司马，举刘晏转运度支。先后参与和指挥诛杀宦官首脑李辅国、鱼朝恩，助代宗铲除了心腹之患，从此恃功擅权，树党结援，排挤忠良，贪贿无度，在京中大起宅第，膏腴别墅，名姝异妓，虽禁中不逮。但颇知边戎，曾用马璘、郭子仪屯边抵御吐蕃，可谓得人。终因权势过盛，被代宗抄家赐死。

⑦ 龙树：印度大乘佛教中观学派创始人，天台宗所尊高祖。传说少年时代与三位契友习得隐身术，隐身入王宫侵凌宫女妃嫔，术破，三友皆被国王斩首，龙树仅以身免，悔悟出家。后入大雪山，得遇一老僧授以大乘经典，又遇大龙菩萨，引入龙宫，授以无量大乘经典，体得教理，此后大力弘法，使大乘般若性空学说广为传布。一生著作极多，有中论颂、十二门论、空七十论、大智度论等，世称"千部论主"。

⑧ 商那和修：佛祖十大弟子之一迦叶尊者的徒孙，阿难弟子，禅宗西天二十八祖之三祖。

⑨ 边鸾：长安人，唐德宗时任右卫长史。少攻丹青，善画花鸟，下笔轻利，用色

鲜明，穷弱毛之变态，夺花卉之芳妍，可称当代花鸟画之冠。所画折枝花卉，古所未有，美术史家奉为中国花鸟画之祖。

⑩ 药上菩萨：药王菩萨的弟弟，《观药王药上二菩萨经》："此时大众赞叹号兄为药王，弟为药上。是今药王药上二菩萨也。"

◎ 题资圣寺诸画

略。

辞。诸画连句，柏梁体①：

吴生画勇矛戟攒，（柯古）出奇变势千万端（一作"出奇骋变势万端。"善继）。

苍苍鬼怪层壁宽，（梦复）睹之忽忽毛发寒（柯古）。

棱伽之力所瘆瘝（一作"所痹"），（柯古）李真周昉优劣难。（梦复）

活禽生卉推边鸾。（柯古）花房嫩彩犹未干。（善继）

韩干变态如激湍，（梦复）惜哉壁画势未殚，（柯古）后人新画何汗漫。（善继）

---

① 柏梁体：传说汉武帝在柏梁台，命群臣联句赋诗，后世用为诗体，因名柏梁体。此体七言，用联句方式，每人一句，每句都要押韵。

◎ 楚国寺

楚国寺内有李世民的弟弟——楚哀王李智云的等身金铜像，哀王的绣祆半袖还保留着。穆宗长庆年间，赐织成双凤夹黄祆子，镇在寺中。中门内有放生池。文宗太和中，赐白毡黄胯衫。寺墙西，是叛臣朱泚的旧宅。

楚国寺①，寺内有楚哀王等身金铜像，哀王绣祆半袖犹在。长庆中，赐织成双凤夹黄祆子，镇在寺。中门内有放生池。太和中，赐白毡黄胯衫。寺墙西，朱泚宅。

① 楚国寺：位于唐长安晋昌坊西南角，原是隋代兴道寺，炀帝时废。大业末年，李渊起兵反隋，长子李建成撇下十四岁的五弟李智云逃走，李智云被隋廷逮捕，送往长安处决。武德元年，李渊登极为帝，追封智云为楚王，并敕立寺，名楚国寺。

◎ 地狱

经卷中所载有关地狱的概念。略。

　　事征：地狱等活①，（约上人）八抹洛伽②，（义上人）波吒③，（升上人）坏从狱不生④，（柯古）铅河，（约上人）剑林⑤，（义上人）烊铜⑥。（升上人）

　　诸上人以予该悉内典，请予独征：无中阴⑦，五无间⑧，黑绳赤树⑨，火厚二百肘⑩，风吹二千年⑪，佉陀罗炭⑫，钵头摩赫⑬，护量五十由旬⑭，舌长三车赊，铜鹫铁蚁⑮，阿鼻十一义，九千钵头摩，如一婆诃麻，百年除一尽⑯。（并柯古）

① 地狱等活：等活地狱。八热地狱第一层，罪人于此地狱中受苦死后，立即复活继续受苦，故称等活。
② 八抹洛伽：或指摩呼洛伽，也作摩侯罗迦，意译为地龙、大蟒神，是天龙八部之第八，其形人身蛇首。
③ 波吒：苦难、磨折。
④ 坏从狱不生：佛家一些理论认为，世界有四大劫，成、住、坏、空，概括世界从形成到毁灭的四个阶段。成劫，世界形成；住劫，世界维持；坏劫，世界开始坍塌，此时，地狱道入口关闭，不再纳新，即"从狱不生"；空劫，一切化为乌有，包括地狱也被消灭。
⑤ 剑林：十六小地狱之一，也叫剑树地狱，《长阿含经》："剑树地狱，纵横五百由旬，罪人入彼剑树林中，有大暴风，起吹剑树叶，堕其身上。着手手绝，着足足绝，身体头面，无不伤坏。"
⑥ 烊铜：地狱一种刑罚，将炽热的铜水灌入口中。
⑦ 中阴：生灵死后到转世中间存在的一刹那真空时间，类似于服务器接受指令和反馈的间隙。
⑧ 五无间：无间地狱，即阿鼻地狱，十八层地狱的终极之处，有五种无间：时无

间，历劫受罪，无止无歇；形无间，无间地狱纵广八万由旬，受苦众生身形亦广八万由旬，填满地狱空间，一人亦满，多人亦满，没有间隙；受苦无间，诸般痛苦，无有休歇；趣果无间，不问贵贱及神鬼天龙，入此地狱，一概平等；命无间，受苦众生旋死旋生，毫无断绝。

⑨ 黑绳赤树：黑绳，黑绳地狱；赤树，金舒迦炎色赤树。并见本书《贝编》部分。

⑩ 火厚二百肘：云火雾地狱的火焰高度，约百米。

⑪ 风吹二千年：无间地狱所处极深，堕入的过程需两千年时间，期间会一直遭受狂风吹袭。

⑫ 佉陀罗炭：佉陀罗，树名，在密教修法中，作为护摩木、金刚橛之用，材质坚硬。佉陀罗炭，指地狱中向受刑者眼睛添加炭火的酷刑，《正法念处经》："彼地狱人，受如是等种种苦恼。又复更受余诸苦恼，阎魔罗人，劈其眼眶，佉陀罗炭，置眼令满。"

⑬ 钵头摩赫：或是钵头摩须，即等活地狱十六分处之一。或是钵头摩地狱，八寒地狱之一，意译作红莲地狱。据《瑜伽师地论》，受生此地狱者，严寒逼切，其身变成红赤之色，皮肤冻裂，故称红莲。

⑭ 护量五十由旬：应是"镬量五十由旬"，《正法念处经》："镬量五十由旬，热沸铁汁，满彼镬中，彼恶业人，头在下入，既入镬中，或上或下皆悉烂熟。"

⑮ 铁蚁：地狱中的炽热之虫，以此间生灵血肉为食，肢体极其坚硬，无法徒手消灭。

⑯ 九千钵头摩，如一婆诃麻，百年除一尺：婆诃，容器名，容积相当于十斗。此言在八寒地狱的钵头摩地狱受苦，就像在婆诃里捡芝麻一样时间长久，百年才尽。

◎ 慈恩寺

慈恩寺，是在北魏净觉寺故址上营建的，规模庞大，有禅院十几重，屋宇一千八百九十七间，额定可剃度三百名僧侣。当年，玄奘大师西游归来，朝廷诏令太常卿江夏王李道宗设九部乐、用上千部彩车奉迎经像入寺，太宗亲临安福门观视。太宗曾赐玄奘一件袈裟，穷工极巧，全无针线之迹，价值约合百金。

玄奘大师翻译古印度因明诸论著时，译经僧栖玄将一部分译本拿给尚药奉御吕才看。吕才学识赅博，医卜星象、九流三教，无所不通，乃是一位奇才，看了译本，嗤之以鼻，当即写下一篇《破义图》指摘其谬，提出四十多条批驳观点，堂而皇之张贴在大街上，其序云："岂谓象系之表，犹开八正之门；形器之先，更弘二知之教。"这不啻向玄奘大师宣战，一时九城轰动，连太宗都知道了。在当时，佛、道、儒三家论战是常有的事，僧道针锋相对、名士问难释说更是司空见惯。于是太宗降下一道诏令，命吕才前往慈恩寺，与玄奘当面辩论。玄奘一生矻矻求法，万里辗转，未知会过多少位对手，遇过多少次论辩，尤其在印度佛学中心那烂陀寺，辩经有如家常便饭，在戒日王专门为他召开的五印论师大会上，玄奘更是以"倘若败北，斩首相谢"的绝对自信，击败全印度各教派的智者大德，大获全胜，被誉为"大乘天""解脱天"，辩才无碍，理论圆满，几乎已臻无懈可击。吕才进入慈恩寺，玄奘接见，开门见山地说道："听说檀越平生从未读过《太玄经》，皇上策问，竟须臾即解；也从未学过象棋，观前代棋谱，一夜而成高手，实在是世间少有的聪颖之士。不过一个人就算再聪明，见识和智慧也是有限的，以有限之智，欲图破解天下学问，难免穿凿附会。"接着背诵出吕才提出的四十条观点，逐一细细剖解，所论凡数千言，事实联缀，缜密透彻，吕才无以为抗，辞屈礼拜而退。

塔西面的湿耳师子，高处的盘龙，以及千钵文殊菩萨像，均出自尉迟乙僧，皆一时绝妙。寺中柿树、白牡丹是法力上人手植。上人时常手执香炉，沿墙徐行，遇有壁画，总是虔诚祝祷，历年以来月月如是。殿庭的大莎罗树，是大历年间安西都护府进献，连同赐给该寺四根加固树株的木桩，木桩都经过了特殊的烧灼处理。后来行逢大师也种过些莎罗树，至今全死光了。

慈恩寺，寺本净觉①故伽蓝，因而营建焉。凡十余院，总一千八百九十七间，敕度三百僧。初，三藏自西域回，诏太常卿江夏王道宗②设九部乐，迎经像入寺，彩车凡千余辆。上御安福门观之。太宗常赐三藏衲，约直百余金，其工无针线之迹。初，三藏翻《因明③》，译经僧栖玄，以论示尚药奉御④吕才⑤，才遂张之广衢，指其长短，著《破义图》。其序云："岂谓象系之表，犹开八正之门；形器之先，更弘二知之教。"立难四十余条，诏才就寺对论。三藏谓才云："檀越平生未见《太玄⑥》，诏问须臾即解。由来不窥象戏⑦，试造旬日即成⑧。以此有限之心，逢事即欲穿凿。"因重申所难，一一收摄，析毫⑨藏耳，衮衮不穷，凡数千言。才屈不能领，辞屈礼拜。塔西面画湿耳师子，仰摹蟠龙，尉迟画，及花千钵曼殊⑩，皆一时绝妙。寺中柿树、白牡丹是法力上人手植。上人时常执炉循诸屋壁，有变相处辄献虔祝，年无虚月。又殿庭大莎罗树，大历中，安西所进。其木桩赐此寺四橛，橛皆灼固。其木大德行逢自种之，一株不活。

① 净觉：指慈恩寺的前身，北魏道武帝所建的净觉寺，久已湮毁；隋文帝在故址建无漏寺，后亦废；贞观二十二年，太子李治为生母文德皇后追福，下令在其址建寺，为慈恩寺。
② 江夏王道宗：李道宗（600—653年），李渊族侄，武德初，为千牛备身，从李世民破刘武周、窦建德、王世充，授灵州总管。贞观中，从李靖破突厥，平吐谷浑，累封江夏王，授鄂州刺史。不久坐贪赃下狱，后起复为晋州刺史，迁礼部尚书。贞观十五年，亲送文成公主入吐蕃。十九年，为太宗征高丽先锋。晚年以疾请居闲职，转太常卿。高宗永徽四年，被长孙无忌诬告谋反，流配象州，死于道路。
③ 因明：古印度研究推理论证的逻辑学。因，指原因、根据；明，义为学术。因明学发轫极古，至佛陀时，已初具系统，佛陀成道后，每每应用因明之法说法。玄奘大师在印度时，亦曾研习因明，回国后，将大量梵本因明书籍译成了汉文。
④ 尚药奉御：殿中省尚药局长官，两员，正五品下，掌合和御药及诊候方脉之事。唐代宫廷医疗机构很多，除尚药局外，还包括太医署、药藏局、翰林医术待诏、患坊等。尚药局专为皇帝服务；太医署则总全国医政、医学教育，集科研、医疗、教育为一体，此为二者之别。两位尚药奉御可视作帝国顶级医者，亲自负责皇帝的诊脉、立方、配药和尝药。
⑤ 吕才：（约600—665年）博州清平（今山东临清）人，累迁太常博士、太常丞、尚药奉御，博学多才，精音律、阴阳、方伎、舆地、历史，尝为《秦王破阵乐》协音律，参与《新修本草》增订，造《方域图》及《教飞骑战阵图》，预修《文思博要》及《姓氏录》等。
⑥ 太玄：东汉扬雄《太玄经》。
⑦ 象戏：一种棋类游戏，已失传。
⑧ 试造旬日即成：指吕才一夜之间图解象戏棋谱事。《旧唐书》："太宗尝览周武帝所撰《三局象经》，不晓其旨。太子洗马蔡允恭年少时尝为此戏，太宗召问，亦废而不通，乃召才使问焉。才寻绎一宿，便能作图解释，允恭览之，依然记其旧法，与才正同。"
⑨ 析毫：分解剖析极为细小的事物。形容分析仔细而透彻。
⑩ 千钵曼殊：千臂千钵曼殊室利菩萨，五字文殊之一，其形象身出千臂，每臂各持一钵。

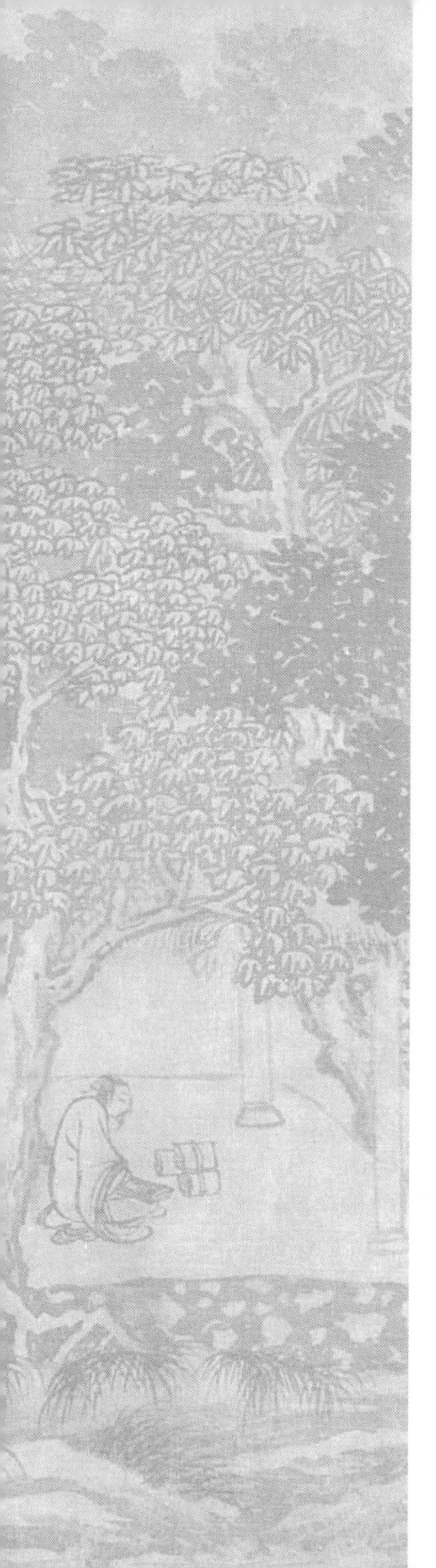

金刚经鸠异

本章鸠辑与金刚经有关的灵验异说，为研究唐代中期金刚经信仰的重要资料。

◎ 序

　　唐德宗贞元十七年，段成式之父段文昌应西川节度使韦皋之辟，离开荆州入蜀为官。韦皋暮年时，宠信贼子刘辟，刘辟狼子野心，为除异己，向韦皋谗言构陷，贬段文昌到灵池县做了个小小的县尉。不久韦皋薨逝，刘辟收揽兵权，自为留后。段文昌一向与刘辟不合，因此听说了韦皋死讯，连夜离县。才至成都城东门，刘辟的命令便到了，禁止诸县官吏离县，段文昌无法通行，只好原路返回灵池。

　　那夜阴风呼啸，行出两里地，远远望见两列火炬夹道，在百步之外引路。他起初以为是县吏迎候，但很快就发现不对劲，若是县吏，为何始终离得这样远，不近前来？且火炬的间隔整齐划一，高下远近分毫不差，简直不像人类所为。那些古怪的火炬一直到县城外才消失，段文昌找到县吏一问，说县里尚未收到刘辟的命令，自然更谈不上有人前去迎接了。彼时段文昌念《金刚经》已有五六年，无日或断，他深信至诚必感，有感必应，那些火炬，当是念诵经文的福报之验。

　　后来刘辟逆节渐露，朝廷驳回了他接任节度使的要求，诏令袁滋为节度使，刘辟打算抗旨，积极备战。段文昌一位堂弟自少从军，当时已升到蜀军左营领军，深知刘辟不成气候，对抗朝廷非败不可，因此跟营中监军商议，为官军做内应。他们把军情帛书封入蜡丸，设法投给袁滋，不幸很快为刘辟察觉，悉数处死。刘辟认为此事段文昌也有份，就在堂弟被杀的同一天，段文昌念经到深夜，倦极而眠，忽听开门声响，有人闯了进来，再三道："别怕。"接着"噗"地一声，什么东西扔在了桌上。段文昌惊觉而起，那声音仿佛犹在耳畔，顾视左右，吏仆皆睡，点起灯烛四下一照，毫无异状，只是先前上好的门闩打开了。

　　段文昌受持此经十余万遍，像这样的征应之事既多且灵。晋、宋以来，《金刚经》灵报的记载屡见不鲜。段成式曾奉父命受持讲解唐代《金刚经灵验记》三卷，太和二年，于扬州僧人栖简处听《平消御注》一遍；六年，于荆州僧人靖奢处听《大云疏》一遍；开成元年，于长安怀楚法师处听《青龙疏》一遍。每日念诵手写，希望竭尽一生弘扬经典，传诸万世。期间采集了许多灵报轶闻，以备补充佛事，这就是《金刚经鸠异》。

贞元十七年①，先君自荆入蜀②，应韦南康辟命。洎韦之暮年，为贼辟③谗构，遂摄尉灵池县④。韦寻薨，贼辟知留后。先君旧与辟不合，闻之，连夜离县。至城东门，辟寻有帖，不令诸县官离县。其夕阴风，及返，出郭二里，见火两炬夹道，百步为导。初意县吏迎候，且怪其不前，高下远近不差，欲及县郭方灭，及问县吏，尚未知府帖也。时先君念《金刚经⑤》已五六年，数无虚日，信乎至诚必感，有感必应，向之导火，乃经所著迹也。后辟逆节渐露，诏以袁公滋⑥为节度使。成式再从叔少从军，知左营事，惧及祸，与监军定计，以蜡丸帛书通谋于袁。事旋发，悉为鱼肉。贼谓先君知其谋。于一时先君念经夜久，不觉困寐，门户悉闭。忽觉，闻开户而入，言"不畏"者再三。若物投案，暴然有声。惊起之际，言犹在耳，顾视左右，吏仆皆睡。俾烛桦四索，初无所见，向之关扃已开辟矣。先君受持此经十余万遍，徵应事孔著。成式近观晋、宋已来，时人咸著传记彰明其事。又先命受持讲解有唐已来《金刚经灵验记》三卷，成式当奉先命受持讲解。太和二年，于扬州僧栖简处听《平消御注⑦》一遍。六年，于荆州僧靖奢处听《大云疏》一遍。开成元年，于上都怀楚法师处听《青龙疏⑧》一遍。复日念书写，犹希传照罔极⑨，尽形⑩流通。撮拾遗逸，以备阙佛事，号《金刚经鸠异》。

---

① 贞元十七年：公元801年。
② 先君自荆入蜀：指西川节度使韦皋辟段文昌为幕僚，表授校书郎事。
③ 贼辟：刘辟。
④ 灵池县：今四川成都龙泉驿区。
⑤ 金刚经：现存六种译本，后秦鸠摩罗什的译本《金刚般若波罗蜜经》流传最广。此经以世上一切皆为空，故不必执着留恋，正如卷末偈文所示："一切有为法，如梦幻泡影，如露亦如电，应作如是观。"自古讲说此经者特多，尤以六祖慧能以来禅宗所重。

⑥ 袁公滋：袁滋，字德深，蔡州朗山（今河南确山）人，起初在荆楚结庐授书，德宗朝授试校书郎，累转为华州刺史。宪宗时拜相。后为剑南东、西川节度使，刘辟反，袁滋惧不敢征，罢为吉州刺史，寻拜山南东道节度使。吴元济反，袁滋再次因进剿不力，贬抚州刺史，迁湖南观察使。累封淮阳郡公。
⑦ 御注：应指唐玄宗注《金刚经》。《新唐书·艺文志》："《玄宗般若金刚经》一卷。"
⑧ 青龙疏：《御注金刚般若波罗蜜经宣演》，佛典注疏，唐青龙寺法师道氤撰集。作者自序称：唐开元二十三年，玄宗御注《金刚经》，故作此《宣演》。
⑨ 罔极：无穷尽。
⑩ 尽形：形，指肉身。穷尽此生的力量和寿命。

◎ 金刚怒目

宰相张镒之父张齐丘酷信佛法，每天晨起穿衣，必执经于佛像前，念《金刚经》十五遍，数十年来寒暑无间。代宗永泰初，张齐丘官居朔方节度使，他麾下有个低阶武将闯了大祸，这武将知道，一旦自己所犯之事败露，张齐丘定会将他军法从事，因此铤而走险，在军中拉拢了几百人，打算突袭帅府，抢先发难，制住或者直接杀了张齐丘。

张齐丘对此毫不知情，这天处理毕公事，在小厅闲步，忽见几十个精壮军卒手持白刃，满脸杀气，汹汹而来。张齐丘吃了一惊，一看身边只得几个手无寸铁的奴仆，忙望门而逃。逃过小厅，不闻身后有声，回头看时，那些军卒一个也不见了，张齐丘和仆人面面相觑，难道撞见了鬼？奔至门前，又听连声尖叫，妻女奴婢们花容失色，从内宅逃出，说看见两个甲士现身在厅屋之上。这时，近卫牙军听闻府帅遇险，已陆续赶到，各挺兵器入宅搜查，至小厅之前，只见十几人如同木胎似的直挺挺站在庭中，目光呆滞，垂手张口，兵刃都抛在地下，众侍卫不费吹灰之力，一鼓成擒，押到张齐丘面前审问。这十几个凶徒，倒有五六人状若痴呆，不能言语，剩下的都交代说："我等刚待上厅不利于大帅，忽见两名甲士，身长数丈，貌若天神，对着我等一声暴喝，我们便像中邪一般，全身麻痹，就此动弹不得。"张齐丘听了，若有所悟，从此弃荤茹素，酒肉都绝。

张齐丘之子张镒，是段氏幕宾卢迈的亲姨夫，此事正是段成式听卢迈所述。

张镒①相公先君齐丘②，酷信释氏。每旦更新衣，执经于像前，念《金刚经》十五遍，积数十年不懈。永泰初，为朔方节度使。衙内有小将负罪,惧事露,乃扇动军人数百,定谋反叛。齐丘因衙退,于小厅闲行,忽有兵数十,露刃走入。齐丘左右唯奴仆,遽奔宅门。过小厅数步,回顾又无人,疑是鬼物。将及门,其妻女奴婢复叫呼出门,云有两甲士,身出厅屋上。时衙队军健闻变,持兵乱入。至小厅前,见十余人仡然③庭中,垂手张口,投兵于地,众遂擒缚。五六人喑不能言,余者具首云:"欲上厅,忽见二甲士,长数丈,瞋目叱之,初如中恶。"齐丘闻之,因断酒肉。张凤翔即予门吏卢迈亲姨夫,迈语予云。

---

① 张镒:字季权,苏州人,以父荫入仕,代宗朝任濠州刺史,历江西、河中观察使。德宗朝除中书侍郎、拜相。后为卢杞排挤,出为凤翔节度使。后被叛将李楚琳所杀。
② 齐丘:张齐丘,历官监察御史、朔方节度使、灵州都督。天宝九载,贬济阴太守。官至东都留守。
③ 仡〔yì〕然:屹然不动貌。

◎ 护身

昔刘逸淮为宣武军节度使时,他后来的继任者韩弘只是个右厢虞候,与左厢虞候王某交好。有人向刘逸淮进谗,说韩、王二人笼络军心,意图不轨。刘逸淮召来二人诘问,二人大惊,韩弘慌忙跪倒,脑袋在地砖上磕地咚咚作响,赌咒发誓,力辩其无。刘逸淮看他态度诚恳,又看在他是自己旧日上司外甥的份上,怒气稍解。那王某胆子却小,加上年迈气衰,经此一吓,跪在那里只管全身发抖,竟不能自辩。刘逸淮懒得跟他废话,命拖出去杖刑三十。当时军中杖刑的棍棒,名叫"赤棒",用的是新形制,杖端粗达数寸,固以筋漆,拄在地上能立住不倒,用来行刑,往往五六棒就把人打死了,王某一把年纪,这三十棒如何挨得?韩弘心下黯然,彼此知交一场,无奈委实无力救护,只有为他的身后多尽些心了。

这天傍晚,迤逦来到王家,站在墙外,不闻有哭泣之声,转念一想,必是老王因获罪致死,家属害怕再惹出是非,连放声一哭都不敢,当真可怜!他这样想着,满面戚容地走到门房上致哀,那门房却道:"我家主人很好,啥事都没有。"韩弘大奇,他和老王是通家之好,交情厚到可以出入内宅的地步,于是不待通报,径自闯了进去。只见老王躺在床上,气色固然差些,但绝不是受了重伤的样子。老友得以不死，韩弘当然高兴，同时也错愕不解，老王道："我读《金刚经》四十多年，今日方得护佑。"接着谈起当时的情形，原来他被带下去行刑时，也自谓必死，耳听那碗口粗的大棒带起"呜呜"风声挥击下来，落在背上却轻飘飘的，全无痛楚。他回头一看，见两只簸箕大的巨手并拢着护在背上，而行刑、监刑的众人似乎一无所见。说着掀开衣衫，毫无伤痕。韩弘大受触动，他从前不好释氏，由此始与僧侣往来，每天誊写经文十余纸，一直积累到数百轴之多。后来入朝为中书令，一年盛暑，有谏官因事谒见，见韩弘满头大汗，专心致志地在抄写经文，怪而问起，韩弘才说出了这番往事。开成初年，段成式进入集贤院供职，与柳公权结交，柳公权久在翰林，往来公卿，多知朝野掌故，此事的始末，正是听柳公权转述得知的。

> 刘逸淮①在汴，时韩弘②为右厢虞候③，王某为左厢虞候，与弘相善。或谓二人取军情，将不利于刘。刘大怒，俱召诘之。弘即刘之甥，因控地碎首大言，刘意稍解。王某年老，股战不能自辩，刘叱令拉坐杖三十。时新造赤棒，头径数寸，固以筋漆，拉之不仆，数五六当死矣。韩意其必死，及昏造其家，怪无哭声，又谓其惧不敢哭。访其门卒，即云大使无恙。弘素与熟，遂至卧内问之。王云："我读《金刚经》四十年矣，今方得力。"言初被坐时，见巨手如簸箕翕然遮背。因袒示韩，都无挞痕。韩旧不好释氏，由此始与僧往来。日自写十纸，乃积计数百轴矣。后在中书，盛暑，有谏官因事谒见，韩方洽汗写经，怪问之，韩乃具道王某事。予职在集仙，常侍柳公为予说。

---

① 刘逸淮：刘全谅（751—799年），怀州武陟人，名逸準，赐名全谅。德宗朝，追随宋亳节度使刘玄佐为牙将，累署都知兵马使，试太仆卿，兼御史中丞。官至宣武军节度使。

② 韩弘：（765—823年）颍川（今河南许昌）人，刘玄佐的外甥，历汴州掾、宣武军都知兵马使。贞元十五年，节度使刘全谅（刘逸淮）卒，军士拥为留后，诏授汴州刺史、宣武军节度使。次年斩作乱将士三百人，威望大振，此后二十余年宣武士卒无敢为乱。宪宗平叛时，请命合攻吴元济，然兵至前线，百计避敌免战，仍以功封许国公。在镇二十余年，征赋皆不上供，积私钱百万贯、绢百万匹。及平卢李师道伏诛，大惧自请入朝，进位司徒，兼中书令。

③ 虞候：方镇军府武职，职掌伺察、司法、行刑等。

◎ 冥游

当年梁崇义镇守襄阳，未曾造反前，手下有个名叫孙咸的小将猝死，经两夜而活。说梦见到了一处，如帝王所居，仪卫甚严，有个鬼吏带来个和尚跟他对质。

这和尚法号怀秀，已经死了一年多，生前破尽戒律，死后进了冥司一查，没有一件善事可供抵罪，和尚慌了，撒谎道："谁说我不曾行过善事，我曾嘱咐武官孙咸多抄《法华经》，这不是行善吗。"孙咸这才被勾入冥司问话。

孙咸从没听到过抄写经书的嘱托，当然一问三不知，和尚却一口咬定他的供词千真万确，确然劝过孙咸抄经，审来审去，不能裁决。孙咸迷迷惘惘，一心只想着回到人间，忽见一个僧人出现在意识里，告诉他说："地藏菩萨法旨：'你若能承认抄过经文，即可获释。'"孙咸依言承认，便给放回来了。

又说跟和尚对质的时候，见一帝王，全身甲胄，数百鬼侍武士扈拥着，自外而来。殿上高坐的冥王见了，下阶相迎，两王平起平坐，坐了不久，一阵暴风过处，倏忽不见。

又见到了一场罪业福报的查核审判，当事人常年念诵《金刚经》，也喜欢吃肉，审判开始，他的左侧出现了数千轴经卷，右侧积肉成山。两相比对，还是食肉较多，正将问罪之时，经卷中飞出一粒火星，射入肉山，肉山立时消融一尽，那当事人从从容容，腾空飞去。孙咸问地藏菩萨："刚才那位一身戎装的外国君王，被风吹到何处去了？"地藏菩萨道："彼王当入无间地狱，方才之风，即是业风。"又引孙咸去看地狱，才到门前，烟焰扇赫，声若风雷，孙咸害怕，忙敬谢不敏。临走的时候，地狱的大镬溅出一点沸沫，溅在了孙咸左腿，痛入心髓。地藏菩萨令鬼吏送孙咸还阳，并告诫不许漏泄在冥界的见闻。接着便惊醒过来，妻儿已经守在一旁哭了一天了。孙咸从此散尽家财请人抄经，继而出家为僧。梦中那点沸沫所溅之处，长成疮痍，终身未愈。

梁崇义①在襄州，未阻兵时，有小将孙咸暴卒，信宿却苏。梦至一处，如王者所居，仪卫甚严，有吏引与一僧对事。僧法号怀秀，亡已经年。在生极犯戒，及入冥，无善可录，乃绐云："我常嘱孙咸写《法华经》。"故咸被追对。咸初不省，僧故执之，经时不决。忽见沙门曰："地藏尊者语云：'弟子若招承，亦自获祐。'"咸乃依言，因得无事。又说对勘时，见一戎王，卫者数百，自外来。冥王降阶，齐级升殿。坐未久，乃大风卷去。又见一人被拷覆罪福，此人常持《金刚经》，又好食肉，左边有经数千轴，右边积肉成山，以肉多，将入重论。俄经堆中有火一星，飞向肉山，顷刻销尽，此人遂履空而去。咸问地藏："向来外国王，风吹何处？"地藏云："彼王当入无间，向来风即业风也。"因引咸看地狱。及门，烟焰扇赫，声若风雷，惧不敢视。临回，镬汤跳沫，滴落左股，痛入心髓。地藏乃令一吏送归，不许漏泄冥事。及回如梦，妻儿环泣已一日矣。遂破家写经，因请出家。梦中所滴处成疮，终身不差。

---

① 梁崇义：长安人，初为羽林射生手，后事山南东道节度使来瑱，为偏将。来瑱死后，接管军队，被推为镇帅。代宗宝应二年实授节度使，据襄、汉七州之地，拥兵两万，常有不轨之心。德宗遣使宣谕诸道，他拒不入朝，德宗大怒，令李希烈统兵讨击，崇义兵败，携妻子投井而死。

◎ 过午不食

德宗贞元间，荆州天崇寺僧人智灯常年念诵《金刚经》，后来病逝，弟子们发觉尸体手足还有暖意，便不急着收殓。七天之后，智灯活了过来，说见到了冥王，因他常年念经，冥王对他礼敬非常，合掌下阶相迎，殷殷相问，末了吩咐，为智灯再续十年阳寿，勉励他勤加修行，超脱生死。又问到人间僧众们午时以后还会食用薏仁以及服药，说此举大违佛祖"过中不食"之训。智灯问道："然则戒律之中，不是也有视具体情况，准许僧侣开戒的规定吗？"冥王道："那规定是后人杜撰的，并非佛祖之意。"

冥王这番话，由智灯转述传播开去，从那以后，荆州就再没有僧人于午后服药了。

贞元中，荆州天崇寺僧智灯常持《金刚经》。遇疾死，弟子启手足犹热，不即入木。经七日却活，云初见冥中若王者，以念经故，合掌降阶。因问讯，言更容上人十年在世，勉出生死。又问人间众僧中后食薏苡仁①及药，食此大违本教。灯报云："律中有开遮②条，如何？"云："此后人加之，非佛意也。"今荆州僧众中后无饮药者。

① 薏苡仁：薏苡的干燥种仁，俗称薏仁。
② 开遮：开，许可；遮，禁止。开遮指灵活应用戒律，根据不同情况许可或禁止。比如俗语所谓"大开杀戒"，即指"开"的一例。

◎ 复生

公安县潺陵村百姓王从贵的妹妹尚未出阁，常在家念《金刚经》。德宗贞元中，暴疾而死，下葬三天后，家人到墓前奠馔，听坟丘之中微微透出呻吟声。破土开棺一看，果然是小姑娘活了过来。抬回家调养数日，渐渐能开口说话，说刚到冥界，冥吏就因为她常年念经所积的功德，把她放了回来。

王从贵会做木工，有次替公安县灵化寺修造房舍，同该寺的曙中禅师谈起，此事方为世人所知。

> 公安①潺陵村百姓王从贵妹，未嫁，常持《金刚经》。贞元中，忽暴疾卒。埋已三日，其家复墓，闻冢中呻吟，遂发视之，果有气，舆归。数日，能言，云："初至冥间，冥吏以持经功德放还。"王从贵能治木，常于公安灵化寺起造，其寺禅师曙中常见从贵说。

① 公安：今湖北荆州公安县。

◎ 金铤

韦皋镇蜀之时，左营军中有个伍长，随军驻扎在大唐与吐蕃边境的大雪山西山行营，那时边军生涯艰苦无趣，为了破闷，也为了求得庇佑，伍长跟一位同袍学起了《金刚经》。伍长脑袋不大灵光，学了一天只学会了念题目。当天晚上，他离开营垒去拾柴火，遇到了吐蕃骑兵，被俘行百余里。寒夜极长，百里驰骤，天色兀自未亮，吐蕃人奔得累了，解马暂歇，把他往地下一摔，头发绑在木橛子上，扔给他一条驼毛毯子。伍长当初学念佛经，就是为了在战争中保命，此时大祸临头，只恨经没学全，唯有翻来覆去地默念题目。忽见一锭黄金，毫光熠熠，带着长长的金色残影，像一条飞蛇似的游到身前。他试着举首动身，全身的绑缚不知为何悉数脱落了。他悄悄爬起，跟着那锭金子逃了出来，估计走了十来里，天色渐亮，抬头一看，竟回到了家门口。他家住在成都府东市一带，妻儿见他突然回来，都吓了一跳，还以为撞见了鬼。到家五六天后，行营兵马使才报告了他失踪的消息。韦皋起初欲以逃兵罪论处，听了伍长的供述，当然以为是信口雌黄。后来核查伍长失踪与到家只是一夜之隔，而一个人徒步行走，无论如何也不可能一夜之间从远在藏边的西山行营赶到成都，这才不能不信，免了论罪。

韦南康镇蜀，时有左营伍伯，于西山①行营与同火②卒学念《金刚经》。性顽，初一日才得题目，其夜堡外拾薪，为蕃骑缚去，行百余里乃止。天未明，遂踣③之于地，以发系撅，覆以驼毯（一作罽）寝其上。此人惟念经题，忽见金一铤放光，止于前。试举首动身，所缚悉脱，遂潜起逐金铤走。计行未得十余里，迟明，不觉已至家。家在府东市，妻儿初疑其鬼，具陈来由。到家五六日，行营将方申其逃。初，韦不信，以逃日与至家日不差，始免之。

---

① 西山：指四川西部的雪山。《新唐书·吐蕃传》：建中四年，唐蕃会盟约云："剑南尽西山、大渡水。"
② 同火：古代兵制，十人共灶同炊，称为同火。
③ 踣：摔倒、仆倒。

◎ 杀牛

唐宪宗元和初年，汉州孔目官陈昭身患重病，朦胧之间看见个黄衣人走到床前对他说："赵判官找你。"陈昭问何事找我，黄衣人道："某自冥界而来，刘辟与窦悬正在冥司对质，需劳动尊驾前往作证。"陈昭不肯便去，请黄衣人宽坐。须臾又来了一人，手里拿着个气球状的东西，黄衣人道："你来迟了。"后来者道："我总要等杀猪铺子开张，才能取得此物吧。"转脸向陈昭笑道："陈君不用害怕，这猪尿泡是我们冥界差吏收取活人气息用的，你只管向东面侧卧，不会有痛苦。"陈昭依言翻身过去，忽而床榻卧室一概不见，他由卧姿变成了行姿，跟在二吏身后。路很平坦，走了十几里，眼前出现一座大城，城门前甲士森列。进得大门，见一人怒容可骇，即是赵判官了。赵判官道:"刘辟攻占东川之时,窦悬抓了四十七头牛送到梓州,说是奉了刘辟的命,把牛全杀了,刘辟却说根本不曾发过这样的杀牛公文。陈昭,你是孔目官,掌理财物出纳,这件事情真相如何,你该清楚。"陈昭还没开口,只听窦悬在隔壁大呼:"是陈昭吗?陈兄,我家里兄弟妻子生死如何?"陈昭便向赵判官请求,过去与窦悬相见。旁边一个冥吏阴森森道:"窦悬已经不成人样了,你还是不要见的好。"陈昭心中一凛,这里可是阴曹地府,岂能久留?当下疾笔写了供词道:"杀牛所奉的,实为刘辟的书信,并非正式文牒。书信用的是麻面纸张,现保存在汉州某司档案房书架上。"赵判官看了,即令冥吏带同陈昭去取,到了汉州官署,档案房大门紧锁,冥吏一拉陈昭,两人化作一缕青烟,从门缝中钻了进去。书信取回,证据确凿,刘辟无言以辩。陈昭以为案子到此就算了结了,不料赵判官大喝一声:"陈昭上前听审!陈昭,本案你也有一罪,你可知否?窦悬所杀的牛中,你领了一个牛头,可有其事?"陈昭吓得六神无主,嗫嚅未答,判官道:"你可想清楚了再说话,冥界不同人间衙门,断不容你宽假抵赖。"须臾,一名鬼卒抱着个牛头而至,陈昭大惧,苦苦求饶。判官检点律例,应判以杖刑一百,连打五十天,又问:"若有功德,可以抵罪,你有吗?"陈昭拼命回忆,说办过斋会,请人画过佛像。判官道:"这是来生福报,不能在今世抵罪。"陈昭又道:"小人曾在表兄家抄诵过《金刚经》。"判官道:"合掌请来看看。"陈昭忙合十请经,有顷,天上坠下口黄布箱子,正盛装着他在表兄家所借的那本经卷,当年所见的一处烧损尚在。判官又令合掌,其经即灭,判官道:"如此功德,足以免罪了。"又请陈昭到一"生禄司"查看寿命,司吏据本报道:"陈昭,本名陈钊,是金刀之钊,至某年改为昭,自今起,还有十八年阳寿。"陈昭听了,惘然不辨是何滋味,判官大笑道:"十八年大好光阴,多少乐事行不得?何必怏怏!"乃令冥吏送他还阳,走到半路,见一匹马静静地站在那里,冥吏道:"这是你前世之身,你就骑了它回去罢。"陈昭翻身上马,跑着跑着,意识模糊,不觉醒转,家人告诉他说,他已经死了一天半了。

元和初,汉州①孔目典②陈昭,因患见一人,著黄衣,至床前云:"赵判官唤尔。"昭问所因,云:"至自冥间,刘辟与窦悬③对事,要君为证。"昭即留坐。逡巡又有一人,手持一物如球胞,前吏怪其迟,答之曰:"缘此,候屠行开。"因笑谓昭曰:"君勿惧,取生人气须得猪胞④。君可面东侧卧。"昭依其言,不觉已随二吏行。路甚平,可十余里,至一城,大如府城,甲士守门焉。及入,见一人怒容可骇,即赵判官也。语云:"刘辟收东川,窦悬捕牛四十七头送梓州⑤,称准辟判杀,辟又云先无牒。君为孔目典，合知是实。"未及对，隔壁闻窦悬呼陈昭好在，及问兄弟妻子存亡。昭即欲参见，冥吏云："窦使君形容极恶，不欲相见。"昭乃具说："杀牛实奉刘尚书委曲⑥，非牒也。纸是麻面，见在汉州某司房架。"即令吏领昭至汉州取之，门馆扃锁，乃于节窍中出入。委曲至，辟乃无言。赵语昭："尔自有一过，知否？窦悬所杀牛，尔取一牛头。"昭未及对，赵曰："此不同人间，不可抵假。"须臾，见一卒挈牛头而至，昭即恐惧求救。赵令捡格，合决一百，考五十日。因谓昭曰："尔有何功德？"昭即自陈设若干人斋，画某像。赵云："此来生缘尔。"昭又言："曾于表兄家转《金刚经》。"赵曰："可合掌请。"昭依言。有顷，见黄幞箱经自天而下，住昭前。昭取视，即表兄所借本也，有烧处尚在。又令合掌，其经即灭。赵曰："此足以免。"便放回。复令昭往一司曰生禄，捡其修短。吏报云："昭本名钊，是金榜刀，至某年改为昭，更得十八年。"昭闻惘怅，赵笑曰："十八年大得作乐事，何不悦乎？"乃令吏送昭。至半道，见一马当路，吏云："此尔本属，可乘此。"即骑乃活，死已一日半矣。

---

① 汉州：今四川广汉。
② 孔目典：孔目官，各府州及方镇皆置孔目院，设都孔目一员，孔目若干，掌文书簿籍或财计出纳事务，隶都孔目。因军府细事皆经其手，一孔一目无不综理，故名。
③ 窦悬：不详，据文义，应做过汉州刺史。
④ 猪胞：猪尿泡，即猪膀胱。
⑤ 梓州：相当于今四川绵阳三台县、盐亭县、德阳中江县、遂宁射洪市等地。
⑥ 委曲：手札、手谕。

◎ 惟恭

荆州法性寺有个和尚，法号惟恭，性子却一点也不恭，最好喝酒，招惹是非，至于清规僧仪，能不守便不守，想不守便不守，深为众僧所恶。只有一条，三十多年以来，惟恭每天念诵《金刚经》五十遍，一日不落，才有点和尚的样子。这寺里还有个叫灵岿的和尚，一般的视戒律如无物，是惟恭之外，寺里另一害。后来惟恭患病，病得快要死了。一日，灵岜因故外出，出了山门一里，遇到五六个美少年，衣服鲜洁，各执龟兹乐器，问灵岜道："惟恭上人何在？"灵岜告诉了他们，以为是来给惟恭做法事的。当晚回寺，听到钟鸣，知道惟恭已死，然而并不见那些乐手。找人一问，都说不曾见过也没请过乐手来做法事。正在这时，丝竹之声缭绕空际，阖寺僧人都听见了，却不见乐手踪影。一位高僧道："惟恭承《金刚经》之力，已往生净土。灵岜，你所见之乐手，乃是惟恭特意点化于你，你明白了么？"灵岜豁然而悟，从此诚心皈依。

  荆州法性寺僧惟恭，三十余年念《金刚经》，日五十遍。不拘僧仪，好酒，多是非，为众僧所恶。后遇疾且死。同寺有僧灵岜，其迹类惟恭，为一寺二害。因他故出，去寺一里，逢五六人，年少甚都，衣服鲜洁，各执乐器如龟兹部，问灵岜："惟恭上人何在？"灵岜即语其处，疑其寺中有供也。及晚回入寺，闻钟声，惟恭已死，因说向来所见。其日合寺闻丝竹声，竟无乐人入寺。当时名僧云："惟恭盖承经之力，生不动国①，亦以其迹勉灵岜也。"灵岜感悟，折节缁门②。

---

① 不动国：佛经所说的东方净土国度。《大般涅槃经》："尔时世尊即说偈言：'不害众生命，坚持诸禁戒，受佛微妙教，则生不动国。'"
② 缁门：缁，黑色。僧衣色黑，代指佛门。

◎ 替死

  董进朝，宪宗元和年间从军。刚进军队不久，在城墙东角楼上值守。一天夜里，月色清朗，见四个黄衣人从东而来，到了城下，高声呼喊董进朝，声色不善，好似公门里奉命拿人的差役一般。董进朝见得此状，不肯便下城，那几人商议道："董进朝持念《金刚经》多年，并甘愿将一分功德庇护冥司亡灵，我等久蒙其恩，怎能恩将仇报反来杀他？不如另杀一人带回去交差，否则董进朝若不在了，以后还有谁能护佑咱们？"一人道："董进朝对邻有一人，同姓同岁，寿限亦相仿佛，就用此人替死罢。"言讫忽然不见，董进朝看在眼里，惊怪不安。天亮交班回家，果然听对邻在招魂举哀，忙进去相问，死者父母道："儿子昨夜暴卒。"这个无辜之人，当真替我死了！董进朝放声大恸，告知昨夜所见，出资为死者殡葬，并挑起了赡养死者父母的担子。两位老人相继下世后，他削发出家，法号慧通，住兴元府唐安寺。

  董进朝，元和中入军。初在军时，宿直城东楼上。一夕，月明，忽见四人著黄，从东来，聚立城下，说己姓名，状若追捕。因相语曰："董进朝常持《金刚经》，以一分功德祝庇冥司，我辈久蒙其惠，如何杀之？须枉命相代。若此人他去，我等无所赖矣。"其一人云："董进朝对门有一人，同姓同年，寿限相垺，可以代矣。"因忽不见，进朝惊异之。及明，已闻对门复魂①声。问其故，死者父母云："子昨宵暴卒。"进朝感泣说之，因为殡葬，供养其父母焉。后出家，法号慧通，住兴元唐安寺。

---

① 复魂：丧仪中的招魂仪式。

◎ 溺水

  宪宗元和中，严绶任荆南节度使，辖下涔阳的镇将王沔，是个诚笃的佛教徒，常念《金刚经》。一次奉命往归州勘察，返程经过水流湍急的咤滩，船只撞破，船上五人一同溺水。王沔一掉进水里，只觉有人递来根竹竿，他死死抓住，随波漂流，这一漂漂出三百多里，直漂到下牢镇被冲上岸，这才保住性命。一看手里的"竹竿"，原来是平日持念的《金刚经》。

  元和中，严司空绶在江陵①，时涔阳②镇将王沔，常持《金刚经》。因使归州③勘事，回至咤滩④，船破，五人同溺。沔初入水，若有人授竹一竿，随波出没，至下牢镇⑤著岸不死。视手中物，乃授持《金刚经》也。咤滩至下牢，三百余里。

---

① 江陵：今湖北荆州一带。
② 涔阳：今湖北公安县南。
③ 归州：今湖北宜昌秭归、兴山，恩施巴东一带。
④ 咤滩：长江三峡秭归段的一处险滩。

⑤ 下牢镇：在今湖北宜昌西北。

◎ 驱蛊

穆宗长庆初，荆州公安县僧人会宗，俗姓蔡，身中蛊毒，病得骨瘦如柴，自知大限将到，于是发愿念《金刚经》直到命终。念到五十遍时，昼梦一人，让他张嘴，从他喉咙里拽出十几根头发。当夜，又梦到吐出条两尺长的巨大蚯蚓，从此日渐康复。荆山僧人行坚亲见其事。

  长庆初，荆州公安僧会宗，姓蔡，常中蛊，得病骨立，乃发愿念《金刚经》以待尽。至五十遍，昼梦有人令开口，喉中引出发十余茎。夜又梦吐大螾①，长一肘②余，因此遂愈。荆山③僧行坚见其事。

---

① 螾：同"蚓"，蚯蚓。
② 肘：长度单位，一说一尺五寸，一说两尺。
③ 荆山：今湖北襄阳南漳县一带。

◎ 法正

江陵开元寺般若院的僧人法正，每日念诵《金刚经》二十一遍。穆宗长庆初年，得病而死，到了冥司，冥王问他："大师生平作何功德？"法正道："常念《金刚经》。"冥王肃然起敬，请他上殿，登绣座念经七遍。侍卫皆在阶下合掌，用刑的、审讯的也都暂停，所有人肃立恭听。念毕，冥王派人送他还阳，亲自下阶相送，道："上人还将淹留人间三十年，勿废读诵。"法正跟着那人走出数十里，至一大坑，那人在后面伸手一推，法正如从空中坠落，倏然而醒。这一去一回，竟死了已有七天，全身上下，唯有头脸未曾僵冷。法正至段成式撰文时尚在人世，已有八十多岁。荆州僧人常靖亲见其事。

  江陵开元寺般若院僧法正，日持《金刚经》三七遍。长庆初，得病卒。至冥司，见若王者问："师生平作何功德？"答曰："常念《金刚经》。"乃揖上殿，令登绣坐念经七遍。侍卫悉合掌阶下，拷掠论对皆停息而听。念毕，后遣一吏引还。王下阶送，云："上人更得三十年在人间，勿废读诵。"因随吏行数十里，至一大坑，吏因临坑，自后推之，若陨空焉。死已七日，唯面不冷。法正今尚在，年八十余。荆州僧常靖亲见其事。

◎ 道荫

荆州石首县沙弥道荫，常年持念《金刚经》。唐敬宗宝历初，道荫因故外出夜归，路上遇一猛虎咆哮扑来，道荫自知无幸，乃闭目而坐，默念经文，求祷救护。那虎奔到身前，蓦然而止，径自走到一旁，趴在草丛里守着。及至天亮，村人来往，虎乃去。视虎蹲伏之处，遍地口水。

石首县[①]有沙弥道荫，常持念《金刚经》。宝历初（一云"长庆"），因他出夜归，中路忽遇虎吼掷而前。沙弥知不免，乃闭目而坐，但默念经，心期救护。虎遂伏草守之。及曙，村人来往，虎乃去。视其蹲处，涎流于地。

---

① 石首县：今湖北荆州石首市。

◎ 攻城

文宗太和三年，沧景李同捷举兵反叛，朝廷诏命名将李祐统领齐州、德州军马进讨。二月，李祐率诸道行营兵大破叛军，进围德州城。德州城池坚固，且是李同捷最后的资本，负隅顽抗，战事极其惨烈。首日强攻，双方死伤狼藉，翌日复攻，从清晨血战至午后，王师十伤八九，终不能拔。

李祐麾下最精锐的齐州近卫军中，有个健卒名叫王忠幹，博野人氏，自少勤念《金刚经》，日夕不惰，已积二十多年。德州之战第二日，王忠幹也分在攻城兵团，随军强行推进到城下，登上飞梯，咬牙疾攀，眼看将要攀上城头的雉堞，一轮箭发，有如大雨降下，可怜王忠幹悬在半空，进退不得，无处闪避，射得柴蓬也似，被城头檑木砸下地来。同伴忙将他的尸首拖出羊马墙外,暂置在护城河里岸。这时暮色四合,李祐下令收兵,城上矢落如雨,同伴们匆促撤退,把王忠幹的尸体忘在了战场上。

王忠幹既死,一丝残灵如醉如梦,飘飘然来到一片荒野,大河横亘,欲渡无计,急得仰天大哭。忽闻人语渐近,见一人身高丈余,王忠幹寻思:难道是神仙?因求指点回军营的路,那人道:"不用怕,我有办法让你渡河。"王忠幹慌忙拜谢,未等抬头,被那巨人抓起腰带,奋力掷到了空中,良久坠下地来,他心中大惊:"我要摔死了!"忽如梦醒,入眼一片漆黑,周遭是死样的静夜,但听城头之上梆子声响,已是二更。左右一看,自己身在护城河外岸,他一时忘了自己中箭而死,只觉得脸上又干又黏,举手一摸,血涂眉睫,这才想起日间万箭贯体之惨。他奋力起身,跟跟跄跄走出百余步,脚下一软,委顿而倒。恍惚中,梦中那位神力巨人又施施然走了过来,手举一把长大的兵刃,指着他道:"起,起!"王忠幹心里发毛,不知怎的,身上忽然有了力气,一骨碌爬起,又强撑着走出一里多地,走得心慌头晕,才坐下来歇息。隐隐听得本军喝号之声远远传来,他跟着声音的指引,终于回到营地。一问同伴,才知道自己日间死在了护城河里,那自是梦中被掷过的大河了。到段成式整理本文时,王忠幹尚在齐州军中。

元和三年①,贼李同捷②阻兵沧景③,帝命刘祐④统齐德军讨之。初围德州城,城坚不拔。翌日,又攻之,自卯至未⑤,十伤八九,竟不能拔。时有齐州衙内八将官健儿王忠幹,博野⑥人,常念《金刚经》,积二十余年,日数不阙。其日,忠幹上飞梯,将及堞,身中箭如猬,为檑木击落。同火卒曳出羊马城⑦外,置之水濠里岸,祐以暮夜命抽军,其时城下矢落如雨,同火人忽忙,忘取忠幹尸。忠幹既死,梦至荒野,遇大河,欲渡无因,仰天大哭。忽闻人语声,忠幹见一人长丈余,疑其神人,因求指营路。其人云:"尔莫怕,我令尔得渡此河。"忠幹拜之,头低未举,神人把腰掷之空中,久方著地,忽如梦觉,闻贼城上交二更。初不记过水,亦不知疮,抬手扪面,血涂眉睫,方知伤损。乃举身强行百余步,却倒。复见向人持刀叱曰:"起!起!"忠幹惊惧,遂走一里余。坐歇,方闻本军喝号声,遂及本营。访同火卒,方知身死在水濠里,即梦中所过河也。忠幹见在齐德军。

---

① 元和三年:应是唐文宗太和三年。
② 李同捷:横海节度使李全略之子。父死,自为留后,请命继任。文宗调他任兖

海节度使,他抗旨拒命,朝廷发兵七道进讨,太和三年兵败,解送京城途中被杀。

③ 沧景:方镇名,即横海军,首府沧州,长期领有沧、景、德、棣四州。

④ 刘祐:据两《唐书》,应是李祐,字庆之,骁勇善战。初事淮西叛臣吴元济,与李愬作战,被设计生擒,感于李愬厚遇,死力效忠,献奇袭蔡州之计,亲自率三千精锐为先锋,雪夜疾进,为李愬大部队扫清障碍。并率先攀上蔡州城头,斩杀熟睡的守军,打开城门。战后叙功,擢神武将军,累迁夏州、泾州刺史,授泾原节度使。大和二年末,加沧州刺史、横海节度使,奉诏讨击李同捷,用时四个月,沧景削平。

⑤ 自卯至未:卯,早晨五点到七点;未,下午一点到三点。

⑥ 博野:今河北保定蠡县。

⑦ 羊马城:守城方在城外护城河里筑立的防御工事,高及肩。

◎ 死期

商贩何轸的妻子刘氏,从小断食酒肉,常念《金刚经》,很早之前就在佛像前焚香许愿,情愿只得四十五年阳寿就心满意足了。太和四年冬,刘氏年满四十五岁,她知道死期将届,心中无惊无怖,从从容容将嫁妆尽数布施给寺庙,年底之前,遍别亲友。何轸以为妻子疯疯癫癫,是被什么鬼物附身了,对于她说的"将死"云云,一概不信。到得除夕,刘氏请僧人为她授八关斋戒,沐浴更衣,独处一室,趺坐高声念经。次日黎明,声音俱无,儿女推门一看,刘氏已然咽气,而头顶、双手滚烫。何轸以僧礼葬之,塔在荆州北郊。

> 何轸,鬻贩为业。妻刘氏,少断酒肉,常持《金刚经》。先焚香像前,愿年止四十五,临终心不乱,先知死日。至太和四年冬,四十五矣,悉舍资装供僧。欲入岁假,遍别亲故。何轸以为病魅,不信。至岁除日①,请僧受八关②,沐浴易衣,独处一室,趺坐高声念经。及辨色③,悄然,儿女排室入看之,已卒,顶热灼手。轸以僧礼葬,塔在荆州北郭。

---

① 岁除日:年终。旧俗于腊岁前一日,以大傩之仪击鼓驱疫,谓之逐除。

② 八关:八关戒,也叫八关斋,佛教在家信徒一昼夜受持的八条戒律。理论上这

一昼夜间，需离开家居，赴僧团居住，故又称近住律仪。八戒包括：不杀生，不偷盗，不邪淫，不妄语，不饮酒，不歌舞观听，不坐卧高广华丽床座，不非时食。

③ 辨色：黎明。天色微明，能辨清东西的时候。

◎ 番狗

剑南左营军卒王殷奉佛甚严，常读《金刚经》，不吃荤、不饮酒。被分配到管理犒赏物资仓库期间，数次被旁人的过失牵连，按律当杀，但都意外得免。文宗太和四年，郭钊郭司空兼领东、西两川节度使。郭钊是郭子仪之孙，郭暧与升平公主次子，待人谦恭，不恃勋戚而骄侈，一向有君子之名。但当时已届暮年，肝火旺盛，性子变得严酷躁暴，属下稍不如其意，动辄处死。一次王殷进呈印花彩锦，郭钊嫌质量粗劣，大动肝火，着人就地杖毙。左右走上几个如狼似虎的护兵，将王殷掀翻在地，露出脊背，操杖就要打。蓦地黑影一闪，郭钊脚边所伏的爱犬猛扑了上去，护在王殷背上，赶都赶不走。郭钊大奇，他这条狗是外来品种，平时随他起居，寸步不离，警觉凶悍，遇到生人便要扑击撕咬，宛然是最好的护卫，今天怎么转了性，去护卫一个陌生的小卒？郭钊觉得此为异兆，怒气消解，放了王殷离开。

  蜀左营卒王殷，常读《金刚经》，不茹荤饮酒。为赏设①库子，前后为人误累，合死者数四，皆非意得免。至太和四年，郭钊②司空镇蜀，郭性严急，小不如意皆死。王殷因呈锦缬③，郭嫌其恶弱，令袒背将毙之。郭有番狗，随郭卧起，非使宅人逢之辄噬，忽吠数声，立抱王殷背，驱逐不去。郭异之，怒遂解。

---

① 赏设：犒赏。
② 郭钊：华州郑县（今陕西华县）人。历仕代、德、宪、穆、敬、文宗六朝，累迁邠宁节度使、晋绛慈隰节度使，拜兵部尚书，出为剑南东川节度使。文宗朝，加司空，太和三年，南诏进犯，又兼领西川节度使，致书修好，使南诏退兵，收复失地。次年患疾，入朝途中逝世。
③ 锦缬 [xié]：印染花纹的丝织品。

◎ 震裂

郭钊晚年老病侵寻，上表"乞骸骨"，请辞节度使，文宗体恤老臣，降旨准允。就在他离蜀那年，大约是太和四年，蜀中有个叫赵安的百姓在野外坟墓之旁发现一个包袱，赵安以为是无主之物，捡回家告诉了妻子。妻子嘴巴不严，又被邻人探听了去，这邻人去向衙门举报，说赵安盗窃财物，县衙一角公文，拿了赵安归案。到案法曹先审，赵安只说是捡来的，死活不肯承认盗窃，法曹大怒，喝令上刑，皂隶取过夹棍，套在赵安小腿上，用力一夹，只听啪的一声，夹棍断为三段。法曹益发恼怒，命放翻赵安，取杖狠打，那人臂粗的刑杖打在背上，竟似枯枝一般，喀的折了。一堂的公人大眼瞪小眼，法曹也慌了，寻思："遮莫这厮会什么邪术？"问他，赵安道："平日只念过《金刚经》，别无其他。"法曹不敢处置，权且将人寄监，层层上报给郭钊，郭钊也很奇怪，判了释放。赵安回到家，妻子道："前日你那盛放经文的盒子里面，像是有什么东西震裂了似的，大响了几声，我没敢打开看。"赵安忙打开一看，只见盒中所藏抄写经文的卷轴、书带并皆断折，纸尽破裂。

到段成式撰次此文时，赵安仍然在世。

> 郭司空离蜀之年，有百姓赵安常念《金刚经》，因行野外，见衣一袱遗墓侧。安以无主，遂持还。至家，言于妻子。邻人即告官赵盗物，捕送县。贼曹①怒其不承认，以大关②挟胫，折三段。后令杖脊，杖下辄折。吏意其有他术，问之，唯念《金刚经》。及申郭，郭亦异之，判放。及归，其妻云："某日闻君经函中震裂数声，惧不敢发。"安乃驰视之，带断轴折，纸尽破裂。安今见在。

---

① 贼曹：唐代各县六曹之一的法曹，职掌刑法、捕盗。
② 大关：即夹棍，用木棍做成的刑具，行刑时木索并施，绞夹犯人的腿。

◎ 牛诉

文宗太和五年，汉州什邡县百姓王翰，常在市肆间做些小买卖。一日暴死，三天后复活，说跟十六个人同被勾入阴曹，其他十五人散配他处，只他一人到了个所在,见一青衫少年,自称是他侄子,现充冥司差役,说着引他去见负责查案刑狱的推典。推典见了他,口称"兄弟",自称是王翰的哥哥。王翰丈二金刚摸不着头脑,我哪来的这些亲戚,怎么我一个也不识?不论如何,遇到当差做官的亲戚,总不是坏事,于是唯唯而应。那推典道:"兄弟,你身上有几件官司,只怕有些棘手。"王翰吃了一惊,推典接着道:"有一头蒙了冤的牛,说是被你烧荒烧死的。你又曾把竹子卖给杀狗的做箜篌,换了两条死狗,现在狗也要告你。现在你的名字暂未列入死籍,还可以设法抵罪,赶紧回去,看看做些什么功德?"王翰说,为牛、狗设斋超度,推典摇头,王翰又说,愿抄写《法华经》《金光明经》,推典更复摇头,王翰急道:"那么我每天为牛狗念七遍《金刚经》。"推典喜道:"这个可以。"接着便复活了,于是舍业出家,到段成式记录此事时,王翰仍然在世。

太和五年,汉州什邡县①百姓王翰,常在市日逐小利,忽暴卒。经三日却活,云冥中有十六人同被追,十五人散配他处,翰独至一司,见一青衫少年,称是己侄,为冥官厅子,遂引见推典②。又云是己兄,貌皆不相类。其兄语云:"有冤牛一头,诉尔烧畬③枉烧杀之。尔又曾卖竹与杀狗人作箜篌④,杀狗两头,狗亦诉尔。尔今名未系死籍,犹可以免,为作何功德?"翰欲为设斋及写《法华经》《金光明经》,皆曰不可,乃请日持《金刚经》日七遍与之,其兄喜曰:"足矣。"及活,遂舍业出家。今在什邡县。

---

① 什邡:今四川德阳什邡市。
② 推典:职司刑狱、审问的官吏。
③ 烧畬:烧荒种田。
④ 箜篌:弦乐器,见本书《乐》部分。大唐屠狗之辈都能弹箜篌,足见民风浪漫。

◎ 买羊四口

文宗太和七年冬,给事中李石正任着太原行军司马。他属下有个叫高涉的孔目官,为了勾当公事方便,一向住在使院。日暮时分,听街鼓报时,这一日的公务便算告一段落了,他施施然走到邻房,打算寻同事小酌清谈,以消良夜。忽遇一人,身长六尺余,一见高涉便道:"行军传见。"高涉不敢怠慢,忙当先而行。走得稍慢,身后那人便伸手推他，高涉惊惧不定，心想此人态度不善，遮莫是奉李大人之命来拿我的？可是我也不曾犯过什么过错，拿我作甚？他一路惊疑，不觉被那人推得向北而行，一直行出几十里，来到野外，先进了一条谷底，后上一山，至顶四望，城邑尽在眼下。俄而进得一所衙署，背后那人大声道："高涉带到！"高涉抬头一看，但见厅上影影绰绰许多人，多穿着四品到七品服饰，上首案后坐着一人，模样颇似崔行信郎中，见高涉到来，判了一句："交付有司对质。"高涉便给带到另一处，此地颇为宽敞，数百人露天而坐，人群中间乱哄哄杂着许多猪、羊。高涉被带到一人跟前，定睛看时，原来是妹夫杜则。他满心的疑问，刚要开口，杜则眼睛里射出野狼似的凶光，厉声道："你刚刚巴结上文书工作那会儿，为了请你同事吃饭，让我买了四口羊宰了，可还记得？现在那些羊告我害命，我每天偿还血债，好不痛苦！"高涉忙道："你胡说！那时候明明只让你去买肉，何曾让你买过羊！"杜则咬牙瞪眼，戛然无言，几头羊忽地人立而起，扑在杜则身上疯狂啃咬，高涉毛骨悚然。又被引到一处，露天架着一根极长的大梁，梁上钉有大铁环，数百人一手持刀，一手牵着绳子，绳子中套着人头，牵入铁环之中举刀剐剔，骨肉星星削落，高涉怕得更厉害了，下意识地念起《金刚经》来。忽而遇到故友杨演，问他："李尚书当年杖杀的劫匪李英道，已于别处投胎三十年了，这会儿却又跑来上诉说当年是被冤杀的，那时的情形，你还记得么？"高涉神魂不宁，哪有心思理会这些闲事，推说当年自己年纪尚轻，支吾过去。又遇到从前的同事段恰，此人是高涉的结义兄弟，一把抓住高涉的肩头道："二弟从前勤念《金刚经》，难道近来全搁下了么？你适才所见，还不是最恐怖的所在，将来务必多树善业，不可造孽！今日你得以出去，全凭《金刚经》之力。"说着送他回家，高涉迷迷蒙蒙醒转过来，原来已经气绝一宿。背上为冥吏推搡之处，青肿数日方消。

太和七年冬，给事中李公石①为太原行军司马②。孔目官高涉，因宿使院，至鼕鼕鼓③起时诣邻房，忽遇一人，长六尺馀，呼曰："行军唤尔。"涉遂行。行稍迟，其人自后拓之，不觉向北。约行数十里，至野外，渐入一谷底。后上一山，至顶四望，邑屋尽眼下。至一曹司，所追者呼云："追高涉到。"其中人多衣朱绿，当案者似崔行信郎中。判云："付司对。"复引出，至一处，数百人露坐，与猪羊杂处。领至一人前，乃涉妹婿杜则也。逆谓涉曰："君初得书手④时，作新人局，遣某买羊四口，记得否？今被相债，备尝苦毒。"涉遽云："尔时只使市肉，非羊也。"则遂无言，因见羊人立啮则。逡巡，被领他去，倏忽又见一处，露架方梁，梁上钉大铁环，有数百人皆持刀，以绳系人头，牵入环中刳剔之。涉惧，走出，但念《金刚经》。倏忽逢旧相识杨演，云："李尚书⑤时杖杀贼李英道，为劫贼事，已于诸处受生⑥三十年。今却诉前事，君常记得无？"涉辞以年幼不省。又遇旧典段怡，先与涉为义兄弟，逢涉云："先念《金刚经》，莫废忘否？向来所见，未是极苦处。勉树善业，今得还，乃经之力。"因送至家如梦，死已经宿。向所拓处，数日青肿。

---

① 李公石：即李石，陇西人，唐宗室，字中玉，元和进士。文宗朝甘露之变后，以户部侍郎拜相，并领盐铁转运使。时逢大变，李石稳定政局，伸张皇纲，颇得文宗倚重，为仇士良所忌，遣杀手在上朝路上行刺，几乎首领不保，为避谋害，出为荆南节度使。武宗时，授河东节度观察使。官至东都留守、太子少保。
② 行军司马：节度使高级僚佐，掌本镇军符号令、军籍、兵械、粮廪、赐予等事，权任甚重。遇有节帅出征、入朝或死亡等缺员情况，可为留后（代理节度使）。德宗以后，常继任为节度使。
③ 鼕鼕鼓：街鼓，唐代设置在京城街道的警夜鼓。
④ 书手：书吏，担任书写、抄录工作的人员。
⑤ 李尚书：《太平广记》引本文作"李说尚书"。李说（740—800年），唐宗室，字岩甫。仕历御史中丞、太原少尹，迁汾州刺史。德宗时拜河东节度使。
⑥ 受生：投胎。

◎ 战俘

唐代宗永泰初年，帝国北境的丰州防线上，一名值守烽火台的军卒日暮外出，落到了党项人手里，辗转被送到吐蕃养马。接收他的吐蕃将军，有一套残忍而有效的控制战俘办法，他穿透了军卒的琵琶骨，用一根皮索系着，交下来几百匹马，命他饲养配种。军卒生怕差事办不好，会被处死，因此竭心尽力。半年后，马群数量翻了一倍，将军十分满意，赏给他数百张羊皮，并放宽了他的行动限制，军卒有了私产，时时往还于城镇大邑与人交易。

一次他带着东西来到首府，因缘际会，遇上了吐蕃王子。王子很喜欢他的伶俐老练，把他要了过来，做他的贴身仆从，时时赏他些饮膳剩下的肉酪之类，待他殊为不薄。如此又过了半年，一次王子发赏，军卒悲泣不食，坐在上首的赞普见了，问他何故哭泣，军卒道："小人近来每天晚上都会梦见母亲。"赞普颇为仁慈，听了这话，怅然不语。当夜，赞普召来军卒，道："吐蕃军法素严，向无放还战俘之例。我不能颁给你正式的释放许可，只能给你两匹健马，派人带你到某条路上，你可沿路跑下去，若被人捉住，我照样会将你视作逃犯处决，能不能逃得掉，看你的造化了。"军卒叩谢赞普，上马星夜狂奔，直累得两匹好马尽皆倒毙，改为徒步，尽捡荒山野岭昼伏夜行。行不数日，被刺伤了脚，摔倒在石滩上，忽而一阵风过，吹来几片纸张似的东西，军卒抓在手上裹住伤口。过了一会儿，脚上渐渐不痛了，他起身试着走了几步，亦无痛楚。又走了两天，终于回到丰州境内，见到母亲，母亲悲喜交集道："自从你失踪后，我终日念诵《金刚经》，一刻也不停，只求能再见到你，佛祖鉴怜，你果真回来了！"忙取经拜谢，却见书线断了，中间几页经文不知所踪。军卒忽然想起裹伤之事，解下一看，包扎伤口的赫然正是那缺失的几页经文，而此时伤口也已痊愈。

永泰初，丰州①烽子②暮出，为党项缚入西蕃易马。蕃将令穴肩骨，贯以皮索，以马数百蹄配之。经半岁，马息一倍，蕃将赏以羊革数百。因转近牙帐③，赞普④子爱其了事，遂令执纛左右，有剩肉余酪与之。又居半年，因与酪肉，悲泣不食。赞普问之，云："有老母频夜梦见。"赞普颇仁，闻之怅然，夜召帐中，语云："蕃法严，无放还例。我与尔马有力者两匹，于某道纵尔归，无言我也。"烽子得马极骏，俱乏死，遂昼潜夜走。数日后，为刺伤足，倒碛⑤中。忽有风吹物窸窣过其前，因揽之裹足。有顷，不复痛，试起步走如故。经信宿，方及丰州界。归家，母尚存，悲喜曰："自失尔，我唯念《金刚经》，寝食不废，以祈见尔，今果其誓。"因取经拜之。缝断，亡数幅，不知其由。子因道碛中伤足事，母令解足视之，所裹疮物乃数幅经也，其疮亦愈。

---

① 丰州：今内蒙古巴彦淖尔五原县一带。
② 烽子：烽火台守兵。
③ 牙帐：指古代少数民族政权的首府。
④ 赞普：吐蕃君王。
⑤ 碛[qì]：沙石浅滩。

◎ 偷马贼

代宗大历年间，太原府捉到一群偷马贼，过堂审讯，供出个同伙，是当地一位姓王的举人。上官非常生气，认为衣冠为盗，败坏风教，是极其恶劣的例子，非严惩不可。本着这个宗旨，王举人一下狱就被严刑拷打，连打十多天，王举人熬刑不过，屈打成招。

俗话说"公门里好修行"，刑狱惨苦，本来多伤阴骘，倘若冤杀人命，更是造孽无穷，因此凡是有良知有见识的法吏，任事无不审慎，不求积德，但求无枉无纵。不幸中的大幸，王举人恰遇上这么一位见事清楚的推吏，看出他有冤情，便暗地里使个手法，使案卷不能齐全，一时就定不了案。

王举人招供后，行刑终止，他人虽委顿不堪，还是嘴唇嚅动，坚持念诵《金刚经》，其声哀切，昼夜不息。忽一日，不知从哪里掉下两节竹筒，掉在王举人身前。关在同牢房的那些偷马贼上前争抢，狱卒担心竹筒中藏有兵刃锐器之类，忙赶散众贼，拆开一看，但见其中写有两行字："法尚应舍，何况非法。"字迹工整，正是出自《金刚经》。忽然之间，那群盗贼的首脑失声号啕，悔恨不胜，承认是因为跟王举人积有宿怨，才诬陷无辜。

    大历中，太原偷马贼诬一王孝廉同情①，拷掠旬日，苦极强首②，推吏③疑其冤，未即具狱。其人惟念《金刚经》，其声哀切，昼夜不息。忽一日，有竹两节坠狱中，转至于前。他囚争取之，狱卒意藏刃，破视，内有字两行云："法尚应舍，何况非法。"书迹甚工。贼首悲悔，具承以匿嫌诬之。

---

① 同情：同谋。
② 强首：屈打成招。
③ 推吏：职司推勾狱讼的小吏。

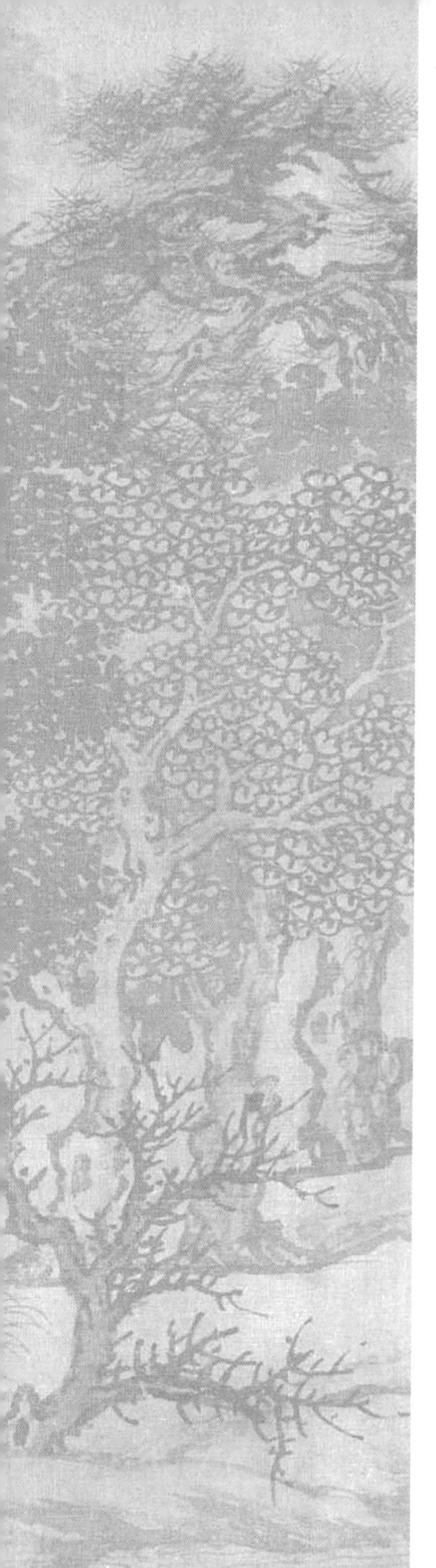

支 动

◎ 一

北海一带有种名为木兔的鸟，与鴟鹠相似。

北海①有木兔②，类鴟鹠③。

---

① 北海：有多指，一泛指极北之地，一指今俄罗斯贝加尔湖，一指渤海，一指隋代置北海郡的山东青州。
② 木兔：或指长耳鸮等鸮形目（猫头鹰）猛禽。郭璞《尔雅注》："木兔也，似鸱鸺而小，兔头有角，毛脚，夜飞，好食鸡。"郭璞罗列了木兔的几个特征：比一般猫头鹰小，头像兔子，头上有"角"，脚爪被毛，夜行，会捕食家禽。长耳鸮俗称"长耳木兔"，体长约30—40厘米，头上长着两撮像角一样的耳羽，双足被羽，夜行，偶见捕食家禽记录。多见于西伯利亚及中国东部，也就是本文所说的北海地区。
③ 鴟鹠 [qiáo liú]：鸱鸺，即猫头鹰。

长耳鸮

◎ 二

老鼠吃了盐身体会变轻。

鼠食盐则身轻。

◎ 三

乌贼的骨骼跟通草差不多，可以制成小玩物。

乌贼鱼骨如通草①，可以刻为戏物。

---

① 通草：五加科植物通脱木的茎髓。李时珍《本草纲目》："今之通草，乃古之通脱木也。"陈藏器《本草拾遗》："通脱木……生山侧，叶似蓖麻，心中有瓤，轻白可爱，女工取以饰物……今俗亦名通草。"通脱木的茎髓大，质地轻软，颜色洁白，称为"通草"，切成的薄片称为"通草纸"，可制作纸花和小工艺品。

◎ 四

每个月的初八、十八、廿八，章鱼最多。

章举①每月三八则多。

---

① 章举：章鱼。

◎ 五

皮皮虾长得跟蜈蚣似的，能管理众虾。

虾姑①状若蜈蚣，管虾。

① 虾姑：中文正式名称叫虾蛄，俗称濑尿虾、虾爬子、皮皮虾，十分美味。古人认为皮皮虾能食虾、管虾，所以也称"虾魁"。

◎ 六

南海有一种水生动物，前左爪长，前右爪短，嘴巴生在靠近肋侧的背上。常以左爪捕食，置于右爪，右爪掌心生有类似牙齿的构造，磨碎食物，再送入口中吞食。体型较大的有三尺左右。叫声"术术"，是故南地居民称之"海术"。

南海有水族，前左脚长，前右脚短，口在胁傍背上。常以左脚捉物，置于右脚，右脚中有齿嚼之，方内于口。大三尺余。其声术术，南人呼为海术。

◎ 七

猎人不杀豹狗，因为"豹"与"财"同音。另外，南方的风俗，忌讳豹狗冲人吼叫，以为不吉。

猎者不杀豹，以财为同声。又南方恶豹向人作声。

◎ 八

卫国公李德裕孩提时代，曾在明州见过一种水生怪物，两足，嘴似鸡嘴，身体如鱼。

卫公①幼时，常于明州②见一水族，有两足，觜似鸡，身如鱼。

① 卫公：李德裕，爵封卫国公，与开国名将李靖一样，世称"李卫公"。

② 明州：今浙江宁波。唐德宗贞元八年，李德裕之父李吉甫谪明州员外长史，六岁的李德裕随父移居，在明州生活了三年。

◎ 九

李德裕十一岁那年，路过瞿塘峡，目击到江水中有个东西，状如婴儿，生着鹦鹉般的双翼。李德裕知道又遇到了怪物，当时没吱声，夜里江上忽起大风，他才对人说起。

> 卫公年十一，过瞿塘①，波中睹一物，状如婴儿，有翼，翼如鹦鹉。公知其怪，即时不言。晚风大起，方说。

---

① 瞿塘：瞿塘峡，长江三峡之首，也称夔峡，西起四川奉节县白帝城，东至巫山大溪，有西蜀门户之称。检《李德裕年谱》，贞元十一年，李德裕之父李吉甫擢忠州刺史，李德裕随同，在此寓居八年之久。忠州治今重庆忠县，地近瞿塘。

◎ 十

句容赤沙湖有种鲤鱼，以朱砂为食，鱼肉微红，味道极其鲜美。

> 句容①赤沙湖②，食朱砂鲤，带微红，味极美。

---

① 句容：今江苏镇江句容市。本处疑应作"华容"。
② 赤沙湖：湖南华容县南有赤沙湖，又名赤亭湖，北宋范致明《岳阳风土记》："赤沙湖在县南，夏秋水涨，与洞庭洪通。"

◎ 十一

负朱鱼也美味绝伦，此鱼每片鳞上都有一点朱红。

负朱鱼①亦绝美，每鳞一点朱。

---

① 负朱鱼：或指鲤科华鲮属的某些鱼类。华鲮属鱼类身体狭长，体背及体侧青黑色，鳞片紫绿色，常杂有红色斑点，古籍多称竹鱼。唐刘恂《岭表录异》："竹鱼，产江溪间，形如鳢鱼大而少骨，青黑色，鳞下间以朱点，鬣可玩，或烹以为羹臛，肥而美。"

◎ 十二

从前在北方有种濮固羊，又大又好吃。

向北有濮固羊，大而美。

◎ 十三

丙穴鱼是吃石钟乳滴沥浸润之水长大的，肉性甘温。

丙穴鱼①，食乳水，食之甚温。

---

① 丙穴鱼：鲤科裂腹鱼属的重口裂腹鱼、齐口裂腹鱼等种的泛称，盛产于四川雅安一带，因亦名"雅鱼"。

◎ 十四

"蜃"下半身的鳞片皆是逆生。

> 蜃①身一半已下鳞尽逆。

---

① 蜃：传说中会喷吐气体制造大型幻术"海市蜃楼"的神奇生物。关于蜃本体的形态，大要存在两种说法，一说是巨大的蚌类；一说形同蛟龙，头生双角，腰下逆鳞，脊背上的长鬣赤若火焰。明代人杨升庵《艺林伐山》指出：佛家西方广目天王手中所持的似蛇非蛇、似龙非龙之物即是蜃。蜃吐气幻化楼台，望之丹碧，飞鸟倦翔，就之以息，辄为蜃吸食。蜃的脂肪是幻术师最钟爱的材料，取蜃脂为烛点燃，冽香百步，袅袅烟气之中会出现类似"蜃楼"的楼台之形。

◎ 十五

文宗太和七年，河阴县突发蝇异，大片飞蝇遮天蔽日覆盖全县，有如蝗灾。这异象持续了三天才结束，汴河以南情况更严重，蝇群聚集十日方散。当时任河阴县尉的李犨亲历其事，后来告诉了我的三从兄。

> 太和七年，河阴①忽有蝇蔽天如蝗，止三日，河阳界经旬方散。有李犨，时为尉，向予三从兄说。

---

① 河阴：唐开元二十二年为便利东南漕运，在古汴河口筑河阴仓，并置县，治今河南荥阳东北。

◎ 十六

岭南地区的玳瑁，斑点都有些模糊，唯独振州出产的质地优良，足以媲美进口珍品。成式曾见过李德裕从前写的一份报告，玳瑁写作"瑇瑁"。

南中①瑇瑁②，斑点尽模糊，唯振州③瑇瑁如舶上者。尝见卫公先白书④，上作此瑇瑁字。

---

① 南中：通常指今大渡河以南的四川和云南、贵州一带，此处指岭南地区。
② 瑇瑁：玳瑁，一种海龟，背甲呈微透明至半透明，色彩斑斓，是名贵宝石，这种宝石也叫玳瑁。玳瑁制成的首饰、梳子、把件及其他装饰品在唐代极为流行，白居易的一位朋友痛失红颜知己，乐天挽诗写道："玳瑁床空收枕席，琵琶弦断倚屏帏。人间有梦何曾入，泉下无家岂是归。"烛火辉映，来自海洋深处的宝石放射着幽邃奇异的光芒，不张不扬而动人心魄，唐人视作豪华风流的象征，李白醉倚温柔乡，温柔亦正是玳瑁的颜色："蒲萄酒，金叵罗，吴姬十五细马驮。青黛画眉红锦靴，道字不正娇唱歌。玳瑁筵中怀里醉，芙蓉帐底奈君何。"上千年大规模捕杀，玳瑁龟的种群现状不容乐观，目前，玳瑁龟已列为国家一级重点保护野生动物名录，以及IUCN红色名录极危物种。
③ 振州：今海南三亚一带。
④ 先白书：呈进给长官或宰相的报告书。初为唐代宗朝奸相元载把持言路的手段，规定百官言事，不得径奏天子，须先呈报上级，上级汇总至宰相处，然后呈奏皇上。《旧唐书》："时元载引用私党，惧朝臣论奏其短，乃请：百官凡欲论事，皆先白长官，长官白宰相，然后上闻。"

玳瑁

◎ 十七

李德裕说，鹅能警备鬼物入侵，池鹭可以压胜火灾，孔雀辟邪。

卫公言鹅警鬼，䴔䴖①压②火，孔雀辟恶。

---

① 䴔䴖［jiāo jīng］：鹭科鸟类池鹭，喜欢在沼泽、稻田、鱼塘、湖泊河流等浅水活动，以虫、鱼虾为食。

② 压：压胜，以巫术等神秘力量防御、镇压、祛除灾祸。

◎ 十八

洪州产牛尾狸，其肉滋味很是美味。

洪州①有牛尾狸，肉甚美。

---

① 洪州：今江西南昌。

◎ 十九

威远军子将臧平酷爱斗鸡，所蓄一鸡，比普通鸡高出数寸，斗鸡圈无鸡敢敌。威远监军花了十匹帛强行买到手，趁寒食节的机会进献给了唐穆宗。当时皇室诸王都喜欢斗鸡，此鸡连战十余强敌，败尽群雄，仍傲视全场，气势不减，穆宗大喜，赏赐威远监军帛百匹。管理斗鸡的主司察看鸡爪，上奏道："此鸡其实有个弟弟，爪趾长而啼声嘹亮，前年被河朔一位军将花了两百万钱买走了。"

威远军①子将②臧平者，好斗鸡。高于常鸡数寸，无敢敌者。威远监军与物十匹强买之，因寒食乃进。十宅③诸王皆好斗鸡，此鸡凡敌十数，犹擅场④怙气。穆宗⑤大悦，因赐威远监军帛百匹。主鸡者想其蹠距⑥，奏曰："此鸡实有弟，长趾善鸣，前岁卖之河北军将，获钱二百万。"

---

① 威远军：隋开皇三年，在今四川内江西屯兵以招抚生獠，一年后置威远县。唐代复于此设兵戍守，属荣州，归剑南道节制。
② 子将：隶属于大将之下，掌布列行阵、金鼓及部署卒伍的副将、偏将。胡三省《资治通鉴》注："唐令制，每军大将一人……子将八人。"
③ 十宅：唐长安城的"王府小区"。唐玄宗开元十三年，诏于长安城东北角专辟一

坊之地，修缮大宅，为诸皇子王府，首批开府的王爷共十位，分十院居住，因号十王宅。后增至十六王，所以又名十六王宅。此后不论就封于此的宗室诸王有多少人，习惯上都通称为十王宅或十六王宅。

④ 擅场：技艺超群，压倒全场。

⑤ 穆宗：唐穆宗李恒（795—824年），唐宪宗第三子，820年登极，在位期间宴乐无度，不恤国务，如本文所载耽玩斗鸡，为之"大悦"，并颁奖赏赐这种事情，应是常态。

⑥ 蹠距：鸡爪。

◎ 二十

韦绚说："巴州的兔子都长着狸猫那样的斑纹。"

韦绚云："巴州①兔作狸班。"

———

① 巴州：今四川巴中。

◎ 二十一

举凡猛禽，雄鸟小而雌鸟大；普通鸟则是雄鸟大而雌鸟小。

凡鸷鸟①，雄小雌大，庶鸟皆雄大雌小。

———

① 鸷鸟：鹰、雕之类猛禽。

◎ 二十二

我的集贤院同事宇文献说："吉州有一种怪虫，长逾三寸，六足，遇见蚯蚓会将其咬成两段，蚯蚓一经断开，两条残体立即都会变成这种怪虫，与本体一般无二。

还有一种赤腰蜂,把幼虫寄生在蜘蛛腹下。"

予同院宇文献云:"吉州①有异虫,长三寸余,六足,见蚓必啮为两段,才断各化为异虫,相似无别。又有赤腰蜂②,养子于蜘蛛腹下。"

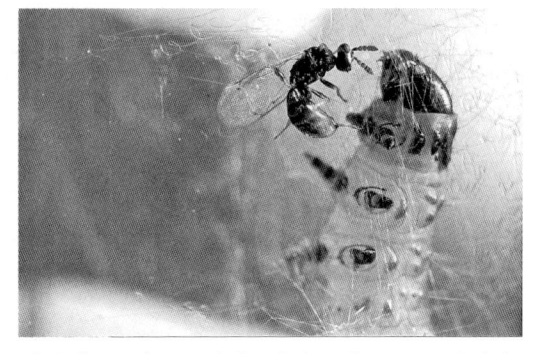

寄生蜂试图在一只蔷薇斜条卷叶蛾的毛虫体内产卵

---

① 吉州:今江西吉安。
② 赤腰蜂:可能指寄生蜂下目发一种姬蜂,这种蜂通过蜇刺的方式,把卵产在其他昆虫的卵、幼体、蛹体或成虫身上,幼蜂孵化后,吸食宿主体液成长,宿主则逐渐干枯死亡。

◎ 二十三

河豚肝和卵皆有毒,须佐以蒌蒿同食,蒌蒿能抑制其毒性。江淮人吃这种鱼的时候,必配蒌蒿。

鯸鮧鱼①,肝与子俱毒。食此鱼必食艾②,艾能已其毒。江淮人食此鱼,必和艾。

---

① 鯸鮧鱼 [hóu yí]:河豚。鯸鮧这个别名,是用来形容河豚长得丑的,《本草纲目》:"侯夷,状其形丑也。"
② 艾:此处指水艾,学名蒌蒿,个别地区也叫芦蒿、香艾、红艾、红陈艾等,多丛生于湖泽江畔浅水滩。传说此物能够抑制河豚毒素,唐宋时人常用以配合荻芽、菘菜烹制河豚,北宋张耒《明道杂志》:"河豚,水族之奇味,世传以为有毒,能杀人。余守丹阳及宣城,见土人户食之,其烹煮亦无法,但用蒌蒿、荻芽、菘菜三物,而未尝见死者。"苏东坡《惠崇春江晚景》也说:"竹外桃花三两枝,春江水暖鸭先知。蒌蒿满地芦芽短,正是河豚欲上时。"资深老饕苏东坡曾为天下食材排名,河豚在他心中高居三甲,而宋人炖煮河豚,必加入蒌蒿解

毒，有蒌蒿才能得尝珍味，蒌蒿凋萎的时节，不消说只有望豚兴叹了。是故苏轼见了《春江晚景图》所绘的遍地蒌蒿，立时想到此物可以采来炖河豚，来了句"正是河豚欲上时"。

◎ 二十四

夔州刺史李贻孙说："曾见过水中树枝化为蚯蚓。"

夔州①刺史李贻孙②云："尝见水枝化为蚓。"

---

① 夔州：辖境相当今重庆奉节、云阳、巫山、巫溪等县地。
② 李贻孙：文宗大和二年，任福建团练副使；武宗会昌五年，为夔州刺史，累擢谏议大夫，充宏文馆学士；宣宗大中五年，官至福建观察使。

◎ 二十五

道家典籍认为鲤鱼多是龙所变化，所以不提倡食用，而不是因为鲤鱼与丹药药性相克。庶子张文规还说："有些医家处方要求忌食鲤鱼，说鲤鱼相当于鱼中的猪肉。"

道书以鲤鱼多为龙，故不欲食，非缘反药。庶子①张文规②又曰："医方中畏食鲤鱼，谓若鱼中猪肉也。"

---

① 庶子：东宫属官，唐代置太子左右春坊，以左右庶子各二人分隶之。左庶子正四品上，右庶子正四品下，职同侍中和中书令。
② 张文规：蒲州猗氏（今山西临猗）人，宪宗朝宰相张弘靖之子，《历代名画记》作者、画家张彦远之父。唐宪宗朝为右补阙，文宗朝贬河南府温县令，累转吏部员外郎，官终桂管观察使。

◎ 二十六

李德裕画过一种峡谷中的奇异蝴蝶，翅长四寸多，深褐色，每片翅上生有两颗金色的眼睛。

李德裕又说："道书有云，獐、鹿无魂，因此可以尽情食用。"

> 卫公画得峡中异蝶，翅阔四寸余，深褐色，每翅上有二金眼。
> 公又说："道书中言獐鹿无魂①，故可食。"

---

① 獐鹿无魂：《埤雅》："陶弘景曰：獐鹿非辰属，八卦无主，故道家听许为脯。"

◎ 二十七

我小时候听人说"郎巾"，以为是"狼的筋"。武宗四年，官市上出现了卖郎巾的店肆，有天晚上我请客聚会，同众人谈起此物，在座的都不知道那是什么，也有些人跟我一样，猜测是狼筋。这时，座上有个法号泰贤的老僧讲述了一件往事，他说："昔日泾原节度使段祐段府帅住在昭国坊时，老衲还是个沙弥，常跟师父出入段帅宅第。有一次段府上丢了十几件银器，段帅给了老衲一千钱，让我到西市胡商处买郎巾。老衲当时也没听说过郎巾这种东西，不知那是何物，却又不敢问段帅。茫茫然拿着钱出了昭国坊，不觉走到修竹南街金吾铺前，正碰见相识的军卒朱秀坐在那里，问我何处去，我照实说了，朱秀道：'何必大老远跑去西市？此物好找得很，只不过世人不识而已。'说着沿老墙根寻索半响，挖出三条大虫子似的东西，两端黄光萤耀。老衲带着这三条虫子回去，段帅命府上奴婢在庭院集合，当着所有人烤那三条虫。虫子栗栗蠕动，只见一个女奴的脸突然不受控制地抽搐起来，段帅立即使人拿下审问，那女奴供认不讳，果然正是偷了银器打算逃走的贼。"

按，段郎幼时误以郎巾为狼筋，是因为相传狼筋也具有辨盗功能，本书《广动植之一》已载道："狼大如狗，苍色，作声诸窍皆沸，髀中筋大如鸭卵，有犯盗者熏之，当令手挛缩。"陈藏器《本草拾遗》也说："狼筋如织络袋子，似筋胶所作，大小如鹅卵，人有犯盗者，熏之，当脚挛缩，因之获贼也。"清代袁枚《子不语》记有一个故事，更见得狼筋神妙：某个大户人家收藏有一条狼筋，凡是家里丢了东西，户主就召集起全家成员包括下人，取出狼筋烧一烧，倘若窃贼在列，必会手足发颤，当场原形毕露。一次，这家小姐丢了一支金钗，诘问婢仆，没人承认，那就只好请出狼筋了。截下一小段狼筋投进火盆，但见几十个奴婢人人神气平善，了无他异，房门上张挂的布帘却无风自动，晃曳不已。户主大奇，揭帘一看，上面赫然正别着那枚钗，原来是小姐日前出入之时，不留神被帘子钩走的。

予幼时，尝见说郎巾，谓狼之筋也。武宗四年，官市①郎巾。予夜会客，悉不知郎巾何物，亦有疑是狼筋者。坐老僧泰贤云："泾帅段祐②宅在昭国坊，尝失银器十余事。贫道时为沙弥③，每随师出入段公宅，段因令贫道以钱一千诣西市贾胡求郎巾。出至修竹④南街金吾铺⑤，偶问官健⑥朱秀，秀答曰：'甚易得，但人不识耳。'遂于古培摘出三枚，如巨虫，两头光，带黄色。祐得，即令集奴婢环庭炙之。虫慄蠕动，有一女奴脸唇瞤动⑦，诘之，果窃器而欲逃者。"

---

① 官市：官府设置的市场。
② 段祐：（？—810年）少事郭子仪为牙将，从征边朔，以勇敢知名，战绩甚著。累迁泾原节度使，练卒保边，颇为西蕃畏惮，封雁门郡开国公，官终检校兵部尚书、右神策大将军。
③ 沙弥：已受十戒，尚未受具足戒的僧人。
④ 修竹：不详。长安有修行坊、修政坊，均在昭国坊以东，与从昭国坊去西市方向相反。
⑤ 金吾铺：金吾卫驻扎的站点，广泛分布在长安城各坊（居民区）附近，也叫武候铺，承自汉代"都亭"，类似于后世的警务室。唐代金吾掌宫中及京城昼夜巡警之法，凡城门坊角，有武候铺，卫士、骁骑分守，大城门驻扎百人，大铺驻三十人，小城门驻二十人，小铺五人。
⑥ 官健：唐初府兵制，士兵自备武器资粮，后逐渐改为官给，故称士兵为官健。
⑦ 瞤〔shùn〕动：肌肉掣动。

◎ 二十八

环王国野象成群，一头公象下辖三十多头母象。母象的牙只有两尺左右，轮番供给公象水草饮食，公象睡眠时，母象环列守卫。母象死后，众象合力掘地掩埋，长鸣良久方去。另外，该国人也驯养大象，用以采取柴薪。

> 象管，环王国①野象成群，一牡管牝三十余。牝牙才二尺，迭供牡者水草，卧则环守。牝象死，共挖地埋之，号吼移时方散。又国人养驯，可令代樵。

---

① 环王国：占城，是占族人于今越南中部建立的古国，位于中南半岛东南部，北起今越南河静省横山关，南至平顺省潘郎、潘里地区，王都为因陀罗补罗（今茶荞）。中国古籍多称"林邑"，从 8 世纪下半叶至唐末，改称环王国。占城多象，《新唐书》："王卫兵五千，战乘象，藤为铠，竹为弓矢，率象千、马四百，分前后。不设刑，有罪者使象践之；或送不劳山，畀自死。"在占城，大象不但是战争工具，也是刑具，死刑不动斧钺，犯人直接交由大象踩死。

◎ 二十九

熊胆春季处于头部，夏季在腹部，秋季又移动到了左腿，冬季则在右腿。

> 熊胆，春在首，夏在腹，秋在左足，冬在右足。

◎ 三十

每年五六月份，有巨蛇浮江登岸，蛇头如同张开的帽子，远近群蛇皆随之进入越王城。

> 南安①蛮江②蛇，至五六月，有巨蛇泛江岸，首如张帽，万万蛇随之入越王城③。

---

① 南安：今福建泉州南安。
② 蛮江：泛指南方少数民族聚居地区的江水。
③ 越王城：西汉初，闽越王无诸在今福州冶山之麓所筑的都城。

◎ 三十一

西域有种野牛,超过一丈多高,头、尾似鹿,角也有一丈多长,盘曲如叉,遍体白毛。

野牛,高丈余,其头似鹿,其角丫戾①,长一丈,白毛,尾似鹿,出西域。

---

① 丫戾:盘曲成叉形。

◎ 三十二

勾漏县大江中有一种潜牛,住在江底,形似水牛。经常上岸牴角相斗,角斗软了就回到江里,等到角变硬时再出来继续斗。

潜牛,勾漏县①大江中有潜牛,形似水牛。每上岸斗,角软还入江水,角坚复出。

---

① 勾漏县:在今越南河西省,汉代置县,隋废。

◎ 三十三

日暮,猫的瞳孔还是圆圆的,到了中午,就会收缩成一条窄窄的竖线。猫的鼻头终年冰冷,只有夏至这一天例外,稍微带点暖意。猫的毛发也很特别,似乎从来不会寄生跳蚤虱子,倘若是一头黑猫,在暗处逆向摩挲它的毛发,能迸出好些火星。俗话说,猫洗脸时,爪子过了耳朵,预示着将有客人来访。楚州射阳湖一带盛产猫,有一种身上生着褐色的小花。灵武出产的猫,则带着西北骏马的神采,有一种"红叱拨",还有一种毛色青白相间的品种。猫别名"蒙贵",另一个别名叫"乌员"。平陵城，是西周时期的谭国故地，城中一只猫咪，项子上系有黄金锁链，挂着一枚青钱，极其漂亮，身手轻捷，腾跃宛如蝶舞，文人多有见之者。

猫，目睛暮圆，及午竖敛如綖。其鼻端常冷，唯夏至一日暖。其毛不容蚤虱，黑者，暗中逆循其毛，即若火星。俗言猫洗面过耳则客至。楚州①谢阳②出猫，有褐花者。灵武③有红叱拨及青骢色④者。猫一名蒙贵，一名乌员。平陵城⑤，古谭国⑥也，城中有一猫，常带金锁，有钱，飞若蛱蝶，士人往往见之。

---

① 楚州：今江苏淮安。
② 谢阳：古射阳湖，位于唐代楚州东南，从明代起渐次淤塞成陆，故境在今江苏盐城射阳县一带。
③ 灵武：今宁夏灵州。
④ 红叱拨及青骢色：叱拨、青骢之名均取自良驹。叱拨，突厥-蒙古语的音译，指不同颜色圆形斑点的马，《续博物志》："唐天宝中，西域进汗血马六匹，分别以红、紫、青、黄、丁香、桃花叱拨为名。"红叱拨，即红色斑点的马（猫）。青骢则原指毛色青白相杂的骏马。
⑤ 平陵城：位于今山东济南，春秋时期为齐国平陵邑。
⑥ 谭国：周王朝诸侯国，大约位于今山东济南章丘西。齐国公子小白出亡，经过谭国，谭国国君不以礼接待。公元前685年，小白回国即位，是为齐桓公，谭国亦未有派人祝贺，是年冬，被齐国发兵攻灭。

◎ 三十四

古籍记载，鼠王每滴精液都能化成一只老鼠。另一份记录指出，拥有这个能力的不是鼠王，而是"鼠母"，鼠母头部、四肢与普通老鼠相似，尾部呈灰白色，嘴巴极尖，大如水牛，怕狗，溺尿一滴即成一鼠。当时的鼠灾多由鼠母引起，鼠母所至之处，动辄老鼠亿万。鼠母肉很好吃。据说老鼠吃了死人的眼睛，就会异化为鼠王。

民间有种说法，说老鼠啃咬上衣，是将有喜事发生的征兆，凡是被咬的衣物，需要盖起来，否则大凶。

鼠，旧说鼠王其溺精一滴成鼠①。一说②鼠母头脚似鼠，尾苍口锐，大如水牛者，性畏狗，溺一滴成一鼠。时鼠灾多起于鼠母，鼠母所至处，动成万万鼠。其肉极美。凡鼠食死人目睛，则为鼠王。俗云鼠啮上服有喜，凡啮衣欲得有盖，无盖凶。

① 鼠王其溺精一滴成鼠：传说山林中有名为"隐鼠"的巨型鼠怪，大如水牛，形似猪，毛色暗红，唯胸前和尾巴呈白色，繁殖方式十分怪异，无需雌雄交配，陶弘景说："精溺一滴落地，辄成一鼠。"精液落地成胎，每滴精可化为一只小鼠，可谓万鼠之宗，因此称为鼠王。隐鼠过处，必致鼠患，苗稼尽耗，是有能力灭绝人烟的怪物。

② 一说：此说见《异物志》："鼠母头脚似鼠，口锐毛苍，大如水牛而畏狗。见则主水灾。"

◎ 三十五

齐鲁地区称燕子为"乙"，说燕子筑巢，会避开戊日和己日。《玄中记》载："千年老燕，其巢穴门户向北。"《述异记》载："燕子五百岁时会长出胡须。"

> 千岁燕，齐鲁之间谓燕为乙，作巢避戊己①。《玄中记②》云："千岁之燕，户北向。"《述异要③》云："五百岁燕，生胡髯。"

① 戊己：戊日和己日。干支纪日，每六十天一个周期，每个周期有六个戊日，即戊子、戊寅、戊辰、戊午、戊申、戊戌；以及六个己日，即己巳、己卯、己丑、己亥、己酉、己未。六戊日诸多禁忌，道家谓"戊不朝真"，认为此日的禁忌是无法禳解的，一切斋醮，包括罗天大醮逢戊日也必须中止。《抱朴子》："此六日乃天地造化之期，独道家之忌辰，天地逢戊则迁，出军逢戊则伤，蛇逢戊不进，燕逢戊不衔泥。"古代民间则忌戊日动土，至今部分少数民族还保留着"忌戊"的习俗，在立春后的几个戊日避免动用水土。而戊己属土，燕子筑巢，需要破土，先民观察动物习性，认为动物知晓趋避天地禁忌，诸如"蛇蟠向壬，鹊巢背太岁，燕伏戊巳，虎奋冲破"等，似乎燕子戊己日不筑巢，也是为免于犯土之故。

② 玄中记：一题《郭氏玄中记》或《元中记》，博物类志怪笔记，一般认为作者是东晋郭璞。

③ 述异要：应是《述异记》，南朝梁任昉撰。《埤雅》引《述异记》："燕之千年，生胡髯。"

◎ 三十六

鹧鸪离巢外出的次数跟月份相合，譬如正月，鹧鸪只会离巢一次，其他时间都待在窝里不出来；十二月则离巢十二次，最难捕捉，南方人多张网捕之。

> 鹧鸪飞数逐月，如正月一飞而止于窠中，不复起矣。十二月十二起，最难采，南人设网取之。

◎ 三十七

喜鹊筑巢，只采折树梢的枝杈，不会衔取掉在地上的残枝，它们会用缠绕树枝的方式，使巢窠更坚固稳定，以保护容受鸟蛋。

端午这天午时，焚烧鹊巢灸疗病人，疾病将立即痊愈。

> 鹊窠①，鹊构窠取在树杪枝，不取堕地者，又缠枝受卵。端午日午时②，焚其窠灸病者，疾立愈。

---

① 鹊窠：喜鹊巢构造复杂工巧，从下方看仿佛枝条歧出杂乱无章，内部其实十分精细。鹊巢大致可分内外两层，外层为树枝、绳索、金属条、黏土等交错编搭粘合的半封闭体，上部有顶，可蔽雨雪，唯一的入口开在巢侧，大小正好容喜鹊出入。内层由黏土及轻软的草叶、青苔、羽毛等铺设而成，供雏鸟栖息。由于喜鹊巢做工精良，常为一些不擅营巢的鸟类觊觎强占，所谓"鸠占鹊巢"，因此喜鹊有造疑巢的习惯，在真正的巢穴周围构筑大量空巢，以应付夺巢的强盗。

② 午时：11点到13点。

◎ 三十八

八哥交配的时候，脚爪相勾，尖叫振翅，抵死缠绵，激情异常，简直像打架一样，常常因为过于忘情，交着交着跌落地上。于是有人专门收集这些交配中的八哥，斩断它们勾在一起的脚爪，用来配制催情药。

　　勾足，鸲鹆①交时，以足相勾，促鸣鼓翼如斗状，往往堕地。俗取其勾足为媚药。

---

① 鸲鹆〔qú yù〕：八哥。

◎ 三十九

一日江枫亭雅集，与会人众论说药方，成式记了一味："白矾可治疗壁镜咬伤。"后来重访许君，得以补全如下："桑木柴烧成的灰烬调和成汁，煮沸三次，合入白矾粉末，搅拌成黏稠的膏状，涂抹于壁镜咬伤的疮口，立可痊愈，对蛇毒亦有效。"从商州到邓州、襄州多壁镜，中其毒者，必死无疑。当日雅会上，有人还说巳年不宜杀蛇。

　　壁镜①，一日江枫亭会，众说单方②，成式记治壁镜用白矾③。重访许君，用桑柴灰汁，三度沸，取汁白矾为膏，涂疮口即差，兼治蛇毒。自商④、邓⑤、襄州⑥多壁镜，毒人必死。坐客或云巳年不宜杀蛇。

---

① 壁镜：即壁钱，一种蜘蛛，主要活动于房屋墙角、树皮下或石下，可入药，因所结蛛网形似铜钱得名。其实壁钱基本不会攻击人类，也不具备"毒人必死"的毒性。
② 单方：流传于民间的药方。通常专治某种疾病，用药简单。
③ 白矾：明矾，主要成分为十二水硫酸铝钾，提取自天然明矾石，中医取以入药。
④ 商：商州，今陕西商洛。

⑤ 邓：邓州，今河南南阳邓州。
⑥ 襄州：今湖北襄阳。

◎ 四十

家住安邑县北门的一位居民称："有个大蝎子，像琵琶那样大，每次出来从不蛰人，但人们还是很害怕。它保持着这样通灵的状态，已经很多年了。"

> 大蝎，安邑县①北门县人云："有一蝎如琵琶大，每出来，不毒人，人犹是恐。其灵积年矣②。"

---

① 安邑县：今山西运城市盐湖区。
② 其灵积年矣：本则又见唐《大唐传载》，末句作："人由是恐其灵，闭之积年矣。"人们疑心此物已经通灵，把它关起来好些年了。

◎ 四十一

刘君说："岭南的美人蕉开花时，有一种红色的蝙蝠萃集花中，南方人呼为红蝙蝠。"

> 红蝙蝠①，刘君云："南中红蕉②花时，有红蝙蝠集花中，南人呼为红蝙蝠。"

---

① 红蝙蝠：段成式次子段公路所著《北户录》载："红蝙蝠出泷州（今广东云浮罗定市），皆深红色，惟翼脉浅黑，多双伏红蕉花间，采者若获其一，则一不去，南人收为媚药。"唐人刘恂的《岭表录异》则呼为"红飞鼠"。
② 红蕉：唐人笔下的红蕉，包括现代植物学分类的芭蕉科植物红蕉和美人蕉科植物美人蕉（"美人蕉"之名始见于宋代），两者皆似芭蕉而略小，花色殷红，前者主要分布在中国西南部，后者在唐代多生长于岭南。罗隐《中元甲子以辛丑驾幸蜀》："可怜一曲还京乐，重对红蕉教蜀儿。"朱庆馀《送李馀及第归蜀》：

"剑路红蕉明栈阁，巴村绿树荫神祠。"应是芭蕉科植物红蕉。徐凝《红蕉》："红蕉曾到岭南看，校小芭蕉几一般。"杜荀鹤《闽中秋思》："雨匀紫菊丛丛色，风弄红蕉叶叶声。北畔是山南畔海，只堪图画不堪行。"应是美人蕉。参照《北户录》《岭表录异》等记载，本文所指或为岭南美人蕉。

◎ 四十二

青蚨，一名"鱼伯"，外观像蝉而体型稍大，可食用，味道辛辣。产卵于草叶之上，幼虫大如蚁蚕。人将幼虫取走，雌青蚨必会随之飞来，不论幼虫距离远近、藏在哪里，雌虫总能找到。青蚨母子相寻的特性，衍生出一门法术：将钱币包入包袱，埋于东西向的北墙根下，三日后取出，一部分涂以青蚨雌虫血，此为母钱，一部分涂以幼虫血，此为子钱。买东西时，花用子钱，则子钱受母钱招引，会自动飞回；花用母钱也是一样，母钱将自行飞回子钱身边，如此轮转不息，钱永远都花不完。但若以青蚨血钱购置金银珍宝，这门法术就不灵了。

> 青蚨①，似蝉而状稍大，其味辛可食。每生子，必依草叶，大如蚕子②。人将子归，其母亦飞来，不以近远，其母必知处。然后各致小钱于巾，埋东行阴墙下。三日开之，即以母血涂之如前。每市物，先用子即子归母，用母者即母归子，如此轮还，不知休息。若买金银珍宝，即钱不还。青蚨，一名鱼伯。

---

① 青蚨：本则亦见《搜神记》等，疑有脱文。《搜神记》："南方有虫，名'青蚨'。形似蝉而稍大，味辛美，可食。生子必依草叶，大如蚕子，取其子，母即飞来，不以远近，虽潜取其子，母必知处。以母血涂钱八十一文，以子血涂钱八十一文，每市物，或先用母钱，或先用子钱，皆复飞归。轮转无已。故淮南子术以之还钱，名曰青蚨。"高诱注《淮南子》："青蚨一名鱼父、鱼伯。以其子母各等置瓮中，埋东行垣下。三日开之，即相从。以母血涂八十一钱，子血涂八十一钱。留子用母，留母用子，皆自还也。"
② 蚕子：刚孵化的蚕。

◎ 四十三

寄居蟹，长得像螺但有脚，完全体的形态类似蜘蛛。寄居蟹本来没有壳，它们是钻进了空置的螺壳后才带壳行动的。受到触碰惊吓，寄居蟹的脚爪会缩入壳内，像螺类动物关闭甲壳一样。拿火烤一烤，寄居蟹就脱壳而逃了，这时才知道它原来是寄居动物。

> 寄居之虫①，如螺而有脚，形似蜘蛛。本无壳，入空螺壳中载以行，触之缩足，如螺闭户也。火炙之，乃出走，始知其寄居也。

---

① 寄居之虫：指寄居蟹。

◎ 四十四

螺蠃，在今天叫蠮螉，这种虫全是雄性，没有雌虫，不交配，不产卵，它的繁殖方式，是夺取螟蛉的幼虫，施以咒术，螟蛉幼虫就会悉数化为螺蠃幼虫了。蜂类的繁殖也是这样。

> 螺蠃，今谓之蠮螉也。其为物纯雄无雌，不交不产。取桑虫①之子祝之，则皆化为己子。蜂亦如此耳。

---

① 桑虫：螟蛉。古人以为螺蠃不产子，繁殖全靠窃取螟蛉幼虫养为己子，故世俗称义子为"螟蛉之子"。实际上螺蠃具备正常生育能力，捉螟蛉只是为了吃。

◎ 四十五

东南远海之中有仙岛祖洲，所产鲫鱼长八尺，状与江河小鲫鱼相似，食之消暑辟风。浔阳江流域青林湖的鲫鱼亦是佳品，大的能长到两尺多长，小的也有一尺，肉质肥美，吃了也有御寒解热之功。

鲫鱼，东南海中有祖州①，鲫鱼出焉，长八尺，食之宜暑而避风。此鱼状，即与江河小鲫鱼相类耳。浔阳②有青林湖③，鲫鱼大者二尺余，小者满尺，食之肥美，亦可止寒热也。

---

① 祖州：东海仙岛，生有不死之草，人死三日之内，用此草覆体，可以复活。《海内十洲记》："祖洲近在东海之中，地方五百里，去西岸七万里。上有不死之草，草形如菰苗，长三四尺，人已死三日者，以草覆之，皆当时活也，服之令人长生。"
② 浔阳：浔阳江，长江流经古浔阳县境（今江西九江北）的江段。
③ 青林湖：又名武山湖，在今湖北黄冈武穴市南。《水经注》："《尚书》云：江水过九江至于东陵者也。西南流，水积为湖，湖西有青林山……故谓之青林湖。湖有鲫鱼，食之肥美，辟寒暑。"

◎ 四十六

黄色，无鳞，头尖，身形像一片大槲树叶，口在颔下，眼后有耳，喷水孔连通头部，尾长一尺，尾稍三根毒刺，毒性很强。

黄魟鱼①，色黄无鳞，头尖，身似大槲②叶。口在颔下，眼后有耳，窍通于脑。尾长一尺，末三刺甚毒（魟音烘）。

---

① 黄魟[hóng]鱼：黄魟，软骨鱼纲魟属动物，在中国主要分布于东海、南海、台湾海峡，形态与鳐鱼、鲼鱼相仿（同属软骨鱼纲），身体扁平宽大，无鳞，尖吻，尾部细长，尾稍生有毒刺。
② 槲[hú]：槲树，壳斗科栎属落叶乔木，分布很广，有类似板栗的坚果，但口感不佳，槲树叶片长阔，北方

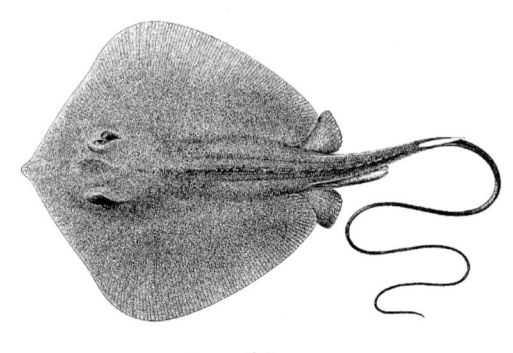

黄魟

民间称为"波罗叶",常用来包裹食材,制作如波罗叶饼、年糕和粽子。

◎ 四十七

螃蟛,是近海地区的一种大鱼,背上长有石头,对应十二时辰,一名篱头溺,一名螃蟛,尿有大毒。

> 螃蟛,傍海大鱼,脊上有石十二时,一名篱头溺,一名螃蟛。其溺甚毒。

◎ 四十八

郸县一位姓侯的读书人,在沤麻池边捉到条围圆足有一尺的大鳝鱼,炖着吃掉后,白发变黑,掉了的牙重新长了出来,从此身体轻快强健。

> 郸县①侯生者,于沤麻②池侧得鳝鱼,大可尺围,烹而食之,发白复黑,齿落更生,自此轻健。

---

① 郸县:今河南周口郸城县。
② 沤麻:亚麻、黄麻等采收后,需要提取出纤维,才能用于纺织。沤麻就是麻纤维加工的一道工序,将麻株或已剥下的麻皮浸泡在水中,利用自然微生物的分解作用,加速麻株腐烂,烂剩下的,即是纤维。

◎ 四十九

海中鱼类存活千岁就会进化为剑鱼,此鱼一名琵琶鱼,形似琵琶,喜鸣叫,因而得名。虎鱼则不会变成剑鱼,虎鱼老后将化为蛟龙。

> 剑鱼①,海鱼千岁为剑鱼,一名琵琶鱼,形似琵琶而喜鸣,因以为

名。虎鱼②,老则为蛟。

---

① 剑鱼:应指锯鳐科某种动物,如分布在中国东海南部和南海的尖齿锯鳐。锯鳐吻部平扁狭长,突出有如巨剑,两侧排布着刺状的吻齿,使得整个吻部看上去仿佛琵琶细长的头颈。锯鳐身长4.5米,最大者9米,吻锯可达2米,冲击斫砍,威力极大。鱼皮可制刀鞘剑匣,古人常将其与鲨鱼混淆。明代方以智博物著作《通雅》:"柯古曰:'海鱼千岁为剑鱼,一名琵琶鱼,一名虎鱼。'即大鲨也。"明代意大利传教士艾儒略的《职方外纪》有更形象的描述:"剑鱼,其嘴长丈许,有龃刻如锯,猛而多力,能与把勒亚鱼战,海水皆红,此鱼辄胜。以嘴触船则破,海船甚畏之。一鱼甚大,长十余丈,阔丈余,目大二尺,头高八尺,其口在下,有三十二齿,齿皆径尺。"

② 虎鱼:又名鱼虎、泡鱼,形似河豚,背扁而褐,腹圆而白,体面有刺,遇敌则腹胀刺立以自卫。

锯鳐

◎ 五十

江中小鱼变成蝗虫又啃食过庄稼的,百年后将化为老鼠。

江中小鱼化为蝗而食五谷者,百岁为鼠。

◎ 五十一

晋代竺僧朗曾驻锡金榆山,坐化后,生前所骑的驴逃入山中走失了。当时有人见到过,那驴已经变成了一头金驴,樵夫多有闻其鸣叫者,当地有句谚语:"金驴一鸣,天下太平。"

金驴,晋僧朗①住金榆山②,及卒,所乘驴上山失之。时有人见者,乃金驴矣。樵者往往听其鸣响。土人言:"金驴一鸣,天下太平。"

① 晋僧朗：竺僧朗，晋代高僧，师从佛图澄，与道安同门，精通望气、谶纬术。本书《贝编》章提到，此人曾命弟子拿着假币（榆树荚）去买东西，接着用法术把假币变成了真钱。
② 金榆山：位于山东济南南部，又名琨瑞山。

◎ 五十二

唐德宗贞元末年，福州一个村民提着一笼共十三只龟叫卖，药品商徐仲花了五个钱买到手，那村人道："这是圣龟，切莫杀了。"徐仲把龟带回家，放在庭院里，怪事发生了，一只龟伏在众龟背上，八龟为前导，排成阵列，缓缓爬了出来。再仔细一看，十三只龟都是六寸大。徐仲就此息了杀龟制药的念头，将龟放生到了乾元寺后的林子里，一夜过后消失无踪。

圣龟，福州贞元末，有村人卖一笼龟，其数十三，贩药人徐仲以五锾①获之。村人云："此圣龟，不可杀。"徐置庭中，一龟藉龟而行，八龟为导，悉大六寸。徐遂放于乾元寺后林中，一夕而失。

① 锾 [huán]：《尚书•吕刑》："墨辟疑赦，其罚百锾……宫辟疑赦，其罚六百锾。"后世诗文用以代指钱币。

◎ 五十三

西域嚈哒国有户替寺庙做工的人家，用几匹驴运粮上山，没人跟随护送，也不消驱赶，驴子们自行往返，每次都是寅时出发，午时抵达，用时精准，片刻不差。

运粮驴，西域厌达国①有寺户②，以数头驴运粮上山，无人驱逐，自能往返。寅③发午至，不差晷刻。

① 厌达国：嚈哒国，也作挹怛、挹阗，《魏书·西域传》认为是大月氏或高车的一支。嚈哒曾为匈奴属部，西方人呼之白匈奴。公元4世纪，剽悍的嚈哒人离开其发源地塞北阿尔泰山向西南迁徙，占领粟特，5世纪侵入贵霜帝国，摧毁犍陀罗，向西与萨珊波斯争锋，建立了强大的嚈哒帝国，领土面积超过全盛时期的贵霜版图，称雄中亚。然而好景不长，6世纪中叶，突厥全面崛起，击破柔然后西向经营，与嚈哒接壤；同时，被誉为萨珊王朝最伟大国王的霍斯劳一世即位，厉行改革，波斯中兴。嚈哒腹背受敌，不久被突厥和波斯瓜分覆灭。
② 寺户：为寺庙服役的民户。
③ 寅：凌晨三点到五点钟。

◎ 五十四

有个家住邓州的书生到本州南部游玩，数月不返，家人去找卜师，请他占一占书生的状况。卜师占了一卦，诧道："奇怪，这卦象我可看不明白了，重新卜一次。"换了副龟甲，又卜了一次，说道："卦象显示，你们要占算的人，眼下如病非病，如死非死，不过请放心，过了年自当回来。"果然，半年后书生回到了家，说起自己的经历道："游某山深洞时，进了洞口就被什么东西蛰了一下，接着仿佛大病缠身，四肢麻痹，心神昏眩，恍若半醉。正在迷迷糊糊，忽然看见一个东西从光亮中进得洞来，旋即却退走了。过了良久，那东西复又折回，趴在我身上，伸长了脖子凑近我的口鼻，我拼命打醒精神一看，原来是个巨龟。那龟在我脸前趴了一会儿才离开，我也就此渐渐恢复了活动能力。"书生又回忆了一下那巨龟出现的时日，正是卜师灼烧龟甲，为他占算问卜的时间。

> 邓州卜者，有书生住邓州，尝游郡南，月不返。其家诣卜者占之，卜者视卦曰："甚异，吾未能了。可重祝。"祝毕，拂龟改灼，复曰："君所卜行人，兆中如病非病，如死非死，逾年自至矣。"果半年书生归，云："游某山深洞，入值物蛰如中疾，四支不能动，昏昏若半醉。见一物自明入穴中，却返。良久，又至，直附身引颈临口鼻，细视之，乃巨龟也。十息顷方去。"书生酌其时日，其家卜吉时焉。

◎ 五十五

汉宫影娥池北的鸣禽苑中，有司夜之鸡能随更鼓而鸣，从夜至晓，一更时分鸣一声，五更时分鸣五声，所以叫五时鸡。

> 五时鸡，影鹅池①北有鸣琴苑②，伺夜鸡③鸣，随鼓节而鸣，从夜至晓，一更为一声，五更为五声，亦曰五时鸡。

---

① 影鹅池：本则出《汉武洞冥记》，影鹅池应作"影娥池"，汉武帝凿于俯月台下，方圆千尺，登台眺月，影入池中，武帝想象着仙人乘舟弄月的光景，因名影娥池。
② 鸣琴苑：原文作"鸣禽苑"。
③ 伺夜鸡：《汉武洞冥记》："有司夜鸡，随鼓节而鸣不息，从夜至晓，一更为一声，五更为五声，亦曰五时鸡。"司夜，夜间报时。

◎ 五十六

鹧鸪的外观跟雌性雉鸡相似，这种鸟只会南飞，绝不北回，杨孚《交州异物志》载："有鸟貌若雌雉，名鹧鸪，志存南土，不肯北顾。"

> 鹧鸪似雌雉，飞但南不向北。杨孚①《交州异物志②》云："鸟像雌雉，名鹧鸪。其志怀南，不向北徂。"

---

① 杨孚：字孝元，东汉南海郡人，官拜议郎。
② 交州异物志：一名《交趾异物志》，专志岭南风物，原书宋代已佚。

◎ 五十七

刺猬见了老虎，会跳进老虎耳朵。

> 猬见虎，则跳入虎耳。

◎ 五十八

雀鹰两翼各生有复翎，左翼复翎名为撩风，右翼复翎名为掠草，雀鹰带齐了这两支复翎出猎时，收获必多。

> 鹞子①两翅各有复翎，左名撩风，右名掠草。带两翎出猎，必多获。

---

① 鹞子：雀鹰，小型鹰科猛禽。

◎ 五十九

民间传说，鸱鹰从不饮泉水及井水，只有被雨打湿了翅膀，才会喝一点翅翎上的水滴。

> 世俗相传云，鸱①不饮泉及井水，惟遇雨濡翮②，方得水饮。

---

① 鸱 [chī]：鸱鹰。
② 翮 [hé]：翅膀。

◎ 六十

开元二十一年，富平县出现了一只独角神羊，头顶中央肉角挺峙，周围白毛攒聚，议者认为这就是传说中的圣兽獬豸。

  开元二十一年，富平县①产一角神羊，肉角当顶，白毛上捧。议者以为獬豸②。

---

① 富平县：今陕西渭南富平县。
② 獬豸［xiè zhì］：传说中的正义之兽，似羊，一角，能辨曲直，见人相斗，则以角触邪恶无理者，古人视为祥物。《神异经》："东北荒中有兽如羊，一角，毛青，四足，性忠直，见人斗则触不直，闻人论则咋不正，名曰獬豸，名任法兽。故立狱皆东北，依所在也。"

◎ 六十一

獬豸遇到人类争斗，会攻击其中理屈的一方，穷奇则是罩着理屈的一方，两者均为兽类，善恶不同如此。是故君子以獬豸命名法冠，小人以穷奇自相标榜。

  獬豸见斗不直者触之，穷奇①见斗不直者煦之，均是兽也，其好恶不同。故君子以獬豸为冠②，小人以穷奇为名。

---

① 穷奇：《山海经·西山经》："其状如牛，猬毛，名曰穷奇，音如獆狗，是食人。"是一种体型堪比牛、毛如针刺的食人兽。《海内北经》则说："穷奇状如虎，有翼，食人从首始"。到了《神异经》，穷奇堕落成一种只吃好人的恶兽："西北有兽，其状似虎，有翼能飞，便剿食人，知人言语，闻人斗辄食直者，闻人忠信辄食其鼻，闻人恶逆不善辄杀兽往馈之。"说穷奇能识人语、辨善恶，见人吵嘴打架，就把有理的那方吃掉，恰好与獬豸相反。还说此兽最喜欢吃忠信之人的鼻子，喜欢给恶逆不善者送礼物。
② 獬豸为冠：古时执法官，如御史等首服名为"獬豸冠"。唐代御史台流内九品以

上官员皆戴獬豸冠。

◎ 六十二

老鼠的胆在肝中,活体剖取才挖到。

鼠胆在肝,活取则有。

支植上

本章所载植物多见李德裕《会昌一品集·平泉山居草木记》。

◎ 一

卫国公李德裕的平泉庄种有黄辛夷、紫丁香。

卫公平泉庄①有黄辛夷②、紫丁香。

---

① 平泉庄：李德裕位于洛阳龙门伊阙以南别墅，因平地涌泉得名。原为一乔姓处士隐居之业，荒芜已久，李德裕未仕时购入，芟夷榛莽，匠心营构，四方访客，多携异物来奉，"陇右诸侯供鸟语，日南太守送名花"，得台榭百所，天下奇花异草，珍木怪石，靡不毕具。康骈《剧谈录·李相国宅》："平泉庄去洛阳三十里，卉木台榭，若造仙府。"
② 辛夷：即紫玉兰，木兰科中国原产植物，植株较高，可达三米，花冠初发如笔，北人称之木笔花。花被多呈紫色，一树虬龙万紫，蛇若云霞，极其夺目。花蕾晒干可入药，味道辛辣，因名辛夷。本文李德裕庄园栽植的，不知是紫玉兰的某种罕见变种，还是木兰科另一种植物黄兰，后者又叫黄玉兰，花色温润淡雅，幽香袭人，多分布于藏边、滇南。

紫玉兰

◎ 二

都胜花，紫色，两层花心，几片叶子翻卷向上，状如芦花，花蕊黄色，叶片纤细。

都胜花①，紫色，两重心。数叶卷上如芦朵，蕊黄叶细。

---

① 都胜花：未详，后世所谓都胜，可指牡丹、菊、山茶、芍药等。

◎ 三

那提槿花，紫色，两层叶子，外层向中央卷曲，卷心中生发的花柄有一寸来高。叶子末梢分成五瓣，形同花蒂，紫蕊吐绽其间。茎部小叶呈黄色。

那提槿花，紫色，两重叶。外重叶卷心，心中抽茎，高寸余。叶端分五瓣如蒂，瓣中紫蕊。茎上黄叶。

◎ 四

月桂，叶子近似桂花，花色浅黄，四片花瓣，花蕊青色，其怒放之形态，一如柿子的果蒂。蒋山多生月桂。

月桂①，叶如桂②，花浅黄色，四瓣，青蕊。花盛发，如柿叶蒂棱③。出蒋山④。

---

① 月桂：即今天所称樟科月桂属的月桂。月桂原产地中海一带，在古希腊，月桂被视作太阳神阿波罗的标志。月桂叶片富含芳香油，俗称"香叶"，是东西方厨房炖肉、烧烤佐味的得力作料，吃火锅捞出来的底料叶子，大多就是此物。
② 桂：宋前古籍单言一"桂"字，一般指的是今樟属植物，如肉桂等，先秦时取其

气味浓烈树皮——也就是今天用于作料的桂皮祭祀,是十分难得之物。《战国策·楚策三》:"楚国之食贵于玉,薪贵于桂。"米粒比照碎玉,柴薪比照桂皮,形容物价昂贵,此桂就是肉桂等树皮可以用来祭祀的樟属植物,而不是今天供观赏的桂花(木犀)。又如屈原《离骚》:"杂申椒与菌桂兮",与申椒(花椒)并称的,也肯定不会是今天供观赏的桂花,而是肉桂等植物。

③ 如柿叶蒂棱:"棱"字疑为衍文,《太平广记》引本则作"如柿叶蒂",文义较通;又或应作"如柿叶蒂绫",柿蒂纹样的罗绫,白居易:"红袖织绫夸柿蒂,青旗沽酒趁梨花。"

月桂

④ 蒋山:今江苏南京的钟山。蒋山之名,得自一个无法制御的强大恶灵。《搜神记》载,东汉末年,秣陵尉蒋子文嗜酒好色,挑挞无度,声称自己死后将成神,后来捕盗时殉难,果然成了神。值孙权据有江东,蒋子文以灵体现形,白衣白马阻于道路,威胁孙权说:"我当为本方土地神,替你造福子民,你赶紧给我宣告百姓,让他们立祠筑庙供我血食,否则我将发动虫灾。"孙权不予理会,未过多久,建业内外出现了一种小虫,专钻人耳,入耳者必死无疑,医不能治,百姓由是大恐。继而火灾四起,一日无端火起数十处,连吴主宫殿亦不能幸免,臣下们都认为"鬼有所归,乃不为厉",建议不妨给恶灵建个祠庙,让它有个归处,就不会到处播灾害人了。于是孙权封蒋子文为中都侯,加印绶,立祠庙,并改钟山为蒋山。

◎ 五

溪荪很像高良姜,生长在水里,产自茅山。

溪荪①,如高粱姜②。生水中。出茆山③。

溪荪

① 溪荪[sūn]:也叫水菖蒲,鸢尾科植物,多生于中国北方沼泽幽涧,枝叶挺立如剑,花色蓝紫。
② 高粱姜:即高良姜,姜科植物。
③ 茆山:江苏句容茅山。

◎ 六

山茶像石榴，产自桂州，蜀地也有。

> 山茶，似海石榴①。出桂州②。蜀地亦有。

---

① 海石榴：即石榴。石榴原产地在伊朗一带，据说是张骞出使西域时引入。因系海外传入，故言"海石榴"。山茶的果实呈球形，略似石榴。
② 桂州：今广西桂林。

◎ 七

赪桐，枝条末端生发出赤黄色的新枝，新枝又生出对称的花梗，枝干共分三级。花有茄子花那样大，黄色，一枝花轴上能开五六十朵。

> 贞桐①，枝端抽赤黄条，条复旁对，分三层。花大如落苏②花，作黄色，一茎上有五六十朵。

赪桐

---

① 贞桐：赪[chēng]桐，俗称状元红、红花倒血莲，马鞭草科植物，高1—4米，花色鲜红冶艳，长长的花蕊探出花冠之外，有如妖魔吐须，产长江流域以南。
② 落苏：茄子的吴语方言叫法。

◎ 八

夹竹桃，叶如竹，一条细枝分出三根花柄，枝条末端分生新枝，一如赪桐。花冠较小，状类木槲花。产自桂州。

俱那卫①，叶如竹，三茎一层。茎端分条如贞桐。花小，类木槲②。出桂州。

---

① 俱那卫：夹竹桃。花如桃，叶似竹，故名。全株剧毒，误食致死。
② 木槲：附生于树木上的石斛属植物。

◎ 九

瘴川花略似石榴花，五朵聚拢而生，叶子细长，重叠繁复，承托于花底，论色堪称第一，蜀中诸花皆不能及。产于黎州按辔岭。

瘴川花，差类海榴①，五朵簇生。叶狭长重沓，承于花底。色中第一，蜀色不能及。出黎州②按辔岭③。

---

① 海榴：即石榴。
② 黎州：唐代数置黎州区划，本文所指，应为武则天大足元年于汉源县（今四川雅安汉源县）所置者，辖境相当今四川汉源、石棉、甘洛等县及泸定、越西、峨边等县部分地区。
③ 按辔岭：中唐蜀都才女薛涛有诗《罚赴边上武相公（之二）》："按辔岭头寒复寒，微风细雨彻心肝。但得放儿归舍去，山水屏风永不看。"薛涛一生至少两次谪边，一次触怒剑南西川节度使、名帅韦皋，薛涛写了首《十离诗》，鱼传尺素，邀得韦皋原宥；韦皋故世后，部将刘辟拥兵拒命，抗犯朝廷，薛涛不肯附逆，被刘辟逐放边地，时在唐宪宗元和元年。当年刘辟之乱就被救平，但至少在一年以后，也就是唐宪宗元和二年秋，段郎的姥爷、宰相武元衡出镇西川，薛涛始献诗求赦，诗题"武相公"即是武元衡。元和时期，黎州当帝国边陲，此岭应位于黎州以西或以南。

◎ 十

木莲花，叶子与紫玉兰相似，花像莲花，颜色亦近。产自忠州鸣玉溪，邛州也木莲花①，叶似辛夷，花类莲花，色相傍。出忠州②鸣玉溪，邛州③亦有。

---

① 木莲花：古籍的木莲，可指今木兰科植物木莲，或锦葵科植物木芙蓉，据"叶似辛夷，花类莲花"的描述看，前者较符，产于闽粤、云贵一带。
② 忠州：今重庆忠县。
③ 邛州：今四川邛崃东南。

◎ 十一

肉桂，叶片大如苦竹叶，中央主脉清晰深刻，如笔锋划过。花苞分成三瓣，骨朵儿顶端裂开两条缝，花苞表色浅黄，裂缝处浅红色。绽放的肉桂花有六片花瓣，白色，果实成熟时从花心突出，形似荔枝，紫色。产自婺州山中。

按，肉桂，也叫大桂、木桂、官桂，中国原产，樟科常绿乔木，高可达十米以上，叶片为"三出脉"，一条主叶脉和两条侧脉较明显，其他支脉浅不可察，所以本则说"叶中一脉如笔迹"。树皮极厚，香气邪异酷烈，口感甜辣，脱剥阴干，中国庖厨呼为"桂皮"，用以炖肉卤味，最能解腻去腥。在烹调领域，肉桂与上文提到的月桂常见混淆，两者同出樟科樟属，一般而言，月桂用作调味的是叶子，肉桂则是树皮。此外，肉桂的枝条称桂枝，嫩枝称桂尖，叶柄称桂荎，果托称桂盅，果实称桂子，初果称桂芽，皆可入药。

牡桂，叶大如苦竹①叶，叶中一脉如笔迹。花带叶三瓣，瓣端分为两歧，其表色浅黄，近歧浅红色。花六瓣，色白，心凸起如荔枝，其色紫。出婺州②山中。

---

① 苦竹：禾本科大明竹属植物，竹笋味苦，杜甫诗云："味苦夏虫避，丛卑春鸟疑。"
② 婺州：今浙江金华。

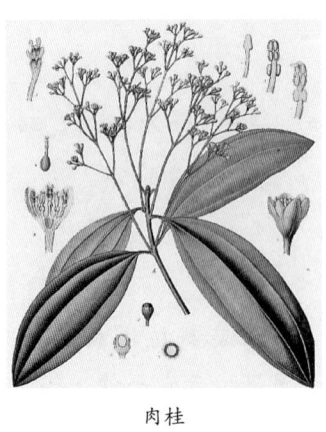
肉桂

肉桂皮

◎ 十二

簇蝶花，花中生出无数花朵，共同簇拥一蕊，其蕊形如莲房，色泽浅粉，产于温州。

簇蝶花①，花为朵，其簇一蕊，蕊如莲房，色如退红②。出温州。

---

① 簇蝶花：疑指今天的绣球花。绣球花多由内外"两种花"组成，外层为不育花，清秀妙丽，攒堆锦簇，是供观赏的部分，但雌雄蕊退化或消失，无法产生种子；相比之下，内层的可育花大为逊色，但发育健全，不可或缺。古人大约将可育花当成了花蕊，所以有"其簇一蕊"之说。绣球花色繁秾，远不止"色如退红"，栽莳得宜，可以种出满园彩虹。又

绣球花

或者指景天科某种植物，如八宝景天，花浅红白色，攒簇丛生，远看仿佛一坨坨红色的菜花，其心皮膨大，颜色下浅上深，瞥视恍若莲房。

② 退红：由红向白渐退之色。

◎ 十三

山桂,叶子像麻,开紫色小花,黄叶簇生如景天,产于丹阳山中。

　　山桂,叶如麻,细花紫色,黄叶簇生如慎火草①。出丹阳②山中。

---

① 慎火草:景天。
② 丹阳:今江苏镇江丹阳。

◎ 十四

那伽花,状如暮春三月的无叶花,花色洁白,花蕊金黄,六瓣,海外传入。

按,那伽花即那伽树,也叫龙华树,佛教圣树之一,佛经言,佛陀入灭很久(五十七亿年)后,将有弥勒自兜率天降生人间,在此树下成道,为众生三度说法。此树对应现实中的铁力木属植物,全球该属植物共四十余种,多分布在亚洲热带地区。铁力木花正如本文所言,色白心黄,花丝呈丝状,不过花瓣只有四瓣。

　　那伽花,状如三春无叶花①,色白心黄,六瓣。出舶上。

---

① 无叶花:不详。应指某种先开花,后生叶的植物,如迎春、玉兰等。

◎ 十五

安南境内有人子藤,红色,藤蔓末梢生刺,果实形状像人,昆仑地区的居民通过焚烧这种东西召唤大象。再往北一点的南中地区,就很少见了。

　　南安①有人子藤,红色,在蔓端有刺,其子如人状。昆仑②烧之集象，南中③亦难得。

---

① 南安：今福建泉州南安市。《学津》本、《太平广记》作"安南"，则指唐安南都护府，治所在今越南河内。
② 昆仑：泛指中南半岛南部和马来群岛的部分地区。
③ 南中：川南和云贵一带。

◎ 十六

三赖草，金色，生于高崖，獠人以弩箭射取，是药效最强的催情药。

三赖草，如金色，生于高崖，老子①弩射之，魅药中最切。

---

① 老子：猪子，仡佬族的祖先。

◎ 十七

李德裕说："桂花三月开，黄而不白。"大庾的诗都说桂花耐日晒。张九龄诗云"桂花秋皎洁"，谬矣。

卫公言："桂花①三月开，黄而不白。"大庾诗皆称桂花耐日。又张曲江②诗"桂花秋皎洁"，妄矣。

---

① 桂花：今天常说的桂花——木犀的花期多在秋季。李德裕口中的桂花应指月桂，花期3—5月；也可能指四季桂和春桂等花期较早的品种，明人顾起元《说略》评本则云："桂本秋树，有红，有黄，有白，有春桂、四季桂，或段公（段成式）所见止知有春桂耳。"则明代已有四季桂，唐代有无不确。张九龄咏赞的桂花，可能是秋季盛放的木犀或樟属植物（肉桂、阴香等）。古时植物物种分类粗略，而诗词炼字简洁，一个"桂"字，可以涵盖多种现代植物分类学定义的概

念，李德裕和张九龄提到的桂，大概压根不是同一物种，所以不论"三月开"抑或"秋皎洁"都没有错。

② 张曲江：张九龄。

◎ 十八

世上的树木，以柿子树的根最稳固，俗话称之为柿盘。

> 木中根固柿为最，俗谓之柿盘。

◎ 十九

曹州、扬州、淮口夏天产梨。

> 曹州①及扬州淮口②出夏梨。

---

① 曹州：今山东菏泽中部。
② 淮口：如今淮河大部分径流注入长江，南宋以前，淮河尾闾畅通，在淮浦县（今属淮安市）享有独立的入海口。南宋初，东京（今开封）守将杜充为阻金兵南下，在河南汲县和滑县之间掘开黄河，造成黄河改道，六十年后，黄河南决，从此长期夺淮入海，大量泥沙淤泥使淮河入海出路受阻，盱眙与淮安之间的洼地逐渐形成了今天的洪泽湖，淮河就此失去独立入海口。本则所指的淮口，也许指淮河入海口，又或指淮河与大运河交汇口，也在今江苏淮安。

◎ 二十

李德裕说："滑州的樱桃个头极大，十二颗排起来长达一尺。"

> 卫公言："滑州①樱桃十二枚长一尺②。"

① 滑州：今河南滑县。
② 一尺：唐尺合今天30厘米左右，那么樱桃直径约2.5厘米，与第五套人民币一元硬币的直径相当。唐代尚未引入车厘子之类欧洲樱桃，本土原产、玲珑娇小的中国樱桃直径达到2.5厘米，足可视为异种硕果了。

◎ 二十一

韦绚说："湖南有灵寿花，数朵凑拢开放，摇曳日影，视若槿花，花红色，一年之中，春秋各开花一次。此花并非史书所言可制灵寿杖的灵寿木。"他还说："衡山祝融峰下法华寺，有石榴花，红色，也很像槿花，同样是春秋两季都开花。"

韦绚云："湖南①有灵寿花，数蒂簇开，视（一曰规）日如槿，红色。春秋皆发，非作杖者②。"又言："衡山祝融峰下法华寺，有石榴花如槿，红花。春秋皆发。"

① 湖南：湖南之名，始于唐代宗广德二年（764年）于衡州置湖南观察使，唐代的湖南道，领衡、潭、邵、永、道、郴、连七州。
② 非作杖者：杖指灵寿杖，见《汉书·孔光传》，用名为灵寿木的树木制成的手杖。

◎ 二十二

李德裕又说："从前衡山不生酸枣，境内没有能伤人的植物。过往我在浙西时，当地也没有酸枣树，润州仓库有时需要在墙垣夹缝处部署防御，只能种植蔷薇而已。"

卫公又言："衡山旧无棘①，弥境草木，无有伤者。曾录知江南②，地本无棘，润州③仓库或要固④墙隙，植蔷薇⑤枝而已。"

① 棘：酸枣树，灌木，果实肉少，极酸，枝具刺，长而锐，可植作绿篱。
② 润州：今江苏镇江。
③ 录知江南：录，总领；知，主管。唐穆宗长庆二年，李德裕出为浙西观察使，驻润州。
④ 要固：要，扼守；固，加固。这里指在墙缝后栽植带刺植物，起到类似铁丝网的阻挡屏捍作用。
⑤ 蔷薇：蔷薇属植物多数被有皮刺、针刺或刺毛。

◎ 二十三

李德裕说有幅《蜀中花鸟图》，画上可见金粟、石阙、水礼、独角将军、药管等草木，石阙叶子甚奇，根像棕榈叶。大多数植物的叶子有一条脊，唯独肉桂的叶子三道脊。近来成式发现菝葜的叶子也是三道脊。

> 卫公言有蜀花鸟图，草花有金粟①、石阙、水礼、独角将军②、药管。石阙叶甚奇，根似棕叶。大凡木脉皆一脊，唯桂叶③三脊。近见菝葜④亦三脊。

① 金粟：桂花的一种，因色黄如金，花小如粟，故称。
② 独角将军：或作"独用将军"，《唐本草》："生剑州山谷，叶似楠而细长，采无时。""生林野中，节节穿叶心生苗，其叶似楠，不时采根、叶用。"
③ 桂叶：应指脉序为三出脉的肉桂。其他几种"桂"，木犀为羽状脉，月桂为网状脉，皆不构成"三脊"。
④ 菝葜 [bá qiā]：俗称金刚刺、金刚兜，百合科植物，攀援灌木，叶子具平行脉，中脉与两条清晰的侧脉近乎平行，是为文中所言"三脊"。另外，菝葜还可以指另一种百合科植物土茯苓，传统甜品龟苓膏中的"苓"，就是土茯苓的根状茎。

◎ 二十四

莼菜根羹鲜美绝伦，在江东被誉为"莼龟"。

按，莼菜，水生植物，一般供食用的是茎叶，口感丝滑，备受古人青睐，许之"茆羹之菜，莼为第一"。西晋名士张翰甚至因为在洛阳做官吃不到家乡的茭白、莼菜和鲈鱼，毅然斩断了前程，辞官归里，为了莼菜，连高官美禄都不要了。几年后，他的前任领导齐王司马冏参与"八王之乱"，兵败被杀，受到株连的同党达两千余人，而张翰因早已辞职置身事外，被认定与叛乱无关，得以幸免于难。于是，为美食抛弃禄位的"莼鲈之思"传为千古佳话，襟带拂过水面，青漪微澜，留下风流的余味，以及"有道则仕，无道则隐"的处世哲学。

莼根羹之绝美，江东谓之莼龟。

◎ 二十五

王旻说："萝卜的根和茎，不论生熟皆为凉性。"

王旻①言："萝蔔（一曰卜）根茎，并生熟俱凉。

---

① 王旻：唐玄宗时道士，号"太和先生"，撰有本草著作《山居要术》。

◎ 二十六

重台朱槿，枝叶仿佛桑树，南方人叫它桑槿。

重台朱槿①，似桑，南中呼为桑槿。

---

① 重台朱槿：可能指重瓣朱槿，为朱槿的一个变种。朱槿俗称"扶桑花"，李时珍《本草纲目》："扶桑产南方，乃木槿别种。其枝柯柔弱，叶深绿，微涩如桑。其花有红、黄、白三色，红者尤贵，呼为朱槿。"清代吴震方《岭南杂记》："扶桑花，粤中处处有之，叶似桑而略小。"清代李调元《南越笔记》："扶桑一名花上花，花上复花，重台也。即朱槿。"

◎ 二十七

金松，叶似麦门冬，叶片正中一脉如嵌金线。产自浙东，台州尤多。

金松即金钱松，是中国特有树种，江浙多生，入秋后，叶子渐转为金黄。每值日暮，晚照如血，松风卷动漫山金潮，浩浩森森，掠过天台古刹叮咚千年的檐马，一种弘广的解脱，入目，入耳，入心。

> 金松，叶似麦门冬①，叶中一缕如金綖。出浙东，台州犹多。

---

① 麦门冬：即麦冬，百合科沿阶草属植物，入药的块根亦名麦冬，有生津解渴、润肺止咳之效。

◎ 二十八

李德裕说："回纥草豉像豆豉一样，遇到饥馑之年，果子可以当作蔬菜食用。"

> 卫公言："回纥草鼓①如鼓，及难，果能菜。"

---

① 草鼓："鼓"字疑为"豉"字形讹，草豉，指某种果实或种子像豆豉的植物。北宋唐慎微《证类本草》："味辛，平，无毒。主恶气，调中，益五脏，开胃，令人能食。生巴西诸国。草似韭，豉出花中，人食之。"

◎ 二十九

江淮地区有种孟娘菜，适宜配肉吃。

> 江淮有孟娘菜①，并益肉食。

① 孟娘菜：李时珍《本草纲目》："生四明诸山，冬夏常有叶，似升麻，方茎。"

◎ 三十

青州所产防风的子实冒充荜拨，几可乱真。

又青州①防风子②可乱毕拨③。

① 青州：今属山东。
② 防风子：伞形科植物防风的子实。
③ 毕拨：荜拨，胡椒属植物，果穗似桑椹，味辛辣，古人采之烹饪调味或入药。

◎ 三十一

冬季的太原晋祠，有一种水底苹不会凋零，口感出众。

又太原晋祠①，冬有水底苹，不死。食之甚美。

① 晋祠：晋王祠，供奉周武王姬发之子、晋国始祖唐叔虞的祠堂，始建于北魏前，位于今太原市晋源区晋祠镇。

◎ 三十二

李德裕说："蜀地有开绿色花的石竹。"又说："德宗贞元年间，牡丹已是花中贵品，柳浑有诗赞曰：'近来无奈牡丹何，数十千钱买一颗。今朝始得分明见，也共戎葵校几多。'可以为证。"

成式还曾见李卫公德裕收藏的一副《鸡图》，那是玄宗朝户部侍郎冯绍正手笔，可知当时的画上也已经在画牡丹了。

卫公言："蜀中石竹①有碧花。"又言："贞元中牡丹已贵②。柳浑③善言：'近来无奈牡丹何，数十千钱买一颗。今朝始得分明见，也共戎葵④校几多。'"成式又尝见卫公图中有冯绍正⑤《鸡图》，当时已画牡丹矣。

---

① 石竹：俗名瞿麦，石竹科草本植物，因茎部膨大如竹节，故名。多分布在北方，花色红、紫、白，王安石诗云："春归幽谷始成丛，地面芬敷浅浅红。车马不临谁见赏，可怜亦解度春风。"生于幽谷，车马不临，无人赏识，但并不妨碍它"度春风"。在西方古老传说中，石竹的起源则与血肉有关——西方的植物起源故事，总是与血肉有关，比如美少年海辛瑟斯被太阳神阿波罗投甩的铁饼砸死，血浸泥土，诞生了风信子；河神的儿子、美少年纳西索斯爱上了自己映在水中的倒影，自恋入骨，无法自拔，憔悴而死，死后玉魄冰蕤，变成了水仙花。月亮女神狄安娜苦恋人间一位俊美的牧童，牧童十分高冷地表示拒绝，被女神生生挖出双目，掷在地上，眼球落地之处，生出一种绚烂小花，每瓣花瓣上拦腰有一条黄线，围成一圈，仿佛花冠中央长着瞳仁，这就是石竹。

石竹

② 贞元中牡丹已贵：本书《广动植类之四》："牡丹，前史中无说处……成式检隋朝《种植法》七十卷中，初不记说牡丹，则知隋朝花药中所无也。"
③ 柳浑：（716—789年）字夷旷，襄州襄阳人，唐玄宗天宝元年进士，迁转监察御史、袁州刺史、兵部侍郎等，唐德宗朝拜相。
④ 戎葵：即蜀葵，俗名"一丈红"。
⑤ 冯绍正：唐福州长乐人，玄宗开元初除官少府监，开元八年迁户部侍郎，驰誉丹青，尤精鹰、鹘、鸡、雉等禽鸟，尽其形态，毛彩俱妙。又曾亲为宫中画五龙堂，笔意雄奇，鳞甲飞动，有降云蓄雨之盛。

◎ 三十三

李德裕的庄园以前种过同心蒂木芙蓉。

按，木芙蓉是锦葵科木槿属植物，某些地区俗称芙蓉花，原产湖南一带，我国大部分地区有栽培。木芙蓉有单瓣、重瓣，同心蒂指重瓣品种。

> 卫公庄上旧有同心蒂木芙蓉。

◎ 三十四

李德裕说："金钱花伤眼。"

金钱花，即菊科植物旋覆花，也叫金佛花、金沸草，全株入药。

> 卫公言："金钱花损眼。"

◎ 三十五

紫薇，北方人称之"猴郎达树"，意思是这种树没有树皮，猿猴攀爬也爬不快。北方的紫薇树往往极其粗大，有些需要好几个人才能合抱。

> 紫薇①，北人呼为猴郎达树，谓其无皮，猿不能捷也。北地其树绝大，有环数夫臂者。

---

① 紫薇：桃金娘目，千屈菜科植物，高可达七米，树皮滑不留手，所以前人误以为它没有树皮，并进一步开发脑洞，说因为该树没皮，神经特别敏感，轻轻挠一挠，满树花枝乱颤，如同"怕痒"，因此民间又叫它"痒痒树"。

◎ 三十六

李德裕说："特别甜的石榴叫做'天浆'，能解钟乳石之毒。"

> 卫公言："石榴甜者谓之天浆，能已乳石毒。"

◎ 三十七

东都洛阳有三条溪流堪称风景胜境,今人张文规的庄子靠近其中一溪,庄上一竿石竹生了虫瘿,如今已有李子大了。

> 东都胜境有三溪。今张文规庄近溪,有石竹①一竿,生瘿②,今大如李。

---

① 石竹:既以"竿"计,大概就不是上文所载开绿色花的石竹科草本植物石竹。其他曾以石竹为名,或俗称石竹的植物至少包括:禾本科刚竹属植物灰竹和黄古竹、绿竹属植物绿竹、簕竹属植物甲竹和油簕竹等,未详孰是。
② 瘿〔yǐng〕:树木受真菌或害虫刺激,局部细胞增生形成的瘤状物。

◎ 三十八

麻黄,枝条末梢开花,花小而黄,集簇生长。果实像覆盆子,可以食用。冬季枯死,如同野草,开春后返青。

> 麻黄①,茎端开花,花小而黄,簇生。子如覆盆子②,可食。至冬枯死如草,及春却青。

---

① 麻黄:一般指麻黄科植物草麻黄,麻黄是该植物的俗称,花呈红、黄两色,在老枝上腋生,幼枝上钉生,可入药,是提制麻黄碱的主要资源。其富含的麻黄碱是一种拟交感神经胺,具有兴奋中枢神经、松弛支气管平滑肌、减轻黏膜充血从而缓解鼻塞、升高血压的作用,因此曾广泛应用于风寒感冒、支气管哮喘等

覆盆子

症治疗。

② 覆盆子：蔷薇科悬钩子属植物，果实略似草莓，酸甜多汁，是常见野果。

◎ 三十九

太常博士崔硕说："汝州以西，练溪之畔多生异柏。晚秋时节，叶子向上收束，当地人称之'合掌柏'。"

> 太常博士崔硕云："汝西有练溪，多异柏。及暮秋，叶上敛，俗呼合掌柏。"

◎ 四十

听洛阳地区经营花木生意的商贩言道："从前嵩山深处有一种开碧绿奇花的玫瑰，而今已经绝迹了。"

> 洛中鬻花木者言："嵩山深处有碧花玫瑰，而今亡矣。"

◎ 四十一

崔硕又说："据卢潘所说，衡山上的石头，名字叫'怀'。"

> 崔硕又言："常卢潘①云：衡山石，名怀。"

---

① 常卢潘："常"字后疑阙一"见"字或"闻"字。卢潘，一作"卢藩"，约唐文宗至唐懿宗朝为官，历户部员外郎、庐州刺史、黔中经略使等，唐懿宗咸通十年就任朔方节度使，卒于任上。

◎ 四十二

三色石楠花：衡山石楠花有紫、碧、白三色，花大如牡丹，也有不开花的。

按，石楠是蔷薇科苹果亚科石楠属植物，春夏白花簇生，花冠很小，盛放时会发出一种难闻腥味，以吸引某些昆虫为之传粉。

石楠

> 三色石楠花，衡山石楠花有紫、碧、白三色，花大如牡丹，亦有无花者。

◎ 四十三

李德裕说："二针松，与孔雀松不同。"还说："要想松树不一味拔高，只需用石头阻断其根系向下发展的去路，树冠就会横向生长，形成亭亭偃盖之状，不必等到一千年以后了（传说千年松树才会形成华盖状树冠）。"

> 卫公言："二鬣①松，与孔雀松②别。"又云："欲松不长，以石抵其直下根，便不必千年方偃③。"

---

① 鬣：谓松针形似马鬣（马鬃）。松树的针形叶，常见二针成一束者，如油松、马尾松、黄山松；三针一束者，如白皮松；五针一束者，如红松、五针松。二针一束的种属，即是本文所言"二鬣松"。
② 孔雀松：见本书《广动植之三》："俗谓孔雀松，三鬣松也。"
③ 偃：偃盖，谓松树树冠横向生长，蓊蔚如华盖貌。

◎ 四十四

唐文宗太和年间，东都洛阳敦化坊一户百姓家里栽植了一棵木兰树，花色深红。

后来被替桂州观察使李勃看宅子的人花五千钱买了去。这宅邸位于洛水以北。一年后,花色转紫。

东都敦化坊百姓家,太和中有木兰①一树,色深红。后桂州观察使李勃②看宅人,以五千买之。宅在水北。经年,花紫色。

---

① 木兰:应指木兰科植物木莲,具体或指红色木莲。司马相如《子虚赋》:"桂椒木兰。"《广雅》:"似桂,皮辛可食,叶冬夏荣,常以冬华,其实如小柿,辛美,南人以为梅也。"木莲树皮可入药,今天俗称为木兰的植物玉兰树皮则未见入药应用记载。《证类本草》:"生零陵山谷及泰山,今湖、岭、蜀、川诸州皆有之。"分布亦与木莲相符。
② 李勃:(773—831年),字濬之,号白鹿先生,早年在庐山五老峰下白鹿洞隐居读书,养一白鹿自随。唐宪宗元和九年,征辟为著作郎,累迁右补阙、考功员外郎、江州刺史,唐敬宗宝历元年为桂州刺史,旋改桂管观察使。李渤死后,他从前隐居的洞府建成书院,即是中国古代四大书院之首的白鹿洞书院。

◎ 四十五

处士郑又玄说:"福建地区多佛桑树,此树的枝和叶都很像桑树,所不同者,枝条向上勾。花芽像梧桐,花苞长一寸多,开放时有如重瓣。花色也有浅红的。"

处士郑又玄云:"闽中多佛桑树①,树枝叶如桑,唯条上勾。花房如桐,花含②长一寸余,似重台状。花亦有浅红者。"

---

① 佛桑树:扶桑树,即朱槿,见前注。
② 花含:花苞。

◎ 四十六

顿丘南境，应足山上有棵独桓树，高十余丈，树皮色青，光滑如流水，枝干上耸，果实如五色锦囊，叶如亡子镜，世称之仙人独桓树。

独桓树，顿丘①南应足山有之。山上有一树，高十余丈，皮青滑似流碧，枝干上耸，子若五彩囊，叶如亡子镜，世名之仙人独桓树。

---

① 顿丘：今河南濮阳清丰县。

◎ 四十七

木龙树：徐州高冢城以南木龙寺中，有座三层砖塔，高丈余。塔侧生一大树，枝干纵横交错，盘虬回绕，达于塔顶。树枝平正，可容十余人共坐，树梢四面下垂，宛若一顶巨大的帐篷。没人识得此树品种，寺僧但称其"龙木"。梁武帝曾派人为之画像。

木龙树，徐之高冢城①南有木龙寺，寺有三层砖塔，高丈余。塔侧生一大树，萦绕至塔顶，枝干交横。上平，容十余人坐。枝杪四向下垂，如百子帐②。莫有识此木者，僧呼为龙木。梁武曾遣人图写焉。

---

① 高冢城：今江苏淮安盱眙附近。
② 百子帐：唐人婚礼所用之帐，演化自北方游牧民族的篷帐。南宋程大昌《演繁露》："唐人婚礼多用百子帐，特贵其名与昏宜，而其制度则非有子孙众多之义。盖其制本出戎虏，特穹庐、拂庐之具体而微者耳。椿柳为圈，以相连锁，可张可阖。为其圈之多也，故以百子总之，亦非真有百圈也。"

◎ 四十八

洛阳地区有鱼甲松。

鱼甲①松,洛中有鱼甲松。

---

① 鱼甲:鲨鱼皮制的铠甲。此处谓树皮如鳞甲。

支植下

◎ 一

青杨木，生于三峡，取之造床，坐卧不会滋生跳蚤。

按，青杨，即杨柳科植物红皮柳，中国特有，俗名"蒲柳""蒲杨""水杨"，古代女孩子自谦"蒲柳之姿"就是指这种植物。红皮柳落叶较早，不堪秋凉，被多愁善感的晋人视作衰弱、枯败之意象，"蒲柳之姿，望秋而落"。实际上，红皮柳枝劲细韧，入秋叶落，锐冽肃杀，是制箭良材。

> 青杨木，出峡中。为床，卧之无蚤。

◎ 二

夏州无槐树，唯独一个驿站中生有几棵，附近的盐州有时想要几片槐叶，需动用正式公文，派专人往夏州求取。

> 夏州①槐，夏州唯一邮②有槐树数株，盐州③或要叶，行牒④求之。

---

① 夏州：北魏太和十一年改统万镇置，辖境相当今陕西靖边县北红柳河流域和内蒙古杭锦旗、乌审旗等地。
② 邮：传递文书的驿站。
③ 盐州：今陕西榆林定边县。

④ 行牒：行移公文。

◎ 三

蜀地有一种树，与柞树相似，别的植物花叶滋荣时，这种树枯萎零落；等到隆冬时节，万物凋残，此树却发芽长叶，蓊茂成荫，蜀人呼为楷木。

蜀楷木①，蜀中有木类柞②，众木荣时枯栌③，隆冬方萌芽布阴，蜀人呼为楷木。

---

① 楷木：漆树科植物黄连木。
② 柞：柞树，正式名称叫辽东栎，也叫蒙古栎，壳斗科落叶乔木，高可达30米，木质坚硬，耐腐蚀。叶子可用来饲养柞蚕，木材可用来造船和做枕木等。
③ 枯栌 [niè]：枯萎。

◎ 四

本则出《南齐书》。

南齐建元二年夏，庐陵长溪水涨，冲塌山麓，造成约六七丈长的山体塌方，露出了埋在山中的上千根柱子。这些柱子皆有十围之粗，最长的超过一丈，短的也有八九尺，柱头题刻古字，时人不识。江淹以此请教王俭，王俭道："今江东不精隶书，这必是秦汉时代的柱子。"

原文末尚有"后年宫车晏驾，世变之象也"。指次年萧道成驾崩。

古文柱，齐建元①二年夏，庐陵②长溪水冲击山麓崩，长六七尺③，下得柱千余根，皆十围④。长者一丈，短者八九尺。头题古文字，不可识。江淹以问王俭⑤，俭云："江东不闲⑥隶书，秦汉时柱也。"

---

① 建元：南齐高帝萧道成年号，公元479—482年。

② 庐陵：今江西吉安。
③ 长六七尺：据《南齐书》，应作"长六七丈"。
④ 围：计量圆周的约略单位，指两只胳膊合围起来的长度，也指两只手的拇指和食指围的长度。
⑤ 王俭：（452—489 年）字仲宝，琅琊临沂（今山东临沂）人，南朝宋、齐文学家，东晋名相王导后裔，尚宋明帝阳羡公主，拜驸马都尉，在宋官至侍中。后辅萧道成登极，出任齐尚书仆射，官至中书监。
⑥ 闲：通"娴"，掌握熟练，精擅。

◎ 五

台山上生长着一种色绫木，纹理颇似罗绫的纹饰，百姓取之为枕，称为色绫枕。

色绫木，台山有色绫木，理如绫文。百姓取为枕，呼为色绫枕。

◎ 六

武陵郡北有鹿木二株，是东汉马援所种，枝干如竹，分节而生。

鹿木，武陵郡①北有鹿木二株，马伏波所种，木多节。

---

① 武陵郡：隋炀帝大业初改朗州置，辖境相当今湖南常德市及汉寿、桃源县等地。

◎ 七

倒生木依山而生，根长在树冠上，对外界刺激敏感，用手一碰叶片会收拢，人离开后才舒展开来。此树产自东海。

倒生木，此木依山生，根在上，有人触则叶禽①，人去则叶舒。出东海。

① 人触则叶翕：豆科含羞草亚科许多植物的叶子、藤须受到触碰，会做出闭合、蜷曲等反应。该科某些藤本植物，比如榼藤，枝干长相怪异，像麻花一样扭来扭去，看起来很像"树根"；满树藤须垂络，也存在被误认为气生根的可能。

◎ 八

黝木，枝节处形似异虫怪兽，木材沉重坚实，可制成鞭。

> 黝木①，节似虫兽，可以为鞭②。

---

① 黝木：应指柿属某些种，如苏拉威西乌木、菲律宾乌木、琼岛柿、长苞柿、乌材等植物的泛称，古籍中也记作緊木、文木，晋代崔豹《古今注》："緊木，出交州、林邑，色黑而有文，亦谓之文木。"《南方草木状》："文木，树高七八丈，其色正黑，如水牛角，作马鞭，日南有之。"今习称为乌木，或黑檀。
② 鞭：类似短棍、锏的钝兵器鞭。

◎ 九

古南海县有种桄榔树，叶子生于枝头，树干髓心含淀粉，较粗大的植株一棵树能产出上百斛，加牛奶制成面点，香软可口。

按，桄榔是广西、海南、东南亚一带多见的棕榈树，花序可以榨汁制糖，因此被当地人称为"砂糖椰子""糖树"。桄榔花的糖分由树干提供，该树茎干含有丰富的淀粉，能转化为糖分，在蔗糖普及前，桄榔糖陪伴当地人度过了千百年甜蜜岁月。桄榔树髓的淀粉，在唐代是一种特色食物，叫做"桄榔面"，段郎说和牛奶同吃"甚美"，大约是做成面糊或蒸饼之类。不过元稹表达了反对意见，他在送一个朋友去岭南任职时，谈及南地风物，说那里遍地蛮贼，还有蛟龙变化的老妇人，以及硌牙的桄榔面："桄榔面碜槟榔涩，海气常昏海日微。"

当然，"牙碜"可能是因为食物不够精洁，并非不好吃。而风流多情的药学家李珣则幸运通达得多，他在桄榔树下邂逅了一位狼狈躲雨的少女，吃到了新采的鲜菱角。留下了人生回忆："携笼去，采菱归，碧波风起雨霏霏。趁岸小船齐棹急，罗衣湿，出向桄榔树下立。"

桄榔树，古南海县①有桄榔树，峰头生叶，有面，大者出面百斛。以牛乳啖之，甚美。

---

① 古南海县：今广东广州。

◎ 十

南康有株怪松，从前本郡刺史多次派画师为这树摹绘画像，每次必有数条枝叶枯萎。后来有人在树下征酒逐色，叫了一众歌妓环坐陪酒，第二天树就死了。

怪松，南康①有怪松，从前刺史令画工写松，必数枝衰悴。后因一客与妓环饮其下，经日松死。

---

① 南康：南康郡，今江西赣州一带。

◎ 十一

广东中宿县山下有河神庙，溱水流经庙前，水道仄窄，汹涌如沸。若有浮木，至此则被吞没水下，无一可以复出，民间相传，说这是河神在收集木材。

河泊下材，中宿县①山下有神宇，溱水②至此沸腾鼓怒，槎木泛至此沦没，竟无出者，世人以为河泊下材。

---

① 中宿县：今广东清远一带。当地的河神传说在历史上名声颇著，据《异苑》记

载，当地有江神祠坛，凡过客不敬者，辄发狂走入深山，化作异物。
② 溱水：中国有两条溱水，一条源出河南新密，一条发轫于湖南桂阳临武县南注入海，本文指后者。

◎ 十二

《武陵郡记》载："白雉山有树，名为交让，万木开花后方才萌芽，每年交替荣枯。"

> 交让木①，《武陵郡记》："白雉山②有木，名交让。众木敷荣③后方萌芽，亦更岁迭荣也。"

---

① 交让木：两两相对伴生，一株蓊翳扶疏，一株枝叶凋零，仿佛一株处在盛夏，一株活在寒冬，到得翌年，两树枯荣相易，好像相互推让一般，故名交让。任昉《述异记》："黄金山有楠树，一年东边荣西边枯，后年西边荣东边枯，年年如此。张华云：交让树也。"刘逵注《蜀都赋》："交让，木名也。两树对生，一树枯则一树生，如是岁更，终不俱生俱枯也。出岷山，在安都县。"
② 白雉山：一名白纻山，在今湖北鄂州南。
③ 敷荣：开花。

◎ 十三

宰相李石在河中府永乐县有座宅邸，院子里栽着一棵槐树，树生三枝，两条一直伸过堂前屋脊，一枝较短，未能企及。李石从兄弟三人，一个叫李福，一个叫李程，他和李程是进士及第，且货真价实的拜相居揆，位极人臣；唯独李福，只是在转历七镇节度使时加过宰相荣衔而已，没当过真正的宰相。

> 三枝槐，相国李石①，河中永乐②有宅，庭槐一本，抽三枝，直过堂前屋脊，一枝不及。相国同堂兄弟三人，曰石，曰程③，皆登第、宰执，唯福④一人，历七镇使相⑤而已。

① 李石：（784—847年）字中玉，陇西人，唐朝宗室，宪宗元和十三年进士，文宗朝甘露之变后登宰，因与宦官首脑仇士良不和，迭遇刺客暗杀。一次在早朝路上被狙击手冷箭击伤，拔马疾逃，奔至宅邸所在的坊门，又有一波杀手突出挥刀劈砍，幸好马驰迅骤，以毫厘之差，仅仅被斩断了马尾，李石得以大难不死，逃回家中。文宗闻讯骇愕，调六军近卫为之扈从，但李石恐惧，卧家辞位，出为荆南节度使。

② 河中永乐：河中府永乐县，相当于今山西运城市芮城县一带。

③ 程：李程，字表臣，应是李石的从兄弟，德宗贞元十二年进士，释褐为蓝田县尉，一到任就将积压了十年之久的滞留案件全部处理一清，后回朝升任监察御史，充翰林学士。学士到官署上班，一般以日影为时间标记，李程干这份工作毫不起劲儿，常在日影移过八块砖时才姗姗而来，因此人称"八砖学士"。宪宗年间，出为随州刺史，历任御史中丞、鄂岳观察使，还为吏部侍郎，敬宗初拜相。李程办事干练，爽悟多智，脱略不拘，曾得唐文宗金口誉为"朝廷之羽翮"（朝廷之翼）。

④ 福：李福，字能之，李石亲弟，其实也做过宰相。唐文宗太和七年，李福擢进士第，历官监察御史、尚书郎，出为商、郑、汝、颍四州刺史，唐宣宗大中年间，授夏绥银节度使，徙郑滑颍观察使、宣武节度使，入为刑部侍郎，累迁刑部、户部尚书。唐懿宗咸通五年，拜剑南西川节度使。唐僖宗乾符初，充山南东道节度使，乾符四年（877年）还朝，同中书门下平章事（宰相），是年卒。段郎早已于此十四年前魂归道山，未见李福拜相，因有"唯福一人，历七镇使相而已"鹜语。

⑤ 使相：指加同中书门下平章事衔的节度使。

◎ 十四

无患木，一名"噤娄"，一名"桓"，遇火焚燃，会发出浓烈的异香，氤氲透骨，可以清除秽恶之气。古时有个叫瑶眊的神巫，法术通玄，能禁制百鬼，捉得妖物邪灵，辄以无患木击杀之。世人于是竞相取用此木做成器物驱退鬼魅，但凡家里有了这种木头，就无所忧惧了——有木无患，所以得名无患木。

按，无患木是泛指生长在中国境内的几种无患子属植物。无患子，落叶大乔木，高可达20余米，根和果入药，果实含有皂素，去垢效果出色，古人常取来充当肥皂浣衣洗澡，每次到河边洗衣服前，摘颗果子带着，洗澡的时候也摘颗果子带着，十分健康环保原生态。不过果实并非一年四季都有，大明开国元勋刘伯温就以此物为原料，自己造了一批洗头丸家居存储，随时取用，算是较早的专用洗发剂，《多能鄙事》："无患子……洗头去风明目，用子皮、皂角、胡饼、菖蒲同捶碎，浆水调作弹子大，每用泡汤洗头良。"李时珍受到启发，又开发了一批洗面丸存在家里，天天拿这东西洗脸，《集简方》："子肉皮，捣烂，入白面和，丸大丸。每日用洗面，去垢甚良。"无患子是龙眼（桂圆）、荔枝的近亲（同属无患子科），果核也如此二者的果核般漆黑坚硬，由于却鬼的传说，无患子果核的手串、念珠等法器饰物颇受欢迎。

无患子

无患子泡水数日压碎制成的肥皂水

无患木，烧之极香，辟恶气，一名噤娄，一名桓①。昔有神巫曰瑶眊，能符劾百鬼，擒魑魅，以无患木击杀之。世人竞取此木为器用却鬼，因曰无患木。

---

① 桓：据陈藏器《本草拾遗》，应为"患"字声讹。

◎ 十五

杜师仁租住的宅子庭院，有棵高大的杏树，邻居老人每次挑水经过树下，总要叹一声："这树可惜了。"杜师仁听见多次，终于忍不住出言相询，老人道："老夫谙知草木之病，此树有疾，请准允老夫为之医治。"杜师仁自然没有不允的道里，老人诊视良久，道："是醋心病。"杜师仁伸指蘸些虫蠹处的树汁一尝，果然有股淡淡的醋味。老人取出一柄小钩，将那蠹蚀之处慢慢剖开，探入钩子，三钩两钩，钩出一只好像蝙蝠似的硕大白虫，接着在树洞上涂抹药膏，叮嘱道："结了杏子的话，须在发青时就摘掉，也不用摘尽，摘个十之八九，这树的性命就能保住了。"后来树结了杏子，杜师仁照老人所说，把满树果实尽数打落，那树果然生机焕发，茂盛多了。杜师仁又说："后来见到三卷《栽植经》，也记载着植物患醋心病之例。"

  醋心树，杜师仁①常赁居，庭有巨杏树。邻居老人每担水至树侧，必叹曰："此树可惜。"杜诘之，老人云："某善知木病，此树有疾，某请治。"乃诊树一处，曰："树病醋心。"杜染指于蠹处，尝之，味若薄醋。老人持小钩披②蠹，再钩之，得一白虫如蝠。乃傅③药于疮中，复戒曰："有实自青皮时必摽④之，十去八九则树活。"如其言，树益茂盛矣。又云："尝见《栽植经》三卷，言木有病醋心者。"

---

① 杜师仁：唐京兆人，文宗朝累官吉州、随州刺史，在吉州时贪污三万匹绢，事发后被赐死。
② 披：打开，拨开。
③ 傅：涂抹。
④ 摽：打落，抛掉。

◎ 十六

  葳蕤草一名丽草，亦呼为女草，江湖地带称为娃草——当地方言，称美女为"娃"，故名。

  女草①，葳蕤草一名丽草，亦呼为女草，江湖②中呼为娃草。美女曰娃③，故以为名。

---

① 女草：百合科植物玉竹，《本草纲目·玉竹》："《本经》女萎，乃《尔雅》委萎二字，即《别录》葳蕤也。"花色青白，形如白玉灯笼，剔透玲珑，浆果略似蓝莓，根茎很像黄精，中医认为是滋补之药，可为药膳，譬如鼎鼎有名的玉竹煲鸡。
② 江湖：任昉《述异记》作"江浙"。

③ 美女曰娃：西汉扬雄《方言》："娃，美也，吴楚衡淮之间曰娃。吴有馆娃之宫。"传说吴王夫差宠贮西施的离宫就叫馆娃宫，馆娃二字，字面意思即是"美人之居"。

◎ 十七

山茶叶子似茶树，植株较高的，能长到一丈多。花大盈寸，色近绯红，十二月盛开。

> 山茶花，山茶叶似茶树①，高者丈余。花大盈寸，色如绯，十二月开②。

---

① 山茶叶似茶树：按照现代植物分类学，"茶树"隶属于山茶属，也就是说我们平常喝的茶，不论绿、白、黄、红、青、黑，皆属于"山茶"。原始的山茶，包括茶树，本是植株高大的乔木，自从人类对该植物的叶子着了迷，为采摘方便，才硬生生把八九米高的巨木改造成了需要弯腰采叶的灌木。只有一些野生种及古茶树仍维持着乔木或亚乔木型古貌。
② 十二月开：青裙玉面初相识，九月茶花满路开。山茶主要分布在北回归线附近，在我国，以滇、蜀、粤、桂最多，花期很迟，秋尽江南草木凋，此花方始萌发，隆冬时节百花杀尽才迎风怒放。

◎ 十八

卫国公李德裕偶得一株异树，春季开花，花紫色。我印象里，在岁初开花的乔木植物，只有木兰。

> 异木花，卫公尝获异木一株，春花紫。予思木中一岁发花唯木兰。

◎ 十九

洛阳华林园植有王母桃，果实十月才熟，形如栝蒌。俗话说："王母甘桃，食之解劳。"亦名西王母桃。

王母桃①，洛阳华林园②内有之，十月始熟，形如栝蒌③。俗语曰："王母甘桃，食之解劳。"亦名西王母桃。

---

① 王母桃：疑指某种杜英，如褐毛杜英，俗名冬桃。《本草纲目》："冬桃一名西王母桃，一名仙人桃，即昆仑桃，形如栝蒌，表里微赤，得霜始熟。"
② 华林园：原名芳林园，曹魏正始初改名华林园。位于今河南洛阳东北汉魏洛阳故城内。
③ 栝蒌：葫芦科植物栝楼。这里是说桃子长得像栝楼，栝楼果实约长7—10厘米，形状像铜锤，未成熟时绿色，成熟后杏黄色。

◎ 二十

阿月浑子产自西方诸国，外国人说这东西跟胡榛子长在同一棵树上，第一年结胡榛子，第二年结阿月浑子。

按，阿月浑子，俗名开心果，原产粟特、波斯等地，是中亚地区现存最古老的树种之一。远在六千多年前，中亚人已经开始大啖开心果了，基督时代引种到了地中海，称为"绿扁桃"。在唐代市肆，这种带着浓郁异域风情的可口坚果属于时新零食，阿月浑子的引入，大约不早于唐初，起先只在帝国西陲有零星栽培，到9世纪，岭南地区也出现了种植记录。阿月浑子和腰果都是漆树科植物，售卖时前者通常带壳，腰果则是脱壳状态，这样做并非因为腰果成本低，不需要果壳压秤，而是腰果的外壳有毒，不得不脱。

胡榛子，阿月生西国，蕃人言与胡榛子同树，一年榛子，二年阿月。

◎ 二十一

橄榄树一条根，朝东的树枝上所结果实叫木威，朝南的树枝上所结果实叫橄榄。

橄榄子①，独根树，东向枝曰木威②，南向枝曰橄榄。

---

① 橄榄子：橄榄。
② 木威：或指乌榄，清代吴震方《岭南杂记》："乌榄，一名木威子，乃榄之大者。蒂有臭味，大逊橄榄。土人取其肉腌为俎，名曰榄豉，色如玫瑰，味颇隽。"

◎ 二十二

东方大荒之中有种栗树，果实带壳，壳黄色，直径三尺二寸，壳上刺长逾一丈，果实直径三尺，味香甜，食之令人气短口渴。

东荒栗，东方荒中有木，名曰栗。有壳，径三尺二寸。壳刺长丈余。实径三尺。壳亦黄。其味甜，食之令人短气而渴。

◎ 二十三

一天晚上，李德裕在甘子园会客，盘中有猴栗，食而无味。处士陈坚说："虔州以南有种渐栗，形如枣核。"

猴栗①，李卫公一夕甘子园会客，盘中有猴栗，无味。陈坚处士云："虔州②南有渐栗，形如素核③。"

---

① 猴栗：可能指壳斗科栗属植物茅栗，俗称野栗子；又或锥属植物钩锥。两者果实均小于板栗（栗）。

② 虔州：今江西赣州。
③ 素核：部分版本作"枣核"，或是。

◎ 二十四

儋州和崖州特产的一种芥菜，植株可达五六尺高，子实有鸡蛋大小。

儋崖①芥②，芥高者五六尺，子大如鸡卵。

---

① 儋崖：儋州和崖州。儋州，辖境相当今海南儋州、昌江、东方等市、县地。崖州，辖境相当今海南省海口、琼山、琼海三市及文昌、澄迈、定安等县地。
② 芥：十字花科芸薹属植物芥菜，种子磨粉即芥末，榨油即芥子油。《尔雅翼》说："芥似菘而有毛，极苦辛。"极苦极辣，"食之堕泪"，《礼记·内则》介绍先秦的食物搭配时说"鱼脍芥酱"，芥酱是吃脍的标配。农家百科全书《齐民要术》提到了一种芥末的变态吃法，芥末捏成小球或饼子，泡在酱里，当零食吃。唐朝人在过节的时候，则会端出一种"五辛盘"孝敬长辈，五辛通常指：葱、蒜、椒、姜、芥。古时蔬菜品种相对单一，产量有限，先民不得不充分利用手头的蔬菜资源，努力改良培育新品种。像今天做酸菜鱼时用的雪里蕻、茎部硕大的榨菜、梅菜扣肉的梅菜，以及在咸菜界享有盛誉的"辣菜疙瘩"，都是人工培育的芥菜变种。

◎ 二十五

儋州和崖州所种的瓠瓜，都有一百二十多斤重。

儋崖瓠①，儋崖种瓠，成实率皆石②余。

---

① 瓠 [hù]：指瓠瓜，可食用的葫芦变种，果实长圆形，外观类似于减肥成功的冬瓜，又或增大而变绿的茄子。某些地区称西葫芦为"瓠"，实际上西葫芦是南瓜属，瓠瓜则是葫芦属。
② 石：一百二十斤。

◎ 二十六

李德裕说:"整个北都只有童子寺内有一丛竹子,高才几尺,听说庙里的司事僧每天都要布告竹子的平安。"

童子寺①竹,卫公言:"北都②惟童子寺有竹一窠,才长数尺。相传其寺纲维③每日报竹平安④。"

---

① 童子寺:在今山西太原市西南龙山上,始建于北齐天保七年。
② 北都:太原。
③ 纲维:寺庙中的司事僧。
④ 报竹平安:后世常说的"竹报平安"即典出于此。

◎ 二十七

本则出东晋葛洪《抱朴子》。

石桂芝,生于山上石洞中,似桂树,有枝条,质地奇特,像石头一样,高一尺左右,菌盖直径也大概有一尺,晶莹发光,味辛辣,捣碎吃下一斤,可延寿千岁。

石桂芝,生山石穴中,似桂树而实石也。高大如绞尺①,光明而味辛。有枝条,捣服之,一斤得千岁也。

---

① 高大如绞尺:《抱朴子》作"高尺许,大如径尺"。

◎ 二十八

张乘说:"南中地区有种草,生于水底,状如石发,每个月初三、初四左右萌发,八九天后就可以采收了,到月底悉数烂尽,枯荣似乎与月亮运动有关。"

石发①，张乘言："南中水底有草，如石发，每月三四日始生，至八九日已后可采，及月尽悉烂，似随月盛衰也。"

---

① 石发：郭璞《尔雅注》："水苔，一名石发，江东食之，或曰藫，叶似韭而大，生水底也，亦可食。"《本草纲目》："石发有二，生水中者为陟厘，生陆地者为乌韭。"陟厘对应今天水绵属某些藻类植物，多绿色，丝状，水中荡漾如发，手感滑腻，大量分布于池塘、沟渠、河流等淡水水体。

◎ 二十九

席箕，一名塞芦，生于塞北胡人之境，古诗云："千里席箕草。"

席箕，一名塞芦，生北胡地。古诗云："千里席箕草。"

◎ 三十

唐武宗即位次年，泉州莆田县破冈山巨石上生出一株菌子，有两个竹筐合起来那么大，菌柄和菌盖呈黄白色，其下浅红，都被路过的僧人采来吃了，说比天下任何蘑菇、菌子都加倍好吃。

宋州莆田县①破冈山，武宗二年，巨石上生菌，大如合簧②，茎及盖黄白色，其下浅红，尽为过僧所食，云美倍诸菌。

---

① 宋州莆田县："宋"应为"泉"字之讹。泉州莆田县，故境在今福建莆田。
② 簧：盛土的竹器。

◎ 三十一

大食勿斯离国所产的石榴每颗重达五六斤。

大食勿斯离国①石榴重五六斤。

① 大食勿斯离国：今伊拉克北部城市摩苏尔。

◎ 三十二

南中一带有深红色的桐花。

南中桐花有深红色者。

◎ 三十三

东官郡，汉顺帝时隶属南海郡，西接高凉郡，汉末曾于此地置司盐都尉领之，东有芜城，西邻大海，海中有长岛，岛上多桃枝竹，沿岸而生。

东宫郡①，汉顺帝②时属南海，西接高凉郡③。又以其地为司谏都尉④。东有芜地，西邻大海。有长洲，多桃枝竹，缘岸而生。

① 东宫郡：应是东官郡，东晋成帝咸和六年析南海郡置，治所在宝安县（今广东深圳）。辖境相当今广东省深圳、东莞、惠州等市一带。隋开皇十年废。
② 汉顺帝：刘保（115—144年），东汉第八位皇帝，汉安帝独生子，宫人李氏所出。出世不久，生母即遭阎皇后鸩杀，六岁立为皇太子。四年后，由于阎皇后等人煽惑，被汉安帝废黜。同年，安帝崩，阎太后扶立宗室幼童为帝，临朝称制，次年，宦官集团逼宫，拥刘保登极，阎太后被幽禁离宫。
③ 高凉郡：东汉建安二十五年孙权分合浦郡置，辖境约当今广东阳江、阳春、恩平、电白、高州、化州、吴川、茂名等市、县地。
④ 司谏都尉：据《宋书·州郡志》，应是司盐都尉。《宋书》："东官太守，《何志》故司盐都尉，晋成帝立为郡。"都尉本是武职，掌一郡军事戍防，与太守并重。孙吴重视盐业，置司盐都尉管理盐政。东官郡城，本是东吴司盐都尉的尉垒，是珠江口食盐生产集散中心，东晋咸和六年，在此基础上建成郡城，《太平寰

宇记》："东官郡有芜城，即吴时司盐都尉垒。"

◎ 三十四

枫香树的蒴果大如鸡蛋，二月花谢后结实，八九月成熟，晒干焚燃，香气馥郁。

按，枫香树是金缕梅科植物，落叶乔木，高约20—40米，蒴果外部生满密集的芒刺，形如流星锤，树脂可以制香，香气素雅清冽，树脂和果皆入药。西晋嵇含《南方草木状》："枫香树似白杨，叶圆而歧分，有脂而香。其子大如鸭卵，二月华发乃著实，八九月熟，曝干可烧。"枫香树的叶子经霜而红，一入深秋，万山红遍，层林尽染，但它其实并非今天通俗所称的"枫树"，今人所谓枫树，一般指的是槭树科植物。

枫香树

枫树子大如鸡卵，二月华已乃著实，八九月熟，曝乾烧之，香馥。